柳文指要

一

章士釗著

中華書局

圖書在版編目(CIP)數據

柳文指要/章士釗著. —2 版. —北京:中華書局,2024. 7 (2025.4重印)
ISBN 978-7-101-16605-7

Ⅰ.柳…　Ⅱ.章…　Ⅲ.柳宗元(773~819)-文集
Ⅳ.I214.22

中國國家版本館 CIP 數據核字(2024)第 078942 號

責任編輯:劉　明
責任印製:管　斌

柳 文 指 要

(全五册)

章士釗 著

*

中 華 書 局 出 版 發 行

(北京市豐臺區太平橋西里 38 號　100073)

http://www.zhbc.com.cn

E-mail:zhbc@zhbc.com.cn

三河市中晟雅豪印務有限公司印刷

*

787×1092 毫米 1/16 · 134½印張 · 10 插頁 · 1278 千字

1971 年 9 月第 1 版　　2024 年 7 月第 2 版

2025 年 4 月第 3 次印刷

定價:598.00 元

ISBN 978-7-101-16605-7

重版説明

柳宗元(公元七七三——八一九年)是我國八世紀末九世紀初的一位著名的文學家，又是一個在政治上表現了一定進步傾向的思想家。他留傳下來的著作，全部收在《柳河東集》中。

章士釗先生所著《柳文指要》，是對柳宗元文集的專門研究著作。全書分上下兩部：上部是「體要之部」，照柳集原文編次，逐篇加以探討，包括評論、考證、校箋等幾個方面；下部是「通要之部」，按專題分類論述有關柳宗元和柳文的各項問題，如政治、文學、儒佛、韓柳關係等等。作者對柳宗元進行了長期的研究，引用了大量的材料，提出了自己的見解。書中對唐朝永貞政變作了評價，充分肯定了二王、八司馬的政治主張。作者從各方面論證了柳宗元在歷史上的進步性，特别是以韓柳爲對比，竭力表揚了柳宗元「以民爲主」的思想，駁斥了韓愈「以民爲仇」的謬論。全書對柳文的思想和藝術都作了詳盡的分析，並對有關的論著一一加以介紹和評論，爲柳宗元的研究工作提供了一些綫索。

作爲一部研究柳宗元的專門著作，如前所述，本書不乏新意和可取之處，對我

們批判地吸收我國古代優秀文化遺產有一定的參考價值。

我局一九七一年印行此書，在印裝期間，作者又提出一些更正，不及照改，補印勘誤。現特將這些更正補入正文，未做其他改動，保存舊貌，以供參考。

中華書局編輯部

二〇二四年二月

柳文指要總序

余少時愛好柳文，而並無師承，止於隨意閲讀，稍長，擔簦受學於外，亦即挈柳集自隨，逮入仕亦如之，此集隨余流轉，前後亙六七十年，爲問余所得幾許？余頗艱於自斷。要之余平生行文，並不摹擬柳州形式，獨柳州求文之潔，酷好公穀，又文中所用助字，一一叶於律令，依事著文，期於不溢，一掃昌黎文無的標、泥沙俱下之病。余遵而習之，漸形自然，假令此號爲有得，而余所得不過如是。人民建國以來，余祗役上都，自公有暇，則匯合曩所輯錄、及陸續增補各稿，分爲上下兩部，上部依原集次第，逐篇加以說明，號曰體要之部，體要者、謂柳集本體所有事，必須交代清楚也。下部賅括千年來之評論，分別項目，如政治、文學、儒佛、韓柳交誼種種，各歸部居，嚴加分析，號曰通要之部，通要者、謂各即品目而觀其通，得所會歸也。於是統合兩部，名之曰柳文指要，指要者、亦即柳子所取於元冀文鬼谷子之詞也。以文字繁重，先寫成上部，約五十萬言，年老力衰，大欠洗伐，中間臃腫不協之處，隨在都有。昔朱竹垞輯明詩綜，去取不當，採證寡識，何義門譏其謬妄處，幾於笑破人口，吾治柳文，功力宜不優於竹垞之綜明詩，當世碩學，如認爲有笑破口而竹垞我，何時獲知，

當卽力事補正。夫學問者、不足之淵泉也，每當得一新解，不足之念，卽習習然而至，數年之假，得以讀易補過，企望之情，倍百恆品。

章士釗

一九六四年二月二十七日時年八十有四

柳文指要目次

總　序

上　體要之部

卷二十二　序

卷二十三　序

卷二十四　序

卷二十五　序

卷二十六　記

卷二十七　記

卷三十二　書

卷三十三　書

卷三十四　書

卷三十五　啓

卷三十六　啓

卷三十七　表

卷三十八　表

卷三十九　奏狀

卷四十　祭文

卷二　永貞一瞥

卷三　輯餘

卷四　評林上

卷五　評林下

卷六　第韓

卷七　同時人物

卷八　各代文風

卷九　論文一

卷十　論文二

卷十一　佛

卷十二　柳詩

卷十三　柳書

卷十四　雜錄一

卷十五　雜錄二

柳文指要上　體要之部

卷一　雅詩歌曲

平淮夷雅

一

子厚行文，講求運用虚字，虚字不中律令，卽文無是處，此讀答杜温夫書，卽可見到。兹就平淮夷雅所用虚字，列表於下：

乃：　乃、猶於是也，皇武：「旣涉於滻，乃翼乃前」，此謂渡過滻水之後，軍於是分爲左右翼，並於是鼓行而前也。他如方城：「乃偵乃誘」，類推。但乃有時亦訓作汝，並轉到第三位，訓作其。如方城：「維彼攸宅，乃發乃守」，上乃字仍作於是解，下乃字則訓爲其，此猶言乃發其守也。蓋吴元濟在洄曲，守衛堅固，彼卽指元濟，發猶言伐，如詩：「駿發爾私」，謂以耜擊伐其私田，此指元濟所安宅之處，於是擊伐其所守也。又「乃諭乃止，蔡有厚喜」，第二乃字亦訓其，謂告諭蔡人，軍事行動已經停止，準備善後，下接蔡有厚喜，脈絡甚明。尋易萃卦：「初六，有孚不格，乃亂乃萃」，

此言不致其孚，則自亂其所萃也，子厚殆取例於此。

于：（一）于、於也，此常語，介在句中，使動作得達於目的物，如皇武：「訓于羣帥」，方城：「恩柔于肌」，皆是。（二）于、居也，猶言在也，如皇武：「宛宛周道，于山于川」，謂道中有山有川，軍乃在于山，在于川也。又「我旆我旗，于道于陌」，義同。若求其比，則國風：「于沼于沚，于澗之中」，乃適例也。（三）倒裝句，如皇武：「于社是宜」，宜、師祭名，此常語宜于社耳，今倒之，將于社提上，别以代名詞是抵社，動詞反在下。又如皇武：「廟于元龜」，亦倒裝句，此謂以元龜卜于廟耳，今反言廟于元龜，于仍於也，義固未改。（四）于、與也，如方城：「愬拜卽命，于皇之訓」，卽、就也，受也，卽命猶言受命。斯時愬面對之事有二：一任職之命，一廷授之訓，於是文曰：愬拜而受命，連同皇家之訓，于同與，連及之詞也。康誥：「告汝德之說，于罰之行」，行、道也，言告汝德之說，與罰之道也，此最爲適例，詳見王引之經傳釋詞。廖注引書：「于帝其訓」，于、謂遵行也，非是。（五）于、猶如也，如方城：「于燠其寒，于邇其遐」，謂天寒而如燠，地遐而如邇也。易繫辭傳：「介於石，不終日貞吉」，是介于石，卽介如石，最爲適例。

允：允、以也，方城：「疇允大邦」，謂酬以大邦也，疇與酬通，潘岳賦：「疇匹婦其已泰。」皇武：「胙以夏虛」，句法正相類，此乃允以互用。

止：　止、語辭，結尾無義。　方城：「蔡人率止」，率、跟上文「孰是蔡人而不率從」而來，以語辭止作結而已。　如詩草蟲：「亦既見止，亦既覯止」，皆其例。

其：　其字之用不一，而要不失爲代名詞，其中有訓爲乃者，含義有二：一主事效言，與俗語於是乎相類，一示命令意。　凡所代名詞爲主詞，句中只一動詞，屬第一類，所代名詞爲主詞，同時又爲他一動詞之賓詞，句中有兩動詞者，屬第二類。　如左傳：「五世其昌」，此其代五世，而昌位於其下爲動詞，意謂五世乃昌，或五世於是乎昌也，而本篇「環蔡其來」乃異是。　環、繞也，或謂如周禮：「環除九軌」之環。　釗案：環恐擐字形譌，擐、貫也，如左傳：「文公躬擐甲胄」之擐，意指面縛吴元濟也。　此一其字代蔡，而蔡爲下一動詞來之主詞，同時又上一動詞擐之賓詞，句中涵兩動詞，意謂縛吴元濟，而乃將之（普通語法，此處用之而不用其。）來也，顯含命令在內，意借「而乃」一轉，其字固仍不失爲關係代名詞也。　下文：「錫汝斧鉞，其往視師」，卽擐蔡其來之繁體文，中苞命令及一切組織悉同。　此外爲代名形容詞之用，如「皇者其武」，者音旨，致也，其代皇，其武、謂皇之武也，名雖代皇，而所司固形容詞也。　又「右翦左屠，聿禽其良」，其代吴元濟，其良、謂元濟之良將也，其爲代名而兼形容詞兩項職務甚顯，由此類推，勢難覼縷。

曾是：　曾是、舊訓乃是或則是。　釗案：於意未足，凡言曾是，大抵不意有此事

也，假其有之，乃是大大怪事。如皇武：「曾是讙譊，化爲謳吟？」此謂天下斷無讙譊不化爲謳吟之理，於是設爲問答式，謂從前曾有讙譊而不化爲謳吟者乎？答案當爲斷無此事。讙譊、戰前亂象，謳吟、戰後治象。此等句子，皆應以反語收，形式非反語者，其意仍同反語。如本例：「化爲謳吟」，作正語，而非「不化爲謳吟」作反語者，意仍與著不字相等。詩大雅蕩：「曾是彊禦？曾是掊克？曾是在位？曾是在服？」語有變化，失去原形。如實言之，當是：「曾是彊禦，而不在位？」與「曾是掊克，而不在服？」也。彊禦掊克、皆惡人，在位在服、皆處位執事意。綜而言之，乃謂殷紂之時，曾有惡人而不處位執事者乎？如子厚遵詩例造句，亦可作：「曾是讙譊？曾是謳吟？」，如毛詩仿子厚例造句，亦可作：「曾是彊禦，而不在位？曾是掊克，而不在服？」。方城：「孰是蔡人，而不率從？」正可參證，惟一作曾是，一作孰是，略有不同耳。惟曾是與孰是，雖有不同，有時亦可互用，如皇武句改作：「孰是讙譊，而不謳吟？」方城句改作：「曾是蔡人，化爲率從？」亦無不可。

按曾是、是問何處？屬地，孰是、是問誰？屬人。人與地之間，消息相通，造句時，可由作者選用一項。又方城：「孰類蔡初？胡甀爾居？」上句屬人，下句屬地，亦人與地相配成一聯。

又按中國文字，全是單音，造句時，因單語與駢語配合難匀，往往形成楕句。如

「曾是謹譊，化爲謳吟?」，化爲謳吟之削去不字，致成楯句，乃因謳吟是駢語之故。復次：中國語言，重習慣性，每有句未完成，而意已明瞭，於是楯句漸由習慣而成自然。如左傳泓之戰：宋襄公不重傷，不禽二毛，人爲之語曰：「若愛重傷，則如勿傷」，下句必說成：「則不如勿傷」，方爲足意。謂你若愛惜重傷，不以加於人，則不如逕勿傷之之爲得也，不字削去，人亦了然，凡此皆習慣成文。

是：是、此也，代名詞之一，常語也，而有時頂上一名詞，而動詞反置於下者，應須留意。如言「圖利」，動詞轄名詞，居上，常也，而偶欲強其語意，將利字提出置於上，以代名詞「是」頂之，動詞反在下，又以惟字顯其特別，則「惟利是圖」之句式以成。其或名詞爲駢語者，惟字又往往略去。斯例也，柳文使用最衆，而唐雅中亦不一。復次：代名詞中，作是項用者，是字外猶有之字，他代名詞則不可用。如方城：「威命是荷」，是字頂威命，荷字在下，「壘犖是崇」，及「厥父是亢」，方城：「熊羆是式」，皆同。式、廖注：猶似也，恐非是，式應如「句踐式怒蛙」之式。方城：「柔惠是馴」，是字頂柔惠，馴字在下。柔惠、指人之柔順者，惠、順也，詩：「柔惠且直。」凡此，均削惟字例。他如皇武：「惟義之宅」，之字頂義，宅字在下，宅、居也，潭州戴氏堂記：「戴氏以泉池爲宅居」，宅居同義駢立，惟此處不作動詞用耳。書：「王宅憂」，言居憂也，又書：「宅心知訓」，言居心也，獨論語：「居仁由義」，仁言居，義言由，不言

宅，由者動象，宅者静象。方城：「惟西平是庸」，是字頂西平，庸字在下，此均加惟字例。

惟此等語，形式亦有變化，不能等量齊觀，宜予注意。如皇武：「王旅渾渾，是佚是怙」，是皆直頂王旅，佚怙作動詞用。王旅是佚者，乃使王旅逶遲周道，而安逸前進，王旅是怙者，謂王旅强，可得恃而無恐也。又方城：「汝陰之茫，懸瓠之峨，是震是拔，大殲厥家」，是皆直頂上茫與峨，是震者震茫與峨，是拔者亦拔茫與峨也。茫、茫洋也，指汝陰之廣大，峨、巍峨也，指懸瓠城之高聳，此其一。又句法時或形似，而内容未必同，如皇武：「載闢載祓，丞相是臨」，此是字並不直頂丞相，而遥頂上章所稱之蔡，蓋載闢者謂開闢蔡地，載祓者祓除蔡之不祥，丞相所臨，亦謂臨蔡，非有何物臨丞相也，此其二。餘類推。

伊：伊、以也，皇武：「蔡兇伊窘」，謂蔡兇且窘，伊字從中連及之也，與方城：「寇昏以狂」，句法相類，伊以二文，直可互用。

爰：爰、於是也，或訓于時。方城：「其恃爰獲，我功我多」，恃跟上「維彼攸恃，乃偵乃誘」而來。恃、謂吴元濟驍將吴秀琳也，上只言偵誘而已，于時乃獲之，故曰其恃爰獲，爰作于時解，甚當。詩斯干：「爰居爰處，爰笑爰語」，公劉：「于時處處，于時廬旅」，爰卽于時也，于時卽於是，王引之之説如是。

式：式、語詞，一曰發聲也，本文兩用式字。一皇武：「式和爾容」，一方城：「式慕以康」，皆如詩斯干：「式相好矣」，特發語而已，乃無義可指也。

聿：聿、遂也，方城：「右翦左屠，聿禽其艮」，謂翦屠之餘，而遂禽其艮也，此與「其恃爰獲」之爰，消息相通。詩：「歲聿其莫」，傳：聿作遂解，然解作爰，謂歲于時已暮，亦得。

右不過於柳文首篇，擇若干關鍵字，略加詮釋云爾。綜舉全集，子厚大抵每篇皆在細針密縷之中，加意熨貼，從無隨意塗抹，泥沙俱下之病，必須明了此義，方可得到柳文之神。退之稱子厚之文，雄深雅健，所謂雅者，不窺破此竅，卽不能了解何謂之雅？吾嚮後節次將有說明，姑首存其略於此。

二

子厚平淮夷雅，唐子西取退之琴操與之相比，其言曰：

琴操非古詩，非騷辭，惟韓退之爲得體。退之琴操，柳子厚不能作，子厚皇雅，退之亦不能作。

語見文錄，此子西之廋辭也。夫題如琴操，辭出名手，非摹古詩，卽肖騷辭，非詩非騷，抑又何物？試爲譬之，直獸類中之四不像耳。明明譏退之不能作此體文，而美其名曰惟退之爲得體，猶言退之以文爲詩然。夫文與詩，赫然兩體，不能相溷也，今

不曰退之不能爲詩，而佯譽之曰以文爲詩，試爲譬之，亦直人類中之陰陽生耳，誠不若楊升菴，逕以「人稱退之善詩，乃勢利他語」之爲直截痛快也。於是子西謂退之琴操，子厚不能作，特子厚不作而已，非眞不能作也，如作之，非古詩，卽騷辭。至子厚皇雅，退之不能作，則退之眞不能作，如作之，將四不像與琴操等。

子厚工爲詩騷，平淮夷雅，卽詩之代表作也，故夢得置於卷首，其實除卷一諸篇外，推及其他銘誄諸辭，皆古風詩之遺，勢不得屏斥在外。至於騷，夢得於第十八卷，專列騷爲一類，得文十篇，實則第二卷之諸賦，第十四十五兩卷天對晉問諸作，何一非騷？凡此皆由子厚少年錘鑄之功成之，既成之後，發爲文章，任筆所之，因無往而不利，至爲晏元獻之流之所傾服，幾於五體投地，退之視此，固絶對茫無津涯也。顧世之論子厚工力者，往往偏言騷而罕及詩，如以下數家：

柳子厚作楚辭，卓詭譎怪，韓退之所不及。〔沈作喆寓簡〕

唐人惟柳子厚深得騷學，退之李觀皆所不及，若皮日休九諷，不足爲騷。〔嚴羽滄浪詩話〕

子厚天問晉問乞巧文之類，高出魏晉，無後世因緣卑陋之風，至於諸賦，更不蹈襲屈宋一句，此在嚴忌王褒上數等也。〔葉夢得避暑錄話〕

三

子厚平淮夷雅，人每以退之平淮西碑相提比論，孔平仲論韓碑曰：

觀李愬傳，平蔡之功奇偉如此。其得李祐，雖待以赤心無疑，然固亦捐死以徼幸也，而平淮西碑乃抑與諸將等，欲裴度專美。儒者見偏而言不公如此，以退之之賢，不免此蔽也。

子厚唐雅：皇武與方城兩章，前以美裴度，後以美李愬，度愬平列，頌此偉功，適得韓碑之反。顧世論於此，知抑韓而不知揚柳，可見平仲所謂儒者見偏而言不公，固不僅退之一手，而包括崇獎退之一輩人。

羅昭諫述石孝忠推碑事，士林罕傳，茲將羅文詳覈，實錄如下：

說石烈士　　　　羅　隱

石孝忠者，生長韓魏間，其爲人猛悍多力，年少時偷雞殺狗，殆不可勝計，州里甚苦之。後折節事李愬，爲愬前驅，其信任與愬家人伍。元和中，蔡人不歸，天子用裴丞相計，以丞相征蔡，若愬者、光顏者、重胤者，皆受丞相指揮。明年蔡平，天子快之，詔刑部韓侍郎撰平蔡碑，將所以大丞相功業於蔡州。〔大一本作文。〕孝忠一旦熟視其文，大恚怒，因作力推去其碑，僅傾移者再三，〔僅者、猶俗言差一點，僅傾移者再三，猶謂差一點倒下來，不止一次。〕吏不能止，乃執詣節度使，使悉以聞。時章武皇帝，方以東北事倚諸將，〔倚、他本作訪。〕聞是卒，心甚訝之，命具獄，將斃於

碑下。孝忠度必死也，苟虚死，則無以明愬功，乃僞祗畏若不勝，〔祗，他本皆作低，惟張燧本作祗，是。〕按驗吏閔之，〔閔，他本皆作罔，非是。〕未知其爲人也。孝忠伺吏隙，用枷尾抵二吏殺之，〔二吏，他本多作一吏。〕天子聞之怒，且使逘闕下。及至也，亦未異其人，〔他本無未字，惟此句跟上「未知其爲人也」而來，以著未字爲得。〕因召見曰：汝推吾碑，殺吾吏，爲何？孝忠頓首曰：臣一死未足以塞責，但得面天顔，則赤族無恨矣。臣事李愬歲久，以賤故，給事無不聞見，〔一本作給事無聞，殊不成語。〕平蔡之日，臣從在軍前。且吴秀琳、蔡之姦賊也，而愬降之，李祐、蔡之驍將也，而愬擒之，蔡之爪牙，脱落于是矣，及元濟縛，雖丞相與二、三輩，〔一本作一二輩，又或作諸將軍。〕不能先知也。蔡平之後，刻石紀功，盡歸乎丞相，而愬第其名，與光顔重胤齒。愬固無所言矣，設不幸更有一淮西，其將略如愬者，復肯爲陛下用乎？賞不當功，罰不當罪，非陛下所以勸人也。臣所以推去碑者，不惟明愬之績，亦將爲陛下正賞罰之源。臣不推碑，無以爲吏擒，臣不殺吏，無以見陛下，臣死不容時矣，〔一本作臣罪不容誅矣，又作臣言已矣。〕請就刑。憲宗既得淮西本末，且多其似義，〔諸本無似字。〕遂赦之，因命曰烈士，復召翰林段學士撰淮西碑，一如孝忠語。後孝忠隸江陵軍驅使，大中末，白丞相鎮江陵，余求謁丞相府，〔一作余求剌丞相。〕有從事爲余道孝忠事，遂次焉，將所以教人爲下。〔一作教爲人下。〕

張燧字和仲，湖南人，明萬曆間，曾爲千百年眼一書，〔釗按：此書光緒間，日人在東京以銅版印出，葉玉甫以示我，他處未嘗見也。〕録此文，並綴數語於後：

嗚呼！石孝忠者，固貫高趙午之徒歟！當時韓吏部既欠實録，而裴相國殊無休休讓美之懷，致謗未必無由也。夫韓公之文非不卓越，卽段學士所撰，亦自詳贍明妥，隨人觀塲之輩，先睜眙於山斗，而段文全不齒録，亦足笑也。

石孝忠推碑事，絶少人討論及之，清翰林管世銘曾有一詩云：「晉公德望涼公績，並紀韓碑詎失眞？婦女老兵何足道？當時三省竟何人？」涼公卽李愬，愬平蔡後，以功封涼國公，鎭襄陽也。婦女、指愬妻唐安公主女出入禁中，訴碑辭不實事，老兵卽指孝忠。三省、謂當時中書門下及尙書三省也。中書掌佐天子執大政，總判省事，門下掌出納帝命，相禮儀，此舊稱黄門省；尙書掌典領百官。清末汪瑔，以幕客好著書，有松烟八録行世，曾録韞山此詩而綴數語曰：

余素不喜石烈士推碑事，以爲此特妄人不識大體者，而羅江東傳之，楊鐵崖詩之，〔釗按：楊詩見詠史樂府。〕皆誤也，韞山此詩，較宋人千載斷碑一詩似更明快。尋管世銘在乾隆朝之御史行列中，以反對和珅，而被和珅毒死，看來是不失爲卓有骨氣之人，惟彼以主張君主專制，而崇拜韓愈，以盲目崇拜韓愈，而視韓文中一字一句，含有神聖不可動搖之經典性質，故與之討論石烈士推碑之是非曲直，皆屬多事。

汪琭者浙人，而幕遊於粵，因落籍爲粵人，晚近汪兆銓、汪兆鏞之流，皆子姪也。人小有才，而識解無足取，亦不具論。宋人斷碑詩事詳他條，不贅於此。

方城之辭曰：「寇昏以狂，敢蹈愬疆？」，先置李光顔、烏重胤、韓弘、及子公武、李文通、李道古等於不問，一若平淮之役，唐師唯愬爲主，餘皆偏裨然。敢蹈愬疆？敢猶言不敢，反語也，此尊愬何等深至？又曰：「右翦左屠，聿禽其良」，此指愬擒捉生虞候丁士良，士良元濟驍將，愬釋其縛，署爲官軍捉生將。士良感動，言於愬曰：賊將吳秀琳，擁兵據文城柵，賴有陳光洽爲之謀主，士良能擒光洽。光洽既擒，秀琳乃降，愬撫其背慰勞之，而卽石孝忠所謂吳秀琳蔡之奸賊而愬降之者也。辭又曰：「其良既宥，告以父母，〔新唐書本傳：賊來降，告以父母所在，給粟帛遣還，勞之曰：而亦王人也，無棄親戚，衆願爲愬死，此卽告以父母之謂。〕恩柔于肌，卒貢爾有，維彼攸恃，乃偵乃誘」，此指愬厚待秀琳，與之謀取蔡，秀琳曰：公欲取蔡，非得李祐不可，愬遣廂虞候史用誠生擒祐以歸，釋不殺，用其策，而卽石孝忠所謂李祐蔡驍將，而愬擒之，並上吳秀琳事，蔡之爪牙，脫落於是者也。辭又曰：「雨雪洋洋，大風來加，于燠其寒，于邇其遐，汝陰之茫，懸瓠之峨，是震是拔，大殲厥家」，此指愬軍夜出，風雪交加，夜半至懸瓠城，城旁有鵝鴨池，令擊之以亂軍聲，賊無知者，而卽石孝忠反寫元濟受縛，雖丞相與諸將軍不能先知者也。由是石孝忠捨死爲愬爭功，以鳴其不平者，子厚固無不大

書特書，爲愬張目，並及乃父西平，內誨外刑，以顯父子同有造於大唐也。子厚獻雅，佐唐光明，而探驪得珠，顯以李愬與裴度並列，視韓碑適若冰炭之不相容。顧世之抑韓者，同時如唐安、如石孝忠，後世如姚鉉，㊀皆絶不知崇柳，而且同時如李商隱，後世如蘇軾，眼見其文之不衷於實，非惟無意抑韓，並進一步善頌善禱，而曰：「以爲封禪玉檢明堂基」，或曰：「吏部文章日月光」，天下思想矛盾之大反乎邏輯者，宜莫甚於是。

復次：韓碑序事年月，顛倒錯亂，張燧於文後按曰：

唐憲宗以永貞元年八月卽位，是月，劍南西川劉闢自稱留後，十一月，夏綏銀節度留後楊惠琳反，元和元年三月辛巳，楊惠琳伏誅，十月戊子，劉闢伏誅，事皆在元和元年，而退之平淮西碑云：明年平夏，又明年平蜀，蓋誤也。新唐書載此碑，削去明年平夏一句。

敍次既失實，而篇首泛論一大段，以加於其他類似碑文，都無不可，當時名輩爭訾之，劉夢得卽曰：「韓碑兼有帽子，使我爲之，便說用兵討叛」，卽此以觀，文章功力，平平而已。至如散語不如柳雅，以至夢得又謂：「柳八駁淮西碑云：左餐右粥，何如我平淮夷雅仰父俯子」，猶皆小節不足道。若夫別有頌揚者曰：「渾噩似誥盤，高古

㊀ 此指唐文粹不收韓碑，而收段文昌碑而言。

如雅頌，體裁宏鉅，唐文第一，〔清弘曆評此碑語。〕」此惟無道君統，利用韓愈爲專制武器者，始能爲此語。

夢得平蔡州三首，亦如子厚專用力寫李愬一人，如「蔡州城中衆心死，妖星夜落照壕水，漢家飛將下天來，馬箠一揮門洞開」，又曰：「汝南晨雞喔喔鳴，城頭鼓角音和平，路旁老人憶舊事，相與感激皆涕零」，凡此皆向愬極力描寫，士林聾盲，皆蒙袂無所見。

綜而言之，韓柳同於平淮西有述作，而其所以自信，相距何啻霄淵之比？子厚上李愬啓曰：「宗元身雖陷敗，而其論著往往不爲世屈，意者殆不可自薄自匿，以墜斯時。」論著不爲世屈一語，自負何等深至？而退之進碑表則云：「臣自知最爲淺陋，顧貪恩待，趨以就事，叢雜乖戾，律呂失次，強顔爲之，以塞詔旨，罪當誅死」，氣度何乃卑下一至於此？此其一。平淮之功，李愬第一，此天下之公言，子厚適如其分，爲愬鼓吹，而退之反之，意在抑李愬而揚韓弘。果也弘感退之揄揚之功，寄贈人事絹五百匹，致使退之上表申謝，醜迹流於後世。退之撰文，其心迹之不可考如此，所得石孝忠拽碑之報，信不爲枉，此其二。二義既明，韓柳之優劣可定，辭之高下，抑又次已。

四

退之平淮西碑，朱晦菴韓文考異引樊崧卿之說曰：

宰相裴度，爲淮西宣慰處置等使，公爲行軍司馬，蔡平，隨度還朝，詔撰平淮西碑。公以吳元濟之平，由度能固天子意，得不赦，卒擒之，多歸度功。而李愬特以入蔡功居第一，愬妻、唐安公主女也，出入禁中，訴碑不實。帝詔斵其文，更命翰林學士段文昌爲之，見舊史公傳及新史吳元濟傳。文昌之文見姚鉉文粹，其與公作不待較而明。蘇內翰臨江驛小詩：「淮西功業冠吾唐，吏部文章日月光，千載斷碑人膾炙，不知世有段文昌」，盡之矣。陳無己曰：「龍圖孫學士覺喜論文，謂退之淮西碑敍如書，銘如詩」，又云：「少游謂元和聖德詩，於韓文爲不似，與淮西碑如出兩手」，蓋其少作也。

袁文甕牖閒評云：

蘇東坡奉敕撰上清儲祥宮記，後朝廷磨之，別命蔡元度（卞）作，故東坡有詩：淮西功業冠吾唐云云。退之淮西碑，亦是磨後復使文昌再作，此二事大相類，東坡遂託爲此詩。紹聖間，有人於沿流館中得之，蓋亦有少不平故耳，而苕溪漁隱不知有此，乃謂東坡竄海外時作，欲以自況，非也。

考異引樊說，大體稱美韓碑，而末乃指斥元和聖德詩之不似，而歸咎爲少作。嘻！奇已，姑無論聖德詩與淮西碑，年代相距至邇，而元和改元，退之卽已年近四十。夫

以不惑之年，當盛名之後，同一時期之作，遽判爲某是少作，某則否，寧非怪論？東坡淮西功業詩，袁文能討源至對時事不平而作，識自高出方崧卿。夫臨江驛或沿流館，皆託辭嫁名之所爲耳，胡仔竟不知有此，認是坡翁竄海外時自況之什，智更下崧卿一等。

代退之者爲段墨卿，代東坡者爲蔡元度。墨卿庸庸，止於以精饌事稱，而元度中傷善類，姦惡有踰章七，眞是每況愈下。

李竹嬾六研齋二筆云：

春秋論戰勝功賞，必歸功於所以者，李愬淮西之功，謂裴度督戰以之耶？韓愈碑文體裁宏麗，足重國紀，愬娶唐安公主女，訴碑文不實，或云：憲宗疑裴與韓黨，故抑其文，又疑李逢吉初議與裴不協，皇甫鎛忌愈，陰毀爲黨致爾。及觀度纂述蔡鄆用兵，帝之憂勤機略，皆歸功於上，不敢以元功自居云。

竹嬾紀錄碎細，無所展發，殊不足觀。

五

臨江軍驛舍一詩，別有本事，不足爲左袒韓碑之證，吾既早有紀述，㊀ 茲查汪琭松烟小錄，有如下記載：

㊀ 參看本編卷二懲咎賦。

趙令畤侯鯖錄：紹聖中有人過臨江軍驛舍，題二詩，不書姓名，時貶東坡，毁上清宫碑，令蔡京别撰。詩云：李白當年謫夜郎，中原不復漢文章，納官贖罪何人在？壯士悲歌淚數行。又云：晉公功業冠吾唐，吏部文章日月光，千載斷碑人膾炙，不知世有段文昌。條下復有小注云：乃江鄰幾作，或云：張文潛作，蓋此二詩，當時已不知作者主名，而費衮梁溪漫志，乃謂晉公功業一首是東坡作㈠何也？近北江詩話引此詩，亦沿漫志之説。

由此以知：詩乃他人爲東坡頌寃而作，斷碑牒上清宫碑，段文昌牒蔡京，詩意廣闊，於韓碑之實質如何，全然别爲一事。事屬聲東而擊西，東西何得並爲一談？至謂詩乃東坡自作，尤爲孟浪。

按袁文甕牖閒評云：東坡奉敕撰上清儲祥宫記，而趙令畤謂是上清宫碑，夫上清碑，即儲祥宫記也，至文是京作，抑其子卞作，指名不一，事無可考，而傳益紛紜。其謂詩出江鄰幾或張文潛，都含有幾許風趣，若謂東坡自作，則事涉罵題，貶郤長公譽望非淺。朱晦菴、袁質甫、及費衮者流，以訛傳訛，毋乃不思之甚？

六

唐平淮西，韓柳皆有文紀其事，文之工拙爲第二義，獨南宋黄唐持理甚正，人莫

㈠ 朱晦菴韓文考異，亦謂是東坡作。

能及。黄唐者福州人，寧宗朝爲考功郎中，以不能承奉韓侂胄爲父乞謚，求去，固不欺其志之正士也。唐之言曰：

學者皆以平淮一事爲章武〔指憲宗。〕雋功，韓柳二詩爲工於文，愚竊笑之。淮蔡、唐地也，元濟、唐臣也，外連奸雄，内刺宰相，〔指與李師道連遣賊刺武元衡，裴度墜馬幾死。〕併天下之力，僅能取三州困斃之餘。本吾臣子，而以逆誅之，本吾故地，而以新復之，君臣動色相慶，有靦面目矣。昔魏太祖時，國淵破田銀蘇伯於河間，及上首級，如其實數，太祖問其故，淵曰：河間封内之地，銀等叛逆，雖克敵有功，淵實恥之。諸葛孔明出祁山，而南安天水安定歸降，且拔千餘家還漢中，蜀人皆賀，孔明蹙容曰：普天之下，莫非漢民，以此爲賀，能不爲愧？嗚乎！國子尼不以討封内之寇爲有功，孔明不以得漢氏之民爲可賀，則唐室中藩鎮之逆，又果足以形於歌詠乎？二子之見，亦韓柳有所不及者矣。

雍甫〔黄唐字。〕之論，獨見其大，此亦懲貶同時諸儒拘墟理學、寖忘國仇之失，故慨乎其言之。吾讀子厚「天造神斷，克清大憝，金鼓一動，萬方畢臣」等語，不知當時子厚，曾考慮到萬方何指否也？吾雖崇柳，亦不能爲柳之佞唐諱。

七

吾近閱袁爽秋未印行之日記，於韓退之平淮西碑，有如下一段議論：

平淮西碑鋪張裴中立平蔡之功，喧赫人耳目，實則區區元濟蕞爾之地，第如黑子之著面，荆公所以譏之曰：「筆墨雖巧終類俳」，韓公不免阿好裴令而爲之辭也。然公實約詩書之指而成文，魯人頌僖公曰：「荆舒是懲」，僖僅附和齊桓，預於召陵之會耳，非身在行間也，而其下虚美之若此，然則韓公以文字之力，聳唐德於詩書之表，又何嫌哉？金明昌大定以後，地狹政秕，人才衰少，得元裕之中州集、壬辰雜編、劉祁作歸潛志，遂爲金史所取材，儼有聲明文物之足傳於後，文字之功，亦豈可少乎哉？

柳州平淮夷雅，當然亦作如是觀，荆公之論，是理勝。雖然，韓柳相較，猶自有説，散見於本編，讀者其審之。

八

姚範援鶉堂記平淮西云：

平淮西碑：按自元和九年用兵淮蔡，至十二年而始平，銘及之，其間命將出師，攻城降卒，俱非一時事，亦非盡命裴度後事也，而序皆類之若一時事者。蓋序所以聳唐憲奮武者功申命伐叛之威，裴度以宰相宣慰，君臣協謀，亦應特書，著度之勳，而主威益隆，此江漢常武之義也。於以見保大定功，綏馭震疊之謨，若詳著入蔡禽一叛臣，其於推崇唐宗威德替矣，此公表所云詩書之文，各有品章條貫者

也。而宋子京乃云：公以元濟之平，繇度能固天子意，得不赦，故諸將不敢首鼠，卒禽之，多歸度功，此與義山詩見處同耳，未達撰次之旨也。但序事非實，王介甫有類俳之譏，或以是與？或云：銘辭當出於序之外，補序所不及，僅以避重文複説者，其亦未達詩書之殊軌，文質之異用矣。

昔人謂序似書，銘似詩，余謂銘辭酣恣奮動，正以不全似詩爲佳，而子厚乃以淮夷雅矜出其上，謬矣，規橅章句，何處得此生氣横出耶？

王介甫譏平淮西碑序事類俳，實則類俳是韓文本色，何止此碑？援鶉又記：「睿神文武至不爲無助，辭氣雄岸，公之本色佳」，此之本色，亦小丑而偶演銅錘耳，終不離乎俳者近是。至子厚自矜淮夷雅高出韓上，此在柳文不俳一點上，知言者應無異辭，惟通而計之，韓柳歌詠此一武功，於文都不可能爲高品，則宋人黄唐大聲斥之，桐城小儒，宜不解此。薑塢僅於詞句上槎枒飣餖，猶不足邀不賢識小之譽。

九

蘇子瞻嘗作李西平畫贊：

以吾觀，西平王，提孤軍，自北方。赴行在，走懷光，斬朱泚，如反掌。及其後，帥鳳翔，與隴右，瞰河湟。兵益振，謀既臧，終不能，取尋常。墮賊計，困平涼，卒罷兵，仆三將。誰之咎？在廟堂，斬馬劍，誅延賞。爲葅醢，不足償，覽遺像，涕

泗滂。㊀

而子厚平淮夷雅則曰：「皇曰咨愬，裕乃父功，昔我文祖，〔指德宗。〕惟西平是庸」，又曰：「蔡人率止，惟西平有子，西平有子，惟我有臣」，子瞻之贊，何其與此適相背也？嘗論德宗猜忍多忌，實不能用將帥，雖曾倚重西平，以夷內難，獨至向吐蕃用兵，外張國威，其有關國家大計，殆不可與內難同日而語；而乃中於吐蕃尙結贊計，驟罷西平兵權，並牽率到渾瑊馬燧，同時慘敗，此尙得譽作惟西平是庸者乎？

又譖西平者張延賞，而韋皋者，延賞女夫也，永貞之變，又潛發於皋。大凡小人用事，秘計得逞，而欲大將宗臣，能建樹國家百年至計，誠不可得之數，子厚草唐雅時，諒不能不涉想到此。其曰「內誨於家，外刑於邦」，亦惟望樹此典型，國家不再有宵小竊柄誤國之事云爾。

賞無讀平聲者，故蘇贊爲平仄通叶，若柳雅「威命是荷」之荷字則異是。白斑湛淵靜語云：

潘岳詩有：「豈敢陋微管，但恐忝所荷。」柳宗元平淮夷雅：「錫盾雕戈，威命是荷」，荷皆作平聲。蓋「何天之衢」，「何校滅耳」，「百祿是何」，皆荷可切，又如字，何荷通用故也。

㊀ 本贊用韻，平仄通叶。

此則何荷平仄通用，與賞殊科，「何校滅耳」，謂枷鎖之大，荷之至滅耳也，語本易經。

唐鐃歌鼓吹曲　并序

序稱「盜取古書文句，聊以自娛」，此於鐃歌已有說明。更聞吳訥之說曰：

周禮大司樂曰：王師大獻，則令奏愷樂；〔按愷一作凱，下同。〕大司馬曰：師有功，則愷樂獻于社。鄭康成云：兵樂曰愷，獻功之樂也，是則軍禮之有愷樂，其來尚矣。若夫鼓吹鐃歌横吹之名，則起於漢。崔豹古今注云：漢樂有黄門鼓吹，天子所以燕羣臣，短簫鐃歌，乃鼓吹之一章，亦以錫有功，是則鐃歌與横吹，得通名爲鼓吹曲，但所用異爾。漢有朱鷺等二十二曲，列於鼓吹，謂之鐃歌，又有横吹曲二十八解，然辭多不傳。曹魏嘗改漢鐃歌爲十二曲，而辭率矯誕。厥後柳宗元進唐鐃歌，洪武中宋濂擬宋鼓吹，雖如魏之曲數，而辭義殆過之矣。

訥說見文章辨體二十四論。鐃如鈴，無舌有秉。〔按秉與柄同。〕或曰：鐃、小鉦也，軍法：卒長執鐃，訥文敍述甚明。惟鐃歌與鼓吹曲，本爲二事，子厚併爲一談題此篇，蓋意在集古來愷樂之大成云爾。

查愼行得樹樓雜鈔云：

柳子厚鐃歌鼓吹序云：「今考漢曲十二篇」，童宗說注：「一朱鷺，二思悲翁，三

艾如張，四上之回，五翁離，六戰城南，七巫山高，八上陵，九將進酒，十有所思，十一芳樹，十二上邪。」愚按：此外尚有君馬黃、雉子班、臨高臺、釣竿等曲，豈其不入鐃歌，故不列十二篇之目耶？

釗案：右引吳訥之說，漢鐃歌原有二十三回，子厚今所謂漢曲十二篇者，應是曹魏改訂之數。依漢原曲，君馬黃、雉子班等曲，可能掃數列入。須知漢曲與魏曲異，蓋魏曲有十四篇，又內容功德具，較之漢曲，數既不符，又漢歌詞，並不明紀功德，分明是兩事。以知子厚所稱漢曲十二篇，是由曹魏所改訂，因而排除漢原有歌詞如君馬黃等在外，此或可作對查夏重之答案。

訢田圻：　訢應作斫，恥格切，裂也。或作斥，蔣之翹云：以後題有斥東土較之，作斥字是。

斮梟鷙：　鷙、不祥鳥名，从鳥不从馬。

屈贙猛：　字書無贙字，或謂當作虣，音暴，強侵也，周禮有司虣氏。爾雅：贙有力，注：出西海大秦國，似狗，多力。鋐云：贙恐誤作贙。

怒觳麛：　觳、鳥子生須哺者，麛、鹿子。觳麛以喻王世充、竇建德。

鉤喙決前鉅趯傍：　鉤喙者、如鉤之喙，鉅一作距，足距也，趯音惕，跳也，謂喙決於前，距跳於傍也。

翲不可當：　翲、小飛貌。

披攘蒙霿：　披攘、曹植漢高帝贊：「朱旂旣抗，九野披攘」，劉禹錫廣禪師碑銘：「章武皇帝披攘經營，凡四十年」，子厚愶王孫文，亦用此二字，謂分散也。霿與霧同。評事柳君墓誌：「永安披攘，薦仍于兵」，此謂永安人民，分崩離散，而且頻罹兵禍也。字用作動詞或形容詞均可，義皆不外分散。

芭栫黬矣：　栫、爾雅：烈、栫餘也，謂木斫髡而復生也，說文：伐木餘也。字書無黬字，惟玉篇黑部有黭字，恐誤以隊爲對。邵熊直音黬作隊，注：草木盛貌。

澶漫萬里：　澶漫、大水貌，杜詩：「澶漫山東二百州」，謂散遠也。莊子：「澶漫爲樂」，澶音憚，漫、莫半切。漢書司馬相如傳上：「案衍壇曼」，注：寬廣貌，卽澶漫之微變，選洞簫賦：「彌望儻莽」，亦同。案衍、司馬彪曰：窊下也。

睢盱萬狀乖，咿嗢九譯重：　睢盱、質樸貌，王延壽賦：「鴻荒朴略，厥狀睢盱」，揚雄劇秦美新：「權輿天地未祛，睢睢盱盱」，蓋元氣未判，或太朴未雕，皆謂之睢盱。咿嗢或作嗢咿，語言不明貌，韓愈赤藤杖歌：「滇王掃宮邀使者，跪進再拜語嗢咿」，至宋王逢聞彈白翎雀引：「前驅屈盧從繁弱，睢盱嗢咿萬狀錯」，則綜睢盱嗢咿而合用之，蓋以子厚鐃歌爲藍本也。　屈盧、矛名，繁弱、弓名。

郭茂倩曰：

此諸曲史書不載，疑子厚私作而未嘗奏，或雖奏而未嘗用，故不被於歌，如何承天之造宋曲云。

說亦近理。胡應麟曰：

退之琴操，子厚鼓吹，銳意復古，亦甚勤矣，然琴操於文王列聖，得其意不得其辭，鼓吹於鐃歌諸曲，得其調不得其韻，其猶在晉人下乎！

鼓吹何以必須得鐃歌之韻，方爲合拍，理甚費解。

晲民詩

一

此詩乃子厚根據春秋大義，描畫太平世之國家形態之所爲作也，千餘年來，從無人讀破此文，而理解其眞實意義。文中之乃房乃杜，表面以房玄齡、杜如晦爲號，實則子厚用作符記，所爲體國經野之兩項綱領，隱寄於斯。試思玄齡如晦，在唐室誠不失爲賢相，然亦不過上企伊呂，下齊蕭曹已耳，至於開春秋大一統之業，立萬世太平盛世之基，則二子將遠嫌不足，豈是子厚詩中的彀矣乎？然則乃房乃杜者何也？曰：房者取其形近音同於防，而義在防止之防，又房者閨房也，禮起於夫婦，首在齊家之得其正；杜者取其字形同一，而義在杜絶之杜。所防者何？曰防萌，所杜

者何？曰杜漸。防萌杜漸，爲兩漢以來論政之常用語，而尤爲治春秋者所三致意，子厚因取譬焉，以敷陳其治國大要云爾。

貞民詩云：

帝視民情，匪幽匪明，慘或在腹，已如色聲。亦無動威，亦無止力，弗動弗止，惟民之極。帝懷民貞，乃降明德，乃生明翼。明翼者何？迺房迺杜，惟房與杜，實爲民路。迺定天子，迺開萬國，萬國既分，迺釋蠹民。迺學與仕，迺播與食，迺器與用，迺貨與通。有作有遷，無遷無作。士實蕩蕩，農實董董，工實蒙蒙，賈實融融。左右惟一，出入惟同，攝儀以引，以遵以肆。其風既流，品物載休。品物載休，惟天子守，乃二公之久；惟天子明，乃二公之成；惟百辟正，乃二公之令；惟百辟穀，乃二公之祿。二公行矣，弗敢憂縱，是獲憂共；二公居矣，弗敢泰止，是獲泰已。既柔一德，四夷是則，四夷是則，永懷不忒。〔釗案：皮日休詠房杜詩云：黄閣三十年，清風一萬古，可與子厚此詩參讀。〕

請以次釋之：帝視民情四句：帝者上帝也，上帝察民情，無所謂幽明，縱或其情深藏於腹，均如色聲之發表在外，無不顯白，此言帝意一以民情爲轉移也。亦無動威四句：謂上帝之於民，不動之以威，亦不止之以力，威力舉無所用，一以民之中正意識爲本，從民所欲。民極本周禮：「以爲民極」，極、中也，正也。帝懷民貞三句：書：「天

視自我民視」，帝既將民情察看明白，於是爲立君，爲立輔，以成就之。夫君惟德最高者能任，故不言君而言明德，且輔惟庶明勵翼〔語本書經。〕者能任，故不曰輔或臣而曰明翼，此所謂天生民而立之君立之師也。明翼四句：謂輔君之法，惟在防微杜漸，而不尚威力。防微如何？曰在教育，卽包涵下文之所謂學；杜漸如何？曰在法律，卽隱括下文之所謂仕。國有此二者，民得其正路以行，自臻上理，武力直可無需，國家可不設兵部。乃定天子四句：時明天子在上，萬國來儀，成大一統，民間稂莠，亦已同心向化，故所謂蠹民，皆開放使與同樂也。迺學與仕四句：指士農工商，皆安居樂業。有作有遷無遷無作二句：此二句最重要，謂貿遷有無化居，凡製造成品，皆有銷路，其認爲不應消行之品，如奇技淫巧之類，皆停止製作。士實蕩蕩四句：謂四民渾樸勤勞，相助忘我之象。左右惟一四句：謂全國思想，趨於一致，不分派別，舉止齊同，共向國家領導中心，遵從學習。肆讀肄，卽肄習也。其風既流品物載休二句：舉國一概，成爲流風，從而生產茂盛，國泰民安。品物載休，惟天子守九句：國家興盛至此，於何歸功？曰：惟二公之故，二公者，指防萌與杜漸也。蓋教育之制良，不善乃乍萌而卽折，法律之守嚴，有釁亦漸發而旋銷，太平盛世，於焉告成。二公行矣六句：二公承上而言，仍指防萌杜漸。謂二策之行，不敢故有偏縱，而惟求獲得平均，萬民同樂，此就積極言之；二策之效，不敢驕傲自滿，而祇認得是亦足，再

求進步，又就消極言之。旣柔一德四句：此謂以柔道治天下，不用兵戈，惟崇文德，四夷從而傚傚，天下長治久安。全詩大意，止於如此。

後漢丁鴻，在永元中爲司徒，時竇太后臨政，竇憲兄弟各擅威權，鴻因日食上封事，中有曰：

問者月滿先節，過望不虧，此臣驕溢背君，專功獨行也。陛下未深覺悟，故天重見戒，誠宜畏懼以防其禍。若敕政責躬，杜漸防萌，則凶妖銷滅，害除福湊矣。夫壞崖破巖之水，源自涓涓，干雲蔽日之木，起於蔥青，禁微則易，救末者難。人莫不忽於細微，以致其大，恩不忍誨，義不忍割，去事之後，未然之明鏡也。

書奏，帝收竇憲大將軍印綬，憲及諸弟皆自殺，此自是防杜有效之一證。前此蔡邕對問，曾稱：「審察中外之言，申明守禦之令，以杜漸防萌。」後此五代史雜傳序亦稱：「善爲天下慮者，不敢忽於微，而常杜其漸。」更後胡安國作春秋傳，尤鄭重引申「春秋防微杜漸之意，爲萬世慮深遠」。前後千餘年中，凡以防杜爲中心思想者，都甚彰明較著，子厚位乎其中，負承啓之責，亦自不能不乘間而有所宣。惟是謗議紛厖，艱爲顯達，乃房乃杜，託於人稱，於以見子厚所業之大而遠，而爲言之婉而章云。

右言防微杜漸起於夫婦奈何？張超誚青衣賦曰：

周室將衰，康王晏起，畢公喟然，深思古道。感彼關雎，性不雙侶，願得周公，

妃以窈窕。防微杜漸，諷誦君父，孔子大之，列冠篇首。張超者鄭人，艮後，字子並，文才甚茂。靈帝時，從朱儁討黃巾有功，爲別駕司馬。

二

孔門之詁天曰：「天何言哉？四時行焉，百物生焉，天何言哉？」由是天視自我民視，天聽自我民聽，欲爲我民選拔一裁成輔相之人，必須與無言而行四時、生百物之天意配合得上，方爲適當人物，斯人物者何？曰：惟房與杜是。

宋蘇軾在殿中丞直史館判官告院權開封府推官時，上神宗皇帝書，有如下一段意見：

智者所圖，貴於無迹，漢之文景，紀無可書之事，唐之房杜，傳無可載之功，而天下之言治者與文景，言賢者與房杜。蓋事已立而迹不見，功已成而人不知，故曰：善用兵者無赫赫之功，豈惟用兵，事莫不然。今所圖者，萬分未獲其一也，而迹之布於天下，已若泥中之鬥獸，亦可謂拙謀矣。

郎曄於文景房杜下，各作小注：一、「文景二紀，止言勸農桑、減租賦、除肉刑、定箠令之類。」二、「房杜二傳，止言玄齡善謀，如晦善斷，而史臣亦稱其輔贊彌縫，藏諸用使，人由之而不知。」由是以文景爲之君，以房杜爲之臣，天人景從，國無爲而治，而子厚所謂「帝懷民眎，乃降明德，乃生明翼」之崇高詩意，得以躊躇滿志而無憾。蓋

明德者何？舍文景無以爲降，明翼者何？舍房杜無以爲生。

郎曄者、南宋新紹興府嵊縣主簿，爲東坡文集事略之經進人，生平別無可考。子瞻之爲是言，爲懲王安石之變法，徒滋擾亂而無實際，子厚之設是想，殆鑒於永貞善政之空悅人心，招來反動，二者思源未同，而的彀如一。大凡國家「消讒慝以召和氣，復人心而安國本」，〔此子瞻書中語。〕亦誠非與天合德，維民之極，此物此志，無從表顯云。

三

子厚與元饒州論政理，謂免貧病者而不益富者稅，乘理政之後，誠非如此不可，若乘弊政之後，將萬萬做不到。由是言之，處理政與處弊政，固截然不同道矣，惟晽民亦然。

子厚草晽民詩，而標榜房杜，以爲治世言之者也，〔按子厚所謂理政，本猶言治政。〕若夫亂世，似房杜無所用之。易占鼎新，亦占革故，革故在鼎新前斯順，鼎新在革故前乃亂；蓋鼎新必有基礎，方能按部前進，基礎不具，而漫以太平之道施之，是猶治絲而棼，亂且益甚，房杜之治，亦復如是。

農末相競，〔末謂商。〕亂象也，古來無存農去末之法，倘其能之，豈不大治？貧富相齧，亦亂象也，古來無絕富維貧之方，倘有之也，豈不大治？夫大治云者，非眞大

治也，亦使人見到由此而獲大治之軌迹而已：房云杜云，乃循此軌迹而臻上理之動力，軌迹不具，動力無所於用。

嘗試論之，貞觀盛時，亦差得農末貧富相與質劑之苟安而已，説不上一農末、均貧富之治平勝概。房杜出而承其流，偷安一時，不久均衡一失，社會復亂，由是貞觀一降而爲開元，再降而爲大曆，三降而爲天復，以底於亡。由是以知：國家不達到農末一、貧富均之一境，外無長治久安之局，內無一流靡間之方。惟房與杜，不爲民路，睬民一詩，子厚信爲徒作。一千年後，天下通士，始得開眼一讀，曷勝浩歎？

四

宋蘇軾對制策之言曰：

農末之相傾，而平糴之法不立，貧富之相役，而占田之數無限，天下之闕政，則莫大乎此，而和氣安得不蟄乎？

爲問平糴之法立矣，農末卽不相傾矣乎？占田之數限矣，貧富卽不相役矣乎？此卽起軾而索其答曰：恐未必然，恐未必然。又問旣未必然矣，胡乃謂天下之大闕政緣此補，和氣亦緣此可得不蟄也乎？曰：此欺人之談也。平糴之法，限田之數，皆一時權宜之計，蓋糴今日平矣，明日容見爲未平，甲地平矣，乙地容未必相應而平，惟限田亦然。農田廢弛而鬻產，豪民攘臂而幷兼，有限之田，容轉瞬而卽變爲無限，然則

闕政終不得補，和氣亦變爲盭而終不得回。

右一問題，諒蘇軾定不能答，如求答也，求之前乎軾也二百年之河東解人，或且彷彿有之。其彷彿之答奈何？曰：天下之事，每拘於名而窘於數，非變其名，並去其數，往往答案不可即得。變名去數又奈何？夫農末之相傾也，吾爲之毀末，農不見末，將誰與傾？貧富之相役也，吾爲之屏富，貧不倚富，又誰與役？毀末屏富，能乎否也？柳子厚曰：能。

子厚何以見爲能？曰：見之於眎民詩。其辭有曰：

迺學與仕，迺播與食，迺器與用，迺貨與通。有作有遷，無遷無作。士實蕩蕩，農實董董，工實蒙蒙，賈實融融，左右惟一，出入惟同。

辭中之賈，並不同於子瞻之所謂末，末者圖利於遷，而相傾於作，眎民則凡國家不賴於貿遷者，即自始不與制作，如奇器淫巧之禁，其一例也。夫制作利用，社會即無末存在之餘地，而賈非末也，賈生息於有作有遷之營宇中，而樞機由國家掌之，人雖賈也，而直不自知己之爲賈，故曰賈實融融。融融者、和之至也，惟蕩蕩董董蒙蒙亦然，人民整體沈浸於太和之中，凡學而仕也，播而食也，器而用也，貨而通也，人民有一分動力貢於國，國即依其量而與之酬。名之所存，數乃相倚，左也右也，其即名乎？而名若忘，共趨於一；出兮入兮，其即數乎？而數若失，舉集於同，夫如是之謂

民路。

斯民路也，疇爲開之？曰：此必須有如高祖太宗功能之神奇，包括取天下之勤勞，及命將用師之艱難，〔數語本唐鐃歌鼓吹曲序。〕而創立一切基址，廓清一切阻滯，乃房乃杜，因得輔明德而啓流風，若詩云云。由是以知：詩中所謂房杜，並非歌頌唐初二公所謀所斷之既得績效，而乃企望向後如二公者，一遇國家革命摧陷廓清之機，庶幾懷民晭而立民極，馴至正百辟而撫四夷，允符詩人之所長言詠歎云爾。

嗟乎！若而摧陷廓清之功，子厚曾以寄託於伾文輩，不幸而伾文輩身死名裂，爲天下笑，子厚祇得於長年貶竄之餘，追懷蓄念，仰望太平，載詠載歌，低佪不置而已，豈不可悲？又歷史齒輪，遲緩而堅強向前推進，一千年後，卒得無數房杜爲萃淵藪，而號曰黨，從人民中建立政權，使子厚民晭理想，獲以無限開展；凡史迹遺留下之名與數，變者變，革者革，十餘年間，品物載休，四夷是則，隱隱以新興民族之導師，改換懸寓面貌，豈不大快？

貞符

一

義門讀書記，記貞符有數義：

後之妖淫嚚昏好怪之徒，乃始陳大雹大虹玄鳥巨跡白狼白魚流火之烏以爲符，下記云：

玄鳥巨跡，著於雅頌，不得而弁議之也。

子厚列舉詭譎闊誕之符凡七事，並無等差，義門獨擇玄鳥巨跡，著於雅頌者爲不可議，意謂其餘五事，如大雹大虹等，則無妨議。如此食古不化，妄生差別，正陋儒如義門輩之膏肓疢疾，而子厚之所懲創讀者，應首重此點。子厚明言：「聖人之道，不盡益於世用」，焉有事事信從雅頌之理？

俾東之泰山石閭，作大號，謂之封禪，下記云：

柳子獨排封禪，斷以六藝爲考信。

此語乃義門顯有誤會。柳子意謂：凡封禪爲尙書所不載者，其詭譎闊誕之程度，應較一般更深一層，並非謂尙書所有，或雅頌所著，卽不詭譎闊誕也。義門以子厚排封禪，斷以六藝爲考信，其易致謬誤，與上則同。

莽述承效，卒奮驁逆，下記云：

英華作莽述成效，是王莽祖述漢家之成效，不謂公孫述也，注引公孫述顯背原義，非是。

鄉爲義廩，斂發謹飭，下記云：

義倉事，柳子書之貞符。

此柳子「惟人之仁，匪祥於天」之例證，義門能了解此義，甚善。

盧抱經羣書拾補，於此文校出兩條：

一、後之祆淫囂昏好怪之徒： 囂、疑是嚚字。

二、琢斮屠剔膏流節解之禍不作： 琢、疑是椓字。

按童宗說音注早釋之云：「嚚、魚巾切，左傳：口不道忠信之言爲嚚，作囂者非」，此其一。㊀又「琢、丁角切，呂刑：劓刵椓黥，疑當從木」，此其二。盧氏後童氏五百年，而仍如是著錄者，蓋彼從新唐書柳宗元傳校覈，而未暇著眼本集也。以名家筆伐，堪予學者注意，不嫌贅附。

式十聖濟厥理： 式、用也，柳文式字常如此用。如謝李夷簡撫問啓：「式是南服」，楊凝墓碣：「式徙荆州」，皆是。

相晞以生，相持以成，相彌以寧： 生成寧韻，此三句一聯法，子厚文中恆變通用之。晞、望也，一作晞，彌通作弭，止也，息也。

帝庸威栗，惟人之爲敬： 此處各本皆爲字作去聲，句絶，敬字屬下句，此大錯誤。

㊀ 釗幼讀永州版柳集，嚚字未誤。按十八卷乞巧文：「嚚昏莽鹵，樸鈍枯朽」，字作嚚，亦未誤。

誤，兹糾正如下：

庸者用也，威栗猶言威力，惟人之爲敬，猶言惟人是敬，人者民也，本篇以人民爲本，而因唐避太宗諱，凡用民字處皆改用人。强將敬字屬下，敬奠連文，是村學究語，豈大家所能出手？

子厚好使用造句提頓法。此法有兩式：如本文，其基礎語不過敬民二字，今先將民字提出，喚起注意，而用代名詞是字或之字承之，以爲一頓，然後點明動詞敬。綜其全文，表示民外别無可以置重之物，句首另加惟字，文乃成爲「惟民是敬」，此一式也。又一切如前，因欲參加一爲字於句中以資調節，改代名詞是爲之，文乃成爲「惟民之爲敬」，此爲第二式。本篇「惟祖之則」，及「惟人之仁」，屬第一式，「惟人之爲敬」，屬第二式。

子厚不喜單用威力字，而必别加形容詞以疏附之，如本文威栗，乃表明具有警惕或戰慄性之威力，又如上文「義威殄戮」之義威，則表明道義具備之威力，下文「是謂嚴威」之嚴威，嚴毅之威尤易解，其他類推。又栗字，引本文者每改作慄，栗慄古雖通用，惟子厚固作栗，不作慄。

右兩語，各本各誤其句讀，包括廖本在内，獨佩文韻府引用本文不誤，此可證從來讀柳文者之荒忽不檢，至何程度？其將爲字讀作去聲，尤無謂。

或謂敬字屬上讀，餘「奠厥賦積藏於下」七字，似不成句，此論殊怪。尋上三下四而成之句子，柳文在在有之，而本篇卽屢見，除本句外，其他如「積大亂至於隋氏」，及「去隋氏克歸於唐」，皆是。

卒奮驁逆，……徒奮袒呼：　兩奮字同一用法，上以謂奮其驁逆，下以謂奮其袒呼也。惟徒、師徒也，卒字則終竟之語辭，不可視同兵卒。

無劉於虐：　各本皆訓劉作殺，惟無殺於虐，殊不辭，釗疑劉由流字音訛。

小屬而支，大生而孥：　而、汝也，屬而支，謂聯屬汝之支體；生而孥，謂衞護汝之兒女。小之保身，大之保家。

二

貞符有大義二，一反對封禪，一以仁爲歸，楊敬之華山賦，於斯二者闡述惟謹，思想線索，似不可能與子厚無關。按子厚起草貞符於貞元末，成文於元和末，敬之適在中間年歲作賦，其彼此相與之迹，足以推定敬之行文，受到子厚影響，彌復不少。子厚於三楊有姻連，而三楊中，子厚似於季弟凌情款尤篤，稱述其文備至。而凌子敬之，字茂孝，元和二年進士，韓退之高其文，子厚致憑書，亦許敬之爲希屈馬者之一。吾於唐文粹得華山賦，錄如下：

嶽之初成，二儀氣凝，其間小積焉爲丘，大積焉爲山，山之大者爲嶽，其數五，

余尸其一焉。嶽之尊，燭日月，居乾坤，諸山並馳，附麗其根，渾渾河流，從南而來，自北而奔，姑射九嵕，荆巫梁岷，道之云遠兮，徒遙而賓。嶽之形，物類不可階，其上無齊，其傍無依，舉之千仞不爲崇，抑之千仞不爲卑，天雨初霽，三峯相差，虹蜺出其中，來飲河湄，特立無朋，似乎賢人守位，北面而爲臣，望之如雲，就之如天，仰不見其顛，巖阿芊芊，㈠蟠五百里，當諸侯田。嶽之作，鬼神反覆，蛟龍不敢伏，若歲大旱，鞭之扑之，走之馳之，甘雨瀾漫，百川東逝，千里而散，噫氣蹶然，怒乎巖幽，漸於人間，其聲瀏瀏。嶽之殊，巧說不可窮，見乎中天，峷峷而掌，峨峨而蓮，起者似人，伏者似獸，坳者似池，洼者似臼，欹者似弁，呀者似口，突者似距，翼者似抱，文乎文，質乎質，動乎動，息乎息，鳴乎鳴，默乎默，上上下下，千品萬類，似是而非，似非而是，其乃繕人事，余安得畢議？今作帝耳目，相其聰明，下矚九州，在宥羣生，初太易時，㈡其人俞俞，其主人者，始乎容成，卒乎神農，中間數十君，姓氏可稱，其徒以飲食爲事，未有仁義，時哉時哉，又曷足莅？是後敬乎天，成乎人者，必闢其心，假其神，與之齡，降其仁，故軒轅有盛德，蚩尤爲賊，生物不遂，軒轅用力，大事不可獨治，降以后牧，三人有心，烈火就撲，其子之子，其

㈠ 巖、文粹作肅，恐誤，姑校改。

㈡ 列子：太易者未見氣也，太初者氣之始也，太始者形之始也，太素者質之始也。

孫之孫，咸明且仁，雖德之衰，物亦處宜，繇夏以降，湯發仁以王，癸受暴以亡，甲戊靜釗，不敢有加，惟道其常，享國遂長，天事著矣，莫見乎高，而謂其茫茫，余受帝命，億有萬歲，而不敢怠遑。臣贊之曰：若此古矣祖矣，大矣廣矣，富矣庶矣，駭矣怖矣，上古之事，粗知之矣，而臣之言，又聞之矣，然神起居於上，宮室於上，如此之久矣，其所見何如也？曰：見若咫尺，田千畝矣，見若環堵，城千雉矣，見若杯水，池百里矣，見若蟻垤，臺九層矣，醯雞往來，周東西矣，蠛蠓紛紛，秦速亡矣，蜂窠聯聯，起阿房矣，俄而復然，立建章矣，小星奕奕，焚咸陽矣，纍纍繭栗，祖龍藏矣，其下千載，改更興壞，悲愁辛苦，循其上矣。臣又問曰：古有封禪，今讀書者，云得其傳，云失其傳，言語紛綸，於神何如也？曰：若知之乎？聞聖人撫天下，哀天下，既信於天下，則因山嶽而質於天，不敢多物，若秦政漢徹，則率海內以奉祭祀，圖福其己，故廟堂相望，壇墠迤邐，盛氣臭，夸金玉，取薪以燔，積灰如封，天下怠矣，然猶慊慊不足，秦由是薙，漢由是弱，明天子得賢者在位，能者在職，廟堂之上，垂衣裳而已，其於封禪，存可也，亡可也。

敬之此文，首述華嶽之尊，與其殊形怪狀，自歎未得畢議。繼述人生起源，似解地球爲太陽所爆出，㊀ 人類祇知飲食男女，而未有仁義。軒轅盛德，率風后力牧而理天

㊀ 按此語乃因文中初太易時，文粹誤易爲陽，遂生此解。

下，向後卽成爲治亂循環之局，嶽神在上，應所目覩。咫尺千畝，環堵千雉一段，描寫千年來改更興壞之迹，自成一段大言賦，神采奕奕，神人共見。於是問神以封禪之有無，而明指秦皇漢武，並未以廟祠壇墠之盛而得福。最後乃自爲斷曰：明天子祇尊賢任能，不關封禪之存與亡。敬之年少俊才，因賦華山而表達所畜政治見解，非惟辭茂，兼是識卓。其曰與之齡，降其仁，又曰其子之子，其孫之孫，咸明且仁，又曰湯發仁以王，癸受暴以亡，於仁尤三致意，與退之屢以封禪獻議之文章風格，恰恰相反。故吾以謂退之之高其文，亦驟聞正論，强作笑臉之佞辭耳，遠不如子厚許爲希屈馬者之一之爲眞切。惟敬之原文，文粹本訛誤處，無法校正。剣案：參寥子唐闕史楊江西及第條載：「楊公朝廷舊德，爲文有凌轢韓柳意，尤自得者，華山賦五千字，唱在人口。」注云：「賦內之句況華之高曰：醯雞之往來，周東西矣，蜂蝎之聯聯，阿房成矣，見若䕡栗，祖龍藏矣，小星奕奕，咸陽焚矣，故杜司空、李太尉常所誦念。」其中醯雞之往來、及蜂蝎之聯聯兩句，皆夾一「之」字，此無。蜂蝎之蝎字，此作窠。阿房成此作起阿房，咸陽焚此作焚咸陽，適相顚倒。見若䕡栗，見若此作纍纍。凡此皆足略資校勘。

三

林貫廬〔紓〕論貞符云：

紓少時讀封禪文、洪範、五行傳、劇秦美新、王命論、典引，苦其淵博難解，則盲讀以領其音節，迨長，頗能分其段落，省其用意，又怪其多頌揚語，且注意瑞應之事，文奇而意未嘗奇也。家貧不能購書，三十以後，始得濟美堂柳集，讀之經歲，謂貞符一篇，實能超出馬劉揚班之樊，舍天事而言人事，得立言旨矣。入手卽斥五家之文爲淫巫瞽史，不足揚顯功德，已醒出通篇主意。於本文之前作一小引，不是本文之序，蓋文已宿搆，至永州後，因吴武陵一言，始行進呈耳。入手推源人種肇生之時，營巢衣革，救饑渴，分牝牡，於是遂解仇殺侵掠之事；自得有力者治之，然後社會成；主者更得聖人，然後國家立。厥初罔匪極亂，而後稍可爲也句，總束上文由開闢而訖於中古，然後拈一德字，立通篇之幹，謂爲德始，爲貞符。凡大雹、大虹、巨跡、白狼、魚躍、烏流、虺蛇、天光，貶周黜漢，均妖幻以欺人，不足據爲受命之證。自漢魏而晉，尤尨亂鉤裂，厥符不貞，將一切駁翻，不復置議，至此作一大頓，留下隋之大亂，沸湧灼爛，引起唐受天命之有據。自大聖乃起句以下，全述唐之玄德，至人之戴唐，永永無窮，其中初不言符瑞，但言孝仁平寬，此卽爲天子之貞符。其下點清數語，爲全文關鍵，則曰：受命不於天，於其人，休符不於祥，於其仁，惟人之仁，匪祥於天，匪祥於天，兹惟貞符哉，未有喪仁而久者也，未有恃祥而壽者也。此數語精理如鑄，果能闢馬劉揚班之失矣。於是復言恃

祥之害，妙在鄭以龍衰，魯以麟弱，白雉亡漢，黄犀死莽，語極昭析，末用極於邦治，敬於人事作結，堂皇極矣。宋子京筆録：「柳子厚貞符袪説，能模寫前人體式，然自有新意，可謂文矣。」言新意者，卽歸本於德，以不符瑞爲報應，自是此文之本旨，詩平易可誦。

畏盧、近人也，一帖括老儒而已，並無獨特見解。不過躬際革命，目覩民國之人，已形式上破除迷信，畏盧雖仍以八股章法，部勒先賢文字，而尚不迷失方嚮，扼要處差能斷制，因存其説以資考鏡。若何義門生處雍乾專制之朝，仰六藝一尊之勢，不得不在大電大虹等瑞應七項中，區别玄鳥巨跡著於雅頌，難於同類弁議。〔詳見前條。〕夫畏盧之學，遠不逮義門，而乃隱藏符式，明章義理，則時勢之不同蔚成之云。

四

韓退之潮州刺史謝上表有云：

臣於當時之文，亦未有過人者，至於論述陛下功德，與詩書相表裏，作爲歌詩，薦之郊廟，紀泰山之封，鏤白玉之牒，鋪張對天之閎休，揚厲無前之偉烈，編之乎詩書之策而無愧，措之乎天地之間而無虧，雖使古人復生，臣亦未肯多讓。……陛下承天寶之後，接因循之餘，六七十年之外，赫然興起，南面指麾，而致此巍巍之治功也，宜定樂章，以告神明，東巡泰山，奏功皇天，具著顯庸，明示得意，使永

永年代，服我成烈，當此之際，所謂千載一時不可逢之嘉會。……

退之明目張膽主張封禪如此，持與子厚貞符作一比勘，退之應在淫巫瞽史之列。王伯厚紀聞明標韓柳道不同之若干事，而獨不言封禪，可見隱有右韓之意。其辭云：

韓柳並稱而道不同，韓作師說，而柳不肯爲師，韓闢佛，而柳謂佛與聖人合，韓謂史有人禍天刑，而柳謂刑禍非所恐。

全謝山作箋，爲補出封禪一款云：

一作師說，一不肯爲師，是各量其力；闢佛是韓勝；非封禪是柳勝；作史之說，亦柳爲長。然韓子大本大原處勝，而柳不逮也。

謝山所謂大本大原，不識果何所指？退之勝柳又何在？夫退之自詡論述功德，與詩書相表裏，復云編之乎詩書之策而無愧，爲問詩若書者，非韓柳所共同標識之大本大原乎？貞符序云：「俾東之泰山石閭，作大號，謂之封禪，皆尙書所無有。」何義門讀書記云：「柳子厚獨排封禪，斷以六藝爲考信」，意謂凡尙書所無有而妄造，即爲誣罔，然則退之自誇編之詩書之策而無愧，得非尙書原無封禪，而退之特編造之，以求文章勝古人乎？此於本原又進一層，何止謂之大乎？又何得謂柳勝之乎？以詩而言，子厚指作妖淫嚚昏好怪者七事，其中玄鳥巨跡，並見於詩，義門因頌言曰：「著於雅頌，不得而並議之」，由義門之言，大雹大虹白狼白魚及流火之烏，之五事者，詩篇

不列，子厚訾之無害，爲問如此掩耳盜鈴，卽大本大原歸宿地乎？綜子厚之意，古瑞物之詭譎闊誕者，並不論詩書中有無紀載，均需芟夷蘊崇，絕其本根，以表示韓柳之絕對相異處，然則大原大本，誰遵焉抑誰背乎？全謝山謂：「非封禪是柳勝」，是柳於大原大本已勝，安得別有大原大本者乎？所謂柳不逮韓，不逮者究胡屬乎？設謂詩書不得謚爲大原大本，又問古之拔正道，昭明德，視詩書有加焉者爲何藝乎？柳不守詩書之戒而能勝韓，韓將孰持以勝柳乎？

卽封禪一義而言，韓柳之下上轇轕，難於分析已如右，其他師也，佛也，史也，須更端以論，不贅於此。

五

范祖禹唐鑑卷四載：

貞觀六年：初，羣臣表請封禪，帝曰：卿輩皆以封禪爲帝王盛事，朕意不然，若天下乂安，家給人足，雖不封禪，庸何傷乎？昔秦始皇封禪，漢文帝不封禪，後世豈以文帝不及始皇耶？且事天掃地而祭，何必登泰山之巔，封數尺之土，然後可以展其誠敬乎？羣臣請不已，帝亦欲從之，魏徵獨以爲不可，乃止。

臣祖禹曰：古者天子巡狩，至於方岳，必告祭柴望，所以尊天而懷柔百神也。後世學禮者失其傳，而諸儒之諂諛者，爲說以希世主，謂之封禪，實自秦始，古無

有也。且三代不封禪而王，秦封禪而亡，人君不法三代而法秦，以爲太平盛事，亦已謬矣。太宗方明㈠，朝多賢臣，而佞者猶倡其議，獨魏徵以爲時未可，而亦不以其事爲非也。其後顏師古議其禮，房喬裁定之，徵亦預焉，貞觀之末，屢欲東封，以事而止，高宗明皇，遂踵行之。終唐之世，唯柳宗元以封禪爲非，以韓愈之賢，猶勸憲宗，則其餘無足怪也。嗚呼！禮之失也久矣，世俗之惑，可勝救哉？

有唐一代，以封禪爲非者，止於柳子厚一人，而同時鼓吹封禪，又恰是韓退之，此一比較，何等矜重？宜於大書深刻。顧王伯厚紀聞稱：「韓柳方駕，而其行殊」，〔卷十四。〕並不著明所殊何行？是否包括封禪在內？他日伯厚又言：「韓柳並稱，而道不同」，〔卷十七。〕夫道又何道也？雖下文歷數爲師、闢佛、及作史三項，而仍未涉及封禪，有待於注家之補筆。〔原注：柳以封禪爲非，而韓以封泰山鏤玉牒勸憲宗。〕嘻！以深寧專精考訂，能發前人所未發，號稱「辭約而明，理融而達」，〔牟應龍序中語。〕而竟以軒韓之故，有時墜於辭約而理不明如是類也。復次：退之追尊揚雄，譽爲大醇，而子厚淡焉置之，一若甚薄其爲人，其分別處，亦在雄作符命，柳惡之而韓行所無事故。〔雄校書天祿閣上，會劉尋等以符命爲莽所誅，辭連及雄。先是雄作解嘲，有「爰清爰靜，遊神之廷，惟寂惟漠，守德之宅」等語，至是京師爲之謠曰：爰清靜，作符命，惟寂寞，自投閣。〕

㈠ 方明請看通要之部卷十五方明一條。

六

受命于其人，休符于其仁，此人與仁、字適爲二，而義趨於一。故吾國古訓，如中庸、如表記、如春秋繁露、如家語、皆曰：仁者人也；又孟子盡心：仁也者人也；董仲舒又言：仁之爲言人也。反而言之：人、仁也，見釋名釋形體；人、猶仁也，見論語顏淵皇疏；人、仁也，見廣雅釋詁。其在今語，可統而言之曰羣衆，所謂從羣衆中來，不啻受命之所自，所謂到羣衆中去，不啻休符之所集。段氏說文曰：「仁者人也，讀如相人偶之人，以人意相存問之言，偶卽耦也，人耦猶言爾我，親密之辭，獨則無耦，耦則相親，故其字從人二。」此人與仁之眞實意義，非到社會主義國家，無能完滿表顯。蓋惟羣衆爲力量之總體，故對羣衆崇拜，惟羣衆爲智慧之眞源，故向羣衆學習。於此而言封禪，此卽子厚新封禪之觀點，於此而謂子厚反自來淫巫瞽史之所謂封禪，其誰曰不宜？

七

因校勘時紙尾有餘，補錄兩義如下：一、臣不勝奮激，卽具爲書，念終泯沒蠻夷，不聞於時，獨不爲也。查此數語貫串讀去，覺獨字應是猶字形譌，猶不爲也之爲，與上卽具爲書之爲字相印。蓋謂身沒蠻夷，書亦隨之湮滅，雖爲猶不爲也。此義當否？幸共推定。二、莽述承效，卒奮驁逆兩語，英華指述爲公孫述，何義門非之，已

如前記。釗案：明蔣之翹作注，亦認述指公孫述，並載「述爲益州牧，有龍出於其府殿中，夜有光耀，述以爲符瑞，因刻其掌文曰公孫帝」等語，釗認爲取證有據。莽述云者，莽是形容述之狀詞，未必是人名，文中莽與其下驁逆字相應。蓋莽述猶言獨夫紂與孱獻之類，或當時有此稱號，而後不甚傳，故子厚別以驁逆字釋之。至王莽之名，本文後幅有黄犀死莽句，重提殊嫌犯複，故此莽字鄙意並不另指一人。黄犀事見漢書，平帝元始二年，黄支國獻犀牛，王莽因班符命云。

卷二　賦

佩韋賦

子厚之佩韋賦，當然非無所爲而作，此賦異常典重，中間稱引古人之處，幾占三分之二，其表明己志，在此一段：「紛吾守此狂狷兮，懼執競而不柔，探先哲之奥謨兮，攀往列之洪休。曰沈潛而剛克兮，固讜人之嘉猷，嗟行行而躓踣兮，信往古之所仇。彼穹壤之廓殊兮，寒與暑而交修，執中而俟命兮，固仁聖之善謀。」據穹壤廓殊一語，可見此賦作於永貞失敗以後。而子厚與呂温書云：「自吾得友君子，而後知中庸之門戶階室」，此貞元末年事，又可見子厚於剛柔如何適中，中心盤桓甚久。其最後一段曰：「故曰：純柔純弱兮，必削必薄，純剛純強兮，必喪必亡。韜義於中，服和於躬，和以義宣，剛以柔通。守而不遷兮，變而無窮，交得其宜兮，乃獲其終，姑佩兹韋兮，考古齊同。亂曰：韋之申申，佩于躬兮，本正生和，探厥中兮。哲人交修，樂有終兮，庶寡其過，追古風兮。」文中韜義于中，服和于躬，及本正生和，探厥中兮，四語最爲眉目。

元戴表元於子厚此賦有異議，於子厚所引古事中，擇洩冶陳咸二例相問執。其辭曰：

吾讀子厚佩韋賦，獨不釋於取舍之指，何其持心危，擇利審，惴焉奪於外，將不暇執其素，委躬而趨之也。且洩冶之爭其君而死義也，安有義而可悲者？義不可悲，而不免於禍，非洩冶之罪也，而子厚罪之。陳咸在昏上亂臣之間，崛強自異，病在猶未能盡誠直耳，其觸屏而拒教，君子何譏焉？而子厚譏之。充子厚之意，則擬之若何然後爲剛耶？如此而剛者在所惡，則將出於如彼而柔者然後可耶？洩冶之爭，非遇孔寧、儀行父，其君固能容之，陳咸不過不能久爲要官，當是時不爲陳咸之直，而以他過竟死者多矣，然則二子亦偶不幸耳，非謂其不能柔而剛也。世有所謂眞剛者，加之以所不堪而不爲之辭，予之以所不當得而不爲之受，何者？其自處者定也。吾觀子厚奇才盛氣，言論雄峭，得君之淺，未覩著立何如，㊀而平居與敵以下言，視施於所畏者，悾悾之氣已少衰矣。子曰：「棖也慾，焉得剛？」慾之害剛，不必已甚，亦孰有大於利祿者乎？子厚悼苦諫之敗名，懲直躬之失職，逃剛太過，逡巡不悟，而墮於黨人之穽也，哀哉！吾故重惜子厚賢而有識，疏於剛柔之辨，不及詳而擇之也。

㊀ 著立解見後幅。

子厚述陳咸洩冶之辭曰：「咸觸屏以拒訓兮，肆殞越而就陵，冶訐諫於昏朝兮，名崩弛而陷誅。」 按前漢陳咸，其父萬年嘗病，召咸教戒於牀下，語至夜半，咸睡，頭觸屏風，萬年怒。 咸謝曰：具曉所言，大要教咸諂也，萬年遂不復言。 萬年死，元帝擢咸爲御史中丞，後以言石顯事，髡爲城旦。 洩冶者，左傳宣公九年，陳靈公與孔寧、儀行父通於夏姬，皆衷衵服以戲於朝。 洩冶諫曰：公卿宣淫，民無效焉，且聞不令，君其納之。 公曰：吾能改矣。 公告二子，二子請殺之，公弗禁，遂殺洩冶。 夫子厚之稱述二事，亦止於稱述已耳，與前後重疊舉示之舊跡，表裏無二，並未嘗以己意斷其爲是爲非，爲功爲罪，而表元遽曰子厚譏之罪之，此讀書不得間者枝葉之辭也。 永貞之變，自唐末宵小之記載，以逮兩宋文人之更相唱和，殆一致不直叔文，而認子厚爲迷於利祿，及墮於黨人之穽，此何足以知子厚，而論列其心跡恰如其分也哉？

尋子厚與王叔文、韋執誼，由來親善，叔文侍東宮十八年，平日所得浸潤於太子者，其術甚正，自爲子厚所熟知。 順宗踐阼，叔文執權，斯時爲子厚者，又焉得置身事外，不與謀議？ 表元論中謂子厚得君淺，此殆擊中要害之語。 夫子厚亦僅列於八司馬之一耳，倘當時子厚躬握政權，自立大計，行則生，否則死，則可能有討論剛與非剛之餘地，而形勢並不如此。 又俱文珍輩得勢後，所爲困阨八司馬者，不過一貶再貶，而不動殺機，因使子厚衹能爲陳咸，而不能爲洩冶，衹能「苟生」，而不能「恬

死」，〔此挽凌準詩中用語。〕則子厚其將如之何哉？吾意此種委曲心跡，在子厚執筆草此賦時，定往復於胸而無法自休，古事云云，亦涉筆所至之裝點語爾。表元流入僞朝，無從計劃定國安民之業，而僅以無聊之文墨自娱，何足以知子厚此等偉大心曲？談言不中，無怪其然。表元字帥初，浙江奉化人，宋咸淳中進士，入元，授徒賣文自給，在東南文譽甚高，引論見剡源集。

林琴南云：

屈原之爲騷及九章，蓋傷南夷之不吾知，於朝廷爲不知人，於己爲無罪，理直氣壯，傅以奇筆壯采，遂爲天地間不可漫滅之至文，重言之不見其沓，昌言之莫病其狂。後來學者，文既不逮，遇復不同，雖仿楚聲，讀之不可動人。惟賈長沙身世，庶幾近之，故悲亢之聲，引之彌長，亦正爲忠氣所激耳。柳州諸賦，摹楚聲，親騷體，爲唐文巨擘，顧得罪而出，但宜閉門思過之言，不能爲狺狺自訟之語，此最難著筆。讀集中佩韋賦，欲自進於中庸之門戶階室，〔覆吕温書。〕則此賦當作於貞元二十年以後，惡侃直而尚醇和，實有激而作。中間剛柔分段，首推尼父能剛能柔，其下配以藺相如、游吉、曹劌，不倫不類，蓋舉是四人，指爲寬猛相濟，即是中庸正軌。斥剛之失，則項羽、朱雲、陳咸、洩治也，斥柔之失，則子家、宋義、李斯、徐偃、桑弘也，引用紛雜，然音節甚高，賦色甚古，說理之文，卻能以聲容動衆，亦云

難矣。

琴南此文，見所著柳文研究法。

本篇「桑弘和而郤武兮」句，注家大抵將桑弘作桑弘羊看，獨陳鴻墀全唐文紀事，引吴子「承桑氏之君修德廢武以滅其國」爲證，謂桑指承桑氏而言，弘和連讀，弘和郤武，猶言修德廢武。吴子者吴起也，書凡六篇，鴻墀此證，似較諸家爲長，惟按義門讀書記，早據困學紀聞訂正此誤矣。何云：「按困學紀聞：吴子曰：承桑氏之君，修德廢武，以滅其國，桑謂承桑氏也，一本改桑爲乘，誤。」鴻墀當本此，獨鴻墀編全唐文時，讀書記已否出版，待考。至王伯厚書，人多以習見忽略，鴻墀殆不足責。

雲嶽嶽而專彊兮，果黜志而乖圖：　光聰諧云：

「五鹿嶽嶽，朱雲折其角」，移嶽嶽稱朱雲，與本事不合，此法一開，宋人多踵爲之，蘇黄尤甚。㈠

移形容甲之事入乙，此記悟錯亂者之所爲，似無人欲開此法，蘇黄固皆落落善忘人也。有不爲齋隨筆，亦甚爲有用之雜記短書，吾識光君裔孫農聞。

右戴帥初文：「得君之淺，未覩著立何如」，著與宁通，著立猶言宁立。曲禮「天子當宁而立，諸公東面，諸侯西面曰朝」，宁立指天子，包括容止一切而言。帥初意

㈠　新近出版之柳宗元卷五〇三頁引此條，將移字合朱雲折其角爲一句，移字絶句，誤。

謂：子厚得君淺，可能天子之儀容，亦未見過，故云爾也。著當作宁，都指門屏之間，蓋「門内屏外，人君視朝所著立處」，〔禮記注原文如此。〕故字作宁也。詩箋：「待我於著，謂從君子而出至於著，君子揖之」，所解相同。以此宁字命意，漸由天子下移，「當宁」遂作一般臣鄰解。

瓶賦

一

子厚瓶賦云：

昔有智人，善學鴟夷。鴟夷蒙鴻，〔二字並上聲，廣大貌。〕罍罃〔音鶯，缶也。〕相追，諂誘吉士，喜悦依隨。開喙倒腹，斟酌更持，味不苦口，昏至莫知。頹然縱傲，與亂爲期，〔孫月峰云：此亂字，本論語：惟酒無量，不及亂。〕視白成黑，顛倒妍媸。己雖自售，人或以危，敗衆亡國，流連不歸，誰主斯罪？鴟夷之爲。不如爲瓶，居井之眉，鉤深挹潔，淡泊自師。和齊五味，寧除渴飢？〔和、去聲，謂相和五味俱齊，何止解渴救饑也？〕不甘不壞，久而莫遺。清白可鑒，終不媚私，利澤廣大，孰能去之？綆絶身破，何足怨咨？功成事遂，復於土泥。歸根反初，無慮無思，何必巧曲，徼覬一時？子無我愚，我智如斯。

蘇子瞻書此賦後曰：

漢黄門郎揚雄作酒箴，以諷諫成帝，其文爲酒客難法度士，譬之於物曰：子猶瓶矣，觀瓶之居，居井之眉。處高臨深，動常近危，酒醪不入口，藏水滿懷。不得左右，牽於纆徽，〔井索也。〕一旦叀〔上狷反，懸也。〕礙，爲瓽〔井以甎爲甃者也。〕所轠。〔音雷，擊也。〕身提〔擲入也。〕黄泉，骨肉爲泥，自用如此，不如鴟夷。鴟夷滑稽，腹大如壺，盡日盛酒，人復借酤。常爲國器，託於屬車，出入兩宫，經營公家，繇是言之，酒何過乎？〔見前漢陳遵傳。〕或曰：柳子厚瓶賦，拾酒箴而作，非也。子雲本以諷諫，設問以見意耳，當復有答酒客語，而陳孟公不取，故史略之，子厚蓋補亡耳。然子雲論屈原、伍子胥、晁錯之流，皆以不智譏之，而子厚以瓶爲智，幾於信道知命者，子雲不及也，子雲臨憂患，顛倒失據，當有媿於斯文也耶？揚子雲酒箴，有問無答，故東坡以子厚瓶賦爲補亡，並錄酒箴之辭於篇中，晁無咎復取子厚此賦於變騷，而系之以辭曰：

昔揚雄作酒箴，謂鴟夷盛酒，而瓶藏水，酒甘以喻小人，水淡以比君子，故鴟夷以親近託車而肥，瓶以疏遠居井而羸，此雄欲同塵於皆醉者之辭也。故宗元復正論以反之，以謂寧爲瓶之潔以病己，無爲鴟夷之旨以愚人，蓋更相明，亦猶雄爲反騷，非反也，合也。

世綵堂本加評云：

賦大意則謂：鴟夷雖巧曲不忤於物，而或以致敗衆亡國之患，未若爲瓶師乎淡泊而不媚私暱，則非巧曲徼覬一時者之比，此公自喻云耳。

右語解賦未誤，而出於巧曲徼覬、敗衆亡國之廖瑩中，則大謬。

吴至父云：

子雲酒箴，正言若反，斯爲奇詭，此反其詞，乃適得子雲本恉。

篇末「綆絶身破，何足怨咎？功成事遂，復於土泥」等語，此子厚明明爲永貞之意與晁補之説法全同。

變作一解釋，亦惟子厚正直忠悴，口吐此辭，當之無慚。

二

汪琜旅譚卷四，有評揚雄酒箴一則：

嘗謂揚子雲之文，惟酒箴最善，蓋出於一時以文爲戲，無復平日摹擬規仿之習，故能妙造自然。余懷此久矣，未嘗敢以語人。後見宋人周氏小隱竹坡詩話云：「揚雄平生書，肝腎間雕鐫，晚於玄有得，始悔賦甘泉。使雄早大悟，亦何事於玄？賴有一言善，酒箴眞可傳」。乃知古人有先我言之者矣。

斯評也，吾移之子厚瓶賦，亦如是云。子厚學騷諸文，大抵厚重健壬，字斟句酌，而瓶賦則隨意所之，吐辭成文。瓶以喻己，則鴟夷似有慨乎退之，讀者仁智不同，所見容有出入，吾何敢以己意強加於人？

永貞既敗，八司馬齊貶，而退之之恨柳劉也滋甚，君子讀到敗衆亡國，流連不歸之句，而試將退之永貞行諸作，比量齊觀，將不禁太息孔子欲立立人、欲達達人之說，律於人而竟不然。

牛賦

一

牛賦、人謂子厚謫永州後有所感憤而作，牛蓋自喻，此頗近是。釗意與謂子厚自喻，毋寧謂牛喻叔文之更爲貼切，以「人不慚愧，利滿天下」，子厚不肯爲己誇張到此；又「皮角見用，肩尻莫保」，子厚雖見羈囚，究亦不達此一絶境也。子厚爲文，善於持喻，然其妙處，在分寸不溢，一出口卽如人意之所欲言，凡吾謂此賦爲叔文寫照以此。

蔣之翹謂伾文擅政，久已以子厚爲羸驢，此直荒謬絶倫。廖瑩中謂子厚以牛自喻，不過失於分刌之差，而蔣之信口亂道，幾於黑白易形，安禁噴飯？試從「善識門

戶，終身不愓」八字著想，如蔣等者，行道時、幾何不往城南而望城北？

不如羸驢，服逐駑馬：　劍案：謂不若服逐之羸驢與駑馬也，羸驢駑馬，是平列字，爲調配句法，致成犄形。

聞者驚辟：「辟、避也，史記：項羽叱楊喜，人馬俱驚，辟易數里，注：言開張易舊處也」，廖蔣皆如此注。

二

蘇子瞻嘗錄此賦，遺瓊州僧道贇，並書其後：

書柳子厚牛賦後　　蘇軾

嶺外俗皆恬殺牛，而海南爲甚。客自高州載牛渡海，百尾一舟，遇風不順，飢渴相倚以死者無數，牛登舟皆鳴。既至海南，耕者與屠者常相半。病不飲藥，但殺牛以禱，地產沈水香，香必以牛易之，黎人得牛，皆以祭鬼無脫者。中國人以沈水香供佛燎帝求福，此皆燒牛肉也，何福之能得？哀哉！

子瞻別有書黃牛廟詩後一文，黃牛廟詩者，歐陽永叔爲夷陵令日之所作也，子瞻文中，頗以永叔號牛神淫祀爲不然，作者感於牛也情之深厚如此。

又子瞻書牛賦後，可與司馬君實之冤牛問弁讀，以柳文說盡王叔文之一面，而司馬文殊足影射王叔文之另一面也。

寃牛問　司馬光

華州村往歲有耕田者，日晡疲甚，乃枕犁而卧，乳虎翳林間，怒髭搖尾，張勢作威，欲啖而食之。屢前，牛輒以身立其人之體上，左右以角拉虎甚力，虎不得食，垂涎至地而去，其人則熟寢，未之知也。虎行已遠，牛具離其體，人則覺而惡之，意以爲妖。因杖牛，牛不能言而犇，輒自逐之，盡怒而得，愈見怪焉，歸而殺之，解其體，食其肉而不悔。夫牛有功而見殺，盡力於不見知之地，死而不能以自明，向使其人早覺，而悟虎之害己，則牛知免而獲德矣，惟牛出身捍虎於其人未覺之前，此所以功立而身斃也。

世論謂亡唐者，爲權閹強藩二毒，終唐之世，計劃二毒幷銷，以期中興者，惟王叔文一人，叔文死，而唐之亡可計日而知其所矣，〔憶清之王西莊，即持此論。〕唐之李淳，〔即憲宗。〕乃合王叔文與有唐三百年國運，一刀斬斷之大劊子手也。寃哉！時俱文珍若劉闢輩，皆乳虎也，叔文左右拉之甚力，而李淳漠然無知，反惟叔文是讎，至「解其體」、「食其肉而不悔」，寃哉寃哉！君實爲文，可律之岳飛與曲端而並似，但岳曲皆後於君實，無從預爲之兆，於是君實意牒何人，今雖無法揣知，而以遙繩李唐第一功臣如叔文，顧唐之人事先無一能微覺焉者，不期惟妙惟肖也，輒迻錄以媵柳作而倂昭炯戒如右。

解祟賦

解祟二字，本揚雄太玄，雄草玄以準易，易有卦而玄有首，易六十四卦，玄則八十一首，卦有爻而首有贊，易爻六而玄贊九，又爻有象而贊有測，象與爻、測與贊、均相屬，其數同。今子厚以玄爲筮，遇干之八，干爲八十一首之第八，準易之升卦，八者贊在次八，易爻止於六，無九八或六八也。贊曰：「赤舌燒城，吐水於瓶」，陳本禮闡之曰：

赤舌燒城，猶衆口爍金之意，小人駕辭誣害君子，其舌赤若火，勢欲燒城。燒城者假象也，君子信理，不受其詐；吐水於瓶，亦假象也，彼以假火燒城，此亦以假水厭勝之也。

陳本禮、清嘉慶間人，儀徵籍，號素村，著有太玄闡秘，自許甚高。（書刊於劉世珩聚學軒叢書。）其測曰：「赤舌吐水，君子以解祟也」，此即子厚賦名之所自出。本禮闡之云：

祟、怪異也，赤舌之辭，無端造謊誣蠛正人，此所謂祟也，君子惟以不解解之，則祟自滅矣。

依此解釋，於子厚賦情正愜。

賦一韻到底，與因山賦同。第一大段，至愈騰沸而骸齗止，寫赫炎薰熇之態，有疑爲誕者。或云：柳州不作誕語，只是字字著題。

上殫飛而莫遁，旁窮走而逾加：　飛指飛禽，走指走獸。

倒扶桑落棠膠轕而相叉：　落棠、淮南子：「鉗且大丙之御，朝發扶桑，日入落棠」，注：山名。膠轕或作膠葛，轕亦或作輵。史記司馬相如傳：「雜遝膠葛以方馳」，漢書葛作輵，師古曰：轇輵，猶交加也。

夫何長喙之紛拏：　紛拏、雜亂也，韓退之詩亦用之：「當春天地爭春華，洛陽園苑尤紛拏。」

徒遑遑乎狂奔而西傃：　西傃、傃，向也，字或作素與愫，皆非。言西傃，以奔每向西，猶敗每向北，恆語如是。然亦有言南傃者，謝莊舞馬賦：「辭水穴而南傃，去輪臺而東暨」；至後來蘇子瞻放鶴亭記：「暮則傃東山而歸」，則又言東傃矣。

賦辭寫舌火之熾盛，不窿燒城而已，並毀天地而有餘。〔賦中堪輿，是指天地而言。〕忽而往搜太玄之奧，吐水於瓶，燎原浸息，是猶置杯水於坳堂之上，而使北溟之鯤游泳於其中。此經爲齊物之謬論，緯以唯心之極思，夫自來接近唯物如子厚一流學者，實不應挾筆亂道乃爾，吾因疑解祟賦未必親子厚作。何況揚子雲除辭賦外，其品質若思致，都與子厚無接近處，子厚亦似故避其名而不提，今乃題標太玄，列舉贊

測，抑何與其平日之爲人、之爲文，太相逕庭也耶？姑誌此疑，以待考實。

查愼行得樹樓雜鈔云：

揚子太玄占易，見于柳州集，其解祟賦序云云。按太玄經注：兑爲口舌，八爲木，木生火，火中之舌故赤，赤舌所敗，若火燒城。金生水，故吐水也，水滅于火，雖有燒城之言，以水拒之，災無由至矣。

愼行名重於本禮，五行生剋之理，本禮亦未及，故補查説於此。愼行字夏重，一字初白，康熙時舉人特賜進士，官編修，詩名亞於王漁洋，而質乃勝之。

懲咎賦

趙甌北於新唐書好用韓柳文，有劄記如下：

歐宋二公，皆尚韓柳古文，故景文於唐書列傳，凡韓柳文可入史者，必採摭不遺。張巡傳則用韓愈文，段秀實傳則用柳宗元書逸事狀，吳元濟傳則用韓愈平淮西碑，張籍傳又載愈答籍一書，孔戣傳又載愈請勿聽致仕一疏，而於宗元傳載其遺蕭俛一書，許孟容一書，貞符一篇，自儆賦一篇，可見其於韓柳二公有癖嗜也。

子京平視韓柳，傳中所採各文，殆無軒輊輕重之意，而卻有分別護惜之心。如韓文不採三上宰相，及上京兆尹李實各書，似旨在爲退之留存士大夫面目。平淮西之用

韓碑，乃以退之爲行軍司馬預其事故，然其文劍拔弩張，暴戾恣睢之氣，持較子厚平淮夷雅，實顯有精粗文野之分。且子厚獻雅兩章，上章皇武美裴度，下章方城美李愬，分配停匀，當時若用柳文，將不至激起愬妻泣訴不平、磨碑斲文之事，此可由想像得知。夫李商隱韓碑一詩，語涉俳優，諂同妾婦，末云封禪玉檢明堂基，尤爲謬妄無識。世所稱蘇軾臨江驛小詩：淮西功業冠吾唐云云，此詩别有本事，借題發揮，若指作蘇頌韓文，可云笨伯。㊀試問有何人發思古之幽情，漫將二百年前之事，無故題詩驛壁者乎？又退之元和聖德頌，自來與平淮西碑，號稱雙璧者也，而其措詞凶悍，尤甚平淮。其紀誅劉闢之辭，蘇子由爲之太息曰：「此李斯頌秦所不忍言，而退之自謂無愧風雅，何其陋也？」〔詳見别條。〕觀此，蘇氏伯仲對韓文之觀感可想。夫劉闢者，王叔文所欲殺之於京師者也，倘叔文之計得行，則了闢直一匹夫之力耳，何至使退之暴露唐家慘殺醜德，如此其甚乎？曲突徙薪，向無恩澤，言之可歎。至於張籍傳載愈答籍一書，翻不如愈傳載籍致書勸勿賭博之尤爲扼要。請勿聽孔戣致仕一疏，毫無關朝政得失，景文好事，誤錄可嗤。

至子厚傳錄載致蕭許兩書，貞符一篇，及自儆賦，可云斟酌盡善。兩書子厚自道隱曲，如見其人，可招致千載同情者之頌歎；貞符一篇，明闢封禪，可表子厚政治

㊀　參看本編卷一臨江軍驛舍詩考實。

主旨；自儆賦者，卽懲咎賦也，此賦步武騷經，聲情激越，令人百讀不厭。或謂此訟寃，非懲咎，說亦有理。

懲咎愆以本始兮，孰非余心之所求？處卑汚以閔世兮，固前志之爲尤。〔本篇前志字兩用，意各不同。〕始余學而觀古兮，怪今昔之異謀，惟聰明爲可考兮，追駿步而遐遊。潔誠之既信直兮，仁友藹而萃之，日施陳以繫縻兮，邀堯舜與之爲師。上睢盱而混茫兮，下駁詭而懷私，旁羅列以交貫兮，求大中之所宜。曰道有象兮，而無其形，推變乘時兮，與志相迎，不及則殆兮，過則失貞，謹守而中兮，與時偕行。萬類芸芸兮，率由以寧，剛柔弛張兮，出入綸經，登能抑枉兮，白黑濁清，蹈乎大方兮，物莫能嬰。〔嬰、加也，蔣之翹云：此段格法，全學遠遊道可受兮，而不可傳數語。〕奉訏謨以植內兮，欣余志之有獲，再徵信乎策書兮，謂炯然而不惑，愚者果於自用兮，惟懼夫誠之不一。不顧慮以周圖兮，專茲道以爲服，讒妬搆而不戒兮，猶斷斷於所執。〔斷斷吳校斷斷。〕㊀哀吾黨之不淑兮，遭任遇之卒迫，勢危疑而多詐兮，逢天地之否隔。欲圖退而保己兮，悼乖期乎曩昔，欲操術以致忠兮，衆呀然而互嚇。進與退吾無歸兮，甘脂潤乎鼎鑊，〔音穫，藥韻。〕幸皇鑒之明宥兮，纍〔力追切。〕郡印而南適，惟罪大而寵厚兮，宜夫重仍乎禍謫。既明懼乎天討兮，又幽慄乎鬼責，惶

㊀ 詳解見後。

惶乎夜寤而晝駭兮，類麏麚之不息。凌洞庭之洋洋兮，泝湘流之沄沄，飄風擊以揚波兮，舟摧抑而迴邅。〔楚人名轉爲邅。〕日霾曀以昧幽兮，黝雲涌而上屯，暮屑窣〔孫入聲，月韻。〕以淫雨兮，聽嗷嗷之哀猿。衆烏萃而啾號兮，沸洲渚以連山，漂遙〔同搖。〕逐其詎止兮，逝莫屬余之形魂。攢〔徂完切，寒韻。〕巒奔以紆委兮，束洶湧之崩湍，畔〔畔，取背反意，謂欲進反退也。〕尺進而尋退兮，盪洄汩乎淪漣，際窮冬而止居兮，羈纍棼以縈纏。哀吾生之孔艱兮，循凱風之悲詩，〔孫月峰云：漢人宗齊魯詩，於母每用凱風事，唐時毛詩盛行，則凱風不宜用，子厚蓋相承誤。〕罪通天而降酷兮，不亟〔音棘，急也，一本作殛。〕死而生爲，逾再歲之寒暑兮，猶貿貿而自持。將沈淵而殞命兮，詎蔽罪以塞禍，惟滅身而無後兮，顧前志猶未可。進路呀以劃絶兮，退伏匿又不果，爲孤囚以終世兮，長拘攣而轗軻。曩余志之脩謇兮，〔謇同蹇，銑韻。楚辭：汝何博謇而好修兮，紛獨有此姱節，又云：吾令謇修以爲理。注：好修謇謇，夸異之節，又謇吾法夫前修兮。〕今何爲此戾也？夫豈貪食而盜名兮，不混同於世也？將顯身以直遂兮，衆之所宜蔽也，不擇言以危肆兮，固羣禍之際也。御長轅之無橈〔撓，作橈，非。〕兮，行九折之峩峩，卻驚棹以横江兮，泝凌天之騰波。幸余死之已緩兮，完形軀之既多，苟餘〔一作余。〕齒之有懲兮，蹈前烈而不頗。死蠻夷固吾所兮，雖顯寵其焉加，配大中〔大中字再見。〕以爲偶兮，諒天命之謂何。

賦凡九韻，一韻爲一段，凡九段。第一段言：自昔考古有得，處卑汙可容閔世，如魚鹽版築之類，何必今不如古？第二段言：多結仁信之士爲友，上邀堯舜爲師，時局渾沌，雖不甚佳，求以大中行之，應叶所宜。第三段全仿楚辭遠遊，氣格高古，充分發揮求大中所宜，己能自信之理。第四大段爲此賦核心，訴述倏進倏敗之經程，愚者果於自用，惟懼誠之不一，有天下事無不可爲之概。下云：不顧慮以周圖，專兹道以爲服，韓退之誌子厚墓，謂少年不自貴重顧藉，功業可立就，意本此。任遇卒迫，天地否隔等語，指叔文驟起，閹寺利用順宗多病，釀爲政變而言。第五段實寫南竄情況。第六段指丁母憂，蓋子厚之母盧氏，元和元年歿於永州。第七段傷己無子。第八段泂溯前事，通計一番。第九段作結，歎息之餘，仍回到大中爲偶，自信其志。此賦殆作於元和二年，自怨自艾，不違信守，騷心不遠，允爲嗣響。

晁補之取此賦於續楚辭，爲之序曰：

宗元竄斥，崎嶇蠻瘴間，堙厄感鬱，一寓於文，爲離騷數十篇。懲咎者，悔志也，其言曰：苟餘齒之有懲兮，蹈前烈而不頗。後之君子，欲成人之美者，讀而悲之。

宋子京云：「柳州爲文，或取前人陳語用之，不及韓卓然不丐於古，而一出諸己」，此所謂取前人陳語用之者，凡明引古書，大約不在此列。如柳送韋七秀才下第序稱：

「穀梁子曰：心志既通，而名譽不聞，友之過也」，如指此種爲用陳語，則韓之上宰相書，先引詩菁菁者莪各章，繼引孟子君子有三樂，終引洪範凡厥庶民一大段，較柳尤繁且雜。此退之之顯文露章，不應爲子京所不見，吾因推定子京所指前人陳語爲非此種，職是之故。然則除此之外，退之文中，別無前人陳語羼雜也乎？吾見黃山谷與王觀復書：「退之作文，無一字無來處，蓋後人讀書少，故謂韓自作此語耳。」來處者何，卽前人陳語也，果爾，山谷與子京同論一事，所持意見顯有矛盾。如實言之，以單詞碎義，及文章形式論，韓柳所掇拾於古者，大體無不相同。如柳與韋中立書，本之書、詩、禮、春秋，參之穀梁、孟、荀、離騷、太史，固昌言而不諱，而韓爲諸生作進學解，亦未始外於周誥、殷盤、春秋、左氏、易、詩、莊、騷、太史、子雲、相如，而別有閎中肆外之資，是二家所沾丐於陳言，殆不啻二五之與十也。卽如懲咎賦倣遠遊，而進學解不脫客難、解嘲，亦作如是觀。子京所以如是云云，無非爲退之自詭詞必己出，及惟陳言之務去所蔽。

日施陳以縶縻兮：　蔣注：「說文：縻、牛轡也，縶縻、猶羈縻不絶之義。」子厚用縻字，亦與羈爲對文，如晉問：「收斂功教，掉手飛縻，指毛命物，百步就羈」，言練馬也。縶縻則作動詞連用，蘇軾爲人作賀啓，亦如是用之：「君臣之恩，縶縻之於前，妻子之計，推荷之於後。」釗案：吾曾觀馬廠爲羣馬打烙印，覺子厚飛縻就羈等四語，寫

得惟妙惟肖，不謂千餘年前，文人賦物之工，神妙竟有逾今日之電影。

猶斷斷於所執：斷斷，吴摯父校改斷斷。胡鳴玉曰：「斷音銀，史魯世家：余聞孔子稱曰：甚矣魯道之衰也！洙泗之間，斷斷如也。師古曰：斷斷，分辨之意，俗譌作斷斷如也，習用不知，已非一日。雖斷斷字有出，而增一如字，實爲斷斷如也形譌。」説見訂譌雜録。今斷斷下並無如字，斷斷斷斷，兩解均通，胡吴相遇，可能仍有爭執。

遭任遇之卒迫：釗案：遭任字疑誤倒。北史薛綜傳論：「擬致徐陳，慚後生之可畏，論其任遇，實當時之艮選也。」又舊唐書高士廉傳：「士廉既任遇益隆，多所表奏，成輒焚藁，人莫知之。」又許敬宗傳論：「太宗任遇相殊者，艮以高陽才優而行薄故也。」任遇字雖有所本，然不如遭遇字之爲習見，而益形自然。蓋遭遇字初見於易井卦疏，旋漢書楊惲傳：「遭遇時變，以獲爵位」，後漢書馮異傳：「臣以遭遇，託身聖明」，又班固傳：「非惟主人之好學，蓋乃遭遇乎斯時也。」遭遇較任遇遠爲早出，而又至今爲常語。或疑字之顛倒，未始無理。卒音猝，卒迫或作迫卒，義同。漢書劉向傳：「營起邑居，期日迫卒。」

纍郡印而南適：此謂永貞元年九月、初貶邵州刺史。漢書石顯傳：「印何纍纍、綬若若耶？」晉問：「大者印纍，小者珠剖」，刺史之印，當不止一顆，故曰纍。

宜夫重仍乎禍讁：　此謂是年十一月，再貶爲永州司馬，故曰重仍。重仍駢字，仍亦重也，漢書成帝紀：「迺者日蝕星隕，讁見於天，大異重仍。」子厚好將仍字於文中推廣用之，如祭崔簡文：「痛毒荐仍，振古所無。」

暮屑窣以淫雨兮：　屑窣、行貌，當與窸窣同，韓駒詩：「落葉屑窣鳴風廊。」又勃屑或勃窣，皆訓婆娑，因而去勃留屑窣，亦與同義。

羈纍棼以縈纏：　揚雄反離騷：「因江潭而淮記兮，敬弔楚之湘纍」，注：「諸不以罪死曰纍」，此子厚藉以自況，故曰羈纍。

閔生賦

或謂韓退之文兼衆體，故敍樊紹述集，則文如樊，敍柳子厚，則文如柳，〔按此乃歸震川敍陳文燭集語。〕於是佞韓者，每不許柳集所有篇幅，韓集偶或不備。無奈柳兼衆體是眞，韓兼衆體是佞，以騷賦而論，韓乃天然缺陷，無法與柳爭一日短長，而論者必取韓之復志閔己兩賦，與柳之懲咎閔生相抗。諺云：「物只怕比」，此一比也，韓柳優劣，眞不待煩言而解。

賦云：「肆余目於湘流」，文爲在永州作無疑，或審爲元和五六年賦，不中不遠。晁無咎曰：

子厚雅善蕭思謙，在江嶺間貽書言情，謂宗元與罪人交十年，官以是進，然居治平，終身爲頑人之類，猶有少恥，未能盡忘。此蓋以叔文輩爲罪人頑人，一若己恥辱當云爾者然，悔厲極矣。其曰閔吾生之險阨兮，紛喪志以逢尤，蓋自以生之不幸喪志而爲此云。

無咎以罪人屬之叔文，誠不誤，至謂頑人並指叔文，則大謬，至云悔厲極矣，悔厲亦當分别言之。蓋子厚被讉以來，對叔文從無一矢加遺，此子厚與夢得大大不同處，所有怨誹，都集中於自責一義，凡同道之友，一無所傷，頑人止於繩己，何得謂是追讉叔文乎？此點自宋之歐王諸家，以至晚清李愛伯輩，都能看到，無咎漫不加察，毋乃太奇？

紛喪志以逢尤：　逢尤本騷：「紛逢尤以離憂」，離讀去聲，猶言罹也。

氣沈鬱以杳眇兮，涕浪浪而常流：　杳眇本上林賦：「俯杳眇而無見，仰攀橑而捫天」，劉良注：杳眇，深邃也。又王融三月三日曲水詩序：「窅眇寂寥」，張銑注：窅眇，深遠也，杳與窅通。浪浪本騷：「擥茹蕙以掩涕兮，霑余襟之浪浪。」

幽默以待盡：　幽默本九章：「眴兮杳杳，孔靜幽默」；又神女賦：「既澹泊於幽默，揚覺寤而中驚。」

玄虬蹶泥兮：　虬、龍無角者，蹶泥本莊子：「蹶泥則沒足滅跗。」

質魁壘而無所隱：　魁壘本前漢鮑宣傳：「朝廷亡有耆艾魁壘之士」，服虔注：魁壘，壯貌。

瞻故邦之殷轔：　殷轔本甘泉賦：「振殷轔而軍裝」，注：殷轔，言盛多也，殷，於謹切，轔，栗忍切，此叶平。

顧余質愚而齒減兮，宜觸禍以阽身：　此跟上文孟軻四十而言，齒減卽謂不足四十。子厚元和七年，始達四十，因推定本篇在元和五六年作。阽身本楚辭：阽余身而危死兮，覽余初其猶未悔，阽音鹽。

噫禹績之勤備兮，曾莫理夫茲川，殷周之廓大兮，南不盡夫衡山：　茲川謂湘江，湘水不見於禹貢，故子厚斷云莫理夫茲川。南不盡衡山，北不盡恆山，本禮王制。

短狐伺景於深淵：　景卽影字。博物志：江南山有射工蟲，長一二寸，口中有弩形，射人影，不治則殺人，短狐伺景指此。狐字一作弧。

弭日夜之拳孿：　拳孿古無所本，惟石介詩：「二人堂堂負英氣，胸中拳孿蟠蛟螭。」又方鳳游金華三洞詩：「遡流束炬照徒步，肩背擦石行拳孿」，孿、呂員切。釗案：拳孿卽卷㜸之易形，子厚乞巧文：「突梯卷㜸，爲世所賢」，㜸、力兗切。拳孿、卷㜸，義同音異，兩者皆子厚隨意使用。

夢歸賦

一

子厚頓滯永州過久，迫切思歸，因而成夢，晁補之評之曰：

子厚既貶，悔其年少氣鋭，不識幾微，久幽不還，故作夢歸賦。初言覽故鄉喬木而悲，中言仲尼欲居九夷，老子適戎以自釋，末云首丘鳴號，示終不忘其舊，當世憐之，然衆畏其才高，竟廢不起。

補之之言，亦隨俗而云然也，謂爲當世所憐，識者哂之。蓋子厚行文，從來不著憐字。夫自怨自艾，以至憤世嫉俗，誠往往無處不説到，惟君子不受人憐，亦決不自憐，設或想到憐字，則是子厚憐他人，憐見仇者，憐當世宵小，而決不許人憐己，更説不上自憐。此讀宥蝮蛇文，可以窺見大意，補之哲士也，胡乃見不到此？

循舊鄉而顧懷：　法言：上帝還資，后土顧懷。又反騷：覽四荒而顧懷兮，奚必云女有高丘？子厚弔屈原文：願荒忽之顧懷兮，冀陳詞而有聞。

息愔翳而愈微：　愔、翳淫切，安和貌。此言入夢之初，氣息安和而隱微。

若有鉥余以往路兮：　鉥音述，導也。

靈幽漠以瀄汩兮：　瀄汩、水流貌。

紛若喜而佁儗兮：　佁，敕吏切，儗音擬。司馬相如大人賦：沛艾赳螑，仡以佁儗，注：佁儗，不前也。長笛賦：佁儗寬容，劉良注：佁儗，閑緩貌。本文從前解，發音頗與遲疑相近。

俄滉瀁之無依，……顥醇白之霏霏：　兩之字皆作接續詞用，猶言與也。書立政：「其勿誤於庶獄，惟有司之牧夫」，謂有司與牧夫也，參看王引之經傳釋詞。

施岳瀆以定位兮，互參差之白黑：　之，與也，亦作接續詞用，解同前條，謂岳瀆之位置參差不齊，與白黑異色，相互而錯雜也。互，卽互字。釗按：楚辭悲回風：「登石巒以遠望兮，路眇眇之默默」，之猶言與，楚辭中之字如此用者絕夥。

胡爲故國之爲墓？　胡爲之爲當作惟，本篇第二句：「余惟夢之爲歸」，可證。此類文句，其基礎形式，爲「惟故國是墓」，或「惟夢是歸」，因須參加一爲字以調節文氣，故改代名詞是作之，參看平淮夷雅「惟義之宅」簽。

首丘之仁類兮：　禮：狐死正丘首，仁也。

或評曰：「子厚此時，直欲隨寓而安，勿詹詹故土之爲墓，進一解矣，余每讀之，未嘗不掩卷三歎。」此評有所見，不知誰作？吾少時過錄於書眉上，因存之。

祝堯古賦辨體辨此賦曰：

夢歸賦，賦也，中含諷與怨意，其有得於變風之餘者。中間意思，全是就騷體

中脱出。

其曰「夢歸賦賦也」者，謂此賦直爲夢歸而賦，有別於比與興，果爾，則子厚不過一文塲中泛泛賦手而已，何足當晁補之變騷之目？祝堯、上饒人，元延祐進士，所學甚博，惟其博也，不得不從辨體中讀柳賦，然此究何足以知柳賦哉？或評隨寓而安四字，吾謂斯人讀書有得。子厚與蕭俛書：「居蠻夷中久，慣習炎毒，昏眊重膇，意以爲常。」又曰：「自料居此尚復幾何？豈可更不知止，言說長短，重爲一世非笑？」又曰：「用是更樂瘖默，思與木石爲徒，不復致意。」必須了解此類語言，方許其讀夢歸賦。本篇「苟遠適之若茲兮，胡惟故國之爲慕」？兩語恰是關目。

二

再檢閱夢歸賦一過，標錄虛字用法如下：

凡兩種狀態平列，或先後持續，中參以字，以、猶與也。

羅擯斥以窘束兮：
靈幽漠以瀄汩兮：
陰霾披離以泮釋：
山嵎嵎以嵒立兮，水汩汩以漂激：
心回互以壅塞：

（以上平列）

精氣注以凝沍兮：

質舒解以自恣兮：

馭儗儗以回復：

浮雲縱以直度兮：

持續

二者以皆作與字用，如浮雲縱以直度兮，縱與直度之間，有先後持續程序；又如山嵑嵑以嵓立兮，嵑嵑、嵓立，是兩種峙立態勢，同時存在。

其他兩詞相次，上一詞作器用看，因而收得下一詞之效率者，是爲以字本義，猶言將以、或用以。如

風纚纚以經耳兮：

洞然于以瀰漫兮：

横衝飈以盪擊兮：

涕汪浪以隕軾：

鐘鼓喤以戒旦兮：

皆是。惟洞然于以瀰漫兮，于是偶爾滲用，與無于字者同解。

之字有時亦作與字用，如

俄淟澰之無依：

顥醇白之霏霏：

下參差之白黑：

類嚔黃之黭漠兮：

此類之字，皆作與字看，之字上下兩詞，大抵駢立而同一趨向，縱或駢字與疊字羼雜用之，如顥醇白之霏霏，義仍無變。

往者遜清末造，有蘇州藍君，㊀在新民叢報上著論反革命，有「惟汗牛之充棟」一類句子，太炎在民報駁之，斥爲字義不通，梁派報人，無敢迴護。實則之字如此用法，楚辭最夥，子厚亦踵襲騷賦爲之，太炎當時故是英雄欺人。

囚山賦

將永州八記與囚山賦對讀，同一地也，而所處者感情之向背，如此其風馬牛不相及，可見人心爲一相斫塲，矛盾息息向外轟發，誠有使人類之理想難於了解者，嘻！亦奇已。

此文元和九年在永州作，從永貞元年起算，至此恰十年，依當時之政局看來，作者大有入山林而不返之勢。晁補之錄此賦於變騷，而爲之語曰：

㊀ 案藍君卽藍志先，解放後以勞瘁而歿。

語云：仁者樂山，自昔達人，有以朝市爲樊籠者矣，未聞以山林爲樊籠者。宗元謫南海久，厭山林不可得而出，懷朝市不可得而復，丘壑草木之可愛者，皆陷穽也，故賦囚山。淮南小山之辭，亦言山中不可以久留，以謂賢人遠伏，非所宜爾，何至以幽獨爲狴牢，不可一日居哉？然終其意近招隱，故錄之。

讀八記而樂山顯，〔仁者樂山，樂讀去聲，音傲。〕讀此賦而囚山成，補之謂其意近招隱，招隱上毋乃脫一反字？

賦一韻到底，稱意寫去，意盡而言止，可云愜心貴當之作。

紛對迴合仰伏以離逊兮：　一本無對字，是。紛爲離騷語助詞，置於句首，不與連接之字相結成意。逊音列，遮也，離逊猶言遮逊，後漢輿服志：張弓帶鞬，遮逊出入。

欣下頽以就順兮，曾不畝平而又高：　欣、喜也，此言土地平陂不一，方喜地勢下傾，步趨就順，但平地不過一畝，而高地復臨。此描寫山田形勢，最爲突出。

側耕危穫苟以食兮，哀斯民之增勞：　山田坡度高，不能平行施工，故曰側耕。以同一理由，收穫亦甚險。如屬果物，甚或驅遣馴猿，頸懸布袋，成羣往摘，故曰危穫。

積林麓以爲叢棘兮：　積一本作攢。

虎豹咆㘚代狴牢之吠嘷兮： 咆㘚卽咆哮，詩：「闞如虓虎」，闞不加口旁，字書亦未收㘚字，子厚蓋隨意連寫成文耳。 狴牢亦應作蒲牢，蓋狴犴狂犬，而蒲牢海獸，固是二物，子厚亦牽寫成之。 杜甫有事於南郊賦：「耆艾涕而童子僊，叢棘坼而狴牢傾」，亦用作狴牢，皆指牢獄言，以牢獄皆用惡獸防護也。 觀於上文：「積林麓以爲叢棘兮」，並用到叢棘字，恐子厚行文，殆有取於杜公，叢棘亦爲防囚越獄之用。

予胡井眢以管視兮： 眸子枯陷曰眢，因而廢井亦曰眢井，左：「目於眢井而拯之」，此井眢管視，猶曰坐井觀天。

窮坎險其焉逃： 易：習坎、重險也，左：外強內温，注：坎險故強，坤順故温。

匪兕吾爲柙兮，匪豕吾爲牢： 此謂吾非兕也，而被人入諸柙，爲、去聲讀。 又或釋作：柙中非兕，以吾爲代，爲、平聲讀，亦通。 吾爲柙、猶言柙爲吾，乃倒裝句，下一句類推。

聖日以理兮： 聖一本作世，是。 原文：世日以治，或世治，兩字都以避諱而改。

本卷最後一篇，題曰愈膏肓疾賦，吳至甫曰：「此非柳文，他唐人爲之耳。」釗案：吳說是，因將此文削去。

卷三　論

封建論

一

義門讀書記，於封建論曾下數義：

題下記云：

荀卿子之文也，其中節制甚謹嚴。　李云：文章古雅精健，過秦之匹。〔按李云、李指李光地，號安溪，下同。〕

封建非聖人意也下記云：

李云：未必便得聖人意，如是則興滅國，繼絶世，皆聖人違心之事也。

初，吾謂韓柳者遷固之羣耳，今觀其才識相亢，若韓氏之學之識，則非班馬所及也。　至子厚者，崛起曠代之下，力追西漢之文，氣稍不如子長之疏宕，而堅密不亞孟堅，其學其識，疑亦無所讓也。　逮讀封建論，與孟堅諸侯王表等，參差誦之，固知子厚所學所識，不如孟堅遠矣。　夫論事而但據其一偏，則孰不有利害之數可

陳，有成敗之軌可指？如孟堅所云：「中外殫微，本末俱弱，權奸不出廟堂而運天下」者，又何如枝葉相持之爲得也？至言聖人不廢封建，私其力於己，私其衞於子孫，柳子之言，何其悖乎？若曰：國於天地，有與立焉，蓋雖欲易之而時未可，不猶愈乎？

嘗謂文人論政，不可脱離環境，所謂知人必須論世者此也。以孟堅處王莽篡竊之後，與子厚之際中唐，情況迥乎不同，於此而欲求兩人之見解一致，挈長量短，與爲低昂，此腐儒一孔之論，不足與於博學通識之倫也。義門文中權奸，乃指王莽，彼謂將封建論與孟堅諸侯王表參差誦之，而知子厚所學所識，不如孟堅遠甚，此誠昧時害理之至，惟泥古偏執如義門等，始能毰毸爲此言。請先將孟堅全文勘之：

昔周監於二代，三聖制法，〔三聖，謂文武周公。〕立爵五等，封國八百，同姓五十有餘，周公康叔建於魯衞，各數百里，太公於齊，亦五侯九伯之地。詩載其制曰：「介人惟藩，大師惟垣，大邦惟屏，大宗惟翰，懷德惟寧，宗子惟城，毋俾城壞，毋獨斯畏」，所以親親賢賢，褒表功德，關諸盛衰，深根固本爲不可拔者也。故盛則周邵相其治，致刑錯，衰則五伯扶其弱，與共守。自幽平之後，日以陵夷，至乎阸陿河洛之間，分爲二周，有逃責之臺，被竊鈇之言。〔師古注：政令不行，鈇鉞無所用，是謂私竊隱藏之耳。〕然天下謂之共主，彊大弗之敢傾，歷載八百餘年，數極德盡，旣於王

赧，〔師古曰：既亦盡也。〕降爲庶人，用天年終。號位已絶於天下，尚猶枝葉相持，莫得居其虚位，海内無主，三十餘年。秦據勢勝之地，騁狙詐之兵，蠶食山東，壹切取勝，因矜其所習，自任私知，姍笑三代，盪滅古法，竊自號爲皇帝，而子弟爲匹夫，内無骨肉本根之輔，外無尺土藩翼之衞，陳吴奮其白梃，劉項隨而斃之，故曰：周過其歷，秦不及期，國勢然也。漢興之初，海内新定，同姓寡少，懲戒亡秦孤立之敗，於是剖裂疆土，立二等之爵，〔此指大者王、小者侯。〕功臣侯者百有餘邑。尊王子弟，大啓九國，自雁門以東，盡遼陽爲燕代；常山以南，太行左轉，度河濟，漸於海，爲齊趙；穀泗以往，奄有龜蒙，爲梁楚；東帶江湖，薄會稽，爲荆吴；北界淮瀕，〔師古曰：瀕、水涯也。〕略廬衡，爲淮南；波漢之陽，〔師古曰：波漢之陽者，循漢水而往也。鄭氏曰：波音陂澤之陂。〕亘九嶷，爲長沙。諸侯比境，周帀三垂，外接胡越，天子自有三河東郡潁川南陽，〔師古曰：三河、河東河南河内也。〕自江陵以西至巴蜀，北自雲中至隴西，與京師内史，凡十五郡，公主列侯，頗邑其中。而藩國大者，夸州兼郡，連城數十，宫室百官，同制京師，可謂撟枉過其正矣。雖然，高祖創業，日不暇給，孝惠享國又淺，高后女主攝位，而海内晏如，無狂狡之憂，卒折諸吕之難，成太宗之業者，亦賴之於諸侯也。然諸侯原本以大，末流濫以致溢，小者淫荒越法，大者睽孤横逆，以害身喪國，故文帝釆賈生之議分齊趙，景帝用鼂錯之計削吴楚，武帝施

主父之册，下推恩之令，使諸侯王得分戶邑，以封子弟，不行黜陟，而藩國自析。自此以來，齊分爲七，趙分爲六，梁分爲五，淮南分爲三，皇子始立者，大國不過十餘城，長沙燕代，雖有舊名，皆無南北邊矣。景遭七國之難，抑損諸侯，減黜其官，武有衡山淮南之謀，作左官之律，〔應劭曰：人道尚右，今舍天子而仕諸侯，故謂之左官。〕設附益之法，〔師古曰：孔子云：求也爲之聚斂而附益之，謂背正法而厚於私家也。〕諸侯惟得衣食稅租，不與政事。至於哀平之際，皆繼體苗裔，親屬疏遠，生於帷牆之中，不爲士民所尊，埶與富室無異，而本朝短世，國統三絕。〔師古曰：謂成哀平皆早崩，又無繼嗣。〕是故王莽知漢中外殫微，本末俱弱，無所忌憚，生其姦心，因母后之權，假伊周之稱，顓作威福廟堂之上，不降階序而運天下。詐謀既成，遂據南面之尊，分遣五威之吏，馳傳天下，班行符命，漢諸侯王，厥角稽首，〔應劭曰：厥者頓也，角者額角也。〕奉上璽韍，惟恐在後，或迺稱美頌德，以求容媚，豈不哀哉？是以究其終始彊弱之變，明監戒焉。

讀孟堅文竟，並不覺其用意，與子厚有何牴牾之處？義門豈不曰：王莽不出廟堂而運天下，何如漢室枝葉相持之爲得？然孟堅明白指示，漢諸侯王，厥角稽首，奉上璽韍，惟恐在後，卽令當時封建至廣，亦何足挽漢運於崩摧？須知漢之去唐，幾居千載，形勢既異，政範從而不同，倘子厚處孟堅之位，其敍述諸侯王表，將未見有何別

異於班書之詞句，反之，使孟堅厠貞元之末，繼魏徵、李百藥輩，而於封建重加論列，又未必大乖河東之所指陳，是孟堅子厚易地則皆然，義門乃妄爲軒輊而短長之，所謂癡人之前，礙難説夢，齷齪書生，偶與同窺大雅之堂，將不至隨意指點，開口便錯不止也。義門指子厚言封建私力私衛爲悖，卽其開口便錯處，不足深辯。

是故有里胥而後有縣大夫〔至〕勢也下記云：

李云：既知如此，又何以云封建須廢？其下既無所承藉，其上又如何孤懸也？

安溪迂儒，難言政理。須知廢封建並不等於廢政府，安溪將不認封建以外之他種政制乎？

然而降於夷王〔至〕其在乎此矣下記云：

降於夷王以下，與後私其衛於子孫，矛盾相陷，不知柳子何以云也？

由義門之言，歷代祇許有興而無廢，有治而無亂，此誠不知義門何以云也？

繕右義就，覺猶有剩義須補陳者，則義門論班柳之可取者，止於二三語，曰：「子厚崛起曠代之下，力追西漢之文，……而堅密不亞孟堅。」至其下「其學其識，疑亦無所讓」云者，都是附贅懸疣，應須割截。何也？班與柳相望於數百年間，環境變易，人心不同，假定孟堅壽如彭祖，唐時猶能執筆論事，已難保毫無自相矛盾之處，何況

兩家嶄嶄分立者乎？可見義門由文之形似，遽推斷識之不如，此之謂變更論點，反乎邏輯，無有是處。須知六藝者、文家之星宿海也，以子厚之雄才，凡聖人之道，不合於世用者，彼且不憚毅然吐棄，何論去聖寫遠，西京以後之孟堅乎？了知此解，將見義門所持短長，不值考覽，應予刊削。

二

子厚之論封建，不僅爲從來無人寫過之大文章，而且說明子厚政治理論系統，及其施行方法之全部面貌。何以言之？子厚再三闡發封建非聖人之意，而爲一種政治必然趨勢，然後論斷秦皇一舉而顛覆之，其制公而情則私。是不啻先樹一義，昭告於天下曰：封建是可能澈底打碎之物，而所謂勢者，亦可能如水之引而從西向東。吾人自文中仔細看來，子厚所暗示之推廣義，則由秦達唐，封建雖經秦皇大舉破壞，而其殘餘形象及其思想，乃如野火後之春草，到處叢生。是必須有秦皇第二出現，制與情全出於公，而以人民之利安爲眞實對象，從思想上爲封建餘毒之根本肅清，此吾讀封建論之大概領略也。

子厚文字所表現之人民性，最爲濃厚，此凡稍解文理者所能覺察。其貞符所下之定義曰：「受命不於天，於其人」，此不啻一震破山嶽之獅子吼，其他爲人民鼓吹之處，殊未易一二數。惟主義雖正，而局限於當時人民之智識水準，及其毫無基礎之

組織形式，反動一來，子厚並不能指揮一絶大規模之暴動，以資抵抗。而且子厚本身，其忠君愛國之舊觀念，也未能全部擺落，於是永貞改革之趨於失敗，有先天性無可解免之原因存焉。

且也，子厚是政治家，而非革命家也。彼所自行計劃之秩序，雖若周匝無漏，然似未料到計劃一行，所被打破之階級既得利益，將龎大而無外，人爲自護而狙擊人之力量，將亦相應龎大，而己無法抵禦。又況己之權源，絶非秦皇第二，而爲一病風而瘖之虚君本位，加之二王並此也未能把住，而不讓人侵入，浸假此唯一權源，變成我能往寇亦能往之甌脱地帶。於是叔文之學士頭銜，被取消而無如何，叔文母喪求起復，伾三請而三不准，太阿倒持，彼衆我寡，叔文之黨焉得不敗？

叔文之黨雖敗，而封建論歸然，自來論者，每以子厚與曹元首、陸機、劉頌、唐太宗時魏徵、李百藥、顔師古、及子厚同時之劉秩、杜佑，併爲一談，語殊泛泛，卽蘇子瞻亦無能洞明子厚眞意。然子瞻有兩語甚爲精到，曰：「聖人不能爲時，亦不失時，時非聖人之所能爲也」，子厚爲於不能爲之時，故敗。答問之言曰：「客言僕知理道，識時機，過矣。……僕少嘗學問，不根師説，心信古書，以爲凡事皆易，不折之以當世急務，徒知開口而言，閉目而息，挺而行，躓而伏。……」如此等語，迷離惝恍，似眞似僞，然其自承不根師説，視事太易，殆已道破心事泰半矣。

王白田讀書記疑，於封建論有説如下：

古今之變不同，後世必有不可復者，封建井田是也。柳州論大勢則是，而謂封建爲聖人之不得已則過矣。曾南豐曰：「人之所未病者，不必改也」，程子曰：「聖人不先天以開人，各因時而立政」，殷周之封建，自其時當然，非聖人之不得已也。

白田此論，傷於辭費，蓋柳州謂封建聖人不得已而爲之，其意並不與程子因時立政相背，亦卽與白田所謂「自其時當然」，兩相呼應也。白田名懋竑，寶應人，年五十一，始成康熙五十七年戊戌進士，不久卽以病廢。平生深於朱子之學，謂綱目係初年未定之書，家禮非己作，條疏指駁，破碎已甚。論史自秦及晉，於三國特詳，唐事未嘗涉及，李蒓客嘉其謹嚴，而譏其不免頭巾氣，〔咸豐庚申十月十一日記。〕此拘謹之性使之然也。讀書記疑卷十六有讀河東集五則，右論其一。

三

子厚作封建論，諸家咸謂退之所無，幾於衆口一辭。從來史論槩定脚跟，無人動得分毫，唯見子厚此論，罔識其他。

蘇子瞻志林所論，意本子厚爲多，請徵其説：

秦初幷天下，丞相綰等言：「燕齊荆地遠，不置王無以鎭之，請立諸子」，始皇

下其議，羣臣皆以爲便。廷尉斯曰：「周文武所封子弟，同姓甚衆，然後屬疏遠，相攻擊如仇讎，諸侯更相誅伐，天子勿能禁止。今海内賴陛下神靈一統，皆爲郡縣，諸子功臣供賦稅，重賞賜之，甚足易制，天下無異意，則安寧之術也，置諸侯不便。」始皇曰：「天下共苦戰鬥不休，以有侯王，賴宗廟天下初定，又復立國，是樹兵也，而求其寧息，豈不難哉？廷尉議是。」分天下爲三十六郡，郡置守尉監。蘇子曰：聖人不能爲時，亦不失時，時非聖人之所能爲也，能不失時而已。三代之興，諸侯無罪，不可奪削，因而君之，雖欲罷侯置守，可得乎？此所謂不能爲時者也。周衰，諸侯相并，齊晉秦楚，皆千餘里，其勢足以建侯樹屏。至於七國，皆稱王，行天子之事，然終不封諸侯，不立彊家世卿者，以魯三桓、晉六卿、齊田氏爲戒也，久矣世之畏諸侯之禍也，非獨李斯始皇知之。始皇既并天下，分郡邑，置守宰，理固當然，如冬裘夏葛，時之所宜，非人之私智獨見也。所謂不失時者，而學士大夫多非之，漢高又欲立六國後，張子房以爲不可，世未有非之者，李斯之論，與子房何異？特以成敗爲是非耳。高帝聞子房之言，吐哺罵酈生，知諸侯之不可復明矣，然卒王韓彭英盧，豈獨高帝？子房亦與焉，故柳宗元曰：封建非聖人意也，勢也。昔之論封建者，曹元首、陸機、劉頌、及唐太宗時魏徵、李百藥、顏師古、其後則劉秩、杜佑、柳宗元，宗元之論出，而諸子之論廢矣，雖聖人復起，不能易也。故吾取

其說而附益之曰：凡有血氣必爭，爭必以利，利莫大於封建，封建者，爭之端而亂之始也。自書契以來，臣弑其君，子弑其父，父子兄弟相賊殺，有不出於襲封而爭位者乎？自三代聖人，以禮樂教化天下，至刑措不用，然終不能已篡弑之禍。至漢以來，君臣父子相賊虐者，皆諸侯王子孫，其餘卿大夫不世襲者，蓋未嘗有也。近世無復封建，則此禍幾絶，仁人君子忍復開之歟？故吾以李斯始皇之言，柳宗元之論，當爲萬世法也。

由宋逮明，楊升菴出，所論恰與志林相輔，亦子厚之功臣也，中以土官比封建，從未見他人言之。

封建始於黄帝，不得其利，已受其害矣。蚩尤亦諸侯也，上干天紀，下肆民殘，以帝之神聖，七十戰而僅勝之，亦殆哉岌岌乎矣。其餘畫野之君，分城之主，雖有蚩尤之心，而未露蚩尤之跡，帝固不得而廢之也。嗣是九黎亂德矣，防風不朝矣，有扈叛逆矣，夷羿篡弑矣，昆吾雄伯矣，皆諸侯之不靖者，其餘尚多有之，而載籍散亡，不可以悉，至周則其事又可睹矣。大封同姓，以及異姓，謂之萬國，其初建之意，亦曰屏藩京師也，夾輔王室也，使民親於諸侯，而諸侯自相親也。成康繼世，未百年間，昭王南巡，而膠舟溺死矣，穆王西巡，而徐偃煽亂矣，藩屏焉在乎？夾輔焉在乎？至於春秋戰國，干戈日尋，迄無寧歲，肝腦塗地，民如草菅，烏

在其爲親也？其立之政典，防其僭竊，爲述職之制曰：一不朝則貶其爵，再不朝則削其地；爲建國之典曰：負固不服則伐之，內外亂、鳥獸行則滅之，其法似嚴矣。周之世、諸侯不朝多矣，貶誰之爵乎？削誰之地乎？矧敢曰六師移之乎？負固不服，先莫如秦楚，後莫如吳越，天王方且遷避之不暇，敢言伐之一字乎？內外亂、鳥獸行，莫如晉之齊姜，衛之宣姜，魯之文姜哀姜，二嬖之子，非類之孽，方爲太子而世其君，天王册命之不暇，敢言滅之一字乎？三朝之制，殆爲虛設，九伐之典，亦是彌文，則封建非聖人意明矣。腐儒曲士，是古非今，猶言封建當復，予折之曰：欲目睹封建之利害，何必反古？今有之矣，川廣雲貴之土官是也。夫封建起於黃帝，而封建非黃帝意也，土官起於孔明，而土官非孔明意也。封建數千萬年，至秦而廢，土官歷千百年，川之馬湖安氏，弘治中以罪除，廣之田州岑氏，正德中以罪除，而二郡至今利之，有復言復二氏者，人必羣唾而衆咻之矣，封建之說何以異此？然欲復土官，則人知非之，而復封建，人不之非，是知一方之利害，而不知天下之利害，知今之勢，而不知古之勢也，非腐儒而何哉？曰：如此，則三代聖人猶有弊法耶？曰：易曰：「窮則變，變則通」，禮曰：「禮時爲大，順次之。」三代之上，封建時也，封建順也，秦而下，郡縣時也，郡縣順也，總括之曰：封建非聖人意也，勢也，郡縣非秦意也，亦勢也，窮而變，變而通也。雖然，是說也，非柳子蘇子之說

也，孔孟有是說矣。孔子繫易曰：「陽一君而二民，君子之道也，陰二君而一民，小人之道也」，孟子曰：「天下惡乎定？定於一」，夫封建之制，國各有君，君各紀元，是非二君，將千百其君矣，惡能定於一？不定於一，惡能不亂？使孟子生於秦漢之後，必取柳蘇識時之說，而兩胡腐儒，將麾之門牆之外矣。升菴此論，殆當時有激而發，兩胡者、其宋之胡安定〔瑗〕及胡致堂〔寅〕矣乎！非兩公者，當不得一箇腐字。

四

子厚封建論曰：

唐興，制州邑，立守宰，此其所以爲宜也，然猶桀猾時起，虐害方域者，失不在於州而在於兵，時則有叛將而無叛州，州縣之設，固不可革也。

又曰：

魏之承漢也，封爵猶建，晉之承魏也，因循不革，而二姓陵替，不聞延祚，今矯而變之，垂二百祀，大業彌固，何繫於諸侯哉？

是唐之無封建，及作者不主張有封建，鑿鑿甚明。舊唐書德宗順宗諸子列傳論曰：

自太昊以降，五運相推，迄於殷湯，歷數綿永，但設均平之化，未聞封建之名。洎乎周漢，始以子弟建侯樹屏，以作維城，及王室浸微，遂有莽卓之亂。唐室自艱

難以後，兩河兵革屢興，諸王雖封，竟不出閤。夫帝王居寰宇之尊，撫億兆之衆，但能平一理道，夙夜嚴恭，任賢使能，設官分職，自然四海樂推，天命所祐，縱無封建，亦鴻基永固，安俟嬰孺鎮重哉？

劉昫所憑藉之史實，與子厚親歷者適同，因而結論歸於一致。其曰漢室浸微，莽卓構亂，正由封建相承，釀成外重內輕之勢，遂乃權奸竊發，導致滅亡。以知順宗二十二子之多，無一出閤，唐室之相維不壞，斯爲消極鉅因。而子厚於此，猶須懇懇論列者，㫖以唐初創議封建，李百藥持不然之論，論烽暫息，而殘焰未消。子厚勢不得不爲鞏固二百年既定之基，及澄清陸士衡曹元首以來沿訛襲繆之說，截斷衆流，俾趨一嚮云。

百藥論云：「總而言之，爵非世及，用賢之路斯廣，民無定主，附下之情不固，此乃愚智所辨，安可惑哉？」末云：「請待斵雕成朴，以質代文，刑措之教一行，登封之禮云畢，然後定疆理之制，議山河之賞，未爲晚焉。易稱天地盈虛，與時消息，況於人乎？美哉斯言也。」語涉兩歧，事猶有待，子厚斬釘截鐵，昭兹來許之論，愈見爲不可少。

五

范祖禹唐鑑卷四載：

貞觀五年：初、帝令羣臣議封建，魏徵、李百藥，以爲封建不便，顔師古以爲不若分王宗子，勿令過大，間以州縣，雜錯而居。十一月，詔皇家宗室及勳賢之臣，宜令作鎮藩部，貽厥子孫，非有大故，無或黜免，所司明爲條例，定等級以聞。至十一年六月，詔景王元景等二十一王，長孫無忌等十四人刺史，皆令世襲，無忌等皆不願之國，上表固讓，其明年，詔停襲封刺史。

臣祖禹曰：柳宗元有言曰：「封建非聖人意也，勢也」，蓋自上古以來有之，聖人不得而廢也，故制其爵位之等，爲之禮命之數，合之以朝覲會同，離之以帥長牧伯，而後可治也。周室既衰，併爲十二，列爲六七，而封建之禮已亡，秦以詐力一天下，剗滅方國，以爲郡縣，三代之制，不可復矣。後世唯知周之長久，而不知所以長久者由其德，不獨以封建也，必欲法上古而封之，弱則不足以藩屏，强則必至於僭亂，此後世封國之弊。且堯舜有天下，猶不能私其子，况諸侯之後嗣，或賢或不肖，而必使之繼世，是以一人而害一國也。然則如之何？記曰：「禮時爲大，順次之」，三代封國，後世郡縣，時也，因時制宜，以便其民，順也，古之法不可用於今，猶今之法不可用於古也。後世如有王者，親親而尊賢，務德而愛民，愼擇守令，以治郡縣，亦足以致太平而興禮樂矣，何必如古封建乃爲盛哉？

子厚封建論曰：「唐興，制州邑，立守宰，……時則有叛將而無叛州」云云，此其爲說，

過於簡括。蓋唐制之善，存乎州邑，固已，然州邑僅能消極保持己身之不叛，而不能以力積極制止或豫防鎮將之叛，仍不足以昭制置之得宜，而免致國家於危亂。斯時也，須進一步還以淳夫之說證之，唐鑑卷十八載：

元和十三年三月，横海節度使烏重胤奏：河朔藩鎮，所以能旅拒朝命，六十餘年者，由諸州縣各置鎮將領事，收刺史縣令之權，自作威福，曏使刺史各得行其職，則雖有奸雄如安史，必不能以一郡獨反也。臣所領德棣景三州，已舉牒各還刺史職事，應在州兵，並以刺史領之。四月，詔諸道節度使、都團練、防禦、經略等使所統支郡兵馬，並以刺史領之。自至德以來，節度使權重，所統諸州各置鎮兵，以大將主之，暴横爲患，故重胤論之，其後河北諸鎮，惟横海最爲順命，由重胤處之得宜故也。

臣祖禹曰：後世郡縣，古之諸侯也，委之以土地人民而不與之兵，是以匹夫而守之一州也，天下有變，則城郭不守，而朝廷無藩籬之固，何異於無郡縣乎？是以爲法者必關盛衰，使一縣之衆必由於令，一郡之衆必由於守，守之權歸於按察，按察之權歸於天子，則天下如網綱之相維，臂指之相使矣。唐自中葉郡置鎮兵，主將有擅兵之勢，而刺史無專城之任，是以郡縣愈弱，藩鎮愈強，横海一帥制之得宜，而數世順命，況天下處之皆得其道，何危亂之有哉？

此可證子厚封建論之有宏識遠見，而淳夫之意與之一致，並知徒立守宰之制，而處之不得其道，仍無法自脱於危亂，統繩古今，無不皆然，唐鑑云乎哉？

六

魏默深古微堂内集治篇九，有論封建者二則，其言熟於史例，足與子厚所論互爲發明：

封建之世，喜分而惡合，故晉楚蠶食，春秋惡之，嘗欲衆建諸侯而少其力。郡縣之世，喜合而惡分，故三國五季十六國之世，不如一統之息爭；二者皆所以尊王，而治法本於治人，則又皆以用賢用親爲得失。其在封建之世，一於用親者，國可久而勢恆弱，一於用賢者，國勢強而或先亡。周之興也，親賢並用，閎顛吕散八虞，㊀與周召榮畢夾輔。流及後世，則魯衛宋鄭專用親，齊晉專用賢，故三桓七穆六卿之屬，維持宋魯鄭，相忍爲國，至春秋後，猶百餘歲，而衛尤後亡，則用親之明效也。齊之同姓，有國崔欒高，而不如管氏陳氏之專國，晉自獻公後，詛無畜羣公子，而所用狐趙韓魏范，其始足以創伯，其卒足以奪國，則用賢之明效也。兩除其

㊀ 國語：「胥臣曰：文王詢于八虞，而咨于二虢」，注：「周八士皆爲虞官。」八士者、論語微子：「周有八士，伯達、伯适、仲突、仲忽、叔夜、叔夏、季隨、季騧。」注：八士一母所産，在成王時。

弊，而兼收其利者，惟楚乎！其令尹司馬執兵柄者皆同姓，而一有罪則刑之無赦，又參以鬥穀、叔敖、葉公、伯州犂、巫臣異姓之賢才，故其國勢半天下，而與周相終始。至郡縣一統之世，其勢雖合，而秦以不用親速亡，晉以用親速亡，隋以親賢皆不用速亡，則其開基創業，本實先撥，又有立於用人之先者哉！詩曰：价人維藩，大師維垣，言用賢也；大邦維屏，大宗維翰，言用親也。兩家所馭，同一史實，子厚立叛爲綱，分隸人吏國郡將州於下爲目，而別以政制情勢四義牒之。默深取親賢爲經，分合存亡爲緯，交織成圖，統括由周迄隋之天下形勢。柳文鉅製鴻章，自來無二，魏作亦近今通品，周匝無遺。説待更端，魏猶有進：

後世之事，勝於三代者三大端：文帝廢肉刑，三代酷而後世仁也，柳子非封建，三代私而後代公也，世族變爲貢舉，與封建之變爲郡縣何異？三代用人，世族之弊，貴以襲貴，賤以襲賤，與封建並起於上古，皆不公之大者。雖古人教育有道，其公卿胄子，多通六藝，豈能世世皆賢於草野之人？古聖王未必不灼知其弊，而封建不變，則世族亦不能變，莘野傅巖渭濱之舉，間世一出，不數見也。以展季之聖，孔子之聖，通國皆知之，而士師司寇，不安其位，使二聖人生於三桓之族，何患不大行其道乎？春秋諸卿，有公族，有世族，其執政之卿，謀國之大夫，無非此二族者。公族有魯之三桓，宋之七穆，鄭之六卿，世族則晉之欒郤智范韓趙魏，齊

之高鮑陳田，衛之孫甯，皆世執國柄，單寒之子無聞焉。秦人崛起，乃廣求異國之人而用之，由余、蹇叔、百里奚、丕豹、公孫枝、衛鞅之屬，無非疏遠。由是六國效之，遊士大起，樂毅、蘇、張、范睢、李斯、蔡澤、虞卿，皆徒步而取相印，氣運自此將變，不獨井田封建之將爲郡縣阡陌而已。孔子得位行道，必蚤有以大變其法，舉四科以代豪宗，故深贊公叔文子之舉僎，而春秋書尹氏卒，以著世卿之戒。秦漢以後，公族雖更，而世族尚不全革，九品中正之弊，至於上品無寒門，下品無世族，以魏孝文之賢，而不能用李彪、李沖之議。㈠自唐以後，乃仿佛立賢無方之誼，至宋明而始盡變其轍焉，雖所以教之未盡其道，而其用人之制，則三代私而後世公也。詩曰：殊異乎公路，殊異乎公族。

默深舉三代不公而後世公者三端，其實祇有二端，以封建廢而世族相因而廢，此名學達類關聯之誼，不得釐爲平列二目。又肉刑一項，其大小輕重，去封建懸殊，遽爾相提並論，又成邏輯分類之誖。作者此論發端，未免輕率失倫，至後幅疏列世族流弊，由春秋三桓七穆，下逮魏晉九品中正，羅羅清疏，言之有物。是不啻爲子厚封建者繼世而理，上不必果賢，下不必果不肖數語，作一鐵板注脚，可稱裨輔前賢、兼益世道之文。

㈠ 彪與沖、在後魏孝文時，同爲富於學識廣有建樹之大員，惟惜互相剋制，各不得善終耳。

七

吾嘗讀葉水心〔適〕之政治論，而歎其洞明天下大勢，爲柳子厚後一人。今摘錄治勢一篇，足與子厚封建論相發明，其辭如下：

欲治天下而不見其勢，天下不可治矣。昔之論治天下者，以爲三代之時，其君各有所尚，夏之忠，商之質，周之文，數百年而不變，其後周之失弱，秦之失強，故忠質文相代，若循環而無窮。而或者又曰：弱之失在於惠也，則莫若濟之以威，強之失在於威也，則莫若反之以惠；惠止於賞，威止於刑，故賞不至於濫而無所勸，刑不至於玩而無所懼，蓋其意以爲治天下之勢，無出於此矣。夫一弛一張者弓也，而羿之能不與焉，虚而欹、滿而覆者器也，而倕之巧不與焉，故三代非忠質文之尚，而周秦無強弱之失，治天下者姑舍是乎！古之人君，若堯舜禹湯文武，漢之高祖光武，唐之太宗，此其人皆能以一身爲天下之勢，雖其功德有厚薄，治效有淺深，而要以爲天下之勢，在己不在物。夫在己不在物，則天下之事，惟其所爲而莫或制，其後導水土，通山澤，作舟車，剡兵刃，立天地之道，而列仁義禮樂刑罰慶賞，以紀綱天下之民，至於賓餞日月，秩序寒暑，而禽獸草木之類，不能逃於運化之外，此皆上世之所未有，而聖人自爲之者也。及其後世，天下之勢，在物而不在己，故其勢之至也，湯湯然而莫能遏，反舉人君威福之柄以佐其鋒，至其去也不能

止，而國家隨之以亡，夫不能以一身爲天下之勢，而用區區之刑賞以就天下之勢，而求安其身者，臣未見其可也。蓋天下之勢，有在於外戚者矣，呂、霍、上官，非不可以監也，而王氏卒以亡漢；有在於權臣者矣，漢之曹氏，魏之司馬氏，至於江南之齊梁，皆親見其簒奪之禍，習以其天下與人而不怪，而其甚也，宦官之微，匹夫之奮呼，士卒之擅命，而天下之勢無不在焉。若夫五胡之亂，西晉之傾覆，此其患特起於公卿子弟，里巷書生，游談聚論，沈湎淫佚而已，而天地爲之分裂者數十世，嗚呼！勢在天下，而人君以其身求容焉，猶豫反側，而不能以自定，其或在於宦官，或在於士卒，而舉威福之柄以盡寄之者，此甚可歎也。臣嘗怪唐末五代之衰，皆以列校之卑，易置人主如反掌之易，而周世宗一日臨大位，北威契丹，南服李璟，法度修舉，文武並用。太祖皇帝踐祚，十年之間，不耀兵甲，俘取僭僞之君若拾遺，而天下爲一身致太平，爲子孫萬世之計。向之衰敗圮缺者二百餘年，英武之君，忠智之臣，圖維收拾，不能什一，而孱王幼主，俯首服從，相顧憤發，以至流涕痛哭，莫敢誰何者，一朝翕然，皆在把握之內，何其速也？此無他，能以其身爲天下之勢，則天下之勢，亦環向而從己，其必然而無疑者矣。且均是人也，而何以相使？均是好惡利欲也，而何以相治？智者豈不能自謀？勇者豈不能自衛？一人刑而天下何必畏？一人賞而天下何必慕？而刑賞生殺，豈以吾能爲之，而足

以制天下者？雖然，鳥高飛於重雲之上，魚深游於潛淵之下，而皆不免有鼎俎之憂，天下之人，所以奔走後先，維附聯絡而不敢自棄者，誠以勢之所在也。故夫勢者，天下之至神也，合則治，離則亂，張則盛，弛則衰，續則存，絶則亡，臣嘗考之載籍，自有天地以來，其合離張弛絶續之變，凡幾見矣，知其勢而以一身爲之，此治天下之大原也。

水心此論，乃奏議之一部分，故言必稱臣。夫兩家論勢同，而不同者，子厚所指之勢在物，而水心所指在己；子厚主治法，而水心主治人。論中能以其身爲天下之勢，則天下之勢亦環向而從己一大段，絶中歷史肯綮，使讀者啓發極大。惟云一人爲天下之勢，就水心之論而言，其人必爲堯舜禹湯文武，漢之高祖，唐之太宗，下至周世宗、宋太祖然後可，若而明辟一去，法久必弊，而治亂循環之局又生，以水心之時代例之，建炎紹興之間，豈猶有足爲天下之勢之人也哉？由是水心論雖健爽，其標準祇合於歷史間歇性之發展，不足以爲久安長治之原，亦猶讀子厚論後，以知天下之勢，縱集於我，而政不足輔制，又或能轄州而不能轄將，能控吏而不能控人，亦屬徒然，必也時至今日，將水心之一身改作一黨，而又將黨時時清釐洗刷，使之不潰，然後水心所意之效果可期。吾讀鳥高飛於重雲之上，魚深游於潛淵之下，而皆不免有鼎俎之憂，天下之人所以奔走後先，維附聯絡，而不敢自棄者，誠以勢之所在等語，拍案

叫絶，憮然久之。須知維附聯絡者，非對一身而對一黨，則天下大勢，一流無間而不可破，吾安得孳子厚水心兩公，同登天安門重與細論之。

八

金趙秉文作侯守論，侯守論者，卽封建論也，其文云：

或問建侯置守孰爲得？曰：皆是也，抑皆非也。何以言之？曰：三代封建，則守在四夷，而其敝也，有尾大不掉之患；秦罷侯置守，則制在一人，而其衰也，有天下土崩之勢，此天下之所睹聞也。或者懲尾大之咎，謂郡縣不必稽於古，鑒土崩之失，謂封建可復行於今，二者皆一偏之弊，未知所以救之之術也。且法不能無弊，弊不能無變，三代之法弊，而郡縣之，郡縣之法弊，而不思所以復之之術，寧爲得乎？夫立國必有一家之制度，制度必有所法，列郡縣，隳名城，銷鋒鏑，非秦之法耶？秦之法弊，而不以三代之法救之，亦不爲善變矣。夫平居致養，拔一毛以事無用，壯夫不爲也，及遭蛇之螫，斷一臂以去所患，怯夫爲之，何則？所損者小，而所利者大也。方天下已定，上有一尊，下無異望，當此之時，復欲幅裂山河而瓜分之，建侯樹屏，使諸侯各擅其地，私有其民，調其兵車，入其財賦，使更爲肘腋，互爲脣齒，生靈之患何時而息耶？此拔一毛以事無用也，故其勢不得不郡縣。及太平日久，內弛外訌，夷狄肆侮，社會阽危，人主有睽孤之勢，海內無勤王之師，此

斷一臂以去所患也，故其勢不得不封建。昔者議天寶之亂，房琯請割州郡以封諸子，祿山聞之曰：天下非吾有也，旣而太子阻之，其議遂寢。自後藩鎭跋扈，或治或亂，然且垂百五十年，亦藩鎭相維之力也。不已而封建，其利有三：諸侯世擅其地，則各愛其民，愛其民則軍不分，脩其城郭，備其器械，則人自爲戰，人自爲戰，則我衆彼寡，夷狄不能交侵，一也。夷狄無外侮，則天下終爲我有，二也。雖有強獷之徒，大小相維，足以長世，三也。或曰：亡國之徒，八王之禍，皆封建爲之也，子尙忍言之乎？曰：吾之所言，非謂郡縣不及封建也，爲救儆不得已而言之也，且郡縣之治，可以大治，亦可大亂，封建之治，不可大治，亦卒不至大亂，人主權其輕重可也。況罷侯置守，非大亂之後，不可卒變，封建子弟，非若罷侯置守之難也，何憚而不爲哉？

從來尋討古制之大議論，決非無端而爲之，封建其一例也。夫金以明昌大定之盛，變生倉卒，一蹶而亡，此誠中央勢孤，首尾莫救，故秉文先窺見其大勢之不穩，而有侯守論之作。猶之子厚草封建論，亦適在天寶亂後，房琯請封諸子，以成內外相維之局，而子厚不以爲然，因斷定制經秦革，一去而不可返也。柳趙同論一事，而議異如是，當然環境不同居其小半，而大半則在學識抱負之懸殊，此理不難由學者三思而得，不煩縷述。

楊升菴丹鉛總録云：「唐太宗議封建，李百藥以爲不可，魏徵以爲事雖至善，時卽未遑，而有五不可之説，其度之審矣。顔師古則欲封建與郡縣並行，王侯與守令錯處，不近於古之中立兩可，今之阿意二説乎？」秉文之侯守論，卽字面已同師古，遑言立論宗旨？至秉文曾否深研顔説，寄與同情，未敢斷也。總録又云：「或問柳子厚言封建之非，而胡明仲以爲不可非，區博言封建難行，而張子厚以爲必可行，其説孰是？曰：孔子論斷代，曰損益可知，孟子論爲國，曰潤澤在此，使孔孟生於三代之後，其損益潤澤可知。」據此，可作爲楊升菴之封建論看。

九

自子厚封建論出，宋儒訾議較多，胡致堂（寅）其一也。寅在所著讀史管見中，主張井田與封建同時復古，元吳淵穎（萊）駁之。其文云：

胡氏管見唐柳宗元封建論後題　　吳萊

予嘗觀柳宗元封建論，言封建之法，更古聖王堯舜禹湯文武莫能去之，是非不能去也，勢不可也，故封建非聖人意也，勢也。胡氏讀史管見則曰：封建之法，聖人所以順天理，承人心，而爲公天下之大端大本也，宗元説非是，予蓋因是而求之，則天下古今之變，日趨於無窮，又不可以一概論矣。夫自夏后氏之衰，有扈之戰，洛汭之畋，商丘之徙，斟尋斟灌之依，禹祀之不絶者如綫，昆吾之強，自衞遷

許，又彰彰然自號於此曰霸，此一變也，而商周亦以是而得天下。及周之東，諸侯削弱，世室擅權，魯有三桓，晉有六卿，鄭有七穆，孫甯在衛，崔高在齊，滔滔者天下皆是，雞澤一會，溴梁一盟，君如贅旒於上，而大夫自相歃血於下，此又一變也，而三晉田和亦以是而得國。孔子曰：「天下有道，禮義征伐，自天子出，天下無道，禮樂征伐，自諸侯出；自諸侯出，十世希不失矣，自大夫出，五世希不失矣，陪臣執國命，三世希不失矣」，此蓋通論天下之勢也。夫至戰國之世，兵力日用，游説肆行，申韓以法術，商李以耕戰，蘇張犀首以合從連衡，各以其能分適諸侯之國，始皇雖大索逐客，卒就其呑併六國之謀者，又客之功也，此天下之一變也，而卒歸於士。及天下既一，始皇自以爲前世莫能及，遂舉封建而廢之，郡縣自置，殺豪傑，銷鋒鏑，墮名城，欲盡屏天下之兵而不用，又且貪鷙無厭，科謫日發，民不堪命，陳勝吳廣攘臂一呼，執農器以爲兵，而民之從亂，十室而七，項羽以亡楚故將之子，劉季以泗上亭長，分割天下，立十八王，又五歲而盡屬漢，此又天下之一變也，而卒歸於庶人。於乎！聖王不作，世道愈下，天下之變，則亦不知其所終者矣，是豈宗元之所謂勢者非耶？抑又考之，堯舜禹湯遠矣，及周而始詳，商紂之亂，天下之歸周者三分之二，武王既以是而勝商，商之頑民雖遷於洛，猶且弗率，則又告之以商之自絶於天，與周之受有天命，勞來安集，無所不用其心，然猶不能已夫商奄四

國之禍也，當是時，周幸不至於奔潰動搖者，豈無其故哉？蓋周都豐鎬，而文王之德化，南被於汝墳漢廣之域，自洛以東，冀青兗三州，昔本屬紂，且大封同姓與異姓功臣以鎮之。魯、周公之國也，齊、太公之國也，表在東海，淮夷徐莒之屬，有所畏焉而不敢動。燕、召公之國也，成王滅唐，而唐又以之封唐叔，介在北邊，北戎九貊之類，有所懼焉而不敢越。成王在豐，周公又自居洛以統之，商奄既滅，康叔以之國於衛，微子以之國於宋，雖曰治之以德，亦以示天下形勢也。始皇始一天下，據關中，廢封建，勿王子弟，及二世而關東盜起，郡縣吏或降或死，無一肯堅守者。漢興，鑒秦之弊，當項羽專制之餘，燕趙梁楚太原淮南，多王異姓，故終高帝之世，用兵不息。韓王信上所親幸，盧綰又故人也，使當匈奴，卒亡入匈奴，吳芮乃以長沙卑濕之國，使當南越，則以國小僅存耳。故又大封同姓，荆以王賈，楚以王交，代以王喜，齊以王肥，吳以王濞，然非制也，是以卒有吳楚七國之亂。何則？漢天子止有關中巴蜀等十五郡，而諸侯王連城列邑，被於三邊，固不可與成周並論矣。記曰：「禮時爲大，順次之」，三代封國，後世郡縣，時也，因時制宜以便其民，順也，是又豈宗元之所謂勢者非耶？於乎！自予前說而觀之，則天下古今之變，至漢而勢有不同，管見之說，宋儒之常論也，然而又曰：欲行封建，先自井田始。夫封建井田二者，蓋同出於堯舜禹湯文武之盛時，上之則分土列爵以建國，

下之則分田晝野以居民，井田小封建也，封建大井田也，秦漢以來，井田廢矣，則是封建之法，雖欲不廢而爲郡縣也，尚可得哉？

淵穎之論，在說明天下之勢，由上遞降，至無可更降爲止。周室東遷後，勢初降於諸侯，次降於大夫，又次降於陪臣，戰國之時，勢降於士，秦統一天下，施行暴政，而勢降於庶民，從歷史看來，凡下降之勢，決無逆轉而迴升之理。至降於庶民一級，而封建之命運告終，縱耗盡氣力以圖恢復，亦止於紙上空談，萬無實現可能，蓋自子厚之論出，猶主復封建並復井田者，宋儒腐朽之論，往往如是，胡致堂卽其一也。淵穎承宋儒之後，能從歷史取得教訓，講明大勢由庶民掌握，而天下大定，絕無故步自封之道。此一論調，在中國舊坫壇中，極爲少見，而淵穎之論，發明於胡元盜國時代，作者別有微意存焉，艮未可知。淵穎博極羣書，於制度沿革，陰陽律曆，兵謀術數，山經地志，字學族譜之屬，無所不通，而於古今樂府，尤有特見，謂古之賦學尚音，必使宮商相宣，徵羽迭變，自宋玉而下，惟司馬相如、揚雄、柳宗元能調協之，因集四家所著，名楚漢正聲，其他著述若此者衆，難於遍舉云。

十

顧亭林之郡縣論，卽封建論也。蓋封建與郡縣者，邏輯之偶名也，凡偶名、所涵舉一半，而餘一半可喻，今亭林所取之半，與子厚適反，而所論同一統舉體國經野之

全。

亭林之郡縣論凡九篇，篇幅不長，試擇錄之：

郡縣論一

知封建之所以變而爲郡縣，則知郡縣之敝而將復變，然則將復變而爲封建乎？曰：不能，有聖人起，寓封建之意於郡縣之中，而天下治矣。蓋自漢以下之人，莫不謂秦以孤立而亡，不知秦之亡，不封建亡，封建亦亡。而封建之廢，固自衰周之日，而不自於秦也，封建之廢，非一日之故也，雖聖人起，亦將變而爲郡縣。方今郡縣之敝已極，而不爲之所焉，尚一一仍其故事，此民生之所以日貧，中國之所以日弱而益趨於亂也。何則？封建之失，其專在下，郡縣之失，其專在上。古之聖人，以公心待天下之人，胙之土而分之國，今之君人者，盡四海之內爲我郡縣，猶不足也，人人而疑之，事事而制之，科條文簿，日多於一日，而又設之監司，設之督撫，以爲如此，守令不得以殘害其民矣。不知有司之官，凜凜然救過之不給，以得代爲幸，而無肯爲其民興一日之利者，民烏得而不窮？國烏得而不弱？率此不變，雖千百年，而吾知其與亂同事，日甚一日者矣。然則尊令長之秩，而予之以生財治人之權，罷監司之任，設世官之獎，行辟屬之法，所謂寓封建之意於郡縣之中，而二千年以來之敝，可以復振，後之君苟欲厚民生，強國勢，則必用吾言矣。

繼子厚之後，論封建而主寓封建於郡縣之中者，不一其人，如近人張亭嘉，卽其一也。〔論見後。〕但張意郡縣如故，而別在西北邊防及東南要區，樹立大國，以爲重鎮，此純從國防論出發，與亭林鑒於明末土崩形勢，有意寄託封建於郡縣制之中，並不須衆建諸侯者，另是一種建制。

郡縣論二〔略〕

郡縣論三

何謂稱職？曰：土地闢，田野治，樹木蕃，溝洫修，城郭固，倉廩實，學校興，盜賊屏，戎器完，而其大者，則人民樂業而已。夫養民者，如人家之畜五牸然，司馬牛者一人，司芻豆者復一人，又使紀綱之僕監之，升斗之計，必聞之於其主人，而馬牛之瘠也日甚。吾則不然，擇一圉人之勤幹者，委之以馬牛，給之以牧地，使其所出常浮於所養，而視其肥息者賞之，否則撻之。然則其爲主人者，必烏氏也，必橋姚也，故天下之患，一圉人之足辦，而爲是紛紛者也。不信其圉人而用其監僕，甚者并監僕又不信焉，而主人之耳目亂矣，於是愛馬牛之心，常不勝其吝芻粟之計，而畜産耗矣。故馬以一圉人而肥，民以一令而樂。

論一首提生財治人四字，又重申之曰厚民生，強國勢；此篇於所以生財及厚民生，稍詳言之，與子厚所謂利安元元之意適合，蓋古今不論何種建制，而能外於人民樂業

者，未之有也。烏氏橋姚，語本史記貨殖傳，烏氏、〔氏音支。〕縣名，橋姚、橋姓姚名，皆因畜産致富者。

郡縣論四

或曰：無監司，令不已重乎？子弟代，無乃專乎？千里以内之人，不私其親故乎？夫吏職之所以多爲親故撓者，以其遠也，使並處一城以内，則雖欲撓之而有不可者。自漢以來，守鄉郡者多矣，曲阜之令，鮮以貪酷敗者，非孔氏之子獨賢，其勢然也，若以子弟得代，而慮其專，蕞爾之縣，其能稱兵以叛乎？上有太守，不能舉旁縣之兵以討之乎？太守欲反，其五六縣者，肯舍其可傳子孫之官而從亂乎？不見播州之楊，傳八百年而以叛受戮乎？若曰無監司不可爲治，南畿十四府四州，何以自達於六部乎？且今之州縣，官無定守，民無定奉，是以常有盜賊戎狄之禍，至一州則一州破，至一縣則一縣殘，不此之圖，而慮令長之擅，此之謂不知類。

此於治人及強國勢，鄭重言之，所謂盜賊戎狄，至一州一州破，至一縣一縣殘，說明明末形勢，何等痛切？

郡縣論五

天下之人，各懷其家，各私其子，其常情也，爲天子爲百姓之心，必不如其自

爲，此在三代以上已然矣，聖人者因而用之，用天下之私，以成一人之公，而天下治。夫使縣令得私其百里之地，則縣之人民，皆其子孫，縣之土地，皆其田疇，縣之城郭，皆其藩垣，縣之倉廩，皆其囷窌：爲子姓，則必愛之而勿傷，爲田疇，則必治之而勿棄，爲藩垣囷窌，則必繕之而勿損。自令言之，私也，自天子言之，所求乎治天下者，如是焉止矣，一旦有不虞之變，必不如劉淵、石勒、王仙芝、黄巢之輩，橫行千里，如入無人之境也。於是有效死勿去之守，於是有合從締交之拒，非爲天子也，爲其私也，爲其私，所以爲天子也，故天下之私，天子之公也，「公則說，信則人任焉」，此三代之治，可以庶幾，而況乎漢唐之盛不難致也。〔公則說兩句、本論語。〕

子厚言秦皇其情私，其制公，是不啻以一人之私，而成天下之公，亭林反其說焉，旨在用天下之私，以成一人之公，又重申焉曰：天下之私，天子之公也，此全是劉淵、石勒、王仙芝、黄巢，以逮明末闖王所造成之形勢，使亭林歸納，獲一結論如是，中無一字虛設。

郡縣論六至九〔略〕

論六言療貧，言用吾之說，五年小康，十年大富；論七言縣貴自給，法倣莫甚於協餉；論八言胥吏把持，儼一封建，此百萬虎狼，必須盡去；論九言取士之制，略用古人鄉

舉里選之意，及唐人身言書判之法。綜其全而觀之，此郡縣論九首，足見亭林開物成務之眞實本領，使人民内能致富，外堪禦侮爲預期効果，論中未提及子厚一字，文字聲氣之求，固千載猶旦暮云。

譚獻曰：「亭林論治，皆漢唐之粗迹，如郡縣論，不可謂非巨謬。」又曰：「梨州亭林，故是祥麐威鳳，惟襲宋人餘唾，亦多無用之言，有門戶之習。〔語見復堂日記。〕」復堂此論，殊不可解。夫欲論定命世大儒如亭林之述作何似，决非單詞客氣所能了卻，顧復堂全無聲敍，遽哆口罵倒爲巨謬，爲無用，斯亦自證爲巨謬，爲無用而已，於亭林何有哉？竊思亭林以有明遺民，痛恨異族統治，物色高才，廣儲器用，求得當以光復舊宇。綜其平生深入民間，周歷關隴，胸懷大略，躬耕待時，誠不可謂非豪傑異等之士。郡縣論故是書生獻策，實際設施，原俟乘時匡正，夫未嫁女之談養子，亦安免顧復出入間之有違失，復堂戔戔詞流，妄以壓倒無端厓之辭少之，豈知言哉？

十一

袁子才有書封建論後兩首，第一首吾未及見，今錄存第二首，以示子才所持，全是詭辯，此殆帖括家風簷見巧之作，不足與於史家通識也。

再書封建論後　　　　袁枚

或曰：子言封建之非勢，固已，然如子孫何？柳子曰：尾大不掉，則子孫徒建

空名於公侯之上矣，曰：柳子亦知先王之愛百姓，甚於愛子孫乎？周公之命龜曰：天下賢則昌，不賢則亡，武王滅殷，欲作宫於五行之山，周公不可，曰：五行之山，天下之險也，使我有德，則天下之納貢者遠矣，無德，則天下之伐我者難矣，此意也，非獨周公意也，卽堯舜禹湯所以封建意也。當其時，天子不仁，則湯武至，諸侯不仁，則齊桓晉文至，千八百國中，苟有一賢君，則民望未絶，師曠曰：天之愛民甚矣，豈其使一人肆於民上？先王亦愛民甚矣，豈其使子孫一人肆於民上？尾大不掉之説，皆後世云云，非先王意也。雖然，夏亡矣，杞不亡，殷亡矣，宋不亡，卽以子孫論，而封建之天下，雖亡不亡者何哉？蓋公極而私存，義極而利存，天道然也，亦非先王意也。或曰：封建之世，如人才何？柳子曰：封建者繼世而理，上果賢乎？下果不肖乎？又有世大夫之世邑世禄，聖人生於其間，亦無以自立於天下，曰：以若所云，則柳子不知今，幷不知古矣。古者有國學，所以教胄子也，有鄉學，所以教野人也，彼言揚而行舉者，其果專在國而不在鄉乎？若夫舉舜於畎畝，膠鬲於魚鹽，傅説於版築，伊尹於耕，太公於釣，管夷吾於士，百里奚於市，此幷不在學校者也，安見聖人生而無以自立於天下乎？柳子之説，爲孔孟言也，夫孔孟之不能自立者，道不行也，非封建爲梗也，然賴有封建，然後栖栖皇皇，之衛、之齊、之陳蔡、之梁、之宋、之滕，幾幾乎有可行之勢，而諸侯敬，子弟從，則聲名愈

大，千萬年後，猶知遵奉爲師，使聖人生於郡縣之世，三試明經不第，則跼促一邦，姓氏湮沈，亦遯世無悶已耳，安見其有以自立於天下耶？然則孔孟之删六經，垂俎豆，傳食諸侯，雖無以自立，而有以自顯者，封建力也。且惟封建故，君多臣亦多，王臣公，公臣卿，卿臣大夫，大夫臣士，士臣皁，皁臣輿，輿臣僚，僚臣僕，僕臣臺，此十人者，皆不耕而食，在官之禄者也，然不虞其不足者何也？其時大夫有采地，民有受田，累世菑畬，尺土無曠，故什一之税，重於後世，而所出足供所食，又大小其才爲十等用，則游惰者無有也，雖有佛老，無所容身其間，雖欲建浮屠，立刹院，而萬國鱗列，經界劃然，亦無此隙地，縱有楚材而晉用者，其爲得展其才，受其利濟則一也，後世以天子養羣臣，故制禄之數，恒虞其乏，以人材副定額，故放廢之士，日見其多，而且賢人君子，官如傳舍，所懷迄不得施，或老死牖下，欲越一步，棲一椽不可得，而非士非農非工非賈之氓，從而雜之，且據享其土木山川之奉，若是者皆秦之罪也。若夫有治人，無治法，自古然矣，試問柳子之時，彼懷印曳紱，有社有人者，上果賢乎？下果不肖乎？必曰朝拜而夕斥之矣，其拜者果賢乎？斥者果不肖乎？柳子將何詞以待？

子才大旨，在説明封建爲聖人之意，不如子厚之所謂勢，其理由有兩點：一、聖人不爲子孫計算，子孫不肖，當然有代之者至，蓋先王之所愛者，百姓而已。二、封建之

世，人才得所養，孔孟亦惟生於封建之世，雖其道不行，而仍得顯名於天下後世。今請得分別辨之：

凡王者子孫，不肖而受代時，並匪曰：不肖子孫，從容拱手而去，卽算了事。孟子言天下之生久矣，一治一亂，所謂亂者，大概卽指此類受代而言，武成載：武王克殷，血流漂杵，夫漂杵一語，誠不足信，然以顯示當時殺戮之衆且慘，似不待言。夫此被殺者誰？卽先王所愛之百姓也，然則先王何故爲遮護將來之不肖子孫，而犧牲如此廣大之百姓，而此百姓，又爲己所深愛者乎？先王何故立此矛盾建制，使後來必有一日流血滿天下乎？此何如不設封建，使若而不肖子孫，不至利用繼承統系，肆於民上，因而百姓能豁免一次大流血乎？明知有此如響斯應之史蹟，必然到來，則周公在數百年前，跪而命龜，默禱不賢者亡，以及不在五行山上作宮，招致天下人之伐我，都化爲羌無意義、而且傷天害理之瞽史淫詞，子才以爲何如？

子才知古，試問古來由國學教養之冑子，曾有幾人？由鄉學造就之野人，又有幾輩？畎畝中是否有二舜？魚鹽中是否有兩膠鬲？版築耕釣，准此類推，子才以此類若茫若昧之史蹟，以及可遇不可求、或可一不可再之神話夢囈，認作封建之世、言揚行舉之普遍準則，似距離眞實太遠。夫孔孟不能自外於封建以圖存，自是天然局限，然遽謂孔孟不得封建之力，卽無以顯白於當時，此與近人主張唯科舉能得人才，

同一邏輯語病。〔在邏輯，此類命題，不得換位。〕蘇子瞻嘗論天下之智勇辯力四類人，必有所養，自戰國養於士，以逮唐宋以來，養於科舉，如實論之，皆壓榨農民厚自奉養之游惰者也，柳子厚詠田家詩云：「竭茲筋力事，持用窮歲年，盡輸助徭役，聊就空自眠，子孫日以長，世世還復然」，農民代復一代之長期勞役，供養此亂天下有餘之游惰者，數千年如一日，子才強將公卿皁隸十等人，號稱非游惰者，以示別於非農非士非賈之雜氓，卽佛老二氏，此不啻在小倉山房與浮屠刹院間，劃一鴻溝。由今日觀之，惟村塾之冬烘先生，保有此種觀念，而欲澈底改造惰民，消滅游惰與勞動中之界綫，非有規模弘闊而大大成功之農民革命，不克臻此。子才方以廢封建爲秦罪，當然無法與言農民革命，吾觀子厚論封建以來，名家輩出，宏議疊興，大率不脫子厚範圍，獨子才之歿，距今不過百六十年，而所論倒行逆施，迥異前輩，此不得不大叫咄咄怪事。

十二

侯官張燮鈞〔亨嘉〕在光緒中葉，以篤學能文，宏奬風流著稱；時充湖南學政，得士稱最，如李希聖、熊希齡、鄭沅、曾熙之流，皆著籍門下。近得見所刊文集，有擬柳子厚封建論一首，甚喜，特諷誦數過，殊不如意之所欲得。蓋唐貞元與清光緒，相去一千二三百年，得張燮鈞與子厚同論一事，而毫無補於前作者，且未能表襮燮鈞所

處之時代性，不勝悵悵。顧吾仍須迻錄此文，以此人勤勤淬厲，學不欺人，卽所論未盡所長，亦欲使其匠心與天下人以共見也。

擬柳子厚封建論〔有序〕

張亨嘉

昔柳州作封建論，謂封建非聖人之得已也，不得已而封建者私也，似未甚確。至謂秦有叛民而無叛吏，漢有叛國而無叛郡，唐有叛將而無叛州，反覆申明，千古不易之說也。自唐迄今，閱千載矣，勢殊俗異，通變因時，爰舉所見而擬曰：

三代而上，以封建而長，三代而下，以不封建而促，然則封建可復乎？而不盡然也。三代而上，以封建而治，三代而下，或以封建而亂，然則封建不可復乎？亦不盡然也，道在寓封建於郡縣之中而已。夫古之立國也，厚澤深仁之意，旣可淪浹乎肌膚，建官立政之規，復足維持乎綱紀，後世則戰克而攻取耳，小就而粗安耳，故曰：三代以上之永，永以仁，非僅封建爲之，三代以下之促，促以暴，亦非僅不封建爲之也。古之立國也，螽麟之支，皆咸一德之聖，熊羆之士，卽不二心之臣，後世則龘猛之武夫耳，怙侈之世族耳，故曰：三代以上之封建得其人，此封建之所以治，三代以下之封建失其人，此封建之所以亂也。夫鑒於亂之不以封建，則封建宜復，顧漢嘗封建，而七國幾同三監之憂，晉嘗封建，而八王遂啓五胡之釁，毋亦屏藩之樹，地廣兵雄，而有以制內者，乃無以制外乎？鑒於促之不以不封

建，則封建不必復，顧魏不封建，而懿師昭之勢訌於中，宋不封建，而遼金元之禍隨其後，毋亦郡縣之治，勢分力弱，而無以制內，並無以制外乎？然則寓封建於郡縣者，其道何由？曰：宜於東南之海疆，西北之邊境，分建大國，或特簡重臣，使之蒐乘補卒，則外侮禦，而懷愍徽欽之患消矣；或衆建同姓，使之保境息民，則國本安，而曹馬蕭劉之釁息矣。而又立之命卿以殺其權，停其承襲以防其弊；至於中原腹地，仍設郡縣，使守令之賢能者，可進爲侯伯，侯伯之恂懦者，可試以守令，則人材不至偏廢，財賦有所從出，而長治久安之道得也，後有作者，可以采焉。

序謂聖人設封建爲私，柳州卻無是語。柳州所謂私者，指秦皇毀封建而言，與封建初期無涉。變鈞持論如此，似先讀柳文不熟，而專憑己意，借題造論而已。然則變鈞之意安在耶？時在光緒末造，正世界瓜分中國論脫穎而出之時，滿洲朝廷之孱弱無能爲，已如燭照數計之無可否認，變鈞際此而主封建，將誰封建？抑封建誰耶？平心論之，變鈞議在東南海疆、及西北邊境建立大國，此必鑒於左宗棠新疆平回之師，略樹威望，而劉張東南互保之約，曾挽危機，因欲將中國成一犄角之勢，倚人力以回天意，此誠飽學迂儒如張變鈞者、所爲憂國之論，不過如是而已。

語云：「起事必於東南，收功必於西北」，作者之意，殆欲將中國繪成常山之蛇圖貌，擊東南而西北應，擊西北而東南應，乍經建制，輒舉後來收功起事之效，網羅淨

盡，於以維持國家於不敝，嘻！是亦隨意所云之烏託邦制也已。

十三

自有生民，卽有爭鬥，爭鬥之後，君長之制以立，此凡論初民政治者，大抵作如是言。近人嚴復、譯英人赫胥黎天演論，桐城吴汝綸讀之，以爲馬班之書，不過如此，其所以然，赫氏所爲描畫厥初生民榛狉搏噬諸態，與吾漢賢所紀，如出一手也。此其間並無何種因緣遞嬗關係，人各出其所欲言，言翻似人之所同出，此中外古今之文運乃爾，自然而然，雅不足怪。不謂有若而陋儒，見乙家爲論，有與甲家相類似之處，輒駭然曰：此乙家之胎襲甲家也，乙家論何似，甲家論何似，某點甲不如乙，又某點乙不如甲也。凡此皆至凡極鄙，祇鰓鰓然露揚己身能多讀書，而絕無與於本作者之文章得失。從來此例多有，今所揭者爲焦里堂〔循〕易餘籥録，指摘柳子厚封建論之一事。

焦云：

呂氏春秋明禮篇云：未有蚩尤之時，民固剥林木以戰矣，勝者爲長，則猶不足治之，故立君，君又不足以治之，故立天子。天子之立也，出於君，君之立也，出於長，長之立也，出於爭，此柳州封建論所本，而精簡勝於柳。

尋子厚無書不讀，當然不至抹煞呂覽不觀，至其執筆草封建論時，其心目中有無呂

氏明禮篇在望，吾不敢斷。倘其無也，柳子亦自逕出其所欲言已耳，設若有之，柳子亦不能因所言之犯複，而自寢其說，此本論有例在，即「荀卿有言，必將假物以爲用者也。」子厚不欲掠人之美，往往明引其言來自誰某，己亦無所容其愧怍，今論涉荀卿而不涉呂氏，似子厚目無明禮篇在。韓退之自詡唯陳言之務去，斯言誕已，蓋陳言何限，而己之耳目之用止於此，倘陳言而自不知其爲陳言則奈何？唯杜甫之言「欲語羞雷同」亦然。由此而談，柳子之論封建，與呂氏之明禮，本自風馬牛不相及，而陋如里堂，必雜糅爲一事而次第之，眞小儒妄度大儒之腹也已。竊思以僻處英倫之赫胥黎，論點且與二千年前之東方學者相同，然則東方學者本身，相去一千年間，持論彼此偶爾印合，安用怪詫？

陳句山（兆崙）批柳文，有如下若干語：「物生必蒙，謂天地初闢，由屯而蒙，屯者天地之初，蒙者生人之初也。蒙在不可不養，故受之以需，飲食必有訟，故受之以訟，訟必有衆起，故受之以師，衆必有所比，故受之以比，而比之象辭，因曰先王以建萬國，親諸侯，其文王繫辭，則曰不寧方來，後夫凶。是作易之聖人，本從天地生人之初，一直想下來，而柳子厚得其說，不襲其辭，創爲封建論，小儒驚怪，庸知其束髮時讀熟已久耶？」論雖與茅坤儲欣之流，相去不遠，然自是句山讀書有間，而能取證一理之觸類旁通，與焦里堂堅謂子厚追摹呂覽者有別。

十四

龍啓瑞〔翰臣〕有續柳子厚封建論，詞旨瞀亂，語無可採。首言世界政治建制，「有天子而後有諸侯，有諸侯而後有縣大夫，有縣大夫而後有鄉閭之老，自天子以至鄉閭之老，大較皆始於一而推於萬，立乎其尊，而卑者從而聽命焉，非如柳子之說，一任夫人之自爲，而聖人初無意於其間也。」此正立在柳謂封建非聖人意之反面，恍視世界如木局然，中爲置棋若干，貴者貴，賤者賤，可由主人用朱墨爲之別白，而定其次第，顧忘卻棋之本身自有鬥爭，不能一一如人意嚮，各就其被指定之位次，聽命唯謹。此翰臣矇於史識，大大出人意外，殊不足資以起論。又謂：「古者士不得志於其國，則可以載贄而出疆。夫士之載贄出疆，言其大者遠者，則直北走胡，南走越耳。如漢之時，則徐孺子郭林宗之儔，苟不得仕，則伏蓬蒿終老耳，此猶可謂封建之失乎？」翰臣此論尤可怪。蓋其愛天下之人才愈深，而其用人才之途甚廣矣。如漢言，漢之中行說或管敢，不將在封建制度下，不失爲天所鍾愛之才士也乎？曰：否，吾意指楚材晉用而言，蓋晉楚同爲封建國家，士之用於晉抑用於楚，由天觀之，實無所用其區別。曰：是則然矣，爲問徐孺子郭林宗之儔，得伏蓬蒿終老以死，謂是陰受封建之庇蔭，然則非封建之世，如徐郭者，將走死無地，求一棲遲之衡門而不可得乎？吾揣翰臣至此，心或涉及入清以來，連環幾次之文字大獄，殺士無數，而爲之痛

心，因而泛論封建，至生此度外之説，倘如是者，余欲無言。㊀

四維論

一

文云：

管子以禮義廉恥爲四維，吾疑非管子之言也。彼所謂廉者，曰不蔽惡也，世人之命廉者，曰不苟得也，所謂恥者，曰不從枉也，世人之命恥者，曰羞爲非也，然則二者果義歟？非歟？吾見其有二維，未見其所以爲四也。夫不蔽惡者，豈不以蔽惡爲不義而去之乎？夫不苟得者，豈不以苟得爲不義而不爲乎？雖不從枉與羞爲非皆然。然則廉與恥，義之小節也，不得與義抗而爲維。聖人之所以立天下曰仁義，仁主恩，義主斷，恩者親之，斷者宜之，而理道畢矣。蹈之斯爲道，得之斯爲德，履之斯爲禮，誠之斯爲信，皆由其所之而異名，今管氏所以爲維者，殆非聖人之所立乎！又曰：一維絶則傾，二維絶則危，三維絶則覆，四維絶則滅。若義之絶，則廉與恥其果存乎？廉與恥存，則義果絶乎？人既蔽惡矣，苟得矣，從枉矣，爲非而無羞矣，則義果存乎？使管子庸人也，則爲此言，管子而少知理道，則四維

㊀ 釗案：翰臣此論，可與本集二十四卷序棋參看。

者，非管子之言也。

謹案管子牧民篇原文如下：

國有四維。一維絶則傾，二維絶則危，三維絶則覆，四維絶則滅。傾可正也，危可安也，覆可起也，滅不可復錯也。何謂四維？一曰禮，二曰義，三曰廉，四曰恥。禮不踰節，義不自進，廉不蔽惡，恥不從枉。故不踰節則上位安，不自進則民無巧詐，不蔽惡則行自全，不從枉則邪事不生。

嘗論古籍引用管子之文，最早者莫若賈誼之治安策。有曰：

商君遺禮義，棄仁恩，幷心於進取，行之二歲，秦俗日敗。故秦人家富子壯則出分，家貧子壯則出贅，借父耰鉏，慮有德色，母取箕帚，立而誶語，抱哺其子，與公併倨，婦姑不相悦，則反脣而相稽，其慈子耆利，不同禽獸者亡幾耳。然幷心而赴時，猶曰蹷六國，兼天下，功成求得矣，終不知反廉愧之節，仁義之厚。信幷兼之法，遂進取之業，天下大敗。衆掩寡，智欺愚，勇威怯，壯凌衰，其亂至矣。是以大賢起之，威震海内，德從天下，曩之爲秦者，今轉而爲漢矣。然其遺風餘俗，猶尚未改，今世以侈靡相競，而上亡制度，棄禮誼，捐廉恥日甚，可謂月異而歲不同矣，逐利不耳？慮非顧行也。今其甚者殺父兄矣，盜者剟寢戶之簾，搴兩廟之器，白晝大都之中，剽吏而奪之金，矯僞者出幾十萬石粟，賦六百餘萬錢，乘傳而行郡

國，此其無行義之尤至者也。而大臣特以簿書不報，期會之間，以爲大故，㊀至於俗流失，世壞敗，因恬而不知怪，慮不動於耳目，以爲是適然耳。夫移風易俗，使天下回心而鄉道，類非俗吏之所能爲也，俗吏之所務，在於刀筆筐篋，而不知大體，陛下又不自憂，竊爲陛下惜之。夫立君臣，等上下，使父子有禮，六親有紀，此非天之所爲，人之所設也。夫人之所設，不爲不立，不植則僵，不修則壞。管子曰：禮義廉恥，是謂四維，四維不張，國乃滅亡。使管子愚人也則可，管子而少知治體，則是豈可不爲寒心哉？秦滅四維而不張，故君臣乖亂，六親殃戮，姦人並起，萬民離叛，凡十三歲而社稷爲虛。今四維猶未備也，故姦人幾幸，而衆心疑惑。豈如今定經制，令君君臣臣，上下有差，父子六親，各得其宜，姦人亡所幾幸，而羣臣衆信，上不疑惑，此業一定，世世常安，而後有所持循矣？若夫經制不定，是猶度江河，亡維楫，中流而遇風波，船必覆矣，可爲長太息者此也。

四維云者，賈策明指出自管子，而子厚堅稱四維非管子之言。然則管子亦如鶡冠子反用鵩賦以文飾僞書之例，四維經誼徵引，作僞者始採以羼入管子耶？尋策中「使管子愚人也則可，管子而少知治體」云云，子厚全用此一筆調，收束己論，是子厚至少胸中熟習賈策，洞然無訛。由是子厚之疑管書有僞，卽緣詳審賈策而起，適與否

㊀ 大故猶言大事。師古注：言公卿大臣，特以簿書期會爲急，不知正風俗，厲行義也。

定鶡冠子，事同一律，特管子章節繁重，未若鶡冠之短章易察耳。又長沙持論，趨重道誼，卽不徵引管子，結穴仍同。反之管子治齊，官山府海，畢志富强，如四維節次之造微入細，殊難設想，以此子厚疑其非出夷吾之口，理或然歟！張佩綸於管子鑽研甚勤，於此曾謂：「管商並稱，始於齊之公孫弘，七略據之，入管子於法家，今以賈生之疏證之，管商治術較然不同，可訂子駿之妄。」此佩綸不疑管子有僞，乃發是論，以子厚之說繩之，佩綸之妄，當較子駿更甚。佩綸又云：「禮義廉恥爲四維，正管書至精至粹之言，賈生疏所謂君君臣臣，上下有差，父子六親，各得其宜，乃深得其本。淮南謂非修禮義，廉恥不立，雖本文子，然已開子厚二維之謬論矣。蘇子瞻以柳州此論爲無忌憚，是也。」以佩綸之才之學，實無從控御此題，妄肆抨擊，不足深辯。至何義門讀書記，於四維論有曰：「四維者、非管子之言也，質之以經，則難爲言也固宜。」義門議多堅僻，此條卻能平心論事。

黄震謂：「廉可屬義，恥當屬禮，然均不得指爲小節。」又「管子以維爲言，意在爲治之範防，非如子厚所語。」此所見細碎，無足深論。唐順之謂：「柳子指廉恥爲義小節，蓋得之矣。然禮義其統言，所包者廣，廉恥其專言，所指者切，管子之論，亦未可以爲非。」此則語誖之大，不可不辯。蓋以邏輯言，統言屬達名，專言則類名也。兩名所包，廣狹懸殊，勢不得抗而爲維。如禽或獸，此達名，統言者也，禽中有雞，獸中

有豬，此類名，專言者也。倘將禽獸雞豬，平列爲四柱，於邏輯許乎否也？子厚名家，言必中律，豈黄唐諸帖括小儒所能理解？其他童話有所謂江淮河漢溝，鼃鼉蛟龍鰍等諸滑稽句子，語失倫而非眞詩，亦應推廣及之。

二

眞西山按子厚四維論云：

按柳子謂廉恥爲義之小節，蓋有之矣；然禮義其統言，所包者廣，廉恥其專言，所指者切，則管子之論，亦未可以爲非也。然其言明辨可喜，故取焉。

案右語見於文章正宗，與曩引唐順之論適合，當是應德竊眞説爲己有，明人多妄，即此可證。文章正宗者，西山分辭令、議論、敍事、詩歌四類統之，其書論理部分，浮於論文。劉後村〔克莊〕爲西山弟子，所著詩話，即於師説不無微詞，顧亭林亦不以西山爲然。

西山本論，頗帶邏輯意味，所謂統言，即種名，墨經言達；所謂專言，即類名，墨經亦言類。此一分劃，顯明子厚四維論爲合理，而西山續之曰：管子之論，亦未可以爲非也，此之謂自語相違。

其言明辨可喜者，指子厚四維論之言也，言既明辨可喜，而又取其言矣，同時又稱論未必是，此種論法，未之前聞。

三

困學紀聞載李衡語：「讀書須是識字，柳宗元不識節義字，可爲學者之戒。」此分節與義而言之，而義又正是不從枉、與羞爲非二誼，皆指依附王叔文而言。衡字彦平，江都人，南宋孝宗朝第進士，官至侍御史。外戚張說、以節度使掌兵柄，貪枉不法，衡力疏其事，不得直，遂請老，聚書萬卷，自號樂庵。蓋一講道學而鯁直不通世故之人，不足與論子厚之大節大義，伯厚妄引其說，亦見頑梗。剣案：子厚言節，視故御史周君碣，子厚言義，視四維論，持執二文，應可以答李衡。

天爵論

子厚所爲天爵論，可視爲抗古箴今、雙管齊下之作，請先細加翫味，再爲疏解。

柳子曰：仁義忠信，先儒名以爲天爵，未之盡也。夫天之貴斯人也，則付剛健純粹於其躬，倬爲至靈，大者聖神，其次賢能，所謂貴也。剛健之氣，鍾於人也爲志，得之者運行而可大，悠久而不息，拳拳於得善，孜孜於嗜學，則志者其一端耳。純粹之氣，注於人也爲明，得之者爽達而先覺，鑒照而無隱，盹盹於獨見，淵淵於默識，則明者又其一端耳。明離爲天之用，恒久爲天之道，舉斯二者，人倫之要盡是焉，故善言天爵者，不必在道德忠信，明與志而已矣。道德之於人，猶陰陽之於

天也，仁義忠信，猶春秋冬夏也。舉明離之用，運恆久之道，所以成四時而行陰陽也。宣無隱之明，著不息之志，所以備四美而富道德也。故人有好學不倦，而迷其道、撓其志者，明之不至耳。有照物無遺，而蕩其性、脱其守者，志之不至耳。明以鑑之，志以取之，役用其道德之本，舒布其五常之質，充之而彌六合，播之而奮百代，聖賢之事也，然則聖賢之異愚也，職此而已。使仲尼之志之明，可得而奪，則庸夫矣，授之於庸夫，則仲尼矣。若乃明之遠邇，志之久暫，㊀庸非天爵之有級哉？㊁故聖人曰：敏以求之，明之謂也，爲之不厭，志之謂也；道德與五常，存乎人者也，克明而有常，受於天者也，嗚呼！後之學者，盡力於所及焉斯可矣。或曰：子所謂天付之者，若開府庫焉，量而與之耶？曰：否，其各合乎氣者也，莊周言天曰自然，吾取之。

天爵説本孟子，先儒當指彼，其説曰：

有天爵者，有人爵者，仁義忠信，樂善不倦，此天爵也，公卿大夫，此人爵也。古之人修其天爵，而人爵從之，今之人修其天爵，以要㊂人爵，既得人爵，而棄其

㊀ 久暫原作恆久，依義校改。

㊁ 庸、豈也，左：庸非貳乎。本文正言若反，宜注意，蓋正謂天爵無等級也。

㊂ 要讀平聲，下同。

天爵，則惑之甚者也，終亦必亡而已矣。

孟子天爵人爵，相對立説，子厚則一字不涉人爵。依孟子之説，人爲要人爵，始修天爵，子厚曰：否，天爵有獨立性，人修天爵，並非爲要人爵，人爵可畢生不得，而天爵不可一日不修。仁義忠信，古人爲配合公卿大夫而立名，恍謂人不求公卿大夫，儘可不須仁義忠信然，子厚曰：否，仁義忠信，後起之名，非天降之性，人得於天，氣而已矣。剛健之氣爲志，純粹之氣爲明，人受於天，止於二氣，仁義忠信，非天爵也，縱勉曰天爵，亦未之盡。

子厚排除天爵，於是縮短仲尼庸夫兩大距離，化爲直接，使人右傾則仲尼，左倚則庸夫，中間用不著仁義忠信諸藻飾名義，於焉爲祟。蓋天爵無等級，明無所謂遠邇，志無所謂恆暫，人欲明則明至，欲志則志至，故徒好學不倦，不足以言明也，人從迷其道撓其志後，始號曰明不至，其實好學不倦時，明初未至也；徒照物無遺，不足以言志也，人從蕩其性脱其守後，始號曰志不至，其實照物無遺時，志初未至也。人善言天爵，在直截尋求此明此志，不在道德忠信諸假託名義。孟子言人修天爵，以要人爵，既得人爵，而棄其天爵，夫人之得人爵也，乃利用道德忠信諸後起名義以盜竊之，初未嘗修何物事曰天爵也，前既無所謂修，後亦無所謂棄。

子厚駁義，第一目標爲孟子，其次亦針對同時造作名義之韓退之。子厚曰：「道

德與五常，存乎人者也」，此何等明白？期與人共守，而退之則曰：「仁與義爲定名，道與德爲虛位」，斯名也，誰定之？斯位也，誰虛之？退之所爲輕道德者曰：「道有君子小人，而德有凶有吉」，但退之不又曰：有以「煦煦爲仁，孑孑爲義」者乎？退之將何所據，斥去煦煦孑孑者，爲定仁義之名，而獨拘牽於君子小人之分，吉凶之別，遽虛道德之位乎？設浸假而有以仁義名經，須退之用力以闢之者，則退之應不難以定名歸之道德，而虛仁義之位以揮斥人，從可知也。子厚言道德之於人，猶陰陽之於天也，仁義忠信，猶春秋冬夏也，由退之之說，以顛倒仁義道德，其效將等於錯亂陰陽，於是以原道之矛攻之，是直責冬之裘者曰：曷不爲葛之之易也？責飢之食者曰：曷不爲飲之之易也？夫如是，退之將何以自解乎？退之從心所欲，排比天爵，發揮十分唯心家之口吻，子厚誼所不爲。

復次：原道篇中，不標道統之名，而實無形創設道統。所謂堯以是傳之舜，舜以是傳之禹，禹以是傳之湯，湯以是傳之文武周公，文武周公傳之孔子，孔子傳之孟軻，軻之死不得其傳焉，其下所不言而喻者，爲經荀與揚而傳之韓愈。畢竟道統如何傳法？統之內容如何？恐有人爲著數千萬言，其緒亦莫能明。夫堯舜之爲歷史人物，人且疑其是否存在，遽以道統於焉託始，將更是若茫若昧而無可捉摸。漢人謠曰：「聖人之道，一龍一蛇，隨時之宜，無有常家」，由是東方先生之俿詩，一轉而爲

韓昌黎所寶聖歷，就中尤以孔子爲中樞至聖，大莫與京，一則曰：「仲尼日月也，民無得而踰焉」，二則曰：「自生民以來，未有盛於孔子者也」，若在子厚，將不作如是看法。子厚以謂：仲尼之與庸夫，相去止於一間，使仲尼之志之明，可得而奪，則庸夫矣，授之於庸夫，則仲尼矣，由是仲尼雖聖，仍是人人可學而幾之一境。此一說法，何等直捷痛快？此中並不須有何項體統？更不須韓愈其人從中把持，子厚文字之成爲千古偉論，斷推此種。

孟子曰：「吾於武成，取二三策而已」，子厚之於莊周亦然。夫莊周以自然言天，是天下莫破之唯物論點，子厚取以覈論天爵，正與答劉夢得天論書：「獨所謂無形爲無常形者甚善」一語同趣。

黄震曰：

天爵論：子厚謂天之貴斯人，在剛健純粹，而病孟子天爵之言，夫仁義忠信，得之於天昭昭也，子厚乃謂此存乎人者，而獨指剛健純粹之氣爲得於天。至論剛健，則又指爲孜孜之志，論純粹，則又指爲爽達之明，且證之曰：敏以求之，明之謂也，爲之不倦，志之謂也，自今觀之，求之爲之，信皆人爾，何乃反謂之天？其理果安在，而子厚至以此易彼耶？

東發程門腐儒，何足以知子厚論據？

何義門河東集記，於天爵論明與志而已矣一語下云：

明與志者，所以修也，明與誠對而志爲之基，明不可與志並言，柳子殆強爲高論，以求駕乎前人，未之有得者也。

明誠對言，本之中庸，義門此說，眞村塾高頭講章之語也，何足與評柳文？

守道論

一

題旨：左昭二十：齊侯田於沛，招虞人以弓，不進，曰：昔先君之田也，旃以招大夫，弓以招士，皮冠以招虞人，臣不見皮冠，不敢進。仲尼曰：守道不如守官。

君命召，不俟駕而行，道也；皮冠以招虞人，官也。今招虞人不以皮冠，將何守？守道乎？必害官，守官乎？又必害道，因而造成道與官不能兩全之局，仲尼爲之斷曰：守道不如守官。

子厚非之曰：道與官不能兩歧，君命雖急，而必以信，皮冠、信也，信不立即道不立，離道與官而二之，非仲尼所宜言也，故子厚曰：傳之者誤。

子厚常慮：「聖人之道，不益世用」，倘仲尼之言而非誤也，則將證實聖道與世用違矣，故毅然非之。

在上不爲抗，在下不爲損，矢人者不爲不仁，函人者不爲仁，率其職，司其局，交相致以全其工，易位而處，各安其分，而道達於天下，此爲自來言道者絶大議論。子厚爲侍御史周君碣曰：「有唐貞臣汝南周氏，在天寶年，有以諂諛至相位，賢者放退，公爲御史，抗言以白其事，得死於墀下」，此道與官兩得其守，足爲守道論證左。

二

自唐以來，從文字上之成就，推崇子厚者甚衆，所謂唐宋八家，心雖於子厚多所不滿，而終不得不韓柳並稱，殆無一人揮斥此公，外於八家之列，此可見於文崇柳，餘猶别有事在。方望溪曾鄭重提出義法二字，吾曩略加論列，夫義者、文家視爲一定標準，無可變易，法者依義而生；文家所爲馳騁捭闔，法儘不一，而要不可悖於義；所稱非聖無法云者，謂非聖則法將不足以爲法也，但若以此繩之子厚，則殊大謬不然。

一、姚姬傳云：「循今世之禮，通以古人之意，見者未嘗不以爲當於人心。〔汪玉飛墓誌銘。〕」從子厚之主張看來，今世之禮，未必能通以古人之意，必強通焉，見者亦未必以爲有當於人心，試觀子厚所爲六逆論，言下燦然明白。其説曰：「賤妨貴，遠間親，新間舊，雖爲治之本可也，……必從斯言〔此指左氏之言。〕而亂天下，謂之師古

訓可乎？」爲問姬傳，今禮古意，如何通法？人心是否自認有當？恐將難於説明。

二、「仲尼日月也，民無得而踰焉」，此二千年來家弦戶誦、無敢畔越之詞，子厚問曰：「聖人之道，不益於世用，（見與楊憑書。）」則奈何？蓋子厚文中關目，在世用二字。凡吾人讀古人書，號爲有益者，亦曰世得其用已耳，世不得用，古何所取？古無所取，聖人亦非例外。故子厚之説曰：「夫言朴愚無害者，其於田野鄉閭爲匹夫，雖稱爲長者可也，自抱關擊柝以往，則必敬其事，愈上則及事者愈大，何事無用之朴哉？（同上。）」無用之朴，與「捧土揭木而致之巖廊之上」相等，他文家決不敢如是著想。三國杜恕，仕於魏，嘗疏言：「今之學者，師商韓而上法術，競以儒家爲迂闊，不周世用」，此不周世用，與子厚不益世用，語有正負之異，而著眼於世用則同，諒陳承祚著録之書，子厚必加瀏覽，而於焉取材，恕、杜預父也。

三、子厚之敢於非聖，此無可置疑處，惟慮持論過激，所招致之反動愈大，特迂迴其辭，使人從容接受而不自覺。如守道論：「或問曰：守道不如守官何如？對曰：是非聖人之言，傳之者誤也。」夫子厚豈眞信斯爲傳之者誤，所謂聖人，將不自發謬論云爾也哉？但爲緩和愚者之思慮，而質劑其利害，計不得不故退一步已耳。子厚之用世苦心，於兹灼然自見，觀於與劉夢得反覆論天，不能不顧及「愚民恒説」，亦是此理。

時令論

一

吾嘗論子厚非薄當時禮制，而迹之差顯明者，莫如時令論。所謂時令云者，蓋本諸月令，而月令有二：一見於禮記，一見於呂氏春秋，唐世由來恪遵舊文，未敢輕易。查草創開元禮時，王喦請删禮記，益以今事；集賢學士張說上言：「禮記不刊之書，不可改易，宜取貞觀、顯慶禮書，折衷異同，以爲唐禮」，此往事然也。獨至月令，明皇自亂其例，篇次既紊，文字復增，吾見朱竹垞石經月令跋，曾太息此事云：

諸經垂世，禮記間雜秦漢之文，然一入小戴記中，羣儒恪守其説，雖以天子之尊，大會講殿，議有異同，文無更易。月令自漢以來，篇居第五，本在王制之後，唐明皇乃命李林甫等刊定，冠諸四十九篇之首，既亂其篇次，又增益其文。每月節分中氣，當不韋作呂覽時，懸之國門，人莫敢增損一字，豈意數百年後，有弄麞杖杜不識字之李哥奴，逢君之惡，肆行改竄，可謂無忌憚之尤者也。

竹垞之論，乃怗括家言，無關宏旨，然有一義可資印證，則月令也者，在唐世典禮中，實居首要地位，可能以增竄而愈見其重要。子厚鄙之，以月令當朝之禮，未便明肆謗議，因避戴記而專攻呂紀，凡窮異爲神，引天爲高之處，嚴予駁正，範爲上下二論，

以明微志而備因革云。哥奴、林甫小字，不識字，卽謂詩弄璋爲弄麞，杕杜爲杖杜。

時令論表明數義：一、戴記雜秦漢人語，猶有妄人左袒呂紀之爲秦典，應不待論。二、以暴秦所爲爲聖人之作，顯屬謬妄。三、所謂月令措諸禮以爲大法，說明此乃禮法問題，非禮革無從釐正。四、聖人之道，利人備事而止，苟合五事，妄配五行，是瞽史所爲。五、飄風暴雨，何與人事？孰噎疥癘，豈是天災？如此窮異爲神，引天爲高，子厚指斥爲妄，不啻三令五申。六、末云夏后周公之典逸矣，可見中國之舊禮教，不外暴秦餘毒。

右第五義最爲嚴重，文中言郊廟百祀，古之遺典，不可以廢，此乃當官而行之語，不得不然。然觀子厚所爲監祭使壁記鄭重申明之曰：「聖人之於祭祀，非必神之也，蓋亦附之教焉」，可見凡祭祀云者，咸包涵在利人備事四字之內，掃除一切迎神徼福之謬論。

二

宋仁宗嘉祐六年制科策有一條：

五事之失，六沴之作，劉向所傳，呂氏所紀，五行何修而得其性？四時何行而順其令？非正陽之月，伐鼓救變，其合於經乎？方盛夏之時，論囚報重，其考於古乎？

蘇軾悍然答之曰：

此陛下畏天恐懼求端之過，而流入於迂儒之説，此皆愚臣之所學於師而不取者也。夫五行之相治，本不至於六，六沴者、起於諸儒欲以六極分配五行，於是始以皇極附益而爲六。夫皇極者、五事皆得，不極者、五事皆失，非所以與五事並列而別爲一者也，是故有眊而又有蒙，有極而無福，曰五福皆應，此亦自知其疏也。〔元注：洪範止言五行五事，劉向又本大傳，增而爲六，謂皇之不極，則厥咎眊，厥罰常陰，厥極弱，既有極而無福，其説遂窮，乃云五福皆應，見五行傳并五行志。〕呂氏之時令，則柳宗元之論備矣，以爲有可行者，有不可行者，其可行者皆天事也，其不可行者皆人事也。〔元注：見柳文時令論上下篇。〕若夫禜社伐鼓，本非有益於救災，特致其尊陽之意而已，書曰：「乃季秋月朔，辰弗集於房，瞽奏鼓，嗇夫馳，庶人走」，由此言之，則亦何必正陽之月，而後伐鼓救變，如左氏之説乎？盛夏報囚，先儒固已論之，以爲仲尼誅齊優之月。〔此指春秋夾谷之會，優施笑君，孔子誅之。〕

右文收筆似有缺略，姑依原文錄存。凡吾有取於是者，乃在柳文時令論之光耀，照澈宋室方聞之士，而一步未動。至盛夏報囚，乃子厚斷刑論論及，子瞻似均統攝於時令論內。

三

李廌師友談記云：

太史公講月令，開題凡數十言，備陳歷世遵陰陽爲政事之迹，與魏相柳宗元之説，反復甚明，前世論時令者莫能過也。且曰：儒者多言不必從月令，故時令論立説，誠有以破漢儒附會災異之弊，然洪範以五事應五行，有休徵咎徵，符契甚明，後之人君不可不爲鑒也。

廌字方叔，爲東坡所知，東坡在試塲失此人，至爲流涕，固一時知名之士。顧論時令殊繳繞，如水反流，仍回到原處，似不失爲袁家渴之渴，可發一笑。

四

喬鶴儕蘿藦亭札記云：

柳子厚文字雄視百代，而言有極迂者。其時令論疑月令非聖言，謂毋變天之道，絶地之理，亂人之紀，豈必在孟春？毋作淫巧以蕩上心，豈必在季春？此亦如虎頭之癡矣。又於管子言四維則疑之，而謂義若絶，則廉與恥亦不存，何其拘牽字句乃至於是？古人文字，但期不悖於道，不似後世字梳而句櫛之，且諸子此例亦夥矣，奚可泥執耶？

鶴儕以虎頭之癡，屬於子厚，吾則謂以子厚爲國中不飲狂泉之人，翻爲切喻。其拘牽字句之咎，不在子厚，而在讀管子不通之人，其理正同。

鶴儕何如人也？李蒓客於其歿，曾記有數語，事在光緒元年，以河東河道總督卒於官。

松年字鶴儕，山西徐溝人，道光乙未進士，故御史大興劉位坦之壻也。御史精於金石之學，收藏甚富，松年得其指授，亦喜書畫，能爲詩。

蒓客之於鶴儕，亦祇能窺見一面，札記雖不過鈔撮成書，而蒓客寫日記時，書尚未出，固知蒓客猶暫無意論定斯人。

斷刑論

一

斷刑論者，與時令論相輔而行之所爲作也。從來論刑，必與禮相連，子厚之駁復讐議，標出禮與刑之比重量，大非退之之游詞寡斷者所得抗衡。今斷刑論之不得去禮不言，自不待論，而論上闕略，不識措詞云何？今吾人所寓目而口誦者，止於論下一篇，亦唯默喻斯旨而已。

斷刑論上〔闕〕

斷刑論下

余既爲斷刑論，或者以釋刑復於余，其辭云云，余不得已而爲之一言焉。夫

聖人之爲賞罰者非他，所以懲勸者也，賞務速而後有勸，罰務速而後有懲，必曰賞以春夏，而刑以秋冬，而謂之至理者，僞也。使秋爲善者，必俟春夏而後賞，則爲善者必怠，春爲不善者，必俟秋冬而後罰，則爲不善者必懈，爲善者怠，爲不善者懈，是敺天下之人而入於罪也，敺天下之人入於罪，又緩而慢之以滋其懈怠，此刑之所以不措也。必使爲善者，不越月踰時而得其賞，則人勇而有勸焉，爲不善者，不越月踰時而得其罰，則人懼而有懲焉，爲善者日以有勸，爲不善者日以有懲，是敺天下之人而從善遠罪也，敺天下之人而從善遠罪，是刑之所以措，而化之所以成也。或者務言天而不言人，是惑於道者也，胡不謀之人心以熟吾道？吾道之盡，而人化乎是知，㊀蒼蒼者焉能與吾事而暇知之哉？果以爲天時之可得順，大和之可得致，則全吾道而得之矣，全吾道而不得者，非所謂天也，非所謂大和也，是亦必無而已矣，又何必枉吾之道，曲順其時以諂是物哉？吾固知順時之得天，不如順人順道之得天也。何也？使犯死者，自春而窮其辭，欲死不可得，貫三木，加連鎖，而致之獄，更大暑者數月，癢不得搔，痺不得搖，痛不得摩，飢不得時而食，渴不得時而飲，目不得瞑，支不得舒，怨號之聲，聞於里人，如是而大和之不傷，天時之不逆，是亦必無而已矣，彼其所宜得者，死而已矣，又若是焉，何哉？或

㊀ 吾道之盡，而人化乎是知，猶言盡吾道而知人化，解見別條。

者乃以爲雪霜者、天之經也，雷霆者、天之權也，非常之罪，不時可以殺，人之權也，當刑者必順時而殺，人之經也，㊀是又不然。夫雷霆雪霜者，特一氣耳，非有心於物者也，聖人有心於物者也。㊁春夏之有雷霆也，或發而震，破巨石，裂大木，木石豈爲非常之罪也哉？秋冬之有霜雪也，舉草木而殘之，草木豈有非常之罪也哉？㊂彼豈有懲於物也哉？彼無所懲，則效之者惑也。果以爲仁必知經，智必知權，是又未盡於經權之道也。何也？經也者常也，權也者達經者也，皆仁智之事也，離之滋惑矣。經非權則泥，權非經則悖，是二者強名也，曰當，斯盡之矣。當也者、大中之道也，離而爲名，大中之器用也。知經而不知權，不知經者也，知權而不知經，不知權者也。偏知而謂之智，不智者也，偏守而謂之仁，不仁者也。知經者不以異物害吾道，知權者不以常人怫吾慮，合之於一而不疑者，信於道而已者也。且古之所以言天者，蓋以愚蚩蚩者耳，非爲聰明睿智者設也，或者之未達，

㊀ 何義門云：非常之罪以下六句，斯言善矣，柳子則徒爲詞費也，至云古之言天，蓋以愚蚩蚩者，尤悖戾而不知反焉。釗案：斯言既善，卽不得謂之詞費，義門此評，眞自蹈詞費而不知。至古之言天以愚蚩蚩，此誼自非義門所能解。

㊁ 此句宜作：「非若聖人有心於物者也」，誤脱非若二字。

㊂ 草木豈有非常之罪也哉？與上木石豈爲非常之罪也哉？相配成文，但一用爲字，一用有字，此可證古人行文，爲與有恆互用。

不思之甚也。

凡言禮者必及天，言天者必及時，因此惹出子厚一段達經明權、舍天從人之絕大議論，名曰斷刑，實乃訂禮，名曰訂禮，實乃非天。說明從古以來之全部禮制，無非枉道諂天者之所妄爲，輕輕下一諂字，關盡叔孫通以下議禮諸臣之口而奪之氣。子厚集中，此等有關係之大文字，並不多見，兩宋理學僞儒，慢肆詆諆，反不如「時令與斷刑，熟讀常在口」㊀之奸僞輩，猶得保持平旦之氣，窺破眞實理道，抑何可歎？

「聖人有心於物者也」，乃上一句之同意補足語，聖人上誤奪非若二字，如下文：「草木豈有非常之罪也哉，彼豈有懲於物也哉。」第二句亦同意補足語。子厚行文，氣力充沛，同一意也，往往重言以申明之，此正呂祖謙謂：柳州議論，文字反覆，號爲「關鍵」者也。〔語見呂選古文關鍵。〕

韓退之每侈言道，子厚則避言道，是亦未必故與退之立異。蓋子厚晚歲，得力於春秋者深，每喜以中或大中替代道，而別以當爲中之互訓語，如本文云：「當也者、大中之道也」，此易言之，應作：「大中也者、當之道也」，是之謂互訓。

古者聖人立法，大抵爲中人著想，子厚則推而下之，以達於下愚，意謂：天下之下愚，能獲吾教而入於治，中人則無論已。「非爲聰明睿智者設」等語，子厚文中屢

㊀ 詩之全文見別條。

見，除本文外，時令論下亦言：「月令之所作，蓋非爲聰明睿智者爲之，將令後代有昏昧傲誕，若陳隋之季是也。」由是子厚立教，對下言，不恤以愚蚩蚩爲的標，對上言，又注視到昏昧傲誕之君人者流，此充分證明子厚有教無類，及有治法無治人兩大宗旨。

木石豈爲非常之罪也哉？……草木豈有非常之罪也哉？此爲有二字互用，爲亦有也。如無常、易言「何常之有」，此易喻也，若再易言「何常之爲」，則稍費解矣，實則爲卽有也，柳州慣於使用此類爲字，細審自得。

二

本文旨言斷刑，而不啻爲天說之鐵板注脚，謀之人心以熟吾道一語，是子厚一生經綸最得力處。查子厚文中，屢標大中二字以詁道，夫大中者，本之春秋大義，其說得自陸元沖。大中之器用二：曰經曰權，經權合一，斯信於道。從容而言，又謂之當，〔去聲。〕當也者，大中之道也，自來文家，惟子厚有此語，以叶乎人心。末稱古言天者，祇以愚蚩蚩，石破天驚，小儒震慴，凡說理眞者膽必大，允推此種。黄氏日鈔讀柳文：「斷刑論謂：蒼蒼者焉能與吾事？古之言天，愚蚩蚩者耳，何言之無忌憚若是哉！」以黄震讀柳文，宜所見如是。

「吾道之盡，而人化乎是知」，二語艱於句讀，意義亦難明，他本乎字又誤作矣，

更增繳繞，請詳釋於下：吾文之構造法，中有一式，目的格倒置，另以一代名詞牒目的格。如吾人意中有一語曰：「用婦言」，婦言、目的格也，因欲強其語氣，將目的格倒置於用字上，另用代名詞是牒婦言，遂成新形「婦言是用」，再使唯字以增其強，又遂成「唯婦言是用」。惟此類代名詞，以限於是或之爲常，否則不適用，如本文：「吾道之盡」，乃用之字也。查本文原形，應爲「盡吾道而知人化」，複語也，盡吾道一語，知人化一語，中用接續詞「而」合之，成今形。盡吾道者，吾道爲目的格，盡爲動詞轄之，今將目的格吾道，移於動詞之上，使成倒置，再以之字作代名詞牒吾道，遂變爲吾道之盡，知人化、變作人化是知，類推。之與是、同屬代名詞，可互用，如或上句改作「吾道是盡」，下句作「人化之知」，並無不可。至下句增一乎字，則行文技巧，有無不關宏旨，特增乎字時，其代名詞須用是而不用之，此習慣性如是，了無定法。〔增乎字法，他條再詳釋。〕

辯侵伐論

子厚此論，關乎唐室之安危者甚大。貞元十五年三月，淮西節度使吳少誠反，遣兵襲唐州，掠百姓千餘人而逸，朝廷得報，計無所出，遷延不作處理者至半年之久，迨九月，貿貿然詔奪少誠官爵，令諸道進討，而諸道陽奉陰違，淮西坐大，少誠死

而元濟繼，所謂「封狼生貙貙生羆」者，㊀亙十八年，卒由裴度出師，僅乃克之。子厚以集賢院正字作此文時，正叛迹初發之頃，彼親見兵力、財力、人力，無一具備，而輕舉伐叛之號以欺天下，雖未必料到兵連十八年而不能解，然當時無謀妄動之必無實效，以張國威而警諸藩，則如燭照數計之瑩然可覩。蓋府兵之制壞，而國家無兵，所謂國家之兵，皆例掌於強藩之手，無法調動。況自天寶以來，連續用兵數十年，海內消耗殆盡，又賦稅亂而賄賂行，人慾鴟張，公私塗炭，國家竟無發動一兵半卒之財力。不僅此也，諸藩既竊據地方財權，倘被詔出兵，兵一出境，卽仰公家爲之供給，捐己所有者不發。討少誠之令出，而諸道之兵不動者，中央無財賂兵，要爲重要因素之一。凡此種種，皆子厚所目擊，故聞變而憂，憂而訴之春秋大義，辨侵伐以激忠義，因著論如右。凡論中提到三大備，如人力有餘、貨食有餘二者，上已述其梗概，至所謂義有餘，則尤爲子厚之所痛心。何則？唐室藩鎭之跋扈乃爾，並非諸鎭自始橫逆無藝，而率由德宗之姑息養奸獎成之。於是唐室成爲上下交征利，與天下無義戰之局也久矣，一旦以義相號召，欲藉以提振天下之人心，將誰爲爲之，而孰令聽之也哉？子厚之首以義爲言，殆謂國家不足於義，尤在人力與貨食之上，言之沈痛，夫何待言？

㊀ 語本李商隱韓碑詩。

何屺瞻評此文，僅以迂晦二字了之，如此崇論閎議，自爲帖括老生所不解。

內必棄於其人：　其人者，其民也，棄於其民，卽謂爲國人所厭惡。

從而後加伐焉：　從而後三字，繳繞難解。　釗案：從而後加伐焉，與下文然後以師問焉，同一筆法，後字疑師字之誤。　蓋「從而」與「然後」，義易混，因誤衍後字，拋卻師字也。　或謂：從疑涉上侯字，形近而衍，然卽如此，師字仍不可闕。

雖大，不出所暴：　謂其害物雖大，然亦不在其所暴虐之範圍以外用兵，不出者，不越其界域也。

六逆論

一

子厚之六逆論，明明爲王叔文而發也，請先將論文細繹一過：

春秋左氏言衞州吁之事，因載六逆之說曰：賤妨貴，少陵長，遠間親，新間舊，小加大，淫破義，六者亂之本也。　余謂少陵長，小加大，淫破義，是三者固誠爲亂矣，然其所謂賤妨貴，遠間親，新間舊，雖爲理之本可也，何必曰亂？　夫所謂賤妨貴者，蓋斥言擇嗣之道，子以母貴者也，若貴而愚，賤而聖且賢，以是而妨之，其爲理本大矣，而可捨之以從斯言乎？　此其不可固也。　夫所謂遠間親，新間舊，蓋言

任用者之道也，使親而舊者愚，遠而新者聖且賢，以是而間之，其爲理本亦大矣，又可捨之以從斯言乎？必從斯言而亂天下，謂之師古訓可乎？此又不可者也。嗚呼！是三者擇君置臣之事，天下理亂之大本也，爲書者執斯言，著一定之論以遺後代，上智之人固不惑於是矣，自中人以降，守是爲大據，而以致敗亂者，固不乏焉。晉厲死而悼公入乃理，宋襄嗣而子魚退乃亂，貴不足尚也，秦用張祿而黜穰侯乃安，魏相成璜而疏吳起乃危，親不足與也，苻氏進王猛而殺樊世乃興，胡亥任趙高而族李斯乃滅，舊不足恃也，顧所信何如耳，然則斯言殆可以廢矣。噫！古之言理者，罕能盡其說，建一言，立一辭，則臲卼而不安，謂之是可也，謂之非亦可也，混然而已。教於後世，莫知其所以去就，明者慨然將定其是非，則拘儒瞽生，相與羣而咻之，以爲狂爲怪，而欲世之多有知者可乎？夫中人可以及化者，天下爲不少矣，然而罕有知聖人之道，則固爲書者之罪也。

二王之厠身於東宮也，俓以棋進，而叔文以書進，朝議咸以藝賤能鄙爲言，叔文羞之。尋彼執政數月間，所行善政，殆未可一二數，惟罷免翰林陰陽星卜醫相覆棋諸待詔三十二人一舉，爲無甚意義，然叔文必須如此爲之者，無非爲遏抑流言，自高聲價之計，亦可見唐人門閥相閧，錮習難解。子厚恨之，因假借左氏言衞州吁之事，痛論一番，就中置臣一款，所引秦用張祿，魏疏吳起，苻進王猛，胡族李斯諸例，無一不

影射叔文，歎拘儒瞽生妄師古訓而亂天下，傷哉傷哉！王西莊爲叔文翻案，以古魚鹽版築相比，不勝弔惜，李越縵左袒二王，致慮有人疑彼曲護同鄉，千載之下，通人猶恐浮言難息，然則妄人著書貽誤後代之罪，可勝紀哉？

何義門讀書記，於「胡亥任趙高而族李斯乃滅，舊不足恃」二語有異議，謂李斯不可謂之新，此種故尋小垢之技倆，誠卑卑不足道。況趙高、宦寺也，城狐社鼠，盤據巧深，子厚正藉此影射憲宗之寵俱文珍輩以殺叔文，義門顧未嘗讀唐書及通鑑乎？子厚所用擇君置臣四字，其間包孕何種史實，義門乃一無覺察矣乎？又況李斯曾諫逐客，夫秦廷何以逐客？無非以逐客進身新，所建議者新，斯挾逐客與高對立爲一方，其於阻礙高之陰謀種種威脅性甚大，斯高之間，因形成一舊一新，勢極顯白也乎？

試再論之：從來寺宦與朝臣相比，由人君視之，大抵寺宦舊而朝臣新，以比暱有素之勢則然也。李斯自始皇時，已由逐客而進用矣，自與初釋褐通籍者未同，然在胡亥看來，趙高與己有私，僇辱異己，秘計僉同，夕窺閨房，朝以女進，其暱近自大大不同於李斯。以永貞近事例之，趙高卽俱文珍，而李斯不啻王叔文，此不得以叔文祗役東宮十八年、爲非新進之士相詆讕也，義門迂舊，不足與論此。

子厚之政治理想，往往執持甚堅，遇題發露，不一而足。如篇中言任用者之道，

此在封建論中已發其大凡，即所謂「世大夫世食祿邑，以盡其封略，聖賢生於其時，亦無以立於天下」是也。此外非國語命官篇，對晉文公樹一義曰：

官之命，宜以材耶？抑以姓乎？文公將行霸，而不知變是弊俗，以登天下之士，而舉族以命乎遠近，則陋矣。若將軍大夫必出舊族，或無可焉，猶用之耶？必不出乎異族，或有可焉，猶棄之耶？則晉國之政可見矣。

此以視六逆論中遠間親、新間舊之駁義，如驂之靳，相輔而行。

二

吾觀班書蒯伍江息夫傳贊曰：

書放四罪，詩歌青蠅，春秋以來，禍敗多矣。昔子翬謀桓，而魯隱危，欒書搆郤，而晉厲弒，豎牛奔仲，叔孫卒，郈伯毀季，昭公逐，費忌納女，楚建走，宰嚭譖胥，夫差喪，李園進妹，春申斃，上官訴屈，懷王執，趙高敗斯，二世縊，伊戾坎盟，宋痤死，江充造蠱，太子殺，息夫作姦，東平誅，皆自小覆大，繇疏陷親，可不懼哉？

尋子翬謀桓，在左隱十一年，欒書搆郤，在成十七年，豎牛奔仲，在昭四年，郈伯毀季，在昭二十五年，費忌納女，在昭十九年，宰嚭譖胥，在史吳世家，李園進妹，在春申君傳，上官訴屈，在屈原傳，趙高敗斯，在始皇本紀，伊戾坎盟，在左襄二十六年，

江充造蠱、與息夫作姦，在本傳。此諸例者，孟堅排成兩項，非小加大，卽疏間親，而皆視作覆滅邦家可懼之大事。但在子厚視之，小加大誠屬亂原，而遠間親不妨成爲治本，是豈不中於子厚一言一辭、是非兩可、混然而已之說？不寧惟是：趙高敗斯一例，班書與子厚皆有之，班書雜於小加大遠間親之二目，而子厚則別開新間舊一目，以專司焉。兩書之參差如此，將由何道以通之？曰：是無難也，語有之：「大德不踰閑，小德出入可也」，左氏所定六逆，譬之尙書六部，部中吏戶禮兵刑工各司員，隨時相互遷調，或紀事誤記部名，此都無損於大閑之立。何況六逆之間，子厚求吻合其特殊際遇，將六逆擘爲兩半，有一半由逆而竟轉爲不逆。夫吾所謂特殊際遇，卽子厚聯合二王、造爲永貞政變是。倘此變而無迕於他一半之某逆，則如小加大一款，聯同已轉變之三款廢除逆號，要亦大有可能，吾之所爲通班柳之藩者如此。

三

六逆之中五款，皆有名分之字以爲標目。如貴賤、如少長、如親疏、如新舊、如小大，此皆名分之稱，當事者得拈其一以自喻，惟第六款淫義，則並非正名定分之號，無人能如劇場賓白，堪自指以宣於衆曰：我爲淫、或爲義也。然則淫破義也者，欲求與前五款同一方法處理，將戛戛乎其難。

淫爲何解？當先爲申釋。吾意淫之先天之誼曰淫亂，其次則凡居於義之反者

皆可曰淫。如夏徵舒之亂，李園之亂，屬於前，曹操用人，至設立掘墓都尉、摸金中郎將等名號，惟才之求，一切禮義廉恥舉不顧，則屬於後。

吾嘗以本論俟教於人，有友人曰：「如君論，將子厚所右三款，增小加大一款共四款，皆已廢除逆號，其餘兩款，卽少凌長、淫破義，亦應同予廢除，且實際上早已廢除矣，重新論列，殊屬多事。」吾不敏，愧於如何廢除淫破義一款，未獲言下理解明白，惟吾一鄉尊重友人理論，概認爲眞理在這一邊，旣受教，卽堅確主張如是。

吾嘗怪子厚詩中，有楊白花詞一首曰：

楊白花！風吹渡江水，坐令宮樹無顏色，搖蕩春風千萬里，茫茫曉日下長秋，哀歌未斷城鴉起。

集中廑刊白文，別無線索可資省釋，子厚果何所爲，而必著錄此詞，使人長言詠歎以自感其不足乎？夫楊白花、楊大眼子，元魏胡武靈后之嬖人也，懼禍奔梁，而胡后追戀不已，宮中作楊白花歌，令宮人連臂踏之，聲甚淒斷。雖楊白花歌，比之子厚楊白花詞高下如何？吾未嘗深加比覈，然料定此終是宮中淫亂之象，持較「梁家宅裏秦宮入，趙后樓中赤鳳來」，妖豔一無遜色。獨作爲一種政治推動力看，聯同子厚所定淫破義一款，稍稍放寬眼界，曲予優容，並使一時抒情文學，多得一宗烘雲託月資料，與民同樂，故許彥周終於認定此詞爲樂府中古今絕唱，不爲無義也歟？㈠

抑有進者，吾革命成功後，社會風紀蒸蒸日上，一清如水，外人之觀國者，歎爲曩克林威爾之清教徒作風，無此深入而普遍。雖然，吾人並不以此自滿，對於歷史上上層建築之放縱遺迹，並不嚴加批判。吾領導人所頒教訓，釀成全國人民深宏廣大之世界觀，其力行準則，大抵嚴於責己，約於責人，重以懲今，輕於論古，夫是之謂異於沙文主義之大國風度。

四

徐時棟者，鄞人，字定宇，道光舉人，以京職家居著書，有讀書志，立説如左：

左傳隱四年，論六逆，賤妨貴云云。管子五輔篇曰：下不倍上，臣不殺君，賤不踰貴，少不陵長，遠不間親，新不間舊，小不加大，淫不破義，凡此八者，禮之經也。下上君臣二事外，弁次序亦復相同，左氏本管子乎？抑管子襲左傳耶？

管子雜霸論著，五輔云者，亦護衛其階級本身而已。左氏雖同一相斫書，而孔門無道桓文之事者，丘明當亦有所沾丐。管固身世在前，而書晚出，五輔列入外言，何大復曾謂外言以下，贋鼎過半，難免此段不由後人增篡。以故徐定宇提出誰先紀載之問，吾謂兩家同是加重封建桎梏，惡浪相等，孰先孰後？無須計校。獨淫破義一款，五輔解釋較寬，辭有可取。爰迻錄於下：

㈠ 本編下部卷十五有楊白花一條，闡述較詳，可參閲。

若民有淫行邪性，樹爲淫辭，作爲淫巧，以上諂君上，而下惑百姓，移國動衆，以害民務者，其刑死流。何以知其然也？曰：淫聲諂耳，淫觀諂目，耳目之所好諂心，心之所好傷民，民傷而身不危者，未之嘗聞也。

諸辭殊可補詮右讀書志說之不足。

五

作者最後校正此一論時，吾國已達革命後二十一年一階。曩擬廢除六逆名義，包括淫破義在內，以言其目，會見如下數款：一、全國不識娼妓字所包何象？在今二十歲少年之意識中，將甚難辨別與古昔相符之眞實詛詁，柳集僅一次提到妓字，且不出家庭範圍。㊀二、社會上凡依傍娼妓而生之各種職業及人物，如四扒子之類，今既見不到斯人，其義蘊自亦無人辨認明白，將來字書上且覓不著妓字。三、世界上處置娼妓，有英法兩種辦法：甲、消滅娼妓名字，而寄託浮泛淫象於一般社會，使之淡忘，如英；乙、於大都會創立公娼，絶對公開，同時掃除社會上各種闇淡淫象，管束上等階層之子女特嚴，如法。四、上兩種辦法，吾國皆不取。吾所取者，在斬斷一切娼妓組織，於職業中消滅淫毒，除老弱病殘外，務使全國無無正當行業以致遊手好閒之男女。以吾二十一年之考驗，此誼顯能達到，吾因於此補充說明。

㊀ 見本集卷十三馬室女雷五葬誌。

卷四　議辯

晉文公問守原議

一

子厚問守原議，一數百言小文耳，而其附義重大，掊擊宦寺，使人千載下、如見其戟指痛心之狀。謝枋得謂：「字字經思，句句有法，無一字一句懈怠，此柳文得意者」，吾謂與其從文章軌範立論，指稱得意名作，毋寧自立國大猷追討，號爲命世鴻文。

中唐以後，有兩大禍患，馴至亡國而有餘者，宦寺與方鎮是也。退之一代文宗，乃於此兩大禍患，不惟無一矢加遺，而且諂諛疏附，唯恐不及，豈非咄咄怪事？試觀退之在董晉幕下，送「監軍俱公」返京，稱其「材雄德茂，榮耀寵光，俯達人情，仰喻大義」，言下得意之狀，躍躍紙上。又退之流轉方州，以殘羹冷炙爲美，其迎裴度班師回朝云：「荆山已去華山來，日照潼關四扇開，刺史莫辭迎侯遠，相公新破蔡州回」，此不論何人作，皆惡詩也，而出自退之手尤惡，彼本身謬以韡刀鞠吾爲榮，不難想

見。噫嘻！吾國文苑，自有退之跨入以來，圂圕久失其臭，千年蛣蜣如丸互轉者，已無可究詰。獨子厚及其黨人，受兩大禍患之壓擯，死者死，貶者貶，公言聲討，既絶無用力餘地，而猶幸得於韋編屢絶之後，假託古人攄其憤慨，於是「弘石得以殺望之」云者，弘恭石顯二大憝下，便帶著俱文珍、劉光琦、薛盈珍等鬼影，憧憧往來。李慈銘云：「子厚文章行業，照耀千古，迄今如未死者」，吾三復守原一議，爲之拍案而起。

或曰：元和四年，退之爲都官員外郎，分司東都，判祠部。中官號功德使，司京城觀寺，尚書斂手失職，退之按六典，盡索之以歸，日與宦者爲敵。惡言詈辭，狠籍公牒，乃上書留守鄭餘慶，乞與諸郎官更判，不見允。〔以上採自程俱韓文公歷官記。〕由是觀之，退之並非不與宦官爲難，何子見之偏也？余曰：退之爲京師觀寺，起與中官爭執，此在唐室，無過雞蟲得失之事，何與於政治生命？又況所謂京師，乃東京而非長安，偏隅細故，向爲京朝貴人所不重視，如此小題大做，聲名立見飛揚，以退之尙氣之人，何難出面忿爭，拚此孤注？吾論退之本一博徒，出處大義，與子厚相異之處，明逾涇渭，未可混作一談。

二

子厚論辯文字，大抵有關當時朝局，精悍無匹之作，如晉文公問守原議，若視爲

作者心憂古人，洄溯晉故，豈非歎漢？明蔣之翹頗知此義，於輯注中自箋曰：

晉侯問原守於寺人敎鞮：……子厚之所以議之者，蓋以唐自德宗懲艾朱泚賊故，乃以左右神策天威等軍，委宦者主之，置護軍中尉、中護軍，分提禁兵，威柄下遷，政在宦人，其視晉文公問寺人尤甚矣。故此議雖曰論晉文之失，其意實憫當時宦者之禍，逮元和十五年，而陳弘志之亂作，子厚之先見驗矣。

文曰：「其後景監得以相衞鞅，弘石得以殺望之，誤之者晉文公也」，斷制何等緊迫？就中不宜謀及媟近一句，最爲綱領。推之桐葉封弟辯，並以「設有不幸，王以桐葉戲婦寺，亦將舉而從之乎？」數語顯示銅山洛鐘之妙。唐順之僅解帖括，然亦稱柳文中以封建論、守原論、及桐葉辯三篇爲各極其妙，退之集中，無此等作也。

尋中唐以後，內廷外廷倚勢相結之局，幾糾纏至國亡而不可破，以李德裕第一流人望，而不得不倚監軍楊欽義，始由維揚入膺樞近，其他可想。退之與俱文珍有連，且致序措詞，形同諂子，士論羞之。獨子厚挺然於士林中，其與王叔文策劃大事，當然首以銷滅閹宦積毒爲務。雖謀奪神策兵權，一試不成，以至貶竄終身，而其人其策，在唐史上之位置，終讓立百尺竿頭，更上一步。於是子厚私居議論，特形岸偉，誰曰不宜？

何義門於先軫將中軍一語，提出反證，謂「問原守在僖二十五年，至二十八年二

月，先軫始將中軍，時軫幷未爲下軍佐也。」此誠小節，何害大義？夫先軫以從亡舊臣，卽不將中軍，並下軍佐亦不爲，豈不足隨時爲其君備顧問乎？義門以帖括文字律柳文，宜有此種挑剔。義門又於「以附春秋許世子止、趙盾之義」有異議，謂所附不類，㊀實則春秋責備賢者，文中明言「問非失舉」，因以大義繩之，此有何難解？

雖然，義猶有進：左傳宣公二年，趙穿弒靈公於桃園，宣子未出山而復，太史書曰：趙盾弒其君，以示於朝，盾、宣子名也。又昭公十九年，許悼公疾，五月，飲太子之藥而卒，太子奔晉，書曰：許世子止弒其君買。之二事者，皆赫然弒逆案也，今晉文公、亦止於擇任一將，而謀之事非所屬之寺人耳，子厚遽爾推其所趨，並極其所往，至斷其躬犯大逆，而爽然不疑，此毋乃視天下事太易，且自信太過矣乎？曰：否，凡事機之來，一經作始，將畢必有所至，史家多言唐室之亡，亡於宦寺，而朕兆於永貞，於是經子厚指點之後，不十五年，而元和逆案暴著，誠不得不信爲談言微中之效，殊不知永貞內禪，依當時迫蹙形勢看來，順宗殂落，直不能保其非出幽崩，雖形格勢禁，天下不敢言，而以子厚躬參禁近，目入幾微，豈得矇焉無所聞知？是其所懸春秋大義，一面示儆將來，尤一面取證現在，因而不顧驚世駭俗，大書深刻如此，誰

㊀ 釗案：此責備深至耳，何不類之有？事關永貞內禪，子厚言之痛心，義門處暴政之下，加以用意膠執，何敢放開思想，理會眞實？此解別有說明，不贅於此。

曰不宜？

三

議結語云：「余故著晉君之罪，以附春秋許世子止、趙盾之義」，夫春秋許趙之義者何義也？此不能不涉想到所謂永貞逆案，與此有關，下列甲至己各條，卽闡發逆案史迹，讀者其詳之。

永貞逆案甲

二程遺書中，有呂與叔〔大臨〕東見二程先生語，明指唐太宗與肅宗皆爲簒，此所謂簒，雖迹相止於高祖因玄武門之變，而傳位文皇，及玄宗幸蜀，肅宗卽位於靈武，而誅意所在，應包括高祖玄宗之皆死於非命。范淳夫〔祖禹〕固是司馬氏弟子，而兩遊蜀洛之門，其所作唐鑑，多用程叔子〔頤〕之說，於是唐家兩朝逆案，都在憧憧往來之中，顯其陰影，而都無法證實，惟順宗臨命亦然。

永貞逆案，史無正文，卽雜記短書，亦未涉及。陳寅恪深信此事，認定續幽怪錄李復言說辛公平事，卽順宗被弑之幸存史蹟，今錄存：

洪州高安縣尉辛公平、吉州盧陵縣尉成士廉，同居泗州下邳縣，於貞元末〔原作元和末，卞孝萱校改，說見後。〕偕赴調集，乘雨入洛西榆林店。掌店人甚貧，待賓之具，莫不塵穢，獨一牀似潔，而有一步客先憩於上矣。主人率皆重車馬而輕徒步，

辛成之來也，乃逐步客於他牀，客倦起於牀而回顧。公平謂主人曰：客之賢不肖，不在車徒，安知步客非長者，以吾有一僕一馬而煩動乎？因謂步客曰：「請公不起，僕就此眠矣」，〔此眠二字，原係空白，依義校補。〕客曰：「不敢」，遂復就寢。深夜，二人飲酒食肉，私曰：「我欽之之言，彼固德我，今或召之，未惡也。」公平高聲曰：「有少酒肉，能相從否？」一召而來，乃綠衣吏也。問其姓名，曰：「王臻」，言辭亮達，辯不可及，二人益狎之。酒闌，公平曰：「人皆自天生，萬物惟我最靈，儒書亦謂人爲最靈，來日所食，便不能知，此安得爲靈乎？」臻曰：「步走能知之，夫人生一言一憩之會，莫非前定，來日必食於磁澗王氏，致飯蔬而多品，宿於新安趙氏，得肝美耳，臻以徒步不可晝隨，而夜可會耳，君或不棄，敢附末光。」未明，步客前去，二人及磁澗逆旅，問其姓，曰：「王」，中堂方饌僧，得僧之餘，悉奉客，故蔬而多品。㊀到新安，店叟召之者十數，意皆不往，試入一家，問其姓，曰：「趙」，將食，果有肝美。二人相顧方笑，而臻適入，執其手曰：「聖人矣」，禮欽甚篤。宵會晨分，期將來之事，莫不中的。行次閿鄉，臻曰：「二君固明智長者，識臻何爲者？」曰：「博文多藝，隱遁之客也」，曰：「非也，固不識我，乃陰吏之迎駕者。」曰：「天子上仙，可單使迎乎？」曰：「是何言歟？甲馬五百，將軍一人，臻乃軍之籍吏耳。」曰：

㊀ 故、疑致字形譌。

「其徒安在？」曰：「左右前後。今臻所可以奉白者，來日金天置宴，謀少酒肉奉遺，請華陰相待。」黄昏，臻乘馬引僕，攜羊豕各半，酒數㪷來，曰：「此人間之物，幸無疑也」，言訖而去。其酒肉肥濃之極，過於華陰。聚散如初，宿灞上，臻曰：「此行乃人世不測者也，幸君能一觀」，成公曰，「何獨棄我？」曰：「神祇只侮人之衰也，君命稍薄，故不可耳，非敢不均其分也。入城，當舍於開化坊西門北壁上第二板門王家，可直造焉，辛君初二更、立灞西古槐下。」〔二原作五，依義改。〕及期，辛步往灞西，見旋風卷塵，邐迤而去。到古槐立未定，忽有風來撲林，轉所問一旗，甲馬立於其前，王臻者乘且牽，呼辛速登。〔辛原作臻，依義校改。〕既乘，觀焉，前後戈甲塞路。臻引辛謁大將軍，將軍者丈餘，貌甚偉。揖公平曰：「聞君有廣欽之心，誠推此心於天下，鬼神者且不敢侮，況人乎？」謂臻曰：「君既召來，宜盡主人之分」，遂同行入通化門，及諸街鋪，各有吏士迎拜。次天門街，有紫吏若供頓者曰：「人多并下不得，請逐近配分」，將軍許之。於是分兵五處，獨將軍與親衛、館於顏魯公廟。既入坊，顏氏之先，簪裾而來若迎者，遂入舍。臻與公平、止西廊幕次，餚饌馨香，味窮海陸，其有令公平食之者，有令不食者。臻曰：「陽司授官，皆稟陰命，臻感二君也，檢選事據籍，誠當駁放，君僅得一官耳，臻求名加等，吏曹見許矣。」居數日，將軍曰：「時限向盡，在於道場，萬神護蹕，無許奉迎，如何？」臻曰：

「牒府請夜宴，宴時腥羶，衆神自許卽可矣。」遂行牒，牒去，逡巡得報曰：「已敕備夜宴。」於是部管兵馬，戌時齊進入光範及諸門，門吏皆立拜宣政殿下，馬兵三百，餘人步，將軍金甲仗鉞來，立於所宴殿下，五十人從卒，環殿露兵，若備非常者。殿上歌舞方歡，俳優贊詠，燈燭熒煌，絲竹並作。俄而三更四點，有一人多髯而長，碧衫皁袴，以紅爲褾，又有紫縠畫虹蜺爲帔，結於兩肩右腋之間，垂兩端於背，冠皮冠，非虎非豹，飾以紅罽，其狀可畏，忽不知其所來。執金匕首，長尺餘，拱於將軍之前，延聲曰：「時到矣」，將軍顰眉揖之，唯而走。自西廂歷階而上，當御座後，跪以獻上，旣而左右紛紜，上頭眩，音樂驟散。扶入西閤，久之未出，將軍曰：「昇雲之期，難違頃刻，上旣命駕，何不遂行？」對曰：「上澡身否？然可卽路。」遽聞具浴之聲，三更，上御碧玉輿，青衣士六，衣上皆畫龍鳳，肩舁下殿。將軍揖，介冑之士無拜，因慰問以人間紛挐，萬機勞苦，淫聲蕩耳，妖色感心，清眞之懷得復存否？上曰：「心非金石，見之能無少亂？今已舍離，固亦釋然。」將軍笑之，遂步從環殿，引翼而出，自內閤及諸門，吏莫不嗚咽羣辭，或收血捧輿，不忍去者。過宣政殿，二百騎引，三百騎從，如風如雷，颭然東去。出望仙門，將軍乃敕臻送公平，遂勒馬離隊，不覺足已到一板門前。臻曰：「此開化王家宅，成君所止也，仙馭已遠，不能從容，爲臻多謝成君」，牽轡揚鞭，忽不復見。公平叩門一聲，有人應者，

果成君也，秘不敢泄，更數月，方有攀髯之泣。來年，公平授揚州江都縣簿，士廉授兖州瑕丘縣丞，皆如其言。元和初、李生疇昔宰彭城，而公平之子參徐州軍事，得以詳聞，故書其實，以警道途之傲者。

曰上仙，曰昇雲，曰命駕，皆假借道家兵解之説，粉飾弑逆。李復言者，卽柳子厚代王叔文草表薦作諫官之李諒也，諒爲叔文黨人，所受永貞政變之影響，何等深至？此一沈痛紀錄，何得視爲消閒遣興之作？寅恪謂是舉子温卷投獻所爲，殆未必然，且諒草此文時，已在厠身臺諫之後，何温卷之與有？

正纂録間，得卞孝萱書如下：

辛公平上仙條，在續幽怪録卷一，（四部叢刊續集子部。）該書卷二張質條云：「猗氏張質，元和十七年四月二十一日，上臨涣尉。……」又云：「江陵張質，年五十一，元和十一年四月十一日上任，十七年四月二十一日受替人。……」案此爲故事發生之年代。又云：「元和六年，質尉彭城，李生者爲之宰。」案此爲撰寫故事之年代。文共三條，所用年號，同爲元和，但元和無十七年。據此，上兩條之元和，顯爲貞元之誤。今持與辛公平上仙條比較觀之，所云「元和末偕赴調集……」，此爲故事發生之年代；又云：「元和初、李生疇昔宰彭城」，此爲撰寫故事之年代。李生者、李復言之自稱，元和六年宰彭城，兩條吻合，故知上文之元和末爲貞元末之

訛，辛公平上仙條，實爲記載順宗被弒之資料云。孝萱考證詳明，年號遵改，並錄存其說如右。

偶閱閻百詩潛邱劄記：

唐書路隨傳：初，韓愈撰順宗實錄，書禁中事，爲切直，宦豎不喜，訾其非實，帝詔隨刊正。隨建言：臣宗閔、臣僧孺謂：史官李漢、蔣係，皆愈之壻，不可參撰，俾臣得下筆，臣謂不然。且愈所書，非己自出，元和以來，相循逮今，雖漢等以嫌，無害公誼，請條示甚謬誤者，付史官刊定。有詔摘貞元永貞間數事爲失實，餘不復改，漢等亦不罷。

此一乾枯史實，潛邱未曾附加一字，不識錄存何用？就中實錄所書禁中事何者爲失實？宦豎不喜何在？詔書所摘失實數事是何等事？原稿與改稿相差幾何？皆無法從劄記中看出。吾揣潛邱用意，原爲求索此等差別而錄存史迹，其卒也，求索不得，而欲人從字裏行間，密喻其意，仍將故事直書一通，以付後賢，劍匣帷燈，無非在永貞逆案一點上，環之而走。鄙意如是，宏識其謂之何？

永貞逆案乙

子厚自始謫，卽斷言追回絕望。洪景盧讀懲咎賦，見本傳所作序：「宗元不得召，內憫悼，悔念往咎，作賦自儆」，曾慨然爲之語曰：「逾再歲之寒暑，則謫居日月未

爲久，難以言不得召也。」〔語見容齋五筆。〕蓋此賦爲元和三年作，景盧推算，未爲不確，雖然，子厚自審所犯之爲死案，其設想不與恒人一致之處，自不爲後代之同情者所能瞭然也。子厚寄許孟容書，得罪已逾五年矣，而仍謂膏肓沈没，復起爲人，素望不敢及此，又承己在衆黨人中，罪狀最甚，所謂罪者，並自謚爲不測，則子厚深知逆黨之欲置彼於死地，否亦不願彼回朝列，以觸動其所避忌，因而彼無生入修門之望也。

此子厚謫後之所蓄意如右，至以思想褾之文字，如晉文公問守原議，則竟敢以晉趙盾及許世子止之極例終於篇，吾嘗讀宋王讜之唐語林而得其通解矣。蓋春秋時，吴人伐越，獲俘以爲閽，殺吴子餘祭，文宗在講筵以問李訓，訓慨然爲之言曰：

吴人伐越，獲俘，俘卽罪人，如今之所謂生口也；不殺，下蠶室肉刑，謂之閽寺，卽今之中使也；吴子是國君，餘祭、名也，使中使主守舟楫，餘祭往觀之，爲中使所殺。

上嗟歎，訓重言以申明曰：

君不近刑臣，君近刑臣，則輕死之道也，吴子遠賢良，親刑臣，而有斯禍，魯史書之，以垂鑒戒。

尋李訓在太和朝爲是言，太和去元和雖不足十載，而子厚已歿，倘子厚不歿，依職得

侍講之任如訓，其所言將一如訓而無違。何以言之？夫寺人敎鞮，刑臣也，猶吳之閽寺，或唐之中使也。君近刑臣，刑臣靡所不爲，在漢可以殺望之，在吳卽可以弑餘祭，臣可殺，君亦可弑。夫望之、餘祭，皆刑臣躬剚刃也，時或刑臣不得躬剚刃，而假手於他逆賊，他逆賊又不得躬剚刃，而驅遣輿臺僕妾以實其迹，復假藉異己仇敵以嫁其名，色色形形，均無不可。如晉趙盾，如許世子止，條舉件繫，時見一二，推其原，其爲禍始於刑官則一也。唐之中使，其所得爲，舉猶是也，惟吳弑餘祭，而魯史書之，唐之中使，倘有所弑，而唐史不得書，又未可知也。當時訓之意如是，子厚倘代訓言，將亦如是，子厚代訓言如是，子厚其所自著文，固早赫然而顯其如是。夫春秋距唐逾千年矣，中間推類察迹，窮源竟委，而得「近刑臣卽輕死」之最大範例，萬變莫易，訓與宗元，易地則皆然。

永貞逆案丙

永貞逆案者，疑詞也，而非定讞，惟以當時宮闈之事態卜之，政爭必然落到此一結局，請試徵之：

國史補載：

順宗風噤不言，太子未立，牛美人有異志。上召學士鄭絪於小殿，令草立儲詔，絪搦管不請，而書立嫡以長四字，跪而上呈，帝深然之，乃定。

此一小小紀載，有兩點切實可疑。一曰：牛美人有異志；從來皇位之爭，必有兩黨對立，其時牛美人可能有何異志？脫令有之，其事亦必與伾文有連，俱文珍等以此爲名，不難振振有詞，突加掃盪，依事考之，此殆捕風捉影、而欲加之罪之辭。又一曰不請而書：試思建儲何等大事，焉有不先候旨，而遽由應召學士自作決定之可能？此無異表明閹黨遵計而行，恣行脅迫，當時實無順宗自行甄選之餘地。

舊書崔羣傳載：

穆宗卽位，徵拜吏部侍郎，召見別殿。謂羣曰：「我昇儲位，知卿爲羽翼」，羣曰：「先帝之意，元在陛下，頃者授陛下淮西節度使，臣奉命草制，且曰：能辨南陽之牘，允符東海之貴，若不知先帝深旨，臣豈敢輕言？」

羣、史稱「沖識精裁，爲時賢相」，以膽氣言，鄭絪非其倫也。絪號「小心兢謙」，憲宗朝，與杜黃裳同當國，「謙默多無所事，由是貶秩。」爲問立儲之事，羣不得上旨，當廷所不敢言者，而絪能不請而書立嫡誰某，跪而上呈乎？李肇以言餂天下，取國家廢與大事，在小說體裁下，隨意塗抹，亦愚誣之極也已。

查舊書衞次公傳，所載如下：

二十一年正月，德宗昇遐，時東宮疾患方甚，倉卒召學士鄭絪等至金鑾殿。中人或云：「內中商量所立未定」，衆人未答，次公遽言曰：「皇太子雖有疾，位居

冢嫡，內外繫心，必不得已，當立廣陵王，若有異圖，禍難未已。」此與右國史補所載爲同一事，而變換言之。金鑾殿者、卽小殿也，內中商量未定一語，當卽牛美人之黨李忠言所傳言。如實論之，當時順宗寢疾沈篤，不可能面對近臣，於是穩定儲位之紀載方式，兩書互異，然此並不關宏旨。凡吾人所得據此論證者，則閹黨挾憲宗以脅順宗，謀定而動，橫恣無阻而已也。

舊書崔羣傳載：

羣臣議上尊號，皇甫鎛欲加孝德兩字。羣曰：「有睿聖，則孝德在其中矣」，竟爲鎛所構，憲宗不樂，出爲湖南觀察都團練使。

夫皇甫鎛之欲加孝德二字，旨在銷滅永貞內禪痕跡，以取悅於憲宗，崔羣敢於反對，卽暗示憲宗適得孝德之反，睿聖云云，意含譏諷，顯爲刺耳。嘗試論之，天下儘有非聖之孝子，而斷無不孝之聖人，天子之孝，謂之聖孝，於斯以聖苞孝，原是宗經常語。君子聞之，將坦蕩蕩而行所無事，小人聞之，或長戚戚而引以爲羞，此無他，其分野固在承斯言者之有無心病已耳。陳寅恪引唐書而講其義曰：

皇甫鎛以靳惜孝德二字構㈠崔羣，憲宗竟信其語，因之不樂而出羣。據此，憲宗之於其父，似內有慚德也，然則永貞內禪一役，必有隱秘不能昌言者，從可知

㈠　凡附會以成之曰構，左傳：宣姜與公子朔構急子是也。

矣。

寅恪之言微而顯，彌信。〔說見唐代政治史述論稿九十七頁。〕

永貞逆案丁

永貞元年冬十月，通鑑稱：

山人羅令則，自長安如普潤，稱太上皇詰，徵兵於秦州刺史劉澭，且說澭以廢立，澭執送長安，並其黨杖殺之。

舊書劉澭傳所載畧同，唯多「令則云：某之黨多矣，約以德宗山陵時，伺便而動」數語，又載：令則詒澭所言，「皆廢立之事。」查普潤者、秦州刺史之治所也，〔本傳作理所。〕所謂詰者，「太上皇制敕稱誥」，不過前二個月，〔卽本年八月。〕皇太子句當軍國政事後，始制令爲之。劉澭者、幽州盧龍節度怦之子，以效忠於國著稱，曾自拔所部兵一千五百人，男女萬餘口，直趨京師，在道無一人犯令，德宗寵遇，特授秦州刺史。羅令則之黨策動廢立，而指名向澭徵兵，令則且以身試險，自往遊說，其故大率因德宗曾加寵遇，而冀幸澭在擁護順宗上報恩云。

尤可怪者，通鑑載「舒王誼薨」，與此同時。舒王誼者、代宗第三子昭靖太子邈之子，以其最幼，爲德宗所憐愛，命之爲子，封王後，並拜開府儀同三司，軍國大事，幾於無不更踐，曾爲揚州大都督，持節荆襄江西沔鄂等道節度，兼諸軍行營兵馬元

帥。誼身爲諸王之長，復爲順宗友愛所加，遂不期而成爲主廢立者之無上目標，據王芸生推測，羅令則向劉澭遊説，卽是以舒王爲號召，舒王之薨，定屬幽薨，與令則之杖斃兩相呼應。

舒羅告終，適在王叔文貶竄後兩越月，密謀醞釀，可能起於伾文未貶時期，而事後毒閹俱文珍輩，不欲鋪張，外間因無人知，並可能順宗實録留有踪象，而若輩乞求刊落。其尤關重要者，事之進行，可能暗中取得順宗同意，舒羅旣殲，若輩因不得不進一步，爲芟夷本根之計，而下商臣毒手，於是順宗翌年正月殂落之涵有何種意義，不難一言斷定。

爾後憲宗被弑，吐突承璀屬意憲宗第二子澧王寬，先是憲宗在時，承璀曾爲是請，而不見納，至是欲以威權自樹，獨斷行之，卒之與王守澄、馬進潭輩忤，穆宗立而澧王與承璀俱被殺。未幾而敬宗逆案又聞，以絳王與劉克明爲一方，江王與王守澄、楊承和輩爲另一方，卒之後一方勝，而絳王克明均死。如實言之，此殆成爲中唐以後，閹寺操縱皇室繼承權之鐵律，而其始基乃自永貞開之。獨其初紀唐諸著録，包括順宗實録在內，只載憲宗經營內禪句當，而敵對一方之計劃渺乎無聞。今揭明舒王及羅令則之同時殉國，永貞逆案之形式始備，故王芸生珍視此一發見，而鄭重爲余詳道其實云。

永貞逆案戊

嘗讀范祖禹唐鑑：「元和逆案，宣宗追怨穆宗，以爲預謀。」通鑑：大中十二年二月，廢穆宗忌日，胡注：「以陳弘志弒逆之罪歸穆宗也。」而裴廷裕東觀奏記稱：

憲宗皇帝晏駕之夕，上（指宣宗。）雖幼，頗記其事，追恨光陵（按穆宗葬光陵。）商臣之酷，卽位後誅鉏惡黨，無漏網者。郭太后以上英察孝果，且懷慚懼，時居興慶宮，與一二侍兒同升勤政樓，倚衡而望，便欲殞於樓下，促成上過。左右急持之，卽聞於上，上大怒，其夕太后暴崩，上志也。

合右三種紀載觀之，而知憲宗遇弒，懿安母子實與其謀。夫懿安太后、爲郭氏尙父子儀之孫，父駙馬都尉曖，史稱「歷位七朝，（按七朝者、爲順憲穆敬文武宣。）五居太母之尊，人君行子孫之禮，福壽隆貴，四十餘年，雖漢之馬鄧，無以加焉。」外所表見，如此輝煌隆盛，誰料內性陰賊，至敢剚刃黼扆，而不以爲嫌。至穆宗亟求正位，自儕於商臣，而行所無事，尤爲逆倫巨變，難於想像。查有唐李氏，原於胡族，朱晦菴嘗訾其內行不修，宮廷雍穆之相闕如，惟胡人性很，夫婦父子之間，時或凶殘較平人尤甚，亦可作如是觀。

查穆宗爲憲宗長子，宣宗爲憲宗次子，穆宗乃郭后親生，宣宗則諸子而已。宣宗越四朝始得爲君，從而清算四朝前之逆案，可視爲史之特例。顧逆案鑿然立矣，

而宮廷諱莫如深，必欲彌縫其迹，使人不察以爲快，此在憲宗朝，或者以逆黨徧布中外，力未稍衰，操之不愼，將一發而不可收拾，因毋寧隱忍將事，乘隙始爲，然非所論於永貞也。夫永貞事過已久，異己全潰，可一切無所顧忌，而乃内宦對順宗實錄，一再指其不實，要求刊削，是又何也？說者曰：愼永貞爲愼元和，非專爲永貞也。翰林學士李肇者，當時與段文昌、杜元穎、沈傳師輩，不時奉對，與聞大政者也，其所譔國史補，固不能毫無依據，妄行採錄。凡牛美人有異志，不請而書立嫡以長云云，必爾時有異派宦寺，於諸王中別行推戴，與嫡相抗情事。觀於牛昭容、李忠言等人，史無下文交代，諸王傳中風煙淨盡，一無動作，皆可想見實錄中有某種條款，曾由路隨奉諭刊落，其所以然，則陳寅恪曾鄭重言其故矣。蓋憲宗英武之主，盛望在人，閹寺不敢牽一髮而全身動，使忠義之徒，對己族類深加誅討，同時亦恐陷憲宗於商臣、許世子止之罪，此一本事，與敬宗時迥異，不可同年而語。當寶曆季年，内難倏起，韋處厚昌言於衆：「春秋之法，大義滅親，内惡必書，以明順逆」，〔語見新舊書處厚傳。〕而内外廷俱不以爲迕，此明明以昭愍童昏，難與章武比烈，前者被戕賊，固無足爲諱也。〔昭愍、敬宗尊號，章武、憲宗尊號。〕

永貞逆案己

宋子京爲新書作王叔文傳，有一絶怪特不可理解之記載如下：

叔文母死，匿不發，置酒翰林，忠言、文珍等皆在，裒金以餉，因揚言曰：天子適射兔苑中，跨鞍若飛，敢異議者斬。

此一段與舊書全異。舊書稱：「叔文母死前一日，叔文置酒饌於翰林院，宴諸學士及內官李忠言、俱文珍、劉光琦等」，餘語概不載。查母死前一日，與母死匿不發，二者之區別性，何等重大？子京悍然作此記載，其欲多方蹈隙以坐罪叔文，不問可知。果爾，天子射兔云云，雖不悉子京從何處得此秘材，而其下筆時，固不含絲毫左袒叔文之意，更不待問。然則子京此一嶄嶄特異之記錄，其所影響於唐史將何若耶？史載順宗病喑不朝，與叔文言跨馬若飛，事不兩眞。如眞在後者，則順宗實錄、新舊唐書、又資治通鑑一切著錄，永貞朝將無一字足存。而永貞逆案也者，合之後來崔羣不願上憲宗孝德尊號，推類而並觀，其可信之數乃絕大。

四

吾國宦寺史上，有二大事遙遙相望，一晉文公問國計於寺人教鞮，一中唐不用王叔文是。之二事者，一積極，一消極，而皆印合於楚屈蕩：「君以此始，必以此終」之遠大論斷。吾曾草唐末政治形勢一文，又曾評述趙甌北記唐代宦官之禍，俱用附於子厚問守原議之後，讀者其詳之。

王西莊蛾術編李義山條：有一段所見甚遠，節錄如下：

登霍山驛樓詩，呼劉稹爲狂孽，……明爲宦官吐氣，義山之詩，稍覺自相矛盾。〔指重有感詩、以竇融比陶侃，鷹隼比劉從諫。稹、從諫從子，從諫沒，稹反迹未露，朝廷遽命討之。〕文宗受制家奴，困辱以崩，武宗雖似英略，然爲仇士良所立，受制亦同。蓋自憲宗中興，能平藩鎮，而宦寺之權，轉從此起。此後禍本皆在中人，而其原則在不用王叔文故也。

查唐室從順宗永貞，算至哀宗天祐三年，恰是一百年，卽公元八百零五至九百零六年，而唐亡。此一百年間，皇室廢立之權，完全操於宦者之手，毫無例外。倘叔文於永貞得志，先收北寺兵權，從而向外削減藩鎮，唐室末造之政治局面，將決不如今所了解之濁亂顛倒現象，而朱全忠之禍，或可於無形中豁免，李唐命運，多延幾年。無如叔文一敗，萬事瓦裂，李氏子孫，遂展轉玩弄於閹寺之手，宗社隨之銷亡。此西莊所謂其原在不用叔文之故，可云一語破的，玆請徵舊唐書宦官楊復恭傳證之。傳末云：

是月，〔昭宗光化三年正月。〕全忠迎駕還長安，詔以崔胤爲宰相，兼判六軍諸衞。胤奏曰：高祖太宗時，無內官典軍旅，自天寶以後，宦官寖盛，貞元元和分羽林衞爲左右神策軍，令宦官主之。自是參掌樞密，內務百司，皆歸宦者。不翦其本根，終爲國之蟊賊。內諸司使務，宦官主者，望一切罷之，諸道監軍使，並追赴

闕廷。詔曰：其第五可範以下，並宜賜死，其在畿甸同華河中，並盡底處置訖，諸道監軍使以下，及管內經過並居停內使，勅到，並仰隨處誅夷訖，聞奏。其左右神策軍，並令停廢。

陳寅恪於其唐代政治史述論，引右傳加案曰：「舊傳所載崔胤之奏及答詔，乃中古政治史劃時代之大文字。」夫大文字者何也？曰：結束三百年李唐天下之文字，云何不大？問嘗論之，崔胤者、志近王叔文，而跡則適相悖謬。蓋叔文乃心唐室，孤立無援，以一己性命，與唐室運命相搏，而胤則立於朱全忠之側，一切假全忠之力爲之。夫國有大癰，始徐砭之，國可活，終驟決之，國立亡。所謂投鼠忌器，鼠滅而器亦相與俱壞，叔文與胤同治一事，而跡與效均大異者，職是之故。由是以知：叔文柳子厚等計劃之成敗，與李唐存亡之關係，不啻復育之於蟬，濫觴之於海，輕其作始，而傷其將畢，直大愚不靈之目論而已。韓退之與子厚同官，並號與劉柳偏善，而乃悍然左袒俱文珍，訾叔文爲共工驩兜，以沮塞矯枉救蔽之百年大計，何兩人度量之相越一至如此？

左傳楚屈蕩曰：「君以此始，必以此終也。」其後范曄撰後漢書，於宦者傳踵其義，自鄧后以女主臨政，下令不出房闈之內，不得不委用刑人，寄之國命。既而孫程立順，曹騰建桓，舉動回山海，呼吸變霜露。遷延以至袁紹龔行芟夷，以暴易亂，魏

武因之，遂遷漢鼎。「所謂君以此始，必以此終，信乎其然矣」云云，惟唐事亦非例外。昭宗光化詔書，陳寅恪所號爲劃時代之大文字者，其詳可得複述一二。如「先皇帝嗣位之始，年在幼沖，羣豎相推，奄專大政。毒流海內，兵起山東，遷幸三川，幾淪神器。田令孜妒能忌功，遷搖近鎮，陳倉播越，患難相仍。洎朕纂承，益相侮慢，幽辱朕躬，凌脅孺子，視將相若血仇，輕君上如木偶，未周星歲，竟致播遷。及在岐陽，過於羈紲，上憂宗社傾墜，下痛民庶流離，茫然孤居，無所控告。先朝及朕，五致播遷，王畿之甿，減耗太半，父不能庇子，夫不能妻室，言念於茲，痛深骨髓，其誰之罪？爾輩之由」等語，歷數宦者罪惡，可謂淋漓盡致。語其歸結，則詔書先已聲明：「全忠位兼二柄，深識朕心，駐兵近及於三年，獨斷方誅於元惡。」卒以肅清宦寺絶其本根之重責，付之極惡窮凶坐待篡敓之權奸，旋乃禁闥朝清，宗社夕屋，人削瓣而致命，賊應教而奪門。漢唐告終，同趨一軌，屈蕩發微於先楚，西莊釋例於中清。由是以何始者，卽以何終，以及唐不用王叔文，委爲社稷傾覆之禍本，史迹昭彰，奕禩不爽云。

五

陽湖趙翼著廿二史劄記，在唐代並無一字涉及永貞之變，獨於宦官之禍，紀述甚詳，文長近兩千言，不錄。

此唐史宦官之局一筆總帳，甌北條列件繫，羅羅清疏，毅然斷定：由於其始誤假以權，致成尾大不掉之勢，而其樞紐，實在德宗之末，憲宗之初。倘其時叔文之策得行，後來北司掌兵，敕使亂政，所致中唐以後七八代君主立廢生殺，全操於宦者之手，卒之朱全忠誅宦淨盡，唐亦隨亡，此一悲慘局面，完全可免。由斯以談，叔文劃策，關係於唐之存亡，何等重大？子厚立議非毁寺人，不使與聞政事，識見何等卓絶？顧韓退之與子厚同時，在宦權萌蘖初成階級，不廑不主持正誼，同張撻伐，而反溝通權奄，竭盡諂諛，且指斥唐室百餘年唯一先識遠見、捨身救國之王叔文爲共工，爲驩兜，爲鯀，以投畀豺虎有北然後快。雖對子厚尚存有同官義分，而詩歌誚讓，層出不已。匪親非朋云者，意若謂：此等「才俊」之士，不得與「材雄德茂、榮耀寵光」〔退之送俱文珍序中語。〕之宦寺爲伍。嘻！退之祇知求官，無意衛國，稍經摧折，怨悱百端，何其政識之低下，而干進之可醜也！通鑑稱：咸通初年，〔懿宗朝。〕「士大夫深疾宦官，事小有相涉，則衆共棄之。建州進士葉京、嘗與宣武軍宴，識監軍之面。既而及第，在長安，與同年出遊，遇之於塗，馬上相揖，因之謗議諠然，遂沈廢終身，其不相悦如此。」夫退之之於宣武軍監軍，〔卽指俱文珍。〕不止識其面，而且知其心，程度深於葉京，何啻千百？而彼此在社會上所得之毁譽，適爾相反。所謂是非易明於成敗之後，患難難概於醖釀之年，當憲宗横被陳弘志弑逆，子厚已歿於柳州，而退之之

仕路開暢，不識此「文如太宗武高祖」之神武皇帝，在退之斯時之心目中，作何擬議？

甌北記唐代宦官之禍，其結論曰：唐誅宦官，慘酷不減東漢，至有無鬚而誤死者。「宋景文謂：灼木攻蠹，蠹盡而木亦焚，而抑知其始、不過假之以權，掌禁兵，筦樞要，遂致積重難返，以至此極也哉？」吾結吾論，亦從二人之言而云然。

駁復讎議

一

復讎議、韓柳兩家均有之，而所議非同一案，元和六年秋九月、通鑑載：

富平人梁悅報父仇，殺秦杲，自詣縣請罪。敕：復讎、據禮經則義不同天，徵法令則殺人者死，禮法二事，皆王教之大端，有此異同，固資論辯，宜令都省集議聞奏。職方員外郎韓愈議：以爲律無其條，非闕文也，蓋以不許復讎，則傷孝子之心，而乖先王之訓，許復讎，則人將倚法專殺，無以禁止其端矣。故聖人丁寧其義於經，而深沒其文於律，其意將使法吏一斷於法，而經術之士得引經而議也。宜定其制曰：凡復父讎者事發，具申尚書省集議奏聞，酌其宜而處之，則經律無失其指矣。敕：梁悅杖一百，流循州。

辭本退之復讎狀，顧子厚駁復讎議，所據爲天后時同州下邽人徐元慶事，與退之狀並非同案。其所以然者，則退之時爲職方員外郎，以當官議當案，於法有據，而子厚則貶在遠州，不與其事，勢不得援同案而參末議，如強爲之，是爲出位之思，物論所非。故其搜討舊案，以天后諫臣陳子昂爲的彀，期與當朝梁悅現案相避，文中不提退之狀一字，乃勢不得不然，應須昭察。

二

何義門於駁復讎議下記云：

駁陳有餘，若折典法之中，則必待韓議而後定也。李云：兩下相殺，及以上誅下，韓辨別分明，柳則質爲一條而已。合此兩篇義與詞觀之，便定韓柳優劣，或言柳議過韓者，不知文者也。

駁陳者，陳指子昂。夫韓柳復讎二議，是非曲直，一目了然，惟義門處康乾暴政之下，文網迭興，刊章密布，以上誅下，誰敢有異詞？退之以凡見誅官吏，如公羊所稱，不可議於今，之數語者，不期而聳爲金科玉律，義門之所以軒韓而輊柳者，其竅要在此。然則假藉以上誅下之名，枉直都不可議，如退之之說，則公羊傳所謂不受誅爲虛文，讎乃禁臠，勢不可動，爲問禮法異同，都省集議，若輩所職何事乎？柳州主張復讎之用異，而本則合，究竟有可合之本焉否乎？父不受誅，子是否終有復讎之權

利乎？退之謂不可議，子厚求統於一，二律背反，眞理將在何方乎？李安溪謂兩下相殺，及以上誅下，韓辨之甚明，柳則質爲一條，此恰是柳之勝韓處，是柳之尋求眞理，而韓諂諛專制處。義門謂或言柳議過韓爲不知文，吾則謂義門言韓議過柳，非但不知文，且不知法，又非但不知法，直不知恥。

蓋聖人之制〔至〕又何旌焉下記云：

李云：議論在韓範圍之中，猶不若韓之渾涵，蓋聖人制法所難明著者，今固不得而明著之也。

安溪此論甚怪。安溪理學，原是一篇胡塗賬，於此論又何尤焉？吾知法律文字，以明確爲第一義，詞涉渾涵，法何取焉？如聖人制法所難明著者，後人卽不得而明著之，則從來一切傳疏工夫都可廢，且聖人制法，果何事難於明著，亦殊難解。

春秋公羊傳〔至〕則合於禮矣下記云：

公羊之說，蓋謂父以非罪見殺於君者也，安得並引以斷兩下相殺哉？此柳子少年之作，於治經尙疏，至復讎不除害五字，不知裁翦，乃小失耳。

義門於復讎不除害五字，似未了解，因有不知裁翦之論。須知子厚之意，謂復讎包涵二義：第一義當然是復讎，第二義卽爲除害，父不論原有罪與否而受誅，則子之殺人，於復讎誠無愧，以云除害，使讎人之子孫，於方來永遠不記斯恨，則目的仍未達，

故曰復讎不除害。子厚持論，以公私統於一爲主旨，義門遽以柳子少作輕之，殆失之疏闊也。

三

復讎議、韓柳兩家皆有之，爲問誰之理長乎？吾意此可以引經決之。退之引周官曰：「凡報仇讎者書於士，殺之無罪」，言將復讎，必先言於官，則無罪，子厚駁復讎議，絶不引此。王介甫作復讎解，雖不涉韓柳所議，而於周官之説，頗肆排擊。其言曰：

周官之説曰：「凡復讎仇者，書於士，殺之無罪」，疑此非周公之法也。凡所以有復讎者，以天下之亂，而士之不能聽也，有士矣，不使聽其殺人之罪以施行，而使爲人之子弟者讎之，然則何取於士而禄之也？古之於殺人，其聽之可謂盡矣，猶懼其未也，曰：「與其殺不辜，寧失不經。」今書於士則殺之無罪，則所謂復讎者，果所謂可讎者乎？庸詎知其不獨有可言者乎？就當聽其罪矣，則不殺於士師，而使讎者殺之，何也？故疑此非周公之法也。

介甫之言甚辯。查韓集中之復讎狀有錯簡，文於引周官後，不知所下己意何似？如其以周官之説作證，則韓議將遠劣於柳議，而介甫所論，似補韓議所不及處，不啻申柳而抑韓。

四　爲縣尉趙師韞所殺：　師韞初爲下邽尉，後爲御史，元慶變姓名於驛家傭力，久之，師韞以御史舍亭下，元慶手刃之，自囚詣官。

違害者不知所立：　知人報仇而避之，是謂違害。

若元慶之父：　吳摯父云：若元慶之父，濟美堂本作若君之父，此當是君下脱先字，元慶文粹作君先。

奪其吏氣：　漢書王尊傳：吏氣傷沮。

枕戈爲得禮：　居父母之仇，寢苫枕干，不仕，弗與共天下，見禮記。　枕干、枕戈類語。

處心積慮：　語見春秋穀梁傳：「何甚乎鄭伯？甚鄭伯之處心積慮也」，鄭伯、指克段於鄢之莊公。

是非死於吏也：　樓昉曰：死於吏死於法等語，剖判精詳，眞辨折得倒。

復讎不除害：　害、指先殺人者奮其吏氣，虐於非辜。　凡復讎合禮者，私以復人子之讎，公卽除國家之害，若推刃，則祇復讎而非除害矣。　不寧唯是：害字可能推廣一層，因復讎又種下反復讎之根基，以致親親相讎，此害字與上文違害者不知所立，各自守其領域，義不相犯。　廖注云：「定四年公羊傳之文注云：一往一來曰推刃，不

除害、謂取讎身而已，不得兼其子」，此謂復讎只於及身而止，不得兼其子，恐非公羊之義。 春秋許復九世之讎，上言父不受誅，子復讎，此當然謂及身復讎可，復之於其子若孫，均無不可，所謂親親相讎，必如此解始通。 凡此皆指父不受誅而言，若父受誅，則子義不得復讎，微特殺讎之子不可，卽及身報之亦不可，此處之復讎不除害，廖解實屬杈枒不合。 若謂及身復其讎矣，不得同時爲除害計兼殺其子，又顯爲贅義，與受誅不得復讎之本旨無涉。 或曰：風俗通：「李廣殺霸陵尉，上書謝罪，武帝報曰：夫報忿除害，捐殘去殺，朕之所圖於將軍也。」報忿猶言復讎，復讎除害乃常語，害卽在所讎之中。 若復讎而所復非其人，則讎雖復矣，或害並未除，如惹起下一代之反復讎，抑所除非害，如先殺人者之爲奉法之吏，故曰復讎不除害。 是說也，所包彌廣，因錄存之。

以斷兩下相殺： 兩下相殺，是法律用語，猶言人相殺。 後魏刑法：「人相殺者，聽與死家牛馬四十九頭，及送葬器物以平之，無繫訊連逮人」，斷法離奇。 兩造具備，與兩下相殺爲一類語，周書呂刑：「兩造具備」，蔡傳云：兩造者、兩爭者皆至也，周官以兩造聽民訟，具備者、詞證皆在也，獨兩造具備，惟讞鞫時得用之，兩下相殺，惟事殺時得用之，皆不可作彼此二人之通稱看，參閱胡鳴玉訂譌雜錄。

其不可以爲典明矣： 錢穀曰：以上論旌誅不可並，至此以達理聞道與元慶，而

深抑當時之議誅者，甚有着落。

五

子厚著駁復讎議，引春秋公羊傳曰：「父不受誅，子復讎可也，父受誅，子復讎，推刃之道也，復讎不除害。」㊀復讎不除害下，何休學曰：「取讎身而已，不得兼讎子，復將恐害己而殺之。」時子胥因吴之衆，墮平王之墓，燒其宗廟而已，昭王雖可得殺，不除去。」廖蔣諸家，皆尊何注，重復援引，吾意不謂然。蓋子胥領吴師攻楚時，平王已物故，倘復讎而限於取讎身也，則讎身既没，復讎即無意義，根本不應與師動衆。須知子胥舉兵，其的彀明在昭王，獲昭王而殺之，當認爲求仁得仁而恰如其分之舉。爾時昭王之不被殺，乃昭王得間逃去，非子胥義釋之也。或以鞭尸爲言，夫鞭尸本稗官之言，不足信據，倘眞有其事，亦出於子胥一時忿激，無當於復讎本恉。蓋闢棺露屍，不人道之極致，觀於子胥面干闔廬，頌言孝義，又陳述諸侯不爲匹夫興師，此其自持何等鄭重？夫以憂中國之大義始，而以椓屍體之兒戲終，諒非口稱事君猶事父如子胥者所樂爲，由是公羊傳復讎不除害一語，應涵何詁，亟須斟酌。

春秋大齊襄復九世之讎，夫紀一小國也，讎至九世而後克之，可見復讎非易事，而亦事之絶不容已，以邵公精研春秋，此義不得諉爲不知。吾今請釋之曰：害者何？

㊀　按此語前條已釋，因涵義複沓，重復申理。

害於己也，父不受誅，誅父卽爲傷義，子復讎，子於私爲復一己之讎，於公卽除一傷義之賊。反之，父受誅，誅父並無妨於義，父誅既無妨於義，則子復讎爲强辭，止於推刃於人而已。於是人以刃來，而我防之，亦說不上除害，夫是之謂復讎不除害。

戴宏春秋公羊傳序云：子夏傳之公羊高，高傳其子平，平傳其子地，地傳其子敢，敢傳其子壽。至漢景帝時，壽乃與弟子胡母子都、著以竹帛，其後傳董仲舒，以公羊顯於朝。又四傳至何休，爲經傳集詁，其書遂大傳。由右觀之，公羊在其本家四傳至壽，壽展轉傳於董仲舒，由仲舒又四傳始至何休，休之去公羊高也，其亦遠矣，誰敢保其不背高旨？又休學號稱集詁，則詁從何得？誰復知之？夫復讎不除害一解之不本於高，事至顯白，獨休緣何致誤，驟未能明。又子厚引公羊而不取何詁，文義昭然，此解精詳，願以異日。

尋退之元和聖德詩寫刑場慘狀云：「取之江中，枷脰械手，解脫攣索，夾以砧斧。婉婉弱子，赤立傴僂，牽頭曳足，先斷腰膂。次及其徒，體骸撐拄，揮刀紛紜，爭刌膾脯。」此詩元和二年作，與六年梁悅案發露，相去甚近。於以推見作者執筆時之獰惡面貌，以至完全忘卻儒家泛愛親仁，墨家上同兼愛，二師不相用不足爲孔墨之本然大道。而且公羊束之高閣，凡何休釋明復讎不除害，所謂取讎身不得兼讎子諸微言大義，一概無所知曉，噫嘻！

桐葉封弟辯

一

子厚所爲桐葉封弟辯，一三百字小文耳，乃坊刻本必選之作，庸童小夫，大抵耳熟能詳，特其中所涵政治意義，指摘當時朝議情況者，未必人人能解。

文中所表示者爲二大義：一、王設以桐葉戲婦寺當如何？婦特陪筆而已，而寺人最置重。二、君不當束縛馳驟，使若牛馬，急則必敗。查子厚當時所處形勢，其與王叔文爲敵者，以宦人爲急先鋒，俱文珍外充監軍，劉光琦内管樞密，一陰握方鎮之柄，一陽奪宰相之權，而皆以君令行之，此二事不加釐革，國事將無一可爲，而此又決非咄嗟所能辦到。叔文得君之專，自不待言，而順宗瘖不能言，安知非心有成算？叔文往往遇事，悍然以己意行之，如動議殺劉闢，叔文矢口而出，幾浸忘有上請君命一事，非君臣一心，默喻有素，又安能如此？吾嘗論叔文黨内，有急進緩進二派，韋執誼是緩進領袖，子厚所見，或亦偶與執誼同符。宋子京譏叔文爲沾沾小人，與子厚所云欻欻小丈夫，用意雖有惡訕與隱慮之不同，而所指殆歸一嚮。由是以知子厚此文，重在諷示叔文，使力避束縛馳驟，徐卽於從容優樂之道，而不爲宦寺所中傷，成王桐葉云云，亦借題發揮而已。外間屢以躁進譏子厚，退之亦云子厚不自貴重，

若輩豈足以知子厚憂心如焚，及婉而多諷之微意也哉？

凡子厚文中，曰中曰當，（去聲。）皆關目語，皆從陸文通學春秋所得而來。此文先云：「要於其當，不可使易」，又云：「要歸之大中而已」，兩字接連用上，可見作者下筆時之沈著矜慎。又子厚用當字，或作形容詞抑名詞用，讀去聲，或作動詞用，讀平聲。本文「王之弟當封」，與「不當封」，平聲讀，其後「未得其當」，及「要於其當」，去聲讀，兩相呼應，凡此皆春秋筆法也。至呂祖謙評此文云：「此篇文字，一段好加一段，大抵做文字，須留好意思在後，令人讀一段，好一段。（本東萊先生古文關鍵。）」此開茅坤、儲欣輩批點制藝之風，頭巾氣重，一無是處。

子厚行文，以「合古今，散同異」六字，爲之準則，（語見陸文通墓表。）故凡論古之作，皆屬箴今，如問守原及本篇，最爲顯例，子厚熟精春秋義例，運用不窮。

封唐叔，說苑謂周公事，史記晉世家謂史佚所爲，文從史記，設一宕筆。

二

文以載道，文家口頭禪也，李翱亦云：凡學爲古文者，乃悦古人之行，愛古人之道。然則所謂道者，其詁義當如何？或曰：天不變，道亦不變，以道字冠古今而一之，乃文人之所有事，子厚則絶對不作如是看法。子厚言道，與他文人同，但言道同時言中，謂必協乎大中者，始得謂道。蓋子厚從陸淳治春秋，彼認爲春秋之微言大

義，在「章明大中」，與呂恭書言：「立大中者不尚異」，而在桐葉封弟辯之一小文，亦謂：「周公輔成王，宜以道從容優樂，要歸之大中而已」，此可見道字方出口，而下即以大中字乘之，子厚之意，乃謂道無往不叶乎中，而大中所在，亦即道之所在。雖然，中也者，將受時代性之變化乎？抑否乎？問嘗論之，春秋時之所謂中，容在唐室視之，未必爲中；周公輔成王時之所謂中，容在永貞政變時視之，亦未必爲中。夫如是，中與道，隨時代之遷移，殆無法吻合一致也明矣。子厚於此，把定中字以爲准的，凡切合時代，準情合理，而我詁爲中者，縱令律之古所謂道，而有所出入，毋寧守中以合道，決不徇道以毁中。吾意子厚言道，與退之及宋儒之所職守，以及清桐城派之所謂義法，其不同處在此。子厚云：「聖人之道，不益於世用」，所謂不益於世用者，即指不叶乎中。果不叶乎中，即明白確定爲聖人之道，亦不容不有變易，文人中具此膽識，千古殆惟子厚一人。

文以載道之外，又有因文見道一語，亦講理學者之口頭禪，明晉江蔡清、號虚齋，嘗主此。清初錢塘鄭江、字筤谷，駁之曰：「蔡虚齋固善人，然惜其學之陋也！因文見道，已屬膚廓，豈有因帖括講章之文而見道者？使今世横目二足之徒，挾兔園册以論學，則蔡氏爲之厲也」，語見全謝山鄭筤谷墓碑。

清儒王懋竑曰：「文者載道之器，而伊川程子亦言：韓子因文以見道。夫苟能好

古，得於辭而通其意，其於道也，已十之四五矣。〔語見白田草堂存稿。〕」是說也，倘鄭篔谷見之，必且曰：王白田亦善人，惜其學之陋尤甚於蔡虚齋。

三

嘗謂子厚論政，動以防微杜漸爲中心思想，其於從來輕視曲突徙薪，而崇獎焦頭爛額之急迫馳驟辦法，心焉非之，此其意於晉文公問守原、及桐葉封弟兩小文中，表顯綦明，中邊俱澈，識者從無間言。

桐鄉俞桐川、名長城，清初進士，嘗爲讀說命一篇，人以爲仿子厚桐葉封弟辯爲之，〔平景孫霞外攟屑、卽持此說。〕愚則謂此文誠有所仿，然與謂仿封弟辯也，毋寧謂仿問守原議尤爲切似。文如下：

史稱高宗夢帝賚弼，以形旁求，得傅說用之，遂以爲相，其說誣也。古人君之用賢也，不詢左右，不謀廷臣，察於輿情，而決於獨斷，猶懼其疏也，奏以言，試以功，嚴於三載之考績，如此其愼也，烏有憑一夢而用爲相者哉？武丁賢王，傅說賢臣，賢與賢遇，必有眞知而灼見者，豈高宗素無知人之明，必賴夢以啓其衷耶？豈傅說素無自見之才，必賴夢以作其合耶？設帝不錫之夢，豈高宗終其身而不言耶？設不幸而說非賢者，將信其人耶？抑棄其人而並棄其夢耶？吾謂高宗得賢相，但當問其賢不賢，不當論夢與不夢，謂得人而符其夢則可，謂因夢而求其人則

不可，異日者，叔孫豹夢豎牛以破其家，梁武帝夢侯景以亡其國，則高宗之夢誤之也。然則說命不可信乎？曰：吾信其君臣之相得，進學之方，與爲治之術，可矣，其遇合之故，不信也，借曰有之，不可訓也。後世之用人者，或以卜筮，或以歌謠，或以符讖，卒以亂天下，往往而有，不可不辨。然吾聞商俗尙鬼，意者高宗素知說賢，恐羣臣不信，託於夢以神其用乎！審如是，則吾不能知矣。

觀文中「異日者，叔孫豹夢豎牛以破其家，梁武帝夢侯景以亡其國，則高宗之夢誤之也」，此全仿「其後景監得以相衞鞅，弘石得以殺望之，誤之者晉文公也」，明眼人不難一覽而得。

平景孫曾置評云：

末段別出一波，將全文化爲煙雲，即柳州「或曰史佚成之」之作法。第此段本升菴外集傳說條中或人之說，升菴已駁之，桐川特取之，文法本柳州辨，而議論則略取徐仲光夢卜論，讀者亦不可不知。周犢山讀書雜記夢賚一條，則又本之桐川。

此見仁見智，任讀者爲之，無取更置一詞，桐川所著曰可儀堂集。明徐仲光、名謙，嘉興人，精於醫。周犢山、名鎬，吾幼時從三山合稿知其人，三山者、管韞山世銘，陳句山兆崙與鎬也，鎬文豐贍有才氣，犢山在太湖中，吾曩遊湖舟過其旁。

四

清初有王珻者，著一小文駁子厚，茲摘録其中一段如下：

凡人君之言，當論其是與非是，不當問其戲與非戲。果非是，雖朝出而夕更之不爲過，果是，則惟是之行，是則不得謂之爲戲也，在王出之爲戲，在周公聽之爲正。夫人臣之事君，能因事納誨，獎順其君之美，使戲者亦無不歸於正，斯其用意深矣。若必沾沾曰：是戲也，必不可行，待其戲既寢，而又曰：是必不可不行，則凡事之行止前後，惟臣意之所變，而天子不得自行其意，此徒足重君心之難，而事之得相與有成者，不亦寡乎？

王珻字韞輝，號石和，山西盂縣人，康熙丙戌進士，充三朝國史館纂修官，晚爲晉陽書院山長。此文駁子厚至微末，評者謂柳州本自留間，乘間攻入，探情挾理，都覺簡切。

辯列子

一

讀子厚辯列子一文，有可言者數事：一、列子在唐號沖虛眞經，爲朝野推重，因此子厚考訂，逾常認眞。二、鄭繆公立於周襄王二十五年，生年無可考，約略推之，

當在周莊王與惠王之間，而孔子則生於靈王二十一年，相去大概在一百年弱，所謂前幾百歲者，幾字作平聲讀，言庶幾百歲也。三、文中周及各諸侯年分，皆據史記年表。四、張湛字處度，東晉人，曾注列子。五、楊朱、力命，爲列子二篇名；魏牟、文侯子；孔穿、孔子之孫，公孫龍弟子也，見列子仲尼篇。

按子厚之說，多本劉向，其以列子爲鄭繆公時人，亦向所論定。向校定列子上疏云：

……列子者，鄭人也，與鄭繆公同時，蓋有道者也，其學本於黃帝老子，號曰道家，道家者秉要執本，清虛無爲，及其治身接物，務崇不競，合於六經，而穆王湯問二篇，迂誕恢詭，非君子之言也。至於力命篇一推分命，㊀楊子之篇唯貴放逸，二義乖背，不似一家之書，然各有所明，亦有可觀者。孝景皇帝時，貴黃老術，此書頗行於世，及後遺落，散在民間，未有傳者，且多寓言，與莊周相類，故太史公司馬遷不爲列傳。……

此疏上於永始三年八月，永始者、漢成帝年號也，三年爲公元十四年，去景帝貴黃老術時，約一百二十年。向疏首云：「所校中書列子五篇」，中書者、中秘書也，是列子

㊀　分、去聲，分際之分。力命篇云：「生生死死，非物非我，皆命也，窈然無際，天道自會，漠然無分，天道自運」，此分與命之說也，凡事皆推委於分與命，是謂一推分命。

當時猶未得流通民間云。

由鄭繆公訂正爲鄭繻公，殆始於子厚，此文後遂沿爲定論。宋林希逸口義綴於向疏後云：

列子、鄭人，列姓、禦寇名也，莊子多稱其人，必有道者也，與鄭繻公同時。繻公殺其相子陽，去春秋獲麟之歲庚申五十年矣，其書曰：子陽饋列子粟，列子不受，俄而子陽見殺，則以時計之，列子必後於孔子，而居孟子之先，故其書多推尊吾聖人以自神其說。然太史公爲老莊立傳，猶及老萊、關尹、庚桑楚諸人，而獨不及列子，亦不言其有此書；班固所志藝文諸略，雖有八篇之目，而張湛處度以爲奇書，云其祖得於仲宣（王粲。）輔嗣（王弼。）之家，永嘉（晉懷帝年號。）之亂，旣失而幸全，則其書亦散軼久矣，卷首校讎數語，其果出於劉向否也？其曰與鄭繆公同時，必繻字傳寫之誤，而鄭溪西（樵）羣書會紀、晁氏讀書記並因之，又以繆爲穆，此皆未深考者。又曰孝景帝時頗行於世，若其書果出景帝時，太史公因何未見？果見之，不應遺列子而不入傳也。今觀其書首尾二篇，以天瑞說符名之，其他六篇，則掇首章二字而已，又篇中文字，或精或粗，殊不類一手，其曰穆王湯問，失之迂誕，力命楊子，義亦乖背，必非一家之言，縱其語未必出於劉向，實當此書之病。洪景盧謂列子勝莊子，則失之矣，然其間文有絕到之語，決非秦漢而下作者所可及，愚

意此書必爲晚出，或者因其散軼不完，故雜出己意，且模倣莊子以附益之，然其眞僞之分，瞭如玉石，亦所不可亂也。

嘗論周秦諸子所認爲眞僞混者，其所以定爲眞或僞之標的，大抵不外二千年來儒家專制之帖括思想，卽林希逸之鬳齋口義，亦不能例外。於是鬳齋以爲眞者，必其推尊吾聖人之所謂神說，以爲僞者反是，此殆全然缺乏物理客觀基礎，而並不知中國之所謂九流，乃八流與一流爲難，而自尋出路，換而言之，卽道墨名法諸家，一致與儒家爲仇，而欲摧陷廓清之也，此其義、至清末陳蘭甫恍有所得，咄咄怪事。陳於讀書記立說云：

列子云：「孔子曰：曩吾修詩書，正禮樂，將以治天下，遺來世，非但修一身，治魯國而已，而魯之君臣，日失其序，仁義益衰，情性益薄，此道不行一國與當年，其如天下與來世矣，吾始知詩書禮樂，無救於治亂，而未知所以革之。〔仲尼篇。〕」此假託孔子之言，不足與辯，但觀其言，則凡道墨名法諸家，所以自爲其學者，皆以爲孔子之詩書禮樂，無救於亂，而思所以革之也，此道墨名法諸家之根源也。

孔子之詩書禮樂無救於治亂一語，此列子倡之，兩千年來，竟無一人能理喻此義。非惟不圖改革，而反一味從詩書禮樂中，苦討生活，如塗塗附，膠結而不可解，一步而不可出，使國家癱瘓如陳死人，以迄於今。中唐之世，僅得柳子厚一人，了知革詩書

禮樂，革字作何意義？乍一涉思，而身已竄敗，同黨星散，後起無人，必至兩千年後，始得有機會，將子厚之思想系統，略加整理，以昭告於天下後世，抑何可歎？

東塾者，一清儒中之畸人也，彼從鄒特夫遊，能以晚近算術，詮釋墨子，讀書記中亦稍有記載，偶遇難題，輒爲興歎曰：「惜特夫已逝，如其尚存，當能解之」，嘻！鄒陳者，亦百歲微強之老人耳，倘其並存，定能貫串古今，溝通中外，放一異彩。特蘭甫者，不脱儒家者流，彼不能不有門面語以資肆應，如云：「此假託孔子之言，不足與辯」，門面語正類此。

蘭甫記列子可取者若干語，並錄如次：

天地無全功，聖人無全能，萬物無全用。（天瑞）

生者理之必終者也，終者不得不終，亦如生者之不得不生。（同上）

一體之盈虛消息，皆通於天地，應於物類。（周穆王）

人未必無獸心，禽獸未必無人心。（黄帝）

聖人不察存亡，而察其所以然。（説符）

治國之難，在於知賢，而不在自賢。（同上）

二

王元美「讀書後」卷一、讀列子條云：

吾始好列子文，謂其與莊子同敍事，而獨簡勁有力，以爲差勝之，而柳子厚故謂列子辭尤質厚，少譌作；最後稍熟莊子，始悟列子之不如莊子遠甚，凡列子談理引喻，皆明淺，僅得其虚泊無爲，而莊子則其出世處世之精妙，有超於揣摩意見之表者，至其措句琢字，出鬼入神，固非列子之所敢望也。吾意列子非全文，其文當缺，而後有附會之者，凡莊子之所引微散漫，而列子之所引則簡勁，疑附會之者因莊子之文而加剷琢者也。柳柳州列子辯，獨舉劉向所稱爲鄭穆公時人，以穆公在孔子前百餘歲，而歷舉列子在繻公時與其相駟子陽證其非，夫列子引孔子不一而足，是可知已，又何必別引子陽以爲證？且向寧不自知其非鄭穆公？穆之一字，當由傳録者訛，柳州之辨其所不必辨，尤可笑也。

元美此條，有可注意者數點：一、譌作，子厚原文譌作爲，爲作者、造作也，矯揉是其同類形容語，無改爲作譌，或另加其他偏旁（如譌。）之必要。二、莊列並稱，究竟莊出於列，抑列出於莊，柳文中微有矛盾；初曰：莊周爲放依其辭，其稱夏棘徂公、紀渻子、季咸等，皆出列子，似已確定爲莊出於列，惟繼曰：其文辭類莊子，又似指列出於莊；至元美則説明列不如莊，凡列之貌似簡勁有力，大抵因莊子之文而加剷琢。三、穆公在孔子前百餘歲，子厚原文作幾百歲，兩説皆有誤，獨幾訓近，仍自柳説勝。四、子厚糾劉向鄭穆公之誤爲鄭繻公，乃本事件讀書得間之首創者，鄭（樵羣書會紀。）晁

〔晁氏讀書記。〕諸公，人後於柳，而仍沿襲劉誤，更可見子厚之匡謬爲不可少，元美顧謂子厚辨其所不必辨，認爲可笑，試問可笑者究屬何人？

元美「讀書後」之作，陳繼儒稱其「慧眼辨才，妙觀察智」，顧此條所表見者，不外十分濃厚之帖括氣味，明末文人之誇張寡識，卽此可知。

三

姚際恆僞書考云：

稱列禦寇撰，劉向校定，八篇，漢志因之。向云：鄭人也，與鄭繆公同時，柳子厚曰：劉向古稱博極羣書，然其錄列子，獨曰鄭繆公時人，鄭繆公在孔子前幾百載，列子書言鄭殺其相駟子陽，則鄭繻公二十四年，當魯繆公之十年，向蓋因魯繆公而誤爲鄭爾。案柳之駁向誠是，晉張湛注已疑之，若其謂因魯而誤爲鄭，則非也，向明云鄭人，故因言鄭繆公，豈魯繆公乎？況書中孔穿、魏牟、亦在魯繆公後，則又豈得爲魯繆公乎？高似孫曰：太史公不傳列子，如莊周所載許由務光，遷猶疑之，所謂列禦寇之說，獨見於寓言耳，遷於此讵得不致疑耶？莊周末篇敍墨翟、禽滑釐、愼到、田駢、關尹之徒，以及於周，而禦寇獨不在其列，豈禦寇者、其亦所謂鴻蒙列缺者與？然則是書與莊子合者十七章，其間尤有淺近迂僻者，出於後人會粹〔釗案：粹俗作萃，宋史顏復傳：「禮官會萃古今典範，爲五禮書」，會粹字一作稡，唐語林

載：「鄭虔集異聞，著書八十餘卷，未有名，蘇源明請名爲會稡，取爾雅序也，盧象贈虔詩云：書名會稡才偏逸，酒號屠蘇味更醇。」韻會：稡與萃通，聚也，爾雅序：「會稡舊說」，郭璞作。）而成之耳。案高氏此說，最爲有見，然意戰國時本有其書，或莊子之徒依託爲之者，但自無多，其餘盡後人所附益也；以莊稱列，則列在莊前，故多取莊書以入之，至其言西方聖人，則直指佛氏，殆屬明帝後人所附益無疑，佛氏無論戰國未有，卽劉向時又寧有耶？則向之序，亦安知不爲其人所託而傳乎？夫向博極羣書，不應有鄭繆公之謬，此亦可證其爲非向作也，後人不察，咸以列子中有莊子，謂莊子用列子，不知實列子用莊子也。莊子之書，洸洋自恣，獨有千古，豈蹈襲人作者？其爲文舒徐曼衍中，仍寓拗折奇變，不可方物，列子則明媚近人，氣脈降矣。又莊之敍事，回環鬱勃，不卽了了，故爲眞古文，列之敍事，簡淨有法，是名作家耳，後人反言列愈於莊。柳子厚曰：「列較莊尤質厚」，洪景盧曰：「列子書事，簡勁宏妙，多出莊子之右」，宋景濂曰：「列子書簡勁宏妙，似勝於周」，王元美曰：「列子與莊子同敍事，而簡勁有力」，如此之類，代代相仍，依聲學舌，噫！以諸公號能文者，而於文字尚不能盡知，況識別古書乎？又況其下者乎？

際恆僞書考，諸條多平平，獨辯列子最爲矯健，依際恆意，列子與莊生所謂鴻蒙列缺相類，殆未必眞有其人，書爲莊子之徒所依託，文卽取材於莊，謬加點竄，凡不似莊

者，舉是後人所附益，如羼雜漢氏之言佛者，其例尤顯。究其極也，不僅列子不足信據，卽劉向校定之作，亦可能淺妄人僞爲，中間指人說事之時代錯迕，乃爲僞託古書必不可免之闕失，無足計較。從來說列勝於莊者，自柳子厚以下，如洪景盧、宋景濂、王元美輩，俱是重疊相仍，僞託形貌，毫無辨別古書之獨自見解，際恒以噴薄之氣行文，前輩所見，皆在一切推倒之列，卽以子厚之明辨篤行，猶且抑之在下，智不敢說，其膽自足驚人。

梅伯言淮南子書後下半段云：

昔柳子厚謂列子書質直少爲作，莊子多本之，夫列子剽莊子者耳，其書非莊子及諸子書所有者，文氣皆甚卑，不類周秦時文，而以爲莊子之所從出，疏矣。樸學之士，好是古而非今，不能通知文字升降之源，不根者攬其詞，昧沒其終始。子厚固非二者之可倫比，其言鶡冠子剽賈誼賦入其書，信當矣，而顧失之於列子何哉？

伯言之說，全本際恒，此亦剽否？吾何敢言？

四

吳仲倫有辨列子一篇，與柳文對看，應有所得。辨云：

列子書非列子所自作，殆後剽剝老莊之旨，而兼采雜家言，傅合成之，中惟周

穆王篇，旨奥詞奇，筆勢迴出，固是能者爲之，但未知果出列子否耳？柳子厚以劉向稱列子鄭穆公時人，謂與書詞所稱引事不合，而姚惜抱則云：今世所傳列子書，多有漢魏後人加之者，吾因是頗疑列子實鄭穆公時人，向所見列子八篇中，當有與鄭穆公問答語耶？抑出處時事有可考而知耶？不然，向何至疏謬若此？柳子又以莊周爲依倣其詞，第即周穆王篇言之則可，至如湯問、楊朱、力命等篇，乃不逮莊生書遠甚，而其詞與莊生相出入者，又未知孰爲後先矣？夫以柳子之識，而猶有此蔽，則信乎辨古書之眞僞者難其人也。

列子書所涉事迹，及述作可能人物，從鄭穆公以逮漢魏間，幾跨孔子前後各數百歲，以言駁雜，諸子書中殆無有逾於此種者矣。子厚語讀者愼所取，吾意此爲讀列子書惟一準則，學者庶各依其所嗜，自劃取舍範圍，至是非眞僞，暫無事沿極以求其定焉可已。

五

子厚辯列子云：「其文辭類莊子，而尤質厚，少爲作，好文者可廢耶？」就中爲作二字，是最要關目語，而殊少人注意，以義推之，即今人常語所謂作爲也。今言作爲，義與自然相對，凡一切不自然者，俱號作爲，或曰造作，如所謂矯揉造作是也。獨作爲、在柳文倒言之曰爲作，爲作者質厚之對，質厚亦不啻今言自然。

爲作在柳文爲孤證，亦不見他人用此語，久之流爲常語曰作爲，並不知起於何時？獨陸贄奏議：「人力之作爲有限，物價之貴賤無恒」，作爲猶言經營、或勞動，前乎此者，鄙陋恨未得見。又惟宋之劉攽，其通議中有如下一段：

經文所以不可及者，以其妙出自然，不由作爲也。左氏已有作爲處，太史公文字多自然，班氏多作爲，韓有自然處，而作爲處亦多，柳則純乎作爲。

文除柳純乎作爲一語，所須嚴加駁斥外，其他樹立自然與作爲之相對義，以駕馭一切，與子厚採用質厚與爲作兩語，分析列子，其手法全同，不違邏輯。朱晦菴曰：「列子語温純，故子厚常稱之」，温純亦可作質厚、或自然之類語看。

六

桐城末流如吳仲倫，心胸開闊，較之方靈皋何止上下牀之別？靈皋恨柳刺骨，而仲倫則於柳多方講求，時有稱道，甚且子厚自創之特殊字眼，亦不恤再三引用，不避人指目。即如「爲作」二字，仲倫在與程子香書中，連用兩次如下：

一自子厚介甫入者，長於幽邈，然慮其多爲作而晦且詭也。

二茗柯集有爲作，然淵雅近西京。

此兩用爲作字，都不失子厚所持意義，其指斥張皋文有爲作，尤顯見桐城陽湖之分界處。

仲倫論文，大抵以司馬子長韓退之爲第一列，柳子厚王介甫爲第二列，歸熙甫方靈皋爲第三列，雖仍抑柳於韓之下，然在桐城系統中，能維持韓柳對峙局面，已屬不可多得，至將祖師方靈皋貶入最下層，胸中涇渭，尤釐然可觀。

辯文子

從古文人，有揀書摘鈔之僻，多少佚書，因此獲存梗概，如馬總意林、其最著也。

陳蘭甫讀書記有云：

漢書藝文志云：「觀九家之言，舍短取長，則可以通萬方之略矣」；文心雕龍諸子篇云：「洽聞之士，宜撮綱要，覽華而食實，棄邪而採正」；柳子厚辯文子云：「觀其往往有可立者，又頗惜之，今刊去謬惡亂雜者，取其近是者」；黄氏日鈔讀家語云：「千載而下，倘有任道者出，體認微言，闡揚奥旨，與莊周及諸子百家所傳述，節而彙錄之，其有功於聖門，匪淺鮮矣」。澧案：隋書經籍志，唐書藝文志，庾仲容、沈約皆有子鈔；直齋書錄解題，有司馬温公徽言，温公手鈔子書也，皆所謂舍短取長者也，澧讀諸子書，亦節而鈔之。

文子者、爲僅次於老聃之道家領袖，在中唐正受到國家獎勵與隆重封典，所謂通玄眞經〔天寶中所定稱謂。〕者，自爲當行出色之書。子厚不知如何取材？使成家藏秘笈，

今僅存其辯，而刊本不傳，無從考見爾時思致實況，然所謂謬惡亂雜與近是者，正負兩方，大抵鈔者自以主觀定之，十人同鈔一書，可能所取各有不同。如高似孫曰：「今觀其言曰：神者智之淵，神清則智明；智者心之府，智公則心平：」又曰：「上學以神聽之，中學以心聽之，下學以耳聽之：」又曰：「貴則觀其所齊，富則觀其所欲，貧則觀其所愛：」又曰：「人性欲平，嗜欲害之，此亦學之一臠也：」凡此不啻高氏從文子鈔出之心賞語錄，與儒家氣脈，並無多大出入，而文子之所以爲文子者，精神將決不在此種語彙，子厚譏其書爲駁書，安知其所謂駁者，不卽在高似孫所嘗之一臠乎？要之漢唐兩朝，都視文子與老子並重，王仲任語涉道家，每喜雙管齊下，但文子內容，亦無法從論衡中求得之，傳至有唐，書之駁雜，乃至如子厚所譏，致使吾人足涉道家門徑，立生惶惑，可歎。

姚際恆僞書考云：

漢志：道家有文子九篇，本注云：老子弟子，與孔子並時，而稱周平王問，似依託者也。唐志錄魏李暹注，爲十二篇，與今篇次同，晁子止疑爲暹析之。李暹注：「傳曰：姓辛，葵丘濮上人，號曰計然，范蠡師事之，本受業於老子，錄其遺言爲十二篇云。」陳直齋曰：「按史貨殖傳徐廣注：計然，范蠡師名，裴駰曰：計然姓辛，字文子，唐徐靈府引以爲據，然自班固時，已疑依託，況未必當時本書乎？至以文子

爲計然之字，尤不可考信。」案直齋此辯，則李暹固承前人之訛，以文子爲姓辛、名鈃、又號計然也。辯其文者柳子厚，〔中錄子厚所辯全文。〕可謂當矣，其書雖僞，然不全僞也，謂之駁書，艮然，其卽李暹爲之歟？高似孫謂子厚所刊之書，今不可見。

際恆所考艮確，惟顏師古以其與孔子同時，而稱周平王問，疑依託者所爲，其實平王云云，往往是指楚平王，序者竟以爲周平王時人，乃錄書自亂其例，非書之咎也。

論語辯

一

子厚論語辯二篇，議者言人人殊，方望溪詆子厚，顧謂讀魯論爲縱心獨往，信可肩隨退之。吾閱滹南王若虛遺老集，論語辨惑篇內有一段，雖不涉及子厚，而言可參證。

堯曰，咨爾舜，〔至〕公則說：東坡謂「其雜取禹謨、湯誥、泰誓、武成之文，而顚倒失次，不可復考，蓋孔子之遺書，編簡絶亂，有不可知者，故置之不論，而道學諸公曲爲義訓，以爲聖人微言深旨。」予謂東坡之說爲近人情，故從之。程氏曰：「曰余小子履上，當脫一湯字」，嗚乎！豈特此一字而已哉？

宋人重義訓，凡其不可解處，率以爲聖人微言深旨，此當然難脱子厚論旨範圍。由此以往，可能將古文與語錄，涵而爲一，望溪反對以語錄入古文，因之指子厚讀魯論爲一無倚傍，不敢牽涉義法，凡此可見諸公進退失據處。

二

論語記曾子之死云：

曾子有疾，召門弟子曰：啓予足，啓予手，〔朱注：謂使弟子開其衾而視之。〕詩云：戰戰兢兢，如臨深淵，如履薄冰，而今而後，吾知免夫！小子。

所記甚略，不如檀弓詳審：

曾子寢疾，〔句〕病，〔句 陳注：病者、疾之甚也，下同。〕樂正子春坐於牀下，曾元曾申坐於足，童子隅坐而執燭。童子曰：「華而睆，大夫之簀與？」〔華者、畫飾之美好，睆者、節目之平瑩，簀、簟也。〕子春曰：「止」，曾子聞之，瞿然曰：「呼。」㊀曰，「華而睆，大夫之簀與？」〔童子再言。〕曾子曰：「然，斯季孫之賜也，我未之能易也。」元起易簀，曾元曰：「夫子之病革矣，〔革音亟。〕不可以變，幸而至於旦，請敬易之。」曾子曰：「爾之愛我也不如彼，〔彼謂童子。〕君子之愛人也以德，細人之愛人也以姑息，吾何求哉？吾得正而斃焉，斯已矣。」舉，扶而易之，反席未安而沒。

㊀ 此一字意謂：所言爲何？

簀、陳澔注謂是簟，近湖南楚墓出土，有雕刻花板一種，湘潭葉定侯詳加考證，謂與簀爲同物，其說如下：

曾子寢疾，病，童子曰：「華而晥，大夫之簀與？」漢鄭玄注：「華、畫也，簀、謂牀第也，説者以晥爲刮節目。」唐陸德明經典釋文引孫炎云：「晥、漆也。」孔穎達正義：「凡繪畫五色，必有光華，故云華、畫也，云説者以晥爲刮節目者，説者謂在鄭之前解説禮者，謂此晥爲刮削木之節目，使其晥晥然好。」説見嘉慶二十年阮氏文選樓刻本禮記註疏第六卷。

漢揚雄方言謂：「牀、齊魯之間謂之簀，陳楚之間謂之第。」説見四部叢刊影印宋本第五卷。

由右可知：牀、簀、第、是一物而數名，而禮記喪大記有：「病困時廢牀，如死，遷尸于牀。」儀禮既夕禮記有：「乃卒，主人啼，兄弟哭，設牀第當牖，又卽牀而奠。」鄭注禮記喪大記之説亦同，諸家都提到承尸〔卽藉幹。〕設奠之牀，此外荀子禮論，則提出「始卒，沐浴、鬠體、〔鬠音括，義同髻。〕飯唅」等古喪制。淮南子説山訓：「死而棄其招簀，不怨人取之」，高誘注謂：招簀、死者浴牀。結合禮記儀禮所記，及荀子禮論所述，我以爲此種雕刻花板，是用以承尸沐浴、當牖設奠、入棺藉幹者，紙上雕孔，正合浴尸之用。現在湖南習俗，人死下榻，卽始死，以板承尸置地上，沐

浴冠帶後，再移尸入棺，還類似此一遺制。因此，此種雕刻花板，應名爲招簀、或華簀、抑簡稱簀，且以出自楚墓，亦可稱笫。

定侯之説至堅確。〔一九五六年、十二期文物參考資料。〕雖於子厚之辯論語，無直截連誼，然曾子之死，所繫絶鉅。區區華簀、招簀、乃至雕刻花板之辨認，似僅屬於考古論域之一環節，而論語一書之有無得失，所涉尼山聖訓之虚實詳略，比於堯舜之道在人，人存政舉，人亡政息。倘當時無樂正子春、子思之徒，司此記載以延聖學，將論語可至今無此書。昔者有人讀禮，見檀弓首言子游，篇内又多言之，以是疑檀弓爲子游門人所記，〔陳澔引劉氏之説如此。〕今論語乃異是。蓋孔子弟子曾參最少，少孔子四十六歲，曾子老而死，是書記曾子之死，則去孔子也遠矣。夫去孔子遠，而無人記録孔子言行，必待曾子之徒爲之，倘曾子之徒不爲，將聖學之無傳也不難想見。此與子游之徒之於檀弓，止於羣弟子雜記，聖行中微有多少之異者，誠不可同年而語。夫曾子之徒之爲論語，其所關之鉅如此，吾徒輒就其間隻鱗片甲，足以相互闡發，並使子厚此一發見，愈增光燄者，因特加珍視而把翫不置，其誰曰不宜？

獨定侯之説，律之世故有不易通者，則所謂簀，曾子固明言出自季孫之賜。夫季孫之賜云者，自童子之意推之，亦不過以非大夫而僭用大夫之品物爲非禮耳，季孫將何至以凶器爲饋遺乎？定侯又引劉安説山：「死而棄其招簀，不怨人取之」，其

所以然，以其凶也，凶物而爲人竊取，不復致怨，爲可得嫁凶於人也，然則季孫自始投凶於曾子，而曾子欣欣受之，至死不經聖童子之指摘，猶冥頑不肯易，意果胡取？由是定侯鴻文無範，反不若陳澔簡單釋簀作席之爲怡然理順，不難斷言。凡此吾仍認作題中小節，不足深辯，爲廣異聞，姑贅於此。

三

嘗謂子厚使用虚字甚矜慎，今是文有一且字頗費解。其文曰：

吾意曾子弟子之爲之也，何哉？且是書載弟子必以字，獨曾子有子不然。

何哉之下，用且字起，究是何義？此一筆法，在封建論亦然。如

及夫郡邑，可謂理〔同治。〕且安矣，何以言之？且漢知孟舒於田叔，得魏尚於馮唐，……

何以言之下，用且字一提，與上引論語辯文恰相似，此其故吴至父嘗注意及之矣。吾見其日記文藝門載：

古人用且字，與今時文家不同，柳州封建論：「且漢知孟舒於田叔」，讀論語：「且是書載弟子必以字」，歐公爲君難論：「且聽計於人者宜如何？」老蘇孫武論：「且武以九年冬代楚」，此諸且字皆古法。

如何謂之古法？至父卻未説明。以吾思之，且者，指事之詞，猶言今也，古用且字作

如此解者，到處皆是。柳論兩通，且字都用在「何以言之」及「何哉」之下，是提出問題而求一解說，筆勢甚顯。田叔及是書載弟子云云，大抵當塲作證，謂今之事實如是云爾也。推之歐蘇兩論，此一解釋，亦自豁然貫通，此常識通解爾爾，並無特殊古法存在。

吾少時學作八股，起講每用且夫字開始，亦或作今夫，蓋開講說清題旨，宜用子厚兩論之所謂古法，換而言之，亦卽近時文家所用之村塾法也。至父特標且字曰古，躋之於高不可攀之位，謂與今時文家不同，夫至父故亦從帖括中來，何乃意存弔詭，言之適得其反？

詩載芟：「匪且有且，匪今斯今，振古如茲」，正義：「今謂今時，則且亦今時，其實是一，作者美其事而丁寧重言之耳。」卽且卽今，振古如茲，誠無取特標古法。

四

論語下篇之首章，僅載尚書文數段，無人問對於其間，全與論語他章異其體制；子厚斷爲此孔子常常諷道之辭，爲弟子所熟聞，無須有人問對，因是聖人之大志，故於其書卒篇之首，嚴而立之。

子厚右一論斷，果子厚自得於其書歟？抑別有所仿歟？吾知子厚治春秋，深通公穀二傳，而公羊於哀十四年春、西狩獲麟下所爲傳，其形相頗與論語卒篇之首類

似，二者相仿，其中有何相通之道歟？抑否歟？

嘗謂春秋而至獲麟，筆削之全程已畢，而傳稱：

顔淵死，子曰：噫！天喪予！子路死，子曰：噫！天祝予！〔注：祝、斷也。〕

夫顔淵子路之死，與獲麟胡涉？而傳者愼重紀載如是。近世卽墨鄭東甫〔杲〕雜治三傳，有聲於時，曾立爲説曰：

詳考論語，孔子凡行道於當世，往往顔淵與子路並出，至爲傳道計，則似另換一班人。獲麟傳：顔淵死云云，此明指道之不行於當世。

果爾，孔子所爲嗟歎兩賢之死，定與弟子常常諷道兩賢，而爲諸弟之所通知。傳又曰：

君子曷爲？爲春秋撥亂世反諸正，莫近諸春秋，則未知其爲是歟？其諸君子樂道堯舜之道歟？末不亦樂乎堯舜之知君子也。

「則未知其爲是歟」句，是字東甫有詳細解釋，吾以爲過煩。上文撥亂世反諸正，此「是」字所代前詞，義甚明顯，「末不亦樂乎堯舜之知君子也」，煞尾也字，與上兩歟字相印合，亦卽作歟字解。末、猶言「否則」，此一文筆，乃三歟字連用格，細玩卽知。東甫指不亦樂乎，爲使用論語語句，因作爲春秋論語互爲通貫之證，吾認爲無作此委曲之必要。要之上一記載，並與獲麟無關，而公羊必如是云云，抑亦無非爲孔子

常常諷道之語，諸弟子耳熟能詳，抛棄不得，因與上二賢之死連類並載已耳，無他故異物也。

右一在書之卒章，而概括全書宗旨之紀載方法，子厚既有得於公羊，因而推之於論語卒篇，認爲亦復如是，此誠子厚之善於推類，讀書得間，方望溪遽謂子厚讀魯論爲一無倚傍，此適中於古諺所謂「操瑟齊門」，抑何可笑？

辯鬼谷子

一

姚際恒僞書考鬼谷子條云：

漢志無，隋志始有，列於縱横家，唐志以爲蘇秦之書。案史蘇秦傳云：東事師於齊，而習之於鬼谷先生，索隱曰：樂壹註鬼谷子書云：秦欲神秘其道，故假名鬼谷，然則其人本無考，況其書乎？是六朝所託無疑，晁子止、高似孫皆信之，過矣。柳子厚曰：鬼谷後出，而險盭峭薄，恐其妄言亂世，難信，學者宜其不道。宋景濂曰：鬼谷所言捭闔鉤箝揣摩之術，皆是小夫蛇鼠之智，家用之則家亡，國用之則國僨，天下用之則天下失，學士大夫宜唾去不道，其中雖有知性寡累，知命不憂等言，亦恒語爾。恒案：楊升菴謂漢志有鬼谷區三篇，卽鬼谷子，然無考，卽有之，亦

非今所傳也。

際恆所考，得其大要，而無甚特解，姑以先之。

二

田山薑爲有清捍柳鉅子，李越縵曾注意到此，兹先略次所涵詠於柳者何許？然後論及辯鬼谷子。

山薑柳州題辭云：

韓柳並稱，韓不逮柳也，顧世以深醇少之，淫哇浮響，殆聽古樂而臥乎！熏班馬之香，奪崔蔡之席，雅健則龍門，幽峭則左國，文章如柳，觀止矣，退之子瞻睥睨千古，而元和聖德倣淮雅二章，表忠觀碑學安豐一銘，服膺若是，大略可知。無如造物忌才，蹇嵯多故，竄逐蠻荒，行吟山澤，作離騷數十篇，讀者悲焉，猶夫屈原言愁，而託之湘君帝子，蘭秀菊芳，呻呻其詈詞也。至於貞符傷心，懲咎掩泣，雖江潭顑頷，情思纏綿，不是過矣，以播易柳，同調深憐，瘴鄉講學，名流負笈，亦莫可如何耳。譏者云：叔文之黨，坎壈生平，嗟乎！以賓而疑孟堅，以董而誤中郎，所謂文章憎命達，魑魅喜人過也，於子厚奚損哉？

山薑皈依柳州，在俯仰時流中，應是出人頭地，他日又題辭曰：「今之作古文者，託言八家，以自文其空疏，大抵就兔園册子，播弄家具已耳，八家中柳州奥古，動罹擯

落」，此言時人標榜八家，就中又嫌柳州奥古，擯焉弗講，因而「荃蕙不馨，海畔多逐臭之夫，咸池方奏，墨翟有非之之論」，食不知味，自語相違，山薑此題，可謂一時突出。獨是作者才低於識，辭拙於意，平生熟精昭明一書，風雲在眼，不知卷舒，爲文趨向柳州，認爲宗主，終亦不過染指於鼎，嘗之而出，君子惜焉。〔引語見漢魏晉六朝選文題辭。〕

山薑云：「元和聖德，倣淮雅二章」，此抽象言之則可，徵之於實，顯有未合。尋韓柳同時，文章工力悉敵，凡所爲文，相互覽觀，乃至倣傚，俱有可能，獨退之元和聖德詩，言成都擒劉闢事，是元和二年所作，而子厚平淮夷雅，則與退之平淮西碑同一時作，事在元和十二年，視劉闢授首遲十年矣，退之不可能在十年前，豫見子厚腹藁，蓄意摹倣，山薑阿其所好，未免失言。

自來評韓柳二家者，每謂「淮夷雅韓文所無」〔語見談藪。〕蓋元和聖德詩，全章獷悍支離，浸失儒者氣象，去雅千里。蘇子由曾指牽頭曳足等語謂：「此李斯頌秦所不忍言，而退之自謂無媿於風雅，何其陋也？」於是持與柳之平淮夷二篇相較，一陋一雅，何啻碔砆貞玉之比？

山薑愜慕柳州，集中辯跋小文若干首，取與柳州形似。其讀鬼谷子跋，標目同而出語全不似，且無一字涉及柳州，比如伯樂相馬，能相賞於牝牡驪黃之外，吾謂此

山薑之善學柳處，因錄存之：

讀鬼谷子跋　田雯

戰國之士，雋邁譎變者多矣，而騁其才氣，以自放於文章者，唯鬼谷子最著。今讀其捭闔、反應、內揵、抵巇、飛箝、忤合、揣摩、權謀諸篇，抑何奇也？大約出自陰符，深於老氏，而自逞一代之雄，此其所以奇耳。郭璞遊仙詩云：「青溪千餘仞，中有一道士，借問此阿誰？云是鬼谷子」，景純之愾慕其人如此。余嘗謂人之經濟學術，未有無其傳者，儀秦爲鬼谷之傳人，而縱横之說成，房魏爲河汾之傳人，而貞觀之佐顯，雖邪正殊途，遭時各異，其間授受淵源，要非偶然也。鬼谷子不見於他書，隋志始有之，唐四庫以爲蘇秦之書，秦記云：「周時隱士，自號鬼谷先生，又世稱鬼谷子，嘗有書責儀秦」，夫何以責之？無乃自悔其教之不精，而恥彼學之未至歟？

柳州之時，去河汾最近，顧柳集中無一字涉及河汾。柳州平生標舉大中，亦屢曰中正，而絕不稱引文中子以自壯。今山薑以「正」歸之河汾，此與柳州所謂中正，是否一致？柳州緘口不道之事與人，而山薑務揭櫫之以爲快，此無乃學柳未至處？

三

子厚於諸子書，往往錄其可取，而去其詩謬，以存於家，獨於鬼谷子不然。彼認

爲此書怪謬異甚，元冀文之以指要爲好術之過，所謂陰符七術尤甚，是子厚斷全書爲無足取明矣。查是書爲漢時劉向班固所不曉，隋志始行著錄，列在縱横家，據云戰國時人，隱居穎川陽城之鬼谷，爲蘇秦張儀之師。而史記蘇秦傳索隱引樂壹注鬼谷子書云：蘇秦欲神秘其道，故假名鬼谷，然則鬼谷是否有其人，都成疑問，書之荒誕，不待言矣。

陳蘭甫（澧）讀書記，記鬼谷子一段如下：

鬼谷子云：「欲聞其聲反默，欲張反斂，欲高反下，欲取反與」，（反應篇。）此老子之道也。又云：「有守之人，目不視非，耳不聽邪，言必詩書，行不淫僻，以道爲形，以德爲容，貌莊色温，不可象貌而得也，如是隱情塞卻而去之。」又云：「世無可抵，則深隱而待時。（抵戲篇。）」盧召弓云：「觀此言，是其術遇正人而窮，遇明君治世，皆無所可用。（跋鬼谷子。）」澧謂其不必遇正人明君也，鬼谷子本蘇秦假名，戰國策：「蘇秦説李兌，李兌舍人教李兌曰：臣竊觀君與蘇公談也，其辯過君，其博過君，願君堅塞兩耳，無聽其談，明日，蘇秦復見，終日談而去。（趙策。）」遇李兌舍人，而其術已窮，何足道哉？

唐來鵠讀鬼谷子云：「捭闔飛箝，實時之常態，不讀谷之書者，其行事皆得自然符契也。使天下用聖人之道，學温良忠慤敬讓之心，得如符契鬼谷之書者，則

吾見聖人無恨矣。」

由右觀之，鬼谷是一不求致人而求致於人之人，彼持術甚高，不使人易於窺測，而深隱待時，以抵天下之巇。彼蘇秦之於李兌，並未發露其師之說，而妄圖以博辯服人，蘭甫因謂其不待遇正人明君，而其術卽窮，是蘭甫以己之矛，攻己之盾，未得爲知鬼谷也。若來鵠者，謀以鬼谷之道與聖人合符，所見似高一籌。史記索隱，謂鬼谷爲蘇秦假名，秦與鬼谷，是一是二，何假託之與有？然書至隋志始見著錄，其爲晚出僞託之作，殆無疑義，蘭甫旣輕其書，而又欲葆之以便逆折姦邪之情，不如子厚嫌其陰盭峭薄，因否定其一切爲逕情合理也已。

唐裴度屏白居易詩不觀，猶之李兌塞耳不聽蘇秦之談，如裴度不看白詩，不等於長慶集遇文士皆見絕，然則李兌不聽蘇秦，何得謂鬼谷之術，遇正士而窮哉？何況李兌得舍人教之使然，所謂正士，未必人人有舍人從旁見輔哉？吾謂此義應使蘭甫得知。

不寧惟是，裴屏白詩，非緣惡之甚，而職緣愛之深。如因愛而見屏也，則今日屏之，明日是否仍屏，誰左證是？惟李兌之愛蘇秦亦然。夫秦之來談也，今日因舍人之教而塞耳，明日秦復來，而舍人適不在側，將誰保主人之褎如充耳乎？吾謂此義蘭甫尤不可不知。

惟然，必如子厚了解鬼谷子險盭峭薄，從而屏斥淨盡，始能確保道術之正。不然，如陳子昂有詩云：「吾愛鬼谷子，清溪無垢氛，囊括經世道，遺身在白雲，舒可彌宇宙，卷之不盈分，豈徒山水壽，空與麋鹿羣？」此其愛鬼谷子也，與裴度之愛白居易，李兑之愛蘇秦，適相伯仲。所用消極抵禦方法，不論何等嚴正？終亦將如伯玉千緡買琴，召客手碎，卒逢段簡，瞀亂入獄，正中子厚所謂「狙狂失守，而易於陷墜」也已。〔釗案：狙狂之狙不誤，狙、猿屬，或改作猖，非。〕吾謂此義不妨闌入蘭甫讀書記。

指要爲文家常語，世説：「初注莊子者數十家，莫能究其指要，向秀於舊注外爲解義，妙析奇致，大暢玄風」，元冀之於鬼谷，亦正如向秀之解莊爾。

辯晏子春秋

一

自子厚將晏子由儒家移至墨家，後來異説紛綸，迄無定論，而嶄嶄排斥向歆彪固，信服子厚，首推晁子止。郡齋讀書志晏子春秋十二卷條云：

右齊晏嬰也，嬰相景公，此書著其行事及諫諍之言。昔司馬遷讀而高之，而莫知其所爲書，或曰：晏子爲之而人接焉，或曰：晏子之後爲之，唐柳宗元謂遷之言不然，以爲墨子之徒有齊人者爲之。墨好儉，晏子以儉名於世，故墨子之徒，尊

著其事以增高爲己術者，且其旨多尚同、兼愛、非樂、節用、非厚葬久喪、非儒、明鬼，皆出墨子，又往往言墨子聞其道而稱之，此甚顯白。自向歆彪固皆録之儒家，非是，後宜列之墨家，今從宗元之説。

截然以從宗元之説一語終，足見子止識力異於恆流，因先揭櫫其説以爲宗主，衡量異説，且俟更端。

二

洪北江〔亮吉〕晏子春秋書後云：

晏子春秋一書，前代入之儒家，然觀史記孔子世家所載：「晏子對景公之言曰：夫儒者滑稽而不可軌法，倨敖自順，不可以爲下，崇喪遂哀，破產厚葬，不可以爲俗，遊説乞貸，不可以爲國」云云，是明與儒者爲難矣，故其生平行事，亦皆與儒者背馳，唐柳宗元以爲墨氏之徒，未爲無據。近者吾友孫君星衍校刊晏子，深以宗元之説爲非，謂晏子忠君愛國，自當入之儒家，然試思墨氏重趼救宋，獨非忠君愛國者乎？若必據此以爲儒墨之分，則又一偏之見也。惟宗元以晏子爲墨氏之徒，微誤，考墨在晏子之後，當云其學近墨氏，或云開墨氏之先，則可耳，漢書藝文志：墨子在孔子後。

北江此文，持論平正，惟謂子厚以晏子爲墨氏之徒微誤，此自北江之誤，非子厚誤

也。蓋晏子其人，與晏子春秋截然兩事，晏子春秋，何須晏子自行執筆？子厚亦謂墨子之徒有齊人者爲之，此明指非晏子自爲，何得謂誤？北江引漢書藝文志，墨子在孔子後，子厚貫穿百家，豈並此不知乎？然此小節不足論，北江讀書有識，勝過淵如。

管異之（同）讀晏子春秋云：

陽湖孫督糧星衍、甚好晏子春秋，爲之音義，吾謂漢人所言晏子春秋，不傳久矣，世所有者，後人僞爲者耳。何以言之？太史公爲管晏傳贊曰：「其書世多有，故不論，論其軼事」，仲之傳：載仲言交鮑叔事獨詳悉，此仲之軼事，管子所無，以是推之，薦御者爲大夫，脫越石父於縲絏，此亦嬰之軼事，而晏子春秋所無也，假令當時書有是文，如今晏子，太史公安得標曰軼事哉？吾故知非其本也。唐柳宗元者，知疑其書，而以爲出於墨氏，墨氏之徒，去晏子固不甚遠，苟所爲猶近古，其淺薄不當至是。是書自管孟荀韓，下逮韓嬰劉向書，皆見剽竊，其詆訾孔子事，本出墨子非儒篇，爲書者見墨子有是，意嬰之道必有與翟同者，故既采非儒篇入晏子，又往往言墨子聞其道而稱之，是此書之附於墨氏，而非墨氏之徒爲是書也。且劉向歆、班彪固父子，其識皆與太史公相上下，苟所見如今書多墨氏說，彼校書胡爲入之儒家哉？然則孰爲之？曰：其文淺薄過甚，其諸六朝後人爲之者歟！（自

注：崇文總目稱晏嬰六篇已亡，今書出後人采掇，其言尤信。〕子厚未言晏子古今本有異同，異之爬著史記傳贊中軼事二字，乘間而入，故見解甚銳，其說能補子厚所不及。

吳仲倫有書柳子厚辨晏子春秋後一文，所見與管異之相似。其說云：

晏子春秋非晏子所作，柳子之辨審矣，而其說猶有未盡，吾疑是書蓋晚出，非太史公劉向所見本，太史公劉向所見之晏子春秋，不知何時亡失之，而六朝人好作僞者依放爲之耳。凡先秦古書，於義理或多駁悖，而詞氣奥勁，必非東漢以來文士所能擬作，如晉乘、楚檮杌、孔叢子諸書，皆斷然可決其非出周秦間矣。柳子言爲是書者墨之道，吾以爲此特因晏子以節儉名當世，非假是不足以成書，故剌取墨子意衍其說，未必果爲墨者爲之也。

此必是異之與仲倫常相見，討論及晏子春秋，而意向略相等，因而兩家之說，彼此相印照如右云。

張佩綸云：「揚子五百篇：『墨晏儉而廢禮』，是揚以晏爲墨也，柳嘗刪定法言者，糾劉班之失，而沒揚之說何歟？」簣齋所質，甚爲得要，惟彼認定柳曾刪定法言，未免失之識闇，吾别有專條論此，姑不贅，又柳薄子雲之爲人，以己醉心騷賦，而全集幾無一字及揚，何簣齋亦並未見到此乎？〔張語見乙酉年澗于日記。〕

三

姚際恆古今僞書考晏子春秋下云：

陳直齋曰：漢志八篇，但曰晏子，隋唐七卷，始號晏子春秋，今卷數不同，未知果本書否？崇文總目曰：晏子八篇，今亡，此書蓋後人採嬰行事爲之。

吴壽暘拜經樓藏書題跋記晏子春秋一則云：

明鈔本晏子春秋，作四卷，末附柳宗元辨晏子春秋一篇。按文獻通考引崇文書目，晏子春秋十二卷，晏嬰撰，原釋晏子八篇，今亡，此書後人采嬰行事爲之，以爲嬰撰則非也。書録解題：晏子春秋十二卷，齊大夫平仲晏嬰撰，漢志八篇，但曰晏子，隋唐七卷，始曰晏子春秋，今卷數不同，未知果本書否？蓋晏子八卷早佚，後人采嬰行事爲之，加以春秋之名，其作八卷者，猶仍漢志之舊，此併爲四卷，且篇目不載全文，視前舊刻本漸失古意矣，惟崇文總目、書録解題俱十二卷，而四庫書目、及余家舊刻作八卷，疑又經後人合併，以符漢志八篇之數也。

姚吴兩家所考，惟詳略稍異，因幷録之，以爲參證卷數之助。

右舉洪北江管異之分駁孫淵如主晏子爲儒家之説，究之淵如之説胡似？略採彼晏子春秋序後幅一小段明之：

柳宗元文人無學，謂墨氏之徒爲之，郡齋讀書志、文獻通考承其誤，可謂無

識。晏子尚儉，禮所謂國奢則示之以儉，其居晏桓子之喪盡禮，亦與墨子短喪之法異。孔叢云：察傳記，晏子之所行，未有以異於儒焉。儒之道甚大，孔子言儒行有過失，可微辨而不可面數，故公伯寮愬子路，而同列聖門，晏子尼谿之阻，何害爲儒？

駁義前具，卽不贅敍。

四

黎蓴齋讀墨子云：

墨道、夏道也，今泰西各國，耶穌天主教盛行，尊天明鬼，兼愛尙同，其術確然本諸墨子，而立國且數千百年不敗，以此見天地之道之大，非執儒之一途所能盡。

蓴齋爲晚清洋務派之傑出學者，兩使日本，好談政治。正當西學東漸極盛之秋，凡西方所有，無一而不美，東方所有，亦幾相映無一而不惡，於是蓴齋有以吾之墨教西通耶教之論，甚且因而毁儒，在所不恤。此亦一時偏激之論，知人論世，宜可存焉。夫晏子尙儉，卽是根本尙儉，與墨突不黔之義相輔行之，以視今日勤儉立國之說，大致有相同處。此非儒家「立國奢則示之以儉」，爲補偏救弊權時之計者一流，亦非泰西假藉兼愛尙同，而少數竊權者窮奢極欲可比，黎子之言，庶備參稽。

辯亢倉子

一

子厚辯諸子各文，俱簡括有斷制，殊一字不得動。辯亢倉子首云：「太史公爲莊周列傳，稱其爲書畏累亢桑子」，畏累或作㟪壘，山名也，此作動詞用，推崇之意。

方望溪書柳子厚辯亢桑子後云：

亢桑子之僞，柳子厚辯之，晁氏謂：唐天寶中、詔求其書不得，而襄陽王士元乃假託焉。士元年世先後於柳，雖不可知，然果詔求不得，而僞者晚出，則辯宜及之。且是書剽剟戴記諸子語甚衆，而子厚第云首篇出莊子，而益以庸言。又以文章取士，及被青紫章服，爲唐以後語明甚，不據是斥之，而獨以劉向班固無其錄爲疑，然則今所傳者，又可謂卽子厚之所斥耶？

襄陽王士元者，唐藝文志如是稱之，而大唐新語則謂：開元末、處士王源撰亢倉子，士元與源當是一人。其人至開元末著書行世，則年世之先於子厚至明，蓋由開元末算至元和初，相距爲七十年，子厚歿於元和十四年，年四十七歲，是僞亢倉子欺世盜名之日，子厚還未誕生，望溪焉得云年世先後不可知耶？

姚際恆古今僞書考云：

〔首引子厚辯亢倉子全文。〕高似孫曰：「開元天寶間，天子方鄉道家之說，尊表老莊列，又以亢倉子號洞靈眞經。既不知其人，又未有此書，一旦表而出之，處士王褒乃趨世好，迎上意，撰以獻之。今讀其篇，往往采列子、文子、及呂氏春秋、新序、說苑，又時采戴氏禮，源流不一，可謂雜而不純，濫而不實者矣。」恆按：唐劉肅大唐新語，李肇國史補，並以亢倉作庚桑，亦言其僞。

亢倉子撰者，大唐新語謂王源，高似孫謂王褒，主名之溷亂也如是，其人與王士元之連誼如何？又無從審知，則此書之出於僞造也，可見先後不止一手，變換復不止一次。望溪稱：文章取士，及被青紫章服，爲唐以後人語，而蔣之翹編柳集，前於望溪，亦言：「書涉危代以文取士，剪巧綺濫亙至，正指唐事；一鄉一縣一州被青紫章服，皆近制。〔語見蔣本辯亢倉子題下。〕」據此，書經魏晉間人作僞於前，復經唐人加僞於後，晁子止謂：「取諸子文義類者，由王士元補其亡。〔說見晁公武讀書志。〕」何謂補亡？不啻補僞。凡僞書中僞而又僞，亢倉殆尸其名無媿焉，望溪云：子厚所見，書非今本，其言可信。

二

晁子止補亡之說，更詳錄於下：

按唐天寶元年，詔號亢桑子爲洞靈眞經，然求之不獲，襄陽處士王士元謂：莊子作庚桑子，太史公列傳作亢桑子，其實一也，取諸子文義類者補其亡。今此書乃士元補亡者，宗元不知其故而遽詆之，可見其銳於譏議也，其書多作古文奇字，豈內不足者必假外飾歟？

子止亦視子厚所譏議當與否耳，書爲本著抑補亡，屬第二義，子止於此，未免褊心。且補亡者，必須如詩之白華由庚，明白言之，不言而羼入正文，妄圖混一，即是戕賊文史，子止何得藉此以求宥於子厚？顧子止謂：書多作古文奇字，蓋內不足者必假外飾，固自道著肯綮。

釗案：舊唐書禮樂志，明載天寶元年二月丙申詔，表玄元皇帝昇入上聖，幷褒封四子爲眞人。四子者、指莊子號南華眞經，文子通玄眞經，列子沖虛眞經，庚桑子洞虛眞經。〔陳直齋作洞靈。〕已而求庚桑子不可得，遂以老文莊列號四子，書列學官，此唐天寶朝事，而子厚生年，去天寶絶不遠，豈得茫洋無所聞？特以唐人爲唐人言唐事，無取覼縷，遂節而未之講明耳。且文中顯言劉向班固錄書無亢桑子，是已表示其書爲僞，當然包括補亡在內，子止竟諷子厚不知其故而遽詆之，眞可謂鹵莽無知者。夫當子厚之世，已有人爲之傳注以教於世，此應指何粲所爲注，觀唐書藝文志，居然登列是書，視同諸子，此編者之無知，又在子止前已。

三

本篇畏累亢倉子句，查史記畏累下多一虛字，文爲「畏累虛亢桑子之屬」，何以差異如是？史記三句參會，文爲「以詆訿孔子之徒，以明老子之術，畏累虛亢桑子之屬」，曰詆訿，曰明，曰畏累虛，一兩字，一隻字，一三字，皆動詞，以著明莊子之文詞作用。夫動詞如此用，應以兩字駢立如詆訿爲常格，顧減少爲一字如明，或增多爲三字如畏累虛，以史公善文，固自揮灑自若。

夫畏累虛者何也？曰：駢語也，畏累與虛對文，猶恆言智愚賢不肖，賢與不肖對文也，特賢不肖之字序爲一二，畏累虛之字序爲二一，略不同耳。

莊子之文，其言事大抵虛者實之，實者虛之，畏累指量，以昭其實，適與虛相對爲駢語，以刻畫亢桑子之屬。或編柳文者嫌其語臃腫，乃截去虛字。究其義也，畏累虛猶言抑揚或進退，今削去虛字，變爲揚而不抑，或進而不退，止於一味推崇而已。

釗別案：史記索隱：「莊子畏累虛、篇名也。畏累、郭象云：今東萊。」茲據莊子，並無畏累虛篇章，而雜篇有庚桑楚。且載畏壘之民，與庚桑子論道，歸結於正靜明虛，謂虛無爲而無不爲。由是以知：庚桑楚卽亢桑子，畏壘卽畏累，畏壘虛初與知北遊爲姊妹篇，後漸篇名失傳，且變易爲庚桑楚以代之，實則畏累虛與庚桑楚，本同一人而異名，用一卽明，兼用乃悖，斯誠在吾文中爲歧說，仍不可不兼載以廣異聞云。

辯鶡冠子

一

鶡冠子、韓柳兩家都有辯論，獨退之謂博選篇四稽五至，其說甚當，使其人遇時，援其道以施於國家，功德豈少？提出道字，以爲眉目。夫韓柳同一崇尚六經，同信因文見道，而兩家對於經與道之看法，乃如參商相去之遠。蓋子厚尊經，但不以經之一文一字，都成典要；子厚行文，以道爲準則，但不以人人所認爲道者，而已卽盲從。此於子厚所爲時令、斷刑、六逆諸論，及非國語大篇中，歷試不爽。於是一區區楚漢間小型短書，開卷卽從眞僞着眼，涇渭渾殽，入口分明，此一看家本領，爲退之所不具，兩文對勘，優劣立呈。雖鶡冠子、書名爲漢書藝文志所採，深言爲劉勰所喻，〔文心雕龍諸子篇云：鶡冠綿綿，亟發深言。〕此或可以蒙退之，自子厚視之，蔑如也。要而言之：退之拘墟於道，稍一不愼，卽招致眞僞混同，子厚深明天道，能使言者自爲等差，五雀六燕，不差累黍。

二

晁氏郡齋讀書志，號爲敍釋最精之作，其鶡冠子條如下：

右班固載鶡冠子、楚人，居深山，以鶡羽爲冠，著書成編，因以名之。至唐韓

愈稱：愛其博選學問篇，而柳宗元以其多取賈誼鵩賦，非斥之。按四庫書目：鶡冠子三十六篇，與愈合，已非漢志之舊。今書乃八卷，前三卷十三篇，與今所傳墨子書同，中三卷十九篇，愈所稱兩篇皆在，宗元非之者篇名世兵亦在，後兩卷有十九篇，多稱引漢以後事，皆後人雜亂附益之。今削去前後五卷，止存十九篇，庶得其眞。其辭雜黃老刑名，意皆鄙淺，宗元之評蓋不誣。

今所流通之鶡冠子，乃北宋陸佃注本，佃軒韓而輊柳，退之讀鶡冠子一文，昂然排列在前，而柳作則一字不錄，卷中集評無數，而迄不採柳評，佃之成見深而理解狹，不難看到。然佃之序曰：

鶡冠子其道踳駁，著書初本黃老，而末流迪於刑名。傳曰：申韓厲名實，切事情，其極慘覈寡恩，蓋學之蔽有如此者也。此書雖雜黃老刑名，而要其宿，時若散亂而無家者，然其奇言奧旨，亦每每而有。

似其言仍自平正通達。四庫提要再引申之：

柳宗元詆爲言盡鄙淺，謂其世兵篇多同鵩賦，據司馬遷所引賈生二語，以決其僞。然古人著書，往往偶用舊文，古人引證，亦往往偶隨所見。如谷神不死四語，今見老子中，而列子乃稱爲黃帝書；克己復禮一語，今在論語中，左傳乃謂仲尼稱志有之；元者善之長也八句，今在文言傳中，左傳乃記爲穆姜語。司馬遷惟

稱賈生，蓋亦此類，未可以單文孤證，遽斷其僞。

似此亦尚不失學者覈實態度，非無可商，因録存之。

三

姚際恒僞書考云：「陳直齋曰：韓公頗道其書，而柳以爲盡淺陋，自今考之，柳説爲長。恒案：漢志止一篇，韓所讀有十九篇，四庫書目有三十六篇，逐代增多何也？意者原本無多，餘悉後人增入歟！」宋沈作喆於退之讀鶡冠子有微詞，見所著寓簡，其説云：「鶡冠子詞旨剞劂而切礉，使其得志，成功當不下公孫鞅，爲禍亦恐未讓，愈之説吾弗之信，功德豈少云云，抑韓子好奇之過也。」作喆於此，駁韓而不及柳，際恒衡校韓柳，而謂柳説爲長，皆表出從來儒林公論。又恒謂：鶡冠逐代增多，悉由後人附益，此可兼證：吾曩持亢倉作僞不止一手、並不止一次之説。復次：子厚謂「求鶡冠子無所見，至長沙始得」，因斷定好事者僞爲之。李光地曰：「便是長沙人自爲之耳」，夫吾長沙人也，殊深幸鄉里曾有此逸才，然安溪雖立此説，並未釋明何所根據。又子厚堅稱本書引鵩賦爲不類，此則王厚齋駁之，謂「博選篇用國策郭隗之言，王鈇篇用齊語管子之言」，其不類更甚。依此種種，欲論定本書眞價，尚遠有所待，今姑揭櫫於此，以爲職志云。

清末自道光以後，追求子書之風特盛，甚且有慕王充仲長統之爲，自撰一子以

自炫者，如湘人湯鵬海秋之著浮丘子是。顧海秋書成，而讀者殊罕，此可知士風躁妄，眼見洋務萌芽，及科舉制度不穩，因求以子書爲進身之階，吾少時曾躬與此一風尚。至求如蜀人楊銳叔嶠之論鶡冠子，窮源竟委，學力雄厚，固不可多見。其論凡五千餘言，本編下部甄錄泰半，此暫不贅。

卷五　碑

箕子碑

殷有三仁，分際相埒，推論語微旨，似所指各有所當，了無是非畸正之可言。獨子厚是碑，以箕子爲獨得，而以各有所失，歸之二人。其謂比干之死爲「無益吾祀」，猶於負面詆之也，至稱微子之去爲「與（去）亡吾國」，儼正面加以譴責，較之顧亭林言匹夫興亡有責之責在亡，語尤刻至。黄震曰：「子厚發明箕子之道，善矣，但恐不當於三人分輕重」，理或然歟！

至序之末幅，於虖以下一大段：

當其周時未至，殷祀未殄，比干已死，微子已去，向使紂惡未稔而自斃，武庚念亂以圖存，國無其人，誰與興理？是固人事之或然者也，然則先生隱忍而爲此，其有志於斯乎！

此乃子厚大展抱負，隱隱以箕子自喻，絶非僅僅於殷周間推測其人事之或然也。觀於他日致許孟容書：「過不自料，勤勤勉勵，唯以中正信義爲志，以興堯舜孔子之道、

利安元元爲務」云云，斯殆以唐無其人，誰與興理自期，不遜於孟子舍我其誰之概。夫世每咎子厚與叔文親善爲比匪，而子厚固絶對否認之也，藉曰匪焉，由子厚稱箕子「晦是謨範，辱於囚奴，昏而無邪，隤而不息」，以爲顯例，則彼仍將深結二王，刻意隱忍，期於念亂以圖存也，殊不難一索而得。顧李夢陽不解斯誼，彼於所謂空同子一短書著爲論曰：

柳氏謂箕子佯狂，意紂或崩，武庚幸立，無人輔之。空同子曰：細人哉斯言！箕子、洪範數學之源也，乃獨不知天命去留耶？微子去之，亦爲輔武庚去耶？武庚可輔之君否耶？

嘻！淺已。凡號知天命，絲毫不顧及人事之或然，豈箕子洪範數學之源，膠執乃爾？至謂子厚爲細人，其言更妄，明文士多妄人，而北地尤甚。

此碑謝枋得評價極高，文章軌範中收柳文僅六篇，而此碑其一。其説曰：

此等文章，天地間有數，不可多見，惟杜牧詩一首似之。題項羽烏江廟云：「勝敗兵家不可期，包羞忍恥是男兒，江東子弟多豪俊，卷土重來未可知。」

右説著眼在隱忍二字。夫疊山以向後志存興宋而尊此文，子厚以從前迫切興唐而作斯頌，兩賢憂國仁民，隱衷如一。釗案：有友見此記載，於小杜詩大爲嗟賞，吾曾有二絶詠此事云：「柳州箕廟杜烏江，志大男兒總不降，兩字疊山牢記取，人爭隱忍

定興邦。」又「公孫落魄叟迴腸，破廟題篇事可傷，一入有心人眼底，化爲天地大文章。」並記於此，以資印證。

明都穆南濠詩話云：

王荆公詩云：「百戰疲勞壯士哀，中原一敗勢難迴，江東子弟今雖在，肯爲君王捲土來？」荆公反樊川之意，似爲正論，然終不若樊川之死中求活。疊山謂柳子厚書箕子廟碑陰，意亦類此。

杜王兩詩，一正一反，吾見姜西溟後來有烏江詩云：「虞歌曲盡怨天亡，潮落沙平舊戰場，千里江東羞不渡，六朝曾此作金湯。」詩雖非惡，然用意全襲樊川，可以不作。

道州文宣王廟碑

一

此碑有兩義須加董理，一、十哲非夫子志，二、沙門居然講經，請分別疏列如下：

十哲者，德行顏淵閔子騫冉伯牛仲弓，言語宰我子貢，政事冉有季路，文學子游子夏也。名出論語，碑文所謂「引科第」者是。（引、一本作異，科第者、謂列爲四科而次第之也。）開元八年，敕改顏子等十哲爲坐像，悉預配享，是十哲者、包括顏子在內，乃由令甲立之者也。顧碑稱薛伯高之言曰：

夫子稱門弟子顔回爲庶幾，其後從於陳蔡，亦各有號，〔按此指德行等四科名號。〕言出一時，非盡其徒也，于後失厥所謂，妄引科第，坐祀十人以爲哲，豈夫子志哉？

此明明以夫子之志折令甲，唐固郡邑都得祀孔子，伯高務於道州一反令甲之所規。觀於夫子稱顔回爲庶幾一語，可見自餘非盡其徒云者，當非欲否定其門籍，而祇如夫子稱由也升堂、未入於室，以及求也非吾徒也、小子鳴鼓而攻之等等，意七十子非得如顔氏比，因不得坐祀以爲哲也。㊀

子厚爰於其後折衷言之：

余按月令則曰：釋奠於先聖先師，國之故也，乃立夫子像，配以顔氏。

此又以國故爲夫子之志進一解，蓋月令所訂，先於春秋，孔子顔淵未生，而先聖先師之名早立，當時文王世子所號先聖先師者伊何？其則不遠。今立夫子像，配以顔

㊀　非盡其徒云者，據李元賓辯曾參不爲孔門十哲論，謂非指門人盡在而言，其説較確。論云：「四科十哲之名，乃一時之言也，非燕居之時，門人盡在而言也。於時仲尼困於陳，畏於匡，曾參不在從行之中，故仲尼言在左右者，揚其德行言語政事文學，皆爲邀時之遇，行己之材，不得者以是美而類之，傷而歎之，非曾參不當此數云也。」元賓爲子厚同時人，所説彼此互證，較爲可信，因附録於此。

氏，夫子聖也，而顏氏爲師，無所減亦無所增，正與國故吻合無二。

其後宋子京修新唐書，於歸崇敬傳後作贊，引柳子厚此碑，增損其辭而爲之斷曰：

道州刺史薛伯高，嘗謂夫子稱顏爲庶幾，其從於陳蔡者，亦各有號，出於一時，坐祀十人以爲哲，豈夫子志哉？觀七十子之賢，未有加於十人，坐而祀之，始於開元，非特牽於一時之稱號。記曰：「祭、有其舉之，莫敢廢也」，伯高之語，柳宗元志之於其書，必有辨其妄者。

此大大以伯高反令甲、柳子循國故爲不然，由唐宋以迄近今，子京之說確立，並歧配享與十哲而二之。顏子配享，則升曾子加於十哲，曾子配享，又升子張加於十哲，久之、更增有若與朱子，號十二哲，一切與子厚此碑所陟舉不合。蓋自宋以經義試士，孔子之位愈高，泥古愈甚，與唐迥異，此其一。

其次爲沙門講經，碑之言曰：

於是春秋師晉陵蔣堅、易師沙門凝（音辟。）助教某、學生某等來告，願刻金石，明夫子之道、及公之勤。

此以周密癸辛雜識所紀一段詮之，較易明白。周之言曰：

唐世士大夫重浮圖，見之碑銘，多自稱弟子，此已可笑。柳子厚道州文宣廟

記云：春秋師晉陵蔣堅、易師沙門凝安、〔按此作凝安，不作凝習，未得其說。〕有先聖之宮，而可使桑門橫經於講筵哉？此尤可笑者。然樊川集亦有燉煌郡僧正除州學博士、僧慧院除臨壇大德制，㊀則知當時此事不以爲異也。

右桑門橫經云者，果何經也？推公謹之意，所橫者爲佛經，姑不具論。而聖廟有沙門高踞講座，卽所講爲周孔淨品，亦不得謚爲不可笑。

要之子厚之撰是碑也，於壞功令、排十哲、引沙門、混儒釋，凡儒家所深切告誡而不敢犯者，子厚均不得辭其咎，吾嘗略求其故，可得而言。有唐法禁鬆弛，尊儒不篤，律無非聖無法之條，人有逃儒歸儒之便，薛伯高柳子厚所表見於郡邑廟碑者，當時固無所於礙。況就子厚個人言之，彼頌言聖人之道，不益世用，〔語見與楊憑書。〕眼底無曲阜一尊之卦影，掌中無六藝神聖之戒珠；其在他一面，主張浮屠之道，不應固拒，倘其言與易論語合，雖聖人復生，亦不可得而斥。〔語見送僧浩初序。〕循斯以往，子厚撰碑如所云云，其誰曰不宜？

二

水潦仍至：　仍、頻也，或用作副詞，亦或與他形容詞動詞駢列，如懲咎賦：「宜

㊀ 大德、見集中南嶽般舟和尚第二碑：「肅宗制：天下名山，置大德七人，玆嶽尤重，推擇居首」，是大僧號。

夫重仍乎禍讁」是後者，本文是前者。

俾是荒服，移爲闕里：　移、轉也，爲、有也，經典中有爲二字恆互用。　如孟子梁惠王：「善推其所爲而已矣」，說苑貴德篇：引孟子爲作有，王引之經義述聞詳列此類例證。　夫闕里者、亦於道州占一小小部分土地創建焉已耳，不可能將荒服盡化爲闕里也，移爲二字必釋作轉有，始爲合理。

布筵伊位，作廩伊秩：　伊、有也，詩經頍弁：「豈伊異人」，鄭箋曰：「豈有異人疏遠者乎？」文讀作布筵有位，作廩有秩，於義甚顯，此與上文庭燎伊煌之伊字，用法有異。

庭燎伊煌：　伊、維也，此限制性之副詞。　儀禮士冠禮：「嘉薦伊脯」，鄭注：伊、維也，疏：伊維也者、助句辭，非爲義也。　釗案：伊雖是不爲義之助句詞，但仍含有限制性，所限制者、名詞抑形容詞俱不等。　如嘉薦伊脯，所限制者名詞脯，庭燎伊煌，所限制者形容詞煌，雖在文法上副詞祇能限制形容詞或動詞，而用以限制名詞時，名詞上卻隱含有動詞在。

侑酳申申，王道式訛：　侑、勸酒，酳、音胤，以酒漱口也。　訛、化也，詩：「式訛爾心。」　漢賈山傳：「養三老五更於太學，執醬而餽，執爵而酳」，伯高爲子厚先友，此祝其將入爲天子三老，養於太學，如魯頌祝僖公之意云爾。

柳州文宣王新修廟碑

一

仲尼之道，與王化遠邇：　此謂仲尼之道，與王化相爲遠邇，王化遠卽仲尼之道遠，王化邇卽仲尼之道邇；不可能反其道而行之，謂王化與仲尼之道相爲遠邇，凡仲尼之道遠卽王化遠，仲尼之道邇卽王化邇也。　此可見子厚微旨，子厚是一偉大政治改革論者，而不是如馬丁路德之宗教革新家。

此文元和十年冬作，是年七月，子厚莅柳，修廟是其初政，子厚時年四十三。

乃合初亞終獻三官衣布：　論語：「齊必有明衣布」，注：以布爲沐浴之衣，是衣布合爲一物，卽明衣之謂。　陳少章謂：「衣爲明衣不誤，而布爲錢」，引柳州井銘序：凡用罰布六千三百爲證。　又引劉禹錫奏記丞相府論學事云：舉天下郡縣一歲釋奠，凡費四千萬，適資三獻官飾衣裳，飴妻子，於學無補，則當日衣布之給必厚，故可藉其資以修廟。　由是言之：衣布仍是一物，蓋當給衣者，例以錢代其直也。

二

元潘蒼崖所著金石例，於擬記立爲說曰：

凡爲文字，先要立意，所謂立意，如學記泛說尙文，是無意也，須就題立意，方

爲親切。柳子厚柳州學記説:「仲尼之道,與王化遠邇」,此兩句便見嶺外立學,不可移於中州學校也。

文爲文宣王新修廟碑,並非學記,蒼崖稱爲學記,列入記事之文一類,試擬其式,稍嫌鑿枘。然大體無甚差忒,以命意凡文皆爲首要,不必問其何體也。

終南山祠堂碑

貞元十二年丙午,子厚二十四,正求試博學宏詞而作此碑。與楊誨之書云:吾年二十四,求博學宏詞科,二年乃得仕,則此時適文戰不利,未得通籍,而其隨手寫成金石文字,已文詞斐亹如此。

申命京兆尹韓府君:府君者,韓皋也,皋於貞元十一年四月,以兵部侍郎爲京兆尹。皋傳云:十四年大旱,民請蠲租税,皋奏不實,遂貶撫州,以此推之,旱當由十二年連續而來。

紀堂條枚,秦風詠焉:詩:「終南何有?有條有枚」,條、槄,枚、枏也,皆大木。又「終南何有?有紀有堂」,紀、山之廉角,堂、山之寬平處也。獨枚一作梅,洪景盧即按梅字,加以詮釋如下:「摽有梅之詩,不注釋梅,而秦風終南詩:終南何有,有條有梅,毛氏云:梅、枏也,箋云:名山高大,宜有茂木。今之梅與枏異,亦非茂木,蓋毛

鄭北人，不識梅耳。〔說見容齋續筆卷三。〕」如此望文生義，幾何不惹經生之笑？宋人解經之陋且穉，往往如此。

禳祈禜雩：　周禮：禜、門祭，用瓢齎；雩、請雨之祭。　禜音詠，集有禜門文。

湘源二妃廟碑

湘源者、爲永州四縣之一，韓退之黃陵廟碑，首云：「湘旁有廟」，湘旁未必卽是湘源。意者、湖南之二妃廟，當不止一處有，韓柳二碑，各事其事，兩不相涉。

司功掾守令彭城劉知剛：　司功者、司功參軍也，參軍爲掾級官，故曰司功掾。守者、攝也，守令、謂以司功攝令，令當指湘源縣令，湘源爲永州刺史轄縣。

咸執牘聿，至於祠下：　牘、書版；聿、所以書，楚謂之聿，吳謂之不律，釗案：牘聿猶今言紙筆。

迺桴迺載：　桴一作浮，誤。　桴、謂編竹木以渡也，銘曰：「桴木負埴」，義同。桴大者曰筏，小者曰桴，卽今所謂木簰或竹簰。

潛火熇蘖，炖於融風：　炖、說文：風而火盛貌。　融風、左昭十八：梓愼曰：「是謂融風，火之始也」，注：東北風曰融風，融風、木也，木、火母，故曰火之始。

廉用積餘：　廉、節也。

饒娥碑

饒娥碑者，非子厚作也。按饒娥字瓊姬，饒州樂平人，父勣，漁於江，遇風濤，舟覆，尸不出。娥年十四，哭水上，不食三日，死。俄大震電，水蟲多死，父尸浮出，鄉人異之，歸賵具禮，葬父及娥鄱水之陰。縣令魏仲兕碣其墓，建中初，黜陟使鄭叔則表旌其閭，河東柳宗元爲立碑，此新唐書列女傳所載如是。夫饒娥之死水上，究在何時？史無明文，而魏仲兕大曆間爲樂平令，鄭叔則建中初爲黜陟使，大曆、建中，皆德宗年號，是饒娥死事時，子厚殆不過七八歲耳，自後足跡亦未親履饒州，子厚緣何爲此娥立碑？又娥死與未死，人各異說，據王伯厚所紀，仲兕碣實不言娥死，宋景文新書亦爾，乃子厚失於傳聞，而史承其誤。以勢推之：饒娥父女打魚爲生，家中不聞更有他人，倘父女一時俱歿，則其家小小茅屋，那能歷久還存，堪比曩賢商容，徐待黜陟使表旌其閭乎？是知表閭之時，閭中定有人在，其人非他，卽爲饒娥，是伯厚言饒娥不死，顯在情理之中。子厚以不實之碑文，與仲兕墓碣並列一處，形成矛盾，何以示後？又子厚最不喜推天引神，言之屢屢，而此碑言明日鼉魚鼉蛟，浮死萬數，塞川不流，鄱旁小民，悲感怨號，以爲神奇；銘辭又云：奇行特出，神道莫酬，凡此皆與子厚平生意趣迥異，何況文實不高，銘稱引列女古跡，排比塞責，純屬帖括家數，不

類子厚手筆乎？或者元奭爲饒州，與子厚通簡札，市人用此假子厚名，爲立此碑，亦未可知，然碑不可能爲子厚作，斷無疑義。

饒娥事，盧抱經〔文弨〕讀史札記亦有紀載，大略如下：

新唐書饒娥傳云：此本之柳子厚，其事在寶應間，娥，饒州樂平人也。元時邑人許道傳，得大曆四年邑令魏仲光孝女碣，謂勳涉河采薪，爲水物所斃，不言娥死。樂平圖經謂：娥訖父喪，終身不嫁；乾符間，仲光族孫愔爲令時所立碣，賊火焚壞，因再立碣，亦言終身不嫁。大曆去寶應甚近，乾符雖遠，祖孫皆令其土三年，與士民接，詢訪豈不覈？子厚本北人，雖謫守江南，得之傳聞，容有未詳，許因集其事爲顯孝録，見元番陽李仲光集。

據此，可得訂正者數事：一、孝女死事在寶應間，寶應是肅宗年號，子厚生於大曆八年，實前距十二年，吾曩云娥死時，子厚殆不過七八歲者不確。二、魏仲光、光字紀聞及他書舉作兕，此有碑文可憑，應改正。三、孝女不死，及終身不嫁是實。四、乾符是僖宗年號，去子厚之歿約五十餘年，祖孫同令一土，同説一事，當然可信。五、魏碣元時出土，尤見翔實。有此五證，抱經並不疑碑文非子厚作，殆未加深思之故。要之饒娥事傳聞異辭，遠出人情之外，碑文辭旨卑下，又紀述神異，顯爲子厚他文所不屑道，文乃後代低手僞造，斷然無疑。

南府君睢陽廟碑

一

此碑淺夫都以駢文少之，甚且嗤爲靡靡之音，毫無生氣，〔如蔣之翹說。〕下逮中清，何義門始稍稍加以説明，其讀書記有曰：

睢陽廟碑，當時睢陽死守，李翰既爲之傳，南八事首尾，韓氏又書之矣，此碑用南朝文體，蓋相避也。鬱厖眉之都尉，挫猿臂之將軍，柱厲不知而死難，狠瞫見黜而奔師，柳子方爲僇人，假以發爲憤慨，四六使事，復不覺其訐露耳。

讀此碑當先考者，子厚究在何時屬草是？依何義門所推，子厚當後於退之草張中丞傳後叙，後叙首言元和二年四月十三日，則子厚草此文，至早亦在元和三年。廖本稱：「元和三年戊子，公時三十六，「永州司馬」，所據正相吻合。果爾，或謂此碑「一句一事，始終屬對，全似韓柳未出時文體，與子厚他文不類，當是少作。」〔如黃震說。〕三十六歲，在子厚壽算中，似不得云少。顧後經朱晦菴考證，又謂子厚晚年所作，未知何所據而云然？夫爭少爭老，而文則猶是，黃東發疑碑與子厚他文不類，殊不知人不能作各種不類之文，其人必非高手，子厚之高出退之，其竅要卽存乎是。千年以來，吾唯見晏元獻能言其故，〔説屢見本編。〕晦菴拘墟，至昌言子厚「自隳以從俗」，亦

徒證己不足爲晏門輿臺也已。陳仁錫曰：「此篇似摸燕許，在柳文中又是一格，而峭鬱之意自見」，雖非鞭辟入裏，要仍不中不遠。

東發知篇中一句一事，始終屬對，惟屬對之精確無訛處，彼仍未之能見，如數奇之數，諸文家引用輒誤，惟子厚則否，此在王勉夫野客叢談詳言之。說如下：

西清詩話曰：「唐人以詩專門，使事不免小誤，王維詩曰：衛青不敗由天幸，李廣無功爲數奇，不敗由天幸，乃霍去病，非衛青也。」邵氏聞見錄亦如此言，乃以此詩爲張籍之作，且云漢書音義數作朔，則亦不可對天矣。此詩誤用天幸事，固已無疑，然考山谷之言，謂顏師古以數奇爲命隻不偶，則數乃命數之數，非疏數之數也。杜詩曰：「數奇謫關塞，道廣存箕潁」，白樂天詩集序曰：「文士多數奇，詩人尤命薄」，樂天以數奇對命薄，子美以數奇對道廣，是皆以數爲命數之數。若柳子厚碑曰：「不遇興詞，鬱厖眉之都尉，數奇見惜，挫猿臂之將軍」，楊蟠詩曰：「仲父嘗三逐，將軍老數奇」，此乃爲疏數字用也。

查史記：上以李廣數奇，如淳曰：數、所角切，孟康曰：奇、隻不耦也，數應讀如論語朋友數斯疏矣之數，謂屢屢也。李廣屢屢以孤軍作戰，得不到犄角之便，因而無功，其孫李陵，後來出塞失道，以五千人單獨禦敵，戰至以空拳冒白刃，仍繩祖武而敗降。此一數字之誤用，王維、杜甫、白居易、諸大家都不免，賴子厚附帶楊蟠，留此正用之

孤證，以逮於今，而今人仍漠漠然不解此秘。更詳論之：夫同一字也，正與誤烏乎辨？曰：於屬對處辨之。如數對天、對道、對命，是實對實，數非解作命數之數，其道無由；數對不、對三，虛對虛，數非解作疏數之數，道又何出？爲文屬對之重要有如此者。

胡鳴玉訂譌雜錄數奇一條，與野客叢談同，而微加詳，如洪邁制詞云：「李廣數奇，應恨封侯之相，孟明一眚，終酬拜賜之師」，爲叢談所未引是。楊蟠在杭州，以詩從蘇子瞻遊。

二

凡爲古文者，殊惡以駢文入集，吾意柳州不存此膠執之見，觀集中能以駢文標目者，在十首以上，何義門評睢陽廟碑，語甚扼要。〔語見本條上一款。〕顧亭林評劉夢得序柳集，因韓退之誌墓在前，避名氏官閥不載，稱其謙挹得體、及文不必自我成之美德，義門似襲顧意。

唐人論文，分文與筆爲二事，柳既不與韓爭筆，同時亦不以文自諱。方望溪以柳所成，止於孟堅，意若以韓稱柳似司馬子長爲不然。倘子厚有靈，當不以望溪評語爲不足，桐城適自彰其淺陋，究與先哲何關？

杜子美在中唐，當古文運動句萌之初，世論於駢文大肆抨擊，曾慷慨發爲歌詠

曰：「王楊盧駱當時體，輕薄爲文哂未休，爾曹身與名俱滅，不廢江河萬古流。」夫王者王勃，楊者楊炯，盧者盧照鄰，駱者駱賓王，四人皆駢文家，號爲初唐四傑，卽所謂當時體，而爲世之噪爲古文者所攻。子美則指而目之曰：爾曹之身名，將朝不保夕而俱滅耳，爾所攻者，則行與江河並存不廢，萬古長流也，語意何等深至？又何等斬截？此固不獨於唐之駢文爲然也，不論何時？舉世有大政潮起，一反一正，領域犁然，其卒也，反面滅絕，而正面長存，均視此。

何況子厚並不如王楊盧駱，專以駢文著稱，除駢文外別無所能也。爲子厚者，上綜三古，下籠百家，筆之所投，無往不利，騷賦功深，正以助古文之淵懿，不謂適觸無能者之忮疾，而大恣喧囂。蓋若輩之攻駢文者，非謂駢文爲足攻，而實己所不能，卽不許人有也。此而震撼松柏，其力且不知下於螻蟻何許？庸何傷？

三

錢竹汀博極羣書，而跋柳河東集，僅止於駁辨注釋一條，不及其他：

注柳集者，南城童宗説、新安張敦頤、雲間潘緯，不知何人合而刻之？潘氏音義，成於乾道三年，此本於敦字尚未缺筆，當刊行於乾道淳熙之朝矣。南府君廟碑：「浙城鑿穴之奇」句，蓋用潘安仁馬汧督誄，而注家不知出處，疑其用田單火牛事，殊可笑也。

童宗説等注本，卽商務印書館四部叢刊本所謂增廣註釋音辯柳先生集者也，其注誠爲：「汧音牽，其事未詳，或曰：田單穴城火牛」，但廖本注旋卽改訂如下：

晉元康中，氐羌反，汧督馬敦固守孤城，羣氐四面雨射城中，城中鑿穴而處，負尸而汲，詳見潘岳馬汧督誄，舊注指田單事非。

廖本倘經竹汀過目，則所跋顯爲附贅，竹汀通人，決不肯如此沽名，此殆竹汀殫心經史，無暇廣覽集部，從事校覈所致。究之號稱博極羣書，仍未免微嫌不足，鄙意校定錢集，如門人吳嘉泰、袁廷檮等，不將此跋削去，殊嫌失察。

四

王志堅四六法海云：

杜厲叔事莒敖公，自以爲不知己，去居海上，及公有難，乃往死之，曰：「以媿後世之人主不知其臣者。」晉襄公縛秦囚，使萊駒以戈斬之，囚呼，萊駒失戈，狼瞫取戈斬囚，遂以爲右。箕之役，先軫黜之，狼瞫怒，及彭衙既陳，以其屬馳秦師死焉。此二事用於霽雲碑，是子厚微意。徐師川詩：「開元與天寶，衮衮見諸公，不聞張與許，名在臺省中」，亦子厚指也。

右義與上引何屺瞻之説相同。尋志堅字弱生，崑山人，萬曆進士，其人學行可觀，所著書有聲於時，屺瞻以同鄉後輩，不能不讀其書，用其説而不名，微近盜竊。獨子厚

一生坦率，貶官無怨，本文就事論事，未必有如二公所推度之微旨耳。

嘗論人有救國思想，乃己與國家之直接連誼，不許第三人於焉問執，固不問此第三人之身分何許也？如杜甫一生忠憤，以言卮聖，至蹉跎效小忠之機會且無有，而其詩忠愛悱惻、至流涙以死而不悔也如故。由此看來，徐師川爲張許之不入臺省鳴其不平，殆是食古不化之書生、及悻悻小丈夫之爲，當亦爲杜厲叔及狠瞫之英靈所不耻。

駢文典重，注釋難罄，兹僭補數義於下：一、猿臂、漢書猿作爰。如淳曰：臂如猿臂通肩也。二、守疏勒班超事，龜兹姑墨數來攻，超孤立無援，拒守歲餘；頓盱眙乃宋文帝元嘉二十八年，魏主來攻，輔國將軍臧質堅守三旬不拔。三、九攻見呂氏春秋：公輸般攻宋，墨子守之，九攻而九卻；三板見史記：智伯率韓魏攻趙，襄子奔保晉陽，三國引汾水灌其城，城不没者三板。四、納官見國語：句踐捷於會稽，乃令孤子寡婦疾疹貧病者，納官其子。餘類推。

卷六　碑

曹溪第六祖大鑒禪師碑

一

柳集中有禪師和尚等碑若干首，而韓集無之，人以爲退之排佛，而子厚佞佛，以此揚韓而抑柳，此陋儒淺嘗之見，不足以與（去）於衡量兩家之議，試爲辜較，可得而言。

韓柳之異同，可列如下數義：

一、柳雖尊儒，而不排雜家，蓋儒有聖賢，而其說固非盛水不漏，中有不益世用者，應無取盲目相從；莊墨申韓，雖怪僻險賊，而無背於儒部分，仍不得對之深閉而固拒，推之於佛，莫不皆然。柳之此一態度，委於蘇子由對國策過而存之之意有合，韓則異是，退之以道統自任，崇儒以歸於一尊爲期，其排佛較排雜家尤甚。

二、韓以排佛爲名高，有諫佛骨一表，自樹大閫，使己躬束縛於內，一步移動不得。其原道篇，有人其人、火其書、廬其居等語，己不得不求與其說不相矛盾，因而

僧徒無法與之接近，自亦無求碑諷銘此類蹤迹，集中佞佛文字一掃而空，此必至之事，無足怪者。柳則無此防閑，游刃有餘，天下惟理所在，吾則宗仰，佛亦無過與楊墨黄老同科，何取深排？

三、退之排佛，而究不能排佛理，見有釋徒而儒行者，己終不得不與往來；貶謫之地，環顧無可與言之人，僧徒在近，因不期而不擇，亦強約來與語，然則在佛理一面，韓柳之不同處，終乃微乎其微。形跡之異，緣於環境，而不出於心源，知言君子，何用泥焉？

曹溪大鑒禪師碑，爲柳集中釋教碑第一首，碑有云：

自有生物，則好鬥奪相賊殺，喪其本實，誖乖淫流，莫克返於初；孔子無大位，沒以餘言持世，更楊墨黄老益雜，其術分裂；而吾浮屠說後出，推離還源，合所謂生而靜者。㊀

此完全合乎吾右陳第一義，子厚在柳州作此碑時，年四十三，蘇子瞻嘗爲言曰：

子厚南遷，始究佛法，作曹溪南嶽諸碑，絶妙古今，儒釋兼通，道學純備，自唐至今，頌述祖師者多矣，未有通亮簡正如子厚者。

儒釋兼通，而且釋是晚通，此又完全爲吾右陳各義作一證明。

㊀ 王伯厚識子厚主佛與儒合，卽指此一段言。

子瞻曾爲南華寫子厚此碑，近袁爽秋〔昶〕在日記中語其事：

王摩詰撰六祖能禪師碑，運用故實，圓通無迹，極駢文之能事矣，然柳子厚大鑒塔銘，義理精到處，似勝王作，宜東坡樂爲書丹而不辭也。

吾觀辭中「庬合猥附，不夷其高」，及「中一外融，有粹孔昭」等語，儼然是儒家鉅子淵默雍穆氣象。

吾不好佛，尤非以好佛而讚賞子厚曹溪諸碑，因不願援引傳燈錄等書，推言佛跡。大鑒卽慧能，俗姓盧，蘇詩有句云：「前身應是盧行者」，盧行者卽其人也，彼與高徒神秀，從五祖爭奪衣鉢，神秀曰北秀，慧能因號南能。

二

佛氏第六祖：佛宗以達摩爲初祖，遞傳至弘忍爲五祖，忍傳慧能，卽六祖也。

扶風公：扶風公、馬總也，元和八年十二月，以桂管觀察使馬總爲嶺南節度使，總爲扶風人。

下尚書祠部符到都府：都府卽節度府，總節度全嶺南，故曰都。

推離還源：離原是背反字之一，所謂背反字者，指一字而含適相背反之二義。離之二義，卽遠與近，俗於取義近者作去聲讀，如詩：「魚網之設，鴻則離之」是也，然此終是俗見，皮日休詩：「靜憐烟島覺鴻離」，離仍讀平聲。離在本文，亦取近義，推

離云者，此處猶言推入，由是佛與儒之相接，推入是第一步驟，加深思想而至第二步驟，則逃佛歸儒而還源矣。

離騷者何？王逸章句稱：「離，別也，騷，愁也，言己放逐離別愁思也」，此解實誤。蓋屈原是忠貞不二之臣，身雖被放，不可能致懟於君，自認爲離之愈遠。吾以謂離騷、楚辭也，其遺辭不能不求其根於楚語。尋國語：「伍舉曰：德義不行，則邇者騷離，而遠者距違」，此謂邇者愁而愈近，遠者距而逾遠，離於此當訓近而不當訓遠。當事急時，有爲子尚謀可逃逸者，尚謂非子臣應取之義，如釋者言，伍舉父子定無死理。夫以伍舉父子能矢忠如此，何況屈原與楚同姓，而又執履忠貞者乎？可見離騷者，爲君愁思而謀近君之謂，非被放而卽恝然遠去，如王逸等所詮也。嘗論原之自沈，卽求近君而不可得之急切反映，倘以遠離爲安，則終日愁思足矣，何必追彭咸之遺則乎？吾蓄此意久，姑爲證子厚推離之旨略及之，媿未能詳。

班孟堅離騷贊序稱：「離，猶遭也，騷，憂也，明己遭憂作辭也」，此與魚網鴻離之詩義相近，輒爲一喜，並錄存之。

合所謂生而靜者：「人生而靜，天之性也」，語本禮記。子厚在此，乃提出教宗一大題目，蓋孔子歿後，楊墨黄老分裂其術而浮屠承其後，此教義發展程序必然如是，而各教皆返本而統於儒。是子厚公認佛爲吾儒孳生之一派，繼黄老之後當然到

來，動皆浮屠夷也夷也，直陋儒謬論，毫無足取。

梁氏好作有爲： 作爲字、與辯列子所謂「少爲作」同一用語，爲字如此用法，應視爲與僞義相通。 平景孫書潛研堂荀子跋後云：

荀子楊倞注：「僞、爲也，凡非天性而人作爲之者，皆謂之僞」，故僞字人旁加爲，亦會意字也。 竹汀詹事云：「古書僞與爲通」，卽本此。 柳子辯列子云：「其文辭類莊子，而尤質厚，少爲作」，爲作之爲卽僞。 續古文苑十三：唐劉穆之盧公清德頌：「情爲必探，高卑咸若」，則又以爲爲僞，唐時二字猶通故也。

人喜作爲，與上文「生而靜」者正相反，文脈一貫，義無旁滲。

以達摩譏之： 後魏大和十年，達摩本天竺王子，以護國出家，入南海，謂自釋迦相傳，有衣鉢爲記，至梁詣武帝，武帝問以政事，達摩不悅，仍返魏，隱於嵩山少林寺，遇毒而卒，是爲初祖。

遂受信具： 信具卽衣鉢。

本其靜矣： 此靜卽上文：「合所謂生而靜者」之靜。

大鑒去世百有六年： 先天二年癸丑卒，至元和十三年戊戌，爲一百零六年。

子厚此文在柳州作，時年四十三。

都護安南： 元和五年七月，馬總自虔州爲安南都護。

使來謁辭。廖注稱：東坡在韶州，曾爲南華寫此碑，南華又求寫劉夢得碑，則堅辭不允，與右錄袁日記合。

吳至父評此碑云：

子厚諸釋碑，皆峻潔精深，他人多假儒自重，子厚特表顯而究極之，蓋其得於釋者深，而無有人之說者存也。

子厚以己之見藉釋爲文，而非爲釋作碑，至父之說彌允。

厖合猥附，不夷其高：　此八字極精湛，人必具此德，而後足當魁首，何止教宗如是？厖、雜也，猥、瑣也，夷、傷也，謂合者厖雜，附者猥瑣，而不傷其高也。

岳州聖安寺無姓和尚碑

元劉壎隱居通議稱：

坡翁曰：「柳子厚南遊，始究佛法，作曹溪南嶽諸碑，妙絶古今」，不知以柳之文言耶？抑以其學言耶？無姓和尚碑尤妙。究之其妙安在？吾嘗仔細默誦一過，覺其並無足驚異，或曰：此無足驚異，即妙之所在。林琴南性不習佛，亦深喜此碑，爲之言曰：「子厚深入佛海，不爲詭僻之言，讀之落落大方也。」子厚爲佛作碑，不使人感覺到是爲佛說法，是之謂落落大方。

吾嘗謂子厚視佛爲諸子百家之一，全不知有何夷夏之分？其曰「性吾姓也，其原無初，其冑無終」，此眞是打穿後壁語。夫性之所在，誰能外之？旣本性生，何須有何增益？子厚辯列子，美其質厚少爲作，而此碑則曰：「或譏以有爲，曰：吾未嘗作」，然則無姓和尙，與列子伯仲之間耳，而又何夷焉？

高僧傳：「昔佛滅度後十有三世，龍樹始用文字廣第一義諦，嗣其學者號法性宗，元魏高齊間，有釋慧文默而識之，授南嶽思大師，由是有三觀之學，㊀洎智者大師蔚然興於天台，而其教始大。」碑文所謂「唯天台大師爲得其說，和尙紹承本統，以順中道」，大概如此。中道云者，子厚治儒治佛，皆本乎此，此惟使人之學說附離於己，而決不肯歪曲己之本旨以趨附人。或問：般若、梵語謂智慧，此與子厚之中道是一是二？吾不能答，質之子厚，恐亦不答。吾曩論翻譯名義，（文見邏輯指要附錄。）謂佛學之所以堅強，以術語概從音譯，不用華文妄爲牽合故，其說似非無理。凡研習內典者，第一不可望文生義，稍有違牾，所失何啻千里？所謂翻釋名義集一書，必須與汝長說文解字，同擱手邊，不可偶離，蓋從來「承於釋師，以系道本」之理致則然也。

㊀ 諸家說三觀，以天台之三觀爲最普通。一、空觀：觀諸法之空諦也，二、假觀：觀諸法之假諦也，三、中觀：此有二，觀諸法亦非空、亦非假，卽是中，謂爲雙非之中觀，觀諸法亦空亦假，卽色是也。餘解見送濬上人歸淮南覲省序。

龍安海禪師碑

此碑子厚在永州貶所作，時年三十六，集有贈僧浩初序，龍安卽浩初師。子厚亟稱浩初爲人，有是師方有是弟子，龍安制行足多，自不竢言。

龍安爲術，乃由馬鳴龍樹二師之道，徵其書，合於志，以求不悳。夫馬鳴尊者，龍樹菩薩，他碑有云：「馬鳴幽讚，龍樹虛求」，卽幽與虛兩字推之，可見龍安所爲，純乎由實課虛之學。子厚於此碑極言之曰：

咸黜其異，以蹈乎中，乖離而愈同，空洞而益實，作安禪通明論。推一而適萬，則事無非眞；混萬而歸一，則眞無非事。推而未嘗推，故無適；混而未嘗混，故無歸。塊然趣定，至於旬時，是之謂施用；茫然同俗，極乎流動，是之謂眞常。

試以名理詮之：乖離者、散實也，而空洞爲共相。〔共相者、共同形象之謂，語源出荀子，曰人於此，通常譯作概念。〕散實雖衆，咸集中於一誼，是謂乖離而愈同；共相雖虛，而無在不可以徵驗，是謂空洞而益實。散實極其數曰萬，共相歸其原於一。由共相以規散實，是爲推一以適萬；由散實以求共相，是爲混萬而歸一。事之云者，卽散實之總稱；眞之云者，又共相之妙諦。推一而適萬，則事無非眞者，謂將共相置之散實，散實無不與共相相符；混萬而歸一，則眞無非事者，謂驅散實使趨共相，共相皆不出散

實之外。由是散實共相，集於一環，推與混徒有其名，而直無相聯之動作以爲之配。故曰推而未嘗推，故無適；混而未嘗混，故無歸。展轉迴環，率由意匠。夫旬時者何？曰：由十日二十日三十日以至百日，更進而千日萬日以至億兆京垓，皆旬時也，亦卽散實，而不得謚爲眞時。所謂眞時，必須不帶數字，盡人可喻。顧實際上，此種不帶數字盡人可喻之眞時，不可能存在；而布之世間，供人紀載者，皆旬時而非眞時，故曰塊然趣定，至於旬時，是之謂施用。更以馬喻：馬本無色，而白馬驪馬以及其他黄黑馬種種，皆俗馬而非眞馬。眞馬者、常馬也，亦可牽綴用之，曰眞常馬。老子曰：「道可道，非常道，名可名，非常名」，唯馬亦然。例如秦關課賦者馬，而不標白馬，今吾馬傳以白色，而行走在外，與馬無色之定義不合，故曰白馬非馬。易詞言之：卽茫然同俗，極乎流動，是之謂眞常。

吾揣子厚所了解於龍安者，大率如右，銘曰：「象物徒設，眞源無依」，所謂眞源，卽吾曰共相，而碑曰眞常，此詣不極，卽安禪了無是處。

銘云：「莫徵旁行，徒聽浮言」，旁行者、指佉盧文字左行而言，當馬鳴龍樹兩書之入中國，卽由旁行迤譯而得。

開篇：「佛之生也，遠中國僅二萬里，其沒也，距今茲僅二千歲」，僅者、不僅之謂，子厚致許孟容書：「自古賢人才士，秉志遵分，被謗議不能自明者，僅以百數」，僅

字用法，亦與此碑同，解詳許書篇下，不更縷述。又吾國說文之學，爲人字作詁曰：人者仁也，仁从人二。何謂人二？夫二者複數之始，由龍安之理推之，凡數之始，即包括數之終。今吾複數之始曰二，複數之終曰萬，惟二惟萬，皆足盡散實。

卷七　碑銘

南嶽般舟和尚第二碑

嘗謂佛無論爲禪爲律，都具有兩種誘惑力，一種能招致絶頂聰明人使之頫首，一種於失路英雄、左降官吏，雅相契合，而此二者咸與子厚情況相符，因此無法使子厚與佛絶緣。

禪與律之别，讀子厚浮屠各碑，義自顯明，大鑒禪師碑曰：「其道以無爲爲有，以空洞爲實，以廣大不蕩爲歸，其教人始以性善，終以性善，不假耘耡，得其靜矣」，此禪之説也。大明和尚碑曰：「儒以禮立仁義，無之則壞，佛以律持定慧，去之則喪，是故離禮於仁義者，不可與言儒，異律於定慧者，不可與言佛」，此律之説也。凡通禪者稱禪師，如大鑒之類是，明律者曰律師、甚曰大律師，如大明之類是。

子厚浮屠諸碑，大抵限於楚越間，而南嶽最多。子厚本善書，因楚南無書家，碑由子厚撰幷書丹者不少，而苦於不易指明，惟般舟和尚第二碑，載在張世南游宦紀聞者，證據確鑿。蓋有何賢良者，在南嶽獲得此碑搨本，攜至長沙，以一紙贈於曹

某，曹喜甚，因牒衡山令搜訪柳碑。碑本在上封寺，寺僧法圓、申明碑以去冬雪多凍裂，而曹仍令解來長沙，匣之郡庠。事在宋寧宗嘉定五年壬申，卽公元千二百十二年也，後來不聞湘人曾見此碑，想已燬滅無遺矣，卽得當時氈臘，唐碑宋搨，而又是子厚手迹，何等寶貴？今子厚手書諸碑，一字不見，書此憮然。

般舟和尙號第二碑者，乃對南嶽彌陀和尙碑言之。彌陀碑云：「在代宗時，有僧法照爲國師，乃言其師南岳大長老有異德，天子南嚮而禮焉，度其道不可徵，乃名其居曰般舟道場，用尊其位。」第二碑亦云：「師乃卽崇嶺，是作精室，……凡南方人願念佛三昧者，必由於是，命曰般舟臺焉」，然則般舟云者，指其地不指其名。第二碑首云：「佛法至於衡山，及津大師始修起律教，由其壇場而出者爲得正法，其大弟子曰日晤和尙，盡得師之道」，由是知此律師名日晤，曰般舟者、尊初地，從俗爲之辭也。

歐陽永叔集古錄，於此碑頗有論述，其說云：

右般舟和尙碑，柳宗元撰幷書，子厚所書碑，世頗多有，書旣非工，而字畫多不同，疑喜子厚者竊借其名以爲重。子厚與退之，皆以文章知名一時，而後世稱爲韓柳者，蓋流俗之相傳也，其爲道不同，猶夷夏也。然退之於文章每極稱子厚者，豈以其名並顯於世，不欲有所貶毁，以避爭名之嫌，而其爲道不同，雖不言，顧

後世當自知歟？不然，退之以力排釋老爲己任，於子厚不得無言也。永叔此論，揚韓抑柳之態顯然，其道不同猶夷夏，及退之力排釋老，於子厚不得無言等語，皆偏宕之至。又所謂夷者，專指般舟和尚而言，由是而之，以一概萬，其言顯失邏輯論據；永叔平生，原不失爲正士，獨論文如此褊狹，形同學究，匪夷所思。

何義門於此碑下記云：「范文穆驂鸞錄云：此碑子厚自書，亦有楷法」，按文穆爲范成大謚。

劉壎隱居通議稱：「坡翁曰：柳子厚南遷，始究佛法，作曹谿南嶽諸碑，妙絶古今，不知以柳之文言耶？抑以其學言耶？無姓和尚碑尤妙」，此可見宋元人對子厚究佛之一般看法。

查夏重得樹樓雜鈔云：

碑云：「壞衣不飾，揣食不味」，注：揣，徒官切，聚也，此字廣韻于寒桓二韻俱失載。按賈誼鵩賦：「忽然爲人，何足控揣」，其義與摶同，馬融笛賦又云：「冬雪揣封。」

釗按：揣食，當是不用箸，以手摶而食之。查柳集中和尚碑兩卷，共十一首，從來點勘諸家，於此多未能卒業，或藉口於佛未嘗學問，或稍涉藩籬，素性不習，因而勘覈未了，每每半途而廢。吾學殖本淺，佛尤疏闊未或問津，兹檢勘至般舟第二碑止，亦

卽效顰擲筆，請從何義門陳少章諸公之後，向讀者告罪。十一篇除草草勘定者外，餘如第七卷南嶽雲峰寺和尚碑、雲峰和尚塔銘、大明和尚碑、衡山中院律師塔銘諸篇，一概從略，惟粗舉概略如下：大明和尚碑首四語曰：儒以禮立仁義，無之則壞，佛以律持定慧，去之則喪。何屺瞻曰：「此四語爲名言，柳深通其說，文尤峻整。」吾嘗謂柳之治佛，旨在援佛入儒，原非爲迷佛而依佛，觀此碑尤信。大明俗姓歐陽，先世爲潭州大姓，有勳烈爵位。師爲浮屠主戒事二十有二年，宰相齊映、至親執經受大義爲弟子，其他李泌、趙憬、裴冑、令狐峘等，或師或友，類無不皈依惟謹。其次爲南嶽雲峯和尚碑，辭有云：「師之族由虢而郭。」按虢與郭一聲之轉，虢叔爲文王之弟，後平王奪其地與鄭武公，虢叔之裔別封於陽，號郭公。夫詳此世德於和尚碑上，可見執筆者用意所在。又云：「師之教維大中以告，後學是效。」大中者，爲子厚說教之關目語，儒釋相通，斯爲奧秘。又衡山中院律師塔銘，師曰希操，昝姓，昝、子感切。姓苑：昝氏，蜀人也，望出太原，魏書官氏志：後魏叱盧氏後改爲昝姓，此與其他楚僧之出自楚材者未同，姑不備論。

卷八　行狀

段太尉逸事狀

一

段太尉逸事狀，羣指爲與韓退之張中丞傳後敍旗鼓相當之作，韓作俊逸，柳作縝密，俱擅勝場，（明蔣之翹說。）一如子厚書毛穎傳後所云：「始持其書，索而讀之，若捕龍蛇，搏虎豹，急與之角而力不敢暇」；彷彿子厚之草斯狀也，因退之張傳敍在先，與之角力而始爲之，倘韓無文爲之先，柳必無文乘其後，惟柳之於韓亦然。從而傳敍輟筆，斷無段狀繼聲，韓柳互爲棋子，互看敵手先著以爲動靜，信如斯也，豈非文壇咄咄一大怪事？

明王元美曰：

退之海神廟碑，猶有相如之意，毛穎傳，尚現子長之風；子厚晉問，頗得枚叔之情，太尉逸事，差存孟堅之造，下此益遠矣。

人喜並班柳爲一談，元美此說，允爲左證，至清方望溪兼惡班柳，則繼元美而爲之言

曰：

元美謂此篇差存孟堅之造，稱量不溢其分，則夢得稱退之，謂其雄深雅健似司馬子長，豈退之哀其亡而溢美耶？抑夢得假託退之以張之耶？望溪同意元美所云差存孟堅之造者，此不足之辭，而將孟堅子厚一齊罵倒，並非謂孟堅高詣，而子厚差與之同也。等一語也，在王方兩人意中，距離甚大，以此之故，望溪只許子厚躋班，而決不容其躋馬，彼既疑退之雄深雅健之談爲哀亡，更疑夢得假託以張友，望溪之褊心窄腸，於此洞見。

吳摯父此篇置評，有先後兩次。先云：「此誠孟堅之流，至退之所稱似子長者，自謂集中詣極之文，若山水記辨諸子者耳。」後云：「生氣勃鬱，似太史公。」此可看到摯父第一評，全爲敷衍望溪而設，意謂桐城正統，不應對先輩評隲，持不同意見；其將似子長推到山水記、辨諸子諸作，亦不至得罪望溪，以詣極之文云云，固望溪自作評柳語也。繼而思之，恐與論終於不許，又毅然下斷如第二次評。嘻！摯父爲桐城末流之篤厚君子，因躓頓於前後兩時代、抑正負兩方面之夾路中。

宋祁修新唐書，全取此碑入傳，而務省略一二字，以自矜其功能。邵伯温曰：「吾戴吾頭來矣，去一吾字，便不成語，吾戴頭來者，果何人之頭耶？」鄙意吾字誠不可删，而問頭爲何人之頭？卻非其義。漢書：灌夫臨武安席曰：「今日斬頭穴胸，何

知程李？」此亦當問頭爲何人之頭，胸爲何人之胸耶？是知文者有其分際，段秀實之頭，必須有吾字，灌夫之頭之胸，著不得吾字，此可爲知者道，難與頭巾家言也。至撞殺孕婦人，削去人字，義雖可通，而句調失其鏗鏘，此亦大非細事。況此處著重所寫，是撞殺人，而無暇計及所撞殺者之爲孕婦與否？人字如何抹煞得去？其他塗改之無謂者均視此。尹少榮見焦令諶，節去「又取仁者穀，使主人出無馬，汝將何以視天地」三句，尤形成行文氣概不足。凡此皆不知文者妄下雌黄之病，不謂景文顢頇如此，夫妄塗抹他人文尚不可，何況柳州耶？

焦令諶一夕自恨死，注家謂：「段公别傳云：大曆八年，令諶猶存」，是令諶實不死。夫令諶不死，猶可得爲除三害之周處，不然，怙惡不悛，事亦恆有，爲子厚行文計，無取令諶一夕自恨死，謬事標榜，傳聞失實，亶其然歟！

「令持馬者去，旦日來，遂臥軍中」，遂一本作還，吴摯父因於還字絶句，意謂旦日來，吾乘馬還軍也，義亦可通，此當讀作旦日來（句），還（句），還字一字成一句。

狀子厚早草就，由嘗出入岐周邠斄間一語觀之，知擬草此狀，由來已久，惟至元和九年，退之在史館，子厚始決意上狀，文尾稱以狀私於執事者此也，此誠文緣之偶然巧合，足資記注。

過眞定：近人注此篇云：「眞定不詳，疑爲馬嶺山南地名。」尋史記陸賈傳：「陸生

因說佗曰：「足下中國人，親戚昆弟墳墓在眞定」，又尉佗傳：「南越王尉佗者，眞定人也」，漢書地理志：「眞定國，武帝元鼎四年置，屬冀州眞定故東垣，高帝十一年更名。」釗案：眞定屬常山，趙地，卽今河北正定府，正定之名，由眞定避諱改稱，趙子龍，卽常山眞定人氏。

二

從來衡論韓柳文者，莫不以子厚封建論爲韓集所無，而子厚段太尉逸事狀，堪與退之張中丞傳後序相匹，不問論者屬於何派，上述意見，大抵從同，獨桐城家不謂然。姚姬傳古文辭類纂，卽捐子厚逸事狀不錄，黎蓴齋續纂，於甄取漢書外戚傳，綴數語於篇末曰：

司隸解光奏，〔案卽舉發趙飛燕姊弟罪狀之奏。〕古雅絶倫，其所據卽今世辦案口供也，然不易學，恐流入於僻，觀姚氏不錄柳子厚段太尉逸事，則知此中微旨矣。

此蓴齋發微之論也。從古文家，不爲大臣立傳，以立傳爲史官職守，私家不便干預，故子厚於段秀實，僅狀其逸事而已，曰逸事者，此外正史材料，別饒豐富可知，但如實言之，子厚此狀，都採入新舊書本傳，抹去逸事，秀實表明志節之行事絶少，由是而言，狀亦何僻之有？姚氏以流入於僻爲藉口，至屏斥子厚一生僅有之較大述作，此其褊心謬見，究居何等？蓴齋揭明姚氏之說，同時將比子厚更僻之解光奏稿，顯

於著錄，蕁齋私淑桐城，所見卻高一籌。

三

趙甌北陔餘叢考卷十二云：

段秀實傳：新書增郭晞軍士縱暴，秀實斬十七人，及大將焦令諶責農租，秀實賣馬代償，令諶愧死二事，皆舊書所無。按此出柳宗元所記段太尉逸事狀，謂之逸事，必是國史所本無者，宗元蓋嘗見國史本傳，故另作狀以著之。由此以推，可見舊書全抄國史原本，新書則參考他書成之，亦見子京用功之深也。

子京著書用功之深，直緣子厚當年搜討逸事用力之奮，兩美相合，始成佳傳。

宜城縣開國伯柳渾年七十四行狀

此狀貞元十五年，子厚年二十七，任集賢殿正字時爲之，眞少作也，議者以敍事時出駢語，因謂作者習氣未除。夫曰少作，正習氣初張時耳，向後二十年，子厚博覽羣書，精研六藝，進步日新月異而歲不同，倘此文而成於永或柳也，於斯而以作者之評繩之，方爲中彀。今對少作而横加訾議如上，豈非時期倒置？此一顯著誖謬，在邏輯時曰無序。

柳集中有駢文，人或一遇駢文，卽加吐棄。吳摯父點勘斯集，若者圈，若者點，

若者橫截，大抵每篇如是爲之，獨在柳渾行狀下，批「此駢文」三字外，卽不著墨。以吾揣之，摯父十有八九，此狀殆未嘗讀之終篇也，治書而顢頇如此，將何足以知柳文？以摯父善於讀書且如此，更何論夫餘子？

嘗論古賢用功，首嚴文與筆之分野，爲作簡明達詁，則凡叶乎聲韻者，舉號曰文，不叶聲韻，舉號爲筆。以文之功程而論，學者必備乎文與筆也，始足稱文史足用，而自來文筆兼長者，實乏其人；韓退之之不及柳子厚者，卽韓能筆而不能文，柳則文筆兩擅其勝，此知文者之公論，而實無法顚破斯言。以程序論，文之功宜在先，而筆之功在後，蓋由文入筆，其勢順，以是子厚揮毫，眞無所往而不利；由筆反文，其勢逆，以是昌黎集中，僅進學解一篇可謚曰文，而卽幾幾勉強連串，難於成章。惟其然也，因文之功居先，柳之駢文，大半屬於少作，正惟少作，布勢措詞，又不免稍涉稚嫩，凡吾所能加於柳渾狀之論斷，不外乎是。

文者何？簡而舉之曰：音節取其鏗鏘，義理歸乎翰藻，如斯焉而已。狀中辭句：如「操斷舉措，通乎細大，潔廉檢守，形於造次」，如「歐除物害，消去人隱，吏無招權乾沒之患，政無犯令尨茸之蠹」，如「不隱忠以固位，不形直以奸名」，如「明其制量，臨長羣吏，示之法禁，考中備敗」，如「直而多容，簡而有制，去苛削之文，而吏皆率法，務弘大之道，而政不失中」，〔釗案：子厚一生主求中道，本文所謂考中，及政不失中，胥是

道也。」如「是夫喋喋銜玉而賈石者也，王衍誤天下，殷浩敗中軍，華而不實，異代同德，往且見獲，何寇之攘？」〔釗案：此數語者，宋祁採入新唐書。〕如「無一廛之土，以處其子孫，無一畝之宮，以聚其族屬，待祿而飽，傭室而安。」凡此種種，既不佶聱難讀，亦不堆砌可厭，輕勻淵懿，切理饜心，在抱質輕滑，而飾貌老成，如桐城輓近一流人，高文入手，而目不爲轉睛，嘉辭滿前，而心不爲反慮，輒戟指後輩而呰謷焉曰：此駢文，此駢文，嘻！吾其奈之何哉？吾其奈之何哉？

柳渾字惟深，原名載，字子輿，因幾爲朱泚所污，求改名。官至同中書門下平章事，封宜城縣開國伯，謚曰貞，唐書有傳。子厚早稱柳公從孫，誼當族屬，且又通家，故斯文應爲其一生矜心作意之撰。千年以來，人無論右柳與不右柳，舉一例視爲糞土，摽而出之大門之外，吾焉得不軒舉而珍視之？

秘書少監陳京行狀

一

有唐政之隳，權之落，馴至魚爛而亡也，中含政蠹，不外三種：一強藩，一權閹，一奸相。其間文士之有功力者，不論在行事、抑在文字，類無不於此有所表見，以自鳴其節概，惟或身遭貶謫，言受束縛，一時禁制使不得發舒者，不在此例。卽如柳子

厚所處時期，權閹首爲政梗，強藩次之，奸相卻在強弩之末，顧子厚隨二王而左官，受錮綦重，於當權虎視之二蠹，卽權閹與強藩，勢不得有所推排，獨對末大已折之奸相，稍弛彈射，猶在原情可許之列。以此之故，吾人檢閱柳集所得跡象，祇見陽城之與裴延齡，周子諒之與牛仙客，以及陳京之與盧杞，寥寥數宗而已，至反閹反藩，惟於古典文中約略徵象遇之。

京狀中涉及盧杞者曰：

巡狩所至，〔所字他本多作告。〕上行罪己之道焉，曰：凡我執事之臣，無所任罪，予惟不謹於理而有是也，將復前之爲相者。公曰：天子加惠羣臣而引慝焉，德至厚也，而爲相者復，是無以大警于後，且示天下，率其黨爭之。上變於色，在列者咸恂而退，公大呼曰：趙需等勿退，〔趙需名見先友記。〕遂進而盡其辭焉，不果復。

本事見唐史，無取贅述。惟盧杞不名者何？此觀於狀尾曰：「宗元故集賢吏也，得公之遺事於其家，書而授公之友，以誌公之墓」，則此狀所涉人事甚廣，至少陳京遺族，及京之親友，不能不防杞黨報復，故不得不愼，子厚似猶無暇爲己身計。蓋子厚作此文，在永貞元年八月五日，正當叔文政權朝不保夕之際，彼以尙書禮部員外郎之身分，爲先友〔按京名列先友記。〕銘幽作備豫，其倉皇殷篤之形象，可以想見。

陳京、字慶復，先友記中，止於寥寥數言：

陳京、泗上人，始爲諫官，數諫諍，有內行，文多詁訓，爲給事中，上方以爲相，會惑疾，〔惑一作感。〕自刃，廢痼，卒。

之數言者，亦足包括京之一生，獨文多詁訓一語，可參照狀中所敍，檢覈如下：

其學自聖人之書，以至百家諸子之言，推黄炎之事，涉歷代洎國朝之故實，鉤引貫穿，舉大苞小，若太倉之蓄，崇山之載，浩浩乎不可知也，豈揚子所謂仲尼駕說者耶？

由此可見京之學問非淺。 又觀韓退之與陳給事書，佞詞重疊，幾於求一見已非甚易，最後「獻近所爲復志賦已下，……閣下取其意而略其禮可也」云云，退之視京，儼若山斗之高不可攀，則子厚所稱「太倉之蓄，崇山之載」，亦自非虛辭塗飾可比。

唐書藝文傳，多採用狀中事，或謂此狀、全文無一駢儷語，爲子厚由文入筆之中間階段，儲欣因謂：「一脫俳優，便廉悍儁傑，可爲法程，天生柳公，輔韓起衰，卽永州以前文字可見。」 夫文筆之分，自非起於明清之際，雖癡人前說不得夢，而凡柳文所由滋生長養，同人亦不無窺見一斑云。

明馮時可，字敏卿，號元成，隆慶進士，著述有重名。 其雨航雜錄首條，卽涉及子厚如下：

柳宗元稱陳京之文深茂古老，紀事朴實，不苟悅人，其學推黄炎以下云云，京

文不多見，觀柳所稱如此，其人可知。近來誌銘傳記之作，惟務繁縟，極力贊述，苟悅子孫，無取月旦，卽號爲大家者尤甚，致使將來賢愚莫辯，信史無徵，是文人之大病也。昌黎云：爲文而使一世之人不好，吾悲其爲文，爲文而使一世之人好，吾悲其爲人。二公之言若此，其意皆欲以文維世，不徒逞膏馥爲名美，務容悅爲利媒者。予往時曾以直筆賈罪，遭豪者徧毁於諸貴人，以此齟齬末路，然予持其說不變，趙太史稱予爲文之董狐，因覽柳語有感，漫筆於此。

觀此，想見馮公欲得京文而讀之，正如鄙懷，惜乎其不可得見也，因錄其說於此。

子厚用代名詞最矜愼，如本文：「授館致餼，厚以泉布獻焉，公曰：非是爲〔去〕也」，爲作去聲讀，是指上文致餼泉布，是爲卽爲是之倒置。此一用法，原於論語：「伯夷叔齊，不念舊惡，怨是用希」，是指上文不念舊惡，用猶以也，是用猶言是以，卽以是之倒置。此等代名詞，使用時須倒置與否，都有一番斟酌，不得輕率從事。

二

陳京之文，至爲罕覯，吾於全唐文中發見數首，就中唐同州澄城縣令鄭公德政碑幷序，最爲豐縟有餘，雖未全脫六朝餘習，要自一時高手，置之柳集中，人亦可得視爲少作，一例珍惜，碑文過長，擇錄如次：

在昔兩漢之政咸勤，東京之事最明，共理邦邑，必難守宰，不獨孝宣二千石之

選也。我國家宏啓至化，稽對前謨，領縣掄材，自邇敷遠，實先三輔，載首屬城，恆寧厥人，多及於理。不有卓異，曷颺頌歌？未通神明，誰鏤金石？由是貞元十一年秋、閏八月十七日辛巳，詔諭銘紀左馮翊澄城令鄭楚相功德於其治所之南門也，澄人謂余方從郎，謬跡書殿，飽循吏之事業，聆采風之風謠，求成其文，寘美公焉。公字叔敖，鄭州滎陽人，……既冠試吏，逢時屢遷，……德成敢雄，籍奏用申。……授長安尉而至於宰是邑也，致治大端，本人和氣，……枯泉由靈而正出，鷙蟲抱義而大去，……於是百姓孫士艮等、報德誠明，請命朝省，而斯頌作焉。詞曰：

澄有賢令兮爲鄭父，文雅揚班兮學齊魯，執業操刀兮造新部，更宅闢戶兮調舊宇。家多令井兮漫畦圃，野播膏苗兮斂鍾畝，泉異貳師兮亦我樹，獸同安成兮不吾禦。西海少婦兮愼莫渡，潁川四君兮敢爲伍？蠵龜爰伐兮題廣路，崔巍靡泐兮偉終古。

京擇言雅而無枝辭，下義確而有來歷，如德成敢雄，本莊子：「古之眞人不雄成」，注：不雄成、不恃其成也，一滑讀過，卽不解作者琢句之功。序中「枯泉由靈而正出」兩句，與頌「泉異貳師兮亦我樹」兩句相印，貳師將軍李廣利伐宛，宛城中無井，汲城外流水，於是遣水工徙其城下水，空以穴其城，見漢書。又王孚安成記曰：都區寶居父喪，里人格虎，虎匿其廬，寶以蓑衣覆藏之，虎以故得免，時負野獸以報，寶由是知

名。至序中鷙蟲抱義，則出後漢書：宋均遷九江太守，郡多虎暴，均下記屬縣，一去陷穽，除削課制，虎相與東浮渡江。

韓退之以生紙寫送孟東野序，呈奉陳給事，給事卽京也，序中唐之善鳴諸人，末列李觀名，而觀爲文工力，並不如京，聲望且遠遜，退之不將京名羼入，或以京易觀，似尚非巧於用佞一流人。

吾見今人行文，好用「敢於勝利」一語，似與古人異言之道不合。細思之，殊未然，亦視言者當時之骨氣何如耳？如陳京「德成敢雄」一語，卽有言敢於勝利者同等氣概。雖語本蒙叟：「古之眞人不雄成」，原是道家口吻，而一經陳京引用，立覺精神面貌，兩俱聳異而改觀。可見自來言事在人，夫以活人用死語，仁智不同，因而羌無定範云。

文中「遇公有惑疾，遂用鄭吏部高太常爲相」，查吏部指鄭珣瑜，太常指高郢，皆庸流也，才力不知下京幾等，緣京之疾，以致匪才尸位，無捄於豐陵之顚覆，曷勝浩歎？子厚此文成於永貞元年八月五日，當時政情艱險，至於何狀？掩卷可知。

卷九　表銘碣誄

唐相國房公德銘之陰

德銘、李華遐叔之作。銘曰：

玄宗季年，逆將持兵，天錫房公，言正其傾。羣兇害直，事乃不行，虜起幽陵，連覆二京。帝慈蒸人，避狄西蜀，爰命監撫，理兵北朔。〔朔方留後度支副使杜鴻漸等，迎皇太子治兵於朔方，屯平涼。〕登賢爲輔，讓子以續，公齎册書，亦捧瑞玉。〔天寶十五載八月、玄宗命琯奉傳國寶玉册，詣靈武傳位。〕聖人神人，天地咸若，子孝臣忠，元臣踊躍，命帥中軍，謀殲羿浞。〔十月、加琯持節招討西京，兼防禦蒲潼兩關兵馬節度等使，辛丑、琯以中軍北軍，及安祿山之衆戰於陳濤斜，敗績。〕人咸有言，志屈道行，公曰不可，屈則佞生，柄不在公，象昏曀明。〔象、如也，曀、蔽也，謂如陰雲之蔽日也。〕退師儲宮，出乎函谷，〔至德二載五月、罷琯，爲太子少師。〕入爲尙書，正色諤諤，〔貞元元年，以琯爲禮部尙書。〕又刺汾澮，遽臨彭濮。〔琯尋出爲晉州刺史，八月、改爲漢州刺史。〕何負而東？何負而西？公受挫抑，邦人悽悽，帝懷明德，俾不我迷。徵拜秋官，〔寶應二年。〕僉曰休

哉，薨殂閬中，〔廣德元年八月四日，琯卒於閬中僧舍，年六十七。〕國瘁人哀。喬嶽隕蹟，輔星昏霾，天子洟涕，追崇上台。巖巖岱宗，瞻其峻極，赫赫房公，尊其盛德。昔撫宜春，〔天寶五載，殺括蒼郡太守韋堅，琯坐與堅善，貶宜春太守。〕列郡是式，建銘江濱，以慰南國。

退叔固有文名，而文遠出子厚之下，今退叔爲銘，而子厚復銘其陰，豈能使人視己文不如退叔乎？而子厚此文，卻有此蔽，吾因疑文不出子厚手。

韓退之撰平淮西碑，子厚嘗鄙其妄加帽子，而此文帽子之大且泛，且又過焉，凡號爲公者，皆用之無迕。夫尤而效之，似非賦性亢爽如子厚之所應爲。

「理袁人，袁人不勝其懷焉」，此指天寶五載，琯宰宜春，此遠年小事，殊不必存，顧本文捨陳濤斜不談，而遺大錄小，大失權衡之正，而且錄袁人是曲筆，曲筆者何？以王涯亦曾爲袁州刺史，意在佞王，因特著焉，有人將二袁字改作遠者，或亦惡此曲筆而避之歟！

子厚於王涯素不重其人，而此文「起遺文以昭前烈，則其入爲卿士三公也，孰曰不宜？」云云，佞王過當，不似子厚手筆。「吾懼其去我也遽」，尤佞之甚，子厚應不可能作此語。

房次律一代名人，陳濤斜之敗，毫不足損其名德，子厚何事避而不談？子厚得

此大題目，而不能有文以壓倒李遐叔，吾意其事特奇，故吾不信文爲柳作，何況名爲尊房，實乃媚王，事固爲子厚平生所鄙乎？

何義門評此文云：

起首何用此詞費？「楚之爲縣者，若葉公白公」，楚之爲縣勝計乎？「人不忘公之道」，人字上有袁字。「王公嘗以機密匡天子於禁中」，……至末一大段，特爲廣津作也，甚卑，宜削。

義門持論嚮刻，而此論則甚正，特義門未推論到此文是否子厚手筆耳，吾繕就右文，始見此評，因亟錄之。

釗案：稱公一段帽子之無謂，除楚國之公如牛毛，爲義門所指責外，由唐遷延以逮有宋，公之稱號，賤濫不堪，如閹宦宋用臣謚議爲豐稷論奏，卽爲顯例。〔參閱下部第韓門：韓愈與孫覿條。〕本篇如此寫法，不廑不足尊房，且似明揚暗抑，鄰於笑謔云。

國子司業陽城遺愛碣

一

貞元十四年，子厚年二十七，爲集賢殿正字，作此碣。集又有與太學諸生書論城事，甚悉。

城、定州北平人，後徙陝州夏縣，新史列之卓行傳。郎隱所起陽公爲諫議大夫：　貞元四年六月，以陝虢觀察使李泌平章事，泌薦城可用爲諫議大夫。

後七年，廷諍懇至：　十一年四月，裴延齡誣宰相陸贄等，贄坐貶忠州別駕，帝怒甚，無敢言者。城即率拾遺王仲舒等數人，守延英門，上疏論延齡姦佞、贄等無罪。德宗怒，將加城等罪，良久乃解，七月、下遷城國子司業。

又四年九月己巳，出拜道州刺史：　又四年者，從貞元十一年順數之，又得四年也。十一加四，應得十五，而於實拜道州乃十四年事，又四年之四應作三。有太學生薛約，嘗學於城，十四年、以言事得罪，謫連州，吏捕迹得之城家。城坐吏於門，與約飲訣別，涕泣送之郊外，帝聞，以爲黨罪人，九月、出城爲道州刺史。

朝廷重更其事，如己巳詔：　重、難也，語含否定，意謂朝廷不欲更其事，仍如九月己巳詔，出刺道州。

會徒北嚮如初：　王元美謂北嚮字晦。剑案：由太學赴闕下，路綫應是由南而北，故曰北嚮；昨日曾叫閽，今日繼續爲之，故如初，語意十分明顯。

相眄徘徊：　相一作顧。

柔輭有立：　輭一作懦。

沈酗腆酒，斥逐郊遂：　酗、呼句切，酒醬也，腆、宅典切，多也。郊遂、國外曰郊，郊外曰遂。書費誓：「魯人三郊三遂」；王制：「不變，移之郊如初禮，不變，移之遂如初禮。」

覆簣基仁：　覆簣字本論語，簣、盛土器。

貳我成均：　成均、五帝之學。

癯者既肥：　韓非子：「子夏始癯而後肥，有問之者，子夏曰：吾戰勝人。問曰：何爲戰勝？子夏曰：吾入見夫子之義，則榮之，出見富貴，又榮之，二者戰於胸臆，故癯，今見夫子之義勝，故肥也。」釗案：何爲戰勝？爲猶言謂，古爲謂字通用。

林紓評曰：

此碣至難學，以序中用四言，厥體如銘，不過不用韻耳，而銘復四言，讀之疑複。韓柳多有此體，然亦易辨，銘有韻以限之，法宜循聲按節，平仄雖不盡調，然韻脚調也，序中用四字成句，則可以不調。平仄：仄處累仄，讀之喑塞，平處累平，讀之鏗鏘，且一氣黏貫而下，可以數句作一句讀，銘則八字一頓，自有節奏，不能讀作一氣也。

釗案：詩以四言最難工，而子厚特慣爲之，以集中多長篇碑銘，此雖不以詩名，而固四言詩也。　此碣序與銘皆四言，尤衝破常格，獨爲其難。

二

陽城事、韓柳集中俱有文論列，顧柳於陽城始終推許，而韓則不免有微詞，爭臣論尤顯露。臨川李聯琇小湖好雲樓初集卷二十、有爭臣論書後云：

退之爭臣論，卽孟子之所以謂蚳鼃也，而其辭特譏切。夫以陽道州之伸陸贄，沮裴延齡，表表當代，其始之默，庸詎非有待而然，而顧敦卒不少假，致他日柳州攻退之曰：「不自勉而欲勉人」，嗚呼！非猶夫爲蚳鼃則善，而自爲則不知者哉？然此固賢人君子之所有事也。嘗觀論語一書，撰自孔門之徒，而於其黨，若宰我之短喪，冉有之聚斂，樊遲之請學稼圃，孔子以爲不仁、爲小人、爲非吾徒，甚者，子服景伯欲肆公伯寮，師弟朋友之間，攻之力，斥之嚴，皆直書而無所諱，豈盡言以招人過哉？固將以明道也。退之之論，亦以明道，非徒責善而已，故不爲書而爲論，至其辭之切於孟子，則以道州爲諫議大夫已五年，視蚳鼃之爲士師數月，蓋遲之又久云。

子厚不自勉而欲勉人之論，固非指陽城事而言，小湖如此引用，質之子厚，私衷當亦無忤。蓋退之平日好言論，行行焉自爲正直，顧對人不加諒宥，及其著原毀也，又以責己重周，用自詡而矇人，若是者、子厚固深有所不滿也。至小湖謂退之將以明道，非徒責善，此直皮相之論，無足深辨。

何義門評云：

帝尤嘉異四句：查城爲司業乃下遷，嘉異旌優，語非實錄，特以爲逐臣立碑，不得不有所回互耳。

義門論人論事素刻，此評顧委婉乃爾，四語爲：「帝尤嘉異，遷爲國子司業，旌直優賢，道光師儒」，此吾於右簽已敍明，各本皆遵史實注明。

陸文通先生墓表

一

陸淳者，子厚之師也，㊀子厚洞明春秋，深解國語，又兼通周易，闢源大率由陸先生，彼與元饒州論春秋書，已鄭重言之：

……京中於韓安平處，〔安平名泰。〕始得微指，和叔處〔和叔吕温。〕始見集注，恒願掃於陸先生之門，及先生爲給事中，與宗元入尚書同日，居又與先生同巷，始得執弟子禮，未畢講討，會先生病。時聞要論，嘗以易教誨見寵，不幸先生病彌甚，宗元又出邵州，乃大乖謬，不克卒業。復於亡友凌生處，〔凌準。〕盡得微指、辯疑、集注等一通，伏而讀之，……見聖人褒貶予奪，唯當之所在，所謂瑕瑜不掩也，反

㊀ 淳以避憲宗諱改名質，今本編一律仍用本名。

覆甚喜。若吾生前距此數十年，則不得是學矣，今適後之，不爲不遇也。由右觀之，陸淳並非子厚一人之師，而實是八司馬及同時輩流之所共事，元饒州諒亦親炙者之一。饒州名True，自居易冷泉亭記，有右司郎中河南元True作此亭語，是True蓋河南人，能以學爲政，並可見永貞詿誤一流人之學優則仕，根柢深厚。歐陽永叔謂「劉柳無稱於事業」，殆事後論成敗之膚淺語也。

子厚作陸文通先生墓表，於與饒州書亦提及，謂「今以奉獻，與宣英讀之」云云，韓泰此時，當在饒州，後元True曾舉以自代也。至子厚此表，似作於邵州，表有云：

……陸先生與其師友天水啖助、洎趙匡，能知聖人之旨，故春秋之言及是而光明，使庸人小童，皆可積學以入聖人之道，傳聖人之教，是其德豈不侈大矣哉？先生字某，既讀書得制作之本，而獲其師友，於是合古今，散同異，聯之以言，累之以文，蓋講道者二十年，書而志之者又十餘年，其事大備。爲春秋集注十篇，辯疑七篇，微旨二篇，明章大中，發露公器，其道以聖人爲主，以堯舜爲的，苞羅旁魄，膠轕下上，而不出於正。〔按不出於正者，謂不離乎正也，子厚屢如此用出字。〕其法以文武爲首，以周公爲翼，揖讓升降，好惡喜怒，而不過乎物，既成，以授世之聰明之士，使陳而明之，故其書出焉，而先生爲巨儒。用是爲天子爭臣、尚書郎、國子博士、給事中、皇太子侍讀，皆得其道，刺二州，守人知仁。永貞年侍東宮，言其所

學，爲古君臣圖以獻，而道達乎上。此蓋子厚集中沈酣厚重之作，陸元名淳，避憲宗諱，改名質，字元沖，歿後門人謚爲文通先生。

子厚爲人表墓，都如常例，獨至陸文通先生，於氏族親屬及平生行事，略無紀載，而三致意於攻春秋之成就而止，此其風格，誠爲金石例之所希有已。首段闡發春秋家之窮老盡氣，專其所學，以訾其所異，之數語者，最爲一篇眉目。於是陸承啖趙之遺，雜采三傳，斟酌取舍，而合爲一書，易而言之，卽變專門爲通學，而陸先生成爲開闢春秋經學途徑之巨儒，此表之關係重大有如此。

何義門於墓表下記云：

李云：子厚亦學春秋有得者，故有味乎其言之。　啖，氏姓，苻氏臣有啖鐵。陸先生字伯沖，〔按題注云：字元沖。〕新唐書：助卒，淳與其子異，褒錄助所爲春秋集注總例，請匡〔按謂趙匡。〕損益，淳纂會之，號纂例，蓋今所傳纂例者，卽集注之異名也。

明章大中，發露公器，……揖讓升降，好惡喜怒，而不過乎物。　數語發明聖人之獨特精神，所謂得制作之本者也。

義門所見不誤。不出於正、與不過乎物，出與過義同，可以互訓，子厚文中用出字較

多，凡遇出字，大抵可作過字解也，邏輯之所以重界説者，卽不出不過之要誼。

二

援鶉堂筆記記河東集云：

啖助云：公羊子言，樂道堯舜之道，以擬後聖，春秋用二帝三王法，不壹守周典明矣。子厚學春秋於陸淳，淳之學本於啖助，故云見聖人之道，與堯舜合，不惟文武周公之志，獨取其法，而陸淳墓表云：以堯舜爲的，以文武爲首，以周公爲翼，而他文亦曰：理不一，斷於古書老生，直趣堯舜大道，〔語本與楊憑書。〕其淵源本於此也。

啖助之學，不喜左氏，故子厚喜穀梁，作非國語。

右所記殊簡略。尋春秋之學，必以堯舜爲的者，質而言之，則中唐墳典已微，而堯舜時代渺遠，不難以空言擬定其道，使人無從翻駁。啖陸及柳如此號召，排抑左氏，墨守公穀，此無非圖以學術革命手段，移於政治，關天下人之口而奪之氣，徐以己派所訂制度，號稱堯舜大道，以從事澈底改革也。此表面宗經，裏面直帶緯學意趣，與西漢今文家言，隱有桴鼓之應。桐城諸子，當然不解此誼，而依類察跡，薑塢所述，卻相距不遠，可見子厚諸家，當時所立名義之大，足以統攝衆流，共趨尾閭而不自覺，千載以下，佔畢小儒，潛被影響，而彌形自然也已。

三

陸淳春秋微旨三卷，陳振孫書錄解題稱爲未見，袁桷則謂是書有皇祐間汴本，南渡後書罕傳。今張海鵬學津討源本，云是舊鈔本，校正訛脱後始刊出，全書分上中下三卷，至柳子厚爲淳表墓，稱微旨二篇，唐書藝文志相沿作二卷，四庫全書提要，謂是校柳集者誤三爲二之故，理或然歟！

淳自敍其書曰：「其有事或反經，而志協乎道，跡雖近義，而意實蘊奸，或本正而末邪，或始非而終是，賢智莫能辨，彝訓莫能及，則表之聖心，酌乎皇極，是生人以來，未有臻斯理也。」子厚與元饒州論春秋書：「聖人褒貶與奪，唯當之所在」；爲文通先生表墓：「其道以生人爲主，以堯舜爲的，苞羅旁魄，膠轕下上，而不出於正」，此一則曰當，再則曰正，固與淳自言表之聖心，酌乎皇極者合轍，不待言也。

微旨先列三傳異同，參以啖趙兩家之説，而斷其是非，所爲斷雖標己名，而必綴其下曰聞之師，一若尊崇師説者然，實則淳之所爲，乃化一先生爲匯通，舍家法而專己，言雖稱師，並未必即以師之是非爲是非也。近人長沙皮錫瑞嘗講其義，謂今世所傳合三傳爲一書者，自唐之陸淳爲春秋纂例始，蓋淳本啖助趙匡之説，雜采三傳，以意去取，變專門爲通學，釀成春秋經學一大變，凡宋儒治春秋皆宗之。獨子厚之謁淳也晚，講討乍接，本師殁而已亦奔竄，所業未宏，少所發明，爲欲沿柳以通春秋

者之一大阨，惜哉惜哉！

淳序微旨：「故春秋之文通於禮經者，斯皆憲章周典，可得而知矣」，子厚抓住此一禮字，以爲刺讞誠僞、考正曲直張本，駁復讎議其著例也。文中兩下相殺字，亦本穀梁，穀梁於昭公八年春、陳侯之弟招殺陳世子偃師條，傳曰：「兩下相殺，不志乎春秋」，此之相殺，顯之爲刑律所不載，隱之爲春秋所不志，於是子厚躊躇滿志而著爲文曰：「今若取此以斷兩下相殺，則合於禮矣」，子厚議復讎，首通春秋與禮經之郵，此其得力於微旨，而突過退之之帖括文字處。即以文論文，子厚答韋中立書，自道所旁推交通以爲文，未忘參之穀梁以厲其氣，駁復讎議足資說明，儲欣俗儒，亦頗能窺見此竅。

紀侯大去其國條，子厚爲元饒州言曰：「見聖人之道與堯舜合，不惟文王周公之志，獨取其法耳」，此區區數語，殊難了然聖人之道與堯舜合之爲何故？必與微旨參看始明。微旨稱：「淳聞於師曰：國君死社稷，先王之制也，紀侯進不能死難，退不能事齊，失爲邦之道矣，春秋不罪，其意何也？曰：天生民而樹之君，所以司牧之，故堯禪舜，舜禪禹，非賢非德，莫敢居之，若捐軀以守位，殘民以守國，斯皆三代以降家天下之意也。故語曰：『唯天爲大，唯堯則之，韶盡美矣，又盡善也，武盡美矣，未盡善也，禹吾無間然矣』，達斯語者，其知春秋之旨乎！」唯天爲大數語，淳序微旨已首稱

之，而今於此條又重復申明，意若曰：語乃泛應曲當，無遠勿屆，放之四海而皆準，俟之百世而不惑，並非單文孤證，爲偶然出來事也。然則如之何？曰：子厚於楚人殺陳夏徵舒條，曾著明之：「聖人褒貶與奪，唯當之所在」，當者何？曰：後世獨夫民賊之所藉口：主憂臣辱，主辱臣死，或城存與存，城亡與亡，皆不得曰當，皆不得與於堯舜之道。中唐專制之世，陸先生講春秋，能表襮此旨以爲的彀，誠不愧爲「巨儒」，子厚承其流而擴充之，亦不愧爲「世之聰明之士」。

四

子厚從陸元沖學春秋，最鄭重其事，答元饒州論春秋書：「京中於韓安平處始得微指，和叔處始見集注」，所謂微指及集注者，皆陸先生之春秋著錄也，此等書經宋逮元，猶流傳無恙，吳淵穎（萊）有春秋纂例辨疑後題云：

自唐世言文者，一變而王楊盧駱，再變而燕許，三變而韓柳，雖其文振八代之弊，及見當世經生攻訓詁，治義疏，則深敬之。太常殷侑新注公羊，退之欲爲之序，幸得掛名經端，以蘄不朽，及寄詩盧仝，又言其抱遺經，束三傳，然仝所著春秋摘微一卷，間見一二，亦未甚爲學者輕重。惟子厚願掃於陸先生之門，先生蓋河東陸淳元沖也，與子厚同郡，且云：先生師天水啖助及趙匡，知聖人之旨，兼用二帝三王法，至先生大備。春秋集注、纂例、辯疑、微指等書，苞羅旁魄，轇轕下上，

一出於正，於是春秋有啖趙陸氏之學。往予北遊京師，始從國子學見陸氏纂例十卷，是金泰和間禮部尚書趙秉文手本，太原板行，後又得陸氏辯疑七卷，微指二卷，而集注久闕。自唐世學者説經，一本孔氏正義，及宋之盛，説者或不用正義，六經各有新注，爭爲一己自見之論，而欲求勝於先儒已成之説。宋子京撰唐書，猶不滿於啖助者，豈啖助實有以開之故歟？雖然，啖趙陸氏未可毁也，後之學者，自肆於藩籬閫域之外，口傳耳剽，而不難於議經者，必引啖趙陸氏以自解，是或未之思也夫！

觀此，足見陸氏之書，至金元間猶盛行北方，淵穎且認陸氏所傳爲正，不主宋世一己自見之論。尋子厚陸文通先生墓表，所舉辯疑七篇，微指二篇，書及卷數皆相符，獨春秋集注十篇，宋時已不可得見耳。凡子厚表章陸氏能知聖人之旨，如明章大中等，中有二三語，爲淵穎所引用，獨淵穎所云一出於正者，子厚原文作不出於正，一正一負，矛盾顯然。此淵穎不明子厚出字眞解，子厚集中，出字如此用者，屢見不一見，大旨出作離或外詮釋。不出於正者，謂不離或不外於正也，與下文不過乎物之不過，用意相類，至淵穎所引，出作「出發」解者，本旨雖亦並無多少違異，而氣韻要自不同，此讀柳文者於字義所不可忽略之處。又明章大中四字，乃子厚獨見春秋之微言大義如是，柳文不甚言道，而重言中，熟讀自有領略。〔桐葉封弟辯亦云：周公輔成

王，宜以道從容優樂，要歸之大中而已。」

吴淵穎者、延祐中試禮部不利，遂隱而講學東陽。柳貫字道傳，與吴同時，以博學能文著稱，有柳待制集，集中亦有記舊本春秋纂例後一文，可得與吴文一比勘焉：

右陸文通先生春秋纂例十卷，平陽府所刊本，末有識云：泰和三年五月十三日秉文題，其裝褾猶用宋紹聖間故門狀紙，蓋金仕宦家物也。延祐三年，貫客京師而得之，校其中闕亡三十一紙，從朋友假善本，手書完，裝綴成袠。先生之學，其於春秋粹矣，春秋言本三家，公穀主釋經，左主載事。由漢立學官，師資殊指，故時時彈刺以相高，言之哤而道之裂也，唐啖助氏作，始析同辨異，有義有例，明三家之要歸，示一王之矩則，其道粲然矣。先生嘗承趙學，著其所聞，爲書曰纂例、微旨、辯疑，此其一也，貫將讀而繹之，益求二書以卒業焉，天旣開余以例，安知二書不踵爲余有耶？蓋私竊喜之。按金章宗之十二年，改元泰和，其三年則癸亥歲也，於時北學稱趙閑閑公，秉文卽公名，知爲趙氏所藏無疑。後癸亥七年，章宗復土，中原瘴於兵，又二十五年而金亡矣，是書免於灰殘躪滅，以萬毁一，存於壁藏瓿覆之餘，傳閲幾姓幾室而至於余，逆而計之，亦一百一十六年物也，況今無板本，豈不尤可珍也哉？得書後二年八月廿五日，解梁柳貫記。

道傳所得，殆與淵穎同一源，大約趙秉文家藏此書，不止一部，兩人各獲其一，而淵

穎多收辯疑、微旨兩種耳。子厚奉手會心之書，至金元間，猶得儒生兢兢執守，爲啖助氏張目，等是北方學者，將毋興禮失求野之歎？文中「以萬毁一」，猶言「以萬分一」，毁分聲通，故方言渾殽，文人往往翹方言以自異，如世説新語「兩三千萬」，作「兩森千萬」之類，又莊子空穴來風，字不作穴而作「閲」，至今江蘇人讀穴字仍帶閲音。趙秉文字周臣，號閑閑老人，金大定進士，累拜禮部尚書，著述甚富。

五

王鳴盛學有本原，據所見而立説，在乾嘉諸儒中，比較能爲持平覈實之論。西莊始存稿中有春秋論一首如下：

春秋之學，凡左氏公羊氏穀梁氏三傳相合者，後人無可置議也，惟三傳本自互異者，當更折衷之耳。乃啖助陸淳趙匡輩，創爲信經駁傳之説，而又以書法立爲義例，鑿空鑿虚，各據己私，以窺測聖人之旨，至宋胡傳㊀出，而失眞彌甚矣，豈不重爲此經之厄哉？左氏親受經於聖人，公羊氏穀梁氏皆子夏弟子，相去不過再傳，其是非必不大謬。然猶有互異如尹氏㊁之類者，蓋晚周兩漢諸儒，受經各守

㊀　胡安國所作之春秋傳，斯傳乃對王安石而作，以安石指訾春秋爲斷爛朝報，安國力反其説，宜不免有矯枉過正之處。

㊁　尹更始、漢宣帝時汝南人，治穀梁春秋。

師説，往往如此，無足異也，後人於此，會通以求之，或更參合他經以定之，皆可也。先師鄭氏康成，鍼左氏膏肓，發公羊墨守，起穀梁廢疾，蓋會通三傳，不主一師，此鄭氏家法也。唐諸儒自詡獨抱遺經，束三傳於高閣，然書法當從事實，廢左氏而空言書法，可乎？公羊穀梁發明書法，親得之於孔氏之門，廢公羊穀梁而言書法，又可乎？至胡傳出，而支離迂腐，臆斷胸馳，傳亡而經亦亡矣。自故明以胡傳試士，舉子奉此爲兔園册，而試官取事之因傳連及者，倂出之，號爲合題，於是此經之義，若射覆然，可謂陋矣。夫聖人之修春秋也，於述之中，微示作之意也。昔周禮有太史小史、内史外史，而列國亦各有史記，如韓宣子所見之魯春秋是也，是故惠公以前之春秋，聖人所善而仍之者也，隱公以下，史不闕文，事不紀實，而又適當平王四十九年王跡將熄之日，故託始於此。有日則書日，有月則書月，名稱從其名稱，爵號從其爵號，盟則書盟，會則書會，以至卒葬戰伐殺弑，皆因赴告之文，史記之舊，此通例也。史之所無，補以示義，史之所有，列以示戒，此特筆也，故曰其事則齊桓晉文，其義則丘竊取之。通例者、聖人之公心，特筆者、聖人之精義，蓋據事直書，善惡自見，而善惡之大者微者，則用特筆以發之，如此而已矣。然此皆不外三傳，求之可也，如唐宋諸儒之論，以爵位名字之類，定爲褒貶予奪，則既失其本事之實，而亂臣賊子，空名亦無以懼之，匹夫而僭賞罰之權，尤不

足以服亂賊之心，凡若此者，皆不可從也。夫唐宋諸儒所以多謬說者，以其欲廢傳也，倘能於三傳之合者則仍之，惟互異者始從而折衷之，而折衷之法，亦不離乎傳也，則又安用此紛紛者哉？

西莊此論，意頗平允，而不免有雷同之說，其謂啖趙鶩空鑿虛，蓋本於晁公武。公武之言曰：「啖趙以前，學者皆專門名家，苟有不通，寧言經誤，其失也固陋；啖趙以後，學者喜援經擊傳，其或未明，則憑私臆決，其失也穿鑿；均之失聖人之旨，而穿鑿之害爲甚。」其所以失之穿鑿，公武歸獄於援經擊傳，夫擊傳者、卽西莊所謂駁傳也，啖趙既見訾擊傳駁傳，西莊旋又進一步甚其詞曰廢傳。以子厚所得於啖趙者言之，啖趙有不足於傳，於是「合古今，散同異，聯之以言，累之以文，〔語見陸文通墓表。〕」爲之辯疑，爲之指微，而歸本於「明章大中，發露公器，〔同上。〕」並見「聖人褒貶與奪，唯當之所在，〔答元饒州論春秋。〕」諸如此類，誠哉有之，至如唐人所謂將三傳束諸高閣，廢傳不用，一憑臆見決事，則誣罔之甚也。西莊以折衷爲善，而凡子厚所主張之中、之當、又補充言之曰瑕瑜不掩，〔同上。〕斯豈非折衷之所有事乎？

六

滿清末造，南海康有爲倡爲今文學，以震盪天下士，老生宿儒多非譭之，獨長沙皮鹿門〔錫瑞〕陰右其說，而陽與康稍稍示別，卒之鹿門所持，無形中與唐之陸元沖

柳子厚合轍，學術之旁魄下上如此，細覈亦彌有趣。鹿門所著經學通論、有如下一論：

論春秋是作不是鈔錄是作經不是作史杜預以爲周公作凡例陸淳駁之甚明說春秋者，須知春秋是孔子作，作是做成一書，不是鈔錄一過。又須知孔子所作者，是爲萬世作經，不是爲一代作史。經史體例所以異者，史是據事直書，不立褒貶，是非自見，經是必借褒貶是非，以定制立法，爲百王不易之常經。春秋是經，左氏是史，後人不知經史之分，以左氏之說爲春秋，而春秋之旨晦，又以杜氏之說誣左氏，而春秋之旨愈晦。杜預曰：「周禮有史官，掌邦國四方之事，達四方之志，諸侯亦各有國史，大事書之於策，小事簡牘而已。孟子曰：楚謂之檮杌，晉謂之乘，而魯謂之春秋，其實一也。韓宣子適魯，見易象與魯春秋，曰：周禮盡在魯矣，吾今乃知周公之德，與周之所以王，韓子所見，蓋周之舊典禮經也。周德既衰，官失其守，上之人不能使春秋昭明，赴告策書，諸所記注，多違舊章，仲尼因魯史策書成文，考其眞僞，而志其典禮，上以遵周公之遺制，下以明將來之法，其教之所存，文之所害，則刊而正之，以示勸戒，其餘則皆卽用舊史。」錫瑞案：杜預引周禮孟子，皆不足據，孟子言魯之春秋，止有其事其文，而無其義，其義是孔子創立，非魯春秋所有，亦非出自周公，若周公時已有義例，孔子豈得不稱周公，而攘

爲己作乎？杜引孟子之文不全，蓋以其引孔子云云，不便於己說，故諱而不言也。周禮雖有史官，未言史有凡例，杜預云：其發凡以言例，皆經國之常制，周公之垂法，正義曰：今按周禮，竟無凡例，是孔穎達已疑其說，特以疏不駁注，不得不強爲傳會耳。正義又曰：先儒之說春秋者多矣，皆云丘明以意作傳，說仲尼之經，凡與不凡，無新舊之例，據孔說，則杜預以前，如賈逵、服虔諸儒說左氏者，亦未嘗以凡例爲周公作，蓋謂丘明既作傳，又作凡例，本是一人所作，故無新例舊例之別也。至杜預乃專據韓宣疑似之文，盡翻前人成案，以左氏傳發凡五十爲周公舊例；周衰史亂，多違周公之舊，仲尼稍加刊正，餘皆仍舊不改，其稱書、不書、先書、故書、不言、不稱、書曰之類，乃爲孔子新例，此杜預自謂創獲，苟異先儒，而實大謬不然者也。自孟子至兩漢諸儒，皆云孔子作春秋，無攙入周公者，及杜預之說出，乃有周公之春秋，有孔子之春秋，周公之凡例多，孔子之變例少，若此、則周公之功大，孔子之功小，以故唐時學校，尊周公爲先聖，抑孔子爲先師，以生民未有之聖人，不得專享太牢之祭，〔案此說甚陋。〕止於降居配享之列，春秋之旨晦，而孔子之道不尊，正由此等謬說啓之。據孟子說，孔子作春秋，是一件絕大事業，大有關繫文字，若如杜預經承舊史、史承赴告之說，止是鈔錄一過，並無褒貶義例，則略識文字之鈔胥皆能爲之，何必孔子？郎曰據事直書，不虛美，不隱惡，則古來良史如司

馬遷、班固等亦優爲之，何必孔子？孔子何以有知我罪我其義竊取之言？孟子何以推尊孔子作春秋之功，配古帝王，説得如此驚天動地？與其信杜預之説，奪孔子制作之功，以歸之周公，曷若信孟子之言，尊孔子制作之功，以上繼周公乎？陸淳春秋纂例駁杜預之説曰：杜預云：凡例皆周公之舊典禮經，按其傳例云：弑君稱君，君無道也，稱臣，臣之罪也，然則周公先設弑君之義乎？又曰：大用師曰滅，弗地曰入，又周公先設相滅之義乎？又云：諸侯同盟，薨則赴以名，又是周公令稱先君之名以告鄰國乎？雖夷狄之人不應至此也。按陸淳所引後一條，卽左氏所謂禮經，杜預所謂常例，陸駁詰明快，不知杜預何以解之？袒杜預者又何以解之？柳宗元亦曰：杜預謂例爲周公之常法，曾不知侵伐入滅之例，周之盛時，不應預立其法，與陸氏第二條説同。

右文原本陸淳春秋纂例，推翻杜元凱所謂周公舊例，終且徵引子厚之説，以爲左證，似是從來説春秋者最爲明確爽朗之作。

七

李蒓客庚辰年日記云：

陸淳春秋集傳辨疑，其書大半臆説，然其駁左氏固多妄，其駁公穀則頗近實，以公穀亦多臆説也。文筆峭簡，非宋以後所能。

吾嘗謂非得通人，不可與言春秋大義。夫越縵固非不通之人，然彼修文於功令嚴酷之朝，有人押十三元出韻，可令斷送功名至死，㊀則本人延至五十以後，纔博得襴衫變色，料有一肚皮臘塔貨色，排擠不去，於此遽與討論春秋微言大義，誰是臆說？誰不是臆說？應是不通之至。獨越縵深於文詞，天下皆知，彼願以峭簡二字，慨與文通，足見文通當之而無愧。於是姑捨義理不談，竊比子厚之賞穀梁子之潔，與太史公之峻，彌覺彼此勝任而愉快云。

唐故兵部郎中楊君墓碣

楊君者，楊凝也，新史凝傳一如碣，惟不載其以校書郎爲書記耳。子厚作此碣，在貞元十九年癸未，年三十一，爲監察御史裏行。

其世系則紀於大墓：凝、虢州弘農人，遠祖越恭公鈞，鈞生儉、西魏侍中，儉生文偉、隋安温二州刺史，文偉生榮，榮生恪，恪生元政、司勳郎中，元政生志玄、殿中侍御史，志玄生成名，成名生凝。

與季弟凌生同日：凌字恭履，善屬文，終侍御史。

伯兄憑：憑字虚受，一字嗣仁，以禮部尙書致仕卒，卽子厚婦翁也。

㊀　案此是江西高伯足事。

君既舉進士： 大曆三年，凝舉進士第。

以校書郎爲書記： 興元元年正月，以樊澤爲山南東道節度使，凝自秘書省校書郎爲其府掌書記。

毗贊元侯於漢之陰，式徙荆州： 貞元三年閏五月，澤徙荆南節度使，凝隨府遷。元侯指憑言，時憑亦正官於其地。

革正封邑，申明嫡媵： 本事新史凝傳亦不載，即此簡明提綱，新史亦由本碣轉錄。

爲宣武軍節度判官： 貞元十二年八月，凝自左司郎中爲檢校吏部郎中、汴宋亳潁等州觀察判官，其時宣武節度使爲董晉，判官爲晉所表薦。

墾鑿墝鹵，芟艾榛荒，作爰田： 墝、山之多石者，鹵、鹹地，艾與刈同。左傳十五年作爰田，爰、易也，如周禮一易再易之田也，此凝行亳州刺史事時所爲善政。

會朝復命，次於汴郊： 貞元十四年冬，凝朝京師，十五年春，還汴，二月，董晉卒，汴軍亂，凝走還京師。史稱：「時孟叔度橫縱撓軍治，而凝亦荒湎」，於凝頗有微詞。

家三年，復登於朝： 十八年，凝起家爲兵部郎中。釗案：廖本十八年作八年，誤。所謂十八年者，乃貞元十八年也，蓋凝以十五年春，因汴亂由汴走還京，家居三

年，於十八年起爲兵部郎中，十九年病卒，此廖本作八年處，應作十八年甚顯。

逾三月不賜告：漢律有賜告，賜告者、病滿三月當免，天子復賜其告，使得帶印綬、將官屬、歸家治病。

子厚於碣末自承以姻舊獲愛，凡爲文辭涉楊氏，每多方藻飾以蔽其惡，而於憑之碩德偉材，尤頌揚備至，〔見獻弘農公五十韻詩。〕實則憑以豪侈犯物議，殆無可諱言。當憑爲李夷簡劾奏，詔云：

楊憑頃在先朝，委以藩鎮，累更選用，位列大官。近者憲司奏劾，暴揚前事，計錢累萬，曾不報聞，蒙蔽之罪，於何逃責？又營建居室，制度過差，㈠侈靡之風，傷我儉德。

由此可以想見其他。汴州之亂，料凝之荒湎，亦自從中造因不少，而子厚皆一概置之不問，此與子厚從不記楊憑之豪侈，事同一律，君子於此，終不得不許子厚爲親者諱之春秋筆法云。

三楊都富文采，盛有時名，而季弟凌文最工，子厚有楊評事文集後序，評事卽凌也。凌之子敬之，文才最爲子厚推獎。㈡

㈠　過差猶言踰等、或逾量，「惟酒後過差耳」，語本嵇康與山巨源書。

㈡　子厚五十韻詩，頌憑碩德偉材，無一語昭其儉德，僅消極謂：璧非眞盜客，金有誤持郎耳。

故御史周君碣

一

碣云：「在天寶年，有以諂諛至相位，賢臣放退」，但事並不在天寶年，晁公武郡齋讀書志曾刊其誤如下：

集中有御史周君碣，司馬温公考異、以此爲周子諒碣，實開元二十五年，宗元作天寶時，誤。按子諒以彈牛仙客杖流瀼州，死藍田，舊唐書紀，牛仙客傳，及玄宗實錄皆載之，而此碣殊疏略。

所刊是。惟文家爲名人志墓，對史傳言之，當詳其所略，而略其所詳，此一定之理，無可非難。本碣之疏略，蓋子厚料定書本紀、列傳、及實錄等，必有詳盡紀錄，與天下後世以共見，故碣文脫略如此。至開元誤作天寶，或作者疏忽，抑傳者誤書，俱可能。

孔平父雜說云：

待士大夫有禮，莫如本朝，唐時風俗，尚不美矣。張嘉貞傳：姜皎爲秘書監，至於杖死；張九齡傳：周子諒爲監察御史，以言事杖於朝堂；代宗命劉晏考所部官吏善惡，刺史有罪，五品已上繫劾，六品已下，杖然後奏；玄宗時、監察御史蔣挺坐法，詔決於朝堂，張廷珪執奏：御史有譴，當殺之，勿辱也，士大夫服其知體。

平仲所說，大致不差。

公之德之才，洽於傳聞，卒以不試，而獨申其節：洽於傳聞，可能有兩解：一、公之才與德，在傳聞中一致稱許，無有參差，卽天下之人皆好之意；一、吾所想像於公之才與德，證之傳聞，若合符節，卽寄蕭俛書所云：耳與心叶，果於不謬是。不試者，謂才與德皆不得有所施展。

猶能奮百代之上以爲世軌：從今上溯以至百代，將公置於其間，而皆足爲一世軌範。

二

歐陽永叔答尹師魯書：「往時砧斧鼎鑊，皆是烹斬人之物，然士有死不失義，則趨而就之，與衽席無異，有義君子在旁，知其當然，亦不甚歎賞也。」依永叔言，子厚故御史周君碣，可以不作，蓋此碣別無可紀，所紀者止於砧斧烹斬一事，倘此事無可歎賞，而有義君子在旁無所動心，則子厚爲之表彰，豈非多事？清道光間，御史朱琦起而非之，謂：「君子於人之美，汲汲然道之若將不及者，非以爲名也，其在上將以行其權，論定而官之，窮則捃其事書之於册，警發憒憒，以待斯世之用。……永叔之論過高，考於古不類，雖使古人艱苦卓絶之行，推彼其心，其視鼎鑊甘之如飴，固不計人之相賞與否？而有義君子終不忍恝置之而不道，恐爲善者懼也。若曰彼不爲名，

吾卽不予以名，此則宋以後過高之論，大抵若此矣，何繩彼哉？」伯韓之論甚允，其後身在兵間，躬膺其難而無愧於其言，愈見言非妄發之有眞價。「何繩彼哉」四字，罵倒永叔及一切虛憍之士，子厚有靈，應爲掀髯一笑，蓋永叔固不喜柳，柳仍或杜温夫承叔也。

三

讀舊書牛仙客傳，知其人以縣吏起家，從來執事清勤，待人誠信。其受知於玄宗，乃由節度河西時，省用所積鉅萬，玄宗遣人馳傳覆視，見其倉庫盈滿，器械精勁而大悦，以是入中書，加實封。柳碣謂以諂諛至相位，史無其跡，銘云：「諫而死，佞者止」，亦未識佞於何所？平心論之，仙客位望，以之上比張九齡，固遠不足，然以之下比裴延齡，則實正直有餘。核子諒之所爲，律之陽城之毁白麻，殆未易同日而語，蓋仙客固顯非相才，而卻不失爲錚錚有聲之幹吏也。觀於登相位後，獨善其身，不敢有何動作，不久卽碌碌以庸相終，倘當時不受周子諒一擊，而别用正論以獎藉之，則以其平昔之勤慎，端揆於朝，政績容或有勝於程异房啓一流人。如謂出身猥賤，卽算不才，此直當時門第科名諸偏見之所崇成，回溯三代盛時，有驟起於魚鹽版築而頌言聖相者，則又何説？由是而言，子厚之草此碣，殆如劉夢得所謂有激而然，似未叶文章正軌。

唐故衡州刺史東平呂君誄

本編下部第七卷同時人物內，於呂温一條紀載綦詳，事實皆與本篇相印合，以此本篇之解釋，往往從略，讀者諒焉。

本篇不云墓碑而曰誄者，以化光歿後藁葬，無碑可紀，又化光官居三品，不便於私人爲立碑傳，因易而號爲誄云。

君由道州以陟爲衡州：　此鄭重而名爲陟者，以當時諱言：化光牽涉永貞政變，左官到職，故子厚特用以陟字爲講明也。

二州之人哭者逾月：　此子厚紀實如是寫，而世人多笑之，以爲浮誇，此直至公曆一九四九年，人民政權成立，而知社會上眞有不少可歌可泣之事，子厚之直筆始顯。

是月上戊：　元和六年八月八日戊子社，爲是月上旬相遇之戊。

知之者又不過十人：　當時討論政治，計劃出身，子厚化光諸人，當有一小集團，將夢得敦詩等算在內，不過十人而已。

本篇誄詞之長，超過前序兩倍以上，可云特筆。

麟死魯郊：　此緣化光治春秋，故如此發端，亦見子厚對化光推崇備至。　姚南

菁云：「獲麟所、杜注謂：在高平鉅野縣東北，呂、東平人，緣其地望而起義。」釗案：姚義殊狹，不足取。

故絜其儀： 何義門云：故作胡。

智勇承綦： 綦、履飾也。

命姓惟呂： 方靈皋曾指命姓惟呂云云枝蔓無味，李穆堂駁之，詳見同吴武陵送前桂州杜留後詩序解説中，請參閲。

維師元聖： 詩：維師尚父，聿求元聖。

聖人有心，由我而得： 此指從陸淳治春秋，亦惟化光堪承斯語。

推理惟工，舒文以翼： 工謂天工人其代之之工。 理之與工，猶言體之與用，此言化光治學初期，已能如鳥雙翼，體用兼賅也。 工一本作公，非。

進于禮司： 此言化光試禮部。

決科聯中： 此指貞元十四年，尚書左丞顧少連知禮部貢舉，化光中第。

署雠百氏： 化光爲秘書省校書郎。

超都諫列： 化光與王叔文韋執誼善，再遷左拾遺。

屢皁其囊： 皁囊用漢故事，凡章奏言密事用皁囊。

戎悔厥禍，款邊求侍： 戎指吐蕃，求侍、謂求遣子入侍也。

難乎始使：　使、去聲讀，始使、謂初派出國之使臣也。

君登御史：　貞元二十年六月，以秘書監張薦爲吐蕃弔祭使，化光以工部郎中副之，轉侍御史。

來總征賦：　元和元年使還，遷戶部員外郎。

諸臣之復：　周禮：宰夫之官，掌諸臣之復，注：復、報也，反也，謂反報於王。

漢課牋奏：　後漢左雄、奏請自今孝廉年不滿四十，不得察舉，皆先詣公府，諸生試家法，文吏課牋奏。

正郎司刑：　化光自戶部員外郎遷司封員外郎、刑部郎中。

邦憲爲貳：　貳，副也，竇羣爲御史中丞，請化光爲知雜，故云邦憲爲貳。

糺逖伊肅：　糺即糾字。　左傳：糾逖王慝，注：逖、遠也，有惡者糾而遠之。　釗案：注非也，逖誡訓遠，但副於糾而成一詞，非糾而遠之平列作兩義。　此句一本作糺佞肅邪。

遷理于道：　道指道州，理、避治字作理。　元和三年，宰相李吉甫、以疾在第，召醫人陳登診視，夜宿於安邑里第，化光聞知之。　詰旦令吏捕登詰問之，又劾奏吉甫交通術士，憲宗異之，召登訊其事皆虛，十月、再貶化光道州刺史。

實閉其閤：　此彷汲黯臥治事。

繇蠶外邑：繇或作䌛，或曰繇同由。從下文雜耕鄰邦推之，作由蠶外邑義足。

鼛鼓斯屏，人喜則多：鼛音皋，大鼓也，屏，必郢切，則一作其。

始富中教：此用論語：既富矣，又何加焉，曰：教之。

陟于嶽濱：陟，卽序文中由道州以陟爲衡州之陟，嶽濱，謂衡嶽之濱也。

言進其律：禮王制：諸侯有功德於民者，加地進律，注：律者，爵命之等，加地而進之，以示勸也。

逋租匿役：何義門云：役作稅。

罷羸乃逸：罷同疲。

惟昔舉善，盗奔於鄰：左文十六年，晉士會爲太傅，晉國之盗奔於秦。

俾民伊怙：此跟上文人戴惟父而來，伊作代名詞用，指化光言，謂民恃伊爲父也，怙一作祜。

葬非舊陌：何義門云：衡州已得量移，非若凌準之不得歸葬者，乃以貧故難致先墓也。哭衡州詩云：「三畝空留懸罄室，九原猶寄若堂封」，亦併指此。

恆是懸罄：字作罄非，詳見下部雜錄懸罄條。

柳文中銘詞之長，無逾本篇，吾意子厚矜意如此爲之，而將應詳序中之事迹，避而不舉，留待用銘詞補上。以致「中間波瀾排宕，姿致兀傲」，使人覺著「可愛」，（此

併上兩句，皆穆堂所用字。」而已亦自誦琅琅，愜心貴當。凡此皆文家工候深醇，得意忘形之爲，方靈皋冬烘頭腦，何足以知之？

辭中「時中之奥，希聖爲徒」二語，何義門曰：

和叔自是一時負才用而未究設施之人，時中希聖，則已僭矣，子厚文精彩處，必過於抑揚，不能恰好，此所學不粹之由耳。

義門此區區數語，不期闖入聖教傳統之大藩。蓋自來儒者，無不以聖爲人生不可幾及之一領域，人而輒言希聖，每號爲僭，子厚則大異於是。子厚量物標尺，不出世用二字，聖言不合世用，亦應吐棄。天下無不是之聖言，子厚腦中無是設想，如天爵論言：庸夫與仲尼，可得俄頃而互易，義門帖括陋儒，何足以知之？

韓退之爲子厚銘幽，其詞曰：「是惟子厚之室，既固且安，以利其嗣人」，廑寥寥兩語，無論著於何人之墓，皆得通行無病。以此天下至短之銘辭，較之本篇天下之至長者，將見後者至情洋溢，言惟恐盡，昭示古今最可愛之物，無過友情，反映前者索然寡味，誦之無物，一死一生之間，無絲毫情誼可言。吾曩謂子厚墓碑，盡人皆可作，唯退之不能下筆，當時並未想到退之原無可銘之辭，在其胸中，嘻！退之誠戾瘧哉。㊀

㊀　戾瘧字出廣韻，謂乖戾而乾枯也，滬諺瘧三，卽用廣韻。

唐故尚書戶部郎中魏府君墓誌

府君者，魏弘簡也，弘簡史無傳。　誌稱「居又同閈」：弘簡，吳人也，此指子厚父鎮徙吳時而言。㈠建中元年，弘簡中進士，貞元元年，舉賢良，歿在貞元二十年，年四十七，時子厚爲監察御史裏行。

廉使崔衍曰：吾敢專天下士，獨惠茲人乎？　貞元十二年八月，衍自虢州刺史遷宣歙池觀察使，辟弘簡爲副，茲人，指宣歙池人。

薄衣食，損車馬，凡十有餘祀，卒獲於厥心：　祀，何屺瞻謂當作事，恐未然。文謂節省十餘年，始得從心所欲，如下文族屬位墓、娣姪會家等等。

爲周賢能：　周禮：「鄉大夫之職，三年則大比，考其德行道藝，而興賢者能者」，賢指德行，能指道藝。

君嘗三娶而卒無主婦：　何屺瞻記云：「三娶而無主婦，豈亦如裴評事之未娶嫡妻耶？抑以卒爲讀也。」旋又補記云：「當仍如裴之未娶嫡妻也，若嫡妻先卒，未有不書夫人某氏、後夫人某氏某氏者。」此可見義門讀書之無定見。

象物是宜：　象物者，明器也。

㈠　此可參看本編所收全謝山河東柳氏遷吳考一文。

稍後於本誌府君，別有魏弘簡者，與元稹相親善，是乃元和長慶間一大閹，其所施爲，當爲子厚草此誌時所不及知。惟恐讀者兩相渾殽，因在本編下部另著魏弘簡一文，以示區別，不贅於此。

此文何義門指爲唐格，少生氣。

永州刺史崔公權厝誌

此文廖本題作唐故朝散大夫永州刺史崔公墓誌，吴至父評作駢文，釗案：中且有長儷語。

集另有祭崔君敏文，蓋崔名敏，而字曰君敏也，子厚以屬吏爲長官撰文，既稱公卽不得忽稱君。

尚書諱滽：　天寶十五載六月，玄宗幸蜀，太子次平涼討賊，朔方節度判官崔滽、迎太子治兵於朔方。

始由右千牛備身佐環衞：　唐百官志：左右千牛衞上將軍各一人，以千牛備身左右執弓箭宿衞。

一日不萺：　萺、當是葺字傳寫之誤，諸韻無此字。

鐫譙四至：　漢書注：鐫、琢鑿也，譙、以辭相責也，鐫、遵全切，譙一作誚。

司徒杜公：　貞元元年十二月，以杜佑爲揚州長史、淮南節度使，佑奏敏爲州參軍。

異於賓僚：　異字一本作夷，按異與夷一聲之轉，義皆可通。

家有禳梗：　禳梗皆除疫之祭，梗音梗，謂梗禦未至之害。

毁焄蒿淫昏者千餘室：　禮記：「焄蒿悽愴」，焄蒿、香臭之氣。　淫昏、左氏所謂淫昏之鬼也。　焄音薰。

修整部吏，黜侵凌牟漁者數百人，以付信於下，而征貢用集：共四句，爲上一聯，下四句配成下一聯，卽所謂長儷者也，安南都護張公誌、尤有更長之聯，此子厚文中特色。

銘分成四組，每組九句，共六韻，以「孰爲某某」單一句起韻，其次兩句，一句一韻，其次六句，兩句一韻，此亦是子厚特調。

清河濬源：　崔氏有清河博陵二郡望，敏出清河，與崔敦詩同望，至子厚姊丈崔簡，則出博陵。　二望皆源於齊丁公呂伋食邑於崔始，其後支遠而分。

惟魴與鯉：　崔氏清河人，故以詩之河魴河鯉喻之。

披草從龍：　此指崔漪助肅宗用兵朔方。

克揚休命：　克或誤充。

故永州刺史流配驩州崔君權厝誌

子厚爲崔氏一門所作文字，夥頤沈沈，往往同一事而辭令不一，從不犯複，然亦非有意避就，恍若瓜熟蒂落，俯拾卽是。綜覽而熟精此一類文，卽足見作者遣詞本領，茅坤爲此文作評，「丰神似可掬」五字，此亦了解文字利病者綽有心得之語。蓋多文爲富，善爲文者，於每一事物，慮蓄有若干表達方式，適擇其一而用之，無不如意，而還有未用者儲爲後備，凡文以「選」爲學，卽是此理，子厚殆爲此中橫行闊步之一人。昔唐有中書舍人，承詔草相蘇頲勅，中有國之瓌寶句，明皇以頲爲瓌子，不欲犯其家諱，令改此一句，久久勅未繳上，明皇從旁窺之，僅將瓌改作珍，餘均未動，明皇一笑斥退，惜該中書出子厚前，未從子厚學得以一行萬之摛詞方術云。

小吏咸死，投之荒外： 按咸當作減，蓋減死遠竄也，陳少章云。

南敗蜀虜： 謂元和元年破劉闢也，時嚴礪帥山南西道，崔蓋爲府僚，佐礪立功，集中有劍門銘，爲礪作也。

今尙有五丈夫子： 簡前妻子二，柳氏子四，見於子厚文者祇六人，今處道、守訥死於海，而尙有五丈夫子，可見簡子不止六人。他姬子究有幾人？諒子厚亦不知，故子厚於祭崔駢文又曰：兄弟逾十，我出惟八。

鯢爲祖，翚爲父： 陳少章云：「舊注：簡五世祖太師，子挹、國子祭酒，挹子湜、平章事，湜子鯢、鯢子翚、翚子簡。 按太當作仁，仁師相太宗，唐史有傳，子挹孫湜，並見傳後，挹歷官尚書，非祭酒也。 又簡祖鯢、乃挹兄參軍擢之孫，吏部郎液之子，非挹湜後也，宰相世系表甚明，注皆誤。」 釗按：舊注者、世綵堂本廖注也，崔氏前代中，以湜爲最惡劣，湜實以諂附太平公主謀逆賜死，爲崔氏羞，液僅坐湜當流，後遇赦還。 子厚銘詞、著重鯢爲祖者，未始非爲賢者諱，而欲顯言簡爲液後而非湜後之故，少章補詮闢誤甚有力。 又按崔氏之曾爲中書令者，乃湜而非仁師，以湜太醜，談者不期將中書令移於仁師，舊注之誤仁師爲中書令，諒緣於此。

唐故萬年令裴府君墓碣

吾嘗欲每日晨起，於無人時，高聲讀此文如下一段：

始公以唯諾聞長安中，奔人危急，輕出財力，如索水火。 性開蕩，進交大官，不視齒類。 挾同列，收下輩，細大畢歡。 喜博奕，知聲音，飲酒甚少，而工於糺謪。 謠舞擊咢，纖屑促密，皆曲中節度，而終身不以酒氣加人。 晝接人事，夜讀書考禮，收捃策牘，未嘗釋手，以是重諸公間。

此比之長則讀李陵答蘇武書，短則讀史公敍季布氣蓋關左一節，功效可能相若。 功

效者何？此等文讀過三遍之後，斗覺神清氣壯，堪應百事。

此子厚爲姊夫裴封叔銘幽，情誼既篤，而封叔生性行事，亦值得放手發抒，正如史公爲項羽立本紀一般，不將對象寫成生龍活虎，不肯擲筆，此文應是作者愜心貴當之作。說者謂：始公以唯諾下，乃子厚摹倣史公筆法。儲同人曰：「此作者只要寫出活封叔，與萬世人看，何嘗倣司馬子長來，」說頗近理。不謂八股老手，亦有幾分看家本領。

搜逖疑互：　釗案：搜逖如糾逖一類詞，逖爲副詞，跟上動詞，而爲具有同一動作之駢語。

自開元制禮，諱去國恤章：　高宗朝、長孫無忌等修新禮，太常博士蕭楚材等、以爲凶事非臣子所宜言，時許敬宗李義府等希旨用事，遂焚去國恤一章，開元二十年復修新禮，因之不改。

皆因事擥綴：　釗按：擥音覽，一作攬，攬取之義，於本文無當。疑擥是攣字形誤，攣音聯，聯系之義，字本作聯綴、或連綴，以子厚好用攣字入文，如他文：「攣踠瘻癘」等，遂寫成攣綴耳。　或曰：如君言，擥綴或竟是牽綴之誤，擥牽亦形似，余無以答。

取一切乃已：　一切、原義出史記李斯傳：「請一切逐客」，索隱：「一切猶一例，

言盡逐之也，言切者，譬若利刃之割，一運斤無不斷者。」在本文，乃謂切斷所聯綴之事項，而一例從簡也，於是一切之原義爲切斷，引申義乃簡略。

會校成要：　會、大計也，周禮：「聽出入比其要會」，注：「要會計最之簿書，月計曰要，歲計曰會」，要、平聲。

謠舞擊咢：　咢、爾雅釋樂：「徒擊鼓謂之咢」，郭注：「獨作之」，此謂徒擊鼓者，獨自一人擊鼓也，謠、釋樂亦云：「徒歌謂之謠」，可見謠舞擊咢，皆指封叔一人之動作，廖注：「咢亦歌也」，非。　釗案：子厚行文，主辭達易於了解，本文咢字特生，以致誤解叢積。　咢疑考字形近而譌，如與崔連州論石鐘乳書：「泗濱之石，皆可以擊考」，擊考之云，何等爽脆？子厚無須故用生字，以矜博識。

告其叔舅宗元：　何義門云：「子厚無他兄弟，歸於裴者其女兄，故稱叔舅。」釗案：子厚姊弟情長，此姊嫁裴墐，生三男喪其二，祇冢子銑奉柩，另一姊嫁崔簡，先簡十年卒。

大弁斯畢：　弁與卞通。　書、顧命：臨君周邦，率循大卞，注：大法也。

墊沃卒移：　釗案：墊沃字連用，義微相伐，疑墊沒之誤。　愚溪對：「西海有水，散渙而無力，不能負芥，投之則委靡墊沒，及底而後止。」乃明用墊沒字，沒沃疊韻，形亦相近，易誤。

增我歲食，易其芋魁： 此謂金人患水，稻食全荒，民惟賴芋魁果腹，封叔治水有效，民始得以歲食易之也。 漢書翟方進傳：「王莽時常枯旱，郡中追怨方進，童謠曰：壞陂誰？翟子威，飯我豆食羹芋魁。」羹芋魁者，羹我芋魁之省，與上飯我豆食相配成文。 可見災無論水旱，芋魁爲最先充饑之具，而漢人乃以之作羹，不似唐人如懶殘之煨食也。

又曰良能，宜力之宣： 本文前云：以能增秩，此又云：良能宜宣力，此較之誌凌準墓：以能遷官，尤爲用力渲染。 特宗一之能，爲廉吏之能，封叔之能，爲豪吏之能，一爲篤友，一爲密親，筆鋒所之，誼顯有別。

命殞在前： 廖注：元和十二年十月，平吳元濟，十三年正月大赦，而墐以十二年七月卒，故云殞命在前。

卷十　誌

安南都護張公誌

此張舟誌也，全體用駢語，而如文單環王怙力背義云云，竟用七句相對爲長聯，公患浮海之役可濟可覆而無恃云云，且用十句相對，其聯更長，此最爲桐城派所不喜，然子厚似亦好用其所長過甚，因遭到儉腹者疾首蹙頞，理有固然。　夫七句聯共十四句，十句聯共二十句，兩共爲三十四句，以五字或六字平均計之，當在二百字弱或微強，倘誌文不長，則兩聯已占去全副之半矣，亦自於誌體非宜。

據舊史：張舟以元和元年爲安南都護，五年七月，馬總繼之，子厚此誌，在永州作，舟之葬應是元和四五年事。　舟按世系表，乃吳郡人，爲德宗朝名相張鎰之族。

儲偫委積：　廖注：「偫，待也，周禮：門關之委積以待施惠，委積，牢米薪芻之總名。」陳少章曰：「否，偫字玉篇本有二訓，此應從儲具解，不當訓待」，釗案：陳說長。

文單環王：　單，都寒切，廖注：「單、虜姓可單氏，後改爲單氏，文單卽陸眞臘，一曰婆鏤，環王本林邑，一曰占不勞，一曰占婆。」陳少章云：「舊史：眞臘國、其王姓

剎利氏，亦曰文單國，則文單非姓也，注誤。都護奏破環王國事，見憲紀，蓋環王郎文單王耳。」說宜更詳。

踐山跨海，堅其鶴列，制器足兵，潰茲蟻結：兩聯末一字，同叶一韻，而整聯遙對，駢體中此亦罕見。鶴列、莊子：「必無盛〔平聲〕鶴列於麗譙之間」，注：鶴列，陳兵也。

邕州刺史李君誌

此李位誌也，史稱貞元十九年十一月，以振武節度使范希朝爲右金吾大將軍，奏位佐其府，此第一使也。其後永貞元年五月，以希朝爲左右神策京西諸城鎮行營兵馬節度使，鎮奉天，復奏位爲府推官，斯爲第二使。孰知此第二使，即出於王叔文執政之日，其卒也，可能由子厚草敕命之。遽轉瞬而政變起，正士朝列一空，位不安於職，改辟爲湖南都團練判官。天造墋黷，玄黃變色，此一顯著政象，諒無日不在子厚迴環追溯中。今忽爾爲位草誌，鄭重而特書曰：「凡二使，其卒皆范司空希朝」，噫嘻！左之左之，君子宜之，右之右之，君子有之，悠悠我思，子厚將眞不知其伊於胡底也已。

欲以貞元故事爲請：「唐藩鎮傳：安史亂天下，至肅宗大難略平，君臣皆幸安，

故瓜分河北地以授叛將，護養孽萌，以成禍根，亂人乘之，遂擅署吏，以賦稅自私，至大曆貞元之間，其弊尤甚，公謂貞元故事者，蓋欲擅署之也」，廖注大致不誤。須知子厚從事政治，卽以削除貞元故事爲職志，叔文之欲斬劉闢，卽一顯明象徵，不意夙志不成，身遭竄斥，致使盜竊古人文句，點染時流碑志，仍在周旋膠漆於此一故事中，無能自脫，天何其戲弄人至如此哉？

得劉向祕書，以能卒化黄白：　陳少章云：「按新史孔戣傳：信州刺史李位好黄老，數禱祠，部將韋岳、告位集方士圖不軌，監軍上變，捕位劾禁中。左丞孔戣請付有司，詔戣與三司雜治，無反狀，岳坐誣罔誅，貶位建州司馬。誌云就鞫，謂就逮赴鞫也」，廖注大致與此同。尋劉向以黄白殺人，其罪浮於乃子歆之附莽，向歆父子之罪，竟依子厚之爰書而定。

會烏滸夷刺殺郡吏：　廖注：「滸字諸韻無，疑是狺。楚辭：猛烏狺，犬戎也，考之史傳，蓋是烏滸，烏滸、黄洞蠻也，一本作會烏滸夷叛，卽無下刺字。漢書南蠻傳曰：交阯西有噉人國，今滸人是也，選：烏滸狼䐠，注：南夷別名，作滸是。」陳少章否定舊注：「滸疑狺誤，非是，當作鳥滸，見後漢書靈帝紀及南蠻傳，又左思吳都賦同。按萬震南州異物志：鳥滸在廣州南，交州北，唐代屬邕管」，二說宜參證。

禁部內無敢以賊名：　注稱無字羨，至無是否眞爲羨字，殊未易定，蓋吾國此類

句子，本有兩種說法，如俗語禁煙然，曰禁止吸煙可，曰禁止不許吸煙，人亦未嘗不瞭解。或曰：禁止不許吸煙，如算式兩負等一正，既曰禁，又曰不許，是兩負也，兩負無異一正，是直等於開放吸煙矣。曰：文律誠然，而語習則否，蓋語習之不廢雙重否定者亦夥矣，卽大文家亦不免，如劉海峯之用「不欲重違」是也。〔見本編重字解。〕本條無字應否刊削，縱子厚在，恐亦難於驟定。

逖彼羣蠻：少章云：「按詩：逖彼東南，鄭箋：逖當作剔，剔、治也，今觀此句，自用鄭義。」釗案：諸本皆作逖，不作剔，不知少章所見何本？

貴州刺史鄧君誌

此誌駢文也，爲桐城家所薄，鄧君諱字亦無可考，然鄧在湖南，曾爲觀察使楊憑從事，此誌卽由憑之囑託而來，誼無可卻。駢文便於鋪敍成篇，文采照耀，全文以更職於劍南湖南江西一語提綱，下分三段，陳列事跡，卽告完整，以藝事而論，此在柳集誠非高品，然林琴南賞其氣象肅穆，認爲非東漢末作手莫辦，桐城狺狺之吠，何取乎爾？

亭疑閱實：宋本作考疑，又一本作亭擬，按亭疑見史記張湯傳，注云：亭、平也。傳又云：著疑讞事，則當作亭疑爲是，陳少章云。閱實、謂檢閱核實，書：閱實其

罪，如取與亭疑〔平亭其疑。〕相配，應解作檢閱其實。

盡哀敬之情，致淑問之頌： 書：哀敬折獄；詩：淑問如皋陶，淑問、善聽訟也。

莅丱人錫石之地，參梟氏鼓鑄之功： 周禮：丱人掌金玉錫石之地，而爲之禁厲以守之。又周禮：梟氏爲鐘，兩欒謂之銑，銑間謂之于，于上謂之鼓。

然以憂慄，間於多虞，卒成耳目之塞，遂致齒牙之猾： 左：間於憂虞，則有疾疢。晉語：獻公卜伐驪戎，史蘇占之曰：遇兆挾以銜骨，齒牙爲猾，齒牙爲猾，以象讒口之爲害。

年極中身： 書：文王受命惟中身，中身、年五十也。

呂侍御恭誌

文有不待求而自作者，如子厚之誌呂氏諸子是。

子厚與呂氏論交，爲世詬病，直以敬叔爲裴延齡壻故。尋唐世婚姻，率基父命，兩父之意志不通，則幾於無姻聯可講，果也、呂渭貞元十三年爲禮部尚書，知貢舉，擢延齡子操居上第，會入閣，遺私謁之書於廷，經人舉發，罷黜爲湖南觀察使。據此，呂裴兩世姻舊，固結而不可解，爲呂氏之友者宜如之何？夫子厚先與化光論交，於學於政，無不虛左以待此友，而謀國大計，似尤傾服化光備至，貶官後有加無已，

以至衡岳摧峯而止，如敬叔者流，子厚直弟畜之而已。夫陽城者，子厚所拜倒者也，城以論裴延齡觸德宗怒，將加城罪，此天下無不聞，而子厚作遺愛碣，廑廑以廷諍懇至，帝尤嘉異等句，囫圇過去，不曾提到所擊奸佞爲何人？至於敬叔此誌，則又顯書妻裴氏，戶部尚書延齡女，詞句之一出一入，子厚之命意果何在乎？以吾揣之，當時呂不能絶裴氏之親不認，柳亦不能因裴而斷呂不交，形勢犂然，無可疑者。

恭字敬叔，他名曰宗禮：恭之他名，史傳及世系表並不載，唯見韓子韋丹誌文云：從事東平呂宗禮是也，陳少章云。

相國尚書鄭公遮留：元和五年三月、以故相禮部尚書鄭絪爲嶺南節度使，至元和八年，恭去桂州，絪留爲府判官。

祔葬於大墓，款志：按凌準墓後志，有祔墓刻志語，此款字宜作刻，刻志二字句絶，陳少章云。

唐故嶺南經略副使御史馬君誌

題標銜甚大，其實乃一無官守之人，無官不作，亦無官可作，文一面立大功勛，一面不問外事，兩皆寫得淋漓痛快。蓋馬爲從弟宗一妻父，子厚以斯誼爲誌墓，因得一如其意揮灑，文中用凡字六，皆字亦六，其平生曾盡力處，如羣山倒影，臨流盡

見，恨不得使馬君生前讀之。

命於守龜，祔於先君，食；卜葬明年某月庚寅，亦食：　食者、以墨畫龜，然後灼之，兆順食墨，則爲吉也。

凡所嚴事：　御史中丞良，蔣注謂邕州節度使趙良金，陳少章非之，謂良姓李，出宗室越王房之裔，爲桂府都督。　司徒佑、嶺南節度使杜佑。　尚書冑、蔣謂江西觀察使戴冑，少章亦非之，謂戴當作裴，戴冑乃貞觀名臣，相去懸絶。　尚書伯儀，荆南節度使張伯儀；尚書昌，嶺南節度使趙昌。

以謀叶平哥舒晃：　大曆八年九月，循州刺史哥舒晃反，十年十一月，江西觀察使路嗣恭討平之。

今年至慮耗：　年至者、本文謂七十當致仕，實則年至並無一定年限，自以爲老當致仕，卽爲年至，柳文屢如此用，至他本作志，誤。　慮耗、思慮耗竭之謂。

唐故安州刺史兼侍御史貶柳州司馬孟公誌

子厚非親故而爲人誌墓殊罕，兹篇其一。

書九篇，爲善狀一篇：　善狀者、行狀也，爲字疑與字之誤，與字草法近爲。

桓王司馬：　桓一作柏，以新史宗室世系表考之，無桓柏二王之封，當是恒王之

誤。恆王瑱、明皇少子也，表雖不著其嗣封之子姓，然元稹之兄秬，嘗爲恆王參軍，則傳封之遠可知，表偶闕耳，陳少章云。

爲左神策行營先鋒兵馬使知牙：　按知牙卽押牙，唐代方鎭，都押牙亦稱都兵馬使是也。

公嘗佐魏公平襄陽，靖梁州：　按平襄陽、謂討梁崇義，靖梁州、謂鎭山南，注皆未及，亦少章云。

魏公弘大恢奇，公能以任軍政：　此魏公弘大恢奇，絶句，公能以任軍政上，應補一奇字，此羅振常所發見，是。

政出一切，吏以文持之，故貶：　從來將帥立功在外，朝廷以文墨吏持其短長，爲國家最大粃政，可能至於亡國，僅僅屈抑功臣、猶在其次。銘辭又云：「昔者雲中，六級下吏，公刺於安，法亦可議」，昔魏尙爲雲中守，擊虜有功，以上功差六級下吏，此漢文墨守文法之笑柄，可見常謙刺安州被議，實亦無可議者，此均意在文外。

墨非從利：　廖蔣兩注，皆無所釋，陳少章補注如下：按左傳：子墨衰絰，杜注：晉襄公以凶服從戎，故墨之。又禮記：子夏曰：金革之事無辟也者，非歟？孔子曰：吾聞之老聃曰：昔者周公伯禽有爲爲之也，今以三年之喪從其利者，吾弗知也。墨非句必兼引傳記釋之，文義乃明。

連州員外司馬凌君權厝誌

一

凌準爲八司馬之一，又與子厚同硏討陸先生春秋大義，陸所著微指、辯疑、集注等書，子厚卽於準處得之。〔見答元饒州論春秋書。〕觀集中哭凌員外詩云：「念昔始相遇，腑腸爲君知，進身齊選擇，失路同瑕疵」，此兩人固自志同道合、貫澈初終之友，誌雖平平寫去，讀之者無不覺其聲淚俱下、同感激動云。

博陵崔君者，子厚姊丈崔簡也，簡刺連州時，正值凌被降到連。爲老氏者，雖不明揭爲何人？以情與勢推之，殆卽子厚自承。蓋凌在此時，已孤身羈拘，親舊斷絕，所謂執友在近者，惟子厚一人，除子厚同道人外，將誰與聞凌之身後事者？子厚作誌，寫到「夫人高氏在越，孤四人，南仲殷仲在夫人所，未至」；銘辭旋稱：「能知命，無怨毒，罪不泯，死猶僇」，辭情激越，不知濺淚何許？

是州之南有大岡，不食：不食、本禮記檀弓：「子高曰：我死，則擇不食之地而葬我」，注：謂不耕墾之地。

泚涇之亂：建中四年十月，涇原節度使姚令言反，推朱泚爲主，準時爲邠寧掌書記，以謀佐其節度使韓遊瓌破賊有功。

邇臣議秘三日："所謂邇臣，指俱文珍等一派權閹，猶劉夢得所稱「貴臣」，此在後幅第二則有較詳說明，不贅於此。

吏尚書，徒隷肅：凌爲都官員外郎，唐百官志：都官掌配徒隷，又哭凌詩亦曰："「徒隷肅曹官」，陳少章云。剑案：八司馬中，以凌準最有綜理庶政、整飭官常、經邦給用、如烹小鮮之雄才大略，王介甫稱八司馬爲天下奇才，當然於凌準本領，有所窺見。

二

子厚所爲故連州員外司馬凌君權厝志有云：

德宗崩，邇臣議秘三日，乃下遺詔，君獨抗危詞，以語同列王伾，畫其不可者十六七，〔剑案：此謂邇臣所擬發喪計畫，中有十之六七，凌準以爲不可。〕乃以旦日發喪，六師萬姓安其分。

吾所得柳集本，有人於右文眉批云："「伾文罪狀，著於此矣」，兹乃以邇臣與王伾并爲一談，殊不知邇臣自邇臣，王伾自王伾，邇臣者，俱文珍之流也，王伾則與王叔文連同一氣，二者利害絶相反，何能對大事主張一致？尋德宗殂落之頃，翰林學士鄭絪、衛次公等，被召至金鑾殿草遺詔，諸奄當衆宣稱："「禁臣議所立，尚未定」，以衛次公等堅持不同意，順宗始得卽位。由此可見：邇臣主秘喪三日，其爲取得時間，在順宗

以外別議所立，毫無疑義。夫察之於內也，凌準之抗危詞於同列，不期而與鄭衛等之抑亂謀於小殿，適形偶合，而觀之於外，準建言僚宷，其情私，鄭衛宣言廣衆，其道公，質劑公私之間，史臣因得褫其一而寢其二。於斯倘無柳誌流傳，將見準之矢忠唐室，獨見其大之處，無由與天下後世人以共見。噫嘻！永貞變起，羣閹當道，詭譎萬端，其中作意隱秘之迹，不知凡幾？而茲不過一例耳。

所謂隱秘云者，如諸奄謀去順宗，至所欲輔立者爲誰？史中一無痕迹可查。新舊書德宗順宗諸子列傳，兩代共三十餘王，而行事全不載，唯舒王誼稍有迹相可疑，事已別錄，不贅於此。李忠言、牛昭容，與伾文顯通聲氣，閹必殺之以滅口，而史無一字及之。德宗以癸巳崩，越十日癸卯，順宗朝百官於紫宸門，又越二十日甲子，順宗御丹鳳門，宣詔大赦，尤其近者，大行發喪，卽日甲午，爲安定人心計，太子儼然衰服，見百寮於九仙門，是其非狠疾一步行不得，顯然可見。顧何以德宗彌留，泣涕漣如，求見太子一訣，而太子不前？蓋德宗之不獲見太子誦，猶隋文帝之不獲見太子勇，勇之不至，非勇之自不至，而別有阻之者，惟誦亦然，而誦之然也，在史一無露列。凡此種種，不得謂非載筆者有意爲之。

三

子厚於八司馬中，當然夢得最相契，安平〔韓泰〕宣英〔韓曄〕亦累致聲，李致用〔景

儉〕作孟子評，頗有賞奇析疑之雅，惟陳諫程异兩人，不聞聲及。至凌準者，既有誌文，復作挽詩，殆是子厚最爲心服之友也，詩如下：

哭連州凌員外司馬

廢逐人所棄，遂爲鬼神欺，〔永貞元年十一月，謫連州司馬，員外置同正員。〕才難不其然？卒與大患期。〔大患謂死。〕凌人古受氏，吳世夸雄姿，〔周禮凌人掌冰，吳凌統爲偏將軍。〕寂寞富春水，英氣方在斯。〔準，杭州富陽人。〕六學誠一貫，精義窮發揮，著書逾十年，幽賾靡不推。天庭掞高文，萬字若波馳。〔指擢崇文館校書郎事。〕記室征西府，宏謀耀其奇，〔指建中初，準佐韓遊瓌事。〕輶軒下東越，列郡蘇疲羸，〔指爲浙東觀察判官。〕宛宛凌江羽，來棲翰林枝。〔指召爲翰林學士。〕孝文留弓劍，中外方危疑，抗聲促遺詔，定命由陳辭。〔指德宗崩，邇官議秘喪五日，準語同列王伾，陳其不可。〕徒隸肅曹官，征賦參有司，〔準自翰林參度支，調發出納。〕出守烏江滸，〔準坐黨先出爲和州刺史，烏江郎和州。〕老遷湟水湄。〔由和州降連州司馬，湟水、連州也。〕高堂傾故國，葬祭限囚羈，仲叔繼幽淪，狂叫唯童兒，〔準母卒於家，準不得歸，二弟繼死。準有二子。〕一門既無主，焉用徒生爲？舉聲但呼天，孰知神者誰？泣盡目無見，腎傷足不持，〔準哭母失明。〕溘死委炎荒，臧獲守靈帷。平生負國譴，骸骨非敢私，蓋棺未塞責，孤旐凝寒颸。念昔始相遇，腑腸爲君知，進身齊選擇，失路同瑕疵。本期濟仁義，今爲衆所

嗤，滅名竟不試，貰義安可支？〔貰原作世，世義字生難解，世應是貰之殘闕字。貰義者，謂口唱大義，無法實施也。子厚詩對仗最工，絶少半個字不對，必貰義然後可對滅名。〕恬死百憂盡，苟生萬慮滋，顧予九逝魂，與子各何之？我歌誠自慟，非獨爲君悲。子厚一生敦篤友誼，捍衛國家，稱心而談，聲淚俱下。

四

子厚哭凌準詩：「恬死百憂盡，苟生萬慮滋」，何謂恬死？何謂苟生？吾因而深有所感如下：

晚清常州學派，有趙烈文，字惠甫，爲學博而能約，兼通吏治，在戎幕久，而爲文不染桐城惡習，能卓然自成一家。吾觀有人錄其能靜居日記，同治六年曾記事曰：

六月二十日初鼓後，師來談，言京中來人說：都門氣象甚惡，明火執仗之案時出，而市肆乞丐成羣，甚至婦女裸身無袴，民窮財盡，恐有異變。余曰：天下治安一統久矣，勢必馴至分剖，然主德素重，風氣未開，若非抽心一爛，則土崩瓦解之局不成，以烈度之，異日之禍，必先根本顛仆，而後方州無主，人自爲政，殆不出五十年矣。師蹙額良久曰：然則當南遷乎？余曰：恐遂陸沈，未必能效晉宋也。師曰：本朝君德正，或不至此。余曰：君德正矣，而國勢之隆，食報已不爲不厚，國初

創業太易，誅戮太重，所以有天下者太巧，天道難知，善惡不相掩，後君之德澤，未足恃也。師曰：吾日夜望死，憂見宗祏之隕，君輩得毋以爲戲論？余曰：如師身分，雖善謔，何至以此爲戲？然生死命定，不可冀求，樂死之與倖生，相去無幾，且師亦當爲遺民計，有師一日，民可苟延一日，所關者大，而忍恝然乎？

右一紀載，東南傳誦在口，視同劉伯温之預言，並有人從同治六年，數至宣統三年，得四十五載，以成數言，亦差合於五十年之預計。然惠甫所謂樂死，衡之子厚恬死如何？所謂倖生，又比於苟生奚若？晚唐晚清之際遇不同，柳趙兩家憂生念亂之感想，亦不能不微異，然抽心一爛，方州瓦解，〔按抽心或疑作軸心，然百年前，詞匯中猶無軸心一語。〕說通萬變，何有於五十年百年之差乎？校柳作時，略略辜較如此，細加紬繹，願俟更端。〔釗案：文中所謂師者是何人？讀者當沈思自得。〕

祈死者，從來憂國之士，盤根錯節，鬱不得通，一轉而情急思遁，圖一了百了之所爲也。古有咸彭，中經范文子以逮屈原，所志或遂或不遂，大抵相去不遠。夫同治丁卯，在顛覆南京後，未屆三年，爲之帥者，自傷手扶異族，屠戮同種，而遺民流離，顛沛益甚，因不期而發爲日夜望死之歎。究之此一死者，祇不過如俗所云：「眼不見爲淨」已耳，謚之爲恬，未必眞恬，號之爲樂，樂於何有？趙烈文知其然，從而大吼一聲，謂樂死倖生，相去無幾，蓋歷史爲鐵板注脚，凡箇人之思致，不論激隨舒憤，

都絲毫轉動不得。由此可見：人生之百憂萬慮，與歷史並不一致，而亦未始絶不一致，凡此烈文見之瑩矣，而徒使子厚爲弔死友而苦心吟詠，似猶不免徘徊於心物兩元之間，魂九逝而靡所之，曷勝太息？

故嶺南鹽鐵院李侍御誌

此李瀞誌也，瀞與故沂州刺史福、族誼如何不可知，以本文附屬於寧岐爲族，以下有脱文故。

涼武昭王名暠，字玄盛，唐高祖李淵之七世祖也。寧王於玄宗爲兄，岐王爲弟，天寶中皇弘國牒一詔，天下之李氏之得籍宗正者，始無法核計。

南中蔡四句：南中蔡、指元和十二年十月平蔡州，北服趙、指十三年四月成德軍節度使王承宗、以德棣二州歸朝，西走戎、戎、吐蕃也，東討齊魯、謂劃平李師道。

君以試大理評事佐荆南兩稅使，督天下諸侯之半：荆謂荆州，南指交州，下文「于荆于交，關石是鈞」可證。或謂此當於佐荆南兩稅絶句，使字屬下，機緘所在，方顯得評事調運軍食之特殊勞勩，説亦可通，然各本大抵於稅使連讀。

以能遷官：謂以功能越級而遷官，與衡州刺史呂公誄：「以陟爲衡州，」爲一類句子，乃作者故意特寫。

以介厲敦勤爲率羣吏先：　別本無率字，是。

冀施於大，以盡其有：　此關目語也，子厚平生大志願，特偶爾借題發揮。儲同人評此文云：「首書特恩甚莊重，佐稅亦常員耳，推本天子誅伐四出，踔厲發皇，以張大其閾，尤得司馬子長之髓。」同人平日評論，都覺頭巾氣重，而此評則否。蓋本誌是一大題目，凡大題目入大手筆，每不期身厠其中，隨意舒寫，說得活靈活現。如「冀施於大，以盡其有」二語，是說人抑自道，幾於覺察不易，此必太史公爲項羽寫鉅鹿之戰等筆，始能達到此一化境。子厚原有此種本領，而文在元和十四年寫成，距易簀之期彌近，而文情斐亹乃爾，如此縱橫綴述之才，古來眞無幾人。

故試大理評事裴君墓誌

此評事裴君，與故處士裴君，〔指集中故處士裴君墓誌。〕爲同祖兄弟行，祖以上世系全同。如曾祖贈戶部尚書守眞，祖起居郎僑卿，均同，惟僑卿二子，長均州刺史叔猷，卽評事之父，次大理伯言，卽處士之父，由是評事與處士爲初從弟兄。此二人者，子厚爲作誌，皆不得其諱字，他處亦無可考，甚奇。

善杜禮書：舊注：杜禮書未詳。釗按：杜或是持字殘闕而致誤，持禮書云者，一切以禮書爲準，詳定刑制也，卽荀子持之有故之持。

當伐蔡及鄆，汴常爲軍首：蔡謂吳元濟，鄆謂李師道。此兩句，應在當伐蔡及鄆絶句，蔣本將汴字屬上讀，成爲不可解，因疑汴爲州字之誤，謬甚。韓弘以汴州刺史兼宣武節度，駐汴，軍務特繁，征伐領先，汴常爲軍首五字，極易理解。

梁委其躬：梁委其躬者，卽委其躬於梁，而爲汴州從事也，將梁字置於句首，左氏慣用此類句法。

南蔡北曹：　北曹卽李師道，以師道跨有鄆曹濮十二州故。

此誌子厚在元和十四年作，臨終之歲，撰文許多，不知孰爲絶筆？

誌云未果娶，有男子二人，女一人，男女蓋均微出也。　剑按：近世章太炎未娶，有女子子三人，蓋太炎幼有癲疾，家人不爲娶妻，遂私婢而得子。　吾藏有太炎致吾外舅吴君遂札中數語云：「自君遂徙金陵，而吾不復得佯狂避世之友於海上，宙合雖大，可與言者幾何？頃以煢居，遂毁我室，無妃匹之纍，而猶有弱女三數，然亦近於棄捐也。」據此，太炎行事，固與裴評事相若矣。　太炎終娶湯國梨，在辛亥革命後，時三女皆已成長。

剑案：陳少章點勘柳集，於與裴塤書下稱：「觀十二兄宜更轉右職語，乃仕於使幕者，集中有宣武從事裴君誌，卽其人。」是評事卽塤書中十二兄也，少章標宣武從事，乃舉其使幕官，而略其終級職云。

故大理評事柳君墓誌

此元和六年，在永州爲柳寬誌墓。

寬之世系如左：

景猷（晉侍中）——耆（汝南太守）、純（平陽太守）

耆——恭（後趙河東太守）——緝〔曾孫〕（宋安郡守）——僧習（魏揚州大中正）——慶（後魏侍中左僕射）

旦（隋黃門侍郎）——則、楷（唐刺濟房蘭廓四州）

楷——繹（夏縣令）——遺愛（司議郎）——開（御史）——寬

以銘辭證之，世相重侯：世相指慶以下迭爲相，重侯字出後漢書。寔曰蘭州謂楷，夏縣政艮謂繹，司議德優謂遺愛，營營御史謂開，以下皆寬之事。

從公于荆，綏戎永安，仍專郡治，政用休阜，是時蜀寇始滅：陳少章云：公謂府主趙昌。釗案：公似指一般公務而言，如詩：退食自公，或從公于邁等等，不必擬定何人？從公于荆，可能卽在趙昌下從事，而公字究應廣義解釋。少章又云：「昌以元和元年除廣州，三年遷鎮荆南，評事先佐廣府，又從至荆也。永安在夔州，爲荆部西界，與蜀接壤，評事蓋以軍判官兼攝守事，〔卽誌謂仍專郡治。〕及荆帥被召還朝，而評事亦去官遠遊矣。」說事明白，自可信據。按永安、杜甫集中嘗稱之，卽夔州詩也。下言蜀寇始滅，蜀寇謂劉闢。

南越之庬，從事以寧，永安披攘，荐仍于兵：南越卽指嶺南，庬、雜亂也，一作

龐，書：不和政厖，厖龐二字通用。披攘字，子厚恆用之，散亂也，謂永安以用兵久，而民人離散，參看慴王孫文注釋。荐與薦通用，薦、重也，頻也，仍亦作此解，詩：饑饉薦臻，漢書引作饑饉仍臻，此處薦仍複用。

釗案：子厚集中，於孝嗣應否廬墓一義，顯有差池，蓋孝門銘頌揚廬墓，而與呂恭論墓中石書則否。以理推之，子厚與恭情親誼切，所與書應是確鑿無訛，孝門銘泛泛酬應之作，故作違心諛詞，或亦難免。今讀柳寛此銘：「呱呱小子，縗而不廬」，是明明以不廬爲合禮，始得銘幽張之，無媿於懷。三占從二，於焉論定，孝門銘是否親子厚作，大成疑問。

銘又云：「鳥獸號鳴，助我踟蹰」，廖注引禮記：「鳥獸喪其羣匹，越月踰時，則必反巡過其故鄉，鳴號焉，踟蹰焉，乃能去之」，可見子厚詞必典切，杜絶空泛。

故秘書郎姜君墓誌

姜嶨之歷史如下：初、姜皎與玄宗有龍潛之舊，先天二年，預誅竇懷貞等，以皎爲工部尙書，封楚國公。皎生子慶初，未晬，玄宗許尙主，後淪落二十年，李林甫爲相，林甫、皎之甥也，從容奏之。天寶十載，詔慶初尙新平公主，授駙馬都尉。嶨生三日所得官，七十餘年不徙，如誌文。

好游嗜音，以生富貴，畜妓，能傳宫中聲，賢豪大夫多與連歡，後加老風病，手足奇，〔同畸。〕右可用，不能就官，士有載酒來，則出妓，搏髀笑戲，觀者尚識承平王孫故態。此段繁絃急管，重疊而下，繪影繪聲，神逼史遷，退之無此筆。困學紀聞：樓攻媿爲姜氏慶七十致語云：「今日王孫，猶有承平之故態」，蓋用柳文此誌。

御史中丞裴公。此謂桂管觀察使行立。

子厚此文，元和十四年在柳州作，是否絶筆未可知。

亡友故秘書省校書郎獨孤君墓碣

一

獨孤申叔：字子重，年二十一舉進士，又二年，以博學宏詞用爲校書郎，又三年，父歿，居喪未練而卒，時貞元十八年也。韓退之有申叔哀辭，皇甫持正有傷獨孤賦，併子厚此碣而三，其他猶未可勝計，子重蓋當時交遊中年少而最挺拔之英才，因同聲哀弔之也。

今王父營陵于其側，故再世在此：父、文苑作后，陳少章是之，其説如下：「德宗昭德王后，貞元二年崩，葬靖陵，永貞初遷祔崇陵，此云營陵，謂營建靖陵也。獨孤氏因王后營陵祖塋之側，故再世别葬，與漢馮衍先世葬地，以哀帝營爲義陵，衍不

得祔葬，更定塋新豐是也。通鑑注：靖陵在奉天東北十里。」少章之說，翔實可信據。

猶曰尚有天道，噫乎甚邪？　乎、當是胡字音同而誤，子厚言天道，退之哀辭尤滿紙言天。其警語曰：「天胡喜厚其所可薄，而恆不足於賢邪？將下民之好惡，與彼蒼懸邪？抑蒼茫無端，而暫寓其間邪？」賢、懸、間、叶，其辭怨誹特甚。

李行諶元固，其弟行敏中明：　二李蓋御史大夫栖筠之孫，元和宰相吉甫從子，而諫議大夫叔度之子也。觀集中祭中明文，乃已仕而以貶死者，表既不著其兄弟之官位，莫得而詳矣，陳少章云。

崔廣略，清河人：　舊注失考，此崔鄾也，唐史有傳，樊川集亦稱之。夫廣略名見於樊川集者，有因緣一段如次：新史吳武陵傳稱：太和初，禮部侍郎崔鄾試進士東都，公卿咸祖道長樂，武陵最後至，謂鄾曰：君方爲天子求奇材，敢獻所益。因出袖中書搢笏鄾，鄾讀之，乃杜牧所賦阿房宮，辭旣警拔，而武陵音吐鴻暢，坐客大驚。武陵請曰：牧方試有司，請以第一人處之，鄾謝已得其人，至第五，鄾未對，武陵勃然曰：不爾，宜以賦見還，鄾曰：如教，牧果異等。此事王定保摭言亦載之，並略有增益，蓋時有以牧不拘細行爲詰難者，鄾曰：已許吳君，牧雖屠狗，不能易也。旋鄾東都放榜，西都過堂，牧題詩曰：東都放榜未花開，三十三人走馬迴，秦地少年多釀酒，卽將春色入關來。所載殊有裨風雅，足資欣賞，惟事在太和初，去子厚之歿將近十

年，都爲歿者所不及見。

韋詞致用，京兆杜陵人：韋詞事殊少見，元和初、楊於陵爲嶺南節度使，詞與李翺、同辟在幕府，咨訪得失，教民陶瓦，易蒲屋，以絶火患，語見於陵傳。

子厚於獨孤碣記友姓名，此與父誌碑陰記先友，用意大致相同，蓋無非爲行道信於其友，作一證明也。虞伯生云：「以少年而死，其行不聞於世，特記其友之氏名，亦一格」，子厚或未計此爲一創格。

二

八司馬中，李景儉字致用，同時有韋詞者，或云亦字致用，此其誤乃起於讀柳文之不審。子厚與呂温論非國語書云：

往時致用作孟子評，有韋詞者告余曰：吾以致用書示路子，路子曰：善則善矣，然昔之爲書者，豈若是摭前人耶？

致用明明是李景儉字，韋詞口稱致用，意屬景儉，倘己亦號致用，豈得措詞如是渾沌乎？或於此文一讀後，不復檢閲，偶涉本事，遽在依稀彷佛中，截取韋詞致用，配合而成由無生有之新姓字，從來文人之荒忽妄誕，往往如此。

或爲韓退之辨服硫磺事，謂有衞中行者，亦字退之，白詩所指，安知不是衞乎？此亦坐讀韓文之不審，與韋致用之誤正同。退之殿中侍御李君墓誌銘云：

君亦好道士説，於蜀得秘方，能以水銀爲黄金服之，冀果不死。將疾，謂其友衛中行大受、韓愈退之曰：吾夢大山裂，流出赤黄物如金。

此於衛中行字大受，韓愈字退之，分載甚明。而或者於朦朧記憶之中，形成張冠李戴之誤，致世有衛退之，亦可能有韓大受，文士之思致錯迕，釀成武斷乃爾。實則退之是衛中立字，而非衛中行字，斯又構成誤中之誤矣。近閲山陰平步青霞外攟屑記焦氏續筆乘之誤云：

名言條云：「蔡雍少爲顧雍所愛，顧以其名與之，詩：雍雍喈喈，因字伯喈，今作邕者非。」按此條大誤。三國志雍傳：雍從學琴書於蔡邕，敏而易教，邕異之，謂曰：「卿必成致，今以吾名與卿。」故雍與伯喈同名，字元歎，言爲伯喈之所歎賞也。此顛倒其文，乃不顧陳志者之所爲。

景孫〔步青字。〕謂誤者不觀陳志，吾則謂：緣觀陳志而不肯復檢，因在錯覺中致成適得其反之妄斷，卽以弱侯通品，而此蔽不免，毛西河獺祭之不可笑如此。

有執柳文獨孤君墓碣難余者曰：「此碣載明知友若干人，李景儉致用、隴西人，韋詞致用、京兆杜陵人，是明明李韋二人同字致用也，子安得抹煞韋詞，使不得字致用乎？」余毅然答之曰：「文辭往往牽涉而誤衍，此韋詞下致用二字，應是涉上誤衍之一例。」蓋以柳子與化光書語氣斷之，倘韋詞亦字致用，行文不當顢頇乃爾，天下

有以理論之孤證，摧破具體之愆謬者，往往類此。

陳景雲柳文點勘、獨孤君墓碣一條下云：「韋詞字踐之，舊傳及新史世系表並同，而此作致用，蓋唐人有兩字者甚多。」此韋詞非字致用之突出顯證，景雲以唐人多有兩字，爲之尾閭，冀了此案，乃清初校勘家之謹愼小心所致。

元微之有題藍橋驛留呈夢得、子厚、致用一律，此以子厚同劉二十八哭呂衡州、兼寄江陵李元二侍御一律證之，兩律所涉之生人數字，同是柳劉李元四人，不啻確定致用爲李景儉，與韋詞無涉。微之別一律送致用者，亦當作如是觀。

人既誤認李景儉韋詞同字致用，時復誤將字寬中之李景儉，謂與致用同屬一人，一誤再誤，釀爲中唐故事之有趣插曲，茲將李寬中之簡史，紀錄於下：

李景儉，瑀孫，字寬中，第進士，彊記多聞，善言古今成敗王霸大略。竇羣任中丞，引爲監察御史，羣貶，景儉亦左遷戶曹參軍。穆宗時，拜諫議大夫，性矜誕，使酒縱氣，語侵宰相蕭俛，貶建州刺史，以元稹爲之助，乃免。後又因醉至中書慢罵宰相王播等，坐貶漳州刺史，以少府監湮阨不得志卒。

此明明與八司馬之李景儉非同一事，而致誤之源，亦往往與元稹有關。

微之身歷永貞之變，而年輩略後於劉柳，元和元年，微之始舉制科，對策第一，時憲宗臨朝，痛懲伾文餘黨，微之乘隙獻書，主愼選正人、輔導太子，固赫然佞詞也。

顧微之於八司馬之流，與呂化光、李致用交甚厚，哭呂衡州詩六首，已别錄，其酬别致用一篇，在被貶江陵士曹時爲之，語殊鄭重善感。

風行自委順，雲合非有期，神哉心相見，無聯安得離？我有懇憤志，三十無人知，修身不言命，謀道不擇時。達則濟億兆，窮亦濟毫釐，濟人無大小，誓不空濟私。研機未淳熟，與世忽參差，意氣一爲累，猜仍良己隨。昨來竄荆蠻，分與平生隳，那言返爲遇？獲見心所奇。一見肺肝盡，坦然無滯疑，感念交契定，淚流如斷縻。此交定生死，非爲論盛衰，此契宗會極，非謂同路岐。君今虎在匣，我亦鷹就羈，馴養保性命，安能奮殊姿？玉色深不變，井水撓不移，相看各年少，未敢深自悲。

吾嚢爲簽記如次：

微之性褊急，與致用相契合。其竄荆蠻，由於在敷水驛忤中人仇士良，而致用矜誕，語侵宰相蕭思謙，貶建州，以微之救得免。此詩申述交契之由，如見肺肝，時微之年剛逾立，而致用當不止十年以長，末云相看各年少，自是意氣中語。此以兩李景儉事，合爲一人，其誤甚顯，吾見近人論韓柳之作，蹈此誤者彌復不少，因就此連類書之。

尋獨孤申叔、貞元十八年卒，年二十七，是年呂温三十一，約長五歲，元稹據會

眞記年二十四，約少三歲，李景儉致用長元稹十年，正三十四。至稹作詶别致用詩，應在此後八年許，微之三十二，而致用四十二也，相看各年少云云，猶勉强説得過去。至李景儉寬中，貶建州在穆宗朝，年載彌晚，説不着是年少時事已。

三

朱竹垞作布衣周君墓表，仿子厚本墓碣例，書故友姓名於後，稍加詳焉。其姓名爲王翃、范路、朱一是、王汸、沈進、李麟友、朱彝鑒、褚標、周篔、共九人。布衣名篔，字青士，嘉興人，卒年六十五，著有采山堂集二十五卷，詞緯三十卷等。君視朋友同一身，雖交游徧天下，然氣類尤篤者，里中諸子，故竹垞揭其姓名於表後云。九人中朱一是、沈進較知名。朱彝鑒卽竹垞同懷弟，嘗聽經師講詩小戎章，詣其味於車制，乃削木爲小戎，市絹人馬御輪執轡，欲觀者出示之。褚標，字霞建，詩饒風韻，天卒。沈進，字山子，竹垞别爲立傳。

故襄陽丞趙君墓誌

一

趙矜事見新唐書趙弘智傳，夫矜一襄陽丞耳，並無特殊行實，足列於史，其所以附於弘智傳者，全以子厚有此誌故，誌文移入史册，幾於隻字無改。夫子厚此誌，作

於元和十三年，距子厚臨命前一年，倘偶不作此誌，矜與其子來章，即窅焉無傳，文人著作所繫於史之重要性如此。　弘智之兄弘安，即矜之祖。

天水趙公矜：　誌首稱天水趙公矜，陳少章疑公字衍。　釗案：子厚譔相國房公德銘之陰，視公字何等嚴重？何至一襄陽丞而輒公之？羅振常曰：「其稱趙公，猶曰趙君耳」，果爾，則子厚下公字有兩種：一尊顯如房公，一泛常酬應如趙丞，吾恐子厚未必肯如此作，少章疑公字衍，是。

唯人事之窮，則庶于卜筮：　庶，猶言庶幾。　詩抑：「庶無大悔」，箋：庶，幸也，此謂人事已窮，冀幸於卜筮得之。

卜秦詷兆之：　秦詷，卜人姓名。　兆辭似左，儲同人曰：「左傳敍事，千秋絶調，韓柳二公往往闖入，而柳爲深。」釗案：兆辭未必實，子厚故神其説以昭文采，亦偶作英雄欺人語。　又秦詷命名甚怪，尋晁公武讀書志：「陸龜蒙詩，謂鬼谷先生名詷，不詳所自出」，子厚雖生在魯望前，而鬼谷名所自出，兩人不難共喻。　今爲趙墓造兆辭，事涉怪謬，不期而以鬼谷之名，移於卜人，文人故作狡獪，可能如此。

冢土是守：　冢土，社神也，書：「宜於冢土」，宜，祭名。

吾爲曹信，是邇吾墓：　曹信、叟姓名。　來章求墓，徵書而名，其人皆死，有未死者如曹信，特爲來章所不知，未嘗徵書名之，求野騾爾一遇，墓遂發見，事實止於如

此，其他皆附會之神說。子厚誌曰：「神付是叟，以與龜偶」，偶爲關目字，在人如何看法？

二

韓菼劉先生墓表、開篇即云：

始余讀柳先生襄陽丞趙君墓誌，其孤來章求其親之喪柳州，日哭於野，兆於卜筮，果得老叟告以所嘗瘞處，能完其喪以歸。後見錢受之所記丁高士鶴年，明初兵亂，生母馮阻絶武昌，病死，瘞廢宅中，鶴年痛哭行求，夢其母以告，嚙血沁骨，返葬，於時爲斯道作丁孝子傳。而我吳明季時，亦有黄孝子向堅者，萬里勞苦，迎其親雲南，尚無恙，里人豔稱之，演爲傳奇，每廣場奏曲，兒童婦女皆出涕也。嗚呼！維我亡友蓼蕭劉先生之孝行，實與三君子者相類，顧事不大顯，則以先生自謂人子之不幸，雅不欲自暴，則其情尤可痛也，於其歿也，不可以不書。所謂劉先生者，名龍光，蓼蕭其字，江南長洲人。竊思柳州之志趙丞墓，非志趙丞，而志其子來章之孝也。惟此類孝迹恒不經，非士君子所宜道，然爲曲彰人子之孝故，每不恤枉道殉迹以顯於文。自柳州以還，文家如是爲之者，不絶於書，且每一紀載，輒翹來章往蹟以起例。於是子厚記一孝子，而千百孝子隨而坌涌於世，又千百孝子之紀錄中，不期而來章野哭，及秦誗卜兆、曹信告瘞之形影，均浮動於其間，若

而深印遠效，當亦子厚執筆時所萬料不及者已，至韓元少表劉先生墓，則無過尾閭所之，偶留息壤，一以行萬，殫述何從？

故温縣主簿韓君墓誌

子厚與韓安平交誼最篤，於是爲其長兄之死而銘幽，義不得辭，然亦止於義不得辭而已。其人生前性行，無可稱述，本人直接交誼，兼未結緣，因而誌中無可著筆之處。其曰：「生也以其弟之恭，知君之爲友，沒也以其弟之感，知君之爲愛，〔指誌中謂：季弟泰哀不能文，故託於友焉。〕惟友愛出於孝，移於忠，施之人事，無往不達。」辭甚夭矯，而筆鋒不能離開安平一步，甚至本人之年歲子女均不載，從古誌石之質樸簡略，無過於此，亦惟子厚肯如此下筆，敢如此下筆。

漢弓高侯：　韓王信子穨當，封弓高侯。

唐侍中瑗：　瑗字伯玉，高宗時爲相。

季弟泰哀不能文：　泰卽安平也，兄弟共三人，長愼、次豐、集有送韓豐羣公詩後序。凡請人銘幽，必先具狀，作者亦不諱言據狀，如處士裴君墓誌所謂河間邢羣以狀來是也。今哀不能文云者，可能指自誌墓，亦可能指具狀。安平既不能自具狀，外姻家老、復無如邢羣其人代具，故託於友白手作誌，友者、子厚自謂。遠祖如

弓高侯、唐侍中、可憑史籍知之，至最近三代，如郢州、著作郎、及親父萬州、諱字都不載，顯然以無狀之故，文之簡略爾爾，並可藉此説明。

友而愛而：　而、語已辭，猶言兮或乎，漢書韋賢傳注：而者、句絶之辭。　論語：已而已而；左傳：若敖氏之鬼，不其餒而？

此碑有銘辭，而題祇稱墓誌，不載銘字，總目中卻在題下標「有序」二字，似編者意在以序名誌，以誌名銘，如梁曜北誌銘廣例之所主張，詳見秘書郎姜君墓誌解釋，不贅敍。

東明張先生墓誌

李唐所謂道術，皇室之所唱導，京朝官因得以願爲黄老請於朝。　語云：其父殺人，其子必且行劫，上行下效，捷於影響，於是世之爲道術者，正與儒術背道而馳，往往趨於虧恩壞禮，枯槁顛頓，隳聖圖壽，離中就異一路，如妻圖南卽其一例。　子厚贈序中：「今將以呼嘘爲食，咀嚼爲神，無事爲閑，不死爲生，深山之木石，大澤之龜蛇，皆老而久，其於道何如」云云，卽針對若輩而發也。　況子厚明言：「苟焉以圖壽爲道，非吾之所謂道」，尤正爲「隳聖圖壽」之儔，當頭下一棒耶？　眞書訣籙，與經籍圖史聚於一處，是卽未絶儒書之證，其瀕死從弟以去，聲稱吾老支體不可解者，猶是身體髮

膚，受之父母，不敢毁傷之儒家孝道，故子厚願假誌墓之隙，以爲張因張目。其曰：「先生友弟以遁，慈幼以死，若不能忘情者」，此物此志，情見乎辭。

侔於麟閣：　陳少章云：「舊注：漢有麒麟閣，藏書之所。案唐秘書省掌御府圖籍，武后改爲麟臺監，尋已復舊，而後人仍有稱秘書爲麟閣者，如杜子美送常正字詩可證，舊注疏甚。」按少章所謂舊注，指廖本也，蔣本之説，並非如此。蔣云：「按三輔黄圖云：未央宫有麒麟殿，揚雄校秘書處，又徐賢妃疏：窮奥秘於麟閣，則麟閣固宜用也」，可與少章點勘參看。

畢原先人之歸也：　畢原在長安，文王所葬處。先人之歸，猶言先人所歸，之字作所字用，柳文中屢見，如謝李中丞啓：崔簡兒女十人，皆柳氏之出，柳氏之出，猶言柳氏所出。

倥侗而不實，窮老而無死：　倥侗、法言：倥侗顓蒙，注：倥侗、童蒙無知也。窮老無死，與送婁圖南序：「不死爲生」同意。

虞鳴鶴誄〔幷序〕

一

此誄、序祇寥寥數語，而四字句誄文，洋洋大篇，此誄體應如是，並非變格。吴

訥文章辨體云：

誄者累也，累列生時行迹，讀之以作謚，此唯有辭而無謚，蓋唯累其美行，示己傷悼之情爾，後世有誄辭而無謚者，蓋本於此。

此可見誄與謚之連誼。　子厚東平呂君誄：序中僅言「君所居官爲第三品，宜得謚於太常，余懼州史之逸其辭也，私爲之誄以志其行」；而此誄則並謚爲一談，謂「哀其行之不昭於世，追列遺懿，求諸后土，申薦嘉名，寔曰恭甫」，以示他誄有辭無謚，唯示傷悼之情者，彌昭鄭重，不待言已。

吳虞之分，爰宅上陽：　吳虞皆泰伯後。　左、僖五年：晉侯圍上陽，注：上陽、虢所都，或虞虢相鄰，上陽曾隸虞分。　漢書地理志：河東郡大陽，吳山在西，上有吳城，周武王封泰伯後於此，是爲虞公。　何義門云：上陽、大陽之誤。

延詡輔漢，恢定封疆：　後漢永平三年，虞延爲太尉，十四年自殺，順帝時虞詡官尙書，延字子大，詡字升卿。

東徙之賢，時維仲翔：　吳志：虞翻字仲翔。

曰預曰喜，在晉克彰：　虞喜字仲寧，弟預字叔寧，翻之族。

秘書多能，垂耀於唐：　虞世南字伯施，太宗時秘書少監。

洎於漢陽，世德以昌：　九皋父當，終沔州刺史，漢陽屬沔州郡。　當、先友記中

有名。

毗贊尙父，休徽用揚：　九皋父當，爲郭尙父從事。徽、他本作徵。

並時翱翔，洽主記室：　郭尙父居朔方，子厚父鎮、與當同在幕府。　洽當作狎，左：「狎主齊盟」，可證。

惟昔夏首，羈貫相親：　夏首一作夏口，貫與丱同。　鎮爲岳鄂都團練判官，當爲沔州刺史，子厚因與九皋相善。　羈貫、男女成童之時，編髮爲飾，男曰貫，女曰羈。穀梁傳：「子生羈貫成童，不就師，父之罪也」，唐書：「韋表微羈丱能屬文」，貫丱字通用。

交歡二紀，莫間斯言：　子厚生於大曆八年，或據交歡二紀，及上羈貫相親二語，推定此誄貞元十四五年間成之，蓋少作也。

愉乎其和，確爾其堅：　何云：上句指虞，下句柳自謂。

今則遽曰，吾其缺然：　遽曰當作遽已，吳至父校改。

爰用壹惠，幽明是告：　表記：「先王謚以尊名，節以壹惠，恥名之浮於行也」，注：「聲譽雖多，以其有一大善爲謚耳。」九皋百行多善，惟恭爲最，故謚恭甫，下因云：温温其恭，惟德之經。

二

鄞人徐時棟、家富藏書，好表章文獻，家有煙嶼樓，名大幾與范氏天一閣相抗，著煙嶼樓筆記，有一則云：

四明世家，莫大於虞氏，按虞氏世居慈谿之鳴鶴場，卽所謂山北者。據水經：虞翻嘗登此山四望，誡子孫可居江北，世有祿位。

近有買辦以米蛀蟲著稱之虞洽卿者，正慈谿人，當是仲翔一脈，惟聞其人起於孤寒，十六歲時，廑挾一傘入滬求業，因而發家，其人化去不久，惜未得問其家是否居鳴鶴場？

子厚作誄，以對鳴鶴及呂化光最爲矜重，誄文之長相埒，而鳴鶴之童年契好，與化光之死生道誼，亦情親無減。夫誄與誌銘同也，皆爲埋幽而作，雖化光官居三品，宜得謚於太常，猶懼州史之逸其辭，鳴鶴則遺懿不昭於世，二三友生外，無相知之人，故子厚鄭重於前序，俯求后土以爲之辭，凡此以見子厚之念篤舊交，辭情並茂云。

梁曜北誌銘廣例云：

誄同誌銘，梨洲云：誄亦納於壙中，故柳州虞鳴鶴誄云：追列遺懿，求諸后土。

玉繩案：景君銘乃作誄曰，是以誄爲銘文，柳蓋用漢例。曜北之言，信非無據。

故處士裴君墓誌

此文陳少章分釋最明，兹並錄於下：

君之出河間邢羣以狀來告：　按羣字涣思，由進士歷歙州刺史卒，杜牧誌其墓，稱其十五知書，二十有文，其卒在大中三年，年五十，而其舅氏狀，作於元和十四年，正羣弱冠之歲也。

父諱某，尚書刑部員外郎，議官及浮屠事獨出，載在史册：　按新史李叔明傳，叔明上言道佛之弊，德宗下尚書省雜議，刑部員外郎裴伯言、請僧道士限年六十四以上，尼女官四十九以上，許終身在道，餘悉還爲編人，官爲計口授田，收廢寺觀，以爲廬舍。　此議浮圖事始末，銘詞所謂抑釋者是也。　其議官事未詳，以銘中摧佞之語觀之，官上必尚有脱字。

娶韋氏生二子，字曰某，名曰某，以文敏，中丞公尤愛幸：　按昔人墓誌，但著其子之名，未有舉字者，況先字後名，語尤不順，疑字名二字，非衍卽誤。〔按廖注亦云：字名二字誤。〕又「以文敏」上，宋本更有一某字，文義尤明，蓋諸本皆脱也。

君之出三字，人多在此讀斷，以屬上，卽命其僚柳宗元以銘君之出，聯爲一句也。　蔣之翹本、卽如此排定，吳至父點勘本亦未看出，獨陳少章截之屬下讀，君之出猶言君

所自出，卽君之甥，此一糾正，遂使全文脈絡貫通，因特記明。〔吾查少時之批讀本，亦犯此誤。〕子厚自稱其甥爲「柳氏之出」，見謝李中丞安撫崔簡戚屬啓，亦可證。

曾祖贈戶部尙書，爲裴守眞，祖起居郎裴僑卿，父刑部員外郎裴伯言，皆可證知，獨死者本人諱字無可考，又全碑未記死者一行一言，他碑亦往往如是，此子厚爲人銘幽之不欺處。

君之出河間邢羣以來：吳至父云：來上應補狀字，是。

於是爲第一，天下皆仰以爲相：吳云：於是應作於時，時誤是。

神嗇豐福，不弃于君：何屺瞻云：不弃于君，弃爲弁字形譌；吳至父云：畀誤弃，兩說均可通。

釗案：此誌爲裴行立任桂管觀察使時，子厚應教而作，以柳州適厠於桂管之內，子厚不得辭謝也。文之脫略不成體段，並應具之格式且不足，皆以作者被迫爲之，意所不屬之故。

覃季子墓銘

覃季子銘，陳少章考證最明，錄如下：

篤於聞：聞當作文，虞鳴鶴誄中，有「義篤斯文」語，可以互證。于邵送譚正字

之上都序云：「皇帝御宇明年，分命十使周流天下，弓旌一舉，澗陸其空，戶部侍郎趙君、故得譚子於瀟湘」，蓋正字以建中元年，由本道黜陟使趙贊表薦得官，序又有龍樓鉛槧諸語，蓋特授太子正字也，正字卽季子，譚覃不同，疑古通用，至正字校書，一也，唐人皆通稱，不當以序志互異爲疑。

皇帝御宇，指德宗卽位，改元建中，其年二月，遣黜陟使十一人分巡天下，少章稱作明年，所遣又止十使，微有不合，然無礙也。

續滎澤尉崔君墓誌

太傅公者、崔祐甫也，以祐甫爲滎澤宗親，故不名。史稱大曆十四年閏五月，以河南少尹崔祐甫同平章事，明年建中元年六月卒，贈太傅。據此，祐甫作志，當在大曆十三年，從此算到元和九年，整整三十七年，士大夫親死不葬，淹閣如許之久，誠可謂大不孝，太素之所以不能不哭者此也。子厚止於書明緩故於原志後，謂之續誌也可，謂之跋尾也亦可。或曰：此墓誌之變體也，體旣變矣，信筆所之，將誰曰不宜？

喪焉不果行：　此跟上文「備物具貨」句而來，何屺瞻云：「喪焉者、謂喪其貨也」，是。　喪、讀四浪切。

此一人兩誌銘之例，梁玉繩誌銘廣例云：

古有一人兩誌銘同時入墓之例。南史：梁裴子野卒，湘東王爲之墓誌銘，陳於藏內，邵陵王又立墓誌，堙於羨道，羨道列誌，自此始焉。案柳河東續滎澤尉崔君墓誌，續太傅崔祐甫之辭也，顯署曰續，其爲一人兩誌銘明甚。又亡姊崔氏夫人墓誌蓋石文有云：我伯姊之葬，艮人博陵崔氏爲之誌，敢附碑陰之義，假茲石而書焉，此則文雖有二，而石固同一。一人兩誌，於例爲創，而子厚之文，亦簡括異乎尋常，所謂意盡言止，子厚無能過事敷衍，致傷文體。

箏郭師墓誌

宋人俞德鄰，著有佩韋齋輯聞四卷，多考論經史，間及當時故實，及典籍藝文，以詳核稱。雖偶有穿鑿處，尚不失雅人深致，有論琴一則云：

韓退之聽穎師琴詩，極摹寫形容之妙，疑專於譽穎者。然於篇末曰：「推手遽止之，溼衣淚滂滂，穎乎爾誠能，無以冰炭置我腸」，其不足於穎多矣。大學聽琴序則曰：「有一儒生，抱琴而來，歷階而升，坐於尊俎之間，鼓有虞氏之南風，賡之以文王宣父之操，優游怡愉，廣厚高明，追三代之遺音，想舞雩之詠歎，及暮而退，皆充然若有所得也。」何嘗有推手遽止之意？合詩與序以觀，其去取固較然。抑

又知琴者本以陶寫性情，而冰炭我腸，使淚滂滂而衣溼，殆非琴之正也。退之穎師琴詩，東坡嘗譏其所形容，爲琵琶而非琴，可見退之並不知音。夫不知音而必強以知音鳴者，以樂爲六藝之一，儒者不容諉爲不知，以自安譾陋也。德鄰謬以退之詩與序相較，殆更說不上知音，所謂自鄶以下也已。吾嘗怪柳子厚撰箏郭師墓誌，寄示劉夢得，夢得甚爲傾服，以子厚如此鄭重之作，夢得編集時，乃爲列入外集，與河間傳爲一類，不解何故？

夢得獲讀此誌，有書與子厚云：

問發書，得箏郭師墓誌一篇，以爲其工獨得於天姿，使木聲絲聲均其所自出，抑折愉繹，學者無能知，繁休伯之言薛訪車子，不能曲盡如此。能令鄙夫沖然南望，如聞善音，如見其師，尋文寤事，神驚心得，倘佯伊鬱，久而不能平。嗟夫！郭師與不可傳者死矣，弦張柱差，枵然貌存，中有至音，含糊弗聞。噫！人亡而器存，布方册者是已，余之伊鬱也，豈獨爲郭師發耶？想足下因僕書重有慨爾，不宣，禹錫白。

柳劉之誌與書，相與往復，而所稱箏師數語，止於雷同唱和，了無別白，此可見兩公於音樂都非行家，對題行文，聊事敷衍而已。以是子厚此誌，不爲各注家所重視，而夢得嚮主八音文章交爲高下之說，言尤誇大，亦固其所。以知論文之事，以云極詣，

殊有難言之隱在。

柳誌「其爲事天姿獨得」一語，依劉書校得事字，當是工字之誤，工字較事字義強。

按此誌原列在外集，今援永州鐵爐步志例，附於十一卷之末。

卷十二　墓表誌

先侍御史府君神道表

一

子厚自爲父作神道表，求其眞切，能自滿意，而不爲有識者所訕笑，此天下第一難事。子厚開口卽曰：「先君之道，得詩之羣，書之政，易之直方大，春秋之懲勸，以植於內而文於外」，此謂侍御平生言行，早與六藝相表裏，以爲基礎，此何等光明正大？而旋卽以侍御節次著作，一一標明作證，以見所爲隱括之絶無虛僞，此又何等樸實忠誠？子厚之爲此表，可謂極文章之能事，張子道之典型，而毫髮無遺憾矣。

作閿鄉令，遷殿中侍御史，爲鄂岳沔都團練判官，後數年，登朝爲眞：　陳少章云：「按侍御爲鄂岳觀察李兼從事，兼領鄂岳之明年，卽移江西，侍御蓋隨府遷，而在江西尤久，後遂從使幕升朝也。　涘蕭鍊序云：幼時拜兄於九江郡，九江卽江西所部之江州，柳子時侍父行，故涉其地，表不著侍御自鄂岳使府遷江西事，偶略之耳」，少章此考甚核。

宰相與憲府比周：本事如下：相、竇參，憲府、盧佋也。時盧岳妻分家貲不及妾子，妾訴於官，佋欲重罪妾，侍御史穆贊不從，佋與參譖於上，誣贊受金，下贊獄，弟賞訟冤，命鎮及刑部李覿、大理楊瑀覆治之，冤得白。子厚不肯揭露眞實姓名，廑以作鷹鸇詩四字括之，可見當時身在貶所，立言維艱。

二

全謝山有河東柳氏遷吴考一文，雖無甚重要，亦足稍資疏證，因録存之：

柳柳州爲吴人，見於本集與本傳，而蘇之志人物者鮮及焉；按本傳云：「柳宗元其先蓋河東人，後徙於吴」，此明文也。柳州作先侍御府君神道表云：「天寶末遇亂，奉德清君、夫人、（德清君、侍御父察躬也，夫人、侍御母也，舊人皆誤連讀之，故本傳亦止云：奉母避亂。考柳州逮事王父，是時豈得奉母遺父？）載家書隱王屋山，間行求食，亂有間，舉族如吴，居德清君之喪，服除，常吏部（按此當指常衮。）命爲太常博士，先君固曰：有尊老孤弱在吴，願爲宣城令，三辭而後獲。」是侍御已定居於吴，柳州生於大曆九年，當在侍御爲朔方推官、晉州參軍之時，其家於吴久矣。且不特家於吴，幷婚於吴：柳州爲楊氏之壻，其作楊郎中凝墓誌云：「君與季弟凌同日生，不周月而孤，伯兄憑剪髮爲童，家居於吴」，是楊氏之稱弘農，猶柳氏之稱河東，皆推原其族望，而實則皆吴人也。其作亡妻弘農楊氏墓誌云：「夫人三歲，依於外族，間

在他國，凡十有三年，而二姓克合」，蓋柳與楊同居吳下，而柳州之婦鞠於外家，故有間在他國之語。然竊嘗疑柳州再世居吳，而其集中未嘗有一語及於洞庭林屋之勝，韓吏部之誌、劉賓客之祭文亦不及焉，及夷考之，乃知柳州雖居吳，而在吳之日甚淺，大抵唐人之世宦者，多居京師，蓋當時不特有里第，兼有家廟，枝附葉連，久而重去，柳氏自河東之虞鄉，遷京兆之萬年，已累世矣，其少陵原之大墓，則高祖蘭州府君而下皆在焉。侍御雖挈家南轅，而柳州作太夫人歸祔志云：「宗元生四歲，居京西田廬中，先君在吳，家無書，太夫人教古賦十四首」，是柳州少日，固多居長安，侍御之總三司，自夔州再入朝，則又隨侍在長安，已而登進士，歷官至尚書郎，則又在長安。且柳州享年四十七歲，其自序曰：「長京師三十三年」，合之南竄十四年之數，已自相符，則中間不過偶一至吳，其遊朝陽巖西亭詩云：「羈貫去江介，世仕尙函殽」，是明言居吳未久，而以世仕不能忘情於秦，南竄而後，詩文酬答，總惓惓於鄠杜之間，使其得再入朝，殆有挈其羣從西歸之意焉。然自柳州南竄，其子弟無復有居萬年者，其答許京兆孟容書：言「先墓所在，城南更無子弟，善和里宅，已三易主」，則其後柳州雖歸葬萬年，而子弟已卽安於吳矣，不然，則柳氏在吳，祇可以言寓公，本傳不得竟斷之曰徙吳也。唐人最重舊籍，故雖數世之後，必行歸葬之禮，不得以此而疑柳氏之非吳產也，宋人作柳州年譜，於其居

吴顛末不詳，而蘇人亦莫之考，吾故表而出之。

謝山此文，在證明子厚之爲吴産，而事實恰恰相反。蓋户籍不論中外，大抵不外屬人屬地二義，而中國則從古專主屬人，故柳氏隨地所之，仍號河東，楊氏隨地所之，仍號弘農也。即退一步舍人而從地，而子厚乃並不産於吴，據謝山考證，子厚生於大曆九年，適當乃父爲朔方推官、晉州參軍之時，則子厚實誕生於父之任地或長安，可以推見，況依子厚自序，長京師三十三年，則産地在京師，更可斷言。由是柳氏之在吴者，廑止於避天寶之亂一個時代，謝山斤斤於寓公與徙吴之别，夫天下寧有避地而必顯稱寓公者？謝山此辯，直是騃語。又子厚單傳，終鮮兄弟，二姊適人，隨夫在外，歿時子周六纔四歲，周七遺腹未生，是子厚本支，殆無一人留吴。當侍御初徙時，是否挈其羣從子姪同去，尚待詳考，謝山遽假定子厚還朝，有意提攜羣從西歸，憑借幻想，何足論古？謝山浙人也，爲江南文化張目，竟鰓鰓代吴人爭一柳子厚，濫費如此宂長筆墨，抑何可笑？

援鶉堂筆記評韓文云：

柳子厚墓誌銘：「七世祖慶，爲拓跋魏侍中，封濟陰公，曾伯祖奭，爲唐宰相」，按柳慶仕終於宇文，又不爲侍中，封平齊公，周書本傳可考；封濟陰公者，乃子厚六世祖旦，慶之子也。其封濟陰公見柳集，隋書旦傳不載，柳奭爲子厚高伯祖，宋

文安禮已言之。

子厚世族不明、如右例者不一。

先侍御史府君神道表石背先友記

一

或問先友記有前例乎？曰：有，江西尙鎔作懷舊傳，據前言稱：「問讀梁書，梁元帝有懷舊傳，因仿其意，以交之先後爲次，作傳一篇。」或謂懷舊傳亦見隋書經籍志，然久不傳，鎔此文全模子厚先友記，而出以變化。由斯以談：尙鎔模先友記，而先友記可能模懷舊傳，此足供諸種傳說之一例，姑假此以爲前言。

先友記諸友，有雜出於諸家著錄者，用略摘取以見其大凡：

貞元中、楊氏穆氏弟兄，人物氣概，不相上下；或云：楊氏弟兄賓客皆同，穆氏弟兄賓客皆殊，以此優劣。穆氏弟兄四人，贊、質、員、賞：時人謂贊俗而有格爲酪，質美而多文爲酥，員爲醍醐，賞爲乳腐。〔李肇國史補，及王讜唐語林兩載略同。〕

楊京兆兄弟皆能文，爲學甚苦，或同賦一篇，共坐庭石，霜積襟袖，賦成乃已。〔王讜唐語林〕

李相國程、王僕射起、白少傅居易兄弟、張舍人仲素，爲場中詞賦之最，言程

試者宗此五人。〔唐語林〕

唐代宗既誅元載，欲盡誅其黨韓會等，吴湊苦諫，止降遠州。會、退之兄也，退之謂兄罹讒口，承命南遷，按會所坐，非罹讒者，柳子厚亦云：韓會善清言，名最高，以故多得謗，豈士能清高，反汚於元載乎？〔邵博聞見後録〕

崔造、韓會、盧東美、張正則爲友，以王佐自許，時人謂之四夔。是四人者，造後獨至相位，然論者不滿焉，以虚名之無實也。春按：造之外，韓會者故奸相元載黨也，大曆中、坐載貶官以卒，其立身如此，無可言者，而柳子厚謂其名高致謗，殆恐不然，彼盧與張、直文人之靡耳。〔何孟春餘冬敍録〕

官爵升易，不常所居，有善則書。如鄭餘慶傳：官至殿中侍御史，别無異迹，皆不書，至遷工部侍郎、知吏部選事、上疏論列諸葛述事，一節可稱，則予書官，不爾則否。〔吕夏卿唐書直筆新例〕

貞元十二年九月、裴延齡卒，中外相賀，帝獨悼惜之，十月、以諫議大夫崔損同平章事，損嘗爲延齡所薦，故用之。臣祖禹曰：孔子曰：好賢如緇衣，取其敝又改爲，好之而無已也，裴延齡既死，而德宗猶思其人，又用其所薦者爲相，使其好賢如此，豈不善哉？夫賢之入人也難，佞之惑人也深，是以鮮有好賢如好佞者也。〔范祖禹唐鑑〕

帝自陸贄貶官，深居禁中，所取信者，裴延齡、李齊運、王紹、李實、韋執誼、韋渠牟等，皆權傾宰相，趨附盈門，紹謹密無損益，實狡險掊克，執誼以文章與帝唱和，年二十餘，召入翰林，渠牟形神恌躁，尤爲帝所親狎。〔唐鑑〕

李鄘辭平章，舊史謂鄘雖出入顯重，素不以公輔自許，此記事者不能知賢人心迹也。鄘初爲李懷光從事，不顧凶逆氣燄，而奮其忠義，以郎官使徐州，諭叛兵禍福，使之帖息，任京兆，著剛嚴之名，鄘之風節如此。元和初，拜鳳翔節度使，是鎮舊用武將，有神策行營之稱，初受命，必詣軍修謁，鄘奏罷之，其不附宦官有素矣。是後吐突承璀推其作相，而鄘固辭，正與前不受神策行營之稱同爾。〔孫甫唐史論斷〕

德宗用相，但悅奉己，崔損歷官清要，無善可稱，一奸人薦之，遂居位八年，略無能效，惟過爲恭遜，兼事便僻，德宗雖知衆議不容，寵之終身。〔唐史論斷〕

劉禹錫言：司徒杜公佑、視穆贄如故人子弟。佑見贄爲臺丞，數彈劾，因事戒之曰：僕有一言，爲大郎久計，他日少樹敵爲佳，穆深納之。〔錢易南部新書〕

柳宗元稱陳京之文，深茂古老，紀事樸實，不苟悅人，其學推黃炎以下，涉歷代暨國朝之故實，鉤引貫串，舉大包小，若太倉之蓄，崇山之載，浩浩乎不可既云。京文不多見，觀柳所言如是，其人可知，近來誌銘碑傳之作，惟務繁縟，極力贊述，

苟悦子孫，無取月旦，其號爲大家者尤甚，是文之大病也。〔明馮時可雨航雜録〕

二

以下就各友分别言之：

齊　映

齊映，瀛州高陽人，舉進士，中博學宏詞，嘗爲滑亳節度使令狐彰掌書記，彰以女妻映。又爲鳳翔張鎰判官，鎰儒緩不知兵，部將李楚琳素慓悍，欲介賊爲亂，映與弟抗請先事誅之，鎰不用，楚琳卒殺鎰應賊，映奔奉天，授御史中丞。映爲人白皙長大，言音鴻爽，帝愛之，進中書舍人。有言映與齊抗一家同官，事非穩便者，陸贄奏言：「映抗同姓别房，既非五服之親，則與衆人無異，中朝要職，常苦乏人，如映抗艮才，並當臺閣妙選，臣等先請授映禮部，抗文學足用，精敏罕儔，掖垣之駁議司言，南宫之掌賦承轄，俾居其任，皆謂當才」云云。子厚先友記，第三人卽映，但言映而不及抗，謂映爲相，以文敏顯用，可證陸奏不誣。獨集中别無一語涉及映抗，可見若輩眞爲先友，子厚本身，殆無事與接爲搆。尋映入相，在貞元二年，卒年四十八，諒未及永貞之變而已歿世云。

唐舊書映傳稱：「映從幸梁州，每過險，常執轡，馬駭，帝令捨轡，映堅執，久之乃止，帝嘉奬無已。」晁無咎論之曰：

皁隸有職，雖艱難輿衛不具，未至乏持轡者也，而映屑爲之，自託愛君，恬不羞辱，意欲因危以求親，徼幸於他日者，後卒以信任至宰相，既貶，乃進八尺銀餅，其行事終始如此。

據此，映之爲人，亦可知已。當以佞得位時，能使陸敬輿頌言揚己，其才應有逾於無咎所毁者，子厚「以文敏顯用」之五字贊，或者恰如其量。

三

杜黄裳

先友記中諸公，敵視永貞事變，且以姻婭而成釁隙者，惟杜黄裳一人，然子厚紀録此人，語極眞切，無一字故示貶抑。其語曰：「弘大人也，善言體要，爲相，有牆仞，不佞」，此其推置黄裳於盛唐賢相之右，何等偉觀？〔去聲。〕黄裳字遵素，京兆萬年人，擢進士，又中宏辭，史稱：「遷太常卿時，王叔文用事，黄裳未嘗過其門，韋執誼輔政，黄裳勸請太子監國，執誼曰：公始得一官，遽開口議禁中事」，執誼蓋指前此黄裳爲裴延齡所惡，十期不遷官而言也。「黄裳怒曰：吾受恩三朝，豈以一官見賣？即拂衣而出」，凡此皆黄裳之牆仞高處，子厚勢處對立，亦不得不心服其言。吾閱某說部〔一時忘其名。〕稱：鎮將某遣人齎重貨候黄裳門，數日不得見，一日，一服飾儉素之老婦人，自内出門，門者惶恐聳立，使者審知爲夫人，即逕返復命，諸鎮逆謀立寢，弘大

人之效用於國也如此。史又載：「黄裳初不爲執誼所禮，及敗，悉力營救，既死，表還其柩葬焉」，此亦弘大人之一端。

四　李　舟

杜甫送李校書二十六韻云：「李舟名父子，清峻流輩伯」，尋宗室世系表：舟字公受，虔州刺史、隴西縣男，父岑，水部郎中、眉州刺史。詩又云：「十五富文史，十八足賓客，十九授校書，二十聲輝赫」，子厚所謂有文學俊辯，高志氣，卽此可想。詩又云：「乾元元年春，萬姓始安宅，舟也衣綵衣，告我欲遠適」，乾元乃肅宗收復京師、至德改元之歲，詩題署送李校書，當是舟授校書後，返覲高堂之頃，此距大曆九年子美之殁，爲前十二年，時子美爲左拾遺，距子厚元和二年寫先友記，又爲前五十年矣。李肇國史補稱：「初、詼諧自賀知章，輕薄自祖詠，近代機警、有李舟張彧」，又云：「李舟好事，嘗得村舍烟竹，截以爲笛，堅如鐵石」，（本文下續云：以遺李謩，謩吹笛天下第一，月夜泛江，與同舟人吹，寥亮逸發。俄有客，於岸呼舟請載，既至，請笛而吹，其爲精妙，謩平生所未見。及入破，呼吸盤擗，應指粉碎。客散不知所之，舟人著記，疑其蛟龍也。）又云：「舟好事，與妹書曰：釋迦生中國，設教如周孔，周孔生西方，設教如釋迦，天堂無則已，有則君子生，地獄無則已，有則小人入。」據此，舟之高志氣處，可得領略一二。詩末云：「無

令軒車遲，衰疾悲宿昔」，以子美暮年，而别年正弱冠、羽翮絢練之李舟，不能預計到何時再得會合，其處境之可悲，故自如此説法。

王定保唐摭言載：

隴西李舟，與齊相國映友善，映爲將相，舟爲布衣，而舟致書於映，以交不以貴也。時映左遷於夔，舟書曰：三十三官足下：近年以來，宰臣當國，多與故人禮絶。僕以禮處足下，則足下長者，僕心未忍；欲以故人處足下，則慮悠悠之人，以僕爲詭。我欲修書，逡巡至今，忽承足下出守夔國，於蒼生之望，則爲不幸，爲足下謀之，則名遂身退，斯又爲准，僕昧時者，謹以爲賀。

舟與映同爲子厚先友，兩人交誼，應爲子厚所深知，舟致映書，固屬俊辯之一。

舟稱映三十三官。摭言又載：韓退之、皇甫持正，俟牛僧孺他適，訪之，因大署其門曰：韓愈、皇甫湜，訪幾官先輩不遇。號爲幾官，益以先輩，示意尊牛彌顯，亦知當時以官稱人，其對人示敬，自是殊常。

五

許孟容

孟容新舊書皆有傳，本集中寄書一通尤顯赫，有簽釋各條列於後，於實無取覶縷。獨子厚記：「讀書爲文，口辯，爲給事中，嘗論事」，而所論事無法露列，玆特爲綴

錄兩小案如下：

浙東觀察使裴肅、謂判官齊總暴斂，以厚獻猒天子所欲，會肅卒，帝擢總自大理評事兼監察御史、爲衢州刺史。衢、大州也，孟容還制曰：方用兵處，有不待次而擢者，今衢不他虞，總無功，越進超授，羣議謂何？唐宋有祖宗家法，故給事補闕，皆得還制執爭。

右從王西莊十七史商榷錄出，新書亦有此記載。第二案爲：

貞元十三年二月，授許孟容禮部員外郎，有公主之子，請兩館生，孟容舉令式不許，主訴於上，上命中使問狀，孟容執奏，竟不可奪，遷本曹郎中。

右從南部新書錄出。剑案：舉令式不許云者，唐律分律、令、格、式、四類，此請兩館生一事，於當時令與式皆不合，故孟容堅執不可奪。

六

楊於陵

於陵字達夫，漢太尉震之裔，十八擢進士，調句容主簿，節度使韓滉擇爲壻，於陵避親不肯仕進，滉卒，始入爲膳部員外郎，未幾、遷右司郎中，出爲絳州刺史，德宗雅聞其名，留拜中書舍人。時京兆李實、恃恩暴横，於陵與所善許孟容不離附，帝崩，拜華州刺史，遷浙東觀察使，政聲流聞，入爲京兆尹。子厚美其善吏敏秀，所敍

官階，止於京兆尹，此適子厚撰先友記時事也，於陵以後政績，都不及載。元和初、牛僧孺等以賢良方正對策，於陵被詔程其文，居第一，宰相惡之，出爲嶺南節度使，此於陵與牛黨結緣之始。在嶺南，與監軍許遂振相抗，飛語聞京師，宰相裴垍爲別白言之，乃授吏部侍郎，尋以兵部兼御史大夫，判度支。王師討淮西，於陵用所親爲供軍使，圭唐鄧，而高霞寓以餉道乏，移牒度支，帝怒，貶於陵郴州刺史，徙原王傅，復以戶部侍郎知吏部選。穆宗立，遷戶部尚書，爲東都留守，未幾致仕，太和四年卒，年七十八。史稱於陵器量方峻，進止有常度，節操堅明，始終不失其正云。子嗣復，字繼之，貞元進士，牛僧孺、李宗閔引之，爲牛黨中堅，政潮一起一伏，嗣復倚牛不變。大中初，嗣復由潮州刺史，以吏尚召還朝，此去子厚之歿，將近三十年矣。㊀於陵不肯苟進，自律甚嚴，而奬進人唯恐不得，詭遇亦所不恤，如部署李程得第，其著例也。王定保唐摭言稱：

貞元中，李繆公先榜落矣。先是出試，楊員外於陵省宿歸第，遇程於省司，詢

㊀ 於陵見於柳詩集者三：一和楊尚書郴州追和李中書夏日登北樓十韻之作，一楊尚書寄郴筆，一酬楊侍郎丈因送八叔拾遺戲贈詔追南來諸賓二首。此稱其官銜尚書或侍郎而未名，尊之曰丈，則明示先友之誼矣。至其子嗣復，僅於祭外甥崔駢文中一見，所謂「刑曹繼之，以病告子，」繼之乃嗣復之字。

之所試，程探勑中，得賦稿示之。其破題曰：德動天鑒，祥開日華，於陵覽之，謂程曰：公今年須作狀元。翌日，雜文無名，於陵深不平，乃於故策子末繕寫，而斥其名氏，攜之以詣主文。從容紿之曰：侍郎今者所試賦，奈何用舊題？主文辭以非也，於陵曰：不止題目，向有人賦次，韻脚亦同，主文大驚，於陵乃出程賦示之，主文賞歎不已。於陵曰：當今場中，若有此賦，侍郎何以待之？主文曰：無則已，有則非狀元不可也，於陵曰：苟如此，侍郎已遺賢矣，乃李程所作，亟命取程所納，面對不差一字，主文因而致謝。於陵於是請擢爲狀元，前榜不復收矣，或曰：榜出重收。

李程，字表臣，子厚密交也，於陵又爲先友，此兩人試場相與故事，應爲其所熟知。特子厚先卒，而於陵獨享高齡，太和間始致仕，又程晚途政迹錯迕，致獲惡謚，摭言本事，因首標李繆公，凡此皆子厚所不及見云。

七

穆　質

先友記中，以楊穆兩家兄弟最爲篤摯。穆質號善文，而文少傳，貞元元年，德宗以天旱策問賢良方正，質對以忠直見賞，中如「兩漢故事，三公當免，卜式著議，弘羊可烹」，德宗閱之驚嗟，擢上第。其他如：

陛下弓旌不出，玄纁深藏，無聘問之先，有投刺自媒者，無軟輪之禮，有躡蹻而來者，支離於京闕，會計於有司。又廣張節文，妄設條格，禁禦約束，鄰諸盜賊，防賢之意，甚於防姦，崎嶇困辱，曠日永久。

於國家待士之薄，制科之弊，言之歷歷。又如：

臣竊見吏部，課最者遺其實，以資歷爲優，試材者失其本，以書判爲上，加以檢驗滋章，簡牘繁揉，瞶眊淹滯，吏緣爲姦，事壅於上，權移於下，胥徒末品，得擅官府，所以財賄公行，不殊市道，量職求直，價若平準。……若剗革前弊，明詔固當疾行，創立新規，微臣以爲不可，且列祖之憲章未改，前王之法度粲然，德輶如毛，在克己而已，何必改作，然後成功？

此於擇吏之弊，可謂搜剔無遺。質以給事中改太子左庶子，出爲開州刺史，卒，子厚爲文祭之。中有云：

公之伯仲，信惟先執，〔父執已死，故號先執。〕感激之風，道同義立，中司守直，奸權是襲，致之徽纆，誣以賄入，瑣瑣其徒，榜訊愈急，詔下三司，議於洛邑。噫我先君，邦憲是輯，平反羣枉，大忤三揖，〔三揖本左襄三年：「三揖在下」，謂卿、大夫、士也。〕危法旋加，譖言俄及，左官夔國，義夫掩泣。邪臣既黜，乃進其級，端於庶僚，直聲允集，虔虔小子，夙奉遺則。

右言乃兄贊事，贊爲侍御史，有盧岳妻，分財不及妾子，妾訴之。御史中丞盧佋、欲重妾罪，贊不可，佋與宰相竇參、共誣贊受金，捕送獄，侍御史杜倫希其意，鍛鍊甚急。贊弟賞詣闕，撾登聞鼓訟寃，詔三司使柳鎮、李覬、楊瑀覆治，無之，然猶出爲郴州刺史，鎮亦坐貶夔州。事涉子厚先君，故言之急切如此，文旋説到質云：

公在郎位，再罹擯抑，時忝憲司，竊分枉直，抗詞犯長，有志無力，惟韓〔泰〕與劉，〔禹錫〕同憤霑臆，道之不行，銜愧罔極。〔以上言柳之於穆。〕公在左掖，議登秋官，先定於志，將發其難，決白無狀，以申禍端，秉心撰詞，義不可干，會逢友累，曾莫自安，感於褚中，〔褚、絮裝衣，左成三：荀罃在楚事。〕有涕沈瀾。〔以上言穆之於柳。〕

質之改左庶子，及出爲開州，凡兩次左官，故曰再罹擯抑。時子厚爲監察御史，力弱無從救之，惟韓劉亦然，此柳對穆抱愧處。及子厚遭貶，質有志白其枉，所謂將白其難也，適坐楊憑事遷斥，不果，所謂會逢友累也。而子厚之銘感如故，可見當時有人申救子厚，形勢非絶無可能，時友之仗義如穆質其人者，爲絶無僅有，而又遇挫未得論奏耳。㊀

八

韓　會

㊀　餘參看本編第四十卷祭穆質給事文詮釋，以及三五三頁宰相與憲府比周一段。

子

韓氏兄弟，名列於先友記，其文云：

韓會、昌黎人，善清言，有文章，名最高，然以故多謗，至起居郎，貶官，卒。弟愈、文益奇。

茲所謂兄弟者，親誼何等耶？退之考功員外盧君墓銘：「愈之宗兄故起居舍人君」，第一足證會官起居舍人，而子厚稱郎，誤；其次宗兄，一從再從可，服內服外亦無不可，子厚統稱弟愈，今得愈文作證，始知誼匪同懷。會在柳集中，止於疾霆一閃，餘則十八文相與繳繞而已。

退之長子厚不過五歲，貞元八年，退之登進士第，九年，子厚繼登。兩人因緣舊誼，同角試場，才力相距不遠，馴至同官御史，勢不可能有何惡感存在？永貞變後，退之寄三學士詩：「同官盡才俊，偏善柳與劉，或慮語言洩，傳之落冤讎，二子不宜爾，將疑斷還不。」所謂語言洩者，乃根上文閤門拜疏，天子動容，司空絅繆，謂卽施設而來，此示退之有因言得官之象，消息一漏，同官可能立啓猜讒，從而視同冤讎，肆力排擠；又或退之疏言災荒，爲李實所痛恨，而劉柳均曾爲實撰文，於實有連，因而退之疑此兩友漏言於實，以致實下毒手而己左官。惟柳與劉者，品高學懋，同以天下爲己任，益以情親，斷不至此。「將疑斷還否」，語意十分斬截，謂吾曾疑之，旋

敢斷爲決無此理也。蔡寬夫斷章取義，指此爲致疑二子之證，苕溪漁隱稍解之，至祝充始申言：「不者未定之辭」，並引漢書：「知捕兒不」以佐之，此可見從來文人，於韓柳各有偏袒，往往不免高下其詞，以遷就己說也。至永貞行「數君匪親豈其朋？」及「吾嘗同僚情可勝？」云云，卽在寬夫，亦見退之「坦夷尚義，待朋友始終」，兩賢好合無迕，卒得一致論定。

自是以往，子厚困於貶所，一步移動不得者十四年，退之亦浮沈名場，不得善處，兩人除文字交往外，毫無事迹與接爲搆。以情誼言，祇有相增而不至相減，事態顯白，無可致疑。子厚易簀之頃，遺孤不託他人，而惟退之是賴，亦其夙分深厚致然，兩無矯強。雖其後周六周七之長養裁成，退之如何用力？無從深考，然咸通四年，子厚之子告，不知是周六抑七？而與退之之孫衮，在蕭倣知貢舉下，同榜登第，可見兩家之連誼不絕，文壇稱頌云。

凡此皆就兩公私誼言之，至其他文藝高下，政見出入，友朋結合，及交接浮屠之異致，並須更端比覈，不在此例。

釗案：柳告一說是周七，時年四十五，蓋周七生於憲宗元和十四年己亥，至懿宗咸通四年癸未，適得此數也。倘子厚尚在，是年應九十二歲，蕭倣長於子厚，年當出百，似不可能生膺知舉，一說知舉者爲蕭倣，近是，韓衮、衮又作綰。

丑

韓會之學與行如何，言之紛紛不一，近人汪瑔松煙小錄云：

昌黎作盧東美墓表云：「愈之宗兄故起居舍人君，〔謂韓會也。〕以道德文學伏一世，其友四人，天下大夫士謂之四夔，其義以爲：道可與古之臯夔者侔，故云爾；或云：夔嘗爲相，世謂相夔，四人雖處而未仕，天下許以爲相，故云。」李肇國史補則云：「韓會善歌，妙絕名輩，號爲四夔，會爲夔頭。」番禺沈伯眉訓導〔世良〕嘗戲言：四夔之名，人以其善歌，而昌黎乃云許以爲相，豈所謂曲子相公耶？然舊唐書崔造傳載：永泰中、會與盧東美，張正則、崔造爲友，好談經濟之略，嘗以王佐自許，時人號爲四夔，新史亦具載之，其說正與昌黎合，國史補所云不足據。

唐摭言：盧江何長師、趙郡李華、范陽盧東美、少與韓衢爲友，江淮間號曰四夔，此又一說。

會爲愈之兄，固已，然何誼也？子厚未與明言。世議大抵認爲會愈同父，縱非同父，當亦同祖或同曾祖，顧愈自撰盧東美墓表稱：「愈之宗兄故起居舍人君。」〔按起居舍人、先友記作起居郎，二者必有一誤。〕夫曰宗兄，止同宗耳，誼遠在一二從以至服出以外，豈退之惡其名穢，故爲遠之也耶？中含何秘？殊不可曉。

汪瑔者，字玉泉，號越人，一號穀庵，平生未嘗爲官，以幕遊終其身。其所以號

越人者，蓋舊籍山陰，而久幕於粵，遂寄籍爲番禺，光宣間、子兆銓，姪兆鏞，俱粵人矣。璪生於乾隆末造，至光緒戊寅始歿，年九十四。由小錄之言以觀，韓會之學與行，至最近仍無定論，沈世艮之言尤刻。

九 韓愈子

韓柳文之優劣爲一事，韓柳間之交誼又爲一事，世之論者，往往錯綜二事而生偏執，殊屬無謂。李穆堂（紱）有書茅順甫與查近川書後云：

茅順甫當明中葉，以古文自負，其與查近川書，尤爲世人所稱，今覆觀之，辭頗跌宕有致，其論退之子厚，則疏謬甚矣。退之與子厚，蓋始終無間者，觀子厚之歿，以子女屬退之，可以知已。順甫乃謂退之由考功晉列卿，嘗光顯於朝，不能援子厚於縉帶而交之日，而顧弔之於墓草且宿之後，抑何其不考之至耶？當貞元時，子厚通顯，而退之抑塞，固無論已，子厚以元和初被貶，退之方浮沈下僚，三爲博士，作進學解自嘲，固非能援引人者。元和八年，由博士改比部郎中，史館修撰，九年十月，轉考功，猶省屬耳，十一年正月，始遷中書舍人，卽以論盜殺宰相事，爲李逢吉、韋貫之所惡，降右庶子，何暇援子厚哉？十二年秋，裴度宣慰淮西，

奏退之爲行軍司馬，冬，淮西平，復代度爲書諭王承宗，承宗恐，割二州遣子入侍，始歸，遷刑部侍郎，副鄭餘慶詳定禮樂，蓋十三年也。明年正月，卽以論佛骨得罪，貶潮州，而子厚亦以是年冬卒，計子厚由永遷柳十四年中，退之困下位者十年，降庶子年餘，從軍幾一年，謫潮一年，爲中書舍人才四月，刑部侍郎不及一歲，而降謫及之，其爲祭酒、京兆尹、兵部吏部侍郎，皆在子厚歿後，而顧責以不能援引，是可謂之知人論世乎？學文者於韓柳，猶學道者之於孔孟，當尊敬之，不可橫加訾議，其生平當熟悉，不應茫然不考。順甫語於韓公誠無所加損，而此文頗爲外間傳誦，恐復有疏謬如順甫者，將信以爲實然，而後世妨才嫉能遺棄故舊之徒，咸得藉口於古人，則傷教害義多矣，故不可以不辨。

穆堂之議甚平，所考韓柳兩公之政歷亦不誤，然僅執此說，恐仍未足以服順甫之心也。蓋順甫援春秋責備賢者之義，直問退之是否有意援柳，果其有之，元和十三年遷刑部時，諫佛骨可，援柳亦何嘗不可？由是韓不援柳，並非時之不及，而實由於事之不便。何以言之？夫柳、八司馬之一也，援柳不能不涉及八司馬，涉及八司馬，卽等於推翻永貞舊案，此微論當時宦官虎視，政變絶對不可能，而以永貞時韓柳政治立場，顯有未同，今以救友之故，遽責韓之突然豹變，似亦人情之所不許。此一情況，韓柳均自知之，韓之援柳，決不能如柳之援劉，輕輕以柳之易播了事，以此穆堂

謂韓柳交誼，始終無間，事誠如此，未爲歧誤，順甫作書與查近川時，或未致思到此。茅文吾未及讀，俟考明茅李全幅論點，更端再議。

丑

全謝山韓柳交情論一首，不知作於何年？聲口似較平昔稍稍平易，因全錄之：

茅鹿門責退之，謂其嘗以列卿光顯於朝，不能援子厚於絓帶而交之日，而顧弔之於墓草既宿之後，是乃目不見唐史之言。近日臨川李文穆堂、據兩家歷官之年駁之，是也，而於韓柳交情委曲，則似尚未有盡者，予乃更爲論以申之。

退之官御史時，於子厚爲僚友，然當是時，子厚實據要津，參大政，其視退之之孤立者不同。夷考伾文當日，原有澄清天下之思，故能收神策軍之權，卻藩方之請，事事皆爲唐室罷政起見，㊀其心未可盡非，而不自知任重之非其才也。順宗不久其位，新舊猜嫌之際，伾文遂不克自支，一蹶而滿朝皆加以奸邪之目，遂使八司馬蒙謗，是固出於後世成敗論人之口，而范文正公所極以爲寃者。獨是時方有一退之而不能用，偶爾建言，遽有陽山之貶，斯則當路諸公所不能辭其咎，而其卒不克大有所爲，亦正於此可見，況其中疑案尚未易明也。退之寄三學士、及別

㊀ 釗案：罷音皮，形容詞，罷政謂唐室將兵權交與宦寺，罷䕶之政；與罷音霸，動詞，如言罷政歸田者，義與本文無涉。

賓司直詩云云，是因陽山之貶，而歸過於柳劉者，殆不一口，退之雖不遽信人言，而其中亦不盡帖然也。然吾以爲子厚必無排退之之事，使其有之，則後此豈有靦顔而託之以子女者？特其不能力爭於伾文，則誠足抱友朋之愧，而人言亦有自來矣。故使子厚再假數年，則必還朝，還朝則其與退之，必有剖晰前事，可以釋然於形迹者，而不意子厚竟不得再見退之以死。若退之經紀其身後，斯則古人之誼，不以蒼黄易節者也，謂其中年竟未嘗有纖毫之相失者，非也。古人於論交一事，蓋多有難言者，而陽山一案，關係舊史，又不獨爲世之處功名之際，妨才嫉能，遺棄故舊，而妄藉口於古人者戒也。迨退之銘子厚，力稱其以柳易播之舉，夫同一子厚也，豈獨於退之爲小人，於夢得爲君子乎？吾知退之是時，亦固諒前事之虚矣。

謝山責鹿門目不見唐史，其實己於唐史，亦殊考之未精。夫所謂子厚據要津，參大政者，僅限於順宗卽位後七八月間，距此兩年前退之被貶時，子厚果胡有者？謝山論事，時代錯迕如此，凡前後事跡，都繳繞混作一談，所覈焉得中肯？如實言之：伾文初政，卽追回被放諸名流，退之亦在列，此子厚暗相推挹於其間，不難想見。至退之之貶，及幸臣如李實者從而擠排，其時子厚之黨並未當路，謝山於此卻一字不提，而遽責子厚諸公不得辭其咎，伾文未出，遽空言怨望子厚不力爭於伾文，生呑活剝

如是，是不僅史實不明，亦人情有所不許。謝山始終糾纏於退之之詩，以爲罪證，吾別有疏釋，不更覼縷。惟謝山此文聲口，較緩於前此諸論，終有可取，吾故存之。韓柳交情，固始終無芥蒂，謝山必謂子厚歿後，退之方諒前事之虚，此謝山意在自圓其說，故作迂曲之筆，不必深究。

寅

韓柳同時，而友誼篤，其學之進退深淺，銖累皆不能相欺。觀韓祭柳文中有曰：凡物之生，不願爲材，犧尊青黄，乃木之災。子之中棄，天脱馽羈，玉珮瓊琚，大放厥辭。富貴無能，磨滅誰紀？子之自著，表表愈偉。不善爲斲，血指汗顔，巧匠旁觀，縮手袖閒。子之文章，而不用世，乃令吾等，掌帝之制。嘻！此殆退之對死友由衷自識之言也。如實論之：退之官達，鞾刀迓迎，堂皇畫諾，都不暇給，焉能伏案治學，日起有功？子厚則不然，一謫十餘年，幾無日不以學爲事，文中玉珮瓊琚，表表愈偉等語，確是寫實而非故謙，人謂韓文無一字無來歷，吾謂以繩柳文，比韓更昭切實。於今事越千年，浮議所趨，直大謬而不然，可見文入衆口，一唱百和，市虎已成，覈實殊難也。

子厚之文之學，爲退之所知如此，乃其送孟東野序，於唐文人之善鳴者，除元結李觀不計外，至推挹到門徒李翺張籍，卻無一語涉及子厚。豈以子厚久阨貶所，不

便揄揚，抑或淺文近事，止於游戲，原不以登大雅之堂者耶？然而退之徧已。

退之柳州羅池廟碑，除若干迷信詞頭，所需沙汰外，其餘語語覈實，能令讀者崇仰柳侯，出於至誠。如云：

柳侯爲州，不鄙夷其民，動以禮法，三年民各自矜奮，茲土雖遠京師，吾等亦天氓，今天幸惠仁侯，若不化服，我則非人。於是老少相教語，莫違侯令，凡有所爲於其鄉閭，及於其家，皆曰："吾侯聞之，得無不可於意否？"莫不忖度，而後從事，凡今之期，民勸趨之，無有後先，必以其時。於是民業有經，公無負租，流逋四歸，樂生興事，宅有新屋，步有新船，池園潔修，豬牛鴨雞，肥大蕃息，子嚴父詔，婦順夫指，嫁娶葬送，各有條法，出相弟長，入相慈孝。先時民貧，以男女相質，久不得贖，盡沒爲隸，我侯之至，按國之故，以傭除本，悉奪歸之。大修孔子廟，城郭巷道，皆治使端正，樹以名木。柳民既皆悅喜，嘗與其部將魏忠、謝寧、歐陽翼，飲酒驛亭，謂曰："吾棄於時而寄於此，與若等好也。"……

試將此一紀錄，仔細玩味，倘在今日，得到如斯治績，豈不可說民治已臻上理？而乃一千年前，狉獉未闢之鄉，憑柳侯一人之教化力，能使鄉民自然感動，毫無間隔，眞可謂做到子厚「役於民」之最大限度。覲子厚貶所各詩，都表現與峒氓渾融一氣，並無難於解脫之怨毒語。其曰："「青箬裹鹽歸峒客，綠荷包飯趁墟人」，乃寫實，不含譏

諷。至云：「愁向公庭問重譯，欲投章甫作文身」，則禹適裸國，裸入衣出之意，恨己之不解方言，難與居民沆瀣一氣，倘其能之，卽文身亦所不恤。由是和平恬澹，勤勞民事，四年之間，渾如一日，與其他遷客之無端怨悱，大異其趣。試以退之之雲横秦嶺，收骨瘴江聚之，兩者有舒躁和怨之不同，一目了然。退之手錄此節，同時想到己貶潮陽，會逢其適，有鱷魚遠逸之一情實，便於渲染，己乃大展巫術，欺騙鄉愚，並留文以誑後來之無知學子，當未免色赧赧然云。

子厚之子谷、懿宗咸通四載，與退之之孫綰同榜，見邱光庭兼明書，爲袁子才隨園隨筆卷二十七引。查咸通四載，去子厚之歿元和十四載爲四十四年，谷不知是四歲子抑遺腹子？無論何者，科名都甚晚。〔釗案：谷一作告，綰一作衮，見他條。邱光庭、五代時烏程人，官太學博士，兼明書、其遺著名。〕

卯

雲谷雜記，宋張淏撰，刻入海山仙館叢書，淏字清源，開封人，僑寓會稽，因著會稽續志、艮嶽記等書。雲谷雜記中有論韓退之之矛盾云：

韓退之讀墨子云：「儒墨同是堯舜，非桀紂，同修身正心，以治天下國家，孔子必用墨子，墨子必用孔子，不相爲用，不足爲孔墨」，其與墨子者至矣。及爲策問，則曰：「孔子既歿，聖人之道不明，蓋有楊墨者，始侵而亂之。」又與孟簡書云：「楊

墨交侵，而聖賢之道不明，聖賢之道不明，則三綱淪而九法斁，禮樂壞而夷狄橫，幾何其不爲禽獸也？」其所言自相矛盾如是。

退之文中自相矛盾之處，何止論儒墨而已哉？退之以闢佛名，乃今日闢佛，明日卽求與大顛和尚往來，倘和尚不來，環顧卽無可與談。夫人以言語相伐，行動相貿，亦須稍顧顏面，使人不覺。而退之與孟簡書：一面斥楊墨，一面又佞佛，誠不知彼所以自範何等？

明徐𤊹者，字惟起，更字興公，博文多識，與兄熥齊名萬曆間。著有紅雨樓集、榕陰新檢、筆精、閩南唐雅等書，曹學佺與之狎主閩中詩壇。筆精中有一則云：

王楙野客叢書，丁用晦芝田錄，羅隱石烈士說，以及葛立方韻語陽秋，皆載韓平淮西碑成，李愬之子謂沒父之功，訟於朝，憲宗使段文昌別作碑。余取二文反覆誦讀，段文才學充實，援古證今，六朝體格，非淺學能辦；韓文古健簡約，難入時眼；憲宗當時易韓爲段，自有深意。至於姚鉉選粹，亦錄段而棄韓，宋人宗韓，遂大貶段作，是爲韓公盛名所怵耳。李商隱詩，亦只述韓文可惜，未嘗訾及段作，使人知韓文之足重也，敢作迂評，爲臨淄藎臣。

𤊹之說揚韓而不抑段，自是持平之論，然段文經姚鉉之撮錄，及徐𤊹之渲染，而至今仍自不知世有段文昌也自若，可見文字先入之力大。嘗論唐之平淮西也，亦千百大

小戰役中之一耳，平叛有何奇功？乘虛更非神勇，韓段碑文之高下，本質上無可論列，世人囂囂至今，爲退之盛名所怵一語，去實不遠。㥄甘爲臨淄蓋臣，而不肯爲昌黎佞臣，筆縱非精，亦自使人一快。

宋邵博聞見後録云：

柳子厚云：「北之晉，西適豳，東極吳，南至楚越之交，其間名山水而州者以百數，永最善。」以妙語記其可遊者，讀之令人翛然有出世之意。然子厚別云：「永州於楚爲最南，狀與越相似，僕悶則出遊，遊復多恐，涉野則有蝮蛇大蜂，仰空視地，寸步勞倦，近水則畏射工沙蟲，含怒竊發，動成瘡痏。」子厚前所記黄溪、西山、鈷鉧潭、袁家渴，果可樂乎？何言之不同也？

子厚記山水語有差池，與退之論儒墨意有出入，一淺涉於感情，一深關夫道術，二者形迹雖近，而領域懸殊，良未易同年而語。

辰

韓柳文在唐時，柳高於韓，卽退之亦承子厚名蓋一世，平時慣以文墨事推之子厚。迨韓柳並歿，退之兩壻李漢、蔣係，均在朝列，子昶尋登進士科，而子厚嗣子才四歲，次子遺腹始生，了不知將來成長何狀？以此文章聲價，不能不與勢力相消長。尋經五代，兩俱沈寂；宋室乍興，穆伯長窮搜遺文，次第發現，平視兩家，各稱饜飫，

自時厥後，稍稍軒韓而輊柳。吾閱王禹偁小畜集論文，雖亦韓柳並列，然與張扶書則曰：「近世爲古文之至者，韓吏部而已」，至其衡度韓文之準則，極於句通義曉而止。又送丁謂序云：「文皆意不常而語不俗，若雜於韓柳集中，使能文之士讀之，不之辨也」，意趣低下可笑如此，將丁謂與韓柳並論，事更非常可怪。至歐陽永叔公然揚韓，理致較強，其說曰：

子厚與退之，皆以文章知名一時，而後世稱爲韓柳者，蓋流俗之相傳也，其爲道不同，猶夷夏也。

永叔用意，在推崇退之原道一文，諫佛骨一表，道不同猶夷夏一語，卽由是來。須知諡儒佛爲夷夏，此完全抹煞事實之客氣語，蓋佛雖不產於中國，而自魏晉六朝以逮於唐，以譯經者爲高手，信佛者爲名士學者，奉揚者爲無數男女信徒，早已融化爲易地成長之獨立學派或宗教，不可能以孔子時代所謂夷狄觀念，強加於上。試問退之明排釋氏，且在上諫表一轉瞬間，彼卽與大顚和尚公然往來，講道論德，爲孟簡所詰責，究爲何故？此無他，吾鄉言人窮則呼天，今轉變爲：人失意則信佛。卽以退之大張道統，強詞奪理，而無形中潛移默化，自入初地而渾然不知，自相矛盾而毫無所感如此，而欲與子厚顯劃鴻溝，謂彼爲夷而我是夏，豈不可笑？退之既自欺欺人，而永叔從而先後疏附，併爲一談，又二千年來，吾國學者一例爲虛憍面目所籠罩，無人能

衝破網羅，究論眞實。其後王伯厚紀聞，關於韓柳之不同處作分析，全謝山從而箋之，謂柳之各説，無不勝韓，然韓大本大原處卻勝柳。此由兩宋直逮前清，互千餘年，伯厚謝山，全與永叔一鼻孔出氣，古今學者，都停滯在道統之虚僞面貌前，一步移動不得。今試將闢佛與否此一宗大本大原之總賬，暫且除去，再較韓柳優劣，卽從王謝之分析單上來看，幾於柳無一不長，韓無一不短。時至今日，自應將此黑漆一團之無理轇轕，清算一番。南朝四百八十寺，可容兵火使之燬滅，而決非退之張脈僨興，外強中乾，輕輕「人其人，火其書，廬其居」九字，所能動其毫末。果其動也，退之祭神南海，又有何廬可造？〔此大顛案内一節。〕

巳

甚矣！退之之言之流於失檢而不自覺也。如讀墨子云：「孔子必用墨子，墨子必用孔子，不相用不足爲孔墨」，至他文則推尊孟子，以爲功不在禹下，其所以然，則在能言距楊墨。〔見與孟簡書。〕如退之之言，墨氏於孟子爲禽獸，於孔子則不用墨將不足爲孔，何孔孟由退之觀之，其道適適然倩立乃爾耶？退之旣以孟子距楊墨，功不在禹下，退之於經法亡滅之後，距楊墨加甚，功應不在孟子下；於是孟子一書，退之認爲向無孟子，吾人皆服左衽而言侏離者，此宜如何一字一句，恪遵而不失？但孟子民爲貴一章，從不聞退之申釋張大，而原道中反云：「民不出粟米麻絲、作器皿、

通貨財以事其上、則誅」，何退之言與行之相悖如此其甚乎？柳子厚並不標榜孟子，獨民貴之旨，爲所深喻而廣用，貞符一文，獨能掃蕩古來淫巫瞽史之邪説，而以受命不於天於其人，爲深鴻厖大保人無疆之最終目標，貶所表聞，死而無悔。至退之一到潮州謝上，卽以定樂章，告神明，東巡泰山，奏功皇天爲請，豈孟氏之鬼，自忘其平生之言，或圖補救其生前之失，因誘退之使反民申君，自欺欺天，如此彰明較著也乎？吾嘗與朋儕漫談，自宋室以經義試士，逮明清兩朝，用八股錮蔽儒生思想，試題將一部四書翻來覆去，往往一題有千數百篇雷同文字，但七百年間，從無一試官敢以民貴命題，吾曾於大題及小題兩文府中，遍查無著。夫中唐尙無八股迹象，何乃鬼影憧憧，似於君民間早劃定一禁制區域，因而退之不敢妄越雷池一步，殊不可解。

午

陳善子兼㊀毁韓之見於捫蝨新話者，不止一二事，茲以次檢錄如左：

一、韓愈流入異端：　韓退之謂荀揚爲未醇，以予觀之，愈亦恐未免，蓋有流入

㊀ 陳善在南宋兩人同名。一字子兼，有聲於紹興初年，曾著捫蝨新話；一字敬甫，淳熙間以豪士知名，所著曰雪蓬夜話。兩者相距，不過三四十年，一則志存兼善天下，一則義取善與人交久而敬之，見稱每易渾殽。友人某君目涉本編，爲正此誤，並錄子兼新話跋尾，及其同年生樵李張諫所爲序見示，以昭鄭重，吾因此舉裨輔後學不淺，樂爲揭載於此。

異端而不自知者。愈之原性，以爲喜怒哀樂，皆出乎情而非性，則流入於佛老矣；原人曰：一視而同仁，篤近而舉遠，則流入於墨氏矣；原道鄙莊周之剖斗折衡，而著論排三器，則與莊周何異？此亦愈之未醇也。方知愈闢佛老而事大顛，不信方士而服硫黄，未足多怪。

二、李杜韓柳優劣：　唐世詩稱李杜，文章稱韓柳。今杜詩語及太白，無慮十數篇，而太白未嘗有與杜子美詩，只有飯顆一篇，意頗輕侮，論者謂：以此可知子美傾倒太白至矣。晏元獻於韓退之許其有扶導聖教之功，至横行闊視於綴述之場，千古惟子厚一人。然學者至今，但雷同稱説，其實李杜韓柳，豈無優劣，達者觀之，自可默喻。

三、韓退之解醉紅裙：　韓退之譏京師富兒惟解醉紅裙，不能文字飲，然予觀退之亦未是忘情者。退之自有二侍妾，名絳桃柳枝，張籍詩所謂：「乃出二侍女，合彈琵琶箏」者也。公嘗有詩云：「銀燭未銷窗送曙，金釵半醉座添香」，此豈空飲文字者耶？〔釗按：孔毅夫雜説亦論此事，得斷相同。〕

四、韓文公與大顛論佛法：　文見别條，不贅。

五、韓退之似無特操：　韓退之譏服食必死，而自餌硫黄，親見大顛，而復作答孟簡書，似是無特操者。或者戲曰：退之但以立教而已，可盡信乎？此又可笑。

六、原道闢佛老：　退之原道闢佛老，欲人其人，火其書，廬其居，於是儒者咸宗其語。及歐陽公作本論，謂莫若修其本以勝之，又何必人其人，火其書，廬其居也？此論一出，而原道之語幾廢。然予觀魯直所云：毗盧遮那，宮殿樓閣，充遍十方，普入三世，於諸境界，無所分别，彼又安能廬吾居？有大經卷，量等三千，大千世界，藏在一微塵中，彼又安能火吾書？無我無人，無佛無衆生，彼又安能人吾人耶？然儒者猶云：我不讀佛書，安用如此語？達者笑之。予聞釋氏之論曰：欲破彼宗，先善彼宗，故佛在世日，西域有三十六種外道，每種各以其藝，咸來難佛，佛固晏然不動聲色，卽以彼藝還與之較，皆出其上，於是外道藝窮，乃始歸佛。今之與佛老辨者，皆未嘗涉其流者也，而欲以一己之見，破二氏之宗，譬如與人訟，初不知置詞曲直所在，而曰吾理勝，其誰肯信之？是不亦可笑乎？

右毁韓者六條，而原柳止於一則，如下：

柳子厚罪在朋黨，然有功不可掩：　予讀柳子厚伊尹五就桀贊，未嘗不憐其志也。伾叔文雖小人，而子厚欲因以行道，故以就桀自比，此其本心也，然學者至今罪之。按順宗實録：帝自初卽位，卽患疾不能言，天下事皆專斷於叔文，而李忠言王伾爲之内主，韋執誼行之於外。又云：伾叔文主往來傳授，劉禹錫陳諫韓泰柳宗元房啓凌凖等主謀議唱和，採聽外事，此其朋黨之跡也。其專權竊柄，誠爲可罪，然以予

觀：順宗卽位未幾，而首貶李實，次罷宮市，次禁毋令寺觀選買乳母，次禁五坊小兒
張捕鳥雀，橫暴閭里，次停鹽鐵使進獻，次出後宮三百人，次用姜公輔蘇弁爲刺史，
追陸贄鄭餘慶韓皋陽城赴京師，次出後宮並教坊女伎六百人，次罷閩中萬安監，不
數月間，行此數十事，人情大悅，雖王政何以加此？豈非子厚等爲之歟？而世不之
察，徒罪其朋黨，則亦見其不恕矣。春秋之法，不以功掩過，亦不以眚廢德，責備而
言，則子厚之罪，在於附小人以求進，若察其用心，則尚在可恕之域，況一時之善，有
不可掩者乎？蘇子由著歷代論，以牛僧孺與李德裕俱爲當世偉人，而馮道得爲盛
德，其論甚恕，獨子厚之賢，未有爲之湔滌者，予故表而出之，以告後世君子。

依抝翁所列事迹，可從三方面比覈韓柳，一曰政治，一曰文學，一曰佛理。請試
論之：永貞始政，韓柳顯然對立，其對立之所自起，了無迹象足資印證，史家不得不
究極兩家思致之異源。夫異源何也？曰：柳認國之大事，絕不可謀及媟近，一開賊
賢失政之端，勢必釀成弒逆，而韓則謂中貴俯達人情，仰喻天意，國家可得倚以張皇
威，平危疑也，此誼事勢朗朗，無取贅敘，所謂政治者此其一。文學：抝翁不提己見，
特假藉晏同叔之品評，而晏評人每泛常視之，不加詳覈，甚至見其說羼雜於丹鉛總
錄，竟卽認作升菴品藻，而味其所自來。〔見某家近著如是，適忘其名。又晏之文集，多至
二百四十卷，當時呈繳內廷，絕無流傳，因而本評原著，今乃無從查考。〕殊不知元獻此評，異常

鄭重，用意殆出其他宋人意想之外。蓋宋初提倡古文，穆伯長歐陽永叔之流，奮力前邁，而舉以抵制西崑爲職志，此一褊狹簡陋之古文運動，同叔目擊之而不甚謂然。意謂文者、有其自然領域，無體不備，凡偏執其一之所素習，觝排其餘之所不知，宜非雅流之所當爲，如韓退之雖扶教有得，而文事有限，若夫縱横綴述，靡所不工，亙古惟子厚一人。吾意元獻提出典墳騷雅，與子厚併爲一談，此一宏通識解，決非不讀書之歐九所能夢見。摒舍歐取晏，所見應亦同然，所謂文學者此其二。至於佛理：佛爲理道之一，學者將何所容其避諱？子厚遇佛與儒合者而親之，自理勢之所應然，退之則否。退之以辟佛爲名，而欲求其外形骸以理自勝，因不得不假塗於浮圖之往來，以自陷於不竊陳言而竊佛言。此在明讀佛書之摒蝨視之，焉有不驟然大笑之理？所謂佛理者此其三。綜其三端，韓柳歧異之浮於摒蝨之眼簾者，大率十得八九，若夫退之解醉紅裙，而子厚不解，甚至子厚一生嚴氣正性，文字飲亦未必解者，此都小節，無當於雀燕之衡量，姑不深究。

未

明之楊愼，一博通而不求甚解之狂人也，然論文頗輕韓退之，亦自有趣。愼之言曰：「韓退之於詩本無所解，宋人呼爲大家，直是勢利他語，子厚於風雅騷賦，似得一斑。」愼謂退之詩無所解，語自太過，至云子厚似得騷賦一斑，亦於子厚未見深切，

總之明人評韓，不如宋人之高，並不獨楊愼之語云爾也。

胡應麟曰：「韋左司大是六朝餘韻，宋人目爲清麗者得之，柳儀曹清峻有餘，閒婉全乏，自是唐人古體，大蘇謂之勝韋，非也。」應麟謂柳詩閒婉不足，不知胡指？如韓退之祭鱷魚文，虛憍之氣滿紙，夫鱷魚者非他，不過退之到潮州所見到之動物耳，子厚到柳州，亦見到許多動物，而子厚詩祇云：「梅嶺寒烟藏翡翠，桂江秋水露鰅鱅」，翡翠珍禽，鰅鱅則惡魚，在子厚一例視之，無所容心於其間。而鰅鱅者，始見於張衡南都賦，名與鼉鼉蛟蠵並列，大概是一不甚尋常之水族也，馮山公〔景〕詮此詩，謂鰅鱅舉爲鬼蜮，不知何所準據？殊亦不免大驚小怪。然若子厚貶柳，如退之貶潮，彼可能作一驅鰅鱅文，大轟一場；凡魚有露於水面時，亦有潛藏水底時，倘祭罷而鰅鱅遠引，退之又可能在羅池廟碑上添一奇蹟。此一小小譃浪，謂將不足證實柳詩之富於閒婉，或不能以少許勝退之之多許，抑以淺笑抵退之之甚怒，吾滋未信。

孫鑛曰：「韓柳一時並稱大家，人謂唐時柳名重於韓，然子厚不知因何？每事皆讓退之而居其次，如退之學左傳，子厚則學國語，退之學史記，子厚則學漢書，退之學莊，子厚則學荀，豈性近所固然耶？」子厚作非國語，鑛因指子厚祇學國語而不學左傳，此眞望文生義，信口雌黄，吾嘗謂從來評隲韓柳兩家，宋人偏執，明人淺薄，今觀於鑛甚信。〔按鑛語見月峯集與呂美箭論詩文書。〕

申

定海黄式三，字薇香，其子以周，字元同，父子卓立道咸同光四朝，治學旨趣相同，泛覽既博，尤精三禮，出入漢宋，不持門户之見。薇香所著，號儆居集，其讀柳子厚集一文如下：

讀柳子厚集　黄式三

唐之文，韓柳二子爲冠，定論也，而文有同有異，異者未嘗不同。韓子與李翊論文云：「行之乎仁義之途，游之乎詩書之原」，與劉正夫論文云：「用功深者，其收名也遠，若與世沈浮，不自樹立，雖不爲當時所怪，亦必無後世之傳」，柳子亦云：「榮古虐今，比肩疊迹，揚雄歿而法言大興，馬遷存而史記未振，大抵生則不遇，死而垂聲」，又云：「文以行爲本，在先誠其中，復讀六經、論語、孟子書，其歸在不出孔子」，是韓柳之論文同也。韓子作師說，與李子蟠言其不拘於時，柳子作避師書，言韓子奮不顧流俗，犯笑侮，收召後學，世果羣怪聚罵，指目牽引，此韓柳之異也，然韓日柳雪，蜀越之犬自吠，日雪何過？是則韓柳之意同矣。韓子言古之爲史者，不有人禍，則有天刑，柳子直破其說，此韓柳之異也，顧反復韓子之書，原因褒貶過實而懼之，作史而輕於抑揚，疏於考核，在己既不得中道，必並取怒於鬼神而有天刑，是亦韓柳之意所同矣。韓子作爭臣論，以激陽城，柳子有與大學生喜

詣闕留陽城司業書，有國子司業陽城遺愛碣，此韓柳之異也，顧韓文激勸於未諫之先，柳文贊美於廷諍懇至、司業功著之後，其意未嘗不同矣。韓子讀鶡冠子，稱其博選、四稽、五至之説，如援其道而施於家國，功德非少，而柳子以爲鄙淺之書，此韓柳之異也，顧柳子既遭斥逐，不得一有力者推挽，韓子惜之，則中流失船，一壺千金，固韓柳之所同悲矣。柳子受羈於王叔文，近馮山公辯之甚詳，讀之有可信，亦有可疑，而觀柳集有答韋珩示韓愈相推以文墨書，韓集有柳之墓誌銘，有祭文，其相推以斯文宗主，固無可疑，貶柳文者多見其不知量也。

此文開首即曰：「唐之文，韓柳二子爲冠，定論也」，結尾又曰：「貶柳文者多見其不知量」，貌似尊柳，而實以尊韓者尊柳，至己之於柳，吾未見其深解而曲喻也。倘當時退之不相推子厚以文墨，而不譽其文似子長，並爲誌墓致祭等等，吾不信黄之重柳，能如宋之穆伯長艱苦自發，視同性命也。即如「文以行爲本，在先誠其中」，此子厚報袁君陳秀才書，而黄子引之，爲問黄能了解到柳所謂行爲何行，誠爲何誠，不加擇别而尊奉焉否乎？黄子當知柳「不窮異以爲神，不引天以爲高」，又問黄能信服其説焉否乎？吾知柳之不崇天神，其精神頗與東漢王仲任合，而黄有「讀王仲任論衡」一文，斥爲矯情立論，深加非薄，黄既非薄論衡矣，而謂能轉而推仰柳之時令論，有是理乎？又如黄引柳縈古虐今云云，夫以古今配合兩相反之形動詞，相與抑揚，此其

習亦自仲任發之。如齊世篇云：「述事者好高古而下今」，又云：「今世之士者，尊古卑今也」，又云：「世俗之性，好褒古而毁今」，須頌篇云：「論好稱古而毁今，恐漢將在百代之下」，又云：「俗儒好長古而短今」，仲任凡用高下、尊卑、褒毁、稱毁、長短等字，以推排古與今，而都未若柳子所下榮虐兩字之爲刻至。黄之所引，爲與友人論文一小札，友人爲誰？不可得知，他日柳與楊憑書，重復申明此義，詳達百言以上，爲問王柳此種蕭條異代之感，黄子能自然默契矣乎？夫柳子造封建論，此不廑獨出冠時，而且空前絶後之偉著也，即以蘇子瞻好訾謷柳，而亦曰：自柳子之論出，而從來言封建者廢矣，顧黄子不以爲然。其讀通考而涉及封建者曰：「柳氏曰：秦有叛人而無叛吏，其説不足據也，以史考之，章邯，司馬欣，大吏也，陳勝，吴廣，小吏也，會稽守謀叛而召項王，沛守與獄掾曹參主吏謀叛而召漢高祖，范陽令聽蒯通降武臣，趙之不戰以城下者三十餘城，秦吏之叛者多矣」，固哉黄叟之言史也。夫史亦以標舉趨勢、大致不差爲得已耳，焉有保證百分之百、從無意外之史例乎？尋黄子在道光朝發名成業，而斯時曹振鏞當國，導引清帝從文字之枝節上，齮齕臣下，斯風披靡，黄子不能無所沾丐，夫以此種尋垢索瘢之帖括方式，尚友古賢，此猶得侈言尊柳矣乎？黄子訾天下貶柳文者爲不知量，爲問黄子之量有多大乎？雖然，桐城壁壘崇成，尊韓已成百川東之之勢，而黄子終能割尊韓之大分以尊柳，庸中佼佼，難能可

貴，此誼願與知言君子共凜之。

酉

陸祁孫柳州十八字石刻拓本，伯厚索題云：

循吏廟食禮所宜，羅池片石吾無譏。此刻草書十八字，特爲蠻鄉逐疵癘，柔毫三寸挾風霜，足配韓文鱷魚避。楊生重視唐人書，珍賞不減歐褚虞，暇時示我索題句，因感往事相嗟吁。順宗疾瘖不聽政，王叔文伾竊國柄。陽山之貶正此時，乃於劉柳信不疑，居今論古易爲斷，豈有身受無聞知？投荒尙請柳易播，寧肯附和爲姦欺？從來宵小畏清議，例引名士張藩籬，餘財曾未汚文若，九錫安能強穆之？書生懷才急自見，究異好爵堪羈縻。逐臣萬里懷天闕，瘴雲匝地埋寃魄，曲宥猶能活蝮蛇，去思無怪孚蠻貊。先人昔日守遐陬，珍重歸裝一紙收，卽今碑已殘三字，〔龍城柳龍字，神所守所字，制九醜九字，俱已闕。〕金石依然不久留。迂生軒輊爭韓柳，誰識瑰辭如一手，若以離騷繼國風，河東似出昌黎右。底無年命比元劉，鑄鼎燃犀百怪雛，亦有賜環身未及，爲君掩卷泣忠州。

祁孫篤信羅池石刻，比之韓文驅鱷，復以伾文從政爲竊國柄，皆陋儒之言也，又退之貶陽山，在貞元十九年，而伾文二十一年始柄政，祁孫顧謂兩事集於一時，以坐罪於後者，亦謬。獨揭明韓柳無猜，及柳文勝韓兩點，所見迥出時論之右，故全錄此詩以

示珍重，伯厚姓楊，名大墉。

戊

白樂天詩：退之服硫磺，一病迄不痊，有辯之者曰：退之非指愈，有衛中行者，亦字退之，其說不知何所本？惟查韓集侍御史李虛中墓誌銘，有如下記載：

君亦好道士說，於蜀得祕方，能以水銀爲黄金，服之冀果不死，將疾，謂其友衛中行大受、韓愈退之云云。

果爾，是衛中行字大受，韓愈字退之，别白甚明。今讀者略去大受韓愈四字，而將退之緊接中行，因謂衛中行字退之，天下讀書之草率，與事之可笑，莫大於是。

退之集中，有與衛中行書一通，首署大受足下，是中行字大受，而非字退之，甚顯白，今以事迹與文字與愈相涉，因不恤以愈之字字之，此與韋詞之事迹與文字，與李景儉相涉，因謂詞亦字致用，適同一例。查中行爲御史中丞晏之子，貞元九年進士，其人非不知名，取證者荒率至是，亦大可怪。

理雖如此，而世間記憶模糊，張李錯認之事，如謬稱韋致用、衛退之等等，固亦未始不可能有，獨同一以退之墓誌爲解，東嘉李季可松窗百說，其根據太學博士李干墓誌之所記載，較得之殿中侍御史李虛中者，遠爲健爽。請試徵之：

按退之集：長慶三年，作太學博士李干墓誌，略不及他事，唯說受方士柳賁

藥，服之，下血死。乃引當時目見、及親與遊者歸登、李虛中、孟簡之徒七人，俱以服食之誤，而臨終痛楚，明年退之卒，是豈有咫尺之間，而肯身試其禍哉？退之草此誌後，意謂服食祕藥，與飲酖異，固非朝夕間，且並非旬月間，即能致命。退之草此誌後，逾歲謝世，縱令墨瀋未乾，而即甘蹈覆轍，藥之致命，未必如是之速，何況以讀書明理如退之，咫尺之間，行動如此之翻覆，亦爲不可設想之怪異事，松窗持說爾爾，可能竦動一時，沈心思之，恐未盡然。相傳退之以祕藥飼雞，雞肥大，宰而食之，號火靈庫，是退之間接服食之習，由來已久，夫天下事何常之有？由間接而直接，一轉移間耳，又況人生之言與行，難期一致，責人貪者，未必己之能廉，訾人虐者，未必己能戒殺，李季可之欲以李干誌之懲服食，取證退之將不於咫尺間以身試禍，夫亦誰信莊生二與一之必爲三也哉？

亥一

近人雜詩中，有紀述柳文者曰：「近人尙桐城，其論深抑柳，陽湖實支派，相襲亦已久，柳文彼所輕，學柳更何有？」吾嘗震驚其說，而從陽湖諸家之文集中，覓取信據，卒之一無所得，適以證成所云爲耳食之言。嘗論陽湖繼桐城而起，爲時稍後，而門徑各別，自張皋文、惲子居而下，幾無一不從騷賦入手，而李申耆、陸祁孫兩家，尤駢散並工，卓然名家，爲文取徑，顯與方姚異趣。由斯而言，若輩承襲桐城末流，不

得不貌爲尊韓，而其中心旨趣，不期而深契乎柳，可以斷定，輓近皮相者流，於百年來文壇脈絡，幾於盲無所見，抑何可怪？

陽湖薛子衡所作養一齋李先生行狀，有警語一段，可資證左：

庚辰〔按此爲嘉慶二十五年。〕游粵東，爲康中丞紹鏞校刻桐城姚姬傳先生古文辭類纂，因並刊駢體文鈔。先生嘗病當世之治古文者，知宗唐宋，而不知宗兩漢，六經以降，兩漢猶得其遺緒，而欲宗兩漢，非自駢體入不可，因輯所編，至是遂序而刻之。序略曰：「自秦迄隋，其體遞變，而文無異名，自唐以來，始有古文之目，而目六朝之文爲駢體，爲其學者，亦自以爲與古文殊路。夫氣有厚薄，天爲之也，學有純駁，人爲之也，體格有遷變，人與天參焉者也，義理無殊途，天與人合焉者也，得其厚薄純駁之故，則於其體格之變，可以知世焉，於其義理之無殊，可以知文焉，文之體至六代，而其變盡矣，沿其流極而泝之以至乎其源，則其所出者一也。」先生平生論文蓋如此，當世皆知是編可以正駢體之軌轍，而先生實欲以溯古文之原始也。

由此可見：當世視駢體下古文一階，申耆則視古文下駢體一階，當世視古文爲駢體之別派，申耆則視駢體爲古文之原始；由此更可見：不解駢文，將不足以爲古文，不明駢體軌轍，將不知文章流極，於是在韓柳兩集中，持此評價，何去何從，一言可決。

申耆所爲徐季雅文稿序云：

曩時涉獵古人文章，樂觀其論文之語，如昌黎柳州，類皆自道所得，亹亹而不厭。……吾友吳江吳育曰：「爲文之事有三：曰理、曰典、曰事，理足以究天人之微，典通古今之故，事周萬物之情，三者備而後文可傳也。」此數言者，未知方之昌黎柳州之論文何如？

申耆此文，雖以韓柳平列，一若等量而齊觀，而平日陽湖諸子之持論，則往往揚柳抑韓，皎然不疑。如陸祁孫題柳州十八字石刻拓本云：「迂生軒輊爭韓柳，誰識瑰辭如一手，若以離騷繼國風，河東似在昌黎右」，似之云者，乃文人自詭如此，意在左袒河東，讀者一望而知。

亥　二

章實齋丙辰劄記〔按此丙辰爲嘉慶元年。〕有一條云：

李習之出韓退之門，其文自能成家，不規規隨韓進退，論文之識，頗勝於韓。韓與崔斯立書，欲考國家遺事，求賢人哲事之終始，作唐一經，誅奸諛於既死，發潛德之幽光，是有志於史也。然論古人之文，以史遷與司馬相如揚雄辭賦同稱，而班漢之業，從未一顧，無論陳范諸家。李習之與皇甫湜書乃云：唐繼周漢，而史官敍事，曾不如范蔚宗陳壽所爲，況足擬望左馬班固之文哉？其於史家得失，言

之具有淵源，非退之所及。且退之曾撰順宗實錄，習之所譏史臣不如陳范，意未必不在韓氏，此亦自是公論，不得以門戶而曲諛之也。蓋韓氏於史學非其所長，作唐一經之言，顯非所任，以史家淵源，必自春秋比事屬辭之教，此韓子所不能。後如歐陽永叔，生平見解，不出韓氏範圍，唐書與五代史，更非不竭盡心力，而終不可與語史家之精微。

實齋他日又云：「退之非良史才，幸而所志未成，〔指作唐之一經。〕倘强爲之，必不如其平日詩文。〔亦見丙辰劄記。〕」夫退之之乏史才，見薄於及門弟子，宜其不敢著手唐史。子厚與退之論史官書云：「凡言二百年文武士，多有誠如此者，今退之曰：我一人也，何能明？」此何其與爲崔斯立吐豪語，以作唐一經自命，兩相剌謬哉？子厚此書，據稱元和九年所作，則順宗實錄早於前一年蕆事，不審子厚曾見及未？果見及也，評量是否與李習之相似，此都無可考證。姑以闕疑。

偶閱歙縣鮑倚雲退餘叢話云：

昌黎抗顔爲師，以弟子畜李翺張籍，籍則自居評友之列，韓與東野書云：習之娶吾亡兄之女，而翺祭韓文，直稱韓十兄，然則不但不以師資事韓，並姻婭之行輩都不敍，其抗傲如此。

子厚視師弟之别最重，其不肯抗顔爲師如退之，豈有鑒於翺輩之抗傲而斂手耶？抑

厭惡唐時一般風氣乃爾耶？不甚可曉。然爲師者必自重，而後能爲人所重，侈言抗顔，有何用處？子厚於韓稱十八丈，而習之稱韓十兄，李表臣稱韓十一，㈠究竟退之行第如何？俟考。舊書以李翺張籍附退之，合爲一傳，以著元和古文復興、韓門師弟子之盛，殆未暇辨別其中仳離痕迹，至皇甫湜、新書始行附入。

何孟春餘冬敍錄稱：

宋景文筆記：李淑愛劉禹錫文章，以爲唐稱柳劉；朱子語錄：李翺文有本領，如復性書類，歐陽公只稱韓李，不曾云韓柳也。春惟唐代名家，韓李以次，別稱柳劉，方是文章類聚，人品羣分，並舉之間，各得其當。四人者、唐於當時有公評，宋在後世有定議。

斯誠何氏一家之私言，凡屬通人，定當齒冷；蓋唐之世，柳文名高一切，若柳韓之次，別稱劉李，庶乎近之。

十

袁　滋

李勉鎭鳳翔，袁滋在幕，有農民掘得馬蹄金一甕，送縣，縣令收置私室，翌日，金

㈠ 唐語林：「劉禹錫云：與柳八韓七，訪施士丐聽講毛詩。」退之行第，有七、十、十一、十八四種。

皆化爲土塊。府按獄急，令誣服易金，滋獨疑其寃，則於市收金，作土塊形狀，鎔寫校量。土塊共二百五十枚，鎔金始稱其半，已得三百斤，非二人以竹擔可舉，審知金在路爲扛者所易，令乃獲雪，事出康駢劇談錄，劉壎隱居通議亦引之。

查新唐書滋本傳：滋以校書郎，累辟張伯儀、何士幹幕府，而未言李勉，其平反寃獄，廑謂部官以盜金下獄，滋直其寃。由此可見：說部短書，於史實大有裨補。

滋者，子厚先友也，記稱：

袁滋、陳郡人，善篆書，文敏不競，爲相，出使辱命，貶刺史，復爲義成軍節度，卒。

滋字德深，史稱彊學博記，少依元結讀書，自解其義，結重之，子厚所謂文敏，大抵指是。滋在官，以守法見憚於人，爲華州刺史，政極清簡，民愛向之，受代時，耆老遮道不得去，所謂不競，玆或近是。永貞元年，滋與杜黄裳同入相，劉闢反，詔滋爲劍南安撫大使，時滋兄峯在蜀，爲闢所劫，滋畏不得全，久不進，以此貶吉州刺史，子厚謂出使辱命者，不過如此。

韓退之有與袁相公書，薦樊宗師，書稱：「幸蒙不以常輩知遇」，又云：「誠不忍閣下篋櫝、尚有少闕不滿之處」，足見退之於滋，契好非淺，此在滋爲山南東道節度使時，去子厚記碑陰已遠。袁柳兩家相與之際，形殊落落，無可紀錄，尤其滋方入相，

而子厚出貶，此中轇轕何似？不無可疑。

按滋元和十三年卒，子厚此記，前十年作，何得記滋之卒？卒字爲後人竄入，應刪去。

太平廣記引逸史載：

滋未達時，居復郢間，（復謂復州，此言復郢，大抵與新書言滋客荆郢間講學相近。）遇道者五六人，相與飲酒甚歡。道者注視滋，相謂曰：此人大似西峰坐禪和尚，良久云：直是。屈指數日，此僧亡來四十七年矣，問滋之歲，正四十七。相顧撫掌曰：覓官職去，福祿至矣。

滋依元結讀書，旋客荆郢間，起學廬講學，在建中以前，滋不可能是四十七歲。蓋滋歿於元和十三年，年七十，去建中在四十年以上，由是與道者相遇，年尚不足三十，又以滋官歷考之，滋並非晚達一流人，逸史說不足信。

十一

李益

李益字君虞，宰相揆之族子，大曆四年進士，以歌詩鳴於時。世傳其少癡而忌克，防閑妻妾奇嚴，因號妒爲李益疾，君子讀蔣防所爲霍小玉傳，而知癡疾之所由來，殆不外忍情害理四字，子厚記其不得用之故，亦緣於此。「常望仕非其志」云者，

或作常望仕句絶，非也。蓋望者、怨望之謂，仕非所志，常懷怨望，並非求仕不得。韓退之與陳給事書云：「加之以不壽之望」，望亦作如此解。

益娶盧氏，傷情感物，鬱鬱不樂。一日、益自外歸，見盧鼓琴於牀，而有人自門拋一斑犀鈿花合子，中藏輕綃作同心結，並有相思子二，叩頭蟲一，發殺觜一，驢駒媚少許。益當時憤怒叫吼，加盧捶楚無算，其故卒莫能明，盧婚以解，益於此焉得無所怨望？發殺觜何物？吾愧不曉，問人亦無知者，姑記於此，以待宏識。驢駒媚、當是媚藥之一種，可資推定。

十二

梁　肅

肅字敬之，一字寬中，世居陸渾。建中初、中文詞清麗科，擢太子校書郎，蕭復薦其材，授右拾遺，不赴，杜佑辟淮南掌書記，召爲監察御史，轉右補闕、翰林學士、皇太子諸王侍讀，卒年四十一。肅善爲文，韓退之從之問學，退之著師説，謂弟子不必不如師，師不必賢於弟子，或爲自詡出藍而發。世論則謂中唐古文運動，蕭茂挺、獨孤至之、及梁敬之之流，已啓其端，不能專歸功於退之云。先友記稱：肅最能爲文，子厚於能爲文上，增一最字，彌有陽秋意味。

十三

鄭餘慶

餘慶字居業，進士及第，貞元初爲翰林學士，以工部侍郎知吏部選。浮屠法湊、以罪爲民訴闕下，詔御史中丞宇文邈、刑部侍郎張彧、大理卿鄭雲逵爲三司，與功德判官諸葛述參按。述故吏也，餘慶劾述猥賤，不宜與三司雜治，時韙其言。唐人重門第，別流品，以餘慶劾諸葛述爲大事。呂夏卿唐書直筆新例稱：「官爵升易，不常所居，有善則書，如餘慶傳：官至殿中侍御史，別無異迹，皆不書，至上疏論列諸葛述，一節可稱則書，遷工部侍郎，知吏部選，不爾則否。」餘慶長者之稱，諒由此來，子厚視爲鄙俗之論，與時賢異趣，因不重視餘慶其人。餘慶初爲相，在貞元十四年，再入相，在永貞年，與王叔文政權相牴觸。史稱餘慶少砥礪，行己完潔，仕四朝，其祿悉賙所親，或濟人急，而自奉粗狹，凡此皆小節，無與國計。奏議喜用古語，如仰給縣官、馬萬蹄之類，縣官者、漢人以牒天子，馬萬蹄、馬二千五百匹也，史遷常語，而有司皆不曉，餘慶爲大官後之行爲如此，宜名益少，而尤爲子厚鄙視。今爲尚書河南尹無恙云者，則正餘慶與主書滑渙鬩爭，以尚書出任山南西道節度使時。

十四

王紓　王紹

紹起家武康尉，包佶領租庸鹽鐵使，署判官。時李希烈阻兵江淮，輸物留梗，乃

徙餉道自潁入汴，紹見行在，帝勞之，輸物五十萬繼至，由是紓難。遷倉部員外郎，詔進戶部侍郎，判度支，頃之遷尚書。德宗臨御久，益不假藉宰相，自竇參陸贄斥罷，中書取充位，惟紹謹密，眷待殊厚，主計凡八年，子厚所謂紹得幸德宗，爲尚書在宰相之右，卽指此也。又今爲徐泗節度者，指元和初，紹爲武寧軍節度使，濠泗二州皆隸其軍。紹最後拜兵部尚書，判戶部，卒年七十二。唐鑑稱：「紹謹密無損益，實狡險掊克。」夫以德宗重用之人而判度支，其弊固莫不如此，而紹何責焉？

紓事無考，子厚稱其魯直有學術，爲人當與紹大大異致，何義門謂宋黃庭堅字魯直，本此。〔按紓娶子厚從姑，見十三卷李夫人誌，子厚殆不認此誼。〕

十五

姜公輔

公輔登進士第，授左拾遺，召入翰林爲學士，才高有器識，每言事，德宗多從之。建中四年十月，涇師犯闕，德宗蒼黃自苑北便門出幸，公輔馬前諫曰：朱泚嘗爲涇原帥，得士心，昨以朱滔叛，坐奪兵權，泚常憂憤不得志，不如捕之，使陪鑾駕，忽羣兇立之，必貽國患。臣頃曾陳奏：陛下苟不能坦懷待之，則殺之，養獸自貽其患，悔且無益。德宗曰：已無及矣。從幸至奉天，拜諫議大夫，俄以本官同中書門下平章事，子厚所謂以奇策取相位，指此。孫甫唐史論斷：「公輔博學純正，好論時事，奏拘賊

泚，幾止其亂。」夫一言止亂，信於奇策二字無愧。尋以諫唐安公主葬事忤旨，罷爲左庶子，久之不遷。以與陸贄有翰林之舊，告贄求官，贄密謂公輔：帝有怒公之言，公輔懼，上疏乞罷官爲道士，不報，帝怒仍未已，貶爲泉州別駕。順宗卽位，起爲吉州刺史，未幾卒。史稱公輔一言悟主，驟及臺司，一言不合，禮遽疏薄，加膝墜淵之間，君道可知，愚謂公輔亦有自取之道。

十六

盧景亮

景亮字長晦，幽州范陽人，第進士宏辭，授秘書郎，累遷右補闕。史稱景亮志義崒然，多激發，與穆質同在諫爭地，書數上，鯁毅無所回，與子厚言合。獨宰相李泌、劾景亮等常聚會，漏所上語言，帝怒，貶爲朗州司馬，質亦斥去。廢抑二十年，至順宗時，由和州別駕召還，再遷中書舍人，元和初卒，與子厚言皆合。景亮善屬文，有經國志，嘗著三足記，謂人君足食足兵，而又得人，天下可爲，子厚所謂奏書如水赴壑，類槩括是。

元微之酬翰林學士一百韻詩自注：「先是穆員、盧景亮同年應制，俱以詞直見黜，予求獲其策，皆手自寫之，置在筐篋。樂天常詛予篋中有不第之祥，而又哂予決求高等之僭。」由是景亮初博一第，卽隨穆員同黜，後參臺諫，又偕穆質並廢，身與穆

氏弟兄，因緣非淺。而穆氏弟兄、皆子厚先友也，此在子厚抽筆爲景亮作記，當不無發露光彩。貞元九年，顧少連知舉，景亮與子厚同舉進士，參看送苑論登第後歸覲詩序箋。

十七

張因　盧當　趙需　張惟儉　張式　蘇弁　陳衆甫

張因事、詳東明先生墓誌銘。

盧當爲郭尚父從事，子厚父鎮爲記室，同在幕府；鎮任岳鄂都團練判官，當又適任沔州刺史，因而子厚與當子九皋相善，語見虞鳴鶴誄。父當以信聞，子鳴鶴以恭著。

趙需名見陳京狀。德宗降誕日，內殿三教講論，以僧鑑虛對韋渠牟、以許孟容對趙需、以僧覃延對道士郗惟素；儒者趙需第一，許孟容第二，韋渠牟第三。子厚謚之曰哻哻儒士，績效如此。

張惟儉、河南法曹師之子。獨孤至之法曹墓誌言：惟儉弱歲精左氏春秋，又稱法曹詼諧不羈，則子厚謂惟儉善言謔，蓋本之父風云。

張式與弟正甫、先後登大曆進士。

蘇弁在貞元二十一年三月壬申，以前戶部侍郎判度支、汀州別駕、爲忠州刺史。

子厚稱其好聚書，與先君通書，何義門謂：好聚書亦得書，蓋本史遷賈嘉與余通書之例云。

陳衆甫、楊凌文集中有餞送六序，爲子厚所稱，送陳衆甫其一也，參看楊評事文集後序。衆甫字本老子，子厚稱其高志氣，諒必與老學有關。

十八

李 覠

李覠，隴西人，先友記稱：「行義甚修，至刑部郎中，卒，故與先君爲三司者也。」本事亦載先府君神道表曰：「宰相與憲府比周，誣陷正士，以校私讎，有擊登聞鼓以聞於上，上命先君總三司以聽理，至則平反之，爲相者不敢恃威以濟欲，爲長者不敢懷私以請問；羣寃獲宥，邪黨側目，封章密獻，歸命天子，遂莫敢言；逾年，卒中以他事，貶夔州司馬。」宰相者、竇參也，憲府則盧佋。先是盧岳妻、分家貲不及妾子，妾訴於官，佋欲重罪妾，御史穆贊不從，佋與參譖於上，誣贊受金，下贊獄，所謂誣陷正士以校私讎者此也；下言有擊登聞鼓以聞於上，乃指贊弟賞爲兄訟寃之所爲。子厚先君時爲殿中侍御史，所謂三司，卽合刑部李覠、大理楊瑀組成之。至楊瑀者、記稱：「瑀無可言，猶以獄直爲御史」，此顯示獄白之得人心，並膺茂賞，如是已足。㊀

㊀ 本條與先侍御史府君神道表一、第三段，及先友記七、穆質第四段參看。

十九

李鄘

范祖禹唐鑑卷十八載：

初、吐突承璀爲淮南監軍，李鄘爲節度使，性剛嚴，與承璀互相敬憚，故未嘗相失。承璀歸，引以爲相，鄘恥由宦官進，及將佐出祖，樂作，鄘泣曰：「吾老安外鎮，宰相非吾任也。」十二月、鄘至京師，辭疾不入謁，不視事，百官到門者、皆辭疾不見。鄘固辭相位，明年、以鄘爲戶部尚書。

臣祖禹曰：管子有言曰：「禮義廉恥，是謂四維，四維不張，國乃滅亡。」〔呂祖謙注：前賈誼傳疏舉管子之言，管牧民篇已有四維，禮不喻重，義不自從事，㊀廉不蔽惡，恥不從枉。〕」夫士之有恥，所以重朝廷也，況爲天子之相，而可以無恥乎？李鄘不與宦官結，而其進由之，以爲垢汚，卒辭相位，可謂知恥者矣。若夫爲大臣而不自重其身，媚左右近習以固寵，頑鈍無恥，見利忘義，聞鄘之風，亦可少愧哉！

鄘、子厚先友也，先友記紀錄云：

李鄘、江夏人，果檢，自負嶷然，善爲官，爲御史中丞、京兆尹、鳳翔節度。鄘字建侯，北海太守邕之姪孫，大曆中舉進士，爲李懷光所辟，累遷監察御史。時與

㊀ 此兩句，本編四維論引管子，是禮不踰節，義不自進，字句顯有差池，不知呂何所本？

故相高郢同在賊廷，乃密奏賊軍虚實，德宗手詔勞之，事泄，懷光不敢殺，尋馬燧表爲河東從事，兼殿中侍御史。順宗登極，拜御史中丞，遷京兆尹，元和初，拜檢校禮部尚書、鳳翔隴右節度使，子厚先友記所錄官階止於此。鳳翔節鎮，舊用武將，有神策行營之稱，初受命，必詣軍修謁，鄜奏罷之，其不附宦官如此，子厚稱鄜果檢，自負嶷然，殆即指是而言。後鎮淮南，與吐突承璀相畏重無失禮，如唐鑑所紀，子厚當亦及見，唯不及署之先君碑陰耳。事雖不錄，而定評直貫初終，可見鄜之風節不二，而子厚鑑覈無爽，誠相得而益彰云。宋孫甫著唐史論斷，朱晦菴謂其議論有勝唐鑑，彼指稱鄜辭平章，舊史至云鄜雖出入顯重，素不以公輔自許，所斷殊謬，鄙見此任人言之，於鄜無少損，不足深辨。

唐鑑引管子四維之説，明著鄜之知恥，俾與牧民篇所謂不從枉相符，此覺意義較爲重大。篇末頑鈍無恥、見利忘義八字，以愧大臣之媚近習固寵者，釋明恥爲義之一節，使子厚二維之斷，得到堅實基礎，更饒精誼，愚因樂爲剖析如右。

李治敬齋古今黈云：「柳子論四維爲二維，以爲廉與恥、皆義之小節也，不得與義抗而爲維。究而觀之，柳子之辨，凡數百言，祇是解釋孟子羞惡之心義之端也八字。」孟子釋義八字，與唐鑑右論所得八字，俱堪爲申柳鐵板注脚。

獨鄜長刑部，判余長安復讎案，不合春秋大義，事詳薛伯高條，不贅。

二十

薛伯高

伯高事未詳。李肇國史補、及王讜唐語林皆載：「大曆已後，專學者有蔡廣成周易，強蒙論語，啖助、趙匡、陸淳春秋，施士匄毛詩，勺〔國史補作袁。〕彝、仲子陵、韋彤、裴茝講禮，章庭珪、薛伯高、徐潤並通經」，然則伯高固當時通經之士。

唐語林又載：

衢州人余長安、父叔文，爲同郡方金所殺，長安八歲自誓，十七乃復讎，大理斷死。刺史元錫奏：余氏一家，遭橫死者實二平人，蒙顯戮者乃一孝子，引公羊傳父不受誅子得復讎之義。時裴垍爲宰相，李刑部鄘爲有司，〔李慈銘云：按有司疑當作司寇，此出國史補，原文作司刑。〕事竟不行。老儒薛伯高遺錫書：大司寇是俗吏，執政柄乃小生，余氏子宜其死矣。

此俗吏指李鄘，小生指裴垍，伯高以老儒身份，下斷與子厚駁復讎議相合。顧李鄘亦子厚先友也，子厚草記，稱鄘果檢自負，未審亦考慮到余長安案大理斷死否？

二十一

路　泌

路泌者，子厚先友也，石表陰記云：「以尚書郎使西戎，留戎中，度今已年八十

餘，既和戎，十五年不得歸，無爲言者」，泌卒以是歿於番，貞元十九年，始以喪歸。泌陷番之歲，子隨方在孩提，後通經成名，與子厚交往。子厚與呂温論非國語，言及隨，謂李景儉作孟子評，隨以撫前人少之，餘事不少概見。隨之仕路開展，以至入相，皆在子厚歿後，太和九年，卒於赴浙江西觀察使任道上，年六十。史稱其「十五年在相位，宗閔德裕朋黨交興，攘臂於其間，李訓鄭注始終姦詐，接武於其後，而隨藏器韜光，隆汚一致，可謂得君子中庸而常居之也」，斯言得之。隨一生事之顯者、爲監修國史，初、韓愈撰順宗實録，説禁中事頗直切，內官惡之，往往於上前言其不實，累朝有詔修改。及隨進憲宗實録後，復令改正永貞時事，據隨奏稱衛尉卿周居巢，諫議大夫王彦威，給事中李固言，史官蘇景胤等，皆主張不改，而內官則主改急切，隨及宗閔僧孺，亦引前史直不疑盜嫂之言，及第五倫撾公之説，指斥前誤甚深乖謬，然則韓氏所誤載者爲何，而有如是之嚴重乎？以情揣之，韓録必載俱文珍爭儲，排斥牛昭容黨，期於必得，後來李肇國史補所云鄭絪不請而書立嫡事，韓録可能有之，並可能肇以韓録削去，而已掇拾，因謂之補。夫儲既定矣，內禪成矣，據如上紀載，又可能使讀者想像到順宗之崩，異於升遐，加以憲宗祖孫兩朝，皆坐弒逆，宣宗疑元和逆案，穆宗都牽涉在內。以此種種，倘順宗實録因仍不改，昭昭然備作後兩案之伏線，此應爲內官恐涉嫌疑者之所悚懼，而李氏子孫、深慮後世誤認憲宗爲唐

室商臣之首，其尤所戒愼云。至文宗下詔：「其實錄中所書順宗朝禁中事，尋訪根柢，蓋起謬傳，諒非信史，宜令史官詳正刊去，其他不要更修。」雖尋訪根柢，謬傳何事？終未揭明，而凡叔文所行善政，卻受其他不要更修之庇護，今猶歷歷可覩，信是一得。

查直不疑盜嫂，第五倫撾公，事涉人倫之變，非同泛常謬誤，而人倫之變之最大者，宜莫過於弒逆。今知耶之子孫，及極惡之宦寺，既意在抹煞弒逆，卽最大人倫之變之痕迹，應卽推避唯恐不遠。而乃人世謬妄重重，一時都想不起，以至尋根覓柢，鬼使神差，卒牽引其他人倫之變，以影射而印照焉，於是讀者將不待推證而得其績效，此不過不同程度，而並不異其性質，夫是之謂欲蓋彌彰。

王讜唐語林載：

路相隨幼孤，其母問：汝識汝父否？曰：不識，曰：正如汝面，隨號絶，終身不照鏡。李衛公慕其淳篤，結爲親家，以女適路氏。

所謂汝父，卽泌也，泌陷入戎時，隨甚幼，無從記憶，故答云不識父。

二十二

奚　陟

奚陟字殷卿，江都人，大曆十四年進士，貞元中至吏部侍郎，十五年卒。記謂：

「世謂陟善宦，然其智足以自處也」，語殊在無咎無譽之間。

貞元十一年大旱，人情憂惴，言陸贄等失權怨望，德宗惑裴延齡言，下詔斥逐贄等。延齡復奏京兆尹李充、妄用京兆錢穀，願下有司鈎覆，以比部郎中崔元翰欲釋恨於贄也，賴刑部侍郎奚陟辨治，充等得不寃，語出裴延齡傳。

崔元翰拜禮部員外郎，竇參秉政，引知制誥，性剛褊，怨陸贄李充，乃附裴延齡。延齡表鈎校京兆妄費，持吏甚急，而充等無過，訖不能傳致以罪，語出文藝傳。

李充等本無過惡，然亦賴奚陟秉公辨治，始得不寃。夫在德宗猜疑無所不至之下，而能據理申辨一朝旨嚴責之大案，諒非廑廑善宦自處者之所能爲，子厚爲先友平亭下斷，故自十分謹慎。

崔元翰名鵬，以字行，即元稹所作會眞記中鶯鶯之父也。貞元十六年，稹二十二歲，而鶯鶯年十七，元翰與奚陟纏訟，在貞元十一年，時鶯鶯已十二，正逼近豆蔻年華矣。

二十三

房　啓

永貞之變，因交王叔文而致貶者，自八司馬外，有吕温房啓二人，各家著録，都無異詞，甚至吕温厠入八司馬之列。然考之子厚東平吕君誄，君明明以陟爲衡州，

陟與貶固不得倂爲一談，而誄中又無一字涉及永貞事變、或叔文之交。至房啓、琯之孫也，以名家子在朝列，韓退之爲之誌墓稱：「貞元末、王叔文用事，材公之爲，舉以爲容州經略使，在容九年，遷領桂州，未至，貶虔州長史。」是啓雖因王叔文而得官，顧叔文敗而啓固無恙，容州經略，蟬聯至九年之久，始以他事下貶於虔，紀述朗朗，他載筆者遽以啓名與八司馬並列，而將虔州之貶，移前九載，使與永貞之亂銜接，而迄無人發見其誤，奇已。

退之爲啓銘墓，全篇無一事可紀，亦未載己與啓有何交誼？此「人事物」使之爲之，事無可疑。其貶官之由，一緣郄致重賂，與中人違言，一緣陳獻使者南口十五人。南口者、南方女口也，事關官買女奴，尤爲惡劣，兩事退之皆隱揭於文。此類短簡墓碣，子厚亦有之，然非私誼所致，卽明著一事如故御史周子諒，此在韓柳文中，成一強烈對比。〔按人事物、指諛墓金或物品，韓集屢有謝人事物狀。〕

房啓於子厚爲先友，先君石表陰記云：「房啓、河南人，善清言，由萬年令爲容州經略」，並未明言爲琯孫，集中別有唐相國房公德銘之陰，房公者、卽琯也。㊀

㊀ 王元啓讀韓記疑云：啓先以虞部員外選令萬年，五月、又爲容管經略使，故叔文貶後，獨不與八司馬並貶。順宗實錄載：「四月丁卯，命焚容州所進毒藥可殺人者。五月甲申，以萬年令房

啓爲容州刺史、兼御史中丞。初、啓善於叔文之黨，因相推致，遂獲寵於叔文，求進用，叔文以爲容管經略使，使行，約至荆南授之，云脱不得荆南，即與湖南，故啓宿留於江陵，久之方行至湖南，又久之而叔文與執誼爭權，數有異同，故不果，尋聞皇太子監國，啓惶駭奔馳而往。」四月丁卯至五月甲申、共十八日，焚毒藥事起，爲事擇人，而啓應命，此正與退之所謂叔文「材公之爲」，語意相符。實錄紀事，以短書戲謔之筆行之，凡所以醜叔文也，然亦未必無一二細節堪與湊合。

嘉興王元啓讀韓記疑、有解釋韓文「材公之爲」一段如下：

按國史家紀不同，國史善惡備書，家紀書善不書惡，然須不沒其實，不得因有所諱，輒致過爲褒飾，使時事無從考核也。如啓附王叔文，爲議論唱和，採聽外事，此劣蹟也，止可見之國史，至其進身之由，雖其一家之私紀，亦不可諱，蓋不曰啓附叔文，而曰叔文材公，則立言之體已得，舍是而欲更有委曲，學古之士必不爲也，柳子厚誌謂諸公要人，爭欲令出我門下，與此同意。

此文家所採狙公賦芧之術，無關宏旨。

劉夢得詩有傷秦姝行、並引，其引曰：「河南房開士，前爲虞部郎中，爲余言曰：我得善箏人於長安懷遠里，其後開士爲赤縣，牧容州，求國工而誨之，藝工而夭。今年開士遺予新詩，有悼佳人之目，顧余知所自也，惜其有良妓，獲所從而不克久，乃

爲傷詞以貽開士。」開士者，啓之字也，書堯典：胤子朱啓明，傳：啓，開也，可證。爲赤縣，當指萬年令言。此留戀秦姝，與後來陳獻南口，可見啓之素行，與子厚迥非同流。又查啓之得爲萬年令也，其薦舉乃由萬惡所歸之李實：先是實惡萬年令李衆，誣逐虔州司馬，以所善虞部員外郎房啓代之，是啓與李實善甚顯，仕路不清如此，子厚豈得厝諸交遊之列？

二十四

嚴　郢

郢字叔敖，華州華陰人，第進士，補太常協律郎，代宗初，爲監察御史，郭子儀表爲關內河東副元帥府判官，子儀鎮邠州，檄郢主留務，河中士卒不樂戍邠，多逃還，郢取渠首尸之，乃定，拜河南尹、水陸運使，大曆末，進拜京兆尹。郢嚴明持法令，疾惡撫窮，敢誅殺，盜賊一衰，子厚所謂「剛厲好殺，號忠能，善舉職」者，當指此。尋爲楊炎所忌，陰諷御史張著，劾郢匿發民浚渠，使怨歸上，繫金吾，帝微知郢冤，削兼御史中丞，會秋旱，郢請蠲租稅，炎令度支御史按覆，以不實罷爲大理卿。未幾，盧杞引郢爲御史大夫，共謀炎罪，卽逮捕河中觀察使趙惠伯下獄，鍛成其獄，卒逐炎崖州，惠伯費州，天下以郢挾宰相報仇爲不直。然杞用郢敗炎，內忌郢才，因按蔡廷玉事，殺御史鄭詹，出郢爲費州刺史，道逢趙惠伯柩殯，郢內慚，忽忽歲餘卒，子厚所謂

「爲邪險構扇」，邪險當指炎杞等。

二十五

柳登　柳冕

柳登字成伯，與弟冕同爲鎮族子，父芳、肅宗朝史官，上元中、坐事徙黔中，與內官高力士遇諸途，力士爲説開元天寶中政事，芳隨口志之，成唐曆四十卷。登冕皆嗜學，以該博著稱，登年六十餘，方從宦遊，累遷至膳部郎中，元和初、爲大理少卿，與刑部侍郎許孟容等七人、奉詔删定開元以後敕格，尋以衰病拜祕書少監，致仕，長慶二年、年九十餘，卒。子厚寫先友記時，正登删定敕格之歲，時已迫八十上下矣，子厚似以篤老少之。

冕文史兼該，長於吏職，貞元初爲太常博士，以論喪服、與太常卿鄭叔則同草奏，有聲於時。貞元六年，冕爲吏部郎中，與倉部郎中陸淳同攝禮官，修郊祀儀注。冕言事頗切，執政不便之，出爲婺州刺史，十三年，兼御史中丞，充福建都團練觀察使，以政無狀，得代歸，卒。子厚號之曰躁，諒非無據之言。

要之子厚於同族文人，不甚推許，如登冕者，猶拔其尤耳。

冕之事更詳言之：李德裕曾將柳芳所得聞於高力士者十七事，編錄成册，號曰次柳氏舊聞，其前言曰：

臣德裕先臣、〔按卽指吉甫。〕與芳子吏部郎中冕，貞元初、俱爲尙書郎，〔按卽指貞元六年、冕爲吏部郎中。〕後謫官俱東出，〔按卽指冕出爲婺州刺史，吉甫明州員外長史。〕道相與語，遂及高力士之說，且曰：彼皆目覩，〔按彼謂高力士。〕非出傳聞，信而有徵，可爲實錄，先臣爲臣言之。臣伏念所憶，授凡一十七事，歲祀已久，遺稿不傳，臣德裕非黃瓊之達練，習見故事，愧史遷之該博，唯次舊聞，不足以對大君之問，謹編錄如左，以備史官之闕云。

所謂對大君之問者，右前言稱：「太和八年秋八月乙酉，上於紫宸殿聽政，〔按上指文宗，下同。〕宰臣王涯等奉職奏事，上顧謂宰臣曰：故內臣力士始終事蹟，試爲我言之：涯卽奏曰：上元中、〔按上元、肅宗年號，共祇二年。〕史臣柳芳得罪竄黔中，時力士亦徙巫州，因相與周旋，力士以芳嘗司史，爲芳言先時禁中事，皆芳所不能知，而芳亦有質疑者，芳默識之，並次其事，號曰問高力士。上令採訪故史氏取其書，臣涯等既奉詔，卽召芳孫度支員外郎璟詢事，璟對：某祖芳前從力士問，覶縷未竟，後著唐曆，採取義類相近者以傳之，其餘或祕不敢宣，或奇怪非編錄所宜及者不以傳，今按求其書，亡失不獲。」此所謂亡失不獲，乃指唐曆言之，夫自上元二年數至太和八年，共七十三年，芳所編唐曆四十卷，斯時已無可考見，於是朝旨令德裕負責竟其事，而德裕有次柳氏舊聞之作。至其關鍵所在，啓閉咸落於冕，以此十七事、由冕親語德裕之

父吉甫，而吉甫督德裕筆次之者也。玄宗多少祕事，非出冕之口，即無由得傳，冕雖躁，而彼所關涉於史者，其重要性有如是。

王涯者，故子厚友也，子厚嘗爲獨孤申叔誌墓，附諸友名於後，己與涯均與焉。此文宗與涯論高力士事，在太和八年，越兩年，甘露之變起，涯遘難死，是涯較子厚多存於世者十五年。

二十六

鄭珣瑜〔附〕

唐會要載：太常博士徐復議鄭珣瑜賜謚一文，試就其中摘錄兩節，連續讀之，立見自語相違，難於理董，又覺出語無擇，輕重不倫。其辭云：

……當先朝之日，上體不平，奸臣王叔文擅權作朋，將害於國，其視丞相如無也。輕詣相府，不循舊章，珣瑜意雖欲誅，力固不足，移疾高謝，萬情所歸，則是非之明，孰大於是？……德宗季年，李實爲京兆尹，殊恩晝接，貴倖無比。而實以羨餘稱職，莫之敢非，珣瑜衆詰所由，上陳利害，且曰：取於人而未讎其值，焉得有餘？是其言不可謂之無蹇諤矣。

李實之貴倖無比，人人敢怒而不敢言，宰輔略加詢問，即號蹇諤。夫蹇諤者，人臣對君之詞，今珣瑜僅在京兆尹前，偶詢一事，徐復遽加斯號，是直聳李實於九陛之上，

謬妄已極。不僅此也，珣瑜一觸李實之角，卽以剛直顯聞，爲問頌言李實之罪，明詔罷斥者，其功當何如？其有裨於國爲何如？文中似不知懲刈李實者，卽所謂「奸臣王叔文」，序叔文時，指其擅權作朋，將害於國，是否黜免李實，亦卽將害於國之一目？不然者，害又何在？夫珣瑜一庸相耳，叔文行權，不加重視，不難理解，乃所云輕詣相府，不循舊章者，止於宰相會餐時，不許見客一事，於此珣瑜竟動殺機，因力不足而告退，果言符其實，亦當時大謬妄事矣。徐復據引作請諡張本，中唐豈復有是非可言乎？

復次：珣瑜之欲殺叔文，決非珣瑜一人獨力任之，而必與黨於太子之凶頑閹宦，共同協議，殺機始動。其所以殺機動而暫形頓挫者，又必有人詳爲計議，此事非截斷叔文之權原，不算了結，因而歸宿於迄未表露之永貞逆案，艮未可定。夫宮闈事祕，此類逆迹之湮沒不彰者，古來多有，復何止永貞一案？悲夫！

二十七

高　郢

郢字公楚，衞州人，寶應初、及進士第，代宗爲太后營章敬寺，郢以白衣上書有名，累擢咸陽尉。郭子儀取爲朔方掌書記，李懷光引佐邠寧府，懷光反謀急，郢謀間道歸國未成，懷光已誅，李晟表其忠，馬燧奏管書記。召拜主客員外郎，久之進禮部

侍郎，司貢部凡三歲，甄幽獨，抑浮華，流競之俗爲衰，遷太常卿。貞元末，擢中書侍郎同中書門下平章事，順宗立，病瘖，王叔文黨用事，郢以刑部尙書罷，明年，爲華州刺史，復召爲太常卿，尋以尙書右僕射致仕，卒年七十二。郢之相也，與鄭珣瑜同拜，既叔文執政權，珣瑜憂甚，爭不能得，乃稱疾不出，郢未有所建白，俄與珣瑜免，故議者賢珣瑜而咎郢。

郢諫章敬寺前後兩奏，新書皆登列，又郢就府解後，試官別出題目，令賦沙洲獨鳥，郢援筆而成曰：「鵁有飛鳥，在河之洲，一飲一啄，載沈載浮，賞心利涉之地，浴質至清之流」，子厚所謂有文章，規矩自立者，應包括上一切文。爲朔方掌書記時，以爭張曇事忤子儀，懷光將還河中，郢勸不如西迎乘輿，懷光斬呂鳴岳等二將，郢本同謀歸國，辭無所愧隱，懷光慚，不敢殺郢，皆足與子厚所謂不干貴倖，交相映射。獨其司貢，謝絶請謁，顓行藝，子厚頗有微辭，辭見送辛生下第序略，不錄。至永貞間，郢與鄭珣瑜、杜佑同相，宋子京作贊：

是時太子已長，朝無嫌鋍，若珣瑜、郢、與杜佑等，毅然引東宮監國，斥退叔文輩，其力不難，顧循嘿苟安，所謂焉用彼相者矣。珣瑜一忿臥第，與郢佑固位，二者亦不足相輕重云。

子京謂朝無嫌鋍，辭顢頇難於理解，子厚正當政潮之衝，故應於此未肯置辭明示左

右袒也。

葉夢得避暑録話載：

杜佑爲司徒，年過七十未請老，裴晉公爲舍人，因高郢致仕，命辭曰：「以年致仕，抑有前聞，近代寡廉，罕由斯道」，蓋譏之也。

年高而不致仕，爲唐時輿論所薄，就中重勳碩德，亦無法得避譏彈，何論高郢輩耶？

二十八

唐　次

次字文編，唐初勳臣唐儉裔孫，建中初，及進士第，歷侍御史。竇參數薦之，改禮部員外郎，參貶，出爲開州刺史，積十年不遷，韋臯鎮蜀，表爲副使，德宗諭臯罷之，此子厚所謂以尚書郎出爲刺史屏棄者也。竊怪子厚父鎮與竇參抗，號參奸臣，顧次與參暱，而子厚輒美次有文章學行，此交友各有其道而不相妨，子厚通人，於此無所芥蔕也。次身在遠，久抑不得申，著辨謗略三篇，上之德宗，德宗益怒，曰：是乃以古昏君方我，改夔州刺史，子厚謂次有文章，或即指此。尋召還，授禮部郎中，知制誥，終中書舍人。史稱憲宗召之，子厚則謂永貞中，顧永貞爲時甚暫，不可能經歷此一官序，且子厚明言召還時道病，死長安傳舍，此或子厚察事未審。晚唐詩人唐彥謙，卽次子，舊書還次文苑傳中。

二十九

盧羣

羣字載初，先入淮南陳少遊幕，嗣爲節度江西曹王臯判官，以勁正聞，入爲侍御史。郭子儀家、與嬖人張昆弟訟財不平，德宗促按之，羣奏：子儀有大勳德，今所訟皆其家事，且嬖人宅，子儀昔畀之，非子弟所宜言，請敕勿問，從之，人美羣識大體。子厚所謂雜博多所許與，大概指此類事，累遷兵部郎中。淮西吳少誠、擅決司洧水溉田，使者止之，不奉詔，命羣臨詰，少誠聽命，羣因爲陳古今成敗逆順禍福各節，少誠悚然，以奉使稱旨，遷檢校祕書監。鄭滑節度行軍司馬姚南仲入朝，卽以羣代節度，子厚所謂義成軍節度卽此，卒年五十九。子厚謂使反側之地，天子以爲任事，洵語符其實，雜博之效彌顯。

唐語林載：

盧舍人羣、盧給事宏正相友善，羣清瘦古淡，未嘗言朝市，宏正魁梧富貴，未嘗言山水。羣日飲高臥，制詔多就宅草之，宏正未嘗在假告，有賓客皆就省相見。

此羣通脫則有之，雜博則稍異致。語林復載：羣強要盧六（卽宏正。）飲臘酒一節，未錄。

故殿中侍御史柳公墓表

此文乃子厚少作中顯用當時體者，文多偶句，亦乏剪裁。

唐貞元十二年二月庚寅： 二月上脫十字，以墓版文證之卽見。

觀藝靈臺： 靈臺：謂太學也，漢光武立明堂、辟雍、靈臺，號三雍宮。 又韓詩：「風雨靈臺夜」，亦指官太學時事。

改度支判官： 度支當作支度，唐時節鎭大帥、多領支度使，董晉行狀題目可據。

帥既領使，故置判官以掌其事，乃朝官、非幕官也，陳少章云。

於是汝南周公巢等： 周公巢、當卽周君巢，恐稱公巢誤。

或謂本表四字句，乃學史記龜策等傳。 釗案：子厚上下千古，何者不學？亦何者必學？或語殆蓬心未化爾。

故叔父殿中侍御史府君墓版

子厚既表父與叔，皆曰侍御史府君，往往難辨而易混，有注家以殿中稱叔，是。尋子厚既表殿中，墓版又加詳焉，而名諱獨不載，他文亦無可考，至殿中弟纁、續、綜、三人，唐史世系表皆詳載者，則以有殿中墓版、兼代祭伯母文可據故。

陳少章稱：「孟郊有呈柳評事縝詩，柳評事者，卽殿中也，殿中初爲朔方從事時所授官，唐史未及考知」，少章此一探索甚精。

無駭以字爲展氏：　魯孝公之子字子展，謚曰夷伯，子展孫無駭，以王父字爲氏。

禽氏以食菜爲柳姓：　無駭生禽，字季，爲魯士師，謚曰惠，食菜〔菜一作采。〕於柳下，遂姓柳氏。

釋回措枉：　回、邪也，記曰：禮釋回；語曰：舉直錯諸枉。

匪頒有制：　周禮：八曰匪頒之式。注云：匪、分也，頒讀爲班布之班。

渭北節度使論惟明：　建中中、爲慶州刺史，德宗狩奉天，惟明以兵赴，次泥泉，與朱泚偵，遂還奉天，命統衞軍，授渭北節度當在其後。

以某年二月二十八日庚寅：　某作其，是。　蓋承上貞元十二年之文也，兼有墓表可證，陳少章云。

貞元十二年歲在景子：　唐諱丙字，以景字代。

孝如方與公：　八世祖僧習、事後魏，封方與公，以孝聞。

文如吳興守：　南史：柳惲好學，工篇什，仕宋爲吳興太守。

正如衞太史：　衞有太史柳莊，號爲社稷之臣，見禮檀弓。

故弘農令柳府君墳前石表辭

少陵原柳氏之大墓：　少陵在萬年縣長安西南四十里，宣帝陵號杜陵，許后葬其南，因號少陵，相去五里，杜甫即以其地自號。

奉其先府君洎夫人之喪：　府君及其夫人，卒於大曆建中間，葬於貞元十九年，子厚時爲監察御史，惟辭不載令君之名，求之年表，亦無可考。

高祖王父蘭州府君，曾祖王父邠州府君：　梁玉繩誌銘廣例云：

書先世其稱不一。　梨洲云：范育呂和叔墓表，稱曾祖爲皇考，祖爲王考；庾承宣爲田布碑，稱曾祖爲大王父；柳州柳府君墳前石表辭，稱高祖王父，曾祖王父。玉繩案：高祖曰高門，見唐段行琛碑；曾祖曰曾門，亦見行琛碑、及唐濟度寺尼惠源誌；叔祖母曰季祖母，見漢曹全碑。

按蘭州府君、爲子厚五世祖柳楷，餘無可考。

壤樹之有豐殺：　禮檀弓：國子高曰：葬也者、藏也，反壤樹之哉？壤謂封壤，樹謂種樹。

刺史盧杞加禮褒旌：　杞字子良，大曆末爲虢州刺史，弘農縣屬虢州。　時杞奸未著，子厚不得屏除不錄，可謂奸人之大幸。

命爲吏部尚書郎、庾河南受命黜陟：　此處文錯亂不可讀，陳少章整理如下：

按命爲吏部尚書郎七字，與上文義不屬，必有誤。弘農乃虢州屬邑，隸河南道，建中元年，遣黜陟使庾何等十一人、分行天下，河南其首，故何得舉弘農之理績，庾下蓋脱其名。何之出使，史不著其官，當建中末爲兵部郎，見其子敬休傳，則元年自郎官出使可知，吏兵不同，當是使後改官也。此文本當云：尚書吏部郎庾何、受命爲河南黜陟，而傳録者誤倒其文，遂訛舛不可讀。是歲黜陟使十一人，中如山劍韋摶、江南鄭叔則，皆由郎官出，是其證也。

此條少章考核甚精，爲乃師所不及。黜陟使十一人中，尚有趙贊、衞晏、洪經綸等名。庾字或作吏，此編者以意妄竄。

禄千鍾而悲者曾子也：　語本莊子：曾子曰：後仕，三千鍾而不洎，吾心悲。㊀

王惕甫〔芑孫〕答魯絜非書云：

得書，具審動履之詳，又得所寄官中文字，識先生所設施於夏縣者，如是其勤勤懇懇也。惟先生以六十之年，勞形於此，區區所爲捄十一於千百者，猶或不能盡如其志，於以見古道之難行，而今之州縣，誠不可以身試矣。然上官頗知其政，即亦未始無效，柳子厚之表弘農令曰：「推其誠心，闢土生穀，衣食給足，故人不札

㊀ 此謂前任親在，禄雖少而歡樂，後任親沒，禄雖多而悲悼。洎、及也。

夭，教厲明具，故俗不爭奪，刺史考績絶尤，推其政以風於下邑」，此數言者，不啻爲先生今日道之。

絜非名仕驥，江西新城人，乾隆進士，選山西夏縣知縣，有惠政，以積勞卒官。所著山木集，清史入文苑傳，其人於文辭有高名。惕甫以子厚爲他人所作墳前石表辭美之，辭雖切，毋乃近於讖乎！然益可見絜非之非俗吏。他日惕甫又將絜非之文，提與姚姬傳並論，謂其於並世諸公，獨愛此二人之作云。〔語見書惜抱軒文集。〕

志從父弟宗直殯

子厚志從父弟宗直殯，及柳宗直西漢文類序，二文宜連讀，使通於事而明其志。綜二文，略誌數義如左：

一、世綵堂本注云：「雷塘、柳州地名，州有雷山，兩崖皆東西雷水出焉，蓄崖中者曰雷塘，能出雲氣，作雷雨，變見有光」，子厚禱雷塘神，以爲柳州刺史故。韓退之足跡不到柳州，官守顯不在此，而昌黎集雷塘祭雨文，不可能是退之手筆，知韓柳集中有相互混殽之作，此乃一例。

二、「力能累兄弟爲進士」句，儲同人云：悲憤萬千。

三、子厚自詡工書，此志亦以推宗直，「善操觚牘，得師法甚備，融液屈折，奇峭

博麗」云云，是子厚矜心之作，得師法甚備，語尤刻至，參看與李睦州論服氣書：嗜書不得碩師一段自知。

四、「天實析余之形，殘余之生，使是子也能無成」，形、生、成、韻語。

五、「大抵促數耗矣」，意謂文不足傳，概歸零落。一本注云：數音速，出樂記。一本注云：據文法，用漢功臣表：「靡有子遺，耗矣。」師古注：音毛，今俗語猶謂無爲耗，舊注謂耗、不明，莫報切，非。

六、「文之近古而尤壯麗，莫如漢之西京，班固書傳之」，其意若曰：倘班固不爲傳之，西京之文不可得見。下云：「史臣班孟堅修其書，拔其尤者充於簡冊」，意亦相同。此謂孟堅不拔其尤，其尤不可得存，凡此皆文中關目語。

七、林畏廬云：「西漢之文，柳州平日之所從事也，柳州處唐之中葉，聲響侔乎騷，光色合乎漢京，故序其弟宗直西漢文類，言之特詳。文入手將記事記言分劃，以尚書春秋歸入記事類，而以春秋後語爲記言，又病其不協於道。西京文近古，而又畔散不屬，正以記言與記事雜，不能各有列位而從其序。宗直以賦頌詩歌書奏詔策辯論之辭，歸入於文，以尚書戰國策成敗興壞之說，歸之於事，所謂類者當矣」，畏廬分析彌當。

八、「西漢之文，得孟堅而始傳，而退之自云：非三代兩漢之書不觀。姑置東漢之

文不論，退之讀西漢文時，諒不得置孟堅書於度外，近世陋儒，一意尊韓，而故薄孟堅，此與數典而忘其祖何異？

九、自贊爲西漢文類之路子，與致呂温論非國語書中所云路子，當是一人。

十、於是有能者取孟堅書，所謂能者，卽宗直也，文中旣兩出宗直名，此復以能者牒之，意更醞藉，而崇文篤親之誼尤顯。

釗案：宗直從子厚學文，並學書而工。沈乙庵（曾植）曾注意到此，所著全拙庵温故錄有紀載，並謂：「融液屈折，奇峭博麗八字，盡筆法墨法之工。」至本文「得師法甚備」云者，師應卽子厚自謂。

乙庵亦自工書，奇峭博麗四字，己乃當之無媿。近代能寫碑上石者，北惟寶瑞臣熙，南惟乙庵，外舅吳北山先生誌，卽乙庵筆。字於筆法之外，兼求墨法，吾見實罕。

柳文指要

章士釗著

二

中華書局

卷十三　墓誌

先夫人歸祔誌

先君將改葬王父母，太夫人泣以莅事，事既具而大故及焉，不得成禮，及命爲邵州，喜曰：吾願得矣，竟不至官而及於罪： 陳少章云：「按子厚誌父叔之葬於萬年先塋，皆不言祔於大父母，則大父母别葬異地可知。侍御先謀改葬而不果，及子厚有邵州之命，母夫人方喜可續成葬事，則先此葬邵州近地必矣。侍御初爲鄂岳從事，疑嘗稾葬二親於鄂境，赴官邵郡，道必由鄂，故太夫人云爾也，繼有永州謫命，遂爲嚴程所迫，不及襄事。」少章敍述明白。

是歲之初，天子加恩羣臣，以宗元任御史尚書郎，封太夫人河東縣太君： 陳少章云：「案公墓誌，但云順宗卽位，拜禮部員外郎，而遷官日月無可考，此誌云歲初恩命，蓋謂二月甲子詔也。據順宗實錄，德宗以貞元二十一年正月癸巳崩，景申上卽位，庚子百寮請聽政，不許，二月辛丑朔、宰臣申請，壬寅又上言，乃從之，公集有禮部爲文武百寮請聽政表三首，則省郎之遷必在正月矣，韓醇注云在二月，未知何

本？」釗案：案公墓誌者，乃指韓退之所爲柳子厚墓誌銘也，景申卽丙申。

喪主子婦，七歲而不果娶：此謂子厚妻楊，元和十五年先歿，七年不果續娶，今日應爲喪主之子婦，致空無人也。何屺瞻云：婦上有宗字，釗疑子宗婦不詞，何意或喪主仍屬子，謂之喪主子，下更言宗婦。

窮天下之聲，無以舒其哀矣：袁枚隨園隨筆稱：「連用矣字，仿禮記問喪篇：亡矣，喪矣，不可復見已矣，哭泣辟踊，盡哀而止矣。」並謂：「古人作文，摹仿痕迹未化，雖韓柳不免」，此子才自道如是，何足概柳。

伯祖妣李夫人墓銘

常侍之兄，曰中書令諱奭：陳少章云：「案兄下脫子字，常侍三兄：燮、則、綽，而奭則伯兄燮之子也」，常侍諱楷。

我先府君每得仕，未嘗不奉迎供養，男旣立，必使之有祿仕，女必使之有家，將嫁己子，必先擇良士可以配諸姑者定，然後議焉：何屺瞻云：「李夫人之歿，不於柳氏，而在諸壻之所，故表其先人迎養擇壻之勞，及道路遇疾，乃從所便，非不恤族而致然，固文章得體，要之苟非實錄，則姻黨唾而嗤之矣，故欲爲古之文，必先由古之道也。」釗案：良士配諸姑者，太原王紓其一，子厚在先友記中列其名。屺瞻評此文

爲精密，殊不易得。

諸姑合以爲斯志： 何屺瞻云：「合作令，令字下補宗元二字」，是。

又能爲雅琴秦聲操縵之具： 秦聲、秦一本誤素，一本誤奏，惟廖本不誤。 雅琴秦聲操縵，是樂奏中三項工夫，一雅琴，謂擊琴也；二秦聲，如楊惲婦之能爲秦聲，以趙郡婦爲秦聲，殊非尋常；三操縵，本禮記：「不學操縵，不能安絃」，注：雜聲也，謂安絃之先，恐絃不得安，而先爲雜聲以試之，如今之拉胡琴者，其程序類如此。 此能事三，伯祖妣未嫁時皆具備也。

艮之山兑之水六句： 李治敬齋古今黈云：「青烏子，葬書也，李夫人葬時，未必專據此書，但文勢至此，因而用之耳。 然柳之抒意，亦或用翟方進傳：『陂當復，兩黃鵠』語乎！」兩黃鵠語，出翟傳篇末如下：

> 初，汝南舊有鴻隙大陂，郡以爲饒，成帝時，關東數水，陂溢爲害。 方進爲相，與御史大夫孔光，共遣掾行事，以爲決去陂水，其地肥美，省隄防費，而無水憂，遂奏罷之。 及翟氏滅，鄉里歸惡，言方進請陂下良田不得，而奏罷陂云。 王莽時常枯旱，郡中追怨方進，童謠曰： 壞陂誰？ 翟子威，飯我豆食羹芋魁，反乎覆，陂當復，誰云者？ 兩黃鵠。

兩黃鵠者，師古曰：「託言有神來告之」，子厚嚮不引神爲高，今乃依兩黃鵠例，託言

青烏子以爲神，態度反常，十分可怪。或者此等埋幽文字，滿擬不公諸世，亦姑徇俗隨意爲之耳，然質之子厚平日文律，不應信手塗抹乃爾，蓋葬書一般視與淫巫瞽史之說無異也。

叔妣吴郡陸夫人誌文

貞元十二年，子厚作殿中君墓版文時，夫人尚無恙，是年十一月而夫人卒，所謂仲父違背於歲首，而夫人捐棄於是日也。

不敢侮於臣妾：　孝經：持家不敢失臣妾，此謂不敢失臣妾之禮，非謂侮於其他臣妾也。

仲父之諱字，夫人之爵齒，備於版文，今不書：　陳少章校云：「夫人之三字衍」，此可見少章校書精細。

亡姑渭南縣尉陳君夫人權厝志

渭南縣尉陳君者，陳萇也，萇爲京之兄，京在先友記有名，而不及萇。子厚於伯祖妣李夫人墓銘稱：萇爲校書郎、渭南尉，知名，或者其名尚不足爲子厚先友耶？

從兆於三原：　兆、葬域也，左哀二年傳：「無入於兆」注。又兆、塋墓界域也，孝

經：「卜其宅而安厝之」注。

執親之喪，不得終紀： 陳少章云：「紀、喪紀也，謂持母李夫人喪未終。 案李夫人誌，以貞元十六年六月卒，出嫁女禮當服期，至是已踰年，而云爾者，蓋母歿於壻家，其女殆援在家三年之禮，故有親喪未終之恨，是亦禮之變也」，此詮甚細。

將安子之爲也： 此如俗云：保佑你一切。

亡姊崔氏夫人墓誌蓋石文

凡誌有蓋，蓋無文，而此有文者，以補志之不足也。 其他補碑之不足者，每在碑陰別作紀錄，如先友記記於石表陰是，此則於蓋石求其備，故曰用敢附碑陰之義。

教告罕至： 父之家書曰教告，他本作告教，顚倒。

遂濡血以書，志終天之哀： 子厚爲姊書碑，曰濡血，哀曰終天，凡以見子厚姊弟之情特篤也。

方望溪作黄際飛墓表，而爲之說曰：

際飛之歿也，已勒誌銘，歷具質行文學科名職事世繫戚屬生卒葬地，詳矣，而子白麟復固以表請，感念平生離合之迹，始終之義，乃著其所獨知于際飛者，而繫其後曰：「墓之有誌，以納于壙，義主于識其人之實，其道宜一而已，唐柳宗元以哀

其姊而貳之，非古也。

此蓋非子厚於姊氏墓誌蓋石撰文，謂是貳之非古，而卻忘己之誌外作表，亦同一貳之非古，望溪此技，何啻賊喊作賊？江西李奠基著論駁之曰：

望溪方氏表黄際飛，發例曰：「納壙之誌，以識其人，其道宜一，」宗元哀姊而貳之，非古也，表則可各以意爲之。愚謂銘者所以論譔逝者之美，美有未盡，親屬之心或未安，艮人誌夫家，其弟補誌母家，於禮無嫌。且子厚明云：今之制誌墓者，必加蓋石，用敢附碑陰之義。其目亦曰：亡姊墓誌蓋文，如古之銘器，蓋座俱有，非徑用貳誌也，方氏譏之，殊失考。

奠基名榮陛，萬載人，有厚岡文集，蓋一字厚岡也。乾隆進士，官雲南知縣。

剑案：望溪爲黄際飛作墓表，與子厚爲亡姊誌蓋作文，事絶不類，何必妄引眥及？可見望溪蓄意排柳，無隙亦鑽。

亡姊裴君夫人墓誌

中書之弟之子，曰徐州府君諱某：陳少章校稱：「徐州乃中書從弟，非弟之子也，弟下衍二字」，信。徐州諱子夏。

克生賢女，以配於裴氏：配宜作女，去聲。

以至於今金吾府君諱儆：金吾、裴夫人舅也，下言夫人以不及舅姑之養爲恨，則金吾前卒明矣，今字衍，世綵堂本無今字。

凡生三子，幼曰崔七：裴氏之子，何以用他姓合行第爲名？吾於此有考釋，不贅。

用、以也，子厚文中，常用以兩字互用。如本篇：「用貞信勁正，達于邦家」，及「嗣用忠肅，書于國史」等句，其中用字，皆以字之代，設不代亦無不可。獨「其爲婦道也，惟聽順謹敬睦姻任恤之行甚備，常以不幸不及姑舅之養，用爲大恨」數語，用爲大恨之用字，必須如是替代，否則將與上「常以不幸不及舅姑之養」句中之以字犯複，而文有疵累。他文家於此每不注意，如歐陽永叔蘇子美文集序：「見時學者務以言語聲偶擿裂，號爲時文，以相誇尚」，以相誇尚之以字，與上務以言語云云之以字打鬥，成爲累句，必如子厚代以用字，抑或此處仍舊，而將務以之以改用，讀去差爲順口。雖然，此亦就補救累句之技術言之而已，若繩以文律，則此類重複之以字，必不許有，試精心細味原文，將下一以字删去，於文脈固全無害。

亡妻弘農楊氏誌

讀此誌首應辨明一事，即子厚乃楊府誰之壻也？誌作妻父今禮部郎中凝，是子

厚爲凝壻而非憑壻，惟經考證，有如下不合者數事：

一、貞元十五年，凝爲吏部郎中，而非禮部，惟憑在禮部爲郎。

二、憑壻於李兼，甚顯赫，而凝岳家誰氏無可考；子厚爲凝作墓碣，並不載妻氏誰，勢不能將憑岳家移於凝。

三、子厚祭楊憑詹事文，明明自稱子壻，昭祭於文人之靈；而作凝墓碣稱：「宗元以姻舊獲愛」，若凝壻者，不應僅承姻舊。

四、誌稱「先府君重崇友道，於郎中最深，髫稚好言，始於善謔」，此指子厚父鎮與楊憑在鄂岳沔都團練使李兼所同事，子厚童稚，隨父在鄂，以善言辭爲憑激賞，因而戲謔訂姻，此憑事，而絶不屬於凝，以舊門第中長兄之權利大，得善戲謔而不爲虐也，況「君之昆弟，孝敬出於其性，禮範奉於其舊〔語見楊凝墓碣。〕」者乎？

五、誌又云：「明年、來歸女氏永寧里之私第」，此永寧里者，卽指憑第而言。史稱李夷簡劾憑時，憑治第永寧里，功役叢煩，又幽妓妾於永寧別舍，議謗頗讙云云，是楊女歿於憑第無疑，而女爲憑女，更似無疑已。若子厚舊宅，據其與許孟容書，是在善和里，非永寧里也。

六、子厚祭憑文云：「某以通家承德，夙奉良姻，莫成子姓，〔此指生子不育。〕早喪淑人，恩禮斯重，眷撫惟新，綢繆其志，實敬實勤。迨今挈然，十有八祀，〔自貞元十五

年至元和二年，爲十八年。〕家缺主婦，身遷萬里，謗言未明，黜伏逾紀。」非舅甥情親，言不能懇切如此，然則子厚之爲憑壻而非凝壻，爽朗可見。

七、子厚楊評事文集後序：「宗元以通家修好，幼獲省謁，故得奉公元兄命，論次篇簡」，評事者凌也，元兄即憑，數語足見子厚於憑有殊誼，奉命唯謹。

有此七證，誌中今禮部郎中凝之凝字，乃憑之誤植，應見釐正。

外王父兼、居方伯連帥之任，歷刺南部：　按貞元初，李兼自沔州刺史，以功擢鄂岳沔都團練使，後又遷江西觀察使，故曰歷刺南部。　梁肅祭兼文云：「連鎮二閫」，謂此也，又言剖符七郡，與此歷刺之語正合，史既無傳，遂不得詳矣，陳少章云。

柔日既卜，乃歸於柳氏：　禮記：外事以剛日，內事以柔日，柔日，乙丁己辛癸也。

髫稚好言，始於善謔：　善謔本任昉謝到大司馬記室箋：「提挈之音，形於善謔」，陳少章云。釗案：大司馬、梁高祖蕭衍也，時宣德太后以衍爲大司馬，錄尚書事；始衍遇昉於竟陵王西邸，從容謂昉曰：我登二府，當以卿爲記室，昉亦戲衍曰：我登三事，當以卿爲騎兵，謂高祖善騎也，所謂善謔指此。〔箋見梁書任傳。〕

素被足疾，不能艮行：　左昭七：「孟縶之足，不能艮行」，注：跛也。

以謁醫救藥之便，來歸女氏永寧里之私第：　按憑有別第在永寧里，見於唐史，

救藥似當作求藥，先太夫人誌云：「醫石無所求，」可參證。

下殤女子墓甎記

禮：八歲至十一歲爲下殤，佛婢十歲，以元和五年死，計當生於貞元十七年辛巳，適當楊夫人歿後二年。記云：其始名和娘，是女初生卽可號娘。陶九成廣錄娘字之用，亦提到和娘。

善和里者，柳氏舊宅也，子厚致許孟容書中，嘗提及藏有賜書三千卷，女旣生於祖遺老屋，其母應至少爲柳氏婢妾，然母縱微也，何至使所生父認之晚耶？豈子厚曾起意不育此女耶？

小姪女墓甎記

三字句，兩句一韻，共八韻，今日而知唐室有一小小女子曰柳雅，賴此記。甲申、貞元二十年，己丑、元和四年，柳雅僅六歲。

王叔文母劉氏志文

自韓柳文爲天下愛重，凡編兩家集者，各有所曲護，務使不便與天下共見之文，陰爲削去，韓集中如送汴州監軍俱文珍序，柳集中如王侍郎母劉氏誌，其尤也。爲韓解説者，謂退之從事幕府，舉止無能自專，主帥命爲某文，勢無能辭；爲柳解説者，子厚爲黨王叔文而得譴，譴後凡事涉叔文，子厚祇稱負罪人，通集中不見叔文名字，此當然以不暴露爲得體。之二説者，吾不能爲退之作答，至謂子厚畏人併叔文爲一談，有意遮蔽，吾敢言子厚無是意也。觀劉氏誌文全篇重要部分，舉以稱道叔文，述母德者殊落落無幾語，是知子厚爲叔文而撰斯文，非爲母也。新舊唐書及通鑑作者，於叔文類有偏見，論次不中肯綮，至今凡能使吾人了解叔文之志行功績，恰如其分者，惟恃此誌文中寥寥百餘言耳，此而可删，誠小人愛人姑息之道，豈足以知子厚哉？

誌文中有特殊幾點，應須留意：

一、叔文年五十三，長子厚二十歲或二十一，去年長以倍不遠，如此協同謀國，宜乎敬禮有加。

二、叔文翊贊東宮，十有八載，得君之專，勢出自然，自信力堪大任，厝國於理，絶非誇謬。

三、十四旬有六日者，五箇月微弱也，執事未久而丁母艱，與遇明君而適際風

疾，舉爲天不祚唐之證，於人何尤焉？

四、利安之道，將施於人，此利安字，在寄許孟容書中重複見之，所謂以興堯舜孔子之道、利安元元爲務是也，此種字眼，表曝叔文政治風度，非同泛泛。

五、一曰爲蒼生惜焉，再曰時有痛焉，三曰邦人是望，以見叔文之敗，有關唐室存亡，與個人得失生死不同。

六、此文大概於叔文未敗時成之，因此尤見子厚臨喪不亂，從容爲百年計算得失，文脈甚靜。當寫到「戶部之道聞於天下」一語時，子厚得君行權之一念，還怦然有動於中。

何義門評此文云：

兵曹未及贈官，夫人亦未受封，而子爵已顯，遂冠於誌文之首，乃變例，其實失禮也，夫人無事可書，乃生頌其子，佞也。

子厚之草此誌，乃爭取時間爲之，倘稍涉遊移，叔文一生之抱負功業，可能永無正面寫照之任何文語，此卽千夫所指，頌言曰佞，子厚豈暇計哉？顧順宗實錄中，所載叔文可度支鹽鐵副使制曰：「起居舍人王叔文、精識瓌材，寡徒少欲，質直無隱，沈深有謀，其忠也盡致君之大方，其言也達爲政之要道，凡所詢訪，皆合大猷，宜繼前勞，佇光新命」，此制不出自子厚之手，亦夢得與他司馬所爲。夫深自刻劃之裱褙文字，借

官文書之力爲之，卽同時進退王言之韓退之，亦無法刊落，至千餘年後之小儒如何焯之流，從而佞也佞也，搖脣鼓舌，指摘私誌以爲快，究何損於永貞政變之英雄面貌哉？

二

嘗就新舊書王叔文傳而比勘之，其異同顯著者，有如下數義：

一、兩書同敍直東宮言宮市事，子京於其下著語曰：「叔文淺中浮表，遂肆言不疑」，而舊書無有。夫叔文教太子使勿言宮市，正證成其爲非淺中，非浮表，子京如此妄下雌黄，又證成淺中浮表，恰非別人。

二、舊書言：「叔文母死前一日，叔文置杯饌於翰林院」，而新書則改作：「叔文母死匿不發，置酒翰林」，夫死前一日、與母死匿不發，分別甚大，子京根據前書，重理一事，遽無何項引證，而爲進退時日，不得謂非故意周內。

三、叔文於立廣陵王事，舊書祇曰：「立廣陵王爲太子，天下皆悅，叔文獨有憂色」，新書惟改悅作喜，餘未竄易。據此，子京似猶略存史官矜愼之意，顧在他列傳，如杜佑、如鄭絪等，均贋作叔文欲危廣陵王云云，可見自造飛語爲之，絶非事實，倘事實者，何不在本傳露列？

四、舊書載謀議唱和、採聽外事諸人，列房啓名，而新書剷去，此看似極小事，而

亦由於子京有意爲房啓作掩護，蓋房啓本非劉柳一流人，子京因不欲厠入餘子，爲俓文分謗也。

五、新書載：叔文置酒翰林，因揚言曰：「天子適射兔苑中，跨鞍若飛，敢異議者斬」，而舊書無有，此愈見子京妄也。蓋順宗瘖不能言，爲諸史一致認定之事實，卽本傳言：「上寢疾久，不復關庶政，深居施簾帷，百官上議，自帷中可其奏」云云，亦與跨鞍若飛，適相背反。又況當時對語，皆禁近以內人，彼此熟知眞實，無恐嚇訛詐餘地，顧子京必造作如是言語者，亦故甚叔文之語無倫次耳，史官之拙於作僞有如此者。

三

嘗怪王叔文以一極幹練而又極謹愼之人物，胡乃一遇永貞改元，遽爾恣意無忌，敢犯天下之大難，引內外宵小一致爲敵如此？查叔文執役東宫一十八年，深悉唐室情況及天下形勢，當順宗欲建言宫市流弊，叔文猶慮德宗疑太子收人心，勤勤阻止，何至一轉眼間，適行其反，叔文果何所恃，而使所立計劃不至一敗塗地也乎？

吾揣當時叔文之黨，有急進緩進二派，緩進派之領袖爲呂温，急進派主力則爲韋執誼，其餘似在無可無不可之列，而子厚以有積年簡練揣摩之大計，欲得一瀉千里之時機行之，可能微偏急進。至王叔文苦心籌畫，認爲得君之專，古無前例，而其

所患風疾，未見卽無霍然痊愈之一日，卽不爾，而在嗣皇沈頓昏臥期間，一切矯詔而行，應無人敢於反擊。至韋執誼者，爲杜黄裳女夫，門第才華，堪稱上乘，藉以牢籠老宿，號召新進，料亦恰如其分。於是叔文所定建國之第一步驟，爲登庸執誼，使掌相位，然後一一布置其餘，按部就班行之，由是可見叔文之成敗關鍵，在與執誼合作能否始終無間？大致如此，相違亦甚有限。

夫執誼者、一急功近利之權謀家也，當己身一步登天，獲與杜佑、高郢、鄭珣瑜輩，坐食中書，同秉國鈞，不難瞭望到叔文輩資輕望淺，舉止張皇，行有千人所指無病而死之一日，己因借故與之立異，以冀買得睽睽嫉視者之同情，大樹倒來，猢猻可能一跳而免。半年之内，自發跡以至暴變，叔文殆全然圍繞執誼所設之陷穽，一步步深入，此呂温由鹿賦之所爲作也，雖曰淮陰鐘室之蕭公，呂禄北軍之酈生，身分未必與執誼適合，然而「虞之卽鹿也，必以其類致之，人之卽人也，亦必以其友致之」，執誼爲叔文此類致人之友，毫無疑義，夫物微感深，和叔從而出筆成賦，沈痛蓋可知已。至叔文敗後，執誼不久亦與同貶，此當然爲執誼所不及料，吾人對執誼處心積慮之全般看法，要認爲並無差誤。

子厚之品質，以熱望與靜觀兩面成之；彼於叔文始終無怨詞，對執誼更一字不提，與和叔兄弟數輩，〔弟恭與讓。〕相交極密，其間應對進退，自不生何種逆臆之態。

所爲和叔誄文，辭嚴而誼摯，決非尋常哀弔文字可比，惟曰：「鬼神不怒，妖孽咸疑，何付之德，而奪其時？」何謂妖孽？子厚蓋亦不願讀者過爲忖度也已。

唐音癸籤據唐實錄載：「韋執誼從兄夏卿爲吏部侍郎，執誼爲翰林學士，受財爲人求科第，夏卿不應，乃探出懷中金，以納夏卿袖，夏卿擺袖，引身而去。」執誼貪利枉法，不自愛惜如是，以中正信義爲志之子厚，遽與此輩人共圖大業，於焉求其所計之不敗，又焉可得？子厚與許孟容書，廑言早歲與負罪者親善，而不及臨時湊集之同路人等，一切歸本於「皆自所求取得之」一語，即文見志，子厚之所以爲誠篤君子也歟！

四

自韓退之作永貞行，有小人乘時偷國柄一語，以及宋子京作新書柳子厚傳贊稱：「王叔文沾沾小人，竊天下柄，與陽虎取大弓，春秋書爲盜無以異，宗元等撓節從之」云云，凡論及叔文及八司馬，無不以小人歸之。

明崇禎中、吳縣馮夢龍輯智囊一書，載王叔文事，即勸太子勿言宫市，詞句與官書並無少異，惟序書之後，加一評語曰：「叔文固憸險小人，此論自正」，美其論之正，而猶不免以小人謚之，是乃雷同之辭，無足怪異。究之叔文憸險何在？通查新舊唐書，韓愈所譔順宗實錄，以及各項私家著錄，絕無一言一事，可資左證，而夢龍不難

遽加非議，脫口而出，蓋自唐末以來，凡訾議叔文之此類目論，已成一唱百和之局，夢龍冥濛中無可與抗而已，非有他也。

唐世制誥詔命，皆中書舍人爲之，謂之內制，其百官告詞，則學士爲之，謂之外制，叔文以藩邸之舊，入參大政，兼掌兩制，秉權甚專，彼韋執誼方將藉其引用，如斯而叔文欲爲憸險小人，殆無更優越於斯者矣，爲問叔文斯時，兩制所爲若干事中，何事說得上是憸險？夫韓愈者，固詛咒叔文爲共工驩兜者也，順宗實錄適成於彼手，則凡能陷叔文於不韙之一舉一動，誼應勿加漏略，顧今日就實錄而細核之，其中「黜聚斂之小人，褒忠賢於既往，改革積弊，加惠窮民，自天寶以至貞元少有及此者，而以范希朝領神策行營，尤爲阨要。夫舊書〔指舊唐書。〕非眞有取於叔文，欲表其忠，故於順紀如此之詳也，特其爲書之體，紀載善惡事蹟，必明且備，而叔文之美，遂於此見，使後世讀書有識者，得以爲據。〔見十七史商搉。〕」由此說來，夢龍所謂憸險，指作小人，果屬叔文執權時期之何事或何議乎？讀史而忠奸易位，黑白易色爾爾，尙得謂之有識也乎？

夢龍號爲叔文正論之宮市，王鳴盛約略狀之如下：

新書書罷宮市，通鑑亦書此，且幷及罷五坊小兒，此皆本昌黎順宗實錄所謂宮市者。宮中市外間物，以宦者爲使，置白望數百人於市，閱人所賣物，則斂手付

與，率用百錢買人直數千物。五坊者，雕坊、鶻坊、鷂坊、鷹坊、狗坊，小兒給役五坊者，此皆宦官所爲害民之事。舊書叔文傳：叔文直順宗東宮，言宮市之弊，勸太子且勿言上除之，恐上疑其收人心，然叔文雖勸順宗避嫌勿言，而宮市之宜罷，則叔文固已先言之矣，故順宗立後即罷之也。〔原注：宮市之害，又見新張建封、吳湊等傳，及叛臣李錡傳贊。〕

凡叔文之言宮市及處理之坦率如右，此中當伏有何種憸險耶？設夢龍意不在宮市，爲問又何所指耶？

五

王元美讀書後卷三，書王叔文傳後云：

嗟夫！叔文以不良死，而史極意苛謫，以當權姦之首，至與李訓輩齊稱，抑何寃也？伾貪不足道也，叔文以一言而合順宗，然亦未爲非深思遠慮，而至順宗即位之所注措，如罷宮市，斥貢獻，召用陸贄、陽城，貶李實，相杜佑、賈耽諸耆碩，皆能革德宗大敝之政，收已渙之人心。而其所最要而最正者，用范希朝爲神策行營節度使，而韓泰爲司馬，奪宦官之兵柄，而授之文武大吏，卒爲宦官所持，不能全身，亟貶而至砭死，蓋其事之最要且正，而禍之烈實由之。即劉闢爲韋皋求三川，而許以死相助，金錢溢於進奏之邸，叔文小有欲，寧不爲所餌？顧叱而欲斬之，抑

何壯也？皋時已逆知叔文之失宦官心，故敢抗疏直言其失而亡所顧忌，且神策諸將，尙爲啓以辭宦官，使之知而激其怒，何況裴均嚴綬輩也？均綬素附中人者也，其所用韋執誼韓泰等，固不能盡當，執誼鄙陋無論，然亦以文學爲德宗之寵臣，而泰等則天下之所謂名儁有才識者也。觀柳宗元寄所知書，謂與罪人交十年，則必不趣勢而後合；又云：早歲親善，始奇其能，謂可以立仁義，興教化，則又不必爲富貴而求顯。獨史所云互相推奬，曰伊與周，曰管與葛，僴然自得，謂天下無人；又云：叔文及其黨十餘家，晝夜車如市，候見伾叔文者，至宿其坊中餅肆酒壚，一人得千錢乃容之，此事則醜而不可掩。㊀而宗元又云：素卑賤，暴起領事，人所不信，射利求進，塡門排戶，百不一得，一旦快意，更造怨讟，此最爲實錄，而苟非賢人君子，則亦勢之所必至也。嗟乎！叔文誠非賢人君子，然其禍自宦官始，不五月而身被天下之惡名以死，死又至與李訓輩伍，寧不寃也？夫訓非叔文比也，卽使幸而勝之，唐室失一仇士良，而得一仇士良，何益也？

元美此文，所以評隲叔文者大致不差，然卒也必以叔文非賢人君子一語結尾，試問叔文而賢人君子也者，其所爲當如何？元美以叔文之黨，平日自負伊周管葛爲僴然

㊀ 求見二王不得，至宿坊肆以俟，此不過如今之購物或購票偶擺長龍耳，亦何醜不可掩之有？一人千錢，肆主所得，此與二王何關？

自得，試問伊周管葛遭逢之際，與叔文等，其所爲又當如何？夫伊尹就桀之辱，周公流言之懼，論古者於二賢且有違言，管葛更不待辨，於是伊周之所表見，或律之叔文行事，號稱最要而最正者，偶有不足，通人猶不免有恕詞。　獨至叔文運丁陽九，志行卓犖，能爲伊周之所難爲，而此同一通人，反刻責叔文，謂其無法自進於賢人君子之列，天下論士之褊心狹量，如彼其烈，往往成爲通象，異代同符，誠可謂咄咄怪事。吾觀王船山叚論伾文，輒弁其首曰：二人「以邪名古今」，〔見別引讀通鑑論。〕與元美此篇結尾之語，羌無二致，噫！吾知之矣，明末文家，蒿目古今，必先擺出一套假道學面孔，然後吐辭，以船山之博覽宏達，猶染此病，如元美沉溺機鋒，盡情儇巧者，更何俟論？由是叔文之徒苦，柳子厚之寃沈，天下滔滔，非一朝一夕之故矣。　有清經生名士，以博雅深閎自炫，向認明代儇薄文人爲不足齒數，就中多少可覩名著，可述論旨，因屏不寓目之故，每每毫不知曉。　李蒓客爲柳州翻案，其所以首舉王西莊，而忘卻有船山元美其人，殆不外右述因緣，〔此吾別有引證。〕如此亦是褊心狹量，鄙所不取。

六

越縵咸豐十年九月十六日記云：

高郢初節，忠孝備著，及晚爲相，以不敢斥王叔文獲譏於世；賈耽之待樊澤，

可謂大臣之度，及正揆席，乃亦箝於叔文，乞退不得，汩汩以終。史稱叔文非有梟桀之惡，磐石之勢，徒藉久侍東宮之故，乘順宗風痟，乃倚王伾、結李忠言、以通牛昭容，輾轉爲奸，遂據勢要。後日宦官一怒，太子監國，叔文就死，如磔孤雛，而其始以賈高二公之宿德，鄭文獻〔珣瑜〕杜安簡〔佑〕之重望，同時在位，皆俛顔承順，得非叔文之才，固有以異人，而其任八司馬，所行多善政，諸公亦心服之耶？然則史之目以奸回者，殆以其起小吏，不爲流品所容，又多得罪正人，敗不旋踵，唐世重門戶，遂羣附以惡名。而順宗實錄，又出韓退之手，退之深嫉伾文者，史遂因而用之，殆非信辭矣。

史所載叔文言行各節，皆出自異己、甚或仇敵手筆，固無毫末之同情心攙預其間，然猶在文字之夾縫中，可看出叔文非凡氣概。如新書言：叔文在母喪前，置酒翰林，坐客皆權閹與諸學士，叔文入座，卽揚言曰：「天子適射兎苑中，跨鞍若飛，敢異議者斬」，當時座中無人敢發一言。嘻！奇已，夫順宗非人人知其喑不能發聲耶？內廷聚議，貴近滿堂，此何地何時，而可容叔文妄言者？將謂其語眞耶？此應推翻蕪穢之唐史，順宗朝不可能有一字存在。叔文此一轟天霹靂，關係絕大，此容更端論之，不贅於此。今茲之所欲論者，叔文在翰林公讌中，發獅子吼，衆默默不敢對，則越縵所致疑於高郢賈耽之折服於叔文者，可不煩言而解矣，恨越縵物化，無從起九京而

質之。

史又稱叔文與李忠言議事，忠言輒不敢置對，此亦可見叔文風概一斑。

七

越縵於同治十年辛未十二月十六日記云：

王叔文事，千載含冤，范文正稍爲八司馬平反，國朝田山薑、何義門、陳亦韓、王白田、方樸山、王西莊，皆力雪之，而西莊之言尤切，至予夙持此義，正非以鄉里曲護之也。朱蒼湄修山陰志，始收入列傳，而不別白其事，蓋其意亦可見。若李訓事，則李衛公之論已深惜之，宋景文卽采其語爲傳贊，然未有訟言其忠者。西莊亦極意闡發，是非之公，久而始定，碧血早化，具眼難逢，余特見之此詩，以資尚論，世有知者，當不以詩人相輕耳。

越縵此段文字，乃寫於題宋畫香山九老圖卷長歌四十韻之後，因欲了解越縵意趣全貌，從長歌中截錄一節，似有必要。

……樂天出處有深義，中唐國是多艱虞，太阿顚倒弄熏腐，南衙低首不敢吁。前有伾文後訓注，懷忠奮發謀芟鋤，雅志不遂蒙世詬，清流接踵遭羅阹。劉柳才人坐奸黨，涯餗儒相殲門誅，微之忼慨思厲節，一挫失節遂迷途。公獨回翔不濡尾，新昌履道忘江湖，同年不幸有牛李，靖恭諸楊況葭莩。一緘文字屏塵篋，平泉

草木誰噓枯？〔牛李黨者，謂僧孺宗閔也，有以李指衛公者誤。〕是時贊皇正當國，中興羣彥連茅茹。洛師分務乞骸骨，退友麋鹿相歌呼，白須朱紫互輝映，卻視門戶眞人奴。……

右共節十二韻，越縵詩如奔流，遇坎則止，映帶亦殊有趣。伾文訓注，越縵取之同年而語，唐人頗少此類氣概，蓋偉視訓注者，間或有之，若推尊伾文如王西莊，則不少概見。越縵稱李衛公惜李訓，宋景文引爲傳贊，大抵贊中「體貌魁梧，神情灑落」等字，卽展轉由衛公得來。至訓忠於謀國，則隔代猶不肯明提一字，李義山有感云：「古有清君側，今非乏老成」，試問清君側之事，豈老成人得而爲之？當甘露變起，宦者以軟輿捧文宗入內，時訓攀輿不放，大閹叫曰：李訓反，文宗曰：訓不反，此隱示舉大事，帝陰與謀。而義山詩云：「臨危對盧植，始悔用龐萌」，以定命人首鼠兩端如此，首事者焉得不敗？凡號稱大家，欲明故暗，取捨不分之作態爾爾，越縵詩中無有也，讀時爲之一快。

樂天詩略釋如下：熏腐指閹宦，太阿倒持弄熏腐者，謂太阿爲閹人所弄而倒持之也。南衙指宰相，唐時中書門下尚書三省，皆在大內之南，故曰南衙，亦曰南司。瀸讀若殲，滅也，瀸門誅、謂滅門之誅。涯、王涯，餗、賈餗，皆當時宰相。微之、元稹字，一挫失節，指稹由東臺分司還京，宿敷水驛，與內官劉子元爭廳，事聞，執政以稹

年少作威福，貶爲江陵府士曹參軍。新昌履道，皆里衖名，白居易宅所在，履道里在洛陽，故散騎常侍楊憑宅，甚弘敞。靖恭諸楊況葭莩：諸楊謂楊穎士、汝士兄弟，穎士與李宗閔善，牛黨也，而居易妻爲穎士從父妹，故曰葭莩。贊皇、指李德裕。洛陽分務，謂分司東都，居易懼以黨人見斥，因求爲此官。洛師：師義出公羊傳，衆大也，洛陽本建都地，故云然。書：朝至于洛師。

八

永貞之變，殺叔文者俱文珍也，而退之與文珍有舊，貞元十二年，董晉爲宣武軍節度使，文珍爲監軍，退之爲觀察推官，文珍將如京師，退之作詩並序送之。此文在韓正集中不見，樊汝霖謂是退之子垍李漢、爲文珍故諱而不載，今爲使此一故事全部明了，請先舉序詩原辭如下：

送汴州監軍俱文珍序　韓愈

今之天下之鎭，陳留爲大，屯兵十萬，連地四州，左淮右河，抱負齊楚，濁流浩浩，舟車所同。故自天寶已來，當藩垣屏翰之任，有弓矢鈇鉞之權，皆國之元臣，天子所左右，其監統中貴，必材雄德茂，榮耀寵光，能俯達人情，仰喻天意者，然後爲之。故我監軍俱公，輟侍從之榮，受腹心之寄，奮其武毅，張我皇威，遇變出奇，先事獨運，偃息談笑，危疑以平，天子無東顧之憂，方伯有同和之美。十三年春，

將如京師，相國隴西公飲餞於青門之外，謂功德皆可歌之也，命其屬咸作詩以鋪繹之，詩曰：

奉使羌池靜，臨戎汴水安，沖天鵬翅闊，報國劍鋩寒。曉日驅征騎，春風詠采蘭，誰言臣子道，忠孝兩全難？

此事西莊於蛾術編頗詳論之，其説云：

文珍從義父姓，曰劉貞亮，彼小人也，節度得官，何用監軍？節度不足信，乃信宦官小人，德宗舛矣。王叔文欲奪宦者兵權，貞亮建議與之爭，乃請立廣陵王爲皇太子，逐叔文，時議嘉貞亮忠藎，夫恐失兵權而逐叔文，忠藎乎？非忠藎乎？叔文用范希朝爲京西北禁軍都將，事未行，爲貞亮等所排，叔文貶而止，希朝嚄唶宿將，百戰威名，不可信乎？貞亮之小忠小信反可信乎？高崇文討劉闢，貞亮復爲監軍，初、東川節度使李康爲闢所破，囚之，崇文至，闢歸康求雪，貞亮以不拒戰斬之，以專悍見呰，夫康被囚則非降，貞亮斬之，豈特專悍？亦凶暴甚矣。查憲宗思貞亮翊戴之功，遷右衛大將軍，知内侍省事，卒贈開府儀同三司，夫子傳父業，乃以翊戴歸功宦官，殺叔文以快私忿，憲宗視不改父之臣者，相去遼絶，卒之己爲宦官所弑，孫敬宗亦如之，自文宗以下，閹人握兵之禍，潰敗決裂，其原皆自貞亮發之。昌黎一文一詩，本無關於興亡大局，卽退之之時，貞亮惡尚未露，亦無害昌

黎之爲君子，然叔文之忠謀不用而見誅，貞亮之欲據兵權而釀亂，則固確然者。

文珍蘊毒未露時，退之予以一詩一文，誠無關與亡大局，顧文珍顯與叔文爲敵，時議盛稱文珍忠藎，退之之意果何若者，夫退之以共吺詛叔文，誅共吺者爲舜禹，則頌文珍爲舜禹者退之也；文珍之徒殺憲宗時，子厚剛歿，而退之頑然無恙，雖退之未嘗親授文珍之徒以刃，然初以文字獎借文珍，浸假而文珍以弑逆酬答知己，彼及身始終親歷其事者退之也；律以春秋大義，與許世子止、及晉趙盾之論合轍者，非他人，正退之也；西莊謂兩朝見弑，終唐覆滅，「其原皆自貞亮發之」，乃從慂貞亮發之者，又非他人，正退之也。 手撰順宗實錄，巧用曲筆，爲掩蓋文珍惡迹，所稱同心怨猜、先朝任使之舊人，以中官劉光琦列在文珍之上，混亂世人耳目者，非大手筆如退之，不解爲「我監軍俱公」維護如此周至也。

抑有進者：西莊持論，廑據通史中表面文字爲之，遂斷退之無害爲君子如右旨。倘西莊卻從元和逆案，追溯到當時未發露、後世難於確定之永貞逆案，而合併論列，誠不知對退之又將如何看法？ 此義吾於他條闡發，姑不贅。

九

西莊揭發退之永貞行之所見刺謬，取證十分確鑿，茲引十七史商榷卷七十四一節云：

通鑑二百六十三卷昭宗紀，崔允奏：國初宦官，不典兵豫政，天寶以來，宦官浸盛，貞元之末，分羽林軍爲左右神策軍，以便衞從，始令宦官主之，以二千人爲定制，自是參掌機密，奪百司權，上下彌縫，共爲不法，大則搆扇藩鎮，傾危國家，小則賣官鬻獄，蠹害朝政，允此言是也。但以允之邪謬，召朱全忠盡誅宦官，宦官去而人主孤立，全忠遂簒唐，譬如人有巨癰在腑臟中，決去其癰，命亦傾矣。假令叔文計得行，則左右神策所統之內外八鎮，兵自屬之六軍，天子可自命將帥，而宰相得以調度，亂何由生哉？如癰尚未成，決之易也。司馬君實論之云：「宦官爲國家患久矣，東漢最名驕橫，然皆假人主之權，未有能劫脅天子如制嬰兒如唐世者也，所以然者，漢不握兵，唐握兵故也。」君實此論，一語道破，而王叔文之忠於爲國爲何如哉？奈何昌黎永貞行云：「北軍百萬虎與貔，天子自將非他師，一朝奪印付私黨，凜凜朝士何能爲？」以宦門典兵爲天子自將，抑何剌謬甚乎？（崔允：本編他處允作胤。）

案崔允之召朱全忠，遠言之、如何進之召董卓，近言之、如黎元洪之召張勳，引賊自斃，恍同一轍，可見董理國政，最易失愼，如寺宦一類問題，凡大勢已成時之觸手潰裂，與大癰未熟時之較易決去，所須忠貞才略之士相機審處、謀定後動之度，如何迫切，史家幾於一覽卽明。西莊所爲慨歎叔文謀國之忠，見解超出尋常文家萬萬，獨

怪退之於此，竟爾黑白不分，東西易位，阿附閹人，痛絕端士，以致出詞乖謬，信口雌黄，胡乃識與村塾冬烘先生相等，一至如是？永貞行首段四句，爲西莊所指斥者，退之認賊作主，十分刺謬，誠然誠然，西莊他日、又於蛾術編卷七十六韓昌黎條論之：

新唐書兵志：天下禁軍者、南北衙兵也，南衙諸衛兵，北衙禁軍，上元中、以北衙軍使衛伯玉爲神策軍節度使，魚朝恩爲監軍，後朝恩以軍歸禁中，分爲左右廂，勢居北軍右，遂爲天子禁軍，非他軍比。自肅宗以後，北軍增置不一，京畿之西，多以神策鎮之，塞上往往稱神策行營，皆內統於中人，叔文用事，欲取神策兵柄，乃用故將范希朝爲左右神策京西諸城鎮行營兵馬節度使，以奪宦者權而未克，退之至以宦官典兵爲天子自將，且奪印付私黨云云。查新書希朝傳，稱其治軍整毅，當世比之趙充國，歷敍其安民禦虜保塞之功，與舊書韓遊瓌傳所云：大將范希朝善將兵，名聞軍中者正合，豈可謂之私黨乎？唐天子被弑者，自憲宗始，以後大權咸歸宦者，昌黎地下有靈，得無悔乎？又云：「董賢三公誰復惜？侯景九錫行可歎，國家功高德且厚，天位未許庸夫干」，董賢以男寵進，而以比叔文，可謂擬於不倫，亦太不爲順宗地，侯景簒梁，豈可以比叔文？且何至說到干天位？眞所謂惡而不知其美者。

西莊此論，明白痛快，凡推崇昌黎者，亦似當重與細論，不可夾雜意氣，殽亂是非。

如永貞行又云：「公然白日受賄賂，火齊磊落堆金盤」，此以退之自作之實錄中所行善政推之，白日受賄，可認爲斷斷必無之事。如伾等器小官高，在應酬小節偶有不慎，事亦可能，然何至如退之詩句描寫之甚？觀子厚與饒州書：明斥國家弊政之大，莫如賄賂行而賦稅亂，又何至剛親政權，躬自蹈之？又云：「四門肅穆賢俊登，數君匪親豈其朋」，數君者，指劉柳諸公也，此所用匪親字，殆與李白蜀道難篇中「所守或匪親，化爲狼與豺」同意，此全是滿腹封建思想，無形流露，蓋匪親非朋，反之親即爲朋，夫如是，又何須說成爲賢與俊乎？稍可稱者，退之於其友一爲遷客，十年不調，所謂「吾嘗同僚情可勝」？綈袍之意油然，使讀者相應而生慰情勝無之感。

十

西莊爲叔文理寃，有一條關係最大，〔十七史商榷卷七十四。〕試甄錄如下：

叔文行政，上利於國，下利於民，獨不利於弄權之閹宦，跋扈之強藩。觀實錄，叔文實以欲奪閹人兵柄，犯其深忌，雖爲順宗信用，而宦者卽能矯制罷其學士，乃憑杯酒欲釋憾於宦者，而俱文珍隨語折之，亦可憐矣。孔子曰：三年無改於父之道爲孝，曾子曰：不改父之官、父之政爲難能，憲宗乘父病而一監國，卽斥叔文，父崩，骨肉未寒，又殺叔文，此不孝之尤者，吾不知叔文之死，竟有何罪？厥後己身與其孫，皆爲閹人所弒，而自此以下，人主之廢立，盡出宦者手，唐不可爲矣。

且閹人與方鎮，互相牽制、互相猜妒者也，叔文旣與宦者爲仇矣，乃藩鎮又深怨之，何哉？蓋其意本欲內抑宦官，外制方鎮，攝天下之財賦兵力，而盡歸之朝廷。劉闢本韋皐所遣，叔文必欲殺之，若其策得行，後日何煩高崇文往討，勞費兵力乎？卽此一事，皐大惡之，奏請逐叔文，則當日情事可見。總計叔文之謬，不過在躁進，若求其眞實罪名，本無可罪。

由西莊之言，叔文眞能見其大者遠者，可謂社稷之臣。竊嘗以永貞之變，與後來太和九年甘露之變，相提並論，殊有相似與不相似處。蓋甘露發議於李訓鄭注，天子預其密謀，反動之來，南司塗炭，牽連被族者十一家，至永貞，則伾文並無何項先發制人之密謀，說不上一個變字，純臣突被桎梏，甘心貶死，相連同被逐者八司馬，此不甚相似者也。而兩者同受宰制於閹宦，以言經程，可云發軔於永貞，而結局於唐室之傾覆。西莊云：己與孫皆爲閹人所弒，孫卽敬宗，乃祖利用一部惡閹而御極，卒至兩代同爲惡閹之刀俎物，國統於焉滅絕，此亦難言不似。然自來論甘露者，如李義山有感、及重有感共三首，素心未易，銜寃誰暝云云，率流露婉摯悱惻、呑聲欲絕之概，顧於永貞、則除退之之無情醜詆外，不聞有人詠歎及之。文宗機事不密，頗來指摘，至憲宗殺人自肥，苟偷登殿，反致同時詩人軒羲神武之稱，〔義山韓碑詩語。〕從來論史之不平，莫此爲甚，西莊以孝道責憲宗，直可謂不入耳之言，來相勸勉也已。

嘗讀子厚封建論、及與元饒州論政理各篇，知叔文諸公之於治國方略，大而國家，小而人民，凡經子厚參預者，諒有其全部計劃，得時即行，語云：「繩之絕也，必有絕處」，叔文既得政權，焉能坐耗日月，彎弓不發？脫有政變，死生以之，此忠臣之舍身爲國，自應如是。平心而論，叔文在執政數月之中，亦並無發端宏偉、難於收拾之大策略，表現於外，今從史策中刺取材料，所得號稱善政者，次第數之，亦大抵因物付物，按部就班而爲之云爾，西莊詆爲躁進，爲問必如何而始得謂非躁進矣乎？

十一

清儒於王叔文一案，持論以王鳴盛西莊爲最正，蛾術編韓昌黎條云：

赴江陵塗中寄贈王二十補闕、李十一拾遺、李二十六員外、翰林三學士：方崧卿云：「公山陽之貶，寄三學士詩，敍述甚詳，而行狀但云爲幸臣所惡。」出宰山陽，神道碑亦只云因疏關中旱饑，專政者惡之，而公詩云：「或自疑上疏，上疏豈其由？」則是未必上疏之罪也。又曰：「同官盡才俊，偏善柳與劉，或慮語言洩，傳之落寃讎」，岳陽樓詩云：「前年出官由，此禍最無妄，姦猜畏彈射，斥逐恣欺誑」，是蓋爲王叔文等所排矣。憶昨行云：「伾文未揃崖州熾，雖得赦宥常愁猜」，是其爲叔文等所排，豈不明甚？特無所歸咎，駕其罪於上疏耳。昌黎於俱文珍，不知其將爲惡，而輕以文假借之，於叔文不知其忠於爲國，心疑讒譖而恨之，此不知人之

故也。叔文行政，首貶京兆尹李實爲通州長史，而實乃毀愈者也；贈故忠州別駕陸贄兵部尚書，謚曰宣，而贄乃愈座主也；罷宮市五坊小兒，而此事乃愈所諫正也；諸道除正敕衛稅外，諸色雜稅並禁斷，除上供外，不得別有進奉，貞元二十一年十月以前、百姓所欠諸色課利租賦錢帛、共五十二萬六千八百四十一貫石匹束，並除免，正愈詩所云「適會除御史，誠當得言秋，拜疏移閤門，爲忠寧自謀」者也。愈與叔文事事吻合如此，愈固大賢，叔文亦忠良，乃目爲共吺，（吺或作兜，謂共工驩兜也。）以嗣皇誅之爲快，非不知人耶？又疑柳劉言洩，子厚答許孟容書：「與負罪者親善，始奇其能，謂可共立仁義」；叔文母劉夫人墓銘：「叔文堅明直亮，獻可替否，利安之道，將施於人」，子厚心事光明如此，若云洩言寃讎以賣其友，夢得亦不肯，況子厚耶？

方崧卿者，字季申，宋隆興進士，家藏書甚富，嘗校正昌黎文集，著有韓詩編年、韓集舉正等書，蓋一韓文專家也。南宋慶元中、建安魏仲舉輯韓文類譜，中多引崧卿之文，尤以寄贈三學士及岳陽樓詩，證山陽之貶，由韋王之黨所排爲眉目，朱熹錄入考異，現商務印書館印行所謂朱文公校昌黎先生集，即將方說分載於各項詩文之下。因此千年以來，謬說流傳，表裏唱和，叔文子厚輩之忠貞勇毅、爲國犧牲之精神，不使有微光間隙、裱襮於外。

西莊所云目爲共吺，語出三學士詩：「赫然下明詔，首罪誅共吺」，共吺之指叔文，毫無疑義。惟疑劉柳洩言，方崧卿僅引同官盡才俊四句，而第五六句云：「二子不宜爾，將疑斷還不」，是愈信劉柳，已不復置疑於宣洩。崧卿乃没而不引，反以設言部分，蔽罪劉柳，如此斷章取義，自別有用意，而西莊斤斤爲子厚理寃，此處亦微近無的放矢。要之愈於叔文一案，措詞顛倒，思想瞀亂，吾人之所能譴責愈者，不止一端，遽側重於懷疑劉柳一點，似可不必。

最可笑者，莫如愈與李實之連誼。夫實之爲聚斂佞臣，貪汚酷吏，愈同在京朝，豈不見之甚瑩？彼既以百餘日不雨，道殣相望，民間至無處所鬻賣男女，身爲御史，發憤執言，當然以去姦吏如實者惟恐不速爲快，果何必翻然上書，譽實爲「赤心事上，憂國如家」，又何必口不從心，強顔獻媚，至云：「盗賊不敢起，穀價不敢貴，……老姦宿贓，銷縮摧沮，魂亡魄喪，影滅跡絶」耶？夫對老姦宿贓，而稱姦贓絶滅，此與俗諺所云人不知己醜何異耶？以「大賢」如愈，而應作此媚人鬼臉耶？爲問愈之上書，意欲何爲？據其自白，謂係敬慕實之忠君孝親，爲千百年來不易親逢之偉大人物，因獻所爲文兩卷，凡十五篇，以爲謁見之資，進退惟命云云，此種卑鄙惡劣文字，從來少見。又姑不問愈所得反應爲何種？據西莊言：實乃毁愈之人，此毁在獻書之前，抑或即指貶山陽一事，尚待考實。總之愈於持躬接物之間，最爲進退失據，積成

一生疵纇，如三上宰相、及上李尚書各書，舉是突出例子。尤可怪者，形勢一變，叔文執政，首貶實爲通州長史，愈不認是耳與心叶之快舉，爲之浮一大白，翻詈貶實者爲共吺，以嗣皇加誅爲期，斯眞顛倒錯亂之狂疾人之所爲已爾，何止是不知人如西莊所指也耶？

或爲之說曰：愈以將仕郎前守四門博士上書李實，其時尚未得爲御史也，覩寄三學士詩曰：「適會除御史，誠當得言秋」，則所言當官而行，了無愧怍，何子必從而低昂齮齕爲？余曰：此五十步百步之差也，余一切所論，並不以此而須有改正。蓋從前四門博士、至以御史貶爲山陽令之一過程，都在貞元十九年京師大旱期間，愈以時時得除御史之朝官身分，不爲不高，而乃伈伈俔俔、低首下心於一數年後已卽出當其任之京兆尹，可謂無恥之極，妄以共吺肆口詛咒，更無論已。

十二

王西莊〔鳴盛〕當乾隆經學極盛之世，中歲告歸，潛心向學，三十年不問外事，述作斐然，治經以漢人爲師，治史以春秋爲法，能見其大，斷制謹嚴，如爲唐八司馬平反，其一例也。以李越縵好使偏鋒，訾嗷滿口，而獨於西莊論唐事得其平，盛加稱許，余所閱蛾術篇，卽越縵校本，遇意有不合處，亦復眉批指摘，然此文人持論參差之常，至西莊大處落墨諸節，心悅誠服，至有乳水之融。不謂文道希〔廷式〕著純常子

枝語，乃於西莊漫加詆毁，至謂「蛾術篇八十三卷，心得甚稀，而謬誤處不可勝乙，又出所撰十七史商榷之下」，噫！道希殆不復自審發語之輕重矣。究之道希所謂心得，當以何者爲標準？以愚揣之，道希飣餖掇拾之雄，略能衡量短書小説，至經史大節，應爲平生尺度之所不及，吾人曲爲優容，亦不得不列於惡而不知其美之儔也已。純常子枝語又一條云：「韓退之元和聖德詩，遂自顛倒，若杵投臼，形容近於兒戲，又不詳於用兵之方略，而詳於用刑之慘酷，不知其何意也？此等雖出大家，不可爲法」，此西莊所見，恰與相符，語且加詳，進加譴責。假令道希謂西莊治史無心得，己之心聲得失奚如？

朗州員外司戶薛君妻崔氏誌

一

此在子厚諸誌中，最爲鄭重親切之作，蓋子厚姊弟之情綦厚，而崔氏親姊之女，其父沒後，己以叔舅之分，〔去聲。〕遣嫁於薛，不數年產後卽世，所遺之子，子厚又取以自後。誼密如此，文之斤兩，遠在尋常行墨之外已。

崔氏所生二人，誌曰：「女子曰陀羅尼，丈夫子曰某，實後子。」廖本稱其義曰：

按公作此誌，元和十二年丁酉，十四年己亥卒。退之作墓誌云：二子，長周

六，始四歲，季周七，子厚卒乃生。以年考之，四歲者、正崔氏出後子也。尋崔簡以元和七年卒，其女守服，至早祇能在九年適人，十年生子，廖本所謂四歲者正崔氏出後子，當指崔氏初生子言之。至臨沒所產，應爲女子陀羅尼，陀羅尼梵音，譯言總持或具備，表明吾國滿女么女之意，此一推定，大致當不誤。惟實後子三字，子或疑爲予之誤字，廖並不主此，至廖斷言周六爲薛氏子，㊀證據何在？吾殊未曉。竊嘗通覽柳集碑誌，覺其戚串中有一互守習慣，恆取所欲紀念之姓氏以名其子女，如子厚裴氏姊之三子，曰崔五、崔六、崔七，即以姊妹情長，欲不忘懷崔氏姊而致然也。馬室女曰雷五，其示繾綣於雷氏戚黨也明甚，惟周六周七亦然，雖周姓與子厚之連誼無可考，而用意則斷乎如是。此外猶有一義，即有人似續維艱，恐生子不育，因表示子非吾家子，並冒他家姓氏，使之易於成長，猶近人號其子曰狗、曰賤，甚至昔司馬相如小名犬子，亦不離此義。又周字取周而復始之義，與俗諺骨肉還鄉之說

㊀ 咸通四年，守左散騎常侍權知禮部貢舉蕭倣，以雜文榜中數人有故，放榜後發覺，貶蘄州刺史。倣有與人雪薛扶狀一通，薛扶即榜中有故之舉子也。狀云：「況孔振是宣父胄緒，韓綰即文公令孫，蘇鶚故奉常之後，雁序雙高，而風埃久處，柳告是柳州之子，鳳毛殊有，而名字陸沈。」柳告不知是周六抑周七？韓綰乃退之孫。蘇鶚字德祥，武功人，曾撰杜陽雜編三卷。

適合，柳之自出，終於歸柳，其理想且復可通，輩分不合，可能唐之宗法，不計校此。復次：子厚並無他子，何乃初嗣卽行第六，此容楊夫人產而不育者，一胎抑二胎，其後他姬亦復如是，下殤女子十歲方死，其一證也，卒乃相沿而次第作六，殊未可定。

巽始佐河北軍食，有勞未及錄，會其長以罪聞，因從貶： 其長、成德節度使王承宗也，元和初，承宗以于臯謩、董溪爲河北行營糧料使，崔元受、韋岵、薛巽、王相等爲判官，分給供餽。既罷兵，臯謩等坐贓數千緡，勑貸其死，六年五月，流臯謩春州，溪封州，行至潭州賜死，元受等從坐，皆逐嶺表。

更大赦，方北還： 元和十三年正月，以平淮西大赦天下，或言此誌子厚在十二年作，如翌年大赦令見於誌，子厚何能先一年預爲下筆乎？

唐興，中書令仁師議刑不孥，其二世大父也： 此崔仁師奉中書之令，議刑不孥，非仁師爲中書令也。 貞觀十六年，刑部以盜賊律反逆緣坐兄弟沒官爲輕，請改從死，左僕射高士廉、吏部尚書侯君集、兵部尚書李勣等，議請從重，民部尚書唐儉、禮部江夏王道宗、工部尚書杜楚客等，請依舊不改。 時議者以漢及魏晉反皆三族，欲依士廉等議，仁師爲給事中，駁議以爲不可，太宗從之。 按仁師生挹，挹生液，液生鋭，鋭生曄，曄生簡，此五世也，誌言二世誤。

七男三女，八我之出，仍禍六稔，數存如沒： 陳少章云：

按數，當讀上聲。崔氏父簡子女十人，其八爲柳出，八人中三子一女已先亡，則計其存歿，各居半矣，以祭崔氏及崔駢文參證，義自明也。

少章說甚確。

二

誌中「一畝之宅，言笑不聞於鄰」，而銘又曰：「鄰無言聞，臧獲以虔」，可見子厚於其女甥之謹言，再三致意，而謹言卽爲崔氏婦德之重點，自無俟言。讀者有見於此，王伯厚曾於其紀聞中記之曰：

荆公爲外祖母墓表云：「女婦居不識廳屏，笑言不聞鄰里」，是職然也。唐岐陽公主不識刺史廳屏，見杜牧之文；薛巽妻崔氏言笑不聞於鄰，見柳子厚文。荆公爲文，字字不苟如此，讀者不知其用事。

世俗如此錮蔽婦女，使其不露聲色，由唐逮宋，恐漸次有所改變。如介甫一家，其妹若女，皆才高解吟詠，常隨夫壻流轉在外，介甫集中所存若輩與己唱和之詩，已絕不少。由是王氏才女之聲音笑貌，在一千年後，猶朗若親聞親見，何當時鄰室得聞與否之足言？吾揣介甫行文，與其心中之所構想，兩種形像，固自不同，文字欺人往往如此。

至於女子纏足，吾湘之錮蔽，甲於全國，戊戌維新，稍稍轟動，不久又翻覆，後經

辛亥革命成，以至千九百四十九年大解放，而全省始無一女子追蹤窈娘者已。

三

子厚嗣子周六爲崔氏子，事殊突兀，更詳言之：凡書子女，或單書長嗣，而不詳敍子及女之名數；或統於其父，而總書子女若干人；或以初娶後娶所生之子女而分書之。若誌婦人，則單書所生之子女，大抵皆男女異長，男先女後，不凌雜也。乃有女先乎男者，如韓退之朝散大夫尙書庫部郎中鄭君誌銘；又有子女以年爲次者，如金石萃編北魏懷令李超誌銘；又有先庶後嫡者如本誌：巽之他姬子、丈夫子曰老，女子曰張婆，妻之子、女子曰陀羅尼，丈夫子曰某、實後子。釗按：薛巽之妻崔氏，卽子厚姊夫崔簡之女，以姻連論，崔氏於子厚爲甥女。誌云：「以叔舅命婦於薛」，叔舅者，子厚自謂也，紀載甚明，唐律固許甥女之子、取以爲後乎？果爾，則所謂丈夫子曰某、實後子者，卽周六也。尋子厚作此誌，在元和十二年丁酉，至十四年己亥而子厚歿。退之爲子厚作誌曰：二子，長周六、始四歲，季周七、子厚卒乃生，諒子厚爲崔氏誌墓時，周六已二歲，迨子厚遷化，而周六適達仲壬之年，如此控揣，年數適合。於是子厚生前並無己子，深可太息，而唐律嗣續之道，如此乖離，亦絕可怪。釗又案：以上論斷，乃據世綵堂本注爲之，夫如是，實後子之子字應作予，各本皆誤。

韋夫人墳記

一

韋夫人墳記，乃集中至爲短簡之金石文字也，文云：

　韋夫人終成都，殯萬年，遷柩渭南，祔而不合，大葬未利，以俟，禮也。其族系如某夫人之誌，堋用元和十四年月日，子某爲石刻而納諸壙。

文末云：「堋用元和十四年月日，子某爲石刻而納諸壙」，此月日句絶，子字屬下，而吳摯父點勘，則將子字屬上。評云：「日、十日，幹也，子、十二枝」，此殆由於讀退之送李端公序而涉異想。序云：「夫十日十二子相配，數窮六十」，陳少章點勘爲釋之云：「按甲乙丙丁之屬，十日爲母，子丑寅卯等十二辰爲子，見周禮匠人疏。」少章摯父，相去幾二百年，咬文嚼字之癖如一，本文解釋，摯父十分牽強，亦好奇之過也。

集有故處士裴君墓誌，名與字都不具，元和十四年月日，終於京兆渭南墅，韋夫人者，卽其妾也，爲成都少尹士謨女，生二子，從父之官，歿於成都。處士弟卽桂管觀察使行立，柳州屬其管內，子厚受命爲處士銘墓，並記韋夫人墳。

二

摯父將上日下子，連綴使成一讀，此較一般學人之妄，迂固加等，探厥由來，率

緣顧怪。日知錄云：

今人言日多曰日子，日者、初一初二之類是也，子者、甲子乙丑之類是也。古人文字，年月之下，必繫以朔，必言朔之第幾日，而又繫之干支，故曰：朔、日子也。如魯相瑛孔子廟碑云：元嘉三年三月丙子朔廿七日壬寅，此日子之稱所自起。噫！此亭林欺人之訛言也。吾國文字，率是單音，音單則聽者難解，於是不得不在單音之下，增加一字，變成複音，而乃開口卽明，如日之易言日子，皆此類也。若曰子之子，釋作甲子乙丑，其他椅子桌子之子，抑又胡說？南人言子，而北人言兒，北京有兩兒胡同、及帽兒胡同，特因兩胡同、帽胡同之不詞，而擴充爲兩兒帽兒，此兒之云者，亭林又胡釋乎？亭林精通音韻，而釋字如此穿鑿，以欺不學，直是匪夷所思。摯父之徒，略明故訓，亦亭林之雲仍耳，望高曾而不見，荒言抑又胡責？

顧怪者、諺也，其音在湘中猶能聞之。諺原是「歸奇顧怪」，歸奇謂歸莊，顧怪則指亭林，語訛奪變遷，漸轉爲「古裏古怪」，諒明末此語傳播至湘，數百年猶存其聲，此殆與反清祕計有關，閻幼甫曾爲言如此。㊀嘗論柳子厚是通人而非文魔，夫爲一女子書寫墓磚，何故不直書甲子，而必迂迴其詞，使人難解？子厚豈能料定後來盜

㊀ 歸莊字玄恭，明諸生，國變後，野服終身，往來湖山，與同邑顧炎武善，因有歸奇顧怪之目。

墓者必通音韻五書乎？藉如日知錄言，柳子厚已化爲紅柳精無疑。

如右言：顧怪訛爲古怪，古怪又擴爲古裏古怪，此在湘人口語中，又恍作古裏八怪，以數字八羼入，定非無意。閱近出小説「豔陽天」，多用北方俚語，有言「正兒八經」者，此簡言之，止於正經，兒八特加擴充之用。曰兒、曰裏、曰子，都是一類語助字，此類語助字外，或更加適宜數目字如八等。

馬室女雷五葬誌

爲小女子誌葬，非禮所有，而子厚屈於情，卒爲之，以此窺見子厚蓄妓於家，其所妓者，殆妾也歟！子厚自二十七歲而鰥，家缺主婦，身遷萬里者，達二十年，其所以勝此者，今始知之。

以攻石之後也：　此謂覓石作碑，計時已來不及。

馬室女、以他人姓兼行第而得名，此亦可記。

卷十四　對

設漁者對智伯

此文何屺瞻不喻其所以作，謂似非爲藩鎮也，（讀書記語。）林琴南則不問何喻，惟對文而施其評，如看八股，（見柳文研究法。）亦别有趣。評如下：

漁者之對智伯，設喻之文也，華色似漢京，氣勢似南華，詞鋒似國策，綜括大意，不過貪不知止，猶之螳螂捕蟬，黄雀在後耳，一二百言可盡，不值如許張皇，然既成爲繁衍之體，則不能不究其段落。入手自水灌晉陽生義，因是見此漁者，以下由小魚而希大魚，猶之滅范中行，因而圖趙，既得把握，可以迎刃而解，其間用字之斟酌，亦宜留意。文不過發爲兩大段，前半悉力喻魚，後半卽以魚之貪而得死，喻智伯之貪而取敗，語語針對，卽語語發明，勝處在兩用徒手得焉，能自圓其説。試思鯉之來也，從魴鱮數萬，此何可盡得？惟其環坻瀐而不能出，故得之；鯨之來也，能驅羣鮫，此何可得？惟其北蹙於碣石槁焉，故得之，喻范中行之自敗，故爲智氏所有。然有難者，漁者之設喻，漁者之身，卽智氏之身，若言進而不已而

致敗，則漁者之身，未嘗沈沒，又何足以譬智氏？至此忽推開不言，但言漁者之來，爲釣文王而來，以文王譬智氏，智氏焉有不喜？以下遂可乘間進以諷諭。惟不有此句作過渡，文勢將壅而不通，柳州聰明，能下此一語，卽從死中求活，讀者亦不可不悟。結論言：臣恐圭爲大鯨，首解於邯鄲，鬣摧於安邑，胸披於上黨，尾斷於中山之外，而腸流於大陸，爲鱻薧㊀以充三家子孫之腹，讀之似無首段設喻之切當，不知此特喻中之喻，非設喻之正意也。文之本意，以漁者之貪，對智伯之貪言，非以大鯨喻智伯也。至漁者得鯨後，忽慕文王，因而求見智伯，此爲文字脫卸之機關，蓋萬不能言漁者得鯨後別有他慕，自窮於死地，卽吾所謂死中求活法也。圭爲大鯨句，是另起爐竈語，不過從喻魚意帶出耳。

評隲甚細，從而窺見所謂桐城家法，吾意柳州行文，未必作如是想。嘗論若輩見一題來，卽將己身束縛在間架之上，轉動不易，往往削足適屨，一切死於句下，世論每稱桐城不如陽湖開展，以此。

見大鯨驅羣蛟：蛟、大字本作鮫，注：海魚也。按鮫字是，下文亦云：驅韓魏以爲羣鮫，陳少章云。

嚮之以爲食者：以字衍，何屺瞻云。

㊀ 鱻薧見周禮，鱻音鮮，薧音槁。

元盛如梓庶齋老學叢談云：

柳子厚設漁者對智伯，效國策莊辛對楚襄王，辛三喻，入蔡靈侯事及襄王，共五段。子厚亦三喻，引太公遇文王，發智伯之問，以三卿證前，凡六段，文字比國策尤縝密。……吾從知不足齋叢書見此文，板本極壞，下半漶漫不可讀，因未得全錄。惟似謂「於文王何有」下，説智伯處，不如國策善作結束。如梓所見雖平平，然非不用心讀柳文者，其言亦殊可取。

林琴南謂此文詞鋒似國策，貪不知止，猶之螳螂捕蟬，黄雀在後，似所指國策，卽莊辛對楚襄王一節，與盛如梓同。惟盛贊柳文，比國策尤縝密，林稱一二百言可盡，不値如許張皇，又儲同人云：「倣國策而文采過之，尺幅一如梓人傳」，此指柳以少許勝人多許，適得張皇之反，三人見解異致如此。

愚溪對

林琴南於此對有評，評曰：

愚溪之對，憤詞也，亦稍傷排比，較諸愚溪詩序，實遜其淡冶。文舉惡溪，舉同人復稱：「作者其知悔乎！可與懲咎賦參看」，此則評者強作解人。

弱水，舉濁涇，舉黑水，四者皆出愚溪之下，表愚溪之品，較勝於四者，此託夢神之言以自方也。　清美有功，力能濟人，表溪之能，亦卽所以自表其能。　在理無可愚之實，然一經柳子之好，則溪與柳合一，亦不能不成爲愚，此文字之樞紐，樞紐一握，下此遂易發議論矣。　貪泉一喻，尤見水與人有關係處，人可因水而貪，則水亦可因人而愚，行文至此，眞顚撲不破。　下此言遠王都三千餘里，喻淪謫也，側僻迴隱，蒸鬱之與曹，螺蚌之與居，喻所接皆鳥言夷面之人也；駸駸以遊汝，闖闖以守汝，喻僻處無歡也，正喻夾寫，不辨其是水是人。　復言汝不得顯者臨汝，獨見獲於至愚之遷客，當汝爲愚，似溪之運命應爾，至此眞將愚字坐實溪身矣。　以上所言，尙嫌其不甚顯豁，復引起夢神一問，於是大放厥詞，極寫己身因愚而得禍，卻實向夢神愬說一番，有悔過意，有引罪意，則發其無盡之牢騷，洩其一腔之悲憤，楚聲滿紙，讀之肅然。

林琴南爲此評，猶是以忠厚之心待人，若何屺瞻，則谿刻出人意外。　如文曰：

汝欲爲智乎？　胡不呼今之聰明皎厲，握天子有司之柄，以生育天下者，使一經於汝，而惟我獨處。

此亦持辯應有之波瀾耳，而屺瞻輒爲之辭曰，「無須臾忘報復，宜人之畏而擯也」，是亦不可以已乎？　屺瞻又曰：「中間頗指斥舉措倒繆，則後之所謂己之愚者，無非所遭

之不幸，非其罪也，然稍乖敦厚。」此屺瞻歸咎子厚罪不自承，與琴南所謂「有悔過意，有引罪意」，適得其反，究之子厚之罪何許？乖敦厚者屬誰？曾無一人能爲折衷而得其平，吾滋未信。

予聞閩有水：　屺瞻云：「唐書地理志：處州麗水縣，東十里有惡溪，多水怪，大字本注：惡溪在潮州界，誤也，處州乃漢甌閩地」，讀書記此詮卻不誤。

且汝不見貪泉乎？　屺瞻又云：「貪泉乃舉一因人以累其名爲敷佐」，此詮亦有理。

有餘矣是及我也：　釗案：是爲其字之誤，有餘矣其及我也，猶言其及我也有餘矣，乃倒裝句法。

中之者温屯嘔泄：　屯、聚也，温屯與温暾，皆疊韻字，由字義言之，不冷不熱曰温暾，熱屯聚而不散曰温屯，二者固非無別，而在口語，則發音全同，可使聞者難於區分。又此二字，唐人最爲習用，致虛雜俎：「今人以人性不爽利者曰温暾」，子厚使此二字時，可能意味人爲毒霧所中，致形迷罔，因而二者從有別而流爲無別，乃語言之本性所貽，毫不足怪。㊀

掎汩泥淖：　汩、亂也，字從曰，非從日，從日者僅汨羅一語耳。懲咎賦：「畔尺

㊀ 王益知云：今上海人、呼不爽快或不活潑之人爲「温吞水」，當本此。

進而尋退兮，還洄汩乎淪漣」，洄汩與捣汩義同，惟洄指回旋，捣指牽引，意境微有別耳，捣音羈。

蒸鬱之與曹，螺蜂之與居：此造句提頓法。基礎句爲：「與蒸鬱曹，與螺蜂居」，今將名詞提在句首，喚起人之注意，而隨以之字代名詞緊牒之，使爲一頓，然後說出動詞。此類句法，最易醒目，之字爲直頂上文之代名詞，絶非泛設。

吾足蹈坎井：坎井與坎穽同，猶陷穽也，鹽鐵論：「若陷坎穽。」

對賀者

此對末云：「嘻笑之怒，甚乎裂眥，長歌之悲，過乎慟哭，庸詎知吾之浩浩，非戚戚之尤者乎？子休矣。」宋子京極賞此，目爲新語，惟細核之，嘻笑之怒，甚乎裂眥，在七情中頗難推得此狀。且對賀者全文中，未涉及怒，狀怒似乎離題太遠，子京遽目爲新語，殊難索解，於是或疑怒字有誤。馮時可雨航雜錄疏之曰：

柳子厚嘻笑之怒，甚於裂眥，或曰：怒當作譏。今人謗人，或嘻或笑，若有意若無意，乃其恨之深而媢之甚者也。若裂眥之罵，出於直發，此之謂怒，豈甚仇哉？劉禹錫云：駭機一發，浮謗如川，二子皆身處妒媢之間，故其言有味如此。時可之言，與本文所刻劃者適相吻合，吾敢謂怒作譏是。

有不汗栗危厲偲偲然者哉？汗栗，謂流汗而股慄也，慄通作栗。貞符：「帝庸威慄，惟人之爲敬」，威栗猶言汗栗。偲偲、切責之義，論語：「朋友切切偲偲」，此則謂自相切責也。

是以儻蕩其心，倡佯其形：儻蕩一作儻蕩，無行檢也，漢書陳湯傳：「湯儻蕩不自收斂，卒用困窮。」倡佯，與相羊、儴佯、常羊、仿佯同，皆遊也，後漢書東平王蒼傳：「消搖仿佯，弭節而旋」，注：皆游散之意，餘類推。

杜兼對

一

此文僅存一部分，集中如曹文洽、韋道安傳全闕，此對闕其半，以此推之，子厚佚文不少；不然，有裨唐史，必大可觀，以凡子厚述事之作，新舊兩書大抵採用者十之八九也。

杜兼字處洪，中書令正倫五世孫，建中初，進士高第，徐泗節度使張建封，表兼置其府，積勞爲濠州刺史。兼性浮險，尚豪侈，德宗厭兵，刺史重代易，至歷年不徙，兼探帝意，謀自固，卽修武備，募勁卒三千，帝以爲才，遂横恣。錄事參軍韋賞、團練判官陸楚，皆以守職論事忤兼，兼密奏二人通謀煽動軍士，杖殺之，二人有士林之

譽，天下稱寃。鍾離令盧某事，如對所陳，別無可考。元和初，入爲刑部郎中，改蘇州刺史，比行，上書言李錡必反，留爲吏部郎中，尋擢河南尹。杜佑素善兼，終始倚爲助力，所至大殺戮，裒歛財貨，極嗜欲，聚書至萬卷，幸而未敗，卒年七十。

又杜弁、杜審言長子。審言貶授吉州司戶參軍，與州僚不叶，司馬周季重、與員外司戶郭若訥，共搆審言罪狀繫獄，將因事殺之。既而季重府中酣醼，弁年十三，懷利刃以擊之，季重中傷死，弁亦爲左右所殺。季重臨死曰：「吾不知審言有孝子，郭若訥誤我至此。」審言次子閑，閑子甫。甫詩惇惇於弟妹妻子及吾宗等，其篇不一，而獨無一字及世父弁，不解何故？獨杜氏以兼弁爲名，二人皆特立獨行，因連類書之。

二

朱新仲〔翌〕猗覺寮雜記云：

退之感春云：「前隨杜尹拜表迴」者，杜尹兼也。兼河南尹，退之爲都官員外郎，祠濟瀆，題名退之所書，兼列銜其前。

釗案：退之全詩如下：「前隨杜尹拜表迴，笑言溢口何歡咍？孔丞別我適臨汝，風骨峭峻遺塵埃。音容不接祇隔夜，凶訃詎可相尋來？天公高居鬼神惡，欲保性命眞難哉！」蓋元和四年，杜兼尹河南，十一月，無疾暴卒。孔丞者，謂孔戣也，時以衞尉寺

丞分司東都，五年正月，將浴臨汝之陽泉，至其縣，食，遂卒。退之此詩，元和五年感春而作，凶訃相尋指此。詩枯燥無韻味，楊升菴譏其全不解詩，信然。兼時年已七十，不謂笑言溢口，相與歡哈之人，乃一高年瀕絶之嚄唶老將。

題名在洛陽福先寺塔下，時元和四年九月，退之以都官員外郎守東都省，題曰：「河南尹水陸運使杜兼，尚書都官員外郎韓愈，水陸運判官洛陽縣尉李宗閔，水陸運判官伊闕縣尉牛僧孺，前同州韓城縣尉鄭伯義，元和四年九月二十二日，大尹給事奉詔祠濟瀆回，愈與二判官於此迎候，遂陪遊宿，愈題」，見歐陽永叔考古錄。

天對

黄長睿校定楚辭序云：

天問之章，辭嚴義密，最爲難誦，柳柳州於千祀後，獨能作天對以應之，深弘傑異，析理精博，而近世文家亦難遽曉，故分章辨事，以其所對别附於問，庶幾覽者瑩然，知子厚之文不苟爲艱深也。

葉少藴避暑錄話云：

子厚天對、晉問、乞巧文之類，高出魏晉，無後世因緣卑陋之風，至於諸賦、更不蹈襲屈宋一句，此在嚴忌王褒上數等也。

天對大篇，卽章句師亦艱於讀，吾引右二説以起意，輒就中擇少許幾條，稍加詮釋，以明其略云爾。

折篿剡筵，午施旁豎：　折、斷也，篿音專，楚人名結草折竹以卜曰篿，剡音琰，削也，筵音廷。　離騷：「索藑茅以筵篿兮，命靈氛爲余占之」，注：筵、竹筭也，後漢方術傳：「挺篿折竹」，注：挺、八段竹也，音同，折一作析。　釗案：篿與筵皆杯筊之謂，筊一作珓，韓愈詩：「手持杯筊教我擲」，午施旁豎，卽擲出之形勢，或南或北，或反或正，俗謂之打卦。

輻旋南晝，軸奠於北：　舊注：渾天之法，天地之形如雞子，北聳而南下，故北極常不沒，南極常不見，其轉如車軸，日月星辰常下迴也。　何屺瞻云：柳子亦主蓋天之説。　釗案：蓋天卽周髀，周髀之術，以爲天似覆盆，中高而四邊下，所謂蓋天，與渾天並非一法。

禹懲於續，㑻婦亟合：　此指禹娶於塗山事，書益稷篇及呂氏春秋均載之，惟塗山何在不詳，子厚塗山銘亦未記錄其地，舊説在壽春東北濠州，又巴蜀離渝州不遠，亦有塗山。

子宜播稙穉：　稙或作殖，誤。　子謂鮌之子，卽禹也。　先種曰稙，一曰長稼；穉、幼穉，後種曰穉，一曰幼稼。　詩閟宫：稙穉菽麥。　釗案：穉、須用説文集韻之説，字

作穉。

膠鬲比𣝗，雨行踐期： 陳少章云：「注：𣝗當作𠢑，是。𠢑、剝也，劃也，然似作離亦得，與前『胡離厥考』之離同，離、殊也，謂殊死也。」舊說：紂使膠鬲視師，武王約以甲子日至殷，而天大雨，道難行，武王不敢息，剋期至殷，以救膠鬲，蓋武王不如期，紂必殺膠鬲也。

中譖不列，恭君以雉： 不列者、不自明也，謂爲讒所中，〔去聲。〕而不自明，恭君、恭世子申生，雉謂雉經，卽驪姬譖申生，申生縊於新城也。

鏗羹於帝，聖孰嗜味？ 舊稱彭鏗和滋味，進雉羹於堯，堯饗之而錫以壽考，至八百歲，莊子以爲上及有虞，下及五伯，其說甚謬。

䰲齊徂秦，啗厥詐讒，登狡庸，咈以施： 䰲齊、謂懷王信張儀之言，既絶齊好，復遣勇士宋遺北罵齊王也。徂秦、謂懷王赴武關之會。二者皆爲秦所詐，懷王不悟，以致國蹙身辱，故曰啗厥詐讒。 登狡庸、謂信上官大夫及狡童子蘭用事也，耆德屏棄，讒佞登庸，其行事咈人心甚矣，故曰咈以施，陳少章云。

款吾敖之閟以旅尸： 柳自注：楚人謂未成君而死曰敖，堵敖、楚文王兄也。 陳少章云：款當作欵，烏來切，歎也，元注有哀懷王語，哀卽訓歎耳。 懷王客死，故曰旅尸，哀其失位，羈死異國，不得正其終，與若敖之夭閼未成君同也。

義門讀書記云：「定遠云：柳州作天對，其文亦幾於三閭也，題曰天對，似是未安。天尊不可問，故不曰問天，柳子之文自擬於天，斯罔矣，宜曰對天問也。」定遠者，上黨馮班字。定遠博雅，於辨字義及論文，皆頗精審。所著鈍吟雜錄，適爲義門所評定。顧天對數語，雜錄中都不見，想馮何晤談時，或偶及此義耳。獨兩公所見，皆不足以範柳州，義門所記，應無甚價值。

釗案：柳集中有同一題目而意趣不同之兩文並峙，如天說甚短而挺拔，能表達作者獨立不倚之見解，又天對遷就屈原天問，逐條具答，將古來言天詭怪不根之說，儘量蒐羅，並不表示折衷主見，連篇累牘，使讀者迷離反覆，而感覺到兩文不能同時俱眞。試思李唐考試之制興，搜身糊名，種種防考生如盜賊之惡劣行爲，次第樹立，而考生亦竟自承作賊，如天對正是在天空中搜奇選勝、無所不有之廣事類賦，以備場中臨時獵取之用，此物此志，吾謂不中不遠。嘗謂柳選集有眞僞互易現象，眞作僞如舜禹之事，僞作眞如天對是。夫前者之非僞文，可以呂温集作證，吾在本編已陳述過。此外晏元獻爲遮護眞文起見，特搜索一不甚爲人了解之韋籌博士作代用物，以掩飾常道常名之迹，亦是宋文壇中追踪先進，由側面窺見之苦心孤詣云。

卷十五 問答

晉問

一

曹子桓曰：「文人相輕，自古而然，夫人善於自見，而文非一體，鮮能備善，是以各以所長，相輕所短」，善哉言也！然言祇得半而近似，其他一半，則在各以所短，詆人所長。如宋以後之古文家，騷賦未嘗用功，儷語不解下筆，此明明所短也，而對他人之長於是者，則極意詆誹，至屏其文不觀，並戒他人觀之，此一褊狹惡習，清桐城家尤甚。以柳文言，夫子厚固稱爲横行綴述之場、千古一人之人也，而試從八大家古文中尋討柳文，亦止於論著文字、及山水記若干首而已，如晉問等騷賦大篇，一字也見不到。甚至以偏嗜柳文自命者，亦幾不知辭賦有裨輔古文之功用，遇有稍帶江左氣習之碑版文，往往以駢體二字妄予批斥，嫌爲冗贅。吾其奈之何哉？

晉問、七體也，自枚乘七發而後，繼之者如傅毅七激、張衡七辨、崔駰七間、馬融七廣、曹植七啓、王粲七釋、張協七命、陸機七徵等，益以其他不知名者，何啻百十

家？子厚晉問，起於有唐，究何所損益於多少之數者？而不然。蓋以子厚之才之學，固非肯爲人云亦云之文者也，識者謂：晉問雖用七體，而超然別立機杼，激越清壯，漢晉問諸文士之弊，於是一洗。王鏊長語紀聞：「柳子晉問，准枚乘七發，然未嘗似之」，濟之捉搦子厚命脈，頗能相賞於牝牡驪黃之外。嘗攷對偶句語，六經所不廢，此體雖尚駢儷，然辭意變化，與全篇四六不同，自柳子後，作者未聞云云，此自洪景盧隨筆以來，人無間言，嘻！學者亦憚研討此類文辭之繁縟而不樂爲耳，然舍此將何足以知柳子哉？

蘇子瞻晚年，序事文多法子厚，〔此呂居仁語。〕至於辭章，則以欣賞陸敬輿唐體四六而止，一涉子厚激越清壯如晉問諸作，則深謝不敏，步趨未遑。子瞻有諭姪帖謂：「文字、少小時須令氣象崢嶸，采色絢爛，漸老漸熟，乃造平淡，汝只見爹伯而今平淡，一向只學此樣，何不取舊日文字，看高下抑揚，如虎蛇捉不住？當且學此」，此帖亦殊有味，然不期透露此老弱點。蓋子厚晉問，與吳武陵相對語，乃成於貶永後期，非少作也，而看來辭條豐縟，氣象蓬勃乃爾，可知文字深功，定能貫澈初終，無間老少，子瞻諭姪，毋乃英雄欺人？

文由吳武陵設問，次第以晉之山川、兵器、良馬、美材、魚鹽、以及文公霸業、帝堯故都爲對，蓋晉人言晉事，形勢便利，利害迫切，都無過於是。晁補之嘗取此附續

楚辭，而繫以辭曰：「枚乘七發，以微諷吳王濞毋反，晉問亦諷時君薄事役而隆道實」，子厚有知，當不能不認爲推見至隱云。

貌。

二

撼鴿干嶮： 鴿音憾，撼鴿疊韻，干嶮雙聲，撼鴿言雷之轟，干嶮言風之努，皆動

騰倒駃越： 駃音佚，馬足疾也。

皆晉人之籍也： 籍或作藉，籍、記也。

爲棘爲矛，爲鍛爲鉤，爲鏑爲鏃，爲□爲鍭： 晏本少一字，宣獻本無「爲鏃爲」三字，然少一字能配成四句，蔣本空一格，是。

乃使跟超掖夾之倫： 跟、足根也，「韓卒超足而射」，見戰國策。

先軫曰：師直爲壯，曲爲老。 語本子犯，言先軫，恐誤。

若雪山冰谷之積，——若旌旃旂幟之煌煌，——若海神駕雪而來下，——若兵車之乘凌，——若螭龍之鬭： 唐應德曰：此篇文字，翻空處全在數箇若字，增許多光景。

攢之如星，奮之如霆，運之如縈： 應德曰：如字增光景，與若字同。

浩浩奕奕，淋淋滌滌，熒熒的的： 應德曰：又在疊字上增許多氣勢。

恃險與馬者，子不聞乎？故曰：冀之北土，馬之所生，是不一姓，請置此而新其說：　左、昭四：恃險與馬，而虞鄰國之難，是三殆也。　九州之險，是不一姓；冀之北土，馬之所生，無興國焉，恃險與馬，不可以爲固也。　唐應德曰：子厚論馬之文，大概與畫馬相似，畫馬者必先有全馬在胸中，若能積精儲神，賞其神駿，久久則胸中有全馬矣，信意落筆，自然超妙，所謂用筆不分，乃凝於神者也。　山谷詩云：李侯畫骨亦畫肉，筆下馬生如破竹，看來此文亦無絲毫走作，可謂筆下馬生，非想像杜撰者。

類秦神驅石以梁大海：　三齊略記：秦始皇作石塘，欲過海觀日出處，于時有神人能驅石下海，城陽一山，石盡起立，嶷嶷東傾，狀似相隨而去，云石去不速，神人輒鞭之，盡流血，石莫不悉赤，至今猶爾。

乃下龍門之懸水：　蔣之翹曰：按淮南子道應訓：翟煎對惠王曰：今夫舉大木者，前呼邪許，後亦應之，此舉重助力之歌也，近代王維楨云：頃者自關中來，渡於孟津，見有轉大木於河滸者，前呼輿謣，後皆應之，木翩然如馳焉，二說可互參。〔按邪許與輿謣，都爲當時舉重助力者發音如是。〕

且虒祁既成，諸侯叛之：　左、昭十三：晉成虒祁之宮，諸侯朝而歸者，皆有貳心。　杜注：虒祁在絳西四十里，臨汾水。　孫子虛曰：子厚作晉問，凡所引吳起、先軫、魏絳、虒祁之類，皆不脫晉事，此篇全憑此數處，轉換精神。　按孫樓、字子虛，常熟

人，嘉靖舉人，有百川集。

三

晉問至此，乃賦捕魚盛況。　王荆石曰：

七發皆自小而大，今兵馬宫室，俱未當客心，而乃瑣陳魚鱠，失次第矣。鄙哉荆石之用心也。晉問雖七體，子厚著筆，何嘗視七體爲規矩準繩，左氏譏公矢魚於棠，此亦示國君之嗜好在是耳矣，豈計所陳之大小輕重哉？

查夏重曰：

柳子厚晉問：大罟斷流，修網亙山，罩罶麗罜，織紝其間。按罜字訛，當作罣，廣韻音獨，魚罟也，西京賦：張九罭，布罣麗，此其證也，今刻本皆作罜者訛。據此足見夏重讀書之細心，從來注家未注意到此。

魏絳之言曰：近寶則公室乃貧。　左、成七：晉人謀去故絳，諸大夫皆曰：必居郇瑕氏之地，沃饒而近鹽，韓獻子曰：山澤林鹽，國之寶也，近寶公室乃貧。　據此，近寶一語，出韓獻子，引作魏絳誤，方苞曾資以攻柳。

若是可以爲民利也乎：　洪景盧曰：子厚褒稱晉文勳業，終不若孔孟括以一言，曰譎而不正，曰無道桓文之事者，然以晉人而誇示晉之事功，不得不煩悉而張大之，理固然也。

彼霸者之爲心也，引大利以自嚮，而摟他人之力以自爲固，而民乃後焉： 釗案：此數語包孕至廣，卽至二十世紀末期，人人了解窮變變通之公例大法，政潮汹湧向上，歐洲標榜全民之霸者，用心之頑梗不化猶若是。 摟義出孟子，此處用得妙，入今人耳，猶響若洪鐘，按之於事亦極切。

此堯之遺風也： 唐應德曰：按朱晦翁謂：唐地土瘠民貧，勸儉質朴，深憂遠思，有堯之遺風，則子厚所稱儉嗇善讓，憂思畏禍者，未必無也；而張南軒則謂：堯之遺風，只是儉而用禮一事，亦不必事事稱有遺風，觀者詳焉。

四

陶宗儀文章宗旨曰：「賦者古詩之流也，前極宏侈之規，後歸簡約之制，必稱典謨訓誥之作終焉」，然亦止於形式如此而已，效或僅及一時，義或只關一事，如羽獵不過戒作禽荒，勸吳王濞惟欲防止兵亂，都不如子厚晉問之制義宏大，收效深遠，試觀假藉吳子之口，說如下大義：

安其常而得所欲，服其教而便於己，百貨通行，而不知所自來，老幼親戚相保，而無德之者，不苦兵刑，不疾賦力，所謂民利民自利者是也。

此幾與禮運：「大道之行也」一段，精神一致。 夫子厚之草斯文，距今千餘年矣，以服其教而便於己一語而論，此千餘年間，曾不聞何時政效獲致於是，卽上溯子厚以前

史册，以至唐虞三代，亦不見有何政例，吻合於斯，不知子厚當時何以孕育此一烏託邦之理想，大書深刻於此楚體文字？王安石曩論商鞅，謂諸君毋反鞅矣，鞅能令政必行。夫商鞅之令，墾草力戰而已，獷悍何足道者？民從其令，並無一人心服，以云便也，便於國而大不便於己，究其極也，亦並不便於國，夫天下安有國亡而自認爲便者哉？卽令反鞅之爲，而行一時善政，時且號爲天下盛世，而國內等威在望，層層壟決，民疲奔命，事不終日，政凡便於甲乙，卽不便於丙丁，抑便於王公，卽不便於輿臺。天下之生久矣，雖曰進於治，未聞服其教而便於己，百貨通行，而不知所自來，老幼親戚相保，而無德之者，不苦兵刑，不疾賦力，〔賦謂賦稅，力謂力役。〕民利而民自利，如子厚所云云者。倘其有之，天下將安從得亂？五千年來，固絕無此政象，復絕無此政想，而致力於實行，顧子厚竟於身家貶竄之餘，經史沈酣之際，忽爾滋生願力，造設平世，直至一千一百四十八年之後，〔從元和十年算至一九六三年，正得此數。〕以黨羣之齊心戮力，始臻此勝境而逾之：國內六億舜堯，利欲衰歇，風化簡淨，訟獄衰息，令行於通國而無不達，事不涉於貪黷而人亦不敢犯，人人服國之教，懍長上之言，漸習慣成自然，而人眞以爲便於己。嗚呼子厚！誰爲爲之？孰令致之？吾人曩誦習於所稱典謨訓誥之陳羹土飯，而一旦拍案大叫，以爲得未曾有，今方萌始，而不覺手之舞之，足之蹈之者，則正朗讀晉問終篇頃也。

五

晉問之卒章，歌頌唐堯之遺風，謂致太平必以堯爲準，夫準者何也？簡而舉之，一尚儉，一克讓，循循縮縮，兩言而已。言雖甚約，而實大聲宏，千載猶聞其音，特音祇潛通於明者，而稍諳理道，若芒若昧，如南宋僞道學朱晦菴、張南軒者流，雖聞其聲，不辨其力，不克領天下趨於一嚮，而政終不舉。〔朱張語詳右幅。〕迨有明末季，寧都魏氏深通治道，知國家之由盛逮衰也，每一代都有盤古中古叔季之別，樞紐則以俗之巧詐浮靡，而不能守樸司其升降。說倡自季弟和公，而叔兄勺庭和之，勺庭以謂：爲政至於俗成，藹然士君子之風，如唐魏之勤儉，鄒魯之文學，可得保存不壞。此兄弟問之百年大計，全與子厚晉問卒章所稱各點，翕然相合，尚儉者唐魏也，克讓者鄒魯也，易堂講誦，如與千載前之柳吳問答，謦欬相通：

先生曰：三河、古帝王之更都焉，而平陽、堯之所理也，有茅茨采椽土型之度，故其人至于今儉嗇，有温恭克讓之德，故其人至于今善讓，有師錫僉曰疇咨之道，故其人至于今好謀而深，有百獸率舞、鳳凰來儀、於變時雍之美，故其人至于今和而不怒，有昌言儆戒之訓，故其人至于今憂思而畏禍，有無爲不言、垂衣裳之化，故其人至于今恬以愉，此堯之遺風也，願以聞於子，何如？吴子離席而立，拱而言曰：美矣善矣，其蔑有加矣，此固吾之所欲聞也。夫儉則人用足而不淫，讓則遵分

而進善，其道不鬬，謀則通於遠而周於事，和則仁之質，戒則義之實，恬以愉、則安而久於其道也，至乎哉！今主上方致太平，動以堯爲準，先生之言，道之奥者，若果有貢於上，則吾知其易易焉也，舉晉國之風以一諸天下，如斯而已矣，敬再拜受賜。

舉晉國之風以一諸天下，可謂一語破的，徵諸今日而益信，果也、公曆二千年微弱之今日，人民中國、突起於亞洲之一角，芟除廓清其氣運，而創建新機構，已乃如叔季之返爲盤古。然倘不標揭勤儉，盡力相持，盤古之降而中古，而叔季，以復於初，不啻千歲之日至，可坐而致。夫國家之機運，如此其脆弱而可畏也，將古爲今用之謂何？敢不兢兢業業，杜漸防微，本柳先生之明鑑，照澈世道治亂之源，克勤克儉，堅確勿失，使古今中外治亂相尋之象，不於吾國重演，凡前此小人盜賊弑逆烝報殺戮之禍害，一去而不復還也哉？二魏之守樸論，别見本編，不贅於此。

晉問、七體也，光緒乙未，元和江標主湖南學政，富文采，古場以「七通」發題，時吾年十四耳，天未明入場，江訝吾幼，手批堂字於卷頭，吾乃面學政而草此文，自鳴得意。然生平作七體止此耳，非惟己不爲，亦不見同時作家爲之，至枚乘以還逮乎明末，作者蠭起，多至不可勝數。昔蘇子瞻論封建，謂自子厚論出，而曹元首、陸機、劉頌等、以及前後覼於屈指之諸家皆廢，惟吾於子厚晉問亦云然。

答問

一

嚴羽稱：「唐人惟柳子厚深得騷學，退之、李觀皆所不及，若皮日休九諷、不足爲騷。（語見滄浪詩話。）」黄庭堅則謂：「子厚晉問、擬枚乘七發，極文采之美，至如班孟堅賓戲，崔亭伯達旨，蔡伯喈釋誨，僅可觀焉，況其下者乎？（語似見魏了翁經外雜鈔。）」退之爲子厚銘幽，譽其文崔蔡不足多，似亦專指騷體一類文而言。

明人鄭瑗云：「貞符效司馬相如封禪書體，然長卿之諛，不如子厚之正，答問效東方朔答客難體，然子厚之懟，不如曼倩之安。（語見井觀瑣言。）」又觀馮時可言：「相如當盛漢之隆，氣旁魄而詞最温麗。（語見雨航雜錄。）」夫安與温麗，相類似之詞，此可見曼倩所處時代，及身受武帝之深厚愛護，與子厚遭際迥異，鄭仲璧所下懟之一字，是否正確？尚待推論。然騷之爲騷，非以怨誹驅之而行，即失其所以爲騷，子厚倣騷體爲文，而不有與東方曼倩相反之思想表見，亦將失其所以爲子厚。

二

第一段從獨被罪辜起，至不知何適止，共十六句，匿、戚、跡、益、澤、謫、惕、適、八韻皆叶。

第二段從觀今之賢智起，至流光垂榮止，共十二句，英、庭、行、聲、扃、榮、六韵皆叶。

以下分德理學文四項言之，第一言德，茫洋深閎四句，亮、往、爲韻；蹇淺窄僻四句，僻、唶、厄、跡、叶、每句韵。第二言理，謨明淵沈四句，沈、深、今、三用韻；緘鉗塞默七句，默、惑、匿、恤、賊、則、六叶，幾於每句韻。第三言學，總攬羅絡四句，絡、博、縮、錯、四用韻；單庸撇𦳝六句，𦳝、虛、塗、愚、如、俱、句句韻。第四言文，汗漫輝煌四句，煌、陽、光、皇、四用韻；朴鄙艱澀五句，澀、湁、緝、入、級、句句韻。

最後作歌，以修、憂、休、囚、愁、求、爲韻，辭甚顯白，無待推校。

魁壘恢張：　漢書鮑宣傳：「朝臣無有大儒魁壘之士」，魁壘、壯貌，壘或作壨。

跳浮嚄唶：　跳浮、輕浮貌，嚄唶、多言貌，或曰大呼，史記信陵君傳：晉鄙嚄唶。

固不足以趑趄批捩而追其跡：　趑趄言足，批捩言手，謂竭手足之力，皆滯拙不足以追及之也。批捩猶言撇捩，謂身輕轉動便利，杜甫大食刀歌：「鬼神撇捩辭坑壕」，或作瀎洌，文選上林賦：「轉騰瀎洌」，瀎洌、輕流疾貌。

佊佊恤恤：　左昭十二：「恤恤乎！湫乎佊乎！」佊、懸危貌，恤、憂患也。

而僕乃單庸撇𦳝：　佩文韻府引本文，加按語：「撇𦳝、謂所學空疏也」，據此、正與本文下一語離疏空虛相同，然則下一語、恐是解釋撇𦳝之旁注，而竄入正文。觀

於删去此一語，使「單庸撇荸，竊聽道塗，齵嚚蒙愚，不知所如」，成爲與上下相配合之四句，始恰符文式，今五句參差，意又重複，諒子厚原文不如是。或曰：五句參差，何以前文「蹇淺窄僻，跳浮嚄唶，抵瑕陷厄」，三句反無此嫌？曰：此殊難言，編者鹵莽，誤奪一句，事亦恆有。

培塿潗湁：　左襄二十四：「部婁無松柏」，字不從土，義同冢。文選上林賦：「湁潗鼎沸」，字顛倒，或作湁濈，均水沸貌。

黃鐘元間：　元間如字，又間厠之間，國語：「元間大呂，助宣物也」，注：陰繫於陽，以黃鐘爲主，故曰元間。

咬哇：　咬音交，鳥聲；哇音娃，小兒學語聲。　梅堯臣詩：何必絲管喧咬哇，則用作普通歌聲矣。

而麽眇連蹇：　麽、么麿，細小之稱，眇、窅眇，深邃之稱，麽眇、猶謂微細深渺，窺測不見。　連蹇字見揚雄解嘲：「孟軻雖連蹇，猶爲萬乘師」，連或作謰。

曷之求乎！　之、反牒代名詞，例示平淮夷雅條下唯利是圖。

起廢答

一

柳集中此類騷體文字不一，而韓集中祇有進學解一篇，可以爲比。吾觀王文祿竹下寤言，有論韓柳者一則如下：

韓退之學不如柳深，柳子厚氣不如韓達；韓詩優於文，柳文優於詩；韓不能賦，柳、辭賦之才也。柳非黨伾文，伾文援柳爲重；韓之求薦，可恥尤甚於柳；世以成敗論人，是以知柳者少也。

右寥寥不足一百字，頗能檃括韓柳兩公一生，而亦有鄙意未敢苟同者。韓之氣達有愈於柳，則以韓之處境較順故，倘韓與柳同一逆境，可能韓之氣反不若柳達。如韓草進學解，正彼再爲國子博士，才高數黜，官又下遷頃也，其處境雖逆，然爲時暫，不如柳之一貶十年。〔按文明言：今先生來吾州亦十年。〕試將其文與遊愚溪所作之起廢答相提並論，則後者之詼諧自得，瀟灑有餘，較之韓捉襟見肘，一若倀倀無所之者，顯然達在柳而不在韓。至謂柳非黨伾文，而伾文倚柳爲重，此爲從來申柳最公之論。夫貧者士之常，士而求薦，尤情所常有，惟求薦同，而所以求之者往往而異；魏了公謂：「韓上李實書，極其稱譽，至順宗實錄，又醜詆之，韓公每是有求於人，其辭則卑諂無可據。〔語見經外雜鈔。〕」此與王文祿言：「可恥尤甚於柳」大體誠不誤，獨「甚於柳」三字，可否仍難下斷，以柳之可恥者何在？吾人竊猶未喻也。將謂仕前上權補闕德輿温卷，或上崔大卿儆應制舉乎？抑貶後與許孟容、楊憑諸人，訴述貶所拘囚，

因求量移乎？都說不上有何可恥。韓柳二公之異同，迹非不顯，而一經分析，凡輕柳處，每如捕風之渺不可得，此類是也。兩家詩文優劣，所涉太廣，約略言之：此與楊升菴言韓全不解詩者，適成一極端之反面語。人入馬戲場，每對丑角發笑，吾於文祿此語，亦作如是觀。

會今刺史以御史中丞來莅吾邦，屏棄羣駟，舟以泝江：按元和九年，黔州廉使崔能謫刺永州，自黔抵永皆水道，故屏騎登舟，曰泝江者，蓋泝湘江而南也，陳少章云。

二

卽治事，〔句〕還：〔句〕　卽者，猶言卽位之卽，卽治事，謂就職也。

謖足以進，列植以慶：　謖，起也，植指行列而言，莊子：壞植散羣。

卒事相顧加進而言：　進，卽上文謖足以進之進，加進者，謂更前一步也。

中廄病額之駒：　漢書武五子傳注：中廄，皇后車馬所在也。釗按：此言中廄，泛言皇家馬廄，不必專指皇后而言。又公羊傳：「馬出之中廄，繫之外廄」，中廄，泛指國家馬廄，意頗相近。

扶服輿曳，未嘗及人：　扶服，與匍匐同。輿曳言車載，或與後世乘肩輿相類。子厚自爲栽竹詩：「江風忽已暮，輿曳還相追」，此在當時，或仍是人獸相雜之代步

法。文意謂：師未嘗勉強步行訪人，亦未嘗以人或獸相助代步，妄行造請。

引且翼之： 詩：以引以翼。

舉莫敢踰其制： 釗案：踰是誤字，當作渝。渝，變也，詩：舍命不渝。

浴剔蚤鬋： 禮記：「乘髦馬，不蚤鬋」，蚤謂除爪，鬋謂翦鬣。 莊子：「爲天子之諸御，不爪翦。」

莝以雕胡，秣以香萁： 莝，音挫，斬芻也，雕胡，菰也。 萁，豆莖，漢楊惲報孫會宗：「種一頃豆，落而爲萁」，曲禮：「凡宗廟之事，粱曰薌萁」，薌，古香字。

錯貝鱗纕： 纕，音襄，馬腹帶曰纕。

或劚其脽： 劚，音磨平聲，脽音誰，尻也。

本段從縻之絲至震奮遨嬉，共二十二句，其中所用絲、洟、萁、羈、綏、（儒佳切。）脽、持、涯、（音沂。）隨、馳、嬉、十一字，皆叶韻，連下豈不曰宜乎？宜字亦叶。「足軼疾風」起，「進退齊艮」止，共六句，香、章、艮、韻，軼、車相過之謂。「豪傑林立」起，「曾不得逞」止，共十四句，行、英、霆、聲、征、弁、逞、七字皆叶，逞雖五郢切，但此處叶平。 集中韋道安五古長篇，全用唐韻，其中「揭來事儒術，十載所能逞」一聯，亦作「必貞切」。

釗案：子厚此文，當與遊南亭夜還敘志七十韻同讀。 兩文合參，凡子厚遇難如

夷、心靜若水、隨遇而安、若將終身之儒者氣象，躍躍紙上，與退之夕貶潮陽、備收瘴骨之悻悻小人模樣，適爾相反。

釗又案：蔣本題下注云：「子厚在永州未召時作，此皆望幸喜進之語，具見浮薄態。」查望幸喜進，亦是中年士夫應有之態，何浮薄之有？試與鄙注上一條合參，將見彼此看法，相距窅遠，可歎！

釗又案：此文可與退之作一比較。儲同人者，時俗選家也，一讀斯篇，卽謂此固小文，亦入西漢，雖一粗略估量，究不得以僞選手而貶厥値。退之進學解，借諸生之口，以自高聲價，適得子厚謙退之反，一至徐理文氣，直與齊梁間器小易盈之輩流無異。本傳稱：「退之才高數黜，作進學解自喻，執政奇其才，由國子博士改史館修撰，」是退之始終以文爲敲門磚，卑下更何足論。

卷十六 說

天說

一

柳子宣言於衆謂：「古之所以言天者，蓋以愚蚩蚩者耳」，〔說在斷刑論下。〕而柳子亦往往自愚。柳子祭吕衡州文，提筆卽曰：「嗚呼天乎！君子何厲？天實讎之，生人何罪？天實仇之。聰明正直，行〔去聲。〕爲君子，天則必速其死，道德仁義，志存生人，天則必夭其身」，此何其與天說天不預乎人者適相反背也！而柳子急轉直下，卽自吐其實曰：「吾固知蒼蒼之無信，莫莫之無神。」夫柳子既訾天爲無信無神矣，而顧爲友呼天，如此其迫切而愴痛也，則又何故？柳子又申言以明之曰：「今於化光之歿，怨逾深而毒逾甚，故復呼天以云云」，於是在短短一文中，凡子厚用思之端委曲折，分作數階段而一一道出，恍若以文章爲游戲然，抑又何故？

嘗謂人類思想，由矛盾促其前行，矛盾不存，卽思想寖息。獨此之矛盾，愚者昧焉，智者自明，而智者雖明，亦往往甘心自愚，忽墮入若明若昧間而不自覺，如子厚

非天而又呼天，卽屬此類。

文人説理，同時亦復言情，情之與理，相反而又相成。子厚之文，説理刻至，而言情抑又沈摯。非天者理之事，呼天者情之事，情理統一，鴻文以生。

二

柳之於韓雖友善，然父執也，柳先君石表陰先友記有愈名。

韓會、昌黎人，善清言，有文章，名最高，然以故多謗，至起居郎，貶官，卒。弟愈、文益奇。

此所載兄詳而弟略，蓋以年計之，退之長子厚不多，而作記時退之初顯，無從署其全歷，故面貌如是。然子厚固敬退之，致書稱十八丈，其後子厚先歿，退之爲撰祭文、誌墓、並作羅池廟碑，均懇摯無傲容，且於學推子厚甚至，韓柳兩世道誼之交，迥非尋常。

子厚通籍，初露頭角，卽以依王叔文一蹶不振，而退之屢經顛躓，仍致通顯，此於立身應物，兩人持態大不相同，因之在論史官一點上，至起論戰甚烈。蓋兩人少時，「期爲史，志甚壯」，〔此子厚與退之致段太尉逸事書語。〕及退之爲史官，忽瑟縮不肯爲，並言爲之不有人禍，卽有天刑，子厚乃大恨。其初與退之論史官書，在元和九年，王叔文之禍固已遠也，由此廓清，致子厚著天説自張其義，而以退之所主張爲

發端。

退之意謂：人禍也者，亦天假手於人爲之，天惡人之壞其元氣陰陽，將無所往而不受罰。是故人惟無所動作，一有動作，皆天之讎，人至與天爲讎，定窮於趨避之術，爲史也者，亦區區一例而已。進而析之，人若殘民以逞，使薄削元氣陰陽者減少，或者天地以爲有功而與之賞，反之，日日以蕃息爲事，則天地之讎大，受罰亦必大。所謂殘民者昌，佑民者殃，仰而呼天，天不與對，子厚認爲退之此言，乃有激而致然。彼以謂：天地等於果蓏，元氣等於癰痔，陰陽等於草木，功者自功，禍者自禍，此中焉有賞功罰禍之可能？退之亦惟「仁義以遊其內」已耳。總之死生與夫果蓏癰痔草木之存亡得失，可以不問，呼天者乃大謬，兩家立異之大致輪廓如是。

劉夢得與子厚同禍，兩人交誼綦篤，分讁日，夢得得播州，子厚以夢得有母，播州瘴癘之地，因欲以己之柳州易之，世人無不高子厚之義。夫天論者，一當時士林屬目之大爭執也，夢得意在折韓，而不得不虛張異幟，論共上中下三首，如江湖所謂陰陽拳然，辭繁而旨美，曲折不離其宗。子厚閱之歎曰：「始得之大喜，謂有以開明吾志慮，及詳讀五六日，求其所以異吾說，卒不可得，其歸要曰：非天預乎人也，凡子之論，乃吾天說傳疏耳」，此可見唐黨論疏附先後之一斑。

子厚天說，固近乎今之唯物家言，照耀千年，如日中天，卽劉夢得持論略異，而

子厚猶切切示之曰：「凡子之論，『非天預乎人』一語了之。」更詳語之，天之生植，固無一而爲人，而人與天二者，其事各行，兩不相涉，此之理論，可謂燦然明白，俟之百世而不惑。雖然，此特爲士君子言如是耳，外猶有「愚民恆說在」，即劉夢得天論所爲操舟之喻，子厚在答書中，已確切道破。蓋天下之智慮不一，爲中人以下說法，自不能視與傳道解惑相一致，更或人遭不幸，至於放逐拘囚，意不得逞，所謂疾痛慘怛，窮而呼天者，往往有之，此即明理達道如子厚，亦所不免。如與蕭翰林俛書有云：「僕與四五子者，獨淪陷如此，豈非命歟？命乃天也，非云云者所制」，此明明與曩天人不相預之說異趣，讀者並不得執一而訾其二。夫言亦各求其當而已，書札應視作尋常辭令，難與賞奇析疑之作，併爲一談。

三

張皋文有讀柳子厚天說云：

或曰：柳子之說天也，比之果蓏癰痔草木，天固若是無知乎？曰：蒼蒼者謂之天，亭亭者謂之地，獻獻翕翕者謂之元氣陰陽，其有知也？無知也？吾不得而知也。審無知乎？審有知乎？吾爲柳子竟之。凡有知者，孰過於人？人之身，枵然而虛其中者天地耶？呼吸而往來者元氣陰陽耶？人之以有知者神也？其帝之主宰於天地陰陽元氣者耶？然則人居天地之中，其猶心毛肝葉

耶？其脾之榮，膽之精，肺之魄耶？必且猶蟯蛕之居且食於藏者耶？其有不善之生也，不猶蟲之與瘕者耶？蟯蛕之在於藏也，未有知之者也，其死而出於後，然後知藏之有蟯蛕也，其奚則生？其奚則死？其亦仰而訴於吾乎？其亦哀而欲吾之仁之乎？人且有恩若罰於蟯蛕者耶？寒溼之宛而蟲生焉，食之蠱而蟲生焉，其生而戕於藏府，痛知於身，而不知其爲蟲也，有扁鵲者藥而下之，扁鵲者知之，其人不知也。魯之氓有食生菜而蛭生於腹者，病三年，他日誤食芫華而病愈，故自生以至其斃，而魯之氓不知有蛭也。夫屏穀而導引者去三蟲，蟯蛕未有生焉者也，其次和藏氣，調血脈，瘕蠱未有生焉者也，神之濁而有蟯蛕，神之亂而有瘕蠱，然則人之生於元氣陰陽之薄也，決也。彼且及知有生其間者耶？知有生其間者，毋亦待彼芫華扁鵲者耶？而怨之，而哀之，而望其賞與罰者非惑耶？

此文全爲子厚作注脚，較之子厚爲夢得三論作評價者，其豐贍猶遠不及。夫皋文文家之雄，亦偶就天說而掉弄文墨以自憙耳，吾知王悔生於皋文爲文，曾忠告而善道也，當自讀斯文而深有感始。

其脾之榮：　榮猶言血，人以血爲榮，以氣爲衞，子厚行文，好使用榮衞字。

必且猶蟯蛕之居且食於藏者耶：　蟯蛕皆蛔也，蛔亦作蛕。下言：「人且有恩若罰於蟯蛕者耶？」居且食者、居與食也，恩若罰、亦恩與罰，且若字可互用。

不猶蠱之與瘕者耶：　瘕舊音遐，亦音嫁。　史記正義：犬狗魚鳥不熟，食之成瘕痛。

寒溼之宛而蟲生焉：　史記倉公傳：「病蟯得之於寒溼，寒溼氣宛，篤不發，化爲蟲。」宛音鬱。

誤食芫華而病愈：　倉公傳：蟯瘕爲病，腹大，上膚黃麤，飲以芫華一撮，卽出蟯可數升，病已。

四

子厚天說，要語只二，曰：功者自功，禍者自禍；結論只一，曰：天人不相預。夢得作上中下三篇廣之，論點雖繁，而要結亦祇在卒篇數語如下：

堯舜之書，首曰稽古，不曰稽天；幽厲之詩，首曰上帝，不言人事。在舜之廷，元凱舉焉，曰舜用之，不曰天授；在殷中宗，襲亂而興，心知說賢，乃曰帝賚。堯民之餘，〔各本之作知，非，依劉集校改。〕難以神誣，商俗已訛，〔各本已作以，不如劉集作已。〕引天而毆，由是而言，天預人乎？

子厚毅然答之曰：「凡子之論，乃吾天說傳疏耳，無異道焉」，斬切簡要，一字移動不得。

子厚答書，除逡述夢得天無預乎人爲同於己外，猶贊許劉論中一語：蓋劉之中

論，曾謂「古所謂無形，蓋無常形耳」，子厚美之，稱「獨所謂無形爲無常形者甚善」，而皆未標明無常形一語之所自出。吾考史記太史公自序稱：道家無爲，其術以虛無爲本，無成勢，無常形，故能究萬物之情，不爲物先，不爲物後，故能爲萬物之主，有法無法，因時爲業，有度無度，因物與合。其後班孟堅撰漢書，在司馬遷傳中，復著重於無成勢，無常形，引申其説，辭旨如一。於是無常形三字，成爲道家用虛之中堅術語，柳劉兩家都不應不知。其所以不標而出之以示於人者，則所謂深人無淺語，行家相對，往往有默喻於心而無取宣之於言者則略之，茲一例也。特今爲天説立解，不得不首明斯義，而又顯示兩家含意，可能非一。嘗試論之：

無常形之謂何？吾嘗聞老子之言常矣，曰：「名可名，非常名」，此反指不可名方爲常名甚顯。爲問常名者何？韓退之曰：「角者吾知其爲牛，鬣者吾知其爲馬，犬豕豺狼麋鹿，吾知其爲犬豕豺狼麋鹿」，夫牛馬犬豕豺狼麋鹿云者，倏而牛，倏而馬，倏而犬豕豺狼麋鹿，此至不常之名也。所謂常名，必也，不角、不鬣、不犬豕豺狼麋鹿，而言入吾耳，仍了解爲包括角者、鬣者、犬豕豺狼麋鹿者等等，靡有所遺，嘻！此不可得名者也，實無有也，藉曰有之，亦墨子區別達類私三項中、洞洞屬屬、虛懸無著之達名而已。凡達名皆無常形，而天爲一切達名之最大者，其不可能有常形也滋甚，噫嘻！吾知之矣，常形者、乃就不可名之名而牽強名之者也，名由牽強，職乃無

物。由是劉云「受其形於高大，而不能自還於卑小」，究竟從誰而受？天外之天，其能提天授之誰某，將大於天幾許？又且位於何所？夫形高大者天，形卑小者亦天，鵬飛九萬里而上者天，鷽鳩搶榆枋而下者何莫非天？究竟何所用其自還？其他劉云數也，勢也，舉自數其數，自勢其勢，究竟誰能將此數若勢，跳而摽之於不可得而名之大名曰天者之巾領，以資識別？以知天之云者，強名而已，本身直無何項動作，絶無與萬物交爲勝負之理。今夢得以無常形之天，不列之無形，翻而躋之龐大無外之有形第一行列，豈非矛盾之至？子厚曰：功者自功，禍者自禍，此還源見極之言，夢得從而堆垛駁雜術語，徒於本題繳繞不明，而愈衍愈遠。世之淺儒，目迷眩於藻采，耳震懾於雷同，謬以夢得枝辭之多許，抹煞子厚精言之少許，吾其奈之何哉？吾其奈之何哉？

鶻說

此文選家必錄，閱讀最廣，詮釋亦寖多，吾故略焉。

說末云：「毛耶翮耶？胡不我施？寂寥太清，樂以忘飢」，語甚淒緊。廖注：「觀公此說，必有當塗者資子厚之氣力而不知報，其篇末語意昭然」，理或然歟！

凡食類之飢，唯旦爲甚：　剣案：食類字頗難解，應是鷙類。食鷙疊韻，因而致

誤。

用其力而愛其死：　愛、惜也，吾於梁丘據贊內有詳解，不贅。

嘉興王元啓有鶻鷹鸇鷂辨一文，足資考證，因文難割裂，併錄於後：

鶻鷹鸇鷂皆鷙鳥，考之字書，鶻爲鷹屬，又名鸇，鸇又爲鷂屬，展轉相釋，終莫能得其實。　予謂列子天瑞篇云：「鷂爲鸇，鸇爲布穀，久復爲鷂」，以此爲物變，則鸇之非鷂可知。　杜甫義鶻行言：「蛇食鷹子，鷹領健鶻復仇」，則鶻之非鷹可知。南部新書云：「鵰鶻鷹鷂狗，謂之五坊，唐時置使分領之」，鶻鷹鷂皆置使分領，其非一類尤明。　今爲博考他書，折以己意，爲之辨曰：鷹獵者所蓄，頂有毛角，謂之角鷹，徐鍇以爲隨人指縱者是也。　鶻鷙於鷹而多義，鸇類鷹而其力差遜，鷂則四鳥中小而尤詭者也。　讀甫義鶻行，則鶻之力宜視鷹爲尤猛，故以鷙鳥之最稱之，而畫鶻行又有「長翮如刀劍，人寰可超越」之褒。　柳宗元鶻說謂：「冬夕，攫取小鳥之盈握者，左右易之以燠其爪掌，旦則忍饑而縱之」，李邕鶻賦亦云：「嘗全鳩以自煖，乃詰朝而自釋」，益信柳說之不謬。　又禽經云：「鶻不擊胎」，鷹既力不如鶻，亦無此義，宜不可與鶻並論也。　鷹雖力不如鶻，而其所擊者不特禽鳥，兼可搏兔，俗稱爲兔虎，是以獵者與犬同縱。　陸機云：「鸇燕領鉤喙，向風摇翮，疾擊鳩鴿燕雀而食之」，鸇所擊不過禽鳥之微者，則其鷙宜又遜於鷹。　鸇鷂雖同類，然韓愈嘲魯

連子詩有云：「魯連細而黠，有似黃鷂子」，以細黠稱鷂，則又鷹鸇之所不受。每見人家雞雛啄食，忽爲鷙鳥攫去，疾不可追，人以爲此鷂鷹也，鷂之技止於乘機竊取，且至下逮雞雛，宜爲諸鷙鳥所不屑，故余謂四鳥中之小而尤詭者也。總而論之：鷹鸇才力雖殊，終爲同類，故古人常以並稱，鶻鷂則高下懸殊，杜甫畫鶻行，鷂所不敢承當，韓愈嘲魯連子詩，又鶻所不屑與辨者矣。

元啓字宋賢，號惺齋，乾隆辛未進士，官福建知縣，以誣被吏議，主各書院三十年，學主考訂而不薄宋儒，成就甚衆。

祀朝日說

一

子厚祀朝日說云：

柳子爲御史，主祀事，將朝日，其僚問曰：「古之名、曰朝日而已，今而曰祀朝日，何也？」余曰：「古之記者，則朝拜之云也，今而加祀焉者，則朝旦之云也，今之所云非也。」問者曰：「以夕而偶諸朝，或者今之是乎！」余曰：「夕之名，則朝拜之偶也，古者旦見曰朝，暮見曰夕，故詩曰：邦君諸侯，莫肯朝夕，〔詩雨無正之文。〕左氏傳曰：百官承事，朝而不夕，禮記曰：日入而夕，又曰：朝不廢朝，暮不廢夕，晉侯

將殺豎襄，叔向夕，楚子之留乾谿，右尹子革夕，齊之亂，子我夕，趙文子礱其椽，〔礱、盧紅切。〕張老夕，智襄子爲室美，士茁夕，皆暮見也。漢儀：夕則兩郎向瑣闈拜，謂之夕郎，亦出是名也，故曰大采朝日，小采夕月，又曰：春朝朝日，秋夕夕月，若是，其類足矣，又加祀焉，蓋不學者爲之也。」僚曰：「欲子之書其説，吾將施於世，可乎？」余從之。

平步青霞外攟屑，將右文全錄一通，而立爲説曰：

姚姬傳論文，謂義理考證詞章，三端皆不可廢，其門弟子陳石士，時舉似學子。太乙舟文集復同人書云：「凡能以考證入文，其文乃益古，吾師嘗語用光云：太史公周本紀贊所謂：『周公葬我畢，畢在鎬東南杜中』，此史公之考證也，其氣體何其高古？何嘗如今人繁稱博引，刺刺不休，令人望而生厭乎？」然則以考證佐義理，義理乃益可據，以考證入詞章，詞章乃益茂美，庸愛讀柳子祀朝日説，〔庸乃作者自稱。〕一字不遺。石士云：「韓柳歐曾蘇王震川，皆不深於考據」，而又曰：「使韓柳諸君子生於今日，亦必不薄考證」，此誠知言也。予偶爲顮專言之，顮專曰：「豈特柳州哉？荀子勸學篇曰：『口耳之間，則四寸耳』，楊注引韓侍郎云：『則當爲財，與纔同』，非相篇：『接人則用枻』，韓侍郎云：『枻者，檠枻也，正弓弩之器也』，知韓公嘗日亦不薄考證，故黃陵廟碑全篇，皆辨駁王逸郭璞諸説。柳州辨列子諸篇，

其博引繁稱，語有斷制，眞古文，眞考據，豈他家所有哉？」〔釗案：馪專似是霞外弟子行，待考。或謂柳子厚對夕月，開洪容齋、王伯厚、及近世顧亭林、錢竹汀、王懷祖之風，而此一良好風習，正當衰歇，故霞外與其左右近習，慨乎言之。〕世論正以荒於考證責桐城，桐城故反其說，挾韓柳之文以自重，子厚祀朝日一篇，尤爲辨論眉目，此可以窺見嘉道間之文風，以及桐城之自反不縮。

宋晏同叔嘗盛譽柳文，謂「極萬變而不華，會衆流而有歸，兼誦博記，馳騖奔放，彼韓子者，非柳之敵。」愚謂同叔數語，被之祀朝日說，正中肯綮。晏評全文，他條別有紀錄，不贅於此。

二

子厚之祀朝日說，一逸趣橫生無關宏恉之小文也，余讀之，而於常語攜襆被得似類焉。蓋襆被云者，凡以巾束被之謂襆，晉書魏舒傳：「入爲尚書郎，時沙汰郎官，罷其不才者，舒曰：「吾即其人也，襆被而去」，此之謂也。而妄人往往於上加一攜字，於是襆被者朝日之類，攜襆被者祀朝日之類，形成重贅，於文難通。吾鄉有易宗夔，著今世說一書載：「張香濤見客不以次，客來，每攜襆被於官廳候之。」吾讀此條，不禁蹙額，然宗夔嚮無文名，不甚以爲怪。一日，閱方望溪所爲杜茶村墓碣，有如下數語：「丙寅春，先生年七十有七，攜襆被叩門，語先君子曰：吾老矣，將歸而窟室蔣山

之陽，死卽葬焉。」夫望溪桐城開山之祖，以文章領袖羣倫，致遺柳州「不學者爲之」之誚，余殊爲不怡累日。適見曹孟其所寫雜記云：「內廷當差，以上差爲優，餘乃襆被臥陔欄，共灑掃。」又聊齋誌異記狐蠱事云：「昨宵衾褥濇冷，令人不可耐，遂喚婢襆被來。」吾於是以孟其掃同鄉易怪（易於戊戌，在湖南有此稱。）之醜，又以狐媚爲桐城祖師掩羞，爲之一快。至於柳州勤搜禮經，證成人之無學，媿余無暇爲之。曹孟其、長沙人，能爲清雋灑落之文，在晚近湘士中不可多得，年少於我，而物化已久，士論惜之。

三

馬平王拯曾爲池司業廟碑，中有云：

東南羣彥，起於顧炎武閻百詩諸子，務爲實事求是之學，推崇兩漢鄭許諸賢，必以考證訓故爲宗，明經術，講世務，所以懲夫末學浮游空虛之習者是也。觀於羣經所捄正，若闢易圖，尊詩序，證僞古文尙書，於爾雅說文天文算數，天下方輿圖說，古今制度因革損益，靡弗講明而切究焉，美矣備矣。顧於先聖大儒誠意正心修齊之道，則固概乎未有所聞，操其末而遺其本，舉其粗而棄其精，不知矯枉過其直也。而其流放，遂至繁宂瑣屑，支離附會，若毛奇齡、戴震之徒，專欲以其覩記之雄，爭長天下，傲睨羣倫，標舉漢學以爲宗主。天下學者靡然從風，單詞隻

義，一得自矜，其於天下事物，至微至紛，理之所不可通，而事之所不必詳者，不知何所補益，而必爲之勞精敝神，探奇索隱？其間一二巨子，出其氣力以相推激，崇尙謬悠，漸又至於喜縱惡拘，黨同伐異，學日益離，而心日益放。以其辯言周內，必使宋明致精守約諸賢，眞有得於聖賢身心性命之學者，淺之不得爲學，陋之並不得以爲人。……至使好學之士，猶津津然殫精畢力，轉相倣傚，舉凡聖賢傳道經世之書，悉不問其大經大法義理所歸，而惟支詞旁解是尙，蓋士學之離蕩若此，天下之人材惡得而不衰耶？

此桐城家掊擊樸學、趾高氣揚之文，恨不得王定甫將子厚祀朝日說細心諷誦一徧，使知陳石士所謂柳子厚不深於考據，直是瞽說。計碑中右列各語，止於嘉道間老生常談，無足怪異，獨定甫將戴東原與毛大可混爲一談，直不知璠璵與燕石之別，使人想見邊遠耆儒，硜硜一生，仍耳食外無他物，良可浩歎。池司業名生春，字籥庭，雲南楚雄人，道光十三年，以編修視學粵西，定甫爲門下士。

四

右王定甫妄訾戴東原，東原清考據鉅子，世無間言，惟平生持論過高，而訾議以起，當如何而得其平乎？

嘗論天下文與學並非一事，蓋文高而學不及者有之矣，學深而文不至者尤衆，

如東原不能不認爲第一流學者，然文卻不稱。東原自道所得，通道與藝爲一，俯視馬班韓柳及同時文家，其徒段玉裁記其略：

先生嘗言：「做文章極難，如閻百詩極能考核，而不善做文章，顧寧人汪鈍翁文章較好，吾如大鑪然，金銀銅錫，入吾鑪一鑄而皆精良矣。」蓋先生合義理考核文章爲一事，知無所蔽，行無少私，浩氣同盛於孟子，精義上駕乎康成程朱，修辭俯視乎韓柳焉。

此直謂東原出語成經，語疑過當。閻百詩誠無人認爲能文，但如顧寧人汪鈍翁，自來數有清文家，不可能無此二人，而決無人焉漫翹東原其上，然文章千古之事，固非專己自用者所能壟斷，而亦非空疏矯激一流所得訾嗷。

柳子厚不肯爲人師，因從不以文自鳴，貫穿百家，亦並不以道統自任。集中論師道論文諸作，無不讀之犂然有當於人心，與韓愈同時，而少其虛憍之氣，獷悍之筆，此誠兩漢以來最叶乎中道之大作者，此誼自不爲強分道藝執一概百之經生家所理解。夫孟子字義疏證，是東原第一部經世名著，吾十餘齡，曾將此書手錄一通，當時亦善其解，而未嘗善其文，試摘一義，持與子厚祀朝日說相較，爲問二者光燄孰長？俯視云云，何段生言之易乎？〔釗案：光緒辛丑，余家居獨修，將手錄戴著孟子疏證卒業，翌年，余考入江南陸師學堂，書爲教習錢家驥見之奪去，吾甚恨之。〕

五

袁枚自道爲文艱苦，以爲己之於文，一誤於理學，再誤於時文，三誤於考據，三者之中，彼以考據爲長，故迷誤尤甚。又謂古文之道形而上，考據之學形而下，古文家似水，考據家似火，兩者各自有其塗徑，彼此各不相容。甚至謂古文之學爲己，考據之學爲人，無端將文藝闌入倫理範圍，考據家直等訟師，代人辨案，全然與己無關，與火之燎原，而所得悉爲灰燼相若。再進一步，竟形容經師如躄者，失去所依牆壁，祗得偃地而蛇行。如此等等，與程蕺園馳書辯論，同時亦推尊韓柳，謂兩公深於形而上學，功苦盡之，獨不知隨園執筆書記時，曾憶及柳州有祀朝日說一文否？韓退之黃陵廟碑，辨駁王逸郭璞諸說，爲晚清諸家引爲善於考據，此文隨園亦見之否？〔袁書別見，此特摘錄數點。〕

隨園論考據，以「叢雜瑣碎，翻擷多而思功少」爲嫌，〔此亦與蕺園書中語。〕而隨園曾爲州縣官，親民事，著「嚴蔽」一戒曰：「多其察，少其發」，此當時傳爲名言。繩之於考據，其理相同，苟於此理辨認明白，養成癖好，一題到手，正好從多方查察證迹，卒可比較剪裁，擇善而從。如斯爲之，由慣習而成自然，行文之樂，卽存乎是，夫有何形上形下之別？吾讀子厚祀朝日說，見其於禮詩左氏傳各籍，採集紛拏，祗偏於幻想作者曾否漏略而未及檢，從不厭惡其所已甄錄者之過於繁多，數百字之短文，

雖誦而過，如御珍羞，而慊於嘗鼎，何嘗有上元縣令之深惡痛恨於考據，諸如以火爲水，燎原餘燼，循牆失杖，臥地蛇趨云云者？

嘗論世有惡於考據者，乃自制科之法立，利祿之途開，人或專一經而沾沾自喜，又或考不及格而䁒鐰不開，於焉謗議繁興，人情厭苦，而子厚果胡有者？夫子厚之爲祀朝日説，亦已爲禮部郎，職司所在，不得不考核分明，期於不瀆已耳，倘一旦轉而理財用，掌出納，則子厚將又規畫鹽鐵錢穀等項，經經緯緯，如數家珍，以自證其才無所不堪，不難想見。 子才於別一與蕺園論文書有云：「古之聖人，兵農禮樂，工虞水火，以至贊周易，修春秋，皆時至者爲之耳。」愚者之得，理仍曲當，律之子厚，何莫不然？ 夫是之謂眞本領，夫是之謂眞博學，此除有宋晏同叔外，中清帖括小儒，彼安從而知之？

捕蛇者説

此文無選本不錄，讀者最廣，人談柳文，必首及是篇，吾因略而不論。 獨林西仲曾爲此文算一筆唐之賦稅賬，此甚得竅，爰甄錄如下：

按唐史：元和年間，李吉甫撰國計簿，上之憲宗，除藩鎮諸道外，稅戶比天寶四分減三，天下兵仰給者，比天寶三分增一，大率二戶資一兵，其水旱所傷，非時

調發，不在此數，是民間之重斂難堪可知，而子厚之謫永州，正當其時也。此篇借題發意，總言賦斂之害，民窮而徙，徙而死，漸歸於盡，淒咽之至。其言三世六十歲者，蓋自元和追計六十年以前，乃天寶六七年間，正當盛時催科無擾，嗣安史亂後，歷肅代德順四宗，皆在六十年之內，其下語俱有斟酌。

廖注：「公謫永州時作，唐都長安，零陵相去三千五百里，見唐賦所及者遠。」儲同人更補充言曰：「唐賦本輕於宋元，永州又非財賦地，爲國家所仰給，然其困如此。」語均有見。

䄍說

子厚所爲䄍說，乃其黜神崇人之一顯斷也。文云：

柳子爲御史，主祀事，將䄍，進有司以問䄍之說。則曰：合百神於南郊，以爲歲報者也，先有事，必質於戶部。戶部之詞曰：旱於某，水於某，蟲蝗於某，癘疫於某，則黜其方守之神，不及以（以，猶與也，與讀去聲。）祭。余嘗學禮，蓋思而得之，則曰順成之方，其䄍乃通，若是古矣。繼而歎曰：神之貌乎！吾不可得而見也，祭之饗乎！吾不可得而知也，是其誕漫惝怳，冥冥焉不可執取者。夫聖人之爲心也，必有道而已矣，非於神也，蓋於人也。以其誕漫惝怳，冥冥焉不可執取，而猶誅削

若此，況其貌言動作之塊然者乎？是設乎彼而戒乎此者也，其旨大矣。或曰：若子之言，則旱乎，水乎，蟲蝗乎，癘疫乎，未有黜其吏者，而神黜焉，而曰蓋於人者何也？予曰：若子之云，旱乎，水乎，蟲蝗乎，癘疫乎，豈人之爲耶？故其黜在神。暴乎，眊乎，沓貪乎，罷〔音疲。〕弱乎，豈神之爲耶？故其罰在人。今夫在人之道，則吾不知也，不明斯之道，而存乎古之數，其名則存，而教之實則隱，以爲非聖人之意，故歎而云也。曰：然則致雨反風，蝗不爲災，虎負子而趨，是非人之爲，則何以？余曰：子欲知其以乎？所謂偶然者信矣。必若人之爲，則十年九潦，八年七旱者，〔莊子秋水篇。〕獨何如人哉？其黜之也。苟明乎教之道，雖去古之數可矣，反是則誕漫之說勝，而名實之事喪，亦足悲乎！

子厚之所謂偶然者，非子厚之創論也，王充著偶會篇，曾詳哉其言之。彼感虚篇爲蝗不爲災立說曰：

世稱南陽卓公爲緱氏令，蝗不入界，蓋以賢明至誠，災蟲不入其縣也，此又虚也。夫賢明至誠之化，通於同類，能相知心，然後慕服。蝗蟲，閩虻之類也，何知何見，而能知卓公之化？……夫蝗之集於野，非能普博盡蔽地也，往往積聚多少有處，非所集之地則盜跖所居，所少之野則伯夷所處也，集過有多少，不能盡蔽覆也。夫集地有多少，則其過縣有留去矣，多少不可以驗善惡，有無安可以明賢不

肖也？蓋時蝗自過，不謂賢人界不入，明矣。

此蝗不爲災之爲偶然甚明。虎負子而趨，爲後漢劉昆事，幾於無人不知。蓋昆爲弘農太守，殽黽驛道多虎，行旅不通，昆爲政三年，仁化大行，虎皆負子渡河。帝異之，徵爲光祿勳，召問其事，對曰：偶然耳，左右皆笑其質訥，帝笑曰：長者之言也。偶然二字，玆爲著例。韓退之莅潮州，鱷魚徙去，退之不謂是偶然，而爲文以張之，指爲道足驅邪之證，非黴智下劉昆，抑亦誦讀子厚此文，應爲汗下。特退之貶潮州，爲元和十四年，子厚適病歿於是歲，或者子厚未及見退之張脤僨興之大文字也。是退之不幸而不見黜於同官御史之子厚，而乃千餘年來，多少逢掖博帶之士，爲退之遮蔽醜迹，甚或如桐城諸子之張大其詞，誇爲神異，以迄近今。

尋子厚之偶會論，較王仲任爲進一步。蓋仲任辨别災祥，常歷舉前後兩現象使之相次，先坐實前者，而始將後者證明爲虛。如云：「夫桑穀之生，與蛇遶左輪相似類也，蛇至實凶，御者以爲吉，桑穀實吉，祖己以爲凶」，此蛇至之是否眞凶，桑穀之是否眞吉，仲任胸中並無勝算，而爲措詞立論之便，遽先坐實前項，使之顯現後項爲虛。此一邏輯程序，殆爲子厚所不取，故彼辨論神道設教，不恤高舉聖人名號，説明「爲心」何許？而並不指實其「有道」處爲天衣無縫。最後直下一石破天驚之論斷曰：「雖去古之數可矣」，易詞言之，何必周旋膠漆褙之内容？即將褙之名削去，直無

所不可。更進一步言之，聖人之治天下，本無所賴夫祭，匪惟禬也，卽祭之總名，包括烝嘗禘祫等等，亦了無用處，放棄勿恤。一言蔽之，聖人祇爲民而不爲神，吾推子厚之意如此。但子厚曰：「且古之所以言天者，蓋以愚蚩蚩者耳。」〔斷刑論。〕蚩蚩者氓，古今如一，今隔子厚之世已千載，而蚩蚩者祇能受愚，而不能受智，猶相去無甚太遠？或議子厚雖主唯物，而持論不能無所局限，須知此種局限，實當時文化進程促之使然，於子厚何尤？推而上之，更於仲任何尤？

宋子京筆錄，以貞符與禬說相提並論，謂俱以新意行之。何謂新意？難於驟詁，然所見要出一般宋人之上。

義門讀書記於禬說下記曰：

柳子疾當時有司無狀，不舉其罰，故假此致歎幽明一理也，其有報者必亦有責。先王於山川鬼神，鳥獸魚鼈，無不治也，豈名立於此，教存乎彼哉？

義門之意，蓋以子厚主張名立於此，教存於彼爲不然，殊不知子厚並不主張名立於此，教存於彼。子厚禬說之眞諦何在？概非帖括小儒之所得知，固不必苛責義門一人也。試爲辯之：

從來號爲聖人之教者，苦於人神之界不明，其立教之最初基礎，在天人相感四字。王仲任作論衡，旨在說明人不足感天，天亦無意感人。前引感虛篇各例，祇於

前者以蝗與虎等昭示明白；至後者天之無意感人，如漢代妄以災異策免三公等，仲任別於譴告篇委曲陳明，雙管齊下，迷謬洞開。至子厚禬說範圍，卻重前暫不及後，篇中所謂在人之道，則吾不知，此或救世苦心所不得不然，先扶起東，倏西倒更端再議，理或然歟！

子厚曩謂古爲愚蚩蚩而言天，蚩蚩二字，所包者廣，匪惟庶人，卽天子雅不外是。自來權奸蠹國，臺諫徵引天災，嚴詞彈劾，所謂天子者，亦往往俯如所請，朝政暫得清明，自漢逮唐，實例不少。子厚於此，雖明知事涉誣罔，然不欲顯絕爲間可用之路，以陷國難於不可救。本篇因稍留伸縮餘地，不肯步武仲任，將譴告併爲一談，當不中不遠。至其最後目標，則與仲任固無不同，敢斷言也。

子厚旨在分劃幽明，趨重人治，其謂名立於此，教存於彼者，特申釋禬之起源，姑託聖人而爲之辭。義門遽以理不如是，抵禦子厚，所謂癡人之前，說不得夢，此類是也。義門謂先王於山川鬼神，鳥獸魚鼈，無所不治，此可充類而至如湯斌之毀五通，韓愈之驅鱷魚，迷罔夸誕，陋儒將何所不詣？豈容以子厚名實之說坦白示之哉？

宋子京以貞符與禬說並舉：夫貞符以「於其人」爲指歸，禬說以「蓋於人」爲底蘊，前者面人而背天，後者明人而黜神，前者慷慨迅奮而道之，後者委婉曲折以諷

之，而皆爲子京所會得，謚之曰新意，諒子京當時亦頗有難於明言之隱，因而詞之稍詭如此。義門讀子厚天説，以子厚於韓之庾詞，有所不察爲懟，〔詳另條。〕今柳之庾詞爲子京所解者，義門亦察及焉否？

子厚又爲監祭使壁記，有句曰：「非必神之也，蓋亦附之教焉。」義門曰：「謂非必神之者，是其識有所偏，於附之一言亦自相違反，其失與禬説同。」實則子厚不取其神，亦不重其附教，右已具論及此，不更重贅。義門蓬心滿腹，究何足以語此？但義門曰：「壁記謹潔，永州以前文之至者」，義門能解柳文之潔，亦自高眼。

蘇子瞻有禬説一篇，謂禬爲歲終聚戲而設，似未曾讀過柳文，持論兩不相涉，因不錄。

乘桴説

文似高頭講章，雖取意特新，而無多大義藴。桴復雙聲，子厚因此推闡爲文，獨謂孔門以顔子最與師近，而孔子舍回而取由者，殆爲回死已久之故，此一推斷彌確。

文末云：「且使遯世者得吾言以爲學，其於無悶也，揵焉而已矣。」何屺瞻云：揵、拒也，非。劍案墨經：「同、揵與往之同長也」，此以揵釋同，揵一作捷。據孫校，揵讀

爲插，謂插表於地也，考工記：匠人之置槷，卽指是。墨經此條，謂於圜之中心立表，由表而往，圜周皆同長，故下文云：「心、中自是往相若也。」據此，子厚之用揵字，乃謂己所立乘桴之說，與無悶廣狹同幅，或同長，正與墨經字義適合。何釋作拒，義正相反，墨經於拒別有說曰：「合與一，或復否，說在拒」，焉得與揵併爲一談？

墨經揵或作捷，柳集亦然。揵字於文罕用，柳之有取於此，確根墨義，卽此可爲子厚深通墨學之證。

又漢書賈誼傳：「淮陽包陳以南，揵之江。」如淳曰：「揵、謂立封界也。」或曰：「揵、接也。」子厚熟精漢書，今爲無悶確詁其義，必有取於賈傳本文無疑。如淳立封界云者，等於名家言「界說」，樹義何等堅確？或曰：揵、接也，亦達詁，惟失之太簡略耳。

說車

一

廖本於本篇末，貿貿焉注如下一段：

唐世士風僘甚矣，其相戒約曰：君欲求權，須方須圓。元次山嫉之，欲燬小兒轉圜之器，以謂寧方爲皁隸，不圓爲公卿。柳子說車以贈楊生者盡矣，其末篇曰：

誨之方其中，懼圓其外者未至，愚謂楊生誠能方其中，則其外當濟以圓，不害乎時中也。使其自得也未至，而更以圓教之，則不同乎流俗者幾希。

明蔣之翹本，於題下亦同載此一段文，〔惟末尾增兩句云：然則柳子之學，或見笑於次山之家。〕卻聲明說出洪邁，而並不言是否沕入容齋隨筆。夫宋明文人之好作僞，除廖瑩中之全無足齒數外，其終顯露伈伈俔俔之態也，有如是者。

吾觀右文，而輒爲驚歎不已者，則自子厚草擬說車以來，讀斯文而了解眞義何許？究有幾人存焉也。夫元次山身世出子厚前，無論矣，彼其欲燬小兒轉圜之器，誠未必由於閱讀子厚說車一文。獨楊誨之親聞子厚口講指畫，而爲斷斷置辨，謂車能柔外剛中，未必不爲弊車，人能柔外剛中，未必不爲常人，則知誨之所領略於子厚殷殷導誘之眞實意趣，不出口耳四寸之外。至若時隔一二百年，洪景盧追讀柳文，妄將子厚旨趣，與過於圓滑之唐世士風併作一談，此更可見言者諄諄，聽者藐藐，命世文人之苦心孤詣，殊未易爲人如量覺察，而得到受用。降而至於廖蔣兩家，假藉剞劂，附庸風雅，輒在篇章之末，謬事雌黃，將愈在自鄶以下之無譏也已。

茲請將子厚原文之末一節稱引於下：

凡人之質不良，莫能方且恆，質良矣，用不周，莫能以圓遂。孔子於鄉黨，恂恂如也，遇陽虎必曰諾，而其在夾谷也，視叱齊侯類蓄狗，不震乎其內。後之學孔

子者，不志於是，則吾無望焉耳矣，誨之吾戚也，長而益艮，方其中矣，吾固欲其任重而行於世，懼圓其外者未至，故説車以贈。

文中舉出兩箇例子：一遇陽虎曰諾，一叱齊侯類蓄狗。之兩例者，高低有天與淵之别，而子厚將之納入同一範疇之内曰圓。對陽虎唱諾，謂之圓遂，罵齊侯若罵狗，亦謂之圓遂。此一造詣，爲問有誰能之？爲問當時親承子厚指示之楊誨之，是否心領神會？爲問後來無書不讀之洪景盧，及以雕板自衒之廖瑩中與蔣之翹，是否周察整段辭句，得到了解？由右舉迹相看來，此中大大有問題在，從來士人讀書如囫圇吞棗，吾以謂莫過於讀柳子厚之説車。

吾嘗讀文文山之正氣歌而壯之，其中有曰：「在齊太史簡，在晋董狐筆，在秦張艮椎，在漢蘇武節，爲嚴將軍頭，爲嵇侍中血，爲張睢陽齒，爲顔常山舌。」舉如此等例，而特未提到孔子之相夾谷，吾知此或文山特尊尼山，不願下與嚴嵇張顔並列，而又爾時齊侯退避，未見流血，即亦未與毁齒斷舌諸例，等量齊觀，姑不具論。獨文山序中有曰：「是殆有養致然，然爾亦安知所養何哉？孟子曰：我善養吾浩然之氣。」又曰：「浩然者，乃天地之正氣也。」由此以知：夾谷之會，孔子旅進旅退，而行乎不得不行，非有至大至剛，充塞天地，所謂浩然正氣，養之裕如，將一步動彈不得。顧子厚於此，竟提與陽虎唱諾之嘻笑節目，視作是一是二，又竟使讀斯文者，認爲子厚以圓

示教，未免同乎流俗，以比漢陳萬年夜半教子以讇，㊀不過五十步十步之差。烏乎噫嘻！自有柳文一千餘年，吾迄未見有人解得作者善用二律背反之矛盾通象，督責其至親密友之楊誨之，使之攀躋人類至高之大成就，而邁進一步。士類之晦盲否塞如此，余欲無言。

或曰：誨之楊憑之子，於子厚爲妻弟，時年不足二十，而能作爲文章，其辭奧雅，用莊子國語文字，慕甘羅終軍之爲人，其才智固大大可取。憑爲湖南觀察使，治所在潭州，永貞元年十一月，子厚謫永，憑亦以是月，自湖南移江西。子厚赴貶所，既必自潭而永，而誨之適以覲父，猶未去湘，因此兩人驟爾相抵，洎元和四年，憑由京尹謫尉臨賀，誨之又以省父過永，得再相見。子厚見誨之年少俊才，更爲親戚之故，必求以理服之，使得蔚成大器，文辭勤勤焉云爾而不已，固自不難想見。然必懸一最高準的，使人可望而不可卽，子厚毋乃矯枉過正？吾可得逕答焉曰：子不讀天爵論乎？其言曰：「使仲尼之志可得而奪，則庸夫矣，授之於庸夫，則仲尼矣。」仲尼庸夫之間，止於一間未達，可得功力朝夕異致而互變。於是子厚以常人自待，而並以

㊀ 漢書陳萬年傳：萬年嘗病，召子咸教戒於牀下，語至夜半，咸睡，頭觸屏風，萬年大怒，欲杖之。曰：乃公教戒汝，汝反睡，不聽吾言，何也？咸叩頭謝，曰：具曉所言，大要教咸讇也。師古曰：讇，古諂字。

常人待誨之也，則吾無言，不然，子厚一旦從密親中得俊才如誨之，於斯不以合乎天之自然之氣，及以圓之時義之大，相與督責，子厚將不失其所以爲子厚者幾希。客唯唯，吾輒記其言以終吾文。

二

材良而器攻：　詩小雅：我車既攻。傳：攻、善也，朱傳：攻、堅也。

外不圓則窒拒而滯：　窒拒者、謂地與輪不相受，其卒也，輪滯而不前，此皆指輪言之。

匪輪不塗：　塗作動詞用，謂行於塗也。

澤而杼，山而侔：　語本考工記：凡爲輪行澤欲杼，行山欲侔。注：杼謂削薄其踐地者，侔上下等。

上而輊，下而軒且曳：　詩小雅：戎車既安，如輊如軒。朱傳：車覆而前曰輊，車卻而後曰軒，簡而言之，卽俯曰輊，仰曰軒。後漢馬援傳：居前不能令人輊，居後不能令人軒。曳、本易睽卦：見輿曳，其牛掣。謂輿爲執轡者所牽曳，牛乃停頓不前也，當輿向下俯衡時，若無曳者，輿且一瀉而不可留，非僨不可也。

祥而曠左：　禮記：祥車曠左。注：葬之乘車也，曠左猶言虛左。疏：祥、吉也，吉車爲平生時所乘，車上貴左，故僕在右，虛左擬神。

革而長轂以戟：　考工記車人：行澤者欲短轂，行山者欲長轂。　惟此是戎車，配以兵戟，似今之裝甲車。　穀梁傳：是郤克也，長轂五百乘，緜地千里。

巢焉而以望：　巢本作轈，字通。　左成十六：鄢陵之役，楚子登巢車以望晉師。注：車上爲櫓，高如巢，以望敵也。

安以愛老：　安、安車也，禮記：大夫七十而致仕，乘安車，自稱曰老夫。　漢書：孝武帝以安車迎枚乘。　愛、惜也，重也。

輜以蔽內：　輜、說文：軿車前，衣車後也。字林：載衣物車前後皆蔽，若今庫車。

垂緌而以畋：　禮記：武車緌旌。　注：武車尚威，故舒散其旌，若垂緌然。

是故任而安之者箱：　詩疏：車內容物之處爲箱。

載十二旒而以廟，以郊，以陳于庭：　周官：巾車、王之五輅，一曰玉輅，建太常十有二旒以祀，郊與陳于庭準此。

挶而固者蚤：　挶音局，拘玉切，蚤當爲爪，挶、戟持也，考工記注：爪謂輻入牙中者也。

長而撓，進不罪乎馬，退不罪乎人者輈：　考工記輈人：大車之轅摯，其登又難，既克其登，其覆車也必易，此無故，惟轅直且無撓也。　釗案：摯與輊通，低也。　又案：撓、屈也，柳文曰撓，考工記曰無撓，似轅之形象，有屈與不屈兩種。

四牡騑騑，六轡如琴：　語出小雅車舝章，朱傳：如琴，謂六轡調和如琴瑟也。下言覯爾新昏，以慰我心，朱傳：馬服御良，則可迎季女而慰我心。

左爲六官，右爲執法：　釗案：查孔子家語中，無此兩成語，大戴禮盛德篇亦不載，惟家語執轡篇有相應紀錄。　篇之言曰：「天子以六官爲轡，己與三公爲執六官，均五教，齊五法，故亦唯其所引，無不如志。」　六官者，卽冢宰、司徒、宗伯、司馬、司寇、司空，篇已具列在前，執法殆包括天子與三公而言。　其所以六官執法，必須如此配置，則以過失爲人情所不免之故，篇中並詳言之，子厚綜其意而自造句讀，遂有如文中所見句子。

古之車制，從來很少人能詳言之。　清初朱竹垞之弟彝鑒，講毛詩小戎章，曾削木爲小戎，並市絹人馬御輪執轡，本編曾有述及。　近人孫人和，亦於車制能詳，吾在人民大學同教課知之。

謫龍説

一

謫龍説者，乃子厚有所爲〔去聲〕而作，非戲謔也，己不虐人而見虐於人，因爲文以警之也。　吾曾記黄山谷在貶所，陳后山貽書，殷殷以同官見陵與否爲問。　蓋此種

見陵之事，凡謫吏無不習受，況子厚一貶十年，長官來去無恆，族類不一，誰保爲之下者之不見辱？尋子厚集中，未嘗有文揭露曾見狎侮，而謫龍說者，遂以寓言而成孤證。此子厚處境之不得不然，而亦行文技術之習慣如是，蓋如祭崔簡文，說到楚南之鬼不可交，亦此寓言之類也。今吾所認爲習慣之一，又在子厚於此類文字之結尾，每輕輕下一語，如畫龍點睛然，以示警惕。若永某氏之鼠曰：「彼以其飽食無禍爲可恆也哉？」而本文則曰：「非其類而狎其謫，不可哉！」志之壯，聲之遠，意之斬截，戒之顯白，都表裏乎是。

扶風馬孺子者何人也？作者既不說明，注家亦均不詳，獨陳少章考之如下：

李習之有祕書少監馬公誌云：公諱某，字盧符，九歲貫涉經史，師魯山令元德秀，魯山奇之，號公爲馬孺子，爲之著神驄贊，此孺子殆即是人，惜未詳其名也。但祕監歿於元和之季，年登八十，視柳子幾倍長矣，乃不舉其官，而仍孺子之名不改，豈以魯山之品目爲重，故不妨略其齒爵乎？

少章復謂：「此文子厚謫官後作，蓋時有遇之不善者，故寓言見意」，與吾右說合。

二

吾揣此文，子厚並非爲己而發，倘爲己也，則「非其類而狎其謫」一語，直截道出，豈不淺露可笑？又吾揣子厚既非爲己，亦並不爲其他親友如崔簡一類人，以簡

受謫卽病歿，未聞以謫身膺何煎熬也。然則此文影何人乎？吾重思之，簡之兒女，柳氏之出，簡歿後，家口牒州安存，是簡雖未抵永州刺史任，而其子女流離楚地，諒爲時並非甚暫。其間大大可能，該子女輩受到當地不良待遇，因之子厚不得已而乞湖南李中丞委曲安輯之。觀其謝李啓中：「儻非至仁厚德，深加憫恤，則流散轉徙，期在須臾」云云，大抵隱含故實，辭非泛設。並子厚祭簡文所謂：「楚南之鬼不可交」，亦暗指遺族之受淩虐，而非本身與鬼有何交涉？尋子厚向視柳氏族望絶高，則凡柳氏所出，亦自不同例外，「故居鈞天帝宮」，及「非其類而狎其謫，不可哉！」等語，律之崔氏諸甥，了無不合。加以由此看來，故事本馬孺子，自鈞天謫降者爲少女，戲郊亭者爲羣兒種種，不僅毫不牽強，而且繩之崔氏子女，情景逼眞。吾重檢斯文，所爲疏列各證，從而蠡測也如此。

復吴子松説

子厚篤信莊生自然之説，今於此文復得一證。

吴子者，卽吴武陵也，武陵爲人有奇氣，讀書多，察物鋭，能爲儁辯，以謫來永州，子厚極與相得。一日，以松樹之膚理爲問，意謂此膚理者，如此詭怪而有條不紊，持與人之賢不肖壽夭貴賤相比，是皆偶然得之者歟？抑別有主宰者從而裁之？

柳子聞之，頗激發其意氣，而證合其理道，毅然爲之答曰：凡物成於自然，無主張而綱維焉者，假其有之，凡主張而綱維焉者無不謬，成於自然者無不善。木膚之有怪文，其一也，推之人之賢，依自然而賢，不肖，依自然而不肖，惟壽夭貴賤亦然，其他如雲之詭，如風之飄，如草木之采色薰蕕，無不流離鼓盪於自然中。獨人不解自然，尤其爲天子主褒貶黜陟者不解，於是貿貿而升，忽忽而降，一升而蒙瞀僻邪者偕來，一降而清明沖淳者盡去。一言蔽之，凡主宰設施，反乎自然者無不謬，生成養育，合乎自然者無不善。柳子美吳子爲千百年不一二覯之人物，而病其不悟莊周言天曰自然，因於奮筆草天爵論以外，復鄭重爲松說以貽之云。

此一小品文，爲柳集中說理最精之作，似從來未經人讀破。

此文由木膚有怪文，皆寓也而無裁而爲者，推論到天子求士所爲黜陟升降之反戾不得其道，殆與武陵傷子厚竄逐久，到處奔走，爲彼訴說申理有關。

羆說

子厚善爲小文，每一文必提數字結穴，使人知儆，三戒其著例也，而羆說則重在不善內而恃外一語。

從來不善內而恃外，其例何常之有？如周幽王舉烽媚褒姒，淮南子所述黎邱之

鬼故事，皆恃外之失；至死諸葛走生仲達，又恃外而偶成，實則恃外而偶成，亦其平昔善內所致，卒乃正負之效一致。

觀八駿圖説

子厚觀八駿圖説，與其龍馬圖贊，持説全然相反。孟子言：「前日之受是，則今日之受非也」，相反之説，固不能兩是，然孟子以赩質劑其兼金之餽，子厚倘以圖由何人持來而定其價歟？否則視文爲戲謔而不爲虐者歟？語云：言非一端，夫各有當，獨吾謂焚圖終是正論。

吴縣曹元忠、有擬柳河東觀八駿圖説，文甚平正合理。「世言伏羲鱗身，女媧蛇軀，其説亦有所本，而究不聞指鱗爲伏羲之身，指蛇爲女媧之軀者」，此在邏輯，爲「辭之換位」，有規律轄之，參看鄙著邏輯指要第七十七頁。曹元忠、字夔一，號君直，南菁書院肄業生，從定海黄元同〔以周〕遊，治禮經有聲。甲午舉人，就經濟特科試不第，所著禮議、及箋經室遺集刊行，癸亥元日卒，年五十九。

卷十七　傳

宋清傳

一

子厚集共有傳六篇，一宋清，一種樹郭橐駝，一童區寄，一梓人，一李赤，一蝜蝂，皆微者也，而蝜蝂尤一小蟲，所爲類稗官游戲，無一大篇重寄之作。其所以如此，姚仲實曾有一段説明如下：

劉知幾史通六家篇云：「傳者傳也，所以傳示來世」，補注篇云：「傳者轉也，轉授於無窮」，此傳之意也。文心雕龍書記篇云：「狀者貌也，體貌本原，取其事實」，此狀之義也。桐城家言百家體例云：「經如堯典舜典，史則本紀世家列傳，皆紀載之公者也，後世記人之私者，曰家傳，曰行狀，曰事略，曰年譜皆是，但彼合傳誌爲一，故更數及墓表、墓誌銘、神道碑種種，凡文體之近是者悉歸之。」姚氏〔按此指姚鼐。〕分而出之，引劉海峯之言曰：「古之爲達官名人傳者，史官職之，文士作傳，凡爲圬者種樹之流而已，其人既稍顯，即不當爲之傳，爲之行狀上史氏而

已。」案日知錄云：「列傳始於太史公，蓋史體也，不當作，史之職無爲人立傳者。梁任昉文章緣起言：傳始於東方朔作非有先生傳，是以寓言而謂之傳。韓退之集傳三篇，柳子厚集傳六篇，皆微者與游戲之作，比於稗官，若段太尉，則曰逸事狀而不曰傳。」方望溪答喬介夫書亦云：「家傳非古也，必阨窮隱約，國史所不列，文章之士，乃私錄而傳之。獨宋范文正公、范蜀公（鎮）有家傳，而爲之者張唐英、司馬温公耳，此兩人故非文家，於文律或未審，若八家，則無爲達官私立傳者。」此兩說實海峰所本，至傳末評語，其名諸家不同。據史通論贊篇云：「左傳發論，假君子以稱之，二傳云公羊子、穀梁子，史記云太史公，班固曰贊，荀悅曰論，東觀曰序，謝承曰詮，陳壽曰評，王隱曰議，何法盛曰述，揚雄曰譔，劉昺曰奏，袁宏裴子野自顯姓名，皇甫謐葛洪列其所號，而史官通稱史官，其名萬殊，其歸一揆，必取便於時者，則總歸論贊焉。」此雖論史，其可以資文家之取裁乎！

子厚生於唐室，去古未遠，當然保持相傳文律，集中傳狀一類之文，如彼其少。若如桐城所見，將墓表墓誌銘神道碑等，合傳狀爲一，則範圍廣闊，凡公私隱顯之別，都泯滅不見。加以諛墓風行，人思自媚，而文家此類文字，多不勝收矣。就此而言，子厚集中吐辭清白之量，遠高於韓。蓋子厚所爲表銘誌碣，大抵懿親摯友，痛癢相關，決無如韓弘人事物問題羼雜其間也。

二

賀松坡讀宋清傳深有感，爲長篇書後如下，

書柳子宋清傳後

賀濤

子長得罪，知交莫救，游俠傳慨乎言之，子厚傳宋清，意與子長同，子長之意隘矣，子厚又從而甚焉。於清之得遠利，數數言之，其意蓋曰：有援我者，吾之報之也，豈後於德清者之報清，此傳之意也。不然，清之遇人足以傳矣，數言其得遠利，則賈人之尤巧者也，何足道哉？古之君子，其進也難，其退也易，雖獲譴以去，而充然有以自得也，吾讀子厚與許蕭諸書，益不能無惑焉。夫子長之辭激，子幼之辭敖，其於君子自得之趣，已邈乎其不相及矣。然彼二子者，謫非其罪，特假偏鷙激宕之辭，笑訕怒詈而攄其憤耳，子厚既自反之不縮，而又倖人之憐而收之也，故其志幽抑，其音哀促，其氣亦遂萎然不能舉其辭，抑猶在二子之後歟！雖然，子厚以命世之才，銳於見功，至蹈大戾，其冀得復用，蓋欲直前過而竟吾才之所能耳。夫以斥逐廢滯無人省錄之身，抱壹鬱紆軫無聊之志，而施政於遐僻瘴癘之地，其所錯置已足表暴於當世，使得復枋用，其效功天下豈可量耶？又烏得與奔勢竊榮苟徼富貴者，等觀而類視之耶？然卒絀於讒毁，不得少伸，雖生平故舊所嘗致書而希其扳接，如蕭俛許孟容李建諸人者，亦終不肯爲言，此退之所謂材不

爲世用，道不行於時也。嗚呼！豪逸之士之不容於世也久矣，庸謭瘠窳之徒，席恆蹈順，幸免於戾者，方且日伺吾之隙，而以其所操尺墨繩之，一不自檢攝，而身敗名裂，終不復振者，不可勝數也。子厚之斥也，惜之者退之而已，李陵之敗，惜之者子長而已，吾著而論之，使操用人之柄者，苟遇英特非常之士，當懲其躁妄，而委曲以全之，無沮遏其志而敗壞其才，而士之自持其身者，尤當致謹於出處進退之際。世無退之子長，則子厚乃竄斥之罪人，而李陵乃一降虜耳，雖有文學勳烈，誰復稱道之哉？孟堅爲李陵傳，旣侈陳戰狀以表其功，於其致敗及所以降而不反者，言之絶痛，而陵之本志，復於蘇武傳言之，可謂得子長之意矣。陳湯奇才偉功，以過犯屢嬰大譴，間以疾毁，卒致廢死，孟堅旣直書其功罪，而備載劉向谷永耿育訟湯之疏，以致其痛惜之意，嗚呼！此班氏所以爲良史與！

松坡此文，用意甚鄙，彼以宋清爲例，堅謂子厚以望報歆動人，使來救己，豈松坡未嘗一讀寄許孟容書作何語言乎？書曰：「伏惟興哀於無用之地，垂德於不報之所」，子厚當時困悴無聊，已造其極，尚復能以小人之腹，度君子之心，妄起幻想，欺朦長者如許孟容其人乎？林琴南讀此文，爲之評曰：興哀二語，爲通篇關鍵，是與松坡所揣測於宋清傳者，適得其反，何琴南之度量相越，去松坡如彼其遠乎？松坡又曰：子厚旣自反之不縮，而又倖人之憐而收之，此語尤謬。蓋子厚以用世爲志，與韋王輩

奮力共進，事雖不成，淪於遷謫，生平爲文，曾無一悔吝之辭，亦未嘗有交友不愼等惡劣意態，誠自反也，何縮與不縮之可言哉？倘或爲人推引，復見枋用，大丈夫平陂往復之常，如子厚者，殆行無所事耳，倖人憐而收之，是何語句，可用於子厚者哉？子厚晚年習於南服，與民衆相處甚適，得山水奇趣尤自喜，此與松坡所謂充然自得，並無反背，何松坡蓬心未去，讀書不觀其通一至是乎？獨松坡末幅，稱子厚知己子長一人，所見高人一等。

吴至父在與李翰林建書後作評云：「方氏議其氣未充可也，至云與自反無怍者異，乃是隨俗是非，不究事實。子厚有何媿怍？正坐名高氣盛，見忌時流，遂至一斥不復耳，范文正嘗論此，最允當。」此至父諷望溪之褊狹，斷定子厚絶無媿怍，較之松坡聲言子厚自反不縮，與望溪同一鼻孔出氣者，其爲師賢於弟子抑何遠耶？

古者人非史官，不敢爲人隨意立傳，子厚集中有傳六篇，自宋清以至李赤蝜蝂，大抵比於稗官之屬耳。若段太尉事關史實，意涉論贊，其文並不曰傳而曰逸事狀，此論顧亭林卽堅持之，可云特識。松坡於清傳妄加箋證，且視爲反躬悔吝之辭，強作解人，庸妄何極？嘗謂松坡吴門高第，識宜銳過其師，顧於實反下其師一階，則以至父獲友如嚴幾道，能假借泰西理論，以培輔己之不足，而松坡曠無何友之故，由是以知人之得友，尤貴於得時云。

種樹郭橐駝傳

司馬君實紀憲宗朝，於再貶柳子厚爲刺史時，稱子厚善爲文，梓人傳外，並錄此傳於卷內。其辭曰：

又作種樹郭橐駝傳曰：橐駝之所種，無不生且茂者。或問之，對曰：橐駝非能使木壽且孳也，凡木之性，其根欲舒，其土欲故，既植之，勿動勿慮，去不復顧。其蒔也若子，其置也若棄，則其天全而性得矣。它植者則不然，根拳而土易，愛之太恩，憂之太勤，旦視而暮撫，已去而復顧，甚者爪其膚以驗其生枯，搖其本以觀其疏密，而木之性日以離矣。雖曰愛之，其實害之，雖曰憂之，其實讎之，故不我若也。爲政亦然，吾居鄉，見長人者好煩其令，若甚憐焉，而卒以禍之。旦暮吏來，聚民而令之，促其耕穫，督其蠶織，吾小人，輟饔飧以勞吏之不暇，又何以蕃吾生而安吾性耶？凡病且怠，職此故也。此其文之有理者也。

右於原文簡舉其辭，而意不失，此較宋子京唐書整錄柳文之尤見史才也，文之有理，一語斷制，更饒史識。

凡長安豪富人爲觀遊：　漢書揚雄傳：「罕徂離宮而輟觀遊」，本集韋使君新堂記：「乃作棟宇，以爲觀遊」，觀作去聲讀，宋陸遊務觀，名字相屬，義本此。

若不過焉則不及：　此猶言「非太過則不及。」
雖曰愛之，其實害之，雖曰憂之，其實讎之：　愛害韻，憂讎韻，子厚行文，好羼韻語。

移之官理可乎，駝曰：我知種樹而已，理非吾業也：　理皆治字之代。

不亦善夫？　夫、疑解，與乎同用。

通鑑文：職此故也：　胡注：杜預曰：職、主也。　釗案：職此故也，或作職是之故，按文法構造，視「惟義之宅」例，參看平淮夷雅簽釋。

蘇子贍蓋公堂記，　用子厚郭橐駝傳之意，　而變其面目，　語出錢竹汀十駕齋養新錄。

童區寄傳

一

童區寄傳，爲集中關繫史迹、表著義憤之作，先將詞句應簽釋者，分疏於下：

則取他室束縛鉗梏之：　室、包括子女言之，或視爲他室之子之省略，亦得。

當道相賊殺以爲俗：　當道可得雙關意義：一作當路或要津解，一作橫行於塗路間解。　前者謂要津各擁有奴婢，互鬥爭權利，後者謂狹路相逢，無所避忌。

漢官因以爲利：　陳少章曰：「唐時嶺表大吏，多貢南口，或以充賂遺，所謂因以爲利者此也。」釗案：房啓以容州刺史進而經略容管，曾獻南口十五人於朝，以王叔文之黨而有是事，則當時之官場弊習可想。　釗又案：上文有幸得壯大字樣，意謂僮而幸得壯大，又掠取他僮以爲己利，世代相續，遂成族性。　當時之官，固無往非漢人，而此處特顯言者，以示僮之非漢人耳。

桂部從事杜周士爲余言之：　陳少章曰：柳子在永州，有送杜留後序，留後卽周士也。　區寄事既聞之桂部從事，區寄其人，卽與桂部有關可知。

童寄者郴州蕘牧兒也：　世傳柳集各本，皆一律作郴州字，陳少章點勘此集，謂是誤字，蓋寄事由桂部從事傳出，而郴係潭部屬郡，非桂所部。　又傳言州白大府，刺史顏証奇之，據舊史，証以貞元二十年除桂州刺史、桂管觀察使，則州所白大府，蓋桂管，非潭部也。　郴係潭部之州，與顏邈不相涉，〔釗案：証乃顏杲卿之孫。〕郴顯是誤字。　釗案：郴柳兩字，偏旁相同，集或舊是柳字，因年久漫漶，字訛作郴，大是可能。獨自來諸家讀柳文，統未就此注意，蘇子瞻作劉醜廝詩，矢口追配郴之蕘，〔詩見下。〕爽然不疑。　又粵人淩藥洲爲本傳書後，提筆卽曰柳州蕘牧兒童區寄，〔見下二則。〕字得郴之反，亦不作猶豫考慮，不知心理何若？〔釗案：古文苑柳字未誤，少章藥洲，或均有見於是。〕要之童寄屬桂管，而不屬潭部，史實犂然，不容含混。　昔全謝山爲吳人苦爭

一隨父流寓之柳子厚，吾固未暇爲湘人牽曳討殺二豪之另一秦武陽也，呵呵！

即誠見完與恩，無所不可：　劍案：即爲我字之誤，理由如下三義：本文之主要動詞，爲無所不可之無字，誰無所不可？僮無所不可也，由是無之主詞爲僮，而不可能爲即，此其一。完與恩者，謂所施之惠也，誰施之？曰：即施之，誰受施？曰：僮受施。今曰見完與恩，明明是被動性，其主詞定爲我，而不可能爲即。如云人侮我，主動也，被動即爲我見侮，人殺某甲，主動也，被動即爲某甲見殺，凡動詞與見連用者皆被動性，㊀此其二。上文彼不我恩也，已有我字領先，下文接言我誠見完與恩，文脈適合，此其三。

我區氏兒也，不當爲僮：　蘇子瞻有劉醜厮詩云：「此可名區寄，追配郴之蕘，恨我匪柳子，擊節爲爾謠。」查子厚在柳州時作此文，據韓退之爲子厚誌墓，稱其治柳設方計，贖民之浸爲奴婢者，此子瞻所以恨不爲柳，得贖追配郴之劉醜厮也。蕘如孟子：「芻蕘者往焉」之蕘，謂樵者也。　劍案：退之作羅池廟碑，首言柳侯爲州，不鄙夷其民，是子厚平生孜孜爲民之宏願孤詣，退之於子厚歿後，始得窺見一二，子瞻又於二百年後，從退之獲觀子厚之髣髴，是不得不號爲儒林之偉大發見，而退之永貞

㊀ 楊樹達曰：「孟子盆成括見殺，呂氏春秋晏子見疑於齊君，見表被動，確始於戰國，見積微居讀書記。

行之叫囂之有媿於子厚，亦稍稍自褫其隱微云。

斯亦奇矣。　廖云：此用太史公與任安書斯已奇矣語法，集凡數用之。　釗案：凡曰某一筆法從某家出，皆頭巾氣語，蓋文家能使用之筆法，越不過若干種，中有彼此相似處，誠勢不得不相似，所謂文入妙來無過熟，而又何仿焉？

二

淩藥洲〔揚藻〕海雅堂集卷十九，有書柳子厚童區寄傳後一首云：

柳州蕘牧兒童區寄，以十一歲殺二豪，至鄉之行縛劫者，莫敢過其門，抑何壯哉？吾以爲非獨其器與識之異乎人，亦其勢之所值有以激之也。向使逡巡隱忍，罔識夫事機之宜，其不屈而爲僮者幾希？又使無隙可伺，賊賣之，獲金以去，寄雖黠，不過逋逃以負其主人，亦何從而傳其事耶？甚矣！幾之可乘，而時之勿可失也。夫人當履夷處順，溺乎所便安，末由激發其志氣，惟臨囏厄，遇事變，顛跌撼頓而奮生焉，充其類可以至仁人，次亦不失爲慷慨激昂之志士，故知其所當行，無或轉念，天下事不足爲也。彼童區寄者，亦若是焉已耳，不然，背刃絶縛，即鑪瘡手，豈可嘗試於平時者哉？而或者謂：慷慨就死易，君子無取焉，嗟乎！此苟且因循，蒼黄反覆，僥倖於利害之私，而卒流爲小人之歸者之所以接迹於天下也。

藥洲一生艱苦，蔚成嘉慶朝之學者，蓋有清政局，已由貪黷而趨腐朽，識者激發其志

氣，圖一旦得手，從顛趺撼頓中，奮力以整頓天下事，藥洲殆隱於南海之一人耳。查藥洲，乃廣東學署内南漢九曜石所在地，翁覃溪嘗表章之，揚藻適取此二字爲號，或由本地風光，兼與翁有文緣之故。張之洞題南京某園句云：九曜池上曾往遊，此地具體小藥洲，桂海年年作大浪，何人更賞林塘幽？

梓人傳

一

司馬君實作通鑑，於紀子厚以徵爲柳州刺史時，論曰：

宗元善爲文，嘗作梓人傳，以爲梓人不執斧斤刀鋸之技，專以尋引規矩繩墨，度羣木之材，視棟宇之制，相高深圓方短長之宜，指麾衆工，各趨其事，不勝任者退之。大夏既成，〔胡注：夏與廈同，胡雅翻。〕則獨名其功，受祿三倍。亦猶相天下者，立綱紀，整法度，擇天下之士，使稱其職，居天下之人，使安其業，能者進之，不能者退之。萬國既理，而談者獨稱伊傅周召，〔胡注：召讀曰邵。〕其百執事之勤勞，不得紀焉。或者不知體要，衒能矜名，親小勞，侵衆官，听听於府廷，而遺其大者遠者，是不知相道者也。

右温公節錄原文，而稍稍變易其辭，不甚露針綫痕迹，可謂善於稱引，信良史材也。

胡三省作注，謂梓人傳諭相業，以其有資於治道，故温公取之，身之熟精故事，自了解温公心理。

居天下之人，使安其業：　此引原文語，居者，猶書：「懋遷有無化居」之居。化謂銷售，居謂囤積，此視人若貨物然，儲集賢才，使安其業也。

听听於府廷：　胡注：听、魚隱翻，廖注同，笑也。　司馬相如子虛賦：亡是公听然而笑。　蘇軾答李公擇詩：應同亡是公，一對子虛听。

二

困學紀聞云：

迂齋云：梓人傳規模從呂氏春秋來。　愚按呂氏分職篇云：「使衆能與衆賢，功名大立於世，不予佐之者，而予其主，其主使之也。　譬之若爲宫室，必任巧匠，奚故？曰：匠不巧則宫室不善。　夫國、重物也，其不善也，豈特宫室哉？巧匠爲宫室，爲圓必以規，爲方必以矩，爲平直必以準繩。　功已就，不知規矩準繩，而賞匠巧也，巧匠之宫室已成，不知巧匠，而皆曰善，此某王之宫室也。」　柳子立意本於此。

迂齋、李樗號，樗者楠弟，兄弟俱以鄉貢不第，早卒。　樗從呂本中學，於毛詩有述作。

困學紀聞又云：

淮南子曰：「春貸秋賦，民皆欣，春賦秋貸，衆皆怨，得失同，喜怒爲別，其時異也。爲魚德者，非挈而入淵，爲蝯賜者，非負而緣木，縱之其所而已。」亦見文子，此柳子種樹傳之意。

陳鴻墀全唐文紀事引右條，加按語如下：

　鴻墀謹按：此與莊子狙公賦芧之說相類。

沈作喆寓簡云：

　柳子厚設愚者對智伯，其淵源自出，蓋本列子蒲且子之說釣也。

宋王楙，字勉夫，長洲人，養母不仕，從事著述，有野客叢書云：

　客或譏原涉曰：子本吏二千石之世，結髮自修，以推財禮讓爲名，正復讎取讎，猶不失仁義，何故遂自放縱爲輕俠之徒乎？涉應曰：子獨不見家人寡婦邪？始自約敕之時，意乃慕宋伯姬及陳孝婦，不幸一爲盜賊所汚，遂行淫佚，知其非禮，然不能自還，吾猶此矣。僕謂此柳子厚河間傳之意也。史記呂不韋傳述太后云云，河間傳又用其語，古人作文，要必有祖，雖穢雜之語，不可無所自也。

　古人作文，要必有祖，此柳子厚並不諱。與韋中立書，即自道其所本者甚衆，未若韓退之自矜詞必己出也。從來尊韓者，以爲韓崇子長而薄孟堅，桐城方苞因謂柳技祇達孟堅，以韓稱柳似子長爲不然。吾觀元劉壎所著隱居通義有一條云：「退之

自祕，示人以高，故未嘗尊稱遷固，至其平生受用，則實得於此，此亦文章士之私意小智也。公嘗自泄其機矣，曰：『非三代兩漢之書不觀』，所謂兩漢，非班馬耶？」嘗論史遷所長，在論與筆，而爲文須讓孟堅，乃桐城妄人，己不能爲文，竟聲言生平不喜孟堅子厚。殊不知己之所尊，並無法擯孟堅於兩漢之外，而識者指陳所得，及自祕鳴高，不過文章士之私意小智，其議甚快。劉壎字起潛，南豐人，博覽工詩文。

楊升菴丹鉛總錄云：

郭象莊子注云：「工人無爲於刻木，而有爲於運矩，主上無爲於親事，而有爲於用臣」，柳子厚演之爲梓人傳一篇，凡數百言。

此條可與右王厚齋引迂齋之說參看。又升菴之說，田山薑在其雜著中全引用之，且指白香山琵琶行一篇，從杜子美臨潁美人在白帝四句而來，皆得脫胎換骨之三昧，號爲詩文演法。升菴山薑，皆於柳有默契，因樂爲併著其說如右。〔又升菴之說，山薑之子同之，在其西圃文說，復重引之。〕

宋程大昌續演繁露云：「柳子厚梓人傳述其作室之橅曰：不愆於素。左氏哀公元年，楚子圍蔡，里而栽，夫屯，晝夜九日，如子西之素，杜注曰：本計爲壘，九日而成。」素、俗語模型之謂。〔按里而栽者，設板築爲圍壘，周匝去蔡城一里。夫屯者，夫猶兵也，壘未成，故令人在壘裏屯守蔡。〕

三

頤傭隟宇而處焉： 隟應作隙，隙宇，謂暫無人居之室。傭，租賃也。

家不居礱斲之器： 居本商業用語，子厚好用此字，以示儲集，下文云：「居天下之人，使安其業」，本篇卽兩用之。 礱音聾。

吾受祿三倍： 唐順之云：以言語代敘事。

他日入其室，其牀闕足： 劉辰翁云：是文章布景處，似眞似謔。

梓人左持引： 引卽尋引之引，謂量尺也，八尺曰尋，十丈曰引。

舉揮其杖曰斧： 舉揮者，謂舉而揮之也，中應參一而字，下云：「顧而指曰鋸」，顧指之間，卽參用而。 或將此語連下一彼字爲句，曰：「舉揮其杖曰斧彼」，下文「顧而指曰鋸彼」亦然。

既成，書于上棟： 王應麟云： 既成數語，極含蓄，爲下文張本，乃一篇精神命脈。

余圜視大駭： 圜視本賈誼治安策：「天下圜視而起」，注：驚愕也，但從字面看來，謂其張目而視，或四面周察，兩解俱得。

然後知其術之工大矣： 工，巧也，或善其事。

彼其智者歟！ 唐順之云：用三歟字連聲贊美，方轉下去，如黃河之流，九折而

入海，何等委曲？

物莫近乎此也：　此謂梓人，謂足爲佐天子相天下法者，萬物之中，莫近於梓人，卽物無比梓人更近者也。

郡有守，邑有宰，皆有佐政：　如子厚爲永州司馬，卽刺史之佐政也。

又其下皆有嗇夫版尹：　漢制：鄉小者置嗇夫一人，大鄉或都會，當不止此，張遷碑所載喋喋對文帝語者，卽此職。版尹，掌戶版者，略似今之戶籍警。

彼佐天子相天下者舉而加焉：　舉而加者，謂舉其人而加於其職也，如人適宜爲上士，卽舉而加於上士，餘類推。

猶梓人畫宮於堵而績於成也：　績，績用也，下云：「以至敗績用而無所成也」，卽遺詞之變換法，句由詩：「是用不潰於成」胎襲而來。潰，遂也，由潰散而得成遂，是反語，楊升菴卽引爲例，見丹鉛錄。

士或談殷周之理者：　理卽治也。

通是道者，所謂相而已矣，其不知體要者反此：　所謂相而已矣，謂作相之道，不過如此。反此之此，卽指相言，謂其不足以爲相也。

而道謀是用：　詩小旻：「如彼築室于道謀」，道謀，謂與路人相謀也，諺稱築室道謀，三年不成。

蓋古之審曲面勢者：　本周禮考工記文：「審曲面勢，以飭五材，以辨民器，謂之百工。」注：謂審察五材曲直方圓形勢之宜以治之，及陰陽之面背是也。

四

清道咸間，廣西有朱琦字伯韓，道光十五年進士，爲古文有聲，金田兵起，以給事中助守桂林，未久，移官浙江，咸豐十年，杭州失，死焉。伯韓能爲清晰近桐城派之文，身歿後名尤高，有怡志堂集行世。集中雲谷瑣錄序一首，引子厚梓人傳以博其趣，是借以自道甘苦之文，能堅忍任大事，與貪祿嗜貨一流異趣。爲節錄如左：

雲谷瑣錄者，吾粵西馬翁自記所興建，附以家世端末，雲谷其自號也。自道光辛卯，翁監貢院告成，爲人言或太息道往事，必曰貢院一役至難耳，非某公與某公多爲之助，亦弗之濟也。昔柳子厚傳梓人，而得相天下之道，操其進退於百職司，蓋天下以有助而成，無助而孤，委羣材，會衆工，大厦之成，非一丘之木，雖作室且然，翁豈易言哉？然吾觀翁數典巨工，謗者沸騰，同人瑟縮思避，翁獨堅持以竢其後，是亦子厚所謂不屈其道，由我則固，不由我則圮者也。抑余又聞翁之言曰：往者與人役，吾測焉，凡助我者必同我，異我者必謗我。同我者惟其言是聽，若唯恐失吾指，雖有忒焉，弗之告也，非眞助我者也。異我者以其費之大也，不詆其好事也，卽疑其私己也，己不爲，又惡他人爲之，敗則幸，成則忌。彼共役者，亦

既聞而見之矣，然而意見不少合焉則懟，請謁偶弗遂焉則忮，小不忍而謀亂矣，豈復知有公家之事哉？是故更事多者，知人之情僞審，不敢以其助我而爲之徇也，不敢以其謗我而爲之沮也，堅忍之而已，勉力以畢吾事而已，姑俟時焉，以待明者之察而已。余以翁言類有道者，又所爲余多與焉，爲次其語於卷首。

文中鄭重引述子厚之言：「由我則固，不由我則圮」，杭垣庚申之失，伯韓其有遺憾也歟！伯韓復曰：「己不爲，又惡他人爲之，敗則幸，成則忌」，此不知視功成不居，當下幾等？作者言外之感，吾何能測？

李赤傳

一

蘇子瞻有李赤詩，及書李赤詩後一文，均在集。書後如下：

過姑熟堂下，讀李白十詠，疑其語淺陋，不類太白。聞之王安國：「祕閣有赤集，此詩在焉，白集中無之。」赤見柳子厚集，自比李白，故名赤，卒爲厠鬼所惑而死。今觀此詩止如此，而以比太白，則其人心疾已久，非特厠鬼之罪也。

東坡心疾二字，道盡李赤行爲一切。子厚疑有厠鬼，子瞻又僅云非特厠鬼之罪，殊不知心疾與厠鬼，是矛盾語。人既有心疾，其心影能構成一切象，别無所謂厠鬼與

非厠鬼，哲士如柳蘇兩公，在千數百年前，受到時代之局限性，無從打穿後壁，直瀉到底，了無足怪。所足怪者，除李赤自造一切象使人可見外，尚有一第三人之婦人象羼雜其中，使所謂友者，一再覯其與赤共語，及取巾經赤之脰等狂惑病態。子厚傳中，固未言明與友同其視綫者還有誰某？以理推之，當時親見赤之狂易諸態者，爲該友所獨，其事並未觸及兩人以上之眼簾，則該友者，亦與李赤同爲狂易病惑之人，而程度差等已耳。吾人居今日而讀斯傳，必作如是觀始通，不必深知心解規律，亦能得著此一結論。

林紓評此傳云：

李赤事齷齪卑穢極矣，何足傳？傳在傳末數言，蓋斥是非取與向背之不明也。吾竊謂叔文、厠鬼也，柳州、李赤也，旣已落厠，悔無及矣。

琴南此評絶謬，叔文生前爲子厚所敬重，死後亦不聞子厚吐一怨言，李愛伯曾於此見之甚瑩，深加太息，何琴南智下愛伯爾甚，竟以厠鬼牒叔文，李赤牒子厚爲哉？子厚賦瓶云：「綆絶身破，何足怨咨？功成事遂，復於土泥」，此數語最足說明子厚之政治見解，琴南之智，似不足以語此。

二

明之遺逸，有臨川李亦白，避亂宜黃戴溪山中，志意蘊憤，著筆語集一十五卷，

以父國禎、明季令耒陽，值張獻忠攻克全楚，而斯城獨完，民至今祀之，以此亦白與湘人有連誼。 新化鄧湘臯〔顯鶴〕曾爲筆語序而行之，謂書與王充論衡相似，人則爲周燮徐穉申屠蟠之流亞，評價甚高。 吾曾覓其書讀之，號竹谿筆語，亦泛常雜碎筆記短書，羼雜議論，不覺新穎，並無甚怪異。 獨傳説管仲兩條稍稍不同：

一、武丁用傅説，不可能先有何夢，蘇子謂神交上帝，其説非也。 高宗舊勞於外，遯荒徂亳，時必有賢才陰左右之，意卽傅説其人，迨免喪之始，無端以天下之政，倏而卒加之胥靡之賤，天下之大，其孰能從之？ 故假其象於夢，以神其所從來，而後天下乃共快其爲天授，非人力也。

二、管仲相桓公，具一匡九合之才，豈不能辨君臣之大義，以決生死？而不幸有敗管仲之生平者，則鮑叔牙也。 使當日無鮑子以言於桓公，則管仲必死，管仲死則君臣之義得，存亡之理正矣，惟有鮑子一薦，齊有死子糾，遂有生管仲，有死召忽，遂有生管仲。 人生兄弟而值糾桓，友朋而生管鮑，抑何其不幸也？

由此類推，筆鋒卻有些須似王仲任，而絶無狂易病惑之處，其自標爲亦白，亦看不出有何與青蓮相近？ 彼「亦白」是字，而名「曰滌」，滌之命意，可能與李亡於水有連，因附於李赤傳後，微記其略。

蝢蝂傳

蝢蝂傳，一不足二百字之小文耳，切有所指，不難看到，但所指爲誰？無法知之。廖本稱：「公之所言，蓋謂當時用事貪取滋甚者」，而蔣之翹則云：「此當是子厚貶後自悔之言」，其說謬甚。陳仁錫從而申言曰：「公所諷託，宜其持己剛矣，卒不免於黨錮，豈於此輸一著耶？」說尤爲謬之謬。

吾揣此文，子厚爲王涯而作，涯與子厚早爲友，觀同列名祭李汶中丞，及獨孤申叔墓碣，載信友十三人於碣後，涯亦與焉可知。顧除此之外，集中不見涯名，夫貞元十八年以至子厚之歿，時居廿載，不爲不久，而其中往來酬唱之跡，槪乎未見，則兩人性情文字間，有大大距離，不難一覽而得。雖然，涯早得學士，聲光不薄，韓退之赴江陵途中寄贈翰林三學士詩，所謂王二十補闕，卽涯也。其人貪權嗜祿，固子厚所不喜，而子厚篤於故舊，亦難摽涯出諸大門之外，何況涯居永寧里，其宅爲楊憑故第，子厚之妻曾就終於是，以此轇轕下上，情跡未必不通。子厚文中告誡重重，期之甚殷，息息惟貪取而近於危墜是懼，足見作者知涯甚深，並逆料將來禍患之難於倖免。果也，子厚歿後十六年，卽太和九年十一月二十一日，涯年逾七十，以甘露之變，與賈餗、舒元輿、同腰斬於子城西南隅獨柳樹下。事雖爲子厚所不及見，而涯

「好上高，極其力不已，至墜地死」，此一必然因果，爲傳文所刻畫者，竟未嘗有毫髮爽。何以言之？涯愛積聚，資財鉅萬，藏書殆與祕府相埒，名書畫鑿垣納之，死之日，一切蕩盡。時涯兼江南榷茶使，百姓恨之次骨，臨斬，爭投瓦礫如雨，此「其形魁然大者也，其名人也，而智則小蟲也」，白居易有感事詩弔涯云：「禍福茫茫不可期，大都早退是先知」，用意與子厚哀蝜蝂同。

蝜蝂於書失考，柳集注家無言之者。查爾雅蟲部：傅負版，郭璞釋云：未詳。釗案：傅負字誤疊。蓋此蟲名負版，或作傅版，負版、本義，傅版、假傅說版築爲名；爾雅原只作負版，釋爾雅者注傅字於旁，遂爾誤疊成今形。能改齋漫錄以爲卽柳文蝜蝂，鄙意與吳曾同。

近米元章寶晉齋帖出版，徐森玉爲文釋明：謂王右軍草書王略帖後，蓋有永玩珍祕四字朱文印，斯印卽唐相王涯所有。徐君此考，不知何所依據，而查朱文四字印第二字，作存並不作玩。又閱唐蘭所作此帖讀後記，據元章書史：「余白首收晉帖，止得謝安一帖，開元建中御府物，曾入王涯家。」此言曾入涯家者，止謝安一帖，至右軍二帖，雖標爲貞觀御府物，其曾否經歷涯家，則無一語及之，姑不具論。涯當時以收藏之富著稱，名書畫幾與祕府相埒，至所藏何品，從來不見有何著錄，而今發見元章收三晉帖，因名其齋曰寶晉者，其三晉帖都可能經涯收藏，此雖約略增殖

蓄念懷舊者之逸趣，而同時斷定如涯行同蝜蝂之無益於國家多文爲富之數，曷勝太息？㊀

蝜蝂、於負版加虫旁，並非原有蟲名負版也。論語：「式負版者」，注：「負版者、持邦國之圖籍」，子厚南亭敍志云：「登年徒負版，興役趨伐鼛」，以如此可敬之職責，一轉而爲可恥之貪汚，遂乃加虫旁以明之。猶之浮游與便旋，二者均無與於蟲，而一則見其生命之短促，至朝不保夕，一則見其身軀渺小，於沙礫中轉亂靈活，因分別以浮游與便旋名之，而特加虫旁，如蜉蝣，如蝡蜁，劃歸蟲豸，此吾國制名之妙用，隨處可見。

曹文洽傳

一

子厚集存傳七首，惟最後曹文洽韋道安傳，有目而遺其文，諒子厚當時實有其文而散佚也。

曹韋同以義俠重於時，道安文雖佚而詩存，獨文洽行事，無一字見於柳集，爲尊柳志，依范祖禹唐鑑錄曹狀如次：

㊀ 徐唐兩文，都見一九六二年第十二期及六三年第三期文物雜誌。

貞元十六年，義成監軍薛盈珍，爲帝所寵信，欲奪節度使姚南仲軍政，南仲不從，由是有隙。盈珍屢毀南仲於帝，帝疑之，盈珍又遣小吏程務盈，乘驛誣奏南仲罪，牙將曹文洽亦奏事長安，知之，追及務盈於長樂驛，殺之，沈盈珍表於厠中，自作表雪南仲之寃，遂自殺。帝聞而異之，徵盈珍入朝，南仲恐讒之益深，亦請入朝。四月，南仲至京師，帝問：「盈珍擾卿耶？」對曰：「盈珍不擾臣，但亂陛下法耳。且天下如盈珍輩，何可勝數？雖死羊杜復生，亦不能行愷悌之政，成攻取之功也。」帝默然，竟亦不罪盈珍，仍使掌機密。盈珍又言於帝曰：「南仲惡政，皆幕僚馬少微贊之也」，詔貶少微江南，官遣中使送之，推墜江中而死。

薛盈珍者，卽後來永貞年連同羣閹扼殺王叔文者也，倘子厚之文不佚，則韓集中之俱文珍，與柳集中之薛盈珍，將同留名文闈發惡閹相關痕迹。

二

柳集標題，固是曹文洽韋道安合傳，文洽事全佚，而道安則仍有詩紀之，吾因於道安詩別有說：

唐詩以閒雅與恬靜得名者凡兩家，韋蘇州與柳柳州是也。獨閒雅之中，偶趨激越，恬靜之餘，別形奮迅，兩家亦各於此有所表見，如韋之楊開府詩，柳之韋道安詩，卽提出嶄嶄例證。以詩之火候論，兩詩亦未見顯有高下，顧有一義能衡破詩之領

域，而將韋在詩壇之地位，翹出於柳之上者，則韋之豪逸兩種詩，皆自道眞實，而柳則祇能寄豪情於他人，而己並無自爲印證之途徑，以取信於世也。從來論詩者好在韋柳間妄相軒輊，其所持理由，大抵無足輕重，惟韋能自作豪情詩，而柳輒否，則韋之此一眞實本領，殆足以掩蓋柳州而有餘。於是人之標詩不稱柳韋，而曰韋柳，吾乃不敢有異詞。又「烈士不忘死，所死在忠貞，」爲柳詩中之名句，而韋詩名句，則是「出守撫嫠」，或「未覩斯民康」，前者止於自了，而後者乃放眼到人民大衆上去。據此，子厚平生以利安元元爲職志，於焉又輸一著。

卷十八　騷

乞巧文

一

子厚善爲騷，乞巧文卽騷也，晁無咎以變騷目之，並爲之辭曰：

周鼎鑄倕而使銜其指，先王以見大巧之不可爲也，故子貢教抱甕者爲桔槔，用力少而見功多，而抱甕者羞之。夫鳩不巢，拙莫比焉，而屈原乃曰：雄鳩之鳴逝兮，吾獨惡其佻巧，原誠傷世澆僞，故詆拙以爲巧，意昔之不然者，今皆然矣，甚之也。宗元之作，雖亦閔時奔騖，要歸諸厚，然宗元愧拙矣。〔釗案：周鼎鑄倕銜指云者，倕、堯之巧匠，周鑄鼎，鏤倕身於鼎，使自銜其指，語本淮南子。〕

旨在惡巧，而歸結於詆拙爲巧，幾致巧拙之域混，行道者艱於發足，是補之於此打穿後壁，使立敵之界，一觸卽破，有甚於子厚者矣。所謂變騷，在讀騷者之眼光見爲如是。

子厚一生爲文途徑，有由文入筆之一階段，斯時也，非於文有所惡，將不能於筆

發生愛力。且時值永貞政變之際，習於宦場鬼域句當，使之心痗，因而發爲此文如下一段：

眩耀爲文，瑣碎排偶，抽黃對白，啽哢飛走。駢四儷六，錦心繡口，宮沈羽振，笙簧觸手。觀者舞悅，誇談雷吼，獨溺臣心，使甘老醜。嚚昏莽鹵，㈠樸鈍枯朽，不期一時，以俟悠久。旁羅萬金，不鬻弊帚，跪呈豪傑，投棄不有。眉矉頞蹙，喙唾胸歐，大赧而歸，塡恨低首。

此與泛常之所謂巧者異趣，而描繪駢四儷六者之一股深功，明明自恨夙行曲徑，以致迷方，一旦翻然改途，瞻前顧後，獨溺臣心云云，溺之深自不期而惡之篤也。其下：

敢願聖靈悔禍，矜臣獨艱，付與姿媚，易臣頑顏。鑿臣方心，規以大圓，拔去吶舌，納以工言。文辭婉軟，步武輕便，齒牙饒美，眉睫增姸。突梯卷臠，㈡爲世所賢，公侯卿士，五屬十連，彼獨何人，長享終天。

此一大段，又將文辭之姿媚與婉軟，重言以聲明之，非本身是過來人，不能言之惟妙惟肖如此。於是有人疑子厚自具巧質，貌爲拙形，如明陸樹聲云：「柳子厚於八司馬

㈠ 可證貞符：「後之祆淫嚚昏好怪之徒」句，嚚作囂之誤。
㈡ 卷臠與拳攣同，參看卷二閔生賦：「弭日夜之拳攣」簽。

中，可謂至巧者矣，作乞巧文，巧非不足也，晚來作愚溪對，以愚自命，豈眞愚者哉？」〔語見汲古叢話。〕由是子厚之爲此文，非無巧以求益，乃巧多而遺恨，知己者謂之自懺，異己者謂之欺世，至所涉領域，由文字推廣至於政治，又見仁見智之不同耳。㊀

二

文中駢四儷六句，最爲突出，孫梅四六叢話凡例第一條云：

> 四六之名何自昉乎？古人有韻謂之文，無韻謂之筆，梁時沈詩任筆，劉氏三筆六詩是也。駢儷肇自魏晉，厥後有齊梁體、宮體、徐庾體，工綺遞增，猶未以四六名也。唐重文選學，宋目爲辭學，而章奏之學，則令狐楚以授義山，別爲專門。今考樊南甲乙，始以四六名集，而柳州乞巧文云：「駢四儷六，錦心繡口」，又在其前。辭學指南云：「制用四六，以便宣讀」，大約始於制誥，沿及表啓也。

據此，四六之名，在子厚此文以前，固無人提及。春圃謂四六之所由起，在便於宣讀，漸自制誥以達於箋啓，沿用之途日廣。柳子以駢四儷六，揚觶於前，旋以錦心繡口，騰聲於後，卽足以春圃作證。有唐從王子安以逮樊南，四六幾以附庸，蔚爲散文

㊀陸樹聲又一條云：「揚子雲作太玄，而美新之文，身不免焉，豈清淨寂寞，乃亦有未玄之理耶？柳宗元傳李赤，而伾文之黨，躬自蹈焉，豈清都帝居，乃亦慕赤之所爲耶？文章家不貴能言也。」作者妄人妄語，包括本編所引在內，讀者幸勿以辭害意。

敵體，特如子厚畢生工夫，投於古文，四六不過餘力及之，等於掬溜播灑之爲而已。昔者嘗怪王聞修所輯四六法海，範圍相當寬博，而蔣心餘務使此書成爲擴大本六朝文絜之續，而將餘力爲四六如柳子厚之文，概從芟削，此誠「固哉高叟之爲詩」矣。顧心餘亦淺嘗於詩，肩隨袁簡齋以譁世取寵而止，究何足希高叟哉？

劉後村〔克莊〕曾謂：「四六爲文章小技，然自唐以來，朝廷大典册率用此體，不習則不工。今之士有科舉之累，多未暇焉，間有留意者，儕輩非笑之曰：是子工外學。夫均之爲雕蟲，迺以其施之於場屋者爲內學，施之臺閣者爲外學，四六之衰也宜矣。〔語見大全集百三十七〕」吾見漢代尚讖緯，羣因號緯學爲內學，經學爲外學。外之者薄之也，漢宋兩代，均本此意制名。以是宋人爲四六，往往「有字面突兀不安者，有對偶偏枯者，有蹈襲陳腐者，有堆故事泥全句而乏氣骨者，有渙散不相貫屬者。〔亦後村語。〕」此繩之於子厚所謂「錦心繡口」，正如羊首狗肉之適相背謬，何怪乎子厚四六，已遠非東坡盧陵半山所敢望，而爲天下之拙夫請命，馴至稱臣乞巧於天孫也已。事雖滑稽，而理路固自綜貫，幾朝文運，殊値得假戲眞看。

三

宋王楙野客叢談云：

容齋隨筆曰：「韓文公送窮文，柳子厚乞巧文，皆擬揚子雲逐貧賦，幾五百言，

文選不收，初學記所載才百餘字，今人有未見者，輒錄於此。」〔按此指容齋錄逐貧賦於隨筆。〕宣宗朝有王振者，作送窮詞亦工，而逐貧賦備載於古文苑、藝文類聚中，洪氏何未見之乎？送窮文雖祖逐貧賦，然亦與王延壽夢賦相類，疑亦出此。古今文人，近相祖述何限？人局於聞見，不暇遠考耳。據耳目之所及，皆知韓柳二作擬揚子雲矣，又烏知子雲之作無所自乎？續筆謂文公之後，王振又作送窮詞矣，又烏知子厚之後，孫樵亦作乞巧對乎？樵又有逐痁鬼文甚工，其源正出於逐貧賦。

謂乞巧文與退之送窮文，源出揚子雲逐貧賦，言之者不一家，〔如宋荊溪吳氏林下偶談等等。〕亦均無甚意義，茲以參證之便，姑錄之云爾。惟或謂子厚「非自懺，實自訟也，雕刻世態，劇於送窮」。〔按此語不憶出茅坤或儲欣。〕子厚此類游戲文字，大抵窮形盡態，不止入木三分，自懺與自訟，特一間耳，非自道其所經歷，不能親切如此。

周益公與奚元美〔商衡〕書云：

拜狀：酥蜜食二斤，果食八斤，值節謾往。子厚乞巧文，今可作否？彼最喜模效前人，如新堂記、答韋中立書之類，吾人獨不可游戲於斯乎？

意謂子厚仿前人爲乞巧文，君何不可仿子厚爲之？意重模效，並推之子厚他文，如新堂記之類，亦均如是，此眞淺之乎視子厚矣。蓋子厚讀破萬卷，下筆有神，縱有所仿，亦決非他人所能步武，如益公生吞子厚答沈起書辭句，殆猶不知去模效幾千里。

〔詳見答沈起書條下。〕

四

孫可之樵有乞巧對，吾初覩此題而未讀其文，即懸一問自考：可之下筆時，其心目中曾否有柳子厚乞巧文在？尋可之以大中九年及第，後子厚通籍六十餘年，子厚之文，經劉夢得編次，固已流通於世，可之焉有屏不入目之理？吾於是三復可之之文，而置子厚所作於側，相與比勘。吾先視其命意，而知兩作同以巧拙對舉，所徵不同者，子厚乞巧不可得，一夢之後，而欣然抱拙以終，可之則堅持守拙全節，無所用巧，一枕高臥，其樂怡怡。吾因掩卷自思，凡文人一見此題，意匠大抵不過爾爾，柳孫之間，恐於此不容漫爲軒輊，權衡所在，不得不移於兩方遣辭如何？夫子厚、神明於騷者也，此乞巧文，晁無咎自始即以變騷目之，凡文人所嚴繩於騷者，子厚之文罔不備，顧可之則何如？彼全文分巧在言、在文、在官、在工四段，每段概用四字句，一韻一轉，偶或兩韻，如在工云：

彼巧在工，瓌詭不窮。唾古笑朴，雕鎪錯落。憑雲亙天，矆霍〔甘泉賦：「翕赫曶霍，霧集而蒙合兮」，注：曶霍、疾貌。按矆霍、當即曶霍之變。〕延綿。窮侈殫麗，越禮踰制。繡紋飾幅，雲綃霧縠。若出鬼力，大蠹婦織。遂使俗尚浮華，名溺於奢。凋家磨國，未騁胸臆，蠱於化源，戕此民力。

此其辭之雕鐫，及乎選辭工力，比之子厚，未必止於五十步百步之差。夫可之當時以工爲揚馬之文著稱，己作視揚馬奚若，豈無自知之明？倘揚馬不可企及，騷更何有？又李白者、亦前於可之之大詩人也，彼見崔顥作黄鶴樓詩在前，卽退然無敢奉同，豈可之膽智，更復有加於白？以此而言，吾敢斷定子厚乞巧文，固未曾一字到可之目。〔按「望一字到主人目且不可得」，本可之「罵僮志」文中語。〕

五

餰餌馨香：　餰，諸延切，與饘同。蔣注：「餰，厚粥也，餰餌，舊注謂以稻米與狼臅膏爲之，至今吳中尚有其遺風。七月七日，民家皆以餳蜜，和麪熬煎，比之寒具少潤，名曰巧餅。」　釗案：楚辭招魂：「粔籹蜜餌，有餦餭些」，此卽餦餭也。

插竹垂綏：　蔣注：「插竹，疑卽古人結草折竹以卜之義，楚辭所謂筳篿也。」　釗案：筳篿卽杯珓，俗稱曰卦。破竹根，成兩半，擲於地以占陰陽，兩仰曰陽卦，兩偃曰陰卦，一仰一偃曰勝卦，插竹云者，指備未擲出狀。綏謂之緌，頷下結纓，有散而下垂部分，因曰垂綏，然本文垂綏，乃以飾竹，非指人之纓冠也，下文：「纓弁束紝」，始言人之禮神。釗又案：文曰插竹，杯珓非可插者，恐所陳非杯珓，而爲籤筒。

轇轕璇璣：　史記司馬相如傳：「雜遝膠葛以方馳」，漢書葛作輵，師古曰：猶交加也。璇璣，正天文之器，機件複沓，彼此交加，正言其巧。又按魯靈光殿賦：「迢嶢

倜儻，豐麗博敞，洞轇轕乎其無垠也」，郭璞曰：言曠遠深邈貌。 璇璣乃窺天之器，非曠遠深邈不得，如郭解釋亦通。

兩旗開張，中星耀芒： 晉天文志：「左旗九星，在河鼓左，右旗在河鼓之右」，所謂中星，殆卽指河鼓言。

靈氣翕欻： 翕欻、暴起狀。 張嘉貞石橋銘：「其欄檻華柱，鎚斵龍獸之狀，蟠繞拏踞，眭盱翕欻，若飛若動。」 釗案：此種駢語，從第一字類推，應與翕赫通，甘泉賦：「翕赫曶霍」，注：翕赫、盛貌。 從第二字類推，應與歇欻近，魯靈光殿賦：「歇欻幽藹，雲覆霮䨴，洞杳冥兮」，善注：幽邃貌。 此類字、音義皆相髣髴，作者善忘，因隨意定之。

狂吠狴犴： 狴犴、狂犬也，獄亦得此名者，以其門爲犬所守故。

突梯卷臠： 楚辭卜居：「將突梯滑稽以挈楹乎？」突梯、隨俗貌。 莊子外篇在宥：「乃始臠卷傖囊而亂天下也」，臠、力轉反，崔本作欒，司馬云：臠卷、不申舒之狀也，子厚倒之作卷臠。 又雜篇徐無鬼：「所謂卷婁者也」，釋文：卷婁、猶拘攣，義疑與卷臠通。 傖囊、傖一作愴，猶言搶攘，忽遽貌。

五屬十連： 王制：「五國以爲屬，屬有長，十國以爲連，連有帥。」集中賀平淄青後肆赦云：「功多受三事之榮，節著有十連之寵」，此指劉悟爲義成軍節度使事。

罵尸蟲文

子厚諸騷，皆有所寓而作，絶非無病呻吟，惟罵尸蟲亦然。蔣本舊注稱：子厚以黨累貶永州司馬，宰相惜其才，欲澡濯用之，詔補袁州刺史，其後諫官頗言不可用，遂罷，當時之議子厚者衆矣，假此以嫉其惡也，當是謫永州後作。此説顯有矛盾。蓋宰相惜才澡濯，應是元和十年八司馬全體召還時，方有此機，如此文對當時議者而發，則不可能在永州作。儲同人謂：「袁州遷擢，公集中並未一見，韓公墓誌曰：既廢，又無相知有氣力者推挽，則宰相惜才之言，虚實未定」，所駁甚當。

都穆曰：「柳子厚罵尸蟲文，元吴淵穎三彭傳殊不如」，吾嘗覓三彭傳而讀之，都言非謬。嘗論騷者憂也，屈原與楚同姓，仕於懷王，爲同列所妒害而被放，己乃流離憂傷，爲騷以明其志，子厚見阨於永貞之際，柳雖不與唐同姓，而困躓蠻方，情與原同，故所爲騷眞摯而樸茂，能使人讀而得味。由是以知：騷不可以苟爲，並不得謂凡善文者必善騷也。吴萊當胡元之朝，處草萊之地，未用於世，無所憤激，徒讀陳編而多感，追古人而願同，都玄敬了無所得於三彭傳，亦固其所。

三彭者、長名孟琚，次名仲質，三名季矯。淵穎於篇末爲之説曰：

予聞祝融之子，厥有大彭，實居彭城，是爲彭姓，至周有彭人，別居庸蜀微盧之間，非其後也，蓋今三彭氏，本在於黃帝之世則又異矣。雖然，大彭之後有彭祖，曾以雉羹享帝，帝錫之壽考至八百歲，而彼三子者，乃幸人之有過，出讒於帝以求享，而人用是禍患妖札者相繼，此則又與彭祖者果異歟？悲夫！

吾之得取淵穎以陪輔子厚者止於此。至傳中以宜於長顧而卻慮奉琚，以宜於憤世而嫉邪奉質，以宜於徑情而直行奉矯，此尙得爲罵尸蟲之辭哉？豈徑情直行之云，卽子厚所謂通行直遂爲顛蹶哉？此尙得有絲毫騷意存乎其間哉？然絕不能謂：淵穎於子厚無所通曉也。宋濂作淵穎先生碑稱：「古之賦學專尙音，必使宮商相宣，徵羽迭變。自宋玉而下，唯司馬相如、揚雄、柳宗元，能調協之，因集四家所著，名楚漢正聲。」夫濂、淵穎門人也，所言當不誤。淵穎在至元六年，年四十四而歿，尙少於子厚三歲，才高不壽，疇不惜焉？

文中「卑陬拳縮兮，宅體險微」，卑陬、媿恧貌，語出莊子。送妻圖南序亦言：「卑陬而姁媮，偷一旦之容」，義同。又「將勑雷霆，擊汝酆都」，酆都二字，除短書外，此文爲吾發見最早之作。吾有門人籍酆都，因曾遊於該邑，其廟中所謂阿旁牛首、及地獄諸象，雅不異於他縣。對江有山，號陰王山，舊爲陰長生、王方平隱處，以陰王二音之誤，謬傳卽十殿閻羅所在，此外則別無異跡。視作鬼區，究不知起於何時？

明都穆南濠詩話載：

嘗記避暑錄話載：道士程紫霄曰：三彭烏有，吾師托此以懼爲惡者爾。遂作詩云：不守庚申亦不疑，此心長與道相依，玉皇已自知行止，任爾三彭說是非。此足以破其徒之惑，且道家而肯爲是言，尤可貴也。

道士且不承三彭有是物，子厚罵之，豈非多事？

斬曲几文

此文注家皆定爲泛泛諷託之作，廖本稍進，謂指當時以諂曲獲用者，及上之人不明，棄直而用曲者，凡此皆望文生義，未嘗熟察子厚用心，與所處政地特殊也。鄙意此蕲蕲爲棄絶閹宦而作，循文考義，灼然可知。

文曰：「追咎厥始，惟物之殘，稟氣失中，遭生不完」，此非謂身遭殘賊，其體不完乎？或曰：此容指生而體殘言之，未必由閹割也，惟其下云：「不可以遂，遂虧其端，離奇詰屈，縮恧巑岏」，此非後天之殘虧而何？

文又曰：「彼風毒敗形，陰沴遷魄，禍氣侵骨，淫神化脈，體仄筋倦，榮乖衛逆，乃喜茲物，以爲己適。」此惟衛靈之於彌子瑕，及漢哀之於董賢，方合於此一描寫。

文又曰：「在心爲賊，在口爲愆，在肩爲僂，在膝爲攣，戚施踦跂，匍匐拘挛，古皆

斥遠，莫致於前。」儲同人曰：「在心爲賊一段，凜凜爰書。」嘻！此爰書對誰爲之？曰：此唯欠總結一目，曰：在臀爲宮而已。

虞集曰：「子厚急於祿仕，曲腰磬折，同於傴僂者多矣，而反斬絶曲几，几而有神，其能無濫誅之寃乎？」此評可謂鞭辟入裏，吾於詮論乞巧文中，所揣恰與伯生同調。凡子厚所深惡痛絶者，往往涉及己疇曩之所曾爲，伯生所評，在其他論著中，至少不中不遠，獨斬曲几爲例外，知言君子，幸諦審焉。

嘗論韓柳分歧，在對閹宦之態度上，最爲嚴重。蓋子厚排閹，而退之佞閹，子厚排閹而致遠謫，退之佞閹而兼仇友，子厚必奪兵權於羣閹之手，退之謬稱兵權屬閹爲天子自將。「或因先容以售其蟠」，以示退之交俱文珍之所由來，「余胡斯蓄，以亂人極？」以示新政權去俱文珍之必須貫澈。正爲此故，子厚斬曲几之一諷諭文，適以反映永貞作政之最大號召，而標識達道專法之唯一準繩。自來讀者咸背斯旨，吾安得已於言哉？

宥蝮蛇文

明天池居士馮時可，所著雨航雜錄，錄子厚事不止一二數，其記嘻笑者有曰：柳子厚嘻笑之怒，甚於裂眦，或云：當作嘻笑之譏。今人謗人，或嘻或笑，若

有意若無意，乃其恨深而媢之甚者也。若裂眦之罵，出自直發，此之謂怒，豈甚仇哉？譬如風焉，披雲飛石，捲水傾木，而無傷於人之血脈；隙穴之風，毛髮不搖，及中肌膚，以爲深疾。噫嘻！今之爲隙穴風者亦多矣。劉禹錫云：「駭機一發，浮謗如川」，二子皆身處妒媢之間，故其言有味如此，余亦有解忌篇。

此詮嘻笑之怒，甚於裂眦，甚儁，吾謂惟深惡之憐，毒於斷頭亦然。蓋七情所之，發舒到某一定點，輒折而還原，又加縮焉，乃至情無可容，勢且一激而暴發，成爲情之正反，凡由嘻笑而得怒，或由厭惡而得憐，胥是道也。

由厭惡而得憐，可以宥蝜蛇文爲例。儲同人曰：

先生騷文，命題便妙，曰罵、曰斬、曰宥、曰憎、曰逐，皆爲賊賢害能之小人發也。然則宥愈乎？先生欲自持其身，無逢其害，故悲而宥之，讀是文，覺與其受宥，無寧受罵受逐受憎，猶爲愈乎爾。

此卽吾深惡之憐，毒於斷頭之說也。晁無咎亦主是義，彼取罵尸蟲、憎王孫、并此宥蝜蛇文，以附變騷，而系之以辭曰：

離騷以虬龍鸞鳳託君子，以惡禽臭物指讒佞，王孫、尸蟲、蝜蛇，小人讒佞之類也。其憎之也，罵之也，投畀有北之意也；其宥之也，以遠小人不惡而嚴之意也，蓋離騷備此義，而宗元放之焉。

其謂不惡而嚴，殆與「惡之至也」爲同義語，蓋凡感情之至，與無感情固一間未達之兩境耳，「不見急悲者無淚亦同此理？

辭又曰：「凡汝之爲惡，非樂乎此，緣形役性，不可自止。草搖風動，百毒齊起，首拳脊努，呥舌搖尾。不遑其凶，若病乎己，世皆寒心，我獨悲爾。」此爲自人憐物，設身處地說法，然亦有物自辯解，反脣相稽者。如明顧大韶（字仲恭，海虞人。）作虱賦云：

號物萬數，惟天並育，蠢動含靈，誰非眷屬？身命布施，千聖軌躅，嗟君之量，何其褊促？我食無穀，我啜無菽，天賜我餐，惟血也獨。我首無角，我喙無啄，微咂君肌，何遽爲酷？

此似與子厚相對爲文，辭條豐蔚而流走，亦頗有子厚風。

憎王孫文

或謂子厚此文，仿漢王延壽王孫賦而爲之，此陋儒之見也。蓋子厚善爲騷，逐物皆呈諷諭之資，於王孫何避焉？脫延壽曾無王孫賦在先，而謂子厚卽不能成此文如今體式，有是理乎？謂憎王孫爲仿延壽，如斬曲几、宥蝜蛇，讀者見不到趙延壽、李延壽曾有相類似之賦在，則子厚又何仿乎？此類謬論，皆村塾妄子所爲，大雅將

何所取？王賦有云：「顔狀類乎老翁，軀體似乎小兒，㈠王孫蓋猴類而小者也」，柳文一字不涉乎此，或爲防鄙夫之妄騰口輔，亦未可料。〔按騰，易原作滕。〕

明秀水蔣之翹好博覽，多所纂述，韓柳集都有校注，惟於柳子厚無所了解，每在題下簽發謬論，尤於有唐之政治形勢，全無心得。其評本文曰：

子厚黨叔文，而與八司馬同貶，吾恐其自爲王孫，而受逐於猨多矣，乃嘵嘵然反謂王孫之逐猨耶？

此論之謬，何止千里？夫天下形之易辨，莫如黑白，位之易曉，無過東西，今之翹竟以子厚與八司馬爲王孫，俱文珍及其同黨爲猨，此非幾於黑白易形，東西換位乎？吾嘗謂明人多謬妄，往往無從申釋，而殊未料難於申釋之謬妄，有如之翹此評。㈡

子厚諸騷，大抵泛喻廣譬，從不涉及己居夷獠之鄉，曾遇若何横逆，獨此文不然。其辭曰：

湘水之悠悠兮，其上羣山，胡兹鬱而彼瘁兮，善惡異居其間？惡者王孫兮善者猨，環行遂植兮止暴殘，王孫兮甚可憎，噫！山之靈兮胡不賊旃？跳踉叫嚚兮，

㈠　王賦中此二語，容齋續筆卷一亦引之，並謂杜詩：「顔狀老翁爲」，蓋出諸此。

㈡　王漁洋題羅塞翁猿圖末聯云：「忽憶元和柳司馬，投荒始解憎王孫，詩樸實説事，無咎無譽，爲一洗明末弊風之首班詩人。

衡目宣斷，外以敗物兮，內以爭羣，排鬥善類兮，謔駭披紛，盜取民食兮，私己不分，充嗛果腹兮，驕傲驩欣。 嘉華美木兮碩而繁，羣披競齧兮枯株根，毁成敗實兮更怒喧，居民怨苦兮號穹旻，王孫兮甚可憎，噫！山之靈兮胡獨不聞？

此明明提出湘水，似乎貶永十年，人既不習，言語風俗咸絕異，凡己與居民間，或居民與居民間，不可能全無彼此誤會，以及羣衆排鬥諸惡劣跡相，足資詠歎。 細讀子厚與諸友好札牘，以深懍有言不信尙口乃窮之戒，凡己身所遘大小朝野諸不幸事，都付之瘖默以終，則蠻夷中跳踉謔駭，羣披競齧之所爲，又何等鄙野，安足道述？則子厚集中，並未發見咎責治所之紀載，了不足怪。 惟在戲謔文字中，吾意子厚應不強設此類局限，何況名歸湘水，而事屬普存，其文僅留知言人同情追歎之地，不予獷悍者以可攻之口實乎？

所過狠籍披攘，——排鬥善類兮，謔駭披紛： 披攘、披紛，相類駢字，子厚鐃歌鼓吹曲：「披攘蒙霧」，亦用披攘字，而義則同一，分散之謂。 杜牧詩：「神聖天子神且武，內興文教外披攘」，此一披攘，直同武功。〔參看故大理評事柳君墓誌注釋。〕

喈喈彊彊： 喈喈、大聲也，彊彊、相隨貌，詩：鵲之彊彊。

皆知自實其嗛： 一本作皆實其嗛，嗛音歉，猴屬頰裏藏食處。

衡目宣斷： 此四字形容王孫，得未曾有。

廉來同兮聖囚：　廉來、飛廉與惡來也，聖囚、指文王囚於羑里。

伊細大之固然兮：　伊、是也，與繄同。

逐畢方文

一

畢方、文中已自引山海經曰：「章義之山，有鳥如鶴，一足，赤文白喙，其名曰畢方，見則其邑有譌火。」此外神異經稱：「漢武帝時，有獻獨足鶴，東方朔曰：所謂畢方鳥也。」又淮南子木生畢方注：「畢方、木之精也，狀如鶴，青色赤文，一足，不食五穀。」凡此皆所謂物也，物卽本文：「蓋類物爲之者」之物。史記扁鵲傳：「飲是以上池之水，三十日當知物矣」，物是此物，蓋鬼物也。

文以急急如律令收尾，此語應作何解？明都穆聽雨紀談云：

道家符咒，其末皆云急急如律令，說者謂：律令、〔平聲。〕雷部鬼神之名，而善走，用之欲其速也，此殊不然。急急如律令，漢之公移常語，猶宋人云：符到奉行。漢米賊張陵私創符咒，以惑愚民，亦僭用之，道家遂祖述之耳。

玄敬之說似確，子厚以令與裔、歲、世、逝相叶，令讀平聲，顯不可能。此語民到於今用之，不論咒作何語，統以「急急如律令敕」作結，最後增一敕字，長聲重讀，用者並

不限於道家也。

偶閲鄭瑗井觀瑣言，知都穆之説本於此。井觀云：

袁紹檄豫州，曹操檄江東將校部曲，其末皆云如律令，李善注言：當履繩墨，動不失律令也，呂延濟謂賞賜一如律令之法，二説小異，然大概皆近之。今道家符咒，類言急急如律令，蓋竊此語。李濟翁資暇録乃謂令讀爲零，律令、雷邊捷鬼善走，故云如此鬼之疾速，其説怪誕不足信。都玄敬説全本此，都僅説到漢人公移，猶不如鄭瑗列舉袁紹曹操之較爲切實。

資暇録之説又如何乎？今並録如下：

符咒之類末句急急如律令者，人皆以爲如飲酒之律令，速去不得滯也。一説：漢朝每行下文書，皆云如律令，言非律非令之文書，行下當亦如律令，故符咒之類末句有如律令之言，並非文也。案律令之令字，宜平聲讀爲零，音若毛詩盧重令之令，若人姓令狐氏之令也。律令是雷邊捷鬼，學者豈不知之？此鬼善走，與雷相疾速，故云如此鬼之疾走也。

濟翁之説，鄭瑗以爲怪誕，實則諸説皆五十步百步之差耳，固難言誰怪誕誰不怪誕也。濟翁稱其叔翁元和初宰虢之耒陽邑，則濟翁應與子厚同時，而年差少，所聞怪誕之説，固自不相上下。

釗案：近有出土之漢檄一通如下：

永初元年六月丁未朔、二十日丙寅，得車騎將軍幕府文書，上郡屬國都尉二千石守丞廷義三水，十月丁未到府受印，發夫討畔羌，急急如律令。

永初、漢安帝年號，時車騎將軍爲鄧騭。二年十一月，廣漢塞外參狼羌降，分廣漢北部爲屬國都尉，先一年，蜀郡徼外羌內屬，分犍爲南郡爲屬國都尉。是知屬國都尉，擇地分置，上郡亦有之，上郡、今陝西榆林道及內蒙古鄂爾多斯左翼之地。畔羌、指先零種羌叛，斷隴道，大爲寇掠。此檄足證右舉各說，從六四年八月十二日香港大公報錄下，補載於此。

文首言：「后皇庇人兮」，斬曲几文首句，亦作「后皇植物」。楚辭九章：「后皇嘉樹，橘倈服兮」，后指后土，皇指皇天，卽此已見騷意。

鬱攸孽暴兮，混合恢台：鬱攸、左哀三年：「司鐸火，火踰公宮，桓僖災，子服景伯命濟濡帷幕，鬱攸從之，蒙葺公屋，自太廟始，外內以悛。」注：「鬱攸、火氣也，濡物於水，出用爲濟，悛、次也。」孽暴、孽疑作蘖，卽萠蘖之蘖，暴、音剝，謂木葉爲火氣所爍而剝落也。恢台、楚辭九辯云：「收恢台之孟夏兮」，注：「恢、大也，台卽胎也，言夏氣大而育物。」又台或作炱，傅毅舞賦：「舒恢炱之廣度」，炱與台古字通。恢一作灰，灰炱、煤也，俗謂之煙塵，炱表黑色。

遂邑中狀而圖之： 猶言邑中遂狀而圖之，遂字移於句首，柳州常用此法造句，源出史記。

二

文選張平子東京賦：八靈爲之震慴，況鬾蜮與畢方，薛綜注：鬾、小兒鬼，畢方、老父神，如鳥兩足一翼者，常銜火在人家作怪災也。 李善注：楚辭曰：合五嶽與八靈，王逸曰：八靈、八方之神也，漢舊儀曰：魊、鬼也，魊與蜮古字通。 朱謀㙔駢雅：畢方、火神也，注引薛綜說。 又云：畢一作必，法苑珠林審察篇引白澤圖云：火之精名曰必方，狀如鳥一足，以其名呼之則去，廣雅釋天作太神，謂之畢方，與諸說異，此從薛綜說。

愬螭文

子厚惡引神，而集中不少神怪之作，殊不可解。 或曰：唯騷體文爲然耳，騷體主發抒情感，與樸實說理異致，文人顛沛流離，志不得通，則往往任意所之，怪力亂神，一無限格，大出文章軌範以外。 是說也，亦近是。 ㊀

此文一韻到底，波瀾起處，能發能收，中有曰：「魂其安游，覬湘纍兮」，乃歸本於

㊀ 文原有序，序云：零陵城西有螭，室于江，法曹吏唐登浴其涯，螭牽以入，一夕，浮水上。

騷，以明本旨。揚雄反騷：「因江潭而淮記兮，欽弔楚之湘纍」，注：諸不以犯罪死曰纍，惟曰楚之湘纍，語嫌合掌。

哀溺文

一

子厚平生不作無病之呻吟，哀溺當亦非無所爲而作，以意揣之，或是警八司馬中之程异。文如「哀茲氓之蔽愚兮，反賊己而從仇，不量多以自諫兮，始指幸者而爲謀，夫人固靈於鳥魚兮，胡昧罻而蒙鉤」等語，曰從仇，曰幸者爲謀，及後舉「專利滅榮」，意尤軒豁。夫八司馬中，唯异名不見於柳集，而异以善理財著稱，事敗後，獨异起復最早，其因亦卽近幸要挾，指爲憲宗聚斂之故。此中所藏巇險，旁觀者豈不見之甚瑩？卒之异無甚自利慾，而勤慎將事，得不如楊炎劉晏之受禍，而優游卒歲，未始不由於有友忠告，知所警惕云。

不欲釋利而離尤：　楚辭：「進不入以離尤」，注：離尤，遭禍也。按離讀去聲，如詩：「鴻則離之」之離，古語反背兩向，悉同一字，故去遠曰離，來近亦曰離，去聲讀者，亦姑便學者耳。

專利滅榮：　國語：周厲王好利，近榮夷公，芮良夫諫曰：王室其卑乎！夫榮公

好專利，而不知大難。

髮披鬤以舞瀾兮：　楚辭大招：「豕首縱目被髮鬤」，鬤、髮亂狀。

二

林琴南云：

哀溺文與蝜蝂傳同一命意，然柳州每於一篇文之中，必有一句最有力量、最透闢者鎭之。文言永民善游，乃以腰千錢之故，不舍而溺，序之結尾卽曰：「得不有大貨之溺大氓者乎？」語極沈重有關係。文中如「旣浮頤而滅膂兮，不欲釋利而離尤，……髮披鬤而舞瀾兮，魂倀倀而焉游」？寫溺狀如畫。

琴南於柳文頗能深入，彼發見大貨大氓一語沈重有關係，則吾擬程异之足勝大氓與否？尙成問題。吾曩謂蝜蝂傳爲王涯而作，而以涯之好利過於异，位望亦尊於异，大氓應誰屬者？可不煩言而解。琴南旣見到此文與蝜蝂同意，則所擬不妨於涯异二人中酌之。總之此類文字，子厚決非漫無指似而作，可從語重心長中推定，吾與琴南當相與莫逆於心。

王涯經歷永貞政變、及元和弒逆兩大關，均得容頭過身以去，而仍高年戀棧，不肯引退，此律之榮公好專利而不知大難綦切，至賊己從仇、及指幸者爲謀，則又於程异較近。總之心所謂危，卽矢口而出，兩方皆有所指，亦未可知。

招海賈文

此子厚倣騷經招魂之所爲作也。晁無咎有說如下：

昔屈原不遇於楚，傍偟無所依，欲乘雲騎龍，遨遊八極，以從己志而不可，猶怛然念其故國。至於將死，精神離散，四方上下，無所不往，又有衆鬼虎豹怪物之害，故大招其魂而復之，言皆不若楚國之樂者。招海賈文雖變其義，蓋取諸此也。宗元以謂：崎嶇冒利，遠而不復，不如己故鄉常產之樂，亦以諷世之士行險僥倖，不如居易以俟命云。

無咎此論，善爲說辭，恰道著子厚心影。

高下迾置滔危顛：　迾、遮也，滔、漫也，如水瀰漫也，書：洪水滔天，又象恭滔天，同屬此義。子厚常用此字，如弔屈原文：滔大故而不貳，謂大故如水之瀰漫，即遍歷大故而不貳其志，本文則怪石高下迾置，海水瀰漫於危顛也，何屺瞻謂滔作蹈，非。

上黨易野恬以舒：　何屺瞻云：「子厚之先晉人，上黨句、其託海靈以招魂歟！」何亦見到招魂一義。

子厚善用疏狀詞，如反斷叉牙踔嶔崖之踔，羣沒互出讙遨嬉之讙，君不返兮砉

沈顚之耆，此外太泊泙瀰淪之泙，泯泯超忽紛溢沃之紛，皆是。凡限制名詞者曰形容詞，限制形容詞者曰疏狀詞。

吴摯父云：「諸騷皆奇，此篇尤爲瑰瑋」，不知摯父何所見？至劉後村云：「世皆以列於楚辭者爲騷，殊不知荀卿之相，賈馬之賦，韓之琴操，柳之招海賈、哀溺、乞巧諸篇，皆騷也。同一脈絡，同一關鍵，而融液點化，千變萬態，無一字相犯，至此而後可以言筆力，〔語見大全集。〕」後村較摯父所見多已。

晁無咎離騷新序又曰：

劉勰文字卑陋不足言，而以原迂怪爲病，然大招說粉白黛黑，清馨凍飲，勰以此爲荒淫，則失原之意逾遠。原固曰世皆濁，我獨清，豈誠樂此濁哉？哀己之魂魄離散而不可復也，故稱楚國之美，矯以其沈酣汙泥之樂若可樂者而招之，然卒不可復也，於是焉不失正以死而已矣，嗚呼！勰安知離騷哉？

此正補足右引晁說，而爲子厚招海賈之左證。嘗論無咎推古詩惻隱之意，廣續楚辭，以端正從來文家愛人憂國志念，此固非猥瑣齷齪之雕龍小夫所能理解，書此慨然。

卷十九　弔贊箴戒

弔萇弘文

一

子厚弔萇弘，實乃弔王叔文，蓋叔文遇羸病之主，而革政不成，致以身殉，與萇弘欲城成周，以強周室，卒爲周人所殺，專微異而愚忠頗同。故末數語云：「古固有一死，賢者樂得其所，大夫死忠兮，君子所與，嗚乎哀哉，敬弔忠甫」，忠甫者，不啻子厚爲叔文所立私謚。

知死不可撓兮，明章人極：　子厚用明章字，他如明章大中是。惟遇大中及人極等重大字眼，始以明章配之，以明宗旨。〔釗案：明章字出國語，惟原文作章明：「穀與蠱伏而章明者也」，見晉語八。〕

松柏之斬刈兮，蓊茸欣植：　蓊茸、張衡賦：「阿那蓊茸，風靡雲披」，注：竹盛貌，此則推言一切小草木。

盜驪折足兮，罷駑抗臆：　盜驪、穆天子傳：八駿，其一曰盜驪。

挺寡以校衆兮，古聖人之所難：永貞之變，叔文及八司馬所爲，全是挺寡校衆之政。

二

萇弘、敬王時爲周大夫，孔子嘗從問樂，此去平王東遷，幾三百年，子厚封建論：「問鼎之輕重者有之，射王中肩者有之，天下乖盭，無君君之心，徒建空名於諸侯之上」云云，適當是時。夫平王之東遷也，元定都於王城，王城在澗水東，瀍水西，天王雖擁空名，仍自以此爲朝會之地，而瀍水之外，别有所謂下都者，殷頑民之所聚居，未可與王城同日而語。迨敬王時，子朝之亂作，餘黨滿布王城，而王畏之，春秋書曰：「天王入於成周」，夫成周者何？卽下都也。天王既狩下都，而王城爲亂黨所據，一時無還轅理，兩兩對峙，形成東西。於是以成周位王城之東，公羊因號曰東周，王城位成周之西，號曰西周，甚至萇弘逕謂敬王爲東王，子朝西王，於斯而曰宗周不完，蓋達於不完之極，而爲絶可閔歎者矣。夫王既迫而與殷頑雜處，城又痺陋不足防守，臥榻容人鼾睡，内外時防應合，遷都之舉，已緣形勢而促成，城成周之建議，亦遂如控弦之不容不發，萇弘掌此大纛，乞哀天下，於斯而曰援贏威憿，蹈殆違安，又可謂斯爲孤證，無與倫比。危哉危哉！萇弘至此，陳誠殉潔，唯有一死，誰與同命？敬謚忠甫。

弔屈原文

一

願荒忽之顧懷兮，冀陳辭而有光：　荒忽、謂原處冥漠之中；顧懷字子厚屢用，謂下顧而懷念也；有光、謂陳辭或耳不得聞，願有光能照澈使見也，光一作明，亦無異解。

華蟲薦壤兮，進御羔褎：　華蟲本書經：宗彝之飾，此指美服。羔褎本左襄十四：余狐裘而羔袖，褎與袖同，羔袖賤品，與狐裘不稱。　兩說統謂：華蟲美服，委棄於地，而取賤服羔袖御之也。

哇咬環觀兮，蒙耳大呂：　哇咬、淫聲，大呂、正聲，觀、去聲讀，謂耳觀也。　此統謂淫聲滿耳，正聲則蒙耳不聽。　釗案：哇咬、亦顛倒作咬哇，簽見十五卷答問篇。

堇喙以爲羞兮，焚棄稷黍：　堇、烏頭，喙、烏喙，皆藥之有毒者，謂以毒物爲羞饍，而銷毀正糧。

犴獄之不知避兮，宮庭之不處：　此暗指懷王受誘入秦，不避牢獄，放棄宮庭。

陷塗藉穢，榮若繡黼：　陷塗、謂身陷泥塗，藉穢、謂以穢物爲坐席，如此而自以爲榮如披繡。

何先生之凜凜兮，厲鍼石而從之： 謂懷王自諱其病，不信俞緩，〔俞跗、秦緩，皆古名醫。〕原乃自懷診器〔鍼同針，石、砭也。〕而從其後也。

先生之悃愊兮，滔大故而不貳： 滔、佩文韻府引作蹈。 屈原九章：含憂虞哀兮，限之以大故。

呵星辰而驅詭怪兮，夫孰救於崩亡： 此指天問篇中事。 吳摯父云：「咎其奇辭之無益，乃所爲自傷悼也」，言亦近理。

芈爲屈之幾何兮，胡獨焚其中腸？ 芈、楚姓，屈芈乃同姓，故問屈何愛於芈而憂鬱乃爾？

吾哀今之爲仕兮，庸有慮時之否臧？ 否臧、乃臧否之倒置，否謂惡，臧謂善，駢字也，爲湊韻乃倒用，或謂否臧作不吉、不善解。 庸猶豈也，此反言之，謂絶不考慮時之否臧也。

食君之祿畏不厚兮，悼得位之不昌： 畏疑猥字殘闕致訛，意謂食祿並不厚，兼得位不高，此子厚自謂。

熟讀此文，足見子厚騷學本領，騷意亦同屈原一致。陋儒輒謂子厚比暱匪人，不能仰企三閭，乃楚辭門外漢之謬論。

二

吾哀今之爲仕兮兩句，更將否臧字詳釋如下：否臧本易：「師出以律，否臧凶。」揚子太玄承之：「晝夜之測，或否或臧」，此否臧對立，又字或乙轉，如穀梁傳序：「臧否不同」，一善一不善，語意甚明。其後唐人相習用之，如白居易詩：「朝野分倫序，賢愚定否臧」，曹鄴詩：「偶於擒縱間，盡得見否臧」，其他詩文，尤所在多有，固不獨子厚偶爾如是用之也。或將否視爲臧之形容詞，兩字合作不吉或不善解，又或離題更遠，別釋爲臧私之臧。〔同贓。〕周益公〔必大〕曾於書稿十疏其義曰：

古人用字極簡，非如後世動輒避忌，故治亂謂之亂，治荒謂之荒，亂臣十人，遂荒大東是也。易云否臧，詩云何用不臧，未易概舉以爲臧私，卻自漢以來方用之耳。

尋臧與藏古字通，藏復與贓通，因此將臧與贓混作一談。益公之意，以謂臧本詁善，而人以最不善之贓，使同集於一詞，如治亂曰亂，治荒曰荒例，自漢以來，事或有之，而特不可一概而論。

尋子厚用臧否字，當然取義於易。左宣十二：「周易有之，在師之臨曰：師出以律，否臧凶，執事順成爲臧，逆爲否。」王弼易注曰：「失律而臧，何異於否？失令有功，法所不赦，故師出不以律，否臧皆凶」，輔嗣所釋，最爲扼要。蓋屈原之一生，在忠而被謗，夫忠何不臧之有？然以執事之不順成，則變爲否，惟子厚亦然。夫子厚

倚二王以輔順宗，既利於國，復利於民，看不到有何不臧？而以執事不順成，竟構成讒詬叢積，遠謫不返。「吾哀今之爲仕兮，庸有慮時之否臧」？當子厚下筆寫此兩句時，吾誠不知其榮乖衞逆、體仄筋倦、其激痛而頹喪之併爲何狀也？

三

宋邵博聞見後錄卷十四云：

宋玉招魂，以東南西北四方之外，其惡俱不可以託，欲屈大夫近入脩門耳，時大夫尙無恙也。韓退之羅池辭云：「北方之人兮，謂侯是非，千秋萬歲兮，侯無我違」，時柳儀曹已死，若曰：國中於侯或是或非，公言未出，不如遠卽羅池之人，千萬年奉嘗不忘也。嗟夫！退之之悲儀曹，甚於宋玉之悲大夫也。

吾讀本篇「委故都以從利兮，吾知先生之不忍，立而視其覆墜兮，又非先生之所志」四語，迴環反覆，不能不憶及邵公濟所記如右一段，以資印合。夫三閭魂入脩門，與儀曹神依羅池，雖不必有是事，而特使懷舊者不能不設是想，夫是之謂「髣髴其文章」，至「求先生之汨羅」云云，猶粗跡之最粗者爾。釗案：前乎子厚而弔屈者，揚雄至妄以義責人，指沈身爲多事，實則子厚一生不齒雄，投閣詛尤一錢不值。且以爲屈雖與楚同姓，立朝究有何種關係？比於己之祿微位卑，將更默默不足以言，晁無咎至稱：子厚困而知悔，其辭慚，殊不得謂宋代變騷，非於子厚遙有深感云。

弔樂毅文

一

柳子弔樂毅文，乃平生痛心疾首之作也，夫毅往矣，後來論者對毅之評價非一，蘇子瞻曾於毅有微詞，而王元美護之。彼此駁辨，誠與柳子無涉，而以取證毅之功高而品直，苦心孤詣，爲燕不終，卒乃受謗以去，一瞑不返，爲仁人君子隕涕傾慕，藉明子厚異地陳詞，究不同無謂之濫頌也。因錄元美書樂毅傳後一首云：

樂毅之破齊，凡五載而功不就，至以讒間去，天下惜之，獨蘇子瞻謂當其時，使昭王尚在，反間不得行，樂毅終亦必敗。何者？燕之併齊，非秦楚三晉之利，今以百萬之師，攻兩城殘寇，而數歲不決，師老於外，此必有乘其虛者矣。諸侯乘之於內，齊擊之於外，當此時，雖太公穰苴，不能無敗。愚以爲蘇子之論事勢，審矣，獨未能悉樂毅也。夫樂毅者，夏侯玄之所謂仁人也，彼非獨仁人也，而又且智。彼其合諸侯而擊齊，一戰而大破之臨淄下，湣王走死，齊之重器奇瑤，悉輸之燕中矣，如是而不急攻莒卽墨者，以爲二城彈丸之地，不足爲吾害。莒南近楚，急之則必借楚以爲我敵；卽墨東近海，死守、虜耳，急之則多殺士卒而未卽破。而齊、固數百年大國也，其人彊武而習兵，且易以亂故心緩，而用威德拊循之既久，而齊人

皆爲燕矣。夫豈直爲燕，彼且以樂毅眞吾主，然則毅之兵，固未嘗五載而盡頓於二城之下也。以故新主立而南面之間得行，騎劫代之，勢不得不盡銳以攻卽墨，而又以新將故，不識地利而恣爲暴。燕人失毅而離，齊人失毅而振，蓋不待火牛出，而燕之敗形成矣。且諸侯之所以不窺燕者自有說。夫以齊舉宋而伐之，燕舉齊而不伐，非獨妒齊而厚燕也，謂湣王之不若昭王治也，謂湣王之待諸侯倨，而昭王之待諸侯恭也，謂湣之舉宋而暴宋，不若毅之舉齊而拊齊也，且騎劫敗而諸侯猶偃然，以此知蘇氏所論誤也。不然，使毅而有可訾，則惠王必不悔而召之，召之不歸，而何以封其子？高帝異代主也，毅之後何以無功而封？孔明三代才也，何以自比毅而人猶未之許也？若蘇子者，眞所謂以成敗論人者也。

元美篇末數語，能潛發人人心中之所欲言，而卻從來無人言及。

二

大厦之騫兮：　騫，壞也，大厦喻毅，下軸亦然。

昭不可留兮：　謂燕昭王之不可留而卽世也。

畏死疾走：　此指畏誅降趙而言。

燕復爲齊兮：　此指田單與燕軍戰，逐燕北至河上，盡復齊地。

俾愚昧之周章：　家語：「周章遠祖，覩亡國之墟」，注：「征營之貌。」劍案：征營

一作正營，漢書王莽傳下：「人民正營，無所措手足」，注：「正營，惶恐不安之意。」此句可兩看：一、愚昧與周章，都作爲形容詞，「之」、卽代「而」字之用，二、愚昧看作愚昧之人。

無亦惡是之遑遑：　是指上文愚昧周章。

仁夫對趙之悃款兮：　仁夫、語本檀弓。穆公曰：「仁夫公子重耳！夫稽顙而不拜，則未爲後也，故不成拜。」夫在本文音扶，作語助用，子厚用作丈夫之夫，仁夫猶言仁人也。悃款者，謂趙與毅謀伐燕，毅曰：「臣嘗事燕，不敢聞命。」

信余心之不臧：　不臧謂己負罪甚大，詳解見後。

三

子厚之弔樂毅，蓋借毅以自喻。昭不可留，以喻順宗之驟崩，嗟夫子之專直四句，實自喻依倚二王，奮心直往，全不慮後，以致遠竄。愚昧周章云者，指燕惠王受齊反間，盈廷惶恐不安，以致遣騎劫代將種種。毅報惠王書曰：「忠臣去國，不絜其名」，絜與潔同，言己去離本國，不自潔其名，非謂己無罪也，惟子厚亦然。子厚雖未去國，而遠貶邊州，其違離朝廷則同，故其致諸友各札，都自承罪大，欲偷息苟容以終其身。此物此志，易地皆然，文以「苟偷世之謂何兮」二語終篇，較毅書尤爲沈痛。太史公曰：「始齊之蒯通及主父偃，讀樂毅之報燕王書，未嘗不廢書而泣。」明湯

顯祖弔望諸君墓有詩曰：「昭王靈氣久疏蕪，今日登臺弔望諸，一自蒯生流涙後，幾人曾讀報燕書？」不知若士曾否讀子厚弔毅文，又不知曾否分蒯生之涙，平灑樂柳兩文上也。

元祝堯謂：「子厚三弔古文，皆本於騷，而用比賦之義爲多。然弔屈文意最佳，弔萇弘次之，弔樂毅又次之。」從文字之形式上，將柳文妄分高低，未免頭巾氣重，此古賦辨體，祇足供考生帖括之用云。

伊尹五就桀贊

一

子厚小文，都非涙作，伊尹五就桀贊一首，自來讀柳文多囫圇而過，獨元時王惲，於玉堂嘉話中錄存之，吾謂讀柳全文，翻不如讀惲所引十餘句，尤足見文之永存性。所引云：

柳文五就桀贊序云：伊尹聖人也，不夏商乎心，心乎生民而已。曰：孰能由吾言？由吾言爲堯舜，而吾生人堯舜人矣。退而思曰：湯誠仁，其功遲，桀誠不仁，朝吾從而暮及於天下可也，於是就桀。至於卒不可，乃相湯伐桀，俾湯爲堯舜，而人爲堯舜之人，吾所以見伊尹急生人之大。

惲、汲縣人，而仕於元，爲中書省都事，述作甚富。裕宗在東宮，惲進承華事略二十篇，成宗卽位，獻守成事鑑十五篇。與王叔文之侍順宗於潛邸，得其信賴，情景相彷，特叔文不幸，遇主而主嬰疾，所施如曇花一現而已。或者秋澗〔惲號。〕因此弔唁叔文，並因此而流連子厚所爲伊尹贊，惺惺之感，千古如一。

子厚一生爲學入政之大宗旨，不外急生人三大字，合乎此義者，至不恤枉尋直尺以殉之，此殆子厚貶竄終身而不悔者也。夫永貞七八月短短期間，所行善政如彼之多，感動人心如彼之大，〔實錄稱：人心大悅。〕卽可證伊尹就桀，朝吾從而暮及於天下者，涉思不謬。後來子厚到永而永民治，到柳而柳民懷，彼從無以貶所爲傳舍之褊心，或故與州民隔絶之傲態，循循善誘，汲汲爲治。所謂「吾生人堯舜人」之懷古大願，亦庶幾於邊州小試其端，臨文推想，若人如見。

義門讀書記云：「此篇疑他人作，文不簡健，或欲示當時庸人，自解與伾文相結之失耶？」按子厚從不承己與伾文相結爲失。義門又稱：「文不簡健，疑他人作」，夫義門之識，去秋澗遠矣，安足以知此文？然謂子厚草此文時，多少聯想及永貞之變，終是一得。

蘇子瞻有小文，評子厚論伊尹云：

聖人之所能，有絶人者，不可以常情疑其有無。孔子爲魯司寇，隳郈隳費，三

桓不疑其害己，非孔子能之乎？伊尹去亳適夏，既醜有夏，復歸於亳。伊尹爲政於商，既貳於夏矣，桀之暴戾，處其執政而不疑，往來兩國之間，而商人父師之，非聖人能如是乎？是以廢太甲，太甲不怨，復其位，太甲不疑，皆不可以常情斷其有無也。後世惟諸葛孔明近之，玄德將死之言，乃眞實語也，使孔明據劉禪位，蜀人豈有異詞哉？讀柳宗元五就桀贊，終篇皆言伊尹往來兩國之間，豈其有意欲教誨桀而全其國耶？不然，湯之當王也久矣，伊尹何疑焉？桀改過而免於討，可庶幾也，能用伊尹而得志於天下，雖至愚知其不然，宗元意欲自解其從王叔文之罪也。

〔釗案：豈其有意欲教誨桀句，豈當作非，恐誤。〕

「處其執政而不疑」，處，留也，猶言留之執政而不疑也，史記甘茂傳：「位之上卿而處之」，卽其義。「能用伊尹而得志於天下，雖至愚知其不然」，斯之至愚，卽所謂常情也。聖人之所能，既不可以常情疑，又安得於伊尹行至愚知其不然之事而疑之？至謂「宗元意欲自解其從王叔文之罪」，此自解或有之，謂卽自認從叔文爲有罪，及擬叔文於桀則未必，此處不當以尋常餖饤語作論據。

二

子厚論伊尹五就桀事，後人多以爲意在解免從王叔文之罪，則子厚竟以桀視叔文矣，其然！豈其然乎？姑試錄兩則辨之：

予讀柳子厚伊尹五就桀贊，未嘗不憐其志也。伾文雖小人，而子厚欲因以行道，故以就桀自比，然學者至今罪之。子厚之罪，在於附小人以求進，若察其用心，則尚在可恕之域，況一時之善有不可掩者乎？蘇子由著唐代論，以牛僧孺與李德裕，俱爲當世偉人，而馮道得爲盛德，其論甚恕。子厚之賢，未有爲之滌者，予故表而出之。

右論本於陳善之捫蝨新話，善乃南宋淳熙間人，遠在范希文平反永貞事變之後，何以兩宋輿論猶頑固如此？且也，善持論之偏，在歧王叔文與柳子厚而二之。意若叔文小人可惡，而子厚賢善可恕，由此進一步設想，子厚心中，亦必怨叔文之累己，而追悔左右疏附之失策，善下筆時，蓋不期而桀視叔文矣。鄙意此爲一般批評者之大謬，固不獨捫蝨一人爲然。

讀柳宗元五就桀贊，終篇皆言伊尹往來兩國之間，豈其有意教誨桀而全其國耶？不然，湯之當王也久矣，伊尹何疑焉？桀能改過而免於誅，可庶幾也，能用伊尹而得志於天下，雖至愚知其不然矣，宗元意欲以此自解其從王叔文之罪也。〔按坡論全文，本條前已備錄。〕

右論出東坡海外集，文中提到桀者，皆暗牒叔文。意謂子厚善輔叔文，勤加教誨，使不陷於刑戮，或者可能，若云得一人而天下服，行見尊君安民，治臻上理，則叔文力

薄任重，人望不孚，斷斷乎不可企及。凡此亦猶捫蝨之説，歧叔文子厚而二之，與子厚之用心，適得其反。夫以東坡之明，又尚友子厚，情致深切，而所犯食古不化之弊，猶且如此，甚矣知人論世之難也。

然則子厚之用心如何？曰：讀子厚與許孟容、李建、蕭俛諸書，自知之，不贅於此。

三

龍翰臣，名啓瑞，臨桂人；道光二十一年進士，官至江西布政使。其經德堂集，中有伊尹五就桀解一文，甚有見地。其文如下：

余讀孟子書，嘗疑伊尹五就桀之説，及觀柳子所爲贊，以爲是伊尹之大心乎生民，而欲速其功，蓋知尹之深者，莫柳子若也。既思而疑之，以爲尹苟如是，則無以處湯，湯一見尹之賢，必舉之爲相，而與共夫禄位，豈肯令其栖栖皇皇，如是席不暇煖者耶？尹於桀爲五就，於湯必有五去，謂湯不知其去耶？不足以爲明，謂湯爲知其去而不留，烏在其爲任賢也歟？然則孟子之説爲果無其事歟？曰：非也，尹之去，蓋湯使之爲之，而冀桀之終能一用耳。一薦之不已而至於再，再薦之不已而至於三，三薦之不已而至於四五，湯於是知命之不可易，尹於是知事之不可爲，遂決然舍桀就湯而無疑。是尹之於湯也未嘗去，而其於桀也，則疑若五就

焉。尹之明非不知桀之終不可爲，而必往復焉，回翔焉，若有所戀而不忍去者，湯愛桀之深，望桀之切，以爲一旦能聽尹之說而用其身，則天下可不至於亡，己亦無樂乎放伐之事。湯之心卽文王三分有二以服事之心，而其薦尹於桀者，亦文王薦膠鬲於殷之意，古聖人忠於所事，而不利天下之人才以私己也。漢末有荀彧者，曹操辟之，以比張子房，司馬昭壽春之役，亦引鍾會爲謀主，而寄以心腹之任。向使操與昭有湯文之志，則當引二子而立於漢魏之朝，獻髦之惡，不若桀紂，操昭之柄，重於湯文，天下雖危，未必無救於敗也。惟後人不能心聖人之心，以無負其所事，爲之佐者，亦樂居於俊傑識時務者之名，而以尹之去湯就桀爲藉口，則安知不以心乎生民，欲速其功之說，移而用之於其主，豈非柳子之言階之厲耶？然則孟子何以不言湯使之？曰：孟子之意，將以明尹之自任，言湯則尹之自任者不見，且於辭亦不應爾也，否則伊尹亦管氏之流矣。

本題之大關目，爲心乎生民，欲速其功，翰臣謂知尹之深爲柳子，吾謂知柳子之深爲翰臣。此種看法，非桐城家所能爲，時有人必強翰臣列入該派，諒翰臣未必同意。惟言非一端，夫各有當，翰臣未謂操昭之佐，將以尹之去湯就桀爲藉口，因疑柳子之言實階之厲，此古人立說，後人如何用之，將存乎其人，豈立說者所能任咎？翰臣爲文，用意深折，〔此王益吾評翰臣此文語。〕微墮旁門，或己亦不自覺耳。

翰臣謂尹就桀，爲湯薦之，此論足解千古之惑，所見甚銳。惟翰臣之前，有張楊園〔履祥〕亦主湯進伊尹，使之就桀，不知翰臣未見張説而暗合耶？抑明知之而佯不齒及耶？以翰臣之篤實推之，似以前説爲長，楊園説吾別論及，不贅於此。

梁丘據贊

豈惟賢不逮古，嬖亦莫類，子厚此贊，可謂沈痛之至。惟廖注：「公逐遠方，而近臣無一人爲之地，故曰激贊梁丘」，瑩中躬爲嬖臣，自計亦不如子厚所概括者之惡，故輒以小人之腹，度君子之心，實則子厚櫽括一切，固未必專爲己説法。

愛其不飽，告君使賜：何屺瞻校愛作憂，非也。此愛字實如左傳：「愛其二毛，則如弗傷」之愛，惜也，屺瞻不解愛字之用，即不熟左傳及史漢之故。更詳言之：愛猶重字一類副詞，凡使用愛重字者，即指示所轄動作之否定性，如曰重違其意，即不欲違其意，愛其二毛，即不殺二毛人，今曰愛其不飽，即不欲見其不飽，猶言惜其不飽。又鶡説：「用其力而愛其死」，愛其死者，不欲其死或惜其死也，亦一例。

晏子躬相，梁丘不毀：何義門曰：「梁丘之不毀，是亦景公之明也，晏子春秋備之。」釗案：孔子至齊，書社之封不成，景公胡乃忽而不明？須知子厚之爲此贊，在揭示梁丘之不妒，固不問景公之明不明。凡一題有其必須遵守之一定界綫，義門行

文，嚮以善相題著稱，如何忽昧題旨？

霹靂琴贊引

一

霹靂琴，零陵湘水西震餘枯桐之爲也：　枯桐之爲，之字義同所，下文「爲火之焚」句，亦猶言爲火所焚，此爲之所互用之證。

天下將不可載焉：　載一本作再，是。

余作贊辭，識其越之左與右：　禮記：「朱絃而疏越」，注：越、琴底孔也。

此文簡勁，是子厚本色，讀之快心爽口。

二

吾最愛桐，少時書齋前有雙桐，其一爲雷震死，故吾別號孤桐。曩讀王介甫孤桐詩而好之，其句云：

天質自森森，孤高幾百尋，陵霄不屈己，得地本虛心。歲老根彌壯，陽驕葉更陰，明時思解慍，願斵五絃琴。

詩當然直攄抱負，自有斤兩，惟於讀子厚此贊後讀之，殊覺寡味，縱斵爲解慍之五絃琴，定不如雷震後合天下之美之霹靂琴也。　吾因更易別號曰震餘，視陵霄不屈己、

得地本虛心之王半山，不盈尺矣，何幾百尋之有？幾平聲讀，將及之義。

尊勝幢贊

一

尊勝幢者，序稱睦州所立，睦州者，故睦州刺史李永清，以李錡之叛，得罪貶循州，元和三年正月，以赦量移永州，子厚因與相識。睦州有外婦曰馬孺人，元和五年五月，卒於永，因葬於是，子厚有大府李卿外婦馬淑誌，見於外集。孺人素奉佛謹，死後睦州爲立此幢於墓，以冀延休，子厚因不欲拒其請而爲之贊云。

此贊於子厚實爲大謬，而子厚愛友，以愛友轉而佞佛，冀在貶所解除沈鬱，其道誠苦，而其事殆亦可諒，吾姑泚筆聊爲記之。

塵飛而災去，影及而福至：此何等佞佛語？而竟爲子厚道出！范文瀾中國通史簡編曾引此二語，蔽罪子厚，吾不得不謂爲知言。

礱石六觚：漢書：「破觚爲圜」，觚，謂方也。

二

嘗論子厚是一無神論者，凡文字中之所表見，合於無神精神，侃侃道出，爲讀者信服無訛者，不可勝數，如龍興寺息壤記，其尤彰明較著者也。如神能致夷地者以

死，子厚不難寫出如「塵飛而災來、影及而禍至」等句，以爲點綴，而實乃無有。故其言曰：「南方多疫，勞者先死，彼持鍤者，其死於勞且疫也，土烏能神？」夫災祥相因，禍福相倚，凡無神爲災，即知無神爲祥，凡無神爲禍，亦即無神爲福。今龍興之與尊勝，爲時不相上下，爲地相去咫尺，同一塵飛，而災祥不常，同一影及，而禍福頓異。將有神而專司祥福，不管災禍耶？抑神之莅臨，全無準則耶？凡此皆於理不可通，子厚爲文，不能同時同地而是非顛倒爾爾。以是吾疑尊勝幢贊爲非親子厚作，或者李永清爲外婦草是贊，不便自具名，而倩子厚代尸之，子厚礙友誼無能辭，抑或文全與子厚無涉，而由編者東拿西扯混入，俱未可知。要之子厚集中而有此文，即昭示子厚處世接物之有所未謹，觀范君之譴辭，識者有遺憾焉。

龍馬圖贊

一

子厚贊龍馬，實大逆平生化民及物之宏願，豈非貶居無俚，偶欲佞內弟而一弛焉耶？

開元二十九年三月，滑州刺史李邕獻馬，肉鬣鱗臆，嘶不類馬，日行三百里，馬種之稍異於恆者，世容有之。計居帝閑二十年，從封禪、郊籍、鳴和鑾者數十事，都

與常馬無異。潼關破後，明皇西幸，馬至咸陽西，入渭水，據稱化爲龍，泳去不知所終。從來用兵荒亂之際，馬被擠入水，因而溺死，屍體順流而去，撈取不得，事實上乃大大可能，而人遂以化龍神之，繪圖貼說，誇張其事。以子厚體物之深，嚮以引神爲戒，豈不知龍馬之妄，而遽盛爲贊以寵之耶？夫龍較八駿何若？子厚嘗欲焚八駿圖以戒矯誣，今反其道而行之，抑又何耶？吾不敢謂贊非子厚作，姑記吾説以待他證。

二

沈乙庵〔曾植〕札記有八駿圖一則云：

郭若虛圖畫見聞志：「八駿圖，晉武帝時所得古本，乃穆王時畫，黄素上爲之。〔釗案：黄素猶言黄絹。〕腐敗昏潰，而骨氣宛在，逸狀奇形，實亦龍之類也。遂令史道碩模寫之，宋齊梁陳以爲國寶，至唐貞觀中傳模於世。」按此圖元本，周穆王時畫，此當爲收藏家古畫第一，據所云逸狀奇形，柳子厚跋八駿圖所詫，必此也已。

乙庵此條筆記，使與龍馬圖並列，可將叨其餘蔭，同膺盛讚。反之，此圖證明與子厚蓄意焚燬之穆王八駿，是一是二，則兩千年以上之古物，行且付之一炬。夫乙庵博物君子，視古圖畫如性命，吾因不得不爲擇一安全之地，使其意念不受祖龍餘厄之威脅，輒錄存於龍馬圖贊後，呵呵！

憂箴

中之誠懇，過又不及，憂之大方，唯是焉急： 子厚以不得大中爲憂，此是其平生抱負所在。或疑憂懼二箴，是貶後、抑王叔文將敗時作，吾以謂此問殊不必要。倘眞作於叔文將敗之際，則品質尤貴，以扼住大中爲本，固無所往而不自得。「省而不疚，雖死優游」，或謂：此較之叔文空吟杜甫出師未捷之句，不禁涕淚者，殆不知超出幾許？ 釗案：是、指過或不及。

憂可無乎？無誰以寧？ 無誰以寧者，問誰以無憂而安寧也？此倒裝句，子厚慣用。㊀

師友箴

生於是病矣： 生、子厚自謙之詞，以此文爲尋師友以益己故。

不師如之何吾何以成？ 何屺瞻校成作承。 釗案：未必是。

舉世笑之： 此暗指子厚師陸淳事。

中道或捨，……中焉可師： 子厚用中以奉師友，繁言之曰中道，簡言之即曰

㊀ 參看本編下部卷十五雜錄下韓柳箴詞條。

中，下部卷一有大中一篇，曾詳陳之，可證。

仲尼不生，牙也久死： 牙謂鮑叔牙。此與中道或捨無關，不可誤解。

二人可作，懼吾不似： 二人指上文仲尼與牙而言。似一作以，懼吾不似，顛倒作懼不吾以，謂懼其不以吾爲友也。

謹是二物： 二物頂上可師可友言之。

道苟在焉，……道之反是： 道卽所謂中道也，此謂中道而在，卽傭丐可友，中道不在，公侯下交亦不答。

敵戒

一

敵戒亦常語耳，評者至稱諸箴此爲第一。

「皆知敵之仇，而不知爲益之尤」，何屺瞻校尤作由，非。尤之義深於由。

文中「孟孫惡臧，孟死臧恤，藥石去矣，吾亡無日」，四語最爲精湛，發人深省，然往往有僞君子，假此以欺世人。何義門不喜方望溪文，批語時或過刻，而望溪仍不斷送文與義門看，又輒將其批本置之坐隅，且告人曰：此吾之藥石也，不可一日無此君。又李穆堂亦不喜望溪文，嘗面折其省桐城爲桐之不當，而望溪終護前不肯改，

凡此皆僞君子之作僞處，如持以面子厚，將得不着杜温夫之教誨。

二

二十世紀六十年代，美國有特務頭目威・邦迪（William Bundy）其人，叫囂反華，六六年二月二十日人民日報，以觀察家作評論曰：

唐柳宗元敵戒有云：「皆知敵之仇，而不知爲益之尤，皆知敵之害，而不知爲利之大。」夫中國人民之大敵，是美帝國主義，此一敵人固十分可恨，對我有絕大危害，惟我必須看到：此一敵人存在，亦起著有益作用。蓋美帝國主義此一凶惡敵人，在中國身旁，日日夜夜威脅我，可使中國人居安思危，百倍警惕，激勵鬥志。美帝國主義膽敢進攻，必將自取滅亡。㊀

此眞子厚立教之惠我無疆，較之右舉何李間之文字小節、所含意義之重大，不知超越若干倍數，因特遠引明著於篇。又本編下部第九卷論文：「文人好作反語」條，於

㊀　愚公移山文中，明言當時壓在中國人民頭上第一座大山，是帝國主義，雖未揭示美，而美自居首，要吾國人民大衆一齊起來，挖卻此山。現在，美帝雖已慘敗，但其本性不能改變，決不肯放下屠刀，也決不能成佛，因此還是中國人民之主要敵人。得美帝日日在旁指手畫脚，使我觸目驚心，我從中獲益豈少？文見毛澤東選集第三卷，宜熟讀，以當今對敵戒有誤解者，尚不乏其人也。

敵戒亦復涉及，可參閱。

三

必知子厚何時作此文？始能窺見文中眞實意義。爲子厚編年譜諸家，大抵謂是貶永晚期所爲，吾竊料時當更晚，或竟晚至元和平蔡以後，以有若干詞句，似隱隱針對憲宗晚節之失也。緣章武以猜惎之姿，救貞元之弊，志清二釁，唯恐失時。二釁者何？卽河北强藩，與北司閹宦是。迨蔡州蕩平，海內嚮治，以爲二釁已去其半，恃功而驕，刻毒加甚。而又妄事服食，性益狠戾，內侍往往適然杖斃，莫明其故，內廷恟懼，弑逆驟成，得年僅四十三。子厚由柳州遠瞰中朝，形乃洞如觀火，文中矜壯死暴四字，及縱欲愚耄等語，不啻爲章武殘年寫照，而慄慄惟懼，吾見如此，識者諒諸。

由上說來，敵殊無遠近內外之別。范文子曰：「自非聖人，外寧必有內憂，盍釋楚以爲外懼？（語見左成十六年傳。）」斯言也，惟視環境以適用焉，聞而足戒其可。

三戒

三戒者，千餘年來，殆爲唐文敷散最廣之作，幾於無人不讀，亦爲指物示戒之典型例子，幾於無人不學。顧人人讀之，而眞得其解者殊罕，人人學之，而能窺其神者

不可多見。蘇子瞻自謂於柳有特嗜，因讀三戒而愛之，發憤擬作河豚烏賊二説以自警，吾嘗覆卷自思，柳蘇間於此，所浮虎賁中郎之似何許？非惟人不能答，而且己亦莫審，事固如此，吾其奈之何哉？

子厚爲小文，序與文併，每以一語提綱，另以一語相映作結。臨江之麋：依勢以干非其類，綱也，麋至死不悟則結；黔之驢：出技以怒強，綱也，技止此耳則結；永某氏之鼠：竊時以肆暴，綱也，以飽食無禍爲可恆則結。

天下事惡似而非者，或謂趙括似奢，王安石非伊呂，向使不出其技，民到於今稱之。夫處士之盜虛聲，亦終以純盜爲得耳，諸葛亮不出隆中，淡泊寧靜，價高於志決身殲者，何止百倍？又閻百詩謂：子厚「彼以其飽食無禍爲可恆也哉？」一句，直喚醒李斯，〔見潛邱劄記。〕語在可解不可解間，翫之良有味。

天下事由虛入實，彌足怪異。抗戰末期，眞有一個龐然大物的驢子，跑進貴州去了，不久即被小老虎吃掉。我們八路軍、新四軍，是小老虎，很有辦法對付日本驢子。查日本強盜侵入貴州，是其慘敗命運之最後掙扎，而我虔奉最高指示，以精兵簡政之法制之，竟獲全勝。不謂是我取例於柳州三戒之一，形成古爲今用之輝煌典範，而兼永爲出技怒強者之不磨明鏡，因特鄭重紀錄於此。〔參看毛澤東選集第二版三卷八八三頁。〕

卷二十　銘雜題

沛國漢原廟銘

何謂原廟？漢書：惠帝即位，詔有司爲高帝立原廟，注：原、重也，先有廟，今更立之，故曰重，重讀平聲。廟至唐尚存，載在祀典。胡鳴玉曰：「今人詩題，誤寫元韻作原韻，日知錄云：元者本也，本官曰元官，本籍曰元籍，本來曰元來，唐宋人多此語，後人以原字代之，不知何解？原者再也，易原筮，月令原蠶，文王世子末有原，〔釗按：食上，必在視寒暖之節，食下，問所膳，命膳宰曰：末有原，應曰諾，然後退。注：末猶勿也，原再也，勿有所再進，爲其失飪，臭味惡也。〕漢原廟之原，皆作再字解，與本來之義全不相同。後漢張衡應間：〔釗案：應間、篇名，間去聲，應間、答客問意。〕曩滯日官，今又原之，注：爾雅曰：原、再也，衡爲太史令，去官五載，復爲太史令，故曰原之，然則原官、乃再官之義也。」說見訂譌雜錄，乃言原與元並不同義，原者再也，原廟爲再行設立之廟，卻非元廟或本廟。

又按漢書元帝紀：「復原廟」。文穎曰：「高祖已自有廟，在長安城中，惠帝更於

渭北作廟，謂之原廟，爾雅曰：原者再，再作廟也。」晉灼曰：「原、本也，始祖之廟，故曰本也。」師古曰：「文說是」。由右觀之，原爲何義，在漢已成爭論，何況後代？至資治通鑑載後梁貞明六年閏月庚申朔，蜀主爲高祖作高祖原廟於萬里橋。胡注：原廟起於漢，原，再也，已立太廟而再立廟曰原廟。此唐以後爲漢作原廟例，可參證。

班固高帝贊，以劉爲堯之苗裔，子厚全用其意，發端亦本典引，惟語多牽合，辭章家習氣略重。

劍門銘

劍門銘爲子厚匠心獨運、慘淡經營之作，蓋子厚向爲嚴氏藉辭獎飾，興州江運，㊀已謂興工濟物，功烈章章，何況芟夷大憝，龔行天罰者乎？獨討闢之役，嚴礪祇以守臣，專司儲峙，專征大將，乃杜黃裳論薦高崇文任之。倘子厚筆有偏鋒，意存左袒，則劍門銘者，將不難爲退之平淮西碑之續，而爲人訐訟。觀其銘曰：「牧臣司梁，當其要束，器備攸積，糗糧是蓄，人無增賦，師以饒足。喋血誓士，玄機在握，分命貔貅，陳爲掎角。」末二語者，指派嚴秦攻劍門也，止於輕輕帶過，毫不矜張，由是礪之得與懋賞，進爲大藩，雖以其人官聲不高，亦終完安無禍，子厚之爲人紀功，而

㊀ 本集有興州江運記。

辭無溢美如此。

退之元和聖德詩：有「牽頭曳足，先斷腰膂，揮刀紛紜，爭刌膾脯」等語，爲世詬病，子厚此銘：「刲刳腎腸，振拔根柢」，語亦不美，然世論能寬子厚，不允寬退之。

十一月、右師逾利州： 陳少章云：「舊史憲宗紀：元和元年正月戊子，下詔討劉闢，是月丙寅朔，戊子乃二十三日，蓋闢之反在正月也。 紀又云：二月乙未朔，嚴礪奏收劍州，蓋劍門之役，亦卽在正月，史乃記其奏到日耳。 八月及十一月字，皆傳寫有誤，闢以是秋九月平，何云十一月始出師利州乎？ 某氏注以元年爲永貞元年，亦非也。 孫注則云：十一月當作二月，其說近是。」 釗案：少章考證精細。

塗山銘

序有曰：「天地之道，尙德而右功，帝王之政，崇德而賞功；故堯舜至德，而位不及嗣，湯武立功，而祚延於世；有夏德配於二聖，而唐虞讓功焉，功冠於三代，而商周讓德焉。」 何屺瞻謂：論至卑淺不根。 下又云：「周穆遐追遺法，復會於是山，聲垂天下，亦紹前軌」，屺瞻亦謂：周穆何足以比焉？ 蓋此類銘辭，以大議論冠於前爲之序，必發生牽強附會之病，反不如無序或序短之銘，易於沈着簡潔見長。

以銘而論，王介甫謂蘇子瞻表忠觀銘，取法子厚此篇。

吾違難重慶七年，離渝不遠，傳有塗山，謂卽萬國執玉帛朝禹之地，傳說謬妄，從來無人匡正，舊說：塗山在壽春東北濠州。

壽州安豐縣孝門銘

一

王伯厚稱：柳文多有非子厚之文者，但未指壽州安豐縣孝門銘爲僞作，以理度之，子厚似不能爲此文。蓋顯認廬上產紫芝白芝爲神異，而又鼓吹人子毁殘肢體，孝理神化，此在退之諒已不肯爲此文，何況子厚一嚮側重唯物，義極明亮，胡乃忽爾高唱：「天意神道，猶錫瑞物以表殊異」乎？此何其與天說及斷刑論：「蒼蒼者焉能與吾事」，深相剌繆乎？

蔣之翹編柳集，輯注如下：

聞之昌黎有言：父母疾，烹藥餌，以是爲孝，未聞毁肢體者也。苟不傷義，則聖賢先衆而爲之，是不幸因而且死，則毁傷滅絶之罪有歸矣，安可旌其門以表異之？吾恐如此銘，昌黎斷不肯作。史繩祖曰：東坡表忠觀碑，先列奏狀以爲序，至制曰可，而系之以銘，其格甚異，乃倣子厚此文，蓋以忠比孝，全用其體制。且柳作史既全載，文極典雅，蘇作，金陵王氏則以太史公年表許之，二文旨意，其允合

於史法矣。

眉山史繩祖，字長慶，爲魏了翁門人，著有孝經解。彼當然拘於忠孝舊誼，平列柳蘇兩家，而又以唐孝友傳全載柳銘，更認爲既定事實，此其識又下蔣之翹一等矣。至蔣能推定退之不作此文，而不能看破柳作之可能有僞，此等人識解之有所局限，往往如此。金陵王氏者，王介甫也，彼謂柳作爲學史記諸侯王年表。

王漁洋居易錄有云：

捫蝨新話云：柳子厚壽州安豐縣孝門銘云云，以表爲序，而徐鉉所編文粹，乃録銘於前，而於題下注云：幷壽州刺史表，此鉉之陋也云云。按文粹、吳興姚鉉所撰，陳善以爲鼎臣，謬。

陳善、字子兼，宋高宗紹興初年人，有豪士名。姚鉉、字寶之，太平興國（太宗年號。）進士，善筆札，采唐人文章，纂文粹百卷，此當然與徐鼎臣（鉉）無關。漁洋此録，止於紀載上之糾謬，別無識解。

章實齋於此碑亦有說：

蘇子瞻表忠觀碑，全録趙抃奏議，文無增損，其下卽綴銘詞，此乃漢碑常例，卽柳子厚壽州安豐孝門碑，亦用其例。王介甫詫謂：是學史記諸侯王年表，眞學究之言也，李耆卿謂其文學漢書，亦全不可解。

實齋此論，說不到本文癥結，蓋彼全不知此文是僞作也。最可笑者，宋子京作新書，屢取子厚僞作，以充篇幅，本銘外，饒娥碑又是一例。趙甌北謂新書好用韓柳文，〔已見別條。〕尚未能注意到此類文字。

二

蘇子贍表忠觀碑，起用「臣忭言、制曰可」式，章實齋峻誚之，謂此非當時陳奏制也，與其用臣忭言，何不曰岳曰吁？制曰可，何不曰帝曰俞？舍三代而法秦漢，未見其能好古也。〔說見文史通義。〕蕭敬孚駁之曰：

此眞盲人道黑白也，其實此制自漢至宋，歷代相沿，並未更改。蘇公此文，即當時陳奏原式；……其最昭晰顯見者，莫逾於司馬公進資治通鑑表，宋元刊本均載之，一依當時陳奏原本格式。章氏既以一代史學自負，博覽羣書，豈於歷代陳奏之制，尙無稽考，並唐宋名人之集，及司馬公表本格式，概未之見耶？……查趙公此奏，當日即直屬蘇公代爲主稿，今清獻集並無此奏，蘇以此事本趙主名，故仍存當日代筆原銜，乃爲至當，至文體本史記五宗世家，王荆公已賞識之。

敬孚所駁非妄，〔文見敬孚類稿卷五。〕「唐宋名人之集」一語，所包甚廣，作者竟未及提明子厚壽州安豐縣孝門銘，豈敬孚亦如實齋盲耶？

孝門銘者，柳文中極肖孟堅之作也，唐書孝友傳全採錄之，以爲眉目，惟所敍乃

毁傷人子肢體，以饋獻垂絶之病父，於義無取，君子惜之，至文之體制，列刺史表文及制曰可於前，繫銘於後，自爲一格。史繩祖曰：「東坡表忠觀碑，先列奏狀以爲序，乃仿子厚此文，蓋以忠比孝，全用其體制。」由宋至今，文家習爲口碑已久，至章實齋忽生異議，大是可怪。

姚鉉編唐文粹，此篇録銘於前，題下注云：並壽州刺史表，表因列於銘後，形成附贅，鉉之陋甚爲可笑，以詒實齋，或竟認作適時，亦未可知。

高唐神女賦，自玉曰唯唯以前，皆賦也，而蕭統謂之曰序，東坡因哂其陋，從來文人主觀論定之秩序，往往顛倒錯亂而不自覺，獨子厚與東坡，於此瑩然無滓爾。

孝門銘表中：「其父老病，〔句〕已不能啖啜，〔句〕經宿而死。」各本皆誤脱經字，此據文粹校補。

下部雜録一盧墓一條，與本文有關，可參閲。

三

趙坦保甓齋文録擬撰碑碣例云：

漢世碑文，有以章奏列於前，而次其行事於後者，如魯相乙瑛碑是；章奏後次以銘辭者，史晨碑是；直具章奏，不列行事及銘辭者，樊毅復華下民租田口筭碑是。後世效之者，唐柳柳州安豐縣孝門銘，宋蘇文忠公表忠觀碑耳，其體最古。

右文僅著其例耳，無學識可言，品尤在章實齋蕭敬孚下。坦字寬夫，仁和諸生，阮雲臺督浙學識之，因入詁經精舍，以能古文名，自以爲擅長金石文字，與柳州近，因特爲著錄數語耳。

武岡銘

一

此文顯立華人夷人之目，如此區分蘄蘄，意果安在？尋春秋大義，夷而進於中國，則中國之，諒子厚之嚴此別，意亦如是。今其辭曰：「投刃頓伏，願完父子，卒爲忠信，奉職輸賦，進比華人，無敢不龔」，是由夷而進於華，不過完父子，爲忠信，奉職輸賦三事而已。今日三事具，夷卽爲華，明日三事復背，華仍將退而爲夷，理有固然，無待演繹。子厚此文之作，凡以歸美從父公綽提戎潭部，化民成俗，無形中已將華夷之別，澈底剷除。故其序曰：

專務教誨，俾邦斯平，我老洎幼，由公之仁，小不爲虺蜮，大不爲鯨鯢，恩重事特，不邇而遠，莫可追已。願銘武岡，首以慰我思，以昭我類，以示我子孫，彌億萬年，俾我奉國，如今之誠，鄰之我懷，如公之勤。

右數語者，千餘年來，卽其地而驗之，大抵其言可復，並無特殊例外，以爲梗阻。夫

武岡位於湘西，湘西以獷悍名，無人不知，熊希齡、即湘西人也，吾憶光緒戊戌之歲，希齡貽書撫部陳寶箴稱：「齡本筸人，㈠生性最猂，」斯時倘有以蠻獠詬病焉者，彼亦且樂於自承。而漵浦亦湘西地，其中有舒、嚴、向三姓，道咸間有文學俊才，蜚聲宇內。㈡洎至最近，政府劃分少數民族區域，俾其自治，上述三姓，皆自成爲少數民族。向伯常之裔孫某，今且充北京大學講席。凡此皆武岡銘中之所謂鄰，所謂子孫、彌億萬年、以誠奉國之効。偶涉狂想，輒泚筆爲此述。

時惟潭部戎帥御史中丞柳公綽：　陳少章謂：柳公下似衍一綽字，應如劍門銘中稱嚴公例。

辰漵蠻首張伯靖叛，殺長史，據諸州，結九洞以自固，卒敗降，史稱降於荊南節度使嚴綬，而不及柳公綽：何義門讀書記云：綬攘公綽之功，而史仍之，賴此文而後世猶有考也，以退之與公綽書觀之，非私其族人而爲之。釗案：何論允。

二

黔巫東鄙：　黔、指黔中，故城在今湖南沅陵縣西。秦昭襄王使司馬錯，由蜀攻黔中，拔之，即此。唐置黔中觀察使，此時崔能任之，即不久移任永州刺史者也。巫

㈠ 筸謂鎮筸，湘西鳳凰、永綏、乾州三廳，皆稱鎮筸，熊固鳳凰廳籍。

㈡ 此指舒燾、伯魯，嚴咸、受之，向師棣、伯常。

或謂指五溪，或謂巫峽，銘辭黔山巫水並列，巫當以指湖南地方爲近。五溪源出武山，志謂雄溪樠溪酉溪沅溪辰溪。

盜弄庫兵：　元和六年，辰溆蠻酋張伯靖，嫉黔中觀察使竇羣督斂苛刻，因聚衆叛，殺長史，劫據辰錦諸州，連九洞以自固。　漢書龔遂傳：「陛下赤子，盜弄陛下之兵於潢池中耳。」

南鉤牂牁，外誘西原：　漢定西南夷，置牂牁郡，西原、西南夷地名，或謂唐黃洞蠻地。

皇帝下銅獸符：　銅獸符卽銅虎符，唐避虎字，改用獸。此符一半留京師，一半置郡縣，發兵時，京師乃下其半。

時惟潭部戎帥御史中丞柳公綽：　湖南觀察使治潭州。　釗案：此銘爲柳遷鄂岳觀察使，在武岡留紀念而設，不能對柳不敬而直書其名，況公綽於諸柳爲長上乎？又案：此役由公綽與崔能嚴綬，三面交加討伐，獨公綽傳不錄受降之功，乃史家不謹誤略，幸有此銘補史之遺。

不震不騫：　詩：「不騫不崩」，騫、虧也。

亂人大恐：　本文人字，皆民之代，如下「進比華人」，及「於是夷人始復」皆然。

進臨江漢：　卽指公綽進爲鄂岳觀察使，此役公綽右遷，崔能左遷。

殿於大邦：　詩：「殿天子之邦」，殿，鎮也。

於是夷人始復：　復，是一種政治待遇，或指免其徭役。

相與高蹈涕呼：　左哀二十一年：公及齊侯邾子盟於顧，「齊人歌曰：魯人之皋，數年不覺，使我高蹈」，釗案：先是哀十七年，齊侯爲公稽首，不見答，皋，緩也，言魯人皋緩，不知答齊侯首，故使我高蹈來會。　高蹈猶遠行，諒公綽之離武岡，部民有遠道來送者。

不夸首級四句：　清帝弘曆謂：此四句能簡括治蠻夷大要。

以昭我類：　類或作鄰，下文有「鄰之我懷」句，鄰字是。

如今之誠：　今或作令，誤。

戶恐合竄：　合一作谷，是。

披攘仍亂：　披或作彼，非。　披攘乃子厚慣用字，謂分崩也。　仍，頻也，亦子厚慣用字。

我塗四闉：　闉，廖本作闢，非。

旣骨而完：　文明用左傳：「生死而肉骨」意，完疑卽肉字之訛。　完義雖亦可通，然遠不如肉字典切，何況上文有「願完父子」句犯複乎？

有穴之丹：　廖注：「辰州有丹穴」，謂丹砂也。　蔣注：「丹砂出老鴉井者爲上，武

岡出竹子口。」

有犀之顛：　查夏重云：「犀顛卽犀角」。犀丹二物，皆可作賂，故云「公不可賂」。

刻示來裔：　裔叶平。銘辭有二句一韻，或四句八句一韻，須用意辨認始知。茅坤謂：「子厚諸銘中，以此篇最優。」

井　銘

此在柳州所鑿井也，井以元和十一年三月朔開鑿，未盈一月而成，故未晦果寒食，蓋井洌寒泉食，本周易文也。㊀

邑人以灌其土堅垍，〔句〕其利悠久，〔句〕其相者浮圖談康，〔句〕諸軍事牙將米景，〔句〕鑿者蔣晏：　垍、說文：堅土也，一本作堅壯。相、謂輔相鑿井之事，談康當爲浮屠氏名；諸軍事牙將、或謂牙將之從事聯絡諸軍者。

儲同人謂此銘幾不能裒益一字，誠然。

㊀ 釗案：洌、音列，易井九五：井洌、寒泉食。朱注：洌、潔也，此謂井潔，泉寒而可食，古飲水亦曰食也，與初六：井泥不食，義適相對，泥、去聲讀，謂井中泥多，不可食也；下文云：舊井無禽，則言不獨人所不食，卽禽鳥亦莫之顧。又案：由井推及其他，一般水清，統號爲洌，如子厚小石潭記：下見小潭，水尤清洌，卽其例。

舜禹之事

一

舜禹之事，連同謗譽、咸宜共三首，人多以爲非子厚之文，晏同叔謂恐是博士韋籌所作，不知同叔根據何在？文如下：

舜禹之事

魏公子丕，由其父得漢禪，還自南郊，謂其人曰：舜禹之事，吾知之矣，由丕以來皆笑之。柳先生曰：丕之言若是，可也，嚮者丕若曰：舜禹之道，吾知之矣，丕罪也，其事則信，吾見笑者之不知言，未見丕之可笑者也。凡易姓授位，公與私，仁與強，其道不同，而前者忘，後者繫，其事同。使以堯之聖，一日得舜，而與之天下，能乎？吾見小爭於朝，大爭於野，其爲亂堯無以已之。何也？堯未忘於人，舜未繫於人也。堯之得於舜也以聖，舜之得於堯也以聖，兩聖獨得於天下之上，奈愚人何？其立於朝者，放齊猶曰：朱啓明，而況在野者乎？堯知其道不可，退而自忘，舜知堯之忘己而繫舜於人也，進而自繫。舜舉十六族，去四凶族，使天下咸得其人，〔一本作仁。〕命二十二人興五教，立禮刑，使天下咸得其理，合時月，正曆數，齊律度量權衡，使天下咸得其用。積十餘年，人曰：明我者舜也，齊我者舜也，資

我者舜也，天下之在位者皆舜之人也。而堯隤然聾其聰，昏其明，愚其聖，人曰：往之所謂堯者，果烏乎在哉？或曰：耄矣，曰：匿矣，又十餘年，其思而問者加少矣。至於堯死，天下曰：久矣舜之君我也，夫然後能揖讓受終於文祖。舜之與禹也亦然，禹旁行天下，功繫於人者多，而自忘也晚。益之自繫猶是也，而啓賢聞於人，故不能。夫其始繫於人也厚，則其忘之也遲，不然，反是。漢之失德久矣，其不繫而忘也甚矣，宦董袁陶之賊生人盈矣。〔謂宦官、董卓、袁紹袁術兄弟、及陶謙。〕丕之父〔曹操，字孟德。〕攘禍以立強，積三十餘年，天下之主，曹氏而已，無漢之思也。丕嗣而禪天下，得之以爲晚，何以異乎舜禹之事耶？然則漢非能自忘也，其事自忘也，曹氏非能自繫也，其事自繫也。公與私，仁與強，其道不同，其忘而繫者無以異也。堯舜之忘，不使如漢，不能授舜禹，舜禹之繫，不使如曹氏，不能受之堯舜。然而世徒探其情而笑之，故曰笑其言者非也。問者曰：堯崩，天下若喪考妣，四海遏密八音三載，子之言忘若甚然，是可不可歟？曰：是舜歸德於堯，史尊堯之德之辭也。堯之老更一世矣，德乎堯者蓋已死矣，其幼而存者，堯不使之思也，不若是不能與人天下。

吾細核之，此文決非贗作，以文中所涵各義，非子厚不能有也。何孟春餘冬敍錄云：

曹丕既篡漢，曰：舜禹之事，吾知之矣。此乃以己而窺聖人，謂舜禹亦只是

篡，而文之以遜讓耳，丁謂不信古有忠臣孝子，意正在此。丁謂在中書嘗曰：古今所謂忠臣孝子，皆不足信，乃史筆緣飾，欲爲後代美談者也。此言見王文正筆記。孟春所錄，恆人思致如是，了無足怪，而子厚此文用意，去孟春「只是篡」之說萬里。「柳先生曰：丕之言若是，可也，嚮者丕若曰：舜禹之道，吾知之矣，丕罪也」，是子厚所言，異軍蒼頭特起，重在事而不在道明甚。以言道也，則俗儒理解如孟春「篡而文之以遜讓」云云，固與子厚「公與私仁與強」之辨，不無相合，今旣由道而之事，並卽以事爲之的標，使天下自趨於切近，爲問曹魏之繫於民，是否實在？設實在也，天下不思漢，而惟曹氏之思，亦且積三十年不衰，此與曩代舜禹之久繫於民者，羌無二致，而又何怪焉？

尋子厚文中人心不思漢一義，與呂化光諸葛武侯廟記所謂：「桓靈流毒，在人骨髓，……人心思漢，亦不可得也」，正如銅山洛鐘之應。由是而進徵於民，化光設爲武侯告天下之辭曰：「我之舉也，匪私劉宗，惟活元元，曹氏利女乎，吾事之，……」可見曹氏之臨民，當時並不迫人以「虐魏逼從」之感。化光之言又曰：「夫民無歸，德以爲歸，撫則思，虐則忘，其思也不可使忘，其忘也不可使思」，化光之所謂德，卽子厚之所謂道也，民於曹氏，旣思之而不能忘，則曹氏事得之矣，道亦無甚大迕。今觀柳呂兩家之詞，此一綜合大義，不難依辨證得來，舉凡拘儒腐生正統偏統之論，征誅揖

讓之爭，職近而摽諸大門之外，遠乃放諸無何有之鄉，一切以民爲本，而折衷於撫后虐仇一語，渾無例外。間嘗論之，兩家旨趣訢合如此，豈偶然而已哉？曰：否，此兩人從陸淳先生學春秋以來，了解到「章明大中，發露公器」，往復討論，而歸結乃爾。於是廟記非化光不能爲，舜禹之事亦非子厚不可能下筆，人謬以贗鼎呰之，卽晏同叔不免，眞目論也。

二

子厚舜禹之事一文，在柳集南宋乾道〔孝宗年號。〕永州本，已編入外集，是不信子厚能草此文者，其說殆起於宋時，與帝蜀黜魏之正統論有關。蓋爾時古文運動初興，志在以韓柳同肩斯任，其不能使柳有違文章義法，及其似是而非之正閏論者，勢爲之也。於是不辨文理之是非得失，使如子厚舜禹之事等文，僞固僞，眞亦僞，且覓博士韋籌之名代尸焉者，亦勢爲之。

子厚行文，取曹丕與舜禹並列，謂曹魏之有繫於當時之人，與舜禹得天下之形勢相等，至漢氏者，天下之浸忘之也久矣。魏審時度勢也切，操在時，而以爲己繫天下也不熟，故必待「積三十餘年，天下之主，曹氏而已」，丕始在南郊得漢禪，而躬行舜禹之事。此是子厚之人民本位思想，充類至盡而發是論，宋代俗儒豈能知之？

柳集中人民本位思想，隨處可見，但權衡蜀魏如本論者，卻是孤證。然子厚此

類思致，得之春秋，呂化光者、與子厚同學於陸文通，而化光又爲子厚所輸誠傾服，於是取呂證柳，其道絕闊。蓋化光諸葛武侯廟記，嶄嶄樹爲義曰：「夫民無歸，德以爲歸，撫則思，虐則忘，其思也不可使忘，其忘也不可使思。」從而責備武侯，諭民不以本，臨民不以忠，當至公之運，而強人以私，妄稱漢宗，勤而靡獲，此誠開闢鴻蒙、獨標己見之論，化光子厚相視而笑，莫逆於心，司馬君實等拘墟之士，雅不足以語此。吾於化光廟記，別有紀述，不贅於是。

或曰：曹操何德於民，而民歸之？曰：子厚此類文字中之所謂德，乃天演之德，與後世倫理學家所下細針密縷之定義有異。如貞符篇云：「厥初罔匪極亂，而後稍可爲也，然非德不樹」，此所謂德，乃極亂之後稍有可爲之德，換而言之，卽人類初期定亂之必要施爲，在天演中可名爲德，律之進化高程則否。惟割據荒亂、人類退入生初蠻性時亦然。此若使韓退之暗記原道一文，逆數社會進程，因而超越禹受之舜，舜受之堯以上，是將曰：此德其所德，非吾之所謂德也。由是以譚，曹操之德，輔以雄才大略，佐以長戈短戟，實足馴服當時之河朔人心而有餘。何況馬踏青苗，或文姬歸漢，以及橫槊自賦之周公吐哺，天下歸心等名句，綜其三十年間之壯懷雅量，使劉公幹僅足磨針，丁敬禮微能定文，其餘建安諸子之流，都無從望其項背者哉？

三

吾嘗流連詠歎於子厚伊尹五就桀贊一文，其所爲贊曰：「彼伊尹聖人也，聖人出於天下，不夏商其心，心乎生民而已」，此心乎生民云者，卽吾所標人民本位思想。吾又嘗怪伊尹此一思想，在後來賞歎子厚五就桀贊諸文人中，都從來不生根蒂，而祇認爲子厚欲釋其從二王之罪，如蘇子瞻；或從而憐子厚之志，如陳子兼㊀而已，甚矣！「吾觀聖人之急生人」，其用心之不易爲人所諒察，至如此之久也。

吾人旣探索到伊尹中心思想，於焉應用於子厚他弔古文，凡有難題，咸得迎刃而解。如舜禹之事，晏同叔疑爲贋作，實則此作不可能贋，何以故？以其中所含民本思想，不可能移植於韋籌一流人之腔子故。於是柳呂之間，察其所不足於諸葛亮之爲人，可得以一語斷定焉曰：亮不解心乎生民，而蜀魏其心，因而功業不越鼎足一步，凡亮之所以不如伊尹、其癥結在此，杜甫丞相祠堂詩云：「伯仲之間見伊呂」，眞楊升菴所謂勢利他語也。

四

讀子厚本文，覺字句間帶滯義者，略略疏解如下：

一、天下咸得其理：　理，治也，唐避高宗諱，不得言治。

二、禹旁行天下：　旁，徧也，旁徧兩字，同爲重脣音，古文中恆互用。

㊀　陳子兼名善，說見捫蝨新話。

三、益之自繫猶是也： 此猶言：益之自繫同一晚也，是代上文晚字。

四、不然反是： 反是二字，代表所省略者兩句：「其始繫於人也薄，則其忘之也速。」

五、無漢之思也： 無漢之思、猶直言不思漢，思、動詞之義未變，並非在之字下、此處作抽象名詞解。 之、代名詞倒置，所代之名，卽上面漢字。 依文律言，其形式與不圖利，易言「惟利是圖」相同。 此類代名詞倒置句子，代名詞用「之」，或用「是」，均無不可。 如子厚龍馬圖贊：「匪馬之慕，吾誰親兮？」匪馬之慕，與無漢之思，文理絶肖，蓋二者同屬否定句也。

六、久矣舜之君我也，夫然後能揖讓受終於文祖： 夫、代名詞，指舜言。 子厚慣於使用此類代名詞，讀者往往看作語助詞滑過，於是文之眞精神不現，切宜加意。文祖、虞書注：堯始祖之廟也，蔣之翹於此下評云：「議論亦快，但大聖人心胸，竟看破是箇奸雄了」，依之翹言，凡站在人民一邊，依仗羣衆多數行事，此之謂奸雄。夫如是，曹操負擔得起此一奸雄稱號，可謂不虛一生。

吳摯父於此評云：「此與堯典：四海遏密之文稍背矣，而詞特奇創」，此老以奇創二字，接受柳文意義，總算識高於蔣之翹等數輩。

七、堯之老更一世矣： 更、平聲，歷也；一世者、三十年也。 文中一則曰：積十

餘年，再則曰：又十餘年，兩者相加，卽成一世。

八、子之言忘若甚然：　甚者、過甚也，若甚然者、謂似乎過甚一些也，文中忘與思兩字聯用，非思不能促忘，非忘不能致思，呂温諸葛武侯廟記，亦如是云。可見柳呂兩人，直供給永貞突變之理想源泉，惟惜所行諸善政，雖使人心大悅，而時間迫促，還來不及控制人民思想耳。

九、使天下咸得其人：〔一本作仁。〕　孔子言求仁得仁曰：「我欲仁，斯仁至矣」，又曰：「未之思也，夫何遠之有？」但在他一面，民之反映而慕化也，不可能如是捷速，永貞之敗以此。

十、其幼而存者，堯不使之思也：　蔣之翹於此評曰：「近似兒童婦女之見」，殊不知堯舜所欲得之人心，原不排除兒童婦女在外，其本身所保持者，亦不過是赤子之心。從來殘暴之主，大抵牿亡此一赤子之心，方使天下大亂，而其國滅亡。

五

宋司馬光作通鑑，帝魏，而以吳蜀爲附，此固非君實之創見也，陳壽著三國志，早持是說。又中經有唐一代，柳子厚論舜禹之事，呂化光銘武侯祠，皆歸然聳曹魏於一尊。如劉壎輩勤引短書，疏求正義，於柳呂兩家之崇論宏議，一似未經寓目，〔此指隱居通議而言。〕吾國史學之陋，此爲一例。

朱晦菴作綱目，黜魏帝蜀，其情勢異是。蓋晦菴所本，爲習鑿齒之漢晉春秋，而漢晉春秋，書共五十四卷，其目見於唐藝文志及宋太平御覽。逮仁宗時，修崇文總目，書逸久矣，顧其說不期而瀰漫於人心。唐劉知幾史通：「備王道則曹逆而劉順」一語，經人用作兔園册子，與三國演義等之郢書燕說，不脛而走，婦孺習聞。歐陽修之正統論，以曹魏爲主，其客章望之卽著明統論，恣意非難。書一經問世，立見歐論渺小，而章論漲大。其所以然，則宋室偏安，崇奬節義，種種虛僞矯揉，多方以促之，厥弊流演至今，湔洗惟艱。

習鑿齒毀魏之言曰：「以魏有代王之德，則其道不足，有靖亂之功，則孫劉鼎立。道不足則不可謂制當年，當年不制於魏，則魏未曾爲天下之主；王道不足於曹，則曹未始爲一日之王。」所語皆拘儒迂闊之論，曾無一字涉及人民。又曰：「禪代之義，不同堯舜，校實定名，必彰於後，人各有心，事胡可掩？定空虛之魏以屈於己，孰若杖義而以貶魏哉？」（語俱見晉書本傳。）所謂義者，由人杖之而生，並不依事勢所趨而定，旨在以後代之心理，翻前朝之史實，人民於焉歸往，概置不論，一味唯心，以別禪代與堯舜之不同，此律之子厚立意，全然異致。復次：陳承祚之贊劉備曰：「先主機權幹略，不逮魏武，是以基宇亦狹。抑揆彼之量，（按彼謂曹操。）必不容己，非惟競利，且以避害。」據此，備全以一己利害反魏，毫不從人民著想。

六

王半山讀蜀志有詩曰：

千載紛爭共一毛，可憐身事兩徒勞，無人語向劉玄德，問舍求田意最高。此謂劉備與魏爭鼎之無裨於國，無助於民，誠不如其已，而以歸農爲得計也。此與唐之薛能：「山屐經過滿徑松，隔溪遙見夕陽春，當年諸葛成何事？只合終身作臥龍」，用意全然一致。而論者咎能粗官，既不解詩，尤不解事，至宋則人不敢以譏能者譏半山，此豈對不同之人而生異念乎？抑世論經一二百年之開展而略有進乎？吾不敢知。顧半山同時之司馬君實，名爲兒童走卒所知之經世大儒也，其所著通鑑，公然帝魏，而書諸葛亮之出師爲入寇，所見竟與唐之粗官無異，此安得輕輕以偶然迹相視之？〔釗案：薛詩由全唐詩、及詩話總龜轉錄，末一句多誤作只合隆中臥讀書，且韻亦失黏。〕

劉壎者，亦宋人也，字起潛，南豐人，著隱居通議，曾記右件而發爲議曰：

使溫公在當時，必去仕魏，吾亦曰：使荆公在當時，亦必從魏矣。

此在紫陽之徒之心目中，不以謂大逆不道，卽謚爲非常異議，而一千年後，吾人校讀柳子厚所撰舜禹之事，牽連及於魏蜀之爭，其思想究如何者？

七

從來禪讓之局，考其本質，應分禪與被禪而二之。魏受漢禪，曹丕下禪壇而爲

之辭曰：「舜禹之事，吾知之矣」，其所以不曰堯舜而曰舜禹者，意指被禪之成就，而不指禪前之醞釀，章章明甚。如以禪之步驟言，漢獻自不得比於堯舜之聖，曹操久於相位，亦自非孱獻有意獎成權相，使得久與民習之所爲。但就被禪一方而論，則操丕勢專而民愛，固無一事不同舜禹，而丕之言鑿鑿可據。論者不能爲此分析，往往以禪者一面之失政，誤解被禪一面之效實，因而訾議百出，使子厚推類察跡、合乎史實之正論，不得與謬稱正統、伐叛討逆者流，隱隱殊其途而同所歸，誠吾國史學中一大歧途，至今無人駁正爲可惜也。

漢光武愠數世之失權，忿疆臣之竊命，政不任下，雖置三公，事歸臺閣。明太祖自胡惟庸敗露後，不置左右相，政歸六部，亦此意。參閱古今事變，東漢前明之制，固爲得也。近閱袁爽秋日記，有如下一大段議論：㊀仲長統參丞相曹操軍事，卒於建安末年，著昌言三十四篇，其法誡篇以置相專任爲得，輕任三公爲失，反覆言之，何其謬耶？繹其微指，將毋以委身當塗，爲之騰説，使孱獻假以盜竊神器之枋，非由衷之言也？建安訖命，操死丕篡，昌言之效著矣，此一事，尚論千載，無人發其奸言，殆爲統所愚也。仲長公理所著法誡，乃泛應曲當之政理也，彼歿於建安之末，無從料到曹公成何事業？然若以言被採用，曹獲久爲漢相，因以造成移轉神器之資，則歷史之進程自動

㊀ 爽秋日記似未刊行，吾所見爲寫本。

爲之，子厚所了解於舜禹之事，適與此合，何爲誰某奸言所愚之與有？

漢光明太，不久任相，固是心憂簒竊，杜漸防微之道，然以漢明全盛之局，卽任相至專且久，亦自無人妄作非分之想。反之，丕受禪之日，已見三馬同槽，無從揮斥，斯時縱百仲長統在朝，頂禮法誡，亦無所於用。凡此種種，皆禪者一方之不同事迹，律之受禪者一方，條件不具，增造無從，條件已具，抹煞不得，論者輒以己意恣爲高下，抑何不畏歷史笑人已乎？

八

司馬温公曾論魏武遺令曰：

司馬光言於劉安世曰：昨夕看三國志，識破一事，因會取三國志及文選示安世，乃理會武帝遺令也。光曰：遺令之意何如？安世曰：曹公平生，奸至此盡矣，故臨死諄諄作此令也。光曰：不然，此乃操之微意也，遺令者、世所謂遺囑也，必擇緊要言語付囑子孫，至若纖細不要緊之事，則或不暇矣。且操身後之事，有大於禪代者乎？今操之遺令，諄諄百言，下至分香賣履之事，家人婢妾，處置詳盡，無一語語及禪代之事。其意若曰：禪代之事，自是子孫所爲，吾未嘗教爲之，是實以天下遺子孫，而身享漢臣之名，此遺令之意，歷千百年無人識得，昨夕偶窺破之。

曹丕於受禪後，微笑而下壇，其微笑中，可能含有温公窺破之一段說法。

九

宋俞德鄰佩韋齋輯聞載：

司馬光著資治通鑑，垂萬世法，獨以魏接漢統，疑蜀中主非中山靖王之後，至諸葛亮伐魏，皆以入寇書，此不可曉。周小宗伯掌三族之别，以辨親疏，秦置宗正，漢因之，以叙九族，平帝更名宗伯，五年，又於郡國置宗師，以糾皇室親族世代，後漢置宗正卿，掌序録王國嫡庶之次，與宗室親屬近遠，安有漢室尚存，而玄德敢冒中山靖王之後者？孔明一代偉人，且生於漢氏，安有不知玄德，而輕於以身許之者？況操丕之奸雄，使玄德而冒靖王之胤，其訐之亦久矣，顧豈待後人議之耶？「晉史自帝魏，後賢合更張，世無魯連子，千載徒悲傷」，文公此詩，其意微矣。司馬君實帝魏，與朱晦菴之正統論，千載疑獄，雖迄無定論，然祖朱者十之八九，幾有統於一尊之勢。即右司馬諸微眇論點中，亦不聞有人追溯到子厚化光，使涑水稍張其軍。甚至涑水本人，並了無迹證，曾欲仰攀柳吕，厚集己力，借資論戰。此果由於不知兩公當日嘗試論述，抑或明知而無意援引，殊未易考。傷哉傷哉！誠不料封建王朝之妄圖造作國論，以錮蔽天下後世人，使不得移易一步，接近人民本位，用滌蕩其久久固滯之頑舊思想，趨勢竟至於此！

俞德鄰，字宗大，號大迂山人，永嘉籍，舉咸淳癸酉進士，宋亡不仕。所著書多

考論經史，間及當代故實，清四庫提要稱其評騭不同稗販，惟或失之穿鑿。查德鄰著籍永嘉，屬於永嘉學派，自始卽與晦菴立異，至正統論、猶不敢違牾晦菴，是其爲傳統目論所壓撥，不得擺落，由此可見。

十

陳善捫蝨新話、有蘇子由文章議論一條云：

蘇子由著歷代論，以牛僧孺、李德裕，俱爲一代偉人，以馮道事四姓九君爲非其過，庶幾乎以忠恕格物者。至神宗皇帝御集序，乃以曹操見比，而於挽辭曰：量書廢寢興，則又是秦始皇也，不知當年下筆之際，意果何在？

此節文字，包括牛李、馮道、曹魏、及秦始皇四項史迹，前兩項衆議棼殽，無取細辨。獨後兩項，子由似有意爲曹操秦政翻案，意義重大，吾因亟取欒城集核之。該集有編神宗御集奏請表狀二首，其第二表云：

臣伏觀歷代帝王，如漢武、魏文、唐德文宣三宗，皆工於詩騷雜文，舉一時文士比長挈大，至於經綸當世，講論利害，以文墨盡天下事，則皆不足以仰望先帝之萬一。

表中明著魏文，並非魏武，是子由所取以比神宗者乃曹丕，非曹操也，子由此誤不大，不足辨。獨曹氏父子與秦始皇，宋人章明正義，視此兩代爲萬惡之源，不容文人

涉筆左袒；此自司馬君實開始帝魏以來，即爲宋人道學面孔不能容許之旁門左道，應加深斥。顧子由與君實同時，又倚東坡爲兄，聲光不薄，何得不顧當時「正論」，竟敢放言無忌，干犯宸嚴，至以曹操秦政上比神宗皇帝乎？陳善嚴詞責問，不知當時子由下筆，意果何在？其爲執持春秋大義，附於趙盾許世子止之例可知，吾故臚舉正負兩説，揭之於此。

十一

蘇子瞻嘗作諸葛亮論，而訾嗷呂温曰：

呂温以爲孔明承桓靈之後，不可強民以思漢，欲其播告天下之民，且曰：曹氏利汝，吾事之，害汝，吾誅之。不知蜀之與魏，果有以大過之乎？苟無以大過之，而又決不能事魏，則天下安肯以空言竦動哉？嗚呼！此書生之論，可言而不可用也。

子瞻之意，乃謂孔明雜用仁義詐力，以取天下；顧當用仁義處，而失之於奪劉璋，當用詐力處，而失之於不肯捐數十萬金，促成曹丕植兄弟相殘之局，故終於一敗不得復振，嘻！此庸俗之論，而未可以服子厚化光輩也。蓋子厚化光輩，其著眼在人民，所謂曹氏利汝，吾事之，斯乃誠實信誓之語；倘曹氏眞能愛民，孔明應即從人民之後，而歸心於曹，安有蜀決不能事魏之理？子瞻責化光爲書生，殊不知子瞻自蹈於

書生，而枉爲庸俗論士也。

謗譽

舜禹之事、謗譽、咸宜共三首，晏元獻指爲韋籌所造，非子厚之作。吾既於舜禹之事，不以晏説爲然，辨之甚詳，至謗譽與咸宜，卻不敢認定出柳手，亦不敢附和人説，謂文筆不類柳文。獨晏謂韋籌所爲，於何證之？殊苦未曉。

或謂此文宜與退之原毁並讀，言亦近理，惟唐應德云：較之昌黎原毁，當退一格，然亦自多雋詞，此應德了解止於如此，吾又何責？

末云：「苟不知我而謂我盗跖，吾又安取懼焉？苟不知我而謂我仲尼，吾又安取榮焉？知我者之善不善，非吾果能明之也，要必自善而已矣」，此數語石破天驚，必與永貞事變有關，非子厚似一字道不著。或謂盗跖姓柳，出莊子，故子厚取以自喻，此則猶似皮相之論。王伯厚曾謂子厚不識字，其所謂不識字者，指子厚不解節義字耳，倘此説及時聞於子厚，子厚亦止比倫於不知我而謂我盗跖而已，何足懼哉？

嘗謂子厚行文，往往膽大如天，以他人萬不敢出口之炎炎大言成之。如天爵論涉及棲棲一代夫子，至與庸夫相提並論，謂仲尼之志之明可得而奪，將立化爲庸夫，授之於庸夫，則仍還爲仲尼。夫民無得而踰之日月之謂何？又自生民以來無能更

盛之儒家形像，子厚竟無端驅向至愚極陋之皁隸傭丐，糾葛上下而無迕。他日論君子在下位多謗，稱謗孔子者亦不爲少，猶且更進一步，遣召攀同宗而不恥之盜跖先生，招邀洙泗，談仁説義，旅進旅退而無所於讓。此誠所謂聖人之道，一龍一蛇，隨時之宜，無有常家，或謂此類打穿後壁、超凡入聖之奇文鉅製，文家除子厚外，還有人能如此著筆裕如，吾滋未信。

咸宜

以此類題行文，所持之理，祇能道著一面，而不能放之四海皆準。童宗説曾於此文有説如下：

世有如劉文静、裴寂之徒，當李唐之興，非有卓絶之姿，而尸天之功，卒之被躁妄誅，被妖言斥，有愧於蕭曹之輔漢，遭興運而爵位者，皆謂之宜可乎？世又如陳蕃孔融之徒，當東漢之末，竇后臨朝，曹節王甫諂諛得幸，陳仲舉以名賢參政，爲黄門所困，卒死於蹋蹴，曹孟德以鬼蜮之姦謀遷漢鼎，孔文舉乖忤，終以積嫌逮繫而棄市，遇亂世而誅戮者，皆謂之宜可乎？

宗説亦祇能道著一面。〔釗案：陳蕃傳：蕃屢疏極諫，曹節矯詔收蕃，從官蹋蹴蕃，即日害之。〕

一得適其傃：　釗案：傃同素，謂平素也，文謂：一旦如其平素之所應得者而與

之也。注家釋作：傃、向也，引蘇軾文：「暮則傃東山而歸」爲證，非。或文本作素，編者誤綴人傍。所謂素者，正如中庸：「君子素其位而行」之素，特中庸作動詞用，而此則名詞耳。

鞭賈

「余曰：子何取於是而不愛五萬？曰：吾愛其黄而澤，且賈者云，余乃召僮爚湯以濯之」，此文在敍述方式上至有趣。蓋「且賈者云」下，宜有賈者之語爲何爲何，乃聞者從中攔截，不待其辭畢，而卽爚湯以試，故文如今式。非細心讀之，卽不得瞭解其當時問答態勢，而認爲文有至味。倘遵照新式標點，而在「且賈者云」下，於右側加牽絲點……以明其竅，則讀去反不得味，宏識以爲何如？

其賈宜五十：　宜乃直字形譌。

其行水者一去一來不相承：　一本無其字。

其節朽黑而無文材：　一本無材字。

而以責其大擊之效：　以字與上「以夫空空之內」句之以字犯複，疑衍。

何屺瞻云：「此文無味，不作也可」，林畏廬云：「子厚好以小物狀人，雖在行文均有古色」，文家評價不一。

陶篁村云：鞭賈咸宜諸雜文，價值在永州八記之上，所見殊異恆目，文載下集評林，此不贅。

吏商

一

吏商一文，諸本首句俱作吏而商也，義自可通。惟南宋錢重謂得善本，首句爲吏非商也，其下吏而商一轉，此一校正，似較諸本爲得。〔按錢重、光宗紹熙中永州州學教授，彼在本篇後作長篇跋文，誇張此一校正，文亢不錄。〕蓋子厚行文，喜以開宗數字，標明題旨，本題乃是最著一例，讀者試細辨之。

吏商

吏非商也，吏而商，汙吏之爲商，不若廉吏之商，其爲利也博。汙吏以貨商，資同惡與之爲曹，〔資、藉也。〕大率多減耗，役傭工，費舟車，射時有得失，取貨有苦良，盜賊水火殺奪焚溺之爲患，幸而得利，不能什一二，身敗祿奪，大者死，次貶廢，小者惡終不遂，汙吏惡能商矣哉？廉吏以行商，不役傭工，不費舟車，無資同惡減耗，時無得失，貨無良苦，盜賊不得殺奪，水火不得焚溺，利愈多，名愈尊，身富而家強，子孫葆光，是故廉吏之商博也。苟修嚴潔白以理政，由小吏得爲縣，由

小縣得大縣，由大縣得刺小州，其利月益各倍，其行不改，又由小州得大州，其利月益三分之一，其行又不改，又由大州得廉一道，其利月益二三倍，〔釗案：二字由之校改。〕不勝富矣，苟其行又不改，則其爲得也夫可量哉？雖赭山以爲章，〔章猶枚也，史記：山居千章之材是也。〕涸海以爲鹽，未有利大能若是者，然而舉世爭爲貨商，以故販吏相逐於道，百不能一遂，人之知謀好邇富而近禍如此，悲夫！或曰：君子謀道不謀富，子不見孟子之對宋牼乎？〔釗案：不字校增。〕何以利教爲也？柳子曰：君子有二道：誠而明者，不可教以利，明而誠者，利進而害退焉。吾爲是言，爲利而爲之者設也，或安而行之，或利而行之，及其成功一也。吾哀夫沒於利者，以亂人而自敗也，姑設是，庶由利之大小，登進其志，幸而不撓乎下以成其政，交得其大利，吾言不得已爾，何暇從容若孟子乎？孟子好道而無情，其功緩以疏，未若孔子之急民也。

急民二字，爲一篇關目。子厚嘗與呂化光論非國語，涉及李致用所爲孟子評，或者不察，以謂子厚非國語並非孟子，實則子厚未嘗爲是書也。顧子厚雖無書摭孟子，而以孟子不叶於中，未能明道，則固在寄化光書中侃侃言之。今又稱孟子好道而無情，未若孔子之急民，則柳子不諱爲孟子諍友，事甚顯白。

人言柳文之有吏商，比於史記有一小型貨殖傳，是已。顧孫月峰云：柳言汙吏與廉吏之商，「是貨殖傳貪賈三、廉賈五餘論」，〔傳云：貪賈三之，廉賈五之。漢書音義曰：貪賈未當賣而賣，未可買而買，故得利少而十得三，廉賈貴而賣，賤而買，故十得五。〕此僅得傳之小節目而已，未與於史公之大經大法也。

然則史公之大經大法者何？曰：武帝好大喜功，窮兵黷武，而又惑於方士佞臣之說，封禪祠祭，踵事繁興，國用常苦於不足，而大事剽剝，告緡榷算之外，並號召富人如卜式等，以家財助縣官，四民疲敝，國幾不國。史公傷之，深鄙爲天下國家者，躬行商賈之事，與民爭利，凡所列奸事、惡業、賤行、辱處種種，皆反言之，以昭炯戒，陋儒至言子長陷於刑僇，無財自贖，因發憤作貨殖傳以抒厥憤，鄙哉斯言，此豈足以知史公者？

惟子厚亦然，子厚親歷德宗好貨、憲宗好武兩階段，自楊炎施行兩稅以還，賦稅以整理而益見紊亂，加之賄賂公行，詐僞百出，國家財政，幾於岌岌不可終日。君子知清明之必不可得也，所謂謀道不謀富，又徒爲高論而不益世用，於是不得不降而求其次。蓋理財策之上者，在無束縛馳驟之政，而下自不撓，次則政成矣而下不撓，又次則少撓，最下則徒撓乎下，而政仍不成，所謂亂人而自敗者是也。子厚求免乎此，因籲請爲天下國家者，以利商之道行之，其旨不離夫孔子之急民者近是，此不期

而與史公之傳貨殖，同一的轂，人以二者相比，自當於輕重緩急間求之，大經大法，其揆一也。

趙汸曰：貨殖傳當與平準書參看，以傳僅言貨殖之一面，而書則聲敍武帝之黷政，並以秦皇功利之禍作證故也。吾謂子厚之吏商，當與與元饒州論政理書參看，以吏商僅就吏之廉汙，泛爲比較，而與元書則明言賄賂行而賦稅亂，因爲詳究政理之所以然也。明趙汸、字子常，休寧人，深於春秋之學。

清彭石原〔維新〕，有題柳子厚吏商篇一文，在下集別錄，此不贅。獨商人重利，子厚以吏商標題，可見從古無眞廉吏，此可爲今之頌言清官者當頭一棒。㊀

東海若

細味此文一過，而知作者之意，殆有取於糞水之言。其言曰：

㊀吾生於光緒初年，正當洪楊迹息之後，文武大吏，浸淫滿載造孽錢以歸於鄉，其尾閭大抵以此種造孽錢開設典當店面。俗號當鋪，作一丈餘大標題當字標揭於外，專以二分五之厚利，侵蝕小民日入爲事，以吾所見：此爲吏商之第一顯例，長江一帶之城市，統無例外。經過辛亥革命，以逮一九四九之掃盪，此類大當小押，以及所謂印子錢種種吸民膏血之殘餘踪迹，始得無形消滅，吾偶有所感，因在吏商篇後約略紀之。

我固同矣，吾又何求於若？吾之性也，亦若是而已矣。穢者自穢，不足以害吾潔，狹者自狹，不足以害吾廣，幽者自幽，不足以害吾明。而穢亦海也，狹亦海也，幽亦海也，突然而往，于然而來，孰非海者？子去矣，無亂我。

此殆子厚久處貶所，鬱悶不堪，援者絶迹於外，而己亦無意求援於人，因自陳願安糞穢之本懷，更借一乞憐於人者以爲襯託，遂成爲全篇反語之形狀云。吾意此等文，非子厚不能作，何卮瞻謂其在永州擬莊所爲，卮瞻亦止見得到此而已，再進一步如吾所揣，將失其所以爲卮瞻。

釗案：蘇子瞻頗嗜此文，曾親筆書之而題其後曰：

軾久欲書柳子厚所作東海若一篇，刻之石，置之淨住院無量壽佛堂中。元祐六年二月九日，與海陵曹輔、開封劉季孫、永嘉侯臨會堂下，遂書以遺僧從本，使刻之。

子瞻體子厚意，願自安於糞穢，其他一不安而被超拔者，在子瞻當指章惇，在子厚不妨指程异，蓋惇异之流，從佛眼看去，無何區別？

釗案：子瞻在神宗熙寧六年，任杭州通判，曾作八月十五看潮五絶，中一絶云：「江神河伯兩醯雞，海若東來氣吐蜺，安得夫差水犀手，三千強弩射潮低？（自注：吳越王嘗以弓弩射潮頭，與海神戰，自爾水不近城。）」時子瞻三十八歲，意氣絶盛，故海若來

時，雖掀潮萬丈，已欲以三千強弩，射之使低。洎經十八載，而至哲宗元祐六年，子瞻已五十六矣。飽經世故，備受阨抑，洞悉海若之力，彌綸一世，無法與抗，因而有與世和光同塵、甚且同流合污之想。子瞻此時之世界觀，幾於一切放倒，甘心逐流泯沒而去。其本年游金山寺末二聯云：「江山如此不歸山，江神見怪驚我頑，我謝江神豈得已？有田不歸如江水」，此明明向江神拜倒屈伏，更談不到如海若之大氣力所在地。於是以知：子瞻在杭此頃，將子厚東海若手寫一通，刻之淨住院無量壽佛堂中，所謂聊與廣武歎，不待雍門彈，〔是年所作甘露寺詩末聯。〕事有絶非偶然者已。據稱子瞻所作論子厚瓶賦一文，亦正作於此時。

登孟豬之阿：　孟豬、澤名，書：「導菏澤，被孟豬」，注：「在菏東北。」周禮作望諸。

刳而振其犀以嬉：　犀、瓜中實，即瓜子也，或曰瓜瓣。詩：「齒如瓠犀」，謂齒之美如瓜子也。

就能之，窮歲月耳：　就、以俚語入文，下「就能之，其大小劫之多不可知也」，同。

東海若其抉石破瓠：　其、宋本作乃，是。

而雜於十二類之蟯蚘：　十二類、謂子爲鼠，丑爲牛之類。蟯蚘、人腹中蟲。

嘗論行文如詩之比興，文之連珠，大抵物我兩面，等量發抒以爲常。至其他雜文之具儆戒性者，則以客體滿寫，而主體輕輕掠過，使人默喻即足，如柳子之梓人傳是。至東海若，篇幅擘爲兩半，一紀錄海若之處置二匏，一分別二人爲佛之所成就，分之兩美，合反兩傷，以文而言，難臻上品，吾三復斯文，終無法決定其可語上，於是乎書。

卷二十一　題序

讀韓愈所著毛穎傳後題

一

陳寅恪謂韓退之作毛穎傳，爲以古文作小説之嘗試，乃古文運動中之一重要節目。子厚懼其以俳爲人所排，而運動以敗，故極力張之，後題之作，絶非偶然，以此爲古文運動中韓柳連鑣並進之證。是説也，頗有見。

太史公書有滑稽列傳，皆取乎有益於世者也：有益於世四字，爲子厚律己化人、萬變不離之主旨，蓋不益世用，聖人之道可廢，反之、有益於世，即滑稽亦不爲非。惟有益云者，須從兩面看始全：一、息游操縵，有拘並有縱，而有益於作者本身；一、六藝百家，大細穿穴，學者得以奮勵，〔文云：而學者得之勵，何義門謂之當作以，是。〕又有益於斯文全域。

儲同人評此文曰：

韓傳柳題，猶伯牙鼓琴，鍾期聽之，宜其踴躍賞歎，不遺餘力也。昌黎俳諧，

見許柳州，以此知材分相去，僅若尋常，則其學問性情嗜好，必有格格不相入者，觀張水部書可知矣。

張籍致退之書，乃責退之好戲謔，與後來朱晦菴讀唐志，所責蓋同。同人見到韓柳性情嗜好之不同處，眼界高人一等，但子厚爲後題時，則固於退之之縱恣處，視與昌蒲葅、或芰、或羊棗等，雖蜇吻裂鼻，縮舌澀齒，而亦已曲意許與之矣。

二

韓退之毛穎傳問世之後，非議蠭起，即以親退之如裴度，亦復斥責有加。子厚題序之作，申言聖人不以戲謔爲非，此一以表示對韓氣類之感，一圖挽回變易文字積重難返之勢。吾持此說，足爲陳寅恪古文運動韓柳連鑣之說，添一旁證，且並考見唐時文風概略。請於晉公寄李翺書，先徵其辭如下：

前者唐生至自滑，猥辱致書札，兼獲所貺新作十二篇，度俗流也，不盡窺見。若愍女碑、烈婦傳，可以激揚節烈，教義煥於史氏；鐘銘謂以功伐名於器，非爲（去聲。）立器爲銘；與弟正辭書謂文非一藝，斯皆可謂救文之失，廣文之用也，甚善甚善。然僕之知弟也，未知其他，直以弟敏於學而至於文，就六經而正焉，故每遇名輩，稱弟不容於口，自謂彌久益無愧詞，竊料弟亦以直諒見待，不以悅媚相容，故不惟嗟怩，亦欲商度其萬一耳。若弟擯落今古，脫遺經籍，斯則如獻白豕，何足採

取？若猶有祖述，則願陳其梗概，以相參會耳。愚謂三五之代，上垂拱而無爲，下不知其帝力，其漸被天地萬物，不可得而傳也。夏殷之際，聖賢相遇，其文在於盛德大業，又鮮可得而傳也。厥後周公遭變，仲尼不當世，其文遺於册府，故可得而傳也，是作周孔之文也。荀孟之文，左右周孔之文也，理身理家理國理天下，㊀一日失之，敗亂至矣。騷人之文，發憤之文也，雅多自賢，頗有狂態。相如子雲之文，譎諫之文也，自爲一家，不是正氣。賈誼之文，化成之文也，鋪陳帝王之道，昭昭在目。司馬遷之文，財成之文也，馳騁數千載，若有餘力。董仲舒、劉向之文，通儒之文也，發明經術，究極天人。其餘擅美一時，流鑒千載者多矣，不足爲弟道焉，然皆不詭其詞而詞自麗，不異其理而理自新。若夫典謨訓誥，文言繫辭，國風雅頌，經聖人之筆削者，則又至易也，至直也，雖大彌天地，細入無間，而奇言怪語，未之或有。意隨文而可見，事隨意而可行，此所謂文可文，非常文也。其可文而文之，何常之有？俾後之作者有所裁准，而請問於弟，謂之何哉？謂之不可，非僕敢言，謂之可也，則大學之道，在明明德，在止至善矣，能止乎？若遂過之，猶不及也。觀弟近日制作大旨，常以時世之文，多偶對儷句，屬綴風雲，羈束聲韻，爲文之病甚矣，故以雅詞遠致，一以矯之，則是以文字爲意也。且文者聖人假之以

㊀ 四理字皆代治字用。

達其心，心達則已，理窮則已，非故高之下之，詳之略之也。愚意去彼取此，則安步而不可及，平居而不可踰，又何必遠關經術，然後騁其材力哉？昔人有見小人之違道者，恥與之同形貌，共衣服，遂思倒置眉目，反易冠帶以異也，不知其倒之反之，非也，雖失於小人，亦異於君子矣。故文之異，在氣格之高下，思致之深淺，不在磔裂章句，隳廢聲韻也；人之異，在風神之清濁，心志之通塞，不在倒置眉目，反易冠帶也。庶幾高明，少納庸妄，若以爲未，幸不以苦言見革其惑。惟僕心慮荒散，百事罷（平）息，然意之所載，敢隱於故人耶？昌黎韓愈，僕識之舊矣，中心愛之，不覺驚賞，然其人信美材也。近或聞諸儕類云：恃其絶足，往往奔放，不以文立制，而以文爲戲，可矣乎？可矣乎？今之作者，不及則已，及之者當大爲防焉爾。弟索居多年，勞想深至，窮陰凝沍，動息何如？入奉晨昏之歡，出參帷幄之畫，固多適耳。昨弟來，欲度及時干進，度昔歲取名，不敢自高，今孤煢若此，游宦謂何？是不復能從故人之所舃耳，但寘力田園，苟過朝夕而已。然待春風微和，農事未動，或策蹇謁賢士大夫，兼與弟道舊。未爾間，猶希尺牘，珍重珍重，力書無餘，從表兄裴度奉簡。

右文根據唐文粹錄取，從而析之，約得數義：一、習之爲度從表弟，而韓退之則爲度部屬，度不問表弟曾親炙於韓，直對弟子非薄其師，可見晉公退之之間，以文事論，

顯有隔閡。二、晉公斥退之以文爲戲，殆指毛穎傳等而言；夫退之爲毛穎傳，柳子厚並不以爲非，晉公一面主張文非一藝，一面又指斥此類閒散筆墨，此殆拘泥於「就六經而正」之一觀念，固哉度之論文，亦如高叟之爲詩矣。三、翺與弟正辭書，固顯言文中儷句之不可闕，而度意猶未足，仍排擊翺之非毀聲韻，是殆韓李當時以古文相標榜，對於所謂「時世之文」，務「以雅言遠致一以矯之」，晉公惡其言僞，故加創痛。四、晉公此書大旨，在「救文之失，廣文之用」，而以文非一藝爲究極之理，其襲用道德經句子曰：「文可文，非常文」，名理深透，諒非翺所能解。五、度之此書，不止獨攄己見，而實代表唐賢通論，唐人於退之文辭，估價並不太高，可以推知。六、唐人小品文字，短簡挺拔，其例甚多，並不止退之之毛穎傳，陳寅恪謂退之以古文試作小說而有成，亦迎其勢而歸功於顯者耳，說雖諦而微佞。

洪景盧容齋隨筆載韓退之一條云：

舊唐書韓退之傳，初言愈常以爲魏晉已還，爲文者多拘偶對，而經誥之指歸，不復振起，故所爲文抒意立言，自成一家新語。後學之士，取爲師法，當時作者甚衆，無以過之，故世稱韓文，而又云時有恃才肆意、亦盭孔孟之旨。若南人妄以柳宗元爲羅池神，而愈撰碑以實之，李賀父名晉，不應進士，而愈爲賀作諱辯，令舉進士，又爲毛穎傳，譏戲不近人情，此文章之甚紕繆者。撰順宗實錄，繁簡不當，

敍事拙於取捨，頗爲當代所非。裴晉公有寄李翺書云：「昌黎韓愈，僕識之舊矣，其人信美材也，近或聞諸儕類云：恃其絶足，往往奔放，不以文立制，而以文爲戲，可矣乎？今之不及之者，當大爲防焉爾。」舊書謂愈爲紕繆，固不足責，晉公亦有是言，何哉？考公作此書時，名位猶未達，其末云：「昨弟來，欲度及時干進，度昔歲取名，不敢自高，今孤煢若此，游宦謂何？是不能復從故人之所勉耳，但寘力田園，苟過朝夕而已。」然則公出征淮西，請愈爲行軍司馬，又令作碑，蓋在累年之後，相知已深，非復前比也。

舊書之評韓文，原不盡公，惟羅池碑旨在侫柳，子厚有靈，亦必鄙之，此謚之曰紕繆，固無不當。蓋子厚安於佛說，而不信有神，退之號稱闢佛，乃隨俗迷信，卽此可見兩公之優劣，初不必更取他文，細爲評隲。獨景盧謂晉公寄李翺書，爲名位未達時之少作，此於事實無一相合。試觀習之致新作十二篇，包括愍女碑、烈婦傳、鍾銘、與弟正辭書等等，幾乎習之一生之代表作咸在。就習之而言，此次與晉公通書，並以文就正，自是晚年鄭重之舉，而晉公譴擿退之以文爲戲，不問而爲毛穎傳之類。夫此傳作於元和四年，其時晉公之功名早顯，書中所謂昔歲取名，可能指貞元中進士及第而言。又曰：孤煢若此，律之暮年爲牛李（宗閔。）所排，因而治第東都，逍遥於綠野堂，情狀亦相印合。及時干進云者，爲晉公撝謙語，習之勸其東山再起，如開成中

復拜中書令故事，晉公仍得以此類詞氣作答，寘力田園，苟過朝夕，正是下野元老語辭，景盧爲護韓而提早晉公作書年月，殊陷心勞之拙，況晉公此書，詞涵老氣，筆挾霜威，進退時流，點定文體，直弟畜翺而教誨之，人非篤老，何能具此氣概？

三

韓柳同言文以明道，然道在退之以見極爲歸，在子厚以得中爲衡，於是退之行文，不能一步踰越規矩，子厚斟酌餘地甚廣，此其大略也。退之以毛穎傳爲人非毀，理有固然，子厚以俳非聖人所棄爲理由，奮力迴護，情至而理亦不屈，二公之交固篤，而文亦相得而益彰，有如此者。

退之作毛穎傳，子厚服其怪於文，夫子厚服之，誠也，毛穎傳祇能有一，不能有二，毛穎傳後題亦祇能有一，不能有二。退之壻李漢編韓集，目中有下邳侯傳而闕其文，與柳集有韋道安傳而闕其文等，然韋道安傳，可能眞有其傳而文闕，下邳侯傳，則似不可能有其文，而目綴焉。姚鉉選唐文粹，不知以何因緣，目與文俱見存，稍加察核，卽知所謂下邳侯傳，自始至終，皆爲摹擬毛穎而作，退之倘兩傳並爲，將不廑不足以起八代之衰，且亦無以聳當世之聽，吾謂宇內至文可一不可再以此。釗案：下邳侯傳，韓集舊本無此文，至歐陽永叔始錄之，顯爲後人僞造無疑。持與毛穎傳對勘，覺韓重爲革華濡染，直是懸疣附贅，使人望而生厭。

裴墐崇豐二陵集禮序

裴墐爲子厚姊丈，由其人名墐字封叔看來，大抵閤戶塞竇，能爲舉世不爲之學者。

永貞元年十月葬德宗，曰崇陵，元和元年七月葬順宗，曰豐陵。

文曰：「自開元制禮，大臣請避去國恤章，而山陵之禮，遂無所執。」宋吳曾非之，其說曰：

舊唐書李義府傳：太常博士蕭楚材、孔志約，以皇室凶禮爲預備凶事，非臣子所宜言，義府深然之，於是悉删而焚焉。然則義府爲相，乃高宗之初，非開元矣，子厚唐人，不應其誤如此。

太凡朝廷有大事件，定制者一時，發議者可能先若干時，唐除凶禮，定於開元，當然高宗時亦能先議及此。開元時自有大臣，如姚崇宋璟及張說等，何必涉及相高宗之李義府？不謂能改齋論事拘墟乃爾。〔釗案：大臣請避去國恤章，諸本請多作諱。〕

內之則攢塗祕器象物之宜，外則復土斥上因山之制：此三疊字句法，子厚所慣用，毛穎傳後題：大羹玄酒體節之薦句亦然。復土、漢文紀：「張武爲復土將軍」，謂穿壙下棺，已而窴之，卽以爲墳。

與文物以受萬國：陳少章疑與是舉字之誤，是。釗案：以受萬國，謂使萬國受

之也，比逕用授字意強。

今相國鄜公：　案鄜公名均，元和二年爲左僕射，四年加平章事，出鎭襄陽，故稱相國，使相也，此文乃四年後作。

何義門謂：此文起五行甚有筆力。　釗案：何所指，當着重在「禮不執則不行」一句。

柳宗直西漢文類集序

一

宗直，子厚愛弟也，子厚左官，宗直卽擔簦襆被而往依之，雖曰致恭於兄也，而亦有從而學文之志。　觀其聯牀數年，以至於夭折，就中子厚告以志學之道，同時以己所有志未逮之業，殷殷冀收功於宗直，而爲之策劃部署，不難想見，西漢文類之纂輯，諒是最要之一目也。　先是有路子者，曾自贊爲此，而中道廢棄，子厚因以舊所作敍移之宗直，卽此序前半段文字是。　不幸宗直所輯卒不傳，千年以來，曾無人繼志纂述，所謂西漢文者，僅散見於帖括陋儒所謂古文辭類纂之中，專著則闃焉無所聞。甚矣吾國古學之荒，而王介甫之功令文，徒開利祿之途，以梏人心志，益使迷途而不知返，以迨於今也，不亦大可惜哉？

路子者、路隨也，隨名兩見於柳集，一不足李景儉之孟子評，一欲自輯西漢文而未卒業，蓋隨終是功名中人，曾有志於學而作輟不恆者耳。先友記所載路泌卽隨父，泌留西戎不得歸，年至八十餘，無爲言者，倘隨以憂父而廢業，其孝猶可念。

序結尾「於是有能者取孟堅書類其文」云云，能者卽宗直也，以文中宗直名屢見，輒故避之，然由唐至今之窵遠歲月中，宗直以外，亦竟別無能者，繼此鴻業以光文運，吾又奈之何哉？釗案：宗直西漢文類，至宋其書亡，有陶氏者，重編纂成之，見晁公武讀書志。別有東漢文類，五代竇儼編，二書亦迄未有見者。

二

有閩人徐經者，乾隆末造，朱石君督閩學所得士，爲朱梅崖私淑弟子，刊有雅歌堂文集二十一卷，多疑古揚己之作。有書西漢文類序後一首如下：

柳子自言：貶官後讀百家書，乃得少知文章利病，故於永嘉石文，識其非古，於鬼谷鶡冠亢倉諸子，辨其僞妄，乃於殷周之前，不能精誠，而反謂其簡野。噫！柳子於三代以下諸書，如莊周之博，屈原之哀，孟軻之奧，李斯之壯，馬遷之峻，相如之富，賈誼之明，揚雄之專，皆能以一言定其品，則柳子於文章利病，可謂深矣。殷周之前，先聖刪訂，僅傳數篇，何柳子不能知哉？今讀虞夏史臣所紀，典謨禹貢，炳如日星，爛若卿雲，蓋天道人事地利，莫不備具，後世史官、有數百卷不能盡

者，是惟以數言括之，非簡也。蓋元氣中貫，無所不包，有極詳之勢焉，柳惟見其質勝於文，不知其文在中，爲天地之大文，有非後世文字所能同其文者，豈可以野目之耶？蘇子謂凡人爲文，至老多有所悔，柳子自貶所校定前所爲文，應取是言削去之，無當後世譏訕，而今猶列於篇，使人謂柳子直不知文。蓋唐人重選學，柳子初亦自選入，故不知殷周以前之書，自至貶所，治六經論語孟子，然後知皆經言，此序未及删，大約後人從柳宗直類書採出，以入本集，是則柳子之恨也。

柳子謂殷周之前，其文簡而野，夫簡野非惡評也，胡作者病之？夫簡者繁之對，野者文之對，作者如以簡而野爲不可，於此輒謂殷周之前，其文繁而文，作者顧卽認爲可乎？作者曰：「後世史官、有數百卷不能盡者，是惟以數言括之」，此明明簡也，而曰「非簡」，此雖洨長復作，恐亦無法爲平斯獄。作者曰：「元氣中貫，無所不包，有極詳之勢焉」，此作者之體驗如是，而吾之體驗亦復如是。顧雖體驗如是，而文之爲簡也自若，且必須文之簡也，而後此種體驗方生，然則何害於柳子之號文爲簡乎？惟文與野之辨亦然。子曰：「質勝文則野，文勝質則史」，作者敢不認殷周以前之文爲質勝文乎？如其然也，則明明然野矣，此天下之公言，非柳子一人之私言也。作者自走死衚衕，而欲以詆擿埴索塗之人，豈不大謬？嘗論閩人不論爲詩爲文，好以小聰明自矯於世，而實中無所有，卽梅崖亦不免。如右文作者，竟坐柳子爲不知文，直是

斯文罪過，訾之曰陋，尚不足以蔽其辜也。

楊評事文集後序

一

楊評事文集後序，在子厚集中，是一敍說文章流別極有關係之文字。讀此文，於初中兩唐之文事沿革，及文人流派，可得一覽無餘，但以子厚之自負，而並無一語及己，且亦不牽涉退之，事彌可怪。又文中稱著述與比興兼備，三百年僅得陳拾遺一人，而能陪陳君之後者，楊評事之外，不能別有具體人物，其鄭重如此；同時卽著悼慕之辭曰：「遺文未克流於世，休聲未克充於時」，聲與實之不相稱復如彼。吾嘗反覆思之，凡子厚之所以美評事，或者皆自道之語，假藉題目而發揮無遺者歟！蓋當時區劃才士，好以文與筆對舉，尊韓者遠與杜並，則曰杜詩韓筆，近與孟偕，亦曰孟詩韓筆，劉夢得祭退之文曰：「子長在論，子長在筆」，是韓之所工，唯筆而已，一若此人從不善爲文者然。輿論中詞翰兼奇（四字本唐語林。）等字，爭錫子厚，而絕不施之退之，此一虛懸之形，默爾之聲，子厚心摹而力追者久矣。緣意中有此一盤計算，輒於描寫一不甚知名之通家舊好，盛譽爲梓潼後一人，其殆爲無心流露、桃僵李代之得意文章也歟！

諸葛武侯在唐時之聲譽，原甚平平，薛能之詩，雖不合於三國演義之筆調，而中唐與薛氏表裏唱和者，當猶有人，子厚及吕化光輩之論魏蜀時事，卽顯與今人之執著有異。子厚稱評事有諸葛武侯傳論，號爲季年尤善之作，今乃不可得見，大可歎惜。

子厚於評事文，推許甚渥，偶閲韋蘇州集，有寄楊協律詩，協律卽指評事也。因欲略考楊之官歷，而子厚所爲文集後序，顧無一語及此，乃歎劉夢得爲人敍次集子，不曰集序而曰集紀，取意甚卓。蓋序者序其文，紀者紀其行，文與行不相合，卽無當於論事知人之誼。尋評事文不少概見，獨韋集附有協律奉酬滁州寄示一首如下：

淮陽爲郡暇，坐惜流芳歇，散懷累榭風，清暑澄潭月。陪燕辭三楚，戒途綿百越，非當遠别離，雅奏何由發？

淡雅頗與蘇州相近，意盡卽止，不多著一字，吾爲迴環諷誦，頗寄遐想。

二

子厚楊評事文集後序，爲裁斷文藝、斤兩甚重之作，兹節録前半於下：

文之用，辭令褒貶，導揚諷諭而已。雖其言鄙野，足以備於用，然而闕其文采，固不足以竦動時聽，夸示後學，立言而朽，君子不由也。故作者抱其根源，而必由是假道焉，作於聖故曰經，述於才故曰文。文有二道，辭令褒貶，本乎著述者

也，導揚諷諭，本乎比興者也。著述者流，蓋出於書之謨訓，易之象系，春秋之筆削，其要在於高壯廣厚，詞正而理備，謂宜藏於簡册也。比興者流，蓋出於虞夏之詠歌，殷周之風雅，其要在於麗則清越，言暢而意美，謂宜流於謠誦也。茲二者考其旨義，乖離不合，故秉筆之士，恆偏勝獨得，而罕有兼者焉。厥有能而專美，命之曰藝成，雖古文雅之盛世，不能並肩而生。唐興以來，稱是選而不怍者，梓潼陳拾遺，其後燕文貞以著述之餘，攻比興而莫能極，張曲江以比興之隙，窮著述而不克備。其餘各探一隅，相與背馳於道者，其去彌遠，文之難兼，斯亦甚矣。

此文、人或訾爲少作，或又謂須讓昌黎一格，皆目論也。文中盛推陳伯玉，馬貴與頗非之，謂陳詩雖造語高妙，而文不脱齊梁卑靡之習，並謂柳稱其備比興著述二者而不怍，爲竊所未諭。清王予中和之，謂此爲柳少年工力未到時語，吾別有論列，見他條，不具於此。獨見林畏廬評後序，語尚平允，其語云：

> 楊評事凌，楊憑弟也，其文不多見。文推陳拾遺，但曰稱是選而不怍，蓋初唐時，得著述比興二者之具體而已。於文貞曲江，且多微詞，則柳州之自命可知。其稱評事，亦但曰具體，殆以元兄之故也。

林似意在拾遺柳州之間，畫一界線，謂陳廑得著述比興二者之具體，柳則自命高出遠甚。此林於揚陳之外，揚柳更進一階，或林癖嗜柳致然，柳當行文時，未必蓄是念

也。至評事之文，未得窮其工，竟其才，則文中已明言，自不待論。子厚先君石表陰先友記，楊氏兄弟三人皆著録，獨對凌下語曰：「凌以大理評事卒，最善文」，而元兄憑，次兄凝，皆未著一字，子厚於評事之月旦，終不得謂非高著眼云。

三

子厚楊評事文集後序，可視爲論文之代表作。

序稱文有二道，而二道皆本於經，經有五，詩書易禮春秋是也。子厚姑擯禮不計，而歧書易春秋與詩而二之，又統而名之曰文，此似與退之平昔之所謂文者異趣。蓋退之平昔之所謂文，乃指古聖賢人，馴至如司馬相如、太史公、劉向、揚雄之徒之所爲，而詩不與焉。子厚以導揚諷諭，本乎比興，爲文之一大宗，且爲對抗如書易春秋各著述之一大宗，顧退之開口言文，獨將此一大宗擯斥在外。己之專集，雖已包括有詩在內，而吻合導揚諷諭本乎比興之微恉者，幾乎絶無而僅有。世稱退之以文爲詩，實則退之實不解詩，此所謂文者非文也，乃筆也。退之以筆統攝詩文二大部，面貌如一，與子厚紬繹文之二道，剖析著述比興，在簡册抑謠誦之大不相同者，殆不可同日語。

林畏廬嘗評此序，〔詳見本條二。〕頗道著唐文癥處。唐人爲文，二道俱通，自陳拾遺外，子厚殆有舍我其誰之概。畏廬曰：「柳州之自命可知」，吾爲沈吟此語者久之。

吳至父亦有評曰：「具有分寸，不肯爲妄歎」，此乃子厚自留身分處，至父不媿知言。

畏廬爲吾平生尙及接近之老輩，彼爲古文，人以桐城派目之，實則畏廬文字，與桐城有逕庭。觀彼所輯韓柳文研究法，雖韓柳平列，不外老生常談，特對柳文觀點，究與桐城老派異趣。研究法開卷有云：

四

劉夢得敍柳州文謂：雄深雅健，似司馬子長，此特舉其大要耳，其親切處，累見與書中，夢得蓋深知柳州者也。若唐史文藝列傳序謂：韓愈倡之，柳宗元、李翺、皇甫湜和之，排逐百家，法度森嚴，抵轢晉魏，上軋漢周云云。唐文粹序亦謂：韓吏部超卓羣流，獨高邃古，以二帝三王爲根本，以六經四教爲宗師，憑淩轥轢，首倡古文，於是柳子厚、李元賓、李翺、皇甫湜又從而和之。似柳州者爲昌黎配饗之人，雖尊與韓並，初未有發明其文章之妙者。至方望溪，頗有醜詆之詞，不佞於友人馬通伯處，見望溪手定柳州讀本，往往有紅勒者。因歎人生嗜好之殊，如元微之之右杜而左李，而望溪亦正云柳州適可肩隨退之者也。然少陵生前推服謫仙，不遺餘力，卽昌黎之於柳州，祭文、廟碑、墓誌，咸無貶詞，當時昌黎目中，亦僅有一柳州，翺湜輩均以弟子目之，未嘗屈居柳州於翺湜之列。且柳州死於貶所，年僅四十七，凡諸所見，均蠻荒僻處之事物，而能振拔於文壇，獨有千秋，謂得非

人傑哉？

夢得之報柳州書曰：「余吟而繹之，顧其詞甚約，而味淵然以長，氣爲幹，文爲支，跨躒古今，鼓行乘空，附離不以鑿枘，咀嚼不有文字，端而曼，苦而腴，佶然以生，癯然以清。」此四語，雖柳州自道，不能違心而他逸也。凡造語嚴重，往往神木而色朽，端而能曼，則風采流露矣。柳州畢命貶所，寄託之文，往往多苦語，而言外仍不掩其風流，才高而擇言精，味之轉於鬱伊之中，別饒雅趣，此殆夢得之所謂腴也。佶者壯健之貌，壯健而有生氣，柳州之本色也。癯然以清，則山水諸記，窮桂海之殊相，直前無古人，後無來者，昌黎偶記山水，亦不能與之追逐，古人避短推長，昌黎於此，固讓柳州出一頭地矣。

柳州之學騷，當與宋玉抗席，幽思苦語，悠悠然若傍瘴花瘴箐而飛，每讀之，幾不知身在何境也。石林詩話謂：「柳州諸賦，更不蹈襲屈宋一句，似與昌黎皆在嚴忌、王褒之上」，眞知言哉！賦學自詞苑窳敗，遂寡問津，然有韻之文，亦治文者不可不講，發源於屈宋，取範於柳州，斯得矣。

將柳配韓，此唐末以來之謬見，幾於一致。至方望溪輩，且謂柳厓一部分文字能追隨韓。畏廬突破此點，認柳振拔文壇，獨有千古，柳所有苦腴癯清之文，韓亦追隨不上，此乃加桐城家一大棒喝。至對柳文詞句上之玩味，畏廬已自道所得，無取贅敘。

王白田讀書記疑，有讀河東集諸條，中二條云：

馬氏謂：「陳拾遺詩最高古，而雜文則未離於偶儷卑弱之習，無以異於沈宋王楊也，而韓柳皆盛稱道之，私所未解。」按昌黎薦士詩所云：「國朝盛文章，子昂始高蹈」，專以詩言，考上下文可見，未嘗稱其雜文也。柳州則自爲禮部員外以前，其文皆沿襲六朝之遺，故於楊評事文序，稱拾遺兼比興著述之長，蓋其時所見如此，永州以後，則不爲是語矣。

與友人論文書，此子厚少時作，猶襲魏晉之遺，然所謂儁傑廉悍者，亦可概見矣。

子厚本色，始終如一，嚮所增積寢饋之騷賦工夫，隨處流露。必分永州前後，妄揣柳文氣骨，此桐城及望風邪許一流之陋習謬論，不值識者一笑。就此一點觀之，畏廬所見，高於白田遠甚。惟陳拾遺亦可類推，拾遺文之高蹈，固不當從詩與雜文之分野，强爲低昂，蓋詩自詩，雜文自雜文，難以同一之準繩裁之。陳無己言：「詩文各有體，韓以文爲詩，杜以詩爲文，故不工。」（語見後山詩話。）白田踵馬氏之誤解，直是未通文理，馬氏指馬貴與，語見文獻通考。

五

三楊在先友記中，皆不署字，兹據權載之（德輿）集所署，憑字嗣仁，凝字懋功，凌

字恭履。

三楊之中，以文章言，權載之偏重懋功，子厚偏重恭履，偏重懋功，見於載之所爲兵部郎中楊君文集序，偏重恭履，見於子厚所爲楊評事文集後序。之兩序者，其所獎藉，非止一般文人用力可到之恆詣而已，而直說成運會攸關，占大唐文藝成就之一重要部分。載之之說曰：

君嘗以爲尚氣者或不能精密，言理者或不能彪炳，鏤烝彝景鐘，與緣情比興者，或不能相爲用。仲宣體弱，公幹未遒，才難而力不足，從古所病。故懋功於六經百氏之中，如良金巧冶，鍛鍊在手，而又弛扃防，隳約束，恬然而據上游，坦然而蹈中行。其敍事推理，抗今據古，多而不煩，簡而不遺，彌綸條暢，無入而不自得。

子厚之說曰：

文有二道，辭令褒貶，本乎著述者也，導揚諷諭，本乎比興者也。兹二者考其旨義，乖離不合，故秉筆之士，恆偏勝獨得，而罕有兼者焉。厥有能而專美，命之曰藝成，雖古文雅之盛世，不能並肩而生。若楊君者，少以篇什著聲於時，其炳耀尤異之詞，諷誦於文人，盈滿於江湖，達於京師。晚節徧悟文體，尤邃敍述，學富識遠，才涌未已，其雄傑老成之風，與時增加。

最可怪者，載之稱懋功文如彼之高，而子厚爲懋功誌墓，廑「君之文若干篇，皆可傳

於世」一語，輕輕帶過而外，別無隻字，說到懋功之文字績業。而子厚於恭履極力闡揚，所稱與載之之稱懋功，大抵相去不遠，又特止於單文孤證，他處不見足相映發之迹。載之集中，有答楊湖南書，謂嗣仁之文「宏麗博厚，坦夷章明，如黃鐘大玉，慶霄天籟，奇采正聲，鏗鏘照耀」，卻對恭履廑廑在草懋功文集序時，稱其捐館一紀，此外別無記錄。要而言之，恍若載之子厚，交相約定，三楊中嗣仁官高名重，足以自振，文將不脛而流傳於後，惟懋功恭履二人，身沈下僚，文易泯滅，因各揀取其一，盛爲稱道然者，此豈非文壇祕事，大可聳動者哉？

唐人中文筆兼至之才，其少也如彼，偶一得之，或則廑悟文體，而未卒成其美，或則幸而成矣，亦以官卑年促，不名於世，權柳兩公言下所爲感歎不置，雅不出此。惟然，而兩公文之價值逾重，讀者其可忽諸？

六

文章蹊徑，柳歐同功，在有明囂騰論域中，亦得到相當陣地。吾見顧仲恭（大韶）復友人書云：

竊謂文至於秦漢止矣，韓柳之於秦漢，精粗兼舉者也，歐蘇曾王，得其精而遺其粗者也。然其粗既遺，則其精者亦不全矣，何者？辭太清而氣漸薄也。吾兄不願爲韓蘇，而願爲柳歐，亦各從所好耳，但謂韓蘇可假，柳歐不可假，則似非通論。

韓公百世之師也，無可議者，蘇氏父子，惟純於用虚，故使有才無學者，亦得庶幾焉，然亦惟眞才者能之，未見其可假也。且眞假之分，亦在其人耳，不在門戶，眞人爲之，則無所不眞，假人爲之，則無所不假，既已假矣，則自六經以至於唐宋，無不可假也，而又何擇於柳歐哉？

此區區小段文字，包孕至富，非逐層分析，難於説明。竊謂韓柳之於秦漢，領域雖同，卻彼此首尾未臻一貫。何以言之？退之號稱文起八代之衰，己亦自詡非三代兩漢之書不觀，則韓之求達秦漢，乃跨越八代而爲之，子厚則不然。子厚雖以西京爲文之近古而尤壯麗之一聖地，但中間璩瑒在魏，機雲入洛，下逮鮑謝徐庾之起齊梁，都不肯過門不問，一直循塗叩關而抵咸陽。正惟此故，子厚分文爲二道，一辭令褒貶，本乎著述，號曰筆，一導揚諷諭，本乎比興，始曰文，仲恭所謂精粗兼舉，大抵粗在筆、精在文。其在他一面，文家創設義法，以駕馭古來述作，尊之者順，背之者逆，此外文辭末迹，非惟無足重輕，而且認作妨礙義法，懸爲厲禁，此則前者爲精，後者爲粗。由是精粗二辭，在文壇中互爲主從，勢成水火。雖然，子厚才高學富，無往不通，不論精粗何屬，而皆網羅弗失，退之不克臻此。於是仲恭先以兼舉美柳並美韓，顧韓或則工筆而未必工文，或則拘義法而排詞翰，卒乃不得不擺落與柳行列，而下與蘇比蹤，仲恭之友從而創立柳歐陣容，使與韓蘇對峙。何以故？以蘇之偏適與韓

近，而歐之全適與柳近故。夫何言乎蘇偏而歐全也？曰：仲恭言歐蘇得精遺粗，此之精若粗也，在歐蘇並非同範。而蘇氏父子，純於用虛，其弊與韓同，是之謂蘇偏；而歐九雖以不讀書知名，但文詞斐亹，駢散兼擅，其長不與柳近，是之謂歐全。

濮陽吳君文集序

此吳武陵之父所爲文集也，其文雖經柳子厚過目，認爲發言成章，頗有可觀，卒之序存而文終不傳，甚至名與爵亦無可考，從來文人窮老盡氣，有所述作，往往相與汗萬牛，充萬棟，而終於澌滅無聞，抑何可歎？

林琴南謂：「此等文近酬應之作，而蔚然可觀，能稱求者之意，亦難矣」，所見甚是。

「居鄉黨未嘗不以信義交於物，教子弟未嘗不以忠孝端其本」，此僅言：「以信義交於物，以忠孝端其本」，足矣，「未嘗不」三字可略。顧作者必以雙重負號加之，未字一負行於前，不字一負繼於後，使兩負等於一正，正如湘諺所謂：「何字仍然作可字用」，此乃加倍寫法，以強其文勢，並不含何種陽秋。

貞符者、鼓吹人民政權第一號大文字也，而第一行即揭載吳武陵之名，使與該文同永存於天地間，顧武陵爲父求文於子厚，文在而父名反泯沒而無聞，天下事始

終相與之誼之難測也如此。

王氏伯仲唱和詩序

王氏伯仲何人也？以文中「王氏子某，與余通家，代爲文儒」推之，當然以先友記所列王紓王紹輩，最爲切近。特紓紹輩行在先，文所謂「士大夫捽鞅於文囿者，咸不得攀而倫之」，子厚自亦不能例外。則所謂來自南徐之某者，注家謂是以江浙觀察使遷諸道鹽鐵轉運使之王緯，而緯名從糸旁，與紓紹一致，或卽是紓紹同一昭穆之少年族屬，尻未可知。陳少章曾詮之云：

況宗兄握炳然之文，以贊關石，薦冠銀章，榮映江湖：按上言乙亥歲某自南徐來，乙亥、貞元十一年也。新史：貞元十年，浙西觀察使王緯，加御史大夫，兼鹽鐵轉運使，故有以贊關石諸語。浙西廉使治潤州，故曰自南徐來。史又言緯與弟奐之、賁之，皆有文，此伯仲或卽奐之賁之耶？

以少章語，合之吾曩所推，大抵不中不遠。

雖古猶今：　何義門校今作乏，是。

必復其始：　左：公侯之子，必復其始。

何義門謂此作無所取。夫以文言，誠是少作，然於掌故足資考證，亦彌有益。

送楊凝郎中使還汴宋詩後序

楊凝爲子厚妻叔，中進士在大曆十三年，〔子厚貞元九年及第，後於凝十五年。〕内戚外仕，輩行俱老，故子厚雖年近三十，〔時實年二十七歲。〕而仍自安童孺，退處末位，至清河崔敦詩，論年論學論仕歷，一切與子厚等耳，子厚安肯提與先友許孟容並列，貿貿然相與公之乎？舊注謂工部郎中崔公即敦詩，萬無是處，何況敦詩當時官不過校書郎，工部郎中之一官階，與敦詩風馬牛不相及乎？或謂指敦詩之父稹，此與許孟容同爲先友，於分固稱，惟稹無文名，爲顧及序中文爲時雄一語，崔元翰或更較近。

釗案：據唐書：崔羣以太和六年八月卒，上溯羣之生年，當以大曆七年爲準，而子厚生於大曆八年，數至太和六年，正年滿六十，由是以知：羣長於子厚，不過一年已耳，此安得在交際廣場，子厚遽視同與許孟容並列之前輩而公之乎？又況柳集中有送羣序，將羣與李杓直、韓安平，偕己號爲四友者，該文即排列在送凝序後，兩兩比並，人物之年歲高下，一目瞭然。夫子厚、通人也，那有對齊年輩流，而自遜童孺之

理？自有柳集二千年來，此一歷史賫亂之顯迹，竟無一人發見，可云怪事。至崔元翰耄年在官，論年或更長於孟容，獨元翰晚守比部郎中，卻非工部，此或記載差池，工比字致有流誤，亦未可料，因而此一推測，相沿未改。

送崔羣序

一

先友記載：「崔稹、清河人，至檢校郎，子羣、爲右補闕，贈給事中」，此卽序中所云通家之舊，至外黨之睦，疑指永貞中敦詩是同情政變之一人。之二誼者，子厚大抵視爲至高無上，莫與比倫，而在此序，則漠然置之，謂「吾不以是合」，然則子厚平生珍視、性命與俱者，爲何物乎？曰：友。

子厚誠於求友，第一戒妄交，凡論交一定，卽能久要不忘平生之言。此序所涉，除敦詩與己外，兼及李杓直、韓安平二人，共四友。此四友者，子厚於性於行，皆有所論定，所遺形容諸詞，不溢尋常倫紀之外，界微易混，耳熟難詳。雖然，四友中，子厚隱爲盟主，性行經其品題，卽終身移動不得。元和十五年，子厚喪歸，諸友皆有祭奠之詞，敦詩之詞曰：「羣宿受交分，行敦情契，遺文在篋，贈言猶佩」，卽指此序言。

韋絢所錄劉賓客嘉話，記韓退之與崔敦詩之交誼，有如下一段記載：

韓十八愈直是太輕薄，謂李二十六程曰：某與丞相崔大羣、同年往還，直是聰明過人。李曰：何處是過人者？韓曰：共愈往還二十餘年，不曾共説著文章，此豈不是敏慧過人也？

絢自稱長慶元年，謁賓客於白帝城，猥荷賞接，許晨昏與諸子起居。根於教誨，爲之解釋經史，或劇談卿相新語，異常夢話，因而録成一書。書既成，廣傳於世，所録事迹，新書採用不少，以韓柳同時之人，親聞於韓柳故交劉夢得之口，其語應是可信。

夫崔敦詩何如人也？依子厚贈序觀之：

清河崔敦詩，有柔儒温文之道，以和其氣，近仁復禮，物議歸厚，其有稟者歟！有雅厚直方之誠，以正其性，慤論忠告，交道甚直，其有合者歟！是故日章之聲，振於京師，嘗與隴西李杓直、南陽韓安平、洎予交友。杓直敦柔深明，沖曠坦夷，慕崔君之和；安平厲莊端毅，高朗振邁，説崔君之正。余以剛柔不常，造次爽宜，求正於韓，襲和於李，就崔君而考其中焉，忘言相視，默與道合。

就中慤論忠告，交道甚直二語，可爲敦詩交友的彀，而柳崔及李杓直韓安平之間，於文於行，皆不斷多所商討，皦然可知。顧退之與敦詩，在貞元八年同舉進士，通籍之後，往還不絶者亙二十餘年。夫以文交而不曾説著文，迥異於四友之勤勤就正，始終不倦，抑又何故？

嘗論退之以傳道授業解惑自任，敢抗顏而爲人師，其所爲師說稱：「士大夫之族曰師曰弟子云者，則羣聚而笑之，問之則曰：彼與彼年相若也，道相似也，位卑則足羞，官盛則近諛。」夫退之果何必取年相若道相似之士大夫，強納於弟子之列，以致人畏羞而恥諛，因而裹足不前也哉？世論曾謂李翺張籍，皆不樂爲韓門弟子，而退之強致之，其不至公然破裂，其間不能以寸，以師說推之，事未必全不足信據。而崔敦詩者，又適爲年相若、道相似、且官相等之士大夫，倘開口而說著文章也，退之其將以師道自居，或隱或顯，置敦詩於弟子表著之位，殆不難想像而得。然則退之之說文章，乃雉媒也，由鹿也，凡雉不親媒入網，鹿不卽由被縶，雖鳥獸也而人且智之，今退之稱敦詩敏慧過人，竅要卽存乎是。若子厚自認剛柔不常，造次爽宜，願就敦詩而考其中也，則大大不然。

二

中唐有不少名流，爲韓柳同時交好，如清河崔羣敦詩其一也。子厚有送羣序一通，通體儷語，刻劃求眞，摯而不縛，和而非諂，蓋子厚篤於友道，取與不苟，此序殆爲稱意而談，愜心貴當之作也。淺人或以駢儷少之，須知子厚爲文，先求理是，繼索心安，詞源既富，剪裁唯意，固無心以古文聳世，圖竊於己不屬之時譽也。如云：「嘗與隴西李杓直〔建〕、南陽韓安平〔泰〕、洎予交友，杓直敦柔深明，沖曠坦夷，慕崔君之

和；安平厲莊端毅，高朗振邁，說崔君之正；余以剛柔不常，造次爽宜，求正於韓，襲和於李，就崔君而考其中焉。」尋子厚平生揭櫫中道，而所謂中者，亦恆與他狀物詞比翼而行，如中正或中和，皆著例也，今以柳崔李韓四子，聯爲一氣，諸德咸備，而正而和而中，截短補長，極形自然，此誠人生之至樂，而子厚自鳴得意之特筆也。加以敦詩「有雅厚直方之誠，以正其性，慤論忠告，交道甚直」，持以論交天下，將無往而不合，何況餘三子者，各得以其正其和其中，「忘言相視，默與道合」，於焉質劑，將不到爾我形化不止矣乎？獨韓退之交崔羣則不盡然，韋絢嘉話錄載：韓十八愈輕薄，謂李程曰：崔同年羣眞聰明，往還二十年，不曾說著文章，蓋輕之云云，㊀果其然也，則韓集中所有與崔投贈諸作，公言傾服，俱屬心勞日拙之醜迹，縱謂韋絢所話不確，然此種輕薄故事，不加諸柳而加諸韓，終覺伐國不問仁人，柳之品行，高韓一等。

退之與羣書云：「比亦有人說足下誠盡善盡美，抑猶有可疑者，僕謂之曰：何疑？疑者曰：君子當有所好惡，好惡不可不明，如清河者，人無賢愚，無不說其善，伏其爲人，以是而疑之耳。」以是推之，韋絢所傳韓十八輕薄口吻，未可遽信其絕無，以嘉話與退之自爲書之言外風趣，十之七八，可得察迹而舉似也。至子厚則不許以小人之腹，度君子之心。

㊀ 唐語林卷六補遺，載此條。袁子才隨筆亦引此條。

三

崔敦詩者，膽略機智、兩俱無對之鴻才也，平生著眼，在致君及物，文章小道不與焉；又其胸中經緯萬端，在在需才，而欲收天下之才投嚮於己，勢非求同舍異，其效不集。信如斯也，凡己之所不爭，而爲人所必爭者，應須排除在言語晉接之外，乃爲敦詩用智之所必然。此誼河東解人了然，而退之未必能解，惟其不解，於是二十年間，敦詩不與退之說著文章，退之竟乃沾沾自喜，而輕敦詩之怯於文事。倘若李表臣以退之所語，轉告敦詩，敦詩且報以不含譏諷之微笑，使人悅服，蓋敦詩齒牙間，固讓才與學如退之者幾十輩，日相與出入而無所迕，偶或言語牽涉，並使若輩冥然罔覺而自樂其樂也。

尤可笑者，如王元哲輩，才下退之又不知幾何等，彼於退之與崔羣書下，樹爲義曰：

劉夢得譏公輕薄，嘗語李程：某與崔大同年，往還二十餘年，不曾說著文字，豈非聰慧過人？吾謂此直釋言篇所述讒者之說，公不病狂，何至妄言罵詈如此？況此書仰服崔君，至推爲千百人中之一，夢得鑿空作此誣妄，足以決其真小人也。

此真癡人面前說不得夢，吾不知當下何轉語來？夫韓退之輕敦詩，劉夢得能譏退之，則將不同於退之之輕敦詩，於是夢得聞有人以真小人譽己，又必且與敦詩相視

而笑，莫逆於心，蓋夢得固在解人與非解人之閫閾間也。

四

舊書崔羣傳稱：「清議以儉素之節，其終不及厥初」，此於何證之？獨異志載：

崔羣爲相，清名甚高，元和中，自中書舍人知貢舉，既罷，夫人李氏嘗勸其樹莊田，以爲子孫之業。笑答曰：「余有三十所美莊良田，遍在天下，夫人何憂？」夫人曰：「不聞君有此業。」羣曰：「吾前年放春榜三十人，豈非美田耶？」夫人曰：「若然者，君非陸贄相門生乎？然往年君掌文柄，使人約其子簡禮，不令就春闈之試，如以爲良田，則陸氏一莊荒矣。」羣慚而退，累日不食。

唐語林亦載此事，而詞較簡，此其表現敦詩之心理矛盾，不一其嚮，姑試疏之：

一、唐世重門第：而崔氏爲清河世族，門閥高騫，從而保持其儀節，所需於貨財者，爲量不小。獨世祿之家，首須言禮，而禮與讓相連，則謀得貨財，又取戒於貪。由是敦詩與其夫人之家常聚議，殊難得到折衷至當之點。

二、唐世重科第：而科第首崇座主恩誼，夫座主何常之有？今日人爲己之座主，異日己爲人之座主，其中有恕道焉，凡己所不能致情於座主者，必不應濫責於門下士。於是己不克對陸相充莊田，而遽望己所放三十人，悉供莊田之職於己，於誼非恕，從而敦詩無以對夫人。

敦詩在此兩種矛盾之下，欲維其儉素之相業，始終一致，誠戛戛其難哉！史家斥其不及厥初，理所當然。㊀

送邠寧獨孤書記赴辟命序

一

僕聞歲驟遊邠壃，今戎帥楊大夫時爲候奄：　候奄字本左傳：「魏絳爲司馬，張老爲候奄」，又：「張老爲中軍司馬，士富爲候奄。」奄、衣儉切，候奄、軍中主斥候之官，在唐時謂之都虞候。　楊大夫者、楊朝晟也，蔣注稱朝晟爲邠寧節度使韓游瓌都虞候，注雖不誤，而在子厚遊邠壃時，邠寧節度使卻爲張獻甫，而非韓游瓌，蓋朝晟兩隸游張麾下，俱爲都虞候也。　貞元九年，獻甫卒，朝晟始進而帥邠，曰楊大夫者，以節度使例帶御史大夫銜故。　子厚遊邠壃，在其叔父侍御爲邠寧從事時，邠寧進奏院記謂：「皇帝宅位十一載，以朗寧王張公爲能，俾其守股肱之郡」，正此頃也。　德宗建中建元，至貞元六年，爲宅位十一載，子厚遊邠壃亦適此際。

河南獨孤密：　吳摯父校密作寧。

獨孤生與仲兄寔連舉進士：　貞元七年，寔舉進士，十一年，生舉進士，並時管

㊀　右四篇語多複疊，以其各有意義，因未剪裁。

記於漢中新平二連帥。寔爲山南西道節度嚴震掌書記，新平卽邠州。

專弄文墨，爲壯夫捧腹： 史記日者傳：季主捧腹而大笑。 顧何義門云：「捧腹句是當時語未刮磨者」，豈史公爲日者作傳時，語亦未經刮磨耶？ 此謎難解。 義門又云：「此篇似符載得意文」，此亦近謎。

二

嘗論子厚使用助字，必中律令，不至有同一字而命意歧出者，以僅字爲例，大抵一律詁多而不詁少。 然或有義須詁少，而字乃作僅者，是必校刊者不明字義，妄將原用之廑字，依俗義竄作僅無疑。 如本文：「內匱中府太倉之蓄，僅而獲饜」，此將文內匱字、獲饜字、綜合看來，僅應爲「劣容」或「纔得」義，而字須作廑，不當作僅，粲粲明白。 偶閱武進趙懷玉億孫文集，與莊達甫書有云：「拙著萬不能傳，而敝帚自享，今廑而獲存，五幸也」，字作廑，不作僅。 夫陽湖諸家如李申耆、陸祁生，皆精訓故，用字準確，不比桐城氾濫而無序，惟億孫亦然。 吾旁稽億孫同一集他處之用到廑字者，並謹守而無誤。 尋億孫之「廑而獲存」，與子厚之「僅而獲饜」，文之組織相同，意義相若，上下文脈皆相類。 夫以子厚博綜三古，斷無千載後之陽湖諸子用來無爽之故訓，而己乃顚倒錯亂之理，況陽湖行文，有多少於柳相近之處，可能李陸趙三子用廑字不誤，正由謹守柳文法程而來也哉？ 吾故於此詳哉言之，以釋羣疑。

同吳武陵送前桂州杜留後詩序

一

方靈臯貶柳，而李穆堂貶韓，兩人屢有抗辯，而本文又成爭點之一。方云：以比喻發端，惡道也，李折之云：「昌黎送温處士序，非比喻發端而何？」嘻！穆堂爭之是已，而所以爭之殊非。蓋古代文字不足用，不得不借助於引申假借各義，如「居仁由義」，此常語也，凡聞此語，並不感覺中含比喻。實則動詞全部意旨，與仁義全無連誼，以居者所居爲宫室，由者所由爲道路，自仁義之本體出發，都牽涉不上宫室與道路，於是比喻尚焉。倘去此也，爲之師者卽無法張口，爲問桐城義法，此一問題，應作如何處分？以本文言，子厚似自始無意設喻，而筆之所至，如居仁由義然，選詞不得不如此，讀者所感亦同。此較之昌黎温處士序，所得自然而渾成之氣氛，超出不知幾何？穆堂僅斤斤於韓柳之對比，而運思不到六書之孳乳性能，殊屬難解。假定子厚「觀室者觀其隅」爲惡道，本文所引大雅「惟德之隅」，又是何道？充靈臯之言，將不至六經皆惡道不止，穆堂何不以此質之？

詩：「抑抑威儀，惟德之隅」，隅在此處作動詞用，易而言之，可云「抑抑威儀，是隅德也」，隅德猶言居仁，二者爲一類詞彙，特聞者未慣，遂覺生疏耳。平淮夷雅：

「式和爾容，惟義之宅」，第二句與詩言惟德之隅，爲同類語。又文中「唯士之求」，句法類推，之、皆代名詞倒置，他條備述其用，因不贅。

「天子唯士之求爲急」，爲急二字冗贅，削去義毫無損，惟若將之字改用是字，則讀去尤覺牽強不順，可見之是兩詞，在此類句法中，得以任用其一，而之字詞性較軟，應注意。

杜留後者，卽童區寄傳中之桂部從事杜周士，周士爲桂帥顔証賓佐，在貞元元和之交，其出桂幕而來永，子厚與吳武陵以詩文送之，則元和中事。周士別柳子而北，卽入湖南使幕，後仍適嶺表，歷佐五管諸府，至長慶初，以監察御史往越南，卒，陳少章云。

二

方靈皋以貶柳著稱，至彼如何貶法，苦未能詳，頃從穆堂別藁中，見與靈皋論所評柳文書一通，可以得到靈皋所爲致評輪廓。書云：

昨卒讀尊評柳集，高論特識，見所未見，驚歎久之，大概於渾發論議，援據舊聞者，卽指爲俗套，旁喻曲證者，卽詆爲醜態，然此數者，原本經傳，自秦漢迨唐作者皆用之，似未足爲柳州病，亦未可執以爲文禁也。至於語句稍古拙者，卽目以稚，柳州在當日，昌黎獨以文事相推，謂巧匠旁觀，以吾徒掌制爲愧，史臣引其言

爲定論曰：雄深雅健，似司馬子長，崔蔡不足多，昌黎非妄許人者，其言果稚，安得擬子長？果子長也，卽有未善，何至於稚？旣而反覆循省，全書評語寥落，覺應駁者多未之駁，而所駁者乃又似可已，或者以矜氣臨之，以易心出之，執持己說，以繩古人，雖其詞句有本者，亦不及詳審，遂不覺其詆之至於斯耶？鄙意嘗謂柳文之不足者，在理不在詞氣，蓋柳州於大道未明，故表啓諸篇，苟隨世俗，非聖賢奏對之旨，至諸僧塔銘及贈僧之作，於理尤謬，故詞亦弊弱，而書序論記，散體大篇，則辭氣雄深雅健，誠如昌黎所云，足以追馬配韓，卓然而不愧也。今仍照歐集，凡鄙見與尊評有參差未合者，俱一一註出，寫在別紙，藉求教益。僕於韓柳歐王曾蘇數文家，嘗繩以六經，句比字櫛，以求其離合於毫釐分寸之間，實見古人爲不可及，非敢榮古虐今，如柳州所云，如所註頗謬，幸一一教示。

甚矣靈皋先生評柳之陋也！夫柳巍然爲一大家，千年來人無間言，顧此集入靈皋手中，恍若學童文草，陳列塾師案上，而此塾師從而俗焉，醜焉，稚焉，信口亂道，聳動兒曹觀聽，此種酸腐無賴形象，故是唐應德、林西仲輩所不屑爲，噫嘻！以桐城大師著稱如靈皋，胡乃一陋至此耶？穆堂與靈皋同朝，在後者叱咤風雲、自居不疑之下，亦未便顯言斥責，然篇中輕詆隱諷，卽矜氣易心等字，已足使有心者禁受不起，顧吾料陋如靈皋、及其徒劉海峯之流，仍自木然無感也。且靈皋故尊韓無對者，今旣以

援據舊聞，原本經傳，指柳爲俗套，詆柳爲醜態，不知彼讀到退之三上宰相之第一書時，將如何說法？葵不能自衛其足乃爾，何堪衡量今古文章大事？至穆堂謂柳州之不足在理，此繫乎彼此對理作何解釋爲斷，此衡文尺度以上論點，無從談起。

曩言靈皋智下於葵，初不過偶爾涉想到此，及讀穆堂别紙開列評柳所差各點，即續續援引韓例，折服靈皋：如同吴武陵送前桂州杜留後詩序云：「據云以比喻發端亦惡道，按昌黎送温處士序，非比喻發端乎？」送幸南容歸使聯句詩序云：「據云援古證今，近世村師幕客，皆恃此爲活計，按昌黎送楊少尹序，非援古證今乎？」送班孝廉擢第歸東川覲省序云：「據云歎美其人之上世亦惡道，按昌黎送王含秀才亦引其祖。」送辛殆庶下第遊南鄭序云：「據云退之亦間設喻，而不若子厚之膚庸，且數見不鮮，按退之石處士韋侍郎二序，皆連設數比喻語，他如蹈火溺水，景星鳳皇，匠石之木，冀北之馬，大江之怪物，亦可謂數見矣。」柳宗直西漢文類序云：「若開羣玉之府等句，據云自明以來陋習，皆此種比喻爲之先驅，按經傳喻語甚多，昌黎尤善喻，似未可獨罪柳州。」送苑論登第後歸覲詩序云：「退登王粲之樓一段，據云以古跡點綴亦惡道，按此段氣古健，古事點綴，亦自不妨，弔望諸君墓，觀市屠狗，聞潁川鳴鳳，孰非古事點綴乎？」桂州訾家洲亭記云：「據删大凡以觀至惟是得之句，云陋套削去，乃轉覺大雅，按昌黎徐泗濠三州掌書記廳石，藍田縣丞廳壁二記，皆先發論，然後序

本題，概以總論爲套，似亦執一之論。」諸如此類，大抵穆堂洞悉靈皋曲意尊韓，於韓柳同一用筆，同一引故事處，顧一面醜詆，一面優容，凡此皆暴露靈皋下意識之穢濁，穆堂卽以其人之道，還治其人之身，於上例皆顯揭而明抵之。　李申耆曾隱諷方學士心諡氣温，其言也訒，至此殆爲穆堂打開底蘊，不留餘地矣。

其他與韓無涉，而穆堂獨表其所見與靈皋差池者，有如下例：六逆論云：「按凡譏其詞句爲稚，爲晦澀，爲承接處不洽，爲突，爲強合等語，俱未能領悟，不敢遽從。」段太尉逸事狀云：「太尉曰副元帥一段，據云頗傷於繁，蓋以狀迫劇中口語複沓，然終是精神衰散處，按段太尉逸事一篇，乃柳文最高古，直追史記者，似不至衰散。」東平呂君誄詞云：「據云命姓惟呂云云，枝蔓無謂，按銘誄之文，多敘先世，此數語耳，似未得爲枝蔓，中間波瀾排宕，姿致兀傲，甚可愛，或以順敘爲散漫耶？誄詞固未有不一直鋪敘其平生者。」呂侍御恭墓誌云：「渢渢之風乎！據云首句無謂，且與下義不屬，按首句切尚父，似非無謂，恭自以爲尚父冑，故有大志，似與首句文義相屬。」故叔父殿中侍御史府君墓版云：「分閫委政數語，據云意鄙而詞庸，孝如方與公以下，據云俗套，按自立格局，排比整齊，以莊爲重，以拙爲古，惟子厚氣厚力沈，乃可爲之，後人摹此，則誠如所譏。」亡妻弘農楊氏誌云：「重崇友道等句，據云若效左傳國語句調，轉成稚拙，按其哀同，故詞近複，然其勁質處不可及。」罵尸蟲文云：「苛慝

不作句，據云誤用，按苛慝見左傳國語，皆就政言，今以指尸蟲之苛刻隱惡，似未可通，如謂必就身之受害言，則張平子温泉賦云：「蠲除苛慝，眼中正兮，熙哉帝載，保性命兮，柳州或本於此，似亦非誤。」塗山銘云：「據云絶無義藴，詞亦淺率，按唐虞讓功，商周讓德，亦是創格。」裴墐崇豐二陵集禮後序云：「昔韋孟以詩禮而下，據云舉古人近似者以相擬，最爲文章惡道，而子厚每蹈之。按學記之法，罕譬而喻，然孟子言大勇，則舉文王武王，言不動心，則舉孟賁、告子、北宫黝、孟施舍、子夏、曾子，言性善，則舉成覸三子之言，概謂之惡道可乎？似未可執一而論。」送濬上人歸淮南覲省序云：「據於末數句，評云惡道，按後先之義頗佳，似非惡道。」監察使壁記云：「據云務爲炳炳烺烺，其實皆世俗人意趣，按從敬説到肅，從肅説到法制，立義精切，鋪陳典禮，俱有關係，通體無一懈筆，此等文非唐宋大家不能，謂爲世俗人意趣，恐未然。」四門助教廳壁記云：「據云直頭布袋，錢牧齋輩所俎豆也，按首切四門，非通套小文，前半敍職掌，後舉三君子能重其官，因有題名之記，敍訖即止，不溢一辭，此法原本史漢，唐宋以來，惟韓柳曾王四家能之，歐公尚餘姿致，蘇氏即雜閒冗之辭，南宋以後，則絶響矣，牧齋輩豈能夢見耶？」武功縣丞廳壁記云：「據云觀諸記，可知子厚學無根柢，蓋如此則每題皆有現成一篇文字，可信手鋪敍，不假思索矣。按建置沿革，土物政事，具見於尺幅中，詞古體峻，鎔鑄經史，發爲高文，末一段尤有關係，

信手鋪敍，豈能及此？恐韓柳曾王四君子外，更無其人，鋪敍二字，亦不易言，有明嘉靖以後敍事之文，不二三行，卽字義不通，文理不貫，求如此文高渾簡靜，雄深老健，非根柢經史，安能道一語耶？」與楊京兆憑書云：「理不一斷於古書，據云晦，然則文章未爲士之末，據云意脈與上不相承接。按所謂晦與不相承接處，再四循覽，未能領略，要之此等書記，自是大文章。」與李翰林建書云：「據云跫然足音，非喜貌也，按跫然二字，陸德明莊子音義稱司馬云：喜貌，崔云：行人之聲，二義似崔說爲允，然音義並載二說，而喜貌在前，凡兩說者以前說爲長，則亦未可苛也。」與顧十郎書云：「其或少知恥懼，據云此轉費解，按分別三種人，甚覺明晰，無難解者。」最後與李睦州論服氣書云：「據云搖頭瞬目，醜態百出，按此文奇傑，而加以醜詆，蓋懦夫掩卷而不敢觀者也，尊意不過於比喻語卽詆之耳，然古之高文，喻語甚多。」此條姿意譴責，不少假藉，直以懦夫名之，不爲桐城祖師保存少許道學面孔。所云搖頭瞬目，醜態百出，自非向不識字者，不爾，將無人能從柳子厚面貌上，鉤劃出此一形象；曾聞心解家言：凡人以醜形妄加於人，必先自具此一醜形，然則此搖頭瞬目之八字訣，謂靈皋先生評柳得意時，夫子自道，庶幾近是。

方李軒輊於柳，所涉篇目非一，而以送杜留後詩序爲椎輪，因將全文次於詩序後云。

送寧國范明府詩序

子厚贈序中陳義之高，倚民之切，以薛存義與范傳眞二序爲職志。薛序曰：「凡吏於土者，蓋民之役，非以役民而已也」；范序曰：「夫爲吏者，人役也，役於人而食其力，可無報耶？」他詞亦皆類此。

由邦畿而調者，命東西部尉，以爲美仕：按唐崔琬御史臺記：凡畿尉召入，其除官美惡，凡有六道。其得長安萬年二赤尉者，名仙道，縣令最下，號畜生道；此云東西部尉，卽二赤縣之尉，而所部分東西也，陳少章云。

季弟爲殿中侍御史，以是言也告於其僚：案貞元二十年五月，柳子與臺中諸同僚祭李中丞汶時，范傳眞季弟傳正、方爲監察御史，序云殿中，蓋五月後遷官也。韋瓘大農陂記：元和四年，傳眞以宣之寧國令攝南陵縣，因大農廢陂置石堰三百步，水所及者六十里，尋遷御史，後三年，傳正觀察宣部，允邑人請，勒石爲記。新史地理志但云寧國令范某，而不著其名者，蓋未考之柳序及韋記耳，此亦陳少章考證如此。

子厚草此序，以傳正所告語爲據，史稱傳正性精悍，初自整飭，宦益達，用度益奢侈，傾貲貨市權貴驩，私公府如家帑，亦幸素有名，得不敗云云，凡此皆子厚執筆

時所不及見。今以信其弟者信其兄之言，而所言之美，或徒以市名而未衷於實，夫贈序者贈序也，凡贈序皆未便作史論讀，職是之故。顧從來文家言子厚贈序之踔絶，輒舉薛序以爲眉目，津津樂道，而若不知有范序者然，則一般學子衹讀坊選而不讀本集之故。

送幸南容歸使聯句詩序

一

題稱歸使聯句詩序，何謂歸使？曰：南容自成德使府入朝，而登第後仍歸使府也，序稱既登太常之籍，又膺邯鄲之召，卽説明此事。陳少章稱：

成德乃河朔三鎭之一，大帥自擅其地，多失臣禮，故引枚生直諫吳王事以規之，而與長卿遊梁並言者，蓋錯互其詞，以避訐露也，觀合度易于之間語，則意尤微而章矣。

方望溪讀此文，至合度易于之間，不解所謂。妄爲評云：「援古證今，近世村師幕客，皆恃此爲活計，易于之間句，用古甚醜。」李穆堂駁之云：「按送楊少尹序，非援古證今乎？易于二字，禮記原自相連。」方李互鬨，誰都離題甚遠，爲問序用枚生諫吳王事，以規成德，此正對症下藥，絶非泛引經典可比，倘聞者得其正解，當收沈疴立起

之效，望溪應高於村師幕客一等，尚不足以語此，而謂恃此爲活計者流，能讀得通此序乎？望溪軒韓輊柳，直盲目之爲，故穆堂以楊少尹序折之，所謂以牙還牙也。獨易于句，望溪不知語原，亦不能想像其爲何語？因妄意子厚杜撰古語，謬稱用古甚醜。夫用古、何醜之有？倘用古可醜，不識古者又當云何？穆堂告之云：禮記原自相連，蓋意斥望溪疑子厚杜撰之無理也，恐望溪不省久已拋棄之敲門磚，聞之仍屬懵然。

禮記：「諸侯之來辱敝邑者，易則易，于則于，易于雜者，未之有也。」注：「易謂君禮，于謂臣禮」；獲此理解，然後知子厚用意之微而章。唐循吏曰何易于，新唐書有傳，其著例曰：易于爲益昌令，刺史崔朴常乘春，與賓僚汎舟出益昌旁，索民挽繂，易于身引舟，朴驚問狀，易于曰：「方春，百姓耕且蠶，惟令不事，可任其勞」，朴媿，與賓客疾驅去。此易于事刺史、用變相之禮以媿之者也，彼先採此二字爲名，當然深得其義解。顧望溪茫然無所知，既漫忘幼年誦讀之禮經句子，恐唐書之易于傳，亦始終未曾入目，思之抑何可哂？不寧唯是：孫可之樵、有書何易于一文，詳道易于治益昌及羅江諸政績，人以文傳，大有聲於時。〔可之與高錫望書云：「嘗序廬江何易于，首末千言，貴文則喪質，近質則太禿，刮垢磨痕，卒不到史」，此可之謙辭爾。〕新唐書爲易于立傳，全由可之有此文故，傳中一句一字，皆自可之文得來，王西莊鳴盛、曾披露其事於史商

權。夫西莊、固望溪同時代人也，西莊景仰易于，望溪顧屏唐書不讀，夫唐書且不讀，而孫樵集更何有焉？

「南容、高安人，貞元中進士，試平權衡賦，與子厚同科。官歷國子祭酒，孫軾、咸通七年，〔按咸通、懿宗年號。〕中三史科。」上語本豫章書，少章引之作證。

序稱渤海幸君，此本地望而言也，少章又謂：

因幸姓廣韻不載，故其得姓之始，及望在渤海，皆已不得其詳。晉書方伎傳：有豫章建昌幸靈，則此姓之去渤海而占籍江右，其來舊矣。

少章所考甚確。又何義門評此文，謂是當時體，語亦非妄。

二

南容幸姓，從來注家無異辭，近見卞孝萱輯劉禹錫年譜，錄太平廣記卷二五六柳宗元條如下：

柳宗元與劉禹錫，同年及第，題名於慈恩寺塔，談元茂秉筆。時不欲名字著彰，曰：「押縫版子上者，率多不達，或即不久物故」，柳起草，暗斟酌之，張復元以下，馬徵、鄧文佐名，盡著版子矣。題名皆以姓望，而辛南容人莫知之，元茂閣筆曰：「請辛先輩言其族望」，辛君適在他處，柳曰：「東海人」，元茂曰：「爭得知？」柳曰：「東海之大，無所不容」，俄而辛至，人問其望，曰：「渤海」，衆大笑。

一連四處，字皆作幸，不作幸，不似偶爾誤植，然則南容果姓幸，抑姓辛，殊令人疑。檢太平廣記，字赫然辛也，孝萱亦無校記。談元茂、張復元、馬徵、鄧文佐等，皆同年，全榜見送苑論歸覲詩序下。

三

有唐士子，無論登科與否，抑或通籍前後，往往喜應藩府辟置，以爲獵官捷徑，至其職儕簿尉，事甚勞累，亦有人不屑爲之，或誤爲之而彌怨。如杜公充嚴武參謀，曾作詩云：

束縛酬知己，蹉跎效小忠，周防期稍稍，太簡遂悤悤。曉入朱扉啓，昏歸畫角終，不成尋別業，未敢息微躬。

藩鎮幕府之意味，即此可想，就中曉入昏歸，尤證逐日入直、時間限制之嚴。韓退之從徐州張建封爲推官，爭取寅入辰退、及申入酉退，即如今日之十小時工作，猶號爲寬假，據此、他人之從事者，每日伏案尚不止十小時，不難推定，洪景盧容齋續筆，於此描述甚明。

幸南容元在成德府執役，登第後重返舊職，此南容之樂此不疲歟？其賓主之極相得歟？抑別有左計如陳少章所猜測歟？皆不可知，然子厚詩序所寫：如文章之徒，求達其道，適時觀變，以成其性云云，衹是按部就班、冠冕堂皇之一面，至其他如

伍被之規畫反計，或高適之箠楚塵埃，陰毒黑暗，擧未可料，區區勞苦，又何足言？當時子厚執筆，雖明稱同升之友，榮其趣舍，亦安知中心所度何許？吾揣至少成德之蒼黄形勢，不免憧憧往來。序中多少語句，意涉雙關，陳少章約略窺見。

送李判官往桂林序

李判官何人也？陳少章云：

韓子送李生礎返湖南序，稱其有詩八百篇，傳詠於時，此序言李生學詩有年，吟詠諷賦，頗聞乎人，疑卽礎也，所謂州牧，乃湖南廉使。㊀

文中所涉之人，往往以韓柳集互證而得主名，此考索最爲得竅，惟少章謂州牧乃湖南廉使，恐未必然。蓋子厚在永州爲此文，文稱「至於是州」，是州卽永州也，州牧亦卽永州之牧。永州之牧，舍刺史别無何人可當，少章何得謂爲湖南廉使乎？湖南廉使駐潭州，與永無涉，時刺永爲崔敏，故州牧卽敏。李在崔敏治下爲判官，得稱敏爲府主，文下云「以府喪罷去」，府喪卽元和五年敏卒於任之喪也。釗案：韓愈有送湖南李正字詩云：「長沙入楚深，洞庭値秋晚，人隨鴻雁少，江共蒹葭遠，歷歷余所經，悠悠子當返，親交俱在此，誰與同息偃？」亦元和五年分司東都時作。

㊀ 礎之父仁鈞，曾與退之同事於董晉汴州行營。

送苑論登第後歸覲詩序

貞元八年，子厚僅二十歲，此文翌年作，殆少作中之最早者，一開卷即覺江左氣重，句僅得其排場，而闕其研練，何義門謂此作宜從削略，吾甚同意。

超越千里而無倦極：　陳少章云：「按極即病也，以體中不佳爲極，六朝人語皆然。」釗案：謂病曰極，江南人至今猶存此習，揚州王無生與人告病書，輒稱患小極，吾存此類簡札，不止一二。

貞元九年，顧少連知貢舉，放進士三十二人，劉夢得送張盥赴舉詩：所謂「永懷同年友，追想出谷晨，三十二君子，齊飛陵煙旻」者也。據徐松登科記考：本科姓名可得知者，祇二十三人，苑論第一，名次如下：（釗案：中惟盧景亮一人爲先友，名見碑陰記。）

苑論、穆寂、幸南容、柳宗元、劉禹錫、談元茂、張復元、馬徵、鄧文佐、武儒衡、許志雍、邱絳、穆員、盧景亮、邱穎、薛公達、衛中行、杜行方、裴杞、陳璀、吳祕、李宗和、陳祐。

序雖少作，而其中名言絡繹，要自矜貴，如「執誼而固，臨節不奪，在兄而已」，數語吾生平牢記不忘。

送蕭鍊登第後南歸序

子厚於同輩中尊爲兄者，吾祇見苑論與鍊二人，於韓泰之兄豐而亦兄之，則爲例外。交既敦篤，文亦質直，何義門稱爲子厚早歲文之最雅潔者，頗有見。

未嘗摽出處爲二道，判屈伸於異門：自是名句，亦足賅括平生。

幼時拜兄於九江郡：子厚之父侍御鎮，嘗爲鄂岳觀察李兼從事，兼由鄂岳移江西，侍御亦偕遷，因而子厚侍父宦遊，得在九江拜識蕭鍊。九江者，江西所部之江州也，或即節署駐在地，兼任江西，久於岳鄂，子厚交鍊時期，亦卽相與而遷延。計鍊在子厚之交遊中，當爲最早且最受益之一人，故兄之。

送班孝廉擢第歸東川覲省序

班孝廉者，班肅也，肅以貞元十七年，在中書舍人高郢知貢舉下擢第一。夫高郢知舉，號稱矯正通榜弊風，痛抑華耀，凡名噪一時之士，皆不見錄，其沈没厄困、閽戸塞竇者，反以無聞而獲縈名。辛生卽以聞於公卿，揚於交遊，文爲京師貢首而見黜，子厚送辛生下第序略中，侃侃言之。今以班孝廉之行〔去聲。〕爲請，請子厚爲其擢第東歸贈序者，卽此下第辛生，所請者亦卽高舍人以之褒然居首，海内稱爲至公

之士。吾嘗反覆紬繹其事，而認爲大不可解，豈以班孝廉承先世文儒之盛，兼外王父出入將相之尊，果能符於沈沒厄困、閤戶塞竇之目焉否耶？子厚自稱相國馮翊王門子遊文章之府者，嘗與之齒，而對此承世家儒風，沐外族休光之班孝廉，一若相識恨晚，然則班孝廉當日之騰藉聲光，交遊徧天下，殆無疑問，而高舍人在貞元十七年知舉，果眞一清如水，自始不知有班孝廉其人，卒於暗中摸索得之者耶？又子厚言必誠乎中，今送辛生之言如彼，而送班孝廉之言如此，兩相反背，中無吻合一致之道，抑又何耶？吾嘗病柳序過於溷雜，劉夢得失於整比，尤爲遺恨，茲一例爾，輒略爲申敍如右。

陳少章曾作班肅傳略如下：

班肅父之名位皆不詳，元和末，宰相皇甫鎛貶崖州司戶，肅以前坊州刺史獨餞於野，朝廷義之，擢司封員外郎。觀元稹所草制詞，肅蓋先由郎署出守，及司封之除，已再入南宮矣。

陳考不誤，然無助於爲吾解疑。

獲居其里焉： 里當作甲，據廖本改。

相公馮翊王公： 釗按：晏元獻謂宜去王字，何義門亦謂王字衍，吾謂宜去公字，蓋公涉下功字音同而衍也。德宗幸奉天，進封嚴震馮翊郡王，並非封公，沈晦四

明新本柳文後序：亦謂宜去王字，大抵從晏本雷同之誤。

送獨孤申叔侍親往河東序

獨孤申叔在知交中，子厚最爲愛重，故贈序詞無虛飾，一字千金，大有季布氣蓋關左、言無二諾之概。或以子厚過自矜重少之，此齷齪小夫之言，何足以知子厚爲人？文末云：「其有評我太簡者，愼勿以知文許之」，言出子厚之口，入子重之耳，並不許第三人代估文値，稱心侃侃而談，眞不愧一言九鼎。

愛慕文雅，甚達經要：　經要者、諸經之要也，唐書趙弘智傳：「弘智舉五經，諸儒詰辨，隨問酬悉，舌無留語。高宗喜曰：試爲我陳經之要，以補不逮。」要者何？指要也，子厚辯鬼谷子：「今元子又文之以指要。」指要往往單用要字，與他事物併合，如經要例。

才與身長：　長上聲讀。

我將易觀而待：　觀去聲讀，謂眼觀也，猶言刮目相看。

温清奉引之隙：　清與凊古字通用，何義門云。

義門謂：「此序卽步趨梁補闕之徒，所以淺薄，柳子少年，不先沈浸於經，而遽爲幅尺所限，永州以後，始開廣矣。」義門此評，顯有成見；爲文受梁肅影響者，是韓退之而

非子厚，此文何得目爲淺薄？豈義門看不上二百字弱之小八股文，因而移目子厚耶？〔釗案：梁補闕之徒，徒疑途字同音致誤。〕

送豆盧膺秀才南遊詩序

設覆爲穽：　子厚好引是喻，例別見。

文末云：「惜乎余無祿食於世，不克稱其欲，成其志，而姑欲其速反也。」是子厚明明以豆盧南遊之無謂，不足當有乎内而飾乎外之重任，而因欲其速反，且歸納於己無祿食以成其志，大爲歎息，可謂盡忠告善道之責矣。此文在贈序中最有斤兩，以詩書爲冠冕一段，詞美而含義亦重。

送趙大秀才往江陵謁趙尚書序

趙尚書者，趙昌也，昌以元和三年四月，遷荆南節度使，或謂指趙宗儒，亦元和初，以東都留守遷荆南，未知孰是？陳少章以宗人當屬昌，其説如下：

昌先領安南，繼遷廣帥，又移荆南，故曰由交廣移荆南。又曰：自吾竄永州，趙生亟見。案唐史：昌除荆南，在元和三年六月，公以永貞元年冬末至永，及是已四年矣，四年諸本多作三年，非也。

少章之說良確。

仁我若子姓：　此子姓者，謂子姪也，子厚不肯使用姪字。呂氏春秋疑似篇：「喜效人之子姪昆弟之狀」，按子姪當作子姓，漢人尚無言子姪者，何況於呂？史記武安侯傳：「跪拜如子姪」，漢書作子姓，史記姪字亦誤，說見宋于庭過庭錄卷十三。

有賢能爲御史：　能爲子字之誤，據吳摯父校改，賢子者，卽宗人尚書之子也。

釗案：賢子不如賢郎，卽能同紐易誤。

文中有榮衞之和一語，尋子厚行文，每好用榮衞字，集中屢見不一見。　夫榮衞猶言血氣，血爲榮，氣爲衞。　內經曰：榮衞不行，五脈不通，此一行字，卽洪範言水火木金土五行之行。　宇宙而五行不調，卽天崩地坼而宇宙毀，人而五脈不通，卽血停氣絕而人卽於死。　此不啻中醫之基本原理，而卽本文之所謂和，惟和斯行，行而膂力始剛，人始全，西醫則異是。　西醫頭痛醫頭，脚痛醫脚，治病首重檢驗，檢驗雖亦抽血，而根本不理所謂氣。　易詞言之：西醫先假定病者如已死，一切從開刀剖視入手，中醫始終以活人之道治病，遂乃重視血，更重視氣，卽所謂榮衞是也。　夫榮衞字由兵家來，凡所傳圍魏救趙、及假途滅虢諸法，皆可得行於中醫，而爲西醫所不採。蓋中西醫理，不同一源，因而治理方術亦異，此固非病者有所是非厚薄於其間也。

卷二十三　序

同吴武陵贈李睦州詩序

此一短文，最爲僞八家派如茅坤、儲大文輩所稱頌，認爲布局選詞，俱足代表柳州作風，實則文格爲時藝所得取法，見解甚陋，文遍見各選本，因不錄。

自門及堂皆其私卒： 其、代名詞也，凡其字如此用法，所代必相去最近之名，不可能踰越數階而任代一名，此定律也。此處之其字，向上數之，不可能代御史，不可能代天子，亦不可能代良守，所能代者，止於「盜恐且奮」之盜，此距離太遠，於律難通。夫盜者何？卽錡也，是必原文固是錡字，而以同音、展轉誤爲其，下文「聞吴之先焉者」，吴誤作吾，其理由相同。

辭卒致具： 辭、獄辭也，獄辭收集曰致，獄辭完備曰具。

遮於楚越之郊： 陳景雲云：郊疑作交。

李錡者、淄川王孝同五世孫，貞元十五年二月，遷潤州刺史，二十一年三月，於潤州置鎮海軍，以錡爲節度使。

李睦州名幼清，爲李抱玉幼子，見穆員李公碑。又外集有太府李卿外婦誌，李卿卽幼清也，先從太府出守，故稱其前官。又鈷鉧潭西小丘記云：李深源、元克己時同遊，深源卽幼清字，此皆由陳景雲點勘轉錄，考證不誤。

幼清貶循州後，以赦移永州，時子厚及吳武陵同貶於永，序在幼清至永後贈之。按睦州、明爲浙江嚴州府，蔣之翹云。

送南涪州量移澧州序

南涪州爲南霽雲之子承嗣，當霽雲死節時，承嗣七歲，卽授婺州別駕。洎劉闢反叛之歲，已累官至涪州刺史，以無備失事，謫永州，而適子厚與吳武陵等同謫一地，相處甚厚，及是又以赦量移澧州云。

承嗣自幼以蔭得官，坐致專城，無能責其蒼黃禦寇，勝任愉快。文中「扞蜀道劾寇，晝不釋刃，夜不釋甲，曰：我忠烈胤也，期死待敵，敵亦曰：彼忠烈胤也，盡力致命，是不可犯，然而筆削之吏，以簿書校討贏縮，受譴茲郡」，此等語疑是飾詞，而非信史。

由涪謫永，勢不得以同官對遷，是承嗣在永，其職應與子厚武陵相若，夫如是，方能以澧州長史爲其量移新職。「其往也獨」云者，謂如承嗣所犯，方與詔令所指相

合，如法量移，而子厚武陵，皆不獲同等待遇云。

此文莊嚴典重，氣亦激昂，自是序中高品。

同一謫也，而子厚得不到量移，故文於特寫量移處，最爲矜重。 胡鳴玉訂譌雜錄云：

唐朝人得罪，貶竄遠方，遇赦改近地，謂之量移。 舊唐書玄宗紀：開元二十年十一月庚午，祀后土於睢上，大赦天下，左降官量移近地；二十七年二月己巳，加尊號，大赦天下，左降官量移近處，量移字始見於此。 李白贈京兆韋參軍量移東陽詩云：潮水還歸海，流人卻到吳，相逢問愁苦，淚盡日南珠。 白居易貶江州司馬自題云：一旦失恩先左降，三年隨例未量移，量讀平聲，及遷忠州刺史又云：流落多年應是命，量移遠郡未成官，故韓愈自潮州刺史量移袁州，有遇赦移官罪未除之句。 而宋史盧多遜貶崖州詔曰：縱經大赦，不在量移之限，今人乃稱遷職爲量移，誤矣。 柳子厚集送薛判官量移、及送南涪州量移澧州二序，有謫吏優詔近地漸顯等語，不特太白樂天諸人詩可徵也。

量移官大率以移近地爲大多數，如白樂天之移遠郡，亦偶有之，至子厚心摹力追之量移，則不問而在近，與裴塤書：「幸致數百里之北，使天下之人，不謂僕爲明時異物」，由南致北，則較近矣，惟與蕭俛書：「一釋廢錮，移數縣之地」亦然。 謫吏優詔，

皆自序中：「永州多謫吏，……優詔既至」摘來，近地漸顯，則自送薛判官：「乃命以近壤，……是其漸於顯歟」摘出。

而君侯惠和温良：君侯、指當時永州刺史崔敏，子厚此序，當在元和三年春作，與陪崔使君遊讌南池同時。

優詔既至：優詔乃元和三年正月上尊號赦令，凡左降官皆得量移。

子厚所爲睢陽廟碑，集中煌煌巨製，文中敘及：「有子曰承嗣，七歲爲婺州別駕，賜緋魚袋，歷施涪二州，服忠思孝，無替負荷。」諒此碑乃受承嗣之請，與量移澧州序同時作。

承嗣後爲清江太守，歷三州，多惠政，夜郎人因承嗣、而爲其父霽雲立廟於貴陽，清初黔撫田雯，在黔書中紀其事。吾初疑子厚美承嗣以忠烈胤、期死待敵爲飾詞，此誠淺陋妄斷，特補此筆，以當自懺。

送薛存義之任序

一

子厚送薛存義序，乃封建論之鐵板注脚也，兩文相輔而行，如鳥雙翼，洞悉其義，可得於子厚所搆政治系統之全部面貌，一覽無餘。

子厚之政治理想，完全以「爲民之役而非役民」爲主幹。夫民既以役官爲名，則民應有役官之權，爲問此役官之權安往乎？曰：封建毁之也；封建輪廓爲秦皇所屏去，而封建形式殘餘蒙其外，封建思想殘餘羃其內，此兩種殘餘毁之也。又民既役官，而官何常之有？夫里胥、官也，諸侯、官也，方伯連帥、官也，上而至於天子，亦無往而非官也。民而無權，役之且奈何？曰：吾所謂役者理也，理之所在，勢未必相副。今民之役官，不能如吾之役吾傭者，明明勢爲之也，爲問勢之所在，可能由吾運理以撳之，使如水之就下焉否乎？尋子厚爲尚書郎，超取顯美，約朝士之忠亮專直者若而人爲一黨，自承視天下事太易，一振而蹶，至於沈痼不起，無非爲以理逆勢而一敗塗地。存義、賢大夫也，與子厚同道，而一切相喻於心，故乘其之官作别，節取其義於一小文中，以待後世之知理者行焉。約而言之，封建論明勢，秦皇以情詘之，成爲由秦達唐之殘餘局面；送存義序明勢，子厚以理掎之，徐待將來之天下爲公，選賢與能。故吾謂此序與封建論相輔而行，構成子厚政治系統之全部面貌云。

二

何義門讀此文，謂「今我受其直」句，我字衍，非是。鄙意我字作複數用，文中著此一字，代表性絶強，不可以帖括理法繩之。「以今天下多類此」至「勢不同也」等句，義門則云：此言豈可公傳道歟？尋子厚此言，等於暗示革命，而爲勢所扼，義師不可

得起，「如吾民何」四句，不啻長言而詠歎之也。此等關目，宜爲冬烘頭腦所不能解。義門又云：「此序詞稍偏激，孟子雖發露，猶自得其平」，不知序較孟子更爲發露，正子厚獨到之處。唐時政象之不平，過於戰國，清康乾時不許有偏激政論，尤過於貞元，故義門之評隲如此。子厚送李渭赴京師序：有「不求獲乎己，而己以有獲，予嫉其不爲是久矣」等句，義門評之云：嫉字不穩，凡有此者，皆氣質之偏也，實則於此子厚不能下一嫉字，卽不成爲子厚之文，以義門讀子厚之文，安得不疑爲氣質之偏？

三

古藤蘇敦元〔時學〕爻山筆話卷六云：

嘗讀柳子書而爲之慨然。當柳子爲永州司馬，而薛存義爲零陵縣令，其爲尊卑也僅矣，而柳子送存義序，視之猶僕隸然，且言賞以酒肉而重之以辭，則與孟子所言嘑爾而與者曷異焉？顧當時之人，未聞以是爲愧恥者何歟？豈尊卑之分固宜然歟？抑習於傲慢之風，亦恬而不爲怪歟？

吾嘗讀子厚答杜温夫書，至引孟子「余不屑之教誨也者，是亦教誨而已矣」兩語，以爲太使受言者難堪，非交友應出之道，今蘇君於送薛存義序下一賞字亦云然，殊不知二者迥不相類。尋南朝人宴賞二字平列，江斅傳稱：「斅爲丹陽丞時，袁粲爲尹，數與宴賞，留連日夜」，此宴卽賞也，賞亦卽宴，兩字了無區別。夫子厚爲司馬，而存

義爲縣令，此之連誼，與袁粲之於江斅適同，從而日夕留連，言宴以酒肉可，言賞以酒肉自無不可。此在通人之眼光，確乎如是，若以今諺「賞飯吃」相衡，則語帶侮辱，其恥難忍，然非所論於子厚存義間之誼分。吾想存義亦解人者流，故子厚設詞，漫無顧藉乃爾，惜乎此義爲爻山所不及知。

送薛判官量移序

此序甚爲重要，蓋薛判官非他，卽子厚姊夫崔簡之壻薛巽也。尋巽之壻於崔也，並非簡自主之，乃簡於元和七年病歿，諸女皆託於子厚，適値巽量授朗州，子厚心賞巽之爲人，乃以叔舅之親，爲其甥女主婚，遣嫁於巽。吾揣嫁巽在元和九年或十年初，逾年生子，子厚取爲己後，名曰周六，子厚與巽因緣之重大如此。

陳少章於此序有所考證如下：

案薛巽始爲河北糧科使于皐謨判官，及皐謨以罪伏法，巽亦坐累遠竄。觀序中去連吏朗語，似其初乃除名長流，及遇赦移朗，方稍敍復其官資耳。

少章所證不誤。惟少章又云：

罪得而末薄，末一作未爲是。左傳：不爲末減，杜注：末、薄也，序語本此。

此詮頗怪。杜注：末、薄也者，乃以薄釋末也，謂不爲末減，猶言不爲薄減，末與薄皆

意味少，〔上聲。〕可互訓也。今若移之罪得而末薄一語，則將等於罪得而薄薄，是將成何語句乎？吾揣少章意中，疑原文爲罪得而末減，故致此誤，不料少章偶爾文思繳繞乃爾。文中此語，釗意仍以末字爲是，罪得而末薄者，謂罰當其罪，未爲薄也，下續乃命以近壤，文脈適合。

送李渭赴京師序

短篇筆力健舉，如繁絃急管，極悲涼激楚之致，惟惜所見太俗，於子厚平生抱負不稱。蓋唐以邊地懲罰左官，是其弊政之一，主張化人及物之柳子厚，雅宜建議反之。今遇李渭以宗室屬子，不自愛惜其身，遠赴邊疆，勤勤爲吏，子厚正宜加意獎進，以勸來者。顧反而以入都干丞相、求獲己爲言，並謂「予嫉其不爲是久矣」，此猶言渭可爲是而不爲，徒使己欲爲是而不得爲者嫉甚久，噫！何其鄙哉？

雖然，吾别有說。柳集中贈序猥雜，大抵因物付物，不涉己志。憶子厚初莅柳州，曾奮然作色曰：有社有人，是豈不足爲政哉？於是治柳四年，治績蔚然可觀，韓退之爲銘幽，曾就此盛譽之。今同一人，且同一時，一至爲文送遠，此等壯懷偉抱，將焉往哉？噫嘻！吾知之矣，子厚自律是一事，接友又是一事，二者有其限閾，兩不相涉。爲子厚之密友如劉夢得，應知河東解人之內心，編集時輒將酬應泛泛之文，

毅然刊落，方於友道不負，惜乎自負子劉子者見不及此。

居永州曰逐，刺柳州曰斥，筆鋒所至，立露孟子三宿出晝、悻悻然小丈夫氣。

送嚴公貺下第歸興元覲省詩序

嚴公貺、山南西道節度使馮翊郡王嚴震之子，以嚴震之子下第歸省，無論其子文行如何，都不足張之於大雅之堂，不知子厚於嚴氏有何連誼，輒爲此公一門，濫耗紙筆？何屺瞻曾謂：「夢得編集，更少百篇，則柳之道益光」，何雖狂，此語卻可信據，鄙意如此文者，直宜刊削。

吾獻藝不售於儀曹之賈： 賈者、價也，謂禮部標價太高，吾仰企不及也，下言貨不中度，尤非雅語。 敢逃其咎，言豈敢逃其咎也，乃反語。

殿邦坤隅： 詩：殿天子之邦，殿、鎮也，山南西道節度使在西，故曰坤隅。

文之藻采，惜所圬糞土之牆。

送元秀才下第東歸序

元秀才者、大抵元公瑾也，集有答貢士元公瑾書，所言都與序合。

此序如八股中截搭題文，未達柳文標格，集收答元公瑾書，此序宜不存。

文以周乎志、周乎藝開篇，清儒方苞靈皋、不識周字何義？與李紱穆堂大事爭辨，茲採集諸證，與周字例一併開列如下：

方靈皋對唐宋諸文家、如昌黎，如柳州，如盧陵，都以批八股文方式，恣行挑剔，固不廑尋垢索瘢於某一家也，惟以深惡柳州，獨剸刃加甚已耳。

靈皋曾以所評諸家各條，寄示穆堂，求其印可；靈皋原評，不見於方集，穆堂所駁，則李稿悉收，吾人以知穆堂深斥靈皋之不學，加以訕笑。其與靈皋論所評歐文書，有如下一段：

昔人謂身在堂上，乃可辨堂下人之是非，居今日而排斥古人，必其學與識與力，勝於古人而後可也。歐陽公之文，七百歲於茲，未有能繼之者，乃欲求勝於歐陽公，無論足下，自南渡而下，至於有明，不敢信有斯人也。學記謂：「學然後知不足，不學不知其善」，僕不敢謂足下未嘗學，然僕則嘗學之而自知不足，抑嘗學之而知古人之善，不敢以輕心排斥之矣。有明王李之徒，嘗菲薄唐宋以下諸文家，然同時如歸熙甫，已斥爲妄庸，元美晚年贊熙甫，始極推之，而自傷其異趣。夫熙甫去歐陽公，不啻倍蓰什佰，元美之悔恨已若此，若以望歐陽公門仞，豈復能充都養之役？然則詆排古人，蓋不待熟思而知其不可也。

穆堂、臨川人也，黃之雋曰：「先生於文取永叔子固，於命世之志取王介甫，於學術取

子靜，不出其鄉，而奄有前古。」他日，穆堂答其徒問爲文曰：「賢日逐體味六經爲文章根本，而又熟讀韓柳歐曾王五家之文，其庶幾乎！蓋是五家者，衛道甚勇，可師也，若三蘇不能序事，姑置之。」由二説看來，穆堂皈依鄉土先賢，文以歐曾王爲宗，而又顧到文章根本，不得不頂禮韓柳。之五家者，穆堂認是衛道之師，而以其人平生尚氣，政績品概，流聞於時，將決不許庸妄之子，從而矢口呰嗸，有斷然而無疑者。靈皋雖其時儼然以大師自居，而自呰議前哲一點觀之，穆堂故自痛加斥責，並暴露其謭陋無識而弗之恤。書云：「以望歐陽公門仞，豈復能充都養之役？」大師顔面，掃地無餘已。

盧陵簡肅薛公墓誌銘，文中用有三宰字，靈皋批云：「三宰二字不典」，穆堂駁之云：「按齊語：臣立三宰，斥爲不典，誤矣。黄山谷云：韓文杜詩，無一字無來處，後人讀書少，見謂杜韓自作如此語耳，此等評語，出之宜愼。」查齊語：「臣立三宰，工立三族，市立三鄉，澤立三虞」，注：「三宰、三卿也。」國語絶非僻書，靈皋既未經寓目，而遽以不典惡評，横加於千餘年來，歷代崇仰之不祧鉅子，此其膽大妄爲，穆堂視之不値一錢，無足怪已。

柳州送幸南容聯句詩序，有如下數語：

渤海幸君，既登於太常之籍，又膺邯鄲之召，北會元戎，直道自達，吾儕器其

略；南聘天朝，相禮述職，公卿多其儀。合度於易于之間，雖枚生之節，長卿之道，無以尚也。

之數語者，文從而字順，讀之不見有何楂枒不通之處，而靈皋醜之，穆堂反駁，語經前錄，恕不覼縷。㊀ 按禮記：「邾婁考公之喪，徐君使容居來弔含，曰：寡君使容居坐含；有司曰：諸侯之來辱敝邑，易則易，于則于，易于雜者，未之有也。」凡讀過禮記之十一二齡童子，類無不通解此一段記載，柳州引之，唐皇典雅，讀者亦無不聲入而心通；獨侈言爲文根據六經之方靈皋，謬以風馬牛不涉之語，自文其荒落無學，謂曰甚醜，果誰任之？

又柳州送元秀才下第東歸序，開篇即曰：「周乎志者，窮躓不能變其操，周乎藝者，屈抑不能貶其名」，旋續於下曰：「元氏之子，其殆庶周乎！」連用三周字，而第三周字，即頂上兩重文而來。周字用在此處，當作何解？凡稍通文義者，無不明之；顧靈皋強作解人曰：「周字非誤，則稚且佻」，穆堂駁之云：「周字本孟子周於德，周於利」，下文不著一字。尋孟子盡心篇：「孟子曰：周於利者，凶年不能殺，周於德者，邪世不能亂」；朱注：「周，足也，言積之厚則用有餘」；此與柳州所用於元秀才東歸序

㊀ 語見卷二十二送幸南容歸使聯句詩序。釗案：本編吾以髦年寫成，引古籍每多翻覆，一語重出，往往而有，雖見到即改，媿未能盡，識者諒之。

者，態勢完全相同，人不能明其一而昧其二。穆堂之意若曰：方氏兄弟，同一八股名家，倘入場得題，而適爲孟子盡心篇數語，靈皋將亦謂周字恐誤，而請有司加以解釋焉，抑否耶？

柳州山水近治可遊者記云：

> 北流潯水瀨下，又西曰仙奕之山，山之西可上，其上有穴，穴有屏，有室，有宇。其宇下有流石成形，如肺肝，如茄房，或積於下，如人，如禽，如器物，甚衆。東西九十尺，南北少半，東登入小穴，常有四尺，則廓然甚大，無竅，正黑，燭之，高僅見其宇，皆流石怪狀。

靈皋於此，自出心裁，爲之點竄，謂「北流潯水瀨下六字，當屬其宇下有流後」；將其宇下有流石成形句，從中截斷，流石二字，於焉離析，是顯然靈皋不解流石爲成語，並不識何義？因妄爲分割如上；又不顧下面還有「皆流石怪狀」一語，假其截留皆流二字，應當寄頓何處？穆堂乃從而指點焉曰：「流石蓋鐘乳之屬，流石成形，凡巖洞皆然，下文亦有流石怪狀云云，是流石二字相連，中不容更添他語。」此正如老章句師、所爲切切焉告誡童蒙狀，不知桐城初祖，其將何以承之？尋劉峻辨命論曰：「放勳之世，浩浩襄陵，天乙之時，焦金流石」，流石是習見語，豈靈皋曾終其身屏文選弗讀也耶？

送辛殆庶下第遊南鄭序

殆庶與班肅同年進士，即同卷送辛生下第序略之辛生。夫一事何須有兩文？而下一文又明言序略，略之云者，謂事不得不言，言復不得不略，此中曲折，大概不外高舍人知舉，不憑文藝，意爲高下，以致有多少高才，折翼而返。此等事難於明揭其誤，而又旨在爲下第者頌冤，故惟有隱約其辭，以不了了之耳。何義門謂此序宜削去，頗有理。

僅半孔徒之數：　僅謂多，非謂少，半孔徒爲三千人之半，即一千五百人，上加僅字，即謂多過此數也。柳文所用僅字，都是一律主多，姚南菁祇標舉寄許孟容書：「僅以百數」，以示新穎，此南菁未嘗勤攻柳文之咎。如送獨孤書記赴辟命序：「内匱中府太倉之蓄，僅而獲屢」，此謂資糧豐豫，不止一飽，非如字面所指，劣容一飽也，從獲屢二字看，更能發見眞實。又如送蔡秀才下第序：「然而僅寘於懷耳，未克決而忘之也」，此謂不僅將卦藏之於懷，而且還時時記念著也，餘類推。

嘗從俊造之後：　禮記王制：「司徒論選士之秀者而升之學，曰俊士，升於司徒者不征於鄉，升於學者不征於司徒，曰造士」，曰俊曰造，皆是王制建制後之銜名，凡士而未達到俊之一級，泛常皆曰秀士，故俊造亦有時改用秀造。

方之於釣者：　方靈臯與李穆堂，曾於此處大啓辯論，方謂爲文設喻，是子厚膚庸，穆堂反之，辭他見，不贅。

則善取者皆指而笑之：　漢書陳平傳：「平貧不事事，一縣中盡笑其所爲」，子厚蓋沿此筆調而來，退之亦喜用此，如初上宰相書：「得其所者爭笑之」是。

辛生嘗南依蠻楚：　蠻楚指荆州。

故相國齊公：　此指齊映，貞元二年正月，映同平章事。此子厚先友，先友記中，稱其「爲相，以文敏顯用」，禮接文士，或子厚譽爲文敏之一。

爲文無謬悠迂誕之談：　此亦與退之初上宰相書：「妖淫諛佞譸張之說，無所出於其中」，語意正合，兩公之文，往往看似有意相仿，豈亦於此試捕龍蛇、搏虎豹之力耶？

吾欲抑而不歎，其若心胸何？　何義門云：乃有此疲薾之句。劍案：此亦無所謂疲薾。

聞焚舟而克：　此指左文三：秦伯伐晉，濟河焚舟。

手劍而盟者：　此指公羊僖十三：公會齊侯盟於柯，公升，曹子手劍而從之，曹子、曹劌也。

成拜賜之信：　此指左僖二十三：孟明謂晉人曰：若從君惠而免之，三年將拜

君賜。

剮壓境之恥：　此指公羊僖十三：曹子曰：城壞壓境，君不圖歟？

徃愼所履，如志湍返：　凡用愼字，下面都帶否定意，愼所履者，謂不須混走多處也，湍、速也。

林紓評此文云：

昌黎贈人失意之序，多用吞咽之筆，以己身屢困於有司也，柳州早達，故不詳其中艱苦，但以奮勉之詞出之，語甚方重。

畏廬之言，是或一說。　惟子厚貞元六年貢京師，至九年始第進士，文中明言：「四貢鄉里，而後獲焉」，何義門從而指明：「昌黎再舉，河東四貢」，此言子厚進程之艱，甚於退之也，何得謂昌黎屢困於有司，而柳州早達，不詳其中艱苦乎？

送蔡秀才下第歸覲序

曭乎遠而有榮者也：　曭、日無光也。

今茲歲在鶉首，若合於壽星，其果合乎？　歲在未曰鶉首，子厚於貞元六年庚午貢京師，翌年辛未，卽卜卦在是年。　歲星屬辰，酉與辰合，故至九年癸酉遂登第。

僕時悒然遲之：　遲音稚，待也。

是將不然：　謂占者之說誕慢怪迂，不會靈驗。

然而僅寘於懷耳，未克決而忘之也：　僅應作廑，義解別見。　決、何義門云：決去之意。

何其應前定若是之章明也：　柳文用章明字最珍重，亦或乙轉作明章，如陸文通墓表：「明章大中，發露公器」，字源本漢書。

茂是文苑：　漢書韓信傳：「北有胡苑之利」，注：師古曰：「養禽獸謂之苑。」文苑之云，直將文人視作禽獸，恐用語者未有是意。　近代朱梅崖（仕琇）竟公言曰：「范氏知生才之難，班彪父子、張衡、崔蔡皆特傳，不入文苑，馬融鄭玄，不入儒林，其義蓋有擇也，夫林苑者，動植之物所萃，取況人多，援以立名，若以名世大賢列其中，豈不謬耶？〔答族弟和鳴書。〕」　吾料子厚意不如此。　此序之受者爲蔡秀才，固不爲當世名家，然子厚同劉夢得哭呂和叔云：「士林顦顇泣相逢」，豈相聚而泣者，並皆猿鳥耶？

送韋七秀才下第求益友序

一

韋七下第，與辛生下第同，而所以下第則異。　蓋辛生所遇，爲矯枉過正之主司，韋七所遇，爲無意矯枉，而竊病枉之未至之主司。　何以言之？　辛生文名藉甚，正以

其名之藉甚，而見惡於主司，韋七則主司依名譽之高低而進退人，已乃不獲名譽之上達也。

試事之違異如右，不可能視作子厚爲文主旨之不同。蓋子厚之於當朝取士制度，固前後衡量一致，特酌度失意者之心情，不得不安排適當之措詞，使聽之而無迕，以致兩序之言語差池，無法彌縫。吾因爲之斷曰：贈序者、贈序也，不宜正而名之曰文，文能不別所往而求其通，序則必考量其所贈而不嫌其異。嘗論柳集之序，多於韓集，其中之差別性亦最大，考文者必須另立柳序之尺度，不可雜之其他柳文中，等量而齊觀。

宋劉辰翁述作甚富，著文不下百卷，而迄無收納全文之集。吾曾獲觀一集，名曰記鈔，蓋僅錄記事文使成一集，而他文不與，此或與吾重視柳序之意相若耳。何義門謂「此篇詼啁之作，要之輕薄，作者不尙，發端亦太尖」，所見亦不無與鄙陋相同。

韋七者，卽中立也，潭州刺史彪孫，元和十四年進士，其求子厚爲師，在元和八年，此因下第而贈序，當在中間五六年許，其不曰求師而曰求益友，乃子厚自度其身分而質劑之之辭。

穀梁傳昭十九文如下：「子旣生，不免乎水火，母之罪也，羈貫成童，不能師傅，

父之罪也，就師學問無方，心志不通，身之罪也，心志旣通，而名譽不聞，友之罪也，名譽旣聞，有司不舉，有司之罪也。」子厚引此，旨在遷人移友，而釋惑於有司，惟此之遷移，固與儒者立身行己之道不合。

二

此文子厚明引穀梁數語，頗引人注目，宋子京筆記稱：

柳州爲文，或取前人陳語用之，不及韓卓然不丐於古，而一出諸己。劉夢得巧於用事，故韓柳不加品目焉。

韓退之三上宰相書，桐城崇韓之旌識也，其第一書首引詩菁菁者莪四句，唯恐受書人不曉其義，又加講解十餘句之多，其於卒章汎汎揚舟四句亦然，及至引用孟子君子有三樂數句，又復爾爾，此其牽引古事，運用陳言，他文且不論，卽此已較之柳州，何啻一與十之比？而此等煌煌大文，子京固未曾一寓目乎？抑子京讀之，曾偃仰疲耗，目眩而不欲視，心廢而不欲營乎？諺云：「只許州官放火，不許百姓點燈」，否則子京將故入子厚於黑暗窰洞也乎？一日晨起，吾閱報紙，見有美國人斯諾、著論說時事謂：「聯合國爲人民中國強扣帽子曰侵略，不知侵略何義？若其界說爲本國軍隊登陸他國，合乎春秋大義曰侵也者，則今日地球上如斯爲之，如侵日本、侵臺灣、侵越南、侵剛果（利）、侵其他其他，大有人在，而聯合國不敢以一矢加遺，反將此一

破舊腌臢帽子，覆在擁有數百萬軍隊，顧一兵一卒不越雷池一步之和平大國前額上，而曾自不知恥，天下復熟視而莫之睹，噫嘻！咄咄怪事！咄咄怪事！㈠

斯諾之論甚快，吾爲再三紬繹其義，而喟然歎曰：吾知之矣，斯諾深解震旦文義，定見古典文學中，有一韓退之長於筆，凡彼一波一磔，人都不敢妄加訾議，今之人有意將韓退之桂冠稱號，爲世界第一號強盜頭目加冕，斯諾其奈之何？吾誠不能確憶斯諾發爲右論之眞實年月，然自一九六四年十月以後，遷延復遷延，以至最近，吾又聞斯諾之太息聲曰：「吾人眞看到二十年來杜勒斯所支配之美國東亞政策破產矣，」㈡吾知中外同一經過之二十年，凡本邦之國內建設，絲毫未以假象蒙蔽國外，獨外邦如美利堅之眼光，則自杜勒斯以逮今之尼克松，其對中國之不同接受，頗若昏旦霄壤之異致，律之聲與實，及先與後之錯亂翻覆，有斷然無疑者已。子厚本論之劈頭語曰：「所謂先聲後實者，豈惟兵用之，雖士亦然，」吾請顛倒或變易焉曰：「豈惟兵與士用之，雖國亦然。」

三

㈠ 斯諾（Edgar Snow）、美國新聞記者，解放前曾親到延安，謁見毛主席，解放後復來北京不止一次，此論似爲一九六四年十月訪稿。

㈡ 此爲美聯社瑞士埃辛斯一九七一年七月十六日電。

先聲後實，本漢書廣武君李左車語，其時韓信勝趙，成安君陳餘戰死泜水上，且虜魏王、禽夏說，不旬朝破趙二十萬衆，名聞海內，威震諸侯，以言聲也，亦可謂登峯而造其極矣。顧廣武君少之，以爲舉勌敝之兵，頓之燕堅城之下，情見力屈，曠日持久，糧食單竭，〔按以上十數語，皆本信傳。〕其勢甚險，韓信以爲然，虛心向左車問其故。廣武君曰：

當今之計，不如按甲休兵，百里之內，牛酒日至，以饗士大夫，北首燕路，然後發一乘之使，奉咫尺之書以使燕，燕必不敢不聽，從燕而東臨齊，雖有智者，亦不知爲齊計矣，如是則天下事可圖也，兵故有先聲而後實者，此之謂也。

子厚以此用兵之法，移之於求進士，按之唐代通榜取士之形勢，所言並無不合，惟若韓退之三上宰相之第一書，其悖於廣武之術滋甚。蓋自褫之辭曰：

名不著於農工商賈之版，……四舉於禮部乃一得，三選於吏部卒無成，九品之位其可望，一畝之宮其可懷，遑遑乎四海無所歸，恤恤乎饑不得食，寒不得衣，濱於死而益固，……中夜涕泗交頤。

吾不知韓信使燕所奉咫尺之書，措辭何似？然若當時以韓愈爲行軍司馬，令其執筆，遽爾削去百里內日至之牛酒，而易以曠日持久致形單竭之糧食，吾知燕未必從風而靡，俯首聽命。或謂兵戰與文戰，其道各異，愈未必如是立說，姑不具論。試從

愈之本文嚴以繩之，而知退之自張其虛僞，人必不信。蓋退之家世不薄，兄會又貪祿近利一流，家僮近百，服用華侈，雖園桃巷柳，未必早已收蓄，而凡張籍及宋代朱熹所攻之嬉遊樗蒲，亦未必在二十八歲時，仍不見有何影響？此種中夜涕泗交頤之僞造形象，已不足見信於人，而其觀察於人之道德標幟，及敬恭於人之尊崇態度，兩皆有所未足。蓋其時所謂宰相，爲趙憬賈耽盧邁一輩人，皆不失爲有唐賢相，而邁尤有聲，宋室三洪，詞科之傑，其弟容齋，卽倚邁爲名，而字曰景盧，卽此以概其餘，退之之書之上於何人？不難想見其嚴重性。顧退之一則曰：「君子長育人才，當爵命之，賜之厚祿以寵貴之」，此不啻口含天憲，勢不可回。再則曰：「國家求賢，至者蓋闕，亦見國家不以非常之道禮之而不來」，又不啻身價百倍，不能招之卽至。尤其甚者，書中迭將詩經孟子之常語，重複解釋，恍若受書人之教育繩尺不足，非如此定難通曉，此其侮辱人至於何等？可得一覽而知，韓退之眞可謂拙於爲聲者矣。

送崔子符罷舉詩序

一

崔子符者，子厚姊夫崔簡弟也，名策，集有與崔策登西山詩五言十二韻，末云：「非令親愛疏，誰使心神悄？偶兹遁山水，得以觀魚鳥，吾子幸淹留，緩我愁腸繞」，

固柳詩中明心見性之作。子符行第九，或稱崔九，惟不可與杜送李龜年詩相混，彼崔九乃崔湜也。

此文所提出之問題甚大，即進士科應否變易？說者謂：蘇子瞻議學校貢舉狀，乃本此文，後王介甫用事，卒變秀才爲學究，可見科不俟易，爲千古名言。其言曰：「且而更其科，以爲得異人乎？無也。惟其所尚，又舉移而從之，尚之以孝弟，孝弟猶是人也，尚之以經術，經術猶是人也，雖兵與農皆然」，西漢孝弟力田科之效，亦得於此窺見。

且而更其科：而，汝也，此以與人對語之姿勢行文，故爾汝之。

唯其所尚，又舉移而從之：又舉一作文學，非。舉，皆也，跟上文「國之秀民舉歸之」而言，故曰又。

家有冤，連伏闕下者累月不解：此指兄簡出刺連州，由連徙永，未至永而連之人捏簡贓私，御史按章具獄，坐流驩州，策乃訟之於朝也。解同懈。

戚其幼孤，往不憚萬里：亦指料理簡喪，提挈幼弱，奔波萬里，不辭勞悴事。

任將晚矣：何義門云：觀下「崔子之仕又何晚乎」句，任當作仕。

如是且不見隆：吳至父校刪如。釗案：看不出如字須刪，且如字吃重，尤無刪理。子厚意謂：子符孝行如此卓著，而朝廷不知重，可見改易科名之無謂，尤見穀

梁：「名譽既聞，有司不以告」之咎應誰歸？

二

王定保唐摭言，敍述唐代考試制度綦詳，程魚門〔晉芳〕有摭言後序，藉以非難子厚。其文如下：

余讀柳子厚送崔子符罷舉序謂：「進士科必不可廢，尙之以孝弟，孝弟猶是人也，尙之以經術，經術猶是人也。」喟然歎曰：子厚不學至是乎！千古以降，墨守成規，俾人才不古若，皆子厚之說誤之也，及讀摭言，而益信余言之不謬。蓋有唐三百年中，風氣澆漓，不逮漢晉遠甚，其未得科第，則干瀆而不恥，既得之，則矜詡而不休。至於謗詈主司，譏斥同輩，相習爲故然，幸而制科頻舉，不專用此途，故能盡人之才，不然，唐之爲唐未可知也。夫有國家者，不恃吾制度之精詳，而恃吾所以設制度之意，如進之以孝弟，而吾實有上孝與弟之心，進之以經術，而吾實有篤古窮經之志，士何由而不應，而患其作僞以相欺耶？且同是人也，以詩賦名之而爲進士，以德行名之而亦爲進士，吾寧取德行名焉，以爲是冉閔之徒，而非游夏所能企及也，鄉舉里選之法行，而猶有上書干進、投文邀譽者乎？由宋及明，考核之法益密，而制科益希，又莫唐若矣。

專讀魚門此文，委似言之成理，惟其言曰：「如進之以孝弟，而吾實有上孝與弟之心，

進之以經術，而吾實有篤古窮經之志」，此其基礎，純乎建立在「吾實有」三字上。夫天下之大患，亦在凡理想爲有者，往往無形中化爲烏有而已，魚門豈不知兩漢以來，制科之能拔十得五者，已如麟角鳳嘴之不易致，一「實」字從何處說得上？今將此字輕輕帶過，徒持空言，以抗違子厚，則魚門所持之理，至多亦得半而止，何足深辨？嘗論魚門爲鹽商之子，謬附桐城，依傍望溪以自矜重，其於柳文，至不惜襲取望溪聲口，妄加訾議。即如望溪讀書少，好強不知以爲知，此魚門向不諱言，（魚門有望溪集後一文，自言如是。）顧在此處，卻反詆子厚不學。尋汪容甫善罵人，致被詰問，容甫曰：「吾唯罵稍通文墨之人耳，若方苞袁枚等之不學，吾何嘗罵過？」嘻！狂已。夫自清之嘉道以迄於今，百餘年間，狂士如汪容甫，世無幾人，而以不學享大名，掌文運，則觸目皆是。至於魚門家富藏書，矻矻研討，用力猶且遠在其私淑大師之上，吾於若輩，將何所芥蔕於其間？

送辛生下第序略

此文爲辛生下第申屈，而苛責於中書高舍人。夫高舍人郢、子厚先友也，先友記中，稱其「有文章，規矩自立者，不干貴幸」，此數語亦甚矜重。永貞年、王叔文當國，郢與鄭珣瑜俱居相位，而告病求退，憲宗監國，郢即罷政，時子厚在禁近主謀議，

仰。尋郢以中書舍人進禮部侍郎而知貢舉，事在貞元中葉，距永貞彌遠，迨辛生再黜，猶在子厚官集賢正字時，事各有系，不能一概而言。嘗謂唐人以通榜取士，獎借浮華奔競之輩，勢所難免，非故抑之，卽不可能一洗軒輊不當之病。語稱矯枉過正，蓋欲矯枉，必須過正，苟不過正，卽枉不可得矯，此物理之必然性，而且爲現行黨義隱寓之德，〔參看毛澤東選集湖南農民運動考察報告。〕無可逃避。而辛生適嬰其鋒，乃年運之無可如何，而不可深責當時堅意救弊之人，子厚此文之用意，本來爾爾，陳少章駁柳之論，殊不足爲典要。少章云：

高柳間或不無意見新舊激隨之不同，然子厚正人也，此不能影響其對先友之平素尊

子厚之意，以高郢司貢士，痛抑華耀，矯枉太過，故掄擇未精。然郢所擢士：如白居易、獨孤郁、張籍，皆國士也，謂之不辨能否可乎？史言郢性剛正，拒絕請託，掌貢部三歲，進幽獨，抑浮華，朋濫之風，翕然一變，元稹序居易文亦云爾。是郢在當時，盛有得人之譽，不聞薄鑒之嗤，此序所云，非公論也。辛生再黜之歲，爲貞元十六年，子厚方官集賢正字，故云位卑。

少章稱郢舉士之能，與子厚所謂能否世莫知，固不過百步五十步之差，倘少章此評，能使子厚看到，當爲莞爾一笑。少章又云：「篇末之故略，正應題中略字，詞簡意足，並無闕文，宋本故略下一注下闕二字，非也。」陳說諦。

卷二十四　序

送從兄偁罷選歸江淮詩序

此文作於貞元十八年，猶是子厚未經變造之舊文格，所謂王楊盧駱當時體耳，何義門焉得遽詆爲凡近？釗案：文以遺佚不怨、厄窮不憫爲中心思想，就之演繹爲文，自然淵雅。

從姪立者，貞元十一年，與子厚同舉宏詞科，後爲四門助教，與武儒衡、歐陽詹同見於乃叔所作助教廳壁記者也。義門以從姪稱謂，與經不合，此子厚未必不知，集中子姓字屢用不鮮，從未誤姓爲姪，此偶爾用之，亦依約定俗成之則而已。

呂覽疑似篇：「梁國之北，地名黎丘，有奇鬼焉，善效人之子姪昆弟之狀」，此子姪之稱最初見者。史記田蚡傳：「蚡爲諸郎未貴，往來侍酒魏其，跪起如子姪」，子姪字繼見於此。宋于庭謂：漢人無言子姪者，何況於呂？至史記田蚡傳誤稱子姪，漢書卽已改爲子姓矣，語見過庭錄。張雲璈四寸學重複其語，殊無謂，雲璈又引唐摭言：「張峴妻是顏蕘舍人猶女，猶女卽姪女也。」似此，姪字唐時已通行，而且推廣彌

遠，子厚行文，從宜從俗之見彌堅，偶爾援用，殊未足深辯，祭六伯母文，亦用有姪字。李蒓客咸豐甲寅日記云：「爾雅釋親篇妻黨有云：女子謂晜弟之子爲姪，郭注引左傳：姪其從姑，故姪字從女，今男子稱兄弟之子曰姪，失之矣。夫兄弟之子當稱從子，謂從子而別也。」語頗有見，足資旁推。

送從弟謀歸江陵序

廖云：此元和五年間作。

其後吾爲京兆從事：　按子厚爲尉於京兆屬邑藍田，乃曰爲京兆從事者，據與楊誨之書：言爲藍田尉，留府廷，旦暮走謁堂下。又集中有代韓李二京尹諸作，蓋亦如陳京以咸陽留府廷，主文章事，殆與幕下記室同，故云爾，陳少章云。釗案：少章之說良是，集中此類文字，幾同惡札，惜未得受遺藁之託如劉夢得，略加刪汰爾。

有僮指三百：　僮卽奴隸也，三百指不過三十人耳。王芸生嘗以韓退之家口之多而驚奇，不知唐時封建習俗，固是如此，以僮三十人耕田五百畝，諒僮外別有傭工，子厚視之淡如也，史記載：卓王孫家僮八百人，以視數指僮三百，直小巫耳。

足其家不以非道，進其家不以苟得：　此二語自論語來，頗聞有人謂：貧與賤不以其道得之爲不詞，蓋貧賤本來所有，無從以非道得之也。吾竊謂此解太隘，近人

張佩綸、卽有人生何處不得貧賤語，子厚賀王參元失火，亦是爲人雖不得賤，亦驟得貧之證。

凡士人居家孝弟恭儉以下一段：　孫月峰云：塡鋪過甚，似蹈國語之失，劍案：此頭巾氣語。

嗜味得毒：　此本國語：單襄公謂魯成公曰：高位實疾顚，厚味實腊毒。

此文別有評語，在下部第三卷輯餘門，可參閱。

送澥序

子厚宗誼最重，此文尤集中表露其敬宗收族思想，澥爲族屬，行輩莫明，而要爲年少，及敍次下於子厚者無疑。

新史稱子厚從曾祖奭，爲中書令，得罪武后死，此卽文中「遭諸武以故衰耗」之始，族兄登、柳芳之子，子厚爲禮部員外郎時，登爲膳部郎中；公綽雖號爲季父，而乃柳温之子，時以吏部員外郎充西川武元衡判官，復入爲吏部郎中。之數公者，子厚引以爲重，而皆不屬於直系，實亦子厚切望宗中復興，期於勤聖人之道，復嚮時之美，不斤斤於己之進退榮辱，文末云：「吾去子終老於夷矣」，此循名核實之言，不含一分懟意。

儲同人評此文：「情致纏綿，入理深至，千劫不腐之作」，自有子厚此文，讀者環顧宗族，不禁油然而生敬愛之心，同人所謂不腐，義或在此。從來柳文流傳最廣者，此序大抵占取其一，選家雖至苛刻，亦往往不遺是文，以文之確能沁人心脾故。

送內弟盧遵遊桂州序

一

此爲表章盧遵高義必不可少之文，文之半幅，皆敍外家祖德，此惟外家具此內美，而始得如此著筆，既非強事誇張，並無取故作迴避，文行乎所不得不行而已。方望溪排擊此種寫法，徒自露其小家氣，李穆堂引韓退之亦如是爲文詆之，究未達到眞是非階段。

以桂之邇也，而中丞之道，光大多容，究竟桂州中丞是誰？注家終無定論。廖謂中丞爲裴行立，陳少章不以爲是：「案韓子誌子厚墓，自子厚之斥，遵從而家焉，又此序言：以余棄於南服，來從余居五年，則序乃元和四年在永州作也，行立以元和十二年，始除桂管，當遵遊桂時，廉使乃李中丞，集有上中丞薦遵啓可證」，少章之言良諦。

從文之收語：「往哉！其漸乎是行也」觀之，遵之遊桂，並無驟得美職之意想，亦

嘗試爲之，姑作此行而已。其後元和十二年，裴行立廉桂，而子厚仍有啓薦遵，可見前八年間，〔由元和四年至十二年。〕遵在桂曾未得著安定職事，而終以愛子厚而慰其憂思，依違於子厚之側，爲時最長。

二

遵者，子厚太夫人之姪，蓋舅之子也。序首言外氏之世德，母家稱外氏，而舅子翻言內弟，唐人母黨稱謂，外內不一致，似不如今人號表弟爲得。

序稱：「遵余弟也，……以余棄於南服，來從余居五年矣。」韓退之誌子厚墓，亦稱：「自子厚之斥，遵從而家焉，逮其死不去，既往葬子厚，又將經紀其家，庶幾有始終者。」僅就此一事而論，遵不失爲義士，子厚序文平平，惟在遵不可無此表章。

遵始終依子厚，桂州之遊，殆中間偶然爲之，集有上桂州李中丞薦盧遵啓，以從余五年之說推之，此啓殆元和四年在永州作，陳少章估計未誤。啓云：「以宗元棄逐枯槁，故不求遠仕，務顯名，而又難乎其進也，竊高閣下之舉賢容衆，故願委心焉。」此表褾遵之依仁秉義，尤爲切至。〔案啓末云：「言而無實，非其敢逃？」非爲罪之誤字。〕

序言：「中丞之道，光大多容」，此中丞者，應與薦啓之李中丞爲一人，而注舉裴行立當之，可謂疏謬。微論行立於元和十二年，始除桂管觀察使，而集中薦啓在何時作，注家胡乃盲無所見？

子厚與李睦州論服氣書：「始者獨見兄傳得氣書於盧遵所」，據此，遵蓋是好義而兼多術之人。

送表弟呂讓將仕進序

凡贈序者必須知己知彼，使文與所贈人密密印合，而己亦不自失身分。子厚集中贈序，多於韓退之集，但柳集曾無一文，喪失上述丰裁，而韓序則根本談不到此。如韓送李愿歸盤谷序，第一：己與見送人之連誼不明，有明人閩南鄭瑗，曾批判此一點曰：「盤谷序前云友人李愿，後云昌黎韓愈，又似不曾相識。」（按瑗字仲璧，說見所撰井觀瑣言，引金儒王從之說。）第二：李愿爲李晟子，家世豪華，劇歷中外，曾先後領夏綏銀宥，及河中晉絳等節鎮顯職，而又沈迷聲色，擁兵不戢，以結納權近，幸免無事，此等人何曾說得上隱居二字。第三：文以儷語居其大半，而如「處穢汙而不羞，觸刑辟而誅戮」一聯，不僅對仗不工，而下一語幾於陋劣不成句讀，齊梁下材，無此拙行，而謂作者文起八代之衰，不審如何名副其實？事儘如此，而歐陽永叔則謂此序爲韓集壓卷之作，除此以外，唐無文章，彼平生欲效此作一篇，每執筆輒罷，不圖永叔英雄欺人，一至於此。柳集中任選一首，不論文之短長，聲之高下，一切都不在退之此序下，今試以送表弟呂讓將仕進序例之：夫將仕進與隱盤谷，立於矛盾地位，前者難於

著筆，而後者適於騁詞，又恰恰相反。顧子厚說明呂讓之不得不仕，無處不合乎情，止乎義，不使人覺著措詞之牽強傅會。而退之對於豪門惡鎮之求假息以避謗也，則故設大丈夫之上達處境，而忸怩爲之辭曰：「吾非惡此而逃之，是有命焉，不可幸而致也」；又設爲窮居野處之幽閒樂境，而矯強爲之說曰：「不遇於時者之所爲也，我則行之。」此等語作爲李愿之聲口道出，是何異繪事先素，指鹿作馬，直不解人間有羞恥事？要而言之，子厚無一語非眞，而退之無一語非僞，子厚無一語非勉，而退之無一語非佞。至於彼此分誼，一則中表兄弟，兩造不介而自明，而一則將以昌黎韓愈自薦，然後作歌而諂其人，又先之以友人李愿，以自詡其密邇權要之爲厚幸，忽前忽卻，幾不知手足之何所措？復次：子厚以騷賦起家，氣蓋江左，然一爲古文，則六朝餘習剷盡，行無所事，不故爲左右袒，反之、退之以古文領袖自居，非三代兩漢之書不觀，而行文又直從梁臺小兒之聯綿語句討生活，且不得其形似，則祇是文章末技，可置之不論不議之列也已。

陪崔使君遊讌南池序

崔使君者、崔敏也，陳少章敘敏官迹曰：

敏以元和三年蒞任，斯序卽是春作。序中言席之賢者，率皆左官蒙澤，謂歲

之正月有赦命，凡左降官皆得量移也。初、八司馬之謫，有後遇恩赦永不量移之命，故曰委廢於世，恆與山水爲伍，悵獨異於在席諸人耳。崔永州以五年卒官，公祭文云：「鳴鑾適野，泛鷁沿湘，廣筵命樂，華燭飛觴」，皆記從前遊讌之樂，及永州待所部遷客之善也。

歲之正月有赦令者，乃因羣臣上尊號而大赦也，今雖曰凡左降官皆得量移，而其中所設限制不少。據集中送南涪州量移澧州序，涪州即因此一赦令而獲量移，但在永州各遷客中，惟涪州合格，故該序中有「而君適雔於文，〔按雔、合也，文即詔令。〕其往也獨」之語。吳武陵亦左降官之一，但元和三年春，武陵恐尚未到，未必獲陪斯遊。

序不廑說明敏待所部遷客之善，而從「既樂其人，又樂其身」兩句上，亦看到敏之政風和廉，而深得民心。子厚慣言楚越之交，地荒人獷，幾於不可一日以處，即楚人爲鬼，亦不可交，獨於陪崔公遊讌，以使君之賢，連帶到部民並和樂可喜。序謂「昔之人知樂之不可常」，就子厚之宦跡以觀，樂誠不可常得，一旦得此，連山倒景，物象全變，已殆不知手之舞之，足之蹈之，此序因成爲子厚平生即景極歡，不少概見之作。茅鹿門曰：「文瀟灑跌宕，惜也篇末猶多抑鬱之思」，須知樂極而悲，情所必至，倘兩情不接，即見所樂並不得爲眞樂，此文樂景哀情，抒寫恰到好處，應是人生最高化境。

其上多楓柟竹箭哀鳴之禽，其下多芡芰蒲藻騰波之魚：　韓柳皆好用此類三疊字句法。

愚溪詩序

此爲子厚騷意最重之作，然亦止於爲騷而已，卽使怨家讀之，亦不能有所恨，以全部文字，一味責己之愚，而對任何人都無敵意，其所謂無敵意者，又全本乎眞誠，而不見一毫牽強，倘作者非通天人性命之源，決不能達到此一境地。　袁爽秋曾在日記中記一段曰：

柳子厚居愚溪，自爲文曰：「超鴻濛，混希夷，寂寞而莫我知也，此莫我知三字，與論語孔子之莫我知，相去何啻霄壤？　蓋子厚徒以文辭鳴，特自託於曠達，以寄其牢騷不平之氣耳，其實於天人性命之源，未及夢見。

此誠南方之強之言也，爽秋自以忿悁災其身，因而以忿悁律乎人，其論終嫌一間未達。　何義門曾爲評曰：「愚溪詩序，辭意殊怨懟不遜，然不露一迹」，夫既不露一迹，則所論怨懟不遜，豈非故肆苛求？

蓋上出也：　案爾雅釋水：「濫泉正出」，正出，湧出也，郭璞注：引公羊傳曰直出，直猶正也，則上當作正，陳少章云。

義門讀書記作如下批注：

愚溪之上買小丘〔至〕爲愚島：　詩有八題，先詳敘於此。

皆山水之奇者：　伏後案。

夫水智者樂也：　愚字對面。

甯武子邦無道則愚五句：　愚字側面。

溪雖莫利於世六句：　轉出敘詩。

以愚辭歌愚溪〔至〕莫我知也：　愚字翻身脫出。

釗案：此全以批八股之法批此序，先敘八題者、起講也，伏後案、乃提比，愚字對面與側面、作兩中比，轉出敘詩及愚字翻身出脫、涵泳全題，作兩後比結束，非八股高手，不能作此分析，吾人亦不須排除此類看法。

袁文甕牖閒評云：「柳子厚所居乃愚溪，蘇東坡過太行詩：未應愚谷能留柳，溪字遽改爲谷矣。」夫子厚取義在愚，固不論所居爲溪爲谷，惟東坡詩意亦然，顧袁質甫改字云云，所謂癡人前說不得夢，大抵類是。　閒評又一條云：「東坡臨江仙詞：無波眞古井，有節是秋筠，乃用白樂天無波古井水，有節秋竹竿，詩承樂天，而改竹爲筠，遂覺差遜」，其拘泥亦此類。

「故姓是溪曰冉溪」，此句不詞。　蓋此句造法有二：

一、故姓是溪曰冉。下不能綴一溪字。

二、故號是溪曰冉溪。號字可易作名，或其他相類字，獨不可曰姓，蓋姓止限於冉，而不涉名或字，猶之子厚可自稱姓柳，而不可稱姓柳宗元也。

右解甚明白，釗意此句末尾溪字，疑編者誤衍。

永州鐵爐步志：「永州北郭有步，曰鐵爐步」，辭形似而義不同，義詳鐵爐步志簽釋。

婁二十四秀才花下對酒唱和序

婁二十四秀才者，婁圖南也，圖南名字，屢見集中，詩之酬答，不下兩次，遊淮南將入道有贈序，今又作對酒唱和序，文辭稠疊，交誼可想。夫圖南去永而之淮南，在元和三年，則此序成於如淮南前無疑。

文中「以余弟同志而偕未達，故爲贈詩以悼時之往也」兩語，最爲扼要。弟與第通，第同志者，子厚謂與圖南廑同志耳，彼此仕運之通塞，容有不同。偕未達者，今幸圖南未達，得與偕遊爲樂。子厚酬圖南短長律共兩首，中有「壁空殘月曙，門掩候蟲秋」，張文潛以爲柳詩第一名句，（釗案：全詩錄在卷二十五圖南遊淮南將入道序簽。）即表顯未達相偕之共同岑寂景象。要之柳婁相交，無言不吐，故開口即述感激憤悱、

思奮志略之平生願望。何義門云：「文之發端，有不自貴重之病，所學然也」，直可謂以小人之腹，度君子之心。〔釗又案：偕未達、偕或皆字之誤。〕

是故有其具而未得行其道者之爲之也：固故同字，吳摯父云。

將俟夫木鐸以間於金石：書：「遒人以木鐸徇於路」，間、厠也。

法華寺西亭夜飲賦詩序

此文隨手寫去，字字彌見精力，非名家高手，恐道不得一字，何義門遽謂：「此永州文，猶未能脫棄凡近」，眞妄人之言。

西亭者，吾號爲子厚一生遊運之神經中樞者也，凡關於西亭之記事，無不鄭重，凡詠味西亭之詩與文，無不精神飽滿，凡約來西亭遊宴唱和之友，無不異常知己，此未能脫棄凡近之永州文者，將胡爲乎來哉？如構法華寺西亭詩云：

竄身楚南極，山水窮險艱，步登最高寺，蕭散任疏頑。西垂下斗絕，欲似窺人寰，反如在幽谷，榛翳不可攀。命童恣披剪，葺宇橫斷山，割如判清濁，飄若昇雲間。遠岫攢衆頂，澄江抱淸灣，夕照臨軒墮，棲鳥當我還。菡萏溢嘉色，篔簹遺淸班，神舒屛羈鎖，志適忘幽潺。棄逐久枯槁，迨今始開顏，賞心難久留，離念來相關。北望間親愛，南瞻雜夷蠻，置之勿復道，且寄須臾閒。

讀者試細味一過，爲問那一字近者？「神舒屏羈鎖，志適忘幽潺」，興到筆隨，風雨齊會，神遊物始，氣通宙合，那得容冬烘先生孱雜語言來者？

義門讀書記，於柳文迭用凡近字，吾故擇於此文駁之。

「欲似窺人寰」，似、奉也，舉也，向也。賈島詩：「今日把似君，誰有不平事？」正此義，謂西垂陡〔斗與陡通用。〕絶之勢，欲奉以窺人寰也。如作似肖解，則應倒其字作似欲，又或似字乃以字形譌，讀者試詳之。

序飲

一

序飲序棋兩篇，古本或有或無，題如今式，出晏元獻本。

文有婁生圖南賭酒、獨三飲，衆大笑各語，劉辰翁曾爲評曰：

婁生未必拙，衆人未必巧，或飲或不飲者，溪流不可必，而人事有幸不幸也，士有操名宦之籌以角勝負於世途之風波者，其爲幸不幸又可勝計耶？

經義流爲八股肇於宋，卽此種，此由蔣本轉錄，廖本竟盜其文而掩其名。

買小丘：　愚溪詩序：「買小丘爲愚丘」，卽此丘也，鈷鉧潭西小丘記，亦記此丘。記作於元和四年，序當緊接記後。

嚮之爲記所謂牛馬之飲者：　記云：「其石之突怒偃蹇，爭爲奇怪者，不可勝數，其嶔然相累而下，若牛馬之飲於溪」，句卽指此。

離坐其背：　禮記：「離坐離立」，注：離、兩也，今之離坐，謂相離而坐，意不相同。古來文字簡單，往往兩相背反之意，以同一字表之，如離、相近曰離，相遠亦曰離。此飲仿曲水流觴例，坐客必各各離開幾許，例始得行，蔣注謂離當音麗，如詩「鴻則離之」之離，非是。

能不洄於洑，不止於坻：　洄、溯洄也，洑、伏流，坻、小渚。

則旋眩滑汩：　旋眩、兩俱去聲讀，水急旋使人見之而目眩也。滑汩、水流貌，愚溪對：「秦有水猗汩泥淖」，猗汩、緩流，滑汩、急流，又瀄汩、無分緩急而流。

余病痞，不能食酒：　痞、腹內結痛，字已見辨伏神文。食酒本漢書：「于定國食酒，至數石不亂」，謂豪飲也，少飲曰飲，多飲曰食。

有叫號屢舞：　屢舞、騈詞，詩：「屢舞僛僛」，一次舞曰舞，多次舞曰屢，屢亦舞也，故屢舞爲騈詞，上下意義相埒，固非上爲形容詞，而下爲名詞也。

以促數糺逖而爲密者：　糺逖、騈詞，近糺曰糺，遠糺曰逖。尋糺逖與屢舞、同屬騈儷語，惟隱含本義之字，如逖如屢，〔本義云者，如糺逖、糺爲本義，屢舞、舞爲本義。〕一騈立在下，〔卽逖在糺下。〕一騈立在上，〔卽屢在舞上。〕取形微有不同。　蓋逖本無糺義，

惟與糺兼而隱含糺，屢本無舞義，惟與舞兼而隱含舞也。糺逖字、子厚迭用，參看晉問、及東平呂公誄辭。

二

序云：「余病痞，不能食酒，至是醉焉。」夫序飲而易言食，飲酒而易言食酒，查夏重曾注意到：子厚於酒，用食或飲之無區別，吾讀得樹樓雜鈔外，又卽於柳文得左證。答崔連州論石鐘乳書，飲石鐘乳一作食石鐘乳，蓋乳猶酒也，食可適用於酒，亦自可適用於乳。不寧惟是：標題旣有此殊異，而在本文亦曰：「由其精密而出者，食之使人榮華溫柔，由其粗疏而下者，食之使人偃蹇壅鬱」，連用食字，至爲晃耀，是子厚之視水料入口，曰飲也可，曰食亦自無所不可，彰彰明甚。其他文語如嘗酒嘗新、添酒添食、節酒節食之類，俗語如吃酒吃飯，皆數見不鮮，至如子厚序飲之用食酒，仍不少概見。

序棋

一

姚南青援鶉堂筆記雜識門云：

吾鄉人新年喜爲陞官圖之戲，云明倪鴻寶所造，非也。吹劍錄云：陳漫翁垓

監轉盤倉，與鎮江守喬平章爭一事，喬平章乞迴避，漫翁得嶽祠，吏持牒索回文，漫翁就書一絶云：硯乾筆秃墨模糊，半夜敲門送省符，擲得么三監嶽廟，恰如輸了選官圖，據此，則宋時已有之，明人更從官制耳。

後方植之爲此筆記刊誤：

樹按：錢塘袁枚隨園隨筆稱：始於唐方千里骰子選格序，開成三年云云，柳子厚序棋即仿此意。又通考有漢官儀新選一卷，劉敞編，爲博弈之物。〔按唐志：李郃骰子選格三卷。〕

方植之將子厚序棋，與骰子選格併爲一談，究竟是一是二？請先就子厚之文察之：

房生直温、與二弟游，〔二弟，宗一、宗直。〕皆好學，予病其確也，思所以休息之者。得木局，隆其中所規焉，其下方以直，置棋二十有四，貴者半，賤者半，貴曰上，賤曰下，咸自第一至十二，下者二乃敵一，用朱墨以别焉。房於是取二毫，如其第書之，既而抵戲者二人，則視其賤者而賤之，貴者而貴之。其使之擊觸也，必先賤者，不得已而使貴者，則皆慄焉惛焉，亦鮮克以中。其獲也，得朱焉則若有餘，得墨焉則若不足。余諦睨之以思，其始則皆類也，房子一書之，而輕重若是，適近其手而先焉，非能擇其善而朱之，否而墨之也。然而上焉而上，下焉而下，貴焉而貴，賤焉而賤，其易彼而敬此，遂以遠焉，然則若世之所以貴賤人者，有異房

之貴賤茲棋者歟？無亦近而先之耳，有果能擇其善否者歟？其敬而易者，亦從而動心矣，有敢議其善否者歟？其得於貴者，有不氣揚而志蕩者歟？其得於賤者，有不貌慢而心肆者歟？其所謂貴者，有敢輕而使之者歟？所謂賤者，有敢避其使之擊觸者歟？彼朱而墨者，相去千萬不啻，有敢以二敵其一者歟？余墨者徒也，覩其始與末有似棋者，故敍。

世綵堂本注云：

西京雜記：漢元帝好擊鞠，畏勞，求相類而不勞者，遂爲彈棋之戲。今人罕爲之，有譜一卷，盡唐人所爲。其局方二尺，中心高如覆盂，其巔爲小壺，四角微隆起；李商隱詩云：「玉作彈棋局，中心最不平」，謂其中高也，白樂天詩云：「彈棋局上事，最妙是長斜」，今譜中具有此法，子厚序棋用二十四棋者，即此戲也。由是以知棋雖有譜，而玩者仍得以新意自作局勢，此二十四棋一局，殆子厚謫居零陵時，創意爲之，用解煩懣，故末有余墨者徒也數語，自發一笑，至方千里以選官爲戲之骰子選格，當亦相類之競技云。

二

姑蔑徐應秋玉芝堂談薈，載有長行一條如下：

國史補云：今之博戲，有長行最盛，其具有局，有子，黑黃各十五，擲彩之骰有

二。其法生於握槊，變於雙六，天后嘗夢雙六不勝，狄梁公言宮中無子是也，後人新意，長行出焉。又有小雙六、圍透、大點、小點、遊談、鳳藝之名，然無如長行也。監險易者，喻時事焉，適變通者，方易象焉，王公大人，頗或耽翫，至於廢慶弔，忘寢食；及博徒用之，於是彊名爭勝，謂之撩零，假借分畫，謂之囊家，什一而取，謂之乞頭；有通宵而戰者，有破產而輸者，其工者近有譚鎬、崔師本首出；圍棋次於長行，其工者近有韋延祐、楊芃首出；如彈棋之戲甚古，法雖設，鮮有爲之，其工者近有吉達、高越首出焉。按右李肇所言，則唐之長行，正與今之雙六合，而李以爲生於握槊，變於雙陸，則唐之雙陸，或反與今不同，而洪氏譜雙合而爲一，尚似未妥；總之三者亦小在同異之間，非必相懸絶也，迺唐人長行之戲，至盛於圍棋，則理之不可喻者，彈棋第聞晉漢間，據此、知唐人亦能之，柳子厚彈棋說，今載圍棋譜中，非也。

長行今不知其名，近人將骨牌三十二張，作種種遊戲，有所謂搶點、或鬥龍者，亦得利用作賭具，兩人相對爲之，李肇所謂其法生於握槊，或者近是，然此如徐應秋言，亦並與子厚之序棋無涉。至王建詩：「宮棋布局不依經，黑白分明子數停」，又張籍詩：「趁行移手巡收盡，數數看誰得最多？」宮棋巡收，皆唐人戲劇，未知於子厚序棋如何？釗案：右引廖注，查蔣本注亦相同，偶閱聊齋志異陳雲棲條，注引古今詩話，

詞句八九與右兩注無異。獨白樂天詩下，刪節兩句如下：「長斜、謂持角長斜，一發過半局」，此釋甚重要，然讀之意仍未易知，藝既不傳，彈遂難解，有固然已。聊齋注又云：

王建宫詞云：「彈棋玉指兩參差，背局臨虛鬥著危，尖打角頭紅子落，二三金字兩邊垂」，讀之亦不能通曉。藝經云：「黑白棋各六枚」，柳子厚云：「用二十四棋」，諸說紛紛，迄無定論。

釗案：王貽上香祖筆記亦引此詞，二三金字、作上三金字。右引古今詩話，吾固未嘗讀到本書，衹見淵鑑類函轉載如次：「白樂天詩：彈棋局上事，最妙是長斜，乃謂持角長斜，一發連半局，譜中具有此法，柳子厚敍用二十四棋者，卽此戲也，後人罕爲之矣。」所謂白樂天詩宛在，惟一發過半局，過此作連。又國史補所述善棋之吉達、高越，乃順宗在春宫中之棋手，高越字作高鉞，白樂天集有褒奬高母制，字亦作鉞，此外則竇深、崔長孺、甄偶、獨孤遼，亦爲亞焉，事見天中記。又韓退之畫記謂：「在京師甚無事，同居有獨孤生申叔，與余彈棋，幸勝之」，獨孤申叔亦子厚密友。

卷二十五　序

凌助教蓬屋題詩序

凌助教名士燮，蘇州人，系出河間，故序稱河間。

序「坐入吴甸」四字，略有畫意。

「與夫南音越吟，慕望而不獲者，異日道也」，南音用鍾儀事，越吟用莊舄事，此二道皆不可與凌士燮同日而語，故曰異日道。

序不足二百字，迹涉酬應，無甚意義，收尤鬆懈無力，此殆政變前之少作。柳集各類文字中，大抵以贈序爲較弱，本篇郎是例證。

送韓豐羣公詩後序

子厚與韓安平，同居八司馬之列，意氣敦篤，死生相以，其先又以研經，同掃於陸先生之門，以兩人交誼而言，從古蓋無其比也。安平名泰，兄弟共三人，長愼，爲温縣主簿，子厚有誌；仲豐，字茂實，而泰爲季。曩子厚送崔羣序中，曾稱泰厲莊端

穀，高朗振邁，今由季而移其交於仲兄，在古無比中而求其比，因憶及叔向與銅鞮伯華故事。

左昭十四：「仲尼曰：叔向，古之遺直也，治國制刑，不隱其親。」又曰：「殺親益榮，猶義也夫！」〔按猶義，家語作由義。〕此叔向遺直猶義之謂。家語：「其爲人之淵源也，多聞而難誕，〔按誕，欺也。〕内植足以沒其世，〔按植，立也。〕國家有道，其言足以治，無道，其默足以容，蓋銅鞮伯華之行也。」此伯華多聞内植之謂。

子厚中進士在貞元九年，安平在十一年，此卽兩人遇於上京之始，文在相遇之後，而未達到政變之年份中作成。

此種交誼之後效有二：一、在人類範圍内，爲達者所揄揚，達者伊誰？曰：卽仲尼是。史記：「吾聞聖人之後，雖不百世，必有達者，今孔丘年少好禮，其達者歟！」以茂實兄弟之所成就，亦必如仲尼之稱伯華叔向。二、在兩家之交好中，保持美感，以便焜耀於後代。

子厚此文，顯爲少作，而是矜心作意爲之。安平之兄，無異卽己之兄，彼將浮游淮湖，觀藝諸侯，深願藉以廣通聲氣，結合政友，而絶不願其匿德藏光，退居保和，如銅鞮伯華所爲。因而永貞政變之慘毒前景，以及同列放流十餘年間之夷獠沈沒，都毫髮未曾設想得到，讀書思古，太息奚任？

送婁圖南秀才遊淮南將入道序

僕未冠求進士：　貞元六年，子厚年十八求進士，故曰未冠。

崔比部于衛尉相與稱其文：　崔比部者，崔鵬也，字元翰，貞元六年，自知制誥罷爲比部郎中，當郎會眞記鶯鶯之父。　于衛尉者，于邵也，字相門，天寶末，以諫議大夫知制誥，典册文字，多出其手。

納言曾孫也：　納言、婁師德，武后時以撫定河北進納言，世傳有唾面自乾故事，稱爲長者。

卑陬而姁媮：　莊子：「子貢卑陬失色，坎坎然不自得」，釋文：卑陬、愧懼貌，一云：顏色不自得也。　集中罵尸蟲文：「卑陬拳縮兮，宅體險微」，義同。　傅毅賦：「姁媮致態」，姁音虛，媮音俞，姁媮、和悦貌。　此統上矯笑而僞言，皆謂之偷一旦之容以售其伎。

無比部衛尉以爲之知：　此類知字，可作名詞看，亦可作動詞看。　如此處，上有「無納言以爲之祖」對勘成文，下不啻謂：「無比部衛尉以爲之友」，其知字爲名詞也甚顯。　若送趙大秀才往江陵序：「又誠宜有大賢而爲之知也」一語，知字應看作動詞，爲字讀去聲，意謂：又誠宜有大賢爲〔去聲〕彼之故而知彼之人也。

因爲余留三年： 劉夢得送僧方及南謁柳員外詩引亦言：「留一歲，觀其行絜矩如教，益多之。」留客久居，且以見留爲德，又多其行，不露一毫鄙棄之意，古人待友之厚如此。

深山之木石，大澤之龜蛇： 此與與楊憑書：「夫捧土揭木而致之廟廊之上，豈有補於萬民之勞苦哉？聖人之道，不益於世用，凡以此也」參看，兩處皆以道律之，聲口畢肖。 子厚行文，慣於作譬如此，此乃長於諷諭之證，退之無此風致。

遽而爲處士： 遽、遂也，謂急轉直下，反其道而行之也。漢書常用此字，如陸賈傳：何遽不若漢，顔師古以遽含迫促意，於文義適合，（高郵王氏，殊不以顔爲然，見經傳釋詞。）此之遽而爲處士者，即謂迫促而爲處士也。 釗按：遽與迮意相近，迮音窄，公羊襄二十九：「今若是迮而與季子國，季子猶不受也。」鄭注：迮、起也，倉卒意，倉卒與迫促，語氣相距一間，遽而、迮而、聲調及意義均類似。

幸而好： 好者、謂好道也，去聲讀。

而又重其去： 重、難也，重其去、即不欲其去，凡重字如此用，其下即含否定意。

子厚有兩律贈婁圖南，而短律尤爲精湛，詩云：

客有故園思，瀟湘生夜愁，病依居士室，夢繞羽人丘。 味道憐知止，遺名得自

求，壁空殘月曙，門掩候蟲秋。 謬委雙金重，難徵雜珮投，碧霄無枉路，徒此助離憂。

子厚嘗作夢歸賦，不夢則已，夢卽思歸，而妻夢繞羽人之丘，則其入道之志堅矣，故子厚因而自懺：「其不宜言道也審」，特圖南道其所道，豈卽子厚之所謂道邪？ 遺名得自求，得者卽不得之謂，此坐實文中三無有意。 壁空一聯，張文潛譽爲柳詩第一，然此亦善於描寫開元寺之月夜寂寞景象而已。 雙金、本張載擬四愁：何以贈之雙南金？有贈而無物見酬，雖爲迫妻棄而入道之因，而子厚則曰：此之贈答，特人間之枉路耳，君子不取也，詩助離憂，只是爲此。 詩與序合看，柳妻兩方賓主意致，歷歷如繪。

子厚贈妻短律，音節體制，恰似童生考場六韻試帖，〔若附生則八韻。〕此亦該律傳誦最廣之一因素，足資笑粲。

送易師楊君序

中丞崔公之名，見於子厚集者，湘源二妃廟碑及萬石亭記，並此序而三。 而此序顯譽其人博而守儒，達而好禮，則子厚之於此公，所知非淺，情自相引而長。 獨未審薛存義之令零陵，與崔之刺永，是否同時，抑或爲時相去非遠？ 蓋存義作三亭，子

厚美其「更衣膳饔，列置備具，賓以燕好，旅以館舍，高明遊息之道，具於是邑。（語見三亭記。）」倘易師楊君南來講學，而薛令部署已定，則序稱：「館於燕堂，饋以侯食」，將一切惟三亭是賴，不難推知矣。　永州固楚粵間一小小都會，子厚與人書，自稱在蠻夷中，語音鴂舌啅譟，北人聞之，皆怛然駭走。　今不三數年間，以賢有司之奮迅建樹，及新文翁之懃懃誘導，一旦因緣際會，竟能「日合邦之學者，論説辯問，……揮散咸同」，君子未嘗不歎左官建制之有造於李唐文化如此之廣且速也。　弘農楊君之爲何人，注家無所説明，是否與子厚妻族有關？不得而知。

饋以侯食：　侯食出揚子法言：「法無限則庶人田侯田，處侯宅，食侯食，服侯服，人亦多不足矣。」　又「古人謂駕孔子之説者」，駕説亦本法言：「天之道不在仲尼乎？仲尼者駕説者也，不在諸儒乎？　如將復駕其所説，則莫若使諸儒金口而木舌。」注：「駕，猶傳也。」夫子厚使用駕説字，文中曾不止一次，而今一文之內，法言之舊詞句凡兩見。　尋子厚之於莽大夫，不如退之頌言荀揚，而從不肯稱道其姓氏，顧於法言留連而誦法焉如此，此可以涉想所謂法言五臣注之非全無據，而子厚之內心，亦可藉以窺測一二云。

論説辯問，貫穿上下：　穿音串，漢書司馬遷傳贊：「貫穿經傳，馳騁古今」，杜少陵八哀詩：「貫穿百萬衆，……貫穿無遺恨」，皆同，俗直作貫串，非。　俗又寫爲貫弗，

疑爲串字之譌，不知其本於韓愈贈張籍詩：「試將詩義授，如以肉貫弗」也。弗音產，炙肉器，詳見胡鳴玉訂譌雜錄。

古人謂篤孔子之說者：　篤、傳也，義見前，謂孔子傳天之道，後人又傳孔子之說。　孫復論學詩：斯文下衰吁已久，勉思篤說復顛危。

朝廷立槐棘之下，皆用儒先：　儒先之先，謂先生也，漢人言先生，或單用生，如曰伏生；或單言先，如曰鄧先。　其下卽續語曰：「而楊君之道，未列於博士，則誰咎歟？」凡此皆北也，吳摯父評云：「語南意北，最是太史公神境。」

釗案：歐陽永叔崇文總目敍釋儒家類云：

仲尼之業，垂之六經，其道閎博，君人治物百王之用，微是無以爲法。故自孟軻揚雄荀卿之徒，又篤其說扶而大之，歷世諸子，轉相祖述，自名一家，異端其言，或破碎於大道，然計其作者之意，要之孔子不有殊焉。

文道希枝語引右一段文，而加按語曰：

此謂儒家不異孔子，而不言孔子卽爲儒家，敍述源流，歐公可謂至審矣。此於篤說二字，可謂發揮盡致，律之子厚所謂：「言若誕而不乖於聖，理若肆而不失於正」，東崩西應，若合符節，柳歐於此，又生出莫之爲而爲之交涉來。

送徐從事北遊序

此文前後反覆，一筆到底，學柳文於此類篇幅，最能得到筆法。

收筆：「苟聞傳，必得位，得位而以詩禮春秋之道施於事，及於物，思不負孔子之筆舌，能如是，然後可以爲儒。」 此文將「能如是」三字省略，全神貫注，一氣讀下去，於文義、於文勢，都絲毫無損。 然則作者何以必須用此三字爲哉？ 於是再以「能如是」三字加上去，氣勻心和而讀之，便覺此文紆徐而頓挫，格外有味，此何以故？

是，代名詞，此處代上「苟聞傳，必得位，得位而以詩禮春秋之道施於事，及於物，思不負孔子之筆舌」，一共五句，五句太長，往往讀斷而意不屬，故須以是字代而總結之。 有人評之：「文勢若珠簾倒捲」，中間夾一「如是」字，卽表顯爲珠簾倒捲法，而「如是」字適爲簾鉤。 賴此一鉤，將上數句捲成一束，使與下文銜接，便覺千鈞直下，意外有力。 柳文中慣用此種筆法，如送僧浩初序種種，隨處可見，讀者若不懂得此一筆法，卽算於柳集無所通曉。

彭叔夏文苑英華辨證云：

柳集送徐從事北遊序，非遊宴也，乃編入遊宴門，殊失檢。 此當在送別中，與

送辛殆庶遊南鄭序同一類。

此雖編輯小節，在本集固不成問題，而能助人了解文境，自是一得。

送詩人廖有方序

子厚集中，有兩文言廖有方，一序一書。序云：

交州多南金珠璣玳瑁象犀，其產皆奇怪，至於草木亦殊異。吾嘗怪陽德之炳耀，獨發於紛葩瓌麗，而罕鍾乎人。今廖生剛健重厚，孝弟信讓，以質乎中而文乎外，爲唐詩，有大雅之道，夫固鍾於陽德者耶？是世之所罕也。今之世恒人，其於紛葩瓌麗，則凡知貴之矣，其亦有貴廖生者耶？果能是，則吾不謂之恒人也，實亦世之所罕也。

此文僅明點廖生爲交州人，而於其爲詩，特以唐詩見稱，亦文中關目語。書云：

三日，宗元白。得秀才書，知欲僕爲序，然吾爲文，非苟然易也，於秀才則吾不敢愛。吾在京都時，好以文寵後輩，由吾文知名者亦爲不少焉，自遭斥逐禁錮，益爲輕薄小兒譁囂，羣朋增飾無狀，當途人率謂僕垢汚重厚，舉將去而遠之。今不自料而序秀才，秀才無乃未得嚮時之益，而受後來之累，〔去聲。〕吾是以懼。潔然盛服，而與負塗者處，而又何賴焉？然觀秀才勤懇，意甚久遠，不爲頃刻私利，

欲以就文雅，則吾曷敢以讓？當爲秀才言之。然而無顯出於今之世，視不爲流俗所扇動者，乃以示之，既無以累秀才，亦不增僕之詬罵也，計無宜於此。若果能是，則吾之荒言出矣，宗元白。

世綵堂本注云：「廖生書欲求公爲序，其端見於此，公既許之，故集有送詩人廖有方序，見别卷，書在永州時作。」此以贈序爲廖生所求之序，似不確，蓋贈序寥寥百餘言，於文雅無所開發，不叶書中叮嚀鄭重、反語「荒言」之趣。吾意子厚别有序有方文字之作，今不傳也，昔人謂子厚軼文多，於斯益信。

雲谿友議以唐人記唐事，有關於廖生者一則如下：

廖有方元和十年乙未，下第遊蜀，至寶雞西，適公館，忽聞呻吟之聲，潛聽而微惙也。乃於闃室之内，見一貧病兒郎，問其疾苦行止，彊而對曰：辛勤數舉，未遇知音，眄睞叩頭，久而復語，惟以殘骸相託，餘不能言。擬求療救，是人俄忽而逝，遂賤鬻所乘鞍馬於村豪，備棺瘞之，恨不知其姓名，題爲金門同人。後廖君自西蜀迴至東川，路至靈龕驛，驛將迎歸私第。及見其妻，素衣，再拜嗚咽，情不可任。徘徊設辭，有同懿親，淹留半月，僕馬皆飫。掇熊虎之珍，極賓主之分，有方不測何緣，悚惕尤甚。臨别，其妻又悲啼，贈賫繪錦一馱，其價値數百千。驛將曰：郎君今春所葬胡綰秀才，即某妻室之季兄也，始知亡者姓字，復敍平生之弔，

所遺物終不納焉，少婦及夫，堅意拜上。有方曰：僕爲男子，粗察古今，偶然葬一同流，不可當茲厚惠。遂促轡而前，驛將奔騎而送，復逾一驛，尚未分離，廖君不顧其物，驛將執袂，各別東西，物乃棄於林野。鄉老以義事申州，州將以表奏朝廷，文武宰僚，願識有方，共爲導引。明年，李逢吉知舉，有方及第，改名遊卿，聲動華夷，皇唐之義士也。其主驛戴克勤，堂帖本道節度，甄昇至於極職，克勤名義，與廖君同遠矣。〔按堂帖者，唐制宰相處分有司之文件，此言宰相致堂帖於本邑節度，爲戴克勤昇職也。堂帖義本李肇國史補。〕

范攄此紀，足證子厚所稱廖生剛健重厚，孝悌信讓，爲非虛譽，而於信讓二字，尤屬貫澈中邊云。

范攄友議，詩話居其太半，有孟棨本事詩所未及者，亦有全唐詩話所載者，友議轉不載。陳鴻墀全唐文紀事錄友議此則，按數語云：

鴻墀謹案：全唐詩話載此事，有方爲詩云云：明年，李逢吉擢有方及第，有方交州人，柳子厚以序送之。

據此，則子厚贈序，在有方登第之後，與書中所揭論文意恉，別爲一事。

李審言媿生叢錄有一條云：

昌黎送區宏南歸詩：「野有象犀水貝璣，分散百寶士人稀。」柳子厚送詩人廖

有方序：「交州多南金珠璣玳瑁象犀，其產皆奇怪，至於草木亦殊異，吾嘗怪陽德之炳耀，獨發於紛葩瓌麗，而罕鍾乎人。」二公詩文，同一波瀾，不知誰爲先後相摹擬如此？二公以詩文互餉，不遺在遠，柳在南方見韓毛穎傳，韓早見柳贈元協律詩，俱見本集，余所云摹擬，非妄測也。

審言所猜，亦有可能，然文字其意暗合者，所在多有，亦何必推敲爾許之深乎？有方於元和十一年中進士第，改名遊卿，蓋取論語遊必有方之義。

送元十八南遊序

退之責子厚與浮屠遊，乃由子厚有送元十八山人南遊一序，則此序在柳韓爭執中，是一極要左證。序云：

太史公嘗言世之學孔氏者則黜老子，學老子者則黜孔氏，道不同不相爲謀，余觀老子亦孔氏之異流也，不得以相抗，又況楊墨申商刑名縱橫之說，其迭相訾毁，牴牾而不合者，可勝言耶？然皆有以佐世，太史公沒，其後有釋氏，固學者之所怪駭，舛逆其尤者也。今有河南元生者，其人閎曠而質直，物無以挫其志，其爲學恢博而貫統，數無以躓其道。悉取向之所以異者，通而同之，搜擇融液，與道大適，咸伸其所長而黜其奇衺。要之與孔子同道，皆有以會其趨，而其器足以守之，

其氣足以行之，不以是道求合於世，常有意乎古之守雌者。及至是邦，以余道窮多憂，而嘗好斯文，留三旬有六日，陳其大方，勤以爲諭，余始得其爲人。今又將去余而南，歷營道，〔縣名、屬零陵郡。〕觀九疑，下灕水，窮南越，以臨大海，則吾未知其還也。黄鵠一去，青冥無極，安得不馮豐隆，愬蜚廉，以寄聲於寥廓耶？

子厚此書，於言理道各文中，獨見其大而會其極，爲術先取異而通同，繼葆同而黜異。夫異由取以逮乎黜，號曰奇衺，語並不含非薄之意，亦如木工治器，斧削後零畸部分而已。別有系統不侔之學，本此奇衺以求會歸，遠焉曰釋，近焉曰楊墨申商刑名縱横，仍皆可自淑而佐世。子厚持論，殆足統合周秦名理，與歐西邏輯，而得其大方，以退之之聰明，豈其不能解此？集中讀墨子一篇，主張孔墨相爲用者，倘屬草在訾嗷子厚之後，則子厚此書，對退之之啓發性極大。由此可見人相非毁，儘可援而得同，而不必各執異見，相與終古也。

退之訾子厚與浮屠遊一書已軼，昌黎集中，惟見贈別元十八協律六首，中一首與子厚有關者云：

吾友柳子厚，其人藝且賢，吾未識子時，已覽贈子篇。寤寐想風采，於今已三年，不意流竄路，旬日同食眠。所聞昔已多，所得今過前，如何又須别？使我抱悁悁。

當退之馳書苛責子厚時，當然未得面見元十八，然詩稱風采三年，形於寤寐，則元協律在退之眼中，早非凡品。至見面後之所稱道，如旬日同食眠，較之三旬有六日，不過五十步百步之差。至於殷殷惜別，退之云：「寄書龍城守，君驥何時秣？峽山逢颶風，雷電助撞捽。……余罪不足惜，子生未宜忽，胡爲不忍別？感謝情至骨。」此非比子厚泛泛言黃鵠青冥，尤爲刻至耶？其他傾服於元之語，如「子今四美具，實大華亦榮」云云，尤衡之子厚，有過之無不及，然則世以元十八之故，惜柳韓友誼中致成罅隙，詎非所謂以貌取人失之子羽者耶？

元十八未詳其名，白居易遊大林寺序，有河南元集虛者，與子厚稱河南元生，籍貫相同，諒即是此人。元與白樂天交遊，年輩殆後於子厚或二十年，故子厚生之。

何義門稱：送僧浩初序，爲子厚極用意之作，其所以極用意，乃緣爲元十八受退之責備之故，故兩序須參看。〔釗案：朱梅崖與羅臺山書：「講求佛乘，則柳子送元生序，其言固自不易也」，此不過門面語。〕

送賈山人南遊序

此爲子厚晚年之作，其時聞道已篤，守學以約，因而文氣紆徐而雍容。吾曩讀此文，過錄一評云：

韓文疏宕最早，柳晚節乃益疏宕；韓初圓而後方，圓之至也，柳先方而後圓，方之至也；一規一矩，可制萬器，二公當之。

此評不憶誰作？其指子厚行文疏宕，以圓葆方，要非無見之言。

歌曰：「充乎己，居或以匱。己之虛，或盈其廬。孰匱孰充？爲泰爲窮，君子烏乎取？以寧其躬，若君者，之於道而已爾，世孰知其從容者耶？」此己匱叶，匱在寘韻，上去通用，自可得叶；虛廬叶，充窮躬容叶。初叶謂或者學裕而得貧，次叶謂或者植薄而得富，終叶則謂不論貧富，以道爲衡，安然保和以終。

文重用「之」字，一則曰「行不苟之」，再則曰「之於今世」，三則曰「於其之也」，四則曰「之於道而已爾」，之者，行也，適也。夫道若大路然，道不行卽無所適，無所適又焉得達？賈山人南遊，子厚卽其舟，與之酒，侑之以歌，是歌也，宜首唱曰：行行重行行，歌名可得曰之字曲，或行行引。

子厚送薛存義之任序，其最後曰：「於其往也，故賞以酒肉而重之以辭。」金人瑞曾稱讚一箇字，謂「賞字妙，使一篇文字，便如孔子之一部春秋」，何以故？以此一字能表見其義正而嚴切故。今則易而緩之曰：「與之酒，侑之以歌」，吾亦謂與字妙，讀完一篇文字，無異疊一疊陽關曲，何以故？以無往不感受到情重而從容故。

愔然不欲出門：　愔音陰，安和貌，與重言愔愔同。

送方及師序

吾國嚮來指目士不士，農不農，工不工，商不商之各類人爲游民，而今加上儒不儒，僧不僧之二類；古之爲游民也四，今之爲游民也六。其實不然，蓋韓退之以二民配四民而爲六，子厚祇言浮屠也，而前者之士，與後者之儒，直同一範，則以浮屠益之於前，其數五而已。雖然，何以別之？曰：孟子言無恒產而有恒心者，惟士爲能，恒心不存，斯成游民，至於恒產，除僧徒爲絶無外，餘皆在可有可無之間。

子厚稱士不堅爲士，而僧不堅爲僧者曰亂雜，此與韓非子言雜反者異。韓非子言儒分爲八，墨分爲三，斯謂雜反；此前者指出入於己與他人所爲之術業，後者指在同一術業之中，自爲離異。

踐青折萌，汎席灌手，上謂踐折小草木，下謂逢場濫飲。汎席者猶言汎酒，灌手猶言賜灌，禮：奉觴曰賜灌。或曰：雲仙散錄：「柳宗元得韓愈所寄詩，先以薔薇露灌手，薰玉蕤香後發讀，曰：大雅之文，正當如是」，灌手當本此。曰：非也，如此，何足爲教戒？意者爭奉觴時，酒潑手上，因號灌手。㊀

薛道州、薛伯高也，道州文宣王廟碑云：「河東薛公，由尚書刑部郎中爲道州。

㊀ 雲仙散錄一段，下部卷十四雜錄中，駁之更詳，可參閱。

劉連州卽夢得，夢得亦有送僧方及南謁柳員外詩，其引云：

> 九江僧方及既出家，依匡山一寺中，頗屬詩以攄思。古詩人暨今號爲能賦詩者，輒求其詞吟呻之，拳拳然多多益嗜，願不出山者十年。嘗登最高峰，四望天海，沖然有遠遊之志。頓錫而言曰：神馳而形閡者，方內之徒，及吾無方，閡於何有？繇是耳得必目探之，意行必身隨之，雲遊鳥企，〔按企、說文：从人在山上。鮑照書勢：鳥企魚躍。〕無迹而遠。予爲連州，居無何而方及至，出袖中詩一篇以貺予，視其詞甚富。留一歲，觀其行絜矩如教，〔絜或作潔，或作結，均誤，絜矩出大學。〕益多之。一旦以行日來告，且曰：雅聞烏咮之下，有賢諸侯，願躋其門，如蹈十地，敢乞詞以抵之。予唯然而賦，顧其有重請之色，起於顏間爾。

引中並無一語及柳員外，賢諸侯字，且由方及口中道出，末謂顧其有重請之色，重、難也，謂揣其有「不敢請也，固非願耳」之意云爾。子厚謂館焉而備其敬，歌焉而致其辭，皆得於引中見之，古人交際間之愼重如此。烏咮之下，指柳州，爾雅釋天，咮謂之柳，柳、鶉火也；星經、柳八星在鬼東南，曲垂似柳，爲朱鳥喙，火星也。

余用是得不繫其說：此一繫字，解如論語：「吾豈匏瓜也哉？焉能繫而不食」之繫。

送文暢上人登五臺遂游河朔序

一

此文在貞元十九年作，韓退之方爲四門博士，同時有贈序並詩。以兩家之文揣之，蓋子厚先識文暢，而爲介於退之，故退之文曰：「柳君宗元爲之請，解其裝，得所得序詩，累百餘篇」，此百餘篇中，柳序應居其一。文末又曰：「余既重柳請，又嘉浮屠能喜文辭，於是乎言。」夫韓柳咸與文暢往來，所言亦均就儒立說，惟退之之言露，子厚之言渾，退之盛氣凌人，子厚温潤能使人服，顯有別耳。

文曰：「眞乘法印，與儒典並用，而人知嚮。」又曰：「將欲與文殊不二之會，脫去穢累，超詣覺路。」又曰：「統合儒釋，宣滌疑滯。」詞旨何等敦厚？使人聞之心悅，何必鰓鰓然責人以脫離禽獸之行爲不遠也哉？自處爾高，而視人爾卑，知退之所得於道，去子厚何啻千里？

天官顧公、顧少連也，貞元十八年爲吏部侍郎，吏部乃天官。夏官韓公、韓皋也，曾爲兵部侍郎，兵部乃夏官。廷尉鄭公、疑指鄭利用，利用由大理少卿爲御史中丞，復由中丞爲大理少卿，廷尉本秦官，漢更名大理，歷代混稱。吏部郎中楊公、疑指楊凝，凝臨死前不久，雖起家爲兵部郎中，而自貞元十二年以後，久滯於檢校吏部

郎中，宣武軍節度判官，董晉卒，凝還朝，仍未轉官，家居三年，復登朝，始得兵部而卒，子厚或稱其夙銜耳。劉公未詳。

偉長、徐幹、德璉、應瑒。子厚翹舉鄴下七子，擅重千祀，正以表見古文運動前之中唐風尚，與杜甫稱王楊盧駱爲當時體，萬古不廢，同一用意。時子厚亦適長尚書牋奏，未嘗吐棄駢四儷六體裁。

二

韓柳之爭，以攘夷論爲一重點，此子厚在送僧浩初序中，已明白點出。送文暢序，雖止言眞乘法印，與儒典並用，而須參看送浩初序，感覺到佛教夷狄併爲一談之非正理。

吾友陳寅恪先生，熟於唐故，好述唐史，往往從夾縫中尋出路，株守孤證，附會史實，其聰明誤用處，每不恤鑄成大錯，如推尊韓退之尊王攘夷，以佛骨表爲佐證，其一例也。余並未得讀本論，僅從近人轉述中得其概略，遽爾評騭，實犯斷章取義之嫌，俟獲全稿，再圖改正。

尊王攘夷，一今文家之口頭禪也，當時王室陵夷，諸侯稱霸，尊王有其相當意義，後由王周一轉而爲王魯，已不能自圓其說。至攘夷則一無事實，多屬閉門造車之言，孔子至言夷狄有君，不如諸夏之亡。夫全國自成相斫之局，亡於暴秦，有何

夷之可攘？此一名實不相符之口號，由漢及唐，內容更覺空虛無物，有亦不與本題有何連誼？須知封建既變，全宇一尊，唐室縱有叛將，並不聞動搖帝制。夷雖有之，而攘夷存乎實力，不藉儒生空論，自造職志，況以佛作爲夷狄看，尤與事例相左。蓋佛教之入中國，與耶教之有兵力盾乎其後，迥不相同，試觀佛自印度來，而中印三千年間無邊釁，可見佛自佛，夷自夷，二者不得併爲一談。今寅恪必將西漢今文家之破帽子，強套在退之頭上，除退之自身惶恐不勝外，而在旁人觀之，立覺寅恪無病呻吟，自蹈狂易，論史果何必枉費氣力如此？

吾見近人引寅恪一段議論如下：

> 今所欲論者，即唐代古文運動一事，實由安史之亂及藩鎮割據之局所引起。安史爲西胡雜種，藩鎮又是胡族或胡化之漢人，故當時特出之文士，自覺或不自覺，其意識中無不具有遠則周之四夷交侵，近則晉之五胡亂華之印象，尊王攘夷所以爲古文運動中心之思想也。在退之稍先之古文家，如蕭穎士、李華、獨孤及、梁肅等，與退之同輩之古文家如柳宗元、劉禹錫、元稹、白居易等，雖同有此潛意識，然均不免認識未清晰，主張不澈底，是以不敢、亦不能因釋迦爲夷狄之人，佛教爲夷狄之法，抉其本根，力排痛斥，若退之之所言所行也。退之之所以爲唐代古文運動領袖者，其原因亦在於此。

吾嘗論今時所用術語，強施之前時某一時代，往往杈枒不合，如運動二字卽是也。寅恪所謂唐代古文運動，殆是若茫若昧之事，脫離羣衆而謂之運動，固是不詞，姑置羣衆不講，亦須有東漢黨錮，明末東林近似規模，始得以運動名之，唐代之於古文，果何有者？夫自唐以來之所謂古文，卽當時之今文也，以唐而言，卽唐文也，有唐立國，至退之時，已近二百年，二百年之唐室，豈無文墨點染？全部唐文粹中，豈尋不着若干高文典册？寅恪至謂安史亂後，始引起古文運動，一若前二百年之唐室天下，竟不須有文章潤色之業，寧非奇談？卽如寅恪說，讓退之掌握此一運動，爲問退之如何實施？及效力如何？夫以退之抗顏爲人師，前後疏附之人，應能表裏唱和，共赴一的，顧事實詔余，第一高第弟子張文昌，卽向退之屢生異議，且對退之之私生活，亦大有批評，與馬融絳帳後堂，兩兩無迕情況有別，然則函丈之地，尙有參差，遑論大廷廣衆？如此而以運動謚之，未免去事實太遠。且寅恪代退之號召之同輩古文家中，如柳與劉，如元與白，謂與退之具有同一攘夷之潛意識，事急造謠，強人畫諾，此願爲左證而實右袒者，大有人在，無煩覼縷。查以辟教與攘夷連爲一綫，在中國歷史中，惟庚子年反八國聯軍有之，誠不料寅恪思致之銳退一至於此。尋佛教之入中國，以接受者多高僧名士，譯筆精當，轉瞬間遂成爲中國自有之哲學部門，認作夷狄之人所強加於我，諒六朝時代已無此類瘋漢，何況後二千年之今時？爲問三藏

遠遊五印度，經十餘年返國，齎還經論六百五十餘部，亦豈夷狄迫我爲之者耶？光緒末造，嚴幾道譯天演論，吴摯父序之，謂如讀馬班之書，不認是赫胥黎之著作，又況佛法根深蒂固，已彌年載者哉？子厚送文暢上人序曰：「昔之桑門上首，好與賢士大夫遊，晉宋以來，有道林、道安、遠法師、休上人，其所與遊，則謝安石、王逸少、習鑿齒、謝靈運、鮑照之徒，皆一時之選，由是真乘法印，與儒典並用。」劉夢得送元暠南遊序曰：「予策名二十年，百慮而無一得，然後知世所謂道，無非畏途，唯出世間法可盡心耳，由是在席硯者，多旁行四句之書，備將迎者，皆赤髭白足之侣，深入智地，靜通還源，客塵觀盡，妙氣來宅，内視胸中，猶煎煉然。」由兩家之言觀之，若輩已合法印儒典爲一，不賴赤髭白足之侣，而能深入智地，易詞言之，若輩鑽研佛法，直同考求莊墨申韓，而親切有加，如此而謂將與退之之潛謀攘夷，大攻浮屠，以白蓮教、紅燈照等等之漫天霧幕，籠罩著一般中唐名士，豈非夢囈？何況退之諫佛骨表，本旨在開仕路，而不在辟佛，子厚謂退之罪彼在跡，實則退之跡亦不避，〔語見他條。〕夫如是，如之何能說到攘夷耶？〔釗案：劉文皆赤髭白足之侣句，皆下原贅無字，兹削去。〕

送巽上人赴中丞叔父召序

巽上人者，即重巽也，重巽居永州龍興寺，因與子厚交好，子厚有酬巽上人贈新

茶詩，及題巽公院五詠，此可見兩人契合非淺。

子厚自幼好佛，並不等於信佛，求其道三十年而未得，自不足言信仰。蓋佛逝久矣，言不可得而聞，惟有求之於書，而書又不可無師而通也，於是達者爲重。今其言曰：「上人窮其書，得其言，論其意，推而大之，逾萬言而不煩，總而括之，立片辭而不遺」，是知子厚之有得於上人，爲上人之能窮書而立言也。書窮矣，言得矣，乃開始而有所信，由是子厚信佛，己所設置之局限彌大。局限者何？儒書也，必佛之言有符於儒書，而始認爲可信也。夫子厚之於儒書，又非全信之而不疑，使書中有不益世用，或不合中道者，子厚仍自不信，當然唯佛亦然。或曰：佛之爲教，根本卽以不益世用，抑不合中道而得名，子厚今以佛之所無者而求於佛，豈非與緣木求魚相類？曰：是大不然，如送僧浩初序所云：「凡爲其道者，不愛官，不爭能，樂山水而嗜閒安者爲多，吾病世之逐逐然唯印組爲務以相軋也，則舍是其焉從？」是謂此數義也，得之於儒者多僞，不如得之於佛者多眞，於是不得不迫使子厚援佛以濟儒，凡子厚之所以信佛，不過如此，此與世之所謂佞佛如孟常州輩，相去何啻萬里？巽上人者，能輔子厚獲躋上述不愛官云云諸旨，故子厚宗重之。巽公院五詠之一曲講堂云：

寂滅本非斷，文字安可離？曲堂何爲設？高士方在斯，聖默寄言宣，分別乃

無知。趣中郎空假，名相與誰期？願言絶聞視，忘意聊思惟。

子厚之所爲與巽師契合，有如斯境，而亦止於斯境。明末有李長祥者，妄訾子厚，謂其以佛加於仲尼之上，眞是謬論。

鄭中書者，鄭絪也，憲宗即位，遷中書舍人，旋拜中書侍郎，與杜黄裳同秉政。孟常州者，孟簡也，簡字幾道，以言佛與韓退之相近，元和中拜諫議大夫，以悻直出爲常州刺史，末路殊躁急，佞佛過甚，爲時所譏，嘗與劉伯芻、歸登、蕭俛，譯次梵音。子厚叔公綽，拜御史中丞，李吉甫當國，爲湖南觀察使，故曰今連帥中丞公。

送僧浩初序

一

韓退之闢佛，柳子厚好浮圖言，此韓柳之大不同處，千餘年來，文人以此盲目進退韓柳，決不一問此中是非曲直。當時子厚亦曾自作聲明，旨趣顯白，但此類文字，在柳集中，從不爲人注視，事在若茫若昧中，抹煞而過。此一冉冉一千餘年沈閣不理之舊訟案，時至人民自當政權，應須澈底加以清理，請先介紹子厚送僧浩初序，以爲張本。文云：

儒者韓退之與余善，嘗病余嗜浮圖言，訾余與浮圖遊，近隴西李生礎自東都

來，退之又寓書罪余，且曰：見送元生序，㈠不斥浮圖。浮圖誠有不可斥者，往往與易論語合，誠樂之。其於性情，奭然不與孔子異道。退之好儒，未能過揚子，揚子之書，於莊墨申韓，皆有取焉，浮圖者、反不及莊墨申韓之怪僻險賊耶？曰：以其夷也，果不信道，而斥焉以夷，則將友惡來盜跖，而賤季札由余乎？非所謂去名求實者矣。吾之所取者，與易論語合，雖聖人復生，不可得而斥也。退之所罪者其跡也，曰髡而緇，無夫婦父子，不爲耕農蠶桑而活乎人，若是，雖吾亦不樂也。退之忿其外而遺其中，是知石而不知韞玉也。吾之所以嗜浮圖之言，以此與其人遊者，未必能通其言也，且凡爲其道者，不愛官，不爭能，樂山水而嗜閒安者爲多，吾病世之逐逐然唯印組爲務以相軋也，則舍是其焉從？吾之好與浮圖遊以此。今浩初閒其性，安其情，讀其書，通易論語，唯山水之樂，有文而文之，又父子咸爲其道，以養而居，泊焉而無求，則其賢於爲莊墨申韓之言，而逐逐焉唯印組爲務以相軋者，其亦遠矣。李生礎與浩初又善，今之往也，以吾言示之，因北人寓退之，視何如也？

茲一序也，不啻向退之提一戰書，而促其返答。一、浮圖之言，與易論語合，聖人復生，不可得而斥，退之於聖人何如？二、浮圖於性情，不與孔子異道，退之如何自安

㈠　即送元十八山人南遊序，見本集。

頓其性情？三、浮圖之言，勝於莊墨申韓之怪僻險賊，揚雄於莊墨申韓有取，胡乃退之於浮圖無取？四、退之攻浮圖以夷，此乃混名實而一之；由退之之言，不獨季札由余不可友，而且退之自張爲道統之五帝三王，應先去東夷之人舜，與西夷之人文王。五、退之罪浮圖以跡，以跡而言，子厚亦不樂，蓋石之中有韞玉，退之胡乃忿其外而遺其中？六、浮圖不愛官，不爭能，樂山水而嗜閒安，子厚因從之遊，而退之罪焉；退之之意，是否要求子厚從己之後，逐逐然唯印組爲務以相軋？是否退之三上宰相書不報，卽悄然逸去，此一套忍辱含垢本領，將傳之貶竄十年不得量移之子厚？茲六義者，以當時情勢推之，在無君皇皇貪色好博之退之，幾無一義能以強作答案。嘗論退之之佛骨表，乃一行險僥倖之敲門磚也，一擊得中，可能印易式而組易色，不幸而貶，亦得以尊王攘夷欺天下後世，博諫諍，享高名以去，此顯然是逐逐相軋中一小小序幕，於浮圖是非成敗，絲毫不生連誼。子厚責退之罪浮圖以跡，其實退之罪浮圖以名耳，跡還有所不足。倘以跡也，退之不應乍遭竄斥，卽迎大顛和尚講道，以送其岑寂生涯，更不應與其他浮圖遊從，兼贈序寵之。己盛與浮圖遊，而翻以交浮圖責子厚，如此責己輕約，而責人重周，不知草原毀時，筆如何下法？夫子厚此序，首稱儒者韓退之，蓋赫然一攻儒之哀的邁敦也，退之以僞儒學籠罩百世，而凡自命爲儒者，竟不知當初子厚卽草有送浩初一序，抑何可笑？陳長方者，曾言：「子厚作序

皆平平，惟送浩初一序，真文章之法，乃柳州時作。」長方能知此序，而卻從文章之法別加估量，亦實外也。〔釗案：陳長方說，於下第三段更詳論之。〕

二

柳文以用字互使，「以此」與「用是」，亦同互使，惟「以此」承上與啓下均可使，「用是」專使以啓下。如送文郁師序：「若師者其可訕而黜耶？用是不復譏其行」，是、指上文師不可訕黜，用是不復譏其行者，猶謂：「以師不可訕黜而不復譏其行」，「用是」二字，專司啓下之職，至「以此」則不然。如送僧浩初序：「吾之所以嗜浮圖之言、以此與其人遊者」，此、指上文嗜浮圖之言，以此與其人遊，猶謂：「以嗜浮圖之言與其人遊」，「以此」在此處，職司啓下。至本序下文又云：「吾之好與浮圖遊以此」，此、指上文不愛官不爭能以下數句，「以此」在此處，又職司承上。由是以知：「用是」祇單面使之啓下，而「以此」則雙面兼司啓下與承上，此一區別，應須留意。〔釗案：吾之所以嗜浮圖之言以此與其人遊者句，坊本以此絶句。〕

或曰：「以此與其人遊者」之上，有「吾之所以嗜浮圖之言」一句，此句中之所字胡指？曰：所、指上文不遺其中兼知石之韞玉。吾之所以嗜浮圖之言，猶謂：「吾之以不遺其中兼知石之韞玉、而嗜浮圖之言」，在本文連續兩句中，行使「所以」與「以此」兩種語調，殊嫌繳繞，讀者應嚴察文脈以清釐之。坊本在第一以此讀斷，視作結

上，誤。

嚴格言之：子厚草此文時，於潔字工夫，未做到十分周密，假若「以此與其人遊者」句，將「以此」改作「用是」，如答元饒州論政理書：「用是尙有一疑焉」，讀者將較爲容易了解。

三

僧浩初者，龍安海禪師弟子，贈序子厚在柳州時作。子厚草此序，意在折服退之，故爲平生極刻意之作，何義門曾注視到此點，惟他家亦然。吾觀從來評柳文者，每環此文多所聚訟，略舉數家，以資隅反。

陳長方者，宋紹興進士，字齊之，爲江陰軍學教授。其學主直指以開人心，使學者歸於自得，因而讀子厚此序，當無格格不入之處。世稱唯室先生，著有步里客談，步里者、其吳中隱居所也，他經史論著不一，中有唐論一種，應於貞元時事及八司馬，有所論列，惜吾未及見。其評此序，重在文章觀點，謂眞可爲法，在一切題序之上。以平日學行而論，此或與明王元美所謂看他文勢離合之妙，略高一籌，以元美純以帖括眼光視前哲故。

童宗說者、唐南城人，字夢弼，爲袁州教授，有柳文音注，坊間刊行注釋音辯柳先生集收入之，彼對此序論斷殊突出：

仕於戰國者，尊王道不得不嚴，生暴秦之後，言仁政不得不切，貞元元和間，此何等時耶？以人主而惑於異端，大臣且又和之，則昌黎之辨不得不已甚也，子厚反因其徒而深之，其如抱薪救火何？

此迂論也，爲問唐室之亡，亡於異端乎？亡於宦官及方鎮乎？子厚與王叔文之徒，利用時機，革除弊政，收宦官之兵權，斬方鎮之密使，功倘告成，可奠唐室於百年之安。時則退之左袒宦寺，聯絡方牧，指二王爲驩兜，疑劉柳爲讒忒，因使當朝一蹶不振，二恨犯上作亂，分合不一，以底於亡，宗說所指昌黎之辨，曾顯絲毫績效於其間耶？否耶？何況昌黎之辨，辨於何有？彼與僧徒往來，出入儒釋，去子厚並無多少分別，宗說曾未通讀兩家之文，以衡量其得失進退乎？此點余屢論及，不更覼縷。

至蔣之翹妄下雌黃，更自鄶以下矣。其言曰：「以爲其教與易論語合，誠樂之，則何不樂其易論語，而乃樂其合乎易論語者。」庸詎知凡一學說之起，有時地人三者之要求以爲之基，而時也、地也、人也，連環變換，若而學說，不克隨而推廣，相與適應，立見化爲溝中之斷，枯瘠以亡。如之翹者，徒拘墟於易論語之爲教，而全不解合乎易論語爲何事，則與守株以待兔等爾，兔豈至哉？之翹明末秀水人，字楚稺，好藏書，校注河東昌黎兩集行於世，以校勘之法，從而衡論理道，又若刻舟以求劍然，其弊往往如此。

宋李覯泰伯文集中，有潛書十五篇，多言浮屠法者，其一節云：

嘗學斷獄乎？吾爲子舉其要。坐獄而問之曰：「功爾言之，罪爾言之」；從而詰之曰：「功信矣，而罪如此其大也，尺寸之功，不足以贖也。」是其人雖欲不服，何辭哉？若功不及齒牙，而惟罪是詰，罪雖滔天，其人將曰：「我有功而弗問，而專咎予」，欲其無辭難矣。昔之排浮屠者，蓋猶有過，徒非其非而弗及其是，雖柳宗元尙不聽退之，況其庳者乎？

泰伯末數語，持論頗平。泰伯、南城人，與童宗說同籍，儁辨能文，舉茂才異等，親老以教授自給，學者常數百人，皇祐初、范仲淹薦爲試太學助教。

王伯厚稱：「韓闢佛，而柳謂佛與聖人合」，此示兩家於道不同而不加可否，全謝山箋云：「闢佛是韓勝」，但亦未言勝在何處？如實言之，退之之所非毁者佛骨耳，夫浮圖之言佛骨，等於儒家之言孔子履，如儒家收藏孔子履，不等於尊儒，則退之非毁佛骨，卽不等於闢佛。至子厚嗜浮屠，並不嗜佛骨，與浮屠遊，亦並非與佛骨遊，迂謬者流，動以退之有諫佛骨表，因指作退之闢佛之唯一左證，抑何可笑之甚？

子厚送僧浩初序，說明彼所以嗜浮屠之故，而退之讀墨子：「儒墨同是堯舜，同非桀紂，同修身正心以治天下國家，余以爲辯生末學，非二師之道本然，孔子必用墨子，墨子必用孔子，不相用不足爲孔墨」云云，退之持說侃侃如是，如其不能將儒墨

交相用處，推而及於儒佛，是退之爲不知理，其弊將不止於去名求實。吾誠不知子厚曾否讀過退之之墨子論，惟本文以揚子有取於莊墨申韓爲例，是退之應首先對子厚儒佛不異道之論點，作一答復，而退之默然。

夫中國而夷狄也，則夷狄之，夷而進於中國，則中國之，此春秋大義，不應爲退之所不解，而退之於佛，輒矢口曰：夷也夷也，則子厚所提友惡來盜跖、而賤季札由余之一疑問，不可不答，而退之默然。

或退之能舉佛說某點，並不與易論語合，是亦一道，但退之默然如故。

退之訾子厚與浮屠遊，則或退之己與浮屠並無交往踪迹，亦勉能折服人，而子厚有誠盈住衡山中院詩，退之別盈上人云：「祝融峰下一迴首，即是此生長別離」，其沾戀不捨之態，還甚於子厚；又廣宣上人頻見過詩云：「久慚朝士無裨補，空愧高僧數往來」，此與子厚所病世之逐逐然唯印組爲務以相軋者，既深相印合，而又拓展疏附奔走於禪房淨域，然則退之將何所恃以罪子厚？

本文末云：「因北人寓退之，視何如也？」是子厚不避公開論難，但退之只攻骨而不攻心，久之且自陳：「狂妄戇愚，不識禮度，言涉不敬，萬死猶輕」，〔潮州謝上表語。〕於是並骨亦不願攻、或不敢攻，子厚將何從爲之辭哉？

退之與孟簡書云：「潮州時，有一老僧，號大顛，頗聰明識道理，……實能外形骸

以理自勝，「不爲事物侵亂」，此所謂道理或理也者，果本自儒家耶？抑來從釋氏耶？如屬後者，退之已明明爲釋氏之理所勝。此恐退之或不肯承，姑讓一步，而認準道是儒家之道，理亦是儒家之理，則退之至少不能否定佛與儒通，是與子厚作大鑒禪師碑稱：「浮圖說後出，推離還源，合所謂生而靜者」，二者有何異同耶？夫「人生而靜，天之性也」，語出樂記，倘大顛以是語陳之退之，退之將斷爲聰明識道理，或外形骸以理自勝耶？抑否耶？

退之與孟尙書書又謂：「祭神至海上，遂造其廬，及來袁州，留衣服爲别，乃人之情，非崇信其法，求福田利益也」，然則退之責子厚與浮圖遊，乃誤解子厚爲崇信其法，求福田利益而致然耶？抑有進者，世之服硫磺，求長生久視，此固福田利益一類之事也，此退之有其迹象，而子厚絶無，夫躬自厚而薄責於人之謂何？何退之澈底相反，且變本加厲乃爾也耶？退之自言：「仰不愧天，俯不愧人，内不愧心」，顧循誦自作「原毁」一過，開宗明義卽曰：「其責己也重以周，其待人也輕以約，」唯問所謂重周輕約之區别何在，豈竟毫無所動於衷耶？

本文有一語最爲關目，是何也？曰：「退之之所罪者其迹也。」此一語者，充分道出退之之自身矛盾。子厚巽公院句云：「聖默寄言宣，分别乃無知」，此誼非更端不能盡，願以異日。

四

子厚之於佛說，以其與易論語合而好之，是子厚治佛，直以儒治之，而並不以異軍蒼頭視佛明甚，宋劉辰翁持說，則又過之。吾觀其所爲經說曰：

佛氏之說，始於戰國堅白異同之辨，其窮極變眩，〔其，指佛氏之說。〕即儒者自爲之，夷狄之人語言不通，安得文義展轉若合符節如此？儒者但見其超然偏袒，不惜身命，遂疑六合之外有與人異者，竭其心思如夢想化人，何所不至？後之儒者不能知其所自出，乃望而尊之，雖攻之者亦以其書爲信，畫鬼神者有造化所不言之巧。古人大心胸，大筆力，如莊子，如楞嚴，皆雜說之淵藪，曲士之魁雄，有二書以來，更二三千年無能及者，今人議論反覆不能數卷，安足語此？

經說者何？佛經之說也，佛經之說始於戰國者何？謂其說與堅白異同之辨，同時並起，是逕以佛爲諸子百家之一，而非來自國外言語不通之地，地號曰夷曰狄曰某也。信如斯也，將視子厚所提友惡來盜跖、賤季札由余諸辨，等諸節外生枝，應從剗削。如此打穿後壁，一掃無餘，須溪所見，又超過歐陽永叔殆不可以道里計。夫北宋幅度廣闊，讋服遼夏，蓋永叔揚韓抑柳，以子厚佞佛爲旌識，謂兩家之爭，不啻夷夏。所謂夷也，誠不知與晝錦堂之大小遠近，相去幾何？鄙哉！堂上簸錢人，胡乃眼光不越堂下走者之琵琶絃索耶？

送元暠師序

一

元暠師本陶氏子，居武陵，與劉夢得暱，因葬亡親不得，求助於南諸侯，乃持夢得書至永州謁子厚，子厚嘉其孝，爰爲此序以送之也。夫孝者儒之事，而非釋之事，釋雖有大報恩十篇，此特昭其反以示教已耳，一般釋子，大抵不遵其書以爲常。至子厚好佛，則嚮以統合儒釋爲職志，今見暠之請求，顯具統合二教之大證迹，故序中除明提與儒合三字，點染眉目外，猶復婉其所言，窮其所之，謂此是「勤而爲逸，遠而爲近」，遣與儒家「愼終追遠民德歸厚」之孝思大義，吻合一致，然後子厚資儒爲釋之苦心孤詣，指掌瞭然，顧夢得非如是也。蓋子厚雖自承好佛，而不諱積三十年不通其說，夢得則侈言：「在硯席者，多旁行四句之書，（釗按：旁行言左行梵文，四句指通常偈語如是。）備將迎者，皆赤髭白足之侶，深入智地，靜通還源」，（語乃重引，請閱本卷送文暢登五臺簽末段。）引中且確定「予事佛而佞佛」，此與子厚如曩巽語，其相去窵遠爲何許乎？復次：詩與引也，全部文字中，未嘗一提儒字，詩開口卽吟：「寶書翻譯學初成，振錫如飛白足輕」，語雖濫譽元暠，而亦忘形包括自己在內，此其著實描寫「佞」字，又居何等？吾讀子厚送元暠師序，而發見柳劉兩公事佛之差異程度如右。

世之蕩誕慢訑者：　慢訑出莊子：「天知予僻陋慢訑」，訑、惰嫡切，與誕同，放也。字或顚倒作訑謾，楚辭：「或訑謾而不疑」，注：訑謾、詐欺也。

承其侯故與達者遊：　承其侯語稚，王荆石云。

故又與之言重其事：　吳至父云：重下應有敍字。　釗案：廖本有。

二

文云：「元暠陶氏子，其上爲通侯，爲高士，爲儒先，〔一本先下有生字，然當以儒先爲正。〕」通侯者侃，高士者潛，此甚明白，獨儒先無著，蔣本將高士儒先合而爲一，並指潛，陳少章爲點勘云：

爲儒先、諸家無注，當謂陶弘景也。　史言弘景讀書萬餘卷，所著有孝經論語集注諸書，其爲通儒明矣，又劉夢得送元暠序言：世家丹陽，則出弘景後尤無疑也。

陶貞白者，乃從來無術不通之鉅子，既無書不讀，亦無書不著，九流三教，殆無一而不登峰造極，自始無可與抗衡之人，此而曰儒先，少章亦姑以儒先實之而已。己爲道流，裔孫爲釋子，適相關者爲儒，己又不得不自認爲儒先，如此博通，並非書蠹，當時梁臺軍政大事，咸一一留待諮諏解決，號稱山中宰相，爲問鉅人長德之擁有如此大抱負，此外還有伊誰？特元暠果爲貞白直系子孫與否？少章僅以世家丹陽作證，

微嫌不足耳，循誦夢得「彭澤因家凡幾世」之句，慨然久之。

陶氏之裔有名峴者，年輩當略先於元暠，爲唐開元時人，與孟雲卿爲友。其人好遊山水，自造三舟，一自乘，一載賓客，一置飲饌，到處必窮其勝，凡浪跡三十餘年。據稱尸解於湘中，法身留在長沙城外，其集曰朗梨市，市人爲建廟祀之，號陶眞人。何子貞之弟紹祺字子敬者，同治間官浙還湘，卽於廟側築園讀書，爲名流勝集之地。吾少時爲母病曾往捧香，廟踞山頂，取勢壯偉，登階一望，游觀雙美。吾夙吐棄一切菩薩道，惟此至今不能忘，長沙文人曹孟其，亦生長卒哭其境，今緣元暠涉筆及此，輒又泫然。

送琛上人南遊序

此序說佛理過高，吾嚮不學佛，不敢妄詮，因略之，下列三義，過錄舊注云爾。

法之至莫尚乎般若，道之大莫極乎涅槃： 清涼禪師云：夫般若者、苦海之慈航，昏衢之巨燭也。 廣弘明集：德無不備者，謂之爲涅槃，涅槃者、漢言無爲也。〔按般若、通常解爲智慧，或脫離妄想，返於清靜。〕

讀論悅三觀之理： 圓覺經：奢摩佗以寂靜爲相，卽空觀；三摩提以幻化爲相，卽假觀；禪那主離前二相，卽中觀。

則與夫增上慢者異矣：　增上慢，乃釋家語。　齊竟陵王子良所著淨住子十種慚愧門云：今此師僧教我出家，受增上慢戒。　又案智禪師天台四教儀，有十乘觀法，其八爲知位次，謂修行之人免增上慢故。〔按此條本之吳摯父。〕

送文郁師序

文郁師，子厚族子也，柳氏衰歇，朝無名位，方有儒生可與興宗，又遁而之釋，子厚因深惜之。　惜而就其人語，知其志不可奪，又見世之出仕者，遭黜詘而不得志，十常八九，於是不復譏其人，轉而自傷。　此一極庸俗之理想，娓娓說來，不假一毫做作，而其文自然名貴，此子厚最擅場處。　蓋文以眞氣行之，意盡言止，形成高妙，無論何派文家，都無從否定斯語。　如退之每爲一文，必先搭一架子，裝頭飾尾，以險怪爲目，諒子厚必先鄙之，特不肯出之於口耳。　吾讀送文郁師序，輒有是感，故爲之言。

遊其心以求勝語：　勝語二字，指釋子務機鋒，往往有出人意表之吐囑，斯號曰勝；儒家萬事平平道去，不與外道爭鋒，因無勝不勝可言，此儒釋背道而馳，其中之大不同處。

被緇艾：　緇艾者，僧披緇衣，其色如艾。

送玄舉歸幽泉寺序

一篇二百字弱之小文，一眼可看到底，讀至「所謂玄舉」四字，立覺觸目驚心，斷無尊重其人，而可能如此稱謂者。吴摯父云：「此僧頗不爲子厚所取，故詞含譏嘲」，摯父諒亦從此四字看出。

夫道獨云云，兩語甚爲精妙。嘗論人與人相暱，不論貧富何若？總覺著天下之物，何故他有而我不能有？於是乎怨生。又人欲得一物，或欲至一地，都可望而不可卽，將使之斗感頽喪，廢然思返。前者謂之「道獨而跡狎則怨」，後者適合「志遠而形羈則泥。」（去聲。）之二患者，前一念高度絶慾可免，後一境篤信如來可幾，此非具有立地成佛本領，決不能衝破網羅，凌空而去。如玄舉者，豈其人哉？子厚亦與姑妄言之，故曰：「既爲余來，於其去不可以不告」云。

唐之世有宫人入道，包括公主在内，最爲人道之逆流，而動以佛爲逋逃藪；其他盜賊兇徒，貪人敗類，竊踞寺院，侮弄婦女，藏奸釀亂，無所不至，又無論焉。凡此皆有佛之貌而不心，藉佛之名而異行，離偶縱獨，狀類不一。甚者如皇覺寺例，和尚隊裏，竟有皇帝突興，此尤駭人心目，聞聲卽喻。子厚謚佛道爲藏垢納污之地，而視玄舉可能比蹤右舉各類之一，似不待論。

說部或載：夫婦生來仳離，于歸之夕，卽身著窮褲，不許其夫昵近；方與他人聚語歡笑，一見夫至，卽冷面如冰，一言不發，久之遂乃投迹空門，以了其生，此殆是跡狎則怨之道獨極例。

嘗論國家之有僧之一階，大抵由於上層好長生，輒與僧道結緣，貴遊喜施捨，遺宅往往依願成寺，名山巨刹，亦自始敕建或衆生募化而起，僧衆之多少，與國家頒發度牒爲比例差。一言蔽之：國家不爲崇奬，卽社會無由見到二氏踪迹。將來社會主義國家，人民非依勞力，不能生存，則凡髠而緇者，不農田蠶桑以活乎人，而坐食老死一流，將見一無倚賴，公私許與且一掃而空，其名額因不得不漸次減少以逮於絕迹。斯一境也，吾於子厚送玄擧歸幽泉寺一文焉卜之。

小杜詩云：「南朝四百八十寺，多少樓臺煙雨中」，僧寺有關市容之美如此，惟此種頹廢市容，只足爲人民干戈之掃蕩物。

送濬上人歸淮南覲省序

一

此序何義門評爲語多凡俗，夫以釋子而言孝敬，文又出於儒家之手，此正以能爲凡俗語見長耳，義門訾之，適以奬之。

金仙氏之道：　本行經：忍辱修行，三千二百劫，始證金仙，號曰清淨自然覺王如來教諸菩薩。

其有修整觀行：　觀行皆讀去聲，觀者、圓覺經三觀，卽空觀、假觀、中觀之謂。觀行、猶下言律行，〔文云：上人專於律行。〕凡釋表現於外之形態曰行。〔去聲。〕

古之贈禮，必以輕先重：　何義門云：「以輕先重，施之作序，是佳語，但於釋子殊無涉耳。」何氏此語之病，與上言「語多凡俗」同。

二

釋子歸覲父母，可云反教奇蹟，形諸簡牘或詩歌，不少概見，錢起有送外甥懷素上人歸鄉侍奉詩，堪與此序並傳。詩云：

釋子吾家寶，神清慧有餘，能翻梵王字，妙盡伯英書。遠鶴無前侶，孤雲寄太虛，狂來輕世界，醉裏得眞如。飛錫離鄉久，寧親喜臘初，故池殘雪滿，寒柳霽煙疏。壽酒還嘗藥，晨餐不薦魚，遙知禪誦外，健筆賦閑居。

懷素自序帖曾提及此詩，詩固自佳，因而傳誦益廣。吾近與鄭誦先校訂素帖，發見遠鶴無前侶之鶴字，帖誤作錫，考之本集，明是鶴字，明人文三橋檢覈功疏，誤乃因仍不覺，獨高二適堅謂錫字不誤，不顧與下飛錫字重複，此一懸案，惟有移付後人結之。素是錢仲文外甥，故帖中稱仲文從父。

卷二十六　記

監祭使壁記

一

本文主旨，在「聖人之於祭祀，非必神之也，蓋亦附之教焉」兩句上，從而事天地教敬，事宗廟教愛，事有功烈勸善，如是焉耳矣。何義門非之，「謂非必神之者，是其識有所偏，於附之一言，亦自相違反，其失與䄍說同」，吾於解釋䄍說時，詳哉言之，不復贅也。

視祭祀有司百官之戒具：　戒具、牲物也。

唐開元禮：　開元中，張說以顯慶禮注〔顯慶、高宗年號。〕前後不同，宜加折衷，以爲唐禮，乃詔蕭嵩等撰述，號大唐開元禮。

執簡而臨之：　左：南史聞太史盡死，執簡以往，簡、謂簡策也。

綴兆之數：　禮記：綴兆舒疾，樂之文也。綴、謂舞者行列相連綴，兆、謂位外之營兆。家語：「行綴兆，執羽籥，作鐘鼓，然後謂之樂乎？」注：綴兆、樂位。

洎執役而衞者：　義門云：「役一作殳，言衞則作殳爲是」，何説諦。

御史多缺：　貞元十九年十一月，監察御史崔薳入臺近，不練故事，違式，流崖州。十二月，監察御史韓愈、李方叔皆得罪。

本文何義門認爲謹潔，永州以前文之至者，蓋義門劃定永州爲子厚改變文體之一關鍵，前此殆不可能有確守散文規律之謹嚴文字如本記者，是乃此公褊狹之見。

二

王荆石評此文云：「柳記皆本色」，本色二字，正搔着子厚癢處。方望溪卻云：「監察使壁記等，是見成文字，俯拾卽來，與永州八記跳脱能動人者未同。」㈠望溪意謂：此類文字，皆有類書爲藍本鈔撮卽得，殆説不上著作，此直是望溪顢頇不解文處。爲問記監察使壁，何得使用記鈷鉧潭、記石澗筆法？蓋二者各有其本色，以本色還本色，於是子厚作記，兩體皆恰到好處，顧望溪不解此。望溪爲人面無血色，木然寡歡，與山中魚鳥，性不相習，令其試作永州八記，彼且哭笑不得，一字也湊不上，因此設想妄通其他，使記石澗與記監察使壁、聯成一事，可用一套相同筆墨。天下那有如此不通秀才？可歎之至。尋子厚爲此文時，正值身爲監察御史裏行，位在己上如崔薳、以事貶出，韓愈李方叔皆得罪，己乃得越次而草是文，此眞偶然之本色事

㈠ 語見與程崟書，原文不在手邊，字句有出入。

也，苟非然者，子厚自始想不著草此種文。夫有唐何來如後代繁重完整之工具類書？子厚亦何能相應而預作事類編纂準備？特以己之博覽有素，觸類卽發，以本色對本色，因無往而不恰如其分已耳，猥瑣陋儒，何足以知之？

四門助教廳壁記

此記大半敍制度，說歷史，允爲敷陳一代宏規之高文典册，簡明扼要。與從事鋪張，僅餘膚廓，所謂燕許手筆者異趣。此一例爾，他記類推。

賀祕書由是爲博士：賀祕書者，賀知章也，知章舉進士，初授國子四門博士，遷太常博士，改太子賓客，授祕書監。

歸散騎由是爲左拾遺：歸散騎者，歸崇敬也，崇敬天寶中舉博通墳典科，遷四門博士，有詔舉才可宰百里者，復策高等，授左拾遺，德宗時遷翰林學士、左散騎常侍。

舊制以拾遺爲八品清官：文苑文粹爲作與。陳少章云：「爲作與是。案唐百官志：四門助教與拾遺，皆八品上，但助教止爲清官，而拾遺則兼淸要，故由助教除拾遺爲美遷，而品秩則一。」少章所銓甚當。

余與立同祖，與武公同升於禮部，與歐陽生同志於文：立者柳立，子厚從姪，

貞元十年進士。武公、武儒衡，貞元九年，子厚與之同舉進士。歐陽生、歐陽詹，閩人也，貞元八年，與韓愈文辭同考試登第。陳少章云：「案立爲公從姪，故直名之，是也，若武歐二人，皆公儕輩，不應獨尊武爲公，異於歐陽生之稱，武公之公當有誤。」釗案：儒衡爲元衡弟，子厚上西川武相公啓，甚形尊重。推及烏之義，對儒衡亦不得不略示推崇，同舉之誼，抑爲第二。至歐陽詹，韓柳皆生之，已習爲常矣，難於驟改。〔退之有歐陽生哀辭。〕武歐分別稱謂，了不足怪，少章之說未諦。

「祭統曰：天子設四學」，張宗泰所學集校云：「不知乃祭義之文。」釗案：子厚此類疏忽屢見，名家往往如此。

武功縣丞廳壁記

清之縣丞，一佐雜耳，衙署如雞棲，卑下不齒於官曹。而在有唐，則令丞同爲縣之長吏，以職掌言，軍政皆有涉及，丞廳規制崇閎，壁記至煩當世名家執筆，俯仰今古，憮然久之。

武功縣唐屬京兆尹，與清之大興宛平相類。貞元十五年，丞廳壁壞，官署舊記散佚，後三年，陳南仲居是官，其族子存，持地圖謁子厚求爲記，蓋在十八年也，子厚適尉藍田。

子厚爲文，皆有一定機局，記官署一類文，大抵崇尚典制，章明史蹟，其文莊雅可誦，固不獨此記爲然。

有丘陵墳衍之大：　土高曰丘，阜大曰陵，水涯曰墳，下平曰衍。

凡以戰得爵七大夫公乘以上：　秦爵共分二十級，七大夫、公大夫也，爵第七，故曰七大夫，公乘、爵第八。

分禁旅以守縣道：　何義門云：「德宗以後，神策軍士倚中官爲暴，橫於畿赤，結語微及之。」　釗案：此貞元十八年所爲文，已與王叔文執政，令范希朝總統京西諸城鎮行營兵馬一事相接近，義門稍稍窺見子厚行文本意。文收筆曰：「吾庸可以慶哉？爲之記云」，其味深長，最宜潛玩。慶、吳摯父校作度，非。

盩厔縣新食堂記

水曲曰盩，山曲曰厔，縣初屬京兆府，後隸鳳翔。

唐之亂象，起於天寶，逮肅宗以神策軍鎮京畿，其西郊皆有屯營，軍司之人，雜處畿甸，恃強橫暴，民不堪其擾，此記所謂西郊捍戎者也。自肅宗乾元二年，數至德宗建中四年，恰爲二十六年，是歲李希烈反，十月涇原節度使姚令言反，侵入京師，德宗幸奉天，西郊之屯解散，至此遂成兵去邑荒之境。由是而興元，而貞元，自興元

元年〔按建中四年卽改元興元。〕直至貞元十八年，又恰爲一十九年之久，而子厚執筆作此記。

由是縣之聯事，離散而不屬：　周禮：祭祀之聯事，賓客之聯事，聯事、謂通職也，大抵一事而由諸分司共同處理者，謂之聯事。

惟禮食之來古也：　晉語：悼公使魏絳反役，與之禮食。禮食、公家招待給食之謂，事非常設，與此記食堂之義，微有不同。

諸使兼御史中丞壁記

此記之壁，乃御史中丞署之壁。緣貞元二十年，武元衡遷御史中丞，子厚時爲監察御史執筆，以屬官作此記，欲將以往諸使，曾兼御史中丞名號者，一並記錄，故標題爲諸使兼御史中丞壁記。

唐初諸使，未嘗加御史之名，自開元來，使之制愈重，故有兼御史者。德宗置東都畿觀察，而以留臺御史中丞爲之，建中間又以御史中丞一員爲理匭使，故兼御史中丞爲使者不一。然非求之詔制，及質之史氏，莫得而詳，子厚當時是否臚列具備，殊無可考。

子厚先友袁滋爲册南詔使，曾兼御史中丞，此記所云使絕域、柔遠人等等，及總

憲度於朝端，樹風聲於天下，翼於君而正於人者也。惟滋之此行，並不勝任愉快，子厚在先友記中記曰：「出使辱命，貶刺史」，後出爲義成軍節度，恐未依前兼御史中丞云。

館驛使壁記

子厚敍記之妙，在條貫錯雜處，點次明白，如在掌上。茲錄館驛使壁記，以資隅反，如下：

凡萬國之會，四夷之來，天下之道塗，畢出於邦畿之內。奉貢輸賦，修職於王都者，入於近關，則皆重足錯轂，以聽有司之命。徵令賜予，布政於下國者，出於甸服，而後按行成列，以就諸侯之館。故館驛之制，於千里之內尤重。自萬年至於渭南，其驛六，其蔽曰華州，其關曰潼關；自華而北，界於櫟陽，其驛六，其蔽曰同州，其關曰蒲津；自灞而南，至於藍田，其驛六，其蔽曰商州，其關曰武關；自長安至於盩厔，其驛十有一，其蔽曰洋州，其關曰華陽；自武功西至於好畤，其驛三，其蔽曰鳳翔府，其關曰隴關；自渭而北，至於華原，其驛九，其蔽曰坊州；自咸陽而西，至於奉天，其驛六，其蔽曰邠州。由四海之內，總而合之，以至於關，由關之內，東而會之，以至於王都，華人夷人往復而授館者，旁午而至。傳吏奉符而閲其

數，縣吏執牘而書其物，告至告去之役，不絶於道，寓望迎勞之禮，無曠於日。而春秋朝陵之邑，皆有傳館，其飲飫餼饋，咸出於豐給，繕完築復，必歸於整頓。列其田租，布其貨利，權其入而用其積，於是有出納奇贏之數，句會考校之政。大曆十四年，始命御史爲之使，俾考其成以質於尚書。季月之晦，必合其簿書，以視其等列，而校其信宿，必稱其制，有不當者反之於官。尸其事者有勞焉，則復於天子而優升之，勞大者增其官，其次者降其調之數，又其次猶異其考績，官有不職，則以告而罪之。故月受俸二萬於太府，史五人，承符者二人，皆有食焉。先是假廢官之印而用之，貞元十九年，南陽韓泰告於上，始鑄使印而正其名。然其嗣當斯職，未嘗有記之者，追而求之，蓋數歲而往，則失之矣。今余爲之記，遂以韓氏爲首，且曰：修其職，故首之也。

子厚此記之敍次井井，允爲高手，並不必在他記下，然此記爲韓泰作，事以人重，用筆更覺興會淋漓。蓋泰爲八司馬之一，以幹濟顯名，王叔文將收宦官兵權，以范希朝節度京西諸城鎮行營兵馬，用其名也，而實以泰爲行軍司馬專其事。貶官後十五年，泰守漳州，韓退之自袁州舉代，稱泰詞學優長，才氣端實，臣之政事，遠所不如，故泰在叔文黨中，職爲綜理微密，他人莫及之大器。子厚與人書簡，事涉安平，（泰字。）眉色俱動，中含密契，不言可知。區區館驛使者，不過泰之初政，無甚可紀，而

使印之鑄，事在貞元十九年，明年，泰即與子厚同充監察御史，諒泰適以是時兼任使職。此同道諸友拔茅連茹之始基，子厚用事心切，正以太平可立致，焉得不爲泰小試其端而喜？夫唐之駕部掌傳驛，爲驛千六百三十九，見新史百官志，今此記所載，止四十七驛而止，似細碎不足道，然世無韓泰，記必不作，子厚不記，即四十七驛者世亦莫名，古賢達之號爲名世，凡五百年而一出者，此類是也，壁記之有重大連誼如是。

子厚於韓氏之交誼極摯，而其由來皆起於安平。蓋安平有二兄，長名愼，以温縣主簿終，子厚爲志墓，其辭曰：「外姻家老謀爲之志，季弟泰哀不能文，故託於友焉，嗚乎！生也，以其弟之恭知君之爲友；沒也，以其弟之戚知君之爲愛。」次兄豐，字茂實，子厚集中有送韓豐羣公詩後序，詩者、豐將浮游淮湖，觀藝諸侯，羣公出祖於外之所爲作也，後序曰：「宗元常與韓安平遇於上京，追用古道，交於今世，以是知吾兄，兄敦朴而知變，弘和而守節，温淳重厚，與直道爲伍，嘗著書言禮家之事，條綜今古，大備制量，遺名居實，澹泊如也。」觀子厚二文，其由安平以納交於兩兄，貴重可想。嘗論子厚先友有三楊，摯交有三韓，氣貫百年，誼終歿世，誠中唐之嘉話，世胄之典型已。〔釗案：顧嗣立編温飛卿集外詩有云：千巖萬壑應惆悵，流水斜傾出武關，即引子厚本記作注。〕

嶺南節度使饗軍堂記

一

此文爲集中鉅製，高文大册，部婁燕許，學者試朗誦一過，一字不許放過，同時賞其音節，觀其藻采，而文之工用畢呈。何義門謂：「文更簡百餘字，則筆力益高」，此意吾殊未曉。

其大小之戎：元戎所乘之車，謂之大戎，從後行者，謂之小戎。

則統於押蕃舶使：嶺南節度，兼押蕃舶使。

以執秩拱稽：此指軍言。執秩：左僖二十七，「作執秩以正其官」，注：執秩，主爵秩之名。拱稽：吳語，「擁鐸拱稽」，注：拱，執也，稽，計兵名籍也。

以譯言贄寶：此指賓言，謂譯其言，而代呈其進奉之寶也。

合二使之重：何義門云：「二使豈可並論？鳥獸睢盱，（此謂其語言之不可解。）亦不足以言賓也。但欲對舉，使文整贍，亦嘗卽押舶之名思其義乎？」義門所見迂誕如此，一直到清同治時，倭仁、彭蘊章輩，猶持義門之見，以啓戎釁，可見千餘年前，子厚思想領域之闊大，至足推服。義門謂：但欲對舉，使文整贍，此種頭巾氣語，豈値識者一笑？

勞旋勤歸，以羣力一心。　詩疏：出車以勞旋，杕杜以勤歸，勞讀去聲，此八字可移作人民政權下之標語。

今御史大夫扶風公廉廣州：　元和八年十二月，以御史大夫扶風郡公馬總爲嶺南節度使。

列觀以遊目，偶亭以展聲：　觀，去聲，樓觀之謂，或如今制屋上平臺，可以眺遠。　偶亭，擴大亭之一倍。　胡鳴玉曰：凡觀之、平聲，有以示人，使之來觀，去聲。　如大觀、奇觀、壯觀、舊觀等，並去聲，杜詩：「先朝常宴會，壯觀已塵埃」，此一徵也。　宋王景文詩：「直翁自了平生事，不了山陰陸務觀」，放翁見之，笑曰：「我字務觀，乃去聲，如何把做平聲押韻？」　說見訂譌雜錄，直翁，指時相史浩。

羽鱗貍互之物，沈泛醍盎之齊：　互一作牙，以互字俗體作𠄠而誤。　互，謂有甲介者，貍，自貍伏於泥中者，本周禮鼈人。　又酒正：辨五齊之名，一泛齊，二醴齊，三盎齊，四醍齊，五沈齊，齊，齊、去聲。

二

平步青霞外攟屑卷七云：

柳州文學國語最多，如伍舉論章華之臺云：「問誰宴焉？　則宋伯鄭伯，問誰相禮？　則華元駟騑，問誰贊焉？　則陳侯蔡侯許男頓子。」柳州嶺南節度饗軍堂記中，

問工焉取十句全仿之，義門讀書記譏其太承襲前規，蓋卽指伍語，時文每用以點醒題字，若以入論著，鮮不被嗤矣。

此是平景孫看詳文字、入主出奴之一種幻覺。蓋從來文士料量事物，祇於有限之語言形式，非此卽彼，無論柳子厚行文，本深心契合於國語也，假定厭惡國語，適得其反，而遇兩造紀事核物之偶爾形近，將亦無可避免，而不用毗連語辭；何況子厚記饗軍堂、問工焉取十句，律之伍舉論章華臺問誰宴、誰相禮云云，以吾觀之，其間有亦步亦趨之軌躅存焉者乎？如景孫以謂此相似而有意摹倣之也，則論語排比德行顏淵閔子騫一節，其柳文可得模擬之迹相，實比於伍舉論章華臺，有過之無不及，何景孫設想不到子厚之步武論語乎？他日，景孫又立子厚模國語一說如下：

國語晉語一：優施教驪姬夜半而泣篇中云：「今夫以君爲紂，若紂有良子而先喪紂，無章其惡而厚其敗，鈞之死也，無必假手於武王，而其世不廢，祀至於今，吾豈知紂之善否哉？」數語巉險可怖，而文則曲折縱橫，峭削奇特，柳州半山，殆皆刻意模之。

此又全遺跡而取諸神。夫校文而取諸神，以爲類似，則正如「飛鳥入池」之無因而至前，㊀天下將無不可類取之物，亦無不可舉似之文，景孫徒拘拘剪剪於子厚國語之

㊀ 飛鳥入池，語見公孫龍子。

比，何許子之不憚煩乃爾哉？

吾曾於子厚童區寄傳「斯亦奇矣」句下，立爲說曰：「凡曰某一筆法，從某家出，皆頭巾氣語，蓋文家能使用之筆法，越不過若干種，中有彼此相似處，誠勢不得不相似，所謂文入妙來無過熟，而又何仿焉？」正可與右說參看。

邠寧進奏院記

此文子厚作於貞元十二年，時年二十四歲，殆少作中之平平者耳，何義門猶謂燕許舊規，亦閎壯可喜。

進奏院宋代亦有其制，如蘇舜欽監進奏院，以用鬻故紙公錢召妓樂、會賓客除名。是此院爲國家所設，任官監之，爲外藩處理進奏事，與有唐外藩自設，如此文號邠寧進奏院，專爲朗寧王張獻甫朝覲貢職之用者有異。

文爲少年才盛、隨意鋪陳之作，文中如：

公嘗鳴珮執玉，展禮天朝，又嘗伐叛獲醜，獻功魏闕。其餘歸時，事修常職，賓屬受辭而來使，旅貢奉章而上謁，稽疑於太宰，質政於有司。下及奔走之臣，傳遽之役，川流環運，以達教令，大凡展采於中都，率由是焉。

藻采紛披，頗傷對偶，自是子厚騷賦功深，由駢入散之一階段所爲文字。

史稱張獻甫以軍功試光祿卿、殿中監，從河中節度使賈耽討梁崇義有勞，德宗西幸，又從渾瑊討朱泚戰多，累遷至金吾將軍、檢校工部尚書，未嘗載其爲朗寧王。皇帝宅位十一載者，乃指德宗建中建元，數至貞元六年爲十一載，獻甫帥邠，由六年到九年，不過三年之久。 九年獻甫歿後，都虞候楊朝晟繼任，送邠寧獨孤書記序所謂「今戎帥楊大夫」是。

興州江運記

興州江者，卽嘉陵江也，據一統志：「江在漢中府鳳縣北一里，西自大散關來，經兩當縣，與川江合，始通舟楫。」貞元十五年，以興州刺史嚴礪兼御史大夫，爲山南西道節度使，文首稱：嚴公牧於梁五年，嗣天子舉周漢進律增秩之典，以親諸侯云云，由貞元十六年，算至二十一年，方爲五年，時值順宗踐阼，改元永貞，所謂嗣天子，卽順宗也。 進律者、禮記：「有功德於民者，加地進律」，此指進授實官而言，增秩止於虛銜。 進律用周典，增秩用漢典，故曰舉周漢進律增秩之典。 新史地理志：「興州長舉縣，元和中，節度使嚴礪自縣而西，疏嘉陵江二百里，焚巨石，沃醯以碎之，通漕以饋成州戍兵」，此卽採子厚文入志者也。 惟「元和中」三字，乃子京綴上，於史實不合。 文稱「是年四月」，卽貞元二十一年、或永貞元年之四月也，憲宗至八月始監國，

去改元元和猶遠。而此四月「使中謁者來錫公命」，是對永貞元年以前，卽嚴礪牧梁五年中，所爲功德治行而有所酬答，於斯時也，如何牽涉到元和中乎？陳少章辨之云：

嚴礪疏江通運，新史採入地理志，皆本此文，但志以爲元和中事則非也。記作於順宗踐阼之歲，時礪帥興元已五年，則斯役之興，當在貞元之季。

少章之說艮諦。

或謂韓柳爲文，各不相讓，韓有何作，柳必應之，惟柳於韓亦然。於是韓有大序，如送鄭尚書等篇，柳則以大記抗之，大記非一，而興州江運要爲巨擘，是說也，略近是。此記樸茂典實，並深博無涯涘，千年以來，文壇無間言。

文設爲嚴礪之辭曰：

吾嘗爲興州，凡其土人之故，吾能知之。自長舉北至於青泥山，又西抵於成州，過栗亭川，踰寶井堡，崖谷峻隘，十里百折，負重而上，若蹈利刃。盛秋水潦，窮冬雨雪，深泥積水，相輔爲害。顛踣騰藉，㊀血流棧道，糗糧芻藳，塡谷委山。馬牛羣畜，相藉物故，餫夫畢力，㊁守卒延頸，嗷嗷之聲，其可哀也！若是者綿三

㊀ 藉，慈夜切。漢書：相枕藉，死在下曰藉。下文：相藉物故，解同。

㊁ 餫音運，野饋也。

百里而餘，自長舉而西，可以導江而下，二百里而至，昔之人莫得知也，吾受命於君而育斯人，其可已乎？

美哉言乎！礪能爲此言，殆無愧於不朽之目，獨礪官聲並不良，貪沓苟得，士民不勝其苦。史稱其人輕躁多姦謀，以便佞自將，不識子厚何以爲之揄揚，至於此度？失人之譏，子厚或終難免，即本文所舉刊山導江之績，人亦不敢遽斷爲信詞云。

全義縣復北門記

此一詹詹小文耳，子厚殆託故爲盧遵而作。夫遵、子厚內弟也，以子厚棄於南服，仗義來依，觀子厚送遵序，謂其來從已達五年，是遵之執誼而固，非同尋常。以子厚善爲文，倘始終無一言寵斯人也，於義豈協哉？是固不論所言事之重量何許也？陳少章爲講復北門之大略云：

全義桂州屬邑，㊀記首言賢者之興，賢者即謂李衛公，下言衛公城之，南越以平是也。武德四年，衛公爲嶺南撫慰大使，檢校桂州都督，引兵下九十餘州，全義

㊀ 全義本名臨源，大曆四年更名，屬桂州。集有贈遵序云：來從余五年矣，蓋遵遊桂在元和四年，其爲全義，四年後也。釗案：語本廖注。遵治全義，當在元和九年。遵、涿人，子厚母、遵之姑也，故子厚以內弟呼之。

之城，蓋在斯時。又據新書地理志，斯縣之置，亦始是年，及唐末馬殷據湖南，攻破全義，遂取桂管諸州，蓋地當桂管門戶重地，衞公建邑築城，審於地利控扼之要矣。

由右觀之，復北門，大於戰略有益，子厚文僅以馬殷據湖南而見增重。文末云：「是而不列，〔意謂此等事而不記錄。〕殆非孔子徒」，以證盧遵爲全義，義不得不復北門，遵復北門，子厚亦義不得不作斯記，夫是之謂重。衞公、李靖。

文自上於大府，大府以俞而下，用閭、塗、蘇、徒等韻，依聲到底，仍唯恐其不足，可見子厚文學楚體，大有帆隨湘轉、望衡九面之趣。

卷二十七　記

潭州東池戴氏堂記

題原爲潭州楊中丞作東池戴氏堂記，楊中丞者、楊憑也，別本題無楊中丞作四字。憑以貞元十八年九月，自太常少卿爲潭州刺史、兼湖南觀察使，永貞元年，子厚謫永州司馬過潭，承憑命作此文。

東池之作者戴氏，名簡，號稱譙國戴逵之裔，並非長沙土著；其人不仕而多財，能於一時浮寄之鄉，大興土木，又爲連率所賓禮，輒附庸風雅以弋聲勢；彼何人斯？吾意爲以剝削致富之闤闠大蠹無疑。若而人者，嚮爲子厚所不取，生平又不可能與此類人爲友，今被元侯之命，（按子厚爲楊氏壻，嚮稱憑爲元侯。）以文字藻飾其不義之行，筆端應須如何轉者？篇末云：「於戴氏堂也，見公之德，不可以不記」，行間窘狀畢露，爾時文興之不佳可知。

從來評者，於此文軒輊不一，虞伯生、唐應德輩，都有好評，宜興儲氏卻不以爲然，彼指作柳記中之下駟，不得謂其言之不允。吾查文中詞句，如「其岸之突而出

者，水縈之若玦焉」，夫玦者缺也，凡雜佩中孔圓而不正者皆號玦，鶯鶯貽書指摘張生之無行，即以玉玦一雙爲信物，今子厚行文如此，其中未必無所陽秋。至云「就之顛倒萬物，遼廓眇忽」，陽秋之意，尤爲軒豁呈露。如其然也，子厚當時猶是揮灑自如，文値彌高，惟後幅敷衍牽綴之迹仍顯。

「好孔氏書，旁及莊文」，或疑莊文爲莊老之誤，吾意不然。莊文並稱，他處誠罕見，惟在中唐，道家勢甚猖獗，文子之書，天寶間至被封爲通玄眞經。此一老家弟子，幾與其師並列皋比，尊崇相若，子厚且有辯文子一篇，稱辭有可取，錄而藏之於家，意戴氏混合儒道，恣意標榜，於有唐社會潮流正合。

桂州訾家洲亭記

茅順甫云：地之勝固奇峭，文亦稱之。釗按：洲在桂林省治，臨灕江即望見，至今居民仍以訾姓者爲多，十七年前，余違難於此，以無人同遊，未踏斯地，一望平衍，無茅順甫所謂奇峭也，文多點染，與境並不相稱。順甫又云：文中句法，不免齊梁體，不知齊梁體胡指？如萬山面內，重江束隘，及日出扶桑，雲飛蒼梧等句，若指作齊梁體而去之，則文中之菁華竭矣。至抗月檻於迴溪，出風榭於篁中，此兩句吳摯父擲之，殆中於順甫之諷議。須知游觀之作，自別有其體裁，文之至者，齊梁未必

非，文與境不叶，卽漢魏亦未必是，順甫帖括之儒，似不足以語此。

桂林風土記云：

訾家洲在子城東南百餘步長河中，先是訾家所居，因以名焉。洲每經大水，不曾掩浸，相承言其浮也。元和中，裴大夫攬勝尋幽，樂兹佳境，創造亭宇，種植花木，迄今繁盛，東風融和，衆卉爭妍，有大儒柳宗元員外撰碑千餘言，猶在。

風土記爲唐莫休符所撰，原書三卷，今存其一，以唐人述唐事，頗有軼篇可採，特此條非其倫也，此條至今讀之，該洲仍與千年前所見相同。

明蔡汝賢，字思齊，松江華亭人，隆慶進士，官御史敢言，致仕後著書不少，中有嶺海異聞，又別一種曰桂勝，或桂勝卽異聞內一篇云。

桂勝序　　蔡汝賢

嘗讀柳子厚訾家洲記，稱桂林多靈山，拔地峭起，林立四野，意欣然嚮之，顧去松數千餘里，欲一登眺無繇也。萬曆己丑〔萬曆十七年。〕夏，會余奉命鎭撫西陲，道衡湘，入桂林，驟見石峯，交立雲表，左顧右盼，令人輵轄。〔字出司馬相如賦，注：搖目吐舌也。〕久迺知郭以內爲獨秀、疊綵、華景諸山，其外則棲霞、彈丸、龍隱峙其左，隱山、西峯、中隱踞其右。又伏波灕堆，旁跨江水，水則灕陽二江，會於灕山，汐潏南湊以入海，而訾家洲實爲之襟喉，此其大觀也。余未遑周覽，卽一二所睹

記，峰巒鋭者，筆聳劍植，稍有起伏；或旆而麾，或几而憑，又或列甗可炊，或端笏以謁；其平者屏倚幕張，詭麗非一，中有巖洞，或堂或室，或闕或閣，乳凝苔繡，諸石駢附者，又千態萬狀，覺子厚所稱尚未備云。

汝賢謂子厚所稱未備，今人讀桂勝序，果即以爲備乎？汝賢在明末寫此文，吾敢以謂子厚在中唐所記，遙爲詭麗。

本文題署「桂州裴中丞作」，蓋奉長官處分，而赫然應教之文也，中丞名行立，集中別有「上裴中丞撰訾家洲記啓」，觀此，作記始末可得。吾最愛子厚啓事小品，精麗似六朝，因並錄其啓如次：

右伏奉處分，令撰訾家洲亭記：伏以境之殊尤者，必待才之絶妙，以極其辭，今是亭之勝，甲於天下，而猥顧鄙陋，使爲之記，伏受嚴命，不敢固讓，退自揣度，惕然汗流。　累奉游宴，切觀物象，涉旬模擬，不得萬一，竊伏詳忖，進退若墜。久稽篆刻，則有違慢之辜，速課空薄，又見疏蕪之累，僁期廢事，㊀尤所戰慄，謹修撰訖上獻，退自跼蹐，不知所裁，無任隕越惶恐之至。

文通體無一賸義，無一宂句贅字，矢口而起，隨手而止，自然流利，恰到好處，所謂以無厚入有間，大手筆固靡所不可也。

㊀　釗案：僁、字應作愆，右上从二天，俗愆字。　詩：匪我愆期，子厚蓋有取於詩，而字從俗體。

馬退山茅亭記

一

馬退山茅亭記，見於子厚與獨孤至之（及）兩家文集，大有爭墩之勢，王伯厚以爲非子厚文，何義門是之，吾於此已有記載。今披獨孤至之毘陵集，將此文再覽一過，文無新義，收束尤率，殆無須爲子厚爭此一文。篇末有趙味辛（懷玉）按語一段，逡錄於此：

懷玉按此文見柳子厚河東集二十七卷，文苑英華八百二十四卷，則作獨孤至之之文，前輩謂文之造句，頗與李太白、顧逋翁近，又多直用前人語，決非柳作。辛卯爲元和六年，子厚既振拔當時文體，豈尙有是？且前此辛卯，爲天寶十載，至之云：「初晴，抱琴登馬退山，對酒望遠，醉後作一篇詩」，詩曰：「王旅方伐叛，虎臣皆披堅，魯人著儒服，甘就南山田」，於時方討南詔，則此文出於至之，有可徵也。

味辛之言甚辯，但主張是柳文者，亦言「我仲兄」爲柳寬，柳集中別有祭文可考，此姚薑塢辨之，文已別見。

呂温文章師梁肅，而肅師獨孤及，肅所爲毘陵集後序有曰：

初，公視肅以友，肅亦仰公猶師，每申之以話言，必先道德而後文學。且曰：

後世雖有作者，六籍其不可及已，荀孟朴而少文，屈宋華而無根，有以取正，其賈生、史遷、班孟堅云爾。

肅又爲獨孤公行狀，有曰：

玄宗以道莅天下，故黄老教列於學官。公以洞曉玄經，對策高第，解褐拜華陰尉，故相房琯方貳憲部，請公相見，公因論三代之質文，六經之指歸，王政之根源，憲部大駭，曰：非常之才也。趙郡李華、扶風蘇源明、並稱公爲詞宗，由是翰林風動，名振天下。

由是以知及之所學，殆雜治六籍與黄老，而外以詞章覆之；又知韓退之攘斥佛老，倘在天寶年間，得罪當更甚於潮州之貶；或者退之外觀朝議，內審己能，佛骨表因此不作，亦殊難料。

要之獨孤至之之文，遠不及子厚之俊整，而年輩又相距甚遠，如趙昧辛以辛卯計算，至之至少先於子厚六十年，兩家之文，實無可以相混之迹。據崔祐甫所爲神道碑銘，至之爲殿中侍御史獨孤通理之第四子，其上當有伯仲叔三兄，至之於大曆十二年夏四月，歿於常州，年五十三，有兄檢校水部員外郎兼侍御史汜來臨喪，似三兄已喪其二，唯此兄獨存。此兄行第不可知，又似非馬退山記之「我仲兄」，此點考明，記爲誰作？更能確定。須知子厚是獨子，並無親弟兄，柳寬者、從兄也，且爲五

從族兄，祭文有云：「族屬旍耀，期復於前」，一族屬也，行文不得曰「我仲兄」明甚，何義門以此爲據，未免朦混。

義門云：「嘗細考文中歲在辛卯句，此篇實子厚作。」夫辛卯者，是元和六年，時子厚尚在永州，似難於到邕州作此文。顧文中我仲兄者，據稱卽子厚從兄柳寬，字存諒，集中別有祭文云：「從事諸侯，假於郡藩」，乃謂此也，似此，則子厚由永州撰就此文，寄往邕州，非不可能。文首稱：冬十月作新亭，並未言屬於何年，信是創例。或者原是敷衍應酬之作，結構未備，有待塡寫年份，亦未可料。是文旣不佳，其出子厚之手與否，不足深辨。文引蘭亭作結，旣庸濫，且草率，顧劉辰翁曰：「全用妝抹，成一篇好文字，到末更覺神也」，眞帖括家語，可笑之至。

二

援鶉堂於邕州馬退山記列一條云：

今之南寧，卽邕州也，其附郭宣化有馬退山，作地志者多援子厚此記，然王伯厚困學紀聞云：此篇見獨孤及集。予據子厚爲其先侍御神道表，述其言曰：「吾惟一子」，及子厚自云：「代爲冢嗣」，則無仲兄矣，古人少以伯仲之稱稱其羣從者。且元和辛卯，子厚方在永州，此記似與游從之列而屬辭者，今注柳集者則云，仲兄蓋其從兄柳寬字存諒，柳所爲故大理評事柳君墓誌並祭文者也。案誌云：寬卒於元

和六年八月七日，而此記云：冬十月作亭，其非寬矣。且寬與子厚之父鎮，於刺史楷同爲高祖，則寬於子厚爲叔父行，非兄弟也，況寬從事幕府既罷，以游士而死於廣州，安得舉以實之？又案崔祐甫獨孤常州神道碑云：其捐館以大曆十二年，蓋丁巳之歲也，又曰：壽五十三，則生於開元十三年乙丑也，又云：天寶末以洞曉玄經，對策上第，超拜華陰尉，著古函谷仙掌二銘，案函谷銘序云：唐興百三十有八載，余尉於華陰，則天寶十三載歲甲午也，及時年三十矣。又碑云：及爲殿中侍御史通理之第四子，倘此記屬及，則天寶十載也，未審及兄有試於邕者耶？此記本俗筆，但近閱昌黎集，朱子於後人僞作，多取而周內之，以屬之於韓，故姑筆於此，以見韓柳二家之文，爲後人汩亂者多矣。

右稱獨孤及是否有兄試於邕一款，或取陳景雲柳集點勘之說爲證。其說云：依援鶉言，記屬至之而不屬子厚，以至之有兄，而子厚爲獨子，又柳寬於子厚爲叔父行，並非兄弟，敍述可謂明朗之至。

歲在辛卯，我仲兄以方牧之命，試於是邦。按辛卯爲元和六年，考唐史元和五年，擢鄧州刺史崔詠爲邕州刺史、兼邕管經略使，至八年，始自邕移桂，足知辛卯歲邕州未嘗缺守，不當復有試官。

右說僅言元和六年之辛卯，而不涉天寶十年之辛卯，何與獨孤及之仲兄事耶？

三

從來不以此文爲僞，而且視爲柳集第一文字者，爲唐荆川。荆川評語：「發穠纖於簡約，存至味於平淡」，乃襲取蘇子瞻評柳詩語，可見荆川本身，於柳文並無不同發見，事殊滑稽，可發一笑。詳本編下部田山薑父子與蒙齋黔書文内，不贅。

永州韋使君新堂記

韋使君者，韋彪也，一本題無韋使君三字，彪之刺永，在元和七八年間，爲崔能後任，能刺永在六年。

讀者對此文之看法有兩種：一重在文字，一重在吏治。重在文字者，吾於舊本書眉上過錄云：

王益吾作駢文類纂序例，提筆即曰：「少讀唐柳子厚永州新堂記，至於邇延野綠，遠混天碧，詫曰：此儷語也，而雜厠散文，深疑不類。」篇末又曰：「文章之理，本無殊致，奇偶之生，出於自然」，作者自提問題，自爲解答如此。

此段何本，吾已忘懷，展轉流傳，義固不爽。

重在吏治者，如文之後半截云：

或贊且賀曰：見公之作，知公之志。公之因土而得勝，豈不欲因俗以成化？

公之釋惡而取美，豈不欲除殘而佑仁？公之蠲濁而流清，豈不欲廢貪而立廉？公之居高以望遠，豈不欲家撫而戶曉？夫然，則是堂也，豈獨草木土石水泉之適歟？山原林麓之觀歟？將使繼公之理者，視其細知其大也，宗元請志諸石，措諸壁，編以爲二千石楷法。㊀

夫曰因俗成化，曰除殘佑仁，曰廢貪立廉，曰家撫戶曉，君百里者，得此已臻上理，更待何求？何況子厚身祗司馬，不主州政，今爲長官作計，條理如此嚴密，而且號爲二千石楷法，壽之貞石，謀永將來，此其重視州家治法，何等深切？絕不含牢騷不平之意。顧清初有儲方慶者，字廣期，爲宜興儲欣之姪，有文名，以進士榜下得晉令，求列侍從不可得，卒怏怏罷吏議歸。由是借他人酒杯，澆自己塊壘，於書柳子厚詩後，而妄下訾議：

異哉子厚之詩也！子厚少年負才望，冀旦夕登禁近，一旦斥退爲外吏，又在嶺海外，宜其言有不平者。然丈夫官至刺史，爲天子撫一方民，得專制於境內，亦可爲榮矣，子厚坐黨廢，不卽於誅戮，位以藩臣，差可自慰，乃戚戚如此乎？今人積學力行，累數十年，猶不克成名，成名矣，相率出爲外吏，又數十年得至於刺史者，蓋一二之於千百也。間有爲天子侍從者，一失足則驅而出之，列於郡縣之小

㊀　釗案：公之釋惡而取美，釋原作擇，依王荆石改。

吏，又不如相率爲外吏者，然皆俛首帖耳，恬然不以爲怪，莫敢出一言，以洩其胸中之憤懣。　誠如子厚得爲刺史，則將歡欣驕蹇之不暇，何暇論嶺海内外哉？今之滇黔，較嶺南爲尤遠，自京師至其地，萬餘里不止，士大夫筮仕之初，未嘗有罪斥，臨之以朝命，則奔走不敢少息。　或已歷清顯，位大僚矣，窮年皓首，分符於絶域者，黽勉趨之，曾不聞有一人薄其地爲不足爲，而自甘於頹廢也。　假令子厚生於今時，遭此竄斥，官不得刺史，地不止嶺海，驅之以不得不去之勢，迫之以不容自已之情，吾不知其悲歌忼慨，所以形而見之於言者，更當何如也？

查明清一統，其幅員之恢闊，與有唐大不相同。　唐時遠州惡郡，皆指作左官配地，明載於官文書，明清則大小遠近如一，全無此別，方慶遽將唐清官制，畫一相衡，可謂闇於史識。　何況子厚頌言：「聖恩寬宥，命守遐壤，懷印曳紱，有社有人」，（語見唐雅。）並無何等怨誹形迹？　洎移治柳州，與在永之廛爲貳尹者未同，則奮然曰：「是豈不足爲政耶？」（語見退之所爲墓誌。）於是設教設計，不一歲而柳州大治，凡此皆與方慶所述異致。　至於子厚與故舊如許孟容、李建等書，間於處境之艱，有所申訴，則言非一端，夫各有當，雖文人之癖習致然，而亦變風所許，人情不禁，何得與設官分職之正當途徑，並爲一談？　方慶之叔欣、批於紙尾曰：「此借子厚以諷也，然東西南北，惟上所使，亦顧處之何如耳？　子厚治柳，不鄙夷其民，有惠政，此子厚所以爲子厚

也」，斯言得之。

視其蓄則溶漾紆餘：　溶漾、雙聲字，與容與、容裔同，水動蕩貌。紆餘、疊韻字，與紆徐同，遲回曲折貌。

乃作棟宇以爲觀游：　立而觀曰觀，行而游曰游，潭州戴氏堂記所謂觀望浮游是也，觀字用作名詞，去聲讀。

無不合形輔勢效伎於堂廡之下：　子厚行文，好用三疊字法，如此處合形輔勢效伎，卽三疊字也，或分作兩句讀，無不合形輔勢句絕，此直未解柳法。

外之連山高原林麓之崖：　此亦三疊字句法，崖字承上連山高原林麓三項，或於連山高原斷句，將林麓之崖作另一句看，幾於文氣不接，尤悖柳法。

永州崔中丞萬石亭記

一

崔中丞者、崔能也，子厚嘗作湘源二妃廟碑，所謂州刺史御史中丞崔公，卽此人，一本題無崔中丞三字。

子厚以善記山水知名，凡山水不經子厚渲染則已，一著筆，無不工。歐陽永叔素不喜柳文，獨至此記，輒美其出語崔嵬，〔詩全篇見後。〕可見天下之公言，卽仇者亦

難否定。顧至最近，吳摯父必謂子厚乃模仿退之燕喜亭記而爲之，以貶損其價，不解何故？

夫山水記，記山水而已，卽聖者亦不能在山水或樹石丘陵之外，別呈技巧。凡號能文，作此等記，其在形勢，大抵同中有異，異中有同；謂之似，每篇都似，謂之不似，每篇都不似，天下亦何止韓柳此兩記者，可得相提並論，並約略指點其謀篇造句之有相仿佛者哉？

退之燕喜亭記，成於令陽山時，子厚則在元和十年，記萬石亭，歲月相去一紀，退之文字，子厚當無不讀，倘後者志存橅擬，在勢自綽有可能。吾卽二記而熟勘焉，亦誠有一二處，可得以近似二字牒之。如韓曰：「吾州之山水名天下，然而無與燕喜者比，經營於其側者相接也，而莫直其地，㊀凡天作而地藏之，以遺其人乎？」柳曰：「州邑耋老，雜然而至曰：吾儕生是州，藝是野，眉厖齒鯢，未嘗知此，豈天墜地出，設茲神物，以張我公之德歟？」韓曰：「蕐糞壤，燔椔翳。」柳曰：「刳闢朽壤，剪焚榛薉。」退之息詔子厚，似我似我，而子厚竭蹷以赴，所得卒不過爾爾。其他柳用排偶句：「抉其穴則鼻口相呀，搜其根則蹄股交峙」，摯父訾其習氣未除，而韓之同一句法：「出者突然成丘，陷者呀然成谷」，摯父則深諱之，姑不具論。綜覈兩家全篇語句，除

㊀ 直音值，當也，史記：「樗里子墓，正直其北」，是其例。

上舉迹涉嫌疑之二項例子外，吾殊未見有何顯犯雷同、應付磨勘之處，世之君子，庶共覽觀。

摯父又評：「此亦樵連理木水門記」，持説尤謬，無足指駁。

二

歐陽永叔永州萬石亭詩，題下注云：「柳子厚亭」，實則亭爲韋使君造，固不屬子厚也。可見斯亭之傳，唯賴子厚爲之沾溉，以致不喜子厚之永叔，仍不得不爲斯亭登高而賦。詩云：

天於生子厚，稟予獨艱哉，超凌驟拔擢，過盛輒傷摧。苦其危慮心，常使鳴聲哀，投以空曠地，縱橫放天才。山窮與水險，下上極沿洄，故其於文章，出語多崔嵬。人跡所罕到，遺蹤久荒頹，王君好奇士，〔題下原注：寄知永州王顧。〕後二百年來。翦薙發幽薈，搜尋得瓊瑰，感物不自貴，因人乃爲材，惟知古可慕，豈免今所咍？我亦奇子厚，開編每徘徊，作詩示同好，爲我銘山隈。

子厚天賦高才，過盛輒予傷摧，永叔似代造物司此機緘，噫！何甚心之甚也！古慕今咍云云，亦指示二百年後，宋人爲子厚張目，仍不得當時人之慨諾。永叔願將此詩銘之山隈，亦以明章物以人貴之理，極其量不過如此云爾。

文中「咸恨推公之嘉績未洽於人」句，摯父校：推字誤衍，是。

梅聖俞、永叔之至友，少以蔭補爲吏，官至都官員外郎而止，人歎其窮而工詩，遺詩甚富，慶曆六年，永叔序而行之，集中亦有萬石亭詩如下：

天地磨古今，賢愚爲埃塵，草樹易變改，山川無故新。眷言零陵守，白髮駕朱輪，閒來問遺老，俯跡哀昔人。昔人者誰歟？元和前放臣，下上窮幽荒，憔悴楚水濱。試覩當此記，圖寫未必眞，最苦來黄溪，坐石數游鱗，有鳥大如鵠，東向立不踆。始買鈷鉧潭，鄠杜難計緡，冉溪袁家洞，亂石多磷磷，深里與沸白，若盡無窮津。石渠連巖泓，菖蒲被其垠，窮勝得其詭，衆美誰齊均？西澗石爲底，豈無芹與蘋？澗崖如堂席，澗響如龍脣，折竹掃陳葉，羅榻同衆賓，其言粲星斗，百歲猶比晨。萬石乃淺近，尚可資覆巾，而況前所說，但恐煩鐫珉。

詩中袁家洞，洞疑渴字之誤，深里、里疑應作黑。堂席字出隋書高祖紀：「藩屏作固，垂拱責成，沈默巖廊，不下堂席」，下云折竹掃陳葉，即掃此堂席上之落葉也。

詩敍子厚之被放，頗致微詞，又譏其圖寫不眞，可見己於昔賢，平日深受永叔之影響，不能深切了解。末云：「但恐煩鐫珉」，與永叔之「爲我銘山隈」相比，卻有隱顯深淺之未同。剑案：凡詩人之於山水，不外以己之身分，遣與澗崖草樹合轍，往往看法不能一致。聖俞以宋詩家描摹唐賢與造化相通之子厚，未親楚地，圖寫敢與子厚爭眞，都是匪夷所思。

零陵三亭記

三亭、注家稱：並在東山之麓，一曰讀書亭，二曰湘秀亭，三曰俯清亭。一本題有薛令作三字，蓋亭爲故零陵令薛存義所作也。

集有送薛存義之任序，讀此記，兼參照贈序，始知邑之觀游，必具與政事相連之大義。記篇首曰：

邑之有觀游，或者以爲非政，是大不然。夫氣煩則慮亂，視壅則志滯，君子必有游息之物，高明之具，使之清寧平夷，恆若有餘，然後理達而事成。

末幅曰：

則夫觀游者果爲政之具歟！薛之志其果出於是歟！及其弊也，則以玩替政，以荒去理，使繼是者咸有薛之志，則邑民之福，其可既乎？

首尾相貫，章法大定，倘離政事而爲觀游，則謚曰玩，去事理而騖游息，則號爲荒，此如孟子所譏流連忘反，及後來隋煬帝開渠千里，浪游淮揚，將均去此不遠也。「其可既乎」？既、盡也，如左：「日有食之，既。」斯爲本義，子厚在宥蝮蛇文，亦用此字。其曰「榛中若此者可既乎？」乃問榛中蝮蛇，可否一掃而空也？由是既字微轉而詁爲絕、爲斷。本文之既，則指政與觀游之連誼，不可絕亦不可斷，義甚明白，無可疑者。

〔按咸有薛之志則邑民之福其可旣乎爲一複句，其字不可單看作代上邑民之福。〕

吾嘗歎陸放翁名游，字務觀，此非廑志在以觀游爲政具，而且一生行己應物，將一切倚爲準繩。 獨惜放翁連不得志，以幕客終，畢生不與政事作緣，晚歲中原虛望，沈園獨遊，默默化爲稽山土以去，讀斯篇而懷念，不禁擲書三歎。

文中措詞，亦偶著齊梁雋句。 方望溪昌言：爲古文不得入六朝語，此特望溪己不能爲，而姑妄禁制人耳。 爲問作山水記，而關斷謝鮑之門，此將與見黃門而稱貞何異？如

爰有佳木美卉，垂水叢峰，瓏瓌蕭條，清風自生，翠煙自留，不植而遂。 魚樂廣閒，鳥慕靜深，別孕巢穴，沈浮嘯萃，不蓄而富。

此天然排句，不植而遂，統上水木數語爲一聯，不蓄而富，統上魚鳥數語爲對文，陋儒或以排偶少之，似儲同人獨否。 儲之言曰：

清風翠煙，及魚鳥之浮沈嘯萃，余每游吳下名園而誦之，此等語句，眞天造地設，非人力也。

儲氏伯叔兄弟，讀書不少，不無愚者一得之言。

本文開篇數語，卽將近世邑政必多設公園之理，都收攝去。 吾壯年，與同邑楊篤生滯留英倫，篤生好遊茘支慢園(Richmond Park)。 夫茘支慢爲倫敦公園之較大

者，篤生爲言：中多植物標本，其幅員不下於吾蘇州城，吾雖未敢深信其言，卻知該都市之大公園，有一百餘所，小者且不可勝計。此持較吾南朝之四百八十寺，爲數雖不及，然寺之用便於僧，便於士大夫之閒遊與習靜，而與市民及廣大羣衆無涉。絶不可能與近代公園，及本記之零陵三亭，所視爲全民政餘游息之物，高明之具者，使等量而齊觀。又吾知上海人口，微弱於倫敦，而在殖民統治之下，私園曰張曰徐，曾設置三兩所外，所謂公園，不少概見。外白渡橋堍，有廉隅不整之方寸地，强名之曰公園，而止於洋商禁臠，六十年前，且懸有狗與華人不得入内之虎頭牌示，以標識國恥。舊北京雖園池廣大，其集靈囿與後來之政事堂，幾於長林豐草，人禽不分，而此外均看作鈞天清都廣居，與下民相去，有若風馬牛之不相及。聞往時京朝官，由南城入朝，須繞城根半日，始達政地，是爲絶少數人遊觀，而妨害大多數官員行走，遑論民衆隨意參與其游息也乎？然則都邑之有游覽建置，號爲政績，認是全民解煩息慮萬不可少者，此一體國經野之起碼觀念，似爲吾國士大夫一嚮不具。於是中唐之世，有薛存義其人，以爲吏役於人而非役人，大聲號召，其以湘源令兼攝零陵，雖在五日京兆之中，仍作百年不朽之計，其友柳子厚深通治道，嘉其有爲，並作記以張之，此在吾政史與文藝史上，人民走徧天涯，開眼無從得見，都不失爲破天荒之頭等大事。

卷二十八　記

零陵郡復乳穴記

題有誤，當先改正，蓋零陵屬永州，永州並不出鐘乳，出鐘乳者，乃連州之連山郡也，題將零陵郡改作連山郡，方合。〔大姚云：零陵郡當作連山郡，文安禮嘗論及之。〕元和四年，永州連州兩刺史皆姓崔，一曰崔敏，一曰崔簡，本文之今刺史崔公，簡乎？抑敏也？姚南青云：

崔簡以刺連州爲州人所訟，流死驩州，即子厚亦云：餌五石，病瘍且亂，又書與之論石鐘乳，則此記不得謂爲信詞矣。此大姚明明以今刺史崔公爲簡，陳少章亦云：「以本集二崔誌文證之，簡刺連州，敏刺永州，韓醇謂元和四年，永州刺史崔簡，連州乃崔敏，殆誤倒二人之名」，說確鑿可信。兩誤廓清，〔一地名誤，一刺史名誤。〕而後文有可論。

崔簡在連州以贓敗，夫官之犯贓，不獨不能證明其治民之無仁政，而且可說：犯贓即由於濫施仁政而來，大姚謂此記非信詞，說乃無據。

本文「君子之祥也，以政不以怪」，與貞符「休符不於祥，於其仁」，爲子厚一旦當政，輔民及物之兩大號召，響澈中唐，永爲政型。

以貢則買諸他部：　石鐘乳出連韶春三州，而三州分屬潭廣兩部，連既告盡，當買之韶春，故曰他部。　又與崔連州論石鐘乳書，引水經注「始興爲上」語，始興卽韶也，陳少章云。

甿甿熙熙，崔公之來：　來叶釐。

先賴而後力：　先裕民力，使有依賴，而後用民之力。　惟陳少章謂：「賴當作賚，乃與上『徒役不貸』，及下『出不將直』，語脈通貫」，說亦通。

縻繩以志其返：　縻、繫也，以繩繫物作誌，不至迷途。

今而乃誠吾告故也：　今下、各本有令人兩字，疑誤衍。　今而、猶今也，複用副詞。　乃、汝也，故、謂原狀。　綜而言之：今汝誠實不欺，我因以原狀奉告也。　或曰：令人兩字，人通仁，謂今之令爲仁人，我因奉告原狀，此並不削去令人二字，而另立新解，是又一說，可共存。

何祥之爲？　爲、猶有也，何祥之爲，猶言何祥之有也。　左氏傳爲字恆如此用，如僖三十二年：「秦則無禮，何施之爲？」言何施之有也，成二年：「是棄君於惡也，何臣之爲？」言何臣之有也，餘不勝舉，柳文中亦習見。

道州毁鼻亭神記

一

道州毁鼻亭神記，乃子厚黜邪明教之所爲作也，子厚既不得志於時，平日利安元元之大計，不爲其正而爲其負。文中「明罰行於鬼神，愷悌達於蠻夷」二語，以信鬼尚禨之楚俗，而昭其慴伏，以相傳千年之淫祀，而毁於一朝，事與願諧，聞歌興起，作者實不啻借伯高㊀酒杯，澆自己塊壘云。

文不須解釋自明。鼻與庳同，君有鼻者，卽舜封象於有庳也，有鼻在零陵，或謂零陵有鼻墟是也。翟灝四書考異：鼻與庳、皆從畀與之畀，音皆讀若庇，故其字得通借。釗案：左襄廿三年，邾畀我來奔，公羊作鼻我。斥一祠而二教興焉者，二教當指教孝教弟，對上文以爲子則傲、以爲弟則賊言之也。

袁子才隨筆中，有鼻亭之疑一條如下：

柳子厚作毁鼻亭神記，明象之不當祀也，王陽明作靈博山象祠記，明象之當祀也。按靈博山在今貴州，非象所封地，孟子所云有庳，卽今湖廣永州府之零陵縣，其險惡非人所居。舜罪四凶，流竄皆在中國，何獨象而封之極遠之地？當時

㊀ 薛伯高也，爲子厚先友，名見先友記。

舜都安邑，離零陵四千餘里，焉得常常而見，源源而來耶？惟史記注引括地志曰：帝葬九疑，象來至此，後人立祠，名曰鼻亭神，此爲近之。子才疑象不當封於有鼻，果爾，則相隔四千里之地，不得常常見，源源來，於是翻信括地志說，象因舜葬九疑而來至，是疑也，姑備一說存之。

旋檢姜西溟湛園未定稿，得鼻亭辨一首，子才所記悉本於此。辨如左：

鼻亭辨　　姜宸英

柳子爲薛道州作毁鼻亭記，謂象以惡德專世祀，不可，至明王文成爲靈博山象祠記，以象爲已化於舜，故其民至今廟祀之，其識似勝子厚，而兩公皆未及象封邑所在。案靈博山在今貴州境，非象所封地，孟子舜封象於有庳，卽今湖廣永州府之零陵縣，一統志云：在道永二州之間，窮崖絶徼，非人迹可歷。愚嘗考之：舜罪四凶，其所誅流竄殛，皆不出今中國之治。幽州在密雲，其地有共城，崇山今澧之慈利，卽岳州境，比零陵尤近，三危在沙州，漢燉煌縣東南三十里，羽山在萊州卽墨古不其縣南，所謂投之四裔者，以其爲東西南北之界也，其實皆中國版圖所隸。當時舜都安邑，若封象在今零陵縣地，則陸踰太行，水絶長江，延迤三四千里，然後得至。又有洞庭不測之險，俗與椎髻爲伍，而驅其愛弟使披箐篁，涉風濤，犯瘴癘於此地，此與四凶之放何異？而猶以爲仁人之親愛其弟，吾不信也。漢

文帝弟淮南王長廢徙蜀，袁盎諫，以爲淮南王素驕，而暴摧抑之，帝必受殺弟之名，後淮南王果道死，而帝悔不用盎言。象之凶傲，甚於淮南，有庳之險遠，不啻巴蜀，使舜避放弟之名，而封之以險遠必死之地，是何漢文之所終悔者，而舜行之不疑也？孟子曰：「欲常常而見之，故源源而來」，越湖絶江，踰河涉嶺，以至京師，比歲一至，則往返萬里，其勞已甚；數歲而數至，則日奔走於道路之中，且時有登頓之憂，風波之患；若三年五年一朝見於天子，如周之制，又不可謂之常常而見，源源而來也。以此推之：則零陵必非象所封地，象所封地，必近帝都，而今不可考矣。柳與王之説雖善，然祠廟之建毁，均於象無與。史記注引括地志曰：「帝葬九疑，象來至此，後人立祠，名曰鼻亭神」，此爲近之。然世俗之附會古蹟，名似而實非者多矣，予誠不敢穿鑿以求之也。

試將湛園此文，移核隨園所記，卽知後者爲前者之縮本，篇幀異而内容全同。查湛園以布衣知名於時，晚年一第，而旋坐法謝世，天下寃之。因而文集收入四庫者，早爲北平黄叔琳全部刊出，隨園鄉里後輩，斷無不加瀏覽之理。夫後輩取材於前輩著作，以成短書，文人惺惺惜惺惺，亦自合之兩美之事，顧隨園不出此，而甘尸剽賊之名，爲識者齒冷，殊不可解。

姑卽姜文繩之，藹然仁人之言，史實究不無可議。論衡書虛篇稱：「傳書言舜葬

於蒼梧，象爲之耕」，據此，括地志九疑之説，先未必確。王充傳書云者，未識何書？所謂象，人耶獸也？誰能實之？夫充、東漢産也，較之唐人蕭德言等㈠，去古稍近，此一筆訟，未易理平。於是零陵象忽來至，來至而即應爲之設祠，湛園此説，似終難於徵實。要之象者象也，「以爲子則傲，以爲弟則賊」，二語鐵案如山，無從爬梳。由是言之：唐元和中薛伯高刺道州之剷象祠，視作清初湯斌撫蘇之毀五通祠，不問某一通來從何來，某半通去何處去，㈡其可。子厚之識，於何勝之？

二

王陽明象祠記冒頭即曰：

靈博之山，有象祠焉，其下諸苗夷之居者，咸神而事之。宣慰安君，因諸苗夷之請，新其祠屋，而請記於予，予曰：毀之乎？其新之也？曰：新之。新之也何居乎？曰：斯祠之肇也，蓋莫知其原，然吾諸蠻夷之居是者，自吾父吾祖遡曾高而上，皆尊奉而禋祀焉，舉之而不敢廢也。

查明安姓，世居水西，管苗族，世代襲貴州宣慰司，萬曆天啓間，有安疆民及弟子位，先後爲宣慰司，正德間、與王陽明同時。不知宣慰司爲安氏先輩何人？要之事關苗

㈠ 括地志、唐魏王泰命著作郎蕭德言、秘書郎顧胤等撰，凡五百五十卷，書今佚。

㈡ 湯斌毀五通祠後，蘇州祇賸半通之謠，事見聊齋。

族信仰，政出苗管主司，此與薛伯高刺道州時之轄治本族民衆，得以黜邪明教、利安元元之策，敷和於下，導致歌頌之所爲，形勢迥如冰炭之不可入。子厚峒氓詩云：「愁向公庭問重譯，欲投章甫作文身」，倘子厚處於王陽明之時代，對苗夷尊奉之祀典，兼以苗管執政之請求，順之差安，違之立亂，語有之，「禹稷顏子，易地則皆然」，斯時也，子厚不願爲顏子，而堅持非仿禹稷披髮纓冠不可，將時中之謂何？吾恐賢者未必迂錮乃爾。姜西溟遽於兩公之間，妄測其識之誰爲勝負，陋已。

評者曰：「薛伯高好立意見，甚愎而迂，其毀象祠未必是」，此狃於伯高於祀文宣王時，排十哲，引沙門，而推論如是，其說亦未爲無見。（此評不知出於茅坤抑儲欣也，吾已忘之。）其曰毀象祠未必是者，亦以靈博山爲例爾，鼻亭非靈博山，究何不是之有？徐日知評象祠記曰：「柳子厚有毀鼻亭神記矣，此獨另闢一解，奇想出人意表，有此識力，方許作翻案文字。」吾誠不解陽明曾從何處翻案？凡文家不能在情節之不同處，力規其通，說不上有何識力？

孰羨淫昏？俾我斯瞽：斯猶是也，凡言由是或於是皆統此。如本文：乃謂誰立鼻亭？使我由是而瞽，如詩公劉：「於京斯依」，又「于豳斯館」，則謂于京依於是，于豳館於是也。

吾得而更之，況今茲乎：袁枚隨筆稱：此用董仲舒高廟災對：「苟違於禮，雖尊

如高廟，吾猶災之，況其他乎？」摹仿痕迹未化。

永州龍興寺息壤記

永州龍興寺息壤記，子厚隨筆小文耳，而可見子厚之唯物觀，居信鬼之地，而不爲邪說所動。其文云：

> 永州龍興寺東北陬有堂，堂之地隆然負甎甓而起者，廣四步，高一尺五寸。始之爲堂也，夷之而又高，凡持鍤者皆死。永州居楚越間，其人鬼且禨，由是寺之人皆神之，人莫敢夷。史記天官書及漢志、有地長〔上聲〕之占而亡其說，甘茂盟息壤，蓋其地有是類也。昔之異書，有記洪水滔天，鯀竊帝之息壤以湮洪水，帝乃令祝融殺鯀於羽郊，其言不經見。今是土也，夷之者不幸而死，豈帝之所愛耶？南方多疫，勞者先死，則彼持鍤者，其死於勞且疫也，土烏能神？余恐學者之至於斯，徵是言而唯異書之信，故記於堂上。

南方多疫，勞者先死，此憑借物理以爲斷，何等斬截？而息壤不經之說，遠起於子厚之先，而遂流衍於子厚之後，後來文士所見，都遜子厚一籌，卽此已見子厚之偉大。

宋鄱陽張世南游宦紀聞有云：

> 柳子厚息壤記云云：秦甘茂盟息壤，乃在秦地，非此也。龍興舊址，今在永州

太平寺，息壤不復可見。查江陵城内有法濟院，今爲地角寺，聞昔是息壤祠。圖經引溟洪錄云：江陵南門有息壤焉，隆起如伏牛馬狀，平之則一夕如故，前古相傳，不知其始，牛馬踐之立死。唐元和中，裴宙牧荆州，掘之深六尺，得石城，與江陵城同制，中徑六尺八寸，棄徙於牆壁間，是年霖雨不止，江潦暴漲，從道士歐陽獻之謀，復埋之，祭以酒脯，而水止。厥後凡亢旱，徧禱無應，卽詣地角寺欲發掘，必得霶霈之雨，遂爲故事，詳見皇祐辛卯刑侍王子融息壤記。二郡大率相類，而秦地之息壤，則未詳也。

世南字光叔，曾官永福，除著錄本書外，他事無可考，殆一當時好記醜而博者爾，談不上有何物理見地。凡子厚遭逢物異而有斷制，在唐宋文人中，最爲突出。子融字熙仲，王曾之弟，祥符進士，其人熟於典禮，頗有述作。

義門讀書記云：甘茂盟息壤，息當爲滋息之息。釗案：鯀竊息壤事，出淮南子，又山經啓筮，亦載其說，子厚所謂異書，殆指後者。

史記天官書及漢志，有地長之占：長上聲。釗案：天官書云：「水澹澤竭，地長見象」，天文志云：「水澹地長，澤竭見象」，中間所用字，位置有顛倒。或謂漢書次第是，吾意不然，蓋此八字，共說地長之象，以水澹澤竭爲其總因，若依漢書所列，則地因水澹而長，澤竭又見何象乎？又案史漢兩書注家，未標長字音讀，並別無詮釋，柳

州此文，可補兩注之失。

豈帝之所愛耶：　謂帝愛是土而不肯夷也，凡用愛、惜、愼、或用重、以限制動詞，卽使其動作包含否定意，左氏：「若愛重傷，則如勿傷」，最爲代表例。

而唯異書之信：　之猶言是，此類句子，屬造句提頓法，他條有說明。　釗案：鈕琇觚賸載：康熙乙丑春，晤太康王鈿稱：曾從父官荆南，根據續博物志，及東坡詩序，掘息壤，致暴雨，亦異聞也。

永州龍興寺東丘記

廖於題下注云：「公謫永州十年，凡爲記序，其年月有不可得而考者，此其一也。」釗案：永州司馬，原無固定廨宇，子厚初至，卽以龍興寺爲經始之地，公私合沓，了無秩序，書史米鹽，于焉雜陳，藏焉脩焉，息焉遊焉，皆不得越此雷池一步，如鳥營巢，銖積寸累，東丘其觳音也。　子厚厝意種種區劃，應是莅臨初計，決非晚期。

不可病其敞也，邃也：　王世貞曰：「其敞其邃未妥，不識更有佳字可易否？」釗案：此元美故掉書袋，以矜博雅，以子厚搜索不着之字，責之人人，明人之狂，大抵帶妄，率如此。　何況子厚之用敞邃二字，有許多相輔之語，以爲襯託，字義躍躍紙上，縱不十分貼切，亦不中不遠。　元美之妄，何止一言以爲不智？

又將披而攘之： 子厚好用披攘字，將兩字拆開，惟見於此。 披而攘之，猶言離而散之也。

林琴南云：「用曠奧二義，形容寺中物狀，合目揣之，情景躍然，體物之妙，可謂窮形盡相，末數語若歌若謠，讀之令人神往。」 琴南強作解人，似高元美一等。

永州法華寺新作西亭記

子厚嘗爲始得西山宴遊記，記得西山之所由來，乃因偶坐法華寺西亭，望西山而指異之，時元和四年九月二十八日也。 然則西亭之作，先於元和四年，殆無疑問。子厚永州山水之遊，應分作兩箇階段，而以西山之得爲樞紐。 前乎此者，亦嘗遊矣，而細核之，如未始遊然，所謂始遊，則發軔於西山之怪特。 西山怪特之忽爾發見，又兆端於法華寺西亭之宴坐，然則此一記也，實爲管領子厚一生遊運之神經中樞。 因而假借住持僧之法號，於何者爲覺，何者爲照處，盡量抒寫，以圖改造向來挈挈於通塞有無之方之狹義人生觀。 此記所貢獻於子厚思想轉變之重要性，有如此者。

新蒸篠簜： 粗曰薪，細曰蒸。 書： 篠簜既敷，篠、小竹，簜、大竹。 篠音小，竹箭也。

余時謫爲州司馬，官外常員，而心得無事：余時謫爲州司馬，絶句。官外常員，與下「心得無事」對文。官外常員，一本外字下有乎字，官外乎常員，更能説明眞實意義。蓋州司馬不管民社，非國家常置之員，故曰外。此就官言官，與子厚爲禮部員外置同正員，了無關涉，注家牽連作釋，顯有誤解。

永州龍興寺西軒記

此記應與法華寺西亭記，等量齊觀。吾曩作西亭記解釋，謂子厚假借覺照法號，以圖改造己身鄉來之狹義人生觀，此里程碑也，而目的地卽爲：「轉惑見爲眞智，卽羣迷爲正覺，捨大闇爲光明。」圖經宛在，發足卽至，故吾謂二記如連雞之棲，不可闕一。

巽上人者，重巽也，此僧與子厚交往極密。子厚曾爲巽公院五詠，今曰其一以貽巽上人者，乃手指禪室，而儆告其中之忘機客，期於實踐曩記「夫其地之奇，必以遺乎後，不可曠也」之諾言。〔語見法華寺新作西亭記。〕然後所爲「鑿大昏之墉，闢靈照之戶，廣應物之軒」者，可得攜手並進，而不必沾滯於誰爲誰之徒？

本篇以「永貞年」開始，夫永貞者何？卽順宗踐祚之新年號也，此一短短年號內，凡子厚由勤政而遠貶，具於篇中和盤託出，可算全集獨一無二時代性文字！

柳州復大雲寺記

大雲寺者、武后時之所置也，天授元年，有東魏國寺僧法明等，僞撰大雲經，言后乃彌勒下生，當代唐爲閻浮提主，后大悦，因令諸州各置大雲寺。

此記說明神道設教之有扶持生產意義，卽無神絶對論者，亦不能不予相當同意，以不如是爲之，將見神道進一步墜入奇衺，以致戶秏田荒，畜字不孳，甚且人類瀕於絶滅也。推而言之，此種重大意義，卽在歐西景教，亦不能例外。蓋歐洲蠻族，原主多神，多神唯有以一神救之，而吾越人之巫師雞卜，亦神道也，此種信祥易殺之教，姑以大雲經之閻浮提主救之，於是以神濟神，成爲最後無神之中間必經階層。子厚自始反對推天而引神，至此則不得不慨然宣於衆曰：「庶乎教夷之宜也」云。

神不置我已矣：置、釋放也，謂神不肯釋放我，留在世間。

唯浮圖事神而語大：釗案：大疑天字形誤。子厚嚮言引神推天，此則易言事神語天，或曰：語大出中庸，亦有所本。曰：中庸之語大，與本記無涉。

廣大逵，達横術：九達謂之逵，邑中道曰術，術音遂。三國袁術、字公路，術亦應讀作遂。

林紓云：柳州素佞佛，然此記卻說得堂皇有關係。

永州龍興寺修淨土院記

子厚非自發佞佛之人，唯集中有關禪師或寺院之文字特多，不免授人口實，如永州修淨土院記，即其一也，而退之則否。退之集內，此類迹相顯著之紀載，不少概見，於是即以不才而論，亦不得不認兩家之有事於佛，距離絶遠，何況退之有佛骨一表爲張目哉？不謂此意殊大謬不然。

明都穆聽雨紀談，有柳韓言佛一則如下：

柳子厚記永州淨土院云：中州之西，有國曰身毒，釋迦示現之地，彼言西方有世界曰極樂，其國無三惡八難，衆寶以爲飾，其人無七纏九惱，羣聖以爲友，有能誠心念力具足，則往生彼國。韓昌黎弔武侍御所畫佛文曰：有爲浮屠之法者云：極西之方有法焉，其土大樂，能相爲圖是佛而禮之，願其往生，莫不如意。二公非佞於釋者，但直述彼之言耳。

吾因都穆此紀，輒出退之弔畫佛文而細按之：

御史武君，當年喪其配，斂其遺服櫛珥鞶帨於篋，月旦、十五日，則一出而陳之，抱嬰兒以泣。有爲浮圖之法者，造武氏而諭之曰：是豈有益耶？吾師云：人死則爲鬼，鬼且復爲人，隨所積善惡受報，環復不窮也。極西之方有佛焉，其土大

樂，親戚如能相爲〔去〕，圖是佛而禮之，願其往生，莫不如意。武君憮然辭曰：吾儒者，其可以爲是？旣又逢月旦、十五日，復出其篋實而陳之，抱嬰兒以泣。且殆而悔曰：是眞何益也？吾不能了釋氏之信不，又安知其不果然乎？於是悉出其遺服櫛佩，合若干種，就浮屠師請圖前所謂佛者，浮屠師受而圖之。韓愈聞而弔之曰：晢晢兮目存，丁寧兮耳言，忽不見兮不聞，莽誰窮兮本源？圖西佛兮道予懃，以妄塞悲兮慰新魂，嗚呼奈何兮？弔以茲文。

吾按題爲「弔武侍御所畫佛文」，注：「或無弔字」，此可能弔字爲編者妄加，以奉佛而招人來弔，無是情，亦無是理也。果爾，文中「韓愈聞而弔之曰：」此弔字並可能是竄改，又結尾「嗚乎奈何兮？弔以茲文」，全兩句可能是竄入。

依上推測，此文乃退之自動爲之，並非出於武少儀或武儒衡之請求，與子厚作禪師碑銘，由僧再三謁請者異致。試將三處弔字削去，全文宣揚佛力，不含一絲弔誄意味。爲問退之以排佛爲職志，爲何有此適得其反之外形表見乎？有人能說文爲無所爲而爲之者乎？吾揣聞而弔之之弔字，原本是一讚字，退之讚佛，能與毛穎傳之善戲謔視同一例乎？

或曰：退之明言「以妄塞悲」，是批判佛說之爲妄也，謂韓讚佛，毋乃矛盾？曰：儒家詮妄爲妄，而佛家則否，凡五尺童子之稍解佛理者，無不知觀自在菩薩宣稱色

卽是空，卽空卽色，或妄卽是眞，卽眞卽妄，以退之之明，寧不了然？子厚本記：「通假有借無之名，而入於實相」，亦在釋明妄義。都玄敬曰：「二公非佞於釋者，但直述彼之言耳」，述人之言，當然不排除表己之見，二公對佛有通解，能洞達其「最上乘或第一義」，吾敢深信而不疑。

由此言之，從來判定韓柳一排佛，一佞佛之輕率爰書，應須推翻重整。㊀

永州鐵爐步志

一

子厚此作，明有所諷，蓋唐世重門第，好誇張，子孫冒祖父之名與位，以震駭流俗，所在多有，子厚或親遇其事而惡之，故借鐵爐而揭其事於此。唐人有詩云：「自從元老登庸後，天下諸胡悉帶令」，㊁子姓並非同族，尚不恤謂他人父以張其勢，讀義山句：「郎君官貴施行馬，東閣無由得再窺」，詩人爲子以父貴寫照其事，更不足責矣。

㊀ 記云：今刺史馮公作大門，馮刺永州，在元和二三年，記當在是時作。釗案：上語題下廖注，馮名未詳。

㊁ 此言令狐父子相繼顯貴，天下姓胡者，姓上亦加令字，令平聲讀。

嘗見桐城諸子，爲起家二字發生爭執。望溪云：「起家、自家起而尊用也，自荆公誤用，而明代人遂有云以尚書起家，以毛詩起家者。」姬傳云：「按在家曰居，出仕曰起，非爲尊用，荆公蘇君誌曰：起家三十二年，猶云仕三十二年，其義自爲可通，不必以明人之誤，追貶荆公」，說見方植之書林揚觶。望溪尊用二字，意殊模糊，桐城習氣，好節省用字，往往造成朦混，荆公與明代人用法之別，亦未具體說明，此訟難於驟解。姑妄引之，以證子厚所標冒名自大之習，延緣至千數百年，猶未少減云爾。㊀

永州北郭有步，曰鐵爐步：　此文讀法，當「永州北郭有步」絶句，其下「曰鐵爐步」四字，獨立成句。　如讀成「有步曰鐵爐步」爲一句，則顯出最後步字爲贅，參看愚溪詩序簽釋。

余乘舟來，居九年：　余乘舟來絶句。　居九年、猶言居頃之，居無何，居作副詞用，與下「嘗有鍛鐵者居」，居字作動詞用者異趣。

二

清王之績、字懋功，宣城人，著有鐵立文起，泛論文章體例，鐵立者、其齋名也，中有一條，言柳州山水諸記如下：

㊀ 吾湘大家有婚喪事，動將家存不屬於己之官銜牌，雇乞丐分肩，簇擁塗路，亦即踵此冒名自大之習。

記之名始於戴記學記等篇，記之文文選弗載，後之作者，固以韓退之畫記，柳子厚遊山諸記爲體之正。然觀韓之燕喜亭記，亦微載議論於中，至柳之記新堂、鐵爐步，則議論之辭多矣。

由鐵立之言，記有正變兩體，記何物卽專記何物者爲正體，記物而兼帶議論者爲變體。實則此讀者強爲之辭，以子厚言，彼落筆時，未必有所容心於其間。

義門讀書記引任昉云：「吳楚間謂浦爲步，語之譌耳」，但浦爲輕脣音，惟埠爲重脣，與步適同，不知埠字在齊梁間已通用否？丹鉛總錄云：「青箱雜記：嶺南謂村市爲墟，水津爲步，罾步、卽漁人施罾處也。張勃吳錄：地名有龜步、魚步，揚州有瓜步。羅含湘中記：有靈妃步。金陵圖志：有邀笛步，王徽之邀桓伊吹笛處。」升菴歷舉諸步，都未有通用作埠者。

世綵堂本題下注云：

志云：余乘舟來，居九年，此當作於元和八年。古者姓氏，特以別生分類，賢否之涇渭，初不由此。尊尙姓氏，始於魏之太和，齊據河北，推重崔盧，梁陳在江南，首先王謝，至江東士人，爭尙閥閱，賣婚求財，汩喪廉恥。唐家一統，當一洗而新之，奈何文皇帝以隴西舊族，矜夸其臣，以房魏之賢，英公之功，且區區結婚於山東之世家？貞觀之世，冠冕高下，雖稍序定，然許敬宗以不敍武后世，李義府恥

其家無名，復從而紊亂。黜陟廢置，皆不由於賢否，但以姓氏升降去留，定爲榮辱。衰宗落譜，昭穆所不齒者，皆稱禁婚，民俗安知禮義忠信爲何物耶？子厚憫時俗之未革，故以子孫冒昧者，取況於鐵爐步之失實，誠有功於名教歟！

右論不謬，唯失之迂，蓋子厚流連山水，偶有感觸，亦如鈷鉧潭記，末綴孰使予樂居夷而忘故土一語足矣，何必連篇累牘，申述不已，如鐵爐步志者乎？是必事在眼前，變生意外，公私運會，同遭隳敗，甚深怨毒，息息難忘，一有所感，輒下筆不能自休如所云云也。查中唐韋杜，去天尺五，其勢殆過於魏之崔盧，梁之王謝，而永貞政變，王叔文自感勢孤，亟推韋執誼置之相位，深相倚重，期於不敗，直由韋爲望族高門，足資號召，執誼諒亦侈言先德，懾服同僚之故。不料執誼爲德不卒，隙末兇終，子厚涉筆至「由不推知其本，而姑大其故號，以至於敗，爲世笑僇，斯可以甚懼」等語，誠不知其追懷往事，痛切於心果至何許也？吾之所揣如此，雖無證左，要自去題非遠。

嘗論天下事無不有對立面。蓋世之託大其世族者，誠有之矣，而已並不託大，由人之失眼，以致於錯著者，亦往往而有，如唐詩云：「主司頭腦太冬烘，誤認顏標作魯公」，其著例也。此正如人懷價以求釜錡錢鎛刀鈇，而卻不識己所求之釜錡錢鎛刀鈇爲何種，一遇燕石，而遽妄以爲瑾瑜，欣然懷挾以往，從不肯去而之他，別求符其所欲望，是殆又子厚擲筆後所無可如何者已，噫嘻！

卷二十九　記

游黄溪記

一

有唐人物，堪與柳州相提並論者，除元次山外，不易看到第二人。蓋次山人品與文品一致，韓柳以前，元陸故自以文知名，〔陸指陸敬輿。〕柳仲塗屈指唐文，以元居首，此亦是唐宋數百年間文藝公論之一。次山之文，戛戛自異，已將排偶綺靡之習，排除以盡，人以此公爲開韓柳古文運動之先路，其説要非無據。加以其人愛民成性，政績優異，晚拜道州刺史，所爲身諭豪蠻，綏定諸州，重農興學，民樂其教，績效較之子厚之治永柳，有過之無不及。尤可喜者，子厚記山水，次山亦記山水，文之風格雖微不同，而人與山水融而爲一，意境羌無二致。吾閱震澤長語，有如下一段記載：

吾讀柳子厚集，尤愛山水諸記，而在永州爲多，子厚之文至永益工，其得山水之助耶？及讀元次山集，記道州諸山水，亦曲極其妙。子厚豐縟精絶，次山簡淡

高古，二子之文，吾未知所先後也。唐文至韓柳始變，然次山在韓柳前，文已高古，絶無六朝一點氣習，其人品不可及歟！

王濟之〔鏊〕不過明正德間一大僚耳，而淵雅有識鑒，卽此一小品文可見。

清道光中有仁和趙坦、字寬夫，由賢良方正官至監司，人稱其文摹元結、柳宗元，渾穆中有陗致。吾因亟求所撰保甓齋文錄者讀之，立覺錄中如雲陽洞北小港記，慈雲嶺奇石記，寶石山桃花記，楓林記，月輪山北石澗記種種，制題儼與柳集山水諸記相若，其爲意存追配，了無可疑；惟詞旨所涉，求其所謂子厚豐縟精絶，次山簡淡高古者，殊慚薄劣，恨未察見。

二

偶得范泰恆燕川集中有書柳文者數則如下：

乘雲氣、御飛龍、而遊乎四海之外者，昌黎也，柳州則以無厚入有間，奏刀砉然，如土委地。蓋八代之衰，韓起之，柳輔之，韓長在大製，柳長在小品，輔車相依，缺一不可矣。嗟乎！從流而上，惟舵是賴，操舟可忽乎哉？

昌黎文如名山大川，柳州則幽篁曲澗也，並此二難，文章之大觀備矣，且其氣味亦相近，後來者遠未之逮。

書序至韓尙矣，而山水遊記則推柳獨步，若宋人之記，只似論耳，非正體，且

氣骨亦遠遜唐人也，篤古者當自知之。

柳州骨力遠超宋人，其諸記佳矣，但句調似賦，少昌黎參差高下之致，自來無人道及。試觀老杜秦州紀行詩、敍述變換，參差不齊，詩且然，況文乎？其他雜六朝體概去之，儲選多於茅，亦未見此善於彼也。

泰恒字崧年，號無崖，河内人，乾隆十年進士，由庶常改官知縣。所著燕川集，採入四庫全書存目，文無大篇，論迂腐不足採，號稱以古文爲時文，實則於文無開解。獨於柳文，能言宋人之記只似論，及諸記句調似賦，雖未悟柳州爲文，原自騷賦入手，退之無此功能，因而體貌有異，然張目稍稍窺見柳州崖略，亦微與儲茅有別，故存其說如右云。

三

戴敦元者、清乾隆間一略解本國文學之京朝大僚也，未見有文集行於世，而在蕭穆類稿中引有數語，足資記注。其語曰：

天下總此義理，古今人說來說去，不過是此等話頭，當世以爲獨得之奇者，大率俱前世人之唾餘耳。㊀

㊀ 按清史稿本傳所載：「書籍浩如烟海，人生豈能盡閱，天下惟此義理，古今人所談，往往雷同，當世以爲獨得者，大抵昔人唾餘。」語意大略相同，語殆從誰家所撰敦元墓碑中摘來。

此其故何也？曰：人同此心，心同此理，所謂義理也者，剛柔正反，大抵只有此數。後人所發議論，不必前人曾未發過，古今中外一大論域中，此一僅有數量之義理，迴環周轉，如川之流，卽在名儒碩學，亦無從脫去機緘，戴敦元無意中喝破文海此一祕密。

自文壇有封建論，中國自李百藥、柳宗元、下逮顧炎武，外國自郝伯思、盧梭、以及其他史家，凡涉及初民君民系統之所由來，敍述無慮大同小異。讀者發見有何類似之點，遽從而武斷曰：此某胎息某也，此誠陋儒之頭巾氣，而智遠出戴敦元下。

焦循易餘籥錄載：

呂氏春秋明禮篇云：天子之立也，出於君，君之立也，出於長，長之立也，出於爭。此柳州封建論所本，而精簡勝於柳。

若謂柳州呂覽曾未寓目，非癡頑不能爲此言，然謂柳州提筆草封建論時，卽將此書列在案頭，作爲藍本，執柯伐柯，期於不遠其則，吾恐亦唯癡頑始能立是說，誠不料里堂一生博涉廣覽，而智下戴金溪竟至如斯。

柳州游黃溪記開篇曰：「北之晉，西適豳，東極吳，南至楚越之交，其間名山水而州者以百數，永最善。」廖本注其下：

漢書西南夷傳：南夷君以十數，夜郎最大，此下凡用滇最大，邛都最大，徙筰

都冉駹最大，公文勢本此。㈠近人林紓亦踵其説：「入手摹史記西南夷傳，中間寫石狀，曲繪無遺，唯具此神筆，方許作游記」，一若唯摹效出神筆然。小廖不足責，琴南獨不畏閩浙前輩從旁掩笑耶？〔按戴敦元、浙江開化籍。〕

因有黄溪一例，戴敦元語、應擴充而增入如下偶句：「文章祗此方式，古今人説來説去，不過是此等安排。」獨劉大櫆評此記曰：「山水之佳，必奇峭，必幽泠，子厚得之以爲文，琢句鍊字，無不精工，古無此調子，子厚創爲之。」嘻！奇已，同一文也，或以爲從摹擬得神，又或以爲古無而獨創，見仁見智之不齊，其窵遠竟至如許。

記云：「有魚數百尾，方來會石下，……有鳥赤首烏翼，如大鵠，方東嚮立」，此一絲不溢之寫實文字也，曰數百尾，當時所見之魚羣如是，曰東嚮立，當時目中之方向如是，倘於此而異議焉，惟作記有寫實之例禁則可。　桐城吴汝綸評點柳集，述姚氏之説如下：

朱子謂山海經所紀異物，有云東西嚮者，以其有圖畫在前故也，此言最當。子厚不悟，作山水記效之，蓋無謂也，後人又有以子厚此等爲工而效法者，益失之矣。

㈠　西南夷傳，出史記不出漢書，廖注誤。

此說殊怪，說明方嚮，必賴圖經，倘無圖經，卽不可能說方嚮，此不能不使人憶及晉惠帝故事，蓋諸臣以錢示帝，而帝驚詫錢不在紙裹中也。夫離紙裹而認不到錢，人謚曰癡，今離圖畫而說不到方嚮，應得何號？此姚氏者，宜是姬傳而非南青，或者摯父以其說類癡，遂避而不之名云。

摯父者，終是青出於藍之桐城高第，於此毅然下斷：「東嚮立云者，與上文方來會石下，皆當時所見，卽景爲文，不必效山海經也，不爲病。」吳氏所說，吾無間然。

河間傳、贋作也，就中謂有仿原涉傳一段，其想像亦准此，卽不贅述。

四

柳文以記山水爲最奇崛，此人人知之，唯人人知之，本編遂不與論列，以本編所三致意者，爲文中之政治意趣也，然以山水記爲一重要部分，亦不得不存其崖略。

游黃溪記，王伯厚以爲仿太史公西南夷傳，最稱奇作，㈠所謂仿西南夷傳者，不過傳云：南夷君以十數，夜郎最大，而子厚云：名山水而州者以百數，而永最善，用筆取勢相似，伯厚因謂仿太史公爲奇，此殆頭腦近乎冬烘，而亦小之乎視子厚也。至何義門謂黃溪記乃柳文之未能自成家者，不得云奇，此冬烘更甚於伯厚，豈足以談柳文哉？

㈠ 本條三款，已說到西南夷傳，惟未云語出王伯厚。

記云：「祠之上兩山牆立，如丹碧之華葉駢植，與山升降。」虞集曰：「看來丹碧華葉，乃實景自然，著不得如字」，此顯有誤會，蓋牆立之兩山，其上可能並有華葉，然此處所寫，在山而不在華葉，伯生從而指疵，可見平生遊山水之經歷太少。黄溪距州治七十里，號稱名山水而村者以百數，此爲最善，然在子厚當時，以地遠卽少遊客更不易到此。至宋紹興間，汪藻來零陵，訪子厚遺跡，如愚溪、鈷鉧潭、南澗、朝陽巖之類，可得見者不少，獨黄溪爲峒獠侵耕，磴危徑塞，無自而入，以遠故也，汪浮溪以後，不聞更有人談黄溪。〔釗案：如丹碧之華葉駢植句，别本無如字，王荆石亦主虞説，削去如字。〕

茅坤謂：「五嶺以南，多名山削壁，清泉怪石，子厚與山川適兩相遭，非子厚之困且久，不能以搜巖穴之奇，非巖穴之怪且幽，亦無以發子厚之文」，此論卻有理，世無子厚，山川之祕奥，遂乃千古無聞。

黄溪記云：「有魚數百尾，方來會石下」，自注：「楚越之人數魚以尾，不以頭」，但至小邱西小石潭記，則云潭中魚可百許頭。

人或以子厚作記，描寫逾量，或多參議論爲非，如黄溪記及鐵爐步志尤爲顯例。升菴云：「東坡不喜韓退之畫記，謂之甲乙帳簿，千古卓識，不隨人觀場者也」，以韓柳文對照，足見子厚别有風格。

五

文云：「始黃神爲人時，居其地，傳者曰：黃神王姓，莽之世也。」朱新仲於其雜記記之云：

黃王不分，江南之音也，嶺外尤甚。柳子厚黃溪記：神王姓，莽之世也，莽嘗曰：余，黃虞之後也，黃與王聲相通。以此考之，自唐以來已然矣。

廖注：「漢書：王莽自謂黃虞之後，姚嬀陳田王氏凡五姓者，皆黃虞苗裔，其令天下尚此五姓名籍於秩宗，以爲宗室，黃神王姓，蓋取諸此。」又注：「莽號其女定安公太后爲黃皇室主，絶之於漢」，兩注皆可互參。釗案：上名籍、不曰上而曰尚，此當時王莽語言。

始得西山宴游記

永州八記，世人大抵數從「始得西山宴游記」起，至「石澗記」止，共八篇，而游黃溪記不在內，猶之八司馬、指柳劉兩韓（泰、曄）李（景儉）凌（準）陳（諫）程（异）共八人，而韋執誼不在內。凡此皆千年來文壇之順口溜，而印合爾巧，莫知其所由然而然。

閲近人筆記，有涉柳子山水記者數語：

柳子厚山水記，似有得於陶淵明沖淡之趣，文境最高，不易及。古人文章，有

雲屬波委、官止神行之象，實從熟處生出，所謂文入妙來無過熟也。寥寥數十字，非讀書得間、且於文境有體會者不能道，「從熟處生出」一語，尤探驪得珠，宋劉辰翁讀柳文，每言子厚行文最澀，與黃魯直相似，此眞疑須溪別有肺腸。

近世有治心解術者，謂人有兩種極端相反之心理，同時存在，而每隨遇從一端表現出來，殊不自知。此一端消極，盡世間之所謂美，吾皆不受，又一端積極，盡世間之所謂美，吾必全有；前者其形象爲高僧，後者其形象爲盜跖。吾讀子厚送僧浩初序：「且凡爲其道者，不愛官，不爭能，樂山水而嗜閒安者爲多，吾病世之逐逐然唯印組爲務以相軋也，則舍是其焉從？」雖不知浩初是否卽高僧？由其屏除一切嗜慾看來，思想確爲此一類。又讀子厚始得西山宴游記：「日與其徒上高山，入深林，窮迴溪，幽泉怪石，無遠不到，到則披草而坐，傾壺而醉，醉則更相枕以臥，臥而夢，意有所極，夢亦同趣，覺而起，起而歸，以爲凡是州山水之有異態者，皆我有也。」此與莊子言：「以爲天下之美爲盡在己也」，有人己及知足不知足之別，無他，攘天下之美以爲己有，在思想上非盜跖無從得其全面。由前之說，凡美皆拒斥，由後之說，凡美皆豪奪。人不論品高質粹至於何等？孔丘盜跖之眞消息，固無往而不相通。天下唯通人如子厚，始解潛移此相反之極思，使進入別一高華之境以相成，而自養，而樂育人。

文末幅與萬化冥合，一作與物不異。王荆石云：「與萬化冥合，語類上文與灝氣俱，不如與物不異之穩」，説亦近理。

鈷鉧潭記

鉧，集韻作鏻，並注云：鈷鏻，温器，温器一本作鼎具。李日華六硯齋筆記云：「黄茅小景，唐子畏畫太湖濱幽奇處，名曰熨斗柄，昔柳子厚作遊鈷鉧潭記，鈷鉧者，卽熨斗柄也。」温器殆卽熨斗，鼎具以形言，潭而有泉懸焉，則柄顯矣。熨斗柄一詞，似是鈷鉧確詁，不知竹懶何所本？

宋姚寬西溪叢語云：「宜都山水記：佷山溪有釜灘，其石大者如釜，小者如鈷鏌。柳子厚鈷鉧潭記：鉧字字書無之，集韻：鋤鈷並音胡，黍稷器。夏曰瑚，商曰璉，周曰簠簋。又鏻，音滿補反，鈷鉧，温器，言潭石如此大小爾。」斯亦足爲鈷鉧之證。

鈷鉧潭西小丘記

一

永州八記中，似此首稍遜，蓋以金錢説明山水之貴賤，致爲王夷甫之流之所訕笑，略於文之高貴品質有損。獨文中「其嶔然相累而下者，若牛馬之飲於溪，其衝然

角列而上者，若熊羆之登於山」，寫竹樹得獸態處，詞出意表，而刻畫無上。

虞伯生評此文曰：「公文好奇，如貪夫之籠百貨，而其文亦變幻百出。」伯生之意，或謂子厚文品素高，而亦偶爾不避俗體。變幻指文之前幅，貪夫籠貨，指以泉幣爲山水估值。

蔣之翹謂：「蘇子美滄浪亭記，大略本此。」子美以進奏院案被譴，關鍵卽在金錢，或者以此注意到子厚此文。又滄浪亭在蘇州，爲南方文化重地，亦卽當時之灃鎬鄠杜。

二

宋洪邁以鈷鉧滄浪兩記相提而並論云：

柳子厚鈷鉧潭西小丘記云：「丘之小不能一畝，問其主，曰：唐氏之棄地，貨而不售，問其價，曰：止四百，予憐而售之。以茲丘之勝，致之灃鎬鄠杜，則貴游之士爭買者，日增千金而愈不可得，今棄是州也，農夫漁父過而陋之，賈四百，連歲不能售。」蘇子美滄浪亭記云：「予遊吳中，過郡學東，顧草樹鬱然，崇阜廣水，不類乎城中，並水得微徑於雜花修竹之間，東趨數百步，有棄地，三向皆水，旁無民居，左右皆林木相虧蔽，予愛而裴迴，遂以錢四萬得之。」予謂二境之勝絕如此，至於人棄不售，安知其後卒爲人賞踐如滄浪亭者？今爲韓蘄王家所有，價直數百萬矣，

但鈷鉧復埋没不可識，士之處世，遇與不遇，其亦如是哉！吾録是文於對雨編，乃洪氏昆仲存遺記醜之一短書也，文録柳蘇二氏之舊記，而已以三數語致其慨慕，殊無可取。予湘人也，徒慕先生之爲人，而珍視其文，諷誦焉至數十年，顧生平未涉瀟水一步，足不履先生之遺迹，目不接深林迴溪幽泉怪石諸勝，心不往高士曲堂美人湘浦諸境，凡冀得與先生神遊而夢合者，舉絶聞視、離思維，而空無所有。夫景盧草此記，在南宋紹興間，去先生越不過三百餘年，其時汪浮溪〔藻〕祇役湘南，曾拜謁先生祠堂，紀述愚溪南澗朝陽巖等殘存名迹，據稱鈷鉧潭仍儼然在望，〔見汪藻永州柳先生祠堂記。〕景盧所謂埋没不可識，亦特足迹未經，姑想像其當然已耳。至蘇子美之滄浪亭，高踞通都，襟帶江左，江山文藻，相映發舒不絶，由天水迤邐七八百年，相沿到中江李眉生〔鴻裔〕假館於此，以「鄰蘇」爲名，跌蕩放言，風雅猶一時最。此較之窮年閉塞，人迹罕通之瘴鄉獠峒，如鈷鉧潭，其文鄙明闇之相去，何止人士遭際不常、偶爾遇不遇之比哉？吾之所感，不能不有異於景盧以此。

三

柳州山水諸記，能引人入勝，千載之下，讀者立覺當時之人與地宛在，而已若有物焉，導向使與相會，因而古今人物彼己，都匯而爲一，引吭微誦，其文字字沁入心脾，感受到一種無言之妙，柳記人人道好，好處應卽在此。

吾觀他人作記，其效輒反此，毛會侯〔際可〕文亦整飭，而所爲萬柳堂記，讀之殊寡味。何以寡味？曰：乏風韻。何謂風韻？曰：風韻側面微引，則自然滋生，正面道破，反死於句下，清風不來，韻於何有？如記中卻顯言曰：「昔柳子厚以遊觀爲爲政之具，俾亂慮滯志，無所容入，然後理達而事成」，此所謂正面道破也。此不僅使本文讀者、自蹈荒傖，倘讀柳文時，亦憶及會侯之所云云，將見黄溪無色，袁渴不流，小石潭之魚，不肯往來翕忽，與遊者相樂。文章之事，有可意會而不可言傳者，往往如此。

柳州諸記中，以鈷鉧潭西小丘記風韻差短，何以故，以其中說及「茲丘之勝，致之灃鎬鄠杜，則貴遊之士，日增千金」故。此亦幾乎正面叫喊，可使讀者意趣，立覺索然。劉海峰讀此文，批於眉曰：「前寫小丘之勝，後寫棄擲之感，轉折獨見幽泠」，吾意不然，蓋此非獨不見幽泠，反而表現作者之無形熱中。海峰本以窮儒側足京華，縈心冠蓋，彼所能感到之幽泠，當然不與陶淵明一流人同趣。

右說明柳文之不足處，還鄰於消極一面，若如萬柳堂記所載：「輦轂之間，闤闠櫛比，患無隙地」，以及「闢地城東之隅，人棄我取，而節縮其俸糈之入，以資締構」等等，則近於積極傾洩，持與柳文相較，翻成霄凡無對之別。

李白詩云：「問余何事棲碧山？笑而不答心自閒」，此其妙處，在於不答。設若

答焉，不問答作何語？要是迹涉罵題，詩將不成爲太白之詩，人亦將失去太白之爲人，吾於柳記亦云然，蓋凡柳文所記，亦止於藻繢桃花流水，別有天地之景象而已。

四

清魏冰叔能爲古文，卻不善於作記，觀其所記敬亭山房，主人爲姜如農，所居又蘇州名園，宜可得一佳記，而冰叔任俠有才氣，論辨信是高手，而山水遊記顯非所長。此文竟於園居毫無描繪，徒藉題另發題外一大段議論，此於子厚永州諸記，毫無共同之處，惟以末一語稱：「吾將比柳子之賀丘遭也」，而牽連及之，賀丘遭三字，亦幾於不詞。

登州姜如農先生，有別業在吳門，曰敬亭山房，敬亭者，宣城之山也。蓋先生以直言忤旨廷杖，詔免死戍宣州衛，未幾國變，先生曰：吾不可以歸也，轉徙浙東，久之僑吳門，得故相國文文肅公園居之，曰：我宣州一老卒，君恩免死之地，死不敢忘，遂以敬亭榜其堂云。當崇禎季年，先帝焦勞，銳于爲治，臣下不稱任使，負上意，上寖疑羣臣不可信，而言路是非貿亂，一二直言敢諫之臣，又多議論失平，或迂疏無裨實用，上數有貶斥，疾威之下，罰不當罪者有之。從古偏聽生奸，誅斥諫臣者，往往至亡國，先帝不幸國亡，人每追咎于斥諫臣之故，然其得失要當分別論列，不可徒徇君子虛名，全歸其過君父。先生同時有人論時相，退而補牘，與面

奏語不相蒙，上震怒，以爲欺罔，幾抵極刑，是以持兩端得罪，其事與先生不同，而國亡後，猶悻悻然不能釋其懟怨。先生抱膝讀書山房中，不與世事者三十年，有二子甚才，教以古人之學。予至吳，慕其義，先謁先生，而先生油油然和且直，若未嘗身之爲忠節然者。予因歎近世士大夫登巍科，躐顯仕，則德其座主與主爵之吏，稍有降黜，則怨君父，至遷謫外地，乃悍然敢不之官，而大吏且以賢能稱職首登薦疏，雖世所稱賢者亦不免。嗟乎！天子可貴人，不可賤人，可予人，不可奪人也，善則歸己，德則歸他人，而過與怨則歸君父，臣子之用心當如是耶？先生名垛，中崇禎辛未進士，令儀眞，以最擢禮科給事中，山房故美林木，前此爲文肅公藥圃，又前此爲副使袁公祖庚之醉穎堂，三公者皆賢人，吾將比柳子之賀丘遭也，遂因仲君實節之請爲之記。

歸玄恭〔莊〕評此文曰：「平心核實之言，至中至正，非苛論君子，亦非曲護君父，文之格力亦高。」此論明亡之是非得失，與作記相去萬里，尤不可與子厚貶永之心境同日而語。記云：「清泠之狀與目謀，瀯瀯之聲與耳謀，悠然而虛者與神謀，淵然而靜者與心謀。」有人求爲書齋作一榜書，並代擬，吾先擬爲題四謀堂，又以其人別號帶靜字，卒書靜居院三字予之，憶似蘇東坡曾爲張天覺書此也。靜居院固是天覺所居地，竊謂子厚好靜，樂記中「人生而靜，天之性也」兩語，柳文引用不止一次，大鑒禪

師碑亦及之。清末有張曾敭，其人固俗吏也，以與張佩綸、趙國華輩爲友，附庸風雅，銳意雕飾，曾本記中四謀之一，自署曰淵靜居，有張度者爲作榜書，吾從廠甸得之，亟轉送於友，蓋恐有文家如冰叔者見之，又將此榜比柳子之賀丘遭也。

至小丘西小石潭記

記云：

從小丘西行百二十步，隔篁竹，（篁竹、猶言叢竹。）聞水聲如鳴珮環，心樂之。伐竹取道，下見小潭，水尤清洌，全石以爲底，近岸卷石底以出，爲坻爲嶼，爲嵁爲巖，（水中高地曰坻，水中小山曰嶼，石不平者曰嵁，石窟曰巖。）青樹翠蔓，蒙絡搖綴，參差披拂。潭中魚可百許頭，皆若空遊無所依，日光下澈，影布石上，佁然不動，俶爾遠逝，（佁音以，固滯也，俶、作也。）往來翕忽，似與遊者相樂。潭西南而望，斗折蛇行，（斗、北斗也。）明滅可見，其岸勢犬牙差互，不可知其源，坐潭上，四面竹樹環合，寂寥無人，淒神寒骨，悄愴幽邃，以其境過清，不可久居，乃記之而去。同游者吳武陵、龔古、余弟宗玄，隸而從者、崔氏二小生，曰恕己、曰奉壹。（崔簡二子。）

楊慎曰：「子厚空遊語，本之酈道元水經注：「淥水平潭，清潔澄深，俯視游魚，類若乘空」，沈佺期詩：「魚似鏡中懸」，亦用酈語。（語本丹鉛總錄。）

林紓曰：寫靜中物態，皆躍躍欲動，其敍潭魚翕忽，及水日映發，余在花塢中確見此狀，特寫不出耳。

陳垣曰：楊樹達曰：「柳宗元有弟名宗玄，見柳著至小丘西小石潭記，若如清諱玄改爲元，則二人同名矣。」今考全唐文乃作宗圓，粤雅堂本韓柳年譜，則作宗糸，蓋一則以玄不可作元而改爲圓，一則因玄寫作糹，而刻本又誤爲糸也。（見史諱舉例卷四：因避諱而生之訛異節。按宋太祖之始祖諱玄朗，因而玄改爲元或爲眞，以致宋刻之書，多以古代人名地名有玄字者，亦改爲元或眞也。）恕己奉壹，當卽子厚伯姊所產之子。

袁家渴記

林琴南於此文有評：

袁家渴記，於水石容態之外，兼寫草木，每一篇必有一篇中之主人翁，不能謂其漫記山水也。「舟行若窮，忽又無際」，此景又甚類浙之西溪，大抵南中溪流多抱山，山趺入水，兩山夾之，則溪流狹，山趺一縮，則溪面卽宏闊，初行若窮，舟未繞山而轉也，忽又無際，則轉處見溪矣。大木楓柟，小草蘭芷，在文中點綴，卻亦易寫，妙在拈出一個風字，將草木收縮入風字總寫。凡紛紅駭綠，至與時推移等句，均把水聲花氣樹響，作一總束，又從其中渲染出奇光異采，尤覺動目。綜之此

等文字，須含一股靜氣，又須十分畫理，再著以一段詩情。琴南以桐城古文見推，兼能畫能詩，故善以己之心得，全面考核此文，自是晚近評文高手，唯嫌往往不脫頭巾氣耳。

桐城姚氏亦於此文有評：

風賦：邸華葉而振氣云云，〔按邸與抵古字通，觸也。〕文特就賦意而演之。七發：衆芳芬鬱，亂於五風云云，亦本風賦。秦漢人文，善學者得其片言隻字，即可推演成妙文。

琴南評所謂將草木收縮入風字，大抵踵姚評而爲之。

吳摯父則云：「此與黄溪起法，皆橅史記西南夷傳」，桐城一家，苞舉柳文，亦至有趣。

蘇子瞻曰：「子厚記云：每風自四山而下，振動大木，掩苒衆草，紛紅駭緑，蓊葧薌氣，子厚善造語，若此殆入妙矣。」吾謂子瞻亦善造評，足以領導桐城諸子。

石渠記

廖注云：

自袁家渴至小石城山四記，皆同時作，石渠記所謂惜其未始有傳焉，故累記

其所屬，遺之其人者也。石渠記云：元和七年十月十九日云云，則四記可以類推矣。

子厚記鈷鉧潭西小丘時，竊幸茲丘之有遭，夫有遭亦僅耳，富貴榮華能幾時？阿瞞臨汾而歎息，時君且如此，何況區區貶吏？子厚不能不想到己之莅此，有同傳舍，將來遺之其人，俾後好事者求之，己及時作記，將有「其文則史」之重大意義。於是元和七年正月八日，蠲渠至大石，十月十九日，踰石得石泓小潭，至今歸然屹立於永州八記中。

石澗記

清仁和趙坦、以文學柳子厚著稱，吾索其保甓齋集讀之，殊未敢爲虎賁中郎之斷，獨其與范介茲論作文云：

坦弱冠喜遊山，歸則檢志乘，作遊記，就正於莫濰山先生，先生曰：子之筆簡勁矣，然當詳略得宜，當在空處着筆。如子所作南屏記有云：高暉忽失，古木陰森，苔影侵衣，寒悄不禁，此虛摹筆也，彷彿水經注矣，其他則未也。明何鏜有名山勝概記，可讀者多，子盍彷之？於是讀名山記，而於柳州山水記尤致力焉。畢斗南先生曰：作古文從遊記入者，易峭勁有致，於議論則或歉然有不足，坦識之不

敢懈。所謂虛摹筆者，是模棱兩可語，如本篇之「觸激之音，皆在牀下，翠羽之木，龍鱗之石，均蔭其上，古之人其有樂乎此耶！」此實寫乎？抑虛摹乎？吴摰父於此評云：「襟抱偶然一露，是謂神到」，旣謂神到，非虛摹無由得神，然則子厚諸記中所設詞，皆作虛摹論，殆無不可。

小石城山記

一

此文寥寥二百字，讀之有尺幅千里之勢，而又將己之鬱勃思致，憤慨情緒，一一假山石之奇堅，樹箭之疏數，悉量表襮於其間，茅順甫謂：借石之瑰瑋，以吐胸中之氣，信然。然則子厚胸中之氣爲何種氣乎？魏了翁經外雜鈔，嘗記數語曰：

柳子厚送詩人廖有方序：交州多南金珠璣，瑇瑁象犀，其產多奇怪，至於草木亦殊異，吾嘗怪陽德之炳耀，獨發於紛葩瓌麗，而罕鍾於人。又小石城山記亦曰：其氣之靈，不爲偉人，而獨爲是物，故楚之南，少人而多石。歐公金雞詩亦曰：蠻荆鮮人秀，厥美爲物怪。

子厚居楚南十年，不可能不遇到楚之人，吾觀其祭崔簡神柩歸上都有曰：「楚之南、

其鬼不可與友，躁戾佻險，睒眒欺苟，脞賤暗曶，輕嚚妄走，不思己類，好是羣醜。」其鬼已不可交如此，何況乎生人？ 吾請襲子厚之論法而爲之言曰：噫！ 吾疑鬼物之有無久矣，及子厚言之鑿鑿，吾且信以爲誠有，又怪子厚己未曾死，並未嘗聞其嘗患昏霧疾，隱與鬼合，服膺儒門之不語神事鬼者，儻不宜如是，則其果無乎！ 夫鬼既無矣，而人又少，則子厚之居楚南，勢不得不與木石爲伍，而賞其茂美奇麗，以遣送其歲月，永州八記之所以獨留人間，爲後世反覆詠歎，陳涉以來，僅賴是以張楚者，理或如是也夫！ 理或如是也夫！ 又怪後子厚數百年而至於宋，歐陽永叔之於荆蠻，仍祇詠金雞之美，而不見人秀，然則楚至何時而始有人乎？ 楚去子厚草小石城山記一千一百餘年之今日，楚終得稱爲有人焉否乎？ 是問也，吾誠欲一至穀城山，訪黃石而叩之。

唐音癸籤云：

曲江公湞陽峽詩：「惜此生遐遠，誰知造化心？」讀此欲笑，柳子厚一篇小石城山記，蚤被此老縮入十箇字中矣。 柳嘗謂：燕公文勝詩，曲江詩勝文，見采綴素嚮云。

吾竊疑子厚與曲江，於此均不免微有褊心。

清道咸間，有永福呂璜者，桐城派之餘裔也，曾有書與陳碩士，其言如左：

桂林在衡湘南，柳子厚嘗概以少人而多石，然柳人爲文詞者，經其口講指畫，乃亦有法度可觀。璜家去柳州三百里而近，去柳子厚之世且千年，自維窳敝，未知子厚而在，當復人之而講授之否？

此見月滄〔璜字也。〕深致慨於子厚少人多石一語，吾顧不信子厚治柳，有異於治永，更不信子厚遇柳人而善教，遇永人輒不齒。咸豐中、海門張金鏞督學湖南，曾游愚溪而題詩曰：

宵枕夢杳靄，晨游清興長，出郭二三里，煙岑招遠望。楚山多鷙雄，茲獨秀以蒼，地因柳侯著，千秋慕芬芳。吾謂侯謫此，亦以間文章，人地兩相助，互重乃益彰。

「吾謂侯謫此，亦以間文章」，吾每暗誦此二語而詠歎不置。蓋海門詞人之雄，在湘即以振導文風自任，當時吾湘雋士，如嚴咸、向師棣、王闓運、蔡毓春、鄧輔綸之流，皆出其門下，一時楚以多材著稱，柳風沾溉，不爲少已，詩見躬厚堂集。

釗案：湖南文風，咸同間實開於張海門，所刊試牘曰湘雋小錄，盡收詩賦雜體，八股文全刪去。吾幼年喜讀此集，憶得嚴咸古風首二句云：湘江三月澈底淥，風雨蕭蕭千竿竹，此七古長篇，下還有一句，風敲落花如碎玉，餘悉忘矣，書此慨然。

柳州東亭記

子厚貶永十年，召還京師，未及三月，復被命刺柳，雖同一貶也，而刺柳終是貶中之陟，猶之子厚爲東平呂温誌墓，説其以陟爲衡州也。以此之故，子厚此番徙柳，有社有人，志存宏濟，與距此十年沈滯於永，僅得以僇人偷隙游衍不同。柳州東亭記，應視爲政治建制之一種記錄，與曩在禮部所爲監祭使或館驛使諸壁記等，同一類型，而不應列在永州八記之後。劉夢得當年爲子厚編集，或未及注意到此。

子厚在柳州作記僅二篇，而二者性質，都有異於永州諸作。東亭記之政治性重，如右所述，而近治可游者記，亦仍然原本山川，極命草木，大之仰躋禹貢，小亦俯瞰酈道元水經注，究與尋常優遊宴樂之作有別。

文之後半幅：

乃取館之北宇，右闢之以爲夕室，取傳置之東宇，左闢之以爲朝室，又北闢之以爲陰室，作屋於北牖下，以爲陽室，作斯亭於中，以爲中室。朝室以夕居之，夕室以朝居之，中室日中而居之，陰室以違温風焉，陽室以違淒風焉，若無寒暑也，則朝夕復其號。既成，作石於中室，書以告後之人，庶勿壞。

此一記錄，幾與明堂圖比重，卽此窺見子厚體國經野大計劃之一斑。子厚嘗謂：「卽

末以操其本，可八九得」，吾於此記亦云。

取傳置之東宇： 傳置、本上文「西際垂楊傳置」，垂楊、地名，傳置、謂驛也，但在本句置爲動詞。

柳州山水近治可遊者記

一

儲同人曰：「頗似史記天官書，然彼猶有架法，此則平直敍去，零零星星，有條有理，後人杖屨而遊，不復問途樵牧，斯益奇矣。」茅順甫云：「全是敍事，不著一句議論，卻澹宕風雅。」近林琴南則云：「極意與酈道元水經注鬥其短峭，而嚴潔過之。」綜三家之言，於子厚此文思過半矣。

北流潯水瀨下： 方望溪云：「北流六字非衍，則上有闕文。」李穆堂云：「北流流字當作枕。」吳摯父云：「史記：中國山川東北流，是山可稱流之證。」又云：「北流潯水瀨下六字，承『潯水因是北而東』爲文，（上文：潯水因是北而東，盡大壁下。）此上諸山皆在潯水南，此山在潯水北也。」依吳說，則不必依李說改流作枕，亦不如方說六字上有闕文。

如茄房： 茄房、茄蒂也。

其鳥多秭歸：　秭歸卽子規。

多橐吾：　姚姬傳云：「橐吾、李穆堂改作蘘荷。　伯父云：爾雅：菟奚顆凍，注：款冬也。　邢疏：本草：款冬一名橐吾。」伯父、指姚範南青。　釗案：子厚詩，有種白蘘荷一首，注家無人言蘘荷卽橐吾。　唯蘘荷春初生，葉似甘蕉，根似薑而肥，其根莖堪爲菹，治蠱毒。　款冬、多年生草，葉圓大，春初莖端開黃花，雖冰雪下亦能生芽，故名。是蘘荷與款冬頗相似，李穆堂之說，當非無據。

張雲璈四寸學云：按急就篇：「半夏、皁莢、艾、橐吾」，顏師古注：「橐吾似款冬，而腹中有絲，生陸地，花黃色，一名獸須。」又本草注：「款冬一名橐吾。」

其形如立魚：　酈露赤雅卷中立魚喦條云：「喦在柳城西南數里許，山小而銳，似魚怒升之狀，腹間有洞，石分紅白二色，若珊瑚枝架白玉樓。」　卽指此記中石魚之山。

雷山兩崖皆東西：　姚姬傳云：「疑西字當作面」，吳摯父云：「姚說是。」

脩形糈稌：　稌音徒，沛國呼稻曰稌。　方望溪云：「形當作刑，鉶羹也，見周官內外饔職。」按鉶羹、羹之和五味而盛於鉶者。　脩、脯也。

酒陰：　陰酒、水酒。

二

子厚山水諸記，惟此篇門面較廣，篇幅亦長，敘述皆據依故籍，彌覺典重，與永州諸記之短峭跳脱，足移人之情者未同。吾見方望溪有答程夔州一書云：

> 散體文惟記難撰結。論辨書疏，有所言之事，誌傳表狀，則行誼顯然，惟記無質幹可立，徒具工築興作之程期，殿觀樓臺之位置，雷同鋪敘，使覽者厭倦，甚無謂也。故昌黎作記，多緣情事爲波瀾，永叔介甫，則別求義理以寓襟抱，柳子厚惟記山水，刻雕衆形，能移人之情，至監祭使、四門助教、武功縣丞廳壁諸記，則皆世俗人語言意思，援古證今，指事措語，每題皆有見成文字一篇，不假思索，是以北宋文家，於唐多稱韓李，而不及柳氏也。凡爲學佛者傳記，用佛氏語則不雅，子厚子瞻皆以兹自瑕，至明錢謙益，則如涕唾之令人嗀矣。豈惟佛說？即宋五子講學口語，亦不宜入散體文，司馬氏所謂言不雅馴也。寄來二作皆不苟，所薙芟數語，乃時人所謂大好者，他日當面析之。此雖小術，失其傳者七百年，吾衰甚矣，兒章粗知其體要，不幸中道殂，賢其勗哉！

夔州者，望溪門徒程崟也，兒章指望溪之子道章，道章歿於乾隆十三年，望溪時已八十一歲，逾年望溪即化去，答崟此書，殆近絶筆矣。

試將望溪此書律之柳州，右記定將指爲援古證今，指事措語，不啻是一見成文字，與子厚前此各記之刻雕衆形，移情可喜者，如出兩手。從邏輯再分規律看來，此

一近治可遊者記，與其歸入永州諸記爲一類，寧歸入四門助教，武功縣丞廳壁諸記爲一類。以望溪讀書少，恨考據入骨，己不能爲，又惎人爲之，故凡考訂精詳、斬釘截鐵之文，一入眼卽陡生厭惡。特此種明白分析，惟望溪精神飽時能爲，今耄矣，將就木矣，又震於子厚平昔山水記之逋峭生動，未暇從中細加區處，遂對其門徒言之無擇如此。

三

此記每加流覽，輒苦難讀，王荆石云：「後幅文極古，如穆天子傳，倉卒不可讀，然恐有誤字」，吾於此有同感。

文云：「有山無麓，廣百尋，高五丈，下上若一」，此凡未到過粤西者，皆無從喻其意。蓋粤西之山，每拔地而起，如石柱一根，下上一般大小，其積若一，與普通諸山，山下有趾，可容徐步斜上者，絶對不同。意者此地原是海底，山上泥沙，積年由海水衝洗淨盡，僅餘骨幹，以成今形，坐是人名八桂爲桂海，范石湖〔成大〕之桂海虞衡記可考也。

文中尺度字，除丈尺外，並用尋常，尋常在他文，大抵形容普通渺小之物，而在本文則不然。周禮注：「八尺曰尋，倍尋曰常」，則常者竟有一丈六尺之長，如云：「常有四尺」，則長達兩丈，故下以廓然甚大詮之，其他仿此。

文云：「高僅見其宇，皆流石怪狀」，此云甚高而非謂甚低，僅字遵古義，如答許孟容書：「僅以百數」例，乃詁多而不詁少。宇、簷也，謂簷上餘地，都及見之，流石怪狀，遍布簷之上下，咸歷歷在目。「倍常而上」，則直三丈二尺而上，走道豈近？

要之此文眞不易讀。茅鹿門曰：「全是敍事，不著一句議論，卻澹宕風雅」，當然！經典與親身經歷，兼而有之，豈不是一篇考據精確文字？惟若句讀不明，意義多晦，將從何處賞其澹宕風雅乎？

四

柳文以遊記稱最，而所記統言永柳，顧集中收記共十一篇，九篇在永，僅兩篇在柳，此並非子厚到柳後遊興頓減，或柳可遊之地不如永也。尋子厚以司馬蒞永，而司馬閒員，不直接任民事，以故得任性廣事遊覽，至蒞柳則不然。刺史親民之官，子厚認地小亦足爲國，而已以三黜不展，隱隱有終焉之志，因而不避勞怨，盡力民事，以是出遊時少，文字亦相與闃然無聞。存記兩首，大抵登錄地理、用備參稽之作，至若永記之不辭幽奧，無遠弗居，花鳥細碎，悉與冥合，柳記中固不得如許隻字也。

篇中所用流石字，古籍中絶罕見。大概是子厚自造字，指地殼翻騰時，火山爆發，流質堅而成石，如肺、如茄、如禽、如物等等，各種怪狀都有，因而名之曰流石云。文曰：「其鳥多秭歸」，秭歸卽子規，此正如秦少游之長短句：「行到小溪深處，有

黄鸝千百」，「不過狀山中多此類鳥而已。顧下文輒曰：「在多秭歸西」，意指多秭歸爲一地名然，此子厚之造句特奇處。下又云：「在立魚南」，奇句再用。

「有山無麓」，亦篇中奇句。蓋天下之山，無有無麓者，長沙有嶽麓，嶽麓者，南嶽之麓也，而南嶽在衡山。夫山與麓，且相距數百里之遥而不爽，何況山與麓之同宅一區者乎？獨五管之山，多自海底翻出，泥沙皆由海水，積年淘洗淨盡，於是山成直幹，下上若一，此八桂之山狀奇，蔚成柳州句法之奇。

柳文指要

三

章士釗著

中華書局

卷三十　書

寄許京兆孟容書

一

二王之敗，說不上是一政變，與太和十年甘露之釁，情況完全不侔。當德宗大行，順宗以皇太子依法卽位，二王東宮僚寀，乘機預政，並無何種詭謀，先事部署，亦不須剗除何人，取而代之。且其參與機密，期間不過半年，落落幾件大事，如罷斥翰林陰陽星卜醫相覆棋諸待詔三十二人；詔黜棼索農夫之宦者，而賜農夫絹十匹；奏禁五坊小兒張捕鳥雀、横取錢物之暴行；出後宮并女妓六百人，聽其親戚迎於九仙門，如此種種，類招致百姓讙呼大喜。至用捨方面，第一貶黜徵剝聚斂、蠹政害人之京兆尹李實；其次擬斬試探行賄、求領三川之劍南節度副使悍將劉闢；反之，詔追故相忠州刺史陸贄、郴州別駕鄭餘慶、前京兆尹杭州刺史韓皋、諫議大夫道州刺史陽城赴京師，人情大悅；重用宰相杜佑、高郢、鄭珣瑜輩，固無一非先朝碩德，衆望所歸。雖驟起吏部侍郎韋執誼守左丞、同中書門下平章事，不無私意存乎其中，然執

誼爲杜黄裳女夫，官已顯美，清望非常，與斜封墨勅、取供使令者，未可同日而語。其餘速進如陸淳、吕温、李景儉、韓曄、韓泰、陳諫、劉禹錫、柳宗元、以及凌準、程异之流，又無一非學有本原，天下知名之士，或在臺聲望夙高，或歷官經驗絶富，數百年後，人爭惜之不衰。綜而言之，此區區五六月間，不得謂永貞改元，有唐朝廷未嘗顯露全面革新氣象。問何以致此？曰：有忘身報國、發蹤指使之王叔文在則爾，王伾質度遠遜，僅供策應，尚非其倫。

問嘗論之，唐朝閹人之禍，至貞元末、勢已養成。尋叔文之起，樞要在與宦者李忠言、行動合一，事無大小，兩人商定，稱詔行下，外間無從測知。其敗也，則緣范希朝韓泰總統京西諸城鎮行營兵馬，中人以兵柄見奪爲疑，於是中官劉光琦、俱文珍、薛盈珍、解玉等，同心怨猜，從而解體，而叔文勢孤，一紙詔書，直死之而有餘矣。設若叔文從固結中人入手，坐翰林中計事，暫示與彼輩利害一致，憲宗自一時不得闌入，更無從陡起商臣之念，何至定太子位之議一起，叔文竟爾默不發議，徒吟杜甫諸葛廟詩末句，以自卜其死期之將至也哉？史稱叔文與其徒黨朝夕聚議，詭謀百出，爲問此一要結中人之小小計劃，豈叔文不知？豈叔文之死友不知？顧叔文知而不爲，叔文之死友等亦知而不爲，徒以吾黨革新國家之絶大懷抱，筮之於渺不可知之未來國運，一遭搏擊，義無反顧，束身司敗，視死如歸，忠矣叔文！醇矣叔文之死友

如八司馬等也！

子厚寄許孟容書謂：「宗元早歲與負罪者親善，始奇其能，謂可以共立仁義，裨教化。過不自料，懃懃勉勵，惟以中正信義爲志，以興堯舜孔子之道，利安元元爲務，不知愚陋不可力彊，其素意如此也。」千載而下，如聞其聲，中正信義、及與堯舜孔子之道、利安元元，乃子厚畢生學問與志願所在。

書續云：

末路厄塞臲卼，事既壅隔，狠忤貴近，狂疏繆戾，蹈不測之辜，羣言沸騰，鬼神交怒。加以素卑賤，暴起領事，人所不信，射利求進者塡門排戶，百不一得，一旦快意，更造怨讟。以此大罪之外，詆訶萬端，旁午搆扇，便爲敵讎，協心同攻，外連彊暴失職者以致其事。此皆丈人所聞見，不敢爲他人道說，懷不能已，復載簡牘，此人雖萬被誅戮，不足塞責，而豈有賞哉？今其黨與幸獲寬貸，各得善地，無公事，坐食俸祿，明德至渥也，尙何敢更俟除棄廢錮，以希望外之澤哉？

貴近指閹宦，不測之辜及大罪，暗指所造加於王叔文等奪嫡謀逆諸罪狀；素卑賤暴起領事，就叔文而言，非自指；彊暴失職者指韋皋輩；此人仍指叔文，己包括在「其黨與」中，語意甚明。諒當時朝貴如許孟容之流，有爲八司馬迴護者，然欲迴護八司馬，必先出脫王叔文罪名，子厚揣情勢必不可能，故有不足塞責而豈有賞等語，後人

往往追咎孟容不救子厚，並謂子厚此書，乃向孟容請求援手，皆不明爾時朝局說法。試思變後十年，八司馬一體詔追回朝，此明明一合情合理之好消息，子厚內心歆動，情見夫詩，猶且曇花一現，旋就消沈，全體廢員，依舊遣返貶所，可見該案情節重大，死結難解，星光一線，海底終淪。何況作此書時，去變作不過五載，仇人記憶猶新，安有渙然冰釋、遽爾平反之望？此一揣摩形象，細心讀子厚書，入眼卽明。至末幅興哀垂德云云，雖不能不解釋爲迫切望救，然此特就彼箇人，不計時日，姑致顧念宗祀，稍得量移，一極小限度之薄望已耳，說不上慷慨攘臂，自同昔人之疏闊辯解也。此意在書之前文經已釋明，無取覼縷。

何孟春餘冬敍錄卷十八云：

柳宗元撓節叔文，竄斥永州，貽書所善蕭俛言情，又貽京兆許孟容書，累千餘言，所以望之者甚至，而二人漠然無應。史稱衆畏其才高，懲刈復進用，故無用力者，春不知畏其才高之云，畏忌其將壓己耶？抑畏惡其恃才，將復爲國害也。蕭俛吾弗論，若許孟容，自爲給事中時，已與侍郎權德輿、樂挽轂士，號權許，此其人於宗元之材，當無所忌，而亦不見其有所用力，或者寡不勝衆，抑或不能無所畏焉故耳。噫！宗元材矣，而卒以竄斥死，蓋不善自用有以致之，非不幸也。

依余右所論列，孟春此錄，蓋全不中窾要。尋孟容之於子厚，除見才應推轂外，號稱

先友，感有氣誼，子厚既以五丈呼之，復謝其賜書見宥，微悉重厚，將孟容決無恡力不用之嫌，皎然以明。至孟春不見其有所用力，則孟容當時能救子厚，即逕救焉已耳，不當設想彼且豫留左契，六七百年後，猶得使人數齒以驗其然否也。夫如是，孟春以己未見，即斷定孟容不救，顯成邏輯之詩。

二

許孟容、子厚先友也，石表陰記云：「吴人，讀書爲文，口辯，爲給事中，嘗論事，由太常少卿爲刑部侍郎。」史別記云：「德宗時、累擢給事中，自袁高爭盧杞後，凡十八年，門下無議可否者，孟容數論駁，四方想見其風采。元和中、爲京兆尹，神策軍吏李昱、貸富人錢不償，孟容遣吏捕詰使償，曰：不如期且死，一軍盡驚，憲宗詔以昱付軍治之。奏曰：臣爲陛下抑豪強，錢未盡輸，昱不可得，帝嘉其守正，許之，京師豪右大震。孟容方勁有禮學，每所折衷，咸得其正」，凡此皆子厚題碑陰後所爲。至子厚寓書時，孟容實赫赫尹京，才氣大見開發，此大約在元和四五年間，情親義憤，兩皆足資論救，而迄未聞孟容於子厚有一言，究爲何故？〔釗案：袁高爲先友記第一人，時德宗將起盧杞爲饒州刺史，高見宰相極論杞姦。〕

嘗試論之，蓋有不容孟容張口之嚴重情形在也。近與人論退之江陵寄三學士詩，其中「天位不許庸夫干」一語，及牽連類舉董賢侯景各例證，以爲退之迹涉癲癇，

儗不於倫，而吾竊疑之，誠以韓詩寫法，咎退之對劉柳失之澆薄則可，至謂其無的放矢，全憑一己忮心褊量用事，殆未必然也。 吾嘗從政變前後公私文書之字裏行間，反覆察之，叔文用事六七越月，大權在握，令出惟行，內外形勢，日見於己有利，憲宗與俱文珍、劉光琦諸閹宦大懼，討非踵武商臣，驟行大事，一面以弑逆罪名，加之叔文一輩人，芟夷蘊崇，絶其本根，將不足以挽回已去大勢。 其卒也，事如是行之，在「君親無將」之死條文下，叔文等或死或貶，無從申理，萬目睘視，亦無人敢發一言。劉夢得臨没前撰子劉子傳，所謂「宫闈事秘，功歸貴臣」，若事若功，舉如右述各狀。當其時朝無明令，道有流言，退之事發元不在朝，道聽塗説如此，焉有不假公濟私、濫施憤懣之理？吾理解退之詩意，移以揣稱孟容立朝應有戒懼，其使之不敢重提永貞舊案，以致於人無毫末益，而先於己有邱山損者，乃出於情勢之不得不然。 此一情勢，早爲子厚默喻，故雖以兩家夙誼，如彼沈深，而函累千言，中並無字稍形怨懟，亦自行所無事，至孟容得此書後，處之泰然，無所於媿，其爲了知子厚能諒丈人處境之艱，尤不待言。 末幅云：「與哀於無用之地，垂德於不報之所」，何謂無用？何謂不報？文人大抵予以絶望之同情，而並不釋然於莫逆之肯綮。 林紓云：「此通篇關鍵語」，誠然誠然，至關鍵何在？吾料畏盧仍未必知之。

子厚上廣州趙宗儒尚書啓，亦云「動心於無情之地，施惠於不報之人」，與寄許

孟容書，詞旨相類。查前幅又云：「頃以黨與進退，投竄零陵，……偷視累息，已逾數月」，啓當作於元和元年，時期略前於寄孟容。而所請止於存濟，不求振拔，亦以當時黨與進退之形勢嚴重，萬無貶吏起復之望，故於此一刀斬斷，不作留戀，理由視右文，不更覼縷。

三

馮山公〔景〕有讀柳子一首云：

予嘗讀唐書，觀王叔文之黨所謂八司馬者，皆天下才子也，而陸淳、劉禹錫、柳宗元爲冠，柳子之才尤奇，其位最顯、名最下者，韋執誼耳。韋之才不及柳遠甚，特以早附叔文，最先引用，居相位，後迫公議，時時有異同，遂與叔文敵讐，彼執誼且然，則柳子之不爲黨人用，斷可知也，令以柳子之才，肯附叔文，同中書平章事，豈足道哉？史第言八司馬爲黨，卒無一事，可實著其黨之罪以斥劉柳者，柳子既以黨得罪，尙欲以柳易播，是其同道爲朋，不以黨爲諱也。且夫叔文固小人，然素自愛，其過在專權自用，欲誅宦官，强公室，反爲所勝被禍耳，亦無他殃民誤國之罪。觀順宗實錄，如罷宫市、貶李實、停月進、出宫女、禁五坊小兒、遣教坊女妓、焚容州所進毒藥、委常參官各舉所知、及敍用姜公輔、蘇弁、鄭餘慶、陸贄、陽城於貶所，史皆稱其人情大悅。而叔文侍東宫時，自言讀書知理道，乘間常言人

間疾苦，順宗將大論宮市事，叔文説中上意，則其人機辯，亦非無深識遠慮者可比，因言某可爲將，某可爲相，幸異日用之，然則劉柳無求於叔文，而叔文引劉柳以自重，此則情之所有也，奈何後世君子不察，遽斥爲黨哉？漢楚王英謀逆，陰疏天下名士，顯宗得其錄，繫治數千人，如尹興、陸續、梁宏、駟勳輩之所連及，卒一切陷入，無敢以情恕者，凡僉壬將大有爲，必陰疏天下名士以自助，事敗而及焉，所謂楚國亡猨，禍延林木者也。幸當時大賢如陽亢宗、陸敬輿，皆未聞詔而卒於貶所耳，設爲引用，亦誅二公爲黨人否？在當日有所拘忌，不得不深排而力詆之，今已千載猶爾耶？宋子京作柳子厚傳，言衆畏其才高，懲艾復進，故無用力者，今讀貶永州後與人諸書，旣不文過，又嘗自訟，此君子引咎傷痛之詞則然，而後世且據以爲口實，嗚乎！小人論古無識，亦見其好議論，不樂成人之美如此也。今其文自有千古，學者果平心易氣，讀其書又觀其行事，沒且爲明神，而生肯爲姦黨哉？

山公此文，用意自正，惜乎所謂「有所拘忌、深排力詆」之餘毒，千載以下，猶未滌蕩以盡，文乃糾纏迷復，氣不得通也。爲問叔文之黨，八司馬外，尚有何人？夫八司馬者、山公認是天下才子者也，又問叔文之黨，天下才子之外，尚有不才子何人？依史實觀之，叔文卽八司馬，八司馬卽叔文，彼輩並不自承有何區別，山公必從而二之，

一面豎叔文曰黨，一面提高柳子，謂柳子斷不爲黨人用，於是麻本直也，山公以棼治之，直安可得？柳子有知，讀斯文豈不發噱？又山公先斷定叔文爲小人，然後依以立論，卒之所資論證諸史迹，卽古今第一流君子，亦未必優爲之，此自語相違之誖，抑何可笑？觀於篇末謂人好議論，不樂成人之美，復以小人二字，歸諸論古無識之徒，語無的標，自相瞀亂，何山公胸中擾擾焉小人之多乃爾？至篇中以楚王英謀逆，陰疏名士爲比，尤爲儗不於倫，不足疏辯。尋山公「行高學博，困諸生，貧病以歿，文章繼韓柳，炳耀天下」，此依其子壻楊儐所爲墓表，如是措詞，實則拘墟老儒，學不開展，其解春集，取易林中解我胸春一語爲名，文凡百餘篇，類瑣瑣無大要義，賴其外孫盧文弨標榜有聲，以康熙五十四年六月，卒於錢唐，如讀柳子者，固爲集中錚錚者已。又山公別刊所輯雜著，取王仲任熸餘幸存意，名曰幸草，余未及讀。

近見定海黃式三讀柳子厚集一文，中有「柳子受羈於王叔文，近馮山公辯之甚詳」二語，則大詫，既不憶山公所爲辯，復不敢斷定山公文曾否入目？亟發解春集文鈔核之，得其文，卽就所感略下論斷如左，越日，余自發見舊右稿，兩相比勘，余思系中不免稍有動盪，因併存焉，並誌余「神志荒耗，前後遺忘」，如柳子向許公所自白云。

文之主旨，在辯柳子不爲黨，此自高著眼論柳子。尋柳子寄許孟容書，稱其志

在共立仁義，裨教化，共之云者，卽展示事非一人所得爲，非若而人拔茅連茹，同升諸朝，將不足以舉其實而善其後，此理之無可逃，而亦事之無可諱。於是同一書中，一則曰：「今其黨與幸獲寬貸」，再則曰：「宗元於衆黨人中，罪狀最甚」，於斯而指子厚與叔文爲黨，以致同罪貶死，子厚決不以其言爲過當，從而追悔其濫交匪人，斷可識也。山公斤斤致辯於子厚之「不爲黨人用」，恍若責出門者之不由戶，而必如崑崙奴之出入一品室也，不亦外乎？獨山公謂劉柳得罪，而直無一事可實其罪，又嘗曰拘忌，不得不深排而力詆之，此似觸着癢處，而惜無麻姑手爪，相與爬搔以出之。嘗試論之：子厚寄孟容書，自承「蹈不測之罪」，夫無罪與不測，其間距離何許？諒無人推測得到，而在當時，柳許二人之間，定能默喻而莫逆，山公所謂拘忌，斷推此種，豈千載下猶無人能發覆耶？至山公詆叔文爲小人，韋執誼位最顯，名最下，凡此應皆子厚所不樂聞，然此小節，不足論。

四

子厚寄許孟容書：「自古賢人才子秉志遵分，被謗議不能自明者，僅以百數」，所用僅字，人多不解。姚薑塢〔範〕者、姬傳之伯父也，所著援鶉堂論文，爲說明其義云：

韓柳文及唐人詩內，凡用僅字，每以多爲義，晉書劉頌傳：「三代延祚久長，近

者五六百歲，遠者僅將千載」，趙王倫傳：「戰所殺害，僅十萬人」，則以僅爲多，亦不始唐人矣。

釗案：薑塢以多義釋僅，乃習用後之歸納如是，非初義卽爾也。尋邏輯規律，戒用反語，而初民往往正負不分，一字正焉可，負焉亦無不可，如詩文王：「有周不顯，帝命不時」，毛傳：不顯，顯也，不時，時也，夫不顯卽顯，或不時卽時，是正負兩義，同集一字矣，各國文字之初階，靡不皆然，或謂埃及文中，此類迹象尤著。又如離、作去遠解，復作趨近解，實同一字，俗學每於趨近義，讀作去聲，（如詩：魚網之設，鴻則離之。）矯強可哂，惟僅字亦然。僅、少也，而不少亦得曰僅，此與上舉不顯爲顯，或不時爲時，直同一範，於是子厚「僅以百數」云者，意則曰「不僅以百數」；僅既詁少，不僅當然詁多，習之浸久，詞趨引申，而多義以成，如薑塢所引劉頌、趙王倫諸傳，皆云然矣。吾著邏輯指要，於論思想律部分，在毋相反律一條內，說此綦明，不更縷述。

與李睦州論服氣書有云：「然則利害之源，不可知也」，此曰不可知者，猶言可知，一本去不字，此緣不解毋相反律之故。又柳宗直西漢文類序云：「是可以爲學者之端耶？」此於可上加不字，答元饒州論政理書云：「蒙之說其在可用之數乎？」此於在上加不字，其意皆同。

古籍中之反義字，用法有兩方面：一加否定字，而確保肯定義，如曩舉不顯不時

例；一去否定字，而仍持否定義，如僅以百數之僅是。二例相較，後者比前者少，故讀者往往不覺，如左傳泓之戰云：「若愛重傷，則如勿傷，愛其二毛，則如服焉」，兩如字上都應加否定字，固與僅例相若也。

陸繼輅合肥學舍札記云：

姚謂僅字以多爲義，而引晉書劉頌傳及趙王倫傳爲證，非也。公羊傳：「是月者何？僅逮是月也」，何休注：「在月之幾盡，故曰劣及是月」，此僅之本義也，僅將千載者，言享國久長，斬之猶將千載，乃反言以見其多，與江文通別賦：「暫游萬里，少别千年」，句法相近。又韓文：「初守睢陽，士卒僅萬人」，柳文：「賢人才士，被謗議不能自明者，僅以百數」，蓋僅與斬通，亦借作近也。

姚指薑塢，非姬傳，觀所舉例卽明。姚陸不解邏輯語範，單於僅字上求多義或斬義，皆治絲益棼，無所說明，以近似言，姚猶稍勝於陸。

釗案：公羊「僅逮是月」，加不字，作「不僅逮是月」，義解卽明。蓋是月初一，卽逮是月矣，而傳意非此，傳意必居滿一月，方稱是月之號，何休注上語「在月之幾盡」，是，下語「劣及是月」則謂不止於及是月而已也。

偶錄祁生札記，有關李義山風節一則，末數語曰：「今之君子，偶著一文，賦一詩，反復校勘，懼有觸諱，則如不爲之愈矣」，此「則如不爲之愈」云者，視左傳之「則

如勿傷」，有異同否？以此律柳州「僅以百數」，能悟到邏輯語範否？祁生卽自己之札記以求其通，如不了然於闢姚之詞費，吾不信也。

釗案：舊唐書元稹傳：「旣以俊爽不容於朝，流放荆蠻者僅十年」，證以稹還朝後，獻文於令狐楚，自爲敍曰，「稹自御史府謫官，於今十餘年矣」，則僅十年云者，其謂不僅十年，而爲十餘年甚明。由此可見：僅字如此用法，不如薑塢所云，祇限於韓柳文，韓柳前多有，後亦多有。

偶讀李復言續幽怪錄李岳州條云：「苦心筆硯，二十餘年，偕計而歷試者，亦僅十年，心破魂斷，以望斯舉」，又蘇州客條云：「吾聞龍子所竊，已僅四年」，此僅十年、及僅四年云者，亦如右引元稹傳，謂不僅十年、及不僅四年也，唐人行文，好以反言爲正，往往如是。

釗又案：劉夢得答柳子厚書：「小章書僅千言」，亦謂不僅千言，此一僅字用法，在中唐已成通俗文字。

又案張舜民書墁集述蘇子瞻語曰：「唐太宗購晉人書，自二王已下，僅千軸，獨蘭亭文以玉匣葬昭陵，世無復見，餘皆在祕府。」此言唐收晉書之衆，依文脈而言，僅千軸應作不僅千軸解。核之事實，周越法書苑稱：「唐太宗酷好法書，有大王眞蹟三千六百紙」，書軸衆多之迹尤顯。據此，僅表多義之習，延至宋代猶存。

五

書中「外連彊暴失職者以致其事」一語，所指當不外韋皋、裴均、嚴綬等，而皋等皆當時顯要節鎭，何以云失職？此可知子厚用失職字，並非謂閒散失去官守，而特謂彊梁喪失臣節，斷然無疑。

失職字可兩解：一作罷職用，卽人與職相脫離，一作溺職看，謂人猶在官，特所行與職不相稱，而初解從後不從前。如禮記：「卿大夫以循法爲節，士以不失職爲節」，此幾以職與節爲同義語；史記燕世家：「召公巡行鄉邑，有棠樹，決獄政事其下，自侯王至庶人，各得其所，無失職」，此又表示無失職、與各得其所，涵義相同。迨後漢書高帝紀：「諸侯伐秦亡諸身，今以爲閩粤王，勿使失職」，項籍傳：「漢王失職，欲得關中，如約卽止」，此均顯以人與職相離爲失職，不同初義。今子厚用以指韋皋等，其爲初義而非後義，皎然以明。

皋何以爲彊暴失職？略次其事如下：

全唐文紀事正直門引册府元龜一條云：

韋皋爲西川節度使，順宗卽位，王叔文等專政，皋上表云云。皋自以大臣得議國家事，且怨叔文不與三川，恃處斗絶一方，度叔文不能搖動，又乘其與韋執誼間隙，故亟言中外人情。裴均、嚴綬，表牋繼至，悉與皋同詞，忠正之徒，皆倚賴以

爲援，而邪黨震懼。

王叔文專政時，韋皋遣劉闢赴京師求三川使，謂如得請，當粉身糜軀以報所知，但叔文持正，將斬闢而闢遁，皋因而譴責叔文之表至。又恃蜀道斗絶，朝臣無法動之，詞旨乃更激切，此而謂之正直，然則古來所謂不正直者爲何種耶？假定編元龜者，將求三川使、及三川斗絶兩事抹去，而濫譽皋表爲正爲直，則後人尚得以聾聵恕之，今在同一文中，將皋之邪惡，先行臚列，而翻以直言讜論佞其報怨之作，自語相違，瞠焉莫睹，此究是何等筆墨耶？裴均者，歷中外十餘年，慣擲財帛，廣交權倖，史以荒縱無度謚之。嚴綬爲挻之從孫，以勢位獵官，殊碌碌無所短長，都不足於國家危急時建言定策。王鳴盛論皋稱：「皋雖有功，位已極矣，地已廣矣，又欲盡領劍南，何其貪也？始知叔文專權，則私請之，鄙甚；後知其孤立，爲中人所惡，則乘間傾之，險甚。請監國，豈爲國乎？憾其不許闢請耳：皋以闢爲腹心，闢之亂，皋實啓之，惜叔文之先見，而其計不行也。……新舊書言：劉闢厲階，實皋所爲，在蜀侈横斂財，以事月進，幕僚皆奏署屬郡刺史，又務私其民以市恩，其於叔文，干請擠陷，反覆傾危，眞小人之尤，豈純臣耶？〔此駁紀功碑稱皋純臣。〕新書一百八十卷李德裕傳言：皋在蜀啓戎資盜，養成癰疽，則功固未足以償其罪也。」文見十七史商権第九十卷，其論甚正。

六

林紓曰：「此書語至哀痛，而段落又至分明，逐層皆有停頓，到喫緊處偏放鬆，及正面時轉逆寫，自成爲柳州之格」，畏廬以帖括眼光看子厚，衹能見到此一地步。

欲使膏肓沈没：　左傳：「疾爲二豎子，居肓之上，膏之下」，沈没云者，謂使豎子離去膏肓，可得火攻鍼砭，因而沈没也。

利安元元：　元元乃漢書中常用字，如翟方進傳：「觀君之治，無欲輔朕富民、便安元元之念。」　利安、漢書作安利，如鼂錯傳：「知所以安利萬民，則海内必從矣。」

末路厄塞臲卼：　一本末路下多孤危二字。　臲卼、第二字一作軏，字又作卼。本於易：「困于臲卼」，或顛倒用之作卼臲，如梁肅受命寶賦：「充德扇結，東周卼臲」，此本於書：「邦之杌隉，曰由一人」，字作杌隉，音皆同，義亦同訓不安。　與蕭俛書：「嚮者進當臲軏不安之勢」，臲軏之下，更綴不安，殊嫌重贅。

外連強暴失職者以致其事：　此語在文中最爲關目。　蓋從歷史表面看來，韋臯等之干預朝政，乃與閹宦用事，適爾同時，形成巧合，實則臯等皆爲被動，事先由俱文珍居中操縱，逼使爲之。　外連字、及致其事字，子厚下筆時，十分珍重，容詳考史實以爲證左。　夫子厚數大書記，不廑文章貴重，而且在史値上，提供重要材料，斷推此種。

而豈有賞哉：　一本無此句，此當是有畏政治株連者削去。卽此可見：元和初年，京朝曾有人欲爲叔文頌冤。

以希望外之澤哉：　子厚用望外字，有內發與外襲之别。此與與蕭俛書：「此在望外，然終欲爲兄一言焉」，皆內發。若與韋中立書：「平居望外遭齒舌不少」，望外猶言意外，則自外襲矣。

神理降罰：　此指元和元年五月、子厚母盧氏卒事，此與平日不引神以爲奇之理想有違。

消息存亡不一至鄉閭：　此九字宜作一句讀。

僅以百數：　參看與楊憑書「僅免燔灼」句下詳釋。

益輕瘴癘：　益作比較義用，益輕猶言加輕。

如得甘寢：　甘與酣同，出莊子。

致楊京兆憑書

一

子厚致楊京兆憑書，有必須注意者數義：

一、楊氏兄弟，於子厚爲先友，先君石表陰記中，紀載如下：「楊氏兄弟者、弘農

人，皆孝友，有文章，憑、由江南西道入爲散騎常侍，凝、以兵部郎中卒，凌、以大理評事卒。」子厚作記時，凝凌皆卒，唯憑獨在。憑於元和四年，以江西姦贓被李夷簡劾，貶爲臨賀尉一事，記中不見，蓋元和改元，太夫人盧氏卒於永州，明年，歸祔於先侍御史之墓，記蓋斯時着筆也。

二、楊誨之者，憑之子也，子厚有與誨之書云：「今日有北人來，示將籍田勑，是舉數十年之墜典，必有大恩澤，丈人之冤聞於朝，今是舉也，必復大任」，而此書亦云：「丈人旦夕歸朝廷，復爲大僚。」查憲宗紀：元和五年，詔以來歲籍田，則此書寫作年月，應在五年冬也。

三、子厚所娶楊夫人，卽憑女，貞元十五年八月一日卒，年二十三，子厚時年二十七，數至元和五年止，中經十一年，子厚已三十八矣，迄元和十四年，年四十七歲易簀，子厚終未娶。書云：「寡居十餘年」，亦祇訴述作書時實況而已，又「不唯其親密故舊是與」，及「獨恨不幸獲託姻好」，皆點明此種姻親關係，至丈人之稱，語涉雙關，不一定作婦翁看。卽此一事，可見子厚一生私生活謹嚴，不同退之之放恣逸豫。

四、子厚於楊氏子弟，極親切厚與之致。憑子誨之、集中有書相勗，至凌子敬之、㊀尤認爲當代「希屈馬者之一」，推其源，則在「丈人以文律通流當世，叔仲鼎列，

㊀　敬之字茂孝，嘗爲華山賦，韓愈稱之，中元和二年進士。

天下號爲文章家」數語，子厚之能文，未始非此中有所沾丐。夫文律云者，不必卽吻合於歐文之葛郎瑪，但旣名曰律，自定軌範而自守之，乃爲萬不可少之步驟，唐宋各家中，獨子厚之文，能實現一個潔字，凡用虛字都中繩墨，此未必不與「丈人以文律通流」有關也。

五、書中有關目語，最爲扼要：一曰、「聖人之道，不益於世用」，㊀一曰，「人可以言古，不可以言今。」前者代表子厚之政治思想，與其平生明章大中（見陸文通墓表。）之旨相通，至用人而捧土木爲長者，特一例耳；後者爲從來厚古薄今之通病，自王仲任以至子厚，皆如是說，而子厚尤爲刻至。

六、「今之文士，咸能先理」，理與上文「天下方理平」，皆謂治也，治卽治國平天下之治，以避高宗諱改言理。老生號稱「直趣堯舜之道，孔氏之志」，夫堯舜之道遠矣，若茫若昧矣，孔氏之志，邃矣複矣，「明而出之」，在勢爲難有。然則如何「采取」？乃文士之最終衡量，此與曩「聖人之道，不益於世用」一說，如鳥兩翼，雙舉始翔，明乎此也，足破後來文以載道之迂論。

七、憑書言推延賢儁之難，蓋指己力綿薄，無助於子厚之貶屈，而子厚益推廣之，羅列薦擧之難若干事，以慰安憑之心曲。意謂憑歸朝無裨於己，己並無懟，獨縱

㊀ 何義門云：益字上有盡字，吾所見本卻無。

筆及吳武陵，又亟望憑知此人與其文，備他日不闕大臣之道，此可見子厚用心之大公至正，在憂患中仍無形流露。唐荆川云：「只是敍薦舉一段文字爲勝」，此另一種帖括之目論，不足以知子厚也。

八、此文一私人簡牘耳，何嘗望傳之後世？故縱筆寫來，惟求與親密故舊直吐心緒，疏疏落落，不暇剪裁，吾人於此，轉能窺見子厚行文之眞實本領。或評此書較致許孟容者，不無遜色，乃學究之陋言也，獨王元美云：「長篇未加洗澤，然才氣勃湧，去秦漢較近」，不失爲有心得語。

九、子厚向於應避諱處致謹，而此篇如「使有世嗣」句，及「古之人未始不薄於當世而榮於後世」句，世字不諱。又致許孟容書中，初述「代爲冡嗣」，世仍作代，而以下「世亦不肯與罪人親昵」，「近世禮重拜掃」，「爲世大僇」，「然賴當世豪傑」，及「亦不堪當世用矣」等等，放筆寫去，無復檢束，此可見子厚志在與親舊直敍衷曲，不表於人，故無所顧忌如此。

十、何義門讀書記謂：「理不一斷於古書老生」，老生絶句，此與將老生屬下讀者，形貌有異，古書老生，駢列生硬。義門又云：「自韓柳所見，皆頗脱略先儒章句」，然則唯老生始讀古書，恐未必然。「彼不足我而惎我」句，義門云：「注引說文：惎、毒也，按左傳：楚人惎之脱扃，杜注：惎、教也」，此解可取。又「使有世嗣」句，義門謂：

使作所，引李安溪語，世嗣指己，義亦可通。

十一、近見吳文治著柳宗元評傳稱：憲宗下詔籍田之歲，即元和五年，子厚取貧家女爲續妻，〔見原著百五十頁。〕此一揣測不確。子厚與李杓直書：曾謂娶老農女，生男育孫，此擬議之辭，並非事實。蓋跡子厚一生，固未嘗有續娶之事，雖然，未續娶云者，卻不得謂即無同居女性，如馬室女雷五葬誌：「其姨母爲妓於余」，即同居者之一也，此外尚有貧家女與否，殊難考，然即有之，可斷言非緣續娶而來。子厚之子周六，乃薛巽子，出後於子厚者，巽妻爲子厚崔氏姊女，其子應視子厚爲舅祖。夫以異派下二代子爲後，於誼實逆，唐人宗法，或不忌此，此在朗州員外司戶薛君妻崔氏墓誌，紀載甚明，至遺腹子周七，爲妓產抑或他同居女生，無從知之。

二

本篇字句中，尚有數義須補簽者，惜篇幅過長，難錄全文。

一、書言推延賢儁之道，子厚答之亦詳，時子厚困貶所，憑亦明年始得由貶所還朝，是子厚求援甚切，而憑能援與否，殊難逆料，彼此都不畏涉及此嫌，侃侃盡言，可見兩公心只爲公而不及私。柳集中惟祭穆質文，曾提及質曾有意論薦，遇左官而止，餘均不涉具體見救事迹。

二、「彼不足我而惎我哉！兹咈吾事」，此謂聽言者之意若曰：「彼輕視我不知

人，而教訓我，直要打亂我辦事程序」，甚取教義爲得。

三、「士不預備而熟講之」，士爲預備及熟講兩動詞之目的格，非主格也，此等句法，往往以目的格提到上面，而原位置，别以「之」字代之。

四、「理不一斷於古書」以下共七句，成爲方望溪與李穆堂之爭辯問題，蓋方以柳文自批本示李，李對方有不同意見也。其說云：

「理不一斷於古書」，據云晦；「然則文章未必爲士之末」，據云意脈與上不相承接。按所謂晦與不相承接處，再四循覽，不能領略，要之此等書記，自是大文章。

兹請先以鄙意詮釋第一句：理者治也，凡子厚言理，大抵因避御諱代替治，本文：「士、理之本也」，理亦治之代言。夫理不一者，謂治道不一也，蓋古今言治道者多有，而必定以古書爲斷。理不一、句絶，斷於古書、句絶，此思路明晰，何晦之有？又按劉夢得子劉子自傳：「叔文實工言治道」，治字不避，此等處文家或避或不避，羌無一定，特在柳集，避者居多。

老生屬下讀，何義門將古書老生連讀，非是。

堯舜大道之大字，應是「之」字之誤，此因學者不解堯舜之道、及孔子之志爲駢語，故將之字改作大耳，廖本作堯舜之道，未誤，或瑩中見到原本。寄許孟容書云：

「以興堯舜孔子之道、利安元元爲務」，此以道字統堯舜孔子綜言之，若分言，應平列爲堯舜之道、與孔子之道，又兩道字不使重複，下一道字乃改作志，此一加比照，入眼卽明。

「文章未必爲士之末」，文章卽指上文古書而言，士從古書中，可以得到堯舜之道，孔子之志，故不爲士之末，何謂與上文不相承接？

此一段文之句讀，應爲：

理不一，〔句〕斷於古書，〔句〕老生直趣堯舜之道，〔逗〕孔氏之志，〔句〕明而出之，〔句〕又古之所難有也，〔句〕然則文章未必爲士之末，〔句〕獨采取何如耳。〔句〕

老生指老於讀古書者，字不涵惡意。趣音娶，謂有一定方向，而疾行以赴之，如詩：「左右趣之」，是。此與趨讀取平聲者，有專與泛之别。「明而出之」之「之」，指上堯舜之道、孔氏之志。步步循省，文義一貫，何晦而不相承接之有？以方望溪與何義門碩學大儒，而讀不通此一小段文字，匪夷所思。

五、「乃少得知文章利病」，少、猶稍稍也，常言「不少概見」一語，因不解少字意義，往往誤用，此謂稍稍一點也看不見，卽僅有而絶無也，若作多少之少字解，將謬以千里。

六、「猶爲今之人，則世之高者至少矣」，此謂莊周屈原等輩，倘生於今之世，今

人將不以爲高，於是今世高者至少矣。

七、「而宗元獨以無有是念」，以字涉下「自以罪大不可解」句誤衍。

八、「雖甚崇寵之，孰與爲榮？」崇寵者，謂寵妻也，謂人卽知我寵妻，人亦不以爲榮而嫁我也。

九、「以人望人，尙足自進，如其不至，則故無憾」，上兩句，卽上文「然彼古人亦人耳，夫何遠哉？」意，下兩句，謂「如其求之不得，則本來無所缺望」，以謀事在人，成事在天，吾人當無所容心也。李安溪謂此處晦，語意明白如此，晦從何來？

十、「今復得好官，猶不辭讓」，何義門云：「上云無有是念，而此云然，豈謂量移善地爲好官耶？」余曰：非也，子厚所謂好官，以行道及物爲衡，必須入相當國，始稱此語。

十一、「若吳子之文，非丈人無以知之」，陳少章點勘云：「吳武陵先從濮陽徙貫信州，楊憑觀察江西日，信在所部，武陵蓋嘗以文字受知也」，此少章過於拘泥，賞人之文，何必部民？釗案：吳子之文，文字原作直，校改。

十二、「雖無有司，而士可以顯」，李安溪云：「此皆子厚之所以敗，而始終拳拳若此，故知其爲有心人也」，吾謂安溪此語，頗中肯綮。

十三、「苟焉以敍憂慄爲幸」，夫敍憂慄有何可幸？敍明是誤字。查與裴塤書：

「捨憂慄則怠而睡耳」，敍當是捨字聲近致誤。

釗案：本編採李安溪評語不少，蓋安溪不廑重子厚爲文，兼明子厚取義。何義門與其弟書：「安溪治春秋，所取者陸淳」，以故安溪於柳文每下一義，往往突過諸家。安溪者，李光地也，由翰林累官文淵閣大學士，治學不衰，學宗程朱，文尊韓，而兼尊柳，固自難得。

三

唐時東西兩京宮室之盛，自朝廷爲功臣親貴造第以外，賢士大夫亦競爲之。卽如子厚寄許孟容書：「家有賜書三千卷，尙在善和里舊宅，宅今已三易主，書存亡不可知，皆付受所重，常繫心腑」，此善和里宅，諒非尋常府第可比。韓退之造宅於靖安坊，符城南讀書詩，於景物頗有稱述，又庭楸詩，凡南亭北屋，松果槐榆，部署井井，咸見鋪陳。尤甚者，子厚之先友兼外舅楊虛受（憑），築第於永寧坊，至爲御史中丞李夷簡所糾，由京尹左官臨賀尉，史稱：

憑任湖南江西觀察使，在鎭侈汰，夷簡因劾其江西姦贓。於時憑治第永寧里，功役叢煩，又幽妓妾於永樂別舍，謗議頗讙，故夷簡藉之痛擿發，欲抵以死。

查永寧永樂，其名不一，二宅可能相連，憑得任便而居。張文昌（籍）傷歌行：「長安里中荒大宅，朱門已除十二戟，高堂舞榭鎖管絃，美人遙望西南天」，此殆於憑貶官

後，包二宅而言之，以資謔浪，門戟十二，其豪侈亦可想。子厚之妻，乃憑女，子厚亡妻弘農楊氏誌云：「二族之好，異於他門，然以素被足疾，不能良行，未三歲，孕而不育，厥疾增甚，明年，以謁醫求藥之便，來歸女氏永寧里之私第」，此永寧里之私第，即憑第也，所謂明年，指貞元十五年，遠在憑左降前。

憑後由臨賀徙杭州長史，更由杭州召還，遷諸王傅，定居洛陽，故子厚弘農公碩德偉材五十韻長排中一段云：

高居遷鼎邑，遙傳好書王，碧樹環金谷，丹霞映上陽，留歡唱容與，要醉對清涼，故友仍同里，常僚每合堂，淵龍過許劭，〔此指許孟容，時孟容爲東都留守。〕冰鯉弔王祥。〔此指王仲舒，時仲舒居憂在洛。〕玉漏天門靜，銅駝御路荒，澗瀍秋瀲灩，嵩少暮微茫，遵渚徒云樂？〔釗案：徒云樂者，猶言豈云樂也？此詩中反語。毛詩：鴻飛遵渚，乃謂周公居東都爲失所而詠歎之也。〕沖天自不遑，降神終入輔，種德會明歟。

此謂憑晚居東都，朋遊如故，較之往年永寧盛況，將又是一番景象，子厚一生傾心於憑如此。

憑居東都，未詳何地？或謂白樂天於太和七年，罷河南府，歸東洛，於履道里購一宅，中有池。樂天泛春池詩自注：此池始楊常侍開鑿，中間田氏爲主，予今有之，蒲浦桃島，皆池上所有。此楊常侍者、即憑也，惟憑歷官，未聞有散騎常侍一階，豈

子厚詩所謂爲諸王傅，卽被以此銜而史未之載耶？卽以經營第宅一事觀之，而知憑一生爭取享受，召侮非虛。

吾揣憑之爲人，學優才裕，能當國家大事，而細行不矜，生活自亦不樂過於拘窘。子厚與憑書，有下一節曰：

周仁以重臣爲二千石，許靖以人譽而致位三公，近世尤好此類，以爲長者，最得薦寵。夫言朴愚無害者，其於田野鄉閭爲匹夫，雖稱爲長者可也，自抱關擊柝以往，則必敬其事，愈上則及物者愈大，何事無用之朴哉？今之言曰：某子長者，可以爲大官，類非古之所謂長者也，則必土木而已矣。夫捧土揭木而致之巖廊之上，蒙以紱冕，翼以徒隸，趨走其左右，豈有補於萬民之勞苦哉？聖人之道，不益於世用，凡以此也。

此一席話，惟憑當之無愧，亦惟憑、子厚方肯傾洩無餘，倘在中唐，無此兩人相與契合，吾人將永讀不著此一派議論。

聖人之道，不益於世用，此何等打穿後壁語？伊誰道得？他日容細論之，姑不贅。

四

子厚與楊憑書：「今之世言士者先文章，文章士之末也，然立言存乎其中，卽末

而操其本，可十七八」，夫此所謂本者何也？方苞讀斯文，爲講其義曰：「文章之道，所以與政治相通者，蓋因此可得士人之心術，故柳宗元曰：卽末以操其本，可八九得」，由苞之言，子厚之所謂本者無他，蓋政治也，或事之不離乎政治者近是。於是子厚於同書自爲解曰：

天下方理平，今之文士，咸能先理，理不一，斷於古書。老生直趣堯舜之道、孔子之志，明而出之，又古之所難有也。然則文章未必爲士之末，獨采取何如耳。由子厚之文推之，所謂政治者又非他，蓋政治之理而已。夫政治與政治之理，並非同物，何以言之？政治之理不一，宜斷於古書，政治不一，宜斷於當代。精於古書而昧於當代，則子厚又於同書自詮之：「夫捧土揭木而致之巖廊之上，蒙以紱冕，翼以徒隸，趨走其左右，豈有補於萬民之勞苦哉？聖人之道，不益於世用，凡以此也」，此其的彀，在世用二字。倘堯舜之大道，孔氏之大志，不論如何高尙精善，一敷於世用而不得當，則不啻土木而已矣，是之謂本。此之本也，豈摸坔高頭講章以沒厥世，極其所詣，止於標榜以古文爲時文，由金陳章羅以上企王錢唐歸，卽號爲理精法備，足以昌明盛世而莫之夭閼，如方苞之徒所能窺測古所難有之理道於萬一，並闖入河東解人之門，相與上下議論，以圖融化子劉子所標八音眞諦者哉？〔按苞之本論，及以古文爲時文，金陳章羅，理精法備等語，俱出所作禮闈示貢士。〕

八音與政通，而文章與時高下，之二語者，乃劉夢得編柳集時所爲紀也。〔按劉爲人文集作序，每不曰序而曰紀。〕夫八音者、文章之所依倚而成，言八音與政通，即不啻文章政治，是一是二。斯理也，柳劉車挂轊、言接席時，討論有素，鞭辟入裏，故子厚謝世，夢得爲亡友傳其遺文，即銜口而將平素相視莫逆之語言，襮於卷首。

五

類嚮時所被簡牘，萬萬有加焉： 柳文中類字用法，取比較義者屢見。本書外，如與李睦州論服氣書，及答吴秀才謝示新文書皆是。類嚮時、改作比嚮時讀，義尤軒豁。

類非古之所謂長者也： 類作大率、或大抵解，與上用法大異。史記：「類名湮沒而不彰」，乃謂大抵名湮沒而不彰也。又類與慮同用，漢書賈誼傳：「慮亡不帝制而天子自爲者」，師古曰：慮、大計也，本文類易言慮，義同。賈傳中且有其例，如云：「移風易俗，使天下回心而鄉道，類非俗吏之所能爲也」，賈文慮與類相互用之。

敬之希屈馬者之一也： 敬之爲憑弟凌之子，字茂孝，嘗爲華山賦，韓愈稱之，元和二年進士。「平生不解藏人善，到處逢人說項斯」，即敬之所作詩。

乃少得知文章利弊： 少謂稍稍也，如言「不少概見」之少，亦作此解。

凡人可以言古，……而榮於後世也： 此爲與友人論文書中「榮古虐今」四字，

作一詳細注脚，榮於後世卽榮古，薄於當世卽虐今。漢書元帝紀：「且俗儒不達時宜，好是古非今，使人眩於名實」，此風西漢已開，東漢必且更甚。雖王充倡爲頌漢齊世之說，而無能阻遏其勢，中經八代以入於唐，仍復每況愈下，相形見絀，所謂是古，是化爲榮，所謂非今，由非入虐。柳子厚以罪臣奮起於蠻夷，鄙視時人對周宣王與其輔佐，望之若神人然，而且罪責司馬相如劉向揚雄班彪彪子固之徒，謂其言類淫巫瞽史，誑亂後代。己乃寫成唐雅貞符鐃歌等篇，不推天引神，而尊崇民眎，欲抗唐德於三代之表，凡此皆不足以挽回人心之頹勢。今兹與楊憑書，亦自怙親舊，言無粉飾，相與略道心曲，以抒其憤踊而已。

壞牆穴牖，僅見爓灼：　釗案：僅當作廑，柳文中所用僅字，大抵遵古義作不僅解，此處僅字，應是廑字爲後人竄改，或原是幸字，治書蒼頭以疊韻誤聽，而致誤書。漢書賈誼傳：「諸公幸者乃爲中涓，其次廑得舍人」，應劭曰：「廑、劣也，言纔得舍人。」又同傳：「淮陽之比大諸侯，廑如黑子之著面」，子厚不能不本此義，故不學者由廑易僅，較幸字以疊韻誤書，其理更長。又應劭曰：「廑與僅同」，夫廑與僅同云者，乃以後世所解之僅釋漢初之廑，非謂漢初廑卽同於僅也。尋應劭是季漢人，可見漢初漢末，相距三四百年間，人之用字理解已大不相同，如以應劭語法詮子厚，本文當顚倒用之曰「僅與廑同。」復次：子厚致書與楊憑及許孟容，相距爲時甚近，同一僅

字，不可能在兩書中，含兩種不同意義，參看許書「僅以百數」句下詳釋。按寄許書在元和四年，與楊憑書當在五年冬。

與裴塤書

一

裴塤，字封叔，塤字行具，又字應叔，行十四，河東聞喜人。墐爲子厚姊丈，曾爲墐書墓碣，高祖行儉，字守約，曾祖光庭，字連城，玄宗侍中，祖稹，累遷祠部員外郎，父儆，字九思，官至大理卿。墐中貞元三年進士，再佐禮儀使杜黄裳爲崇陵豐陵判官，尋刺金州，決高弛隳，去人水禍，卽本書所謂金州考績已久者也。塤爲墐弟，族望世序自全同，儆四子，堅、墐、埴、塤，咸以文學顯於世。

十二兄宜當更轉右職：　宜當字聯用，子厚慣習，與答元饒州論政理書：「宜當賢者類舉」，筆法正同，惟當字讀去聲，抑平聲，似在兩可。白居易續古詩云：「窈窕雙鬟女，容德俱如玉，……宜當備嬪御，胡爲守幽獨？」宜當字連用，似當時一般文人，都如是爲之。

十四兄嘗得數書無恙：　十四兄四字疑有誤，解見後。

玄冥所不統：　玄冥、水官，禮記月令冬：其日壬癸，其帝顓頊，其神玄冥。

當已平奚虜：　此指吐突承璀討鎮冀王承宗，事在元和四年。

譸張排掍：　掍，下恩反，音痕，漢書灌夫傳：「及竇嬰失勢，亦欲引繩排掍生平慕之後棄之者」，孟康注：「引繩以彈，排擯掍格之也」，師古曰：「孟説近之，掍音下恩反，格音下各反，言嬰與夫共相提挈，有人生平慕嬰夫，後見其失職而頗慢弛，如此者共排退之，不復與交，譬如相對挽繩而掍格之也，今吴楚俗猶謂牽引前卻爲掍格也。」前卻爲掍格云者，謂二人一前一卻，以手作勢，同時發爲聲音，其反切恰爲下恩下各，皆出於喉，猶言哼哈〔如俗言哼哈二將。〕或邪許也。　以是掍格皆從手，毛刻漢書：掍格二字皆從木，作根格，實大誤。　蓋根切古痕，不當切下恩，格切古柏，不當切下各，此二紐者，漢書注明明作下，不作古，讀者從來抹煞過去，不加注意，殊屬異常疏忽。　況集韻與韻會，並於格字下作：「曷各切，音鶴，掍格，牽引也」，又朱子語録：「漢書引繩排掍不附己者，今人誤讀掍爲根，掍格，猶云抵拒擔閣也，引繩排掍，如以繩抵拒然。」　上兩條皆見康熙字典，按語録：「漢書引繩排掍不附己者」句，與漢書：「亦欲引繩排掍生平慕之後棄之者」句，構造相同，不可如俗手於排掍下斷句，應注意。

二

儔輩恨怒以先得官：　如長楊賦：上將大誇胡人以多禽獸，子厚好用此類倒裝

句法。

不貢不王者悉以誅討：　以、與也，子厚好將以代與。或謂以同已，亦得。

其爲不一徵也何哉：　徵、謂召還，此句之上，似脱局束者寡四字，蓋此處非將局束者寡重複一句，文氣卽不貫。　嘗論子厚與裴塤書，較之與許孟容楊憑等書，語氣大異。蓋諸書皆自承罪戾，負咎彌深，不敢輕以起復責望於人，而與塤書則否。書中不但自責之語，殊形淡漠，而且鍼對朋儔之坐視不救，大爲怨懟，甚至以反映不及鄒陽爲可恥，嵇叔夜與人絶交，聲言之嚴刻反不及此，此究爲何故耶？以吾思之：子厚與塤行輩相同，親舊之誼殊常，通書可得自恣胸臆，放言無忌，語卽過當，亦必順受無迕，不至如楊子幼之招致不測。觀於何其優裕者博而局束者寡？又局束者寡，其爲不一徵也何哉？以及應叔輩知我，豈下鄒子哉？然而不恥者何也？連提四次問號，聲口促迫，表情憤懣，遠在尋常酬答範圍之外，此子厚與十四兄之情通意得，肝膽相照，無須爲流言飛文而備豫不虞，從可知已。

河北之師當已平奚虜：　此指討王承宗之役，事已見前第一段，承宗之先武俊、本契丹部落，故云奚虜。

若僕者承大慶之後：　大一作天，非。

三

此書於裴氏兄弟，説得糾葛難分，陳少章勘定有力。其辭云：

此與寄蕭李書，皆元和四年作，時八司馬中，韋凌已先沒，程异獨被薦擢，而子厚與二韓劉陳，尙未離謫籍，故曰獨呻吟者四五人也。金州謂塤兄墐，時方刺金州。觀十二兄宜更轉右職語，乃仕於使幕者，集中有宣武從事裴君誌，卽其人，以誌中所書世系考之，自明，蓋塤之從昆弟，嘗酬其詩。十三兄嘗得數書，集中有酬裴韶州詩，疑卽其人，韶永道近，故頻得書也。新史世系表中，有韶州刺史裴禮，亦未審是一人否也？

書中所涉裴氏兄弟凡三人：

一、封叔，卽所謂金州者也，不可能將十二兄與金州混而爲一。

二、十二兄，十二兄非卽封叔，少章謂指仕於使幕者，其名字不明，集中有宣武從事裴君誌，應卽其人，而誌中名字仍不具。宣武者，宣武節度使韓弘也，誌稱十二兄射進士不中，去過汴，韓司徒弘迎取爲從事，而集中標目，未著宣武從事，而稱其終級官故大理評事。此十二兄，爲應叔之從兄弟，並非封叔。

三、十三兄，此原文稱十四兄，而由少章改訂者，若如原文，將十四兄看成應叔，文理卽不可通，至其人眞實行第，諒少章無從知之，亦姑且第之以便行文云爾。少章並指十三兄與集中之裴韶州爲一人，其名可能是裴禮，子厚酬裴韶州二十韻，劉

貢父盛譽爲尤見奇險之工妙，爲柳集中戛戛獨造之作。少章此一分析，甚爲有力，羅羅清疏，毫不牽混，少章之考證工候，吾甚服焉。

與蕭翰林俛書

一

蕭思謙名俛，俛應讀何音？是讀此文時第一問題。俛，説文音俯，低頭也，亦作頫。又音免，卽勉，詩谷風：「黽勉求之」，文選陸士衡文賦李注：引作僶俛，古書俛仰俛字或借勉、或借冕，可見本當讀無辨切，轉音爲方矩切耳。釗案：趙子昂名頫，是名字取相對義，蕭思謙名俛，是名字取相近義。而低頭與黽勉，義皆相近，故蕭俛之名，應以讀勉爲得，何況古書俛仰字本當讀無辨切乎？偶閱李鄦齋炳燭篇，記錄如此。

書云：「居蠻夷中久」，子厚視湖南爲蠻夷，集中屢見，毫不足怪。宋張文潛齊安行云：「客檣朝集暮四散，夷言啁哳來湖湘」，據此，至宋時湖湘猶謂之夷，憶歐陽永叔詩，亦復如是。釗案：詩商頌殷武首章，敍伐荆楚功，而二章曰：「惟汝荆楚，居國南鄉，昔有成湯，自彼氐羌，莫敢不來享，莫敢不來王」，此內荆楚而外氐羌，謂氐羌且來享來王，而汝荆楚居國南鄉，致勞討伐，故詩詠歎及之也。夫以商代視爲內國

之荆楚，越千餘年而至唐宋，文人執筆，反訟言蠻夷蠻夷不已，此可爲治亂循環、邊隅梗化之證，一歎。

「聞北人言，則啼呼走匿，雖病夫亦怛然駭之」，末一句稍費解。釗案：之指病夫，病夫、謂北人中之病夫也。此指小童見北人卽駭怕，雖北人中之病夫來，亦相與啼呼走匿，子厚此種寫法，未免稍涉誇張。

陸祁孫云：「君子之學，非以爲名，則自爲之，與他人爲之無以異也，（語見七家文鈔序。）」此從本書：「何必攘袂用力，矜自己出」，胎襲而來，陽湖近柳，迥異桐城。

新唐書列俛書在許孟容書前。按俛本傳：貞元中及第，又以賢良方正對策異等，拜右拾遺，元和六年，召爲翰林學士，凡三年，進知制誥，此書當在俛爲翰林時作。後穆宗立，授同中書門下平章事，以劾王播忤旨，分司東都，性簡潔，以聲利爲汙，疾邪太甚，故輕去位無所藉，文宗卽位，屢召堅辭，以壽卒，凡此皆俛於子厚歿後所表見。

思謙性偏疾邪，故敢劾王播，致忤旨左遷而勿恤，或疑思謙有此膽氣，何不一薦子厚，使得稍稍量移，從容數年，從事述作乎？殊不知思謙初入翰林，毛羽未健，一擊不中，兩敗俱傷，彼容或涉思至此，乘間卽發，而乃未及施展，子厚竟撒手難待，噫噫！

首段「乃誠助太平者也」句，與末段「亦不虛爲太平之人矣」句，兩用太平字遥相呼應，中復點明：「僕誠有罪，然豈不在一物之數耶？」足證子厚重疊見貶，心氣絶平，一心望治，而成功不必在我，氣象與退之與人書大不相同。

「命乃天也，非云云者所制」，似全與天説、及其他論辨異趣，須知子厚行文，理道有難通處，輒自開尾閭，便其宣洩。尾閭者何？一曰述騷，二曰爲俳，俳於毛穎傳書後見之，騷則如此書是，不解是竅，何足以讀柳文？

「謗語轉侈」，侈原作移，兩皆通。如用侈字，語氣聯上，用移字，語氣聯下，侈乃吴摯父校改，鄙意仍以移字爲得。

「自御史裏行得禮部員外郎」，亦轉階之常程耳，説不上「顯美」，如是云云，乃子厚求以快讎人之意，及塞衆人之怒耳，其他如「有久與游者，乃岌岌而操其間」，及「與罪人交十年，官又以是進」皆此類。

「漸成怪民」，民字乃後人改竄，實則怪人較怪民尤形自然，改竄胡爲？

王芸生爲言：「韓退之是奴隸主，奴隸多時至百口，少亦三十口，都鑿鑿有證」，余曰：此不足怪，唐時士夫，家家有之，卽柳子厚亦難自外。試閱其與蕭翰林俛書：「家生小童，皆自然嘵嘵，晝夜滿耳」，家生小童者、卽奴隸所生子也，凡奴隸在某一家服役，而不被主人出賣，且爲置配者，其所生子卽號家生子，此殆是當時通行之

例。芸生如欲據此，斷定唐代社會爲奴隸社會，此須更端討論，別作決定，以唐時雖有奴隸，而並不如歐洲此一社會之範圍廣而待遇刻也。

二

馬宗霍近爲余言：古來權臣，不能一日放棄其權，無權之日，卽死之日，如曹操、如李德裕、如曾國藩，皆足取證此理。宗霍又言：「太炎先生燕居講學，卽作如是觀」，吾聞其語，心怦怦然。王叔文當國，廑五越月，而以母病不得不暫去職，則設讌於翰林，告哀於諸閹曰：

叔文母病，以身任國事之故，不得親醫藥，今將求假歸侍，叔文比竭心力，不避危難，皆爲朝廷之恩，一旦去歸，百謗交至，誰肯見察以一言相助乎？〔按語見資治通鑑。〕

俱文珍隨其語而抑之，叔文無以對，此叔文知權之不可一日去也，柳子厚亦知之，其與蕭俛書曰：

僕不幸，嚮者進當䡾䡱不安之勢，平居閉門，口舌無數，況又有久與游者，乃岌岌而操其間哉？其求進而退者，皆聚爲仇怨，造作粉飾，蔓延益肆，非的然昭晰，自斷於內，則孰能了僕於冥冥之間哉？然若而事者，非能以口舌爭也，必決鬥始足以善其後，一旦決鬥之具失，卽萬事瓦

裂，長此終古。叔文出師未捷之吟，不如子厚「恬死百憂盡，苟生萬慮滋」十字，其爲曠達多矣。

蕭俛在朝，聞望不淺，得子厚書，始終不爲申理寃滯。白樂天集有俛除吏部尙書制云：

勑：古者君使臣以禮，臣事君以忠，季代已還，鮮由茲道。先皇帝創於是，故在位十五載，凡解相印者殆二十人，多寵爲大僚，或付以兵柄，矧予小子，宜有加焉。而輔弼之臣，嘗經一日造吾膝，沃吾心，則思與之始終，厚申恩禮，不唯勸感來者，且不敢失墜先志也。尙書右僕射蕭俛，忠肅孝敬，佐吾爲理，以勤事國，以疾退身，本末初終，不失其道。旣免樞務，倚爲右揆，加恩超等，復吾前言，而俛繼上讓章，至於三四，敦諭煩切，陳乞彌堅。是用正命爲選部尙書，而冠六卿，統百職，尙可以表吾寵重，亦所以成爾謙光，爾宜欽厥止，愼厥終，無忝我褒揚之命，可吏部尙書。

據此，俛將何事不可言者？或曰：制中在位十五載，乃指憲宗元和共十五年也，則右制頒於長慶初，而子厚適已前卒，俛雖得言，而子厚不及待，爲之奈何？嘻！此遁詞爾，倘子厚審知俛無力爲言，卽自始無書與之矣，俛之所以不言，諒其中別有大故，而非恆慮所能推及者在，此吾於他條略有申述，不欲贅言。

夫權臣不可一日無權者何？曰：用權之日久，或用權而結怨於人者衆，一旦去位，怨家卽欲得而甘心，此其影響於人，其途有二：一、求權之永不去身，二、預爲可去之地，善保其權不用。如李德裕其前者，如蕭俛其後者，子厚殆介乎二者之間，而爲其犧牲。蓋叔文求不去其權而不可得，子厚旣隨流而下，蕭俛直私其權而不肯用，子厚又不得藉其力以起也。

三

嘗論子厚貶後，與故舊諸書，中多遜詞，不稱事實，如與蕭俛書：「僕當時年三十三，甚少，自御史裏行得禮部員外郞，超取顯美」，夫古人强仕之年，固在四十，而三十三，於通籍後久次之餘，得參朝列，實不得言甚少。尋子厚以貞元九年登進士第，年二十一，雖曰早達，已不得言甚少，何況需次十二年之久，至貞元二十一年，猶滯困在中級班行者耶？夫監察御史裏行，官非甚卑，凡朝廷有大慶賀，例須轉官，加以子厚才猷卓越，照人耳目，意順宗登極，子厚循例超轉一階，由裏行獲得禮部員外郞，此有王叔文在朝如是，無叔文在朝當亦如是，又何得謂之超取顯美耶？此推之八司馬內外其他同寮，大抵情實相似類。如淩準在貞元末爲翰林學士前，曾歷崇文館校書郞、邠寧節度掌書記、節度判官、浙東觀察判官等職；陸淳得給事中前，嘗爲左拾遺、累遷左司郞中、歷信台二州刺史。餘人歷程，都相去不遠，至劉禹錫與子厚

同年登第，循途共進，遷轉尤相迫近。由此看來，退之撰順宗實錄，稱叔文所交，爲有當時名，欲僥幸而速進者，辭近誣罔，何足信據？顧子厚一切不辯，人以誣罔來，己卽謙謹承受而不辭。噫！此雖當時處境，不得不如此立說，而亦由子厚學養深醇，世情練達，其以巽言應横逆，而委婉以出也，純任自然，無一毫矯揉之迹，使人無形體念，而潛心傾服，吾讀與蕭思謙書竟，焉禁擲書三歎？

四

書中「遭時言道，道之行物得其利，……何必攘袂用力，而矜自我出耶？」此一段文字，乃子厚自申其抱負之忠實語言，與孟子以天下自任，謂舍我其誰者，實爲命世人物一種思想之正負兩面，持較消極者流之頽唐意識，直不可同日而語。杜子美詩云：「四鄰耒耜出，何必吾家操？」如此等詩，亦視何人執筆而異其價値？以子美平日忠愛本於至誠，偶然揭示爾爾，卽看作與子厚物得其利不矜己力之坦率言論，同一民胞物與之豁達大度，斷無人咎其失言。

「況又有久與游者，乃岌岌而操其間」，操其間一作造其門，此卽指王叔文推挽甚亟。何義門云：「若作造其門，則岌岌當爲汲汲，若作岌岌，則又當云操其間。」此蓋因岌岌有危動之意，如孟子：「天下殆哉岌岌乎」，是其例，至汲汲、則止於表示勤勉而已，漢書揚雄傳：「不汲汲於富貴」，其適例也。義門是八比名手，故善於分别形

容詞如此。

與李翰林建書

一

建依本傳，貞元中補校書郎，德宗思得嫻於文學者，或以建聞，帝問左右，宰相鄭餘慶曰：「臣爲吏部時，當補校書八人，他皆藉貴勢以請，建獨無有」，帝喜，擢左拾遺、翰林學士，官終刑部侍郎。兄遜、字友道，官終刑部尙書。兄弟俱客荆州，鄉人爭鬥，不詣府而詣遜或建，平決無顈，遠邇共稱。此書是子厚在永州時作，書云：「前過三十七年」，計當在元和四年也。至云：「僕曩時所犯，足下適在禁中」，則指建爲翰林學士時。

「南人檳榔餘甘，破決壅隔大過」，餘甘者、非泛常形容字，而果名也，左思賦：「其果有丹橘餘甘荔枝之林」，注：餘甘如梅李，核有刺，初食味苦，後更甘，橄欖之屬也。

吳摯父評此文云：「方氏議其氣未充可也，至云與自反無怍者異，乃是隨俗是非，不晐事實，子厚有何媿怍？正坐名高氣盛，見忌時流，遂至一斥不復耳，范文正嘗論此，最允當」，摯父此評，亦可謂允當。

「越不過爲三十年客耳」句，摯父評云：「本集答友人求文章書，亦云越不過數十人耳，越不過蓋當時語」，按越不過，當是至多不過之意，一本無越字，蓋俗手不解越字之用，遂乃削去。

「苟爲堯人」，人爲避民字諱而用，但堯人亦不詞。他如「頗識古今理道」，理道者，治道也，治字亦爲避高宗諱改作理，但查劉禹錫子劉子自傳：「王叔文工言治道」並不諱，或謂此由編者改復，言亦近理。

「狀與越相類」按柳文粵皆作越，蓋越者，種族之名也，古江浙閩粵之地，爲越族所居，謂之百越，如浙江稱於越，福建稱閩越，江西稱揚越，廣東則稱南越，南越王趙佗是也，尙有甌越、駱越等等，綜而名之曰百越。

此書寫永州炎毒不可居，與八記之閒適自安者絶異，此所謂言非一端，夫各有當，情有變易，文亦隨之，安得以此爲子厚病？

「復所得」與上「前過」對文，或謂復宜改作後，不知復在此處，讀浮去聲，宥韻，義旣訓又或再，而文意全同，何必改作？

有友謂釗：今言擺事實，說道理，此道理字，在柳文中輒倒作理道，此於古有徵乎？曰：否，柳文中之理道，乃治道也，因唐人諱言治，改作理，柳文理道，並非今人道理之謂。試觀子厚與李翰林建書、「僕士人，頗識古今理道，獨愴愴如此，誠不足

爲理世下執事」，文中兩理字，皆治也，下理世字之言治世，義尤顯，他例甚多，不勝枚舉。

唐杜佑作「理道要訣」一書，此書乃論田賦，稱宇文融括籍外羨田之功，所謂理道，卽治道也，陸贄奏議中，如「論理道之崇，則先慕貞觀之故事」，理道亦卽治道，大抵唐室公文書，非如此避就不可。他如陸文：「遇時運理平之會」，「開皇之際，理尙清廉」，及「幸屬休明，將期致理」等語，理皆讀若治，可類推。

二

段成式諾皐記者，乃一道家短書，所載皆僧道異迹。鄭相餘慶在梁州，有龍興寺僧智興，善總持敕勒之術，制邪理痛，多著效，鄭公頗敬之，在城東隙地，爲起草屋種植，隨侍有沙彌一人，居之數年，暇輒向陽科脚甲。一日、爲徇一婦人之請，出門救其母危病，恍惚間爲魅劫持，誤殺沙彌，乃至與沙彌之父涉訟，被判死罪。智興發憤，設壇請印契考魅，婦人見於壇上，伏罪，事得白，僧自是不復道一梵字。〔以上本事。〕在梁州者、指餘慶爲河南觀察使時也，所記影何本事？無從考實，然餘慶迷信道場，事多惝恍，其人以長者著稱，結交多道流，以行善事，積陰功，爲愚氓仰望，無可疑者。李建杓直，固亦道流之卓犖者，彼以服丹求長生，退之爲明言於衆。貞元中、餘慶保建不藉貴勢求官，得擢左拾遺，自是鄭李二人、爲道結合而同升諸朝之顯

迹。建兄遜、亦信士也，兄弟同客荆州，鄉人爭訟，不詣府而詣遜建，發揚道力，見之事爲，其所受誡律固應如是也。子厚先友記稱：「餘慶天下以爲長者，及爲大官，名益少」，夫所謂名益少，卽隱示迷於道益深。而子厚與建交篤，知建爲正人，爲直友，此斷然而可信者，顧建迷於道籙，爲友出力，當不能同於許孟容楊憑，故致書首謝致藥餌，其藥餌諒子厚未必服，然念其媚於道也，仍不得不以更致數物相要。爲言圜土囚拘，負牆展體，此卽智興和尚向陽科脚甲之形像，涉筆吐實，諒杓直之所樂聞。餘如家事瑣屑，朋儔問訊，皆同道兄弟之所重視，故書中充類言之。吾讀子厚致李翰林書，心爲怦怦，眼光另射別一角落，比讀寄許楊諸札，所感全然異致，故爲牽綴統敍如右。

白氏長慶集，收有「有唐善人墓碑銘」，其銘云：

古者墓有表，表有云，顯其行，省其文。故季札死，仲尼表其墓曰君子，今吾喪李君，署其碑曰善人，蓋墓碑變例也。

按善人者，卽建也，白氏變碑之例而不署名，必緣建變人之例而獨行善，善者何？識者讀吾右紀，當不難一覽而立得其概略云。

書末云：「足下言已白常州煦僕」，常州爲誰？注家無人言及，近閱王元啓讀韓記疑，證實常州卽建兄遜，所考良信。尋舊史憲宗紀：李遜以元和五年，自常州遷浙

東，韓退之有代張籍與李浙東書，正遜由常州遷往時，而子厚與建書，在元和四年，自正遜守常州頃，由是書中所謂常州，舍遜殆不得有他人。夫遜建兄弟，情好甚篤，均服膺道門，講求服食。退之爲李干誌墓，稱世慕丹砂，求神仙，爲目見而親與之遊者六七公，遜建二人赫然在焉。其辭曰：「刑部尚書李遜，遜弟刑部侍郎建，……其人皆有名位，世所共識，……刑部且死，謂余曰：我爲藥誤，其季建一旦無病死」，遜與建者，不過以鄉里善士而通於朝列，好名畏死，耽於癖習，以藥自肥，且死又悔一流人而已。觀於建要遜煦子厚，而書遲遲迄不至，子厚猶盛譽遜無已，是子厚奮力欲脱遜於衆人，而遜終自拘囚於衆人之域也，章章明甚。

三

蕭敬孚〔穆〕類藁卷六，有跋潛邱劄記一則云：

閻徵君與戴唐器書有云：「特假舊唐書參考，李浙東不知何名？或李翺習之全集出，尚可得其人，然老矣，倦於尋訪矣」，蓋徵君之意，以近世李文公集尚非完書故也。文公之集，今雖不免闕略，而李浙東之名，明見於集中故處士侯君墓誌中，其云「李公遜刺衢州，請治信安，其觀察浙東，又宰於剡，三縣皆有政」，是李浙東卽李遜也。宋人方崧卿韓集舉正第六卷，代張籍與李浙東書，下明注爲李遜，且引舊書本傳，遜以元和五年刺浙東，九年召還，此書作於六七年間云云。方氏

韓集舉正，自朱子作韓文考異後，遂不甚行於世，徵君當未見此本，而舊唐書及李習之侯高墓誌，明明載之，徵君既云參考，均不應不見，何云參考浙東不知何名耶？以此見前輩讀書，亦有粗疏，不免失之眉睫也。李浙東一名之展轉難於確定，潛邱老儒，以粗疏爲人指摘如此。〔釗案：信安故城，在今浙江衢縣境。〕

四

吾於白集得有唐善人墓碑讀之，前已述及，茲節錄原文如次：

唐有善人曰李公，公名建，字杓直，隴西人，長慶元年二月二十三日夜，無疾卽世於長安修行里第，春秋五十八，太原白居易作墓碑，大署其石曰善人墓。善人者何？公幼孤，孝養太君，太君老疾，常曰：猨子勸吾食，吾輒飽，勸吾藥，吾意其疾瘳，猨子、公小字也。及長，居荆州石首縣，其居數百家，凡爭鬥稍稍就公決，公隨而評之，寖及鄉人不詣府縣，皆相率曰：請問李君。公養有餘力，讀書屬文，業成，與兄遜起應進士，俱中第，德宗皇帝擢居翰林。翰林時、以視草不詭隨退官詹府，詹府時、以貞恬自處，不出戶輒逾月。鄜師懾恐，高之操請爲副，在鄜時、有非類者至，以病去。爲御史時、上任有過其行事者，作謬官詩以諷，改少尹。少尹時、與大議，歲減府稅錢十三萬。澧州刺史時、不鞭人，不名吏，居歲餘，人人自

化，在禮部時，由文取生，不聽譽，不信毁。公爲人質良寬大，體與用綽然有餘裕，爲政廣平易簡，不求赫赫名，與人交外淡中堅，接士多可而有别，稱賢薦能未嘗倦，好議論而無口過，遠邪諛而不忤物。其居家菲衣食，厚賓客，敬兄嫂，禮妻子，愛甥姪。初，先太君好理佛書，不食肉，公不忍違其志，亦終身蔬食。自八九歲時，始諷畢，盡得其義，兼通王氏易、左氏春秋。前後著文凡一百五十二首，皆詣理撮要，辭無枝葉，其卓然者，有詹府司直、比部員外郎廳記，請雙日坐疏，與梁肅書，上宰相論選事狀，秉筆者許之。傳曰：善人，國之紀也，語曰：善人吾不得而見之矣，噫！善人之稱難乎哉！獨加於公無愧焉。

由右觀之，杓直乃非之無舉、刺之無刺、鄉愿一流人也，以子厚之性行推之，殆不可能與此類人爲至友者，而何以貽書懇款乃爾？雖然，友亦何常之有？孔子言益者三友，友直友諒友多聞，杓直以直爲號，子厚僅友其直也，未嘗不可。觀於子厚此書，不言興哀垂德，有可動心，操之勿失，如致許孟容；不言旦夕歸朝廷，伏維以此爲念，如致楊憑；不言幸致數百里之北，不爲明時異物，如致裴塤；復不言因賊平慶賀，得以見白，使受天澤餘潤，如致蕭俛。而止於問寒温，道家常，索取藥餌，以比蹤於蓬藋中之足音，則子厚之所以待杓直者，從可知已。語曰：「善人者，志於仁而無惡，〔孔子家語。〕」苟杓直爲善人者，子厚亦求於朋遊中，不至譸張排拫，相鄙傳作醜語即

得，果何敢多求也哉？

杓直卒於長慶元年，年五十八，而子厚卒於元和十四年，年四十七，兩相比較，杓直長子厚九歲，應在子厚兄事之列，書中雖言欲爲量移官，差輕罪累，亦特企望有此一日已耳，並無意以促致量移，責之杓直，此辭旨明白，一目瞭然。

五

李肇國史補，有關李杓直故事一段，王讜唐語林所載全同，辭如下：

李建爲吏部郎中，常曰：方今秀茂，皆在進士，使僕得志，當令登第之歲，集於吏部，使尉畿縣，既罷復集，稍尉望縣，既罷，乃尉畿縣而升於朝。大凡中人三十歲成名，四十歲至清列，遲速爲宜。既登第，遂食祿，既食祿，必登朝，誰不欲也？無淹翔以守常限，無紛競以來奔捷，下曹得其循舉，上位得其更歷，就而言之，其利甚溥，議者多之。

由右觀之，關於登進人才，杓直早經自立準繩，備豫施設，子厚應熟知之。杓直對一般進士，已爲計算歷程，愛惜備至，何況子厚至友，而肯恝然不關痛癢矣乎？故子厚此書，大抵律於杓直抱負，而量情勢可能爲力，然後申述本身痛苦，欲得爲量移官，俾輕罪累以遂生事，尤其悠悠人世，不過三十年客一節，乃圖與杓直爲人謀四十歲至清列、遲速爲宜之本畫，巧相印合，辭意尤楚楚動人。

六

韓柳友錄中，二李皆入焉，二李者，卽建與李程表臣也。惟韓視二李如一人，而柳則顯有區別，子厚集中，不見一字涉及表臣，與建書連帶問訊者，有裴應叔、蕭思謙、崔敦詩等人，而不及表臣，茲不獲已，仍以厠於與建書後論之。

昌黎赴江陵途中寄三學士詩，所謂三學士者，一王涯、一李建、一李程也，王涯似與子厚無甚交誼，而李建字杓直，子厚集中有書與之，李程字表臣，與子厚同擢進士宏詞科，亦調藍田尉，元和中爲鄂岳觀察使，至子厚歿時猶然。劉夢得祭子厚文有曰：「永言素交，索居多遠，鄂渚差近，表臣分深，想其聞訃，必勇於義。」其後夢得又代表作文祭子厚，述交遊之始末甚詳，有數語曰：「予來夏口，忽復三年，離索則久，音眖屢傳，篋盈草隸，架滿文篇，鍾索繼美，班揚差肩」，此於溯洄交誼之外，尤見子厚善於草隸，表臣所得獨多。此外夢得猶言：「退之成命，改牧宜陽，（宜陽者、宜春也，卽袁州，元和十四年十二月、退之自潮州量移袁州。）亦馳一函，候於便道，勒石垂後，屬於伊人，安平（韓泰）宣英，（韓曄）會有還使，悉已如禮，形於具書。嗚呼子厚，此是何事？朋友凋落，從古所悲，不圖此言，乃爲君發。」重祭之文又曰：「敦詩（崔羣）退之，各展其分，安平來賵，禮成而歸，其他赴告，咸復於素，一以誠告，君儻聞乎？」最後子厚託孤一事，夢得之文曰：「初托遺嗣，知其不孤，……誓使周六，同於己子」，蓋子厚

有二子，長名周六，年始四歲，次曰周七，則遺腹生也。表臣之文亦曰：「遺孤之才與不才，敢同己子之相許」，此名由表臣尸之，而文乃夢得代草，律以寡人甯氏之例，一時密交之跡，表裏周徹，古人交篤，而八司馬之矢貞相守，臨歿不昧，讀之泫然。

七

李程於劉柳均號交深，於韓亦厚，程，隴西人，貞元十二年進士，又宏辭科，累辟使府，二十年入朝，轉監察御史。順宗即位，爲王叔文所排，罷學士，韓在江陵與三學士詩，適逢此頃，寃氣未銷，前籌可借，〔韓詩云：雷煥掘寶劍，寃氣銷斗牛，茲道誠可尚，誰能借前籌？〕故詩之長言憤激也如彼。查子厚集中，於表臣卻無一字紀述，夢得謂表臣分深者，正如竇憲作意交亭伯，而亭伯處之淡然也。〔亭伯、漢崔駰字。〕史稱程「藝學優深，然性放蕩，不修儀檢，滑稽好戲」，卒也得謚曰繆，凡此幸皆爲子厚所不及見，不然，夢得能爲丞相掃門人，子厚恐其未能。〔丞相掃門人，本夢得答牛僧孺詩。〕

永貞元年三月，宦官俱文珍等，陰謀設立太子，召翰林學士鄭絪、衞次公輩於金鑾殿議事，李程與焉。通鑑鄭重紀述，且著明程爲神符五世孫，胡注：「神符者，淮安王神通之弟」，是程宗室近支，謀以氣力與聞家國重事，而與王叔文派爲敵，形態甚顯，故叔文惡之。時叔文敗徵未露，猶得假藉口實排程，去其學士，又金鑾殿之議，王涯亦在其列，韓退之江陵寄三學士詩，程與王涯之同被重視，其故了不外此。

八

姚姬傳於此書下評云：

子厚永州與諸故人書，茅順甫比之司馬子長及韓退之，誠爲不逮，而方侍郎遽云：相其風格，不過如與山巨源絶交書，則評亦失公矣。子厚氣格緊健，自有得於古人，若叔夜文雖有韻致，而輕弱不出魏晉文格，如子厚山水記，閒用水經注形象，然子厚豈酈道元所能逮耶？

姬傳此文，普評永州與諸故人書，不限於杓直一札，然杓直札在諸札中，特形矯健，故姬傳置評札後。

桐城三老，以望溪於柳最爲苛刻，海峯已不公然排柳，逮姬傳一代，辭意尤見紆徐，此評卽其證也，此誼吾别有陳述，不復覼縷。

將古文與魏晉區别開來，最是桐城陋習，試隨意閲讀柳文，何曾見有卑視八代之意？如送文暢遊五臺序云：

晉宋以來，謝安石、王逸少、習鑿齒、謝靈運、鮑照之徒，皆時之選。……今燕魏趙代之間，文儒之士，比比有焉，上人之往也，盍亦徵其歌詩，以焜耀迥躅？偉長德璉之述作，豈擅重千祀哉？

對柳子厚而故將嵇叔夜、酈道元等輩，控揣在下，此與子厚焜耀迥躅、及擅重千祀云

云，上視八代高高在上，二者何嘗有毫末共同之處？

與顧十郎書

一

子厚與顧十郎書，哀怨憤悱，幾使人難於卒讀，何也？以其語之眞而情之切也。其後子厚歿世，退之誌其墓，因子厚願爲劉夢得易播州而起興，亦大發一大段類似議論。惟細覈之，退之在子厚銘幽文內，如此張皇其詞，殊嫌不倫不類。微論易播事，純出於人情之自然，無一方有德色，他一方生媿恥情狀，而退之無端渲染一番，所云反眼若不相識，落陷穽不救，及禽獸夷狄之不若者，究何所指耶？毋亦暗爲己身別嫌明微，謬將路人大罵一通者耶？嘗論在子厚墓道上寫文章，稍有文名之同時人皆可，最好退之不著筆，蓋彼一著筆，迴想到永貞事變，曾經說過何種言語，殆未免顏厚有忸怩，必欲撐持爲之，勢且不得不指桑罵槐，掩面而退。何以言之？夫子厚被貶，吳武陵謂已過人生之半世，時亦久矣，退之在朝，官不爲不高，與子厚之友誼不爲不摯，胡乃指摘他人不引手救人，而己竟無一言薦子厚耶？如曰子厚積怨過重，薦之無益，爲問退之諫佛骨時，曾料到言被採取，佛骨立燬，天下寺觀夷平也耶？此明明爲立名而動，並不計較言之效力何似？則退之臨危而救子厚，其名並不

爲不美，何以退之竟甘與落阱下石一流爲伍，反而漫罵悠悠者禽獸夷狄之不若耶？倘若退之因薦子厚而被貶，使當時及後世人視之，不將更較陽山潮州爲美名人不及耶？查退之在袁州，曾舉韓泰自代，夫韓泰與子厚同貶，其招怨聚罵等耳，胡退之一敢薦，一坐視不理耶？凡此種種，一時俱難索解。吾又嘗論韓柳文莫善於比讀，復莫不善於比讀，因子厚語語皆眞，而退之語帶勉強，去眞實彌遠。

義門讀書記云：「不意瑣瑣者復以病執事，似十郎又坐劉柳累者」，果爾，則子厚作札時宜怨悱如此。

凡行文有三四句排列在前，因恐文氣不清，則以一代名詞總而承之，卽便籠罩下文，居於主格，而下文成爲本段文字之主要部分者，此一形式，每以若是二字表達之。如本文：「大抵當隆赫柄用，（至）以非乎人而售乎己」數句，以若是二字總而承之，此若是字，在文律爲疏宕代名詞，設不用此代名詞爲之疏宕，文氣亦自貫通無迕，特不如用之而脈絡更加明亮耳，此將全文朗誦翫味，自然了解。又如送僧浩初序：「曰髡而緇，無夫婦父子，不爲耕農蠶桑而活乎人，若是雖吾亦不樂也」，中若是字理解亦同，其他卽不備舉。

二

偶閱龔定菴與人書：

漢儒自一經相授受外，無師弟子，東京處士喜標榜，然史稱會葬者三千人，皆交游，非師弟子。師弟子分至嚴，唐宋人猶知之，故以韓愈之賢，而李翺、皇甫湜，不以門生自居，惟大臣愛士而薦之於朝者，或稱門生，范文正之於晏元獻是也。由龔之言，門生與弟子殆同一物，此語實未能包括唐宋以來之師門正論。以子厚爲例：夫子厚不自爲師，絕不輕用師弟子名，但對顧少連，並牽連及於其子，則稱門生，可見子厚截然將弟子與門生分別開來。就事實證之，凡一經相授受，遠如漢儒，近如陸淳，則子厚稱之爲先生；大臣愛士而薦之朝，向後如晏元獻，當世如顧少連，則子厚自表爲門生，是子厚之視門生，顯與弟子不同一域。即在科舉惡習，溷用師名，亦分別相從習文者爲受業，薦文及第者爲受知，師名同而師誼固異，龔生渾而齊之，即泛泛帖括之士未必謂然，何論子厚？

三

子厚之思想中，有兩義隱約可見：一凡事須慮於始，不貴焦頭爛額之功，一濟物求於心安，恥存責報於人之見；前者睞民詩專篇反覆明之，而晉文公問守原議，亦復鄭重指出，以趙盾許世子止爲歸，後者贈妻秀才詩云：「謬委雙金重，難徵雜珮酬，碧霄無枉路，從此助離憂」，夫以雜珮之酬爲枉路，意於責報蓋深鄙之，而掩役夫張進骸云：「畚鍤載埋瘞，溝瀆護其危，我心得所安，不謂爾有知」，慨夫有言，誼尤昭著。

雖然，於後者吾有辨。

子厚與顧十郎書，矢口卽曰：「凡號門生而不知恩之所自者，非人也」，開門見山，樹義何啻千鈞之重？而全篇委曲詮釋，不離此旨。由是以知：子厚之不責報者，乃子厚所自律也，惟是人有恩於己，己不敢一日忘，倘或忘焉，卽不自齒於人數，夫是之謂克己。

四

王惺齋〔元啓〕詆茅鹿門云：

茅鹿門文鈔，其鉤勒點綴，悉本荆川，然其評論之辭，往往如隔牆聽語，於文義都有未曉解者。昨偶閱柳子與顧十郎書，鹿門云：其書似非對座主之言，不覺失笑，中間招衆口飛語，鹿門云云，以爲自指，尤爲昏憒。

惺齋詆鹿門不免過當，夫鹿門豈不知少連早已物故？特謂文辭之憤激，對座主或不當如是耳。惟謂中間招衆口飛語爲自指，則鹿門實爲誤會。尋少連事殊少見，唐語林載：「裴延齡恃恩輕躁，班列懼之，惟少連不避延齡，嘗畫一雕，羣鳥啄之，以獻」，則少連之孤立於朝可知。至謂誇張者出自門下，則門下之背畔師門，事固恒有，特關於少連之遭此辱，無法指名耳。惺齋文見祇平居士集卷十四。

釗案：少連初不聞有善畫名，所獻之畫，未必親少連筆，特以形象喻延齡之横

恣，使德宗知之足矣。果也、德宗審延齡之膺衆怒，而信之益堅，同時置少連不予處分，以示寬大。獨少連剛直人也，此殆出乎其意料之外。吾憶張九齡與李林甫同官不相能，時時防林甫毒手，因作海燕詩以示意，中有無心與物競、鷹隼莫相猜之句。果也、林甫之蘊毒以緩，同時又作白羽扇賦，以獻於玄宗，而帝疑亦解。之二公者，危迫時同以文字借助於微禽，收效乃大同而小異。雖以本人性行之有所未齊，而大抵少連官小用強，冀儌倖於萬一，九齡官高用軟，相忍爲國，而圖善其敗。君子從論世以知其人，未嘗不歎兩者易地則皆然云。

卷三十一　書

與韓愈論史官書

一

論史爲柳韓爭辯文字中一巨案，諸家卽右韓如王伯厚、全紹衣之流，於此亦難爲韓遮護。辯之起原，在退之答劉秀才一書。詞云：

辱問見愛，教勉以所宜務，敢不拜賜？愚以爲凡史氏褒貶大法，春秋已備之矣，後之作者，在據事跡實錄，則善惡自見，然此尚非淺陋偷惰者所能就，況褒貶耶？孔子聖人，作春秋，辱於魯衞陳宋齊楚，卒不遇而死，齊太史氏兄弟幾盡，左丘明紀春秋時事以失明，司馬遷作史記刑誅，班固瘐死，陳壽起又廢，卒亦無所至，王隱謗退死家，習鑿齒無一足，崔浩范曄赤誅，魏收夭絶，宋孝王誅死，足下稱吳兢，亦不聞身貴而今其後有聞也。夫爲史者，不有人禍，則有天刑，豈可不畏懼而輕爲之哉？唐有天下二百年矣，聖君賢相相踵，其餘文武之士，立功名跨越前後者，不可勝數，豈一人卒卒能紀而傳之耶？僕年齒已就衰退，不可自敦率，宰相

知其無他才能，不足用，哀其老窮齟齬無所合，不欲令四海內有戚戚者，猥言之上，苟加一職榮之耳，非必督責迫蹙，令就功役也。賤不敢逆盛指，行且謀引去，且傳聞不同，善惡隨人所見，甚者附黨，憎愛不同，巧造語言，鑿空構立善惡事迹，於今何所承受取信，而可草草作傳記，令傳萬世乎？若無鬼神，豈可不自心慚愧？若有鬼神，將不福人。僕雖騃，亦粗知自愛，實不敢率爾爲也。夫聖唐鉅跡，及賢士大夫事，皆磊磊軒天地，決不沈沒。今館中非無人，將必有作者勤而纂之，後生可畏，安知不在足下？亦宜勉之。

何義門讀書記記此書云：

史書記人善惡，傳信於萬世，若褒貶失當，後人猶可駁而正之。苟記錄失實，輕據傳聞，撰立事跡，甚則牽顧他人之諱忌，恣憑己意之愛憎，不公不直，爲阿爲誣，使來世蒙其欺誑，永無別白，其取怒於鬼神，不亦宜哉？至於易代之後，人跡久陳，每見修撰之家，猶多瞻徇，不免私曲，然則爲實錄者何得容易也？退之一作平淮西碑，不詳李愬之功，果致發憤於正夫，其不肯作史，豈非明哲之論乎？

退之書答劉秀才，秀才何人未詳，而義門輒指作劉正夫，未知何據？查退之此書，朱晦菴校昌黎集，編入外集第二卷，凡退之可疑之文，如與大顛師書，及送俱文珍序等，相與駢列，此其有意右韓，自不待言。而另一答劉正夫論文事書，則編在正集卷

十八中，書中有「常從遊於賢尊給事」一語，給事者，劉伯芻也。伯芻第進士，淮南杜佑奏爲節度府判官，累遷給事中，有三子：寬夫、端夫、巖夫。或云：正夫即巖夫，義門今又指正夫爲本件之劉秀才。果爾，退之與正夫連繫甚切，對後輩爾汝無忌，故其書傾吐心曲，期望殷切如此。〔釗案：劉秀才或云名軻，字希仁，曲江人，由進士歷官史館。〕

子厚得見此書，甚不謂然，因別以書與退之馳辯，書長不錄。

義門在此書下記云：

按退之以是年撰進順宗實錄，舊史謂其說禁中事頗切直，內官惡之，往往於上前言其不實，然則與劉秀才書遜詞自晦，其識遠矣。當其下筆則詞直事核，而仍不敢以褒貶自任，召鬧致憎，雖謂之中道可也。

義門所謂是年者，乃元和九年也，當時退之揮灑史筆，志得意滿，忽而橫逆之來，使之神志沮喪，而裹足不敢前者，有二事：一則平淮西碑，爲李愬之黨所謗，一則順宗實錄，爲內官所譖是也。義門先後列舉二者，爲退之致書劉秀才之眞實近因，且嘉其遜詞自晦，合乎中道，乃遷就子厚書旨而爲之辭，殊不知義門將利祿與史事連爲一系，從而折衷，而謂之有合乎道，此絕非子厚所祈嚮之大中也。退之於子厚爲先友，故呼爲十八丈，然書中言說侃侃，有質直而無訕笑，意中仍以能受盡言之君子期退之，其實同時亦唯有退之，能解子厚所謂中道之出於至誠，卒以是迫蹙退之，對子

厚之文若行傾服靡已。蓋此書往復之後，不足五年，子厚卽行謝世，凡退之所爲設祭誌墓等所爲言辭，俱堪證左，事閱千年，古道喪盡，欲義門輩估畢飣餖之徒，通知兩賢本意，恰如其量，戛戛乎難。

「決必不沈沒」句：義門云：

大字本作「決必沈沒」，注：重校一本，必下有不字。按韓與劉書云：「決不沈沒」，故反其詞耳，今考異載：柳書作決必沈沒，朱子當日所見之本爲無誤也。

義門此箋極雋。義門又引李安溪云：「詞氣逼眞以極其辨，是子厚本色」，逼眞字亦極中肯綮。李何左袒昌黎，兼能審柳，究是帖括高手。

湘綺樓說詩，王壬秋自記湘軍志事如左：

重校湘軍志畢，信奇作也，實亦多所傷，有取禍之道，衆人諠譁宜矣。韓退之言：修史有人禍天刑，柳子厚駁之固快，然徒大言耳，子厚當之，豈能直筆耶？若以入政事堂相比，則更非也，政事堂就事論事，史臣專以言進退古今人，無故而持大權，制人命，愈稱職，愈遭忌也。若非史官而言長短，尤傷心矣，沅浦言未可厚非。

沅浦者，曾國荃也，志言國荃好貨，因大恨，湘軍欲得作者而甘心，壬甫幾不得脫，右錄自懺之語，乃作者暮年有悔心矣，言未必正，而態甚莊，已不帶皮窠語氣。（按皮窠

義見他條。〕壬甫嘗嘲黄子壽〔彭年〕作詩：庚侵通押爲不通，子壽以書質之，謂「捐兔皮口」，皮口者卽皮窠也，此事亦明揭於湘綺樓說詩。時湘中老輩，書札喜帶嘲誚，往往如此，尤其湘潭人有此癖嗜，故湘人號說笑話曰「打湘潭皮窠」，猶蜀人言「擺龍門陣」云。

二

子厚與退之論史官，在元和九年，而子厚得罪，則在憲宗卽位之始，相距有十年之久。且退之在元和初固爲史官，亦且從事撰次，所謂順宗實錄者，卽赫然退之手筆也。韓集中有進順宗皇帝實錄表狀曰：

去八年十一月，臣在史職，監修李吉甫、授臣以前史官韋處厚所撰先帝實錄三卷，云未周悉，令臣重修。臣與修撰左拾遺沈傳師，直館京兆府咸陽縣尉宇文籍等，共加採訪，幷尋檢詔勅，修成順宗皇帝實錄五卷，削去常事，著其繫於政者，比之舊錄，十益六七，忠良姦佞，莫不備書，苟關於時，無所不錄。

所云去八年十一月，卽元和八年十一月也，此距子厚作書與退之時絕近，中間所言忠良姦佞，姦佞指二王八司馬甚明。退之於子厚交深，當掉筆斥爲姦佞時，勢必口將言而囁嚅，彼云爲史必嬰刑禍，暗示實錄上有幾許違心之論。顧子厚絕不以此爲意，彼並未嘗以退之故使曲筆，存心怨懟，惟懇懇以退之不爲史，史將更無可觀爲

言。元和元年八月壬午，史稱左降官韋執誼、韓泰、陳諫、柳宗元、劉禹錫、韓曄、凌準、程异等八人，縱逢恩赦，不在量移之限。此説明廷議之致恨於八司馬者，何等刻至？而此種怨毒，將不緣有明恕之史官如韓愈在職，輕減幾何，子厚豈不知之？由此可見：子厚爲後世是非，而屬望於退之，絲毫未將己之榮辱進退，計算在内，諒哉子厚，而退之更不得不懷慚無已也已。

與史官韓愈致段太尉逸事書

書首言：「奉答，誠中吾病，若疑不得實，未卽籍者，諸皆是也。」退之答書，不見韓集中，蓋韓柳兩家佚文不少，此特一例。以意推之，退之大抵切指子厚所犯諸病，若者、猶言例如也，籍者、記錄之謂。凡疑不得實，卽不加記錄，史實將致散失無遺，子厚此病，應需反省，故曰誠中吾病。除此之外，退之還有所指摘，是曰諸，一切指摘，子厚俱承諾不誤，故曰諸皆是也。

數語表見子厚多疑，闕於紀述，反之，凡子厚所樂於紀述者，應是信而有徵之件，故其下卽續言曰：「退之平生不以不信見遇。」林琴南評此文謂：「辭意嚴切，文亦髣髴退之」，大約卽指文之首段，惟琴南又曰：「此爲子厚與書類中之第一篇」，斯佞者之辭，竊恐未必。

「今所趨走刺史崔公」，此指崔能也，能於元和九年任永州刺史，與子厚甚相得，惟相得而特以「所趨走」三字加於稱謂之上，以示親近，是子厚文中罕見之例。

新史段秀實傳，取子厚所爲狀具載之，贊又載子厚所上史館狀，〔按即本文。〕宋子京且自具意見於下曰：「宗元不妄許人，諒其然耶！」倘子厚自始不作逸事狀，又不上之史館，則秀實一區區都虞候耳，如子厚言：「會在下，名未達，以故不聞」，則中唐一「仁信大人」，至今無一人知可也。名家述作之有關史實之重要性，有如此者。

與劉禹錫論周易九六說書

一

周易九六說，乃劉柳兩家集中明微究極一大辯論也，劉集無注者，注柳者數百家，從未見深入及此。近有東臺高二適，發憤窮研，頗有所得，茲錄其柳書後題一首，吾馳書論列，亦附贅焉，姑以奮熸火之末光，挽斯文於將墜而已。

見與董生論周易九六義，取老而變，以爲畢中和承一行僧㊀得此說，異孔穎達疏，而以爲新奇，彼畢子、董子，何膚末於學而遽云云也？都不知一行僧承韓氏

㊀　僧一行，本名遂，俗姓張，後出家，改名敬賢。仙化，詔起塔銅人原，謚大惠禪師，參看李石續博物志。

〔謂韓康伯承其師王弼上下經易注，而補其全。〕孔氏説，而果以爲新奇，不亦可笑矣哉？韓氏注：乾之策二百一十有六日，乾一爻三十有六策，則是取其過揲四分而九也；〔揲、數蓍也，謂持而數之也。〕坤之策一百四十有四日，〔此準周歲三百六十日，分其大半二百一十六日爲乾，小半一百四十四日爲坤。〕坤一爻二十四策，〔此謂乾卦六爻，即二百一十六而六分之，一爻得三十六策，坤卦六爻，即一百四十四而六分之，一爻得二十四策。〕則是取其過揲四分而六也。〔此謂即三十六而四分之得九，即二十四而四分之得六。〕孔穎達等作正義，論云：九六有二義，其一者曰：陽得兼陰，陰不得兼陽。其二者曰：老陽數九，老陰數六。二者皆變用，〔句〕周易以變者占，〔此處或讀爲二者皆變句，用周易句，乃誤也。〕鄭玄注易，亦稱以變者占，故云九六也。〔周易尚變，陽九陰六，均變爻也。九爲老陽，六爲老陰，故曰取老而變，或曰舉老而稱，亦曰尚變而稱。〕所以老陽九，老陰六者，九過揲得老陽，六過揲得老陰，此具在正義乾篇中，周簡子之説亦若此，而又詳備，何畢子董子之不視其書，而妄以口承之也？君子之學，將有以異也，必先究窮其書，究窮而不得焉，乃可以立而正也。今二子尚未能讀韓氏注、孔氏正義，是見其道聽塗説者，又何能知所謂易者哉？足下取二家言觀之，則見畢子董子膚末於學而遽云云也。足下所爲書，非元凱兼三易者則諾，若曰孰與穎達著，則此説乃穎達説也，非一行僧畢子董子能有異者也，無乃即其謬而承之者歟？觀足下出入筮

數，考校左氏，今之世罕有如足下求易之悉者也，然務先窮昔人書，有不可者而後革之，則大善，謹之勿遽，宗元白。

二適所爲後題如下：

柳子厚與劉禹錫論周易九六説書後題　高二適

昔吾研易卦陰陽剛柔之説，苦於諸家疏解之紛紜，與其所長，則往往見其短，究其所短，則又稍稍能顯其長，甚矣哉斯何易之難知耶？又尋繹周易九六之數，雖盡人皆知爲自然之極則，其道彌綸於兩大之間，然數千年來之得其正解者，每易知其盡所當然，而忽略其所未盡適然。蓋以現存諸家易疏證洛之，卽固不能廢此一之爲説，亦卽不能存彼之爲一説，如一物焉，執其兩端，久久不得其街術貫通之道者，比比然也，烏乎！此又從來治易學者之難矣。余生蒙僿，旣憾未能窮易理以盡性，乃久之，始得柳柳州與劉夢得禹錫論周易九六説之一書，然畢讀之，茫然也，悟且未能，道於何見？夫柳州之明易九六也，則先之曰：周易論九六，義取老而變，又引韓康伯注繫辭，孔穎達正義，九六有二義，謂陽得兼陰，陰不得兼陽，老陽數九，老陰數六，二者皆變用，周易以變者占。旣稱鄭玄注周易，亦以變爲占，又稱有周簡子之説，亦若此而更詳備，〔占變者謂占爻之常理，若以全卦論，別有筮例在。〕審此書辭，則柳州之易道尙矣。惟循此而往，柳乃大聲痛詆劉夢得引董生、

畢中和、僧一行說，以爲新奇，以爲可笑，以爲道聽塗說，又欲劉反董畢等，先窮昔人之書云云，然則賓客之辯九六殆絀矣，窮且辱矣，不可以爲方矣。吾恒思之，劉柳以八司馬之文章風誼，其究何所爲而爲此乎？此一義也，凡籀誦河東之辭，當能疑之，疑之而不已，則必求解焉，今倘有人欲解河東之疑，豈可不先考劉氏之論辯耶？吾茲準此，請事斯語矣。

夫劉賓客之辯九六也，先廣揲蓍端策之法，計柳書所引易繫注，劉辯乃益加詳焉。劉辯計列遇少得十三之老陽，及遇多得六之老陰，以次逮於以少爲主（以少爲主，猶言以陽爻爲主，如震☳陽爻卦，少在初爲震，在中爲坎☵，在末爲艮☶是也。）得七之少陽，以多爲主（以多爲主，猶言以陰爻爲主，如少在初爲巽☴，在中爲離☲，在末爲兌☱也。）得八之少陰，計凡八式，三八二十四指，此不但柳州所未言，即從來易學家亦未嘗言。蓋劉氏用易八象，排比而敷陳之，不深曉一行之大衍論，則可謂一字不能著。而一行從容於綜四象而成八，及震初九再三索而爲長中少男女，用始、壯、究之原委，此段與前所列八表二十四指，相互發明，爲劉氏搜討九六數之根據。吾雖未遑定孔穎達、韓康伯之能此與否，然正義一書，實未嘗及此也。蓋凡揲蓍法，其運用四十九策，分二、掛一、揲四、歸奇，均爲天地自然之理勢，昔聖人作易，既有以卜筮者尚其占之文，故此爲諸易學家所心傳而勿替，說卦傳曰：參天兩地

而倚數，此爲明九六之次。惟此乃從未有如劉辯之明辨者，此中玄奧，吾爲劉氏大衍諸章疏記，仍恐世儒之不能盡曉也。是故柳所箴劉之言，欲其窮昔人書，有不可者而後革之，吾意此在柳爲達學讜言，而不知正劉、董功夫之所在也，豈非然哉？豈非然哉？

其次劉辯多明易筮。中間引國語，晉公子親筮之，及董因迎公於河二事，又引左傳，穆姜薨於東宫一事，尋易筮例，在當日已難肊斷，一則易本無明文，再則杜元凱、韋昭等之疏注，恆附會支離，初無準的。如穆姜事，史苟取悦於姜，不從少占，而元凱不明史苟取悦之誤，乃謂雜用三易，故有遇八之云，〔遇八之云，謂連三易用八占也。〕劉氏則斥之曰：此非臻極之理也。而韋昭之注晉文渡河事，用泰卦之中爻，以互體震有建侯象，劉與董生言易，亦以爲不必如此。至於貞屯、悔豫之例，筮皆餘八，變與定均，卽決以內卦，以八爲占。今劉之於占，必本於董，所謂信與理會，又參以左氏二書，若合形影，此其精詣爲何如耶？

抑吾觀柳州與劉書有曰：足下所爲書，非元凱兼三易者則諾，〔柳原意稱：劉以元凱言三易之言爲非，則是矣，諾、是也。〕又曰：觀足下出入筮數，攷校左氏，今之世罕有如足下求易之悉者，則柳州旣已服膺劉氏占筮之深切著明矣，而顧又復以爲孰與穎達著者何耶？況孔疏杜注，在劉辯初無抵捂之辭，所云世之儒曰：聞諸孔穎

達云，不過略爲依違耳。今夫賓客之指要，其彰彰較優孔韓之虚牝無實，又直不可同年而語，此豈柳州之所不能剖别耶？自孔疏行世，後世之言易者爲何如，斯有定評在，而余獨惜柳書激急，大似以意氣相矜，兼似論易祇知守孔疏韓注，而不許有董生一行之説在，噫！人非昧於理道，豈能標榜門户，深閉固拒以至於此極哉？吾不禁把書而三歎矣。信夫！賓客之辯，已自言之，曰：由數立文，所如皆合，然猶有貴聽而賤視者，斷斷然莫可更也，又曰：董生之名，孰與潁達著耶？而材孰與元凱賢耶？余故獨悲而志之，以俟夫後覺，然則賓客之寄慨，其來柳州之書，亦自應得之矣，嗟乎。今者吾人重覯劉柳之論辯，祇歎易學之未明，匪第文辭之優劣，何也？劉柳之爲，自屬各有一得，吾前已言之，凡事知其盡所當然，而忽略其未盡適然者，此人之恒情也。始吾得柳書，不能盡其理，得劉辯則盡之矣，視劉柳均屬引人窮其學以至於道，況柳州之所責於劉者，賓客已能塞其望，吾獨何爲有所揚抑哉？又吾今爲賓客一辯作疏記，亦慮讀劉而不能盡其説，至於能否適所當然，是在善易者之善自體會焉耳。

二適於柳書後題之外，尚撰賓客辯易九六疏記，計三篇，互數千言，中涉大衍論及董生言易，又陳述揲蓍之數與法，排演算式無數起，繁密不易董理，此當俟二適别爲專著論之，恕暫不録。蒙於斯學未涉藩籬，遽與能者馳書辯論，誠犯強不知爲知之戒，

唯以事關絶學，志在假年，姑出荒言，冀來諍友而已。往書如下：

二適足下：承示劉賓客辯易九六疏記，深入顯出，燭照靡遺，不料二適邇年治學精進乃爾，甚佩甚佩。柳集注家號五百人，從未見或於此門略有闡發，近瞿兌之箋注劉集，吾曾詢及此辯，彼亦遜言理解不足，未便加墨，吾之譾劣，當有過於兌之，今何幸二適能爲吾指要彌補此一罅漏也！尋柳州於易，似欠深造，據其自述，僅得在永貞事變之頃，從陸文通微受教誨，然亦未必向揲蓍細功，多所探討。夢得何時孕此絶技，自不獲知，姑就兩家表襮於外者，略事比覈，則吾子筆下所不免軒劉而輊柳，誠復持之有故。獨左傳穆姜遇筮一事，柳州以求元凱兼三易者則諾，指責賓客，此本言非一端，難於偏執，請得率爾一談。蓋以變爲占用九六，以不變爲占用七八，似夢得以謂易之通義在是，而元凱及其他治易諸家，則主張前者屬周易，後者屬連歸。今穆姜之筮，所遇爲艮之八，夫八、不變者也，元凱因謂雜用二易爲之，尤其一轉而占變爻，得隨卦而論之，此明用周易，顯然成一對比。由是祖元凱者，認爲雜用之説不誤，柳州所見，諒亦同流。其後隨卦既得，史悦姜爲徒然，夢得因聲言穆姜終死東宮，義與艮會，以此證明艮六二爻辭爲不誣。如實言之，鄙見未敢苟同，吾見顧亭林左傳杜解補正，此固以元凱爲非者，其下即引傳遜：「艮五爻皆變，唯二得八不變之隨，筮法五爻皆變，則占之卦定，爻得隨之，

六二係小子，失丈夫，是明示穆姜以通於僑如之穢，姜亦自知之，而以象辭爲說也」云云。是得隨後而取義卽在隨，並不回溯而求與艮會，所謂以象辭爲說，卽傳中穆姜申述元亨利貞以象爲占一大段，此尤謂史據周易，故指言周易以折之，藉以反映爨占所本，非周易而實爲另二易，昭昭然揭日月以行也。王船山續春秋左氏傳博議：穆姜論筮長言大篇，亦切證穆姜所得在隨，而並不在艮，凡此種種，都似與夢得所見不無出入，而展轉易與柳州合符，不審二適其謂之何？抑有進者，治易而專鶩於卜筮，終是旁門術業，而無關於開物成務利安元元之爲，二適謂賓客天論之篇，痛陳形器之理，與人類萬物交相勝，尤極其辯，並歎爲韓退之柳子厚所不能言，此韓氏吾不敢知，若子厚者，卽於此敬謝不敏，當亦坦蕩蕩而行所無事。嘗論易固巍然六藝之一，而治之不慎，往往與陳摶左道、及其江湖休咎爲緣，或謂祖龍焚書，易無與焉，蓋視同巫醫小術而輕之。夫人食肉不食馬肝，未爲不知味，爲學不解蓍法，將何害其爲通人？去歲二適在京，示我揲蓍步驟，依樣葫蘆，亦自大體粗諳。能近取譬，此殆繁密有過牙牌神數，而局勢相同，所謂四四而遇，其理亦不去雙陸博戲絕遠。夫如是，子厚誠好學不倦，然亦未必卽以此伎遜於夢得，比之日日臨池，劉家異同，因欲爲之火急添功用也，二適不以爲惡謔否？

吾校理劉柳此一辯論而深有感。蓋柳集爲劉所編，附錄又許錄劉論，劉當時儘可將

論旨有利於己者，充分補足，俾無掛漏。顧夢得並不如此爲之，凡論難一依原形存置，此外不另增益一字。吾揣此類辨論，意見可能時時有變，子厚歿後，夢得猶殘存二十年以上，其間意趣波盪，何止百千，而夢得一語不曾涉及，凡己見之不足處，從不稍加補綴。可見夢得將友情視爲無上，而理論之是非曲直，統壓抑在下，此道義之高，至於何等？豈吾儕悻悻小夫所能窺測者哉？擲筆三歎，情懷何已？

二

晁說之儒言有曰：

柳子厚曰：「君子之學，將以有異也，必先窮究其書，窮究而不得焉，乃可以立而正也，謹之勿遽。」歐陽公曰：「先儒之論，苟非詳其終始而牴牾，質諸聖人而悖理害經之甚，有不得已而後改易者，何必徒爲異論以相訾也？」如其不得已於經，則古今學者之弊，悉以亡矣，惜乎遽而得已者多也。

說之字以道，號景迂，元豐進士，與司馬君實蘇子瞻俱有連，爲學精於易傳，右引子厚數語，卽出子厚與劉夢得論周易九六說書。夫子厚有異之學，所立標尺二：其一爲六經，其二爲大中，此卽六經亦在考覈之列。如實論之：六經之與大中合者，爲量甚大，以故子厚所定之高標尺，從不輕用。以周易九六說爲言，子厚求達之的甚低，因而柳歐兩家，所見相同，景迂集而合詁一義，無所乖牾。蓋以從來遽而亂道之說

太多，固用不到高標尺，而已一掃無餘也。

歐陽永叔所謂質諸聖人而悖理害經，固是一低標尺，永叔雖輕柳，而在此低標尺內，兩家無所衝擊，故一說而儘有餘地足以相容，惜此誼景迂仍未甚了解耳。

答劉禹錫天論書

一

王充論衡，未見子厚稍一涉及，然而兩家唯物論點，無形中適與暗合，天說其尤也。試取子厚所說，與仲任所論兩兩對勘，謂自漢逮唐，吾國唯物理論萌芽，實以此二人爲中樞，應是天下方聞之士所公認。加以劉夢得親承其流，交相闡發，蔚成唐室唯物論宗，爲屈曲世間之韓退之之流所望塵莫及，焉得不使讀者心胸爲之一快？

有唐一代果於殺戮，一戰之屍，至齊山岳，如興元軍亂，至斬亂首爲一百段，餘衆斬後投水，江漢爲之不流，其一例也。由退之觀之，此皆有功天地，應受上賞。故退之敍討劉闢之功，辭如：「牽頭曳足，體骸撑拄，揮刀紛紜，爭刌膾脯」，如此窮凶極惡，滅絶人性，而退之號爲聖德，與天齊壽，皆所謂能殘斯人，使日薄月蝕，禍元氣陰陽滋少者也。子厚鄙之，他日於貞符著其義曰：「受命不於天，於其人，休符不於祥，於其仁」，今以功者自功，禍者自禍，與天地不相涉，直斥欲望賞罰者爲大謬。子而

信子之仁義以遊其內云者，並暗諷退之原道一文之毫無理道，子厚謂退之有激而爲是，實則夫子自道，劉夢得亦謂有激在子厚一面，凡子厚辭旨外之餘憤，千載而下，吾人猶得領會其彷彿也。雖然，子厚所說寥寥十餘語，雖以間執退之爲主旨，終是物理正論，靈光巋然。

夫子厚先謂退之之說爲有激而然，夢得則以有激歸之子厚，而子厚又謂夢得所辯爲羨言侈論，不足喻乎道，質而言之，劉柳二公訟言天人之際，廣己於草木癰痔果蓏之域，皆強辭耳，其總因皆欲爲永貞之變求一尾閭。夢得曰：「法大弛則是非易位，賞恆在佞，而罰恆在直，義不足以制其強，刑不足以勝其非，人之能勝天之具盡喪矣，夫實已喪而名徒存，彼昧者方挈挈然提無實之名，欲抗夫言天者，斯數窮矣」，此眞夢得慷當以慨，心所欲出之言也。子厚曉之曰：「法制與悖亂，皆人也，」凡天云帝云，大抵爲無所歸怨之辭爾，由表面觀之，此種斷制，似較歐洲遲一千年物競天擇之說，猶進一步。而吾國舊說：「天聽自我民聽，天視自我民視」，藉曰天擇，直與人擇無殊，夢得樂爲子厚天說勤勤傳疏，言雖羨，論雖侈，而結穴要歸於天，無預於人事，豈不懿與？

天下無無形之物，此唯物主義者之破的語，不謂於劉柳二公一唱一和中得之。夢得明提自然二字，雖以泥於冥冥者與拘於昭昭者相配言之，但爲篇中關目，

韓退之作原道辟老，但老氏主張道法自然，爲退之所不解，故嚴幾道又以是辟韓。

明嘉靖間，有江南方鵬，以翰林官至太常寺卿，著有筆記一種，號責備餘談。其評柳文曰：「柳之文主乎氣，而於理則或激之太高，拘之太迫，奇古峭厲則有之，而舂容雋永之味則不足，其甚者天說是也。」如此帖括口吻，豈足以知天說？

劉柳同時言天，可謂二難并，今流行之夢得文集，兩文連載，柳說且前列，柳集舊本，劉論隨見篇末，今仍附錄集後，甚矣兩家之未可偏廢也。夢得謂子厚所說爲不足盡天人之際，因三論以極其辯，子厚旋有答辭，當然比之後人所見爲瑩。

二

柳子厚作天說，劉夢得認爲未盡天人之際，因撰天論三篇以極其辯，子厚見之，謂足爲天說傳疏耳，無異道也。然則二子之道，果有異焉否乎？今之治柳劉兩家文者，謂兩家主旨皆唯物，而劉比於柳爲進一階，然則劉果進一階焉否乎？

吾嘗詳考兩家本文，及今之申柳或申劉諸說，敢爲之斷曰：兩家由無異出發，而中途微有異，中途有異，而卒歸無異。何以言之？夫兩家之主旨在唯物，此固不容有異，而能貫澈始終者，其中途有異，則柳子所謂辭之枝葉，固與主旨無涉。

其第一異處，柳言天無預乎人，而劉言天人交相勝。劉旣言天人交相勝，又言「生乎亂者，人道昧不可知，故由人者舉歸乎天，非天預乎人爾」，其卒乃與柳一致，

故吾曰中微異而終不異也。推原其朔，在柳所用之天字一義，而劉所用之天字有歧義。歧義者何？劉言天在虞芮，雖莽蒼猶郛邑，天在匡宋，雖郛邑猶莽蒼，是虞芮一天，匡宋又一天也，天不容有虞芮匡宋之分，而劉子歧而二之，故不能爲柳子所理解，此在邏輯，劉所犯爲四詞之悖。

劉子之言天，其義歧也，於是視乎蒼蒼者一天，泥於冥冥者一天，理世一天，亂世一天，愚民一天，聖哲一天，天而天耳一天，心而天焉又一天，嘻！何子劉子膠膠擾擾多天之甚也！曩言悖在四詞，實則所犯何止四詞，就中「心而天焉」一目，於用思最爲險巇。或曰：劉子唯物，而不知不覺間，足陟唯心邊際，幸柳子援而返之。是說也，宜可信。

劉子喜言數，謂物之合幷，必有數存乎其間焉。誠然，有天然之數，以彌綸於宇宙。獨若而數者，往往非人智所能覈計，且並非言語所得形容，久之有數之名，不得數之實。於是以人爲標記紀之，若者老陽，若者老陰，老陽數九，老陰數六。又易者易也，周易以變者占，九過揲得老陽，六過揲得老陰。夫揲者何？揲蓍也，誰揲之？人揲之也，於是所號爲天然之數者，得以人意羼雜乎其間，而相與上下，於是勢之本乎疾，而其來速，不可驟曉，皆得依人意以占獲之，而天人幾於會通焉。劉子既以天論諗柳子，尋復爲柳子言周易九六義，而劉子所了解於所謂數，不能與柳子之意趣

符合一致。劉子雖不滿於柳子之質直唯物觀，而欲進爲天人相與之際，疏導明白，卒之拘墟於當時言天言數慣習，以救人始，幾以自陷終，仍不得不仰望於質直之說，以圖晚蓋。此一通過韓柳劉三公烜赫一時之天人爭執，暫以柳答劉之天論一書而告終結，此中唐科學水準之進程，不過爾爾，吾人遽以一千年後之理論標的，遙爲懸揣，未免於論世知人，微失之躁。嘗論劉柳處於以玄元皇帝爲初祖，而狂奉佛老之代，而又號稱闢佛，其實沈浸於佛之韓退之，立於其側，可見當時一傅衆咻，轉側維艱。吾人從千餘年後，一一繩論，須知二公所貢獻於破之一面多，而立之一面，不得不微弱。倘若就其弱處，以後來質劑繁簡易於條理之哲學規律，遽期前者俯仰合度，亦微失之不恕。要之劉柳、摯友也，其平生相與之誼，不能索之語言文字之末。柳答劉書，措詞十分直率，劉默喻焉而不復答，此等眞誠契合，爲今人所不能有。又天論之幅度何許？吾人廑得於殘存文字中，解識一二，可能眞實分際，後人捉搦不著，凡一蹴而輒於柳劉間謬爲軒輊焉者，此其有欠愼審也，夫何待言！

三

劉夢得作天論有曰：「夫物之合并，必有數存乎其間焉，數存，然後勢存乎其間焉」，此固以水與舟喻之，而在政治亦自不外乎是。嘗謂唐室二患，一曰權閹，一曰藩鎮，之二物者，原以敵體對立。伐叛之師，往往以軍容領之，如吐突承璀其一例

也。甘露之變，劉從諫責問死者罪名，羣閹悚懼，此皆所謂勢。夫勢以分而不能合爲其常形，顧亦偶有合而爲一，幷力以推排他勢之剋己者，則永貞之變是。蓋伾文志消閹患，同時亦謀削鎭將，以致劍南西川節度使韋皋、荆南節度使裴均，河東節度使嚴綬之徒，與權閹俱文珍、劉光琦輩，同深恐懼，合攻二王八司馬而覆之，其中自不得謂無數之存。特數之云者，天乎？人乎？倘當時叔文燭照幾先，牢籠其一以剋制其二，卽：暫容蜀請，首殺俱黨，或者中唐政局發舒，有所未同。顧何以二王八司馬中，竟無人考慮及此？於斯夢得又爲之言曰：「彼勢之附乎物而生，猶影響也，本乎徐者其勢緩，故人得以曉也，本乎疾者其勢遽，故難得以曉也。」尋二王執政，爲期不過數月，此子厚曾覈之，自始訖終，止於十四旬有六日，〔見叔文母劉氏誌文。〕以如此短促期間，敵友紛乘，百廢待舉，皋夔難於用其智，嬰僑無所運其術，夢得謂疾者勢遽，信乎有之。澄心以思，此殆天設此不易控揣之數，而使才賢之士，顚倒委曲以蹈之，以致一蹶而不可收拾，理或然歟？夢得謂古之言形，蓋無常形，由形而推之數，毋乃並無常數也乎？要之形因物而見，不能逃夫數，夫永貞之數爲何數者？此夢得著天論，言外所欲探討之一大問題，似子厚亦無以語彼來。

勢有兩立而分合焉者，有一原而張弛焉者，如右所論，皆前者例，今舉後者之例如下：聞之唐語林：

宣宗暇日，問翰林學士韋澳，朕於敕使如何？〔敕使、謂閹宦之爲樞密使者。〕澳曰：威制前朝無比，上曰：未也，計將安出？澳曰：謀之外廷，卽恐有太和事，〔謂甘露之變。〕不若就其中揀拔有才者，委以計事。上曰：此乃末策，朕行之，初擢其小者，至黄至綠至緋，皆感恩，若紫衣掛身，卽合爲一片矣，澳慚汗而退。〔釗案：唐制，服紫三品，緋四品，綠黄向下遞降。宣宗紫衣掛身云者，謂諸閹一得三品，卽警惕自衞，不甘分崩。〕

此言諸閹一原，試從而分化之，官小猶有效，一至賜紫，則立起族類之感，合爲一片以對外。詩曰：「兄弟鬩於牆，外禦其侮」，如無外侮，其形也弛，兄弟操同室之戈可也，外患一生，形乃立張，乾餱之釁銷，而前驅之殳起，此中消息，於何尸之？宣宗合爲一片之論，後於夢得將四十年，自爲前時所不及聞，論中合幷之數，應未計算到此。

永貞之變，叔文猶得利用李忠言以爲己助，以其時族類之感，在宦寺中還未萌生也。中經甘露，訓注之策畢露，諸閹堅壁自守，以至唐末。浸假實逼處此，崔胤期於一網打盡，卒之玉石俱焚，唐室以亡。夫萬物相與爲無窮也，而至此適窮，夢得雖明夫數，似猶見不及此。

高君於劉集用力甚勤，近以天論跋一首見寄，不忘所能，赫然有作，輒亟錄如

下：

跋劉賓客天論

高二適

右劉夢得著天論凡三篇，其首略言：余之友柳子厚作天說，以折韓退之之言，文信美矣，蓋有激而云，非所以盡天人之際，故余作天論以極其辯焉。今按劉大意，言天與人各有其能，天不預乎人，乃人世之有理亂，曰：法大行，又曰：法小弛與大弛，法行於治世，公是公非爲有道，時則善惡自定其分，抑何天預之有？至於法値大小弛，而有小大之亂，法小弛，人能小勝，法大弛，人能大勝，天命既駁，人道茫昧不可知，人之能勝，則天之具盡喪，而數始窮矣，斯乃天道不明，人方挈挈然舉無實之名而強歸之天，其實天固未預乎人也，賓客立論如此。故其究曰：天之法駁焉，我蹈道而已，今以一己之窮通，而欲質天之有無，惑矣，天非有預乎治亂云乎爾。〔此處賓客幷箴韓柳二公，爲著論之根本。〕尋此論汪洋恣肆，往復歷數千言而不殺，然究其歸要，乃竟與柳州功者自功，禍者自禍，欲望天之賞罰，及呼而怨，欲望其哀且仁者均大謬之言，爲相與出入。是故柳之答夢得書曰：凡子之言，乃吾天說傳疏耳，無異道焉，今此語世儒或有不盡識者，特先就此解之。顧吾獨有可異者：蓋柳發劉書，得天論三篇，乃至詳讀至於五六日之久，終竟不識其何以爲異，〔今惜劉致天論之書不傳，祇見柳答書而曰有以異云爾。〕而祇納其非天預乎人之說，

以爲賓客之歸要卽在此，豈非怪哉？吾於此恒思之：劉柳以同朝，且同遭元和之斥逐，中間賓客幸屢得盪滌遷移，而子厚則久於貶所，憂憫廢痼，著於文辭，且所謂八司馬，有先召用者，則劉於柳州，豈無羽翼夫道之事哉？吾嘗三復天論中下篇，其中篇自水與舟二物也句下，凡四五百言，似均劉約前數窮之意，爲柳州曲曲解喻耳，其文中譬數與勢，乃最爲深切著明，何以柳州讀至五六日，而都未得其歸向？嗚乎！此柳之卒死於貶所矣。夫劉賓客者，深於易象者也，〔天論下數用易繫。〕易道如三才失位，六爻皆錯，則天地不交，而成未濟，君子是以愼辨物居方，〔本大象辭。〕而劉特煩稱象數以喻柳。如其言，凡物之合幷，必有數存乎其間，以水與舟之一沈一濟，乃適當其數，乘〔此乘卽周易乘剛之謂。〕其勢，此足當彼二人之氣分〔去聲，限也。〕者，逮於勢有急徐，本乎徐者其勢緩，本乎急者其勢遽，則更益爲柳解說。至數存而生勢，勢之生亦由於天，天之果挾〔挾字劉集有作狹者，實誤。〕其勢，人卽不能逃乎數以越其限焉，天之與人，均有勢力，可乘可挾，天有形，既不能逃其數，而無形無常形者，亦不能逃其數，〔此語柳州亦甚善之。〕形之精微，以智決之，至合於天人之交相勝，〔此意爲吾苦思而得。〕此均有所足徵者耳。於此劉述數之幾微，已能彌綸天地之道，而其終篇，則逕以用天之利，立人之紀，紀綱或壞，復歸其始。故其亂曰：在舜之庭，元凱舉焉，襲亂而治，殷知說賢，而更加以帝賚之

語，信哉！劉之立論，盡於此矣。此人倘值乾元用九，而天下治，依物取類，至於小人剝傷，其復見天地之心乎！獨惜河東公不克開其志慮，反以劉之操舟、之言人與天爲愚民恆說，及虞芮力窮，匡宋智窮，是非存亡，皆不足以喻乎天、喻乎道者相責讓，而徒善賓客之所解無形爲無常形者之言，豈非失道耶？余悲柳州之遇，竟不荷天人之際，而棄於窮荒，然則天之與人，其眞交相勝也，故畢書之以著於簡。

吾詳繹二適此跋，未能多所領悟，爲覆一書如左：

二適足下：得書，及跋劉賓客天論，初一伸紙，不勝雀躍，蓋時論謂劉高於柳，吾聞其語，未見有人著文，今得二適折衝柳劉之間，並以長篇文字見意，以謂此必有以開朗吾志慮，誠不自知熱望高出柳州發書得天論時幾許也。不幸柳州會謂詳讀劉論五六日，求其異而不獲，二適亦曾引以爲怪，吾讀二適跋尾，其失望較柳州殆又過之。吾知此定爲二適所不喜，然爲忠於所學，及圖與二適並肩厠入中唐大師講壇計，不得不悉吾所見以畢其說。

第一，須知韓柳劉三公，爾汝無間，工力悉敵，其相互間，不應以猥瑣宂贅之辭，姑與嘗試。試思柳子初作天說，不過五六百言而止，其中泰半屬之韓子，柳所自道，不足二百字，此於造一三光懸寓之天象所能收攝者，將有幾何？賓客遽乘

此隙，斥爲未盡天人之際，己輒自荐作論以極其辯。昔柳子與人論文墨事，謂揚雄之文，退之特未作耳，決作之，加恢奇，今賓客天論之篇，所爲人也，舟也，數若勢也，此豈柳子所不能解？以之褑於文辭，又豈柳子所不克行？如實言之：柳子謂劉論不過天說傳疏，而不見其異致，蓋誠不能不認劉子暴露其猥瑣宂贅於摯友之前，而無與於談天窮理之勝業也。

有激二字，是柳子歸獄於韓子之詞，亦實錄也，至柳平心論事，中懷坦蕩，説不上有何激刺？顧劉論輒曰：柳子厚作天說，蓋有激而云，夫張公飲酒，必咬定醉在李公，是有意矯強其詞，自飾門面，似非推誠待友之道。二適跋中，亦致歎柳之棄於窮荒，由於不明天人之際，此僞選家茅坤儲欣輩之頭巾氣語，不料二適並蹈此習。夫柳劉之異，在一長年而一短命，然在元和末葉，二人遭遇悉同，重與細論，則劉厄加甚，而柳鋭爲遮護，如武元衡之仇視看花諸君子之騰謗，以及柳願以柳易播，俱爲切證，二適翻謂劉於柳也，豈無羽翼夫道之事，吾以耄年荒落，殊愧未能領略。

柳州斷斷言天不預乎人，賓客則一面言天人不相預，一面又言天人交相勝，辭情繳繞，難於割斷，二適似以劉深明易象，而柳漫無所知，卽此足斷劉柳優劣之據。嘻！談何容易？此之誰優誰劣，豈能一言論定？試以劉喻乎旅者證之：劉

曰：莽蒼天勝，郛邑人勝，柳曰：此皆人也，何天之有？以兩家說納入哲學範圍，則天之爲天，體固有在，人而天之，天存乎心，於是賓客立論，不期而開後代心物二元之門。此覈之柳州斬截劃分天人，訾欲望於天者爲大誤；舍是非而言同異，之二家者，固非可治於一爐均其功罪之哲學形象，昭昭以明。吾亦如賓客語：吾非斯人之徒也，無自鞭辟入裏，與二適追根到底；惟吾徒窮研治道，驅遣積毀，拔兩公於萬丈淵泉，千年犴狴，使得膏肓沈沒，復起爲人，將何忍於彼此之間，造作短長，點染黑白，妄操同室干戈，重招異己非笑也哉？勉矣二適！柳州誡我，務本爲得，願守斯言，以終餘年。二適近年猛進，多所發明，吾忝長歲年，彌深企望，如或更端見問，當無不抒誠商榷，若其追逐時好，謬矜一得，於平生最爲傾服之古人形貌，妄事抑揚，招致桐城餘孽，騰其口輔，重肆譏評，此宜與吾二適共箴之！不宣。

四

以下有關劉夢得各論，而非直涉及天論者，附見於此。

劉夢得外集，有子劉子自傳一首，言永貞之變頗詳，茲節錄如下：

……貞元二十一年春，德宗新棄天下，東宮卽位。時有寒儁王叔文，以善弈棋，得通籍待詔，因間隙得言及時事，上大奇之。如是者積久，衆未之知。至是起蘇州掾，超拜起居舍人，充翰林學士。遂陰薦丞相杜公〔謂杜佑。〕爲度支鹽鐵等

使，翊日，叔文以本官及內職，兼充副使，未幾，特遷戶部侍郎，賜紫，貴振一時。愚前已爲杜丞相奏署崇陵使判官，居月餘日，至是改屯田員外郎，判度支鹽鐵等案。初，叔文北海人，自言猛之後，有遠祖風，惟東平呂温、隴西李景儉、河東柳宗元以爲信。然三子者皆與余厚善，日夕過言其能。叔文實工言治道，能以口辨移人。既得用，自春至秋，其所施爲，人不以爲當，且以爲非時。上素被疾，至是尤劇，詔下內禪，自爲太上皇，後謚曰順宗，東宮卽皇帝位。是時太上久寢疾，宰臣及用事者，都不得召對，宮掖事祕，而建桓立順，功歸貴臣。於是叔文首貶渝州，後命終死，宰相貶崖州，〔謂韋執誼。〕余出爲連州。途至荆南，又貶朗州司馬，居九年，詔徵，復授連州。自連歷夔和二郡，又除主客郎中，分司東都。明年追入，充集賢殿學士，轉蘇州刺史，賜金紫。移汝州，兼御史中丞，又遷同州，充本州防禦長春宮使。後被足疾，改太子賓客，分司東都。又改祕書監，分司一年，加檢校禮部尙書，兼太子賓客，行年七十有一。……

夢得此文，可研究之點不一，先就建桓立順四字言之。夫建桓者謂建桓帝，立順者謂立順帝，皆本東漢事。查梁冀置毒於煮餠，進食於質帝，行其弑逆，後排除清河王蒜，而擁蠡吾侯，是爲桓帝，中常侍曹騰等七人，以定策功皆封侯，此一事也。至立順，則前乎此約二十年，蓋延光四年，安帝崩於道次，中常侍閻顯江京等，擁立北鄉

侯懿爲嗣。而濟陰王原以嫡嗣遭讒被黜，別派宦寺孫程等，則截單衣爲誓，乘北鄉侯薨，以突變迎濟陰郎帝位，時年十一，是爲順帝。兹兩役者，在東漢末造，蟬聯爲之。范書宦者列傳前論中有云：「孫程定立順之功，曹騰參建桓之策。」依序次而言，夢得宜言立順建桓，不當故爲顛倒。或曰：順者順逆之順，此可能指魯桓公弑隱公而自立事。蓋建桓所立爲順，建隱所立則逆，春秋時原有是論。今夢得斲句稍施技巧，因使讀者揣定其意主雙關，而顯示永貞内禪，其中不無不可告人之弑逆陰謀也。唐書崔羣傳〔新舊書同。〕載：「羣臣議上尊號，皇甫鎛欲加孝德二字，羣曰：有睿聖則孝德在其中矣，竟爲鎛所構，憲宗不樂，出爲湖南觀察都團練使。」陳寅恪著唐代政治史述論，從而講其義曰：「皇甫鎛以靳惜孝德二字構崔羣，憲宗竟信其語，因之不樂而出羣，據此，憲宗之於其父，似内有慚德也。然則永貞内禪一役，必有隱祕不能昌言者，從可知矣。」夫夢得曰宫掖事祕，寅恪曰隱祕不能昌言，從來李唐家風，如太宗玄宗之所爲者，以憲宗之陰鷙，似亦不必諱言繩其祖武之可能。順宗實錄載：太子立，叔文有憂色，常吟杜甫出師未捷身先死二句，欷歔流涕，此身先死云者，或在叔文意中，已經料定明年正月順宗將如何崩法，而大有感慨，固不必專自傷其身世也。

復次：叔文南人耶？北人耶？夢得謂叔文北海人，自言猛之後，有遠祖風，又謂

惟柳宗元與呂温李景儉以爲信。其意若曰：叔文自承爲北人，他人不信，（當然包括己亦不信在内。）信者止於柳呂李三人已也。此證以子厚爲叔文母劉氏誌墓，稱夫人既笄五年，從於北海王府君諱某，則夢得謂子厚信叔文爲北人，允矣。尋叔文以越州山陰人著稱，而彼必以北人自居者，殆有見於唐代崇尚門閥，鄙視南蠻，倘不自詭北人，並屬景略裔孫，將不足以啓同僚之尊重，致天下之景從，而所謂子厚等之信之者，將信其術耶？抑信其眞？都未可料。然卽此足見叔文急於用世之心良苦，而韓退之謂：子厚前時少年，勇於爲人，不自貴重顧藉，以爲功業可立就，故坐廢退等語，亦似於子厚用意無迕。宋時邵康節在天津橋聞鵑聲稱：二十年後，當有南人作相，此說明重北輕南之習，經唐歷宋，數百年猶未能改，然則叔文輩之欲假權術以濟時艱，又焉足怪？

劉柳於永貞時形同贔屭，意見自訢合無間。然子厚於元和十四年，卽已病歿，而夢得老壽，歷長慶寶曆太和開成四朝，所接友朋，形色具備。在與子厚隔絶之三十年間，意趣不免衰頽，舊事懶於回首，將子厚貞元二十一年之劉氏誌文，與夢得七十一歲所書自傳，略加比勘，顯見兩人對於叔文之看法，有輕重厚薄之不同。世態人情，印於賢者而無二，曷勝太息？

宋謝采伯撰密齋筆記凡五卷，雜論經史文藝，頗有可稱。其記子劉子自傳，如

下數語：「劉禹錫敍王叔文事，謂其官職出於叔文，又復坐累，不以爲諱。」細按劉之自傳，並無如密齋所録之顯明記載，諒密齋撮其大概而爲之辭耳。總之夢得於三十年後，追記往事，仍復大致不差如此，亦自難得。

自傳載：杜佑爲度支鹽鐵等使，叔文副之，夢得適以崇陵使判官，改屯田員外郎，判度支鹽鐵等案，諒此卽釆伯所謂官職出於叔文。又載：叔文首貶渝州，宰相貶崖州，余出爲連州，此卽所謂坐累。

胡震亨唐音癸籤云：「劉禹錫播遷一生，晚年洛下閒廢，與綠野香山諸老，優游詩酒間，而精華不衰，一時以詩豪見推。公亦自有句云：『莫道桑榆晚，爲霞尙滿天，』蓋道其實也。公自貞元登第，歷順憲穆敬文武凡七朝，同人彫落且盡，而靈光巋然獨存，造物者亦有以償其所不足矣，人生得如此，何憾哉？」大可與子劉子傳參看。

癸籤又云：「夢得靖安佳人怨，及白氏太和九年某月日感事詩，爲武相伯蒼、王相廣津作者，實並銜宿怨。故劉先於叔文時斥武，宜武有補郡見格之報，白嘗因覆策事救王，王固不應下石，訐白母大不幸事，令白有江州謫也。事各有曲直，而怨之淺深亦分，在風人忠厚之教，總不宜有詩，然欲爲兩人曲諱，如坡公之說，則政自不必耳。」伯蒼者武元衡，廣津者王涯也。癸籤所舉夢得詩如下：

代靖安佳人怨〔二首幷引〕

靖安、丞相武公居里名也，元和十一年六月，公將朝，夜漏未盡三刻，騎出里門，遇盜，薨於牆下。初、公爲郎，余爲御史，由是有舊。今守於遠服，賤不可以誄，又不得爲歌詩，聲於楚挽，故代作佳人怨，以裨于樂府云。

寶馬鳴珂踏曉塵，魚文匕首犯車茵，適來行哭里門外，昨夜華堂歌舞人。

秉燭朝天遂不迴，路人彈指望高臺，牆東便是傷心地，夜夜秋螢飛去來。

二詩假藉妓妾聲口，寄怨於平昔與己不相得之人，不顧死者一代宗臣，爲國受禍，於其性行政迹，一字不提。滿紙覷釁取快之意，毫無詩人悱惻之念，牆東二字，用宋玉賦，尤尖酸輕薄。子厚集中，此類詩掃迹無存，卽此可定柳劉優劣。至夢得以桃花詩被謗久淹，此眞子厚所謂「所自求取得之」，殆不足論。

至樂天詩云：

九年十一月二十一日感事而作

禍福茫茫不可期，大都早退似先知，當君白首同歸日，是我青山獨往時。顧索素琴應不暇，憶牽黃犬定難追，麒麟作脯龍爲醢，何似泥中曳尾龜？

十一月二十一日者，卽李訓事敗之日也，是日文宗入內，涯與同列歸中書會食，未下筯，吏報有兵自閤門出，逢人卽殺。涯等蒼惶步出，至永昌里茶肆，爲禁兵所擒。仇士良鞫涯反狀，涯實不知其故，獄具，與賈餗、舒元輿、李孝本等，腰斬於子城西南隅

獨柳樹下。　涯兼江南榷茶使，以此百姓怨恨，詬罵不絶，並爭投瓦礫擊之。　時涯年過七十，嗜權固位，偷合訓等，不能絜去，以至覆宗。　涯居永寧里，乃楊憑故第，財貯鉅萬，取之彌日不盡。　藏書多與祕府侔，前世名書畫，鑿垣納之，至是爲人破垣，剔取匳軸金玉，而棄其書畫於道。〔語雜取新舊唐書。〕　詩以不知早退爲諷，誠哉涯之貪權徇利，乃至十一族同時覆滅，寃不可階也。　甘露之變，酷於永貞遠甚，而涯餗等尤慘。㊀　涯字廣津，太原人，子厚在貞元十八年，草亡友獨孤申叔墓碣，錄信友十三人於碣後，涯名赫然在。　從貞元十八年至太和九年，計三十四年，諸友銷亡殆盡，而涯與夢得獨健。　論年涯當差長於夢得，以時考之，涯並無必不可過之政治難關，以涯之爲人，專論利而不論政也。　白首同歸，用石崇潘岳事；孫秀收崇，同日收岳，岳謂崇曰：可謂白首同所歸。　蓋岳金谷集詩云：投分寄石友，白首同所歸，竟成其讖也。涯之死，並無與何人投分同歸之誼，獨石崇車載東市，歎曰：奴輩利吾家財，收崇人曰：知財爲害，何不早散？　崇不能答。　今涯多財如崇，死亦相若，白氏詩中用語，絃屬典而且切。　又涯之永寧里第，乃楊憑故宅，而子厚亡妻，憑女也，子厚爲楊氏誌墓稱：妻被足疾，不良於行，　晚以謁醫求藥之便，　來歸永寧里私第，年二十三，就終於

㊀　王涯賈餗既以無罪族，其子孫进走在昭義劉禛所者，爲郭誼所殺且盡，天下寃之。　涯之子王羽，餗之子賈庠，王白田雜箸曾論此事。

是。此貞元十五年事，距是，較弔獨孤申叔且多三年，而子厚歿於元和十四年，相距亦十六年。倘子厚健在，與樂天同弔廣津，未知爲感如何？然樂天一居易俟命之君子人也，詩率意敷陳，別無私幸，與錦瑟佳人之索瘢巧詆，意趣未同。

又查貞元二十年五月，御史中丞李汶卒，武元衡已於是年三月繼其任。集中有祭李中丞文，署名者共八人，子厚銜稱：承務郎監察御史裏行，是子厚明明與伯蒼爲同官。雖明年正月，子厚遷儀曹，伯蒼又改庶子，同官時期甚暫，但據集：子厚爲伯蒼代草謝賜新茶及櫻桃兩表，可見兩人交誼不薄。七年之後，子厚在貶所，伯蒼先行撫問，而子厚殷殷答之，尤可見誼分蟬聯不渝。相傳伯蒼改官，乃緣見惡於劉柳之故，吾恐未必甚確，假其有之，亦或劉武相惡，而牽連及柳，艮未可知。觀於後來夢得求判官，爲伯蒼所拒，事指劉而不涉柳，足資互證。要之子厚與伯蒼情好相持，久而敬之，與夢得之於牛思黯，自作嫵媚，及樂天之於王廣津，死猶有恨，相去不可以道里計已。

近上海刊布米元章寶晉齋法帖十卷本，其王右軍草書王略帖後，所蓋永存珍祕四字印，號稱爲唐相王涯所有，此廣津寶物流衍中之僅見跡相，曷勝浩歎？詳見第十七卷蛻蝂傳下，不贅。

五

顧亭林於劉夢得，曾草數語許之，獨見其大。文曰：

劉夢得作柳子厚文集序曰：凡子厚名氏、與仕、與年、暨行己之大方，有退之之志若祭文在，又可見古人不必其文之出於己也。〔日知錄〕

夢得編柳州集，且爲作序，其文素爲後賢所珍視。穆伯長得柳集晚，而以夔州前序弁其首，特加鄭重，序長不錄。夔州卽夢得，序柳集時，正爲夔州刺史。

吾於此文所感，有數義：（一）此應爲夢得極詣之作，蓋夢得之友如子厚者，平生殆無幾人，又同處謗議未了之時，因不得不動心忍性而爲之。（二）此文極刻劃子厚能文，蓋夢得推許退之，在「吾長在論，子長在筆」二語，是己與退之，都擯斥於文章以外，獨子厚能應唐德而顯其昭回之光。（三）以此之故，崔蔡不足多一語，假退之聲口道出，是推崇而絶不含譏諷，意謂：如退之者，且跂望崔蔡不及。（四）貞元二十有一年，卽永貞元年，子厚之得爲禮部員外郎，「超取顯美」，乃緣永貞改元之故，文中未便明言，亦動心忍性之一例。（五）疏儁少檢四字，何等輕鬆？復何等鄭重？意態當於文外得之，亦亭林所稱特餘瀋小小者耳。

揚州李審言〔詳〕媿生叢錄有一條云：

劉禹錫柳子厚集序，三代之文，至戰國而病，與本朝姜西溟章實齋之言不合。如云政厖而土裂，三光五嶽之氣分，大音不完，故必混一而後大振，則至論也。

劉文政厖土裂數語，卽三代之文至戰國而病之注脚，殊難非其一而是其二。惟姜章之論，與禹錫胡乃不合，從西漢文中，不少概見，獨其東漢文論云：

西京承戰國先秦之後，故其文雄峭多奇氣，鼂賈諸疏是也。承平既久，士氣薾弱，見之於文章者，爲嘽緩曼衍而不振，朱子所謂衰世之文也。東漢因之，雖以光武之講論經理，明章之崇儒重道，而文體日趨駢儷，遂濫觴魏晉六朝，不能遏也。豈風氣使然，雖甚權力不能與之爭乎？昔司馬遷文尙矜奇，故公孫弘董仲舒傳，不錄其對策，而班固收之。東漢之書，成於蔚宗，其所援述時人書疏，多更删潤。是三書者，遂各成一代之文，則著作之家，固風氣所從出也，可不愼與？

此文開宗明義，卽推重戰國先秦，謂西京高文典册，舉由此沿襲而來，此與夢得委病於戰國之意，根本不合。逶迤及於東漢，文體日趨綺錯，明著班氏不能辭其責。而後人推尊退之，所謂文起八代之衰，八代者何？卽首數東漢，中經魏晉宋齊梁陳以迄於隋是也。由是一步跨入唐代，文風復振，由是子厚宣稱：「貞元間文章特盛，本之三代，浹於漢氏，與之相準」，（語見柳宗直西漢文類序。）並顯示西漢與夢得——及進而與子厚——之論不合，祇不過濫觴有異，而郤殊塗同歸，窮原竟委，脈絡不爽。至實齋之於夢得又何如？此則士之有志，無能相強，二者各標一義，廉角森然，試就實齋詩教一文觀之：

周衰文弊，六藝道息，而諸子爭鳴。蓋至戰國而文章之變盡，至戰國而著述之事專，至戰國而後世之文體備，故論文於戰國，而升降盛衰之故可知也。戰國之文，奇衺錯出而裂於道，人知之，其源皆出於六藝，人不知也。後世之文，其體皆備於戰國，人不知，其源多出於詩教，人愈不知也。知文體備於戰國，而始可與論後世之文，知諸家本於六藝，而後可與論戰國之文，知戰國多出於詩教，而後可與論六藝之文。可與論六藝之文，而後可與離文而見道，可與離文而見道，而後可與奉道而折諸家之文也。

戰國之文，其源皆出於六藝，何謂也？曰：道體無所不該，六藝足以盡之。諸子之爲書，其持之有故，而言之成理者，必有得於道體之一端，而後乃能恣肆其說，以成一家之言也。所謂一端者，無非六藝之所該，故推之而皆得其所本，非謂諸子果能服六藝之教，而出辭必衷於是也。老子說本陰陽，莊列寓言假象，易教也，鄒衍侈言天地，關尹推衍五行，書教也，管商法制，義存政典，禮教也，申韓刑名，旨歸賞罰，春秋教也，其他楊墨尹文之言，蘇張孫吳之術，辨其源委，挹其旨趣，九流之所分布，七錄之所敍論，皆於物曲人官，得其一致，而不自知爲六典之遺也。

原文甚長，無取備錄，卽此已見戰國爲文盛業專時代，與夢得之所以病之者，旨趣全

不相符。又夢得將此一意爲柳集作序，諒子厚平昔見解，必有與夢得兩相呼應之處，觀於子厚偏嗜國語，而翻謂：「國語紀言不參於事，……無古聖人蔚然之道，（語見西漢文類序。）」卽足推見其隱云。

吾嘗觀袁爽秋所爲日記稿本，有如下一條：

前賢評司馬子長之文，曰雅深雄健；非修辭不能雅，非窮理不能深，非行氣不能雄，非創意不能健；辭理蓄積於平日，氣意取辦於臨時。

雄深雅健，乃退之評子厚之文，非評司馬子長也，此由爽秋筆誤，不足辨。爽秋於文工力非淺，故能剖析如此之細，吾藏有彼答人謝作墓表書：「不佞厭苦世網，不樂爲吏，忽忽不自得，久不能握管作貞石文字矣。先公偉績煒行，石表自當求當代老於文學者爲之，如李蒓客侍御，張廉卿山長，其文足以不朽，僕則非其人，不敢承也」，此當是自揣臨時行氣不能雄所致，先公指吳長慶。

六

王叔文執政，劉柳同時深入禁近，並參機要，一經貶竄，兩人所表示之態度，未能一致。子厚始終無悔意，亦從無一語中傷叔文，其與許孟容書，衹云：「宗元早歲與負罪者親善，始奇其能，謂可以共立仁義，裨教化」；與裴應叔書，衹云：「又不幸早嘗與遊者居權衡之地，……僕可出而辯之哉？」此全不掩蓋早與叔文往來親善之跡，

若夫夢得則異是。其謝上連州刺史表，文采可觀，而辭意則力求洗刷。文云：

臣某言：伏奉去三月七日制，授臣使持節連州刺史，恭承睿旨，跪奉詔書，皇恩重於丘山，聖澤深於雨露，抃舞失次，神魂再揚。臣某〔中謝。〕臣性愚拙，謬學文詞，幸遇休明，累登科第，出身入仕，並不因人。德宗臨御之時，臣忝御史，陛下龍飛之日，臣忝郎官。恭守章程，勤修職業，權臣奏用，蓋聞虛名，實非曲求，可以覆視。跡卑易枉，無路自明，亦緣臣有微才，所以嫉臣者衆，競生口語，廣肆加誣。伏賴陛下至仁，特從寬典，舉以緣坐，貶佐遐藩。屢變星霜，頻經恩赦，犬馬懷戀，寢興匪寧，唯讀佛經，願延聖壽。昨蒙詔命，追赴上都，隨列授官，俾居遠郡，在臣之分，榮幸已多。伏荷陛下孝理弘深，皇明照燭，哀臣老母羸疾，憫臣一身零丁，特降洪恩，得移善部，光榮廣被，母子再生。凡在人臣，皆感聖德，凡爲人子，皆荷聖慈，豈惟賤臣，獨受恩造，不覺喜極，至於涕零。昔殷王俯念於前禽，且聞解網，漢帝有哀於少女，爰命罷刑，方之聖朝，不足多尙。感召和氣，慰安羣生，非臣隕越，所能上報。伏以南方癘疾，多在夏中，臣自發柳州，便染瘴瘧，扶策在道，不敢停留，即以今月十一日到州上訖。謹宣聖旨，以示遠人，恭述詔條，所期富庶，無任……

觀此表文，有數義可得分析：所謂「出身入仕，並不因人，……權臣奏用，蓋聞虛名」，

明指叔文爲權臣，表示與己毫無連繫。此顯然不是實在情形，使順宗實錄：「叔文與劉禹錫等十數人定爲死交」一語，全屬嚮壁虛造，子厚從來不如此說法，一也。表將德宗臨御，陛下龍飛，連接言之，中間順宗登極一事，全然抛棄。夫順宗者非他，龍飛陛下之父也，表稱陛下孝理弘深，豈得略此不講？此無非掩閉永貞內禪一事，取悅宦官，二也。新書崔羣傳云：「帝卒自相（皇甫）鎛，會羣臣上帝號，鎛欲兼用孝德爲號，羣獨以爲：有睿聖則孝德幷見，帝聞不樂，……於是罷羣爲湖南觀察使。」鎛傳復云：「又以崔羣有天下重望，勁正敢言，後議帝號，鎛乃譖羣抑損徽稱，帝怒，逐羣湖南。」兩傳措辭微異，意實一致。夫羣之不主用孝德爲號，知此二字於憲宗大不稱。憲宗聞之，以不樂著聞，羣亦由是罷斥，是憲宗自承於君父之死，顯有慚德。此事當時朝臣，諒無不知。夢得此表，志在爲憲宗彌此缺陷，從而佞詞坌涌，渾不自覺，三也。表云：「跡卑易枉，無路自明」，倘其有路自明，夢得豈不可能反噬叔文，自圖擺落，四也。表云：「競生口語，廣肆加誣」，夫加誣者何事也？口語又如何誣法？如其不脫八司馬連坐一事，則受誣者豈止夢得一人？子厚聞知，決不謂然，五也。所云「惟讀佛經，願延聖壽」，此匪是婦人女子之口吻，卽同巫覡蠱惑之恆言，豈堂堂一讀書明理之男子所得出口？六也。夢得召還重遣，適得播州，子厚仗義執言，願以柳易播，裴度乘機進言，得配連州。此當然無法在表文中敍明，但夢得一味

歸本孝治，瀆敍至數十言，倘我爲憲宗，躬閲此表，必以夢得意存譏諷，七也。有此七者，謝表滿吐佞諛，遠失忠厚，試取子厚謝表衡之，卽知二者差度甚遠，表見本集卷之三十八，文已别引，卽不贅録。

本來此等表章，不過政治鬥爭中偶開笑口而已，敷衍了事，不關宏恉。子厚之表，簡明質直，恰如其分，所云不愼交友，説明所交者爲友，與夢得指摘權臣，虚名見採，爲人加誣，跡卑難明，用意大不相同。惟德宗之下，緊接陛下，不提永貞一字，與夢得相似。適當宦寺側目之時，如此漏略，非不可諒，特夢得申明聖孝，情形爲略異耳。總之八司馬中，以劉柳爲眉目，而兩人持態，不能一致，實屬顯然事迹。夢得在七十一歲時，草子劉子自傳，應厠於人死言善之列。〔翌年夢得卽歿。〕蓋夢得晚年所經，實一種文人流浪生活，核之早歲政迹，迥若兩人，子厚有知，定爲隕涕。

七

洪景盧隨筆稱柳子厚黨叔文云：

柳子厚、劉夢得，皆坐王叔文黨廢黜，劉頗飾非解謗，而柳獨不然。其答許孟容書云：「早歲與負罪者親善，〔至〕盡爲敵讎」，及爲叔文母劉夫人墓銘，極其稱頌，謂「叔文堅明直亮，〔至〕知道之士爲蒼生惜焉」，其語如此。夢得自作傳云：「順宗卽位時，有寒儁王叔文，〔至〕宮掖事祕，功歸貴臣，於是叔文貶死。」韓退之

於兩人爲執友，至修順宗實錄，直書其事云：「叔文密結有當時名，欲僥倖而速進者劉禹錫、柳宗元等十數人，定爲死交，蹤跡詭祕；既得志，劉柳主謀議唱和，采聽外事，及敗，其黨皆斥逐。」此論切當，雖朋友之義，不能以少蔽也。景盧所引，皆人所熟知事跡，獨「劉頗飾非解謗，而柳獨不然」二語，爲景盧自攄見地。宋人中論永貞黨事，瑩澈此義者殊罕，雖平日推韓逾量，而平衡劉柳，不失厥眞，亦自可取。

蘇子瞻雜著中，有劉禹錫文過不悛一條云：

劉禹錫既敗，爲書自解，言王叔文實工言治道，能以口辯移人，既得用，所施爲人不以爲當。太上久疾，宰相及用事者不得對，宫掖事祕，建桓立順，功歸貴臣，由是及貶。後漢宦者傳論云：孫程定立順之功，曹騰參建桓之策，騰與梁冀比，舍清河而立蠡吾，此漢之所以亡也，與廣陵王監國事豈可同日而語哉？禹錫乃敢以爲比，如小人爲姦，雖已敗猶不悛也，其可復置之要地乎？因讀禹錫傳有所感，書此。

劉禹錫者，永貞政變後，身歷五朝，否爲泰掩，官階最高，壽算最裕之唯一人物也。其草子劉子傳時，年登大耋，樂命就閒，自顧平生，躊躇滿志，既無爲書自解之必要，復無重置要地之可能，如子瞻爲姦不悛云云，微嫌以小人之腹，度君子之心，夢得雖有

意擺落責任，然亦奸險不至於此。夫立順建桓，無過文人隨意驅遣之典實，重點在建立，而不在順桓，子瞻工於行文，此豥寧不知之？欲加之罪，何患無詞？吾書至此，眞疑此類雜文之不衷於理，且詞句間頗露帖括陋習，或爲元明間穿窬斗筲諸小家之所僞託，子瞻紕繆，當不至此。

答元饒州論春秋書

一

非國語中荀息一條，子厚視爲鄭重大義，申述不止一次，請先引非國語原文如左：

荀息

晉獻公寵驪姬，既殺太子申生而立奚齊，公子重耳奔狄，夷吾奔秦。至是獻公卒，里克欲殺奚齊而立重耳。荀息曰：「吾有死而已，先君問臣於我，我對以忠貞。」既殺奚齊，荀息將死之，人曰：「不如立其弟而輔之」，荀息立卓子，里克又殺卓子，荀息死之，君子曰：「不食其言矣。」

非曰：夫忠之爲言中也，貞之爲言正也，息之所以爲者有是。〔釗案：此處人多主與下夫字連讀，誤。蓋夫字領頭，與上下二段同。〕夫間君之惑，排長嗣而擁非正，其於中

正也遠矣。或曰：夫己死之不愛，死君之不欺也，抑其有是而子非之耶？〔釗案：上三小段，皆以夫字領頭，主三異説，夫爲指向第三位之辭，有他字含意，各領一説。〕曰：子以自經於溝瀆者舉爲忠貞也歟？或曰：左氏、穀梁子，皆以不食其言爲信，〔釗案：爲信兩字原剝落，依義補。〕不食其言，然則爲信可乎？〔釗案：此處不食其言，及以下曰不類之重複語，爲廖本所無，然依文義，必須重出，廖本誤，他本皆重複。〕曰：又不可，不得中正而復其言，亂也，惡得爲信？曰：孔父、仇牧，是二子類耶？曰：不類。曰：不類，則如春秋何？曰：春秋之類也，以激不能死者耳，孔子曰：與其進，不保其往也。春秋之罪許止也，隱忍焉耳，其類荀息也亦然，皆非聖人之情也。枉許止以懲不子之禍，進荀息以甚苟免之惡，忍之也。吾言春秋之情，而子徵其文，不亦外乎？故凡得春秋者，宜是乎我也，此之謂信道哉！

各家注：公集中有與元饒州論春秋書，亦及春秋書荀息之事云：「某嘗著非國語六十餘篇，其一篇爲息發也，今錄以往」，卽此也，書意皆與此篇同。

尋子厚流連往復於荀息一義，當然非無所爲而爲之，所爲如何？曰：順宗疾篤，而憲宗之當立是也。夫憲宗之當立，在忠之爲言中，在貞之爲言正，固毫無置疑發問之餘地，不幸俱文珍劉光琦等諸宦要，相形勢絀之庸相高郢、鄭珣瑜之流，以及死灰欲燃、或趁勢掠奪之方鎮、如韋皋劉闢輩，若而人者，欲專定策擁立之功，一手操

縱天下，不僅不使王叔文等與聞其事，而且造作夤緣宗親、搖動儲位之謠諑與逆謀，加之異己，從而倉黃下石，陷阱立成，備爲一網打盡之計，此永貞政變之歷程如是，貞淫異途而絶無可商，黑白易位而誰與駁？正子厚所爲痛心疾首，向亂臣賊子惟一聽命之總稽覈簿所謂春秋，搜尋大義，以資折服也。

不僅此也，子厚揭櫫荀息一義，此外猶與呂衡州元饒州輩，討論楚商臣一義，因而此義之重要與突出，爲啖助、趙匡、陸淳諸鉅公注意所弗及。噫！此果胡指也耶？後來諸臣議加憲宗尊號，崔羣敦詩惄孝德二字，不允增益，憲宗大不樂，羣以是竄斥遠州。嘻！此憲宗對其久瘖垂斃之父，有何動作？致形慚德，義關微指，語涉逆案，事過境遷，子臣因惶恐觳觫而不忍出諸口耶？

尤可怪者，元和正位，其命維新，而浸潤之譖，膚受之愬，憲宗所受於宦寺者，不可爬梳。子厚集中，爲百官，爲禮部，爲京兆府，爲耆老，對憲宗所上尊號表，草無數通，而舉不足以協幽贊於豪末。唐室罪人至頻，赦人亦至夥，倏出倏入，有同兒戲，獨八司馬十年不召，追還復貶。卒之憲宗慘遭弒逆，而子厚亦卽於是年畢命貶所，不復之劫，爐於一時，十全之毒，迸在一旦。子厚若豫知之，爲之踵尼父之微言，誅姦逆於未兆，亦事在可解不可解之間而已。

二

柳子答元饒州論春秋書末云：「春秋之道，如日月不可贊也，若贊焉，必同於孔跖優劣之說。」所謂孔跖優劣之說，果何所謂？祇得以「說不得」三字，姑爲擬議，此外難於確定。王白田重答朱湘淘書，有一段如下：

柳柳州云：「春秋之道，如日月不可贊也，贊則同於孔跖優劣之說。」朱子注志於學章，言聖人必有獨覺其進，而人不及知者，問政章過化存神之妙，未易窺測，顏子之樂，亦云不敢妄爲之說，其愼重如此。今云：朱子見得指明，又云：朱子之道，由察識端倪，儼若老師宿儒，判斷其弟子進修次序者，得無近於僭且妄乎？依白田言，所謂孔跖優劣之說，殆包涵僭妄二相全部意義，獨白田以晦菴上媲孔子，是否能免於僭或妄？所當別議。

三

元饒州、是子厚集團中一勤求學理通達政術之健者，惜其本身文字著錄，無可考見，甚至其名與字，亦聚訟紛紜，難與證實，此亦藝林中一大恨事。玆據最近岑仲勉所著唐集質疑中元饒州一條，錄如左：

河東集三一有答元饒州論春秋書，三二又有答饒州論政理書，注云：「考新舊史，元姓不見其爲饒州者，新史年表有元洪，嘗爲饒州刺史，而時不可考，元和間惟有元稹，而傳不載其爲饒州，公此書所與元饒州，未詳其人。劉禹錫集中，亦有

答元饒州論政理書，大率其意與公此書同。」余按前書，稱亡友呂和叔，温字和叔，以元和六年八月卒。又稱：「今以奉獻與宣英讀之」，宣英韓曄字，以元和十年自饒州司馬召回，則柳集兩書，當作於元和七至九年頃，亦卽元氏刺饒州之時代也。復據姓纂，元姓刺饒州者有兩人：一、元誼，貨敦九世孫也，祖守眞，生澄、湛，澄遂州刺史，湛生誼；考華嶽題名，大曆八年，有虞部員外兼殿中侍御元澄，謂其姪輩在元和初爲刺史，時代亦合。二、元洪，卽集注所舉者，力眞十二世孫，父挹、吏部員外，其授制見制詔集八，亦大曆人物；挹生洪、錫，錫自福州刺史調宣州刺史，見舊紀一五元和十四年六月，則洪刺饒州，亦可在元和中，且核其世代，誼與洪、均稹之族昆弟也。

其官饒州，不見於姓纂而見唐人文集，且年代相近者，更有元藇。元氏長慶集四八元藇與杭州刺史等制云：「勑饒州刺史元藇等，……以藇之理課甄明」，是藇固以政理稱，此制爲稹知制誥時事。勞格讀書雜識七云：「案新安志九、續定命錄並云：元和十五年，崔元亮自密州刺史遷歙州刺史，則藇遷杭州，亦當在是年。」又困學紀聞一七云：「答元饒州論春秋，又論政理，按鄱陽志：元藇也，艾軒策問以爲元次山，次山不與子厚同時，亦未嘗爲饒州。」由前所考證及勞王兩說觀之，則藇須任饒連六七年，是否如是，仍當於方志中求其確證。

四 子厚春秋之學，本於陸淳，自稱在韓安平處得微指，又於淩生處，盡得微指、辨疑、集注等一通，則其所得於紀侯大去其國諸條之義趣，應不與微指相背。嘗試考之微指，並甄錄其說於下：

左氏云：紀侯不能下齊以與紀季，〔紀季者紀侯之弟，封於酅，先一年，季以酅入於齊。〕夏，紀侯大去其國，違齊難也。

公羊曰：大去者何？滅也，孰滅之？齊滅之，曷爲不言齊滅之？爲襄公諱也，春秋爲賢者諱。何賢乎襄公？復讎也，何讎爾？遠祖也，哀公亨乎周，〔亨同烹，謂煮而殺之。〕紀侯譖之，以襄公之爲於此焉者，事祖禰之心盡矣。盡者何？襄公將復讎乎紀，卜之曰：師喪分焉，〔分、半也，謂師喪亡其半。〕寡人死之，〔此襄公答卜者之辭。〕不爲不吉也。遠祖者幾世乎？九世矣，九世猶可以復讎乎？雖百世可也。家亦可乎？曰不可，國何以可？國君一體也，先君之恥，猶今君之恥也，今君之恥，猶先君之恥也。〔先君謂哀公，今君謂襄公。〕國君何以爲一體？國君以國爲體，諸侯世，故國君爲一體也。今紀無罪，此非怒與？〔怒、遷怒也，謂怒其先祖，而遷之於子孫也。〕曰：非也。古者有明天子，則紀侯必誅，必無紀者，紀侯之不誅，至今有紀者，猶無明天子也。古者諸侯必有會聚之事，相朝聘之道，號辭必稱先君以相接，然

則齊紀無說焉，〔說音悅，無說，無悅懌也。〕不可以並立乎天下，故將去紀侯者，不得不去紀也。有明天子，則襄公得爲若行乎？〔行，下孟反。〕曰：不得也，不得則襄公曷爲爲之？〔上爲字去聲。〕上無天子，下無方伯，緣思疾者可也。〔疾，痛也。〕紀侯賢而齊侯滅之，不言滅而言大去其國者，不使小人加乎君子。

穀梁曰：大去者，不遺一人之辭也，言民之從者，四年而後畢也。紀侯賢而無罪，不咎之也。

趙氏曰：失國而曰大去何也？紀侯賢而無罪，怙力者弁之，故力不足者君子不咎之也。不曰出奔，所以護紀惡齊也，不書滅，不絶其嗣也。

淳聞於師曰：國君死社稷，先王之制也，紀侯進不能死難，退不能事齊，失爲邦之道矣，春秋不罪，其意何也？曰：天生民而樹之君，所以司牧之，故堯禪舜，舜禪禹，非賢非德，莫敢居之。若捐軀以守位，殘民以守國，斯皆三代以降家天下之意也，故語曰：唯天爲大，唯堯則之，韶盡美矣，又盡善也，武盡美矣，未盡善也，禹吾無間然矣，達斯語者，其知春秋之旨乎！㊀

微指之全文如右，中引公穀二說，顯有差池，雖陸氏未加擇別，子厚則不能無所可否。以往習言，凡事涉兩家，子厚似軒穀而輊公，至辭筆之潔，則專美穀而不及公者，例尤顯白。嘗試論之：九世復讎之義，子厚著駁復讎議時，曾未敢遽加援引，此

㊀ 學津討源印本，此本三卷，與子厚作陸文通墓表，稱春秋微指二篇不合。

可得隱揣作者用意所在。公羊立説，非唯九世而已，並擴而充之以至百世，此其誇張無藝，殊足駭人。今以適用於紀，紀既在必誅之列，無可逃遁，同時又賢其君之爲人，復申明本身無罪可罰，繩以子厚誅旌不得並行之律，公羊之自造矛盾，將自彰其樣枒杌陧而無有是處。此何如穀梁子廓清枝葉，僅集中於大去一義，不使小人加乎君子，其所爲表出春秋大義，至爲簡潔了當也哉？

要之子厚所爲尊重師説，而有取於春秋，蓋不離聖人之道與堯舜合一語。其所以然，則天生民而樹之君，從來唯堯舜善於司牧其民，此外三代以降，凡捐軀殘民，以求契合於家天下之意，皆庸妄不足道。夫如是，紀侯大去其國，經四年而民之從者，始不遺一人而畢，此不僅仰企舜之於陶於漁，民相與從，倏而成聚，倏而成邑，倏而成國，乃至受堯之禪而有天下；而且俯瞰太王居邠，狄人侵之，去之岐山之下居焉，從之者如歸市。上下千百年間，其聖帝賢王所爲永言配命自求多福之道，適足提挈區區小紀之大去其國，共昭春秋之旨，以表顯唯天爲大、及唯民爲本之鴻烈大訓，俾永垂於人間世。此物此志，凡子厚所欲與元饒州兢兢論列者，大抵不外乎是，愚因不惜根據陸先生之微指，進探子厚、安平、凌生、吴武陵之徒、所爲漸染砥礪之中庸門户階室，冀有獲於萬分一云。

李慈銘庚辰年記云：

陸淳春秋集傳辨疑，其書大半臆說，然其駁左氏固多妄，其駁公穀則頗近實，以公穀亦多臆說也。文筆峭簡，非宋以後所能。

愛伯性好博覽，於陸氏申張春秋大義諸書，在一千年後，能搜索到手，加以識別，在科第隊伍中，固自難得。此引右列數語，特以博推求陸書之趣，非欲以資紀傒大去其國一條之折衷也。愛伯晚達，庚辰正其第進士之歲。

五

又聞亡友韓宣英及呂和叔輩：　舊本文如是。按本文作於元和九年，呂和叔在六年病歿，此時誠爲亡友，而韓宣英（曄）、元和十年，自饒州司馬召還，猶與子厚同列無恙。胥山沈晦，因謂亡友字當移在呂和叔上，向後自廖本以下皆從之。

始得執弟子禮，未必討論：　必或作畢，或作及，作畢者理長。

不唯文王周公之志，獨取其法耳：　文王周公之志，猶言志文王周公，志、動詞，之爲反牒代名詞，此式與「唯利是圖」同例，參看平淮夷雅簽。本文志字，與上文「見聖人之道」之見字，平列相照印，故爲動詞而非名詞。柳文於此等處，最爲矜慎，故宜詳審。與饒州論政理書：「則捨其產而唯丁田之問」，問爲動詞，與上捨字平列甚明，惟不唯文王周公之志亦然，志與問同屬動詞，志猶言記錄。

惟當之所在：　此文應先去所字，看其構造，惟當之在、猶言惟在當。數句合而

觀之，「乃見聖人褒貶予奪唯在當，所謂瑕瑜不掩也」，當何在？曰，在褒貶予奪。於是在一動詞，與上文「見聖人褒貶予奪」之見字平列，核之前文「見聖人之道與堯舜合」偕下志字平列，同一例解。　此就唯當之在而言爲然也，所字外加，外加例所在多有，並隨在有解釋，暫不贅。

若吾生前距此數十年：　言距離者，凡朝下數曰距，朝上數曰去，柳州於此區別甚嚴，此前距乃朝下數，故曰距。　如汪藻柳先生祠堂記：「予來零陵，距先生三百餘年」，此分明朝上數，曰距乃大謬。　由唐宋以至中清，諸家用距去字，幾無不錯，子厚則守之至嚴。　又如龍安海禪師碑：「其沒也，距今茲僅二千歲」，距字之用最確，僅作不僅解，言其多非言其少，解見寄許孟容書。

鄭人來渝平：　見隱公六年，傳曰：渝平，更成也。　隱公爲世子時，爲鄭所執，逃歸怨鄭，至是宋有失辭之隙，鄭因此而來。　渝卽更之義，成卽平之訓，謂變其前日不平之心以爲平，而相爲成結也。

今以奉獻與宣英讀之：　廖注：「時曄爲饒州刺史」，此刺史恐係司馬之誤，倘刺史也，將置元饒州於何地？

元吳萊一文稱：「太常殷侑新注公羊，退之欲爲之序，幸得掛名經端，及寄詩盧仝，又言其抱遺經，東三傳」，此可見韓柳之讀書不同處。　萊字立夫，有淵穎集十卷。

與呂温論非國語書

一

與呂道州温論非國語書，有可疏者數義，駢列於後：

一、子厚向標舉大中之義，集中屢見不一見，此文點明斯義凡五處。率由大中而出者咸無焉，義一；吾自得友君子，而後知中庸之門戶階室，義二；以志乎中之所得焉，義三；故思欲盡其瑕纇，以別白中正，義四；蓋求諸中而表乎世焉爾，義五。措詞或單言中，或加形容詞曰大中，或用駢儷語曰中庸，曰中正，而誼趨一嚮，萬變不離，凡攻柳文，定明厥恉。

二、陳景雲點勘柳集本篇，下有兩條可錄：甲、有韋詞者告余曰：吾以致用書示路子，按路子必路隋也。韋路並早有高名，又素友善，獨孤申叔墓碣，列一時同志名流凡十餘人，詞與焉，又隋父泌，見石表先友記，則子厚與隋，亦仍世友好矣。隋後登宰輔，詞亦歇歷清顯，唐史並有傳。乙、虞槃幼時讀柳子非國語，以爲國語誠可非，而柳子之說亦非也，作非非國語，時人歎其有識。槃字仲常，集之弟，附見集傳。

三、吾以致用書示路子云者，致用、李景儉字。蔣之翹本，稱韋詞亦字致用，此緣獨孤申叔墓碣人名紀錄而來，韋詞字顯係牽連誤衍，吾在他條詳記，不贅於此。

四、如其知我者果誰歟？句首著如字，義難解，其字恐此字之誤。依文氣看來，應讀爲：「以道之難明而習俗之不可變也如此，〔絶〕知我者果誰歟？」

五、若二子者，固世之好言者也，而猶出乎是，二子指孟子與左氏，猶出乎是之出，離也，是、指聖道或大中。出乎是者，蓋謂離夫聖道或大中也。柳州使用出字，屢如是義。如哭張後餘辭：「道之出者多，其合焉者固少」，此顯然出以不合爲義，吾於此義别有詳述，不贅。

六、「卒如之何」，猶言卒無如之何，中省略一無字，是論語「吾末如之何」同一類詞句，古人如字如此用者極夥，左、泓之戰，尤爲顯例，他條屢著其義，不贅。

偶閲純常子枝語，其卷一有一條云：

左昭十三年：「則如違之，……則如與之」：按如、猶言不如也。定五年傳：「不能如辭」。正義曰：「敢爲不敢，如爲不如」，古人之語然也。

七、「滋不憾而恧焉」，而、與也，若而作轉語解，憾與恧應含相反二義，此處道希此條，正可引釋右義，因録存之。

二

子厚非國語者，王充論衡之流亞也，特論衡語詳，而非國語於短峭見意，論衡所注意。

涉極廣，而非國語專一而精。故其義感人也深，而說尤易入，古來析理之書，此種最爲貴重。顧後世有援例非之者，宋江端禮作非非國語，東坡見而賞之，元虞槃亦仿端禮爲之，意在弃國語而兩非焉，槃事具元正史，而端禮則見王伯厚紀聞所載。雖然，玆兩書者，泛泛如浮雲掠空而過，人得寓目者絶少概見，又有劉章非非國語亦不傳，惟子厚本著巋然獨存，吾人從而揭櫫焉者，有數義如左：

一、子厚最惡稱天以誣人。三川震條非曰：「山川者，特天地之物也，陰與陽者，氣而遊乎其間者也。自動自休，自峙自流，是惡乎與我謀？自鬥自竭，自崩自缺，是惡乎爲我設？」此子厚天說本旨，而此條是一例證。蘇東坡曰：「子厚之學，大率以天人爲不相知」，誠然誠然，吾國唯物大義，子厚能倡之於唐，東坡猶芒昧於宋，此兩宋學術之陋使然，如沈作喆者，卽此類陋儒之一也，彼在所著「寓簡」，於三川震條駁子厚曰：「子厚謂天人不相知，茫乎昧乎，治亂善惡無所主，災祥爲不足畏也；是使有國者逆天而慢神，爲惡而弗知懼也；日月星辰之行悖於上，山川崩竭於下，陰陽之氣謬戾於其間，而曰吾弗預知也；彼形而然耳，彼氣而然耳，治亂非所感也，是賊夫君者也。」論誠迂闊之至，不足深辯。作喆字明遠，號寓山，紹興進士，彼所著曰寓簡，謂寓山之簡牘也，書中考證古事，亦非全無可採。

二、子厚最惡飾禮以欺民。不藉千畝條非曰：「古之必藉千畝者，禮之飾也，其

道若曰：「吾猶耕云爾。」又曰：「吾以奉天地宗廟，則存其禮誠善矣，然而存其禮之爲勸乎農也，則未若時使而不奪其力，節用而不殫其財，通其有無，和其鄉閭，則食固人之大急，不勸而勸矣。啓蟄也得其耕，時雨也得其種，苗之猥大也得其耘，實之堅好也得其穫，京庾得其貯，老幼得其養，取之也均以薄，藏之也優以固，則三推之道，存乎亡乎？皆可以爲國矣。」此段文字，辭似迴環，而義極嚴正，以藉田還是有唐之餼羊，子厚難於顯言揮斥，而其隱恨僞禮教之虛僞欺騙，則固躍躍紙上。東坡答江季恭又曰：「子厚爲學，大抵以禮樂爲虛器」，此種黜禮崇物之根本大義，似端明猶不可得明。〔本編下部、於禮樂爲虛器有專論，請參閱。〕

沈作喆於不藉條，駁子厚之説如下：

先王之爲是禮也，蓋以身先天下，驅以歸諸本，不可廢也。如宗元之言，是聖王之典禮，舉爲無用也，亡之可也。男女居室足矣，何必昏禮也？加布其首足矣，何必冠禮也？仰天俯地而祭之足矣，何必南北郊也？飲食酹之足矣，何必禘祫蒸嘗也？如是則夷狄而已矣，然左氏徵戰於千畝則誣。

右誠宋室迂儒之論，何足以知子厚用意？蓋禮通於民，子厚並不反對，如昏禮是也，但昏禮必須從簡，又毫無疑義。冠禮至唐早絶，退之曾涉及之，何須贅論？至繁重專擅之祭禮，如南北郊，如禘祫蒸嘗，嚮爲統治階級之御用工具，飾詐欺民，不廢何

待？凡此皆推子厚之意得之，自非沈作喆之流所及知。獨子厚曰：「戰於千畝者，吾益羞之」，蓋鄙左氏之妄言因果也。寓山於此，哲言從柳，猶不失爲千慮一得。

三、言必稱神，肆其迂誕，爲子厚所鄙恥。神降於莘條非曰：「彼鳴乎莘者，以君蒿悽愴，妖之淺者也，天子以是問，卿以是言，則固已陋矣。而其甚者，乃妄取時日，莽浪無狀，而寓之丹朱，則又以房后之惡德，與丹朱協，而憑以生穆王，而降於虢，以臨周之子孫。」夫丹朱者帝堯之子，如何能與千載以後之周室房后，姦通生子？此何止荒誕，且極穢褻，不恤書之簡册，自詡神明，古有盡信書不如無書之歎，當首推此種。夫子厚之無神觀點，在彼論述中，其重要性僅次於天說。彼與呂温書，所慨歎於「好怪而妄言，推天引神，以爲靈奇，恍惚若化，而終不可逐」者，此物此志也。惜乎在神道紛綸之唐室，子厚之論，非惟無法實現，而子厚歿後，以同僚偏善之韓退之，猶爲草羅池廟碑，以厚誣死友，抑何可笑？

四、子厚之輕視禮樂，固與墨家非樂薄葬之義未同。如所作箏郭師墓誌，言七律三十五調，切密邃靡，使木聲絲聲屈折愉繹之理，子厚殆非不解音聲者流，而無射條非曰：「聖人既理定，知風俗和恒而由吾教，於是乎作樂以象之，後之學者述焉，則移風易俗之象可見，非樂能移風易俗也。」曰：樂之不能化人也，則聖人何作焉？曰：樂之來，由人情出者也，其始非聖人作也。聖人以爲人情之所不能免，因而象政令

之美，使之存乎其中，是聖人飾乎樂也，所以明乎物無非道，而政之不可忘耳。孟子曰：今之樂猶古之樂也，與人同樂則王矣，吾獨以孟子爲知樂。」是知子厚並非深惡乎樂，而是反對黷樂者以聖人爲名，浸忘樂由人性而出，始終視樂爲階級專利之品，而不解與民同樂，持論本極平正，無可非難。

平公悦新聲，師曠曰：「公室其將卑乎！君之明兆於衰矣。」子厚非之曰：「耳之於聲也，猶口之於味也，苟悦新味，公室亦將卑乎？樂之說吾於無射既言之矣。」此自可與右條合看，沈作喆又駁之曰：

子厚之言非也。人之視聽好惡，與夫嗜欲之反常者，是固有卑亂死亡之理，夫何譏焉？又趙文子視日曰：朝不及夕。后子曰：趙孟將死矣，非死必有大咎。內傳亦云：人主偷必死。子厚曰：死與大咎，非偷之能必乎爾也，偷者自偷，死者自死耳。子沈子曰：子厚之言非也，君子朝以聽政，晝以訪問，夕以修令，夜以安身，固有常業也。而墮偷弗務焉者，非其聲色嗜欲之浸淫，神明之耄昏，則其病蠱之潰攻，精爽之消亡也，其有不獲死乎？

作喆之說，將倫理與巫覡混爲一談，是子厚之所必斥，恐今時猶有稱作喆之陋言者，故並著之。

五、子厚惡夫立數核史。此左氏往往先設一說，說某年某當死，某年國當亡，而

後以出來事實之，用神其預言是也。如劉文公與萇弘欲城成周，告晉魏獻子爲政，將合諸侯，衛彪傒見單穆公曰：萇弘其不沒乎！周詩有之曰：天之所支，不可壞也，其所壞，亦不可支也，萇弘必速及，魏子亦將及焉，若得天福，其當身乎！若劉氏，則子孫實有禍。是歲，魏獻子焚死，二十八年，殺萇弘；及定王，劉氏亡。子厚非之曰：「彪傒天所壞之說，吾友化光銘城周，其後牛思黯作頌忠，萇弘之忠悉矣，學者求焉，若夫當身速及之說，巫之無恆者之言也，追爲之耳。」此寥寥數語，特標一巫字罵倒國語者也。若彪傒之言，以周爲天壞，以城成周爲從私欲，則害教甚矣，若武王之飫左氏，殆較斧鉞尤嚴。文道希枝語云：「萇叔之忠，後世舉知之，此當非彪傒，不當非歌，豈禁後世支壞者乎？」吾謂道希之言甚怪。語云：「伐國不問仁人」，倘仁人而欲言伐國，豈得謂舉世不當非仁人乎？

吾友化光者，呂温也，李慈銘讀古東周城銘，而歎八司馬之多才，〔其實呂不在八司馬之列。〕以此銘讀之者少，特全徵之：

文武受命，肇興西土，周公作洛，始會風雨。居中正本，拓統開祚，盛則駿奔，衰則夾輔。平王東遷，九鼎日輕，二伯之後，時無義聲。大夫萇弘，言抗其傾，坐召諸侯，廓崇王城。雖微遠猷，實被令名，宜福而禍，何傷於明？立臣之本，委質定分，爲仁不卜，臨義不問，無天無神，唯道是信。國危必扶，國威必振，求而不

獲，乃以死殉。興亡治亂，在德非運，罪之違天，不可以訓。升墟覽古，慨焉遐憤，勒銘頹隅，以勸大順。

中所云爲仁不卜，臨義不問，無天無神，唯道是信，化光眞不媿爲子厚之友已。思黯、牛僧孺字，嘗作頌忠篇，以美萇弘，此人行輩遠在後，子厚徵引其少作以爲己助云爾，然吾終疑牛思黯一語，後人羼入之，非出子厚之筆。

全謝山曰：「左氏喜言前知，故於萇弘之死，求其先兆而不可得，則以城成周當之，其說在外傳爲尤詳，然可謂誣妄之至。假如其言，則是人臣當國事將去，必袖手旁觀，方有合於明哲保身之旨，而知其不可爲而爲之者，皆有天殃，宇宙更無可支柱之理。成敗論人之悖，一至於此，唐柳子厚、呂化光、牛思黯已非之矣。」見鮚埼亭集經史問答卷四，謝山夙病泥古，此處頗能獨闢蹊徑，要自難得。

非國語凡六十七篇，茲著子厚表意之犖犖大者數義如右，餘類推。

宋元人所作非非國語，吾未得見，今從非國語中考之，子厚亦非盡無可非。如獱羊條與楛矢條，子厚既駁斥事之不可能有，而爲之下一斷曰：「是必誣聖人矣」，但其下曰：「近世京兆杜濟穿井，獲土缶，中有狗焉，投之於河，化爲龍」，此豈事之可能有哉？吾意非國語各條，有爲後人增竄之筆，此類是也。又前城成周條：「其後牛思黯作頌忠」一語，疑亦爲牛黨竄入，蓋思黯年輩彌晚，彼曾呈文於劉夢得而被揮斥，未

必子厚獨賞之，且引其文以自證者。夫思黯之與化光，人非其倫，非其人而引其說，且提與執友等量齊觀，應爲子厚所不爲。

章學誠丙辰劄記載：「作非非國語者，宋劉章、江端禮、虞槃三家，許尙質有稽亭山人漫筆載之，不知何所本也？」按許尙質、學誠稱不知爲何年人，所謂非非國語，諒學誠亦未得見。

袁子才攻詁公羊之非，謂子厚非國語，不如非公羊。〔見隨園隨筆卷一。〕夫人各有志，何能相強？左與公穀，義如冰炭之不相入，子厚方掃於陸淳之門，以春秋微指爲指歸，何能比蹤帖括小生，任擇一題爲之？子才於此，殆科舉餘毒未清，因而蓬心未化也已。

餘冬敍錄云：「江端禮嘗病柳子厚非國語，而作非非國語，東坡見之曰：久有意爲此書，不謂君先之也。又虞槃讀子厚非國語曰：國語誠可非，而柳說亦非也，於是著非非國語，槃不知端禮有書故耶？」餘冬敍錄，明人何孟春之作也，虞槃元人，鄙宗謂宋人，誤。

三

非國語者，子厚體物見志之作也，凡子厚讀古書，以「世用」二字爲之標準，絕非爲好古而漫爲讀，此旨在答武陵一書中，已明言之，所謂「以輔時及物爲道」者也。子

厚非國語脱稿後，再三與其友往復馳辨，其爲自重其書，認爲必垂於後無疑。嘗論以文字言，非國語在柳集中，固非極要，若以政治含義言，則疏明子厚一生政迹，此作針針見血，堪於逐字逐句，尋求綫索，吾因謂了解柳文，當先讀非國語，應不中不遠。

子厚答元饒州論春秋書，元饒州者，元藇也，諸家作注，均言未詳其人，甚或疑爲元稹，卒賴王伯厚紀聞明之。此人劉夢得亦與論政論學，可見其爲當世績學之士，觀此書，子厚平生朋友之迹咸見，如從韓宣英〔曅〕、呂和叔〔温〕、韓安平〔泰〕、凌宗一〔準〕講學，上及陸淳先生，而宣英與饒州尤厚皆是也。陸淳著有春秋微指二篇，集注二篇，春秋辨疑七篇，於是一時師友往復講習，尋求眞理之象，躍躍紙上。子厚曰：「見聖人褒貶予奪，唯當之爲貴，所謂瑕瑜不掩也」，著重下一當字，以知爾時辨論，了無拘束，惟以叶夫中道，於禮無失爲歸。荀息一義，子厚所彊立也，其言「夫忠之爲言中也，貞之爲言正也，息之所以爲者有是。」又云：「如以死君爲不得非，則凡自經於溝瀆者，舉爲忠貞乎？」又曰：「孔父仇牧，春秋之類也，〔此言春秋以荀息視孔父仇牧爲一類。〕以激不能死者爾，非聖人之情也。」子厚之筆，嚮以廉悍見稱，而論荀息尤鋭。子厚似不自信，而録以示饒州，饒州亦言：貶息大善，諒兩君用意，固訢合無間也。

子厚與吳武陵論非國語，辭雖撝謙，而氣實剛勁。其曰：「在長安時，不以爲文取名譽，意欲施之事實，以輔時及物爲道」，此何等氣概？又曰：「夫爲一書務富文采，不顧事實，而益之以誣怪，張之以闊誕，以炳然誘後生，而終之以僻，是猶用文錦覆陷穽也，不明而出之，則顛者衆矣」，此何等責任感？一言蔽之，非國語者，乃子厚取爲教後生，餉來世，不可無一，不能有二之述作也已。

子厚與呂化光論非國語，則自負尤深至。其曰：「近世之言理道者，……甚者好怪而妄言，推天引神，以爲靈奇，恍惚若化，而終不可逐，故道不明於天下，而學者之至少也。」此一則曰推天，再則曰引神，手彈左氏，目送萬祀，積累千鈞，萃於一肩，子厚慨然以蟍蝂自任，不自知其氣之壯而辭之奮也。此「激乎中者必厲乎外」，惟化光能不思而得之。又曰：「黜其不臧，救世之謬，……思欲盡其瑕纇，以别白中正，致用〔李景儉字。〕能撫孟子，『吾乃非左氏尤甚』，如此毅然自信語，韋詞路隋輩何足以與於斯？

四

子厚稱李致用〔景儉〕作孟子評，書不傳，今無可考，不知所評何若？尋首爲孟子作注者，乃後漢趙岐臺卿，其序云：「軻戰國時，以儒術干諸侯，退與公孫丑、萬章之徒，難疑答問，著書七篇」，晁公武非之云：

按韓愈以此書爲弟子所彙集，與岐之言不同。今考其書，載孟子所見諸侯皆稱謚，如齊宣王、梁惠王、梁襄王、滕定公、滕文公、魯平公是也。夫死然後有謚，軻無恙時，所見諸侯，不應卽稱謚。且惠王元年至平公之卒，凡七十七年，軻始見惠王，王目之曰叟，必已老矣，決不見平公之卒也，後人追爲之明矣，則岐之言非也。

凡此皆祇涉孟子之作者爲誰？至彈其學術，則始於荀卿，卿以軻爲飾邪說，文姦言，與墨翟惠施同詆，王充刺孟，所詆尤篤。逮宋有馮休著删孟二卷，司馬光疑孟一卷，獨唐之李景儉孟子評則無稱焉，或景儉初爲提綱，未及成書，抑成書而未及公諸世歟？

子厚云：「致用之志，以明道也，非以摭孟子，蓋求諸中而表乎世焉爾」，此其左祖致用甚明，韓退之亦於孟子有所致疑，一時韓柳都對孟無好感，李韋者流，又同聲附和，則唐代之經術流風可想。

子厚與韋中立論師道書，有參之孟荀以暢其支一語，則似於孟並非無取，然此之有取於孟，特囿於文辭而言耳，與致用所爲評孟無涉，不可不辨。

五

蘇子瞻有續楚語論以非子厚之非國語，其論如下：

屈到嗜芰，有疾，召其宗老而屬之曰：祭我必以芰，及祥，宗老將薦芰，屈建命去之，君子曰：違而道。唐柳宗元非之曰：屈子以禮之末，忍絶其父將死之言。且禮有齊之日，思其所樂，思其所嗜，子木去芰，安得爲道？甚矣柳子之陋也。子木、楚卿之賢者也，夫豈不知爲人子之道，事死如事生，況於將死叮嚀之言，棄而不用，人情之所忍乎？是必有大不忍者而奪其情也。父子平日之言，可以恩掩義，至於死生至嚴之際，豈容以私害公乎？曾子有疾，稱君子之所貴乎道者三，孟僖子卒，使其子學禮於仲尼，管仲病，勸桓公去三孺。夫數君子之言，或主社稷，或勤於道德，或訓其子孫，雖所趣不同，然皆篤於大義，不私其躬也如此。今赫赫楚國，若敖氏之賢，聞於諸侯，身爲正卿，死不在民，而口腹是憂，其爲陋亦甚矣。使子木行之，國人誦之，太史書之，天下後世不知夫子之賢，而唯陋是聞，子木其忍爲此乎？故曰：是必有大不忍者而奪其情也。然禮之所謂思其所樂，思其所嗜，此言人子追思之道也，曾晳嗜羊棗，而曾子不忍食，父没而不能讀父之書，母没而不能執母之器，皆人子之情自然也，豈待父母之命耶？今薦芰之事，若出於子則可，自其父命，則爲陋耳，豈可以飲食之故，而成父莫大之陋乎？古人以愛惡比之美疢藥石，曰：石猶生我，疢之美者，其毒滋多，由是觀之，柳子之愛屈到，是疢之美，子木之違父命，藥石也哉！

子瞻之論甚辨，其義似正，而辭實狡，且故以子厚之道，還治子厚之身，乃尋垢索瘢而爲是文，非子瞻由衷之言也。何以言之？且子厚平生論政，維民之極，違民而就私，固解人之所必不爲，子瞻有契於柳，此誼爛熟於胸，夫何待言？適子瞻之徒江端禮，有非非國語之作，子瞻自言曾有意爲此，而姑讓端禮居先，則一旦國語論題在手，不有至大至剛之正義，以服端禮而領輿誦，將不如不言爲愈，於是子瞻之荒言出矣。

荒言者何？曰：「赫赫楚國，若敖氏之賢，聞於諸侯，身爲正卿，死不在民，而口腹是憂」，此持義何等正大？而且子厚平日論政，一切歸本於民，今以死不在民，問執子厚，宜子厚無辭可對。嘻！狡已，子瞻何以知子夕（屈到，乃楚卿屈蕩之子子夕。）之死不在民乎？夫人已卿矣，遺言必分公私出之，管仲之謀去三豜也，當直陳於桓公，而不可猥述於同僚，孟僖子之使子學禮也，當諄屬於大夫，而不可輕發於家衆，凡臨命而爲公式與半公式之囑託，其取徑不外乎是，若夫薦芰也者，直私之私而已，私之式而召宗老了之，夫復何疑？且子瞻安知子夕當時不已有公如去三豜，半公如子學禮等，密言於主君若大夫矣乎？今遽於祭用何物絕私之事，而漫以死不在民責之，是子瞻不知公私之界，國家之別，羣己之分，智下於初解世事之五尺童子，抑何荒誕可笑一至於是乎？

右就義而言之如是，若以父子之恩論，則子木恐彰乃父之陋，唯有密遵遺言，弗使外知足矣。夫子瞻身與中祕，手掌牋奏，亦既有年，豈不知庭闈細故，家祭軼聞，卽使主人爲卿，亦無無故而輒傳之諸侯、誦諸國人、並書之太史之理。今子瞻之辭云爾，職是從無而生有，造迹以實謗，故設淫詞以申子木之罪者也。雖然，事祕而不漏，亦謂循家常之道爲然耳，今子木不遵父命，故抗宗老，使故家醜聞，一旦飛揚於外，則家內之祭壇未撤，而泥中之鬥獸已明，凡子瞻所推諸侯太史諸後效，將難保不如響而斯應，由是子夕之陋之公之於世，正其子之抗命有以成之。倘非然者，則屈到嗜芰而屈建薦之，亦如曾晳嗜羊棗，曾子不忍食羊棗已耳，其中有何得失是非之可論哉？

此其故子瞻早知之矣，其言曰：「薦芰之事，若出於子則可。」嘻！本來出於子則可之事，益以父命，豈非兩美相彰？今子職應辦，而以父命反致抗違，此其子果何如子乎？豈非子唯恐父陋不聞，而故以不孝速之者乎？

一言蔽之，柳子之論薦芰，叶乎禮而準乎情，固毫不見爲陋，蘇子所論，非惟陋也，悖禮逆情，而論不中程，兼而有之。又蘇子論中，兩言「必有大不忍者而奪其情，」嘻！夫何所謂大不忍？絶令人難解。吾重思之，子木並無所謂大不忍，而子瞻卻有所謂大忍，蓋悖禮逆情、而論不中程之文，固非大忍人不能爲也。曩子瞻之父

明允，草辨姦論，謂凡論事之不近情者，鮮不爲大奸慝，今子瞻論屈到事，其遠於人情之處，吾敢謂頗饒父風，蓋大奸慝之與大忍人，在恒人之意量中，職不啻同實異名之辭云。

答吴武陵論非國語書

一

子厚左官，而得吴武陵爲友，心氣一振，書謂「拘囚以來，無所發明，蒙覆幽獨，會足下至，〔按元和三年，武陵謫永州。〕然後有助我之道」，語誠不誤。非國語、倘非武陵及吕道州輔之張目，其書終於伏而不出，亦未可料。甚矣友道之不可闕，而在孤立無援時，影響尤捷，有如此者。夫武陵、固儒而俠者也，子厚刺柳，武陵爲言於裴度曰：「西原蠻未平，柳州與賊犬牙，宜用武人以代宗元，使得優遊江湖。」又遺書工部侍郎孟簡：「古稱一世三十年，子厚之斥十二年，殆半世矣，霆砰電射，天怒也，不能終朝，聖人在上，安有畢世而怒人臣耶？且程〔异〕劉〔禹錫〕二韓，〔泰曄〕皆已拔拭，或處大州劇職，獨子厚與猿鳥爲伍，誠恐霧露所嬰，則柳氏無後矣。」武陵固欲師子厚，而卒爲侃侃建言，歷久不渝，則子厚賞武陵文才而賢其人，並確認「足下之愛我厚」，艮亦非誣。

武陵後爲韶州刺史，以贓罪受鞫訊，吏少年自負科第，殊不假貸，持之甚急，武陵不勝其憤，題詩路左佛堂曰：「雀兒來逐颶風高，下視鷹鸇意氣豪，自謂能生千里翼，黄昏依舊入蓬蒿。」〔事詳唐孟棨本事詩怨憤門。〕此固去子厚之歿已遠，〔約在太和初，去子厚之歿廿餘年矣。〕而一憶及子厚書中：「在黜辱，居泥塗，若螾蛭然，雖鳴其音聲，誰爲〔去聲。〕聽之？」武陵早將此書形象，移之蓬蒿中燕雀矣。吾慕武陵之豪，千載後偶一追思，宛如在目。

武陵雄於文，史載其自稱東吳王孫，遺吳元濟書一通，長達千言有餘，峻整壯偉，足與子厚之雄深雅健相匹。子厚書言：「一覩其文，心朗目舒，炯若深井之下，仰視白日之正中」，語雖獎借，卻絶非妄。

二

子厚著非國語，上三十一篇，下三十六篇，共六十七篇，列在外集。今本編不包括外集文字，卽以諸家有涉於論非國語者，分隸於答吳武陵及與呂道州二書之後云。

子厚之學，靡所不苞，彼在答韋中立論師道書，自六藝以逮諸子，凡爲其所循名而取實者，曾切切言之。而世人見子厚喜訟言國語，因謂作者一生得力在此，詞條理致，俱無一而不似。不知子厚亦衹言參之國語以博其趣云爾，爲問行文而求其趣

之博也，較之取道之原，而殫精於詩書易禮春秋，以及旁推交通，而肆力於孟荀莊老騷史，其大小輕重之量爲何如？非惟此也，論者見子厚著非國語，又仿孔穎達之譏劉炫，謂子厚勤習國語而復非之，亦猶炫之治杜而攻杜氏，此俱無異蠹生於木，而還食其木，應爲君子所不取。嘻！諺有之，癡人面前，說不得夢，夫子厚之功力，既有涉於國語，而且章明大中，發露公器，曾以己之所是非，與天下人以共見，則又安禁天下人從而雌黃之爲公爲私，抑中與非中也耶？

吾少時於柳集過錄諸家評云：

非國語六十七篇，子厚平生學術，醇駁具見焉，惜未有明者遴其合乎道者著之，離者去之。蓋呂温之才，大出柳下，武陵齒甚少，方師資請業之不暇，敢去取自任乎？此非國語一書，後人所爲爭取排擊也。

吾不憶此評誰作？然實有鑑於子厚與呂温書末數語而爲之辭，子厚當時固顯然不以明者屬望呂吳二子，爲問亙千年來，又誰敢以明者自居乎？

三

晁公武春秋外傳國語條云：

陸淳謂：與左傳文體不倫，定非一人所爲，蓋未必然。范寧云：左氏豔而富，韓氏云：左氏浮夸，今觀此書，信乎其富豔且浮夸也，非左氏而誰？柳宗元稱越語

尤奇駿，豈特越哉？自楚以下類如此。

子止右論，與子厚適相抵觸，蓋子厚春秋之學，源於陸淳，淳謂國語與左傳文體不倫，子厚正惟以二傳文體不倫，乃軒國語而輕左氏。今子止謂國語富豔浮夸，適同左氏，因斷定二傳出於一手，此說顯非子厚所能同意，何況富豔浮夸，事關義指，不可能與文體併爲一談也乎？子止又謂柳宗元稱越語尤奇駿，夫子厚所以翹異越語，正以國語能備多體而好之，子止執自楚以下類皆如此駁之，此自文家之取捨不同，嗜好各異，因而影響到辨別力之精粗明溷，此自然而然之勢，無取深論。

四

何義門讀書記，於非國語所記寥寥，首於不藉條記曰：

柳子之言曰：古之必藉千畝者，禮之飾也，其道若曰：「吾猶耕云爾」，又曰：「吾以奉天地宗廟。」則存其禮誠善矣，然而存其禮之爲勸乎農也，則未若時使而不奪其力，節用而不殫其財，通其有無，和其鄉閭，則食固人之大急，不勸而勸矣。然藉田猶不能躬親，則時使節用者，其又何望焉？柳子立論，大抵欲快一時之見，伸一夫之說，而不究其源流者也。

子厚論禮，以去僞飾爲第一義，因去僞飾，而使其禮之名與數皆不存，了無所恤。禮說所謂「不明斯之道，而存乎古之數，其名則存，而教之實則隱」，亦同此理。此理絕

非後世佔畢小儒之所能知，義門謂柳子快一時之見，伸一夫之説云云，殆瞽論也。論語載子貢欲去告朔餼羊，孔子諭之曰：賜也爾愛其羊，我愛其禮，由非國語本條之理推之，子厚將斷然與子貢而不與仲尼，所謂「聖人之道，不盡益於世用」，以此。

義門又於晉語狐突條記云：

柳子之言曰：「今狐突、以位則戎禦也，以親則外王父也」。據左傳：晉獻公烝於齊姜，生秦穆夫人及太子申生，犬戎狐姬生重耳。文公謂狐偃爲舅氏，特以母之同姓故耳，若狐姬固非突之女也，柳子乃以突爲申生之外王父，何所本耶？

義門此辨，尚未見他家涉及。查狐偃爲突之子，苟重耳稱偃爲舅氏不誤，則子厚謂突之行輩爲外王父，固不中不遠，特呼外王父者，宜爲重耳而不是申生爾。又狐氏在晉本同姓，唐叔之後，與犬戎狐姬絶非一家，重耳以姓氏偶同，遽爾尊之曰舅，亦流俗移花接木之混稱而已。如此混稱而可通，則子厚以重耳之外王父移牒申生，似非不可。然義門之辯甚雋，人多忽焉。

獻公卜伐驪戎，史蘇占之曰：勝而不吉。柳子非之曰：「卜者世之餘伎也，道之所無用也，聖人用之，吾未之敢非。然而聖人之用也，蓋以敺陋民也，非恆用而徵信矣。」義門記云：「易洪範之言，柳子固嘗誦之矣，何立論之易也？」義門此箋，自平易近人，核以子厚與劉夢得論周易筮數一書，中亦稍有矛盾。然子厚本條所非，是以

道之所用爲的彀，聖人用卜以敺陋民，與斷刑論中所云言天以愚蚩蚩，若合符節。此經中之權，與時上下，或不得不通融爲之，至子厚斷絕推天引神之根本大義，則始終堅立不搖，此解義門未必知之。〔釗案：「卜者世之餘伎也，」或疑世爲史字音譌，此通讀下文可知。〕

與呂恭論墓中石書

一

子厚自許能書，又善鑒別古法書眞僞，此在子厚一生行迹中，所占部分絕小，而又名爲政事文章所掩，因之從來書道中，幾於不見子厚姓字。宋時有黄長睿者，生年不過四十，尙少於子厚七歲，其一生嗜好，喜古文奇字，「官洛下，得名公卿家所蓄商周秦漢鐘鼎彝器款識，研究字畫體製，悉能了達，辯正是非，道其本末，遂以古文名家。公文辭雅健，格高而思深，歌詩俊逸清新，追古作者。蓋公之學問慕揚子雲，文章慕柳子厚，詩篇慕李太白，此自其平日所稱道也。〔語見李綱所撰墓志〕」約而言之，黄長睿者，可謂北宋具體而微之柳子厚，而其所有古法書知識，或尙不及子厚。顧長睿擅名藝苑，譽望絕高，東觀餘論一書，成爲書家寶典，而子厚則在此道中闃焉無聞，歐陽永叔爲集古錄，並不齒子厚於能書之列，凡此皆幾微無損於子厚，偶爾及

此，輒贅書一二云爾。

書言植松烏擢之怪，擢一作摧，此殆謂植松於地，而爲烏所摧毁也。夫察見地上痕跡，而推定地下有冢，此類怪事，何常之有？如異苑載：魏武北征，踰頓升嶺眺矚，見山岡不生百草，王粲曰：是古冢，此人在世，食礜石過多，而石生熱，蒸出外，故卉木焦滅，發看果然。東觀餘論則謂：劉表在荆州，與王粲登障山，所見如此。夫魏武與劉表，頓升嶺與障山，人地兩兩違異，卽足見事迹之出於虚構。〔所謂頓升嶺與障山，皆意造地名，無法在地誌中證實。〕一例如此，他可類推。此種妄誕邪説，子厚斷斷以「怪」，以「不經難信」，及以「姦爲之」，剷除淨盡，此公之唯物觀點，卽此粲然可覩。

廬墓何迕於孝？孔子歿後，門弟子亦爲之，但子厚毅然否定之，認爲有違中道。子厚嘗言：「聖人之道，不益於世用」，意謂凡不益於世用者，卽明明聖人之道，亦當吐棄。可見子厚意中所謂聖人之道，本身並無一定標準，一切應以己身認爲大中者衡之。今則曰：「立大中者不尚異」，再則曰：「大中之罪人也」，人若問曰：大中胡在？子厚將蘄蘄答之曰：「莊周言天曰自然，吾取之。〔語見天爵論。〕」蓋自然者、物理也，天下動象，惟期以合乎物理爲指歸，此之謂大中。

書後幅作東郛一段論證，方望溪與李穆堂有所爭辯，此吾於他條引列，不贅於此。

二

論書有云：

文章形狀，古今特異，今視石文，署其年曰永嘉，其書則今田野人所作也，雖支離其字，猶不能近古。爲其永字等頗效王氏變法，皆永嘉所未有，辭尤鄙近，若今所謂律詩者，晉時蓋未嘗爲此聲，大謬妄矣。

尋永嘉距永和不足四十年，而書法之形狀，猶不能相混如此，足見子厚書道之精。獨王氏永字等變法，云王氏，當然指逸少言，而近沈尹默著學書經驗談輯要，謂「右軍題圖所述，有波、横、點、屈折、牽、放縱六種，與永字配合不好，而在張旭以後，世所傳顔眞卿柳宗元之八法頌，都依永字點畫寫成，故韓方明所説眞行草書之法，傳授於崔瑗，永字八法，始名於張旭，確是可信。」就此比勘，中含問題約略如下：

一、永字八法，既始於張旭，子厚所謂王氏永字變法，應予何名？

二、旭於子厚，雖行輩略先，而幾乎可算作同時人物，永字八法之由何人定名，子厚豈得熟視無覩？今稱永字變法，由於王氏，則韓方明之説，是否仍待推究？

三、子厚是一天姿超越之人，未必其爲永字八法所束縛，世所傳八法頌，是否可靠？

嘗論子厚有一代書名，而碑帖罕傳，人無法擬其迹，至龍城僞刻，殊庸俗不見筆

態，此適以汚子厚，而不足傳眞。又嘗論子厚與誠懸，人同宗，仕同朝，書名亦相埒，獨誠懸年少於子厚，〔釗按：誠懸以咸通六年，年八十八卒，推其生年，當在大曆十三年，少子厚五歲。〕而科第遲，〔誠懸元和初始登第，年已三十餘矣。〕兩人聲名在元和間，前者劣於後者，自事勢之所必至。顧後人不加判別，往往以子厚所獲之譽，歸之誠懸，卽如子厚與劉夢得，爲書法互相嘲弄，所謂柳家新樣元和脚，時誠懸初登第而未甚知名。又柳劉以詩自相酬答，實不可能問入第三者，假他人成就以爲眉目。以是若而詩句，直夢得逕嘲子厚，與誠懸無關，而注家自世綵以還，卻斷然以誠懸當之，致使全篇味同嚼臘，毫無意趣，殊可笑粲。詩曰：

日日臨池弄小雛，還將寫論付官奴，柳家新樣元和脚，且看薑芽斂手徒。

釋官奴廖注亦誤，蓋官奴者子敬小名，而廖謂是逸少小女。此緣寶晉齋王帖卷三，首言「官奴、小女玉潤，病來十餘日，了不令民知」，末言「想官奴辭以具，不復多白」，官奴字凡兩見。夫曰「想官奴辭以具」者，此子代父在外酬應交接之證，而從來芝蘭滿階之家，此職竟令少女司之，不聞是例。又篇首「官奴小女玉潤」六字，中含子女兩人小字在內，不言可喻，獨官奴女乎？抑玉潤女乎？讀者應先爲分析明白。顧廖等不察首尾文脈，逕朦然裁截官奴小女四字，相牽成句，釀此笑柄，殊屬鹵莽。尋夢得有二子，曰孟曰崙，卽詩中所謂小雛也，其曰寫論付官奴，官奴亦影此。揣其詩

意，乃謂吾書與至健，率兒輩臨池，還將步武逸少，寫論付之，特足下書體惡劣，殆不足爲典範；以體態論，如人斂手作薑芽然，倔強拳曲，使人望而生厭；元和脚云者，實深鄙之之辭，謂異於當代之通行書體，而自作蹺欹也。於是子厚答之云：

世上悠悠不識眞，薑芽盡是捧心人，若道柳家無子弟，往年何事乞西賓？

此明明自承薑芽屬己，謂學之者大抵如東施之效顰，不認識廬山眞面目耳，爾往年問吾求字，如班固之西都賓問於東都主人然，曾敢謂柳家無子弟耶？此類聲口，只適於爲己解嘲，不可能羼入誠懸，別益朦障，達者一見，心自澄然。尋誠懸科名既晚，旋又遵塗旅進，廢時不少，迨穆宗朝充翰林侍書學士，而聲光始大。嚮後歷穆敬文武宣懿六朝，亙四十餘載，至享壽八十八歲而歿，凡此皆子厚所不及見，子厚何能豫期將來不可必得之效率，遽持以與人作口舌哉？

右列種種，皆以證實子厚書藝絶高，故其與呂恭論墓中石，一啓口而持態異常決絶。吾敢爲之斷曰：書法柳體，乃子厚開先，而誠懸繼大，俗士昧昧，輒集譽誠懸，而抹煞子厚，實書道中一大委曲，吾安得與沈先生詳加論列，致不惜隨吾陋劣，覼縷陳辭，冀來嘉誨而清書勢云。

三

舊書錢徽傳載：

故刑部侍郎楊憑兄弟，以文學知名，家多書畫鍾王張鄭之蹟，〔釗案：張鄭，當指張旭與鄭虔。〕在書斷畫品兼而有之。憑子渾之求進，盡以家藏書畫獻文昌，㊀求致進士第，及榜出，渾之不中選。

子厚於此書稱：「二十年來，偏觀長安貴人好事者所蓄，殆無遺焉」，然則以至戚如憑，家藏書畫又如此豐富，子厚豈有不勤求觀覽之理？顧子厚不肯提名道姓，僅以長安貴人四字渾括言之，此其中必有隱慝存焉，似不待問。

隱慝伊何？子厚與憑書：「文人以文律通流當世，叔仲鼎列，天下號爲文章家，今又生敬之，敬之希屈馬者之一也。」敬之字茂孝，凝子而非憑子，憑子有誨之，而其人平平，子厚祇欲其勤讀書，決科求仕，不爲大過而止，語見與誨之第二書，至渾之不肖，則更惟有置之不論不議之列。子厚與憑論及世業，語雖亢奮，而心直慘怛。錢徽知舉，雖遲在長慶間，爲子厚所不及見，然以渾之了不長進，科名無望，而訴之賄賂，此類世家没落子弟之無恥妄誕，固慧眼人不難預測而前知，夫豈可得與呂恭昌言而無隱哉？

吾草此集，至遲十餘年始得出版，沈先生先期逝矣，不及見本文，書此慨然。㊁

㊀ 當指段文昌。段與李紳同以所善誘徽求第，渾之疑在所善之列，徽不應。徽、起之子也。

㊁ 按沈先生於一九七一年六月一日在滬逝世，終年八十九。

與友人論爲文書

此文標題，有作「答友人求文章書」者，細察書之內容，並非與人論爲文，而是爲〔去聲。〕人求文章而發，鄙意題目應予更正。

林琴南評此文如下：

柳州與友人論爲文書，與昌黎異。昌黎諸書，是論作文有艱苦，及回甘之滋味，柳州則但敍文人之遇，及爲文之流弊而已。意蓋輕藐後輩之不知文，雖有獨得之祕，世亦莫知，故破題說一難字。通篇大意，均未言作文之法，但切指弊病，實則能去弊病，則文體自趨於正。

觀此評，琴南殆爲題所誤，子厚自始未與人論文，談不上與退之論文之異同，餘語亦並文不對題，〔此所謂題，乃求文章之題。〕全是誤會。

篇首古今號文章爲難云者，乃謂文章之流傳爲難，與作文之利弊固無涉也。第一：人之所得，是否能號爲文章？故曰得之爲難。得矣，是否爲人所知？故曰知之愈難。今友人來求文章，卽請子厚出示自己所作文章，子厚因遜言我之文章，未必能達到文章標準，假定達矣，亦未必生前能爲世人所知。書之大意，止於如是。

漁獵前作，戕賊文史一段議論，乃指友人所求者古文，而當時文壇風氣，仍狃於

王楊盧駱以來之駢四儷六，而未能嚴革，故子厚言之痛切如此。此正反映中唐古文運動前夕之文林弊習，與杜甫盡力捍衛初唐四傑，恰恰針鋒相對。〔杜之用意，見於王楊盧駱當時體云云之論詩絶句中。〕

子厚以己所著賦頌文記等四十八篇，合爲一通，寄與友人，言外暗冀友人能成爲拜服揚子雲之侯芭。

二

唐順之與王遵巖書云：

屠沽鄉人有一碗飯喫，其死後則必有一篇墓誌，達官貴人與中科第人，稍有名目在世間者，其死後則必有一部詩文刻集，如生而飯食、死而棺槨之不可缺。此事非特三代以上所無，雖唐漢以前亦絶無此事，幸而所謂墓誌與詩文集者，皆不久消滅，然其往者滅矣，而在者尚滿屋也，若皆存在世間，卽使以大地爲架子，亦安頓不下矣。此等文字，倘家藏人畜者，盡舉祖龍手段作用一番，則南山烟炭竹木，當盡減價矣，可笑可笑，僕文何用更置一莖草於鄧林棼棼之間哉？

或閱應德此文，謂「當盡減價」句之減字，恐是漲字之誤。余曰：何也？曰：待燒應德此書淋漓盡致，可與子厚右文互相發揮，並令治書蒼頭一諷誦之，張口痛抒胸中晦氣爲快。

之書太多，以南山煙炭竹木爲薪，而不足供應，則求過於供，煙炭竹木之價不當高漲乎？曰：否，昔南昌龔一足、與八大山人善，此兩人皆高才，每聚詩文爲薪，煮苦茗啜之。夫杯茗需薪幾何？當燒之詩文過多，薪料亦相應而多，南山煙炭竹木，行且無人過問，將價不減何待？客唯唯。

或又曰：近日廣西陳柱尊，所著詩多，自爲巽語曰待焚稿，以請益於鄉前輩馬君武，君武欣然爲題「不焚何待」四字歸之。爲問此視柱尊詩爲貴金，別求煤炭以煉之乎？抑煉他貴金，而從陳詩析薪乎？余曰：未見陳詩，恕不能答。

三

吴仲倫與錢警石〔泰吉〕書，有足與子厚此函相發明者，爲錄其語如次：

夫綴文之士，孰不以千載自期？然吾第能爲其可傳而已，不能必其傳也。且惟求以自信而已，其傳與否？蓋有天焉，而豈吾之所能自主哉？古人之文之傳於今者多矣，不能盡善也，以不善者之幸而傳，則其善者之或有不幸而不傳可知也。

而警石與仲倫書則云：

世傳先生得桐城正脈，所爲文甚似惜抱，泰吉謂先生妙處，正在不似惜抱。蓋論其大同，則文章之理脈，萬變不殊，惜抱不能不同乎海峰，海峰不能不同乎望溪，望溪又豈能變滅唐宋以來諸大家之規矩，而自爲一規矩哉？若其精神獨至

處，雖父子兄弟，不容相假，老泉之廉悍，東坡之明達，子由之沈静，各根乎性情，不可強也，惜抱豈能苟同乎海峰，海峰豈能苟同乎望溪，先生又豈肯摹擬惜抱之形似，以苟同乎惜抱哉？泰吉得侍三日，微窺先生性情之眞，旬日來細讀大集、及聞見録，知先生用心之所在，將與古道德者爲徒，能使一時之賢人逸士，與夫孝弟節烈之至行，下及一技一能之微，皆賴先生以傳，而僞雜之念，矜肆之氣，自其少時驅除殆盡。大雲山房謂爲才弱者在此，先生勝於大雲山房亦在此，惜乎臯文先生早世，不得與先生久逐乎壇坫，而商訂其異同也。然先生與茗柯，必並傳於後無疑，茗柯以密栗勝，先生以蕭疏勝，要之用心之平正眞實，而和藹之氣充溢於楮墨間，是則先生一家之眞文也。泰吉何足以言文？學淺而體弱，其無成也必矣，然性情不敢不養也，眞僞不敢不辨也，平生微尚，如是而已。

兩家之辯如右，此雖未必能升子厚之堂，然較之徘徊於門外者，實勝一籌，故録存之。警石、卽子密之父也，平生讀書多，而著録號甘泉鄉人稿，顧未嘗有文名，論文者亦數不著警石。然其論文以眞爲第一義，如稱仲倫所作爲一家眞文，其一例也，設人謂警石之文眞，吾無間然。

四

劉後村題王元邃詩曰：

昔者周公惟作鴟鴞七月二詩，夫子不自爲，合王朝列國千餘年風人之作，删取三百五篇，其嚴如此。乃若人自爲集，集之多者，至數十倍於夫子所删，烏乎！詩之盛，固詩之衰歟！前輩謂有意而言，意盡而言止，爲天下至言，試以此説觀近人之集，類無意而言者也，意盡而言未止者也。如使君所作，則非有餘於辭，而不足於意矣，惟少故精，惟精故傳，奚以多爲哉？

右一小段文字，足與子厚「得之爲難」四字相發明，故録存於此。王使君名太沖，元遂其字，文中所指前輩，大概是蘇子瞻。

意盡而言止，爲斯文之極詣，自周易倡爲此説，數千年以訖於今，殆無人敢否認。獨吾意念中，覺從來能文者如鼃而進，吾殊不知斯語牒之何人而當？如右劉後村題王元遂詩，稱其非有餘於辭，亦非不足於意，吾誠喜周易所標極詣，將在芸芸總總之文人中，至少有一人焉，當膺其名而無媿。顧元遂何人吾不知，其詩吾又一字不曾入目，推斯例也，此或以一元遂對千千萬萬讀者，抑以一讀者對千千萬萬元遂，卒之得數舉將相若，夫天下亦何賴有此可望不可卽之太虚幻境爲？

卷三十二　書

答元饒州論政理書

一

元饒州者、元藇也，各家都不識其人，自王氏困學紀聞公揭後，各本猶繳繞不定，此誠可笑。此所謂論政理者，不過一理財之大端耳，中唐言理財有名，如劉晏、楊炎、皇甫鎛、程异輩，大抵與子厚同時，而异尤在八司馬之列，顧子厚集中，曾無一字涉异，更不與右列輩流有何討論。此蓋子厚意中若輩所爲，止於充賦税養禄秩足己而已耳，至富庶且教之大任，概非若輩所能理解。至饒州者，不僅胸懷大任，不同於其他長人者之志，而又深通春秋，知取聖人大中之法以爲理。用是子厚與之簡牘往復，辯同夢得，酬暢刻至，此書竟成爲集内獨一無二之作，迴環諷誦，聳異曷任？

本文用字有可注意者，略舉如下：一、「類非今之長人者之志」，類、大率也，與訓都凡之慮字，因韻近可互換用。如漢書：「慮無不帝制而天子自爲者」，慮易言類亦可，子厚此種句子，喜偏用類，與楊憑書：「類非古之所謂長者也」，亦其例。二、本文

重字有兩解，一、難也，如「不一定經界，覈名實，而姑重改作」，重、難也，而難字有打消意。重改作猶言難改作，難改作猶言不改作，漢書中所用重字，多如此解。又一、加重之意，如「因南人來重曉之」，重曉之者、加重曉之，使得開悟也，不可混作難義，與上文「然則蒙者固難曉」句渾淆。三、「蒙之説其在可用之數乎」句，俗手在字上加不字，此於他條已釋明，不贅。四、又「聞兄之莅政三日，舉韓宣英以代己」兩句，俗手認爲兄下之字可去，不知此類句子，一主句，一關係句，主句者、兄舉韓宣英以代己，關係句者、兄莅政三日也。以歐文律令繩之，之字在兩句中爲關係代名詞，特歐文不可略，而吾文常略，故讀者不甚理解耳，熟味論語：「夫子之至於是邦也，必聞其政」一類句法，當有豁然貫通之境。五、「宣英達識多聞，而習於事，宜當賢者類舉」三句，俗手多斷句在事宜，不知「宜當」爲子厚習用語，吾别有解，亦不贅。

二

子厚與元饒州論政理，主張維持富民，平衡賦税，理想達不到後來王介甫剷除富室之新法觀點，此自是天然局限性，無可解免。兹先引介甫之兼幷詩，以資論證：

三代子百姓，公私無異財，人主擅操柄，如天持斗魁，賦予皆自我，兼幷乃姦回，姦回法有誅，勢亦無自來。後世始倒持，黔首遂難裁，秦王不知此，更築懷清臺，禮義日以媮，聖經久堙埃，法尚有存者，欲言時所咍。俗吏不知方，掊克乃爲

才，俗儒不知變，兼幷可無摧，利孔至百出，小人私闔開，有司與之爭，民愈可憐哉！

此介甫未得志時所爲詩，及得志行其所信，橫遭反抗，已又所用匪人，遂無所成就而終。子厚從未如介甫執權當國，説不上規劃經濟政策，且當時政治重點，也不在經濟，況同黨中如程异之流，方以掊克進獻爲能，正背道而馳也哉？蘇子由爲元祐老臣，與新法爲難，其觀點反與子厚政理相近，此數百年間思想進步之必然程限，言之慨然。子由論點如下：

祖宗承五代之亂，法制明具，州郡無藩鎮之強，公卿無世官之弊。古者大邦巨室之害，不見於今，惟州縣之間，隨其大小，皆有富民，此理勢之所必至，所謂物之不齊，物之情也。然州縣賴之以爲強，國家恃之以爲固，非所當憂，亦非所當去也。能使富民安其富而不橫，貧民安其貧而不匱，貧富相恃以爲長久，而天下定矣。

此段理論，當然是針對介甫而發，〔見欒城後集詩病五事。〕然貧民安其貧而不匱，歷史過程，殆無是境，頗濱特未之思耳。亭林之菰中隨筆，吾別紀錄者，亦是同一論旨。吾國國民經濟之根本問題，必遲至二十世紀之末葉，始得解決，乃由無産階級執政，於前賢無取苛論。

右引潁濱文，猶有一大段如下：

王介甫小丈夫也，不忍貧民，而深疾富民以惠貧民，不知其不可也。方其未得志也，爲兼幷之詩，及其得志，專以此爲事。設青苗法以奪富民之利，民無貧富，兩稅之外，皆出重息，公私皆病矣。呂惠卿繼之，作手實之法，私家一毫以上，皆籍於官。民知其有奪取之心，至於賣田殺牛以避其禍，朝廷覺其不可，中止不行，僅乃免於亂。然其徒世守其學，刻下媚上，謂之饗上。有一饗上，皆廢不用，至於今日，民遂大病。源其禍出於此詩，蓋昔之詩病，未有若此酷者也。

夫潁濱、腐儒也，但所述新法流弊，無一字不實。嘗論介甫之敗，其病非一：一、彼不從根本下手，而先將土地改革，務存富之名，而使貧民不匱，此必不可得之數。二、己所用多儇薄小人，而留大部分號稱正人君子，大肆譏評，日幸其崩潰以爲快。是內既不堅，而外有無數之罅隙，前來問執，所事焉得不敗？三、天下無有利無病之改革，先既無法豫阻病之不來，而又無相應抵抗之方術。如私產皆籍於官，民乃賣田殺牛以避其禍，此必至之勢，而須有善於說服之大隊幹部，家喻戶曉，始得挽回頹勢，設若無之，非敗不可。四、不論名義云何，所謂饗上之一過程，必須到來，於斯中飽難斷，貪污狠籍，功敗垂成，理有固然。以上四義，皆介甫之所未能逆料，妥爲備豫，故新法之結局乃爾。若子厚涉世於數百年前，身不當政，僅憑理想立論，政理云

云，又未易以介甫所經利弊強繩之已。

三

子厚與元饒州論政理，大旨謂富室爲貧民之母，不可破壞，此一謬論，中國所謂通儒，皆一例持之。顧亭林菰中隨筆記一條如次：

江南雖極大之縣，數萬金之富，不過二十家，萬金者倍之，數千金者又倍之，數百金以下稍殷實者，不下數百家。以戶口數十萬之大縣，而富戶不過千餘，於千家之中，而此數十家者，煩苦又獨甚。其爲國任勞，即無事之時，宜加愛惜，況今多事，皆倚辦富民，若不養其餘力，則富必難保，亦至於貧而後已。無富民則何以成邑？宜予之休息，曲加愛護，毋使奸人蠶食，使得以其餘力贍貧民，此根本之計。

右說據亭林稱：乃出自龔子芻言，其實自柳州以至亭林，凡通人所持之論，大抵相差不遠，初不必問主張者爲龔子抑誰某也。信如斯也，國中將富者永富，貧者永貧，貧民永賴富室維護，等於被剝削到底，此與孔子不患貧而患不均之說，亦無法相入。柳州又云：「懼富人流爲工商浮窳」，是富人從事工業，且非正軌而不可許，中國勢必展轉困頓於貧弱之農業國，而終無自振起。雖其中定經界，覈名實云云，所謂改作處，可能有相當變動，然子厚論政理一書，所受歷史之局限性絕大，實不待言。在中唐

與人討論及此，能以「賄賂行而征賦亂」爲弊政之大，似已是不刊名論，非儕輩所敢望。

然吾爲子厚解説者，有一特點，卽子厚並未嘗如其他陋儒之所爲，嘖嘖頌言禮教是也。近人有爲秦蕙田畫像作記者，立説如下：

先王之道，所謂修己治人，經緯萬彙者，何歸乎？亦曰禮而已矣。秦滅書籍，漢代諸儒之所掇拾，鄭康成之所以卓絶，皆以禮也。杜君卿通典，言禮者十居其六，其識已跨越八代矣；有宋張南軒、朱晦菴之所討論，馬貴與、王伯厚之所纂輯，莫不以禮爲兢兢；近代學者，以顧亭林爲宗，國史儒林傳裦然冠首，吾讀其書，言及禮俗教化，則毅然有守先待後、舍我其誰之志，何其壯也？厥後張蒿庵〔爾岐〕作中庸論，及江慎修、戴東原輩，尤以禮爲先務，而秦尚書蕙田，遂纂五禮通考，舉天下古今幽明萬事，而一經之以禮，可謂體大而思精矣。吾圖畫先正遺像，首顧、次秦，亦豈無微旨哉？

右論爲作者蠹國殃民、得意自信之筆。此從先王之道一筆掃來，中經漢唐宋明，以至遜清咸同末造，不論朝野儒生，漢宋門戶，其崇禮觀點，大概趨於一致。以知中國兩千年社會沈滯不進，皆此種悖謬理論，從中作祟。何以言之？夫斯謂禮者，一種階級之壟斷物品，而非一般貧民所得參預者也。管子曰：「衣食足然後禮義興」，貧

民衣食且無著，將何從與聞禮教？亭林所舉之江南大縣，有數十萬人者，其中不過寥寥千餘人，可得聞禮。何也？禮者富人之綴飾物也，其人一生不富，即一生不得與於禮，天下亦無何色大儒，曾計劃使貧民一同學禮之事？是禮者、爲限絶貧富之大鴻溝，中國不先去禮，或至少停禮不講，將永無溝通貧富，使農工子弟與士族攜手共進之一日。此理謂柳州曾不明白，吾滋未信。蓋商鞅相秦，其第一步驟，即在毁禮，子厚雖未論鞅，但以封建論頌言秦制之公推之，諒於鞅之政令，當亦無迕。

吾持此論，並非子厚有何非毁禮教之正面言論，特吾國嚮來論禮者，每好與刑併爲一談，唯論刑亦然。如後漢陳寵爲廷尉，性仁矜，曾附經典上疏曰：「臣聞禮經三百，威儀三千，故甫刑大辟二百，五刑之屬三千，禮之所去，刑之所取，失禮則入刑，相爲表裏者也。」此非寵之私言，凡漢人殆莫不如是說，即明通如王充，其書亦云然。如實論之，禮儀三百，威儀三千，都絶非亭林所標江南大縣數十萬人之所有事，至大辟二百，五刑之屬三千，該大縣之千餘人中，未始無極少數牽連在内，而大體上，則以駕馭該縣之數十萬人，非此種律令不行。然則禮者維富所須，刑者懲貧必要，如此而以禮與刑相爲表裏，無異宣言貧富兩級，永久對峙，無法消除。吾觀子厚除平昔消極於禮無甚執著外，而在斷刑論之大篇上，絲毫不涉及禮字，言下反覺禮數之煩瑣爲無聊。加之高唱官爲民役，及關心民瘼，如捕蛇者説之各種事迹，因而

依邏輯法式，得論斷如右。至與元饒州論政理之故爲繳繞，自屬時地人有所牽絓而致然。

宋俞文豹吹劍錄載：

温公歸洛，講孝經，有二父老往聽講，持簞食豆羹以獻，公爲享盡，講庶人章。講畢，父老請曰：「自天子至士皆有詩，庶人獨無，何也？」公不能答。〔按孝經自天子至士，每章之末，皆引詩作結，惟庶人章則否。〕

此得代司馬君實而答之曰：詩不及庶人是也，詩不及庶人者，猶言「禮不下庶人」也。蓋詩若禮，當時皆賦有階級性，人不達某一階級，——自天子至士——卽倫常之間，無自與於禮，又應對之際，無自與於詩也。〔兩與字去聲。〕孔子教其子鯉學禮，曰：「不學禮，無以立」，又先教學詩，曰：「不學詩，無以言」，此唯士以上，則受教如是，下至庶人，不善立可也，不工言亦無不可，直無取以是爲教。此一封建形勢，數千年來，習而安之，士夫高品如君實其人，尤無不默而喻之；獨至宣之於口，使之成一教條，向虛懷若谷之父老，解釋明白，以君實之質直，輒囁嚅而不肯吐，又以君實之淵深，早了然於「民可使由之，不可使知之」，故不能答。

四

唐賦役之法有三，曰租、調、庸。租者依田而定，如每田百畝歲納租二石是；調

者據丁戶調而取之，如每丁各隨鄉土所宜，歲輸絹綾絁共二丈之類是；庸者用人之力，歲不過若干日，若不役則收其庸，如日準出絹三尺是。後楊炎每州各取大曆中一年科率錢穀數最多者，便爲兩稅定額，夏輸無過六月，秋輸無過十一月，此陸贄所謂「採非法之權令以爲經制，總無名之暴賦以立恆規，是務取財，豈云恤隱」者也，於是唐之征賦始亂。

陸贄稱：「兩稅之立，唯以資產爲宗，不以身丁爲本，資產少者其稅少，資產多者其稅多；曾不悟資產之中，有藏於襟懷囊篋，物雖貴而人莫能窺，有積於場圃囤倉，直雖輕而衆以爲富；有流通蕃息之貨，數雖寡而計日收贏，有廬舍器用之資，價雖高而終歲無利，一概計估算緡，宜其失平長僞。」復次：「不量物力所堪，唯以舊額爲準，舊重之處，流亡益多，舊輕之鄉，歸附益衆；有流亡，則已重者攤徵轉重，有歸附，則已輕者散出轉輕，高下相傾，勢何能止？」復次：「今之兩稅，獨異舊章，違任土之通方，效算緡之末法；不稽事理，不揆人功，但估資產爲差，便以錢穀定稅；臨時折徵雜物，每歲色目頗殊，唯計求得之利宜，靡論供辦之難易；所徵非所業，所業非所徵，遂或增價以買其所無，減價以賣其所有，一增一減，耗損已多。」復次：「物之貴賤，繫於錢之多少，錢之多少，在於官之盈縮，官失其守，反求於人；人不得鑄錢，而限令供稅，是使貧者破產，而假資於富有之室，富者蓄貨，而竊行於輕重之權，下困齊人，上

虧利柄。」凡此皆弊政之後，民間之貧富，不得眞實，官司上下其手，賄賂於焉用事，而弊乃益甚。子厚之救濟方法，在「舍其産而唯丁田之問」一語，舍其産者，卽廢棄兩稅以資産爲主之標準，唯丁田之問者，卽恢復以身丁爲本之租調庸法也。尋開元之後，法度廢弛，丁口轉死，田畝換易，貧富升降，已異昔時；而楊炎救之以兩稅，其弊在兼幷者不加追究，貧弱者不復田業，始定額取稅而一之，此子厚所以主張貧者應免，而富者亦不得不問，一切以孔子均寡安貧之大道，卽聖人大中之法爲指歸，其理論高出陸敬輿先救時、後救法之上。

文中「則僥倖者衆，皆挾重利以邀」，邀疑遊字之誤。挾重利云者，如陸敬輿奏議中貴物藏於胸懷囊篋，及本文流爲工商浮窳等類之人，不憚轉徙地域，以避重稅皆是，卽所謂遊也。

本文除題言論政理外，文內如「理歟弊歟」句，「理則其說行矣」句，「取聖人大中之法以爲理，饒之理小也」句，凡四理字，皆治字之代也。惟政治字，唐時猶不習見，此政理是政治歟？抑政之理歟？仍可推究，韓退之寄三學士詩：「協心輔齊聖，政理同毛輶」，則似言政之理，而非言政治。

五

八司馬皆一時之才俊，史有定評，就中二韓，尤爲突出。二韓者、曄與泰也，泰

字安平，退之爲潮州時，舉以自代。其狀如下：

使持節漳州諸軍事守漳州刺史韓泰

右伏準建中元年正月五日制，常參官及刺史授上訖，三日内舉一人自代者。前件官詞學優長，才器端實，早登科第，亦更臺省。往因過犯，貶黜至今，十五餘年。自領漳州，悉心爲治，官吏懲懼，不敢爲非，百姓安寧，並得其所。臣在潮州之日，與其州界相接，臣之政事，遠所不如，乞以代臣，庶爲允當，謹錄奏聞。

安平、史僅稱其有籌畫，退之此狀，言之較詳。退之以顯爲政敵，而肯舉以自代，可見公道猶在人心。建中者，德宗初建元號，凡四年，改興元；又一年，改貞元。退之遵制舉代，事在元和十五年，子厚歿已經年矣，不如元藇舉韓曄時，子厚猶及見也。

子厚有答元饒州論政理書，讀者初不識饒州爲誰，或疑元結。但次山與杜陵同時，年分較早，且結亦不曾爲饒州。至王伯厚困學紀聞出，始考訂爲元藇。白居易冷泉亭記，亭爲右司郎中河南元藇作，是藇蓋河南人，又嘗領餘杭郡。子厚在書之末段，措辭如下：

又聞兄之莅政三日，舉韓宣英以代己。宣英達識多聞，而習於事，宜當賢者類舉。㊀今負罪屏棄，凡人不敢稱道其善，又況聞於大君，以二千石薦之哉？是乃

㊀ 宜當賢者類舉句，當去聲，宜當複詞，柳文習用，參看答周君巢書。

希世拔俗，果於直道，斯古人之所難，而兄行之。宗元與宣英同罪，皆世所背馳者也，兄一舉而德皆及焉。祈大夫不見叔向，今而預知斯舉，下走之過大矣。

宣英者，韓曄字，曄、史僅稱其有俊才而已，今長處由子厚道出，可謂親切有味。據書意推測，饒州初不與宣英相識，子厚從中介紹，宣英始得與於類舉。不然，子厚胡云：一舉而德皆及？又曰：今而預知斯舉乎？饒州行古人之直道，初不因交誼而致然，故子厚深爲激動。若退之之薦安平，爲子厚所知，則彼等始而同官，繼而相仇，終而相推，子厚之中心激動，情況又是一番。

叔文執政時，所備預施行之第一大事，乃起用范希朝爲京西禁軍都將，而以韓泰副之。此論者公認爲扼抑閹宦、安國利民之百年大計；希朝雖嚄唶老將，威名甚盛，而綜理微密，因應裕如之效，必於泰焉期之。可見叔文之知人而重視泰，與泰之善於籌劃，絶非虛譽。天不祚唐，忠良敗衂，閹豎横行，終於覆亡，哀哉！

據劉夢得答元使君書，似宣英與饒州之關係，由彼之推挹而起。其辭曰：

昌黎韓宣英、好實蹈中之士也，前爲司封郎，以餘刃剸劇於計曹，號無逋事，能承其家法而紹明之，庭堅、仲容之族也。坐事爲彼郡司馬，更閏餘者再焉，是必能知風俗之艮竄，采僚之善否，㊀盍嘗問焉？足爲羣疑之寶龜也。

㊀ 釗案：僚上疑脱同字。

夢得書又云：

瀕江之郡饒爲大，履番禺之故地，漸甌越之遺俗，餘干有畝鍾之地，武林有千章之村；其民牟利鬥力，狃於輕悍，故用暴虐聞。〔畝鍾、江統傳：鄭國白渠，灌漑相通，黍稷之饒，畝號一鍾。〕

饒州劇地，元君幹才，又於受代人才，愼舉不苟，由此可見唐代吏治之盛，子厚敢於封建論斷定焉曰：時則有叛將而無叛州。

答崔饒州論石鐘乳書

一

自漢以來，時君往往以服丹致死，其後士大夫亦染此癖，然以服金石藥餌而長生者，迄少聞知。如子厚祭其姊夫崔簡文云：「悍石是餌，元精以渝」，是簡明明以餌石鐘乳而短命也。子厚壽止於四十七，諒亦與石鐘乳不無連誼，蓋子厚雖自詡其所食爲乳中最粹美之品，而卒也與崔子敬之「悍石」無異，醫理不精，而文人好弄狡獪，自斲其生，抑何可歎？子厚與崔饒州論石鐘乳書，辭雖博辯，何益於用？書云：

宗元白，前以所致石鐘乳非良，聞子敬所餌與此類，又聞子敬時憒悶動作，

宜㊀以爲未得其粹美，而爲麤獷燥悍所中，懼傷子敬醇懿，仍習謬誤，㊁故勤勤以云也。再獲書辭，辱徵引地理證驗，多過數百言，以爲土之所出乃㫖，無不可者，是將不然。夫言土之出者，固多㫖而少不可，不謂其咸無不可也。草木之生也依於土，然卽其類也，而有居山之陰陽，或近水，或附石，其性移焉。又況鐘乳直產於石，石之精麤疏密，尋尺特異，而穴之上下，土之薄厚，石之高下不可知，則其依而產者，固不一性。然由其精密而出者，則油然而清，炯然而輝，其竅滑以夷，其肌廉以微。食之使人榮華溫柔，其氣宣流，生胃通腸，壽善康寧，㊂心平意舒，其樂愉愉。由其麤疏而下者，則奔突結澀，乍大乍小，色如枯骨，或類死灰，淹顇不發，叢齒積纇，重濁頑璞。食之使人偃蹇壅鬱，泄火生風，戟喉癢肺，幽關不聰，心煩喜怒，肝舉氣剛，不能和平。㊃故君子慎焉，取其色之美，而不必唯土之信，以求

㊀ 釗按：宜、恐是疑字之誤。

㊁ 仍、頻也，句謂頻頻習慣於謬誤。

㊂ 釗案：康寧疑作寧康，以腸康爲韻。

㊃ 按此段偃蹇壅鬱句，當移在心煩喜怒下，而將壅鬱乙轉，使叶韻。由其精密而出者至此，數段落用韻如下：一、輝微韻，兩句一韻。二、柔流韻，腸康韻，舒愉韻，一句一韻。三、澀骨韻，發撲韻，兩句一韻。四、風聰韻，怒壅韻，剛平韻，兩句一韻。平、叶皮陽切，音龐，張籍祭韓愈詩，亦如此叶。——北臺臨稻疇，茂野多陰涼，板亭坐垂釣，煩苦稍已平。

其至精，凡爲此也。幸子敬餌之，近不至於是，故可止禦也。必若土之出無不可者，則東南之竹箭，雖旁歧揉曲，皆可以貫犀革；北山之木，雖離奇液瞞，㊀空中立枯者，皆可以梁百尺之觀，航千仞之淵；冀之北土，馬之所生，凡其大耳短脰，拘攣踠跌，薄蹄而曳者，皆可以勝百鈞，馳千里；雍之塊璞，皆可以備砥礪；徐之糞壤，皆可以封大社；荆之茅，皆可以縮酒；九江之元龜，皆可以卜；泗濱之石，皆可以擊考，若是而不謬者少矣。其在人也，則魯之晨飲其羊，關轂而輠輪者，㊁皆可以爲師儒；盧之沽名者，皆可以爲大醫；西子之里，惡而矉者，皆可以當侯王；㊂山西之冒没輕儳，沓貪而忍者，皆可以鑿凶門，制閫外；山東之稚騃樸鄙，力農桑，啖棗栗者，皆可以謀謨於廟堂之上，若是則反倫悖道甚矣，何以異於是物哉？是故經中言丹砂者，以類芙蓉而有光，言當歸者，以類馬尾蠶首，言人參者以人形，黄芩以腐腸，附子八角，甘遂赤膚，類不可悉數，若果土宜乃善，則云生某所，不當又云某者良也。又經注曰：始興爲上，次乃廣連，則不必服，正爲始興也。今再三爲言

㊀ 液瞞出莊子：「以爲門戶則液瞞。」液、津也，瞞、謂脂出樠樠然也。謝惠連詩：「永保液瞞。」或云：莊本作樠，以瞞爲樠，誤。

㊁ 關、穿也，輠、回轉也。

㊂ 孫月峰云：褚少孫續外戚世家：尹夫人曰：視其身貌形狀，不足以當人主矣。當侯王，與當人主爲一類詞。

者，唯欲得其英精，以固子敬之壽，非以知藥石，角技能也。若以服餌不必利己，姑務勝人而夸辯博，素不望此於子敬，其不然明矣，故畢其說，宗元再拜。

子厚除鄭重向崔子敬說明石鐘乳之良窳得失外，猶撰有零陵郡復乳穴記，記中首言：「石鐘乳，餌之最良者也，楚越之山多產焉，于連于韶者獨名於世」，此語於書中所云：「次乃廣連則不必服」，微有出入。要之子厚重視鐘乳，旨在得其粹美，壽善康寧，意切而力勸，毫無疑問。

唐書高季輔傳：季輔數上書言得失，辭誠切至，帝賜鐘乳一劑，曰：而進藥石之言，朕以藥石相報。又元載傳：籍載家得鐘乳五百兩，詔分賜中書門下臺省官。此可見唐時君相，都珍重此乳，認作無上良餌，時風流傳，遂遍民間。但鐘乳、礦物也，粗礦燥悍，動輒傷人醇懿，子厚非不知之。又人之體質不同，鐘乳並非盡人可服。夢溪筆談載：夏竦稟賦大異於人，睡後卽殭冷如死者，每晨以鐘乳粉入粥食之，有小吏竊食，竟發疽死，其著例也。崔簡歿於元和七年，祭文稱其餌悍石而渝元精，又言：「誰謂斯人，變易成疾？」此卽書中所稱「憒悶動作」，明明是中金石毒，狂易就斃，子厚之夭，雖不言何症，以情揣之，或不無與鐘乳有連。嘻！粗礦殺人，而被殺者猶寶之如性命，至死不悟，與臨江之麋相類，抑何戾也？

石鐘乳者、石髓也，質含炭酸石灰，本草錄之，道家更加渲染，視爲仙家珍品。水

經注：「溳水出大洪山，山下有石門穴，入石門，又得鐘乳穴，穴上素崖壁立，非人跡所及。穴中多鐘乳，凝膏下垂，望齊冰雪，微津細液，滴瀝不斷。」子厚零陵乳穴記復云：「且夫乳穴、必在深山窮林，冰雪之所儲，豺虎之所廬，由而入者，觸昏霧，扞龍蛇，束火以知其物，縻繩以志其返。」二者皆狀鐘乳之難得，惟其難得，珍視愈高，而死者纍纍已。

硫黄者、以服食言，亦鐘乳一類之藥餌也，相傳韓退之服硫黄而死。袁子才隨筆中，有辨訛一則如下：

孔毅夫雜說稱：退之晚年服金石藥致死，引香山詩爲證，呂汲公辨之云：衞中立字退之，餌金石求不死，反死，中立與香山交好，非韓退之也。韓之痛詆金石，見李虛中諸人墓誌矣，豈有身反服之之理？

呂說甚辨，查退之李虛中誌稱：虛中昆弟六人，先死者一人，信道士長生不死之說，而虛中本人，亦好道士說，於蜀得祕方，能以水銀爲黄金，服之，冀果不死云云。是虛中既不能鑒於昆弟中死於道士之邪說，而已不信道士，退之如何能鑒於虛中之死，而已不服硫黄？吾友楊守仁篤生，通人也，自研化學，深信有成。清末五大臣出洋，有吳樾者，在前門車站施放炸彈，此彈卽篤生手製。後與吾同留學英倫，亦服硫黄逾量，內熱不可忍，因蹈海而死。然則服鐘乳硫黄一類金石餌品，不能說何人必

服，也不能説何人必不服，吾書至此，停筆一歎。

雖然，鍾乳與方士所傳之丹藥有別。中國本草所列諸藥，大抵屬草木性者十之八九，而西醫用藥，則取諸礦物以爲常。鍾乳與西醫所用礦物性藥爲一類，不可能比諸方士大丹。假定子厚服鍾乳，亦絶不信方士邪説，義見他條，不具於此。

二

援鶉堂於柳州石鍾乳記，頗著微辭，其實此石鍾乳記，各本皆題曰：答崔連州〔連原作饒，依何義門校改作連。〕食石鍾乳書。

此書援鶉初記云：

柳州石鍾乳記，從李斯逐客書來，前後氣韻短促，渾雄高厚，去之甚遠。即如中段設采奇麗處，李則隨意揮斥，不露圭角，而葩豔陸離，柳則似有意搜用怪奇，費氣力摸擬，而筋骨呈露。

其後桐城後輩方東樹植之，爲此刊誤，補記如下：

樹按：此非記也，乃是與崔連州論石鍾乳書：必若土之出無不可者以下兩段。何義門已譏其羡言侈論，有傷文格矣，乃因其來書徵之多，而極其辨以折之耳。若零陵復乳穴記，則短篇潔體也。

右兩段，足見桐城諸子針對一文，意有參差之處。其所以然，則義門薑塢，論文所

見，原無不是，庸詎知笛牘與其他文藝之作，趣不盡同。以後者意存示範，以普被賞接爲期，而前者人有對甲對乙之差，言有今日昨日之别，巨屨小屨同價，人不爲之，當言而不言之失人，與不當言而言之失言，其無從執一而概，灼灼易見。植之爲鄉前輩刊誤補筆，大抵此義已由摸塗而得。蓋子敬於子厚爲至親，執迷餌藥，謬誤難解，子敬歿後，子厚草祭文云：「悍石是餌，元精以渝」，是子敬卒爲鐘乳喪命，而此書適在臨終七年前執筆，是子厚默冀忠告見採，何等迫切？加以子敬書辭繁縟，性好徵引，倘彼以數百言來，而我衹以一二語對，則亦豫料書到而覆瓿有資已耳，其何足以迴人幻覺，固厥英精也哉？由是以知：子厚此書之爲是體，乃子厚意中恰到好處之作，後人妄加詆諆，豈暇計及？薑塢謂書之中段從李斯來，吴摯父又謂前段由宋玉至，此謂文家自述所見如是則可，若云子厚當時曾故覓此一間架來，則與章句師守株之見無異。唐應德評此文云：「博喻文非不古，然亦有蹊徑。」此博喻者，應德暗自鉤攝之品彙，此蹊路者，亦應德介然自用之山間，都與子厚無關。

集有謝李中丞安撫崔簡戚屬啓，崔簡者，故連州刺史，爲子厚姊夫，本篇作崔饒州，顯誤。啓有句云：

伏見崔簡兒女十人，皆柳氏之出，簡之所犯，首末知之。蓋以風毒所加，漸成狂易，不知畏法，坐自抵刑，名爲贓賄，卒無儲蓄。得罪之日，百口熬然，叫號羸

頓，不知所赴。

風毒者，卽餌鍾乳之明效。已得風疾，假權於百口之戚屬，貪叨濫費，何所不至？贓賄儲蓄，固無從連爲一詞，辭情之慘，得未曾有。㊀

答周君巢書

一

答周君巢書，陳景雲點勘云：「君巢貞元十一年進士，其成名在子厚後，而書中稱周爲丈人。案柳子作叔父墓表，記一時會葬親故，君巢名冠其首，或是戚屬之尊者。君巢至太和中，歷官衞尉卿。」釗按：侍御史柳公墓表末云：汝南周公巢等，相與琢石書德，名爲公巢，字不作君，不審誤何由起？

柳子行文，或用大中，或用宜當，皆視爲同義字。本篇「外內若一，而時動以取其宜當」，及後「守先聖之道，由大中以出」，皆屬涵義相等句法，所應注意。至答元饒州論政理書：「宣英達識多聞而習於事，宜當賢者類舉」，此則將宜當作動詞用，含義仍同。

柳州宜當字雙用，或單用宜，抑單用當，均無不可。如答元饒州論春秋書：「見

㊀ 請讀者參閱下部卷十五書論石鐘乳書後。

聖人褒貶予奪，唯當之所在」，此單用當之最顯例也。

姚姬傳常言：「文無古今，惟其當而已」，姬傳取義於當，是否原本柳子，吾未敢斷，然姬傳不喜柳文，而究不能不讀柳文，一讀柳文，卽不能不注意到柳之堅執當義。於是柳州所譏文士「漁獵前作，戕賊文史，抉其意，抽其華，置齒牙間，遇事蠭起」，若是之弊，姬傳遂陰犯焉而不自覺已。（語見與友人論文書。）

韓退之別竇司直詩：「吁嗟苦駑緩，但懼失宜當」，似宜當成爲當時文壇中通用語言，非柳州一家執持孤誼。陳景雲韓集點勘云：「當、謂奏當也，奏當見漢書師古注，當、謂處其罪，時公量移江陵法曹，故云爾，言惟恐司刑而不得其平也」，意亦通。

柳子桐葉封弟辯：「凡王者之德，在行之何若？設未得其當，雖十易之不爲病，要於其當，不可使易也；」又有曰：「吾意周公輔成王，宜以道從容優樂，要歸之大中而已。」此「要於其當」，與「要歸之大中」兩語，一篇之中，可得互易，而於意無迕，吾故曰柳子所用大中與宜當，同義字也。

二

周君巢者，子厚相識中一幕客也，㊀以藥餌久壽之術動子厚，而子厚覆書拒之。此可見唐時方士之說盛行，自君相以迄士庶，羣騖於長生久視之道，卽韓退之亦不

㊀ 全唐文路隨修定順宗實錄錯誤奏：「近見衛尉卿周居巢……」君作居，誤。

免。蓋退之早衰髮白，嗜好多門，家有寵婢，性好博弈，因欲乞靈於丹藥，以逞其嗜慾之所至。白樂天思舊詩：「退之服硫黄」一語，有人認爲鐵證，然亦有人證爲非指韓退之，〔見別條。〕兹將全詩録之一觀：

閒日一思舊，舊遊如目前，再思今何在，零落歸下泉。退之服硫黄，一病訖不痊，微之鍊秋石，未老身溘然，杜子得丹訣，終日斷腥羶，崔君誇藥力，終冬不衣綿，或疾或暴夭，悉不過中年。唯予不服食，老命反遲延，況在少壯時，亦爲嗜慾牽，但耽葷與血，不識汞與鉛，飢來吞熱物，渴來飲寒泉，詩役五臟神，酒汩三丹田，隨日合破壞，至今粗完全，齒牙未缺落，肢體尚輕便，已開第七秩，飽食仍安眠，且進盃中物，其餘皆付天。

詩中所謂中年，不知樂天作何解釋？昔謝安自言：中年已來，傷於哀樂，此中年乃指四十以後，未免過早，泛常以百年一半爲中，似合乎樂天口吻。韓歿年五十六，應不在「不過中年」之列，但元微之卒年五十三，亦在中年以外，或樂天統舉五十成數言之耳。然則就詩而論，殆無從證實退之不爲昌黎，況退之集中，自有寄隨州周員外詩云：

陸孟丘楊久作塵，同時存者更誰人？金丹別後知傳得，乞取刀圭救病身。

所謂周員外，卽周君巢也，君巢與退之，曾同爲董晉幕客，陸長源、孟叔度、丘穎及楊

凝，亦咸同在幕中，卽所謂陸孟丘楊也。詩喜君巢之得金丹，向之乞取，病身明是自謂，然卻未言己身服食，此能作爲充足證據，斷定退之服硫黄與否，似猶待考。雖然，韓柳同爲君巢之友，亦同時接受推薦藥餌之札，而答覆之態度迥異，卽可揣定兩人起居飲食之享受方面，及平日性行之躁靜能鄙，各不相同。查子厚二十七歲喪妻，至四十五歲尙未續娶，「家缺主婦，身遷萬里」，〔見祭楊憑文。〕婚宦失意，情欲衰減，幾完全沈没於「寡居」〔見與楊憑書。〕生活之中，此與退之京華冠蓋，酒色荒淫，完全相反。由是子厚答周君巢一書，非惟子厚所見遠大，不爲方士瞽史之說所動，而柳韓對勘，其持身用世之意趣各别，亦相與軒豁無遺。書云：

奉二月九日書，所以撫教甚具，無以加焉。丈人用文雅，從知己，日以惇大府之政，㊀甚適，東西來者皆曰：「海上多君子，周爲倡焉」，敢再拜稱賀。宗元以罪大，擯廢居小州，與囚徒爲朋，行則若帶纆〔纆音墨。〕索，處則若關桎梏，彳亍而無所趨，拳拘而不能肆，槁焉若枿，〔枿，五待切，義與蘖同，伐木餘也。〕隤焉若璞，其形固若是，則其中者可得矣，然猶未嘗肯道鬼神等事。今丈人乃盛譽山澤之臞者，以爲壽且神，其道若與堯舜孔子似不相類焉何哉？又曰：餌藥可以久壽，將分以見與，固小人之所不欲得也。嘗以君子之道，處焉則外愚而內益智，外訥而內益辯，

㊀ 句當是惇大幕府之政，脱一幕字。惇大本書：「惇大成裕」，惇、作單一動詞用者殊罕。

外柔而內益剛，出焉則外內若一，而時動以取其宜當，而生人之性得以安，聖人之道得以光，獲是而中，〔何義門云：中當作終，於義亦得，若作中，應讀去聲。〕雖不至耇老，其道壽矣。今夫山澤之臞，於我無有焉，視世之亂若理，視人之害若利，視道之悖若義，我壽而生，彼夭而死，固無能動其肺肝焉，昧昧而趨，屯屯而居，浩然若有餘，掘草烹石，以私其筋骨，而日以益愚，他人莫利，己獨以愉，若是者愈千百年，滋所謂夭也，又何以爲高明之圖哉？宗元始者講道不篤，以蒙世顯利，〔利，或謂字應作戾，釗認爲義可商兌，不便妄改。〕動獲大僇，用是奔竄禁錮，爲世之所詬病，凡所設施，皆以爲戾，從而吠者成羣，己不能明，而況人乎？然茍守先聖之道，由大中以出，雖萬受擯棄，不更乎其內，大都類往時京城西與丈人言者，愚不能改，亦欲丈人固往時所執，推而大之，不爲方士所惑，仕雖未達，無忘生人之患，則聖人之道幸甚，其必有陳矣，不宣，宗元再拜。

此書之可記錄者有數點：一、子厚先友記中，無姓周者，書以丈人稱之，大約以年事較高而尊之耳；或者君巢與楊凝，同爲董晉從事，而凝爲子厚叔舅，尊凝並尊君巢。二、書首言未嘗肯道鬼神等事，以爲拒斥藥餌張本。三、山澤之臞，於我無有，態度異常決絕。四、掘草烹石，私其筋骨，愈千百年，滋所謂夭，截斷方士蠱惑來路，不啻獅吼。五、子厚在永貞朝，不過以監察御史轉禮部員外郎，一尋常轉官步驟，以外間

譏其躁進，遂乃自承「蒙世顯利」，與致許孟容書所謂「超取顯美」，用語相同，此可見子厚忠厚待友，分謗無怨。六、雖萬受擯棄，不更乎內，此何等骨氣？退之甘拜下風，亦難望其項背。

山陰平步青霞外攟屑柳州文用韻一條云：

柳州答周乘（按君巢名乘，不知所本何書？）書中云：當以君子之道，處焉則外愚而內益智，外訥而內益辨，外柔而內益剛，出焉則外內若一，而時動以取其宜當，而生人之性得以安，聖人之道得以光。又云：昧昧而趨，屯屯而居，浩然若有餘，掘草烹石，以私其筋骨，而日以益愚，他人莫利，己獨以愉，若是者愈千百年，滋所謂夭也，又何以爲高明之圖哉？剛當光韻，趨居餘愚愉圖皆韻，使人讀之不覺，所以爲妙。

書中用韻處，何義門亦見到，讀書記所引，乃視世之亂若理，視人之害若利，視道之悖若義數語，實則其下兩句：我壽而生，彼夭而死，仍同一韻，行文有變化，而間架不同。若取與以上三語相配，則宜曰：視彼我之壽若夭，生若死，四句之構造全同矣。惟景孫以此文用韻爲標目，竟舍此數語勿提，豈以曾爲義門注目，因不肯雷同耶？惟當作「宜當」，子厚屢用，應作去聲讀，此則平去通押，亦自可通。

子厚文中，「當」與「中」兩義，常配合用之。本文「取其宜當」，與下文「獲是而

中」，亦此種配合用法，義門謂中應作終，否則中讀去聲，自是未嘗注意到此，蓋獲是而中云者，謂獲是而入乎中道也。

當與宜當，中與大中、或中正、又或中庸，此單字與駢字之別，文中隨意適用，羌無一定。又宜當讀平聲抑去聲，視用作動詞，抑形容詞、或名詞爲衡。如與裴塤書：「十二兄宜當更轉右職」，及答元饒州論政理書：「宜當賢者類舉」，皆作動詞用，讀平聲。本文「時動以取其宜當」，則作名詞用，應讀去聲，而依文脈取叶平，自是鴻文無範。㊀

與李睦州論服氣書

一

蔣之翹本題下注云：

愚溪作於元和之五年，吳武陵謫來永州，在三年。今書云愚溪之遊，間一日，武陵先作書，則此書當在五年後作。李睦州名幼清，事詳二十三卷同武陵送李睦州序。

㊀ 漢書賈誼傳：「天下和洽，宜當改正朔，易服色制度。」白居易續古詩：「窈窕雙鬟女，容德俱如玉，宜當備嬪御，胡爲守幽獨。」時宜當字已通用了數百年。

按別本云：睦州名清臣，貞元末，潤州置鎮海軍，清臣刺睦州，在部中。睦州名微異。

子厚同吳武陵贈李睦州詩序，世綵堂本各注，集錄如次：

李錡者，淄川王孝同五世孫，以父蔭累遷杭湖二州刺史，貞元十五年二月，遷潤州刺史、浙西觀察使、諸道鹽鐵轉運使，天下搉酒漕運，錡得專之，乃增置兵額。二十一年三月，於潤州置鎮海軍，以錡爲節度使，而罷其鹽鐵使務。

憲宗卽位，不假借方鎮，故倔強者稍入朝。元和二年，錡三表請覲，上許之，實無行意，殺留後王澹等。

元和二年十月，詔徵錡爲左僕射，以御史大夫李元素代之，錡據潤州叛。

潤州大將張子良等，執以獻，斬於獨柳樹。

元和二年，睦州爲錡所誣，斥南海上。初貶循州，更赦量移永州，子厚與睦州論服氣書，當在五年後作。

林畏盧評與睦州論服氣書云：

文神似國策，服氣之非宜，想吳武陵書中已極攻而深詆之，惜其書未附本文之後。文閒閒從愚溪柳下、望見睦州顏色敍起，其曰貌加老心少歡愉七字，已於服氣之無驗，痛下一針，遂疾入武陵作書，斥駁列仙方士云云，卻在武陵下輕健二字，見得武陵固未嘗服氣者也。其曰貌笑口順，而神不偕來，此九字是描寫睦州

負固不服狀態，和婉有意趣，令人讀之莞然。陽德其言，陰黜其忠，造語工妙，尤妙在不更斥言服氣之非。……出語類策士之辯，收束處復將以上數種人與睦州之儺，兩兩提較。……文似過演，然不如是，不足以伸前半之意。其他諸家，如黄震云：「此子厚達理之言也，文更精妙。」茅坤曰：「文最工，然篇末椎牛一段，似漫澒，子厚每文到縱横時，便露此態。」人各有見，難云談言誰中？

其竅滑以夷，其肌廉以微，夷微韻。食之使人榮華温柔，其氣宣流，柔流韻。生胃通腸，壽善寧康，腸康韻。心平意舒，其樂愉愉，舒愉韻。興之所至，韻乃自流，非子厚故作態也。壽善寧康句，寧康字誤倒者，以俗手不解韻故。

坐者咸望兄不能俱：望、怨望也，復杜温夫書：意者相望僕以不對答引譬者，義亦同。

若是者愚皆不言：是指上死可不可、壽夭、康寧疾病等，以文氣論，若是者三字可略，惟爲文氣疏宕計，用之爲當，是之謂宕筆，柳文中常有此。如與顧十郎書：若是者一旦勢異，可參看。

以世之兩事己所經見者類之：類、比也，比喻也，柳州用類字，恒作比或喻意。如與楊憑書：「類嚮時所被簡牘，萬萬有加焉」，則純作比字解。獨類字最習用者，爲類似一義，如本篇：「兄之術或者其類是歟！」義在比與似間。

亦不能得碩書：　碩書者、大書家也，以此類推，大畫家似可言碩畫，然竟無人敢如此用。卽如上涉琴師，子厚並不言碩琴，設強言之，則人將以爲大琴，離人而意器矣，此國文造語之窾，衹可以意會。

然則利害之源不可知也：　不可知也，也同邪，衍不字，或知字上增一不字，均得。

二

此書讀者毀譽不一，譽者以劉辰翁與茅順甫最爲簡當。茅只一語：「文自國語變來。」劉云：「文勢機軸，從戰國策鄒忌謂其妻妾與客，我孰與城北徐公美數語來。」二者俱不煩言而解。

毀之最頑劣者，莫如方靈皋「搖頭瞬目，醜態百出」八字，李穆堂駁之云：

此文奇傑，而加以醜詆，蓋懦夫掩卷而不敢觀者也。尊意不過於比喻語卽詆之耳，而古之高文，喻語甚多。

懦夫掩卷而不敢觀一語，乃見於穆堂致靈皋書中，時靈皋聞望已高，擅一言九鼎之勢，而穆堂劈面以懦夫詆之，放言無悔，此從來申柳最勇，而信柳最篤之一人。

茅順甫雖稱此文最工，然猶謂「篇末椎牛一段似漫溷，子厚每文到縱橫時，恆露此態。」或又反之，謂「承親者得欲而忭句，又衍出椎牛一段，政覺非此不暢。」（此何人

語？適忘之。」此可知一文見仁見智，殊無準的。

三

清臣姓李，緣服食而喪身，其他同一敗癥，而皆與柳或韓有連，如李遜及遜弟建、李虛中、李道古、李干輩，舉大抵姓李，卽前乎韓柳、以服大丹著稱，卒乃昏眊溺斃，如太白，並亦姓李，嘻！何李唐天潢世系、紛紛求服食自了者之多也。茲據全唐文紀事引疑耀一段以起例：

昌黎作李干墓誌，晚年復躬蹈之。白樂天誚退之亦好言服食事，嘗有詩曰：金丹同學都無益，姹女丹砂燒卽飛，其序云：予與故刑部李侍郎早結道友，以藥術爲事，乃知異端易惑，卽高明之士亦所不免也。

疑耀者，舊題李卓吾〔贄〕著，其實乃張萱之書也。萱，博羅人，字孟奇，別號西園，萬曆舉人，博學多通，所著除疑耀外，尙有彙雅，足資考覽。莊子云：「滑疑之耀，聖人之所圖也」，萱書之命名，蓋取於此，書凡七卷，皆考證之作。獨萱謂韓諫佛骨，晚乃與大顚遊，一若中間所經，彌有年載。其實退之因諫佛骨而貶潮州，其與大顚往來親切，乃彼足踏潮陽之日。一彼一此，反掌卽得，於此可見退之作僞，並不心勞。

李干墓誌全文如下：

太學博士頓丘李干，余兄孫女壻也，年四十八，長慶三年正月五日卒，其月二十六日，穿其妻墓而合葬之，在某縣某地，子三人，皆幼。初、干以進士爲鄂岳從事，遇方士柳泌，從受藥法服之，往往下血，比四年，病益急，乃死。其法以鉛滿一鼎，按中爲空，實以水銀，蓋封四際，燒爲丹砂云。余不知服食說自何世起？殺人不可計，而世慕尚益至，此其惑也。在文書所記，及耳聞相傳者不說，今直取目見，親與之遊，而以藥敗者六七公，以爲世誡。工部尚書歸登，殿中御史李虛中，刑部尚書李遜，遜弟刑部侍郎建，襄陽節度使工部尚書孟簡，東川節度御史大夫盧坦，金吾將軍李道古，此其人皆有名位，世所共識。工部既食水銀得病，自說若有燒鐵杖自顛貫其下者，摧而爲火，射竅節以出，狂痛號呼，乞絕其茵席，常得水銀，發且止，唾血十數年㊀以斃。殿中疽發其背死。刑部且死，謂余曰：「我爲藥誤」，其季建，一旦無病死。襄陽黜爲吉州司馬，余自袁州還京師，襄陽乘舸邀我於蕭洲，屏人曰：「我得祕藥，不可獨不死，今遺子一器，可用棗肉爲丸服之」，別一年而病。其家人至，訊之，曰：「前所服藥誤，方且下之，下則平矣」，病二歲竟卒。盧大夫死時，溺出血肉，痛不可忍，乞死，乃死。金吾以柳泌得罪，食泌藥，五十死海上。此可以爲誡者也，蘄不死，乃速得死，謂之智，可不可也？五穀三牲，鹽醯

㊀ 年疑日字之誤。發且止、謂唾血發且止也，此倒裝句。

果蔬，人所常御，人相厚勉，必曰強食。今惑者皆曰：五穀令人夭，不能無食，當務減節鹽醢，以濟百味。豚魚雞三者，古以養老，反曰：「是皆殺人，不可食。」一筵之饌，禁忌十，常不食二三。不信常道，而務鬼怪，臨死乃悔。後之好者又曰：「彼死者皆不得其道也，我則不然。」始病，曰：「藥動故病，病去藥行，乃不死矣」，及且死，又悔。嗚呼！可哀也已！可哀也已！

誌中涉及殿中御史李虛中，退之於虛中別有誌，亦以服食爲誡，並節錄有關之辭如下：

……君亦好道士說，於蜀得秘方，能以水銀爲黃金，服之冀果不死。將疾，謂其友衛中行大受、韓愈退之曰：「吾夢大山裂，流出赤黃物如金，左人曰：是所謂大還者，今三矣。」君既歿，愈追占其夢曰：「山者艮，艮爲背，裂而流赤黃，疽象也，大還者大歸也」，其告之矣。……

左人二字不恆見，意者左如證左之左，左人卽證人也。以本文論，退之既闢虛中之服食，而輒以占夢終，夫占夢者、亦服食之流亞也。可見退之明以服食爲誡，而暗中仍畏死，畏死則先之以占夢，既乃陰蹈其服食之轍，而苦不自知，又何況退之闢佛乍了，乃亟亟求與大顛往還也？人心之矛盾律，其途徑大抵如此，凡相反甚者，其相接往往愈速。

李干誌中刑部侍郎李建，與樂天詩中故刑部李侍郎，同是一人，又卽子厚與李翰林書所稱杓直足下者也。此人與韓柳及夢得樂天皆友好，子厚書中且及致藥餌事，特柳李之誼，不及樂天所謂早結道友已耳。

卷三十三　書

與楊誨之書

及至潭州乃見足下……：　貞元十八年九月，楊憑出任湖南觀察使，駐潭州。此云見誨之者，乃指永貞元年九月，子厚貶邵州刺史，十一月再貶永州司馬，過潭州時也。

自今者再見足下：　此指作書不久以前，作書在元和五年。

及賀州所未有者文三篇：　賀州卽臨賀，元和四年七月，憑自京兆尹貶臨賀尉。所謂賀州未有文，可見子厚平日爲文，皆呈憑求教，而獨三篇未呈，此三篇是何文？未詳。

將籍田勑：　元和五年十月，詔以來年正月十六日、東郊籍田。

足下發南州：　南州當然指臨賀，臨賀卽今廣西賀縣，以臨賀二水之交得名，地處西南，因泛言南州。

福來辭行：　福來者、誨之之僕。

與楊誨之疏解車義第二書

一

子厚撰車説與楊誨之，敦勉用和以濟厥中，誨之不以爲然，認爲是翦翦拘拘，以同世取榮，子厚因爲第二書以疏解之，即此書也。書首尾凡二千言，一綫到底，爲子厚與書類之最長者。説者謂：使稍節之，精神當尤鬱勃，唐順之亦謂：説事詞義，不皆粹然，以其間多名言，故爲知言者所取。吾别於説車一文下，多所詮釋，因於此書從略。

張操來，致足下四月十八日書，始復去年十一月書：四月十八日、屬元和六年，所謂去年，即五年矣。誨之書不傳，不得相映成趣之致，可惜。子厚所娶爲誨之從姊，書故首於親戚著筆。

則遭夾谷武子之臺：左定十年：公會齊侯於夾谷；又十二年，仲由爲季氏宰，將墮三都，公山不狃、叔孫輒，帥費人以襲魯，公與三子入於季氏之宫，登武子之臺。

濟濟切切：禮祭義：「子之言祭，濟濟漆漆」，注：「漆漆讀如朋友切切」，濟濟切切，皆言容貌。

哀矜淑問之事：書：皇帝哀矜，庶戮之不辜。詩：淑問如皋陶。

武王誅紂，……而曰予小子不敢荒寧： 書：「高宗諒陰，三年不言，言乃雍，不敢荒寧，」非武王也。此如晉問：誤稱魏絳之言，名家引經偶誤，事亦難免。

傅說曰：惟狂克念作聖： 此書多方之辭，非傅說也，誤如上文不敢荒寧。

管仲釁浴： 釁通作衅，國語：齊桓公請管仲於魯，比至，三衅三浴之，注：以香塗身曰衅。

其卒果何爲乎？ 用卒字處，時文當曰最後目的，始能達意，今止此一字，何等明切？

何無己之心也！ 無己之心，猶今言無主觀之見。

使二小子及孔子氏： 甘羅終軍，世徒震其名，而不顧其實，致誨之取以爲立身行己之的；子厚將事實講明，直叱爲二小子，謚誨之所爲爲夸世而釣奇，此眞是有功世道文字，三千年間，自子厚此文外，似無如此立言者。 孔子氏、氏字疑世字音譌。

思欲不失色於人： 思欲字駢立，子厚屢如此用。 陸贄賢良方正策問：「思欲剗革前弊，創立新規」；蘇軾記遊松風亭云：「足力疲乏，思欲獲牀止息」，他文人亦習用，然詞卻犯複，於文律非宜。

令僕專專爲掩匿覆蓋之： 專衍一字，下文「專欲覆蓋掩匿」，專並不疊，可證。

悼籍田之罷： 元和五年十月，詔以來年正月籍田，十一月九日，又敕罷之。

朝廷更宰相來：　元和六年，以李吉甫爲相。

二

查愼行得樹樓雜鈔云：

七十而從心所欲，從字注疏作平聲，柳子厚作去聲字讀，音義皆同。其與楊誨之書曰：「孔子七十而縱心，彼其縱之也，度不踰矩而後縱之」，又曰：「孔子之六十九，未嘗縱心。」愚按朱文公和李伯諫詩，其第二章云：「闕里當年語從心，至今蹤跡尙難尋」，亦作去聲，至注論語則仍依注疏。

此條將朱晦菴與柳子厚生出交涉來，確是難於想像之事。姚範援鶉堂筆記云：「從心所欲，從字釋文無音，柳子厚讀爲縱，按邢疏似亦爲縱，子厚本皇侃以來音讀也。」又案：「曲禮：欲不可從，單行本釋文：從，足用反，放縱也。」見李賡芸炳燭篇。

傅說曰：「惟狂克念作聖」，廖注：「書多方之辭，非傅說之言也」，此與晉問將韓獻子之言作魏絳，子犯之言作先軫，同一失誤，此子厚自恃讀書精熟，懶於檢閱，晚年衰退精神，略見一斑。獨韓退之貽大顛僧簡，將易繫辭誤作大傳，歐陽永叔見之，則謂惟大師之疏忽可致，後進或不敢，此達人之看法有異，不才無任佩仰之至。

三

此書文甚長，中幅有如下一小段：

彼甘羅者，左右反覆，得利棄信，使秦背燕之親己，而反與趙合，以致危於燕，天下是以益知秦無禮不信，視函谷關若虎豹之窟，羅之徒實使然也。

凌稚隆史記評林，曾引右文附於甘茂傳後。尋史公本傳記此事，曾注重甘羅之年歲，與此役所獲城邑之數目，此自是史遷行文好奇之過。如

甘羅曰：夫項橐生七歲，爲孔子師，今臣生十二歲於茲矣，君其試臣，何遽叱乎？……文信侯乃入言之於始皇曰：昔甘茂之孫甘羅，年少耳，然名家之子孫，諸侯皆聞之。……趙王立，自割五城以廣河間，秦歸燕太子，趙攻燕，得上谷三十城，令秦有十一。

言年歲爲十二，此甚明白。言城邑則攻燕得三十城，趙與秦剖分之，秦得燕五城，及後分之十一城，數共十六，趙先喪五城，祇得上谷十四。

崔駰達旨，有「甘羅童牙而報趙」語，此亦以童牙著稱，並不計較報趙之得失。甘羅經此役後，始被封爲上卿，與俗稱甘羅十二爲丞相，固自相距不遠。

顧凡此子厚皆不齒及，而一意於甘羅得利棄信，使秦背燕親己之左右反覆，嚴加拒斥，決不以主其事者之爲童牙，及核算所得城邑之多少，稍行鑒宥，此足見子厚持論之嚴氣正性，不雜以世俗浮靡之見。

明温陵李光縉、在史記評林中曾爲甘羅列一年歲比較表如左：

按顓頊十歲而爲少昊相，帝嚳十五而爲顓頊相，唐堯十五而爲帝摯相，甘羅十二而爲秦上卿，介子推十五而爲楚相，韋成康十五而爲郡主簿，司馬元顯、高澄俱十六開府輔政，崔英十七而爲苻秦諫議大夫，子奇十八而爲齊東阿守，張緬十八爲漢淮南守，賈誼十八爲博士，終軍二十爲謁者，俱有聲，故因甘羅事附記之。表由十二歲算至二十歲，十二歲爲甘羅，二十歲爲終軍。

終軍者，子厚書中亦並涉及。其辭云：

是之不爲，而甘羅終軍以爲慕，棄大而錄小，賤本而貴末，夸世而釣奇，苟求知於後世，以聖人之道爲不若二子，僕以爲過矣。

除此之外，下文並將終軍誕譎險薄、及好戰而無已之心、種種劣蹟，嚴斅不貸，凡子厚與人論事之準夫中道，不許釣奇，可見一斑。至本篇標題之疏解車義一語，詳見當時發行之甲寅周刊，本篇並未重錄，讀者請向圖書館一查民國十四年北京出版之甲寅。

答貢士沈起書

沈起不詳何人，要爲當時文士之一。貞元末造，京師苟安，四傑之風早衰，古文之興乍起，文流宴集，不少討論，以與化里蕭氏之廬推之，其間投贈相娛，盛概可想。

文中所謂「古今相變之道，質文相生之本，高下豐約之所自，長短大小之所出」云云，應是爾時商討頻繁、意見難齊之處。即此區區小簡，可以窺見中唐一時風氣，而亦適在永貞政變山雨欲來之時，子厚文體有變，亦肇於此。

沈起來函，似遣蒼頭專程齎來，而來使即寄頓子厚宅中，守候覆束，此觀於書中「特枉將命」，及「輒奉草具，以備還答」等語而可信。草具、惡食，段太尉逸事狀中：「請假設草具」，即用此二字，字本史遷，人所習用，謂趁使者進食之頃，乘間具覆也。

周益公答周中顯書，有如下數語：

足下文如是之富，德如是之謙，苟布露於聞人，必有當惠施鍾期之位，膺東阿昭明之任者矣。此之不求，而詭僕以一言，無乃身勤而事左，博施而狹望耶？

此中如當惠施鍾期之位，膺東阿昭明之任，顯錄子厚此書語句，一字不易，知益公寢饋柳文，間有流露於不自覺者矣。釗案：以興化里蕭氏之盧、及東阿昭明之任二語，相聯考慮，則知中唐文風，大有周末處士橫議、及漢末甘陵南北部、兼學與政擇地會談氣象，以東阿爲曹子建，昭明爲梁蕭統，其人都不媿爲風流領袖也。甚至近代匈牙利裴多斐俱樂部之澆風，亦未必無之，艮非過言，惜迄今無人蒐討及此。

賀進士王參元失火書

世綵堂本在題下注云：

王參元、史不得而詳，書云：「吳二十一武陵來」，吳武陵謫永，在元和四年，此書當是四年後永州作。

柳文中之人物，屢屢失考，如王參元與元饒州之類尤著也。但王伯厚既考知饒州爲元奭，而參元亦審爲王茂元之弟，且所出並非僻書，文家時得寓目。廖瑩中人雖可議，而於舊籍勤勤刊布，成績斐然，又與伯厚同屬南宋藝流，胡乃考證之效，相去爾遠？文士病疏，古今一概。困學紀聞卷十七一則云：

王參元書云：「家有積貨，士之好廉名者，皆畏忌不敢道足下之善」。嘗考李商隱樊南四六，有代王茂元遺表云：「與季弟參元，俱以詞場就貢，久而不調」，茂元、栖曜之子也。商隱誌王叔元云：「第五兄參元教之學。」濮陽王栖曜、武人也，以善騎射累授金吾衛將軍，在浙東生擒袁鼂，以強弩三千禦李希烈，貞元初，終鄜坊節度使，武人之後，以文學顯名者，唐亦多有，特參元不甚知名耳。又茂元以武功作鎮，所謂詞場就貢，人亦漫忘，明蔣之翹注：謂參元元和二年中進士第，亦不知何所本？

書云：「常與孟幾道言而痛之」，孟幾道名簡，平昌人，工詩，尚節義，與子厚及退之皆友善。退之諫迎佛骨後，在潮州與大顛僧往來，爲人所譏，退之發書與友人辯解，友人卽幾道也。據此書，幾道與子厚交誼亦密，出刺常州，政尚嚴明，坐贓左遷。

又查孟簡任倉部員外郎，王叔文在戶部，簡以不附離見嫉，不敢顯黜，宰相韋執誼爲徙他曹。元和中拜諫議大夫，知匭事，韓泰韓曄之復刺史，簡固爭，詣延英言不可，以悻切出爲常州刺史。據此，簡與永貞黨人之連誼，殊極轇轕下上之致也已。

王元美於此書微有異議：

賀失火書極有意致，極有力量，然負公道一語，君子謂見理未明。夫士君子引拔人才，惟求不負所舉而已，能果足錄，如裴垍之進擢舊友可也，庸庸無取，如蘇章之不私故人可也，參元果賢，且將內不避親，外不避仇，而獨避一知己耶？胡爲緘口結舌，寧負公道，不負私黨，寧負足下，不負權貴，而惴惴懼爲世嫌所加也？八司馬之黨，宜其及矣。

元美所持之理非不正，子厚豈並此不知？特以參元家富，中〔去〕於世譏之情形特殊，姑就理致之一方而極言之而已，固非以此作爲行事之一般楘範也。固哉元美！以局眩通，大反邏輯規律，至稱「八司馬之黨宜其及矣」，以風馬牛不相及之事，而妄

謂及焉，其識何足以盡覆古今事變也哉？

子厚自詡工書，文中足下要僕文章古書，俟得數十幅併往，是得意語。

剑案：近出版之柳宗元卷，在右引困學紀聞一則下稱：「編者按：清孫梅四六叢話卷十七載此則，並作按語云：樊南集有代濮陽公遺書，即爲茂元作也，至誌王叔元文未見，想李集所傳未全。」此頗足供參考，因轉錄。

卷三十四　書

與太學諸生喜詣闕留陽城司業書

太學生留陽城司業，事在貞元十四年，時子厚不過二十五六歲，此文蓋少作也。顧讀者於文故自欣賞無二，〔如王元美稱其雋潔。〕而別於稱引事實，多所訾議，此誠不解尙友論世之道，且於當時陽城何以出刺道州？及如何而始得留爲司業？似均芒羊無所通曉。如茅坤曰：「子厚此書，意在竦踴諸生，何以攙入故訕者之口？」尤其甚者，爲方東樹貽書某達官，侈論東林，洋洋數千言，而中間羼雜一段毀柳謬論。〔文見儀衛軒文集卷七。〕其言曰：

唐何蕃等二百人留陽城，柳宗元遺蕃書，稱引無稽之言，謂曾參徒七十，致禍負芻。卒其抗朱泚之難，六館之士，無汚賊者，尊朝廷，重國家，壯士氣，可謂清流矣，彼宗元當此，恐不能也。

史稱貞元十四年，太學生薛約言事，得罪謫連州，陽城送之郊外，帝惡城黨有罪，因出爲道州刺史，此致禍之由如是。書中所謂「有狂惑小生，依託門下，或乃飛文陳

墨，㊀醜行無賴，而論者以爲言」，狂惑小生卽指約也。逆溯當時士論，定於陽公多所責難，故其下又云：「謂陽公過於納汙，無人師之道。」於斯太學生求所以留陽城者，誎諸數百人中，意見不一，可能鑒於德宗之震怒，輿論之指責，以及本身有致恨於狂惑小生之醜行無賴，甚或不滿於陽公偏袒狂生之所爲，若者畏禍，若者避嫌，若者羞與爲伍，因而衆力不能集中，衆志無由成城，其最初奮起厲氣、一鼓向前之盛概，行且中道而潰，一閧而散，故子厚不得不善爲說辭以淬勵之，多方設譬以深感之，如貽留千年永讀不厭之此一文然。不謂茅坤方東樹之徒，不問史實，橫加訾謷，此明明識不足以知文，並不足以知人，更何足以知子厚？

子厚所引故實，如仲尼、曾參、孟軻各項，皆出自聖經賢傳，卽狂惑小生劣迹，亦從當時官文書中來，何得謂是無稽之言？卽如南郭獻譏一目，王伯厚曾「案荀子法行篇：南郭惠子問於子貢曰：夫子之門，何其雜也？非以狂狷爲譏」，〔語見困學紀聞。〕然亦去所謂無稽萬里。又植之末云：「彼宗元當此，恐不能也」，此更陷入桐城排柳惡道，嘻！吾今以知植之所揚之觶。〔植之著有書林揚觶。〕

吾又觀植之復姚君書〔上引儀衞軒同卷。〕有曰：「劉歆柳子厚植節雖汙，要之根柢深厚，能自久於天地，才士也夫！」以子厚與劉歆並論，視爲植節同汙，從而於柳文無

㊀ 墨、各本皆作愚，釗敢斷是形譌，輒謬改定。又陳讀若陣，陳墨與陣馬爲類語。

所知，亦固其所。

答韋中立論師道書

一

韋中立者，韋七也，集有送韋七秀才下第求益友序，宜參看。夫師之與友，相去特一間耳，兩書參合，足見子厚所爲誘掖後進之全貌。

書之末段，子厚將平生所致力者，開出一書目表如下：

本之書以求其質，本之詩以求其恆，本之禮以求其宜，本之春秋以求其斷，本之易以求其動，此吾所以取道之原也。參之穀梁氏以厲其氣，參之孟荀以暢其支，參之莊老以肆其端，參之國語以博其趣，參之離騷以致其幽，參之太史公以著其潔，此吾所以旁推交通而爲之文也。

樓迂齋曾爲言曰：

看子厚論文三節議論，〔釗案：右表爲二節，合上文未嘗敢以輕心掉之云云共三節。〕則子厚平日得力於文字處，一一可考。韓退之及蘇老泉、陳后山，凡以文名家者，人人各有經歷，但各有入手處與自得處耳。

迂齋謂人人各有經歷，誠然，惟以韓柳兩家相較，似乎子厚所開之書目表，退之萬開

不出。蓋退之惟以六經相標榜，而子厚所指爲旁推交通者，退之乃自承束春秋三傳於高閣，國語之不涉目，自無侯論，以言離騷，退之一生未嘗用力，述作中不含一分騷意，此其一。卽以經論，退之至謂儀禮難讀，廢而不觀，輕爾雅注蟲魚，棄不之取，餘經亦不聞有何專精之部，此其二。以兩公之文章功力而論，韓之無以企柳，生前早有定論，至北宋崇韓，別有用意，論乃倒顛。

眉山唐子西嘗爲文錄，其言曰：

近世士大夫習爲時學，忌博聞者，率引經以自強。余謂挾天子以令諸侯，諸侯必從，然謂之尊君則不可；挾六經以令百氏，百氏必服，然謂之知經則不可。

子西所謂習時學、忌博聞、引經自強，與吾言北宋崇韓別有用心，大致意同。蓋北宋諸公，謀以尊經掩覆其空疏，而不敢自我作古，必引以名高而習與己類者，用爲眉目，其幟方得高颺而不下。適也，韓公成就，與所懷隱志相符，因而崇韓。崇韓之後，歷代又以取士之法，其暗流恰與上旨合，韓之魔力，不期而節節漲大，乃至緜延數百年，直逮乎中清。中清之時，經學鼎盛，名儒輩出，反韓之論，稍稍茁出。吾觀餘姚邵秉華與孫星衍遊，曾爲平津館文稿書後曰：

六朝以降，言古文者首推昌黎韓氏，然韓氏苦儀禮難讀，以爾雅爲注蟲魚之書，束春秋三傳於高閣，已開宋人游談無根之漸。故其言曰：凡爲文辭，宜略識

字，略識云者，即陶淵明不求甚解之謂也。夫讀古人之書，而一知半解，不深探古今流別之分，而藻繪其文，以炫世而欺人，是謂無本之學，不踰時而闃寂絶滅者多矣，是豈人情之有所愛憎歟？亦其學其文之未足流傳有以致之也。

秉華之論甚摯，謂退之其文其學皆未足流傳亦甚確，顧趨勢則反之。慨自兩宋以來，韓文勢力不廑不衰，而且潛滋暗長，反而加大。此並不由於韓文之有眞實基礎，吾曩言之，是後代人之游談無根，必須奉一游談無根之前輩，爲之宗主，以炫世而欺人，而韓文始日見昌盛而無底止。加以宋人倡爲帖括之學，以經義試士，使空疏不學之流，便於取得利祿，同時一二優異者，復以古文名義自高，奉揚同一空疏易於仿效之人，爲先師以自重，而韓文因更猖獗而定於一尊，直至十九世紀之末而形勢不變。邵秉華從諸考據家之後，知「文必源於經術，有裨於世教，旁推交通，實事求是，不依傍門戶，捃拾前人緒論，以自詡心得，博物洽聞，通達古今。」一面又反對「拘牽之士，碎義逃難，便辭巧說，安其所習，毀所不見，〔釗案：安其所習，毀所不見八字，最爲深透，可算關目語。〕是末師而非往古。」韓文在若輩之心目中，始成爲嫌疑之物，且考慮到中國學術，停滯千年而不進，是否以韓學僞統把持壟斷，爲之眞因？雖然，此不過在思想界曇花一現而已。道光末造，樸學就衰，兵禍漸起，全國擾攘不事學殖者，亙二三十年，時則湘人崛起，挾武力以議文事，高談義理，不尚實際，而韓文竟至由

垂萎而再振。遷延復遷延，入民國後，妄談文運者流，仍不能擺脱桐城餘毒，尊韓面貌，依舊無改。對韓澈底清算，必須俟至人民有權，方能著手，邵秉華絶滅無本之學之豫言，到今始驗，職是之故。

右一論域，範圍弘廓，非區區短幅所能盡，特就子厚答韋中立書，略略推廣言之云爾，詳俟異日。

二

子厚論師道書，有參之離騷以致其幽一語，此語所涉範圍甚大，姑試論之：唐代文風，自李華提振六經以來，大抵爭欲越過騷賦一級，而直企於古。遐叔之言曰：「夫子之文章，偃商傳焉，偃商沒而孔伋孟軻作，蓋六經之道也，屈平宋玉哀而傷，靡而不遠，六經之道遯矣。（語見崔沔集序。）」是顯然歧經騷而二之，謂騷不逮經，不足以承經之統。同時遐叔又言：「文章本乎作者，而哀樂繫乎時，本乎作者，六經之志也，繫乎時者，樂文武而哀幽厲也。（同上。）」是豈不曰：經遇幽厲而亦當哀也耶？夫騷也者，祇不過時遘幽厲，而長言以哀之已耳，西周哀幽厲者曰詩，東周之末，哀幽厲之比者曰騷，顧一則列之於經，號爲高古，一則薄之爲騷，謚曰靡而不遠。夫天固不能劃定所謂時之形象，而使哀傷之詞之趨於一致，然則遐叔輩一面排騷，一面又言文繫乎時，此豈不爲自相矛盾矣乎？

退叔卒於大曆九年甲寅，而韓退之先六年，卽大曆三年戊申已出世。李漢爲退之文集序，作者工力次第，都已敍述明白，而卻無一字道著屈原，是退之隱排騷與明排釋，同爲其周情孔思中要目，而排騷一義，卽爲紹述退叔而來。

世儒每以唐人興起古文，歸功於退之，實則貞元以前，如退叔及蕭茂挺、獨孤至之之倫，早已導揚於先，其規程與標的，並經確定，而退之一一蹈襲於後，未之或移。尋李漢之言曰：「司馬氏以來，規範蕩析，謂易以下爲古文，剽掠僭竊爲工耳，文與道蓁塞，固然莫知也。」〔語卽見韓集序。〕司馬氏指晉，司馬氏已來云者，統指八代而言，所謂文起八代之衰，卽以此數語爲輪廓。古文二字，爲唐人所軒然標出者，殊屬罕見，故漢之數語，最足珍視。析而言之，古文者，卽易以下諸經之總稱也，言外之意，似謂諸經以外，皆不得爲古文。八代文人之所標榜，原不外是，並非唐與八代尋求之的，截然異致，其所不同者，特八代古文，經騷並重，而唐之古文，刻意排騷。以此之故，漢因非毀八代古文爲剽掠僭竊，換而言之，卽八代所尋求者爲僞古文，必退之等論定始爲眞耳。

剽掠僭竊者何？此獨孤至之曾刻畫言之。至之序李公中集曰：

志非言不形，言非文不彰，是三者相爲用，亦猶涉川者假舟檝而後濟。自典謨缺，雅頌寢，世道陵夷，文亦下衰，故作者往往先文字，後比興，其風流蕩而不

返，乃至有飾其辭而遺其意者，則潤色愈工，其實愈喪。及其大壞也，儷偶章句，使枝對葉比，以八病四聲爲梏拲，拳拳守之，如奉法令。聞皋繇史克之作，則呷然笑之，天下雷同，風驅雲趨，文不足言，言不足志，亦猶木蘭爲舟，翠羽爲楫，玩之於陸，而無涉川之用，痛夫流俗之惑人也久矣。

就中儷偶章句，枝葉對比，及八病四聲等，斯誠不免賊害於文，而乃使偷惰者省卻一大段工夫，一方以振興古文爲名高，一方又得枵腹從事之便，夫人亦何樂而不爲？此風一倡，舉世同聲而應，獨孤至之又言之：

帝唐以文德旉祐於下，民被王風，俗稍丕變，至則天太后時，陳子昂以雅易鄭，圓者浸而嚮方。天寶中，公與蘭陵蕭茂挺、長樂賈幼幾，勃焉復起，振中古之風以宏文德。公之作本乎王道，大抵以五經爲泉源，抒情性以託諷，然後有歌詠；美教化，獻箴諫，然後有賦頌；懸權衡以辯天下，公是非，然後有議論。至若記敍編錄，銘鼎刻石之作，必採其行事以正褒貶，非夫子之旨不書，故風雅之指歸，刑政之本根，忠孝之大倫，皆見於詞。於時文士馳騖，飆扇波委，二十年間，學者稍厭折楊皇荂，而窺咸池之音者什五六，識者謂之文章中興，公實啓之。

文中五經泉源等字，最爲關目，一切空疏之便，舉以五經之名尸之，甚至「厭折楊皇荂而窺咸池之音」，此不僅騷賦無用，而直上襲四始六義之藩，務使人間雅言，屏棄

澌滅以爲快。折楊皇荂，語出莊子天地篇：「大聲不入里耳，折楊皇荂，則嗑然而笑。」折楊皇荂，蓋古之俗中小曲，大聲則咸池六音之樂。元次山曾爲補樂歌十篇，其釋咸池曰：「陶唐氏之樂歌也，稱堯德至大，無不備全。」又爲補樂歌作序曰：「樂聲自太古始，百世之後，盡亡古音，樂歌自太古始，百世之後，盡亡古辭。」夫音與辭皆盡亡矣，爲問唐人之耳，其能辨識陶唐氏樂師所作何調者誰乎？有能摹擬擊石拊石百獸率舞之爲何狀者乎？然則次山之補，乃補其所補，與咸池六音之樂，至竟了無關涉也。兹所謂窺咸池之音什五六者，究爲何許人乎？此而謂之文章中興，疇則信之？凡右所言，皆無與於子厚，子厚答韋中立書曰：「參之離騷以致其幽」，此固於舉世不爲之中，而獨行其志者也，故曰以致其幽，幽者、亦使讀者自味其味已爾，無他故異物也。

三

子厚答韋中立論師道書，有參之莊老以肆其端一語，莊老並稱，而且先莊後老，此他處不少概見之排列法，姑試論之：

自來以名義與老子並稱者，最先曰黄帝，其次曰莊周。以年代論，黄帝先於老子，因號黄老，莊周後於老子，因號老莊，此其勢甚順，無人非議，至以道術論，其淺深廣狹之度，亦應如是次第，理有固然。今子厚輒反其道而行之，以莊周壓於老子

之上，不曰老莊而曰莊老，究爲何故？

吾見慈谿姜氏湛園未定稿，有黄老論一首，其言足資參證，請徵其説：

黄老論　姜宸英

漢自曹參爲齊相，奉蓋公，治道貴清靜而民自定。其後相漢，遂遵其術以治天下，一時上下化之。及於再世，文帝爲天子，竇太后爲天下母，一切所以爲治，無不本於黄老。極其效，至於移風易俗，民氣素樸，海內刑措，而石奮、汲黯、直不疑、司馬談、田叔、王生、樂鉅公、劉辟疆父子之徒，所以修身齊家，治官涖民者，非黄老無法也。蓋漢當秦焚書之後，詩書放失，其一時之人，心志耳目，蕩然無所寄，而黄老之教，不言而躬行，縉紳先生之所以口傳而心授者，所在皆是，則乘其隙而用之，以施於極亂思治之後，故其致理之盛，幾及於古淳悶之化。予考班氏書，爲黄帝書者幾家，爲老子書者幾家，大抵皆出於漢初人所爲，所謂莊周者，備道書之一家而已。太史公書，雖老莊申韓並傳，不聞有以莊子配老氏者，古今人表，僅次周於第六等中下之列，則當時之所尚可知矣。蓋老子之教，以虛無爲本，以因循爲用，而其旨卒歸於治天下。莊子者，徒樂爲猖狂恣肆無涯涘之説，以自放其意而已，觀其人，雖有聖人者出，將不爲用也。而魏晉間之樂縱誕者，必曰老莊，習其猖狂自恣無涯涘之説，欲舉之以移易夫天下，則天下幾何其不亂且亡矣，

而老氏之弊豈至是哉？漢武帝表章六經，羣書輩出，黄老之教漸微，然儒者曲學阿世，文士浮薄無用，在朝之臣，僅有一董仲舒，能明王道而不能用，漢治亦愈衰於前，豈孔子之教不如老氏哉？老氏得其傳，孔子之教失其傳故也。自孟子没後，數百年而得一董子，又千餘年而後宋之諸大儒出焉，發明理學體用微顯之要，然後世始曉然知儒者之學，内足以治其身心，外足以開物成務，以致乎天下國家之用，而卒不知所以用也，則孔子之道之得傳於世，其亦難矣。

由姜氏之説，老子之術高，其爲治於天下，能收移風易俗、致理及本之效，莊子直下於老至五六等，僅以莊子之名配老氏，且不可，何論推尊其術，使凌老氏之上乎？吾揣子厚答韋中立之所云，特偶爾誤倒其序，别無所謂，不然，則有下列一義，可得而言。

子厚與韋氏書，有論道術者，亦有論文章者。論道術以六藝爲本，除樂書失傳外，專就易、書、詩、禮、春秋，取道之原，不敢他鶩。至文章旁推交通，廣涉穀梁、國語、離騷、太史之各部居，多列不爲有餘，少列並非不取。獨爲文之道，窮源竟委，如水放流，誰家工於發端？誰家精於暢敍？則取莊、老、孟、荀四子尸之，侔色揣稱，俾資仿效，如是而已。至就莊老兩家權之，莊子鴻篇鉅製，波瀾壯闊，老子短峭刻覈，尺幅千里，以此授之後生，使明常山之蛇，誰首誰尾？則直莊易指點，老難條理，於

焉莊爲首列，老乃次之，榘範致然，無可訾議。至若舍文言治，放之四海，則如莊生從樂爲「猖狂恣肆無涯涘之說，欲舉之以移易夫天下，天下幾何其不亂且亡」，湛園先詔予矣。漢初盛治，歸本黄老，豈佯狂無端厓之狂徒所敢望？言非一端，夫各有當，論治術言老莊，論文章言莊老，子厚名家者流，〔按子厚名家，本章實齋説。〕循名先不得不責實。他日子厚辯列子，謂莊周放依其辭，好文者不可廢，是子厚賞列子，亦祇賞其文辭，同於賞莊子云爾。凡吾所得了解於子厚者止於是，識者其更詳之。

四

子厚答韋中立論師道書，言行冠禮事，謂有孫昌胤者，既成禮，言於朝，「京兆尹鄭叔則怫然，曳笏卻立曰：何預我耶？」史稱鄭叔則、貞元初爲太常卿，與太常博士柳冕，以論喪服同草奏，有聲於時；又曾爲京兆尹，五年二月，貶永州刺史。又唐語林載：「東都留守鄭叔則祖母，卽開府之女，今尊賢里鄭氏第有小樓，卽宋夫人習鼓之所。」開府者，謂宋璟也，女嫁鄭氏，稱宋夫人，璟善羯鼓，故其女習爲之。由是鄭叔則乃宋開府之外孫，其迭爲京兆尹與東都留守，固非絶不知名。吾見有柳集批校本，於叔字斷，將則字屬下讀，夫人以伯叔爲名，如項伯、田叔等，古多有之，至唐或亦偶見，而校柳者如是斷讀，顯爲不知鄭叔則其人之故。

子厚先友記記李益云：「少有僻疾，以故不得用，年老，常望仕非其志。」吾亦見

有校本，以年老常望仕爲一句讀，此緣不解望字之故。望於此處作怨望解，應年老爲一句，常望仕非其志爲一句，韓柳用望字如此解者多有。如退之與陳給事書：「始之以日隔之疏，加之以不專之望」，不專根上文「愛博而情不專」而言，望、亦怨望義也。中唐有兩李益，此李益卽蔣防爲作霍小玉傳者，所謂僻疾，乃緣驢駒媚產生之嫉毒。

古人紀事，因發言者多，某出何言？或某言屬誰某？往往連繫錯亂，雖後人引舊籍亦然。如子厚晉問：「魏絳之言曰：近寶則公室乃貧。」尋左傳成七年：「晉人謀去故絳，諸大夫皆曰：必居郇瑕氏之地，沃饒而近鹽，韓獻子曰：山澤林鹽，國之寶也，近寶公室乃貧。」是近寶一語，韓厥之言也，子厚乃屬之魏絳，其爲連繫錯亂也甚審，廖瑩中作注，僅引左氏原文，於下不贊一辭，使讀者入目自明，用意可謂忠厚之至。若夫方苞則不然，苞在讀書筆記內，揭露子厚之誤，一若從旁譏笑者然，實則此類誤綴，文人常有，揭明並不足以證左子厚之不學，望溪淺人，讀書道德，竟不及一廖瑩中。

子厚作晉文公問守原議，稱引先軫將中軍，何義門駁之云：「問原守在僖二十五年，至二十八年二月，先軫始將中軍，時軫並未爲下軍佐也。」此或子厚記憶偶不眞，成此錯迕，然究於行文指要何損？屺瞻硜硜小儒，未聞君子之大道，宜其所見止此。

五

子厚答韋中立書，言文章之道，有「抑之欲其奧，揚之欲其明，疏之欲其通，廉之欲其節」，四語平列，無所出入。茅星來爲之節次，從而第之曰：「柳子厚之爲文章，揚之欲其明也，必先抑之欲其奧，疏之欲其通也，必更廉之欲其節，夫不知所棄，而何以能抑之廉之也？蓋古人之於文，其不苟如此。後之人見公之文章，洋洋灑灑，如決江河而注諸海，而不知皆其棄之餘也。」此其竅要，在知所棄，及棄而得其餘，吾嘗紬繹其誼，而爲之說曰：凡人以文敘一事，或立一義，第一步爲命意，其次則選詞。詞而曰選，知可用之詞非一，因而其文可成之式亦非一，就中必有一焉，敘次井井，而較能鞭辟近裏者，是之謂奧：同時此一式也，條達之外，又能以少許勝人多許，是之謂節。惟奧與節，行文之能事以盡，若而棄，若而餘，都無不愜心而貴當，凡選之所以成爲學，以及杜子美所謂熟精文選理，㊀此物此志，莫之能外。又凡爲此，非讀書多，積理富，上追三古，下綜百氏，如子厚其人，大抵不能勝此而遊刃有餘。清初文家如茅鈍叟一流人，亦偶作截搭題文，談言微中已耳，究未必心領神會子厚之所謂道，從而徜徉乎道之原，千載以下，遙遙相與桴鼓以鳴其盛也。

歸安茅星來，字豈宿，號鈍叟，又號具茨山人，爲鹿門後裔。以時文名於時，古

㊀ 或謂杜詩指蕭選而言，說亦不謬，然彼爲局義，非通義也，通局之間，廣狹迥別。

文爲方苞所稱賞，謂在宜興儲在文之右，年七十以諸生終。右述數語，見所作曲阜孔某棄餘詩集序。

六

答韋中立論師道書，有「參之國語以博其趣」一語，此一語貌似平淡，而有兩大問題，應須首爲解決。

一、左傳與國語，皆出左丘明之手，子厚何以不提左傳，而專注國語？究之左傳與國語，二者有何不同之處？

二、所謂趣者何也？博其趣作何解釋？

爲解釋右二問，請先引姚際恒考國語一段文字，以資比勘：

漢志：國語二十一篇，不著撰人名。史遷曰：「左丘失明，厥有國語」，傅玄、劉炫、啖助、陸淳，皆以爲與左氏文體不倫。李仁父曰：「丘明將傳春秋，先采集列國之史，獵其英華，而先采集之稿具存，時人傳習之，號曰國語。故辭多枝葉，不若內傳之簡直峻健，甚者駁顡不倫，蓋由列國史材，不能純一故耳。不然，丘明特爲此重複之書何耶？惟本朝司馬温公父子能識之。」此雖近是，然終屬臆測耳。左傳與國語，號稱春秋二傳，前者曰內傳，後者曰外傳。所爲內外之別，則左傳者，丘明一手成之，自始至終，筆調趨於一致。國語則雜採各國之史稿，會萃爲一，如晉

之乘，楚之檮杌等等，約略保存其原有風格，與孔子作春秋前所集覽之百二國寶書，皆屬同一種資料。惟其如此，李仁父謂外傳駁類不倫，不若內傳之簡直峻健，理有固然，無足怪者。又惟其如此，左傳爲丘明之一家說，㊀而國語則左氏之筆，與各國左右史之筆，雜糅而成一書。由是墨守左傳，止於專採一家，用心國語，乃兼攬衆長，並亦不廢丘明獨擅之技。了此二義，凡兩傳之如何示別？子厚何以專於外而捨其內？〔與韋書中，歷舉所曾用力，爲書、詩、禮、春秋、易、及穀梁、孟、荀、莊、老、國語、離騷、太史等，而獨不涉左傳與公羊。〕外傳何以因來源不一，及風情語範之不同，而特別有趣？趣之何以見爲博？諸如此類，皆得迎刃而解已。

子厚春秋之學，源於陸淳，淳又源於啖助，啖陸兩家，皆於左國文體之不同，窺察敏銳，際恆曾提及此。於是以子厚之才識，益以直截淵源，其於國語學大有開展，亦固其所。

子厚之於國語，從兩方面加以研討，一方面是道，一方面是文。

㊀ 或云：左傳爲丘明一家說，姚姬傳補注左傳，曾提異議，謂「丘明作傳以授曾申，申傳吳起，起傳其子期，期傳楚人鐸椒，椒傳趙人虞卿，虞卿傳荀卿，蓋後人屢有附益，其爲丘明說經之舊，及爲後所益者，今不知孰爲多寡矣？」劍案：謂凡傳授卽有附益，說殊武斷偏執，姚舉魏氏事有造飾爲例，此等錯迕，古籍多有，何足以一眚概全書？

子厚與呂化光論非國語書，乃專言道，道者何？理道也。〔按理道猶言治道。〕理道者何？率由大中而出之道也。夫大中爲子厚詁道之獨特術語，今欲將國語納之於己所獨見之大中，勢不得不有所非，於是非國語之道成。世每以子厚好國語，而又非之，不免自相矛盾，殊不知子厚好國語者，好其文，非國語者，則非其道，不明夫此，是之謂泥。爲問國語「好怪而妄言，推天引神以爲靈奇，恍惚若化而終不可逐」，子厚亦能悉心以聽，俯首以從乎？觀於子厚通過與化光書，斬釘截鐵以宣示天下曰：

嘗讀國語，病其文勝而言尨，好詭以反倫，其道舛逆。而學者以其文也，咸嗜悅焉，伏膺呻吟者，至比六經，則溺其文必信其實，是聖人之道翳也。余勇不自制，以當後世之訕怒，輒乃黜其不臧，救世之謬，凡爲六十七篇，命之曰非國語。

此何等氣概？此與孟子慷慨而言：「予豈好辯哉？予不得已也」，有何異致？涉思至此，書末提及李致用作孟子評，輒爲之申明：「致用之志，以明道也，非以摭孟子」，牽連得書，艮非偶然。

至子厚答吳武陵論非國語書，則專言文，故開口即曰：「僕之爲文久矣，然心少之，不務也，以爲是特博弈之雄耳。」其所以然，則文以明道，離道殆不可以言文，於是蘄蘄樹爲的曰：「夫爲一書務富文采，不顧事實，而益之以誣怪，張之以闊誕，以炳

然誘後生，而終之以僻，是猶用文錦覆陷穽也。不明而出之，則顛者衆矣，僕故爲之標表，以告夫遊乎中道者焉。」於是文與道連爲一環，而道又不可能反乎中道，凡子厚之所以非國語，此物此志，一言以蔽。

七

韓茨爲錢田間文作序，中有數語如下：

朱子嘗歎子厚答韋中立書，言讀書用功之法，而但求文字言語聲響之工爲可惜。夫古人言語聲響必己出，抑猶末也，況襲古人之言語聲響以求工，不尤末乎？

元少述晦菴之言，其理自正，然語各有旨，趨向難齊，子厚與韋書，乃答問而與之言耳，倘所問爲乙，而必緦緦焉與言甲，豈不貽所答非所問之誚乎？又書所論是師道也，師必因材而施教，倘問者之材，尚不足超乎文字語言聲響之上，而遽貿貿然躐等以授，亦自不合。朱子所言，自語錄家之角度出發，誠不得謂言不成理，然晦菴爲子厚惜，吾則重爲晦菴惜。蓋以南宋人而論唐事，幾於無一而不乖謬，況以晦菴爲人，律之子厚，尤鑿枘而不相入乎？

胡鳴玉訂譌雜錄，有關於答韋書用字者三條：

假而二字，今人習用，不知其爲假如也。柳子厚答韋中立書：「假而以僕年先

吾子，聞道著書之日不後」，方崧卿謂而字應讀如。古而如字通用，說詳四書字音志疑：望道如未之見句。日知錄云：說文需、從雨而聲，蓋卽讀而爲如也。唐人詩多用而，今亦作如，今江西人言如何，亦曰而何。〔假如條〕

嘵音囂，詩：「予維音嘵嘵」，恐懼告愬意，俗讀鐃，用作多言意，非。鐃音當从言，譊譊、爭言也，揚子：「譊譊之學，各習其師」，皮日休詩：「譊譊何必頻相仍？」東坡詩：「多言譊譊師所呵」，作呶亦可。詩：「載號載呶」，柳河東答韋中立書云：「豈可使呶呶者，早暮咈吾耳，騷吾心？」〔嘵譊之辨條〕

尋王引之經傳釋詞卷七：而猶如也，例不下十數條，經傳重疊，鳴玉稍稍年先引之，㊀王著恐不及見，設若見之，當不勝小巫大巫之感。子厚形容多言，用語不一，如與蕭俛書：「囂囂嗷嗷，漸成怪民」，又「皆自然嘵嘵，晝夜滿耳」，偶一出語，卽疊字重重，其他猶難殫述，亭培〔鳴玉字。〕僅提示呶呶字，抑何所見不廣？

人謂怱遽失措曰倉皇，若作蒼黃，必嗤爲別字，然古人集中，如少陵新婚別詩：「誓欲隨君去，形勢反蒼黃」，入衡州詩：「無論再繾綣，已是安蒼黃」，昌黎祭女拏文：「值〔音穉。〕吾南逐，蒼黃分散」，柳河東韋道安詩：「蒼黃見驅逐，誰識死與生？」又答韋中立書：「數州之犬，皆蒼黃吠噬」之類，無作倉皇者。至宋人始作倉

㊀　鳴玉乾隆間曾舉鴻博，年應長於引之。

皇，如歐陽公五代史伶官傳序云：「倉皇東出」之類。〔北山移文：「始終參差，蒼黄反覆」，以蒼黄對始終，是另爲一義，不指悤遽言，近見杜詩注：於新婚别引此爲證，非也。蒼黄條〕

柳集諸本，皆作蒼黄字不誤，獨廖本韋道安詩作蒼皇，此或編者偶誤，無關宏旨。按蒼黄字最早見於史傳者，爲漢書郊祀志：「或如虹氣，蒼黄若飛鳥，集棫陽宫南」，此指虹氣之彩色言，與訓悤遽失措無涉。至北山移文兩語，文選注：「蒼黄反覆，素絲也」，指墨子見練絲而泣之，爲其可以黄，可以黑，與下文淚翟子之悲相印合，此亦意存彩色，當然另爲一義。惟反覆、胡刻文選作飜覆。

胡曾詩：「倉皇罔智成何語？遺笑當時廣武山」，蘇軾詩：「倉皇不負君王意，獨有虞姬與鄭君」，詩文始用倉皇字，蓋在晚唐北宋間。

答貢士元公瑾論仕進書

蔣之翹謂：此書貞元十七八年尉藍田時作，而陳景雲則謂貞元十四年所爲，推早三四年，似以景雲所言爲較確，要之書爲少作無疑。

景雲點勘稱：

舊史：貞元十四年九月，以同州刺史崔宗爲陝虢觀察使，此稱馮翊，蓋在九月

前也。是歲、子厚始授集賢殿正字，故有悵悵下列二語。汝南周穎客，疑是周君巢，殆因巢父隱潁水間，故以潁客爲字耶？

已乃出乎今世：　剑案：已乃猶言卒之，字作已，不作己，用法出論語已而。

雖王林國韓長孺復生：　王林國事本說苑。援鶉堂筆記稱：「原文有士曰王林，絶句，國字屬下讀，子厚文誤用」，其實姚氏之說未必確，試詳辨之：

請先讀說苑尊賢篇原文：

魯哀公問於孔子曰：當今之時，君子誰賢？對曰：衞靈公有士曰王林，國有賢人，必進而任之，無不達也，不能達，退而與分其祿，而靈公尊之。

此遵姚氏讀法讀此文，文義當然可通，然當時所對爲衞國之事，兩方皆洞明賢人屬於衞國，決不會有何誤會？就文氣言，「有賢人」上排除「國」字，反而詞條暢達。今試想像當時對語聲口：

衞靈公有士曰某甲，遇賢人必進於上，而無不見用，倘不見用，亦必分祿與之，衞靈公尊重某甲。〔原文末一句：而靈公尊之，之指某甲。〕

據此，某甲爲王林可，爲王林國亦可，獨王林或王林國，都是單文孤證，無可覈對，姚氏遽武斷爲王林，其故安在？

惟然，說苑所載，本之家語，請試查家語賢君篇原文：

又有士林國者，見賢必進之，而退與分其祿。

此較說苑，士下少「曰王」二字，如遵姚氏國字他屬，王字又脫略，家語將僅以一林字說明一人，古書紀錄人名，恐無此簡而不明之例。何況家語之下一句，爲「見賢必進之」，見賢上不可能安一國字，然則如姚說國字他屬，爲問將誰屬乎？

不寧唯是，盧抱經之校勘，不劣於姚，查羣經拾補於說苑校得：

又有士曰王〔家語無王字，柳宗元對有。〕林國。

盧氏明明異於姚氏，逕以國字屬上讀，兩者相較，得失犂然。夫盧亦不幸生先於姚而已，倘後於姚也，吾知姚儘可不閱盧著，盧似不可能不理姚誤，校書之功之未易言也如是。

二百年來，桐城之狂潮氾濫，讀此文者，幾無不是姚而非柳，家語且無人過目，何論盧氏校籍？吾之覼縷於是，豈容已哉？㊀

樹勢使然也：景雲謂：樹似當作時，上言生乎今世，下言覾時而已，蓋皆以時世言之，釗案：是。

㊀ 釗案：唐音癸籤卷二十九載：「賀朝、萬齊融，賀萬，姓也。舊唐書以賀名朝萬，而分齊融爲姓名，誤。今從梁肅越州開元寺碑、李華潤州鶴林寺碑改正。」柳州王林國之誤，何常之有？

集中別有送元秀才下第東歸序，秀才卽公瑾也，蔣之翹謂：序當在書後。

周乎志者，窮躓不能變其操，……其殆庶周乎！　方靈皋云：「周字非誤，則稚且仳」，李穆堂云：「周字本孟子周於德，周於利。」釗案：方李論文，意見極不合，此亦一例，方謂周爲誤字，所見極陋，讀書不多，例不解選詞。又案：周字如此用者，柳文中不乏其例，如送從弟謀歸江陵序：「然謀以信厚少言，蓄其志以周於事」，誰讀此文，卽五尺之童，將無不認爲怡然理順，獨方氏皆爲周字誤用，否則非稚卽仳，豈桐城老祖，固於文字擅此點金成鐵之異術乎？

夫有湛盧豪曹之器者：　吳越春秋：越王元常使歐冶子造劍三，魚腸、豪曹、湛盧。

逢掖之列，亦以加慕：　胡鳴玉曰：「記儒行：少居魯，衣逢掖之衣，鄭氏曰：逢猶大也，疏曰：謂肘腋之所寬大，故鄭云大袂禪衣也，後世用作縫掖，非。　柳子厚上大理崔大卿啓：徒爾拖逢掖，曳大帶；又答貢士元公瑾書：逢掖之列，亦以加慕，皆引禮記鄭氏之說釋之，良是。」　說見訂譌雜錄。

答嚴厚與論師道書

一

集有送嚴公貺下第序，或疑厚輿卽公貺，恐非是。

答韋中立書，作於元和八年，文提及韋書，則答嚴在八年後可知。

實之要： 實字衍，之要誤倒。

有來問我者，吾豈嘗瞋目閉口耶？ 陸祁孫嘗論此，其說曰：

困學紀聞謂：韓柳並稱而道不同，固也，然云韓作師說，而柳不肯爲師，則非是，子厚不肯爲師，正是深歎師道之難。

語見札記，所論甚正。

今不得見其人，又不敢廢其言： 又不敢廢其言，一本無不字，言字下有哉字，是。

以其餘易不足，亦可交以爲師矣： 子厚氣量之大，及論師道之正確，卽此可見，韓退之望塵何及？

二

茲將韓柳兩公論師道之不同，略採數說，附著於此：

王伯厚云：「韓作師說，而柳不肯爲師」，全紹衣箋云：「一作師說，一不肯爲師，是各量其力」，由全之說，是韓有爲師之力，而柳州則無，所見殊謬。 吾嘗細推校之，此一爭點，有數義可資折衷：

一、子厚明言取師之實，而去師之名，是其非不具爲師力能，且亦並非無意爲師可知。退之誌子厚墓云：「衡湘以南爲進士者，皆以子厚爲師，其經承子厚口講指畫爲文詞者，悉有法度可觀」，是子厚之爲人師也已久，何得以偶爾撝謙，遂斷其量力有所不足，如全紹衣之箋語也耶？

二、子厚取弟子嚴，而韓門多濫。子厚復杜温夫書至云：「余不屑之教誨也者，是亦教誨而已矣」，是人以書來，求其對答引譬，而子厚斷然拒之，令其自反如此。而退之則招徠唯恐不及，因此形成兩人師道之異，如退之答劉正夫書云：「來者則接之，舉城士大夫，莫不皆然」，是退之之接後進，亦自儕恆常士夫之列爾，子厚丰裁峻整，豈能如退之之易與？

三、退之高第弟子，多輕其師，李翺自居與退之齊名，退之則似委曲以求其著籍，東坡譽韓謂：「汗流籍湜走且僵」，此溢量之諛詞，不衷於實。退之與孟簡書亦言：「籍湜輩雖屢指教，不知果能不叛去否？」此二語上示誇張，下表瑟縮，又觀文昌祭退之詩云：「公文爲時師，我亦有微聲，而後之學者，或號爲韓張」，爲時師云者，以別於公實不足爲己師也。千載而下，大可確定當時並無韓張之稱，而弟子對師至岸然以此自詡，此中詎復有師道存乎？籍自述與退之相交始末云：「籍在江湖間，獨以道自將，學詩爲衆體，久乃溢笈囊，略無相知人，黯如霧中行，北遊偶逢公，盛語相稱明」，

是明明籍自始無求師意，而退之中路逢迎，遽相契合，爲問「獨以道自將」，豈應對進退之際，弟子尊師所應如是妄語乎？至「公既相邀留，坐語於階楹，乃出二侍女，合彈琵琶箏」，其氣誼且下於彭宣之於張禹，豈後堂爲傳道授業解惑之地乎？以師律之，退之醜迹繁多，何暇備究？

三

韓退之好爲人師，其師弟子之間，動輒齟齬，子厚絶無是也，此韓柳之特異處。

王漁洋池北偶談云：

韓吏部文章，至宋始大顯，其在當時，皇甫湜號爲知公者，然其諭業一篇，備論諸家之文，不過曰：「韓吏部之文，如長江萬里，一道衝飆激浪，瀚流不滯，然而施之灌溉，或爽於用」，若有微詞，反不如李北海、賈常侍、沈諫議之流無貶詞也。若天不生歐公，則公之文幾湮没而不彰矣。按持正此文，出自袁昂書評，後世敖陶孫、王弇州諸家文評詩評皆仿之。

東坡南海廟碑云：「汗流籍湜走且僵」，夫走且僵者，豈施之灌溉或爽於用而致然耶？

宋陳善捫蝨新話云：

李翺親從韓退之遊，而學佛自若也。今之讀韓文者，則皆闢佛老，然公自言：

籍湜輩屢叛其教，而獨不及翺，此又何也？

籍湜輩顯叛退之，退之當時亦自知之，其所以不敢斥言翺者，殆以翺抗倨不受之故。〔按此則別有解釋，見他條。〕

鮑倚雲退餘叢話，有一條可參考：

東坡於一時文人，如魯直、補之、文潛、少游、無己輩，未嘗敢以師資自處，何其謙也！昌黎抗顏爲師，以弟子畜李翺、張籍，籍則自居諍友之列。韓與東野書云：「習之娶吾亡兄之女」，而翺祭韓文，直稱韓十兄，然則不但不以師資事韓，並姻婭行輩都不敘，其抗傲如此。韓公意度，似遜坡公一籌，或張李亦各有未虛心處。

退之行十八，子厚稱爲十八丈，而李翺十之，不解何故？

子厚師陸文通，不過一絶短時期，而稱願掃於陸先生之門，恭謹特異。其於顧少連，特座主爾，去受業師何止一間？而少連謝世，子厚與其子書，輒署銜「門生守永州司馬員外置同正員柳宗元、謹致書十郎」，劈頭即曰：「凡號門生而不知恩之所自者非人也」，其謙退又如此。是子厚亦不肯抗顏爲人師耳，設爲之，所號門弟子將決不至如翺籍輩之伉倨無禮，何也？凡人有諸己，然後求諸人，又上行而下必效也。吾不知退之之事梁肅何如，以勢推之，將求如子厚之於顧少連，竊恐未必。

四 韓門眞實弟子，究有幾人？此則馮林一〔桂芬〕、有張文昌上韓昌黎書跋一文，記算最明。請徵之：

文昌文傳者，惟此篇及第二書共兩篇，詞意磊落，責善規過，有古諍友之義，文昌學行文詞，略見一斑矣。世所傳韓門弟子者，本傳云：其徒李翺、李漢、皇甫湜；又云：從愈遊者孟郊、張籍；昌黎亦自言從吾遊者李翺、張籍。今以詩文證之，惟李南紀、皇甫持正實弟子。南紀韓集序署門人，持正碑銘稱先生，皆其證，餘殊不然。文昌此書稱名，稱執事，第二書更有「不自論著，欲待門人，必不可冀」之語，其謂己之非門人無疑。習之祭昌黎文稱兄，則習之之非門人又無疑。且習之娶殿中女，於後世之所謂叔岳者而兄之，又見妻黨末戚，古人不以爲重，亦如南紀爲昌黎壻，而直稱門人，不似後世之將署受業子壻也。東野與昌黎最習，唱和最多，昌黎詩稱君，又曰低頭拜東野，則東野之非門人又無疑。然則所謂從吾遊者，不過先後進之別，非及門之謂也。民生於三，事之如一，師之尊且與君父同，豈有可以假借疑似爲者？況昌黎之以振興師道自任者乎？偶讀此文，輒爲辨之。

柳門弟子，史無其名，而子厚師道之矜嚴，不知較退之高出幾許？此義於相關各條內多所闡述，不更重疊。

五

子厚與人書求避師名者不一，而與嚴厚輿最爲刻至，其要旨二語蔽之，卽：師名應避，而言道、講古、窮文辭不可少；換而言之，進不爲師，退應爲友，亦避其名而不避其實是已。

清乾隆間，姚姬傳求拜戴東原爲師，戴以書辭之曰：

至欲以僕爲師，則別有說，非徒自顧不足以爲師，亦非謂所學如足下，斷然以不敏謝也。古之所謂友，固分師之半，僕與足下，無妨交相師，而參互以求十分之見。

東原此書，發於乾隆二十年乙亥，年止三十三歲，僅於前兩年補休寧縣學生，是年入都，主紀曉嵐，爲修考工記圖注，而姬傳年二十五，以孝廉困於禮部試，時考據之學盛行，東原淹雅，尤名震京國，姬傳將從之學考據，故師之。〔書已明署東原爲夫子，爲東原斥返。〕卒之兩人不成爲師弟子，而假弟子終其生、考據之業矇如，錢辛楣嘗於其所作廬江九江二郡沿革考，以廬江爲衡山改名，深致誚讓。〔文見潛研堂文集卷三十一。〕雖然，姬傳己不善於考據，而卻聲言：「天下學問之事，有義理文章考據之分，異趨而同爲不可廢，凡執其所能爲、而呲其所不爲者，皆陋也」，〔見與秦小峴書。〕末一語尤切中時弊，允爲名言，此姬傳未獲東原爲師之益，而終得與之爲友之忠告善道。

子厚答厚輿曰：「以其餘易不足，亦可交以爲師矣」，律之東原承與姬傳交相師，若合符節，余故喜爲參合而幷存其辭云。

人於學問，趨近何部，大抵與才性有關，才性不近，所下功夫皆廢。方望溪以詩謁汪苕文，苕文勸其專力於文，恰從望溪之缺乏性靈出發，惟姬傳之於考據亦然。東原云：「非謂所學如足下，斷然以不敏謝」，實則適得其反，意若曰：足下姿性，與考據不相應，姑且以友誼尋求遺經，參預未至十分之見可也。〔按所謂十分之見及未至十分之見，與姚書中分析甚明。〕子厚報崔黯秀才書云：「誠欲分吾土炭酸鹹，吾不敢愛」，亦謂病誠在是，如積結無能已，「吾決分子其啗嗜者」，此正從另一面而得到答案，凡才性短長與學相關之切如此。

報袁君陳避師名書

一

報袁君陳秀才避師名書，是子厚集中嶄嶄有見之傑作。書有云：「大都文以行爲本，在先誠其中，其外者當先讀六經，次論語孟軻書皆經言，左氏國語莊周屈原之辭稍采取之，穀梁子太史公甚峻潔，可以出入，餘書俟文成異日討也。其歸在不出孔子，此其古人賢士所懍懍者，求孔子之道，不於異書。」此可見子厚切身之大義二：

蕲蕲視與退之不無區别者，文以行爲本，在先誠其中，一也；穀梁子太史公甚峻潔，可以出入，二也。請分别釋之：

退之言道，子厚亦言道，子厚之所謂行，必取與道相連成語，始有意義。子厚報崔黯書云：「道之及，及乎物而已耳」，若在退之，道之及也，將祇以及乎古爲滿足。於是子厚行文時，目光平掃而向後來，退之則視線逆轉，隱蹈榮古虐今之惡習而不自覺，必明乎此，而後韓柳本質之優劣有據。子厚先誠其中云云，始是篤信自得之言，施之於文，卽一變而爲四海皆準、百世不惑之極詣，柳文可貴，允推此種。

柳文自訂之規律甚衆，而潔字最爲突出。其答韋中立書云：「參之太史以著其潔」，此僅泛言及潔而已，今復於潔上增一峻字，又於太史公外涉及穀梁，此可見子厚平生通經致用，自然成文，於潔抑峻潔所下功夫，殆不止叚醫三折肱之效，然則所謂潔者，作何義解乎？曰：子厚答吳武陵論非國語書：「夫爲一書務富文彩，不顧事實，而益之以誣怪，張之以闊誕，以炳然誘後生，而終之以僻，是猶用文錦覆陷阱也，不明而出之，則顚者衆矣。」夫明而出之者何？曰：視事實之所需，一字不加多，亦一字不加少，擯誣怪闊誕，而使讀者不至誤入陷阱，卽潔之效也。至子厚答杜温夫書，勤勤於助字律令，是猶潔字初步用意，未足以統柳文之全也。若夫退之之文，凡子厚之所申言拒斥者，殆不恤屢犯而不已；微論自歎文窮，旋卽自詡曰：「不專一能，怪

怪奇奇，不可時施，祇以自嬉（見送窮文。）」，而其自嬉之溢分，至數百載下之朱晦菴，猶生掩鼻而過之感也。卽以公然剽賊屈詰難馴之樊紹述，而退之猶且顯言推許，詆耀當世，恍若取證乎昔文從字順之爲欺騙語言，毫不足信，此韓柳在文字形式上一大區別，宜爲學者所不輕易滑過。

「後學之士，到僕門日或數十人」，此數十人到門，不知以何種形式出之，以中唐局勢論，此點應難做到，子厚於此，殆不免微有誇大。

「有不至必甚之，其教也」，其教也之其字，應爲甚字之誤，此三字乃讀者旁注，以釋甚字之義，編者因而羼入正文，廖本此三字卽削去。按甚義本左宣十一年傳：「楚人甚之脫扃」，按注：甚，教也。又子厚與楊京兆憑書：「彼不足我而甚我哉！」義門記：「或引說文：甚，毒也。」此於柳兩文均無當，非。

「次論語孟軻書」，焦循易餘籥錄云：「以孟子與論語並稱，則伸孟子者不自皮日休始」，此可見唐時不甚尊重孟子，試觀李致用曾作孟子評，卽子厚朋遊中，亦儘於孟子有異議。

二

韓柳二公學術之異，觀於各對揚雄氏所持態度而得論定。韓之言曰：「孔子之徒沒，尊聖人者孟氏而已，晚得揚雄書，益尊信孟氏，因雄書而孟氏益尊，則雄者亦

聖人之徒歟！」此韓氏因讀荀而發爲是論，論末又云：「孟氏醇乎醇者也，荀與揚大醇而小疵」，韓之尊揚如是。

子厚集中，不見有一語涉及揚，其與韋中立論師道書，開出所當致力之古籍一通，中有荀而無揚，漢人除司馬遷外，不及他氏。報袁君陳避師名書，所舉經外應須采取之辭，有國語莊周屈原而漏列雄。倘退之易地而處，就讀荀之意氣推之，其將上孟揚，下而荀揚，揚之必得有人與之方軌並進，了無疑義，而子厚持態則大異乎是。

依上所論，世傳揚子法言，有子厚作注，與晉之李軌、宋之司馬光等，相並爲五臣，事乃大大可疑。姑試考之：

揚子法言，相傳有五臣注，五臣者、晉祠部郎中李軌，唐柳州刺史柳宗元，宋著作佐郎知尤溪縣事宋咸，司封員外郎吳祕，及涑水司馬光也。宋咸序此書曰：「西京博士毛萇傳詩，頗號太略，……法言凡有十三篇，東晉李軌雖爲之注，然愈略於毛公之爲，唐柳宗元刪定，雖釋二三，而不能盡補其亡誤。」咸進呈是書，復撰表一通，中有云：「法言準夫論語，文高而絕，義祕而淵，雖李郁亭解之於前，柳宗元裁之於後，然多疏略，猶或誤遺。」司馬君實加注後，復作序曰：「晉祠部郎中李軌始爲之注，唐柳州刺史柳宗元頗補其闕。……故著作佐郎宋咸，司封員外郎吳祕，皆嘗注法言，光

少好此書，研精竭慮，歷年已多。」五臣之從事筆削，大概如右。及考各注排刊次第，則李軌注列在最前，不稱名，次柳州，稱宗元曰，次宋咸，稱咸曰，次吳祕，稱祕曰，又次司馬光，稱光曰，卽所標「新纂門目五臣音注」也。惟通查十三篇中，所採稱宗元曰之注，止於四條。如下：

一、如將復駕其所說，則莫若使諸儒金口而木舌。〔學行篇〕

宗元曰：金口木舌，鐸也，使諸儒駕孔子之說如木鐸也。

二、熒魂曠枯，糟莩曠沈，擿埴索塗，冥行而已矣。〔脩身篇〕

宗元曰：熒，明也，熒魂，司目之用者也。糟當爲精，莩如葭莩之莩，目精之表也。言魂之熒明，曠久則枯，精之輕浮，曠久則沈，不目日月，目之用廢矣，以至於索塗冥行而已矣。

祕曰：熒，光也，熒魂，神光。精莩，精之白也，故本精作糟。柳宗元曰：糟當爲精，言盲矇之患。神光久曠則枯，目精久曠則沈，於是以杖擿地而求路，冥冥然行矣。張晏云：莩者，葭之白皮，埴，地也。

三、周公以來，未有漢公之懿也，勤勞則過於阿衡。〔孝至篇〕

宗元曰：阿衡之事，不可過也，過則反。

四、漢興二百一十載而中天，其庶矣乎！〔孝至篇〕

宗元曰：揚子極陰陽之數，此言知漢祚之方半耳。所注數量如此之少，內容復無甚精義可言，吾揣子厚原無意詮釋本書，或補苴他注。不知宋人從何處蒐討，得來一二賸義，爰附益以爲號召，成此宂書。比之文選六臣，何啻小巫大巫之別？子厚之靈有知，亦安禁「一鬨之市不勝異意」之歎哉？〔按法言學行篇云：一鬨之市，不勝異意焉，一卷之書，不勝異說焉。〕

尋鶩孔子之說五字，卽明見於送易師楊君序，其他從本集摘取飣餖，似均不難成此四條。文人作僞，亦何所不至？吾終不信子厚願注法言。

三

韓柳議論之不同處甚衆，而爲師不爲師一義，最先突出。如實論之，兩家於師之本質，咸有當仁不讓之志，子厚譽退之文過揚雄，足抗顏爲人師，語極眞摯，而退之欲以文墨事推避子厚，意並不虛，觀於子厚歿後，退之致祭所爲慊慊自感不足之處，可證非僞。兩人之所以不同者，亦退之仕路較亨，膽氣差壯，敢尸師之名而任其所之，子厚則困於貶所，轉動不得，而又爲脚氣病等症所阨，因日就消沈，而不肯惹人謗議已耳。全祖望曰：一作師說，一不肯爲師，是各量其力，〔困學紀聞箋。〕此所謂力，非指學力而言，灼然甚明。

此外論史官可爲與不可爲，兩家之見，相距彌遠。尋退之之畏刑禍，幾全與村

塾章句師爲緣，然退之之言此，亦非無故；蓋子厚與退之論史官，在元和九年，而退之正於八年十一月，將順宗實録修成，進呈之後，宰臣指出錯誤，逼令修改，退之因推言與史官沈傳師等、採事得於傳聞，詮次不精，致有差誤，聖明所鑒，毫髮無遺，恕臣不逮，重令刊正等語，〔進實録表狀。〕所改究在何處，雖不得而詳，顧於王叔文一案，紀載不合廷臣意旨，可以想見。觀退之自承忠艮姦佞，莫不備書，〔亦表狀語。〕此則退之自省，似於天刑人禍之外，猶增心譴一宗。子厚能否立時看到實録正本，殊未可料，然與退之覈論史官一職，恰在斯時，是子厚言其所欲言，並言其所當言，理直氣壯，毫不將個人毁譽利害，羼雜於内，而在退之，則理欲公私敵友三者，一一交戰諸懷，下上轇轕而無能自已，因之立説不能逕情直達，實大而聲宏，勢所必然，了不足怪。自來文家，覈論韓柳優劣至此，類無不軒柳而輊韓，全祖望謂韓子大本大原處勝，而柳不逮，但作史之説，自是柳長，〔困學紀聞箋。〕他人所見，亦大抵近是，無庸贅述。

其次論有同異而最著者，莫如韓之諫佛骨表。尋有唐一代，自帝王下逮儒生，咸浸淫於去聖日遠之異端，曰釋曰道，了無擇别。蓋玄宗方崇老，立號玄元皇帝，中宗憲宗又崇釋，慧能獲謚大鑒禪師，至迎佛骨於鳳翔，不過宗尚浮屠突出形式之一而已。退之援佛入儒，原與子厚所持，大同小異，所爲批鱗而諫佛骨，特欲去其摩頂

放踵之泰甚者，並非於佛深惡痛絶，有不可一朝居之見存也。退之與浮屠文暢師往來，原出子厚之介紹，其送文暢序所立諸說，與子厚大鑒碑之宗旨相符，又「其道以無爲爲有，以空洞爲實，以廣大不蕩爲歸」等語，更跨入老子界域，幾隱隱有三教合一之趣。此唐家之風尚如是，儒家之浮沈其間，亦無非欲去暴君酷吏種種「鬥奪賊殺、誖乖淫流」於萬一，且偶爾作是主張，往往在流毒無窮之餘，獲致臨崖勒馬之效，坐是習俗移人，賢者不免，韓柳兩公心嚮尼山，目送身毒，縱無水乳之融，卻異鑿枘之牾。宋王伯厚曾論韓闢佛，而柳謂佛與聖人合，因指作韓柳道不同之證，〔困學紀聞卷十七上。〕此乃深寧未將韓柳立說本原融會貫通之過，全謝山從而附和，云闢佛是韓勝，更學舌無足稱。

又其次則論封禪之異。退之潮州刺史謝上表：「陛下承天寶之後，接因循之餘，六七十年之外，赫然興起，致此巍巍之治功，宜定樂章以告神明，東巡泰山，奏功皇天，……而臣負罪嬰釁，自拘海島，曾不得奏薄伎於從官之內，隸御之間，懷痛窮天，死不閉目，瞻望宸極，魂神飛去」云云，此在退之文中，最爲庸下。曾幾何時，試問諫佛骨時之魄力安在？文家之一翻一覆，曾不足自掩其眉目，不料退之禁不起挫折，一至於此。子厚同在貶所，所上貞符一表，與退之謝潮州約略同時，至彼稱符而號爲貞，則謂國家之符，其本在人，古來所傳大電、大虹、玄鳥、巨跡、白狼、白魚、流火

之烏種種，皆詭譎闊誕，甚爲可羞；自董仲舒、司馬相如、揚雄、班彪、彪子固，皆沿襲嗤嗤，其言類淫巫瞽史，誑亂後代，不足以知聖人立極之本，甚失厥趣；其下一轉而至唐家之符，「惟人之爲，〔去聲。〕」旨在「凡其所欲，不謁而獲，凡其所惡，不祈而息，四夷稽服，不作兵革，不竭貨力，丕揚於後嗣，用垂於帝」；帝卽當朝之憲宗，與退之同時遙戴之共主也，身雖貶逐，謂「此大事，不宜以辱故休缺，……苟一明大道，施於人世，死無所恨」，嘻！何氣之正而語之壯也！持此以示退之，恍若退之淪於九幽之下，而無能自拔，評隲韓柳，吾當視此爲鵠的，謝山於此，亦隨聲附和曰：非封禪是柳勝，爲問此一大節，豈區區一勝字所能了哉？

以兩家行文之不同而言，劉壎隱居通議述艾軒語稱：「韓柳之別猶作室，子厚先量自家四至所到，不敢略侵他人田地；退之則惟意所指，横斜曲直，只要自家屋子飽滿，初不問田地四至，或在我與別人。」如韓所爲，善言之曰鴻文無範，惡言之曰黷武無厭。〔厭，平聲讀。〕

方棨如、康雍間以古文雄於東南，惟喜雕琢新句，襞積古辭，遂流爲別派。其綜論唐文，謂昌黎祖左、史、揚子雲，而以劉向、班固輩爲之族，故其文奇而法；河東祖國語、漢書，而以杜欽、谷永輩爲之族，故其文密而至。〔語見與王立甫書。〕嘻！奇已，朴山此種分法，名爲分而實不分，蓋左、史、揚子雲、劉向、班固，以及國語、漢書、杜

欽、谷永等，固性極相類，密密連綴之一簇書也，遽從而次第之，若者大國手，若者二國手，〔國手語出戴東原，有大國手不能用二國手之說。〕亂點鴛鴦譜，使之條分而件繫，此眞由朴山雕琢驍積之舊習慣而來之別派作風也，吾人安得據此爲韓柳之分野乎？

由斯而言，韓柳兩家之分，徒於文之功用上着眼，非微了無是處，而且治絲益棼，將尋不著頭緒安在？此誠如近人某家所言：「班揚韓柳之文，其組織工，其匠心密，殊非可鹵莽求之」也。㊀心誠求之，必從大綱大法之起源處，抓着要點，如曩所臚列爲師不爲師、爲史不爲史、以及儒佛、封禪貞符之同與異，窮原竟委，點滴不漏，而後兩家之眞相可明，夫文字不過尾閭而已，偶從末流擊汰，焉知濫觴何地？吾縱思到此，輒於柳報袁君陳避師名書後，牽連論之如右。

四

子厚論文各札，以報袁君陳一通，沾溉最深且廣。王蘭泉有與蔣應嘉書云：

作文詞不患不富，要歸於峻潔，曩時以柳州文瑰麗，疑從魏晉人出，今暇時讀之，乃知本於公羊穀梁子、及太史公。瀏然以清，子然而峭，癯然而堅以貞，傅詞設采，咸有西漢風力，足下習而斆之、當日工。子厚與袁君陳書：「愼勿怪、勿雜、勿務速顯」，數語洞中肯綮，僕雖爲足下道之，何以加此？

㊀　某家偶忘其名。

右寥寥百餘字，蘭泉確從艱苦中得來。始由瑰麗窺到魏晉，繼由峻潔歸本公穀，以此爲柳州文力進展程序，殊不知是乃以後人眼光，妄度前輩。蓋以子厚工力深厚，博綜三古，凡行文都相題而爲，詞當如何傅卽爾傅，采當如何設卽爾設，初不辨孰爲魏晉？孰爲公穀？此在淺學視之，工夫定由雜獲得，柳州知其然也，故切切以勿雜戒袁君陳，使了解到由博返約，有一定秩序，不容紊亂，其他勿怪勿速顯，類推。

王昶字蘭泉，江南青浦人，乾隆十九年進士，以博雅重海內，宏奬風流，楷模後學，論者以擬王士禛，稱兩司寇。以刑部侍郎乞歸，年八十三卒於家，蘭泉精力絶人，著述極富。

答韋珩示韓愈相推以文墨事書

一

此書於韓柳當時文壇地位，足資推定。書云：

足下所封示退之書云：欲推避僕以文墨事，且以勵足下。若退之之才，遜僕數人，〔釗案：遜原作過，依義校改，說見後。〕尚不宜推避於僕，非其實可知，固相假借爲之辭耳。退之所敬者司馬遷、揚雄，遷於退之固相上下，若雄者、如太玄法言及四賦，〔釗案：四字下原有愁字，校删。〕退之獨未作耳，決作之，加恢奇，至他文過揚雄

遠甚，雄之遺言措意，頗短局滯澀，不若退之猖狂恣睢，肆意有所作。若然者，使雄來尚不宜推避，而況僕耶？彼好獎人善，以爲不屈己，善不可獎，故慊慊云爾也，足下幸勿信之。且足下志氣高，好讀南北史書，通國朝事，穿穴古今，後來無能和，而僕稚騃卒無所爲，但趑趄文墨筆硯淺事，今退之不以吾子勵僕，而反以僕勵吾子，愈非所宜然。卒篇欲足下自挫抑，合當世事，固當，〔釗案：固當上諸本有以字，獨一本無，義長，從之。〕雖僕亦知無出此。吾子年甚少，知己者如麻，不患不顯，患道不立爾，此僕以自勵，亦以佐退之勵足下，不宣，宗元頓首再拜。

「若退之之才，過僕數人，尚不宜推避於僕」：此數語反覆讀之，於義難通，若過易作遜，則文義暢通無阻。何以言之？子厚之避師名，其見於報袁君陳書者，有一最強理由曰：「世久無師弟子，決爲之，且見非，且見罪，懼而不爲。」今之以文墨事相推，卽爲師也，爲師而懼見罪，並非己之才學不足，而是政治上橫被摧抑，動輒得咎，故其意若曰：倘若退之之才，遜於僕甚遠，而尚且不應以師名加之於我，使自取戾也。鄙意如此解釋，切於當時事情，故斷定過爲遜之誤字，爲不學者妄竄易云。

「如太玄法言及四愁賦」：揚子雲並未嘗作所謂四愁賦，而祇作甘泉、河東、長楊、羽獵等四賦，是愁字爲妄人竄入無疑，吳摯父校柳集，頗能見到此點。

子厚向卑視雄文，此曰：「遺言措意，頗短局滯澀」，則爽直道出。

「雖僕亦知無出此」：無出此者，猶言不離乎此，柳文中出字，往往如此用法，如報袁君陳書：「其歸在不出孔子」，卽其例。

據本篇，韓柳於文，實相互推重。唐宋文醇云：「吏部文章之宗，然其造詣深淺，須以柳州所論爲定，且可以見柳之不敢望韓」，此尊韓者之言也，反之，尊柳者亦得云：韓不敢望柳。如柳謂韓文於司馬遷固相上下，祇在朋徒簡札中獎借之，所謂「鯤鵬互鄉於尺牘」㊀者之所爲，而韓爲柳誌墓謂：柳文雄深雅健，似司馬子長，則蓋棺論定，大書深刻，用意何止上下牀之別？

「而僕稚騃卒無所爲」：陳少章指稚字爲滯字之誤，以與杜温夫書：「吾性滯騃」爲證，蓋珩年少，作者之年輩長，不得自謙爲稚，此少章讀書細心處。

「吾子年甚少，知己者如麻，不患不顯」：按珩於貞元二十一年中進士第，而子厚此書，則作於元和八九年間，是時珩年應在三十以外，何以言年甚少乎？惟子厚與蕭翰林書：自稱「年三十三，得禮部員外郎，甚少」，以己度人，如是言之亦宜。

二

集中韋珩凡兩見，一答珩示韓愈相推以文墨事書，一寄韋珩詩。計子厚之識珩，大抵由退之介紹而來，此從退之與珩關繫密切，遠在子厚之上，可以概見。查貞元

㊀ 語見報袁君陳書。

之末，退之薦士十人於陸傪，其一爲韋羣玉，羣玉卽珩，此已證實兩人交誼，異乎尋常，而退之以文墨事推子厚，並不直接與子厚言之，而輒向珩道及，此固退之之傾服子厚，出於至誠，未同浮譽，而並見韓韋交篤，無事不商，殆非子厚道旁握別、回眸炫晃景象可比。

寄珩詩首云：「初拜柳州出東郊，道旁相送皆賢豪，迴眸炫晃別羣玉，獨赴異域穿蓬蒿。」中羣玉字，解者所見不一，或謂羣玉猶言羣賢，卽指上文之相送賢豪而言，或謂羣玉爲珩之字，此陳少章有簽明之如下：

貞元之季，韓子薦士十人於陸傪，其一爲韋羣玉，書曰：「羣玉京兆從子，賢而有才」，京兆謂夏卿，羣玉蓋夏卿弟正卿子，說者以此詩回眸炫晃別羣玉句，證羣玉卽珩，殆應舉時偶以字行，後復初名耳。案世系表，正卿子有珩，無羣玉，又柳州酬楊侍郎詩：有「貞一南來送彩箋」句，貞一亦侍郎族叔字，與此詩舉珩字正同，則珩卽羣玉之說得之也。表不載珩字，又逸其官爵，觀是詩矻矻竄逐語，是已入仕而左官，後歷江州刺史，則太和中事也，別見地理志。

少章所敍，甚爲明白。此詩全篇，皆子厚自述左官之苦，涉及珩者，僅僅「君今矻矻又竄逐，辭賦已復窮詩騷」二句，可見彼此交情不深，所謂竄逐，不可能指江州，以太和遠在子厚謝世後，卽如元微之集中，有韋珩除京兆府美原令制，亦非，以此在長慶

初，子厚並見不到也。韋詩末云：「起望東北心滔滔」，東北當爲珩所謫處，未詳何地？

貞元十八年，中書舍人權德輿典貢舉，祠部員外郎陸傪佐之，退之時爲四門博士，薦侯喜等十人書，見集中，其關於韋者曰：

有韋羣玉者，京兆之從子，其文有可取者，其進而未止者也。其爲人賢而有材，志剛而氣和，樂於薦賢爲善，其在家，無子弟之過，居京兆之側，遇事輒爭，不從其令而從其義，求子弟之賢而能業其家者，羣玉是也。

京兆者，夏卿也，退之薦十人，而九登第，獨羣玉登科記中無名，豈當時以京兆之嫌而見黜耶？

三

近有妄人著書，謂柳貶永州後，從韓學爲古文，此全然不了解韓柳生前之文壇地位。蓋無論柳之文名，元在韓上，而韓亦實際推尊柳，甚於柳之推尊韓。韓書雖僅指示韋珩，使從柳學爲文，並未顯示己之於柳，自居何等？然倘若假言韓柳相師也者，則與謂柳師韓，毋寧謂韓師柳，此從兩家集中，可得到迹相不少，祇惜妄人懞焉罔覺，識者亦自以杜温夫視之，不與多談。㊀

㊀ 校閲本文時，竟不憶妄人指誰？耄年昏憒，可哂乃爾。

答貢士廖有方論文書

一

此書爲廖有方求作詩序而還答，並非論文，題應將論文二字改作求序詩。有方元和十一年中進士，改名游卿，爲人有俠氣，能詩，子厚別有送詩人廖有方序，題爲詩人，可見子厚並不輕視其人。此書在永州作，應前於序，時有方未中第，故只曰秀才。

於秀才則吾不敢愛：　愛含否定意，吾不敢愛，猶言吾不敢不作，此義他條將詳述。

益爲輕薄小兒譁囂羣朋，增飾無狀：　譁囂羣朋絶句。羣朋者、相聚也，應作相聚譁囂，今曰譁囂羣朋，乃倒裝句，羣朋非小兒外另一羣人也。

今不自料而序秀才：　序秀才者、序秀才之詩也，舉人而物自見，與李睦州書中：「亦不能得碩書」，碩書者、大書家也，舉物而人自見，柳州慣用此類筆法。

二

子厚與人論文，祇從所開書目，得窺見其中崖略，餘無所道，如答廖有方：「吾之荒言出矣」，何謂荒言？範圍何似？都末由推度。或謂子厚駢散兼工，與人討論，大

抵言散而不及駢，吾見武進莊炘、爲同邑趙懷玉序其文曰：

若夫儷偶之作，十有一二，頗疑君既志於古，何以不避輕華？顧君嘗言：吾不能離人而立於獨，世方尚此，故亦偶爲之，特難爲工耳。予思前人如柳柳州，亦擅斯體，然集中論文之書，乃無一字及之，以此知非所措意也。

嘻！奇已。唐人何嘗有散與駢之分野，嶄嶄明白？善夫胡天游之言曰：「古人雙句行單句中何限？」試觀報袁君陳書：「先讀六經，次論語孟軻書，皆經言，左氏國語莊周屈原之辭，稍采取之，穀梁子太史公甚峻潔，可以出入，餘書俟文成異日討也」，此在最先必讀之書，已包括屈原在內，夫何一字不及儷偶之有？世人多懷如莊炘之誤解，文壇遂生歧出而不中理之紛爭，設有荒言，其殆此之謂乎！

趙懷玉、字億孫，一字味辛，陽湖一派之雅才也，乾隆舉人，與孫星衍、洪亮吉、黃景仁齊名，著亦有生齋文集。莊炘、字虛庵，官邠州知州，居官有隱德，著寶繪堂集。

答貢士蕭纂欲相師書

一

蕭纂未詳何人？書云：「始者負戴經箱，退跡草廬」，殆指文戰不利時也。子厚

答許孟容書稱：「年二十四，求博學宏詞科未得」，或卽求宏詞未得後，與纂通書。顧子厚早通羣經，文譽遠颺，貞元九年，中進士第，已名滿天下，纂當於爾時獲與識面，或讀其試草，書云：「曲見記憶」，以此。

唐以通榜取士，試前視温卷最重，子厚官階距知貢甚遠，而獲得以宗師之位見待，故爲之惶恐不已，而自白無德克堪。惟己雖無能爲役，而可得贊譽於人，代爲遊揚，所謂唱導於聞人，卽此。全文旨存敷衍，別無義蘊，在少作中尤形稚弱，夢得編集時未予刊落，信是疏忽。

流汗伏地，不知逃匿，幸過厚也：幸過厚者，自幸見待之過厚，以致不知手足之所措也，緊承上文流汗伏地兩句。

鼓行於秀造之列：秀士造士出禮記。報崔黯秀才書：「觀吾子文章，自秀士」，亦卽此秀士也。剑案：秀造、子厚他文亦作俊造。王制：「司徒論選士之秀者而升之學，曰俊士；升於司徒者不征於鄉，升於學者不征於司徒，曰造士。」據此，所謂秀士，亦卽俊士。送辛殆庶下第遊南鄭序：「嘗從俊造之後，頗涉藝文之事」；送崔羣序：「甲俊造之選。」

二

蕭纂以纂爲名，不知於義胡取？晚近文壇，有篹與纂異同之爭論，姑附於此，以

資考證：

姚姬傳所爲古文辭類纂，纂原用篹，非纂也。　吾見桐城蕭穆校刊古文辭類篹序說其事曰：

先生命名古文辭類篹，篹字本漢書藝文志，康紹鏞氏不明篹字所由來，誤刊爲纂，至今古文辭類纂之名大著，鮮有知爲篹字本義者已。

尋漢志：「易曰：河出圖，雒出書，聖人則之，故書之所起遠矣，至孔子篹焉。」注：「孟康曰：篹音撰」，此誠用篹字不誤。　惟其後列舉小學諸家，有「訓纂一篇，（揚雄作。）揚雄蒼頡訓纂一篇，杜林蒼頡訓纂一篇」，共三篇，字皆作纂，不作篹。　然則篹之與纂，截然兩字乎？抑一字兩書乎？　又尋孟堅於本志自作說明：「揚雄取其有用以作訓纂篇，順續蒼頡。」夫順續者，卽訓纂之謂也，以順釋訓，以續釋纂，取義甚顯，而字通作纂，不作篹。　以此推知：孔子繼河雒而爲書，篹含續誼，在本志中篹與纂兩字同本一義，似不待辯。　由愚揣之：字作纂者，衆之所同，而孟堅偶爾弔詭，己獨用篹，凡此皆文人之筆致，而無與於邏輯之術解。　姚姬傳選古文辭成，亦以己之弔詭故，而選用篹，康紹鏞謂其字之不諧於俗也，毅然以纂代之，桐城諸子之先於蕭穆者，明其然而不之責，於是古文辭類纂之一標題，幾於約定俗成，而歸然不動，敬孚謝世未久，恨未得以此誼質之。

柳文用纂字處不多，其答貢士蕭纂求爲師書，字用於私名，與吳志陸瑁傳中之蔣纂，北史辛雄傳中之辛纂，又北史張纂、楊纂、及魏書杜纂等，期於與人共喻，文家無法易之。他如天問篇之「纂就前緒」，義與孟堅所謂順續之續同符，了無立異餘地，子厚行文，向以「啗土炭、嗜酸鹹」爲戒，吾乃敢斷言如是。

復次：篹固是名詞，不含動作義。禮記：「灌用玉瓚大圭，薦用玉豆雕篹」，注：「篹、籩屬也，以竹爲之，雕飾其柄，故曰雕篹」，孟堅引申而移作動態，恐漢志以前無作此解者，姬傳固不熟班書，焉用此捧心而顰爲？敬孚謂篹是本義，亦自強作解人。又敬孚言篹字本漢志，何不言纂字亦同本漢志乎？

報崔黯秀才書

一

崔黯新史有傳，字直卿，僕射寧季弟密之孫，擢進士第後，累官諫議大夫。大中初，爲江州刺史，去報書時，已三十年餘矣。文辭遒麗，以復東林寺碑，見賞於歐陽永叔，碑載集古錄，足見子厚美其文章辭意良高，可通聖人之說，確非隨意妄譽，而黯之早歲能文，固自名振一時。

子厚能書，且自詡工書，而集中言書道者，惟與黯一書，故此書最足珍重，至書

辭之跳脱及坦白，饒有風趣，猶其餘也。蘇子瞻醉墨堂詩云：「乃知柳子語不妄，病嗜土炭如珍羞」，自是惺惺惜惺惺，千古騷人一致。

子瞻詩文皆嗜柳，嗜而有得，亦輒效之，子瞻文中之雋永者，大抵摹仿子厚報黯書一類文字。至柳之書迹，流傳絶罕，龍城柳石刻，妄人僞爲之，不足道，不知宋時，東坡是否獲見眞蹟？詩中病嗜土炭，固非泥於字書。

二

文與道之連誼，言人人殊，卽屬一人，亦往往前後言不一致。此殆由受言者之志趣習慣，有不同程度之表示，言者求所以鍼砭之，因不得不變易其辭也歟！

報黯書首言學者務求諸道而遺其辭，遺者留也，道不可見，所留者唯辭，猶齊桓公讀書於堂上，所讀者祇古人之糟粕耳，辭既糟粕，而學者又泥於糟粕之形式，日以工書爲事，此其去道何止千里？宜子厚以外之又外而呰之也。此論全就崔生之癖好而懲之，故其爲説如此，倘與他人論文，辭又不盡然矣。崔生潘本作崔蒴，蒴無可考。

有主道重於文者，有主文重於道者，夫曰文以載道，則道重於文矣，曰因文見道，又文重於道矣。歐陽永叔曰：文與道俱，此似道與文並重，而實乃流於文重於道，何也？言之無文，行而不遠，倘無文矣，道則茫洋無可見也。右與崔生書，明明

道重於文，清方樸山〔棨如〕有「道與文俱」一文，可徵取以輔子厚，獨文長難錄，吾僅於中摘取數語，以資記注：「是故有道而文者上也，道不足而文者次之，文不足而道者又次之，雖詭於道，而其文深妙奇博，使人不覺入其玄中者又次之，言之無文，而託諸道以逃其樸鈍枯朽則無次。」尋方子之説，自謂即歐陽子之説，吾謂即提以輔柳先生，柳先生將亦無甚異議，蓋凡道之不可離於文也如此。特方文雖以襞積而流爲别派，而似有其自具風格，顯與所謂樸鈍枯朽一流異趣，文登集虚齋學古文卷首，此屬見志顯學之作無疑。

答吴秀才謝示新文書

吴秀才不知何許人？以書中有「在族父處蚤夜孜孜」一語，料是武陵族子；不然，子厚自謂其族父公綽，元和七年，公綽在湖南時，吴生隨焉耳。

向得秀才書與文章，類前時所辱遠甚：類、比也，子厚將類作比字用，文中恆見，如上江陵趙相公云：「類於向者，若有可觀」，此謂比於向者，其意甚明。

雖間不奉對，苟文益日新，則若亟見矣：亟見者、謂吴生來見子厚也，不來見則不能奉對，成爲間疏，此與下文「又何間疏之患乎？」相映成文。間、各本皆誤作聞。

子厚與人書札，多稱人爲秀才，實則唐無秀才科，所謂秀才，殆指應考進士之書

生，及第與否？在所不論，其言舉秀才，直猶言舉進士。至與蕭纂書：「鼓行於秀造之列」，所涵秀字，乃謂禮記中取與造士並列之秀士，爲泛泛運用古典之應酬語而已。

復杜温夫書

一

杜温夫之名，除此書外，集中未或牽涉，而韓退之以元和十四年謫潮州，書言及之，則書爲子厚臨命前不久所作無疑。夫人之將死，氣質不無稍變，其變也，大率緩而趨急，温而轉厲。此書責備之嚴，氣象之猛，過乎常度，殊失循循善誘之道，倘子厚平時爲之，吾意將不若是。

意者相望僕以不對答引譽者然：望、怨望也，與李睦州論服氣書：「咸望兄不能俱」，亦同此解。

何吾生胸中擾擾焉多周孔哉？　謝昌國有評如下：

子厚之論正矣，然以史考之，方子厚與劉夢得附王叔文也，譽之以爲伊周復出，是子厚自處，初亦未善。温夫以子厚爲周孔，倘可也，子厚以叔文爲伊周，其可乎？

昌國以温夫稱子厚周孔尚可，獨子厚以叔文爲伊周大大不可，此關政治歧見太大，由今日觀之，叔文安在不可爲伊周者？

引筆行墨，快意累累，意盡便止。　此道著行文眞訣，於子厚自繩，尤爲恰當。意盡便止，吾一生拜伏於此四字之下。

所謂乎歟耶哉夫者，疑詞也。　乎歟耶哉爲疑詞，至習見，惟夫字用於句末，作歎詞用者，多於疑詞，如易繫辭傳：「古之聰明睿知神武而不殺者夫！」禮記檀弓：「爾責於人，終無已夫！　三年之喪，亦已久矣夫！」皆歎詞也。　惟如史記孔子世家：「吾歌可夫？」　夫猶言乎；戰國策：「是以侯王稱孤寡不穀，是其賤之本歟？　非夫？」　夫猶言邪，始爲疑詞。　至子厚自用夫字，如種樹郭橐駝傳：「問者嘻曰：不亦善夫？」宋清傳：「以士大夫自名者，反爭爲之不已，悲夫！」前者疑詞，後者歎詞，子厚亦並不自爲封軌，惟與乎歟耶哉併爲一類，則不得不以疑詞著稱耳。

二

柳文中「但」字甚少用，如復杜温夫書：「但見生用助字，不當律令」；以及寄許孟容：「但欲一心直遂，果陷刑法」；與李翰林建：「但用自釋」；賀分淄青諸州狀：「晏子但聞其善祝」等等，在全集中，但字幾於寥若晨星，其故可得言歟？

常見惠棟後漢書補注：於袁安傳「但安隗素行高」下立說云：

惠學士曰：先秦兩漢文，凡轉捩語，從未有用但字者，南宋文氣卑靡，朱子集注多用但字，范蔚宗文氣亦卑，此蔚宗之筆，非東漢文也。但、古文袒，後世改但爲袒，而以但爲語詞，漢文作第，不作但，故但去爲第去，非轉語。作轉語用，乃後世方言，不合古訓。

惠學士者，棟父士奇也，而士奇又周惕子，祖孫父子，湛深經學，故學說以家傳爲重。夫秦漢文不用但字作轉捩語，雖其說起於士奇，高郵王氏，似亦了解無牾。觀於引之所撰經傳釋詞，所釋之詞，無慮二百，而中無但字，獨在徒字下引呂氏春秋：異用離俗二篇注曰：徒、但也，則經與傳不存但之本字可知。

或曰：惠氏謂兩漢文不用但字，而劉淇助字辨略但字下，引漢書食貨志：「民欲祭祀喪紀而無用者，錢府以所入工商之貢但賒之」；淮陽王傳：「縱不伏誅，必蒙遷削貶黜之罪，未有但已者也」；蕭望之傳：「非但廷尉問耶？」此諸但字，抑又何說？尋惠氏明標但字有兩解，一作轉捩語用，一作語詞用，二者犂然異途，不容朦溷。如上漢書三例，師古注食貨志云：「但、空也，徒也，言但賒與之，不取息也」；師古注淮陽王傳亦云：「但、徒也」，推之蕭望之傳：「非但廷尉問邪？」非但之爲非徒，何莫不然？依此言之，漢文雖用但字，而並不如惠氏所詁之義，惠氏詁義在轉捩，而諸例並非轉捩，由是惠學士謂先秦兩漢文，凡轉捩語從未用但字，其說仍未破。

綜王劉兩家著錄，秦漢以前，經傳中固見不到但字，至兩漢有用但字者，而祇限於常語，不作轉語之用，其大較然也。

請以繩之柳文：上列復杜温夫書以次四例，其所用但字，果爲轉捩語乎？抑語詞乎？依劉淇辨略看來，「但見生用助字，不當律令」，亦等於李陵答蘇武書：「但聞悲風蕭條之聲」已耳，但聞者、徒聞也，則但見者亦爲徒見，此常用語詞而非轉語，灼灼甚明。下列寄許孟容之「但欲」，與李翰林之「但用」，賀溜青之「但聞」，類推。信如斯也，是子厚始終用但字作語詞，而未嘗表示轉捩，倘柳文非文氣卑弱者，此與惠學士所立説，仍無不合之處。

子厚行文，原本六經，沿流騷賦，用字最爲矜慎，於助字尤甚，凡柳文之所以號爲潔，此殆爲要因之一。依勢揣之，惠氏所稱先秦兩漢文，不用但字作轉捩語，此一竅要，子厚諒無不知，故吾於復杜温夫書下，揭櫫但字之分別例，輒涉及之。

三

一助字之不明，至以不屑教誨，摽其人而出諸大門之外，吾竊疑子厚譴責杜温夫過當，久之偶閲短書，得一類似之例，而意有變遷。

太平廣記引盧氏雜説稱：

唐李據、宰相絳之姪，生綺紈間，曾不知書，門蔭調補澠池丞。判決祇承人：

「如此癡頑，豈合喫杖？決五下。」人有語曰：「豈合喫杖？不合決他」，李曰：「公何會？豈是助語，共之乎者也何别。」〔按公何會云者，猶今言「你曉得甚麼？」〕唐人用助語不明正負，至行之於公文書，並與人抗辯如此，焉怪子厚痛責杜温夫，而冀其道連而謁於潮，求卒可化爲？

四

蘇子瞻與李方叔書云：「近日士大夫，皆有僭侈無涯之心：動輒欲人以周孔譽己，自孟軻以下者，皆憮然不滿也，此風殆不可長。」此與子厚自懲見譽之厚，用意不同。或謂所指近日士大夫，殆影射王介甫。尋介甫行新法，子瞻久與相迕，他日與張文潛書，詆介甫好使人同己，卒致荒瘠斥鹵之地，彌望皆黄茅白葦。夫人而至與茅葦無異，教誨將安從施？子瞻言下盛慨，直欲杜温夫介甫而不之恤，此對李方叔，猶不失巽與之言云。

上李夷簡書

一

集中上李夷簡相公書，疑相公之名有誤，或自始卽無此書。

此書有可疑之點數四，聊試疏列：子厚被貶後，與親戚故舊之書，訴苦乞援，如致許孟容、楊憑、蕭俛、及李建者，大抵申述往誼，情文並茂；而此書只如枯綆一條，

往復纏繞，使讀者無所感動，此其一。書言廢爲孤囚十四年矣，則正是柳州易簀之歲，其時子厚讀書深造，心氣和平，在州亦自覺有社有人，勤民治事，大有習而安焉之勢，與初貶時之鬱躁心情，大相懸殊；於此而急切望救，致使用「呼憤自斃、沒有餘恨」等語，頗失眞讀書人本色，此其二。「士之死於門下者宜無先焉」：此何等語？豈信道有素、俯視一切如子厚其人，對世途顯者，遽脅肩諂笑信誓旦旦如此？此其三。何況李夷簡之於子厚，以往事言之，謂曰仇讎，艮不爲過；蓋夷簡爲御史中丞時，與楊憑素有隙，憑由江西入爲京兆尹，夷簡公然劾憑江西姦贓及他不法，卽臺參訊，志在抵憑以死，適翰林學士李絳救之，始得以貶臨賀尉了事；夫憑爲子厚先友，又兼舅甥之誼，子厚豈得忘世仇而親匪人？此其四。李夷簡在襄陽，曾遣伻撫問子厚，子厚有啓謝之，存集中，此類事、如對趙宗儒、武元衡等，所在多有，是與窮形盡相而向人乞哀，顯爲兩事，不可以其一而例其二，此其五。據右五義，吾不信子厚上李夷簡相公書之爲眞實，或者此書非致李夷簡而致李絳，此還略有情理可循，容細考之。

或又曰：楊憑歿於元和十二年，人已沒世，其仇自解，子厚於十四年作書致夷簡乞援，有何不可？曰：此勢利小人之所爲，豈篤於氣誼如子厚，而儇薄如是？且楊氏後輩如誨之敬之，皆一時英俊，豈不防爲齒冷也乎？

或又曰：考楊憑傳：憑爲李夷簡所劾，貶臨賀尉，姻友無敢送者，徐晦獨送至藍

田，夷簡特薦晦爲御史，曰：君不負楊臨賀，肯負國耶？舊書以此另立晦傳。據此，夷簡劾憑，容或事本爲公，迫不得已，本身並非與憑有何怨尤？而且對憑相當尊敬，與一般揭參劣員情況不同，何況從推荐徐晦看來，夷簡崇尚行誼，能度外賞拔賢才，至堪論定，凡此皆足爲子厚上書乞援張本。曰：否否，子厚應事接物，一切須在立身行己上打定基礎，豈得偶見隙有可乘，即輯䅬張口呼救，而謂黔婁瀕死所不肯爲者，以有士有人坦懷求治如子厚而爲之乎？

二

葛立方韻語陽秋云：

柳子厚可謂一世窮人矣，永貞之初，得一禮部郎，席不暖，即斥去爲永州司馬。在貶所歷十一年，至憲宗元和十年，例召至京師，喜而成詠，所謂投荒垂一紀，新詔至荆扉，又云：十一年前南渡客，四千里外北歸人是也。由永至京，已四千里，自京徂柳，又復六千，往返殆萬里矣，故贈劉夢得詩云：十年顦顇到秦京，誰料翻爲嶺外行，贈宗一詩云：一身去國六千里，萬里投荒十二年是也。子厚之窮極矣，觀上李夷簡書云：「曩者齒少心銳，徑行高步，不知道之艱以限於大阨，窮躓隕墜，廢爲孤囚，日號而望，十四年矣。」當時同貶之士程异爲宰相，而夢得亦得召用，則子厚望歸之心爲何如？然竟不生還，畢命於蛇虺瘴癘之區，可勝歎哉？韓

退之有言曰：子厚斥不久，窮不極，雖有出於人，其文學辭章，必不能自力以致必傳於後如今無疑也，雖使得所願於一時，以彼易此，孰得孰失？……

文未終篇，顯有闕佚，姑不具論。獨子厚同貶八司馬中，以程异最爲下材，彼被貶不久，卽能起復，以與皇甫鎛比周，爲憲宗聚斂故，事出詭迹，絶非正軌，以此欣動子厚，葛常之未爲知言。又夢得自始貶逮子厚之死，兩人一切同其厄運，其得與於召用，在長慶開成間，去子厚之死已遠，子厚何得預知夢得之未來，而心怦怦然動哉？此非知言尤甚。

焦循易餘籥錄載：

司空表聖題柳州集後云：「今於華下方得柳詩，味其探搜之致，亦深遠矣，俾其窮而克壽，抗思極精，則固非瑣瑣者輕可擬議其優劣。」窮而克壽四字造於微，非窮則心不壹，非壽則思不練。

固哉表聖之言詩也！子厚之詩，以窮得之，恰到好處，益之以壽，容或有損，劉夢得卽是最切近之例子。里堂分爲兩境，從而分析，又智下表聖一等。嘗論人生得壽，固不失爲晚福，然語其爲人，可得減少頽廢氣氛，則遠遠不如早死爲愈。尋夢得集僅三十卷，詩卽佔十卷，外集十卷，詩且多至八卷，就中淫昏諛佞可删之作，居其泰半。夫人生亦何不幸而享此懸疣附贅之遐齡，枉與同情者以意外之傷感哉？

卷三十五　啓

上廣州趙宗儒尚書啓

一

趙宗儒、注家咸謂當作趙昌。元和元年四月、昌以安南都護爲廣州刺史、兼嶺南節度使，子厚送趙大秀才序亦云：尚書由交廣爲刺史。至初授御史，尚書與杜司空賜臨顧云者，則子厚以貞元十九年入臺，昌爲國子祭酒，杜司空黄裳方官太子賓客也。

某天罰深重，餘息苟存：此指元和元年五月、子厚母盧氏終於永州；天罰深重，猶今言罪孽深重，不自隕滅也。

不任荒戀之誠：凡想像一種動作，幅度之廣大、之全面、之極端，其所用疏狀字每曰荒。如書：「惟荒度土功，」猶言大度土功，荒爲限制「度」之疏狀字；本篇所用荒戀、荒懇、（慺慺荒懇，叩顙南望。）及哀荒窮毒，（哀荒窮毒，人理所極。）皆此類，惟前兩項荒字在上，後一項在下爲不同耳。後一項、荒與毒相代爲用，如人言甚飢，曰飢得

荒，大罵人，曰罵得毒，疏狀之意相仿；並意味極，哀荒謂哀之極，窮毒謂窮之極也，下文「人理所極」，子厚不啻自下解釋。

偷視累息，已逾數月：　數、一本作歲，以作歲爲是。

收撫之恩，始於枯朽：　始字費解，疑是洽字形訛，書：「洽於民心」，注：洽、霑也，正合斯義。

動心於無情之地，施惠於不報之人：　此與寄許孟容書：「興哀於無用之地，垂德於不報之所，」措詞正同。

二

雲谿友議載：

李太尉相公先謫潮州，再貶朱崖，作詩云云。先是韋相公執誼得罪，卒葬於此，今朱崖有韋公山。柳宗元員外、與韋丞相有齠年之好，三致書與廣州趙尙書宗儒，勸表雪韋公之罪，始詔歸葬京兆，至今山名不革矣。贊皇感其遠謫不還，爲文以祭曰：維大中年月日、趙郡李德裕謹以蔬醴之奠，祭於故相國韋公僕射之靈：嗚呼！皇道咸寧，藉乎賢相，德邁皋陶，功宣呂尙。文字世推，智謀神貺，一遘讒嫉，遠投荒瘴。地雖厚兮不察，天其高兮不諒，野掇澗蘋，思通秬鬯，信成禍深，業崇身喪。某亦竄跡南陬，從公舊邱，永泯軒裳之願，長爲猿鶴之愁。嘻吁絶域，寤

寀西周，倘知公者，惻公非罪，不知我者，謂我何求？其心若水，其死若休，臨風敬弔，願與神遊。嗚乎！

范攄以唐人記唐事，不應舛迕太甚。文稱子厚爲求表雪韋執誼，三致書於廣州趙尚書宗儒，但集中並無此項書牘，雖別有上宗儒求援、賀用符載、及獻所著文三啓，而絶無一語涉及昭雪韋相之事，不知何以范君誤記如此？不寧惟是，子厚號稱與韋相有齠年之好，而全集竟無一字道及，諒攄於柳集外別有所見，而其書不傳於今。

唐室永貞與甘露兩次政變，時間相距不遠，而舉爲贊皇之所親歷，以言寃獄之性質，及殺戮之衆多，甘露尤甚於永貞。王涯賈餗之無辜被戮，及其子孫之追踪勦絶，尤爲慘絶人寰，王白田曾述此事而深加太息，並咎贊皇當國、所出詔書之太無節制。顧雲溪卻記贊皇追念執誼，至稱美德邁臯陶，功宣呂尚，何同一類事件，而觀察不同乃爾？豈其譴王賈時在相位，祭韋公時在貶地，異時情感，兩不相侔，抑或如白田所言，嚴譴當時，別有不得已之苦衷歟？

集古錄稱：「贊皇文辭，甚可愛也，其所以及禍，或責其不能自免，然古今聰明賢智之士，不能免者多矣，豈獨斯人也哉？」如此對文饒表示同情，從來不止歐陽永叔一人，獨文饒自撰退身論，其辭云：

天下善人少，惡人多，一旦去權，禍機不測。操政柄以禦怨誹者，如荷戟以當

猛獸，閉關以待暴客，若舍戟開關，則寇難立至。遲遲不去，以延一日之命，庶免終身之禍，是以懼禍而不斷，未必皆耽祿而已。語之沈痛可哀如是，白田所揣不得已之苦衷云者，或卽猛獸號於東，暴客伺於西，己因懼禍不斷，遂乃出言無擇也歟！

白田雜著之原文，錄存備考：

甘露之變，王涯賈餗諸人，皆以無罪族，其子孫迸走在昭義者，爲郭誼所殺且盡，此天下所寃痛。而李衞公乃降詔云：「逆賊王涯賈餗等，已就昭義誅其子孫，宣告中外。」衞公不應顚倒至此，此必有所甚不得已也。

越縵日記稱：「白田於永貞八司馬事，有所申論」，今查雜著，止於論甘露之變寥寥數十言，此殆越縵記憶偶畸歟？抑白田最後稿有刊落歟？

三

柳韋齠年之好，史無可考，惟子厚對王叔文矢忠無貳，迹象軒豁，其於叔文執誼相與之際，勢不得不軒王而輕韋。吾觀與許孟容書所稱：「與負罪者共立仁義利安元元」云云，負罪者三字，是否包括執誼在內？大以見仁見智之不同而生歧義。以吾揣之：事敗之後，子厚痛定思痛，其將置執誼於不論不議之列，了無疑問，求趙宗儒爲韋雪罪，未必眞有其事。

贊皇祭文，由於謫宦同域而起，説不上生前有何交誼？且文中亦無一字涉及舊歡。其「信成禍深、業崇身喪」云云，語固沈痛刻骨，而亦等於借他人酒杯，澆自己塊壘。「嘻吁絶域，寤寐西周」，復回憶己身曩日偌大抱負，低佪留戀，情見乎辭，都無與存殁兩造之平生情義。至「臨風敬弔，願與神遊」，則「德裕將終之語，容齋續筆載德裕手帖云：閏十一月二十日從表兄崖州司戶參軍同正李德裕狀，此正是大中四年之閏十一月，發此書後，至十二月卒，年六十四」，王西莊之言如是。（見十七史商榷卷九十一。）

上西川武元衡相公謝撫問啓

一

向來治柳文者，於簡札類，大抵置重於書，而忽略於啓，以爲啓取駢儷，志存酬應，事涉餱糧禽犢之末，與學術政治無關，因而文屬附庸，編集宜在可有可無之列，嘻！此他家或不免於是，而子厚則不爾。蓋子厚一生爲文，不論短長高下，從不敢以輕心掉之，書固沈鬱，而啓仍不失淵懿，卽尋常啓事，都無不與盛漢同風，兹請以上武元衡一啓爲例：

某啓：某愚陋狂簡，不知周防，失於夷途，陷在大罪，伏匿嶺下，於今七年，追

念往愆，寒心飛魄。幸蒙在宥，得自循省，豈敢徹聞於廊廟之上，見志於樽俎之際，以求心於萬一者哉？相公以含弘光大之德，廣博淵泉之量，不遺垢汙，先賜榮示，奉讀流涕，以懼以悲，屏營舞躍，不敢寧處。是將收孟明於三敗，責曹沬於一舉，俾折脅臏脚之倫，得自拂飾，以期效命於鞭策之下，此誠大君子幷容廣覽，棄瑕錄用之道也。自顧孱鈍，無以克堪，祗受大賜，豈任負戴？精誠之至，炯然如日，拜伏無路，不勝惶惕，輕冒威重，戰汗交深。

相傳永貞之際，王叔文先使人誘元衡以爲黨，元衡不納，子厚尤不喜元衡爲人，坐是彼此成仇，劉夢得求爲判官，元衡復不許。計子厚上此啓時，八司馬貶竄已七年矣，而元衡卻對子厚先施撫問，此誠元衡存心忠厚，不念舊惡，至子厚作答，究如何方爲得體？殆戛戛乎難於下筆。觀此文明用孟明曹沬，暗用范睢孫臏，不卑不抗，無悔無懼，措詞淺深合度，切理饜心，使元衡得之，卽平生積忤萬千，讀罷亦且一笑而解。斯殆文林之高手，政地之鴻才，以言卽事輸誠，詞令復臻上品，如退之自詡排奡，混雜泥沙，不足與於是也。

偶閱陳恭甫致高雨農論文一札，末幅有云：

嘗論四六之文，與律賦異格，與古文同源，必明乎謀篇命意之途，關鍵筋節之法，然後與古文出一機杼。四傑氣格高雋，而不免繁豔，自宋以後，浮動輕率，遂

墮宗風。國初陳迦陵雖有逸才，未除俗調，章豈績而下，等之自鄶矣。自胡穉威始倡復古，乾隆嘉慶間，乃多追效選體，然吾鄉猶近時趨，未能丕變，而治古文者恥言駢儷，排擯横加如此，未達乎西京揚馬鄒枚之作，有唐河東贊皇之製耳。所謂有唐河東之製，如子厚集中所存各啓，應足備知味者一臠之用，資其咀嚼，爰爲牽引比勘如右，蓋有清文壇如左海者，固不失爲明通博洽一流也。

幸蒙在宥：莊子：「聞在宥天下，不聞治天下」，注：在宥、宥使自在，猶言任物自爲也。或謂：在宥、駢語，在、察也，宥、寬也，在之也者、恐天下之淫其性也，宥之也者、恐天下之遷其德也，見胡鳴玉訂譌雜錄。

以求心於萬一者哉？曹昭女誡：「得意一人，是謂永畢，失意一人，是謂永訖，由斯言之，夫不可不求其心。」求心之説，或本於此：求心也者，似與定命爲一類語。

釗案：求心語太僻，簡牘中似不宜用，竊疑心字上誤奪一字，如甘心之甘，拊心之拊，梁丘據贊中順心之順，愬螭文中充心之充，皆得。釗又案：心或必字之誤，求必猶言取必。

廣博淵泉之量：中庸：「溥博淵泉，而時出之」，廣溥字異。

收孟明於三敗：孟明事、見左僖三十三年。

責曹沬於一舉：曹沬事、見史記刺客傳，惟沬左傳作劌。

俾折脅臏脚之倫：鄒陽書：「司馬喜臏脚於宋，卒相中山，范雎拉脅折齒於魏，卒爲應侯」，至龐涓嫉孫臏之能，刖其足，魏攻齊，臏設計圍涓，涓智窮自刎，又別爲一事。

二

新書往往紀載不實，或說事刪繁就簡，故示偏袒，永貞之變，於王叔文之黨，尤多淫詞，如武元衡時以御史中丞下遷太子賓客，實錄作左庶子，新書劉禹錫傳：因謂元衡爲柳宗元所不喜，遂爾左官。如其然也，宗元等沈滯遐荒，元衡不下石，已足見其不爲已甚，何必殷殷勞問，惺惺作態爲哉？子厚集中，有上西川武相公謝撫問啓，查憲宗卽位，討劉闢，蜀新定，詔元衡檢校吏部尚書，兼門下侍郎同平章事，爲劍南西川節度使，元和八年還朝。在發西川前，曾函子厚表示公叔文子之意，故子厚謝啓中有云：「幸蒙在宥，得自循省，豈敢徹聞於廊廟之上，見志於樽俎之際？」末幅復綴孟明曹沫，効命鞭策等語，此可見兩方詞氣往復，遠出尋常交誼之表。又考啓中「伏匿嶺下，於今七年」，亦恰際其時。夫如是，遽斷元衡當初左遷，實由子厚排擠所致，豈不大悖情理？

當元和十年，子厚等詔追還京，值元衡適在相位，說者又謂：子厚等再貶，乃元衡不加援手之故，此亦近於武斷，吾別有論列，不贅於此。

由右觀之，順宗實錄所載武元衡如下一段，顯非實情。

以吏部郎中李鄘爲御史中丞，武元衡爲左庶子。初、叔文黨數人，貞元末已爲御史，在臺。至元衡爲中丞，薄其人，待之鹵莽，皆有所憾，而叔文又以元衡在風憲，欲使附己，使其黨誘以權利，元衡不爲之動，叔文怒，故有所授。

元衡由御史中丞降爲左庶子，自是事實，而其時適值叔文執權，指爲意出叔文，跡自近似，但眞實內情如何，今已無從考知。惟叔文黨人舊在臺者，落落可數，其人皆非僉壬之流，元衡何事必薄待之，而且形涉鹵莽，使人致憾？果爾，則責在元衡，而不在叔文黨人，從而尋索宗元不喜元衡之迹，豈非迷離惝恍之至？復次：叔文執政，一意孤行，最惡內外官員，以私意屬託，如劍南節度使韋臯偶有嘗試，叔文至於欲斬劉闢，最爲顯例。使其黨誘元衡以權利云云，此尤而效之，未必叔文肯爲，實錄如此紀載，若非退之自始曲筆，卽後來有人改削，以取悅於宦官，唐史蕪穢，玆爲一班。

又元衡爲御史中丞時，子厚曾代作謝賜櫻桃表，文在集中，倘武柳交誼不密，此類捉刀之事，豈可能有？由此元衡爲宗元不喜之說，更不攻自破。

新書又載：韓臯素貴，不肯親叔文等，斥爲湖南觀察使，此須分別言之，亦非一言可盡。查實錄：永貞元年三月壬申，追故相忠州別駕陸贄、郴州別駕鄭餘慶、前京兆尹杭州刺史韓臯、前諫議大夫道州刺史陽城赴京師。據此，則韓臯以京兆尹貶杭

州刺史在前，至叔文執政，以皋名德在陸贄陽城之列，急詔追還京師，五月己巳、以杭州刺史韓皋爲尚書左丞，同月乙酉、以尚書左丞韓皋爲鄂岳觀察武昌軍節度使，實錄因從而斷之曰：「皋自以前輩舊人，累更重任，頗以簡倨自高，嫉叔文之黨，謂人曰：吾不能事新貴人，皋從弟曄、幸於叔文，以告，叔文故出之」，此與紀錄元衡情形，大致相同。　查皋爲晉公滉子，高門盛族，顯居朝職，因而蔑視叔文，以寒微出掌朝政，自在意中，是嫉妒先發自皋，以致叔文無從逢合，昭哉可覩。　其從弟曄者、卽八司馬之一，從中調停，因以岳鄂觀察兼軍節度質劑之，此與李德裕出任淮南，情節相近，不能以尋常左官視之。　新書謂皋貴重，不肯親叔文，並非叔文不肯親皋，猶之實錄稱皋嫉叔文之黨，並非叔文之黨嫉皋，遽以此爲叔文及叔文之黨罪，是必須否認古來板築魚鹽爲不能有然後可，退之子京號稱讀古人書，至意氣用事時，則一切不問矣，可勝歎哉？

劉賓客集，有謝門下武相公啓，略曰：

某一坐飛語，廢錮十年，昨蒙徵還，重罹不幸；詔命始下，周章失圖，吞聲咋舌，顯白無路。　豈謂烏烏微志，惻於深仁，恤然動拯溺之懷，煦然存道舊之旨？言念觳觫，慰安蒼黃，推以恕心，期於造膝。　重言一發，睿聽克從，回陽曜於肅殺之辰，沃天波於蹭蹬之際，俾移善地，獲奉安輿，率土知孝治之源，羣生識人倫之厚，

感召和氣，發揚皇風，豈惟匹夫，獨受其賜？……

此卽八司馬十年召還，不幸再貶後所爲啓，據此，不僅武柳間無甚痕迹，卽武劉相與，亦不見有何齟齬？道舊猶言道故，〔如班荆道故。〕舊書：「太宗從容謂侍臣曰：朕少在太原郡聚博戲，暑往寒逝，將三十年矣，時會中有舊識上者，相與道舊，以爲笑樂。」今夢得採用道舊二字，亦必謂元衡念及同官御史臺〔時元衡爲御史中丞，劉柳皆監察御史。〕日，而煦煦然存恤有加，又安得世論所訾元衡落井下石之爲哉？

三

晁公武讀書志武元衡臨淮集條云：

右唐武元衡伯蒼也，河南人，建中四年進士，元和二年，以門下侍郎平章事出爲劍南節度，八年復秉政，明年早朝，遇盜爲所害。元衡工五言詩，好事者傳之，被於管絃，嘗夏夜作詩曰：「夜久喧暫息，池臺惟月明，無因駐清景，日出事還生」，翌日遇害。舊有臨淮集七卷，此其二也，議者謂唐世工詩宦達者惟高適，達官詩工者惟元衡。

元衡節度劍南八年，撫問啓作於由劍南啓程還朝時，公武謂明年遇害，明年當指九年。惟子厚十年被詔赴都，元衡尚在相位，查通鑑：元衡被刺，實在元和十年六月癸卯，晁志誤。

通鑑載：

元衡入朝，出所居靖安坊，有賊自暗中突出射之，從者皆散走，賊執元衡馬，行十餘步而殺之，取其顱骨而去。兵部侍郎許孟容見上言：自古未有宰相横尸路隅，而盜不獲者，此朝廷之辱也，因涕泣。又詣中書揮涕言：請奏起裴中丞爲相，大索賊黨，窮其姦源。

子厚啓自傷愚陋狂簡，不知周防，豈知元衡以宰相簡從出門，遇狙而絶，一轉眼間，其不及周防之人，適在相公而非子厚，諒當時子厚聞之，所爲寒心飛魄可想。

四

吴縝新唐書糾謬，糾劉禹錫傳之紀載不實云：

今案武元衡傳云：爲御史中丞，順宗立，王叔文使人誘以爲黨，拒不納。俄爲山陵儀仗使，監察御史劉禹錫求爲判官，元衡不與，叔文滋不悦，數日、改太子右庶子。然則元衡下遷庶子，乃以忤叔文禹錫之故，非爲柳宗元不喜，此其事與禹錫傳不同者一也。

右文在涇縣趙紹祖新舊唐書互證內，重複錄登，於元衡之貶、與柳無涉一點，疏列明白。此外禹錫傳稱：「御史竇羣、劾禹錫挾邪亂政，即日罷」，吴縝糾之曰：「羣傳：王叔文欲逐之，韋執誼不可而止，然則羣未嘗罷官」，紹祖指作兩傳之不同此其二。又

禹錫傳稱：「斥韓臯爲湖南觀察使」，吳縝糾之曰：「臯傳云：叔文怒，出爲鄂岳蘄沔觀察使，其地並非湖南」，紹祖指作兩傳之不同此其三。此三不同中，紹祖尤重視宗元不喜元衡一款，並爲之纍欷而言曰：「元衡不爲宗元所喜，容亦有之，元衡固正人，而柳氏之家，實爲武氏所破，其仇不遠，而能強喜之耶？」紹祖之右柳也極已。紹祖字繩伯、號琴士，清道光初賢良方正，於書無所不讀，著述極富；至吳縝爲宋元祐朝人，新唐書糾謬凡二十門，自序三千餘言，摘舉之功甚勤。

釗案：湖南觀察使之治所在潭州，楊憑曾爲此使，而鄂岳觀察使之治所在武昌，元稹不久卽任此職，名義亦並改爲武昌軍節度使，可見兩使涉湖，一南一北，粲然明白。又案：所謂武氏之仇，乃指子厚之從曾祖奭爲中書令，以忤僞臨朝，屈死於高宗時，爾後柳氏卽無人繼登朝列者，互若干年。由是可見：吳糾趙歎，皆有事實根據。

謝襄陽李夷簡尚書委曲撫問啓

元和六年四月、以戶部侍郎李夷簡檢校禮部尚書，出爲山南東道節度使，啓云襄陽，卽此時也。

當州員外司馬李幼清，傳示尚書委曲：　當州卽永州，猶今言本州。子厚爲司馬，李幼清亦爲司馬，可見司馬無定員。幼清卽與論服氣之李睦州也，委曲謂書札。

控此上游：　漢書項羽傳：「古之王者，必居上游」，注：上游猶言重地。李商隱重有感：「玉帳牙旗得上游」，馮箋：「得上游、似借用漢書匈奴傳：從上游來，厭人之義，以喻懾服中官也。」李夷簡雖非武臣，並無自養部曲，亦控此襄陽重地，聲勢或猶在昭義劉從諫之上。

思欲修容於轅門之外：　思欲二字連用，子厚文中屢見，上李吉甫獻文啓亦言：「思欲一日伏在門下。」修容出禮記：「季孫之母死，曾子與子貢弔，入於其廐而修容焉」，注：修容、更裝飾也。

涉蓬瀛、登崑閬：　蓬萊、瀛洲、神仙所居，崑崙、閬風，二山名。

敢希大賢：　敢、猶言不敢。

夷簡與楊憑爲仇，憑貶臨賀，卽夷簡爲之，茲乃修好於憑門壻子厚，子厚亦卽貞誠謝之，凡此足見唐室宦情一班。

賀趙江陵辟符載啓

一

符載字厚之，蜀都人，以才見稱，人謂蜀才自陳子昂後，當數載。韋皐鎭蜀，以載爲支使，劉闢時爲倉曹參軍，闢敗，載素服請罪，高崇文義釋之。

爲時聞人： 李肇國史補：「進士爲時所尚久矣，是故俊乂實集其中，由此出者，終身爲聞人。」載雖不得進士，而聲光相埒，故亦號聞人，聞作去聲讀。

中間因緣，陷在危邦： 此即指劉闢之亂。

橫致脣吻： 橫讀去聲。

房給事以高節特立，明之於朝： 給事者，房式先也，與載同爲西川從事，後擢給事中。

王吏部以清議自任，辯之於外： 吏部，王仲舒，時自南省出刺外州。

困在交戟： 漢書劉向傳：「今佞邪與賢臣，並交戟之內」，注：交戟，謂守衞者。

子厚不知與載有何淵源？而爲之輕瀆陳賀如此，別有與邕州李中丞論陸卓啓，自承與卓未嘗相識，或與載亦爾。

二

宋孫光憲北夢瑣言，記符載事可述：

唐武都符載，字厚之，本蜀人，有奇才，始與楊衡、宋濟、棲青城山以習業，楊衡擢進士第，宋濟老死無成，惟符公以王霸自許。韋南康〔韋皋，萬年人，封南康郡王。〕鎮蜀，辟爲支使，雖曰受知，尚多偃蹇。韋公於二十四化設醮，請撰齋辭，於時陪飲於摩訶之池，符公離席盥漱，命使院小吏十二人捧硯，人分兩題，繞步池

濱，各授口占，其敏速如此。劉闢時爲金吾倉曹參軍，依棲韋公，特與譔眞讚，其辭曰：「矯矯化初，氣傑文雄，靈螭出水，秋鶚舞風，行義則固，輔仁乃通，他年艮覿，麟閣之中。」洎京兆變故，〔指韋臯死也，臯爲萬年人，萬年爲京兆郡治。〕彭城知留務，〔指劉闢。〕起雄據之意，符爲其所縻，凡有代奏，愈更恭順。劉闢之敗也，幕寮多罹其禍，唯符生以牋奏藁草一篋，呈高崇文相公，長揖東下，棲於廬山，即前之眞讚，可謂有先鑒也。

時論謂符載爲中唐蜀才第一，觀於子厚賀啓、及孫光憲瑣言而信。

眞者、畫像也，行義二語，上句曰則，下句曰乃，意涉兩可，有因果相銜之用，故高崇文右之，然亦可謂倖免於難矣。子厚在此謗議沸騰之下，公然爲其受人徵辟致賀，頗有司馬遷爲李陵抗辯之風。

與邕州李域中丞論陸卓啓

李域不詳，集有邕州刺史兼御史中丞李公誌，彼乃李位，非域也。陸卓事亦無可考，子厚自稱與卓未嘗相識，蓋徒激於義憤而爲之論列云。

一夫見刃，莫爲己用：此啓通體平實，詞義不難董理，惟上二語稍費解。在文理上看，意謂人人見脅於徐元慶，無不爲其所用，此毫無疑義者，莫、莫不也，莫爲己

將毋同，用，莫不爲己用也，與論語：「文莫吾猶人也」，取義正同。〔世説新語：阮瞻曰：將毋同，亦將無不同之義。〕蓋此處之莫，亦當作莫不解，謂吾於文莫不猶人，與此啓莫不爲己用，其式如一。一夫者、以一代萬，猶言人人，見刃卽言見脅，如此理解，脈絡卽通，且反襯陸卓之特立不懼，格外有力。尋文法上莫不而略言莫，謂之楕句，經傳中此種楕句，往往而有。如左氏記泓之戰：「若愛重傷，則如勿傷，愛其二毛，則如服焉」，兩如字皆不如之略，亦此類。蘇軾諫買浙燈狀：「惡其厚費，則如勿買，」如勿買上略一不字，左氏語調，文家習用不覺。

謝李中丞安撫崔簡戚屬啓

一

此李中丞轄湖南，非邕州李中丞也，啓有云：「凡在巡屬，慶懼交深」，永州正隸湖南道，故云爾。呂温河南團練使壁記：「元和三年冬、天子命御史中丞李公，以永嘉之清政，京兆之懿則，廷賜大旆，俾綏衡湘」，蓋潭使薛苹移浙東後，除李爲代，惜壁記中不載其名，而其卽爲安撫崔簡戚屬之李中丞則甚確。安撫事在六年夏，同時簡弟策在京訟冤，有旨黜連帥，罷御史，其所黜之連帥，亦卽此李中丞。

風毒所加，漸成狂易，不知畏法，坐自抵刑，名爲贓賄，卒無儲蓄，得罪之日，百

口熬然，叫號羸頓，不知所赴，此寥寥數語，不啻一篇寃牘。

二

皆柳氏之出：　之猶所也，以之作所，柳文中屢見，如東明張先生墓誌：「畢原先人之歸也」，先人之歸，猶言先人所歸。

柳文之字作所字用，非無所本，書無逸：「先知稼穡之艱難，乃逸，則知小人之依」，此小人之依，卽猶言小人所依也。王引之經義述聞，殊於此節文字，多所繳繞，請卽引之之說，稍申釋之。引之云：

依、隱也，謂知小人之隱也，傳曰：知小人之所依怙，如此，則經文當增所字矣。且下文曰：「舊爲小人，爰知小人之依」，以其爲小人之隱衷，故身爲小人，備嘗艱苦，乃得知之，若僅云：稼穡爲小人之所依怙，則亦易知耳，何待爲小人而後知哉？

知小人之所依怙一解，蔡傳得之，特所字並非別增，而卽與之字相互爲用，蔡於此微未晤耳。至稼穡之艱難，惟小人知之獨詳，此鐵板注脚，初不待詞條之變換而有所違異，伯申謂僅言爲小人所依怙，卽無當於艱難二字，此誠經生固結難解之蓬心，未易辨識。

慶懼交深：　一本慶懼作感懼，因下文有感懼無地句，此處自以作慶懼爲得。

某幸被縲囚：被縲囚何幸之有？觀上湖南李中丞干廪食啓末云：「則縲囚之幸大矣」，文意蓋謂：幸被縲囚於湖南道，卽李中丞巡屬耳。

謹勒祗承人沈澹：勒一本作勤，俱非是，疑是飭字之誤。沈一本作沉，吴至父校復。祗承、與欽承恭承爲類語，經傳習見，祗讀平聲，如楊巨源詩：「長被有情相唱和，近來無力更祗承」，花蕊夫人宫詞：「今夜聖人新殿宿，後宫相競覓祗承」，皆是。祗承人猶言執事人，乃地方衙署一種公差之名，可見之於公文書，盧氏雜説載：「李據爲澠池丞，判決祗承人喫杖，決五下」，足證。（參看復杜温夫書條三款。）

上湖南李中丞干廪食啓

此李中丞、卽安撫崔簡戚屬之同一人也，啓當更先於安撫啓。

文似國策，咄咄逼人，「無使惶惶然控於大邦」，依詩：「控於大邦」，注：控、引也，欲求援引於大國也，此卽南走胡北走越意，全屬策士口吻。

上桂州李中丞薦盧遵啓

集有序送遵遊桂州，事在元和四五年間，當與此啓同時作。

則感概捧戴，萬萬有加焉：感概本漢書游俠傳：「郭解少時陰賊感概」，師古

注：「謂其感意氣而立節概」，字不作慨，此與史記：「感慨而自殺者，非能勇也」，似非一義。胡鳴玉訂譌雜錄稱：莊子至樂篇：「是其始死也，予獨何能無概然？」注：「概、感觸經心也」，引與感慨併作一談，殊形牽強。

兄弟三人，咸爲帝者師：參看二十四卷送盧遵序。

豈與善之道無可取耶？與善本老子：「天道無親，常與善人。」

使遵也有籍名於天官，獲祿食以奉養：考唐制：桂州二十餘郡州，掾而下至邑長三百員，由吏部者十一，他皆廉使量才補授，故子厚特有是薦，曰籍名天官，蓋從廉使授官後，始升名吏部也。遵後令桂之屬邑全義，子厚爲作復北門記，殆由此薦而得之，陳少章云。

從來薦士之方，大抵不出兩途：一爲天下惜才，見某也才，某事須才，兩者合而吾誼在必薦，至爲德於吾與否不與焉，若是者其道公。又其人才不才，及事得其人適不適，都在兩可之間，獨其人於吾至密，凡以事安其人，卽不啻安乎己，戴德者將非受事者一人而止，若是者其情私。夫子厚之薦遵，其情私也，薦書之出也，務使舉主洞悉其端委，了解其迫切，而爲之曲折以赴，使授受咸得如其量以底於成，然後一舉而有知恩之士二之非虛語，然後此一薦牘，能成爲人類公私質劑、坦蕩不欺之眞實語言。

卷三十六　啓

上權德輿補闕温卷決進退啓

此文子厚十八歲作，固少作中最早期也，然康對山已賞其「句法騷快，氣概閒適，可見子厚少年文字，便灑然出塵」，言亦離題不遠。

權載之貞元中知貢舉，甄品詳諦，所得士相繼爲公卿宰相者甚衆，子厚思依倚爲重，亦固其所。啓首云：「拜揖長者，自於幼年」，則子厚於權，固非漫無淵源，顧此淵源爲何等耶？據陳少章所考：「德輿嘗爲江西廉使李兼判官，蓋與侍御夙有同官之舊，而先友記遺之何也？」斯則江海沈淪，人事遷改，一旦形格勢禁，便爾遺忘，又或己不忘人，而人忘己，勉強攀援，適以見笑自點，吾恐子厚於此籌之至熟，因有「覩其樸者鄙其成，狎其幼者薄其長」等語，見於筆下。昔以文舉俊才，猶得小時了了之誚，矧以髫年隨父，猶未及少少露頭角時耶？又况侍御與人相交，眞實情感如何？並非小兒女所得盡知耶？

文之中幅，有三段辭，林希元曰：

此三段俱辭采翩翩。第一段言：高談闊論，恐汙達者之聽；第二段言：巽軟觀望，恐爲榮者之醜；第三段言：安常守分，又慮無推擇之行。蓋將以可進可退者取決於德輿也，然可見子厚無頭腦處。

何以謂之無頭腦？次崖所謂有頭腦又是何種？次崖好談兵，其論往往獷率無甚倫次，何足以知子厚？

上大理崔大卿應制舉啓

一

崔大卿者誰也？廖注：「新史年表：崔同嘗爲大理少卿，崔銳嘗爲大理卿，然皆不見於傳」，陳少章曰：否，崔卿名儆，其說如下：

柳子年二十四，求博學宏詞，二年乃得仕，此啓蓋初試不利後作，貞元十三年也。唐制：試吏部，皆考功主其事，子厚應宏詞試時，適崔卿已自考功遷大理，故深以不遇知己爲恨，而更求其撫薦於再舉耳。崔卿名儆，歷右丞卒，又按儆還右丞，宰相趙憬所擢也，貞元十三年，儆方官丞轄，而此題仍稱前官，當更考之。

此啓雖怨與知己失之交臂，而求其再撫薦，文才氣縱横，意志高抗，與退之三上宰相書乞情無已，自忘卑下者，有上下牀之別。

或謂此啓贋作，然觀其詞句及典實，如「顧視下輩」，下輩出漢書灌夫傳，子厚累用，〔如祭穆質文如上李吉甫啓亦用之。〕荀罃如實出己，左成三年事，子厚亦用於他篇，〔如祭穆質文感於褚中，亦同用一事。〕此種駕輕就熟之態，不類他人僞爲。特行文信筆所之，鬆弛特甚，自是少年矜才之作，與晚年穩練氣度有不同耳。

沈作喆寓簡謂：「此啓塵俗凡陋，非子厚文」，此人各有見，殊難相强。惟細覈之，文稍宂沓，迹涉便佞，不合子厚平昔行文槷矱，余雖未卽遽目爲僞，然寓山所見，亦不甚以爲非。蓋子厚未中博學宏詞，年剛及冠，尋左官時與許孟容書，年三十三，猶自認爲甚少，其失意詞科，更少之少矣，何亟亟舍科第、求他途爲哉？

竊感荀罃如實出己之德：左成三年，荀罃之在楚也，鄭賈人有將寘褚中以出，既謀之，未行，而楚人歸之，賈人如晉，荀罃善視之，如實出己。

二

明王元美有上朱大卿書甚長，其首段云：

某昔者蓋讀柳子厚上崔大卿啓，其爲文僅千言，雖多委折瀾伏，大要不過求遇已耳，某高其文，竊復卑其人云。夫以子厚之才，不稍自貴重，蘄識於崔公，卽才若子厚，公不先識之，而使其匍匐自獻，某以爲罪在崔公也。考唐史卒未見薦子厚，茲啓亦贅瘤哉！

元美爲人，言多誇誕，號稱文以西漢爲宗，唐大曆以後之書不讀，而子厚適在大曆以後，吾知元美於子厚文，不止讀之，而且摹擬之。即如子厚上崔大卿啓，少作也，在柳集實居下乘，而元美已高之，其他品質高者，又何待論？復次，其爲文僅千言句，用字即仿柳法。查原啓千二百言，是不止千言也，何言僅千言哉？此直模仿子厚與許孟容書「僅以百數」云爾。且僅字如此用法，在明代已絶罕見，而元美必如是云然，此其務學柳以爲名高，可想而知。明史稱：元美晚年，手蘇子瞻集諷翫不置，彼崇蘇已如此，何況於柳？

嘗論晚明士習，與中唐絶不相同，蓋唐以通榜取士，温卷已成錮習，而明則關防謹嚴，動輒以與主司鉤通致禍。以是子厚啓候崔大卿，可在其親臨考第之時，而元美上書於朱，必在己已釋褐之後。〔原書稱：既釋褐從諸薦紳先生後。〕惟以此也，元美遽責崔公先識一年纔弱冠初未應試之文才，可謂不識時務之至。又所謂崔公者，乃崔儆也，官階僅歷右丞而歿，其所以轉右丞，且恃趙憬之薦剡，元美遽以孔融之薦禰衡責望此公，其所謂考唐史卒未見薦，直是欺人之談。

上裴晉公獻唐雅詩啓

文武所注，中外莫同：　中外莫同、猶言中外莫不同也，此一莫字，與言「將毋

同」，或「莫須有」，從負面字中，表示正面意義，同一作用。此與邏輯「毋相反律」有關，說煩，姑不贅。

宋孔平仲談苑卷三：

裴晉公作鑄劍戟爲農器賦云：我皇帝嗣位三十載，寰海鏡清，方隅砥平，驅域中盡歸力穡，示天下勿復用兵，則平淮西，一天下，已見於此賦矣。

案中唐除玄宗外，無嗣位三十載之帝，此三十載者、疑十三載之誤，或即元和十三年也。子厚平淮夷雅皇武末章云：「歸牛休馬，豐稼於野，我武惟皇，永保無疆」，與晉公賦意適合。

上李僕射愬獻唐雅詩啓

一

虞伯生謂此啓自是佳什，不知伯生著眼何在？

子厚將平淮夷雅獻之李愬，兩方處之泰然，韓退之則將平淮西碑獻之韓弘，卻得有大量之人事物，形於奏章，此足見兩公旨趣不同處。李韓二將之自居何等？亦得於此看出。

子厚上晉公啓，并提方召，方謂方叔，召謂召虎，犂然兩人，而上李愬啓則引詩：

「江漢之滸，王命召虎」，專注意於召虎一人，不及方叔；方城之卒兩章曰：「昔我文祖，惟西平是庸」，㊀又「蔡人卒止，惟西平有子」，以此描畫周唐武功之方軌並進，可見子厚史識之高，心理之純，不比退之以文爲市，意在譁世取寵。倘當日碑由子厚執筆，將不僅免除一時人事糾紛，亦省卻千年來無聊筆訟。

二

李愬爲人謙退自持，眞誠待物，其處世每能以靜制動，由暗窺明，平吳後威望不損，屹然以功名終，良非偶然。平生事跡無多，照人耳目，惟許鄭注爲奇士一事，淺人訾爲誤認，通人歎作具眼，子厚此啓文字，雖平平無奇，而自謂論著不爲世屈，亦可推見於愬深有所窺云。

唐史宦寺之變，俓文與訓注兩案相續，其一概罵倒者無論已，卽或意存矜閔，亦往往軒俓文而輊訓注，自范希文以來，右俓文者不一其人，而迄無一語涉及訓注，獨嘉定王鳴盛、甘泉焦循、持論異於是，茲於焦著易餘籥錄，〔書見李盛鐸所刊木犀軒叢書。〕摘錄兩條如下：

李德裕稱李訓小人，不宜引致左右，帝曰：人誰無過？當容其改，對曰：聖賢

㊀　蘇軾李西平畫贊：「墮賊計，困平涼，卒罷兵，仆三將，誰之咎？在廟堂，斬馬劍，誅延賞，」謂德宗不能卒用西平，與子厚意反。

則有改過，若訓天資奸邪，尚何能改？帝語王涯別與官，德裕搖手止涯，帝適見，不懌，按德裕可謂愚而好自用矣，文宗言人有過容其改，是也。且鄭注李訓，固能改過者也，二人皆王守澄門下，而守澄與陳宏志等，共弑憲宗，當時大臣如裴度，巨儒如韓愈等，不聞申討賊之義，所諄諄見之言者，僅一劉蕡之對策，而訓注特能殺守澄宏志等，元和之大義，賴之以申，若訓注者、所謂能改過，而唐之大臣遠不及也。德裕使能通之，則仇士良魚志宏等，何難誅戮？則唐之王室，由是復振，乃以爲小人過何能改？既以構怨，遂成甘露之禍。〔此條見卷十二。〕

王西莊光禄史商、㊀力爲王叔文鄭注李訓三人表白，其説是也。按前人爲叔文表者多矣，罕有爲訓注表者，金太守博士劉鐸、有讀鄭注李訓傳詩云：「誰教奄宦作權臣？肅代優遊到敬文，三子謀疏誰不道？泄機也合罪劉蕡？棋醫入侍本妨猜，偶失機權亦可哀，陳竇至今佳傳在，莫從成敗論人才。」王文簡跋清江三孔集：「經父〔孔文仲字。〕論李訓義不顧難，忠不避死，而惜其情鋭而氣狹，志大而謀淺，足破羣瞽拍肩之論。」〔此條見卷十五。〕

按王文簡、乃士禛也，跋見蠶尾集卷九，劉鐸詩所謂三子，當統指叔文訓注，至劉蕡泄機，指太和年間，蕡因策直言請奪宦官爵土，復掃除之役，遂罹譴逐，事甚明白，云

㊀ 史商爲十七史商榷之略，下同。

罪之，反語也。㊀棋醫入侍，則指王叔文以棋侍東宮，鄭注以醫干李愬。鐸詩號爲訓注發，而實包括永貞甘露兩變，陳竇一聯，氣甚壯。

王西莊史商論訓注云：

李愬目鄭注爲奇士，其實訓注皆奇士，特奇功不成耳，訓本因注進，又媢功先發，是其罪也，若用注策，因羣閹會送王守澄葬，以鎮兵擒誅之何難？後人反惜訓而惡注，何哉？然訓殺守澄及陳宏志、楊承和、韋元素、王踐言，剖崔潭峻棺鞭其尸，元和逆黨幾盡，功亦大矣。訓傳言：訓挾奇計進，及權在己，鋭意去惡，欲先誅宦豎，乃復河湟，攘卻回鶻吐蕃，歸河朔諸鎮，志大如此，非奇士乎？注傳言：日日議論帝前，謀鉏剪中官，亦忠於爲國者，卽使本欲攬權，假公濟私，脱令其功得成，亂本拔矣。天不祚唐，俾王叔文一不成，訓注再不成，以至於不可救，而訓注固未可深責，傳中譏其詭譎貪沓，皆空詆無指實，指實處僅榷茶税、興曲江工役二事，茶者末業妨農，榷之未爲過，曲江小役耳，士大夫尚有別墅，天子一葺池亭，奚不可？注爲節度，請復舊儀，戎服謁兵部，寧自卑以存禮，則其用心尚公平，詆譏之詞，安知非沿當日史官曲筆？千載而下讀史者，於訓注但當惜之，不當惡之，至王涯賈餗，本不與謀，横被慘戮，尤爲可痛。又云：涯女爲竇紃妻，以痼病免，然則已

㊀ 泄機也合罪劉蕡，猶言泄機也合罪劉蕡乎？故曰反語。

嫁之女皆見殺，傷哉！

按永貞之變，八司馬止於貶謫，而甘露之變，王涯以下十七家、橫被慘戮，於是讀史者之看法，大不相同。宋人王明清玉照新志論其事云：

明清每閲唐史甘露事，未嘗不流涕也。嗟夫！士大夫處昏庸之世，不幸罹此，後來無人別白，可恨。近觀皇王寶運錄、僖宗光啓四年正月詔云：「太和九年，故宰相王涯以下十七家，並見陷逆名，本承密旨，遂令忠憤終被冤誣，六十餘年，幽枉無訴，宜霑沛澤，用慰泉扃，並與洗雪，各復官爵，兼訪其子孫與官，使銜冤之魂，亦伸眉於九原矣。」惜乎劉昫、宋景文、歐陽永叔不見此書，載之於新舊唐史，殊爲闕文。

西莊在史商中迻錄此文，並謂新唐書於涯傳末載：昭宗天復初大赦，明涯訓之冤，追復爵位，官其後裔，此緣天復雪劉蕡之冤，遂以雪涯等亦在天復，其實是光啓，當從玉照云云。西莊心儀忠憤，務極綜覈，宜里堂推服其人。

里堂譏李德裕愚而好自用，此則西莊別有看法，史商德裕主議殺郭誼條云：

郭誼持劉稹（從諫之子。）首降，帝問何以處誼？德裕曰：稹豎子，安知反？職誼爲之，今三州已降，而稹窮蹙，又販其族以邀富貴，不誅，後無以懲惡，帝曰：朕意亦爾，因詔石雄入潞，盡取誼等、及嘗爲稹用者誅之。案新唐書此段、載德裕之

主議殺郭誼，最爲明確，王氏懋竑謂：誼殺羽等，〔王羽者，涯之從孫。〕欲以悅宦官，取節鉞，德裕心實痛羽等寃死，假爲此詔，使羽等之死，似出朝廷意，則誼不得居其功，然後誼始可得而殺，此論最精，可云卓識，見白田存稿第四卷。

此西莊贊成白田之右德裕，與里堂顯有異同，白田之論，李越縵亦甚服之。德裕既貶崖州司戶，有在貶所祭韋相執誼文，文載李衛公别集第七卷，西莊引之。㊀按永貞之變，同時遘難諸子，以執誼材最下，而又妄生異同，爲德不卒，君子鄙之。衛公非以同官同貶，貶又同地，此區區將死善言，諒亦難得。由德裕言之，當年蔑視訓注，羞與通力，以致閹寺坐大，横流莫挽，卒之公私塗炭，自身牽連貶死，人非木石，疇能無感？李商隱明神詩云：「明神司過豈令寃？暗室從來有禍門，莫爲無人欺一物，他時須慮石能言。」馮浩作注，錢龍惕作箋，俱謂爲甘露之難而作，〔西莊卷中亦引此詩。〕衛公臨死致祭執誼，或者等於石之自言云。

甘露之變，及與永貞相連諸誼，輒因李愬一言，有所啓發，而詳爲推闡如右。

三

本文題作上襄陽李僕射，而目録作「上李涼公」，按唐書愬傳：詔進檢校尚書左僕射、山南東道節度使、封涼國公，宰相世系表：隴西李氏聽、檢校司徒涼國公。聽

㊀ 本編他條亦引此文。

者、愬季弟也，兄弟皆封涼國公，而杜牧題永崇西平王宅太尉愬院詩云：「家呼小太尉，國號大梁公」，小太尉以別於父晟，大梁公以別於弟聽，詞意明白，惟字作梁、不作涼，讀者疑焉。馮集梧注小杜詩謂：「唐時封號，大約多依本貫，李氏出隴右，疑封涼國爲是，梁字傳寫誤」，注亦近理。釗按：愬以檢校左僕射同中書門下平章事，在元和十五年九月，而太尉更是沒後所贈，皆子厚所不及見。

上揚州李吉甫相公獻所著文啓

一

子厚在日，牛李黨幟方見萌芽，子厚於吉甫推尊倍至，牛思黯以後輩來，亦示弘奬，未審隱吏何所涇渭？子厚歿後，而劉夢得依牛綦切，形勢所迫，解人將倚何門？思之憮然。

始閣下爲尙書郎：　貞元初、吉甫爲尙書屯田駕部二員外郎。

薦寵下輩：　語出漢書灌夫傳，子厚不止一次用。

及閣下遭讒妒，在外十餘年：　貞元七年，陸贄爲相，出吉甫明州刺史，歷忠郴饒三州。

閣下乃始爲贊書訓辭：　永貞元年八月、以吉甫爲考工郎中，知制誥，十二月、

爲中書舍人、翰林學士。

視日請命：　命、死命也，意謂日日求死不得。

中分主憂，以臨東諸侯：　元和三年九月、吉甫罷爲淮南節度使，故云臨東諸侯，揚州卽謂淮南，啓當在此時或稍後作。

二

始閤下爲尙書郎，薦寵下輩，某尙幼不得與者，此指貞元七年前事。自是賓參貶，陸贄相，疑吉甫黨於參，左降明州長史，由七年至元和二年，凡蹭蹬十六年，文稱閤下遭讒妒，在外十餘年，卽是之謂。二年、憲宗廣用賢達，吉甫由翰林學士爲中書侍郎、並同平章事，於是泣謂中書舍人裴垍曰：「吉甫流落江淮，踰十五載，一旦蒙恩至此，思所以報德，惟在進賢，願悉爲我言之」，垍取筆疏三十餘人，數月之間，選用略盡。而斯時子厚遠斥在外，不得與於此選，文謂「閤下相天子，致太平，幽隱而懷道者畢出，某則去表著之位，受放逐之罰，思欲一日伏在門下而不可得」，此物此志。逾年卽元和三年，吉甫出爲淮南節度使，斯與曩之佐貳明州，情景大不相同，子厚因謂「中分主憂，以臨東諸侯，盛德大業，蔚成光明。」凡啓之辭意，可得取證當時顯實以爲符契者，大率如右。

呂化光由道州以陟爲衡州刺史，事在元和四年，子厚致吉甫下一啓，稱化光道

過永州，辱示相公手札，則子厚連續上吉甫二啓，應在元和四五年間。

三

牛李者，中唐黨爭之大衡積也，子厚從政，稍前乎是，而其無形連誼，亦略有草灰蛇綫之可尋，用特疏滌一二，附於獻文啓後。

王漁洋論牛李之黨云：

予曩與亡友葉文敏、〔按此指崑山葉方藹。〕論牛李之黨，李爲君子，牛爲小人，勿論兩人本末，卽視其所與之友可知，文敏不甚以爲然。適覩眉山唐庚集、寄郭潛夫詩云：「黔江清且碧，瀘江濁而紅，須臾盡變濁，混混顔色同，清固不勝濁，此理天下通。君視開成間，牛李爭長雄，卒之贊皇老，不勝太牢公，物理自古然，徘徊歎無窮。」因憶吾前之持論非謬，而文敏或別有見，未必然也。葉石林云：「李德裕是唐中世第一流人物，可與姚崇並立，而不至爲崇之權譎，使武宗之才如明皇之初，則開元不難致」，良然。

漁洋所見平平，不知訒菴〔葉方藹字。〕持何說？當徐考之。

宋祁修唐書，中所用牛李字，李皆指宗閔而非德裕，唐子西與子京同時，而詩語別標一幟，可見宋時於中唐黨案，並無一致意見，漁洋引子西作證，亦從恆人目論之後而爲之辭爾。

居易錄又引海寧朱一是史論一段云：

論李衛公云：「牛李之黨，蘇轍謂牛以德度勝，李以才氣勝，並有瑕瑜焉，自吾觀之，其相去遠甚。僧孺者，無識之庸流，德裕者，經世之名佐也，僧孺之黨，若李宗閔、李逢吉之徒，皆憸險嫉娼之小人，大禍人國，而德裕之黨，若裴晉公，則國之勳臣，社稷視以安危者也。」又「使天祚唐室，假武宗以年，而德裕前不小用於節使，後不摧折於貶竄，幷一生之精神才智，盡效於政府之區畫，將藩鎭盡革，外攘內安，不難復貞觀開元之盛」云云，其論維州事尤確。此論與予前說正合，益知潁濱立言之謬。

按朱一是，字近修，崇禎舉人，國亡後，披緇衣授徒，長於論史，有可堂集。

漁洋論牛李黨事，於居易錄中鍥而不舍，在卷二十復有一條如下：

適讀崔鷗德符論楊嗣復，備言小人常勝，君子常不勝，其大端有十二，而終之曰：君子小人之不敵亦明矣，此鄭覃、陳夷行所以罷黜，李德裕所以謫死窮荒，李逢吉、宗閔、楊嗣復輩所以卒於翔徉而得志，豈足怪哉？崑山王志堅弱生跋曰：李贊皇之相業，唐季無兩，弇州以比裴晉公，而稍昂之，其論當矣，至其爲人，論者猶或不滿，以爲不能釋憾解仇，亦不盡然也。仇士良以武宗之立，非宰相意，勸帝誅楊嗣復、李珏、戶書杜悰，顧德裕救之。三人者，皆牛黨也，使以私怨行之，立虀粉

耳，乃與同列上奏，至於伏地不起，楊李得全，僧孺二李能之乎？二李之惡極矣，貶之未可謂私，白敏中、令狐綯皆二李黨，贊皇引用不疑，而卒受其禍。由是以知：贊皇不能釋憾解仇，乃憾自不釋，仇自不解耳，非贊皇之過也。晁無咎詠贊皇云：「當年伏地全楊李，公亦何知愛惡間」云云，亦同此意，弱生著史商，詳載此議。觀三公之論，則知蘇黄門牛李論之誖，而予前説之非臆矣。㊀

按崔鷗字德符，陽翟人，舉進士，徽宗初，上書言司馬光章惇之忠佞，尋爲蔡京所扼，免官，居郟城，欽宗即位，復上疏論蔡京馮澥罪惡，工詩，有婆娑集。王志堅字弱生，更字淑士，萬曆進士，崇禎初，督湖廣學，禮部推爲學政第一，詩文有法度，著讀史商語，即漁洋所謂史商也。晁補之，字無咎，文爲蘇軾所稱，有雞肋集。綜此三子，漁洋謂之三公之論，以折蘇子由平視牛李之説，漁洋右李左牛如此。

夫牛李於子厚之連誼爲何如乎？思黯作憫忠賦事，吾已別記，不贅於此。至李氏父子也者，父吉甫立朝過早，子德裕則又過遲，子厚致成兩不相接，可云恨事，集中有上李相公啓事兩通，頗説明受知不及之實。

第二啓云：「伏以淮海劇九天之遥，瀟湘參百越之俗」，則子厚久滯湘州，薦仍囚

㊀ 蘇子由著歷代論，以牛僧孺李德裕俱爲一代偉人，庶幾乎以忠恕格物者，語見陳善捫蝨新話。

錮，而吉甫正以節度使開府淮南，其爲赭衣華袞、形神不接如故。〔啓云：華袞濫褒於赭衣，龍門俯收於埳井。〕迨後衞公當國，子厚又沒世已久，贊皇兩世門闌，皆不見子厚足迹，魂魄幽憤，致成讖言，傷哉！夫永貞之變，文饒作何評隲，了無著錄可考，獨至甘露釁生，南司喋血，未久、王涯賈餗之子姓宗親，避在昭義，爲郭誼慘戮淨盡。文饒則下詔曰：「逆賊王涯賈餗等，已就昭義誅其子孫，宣告中外」，似此遠離清流口吻，黑白爲之易位，天下寃痛，從而上溯永貞，衞公對伾文八司馬之無好懷，將不難燭照而知。雖然，清王白田曾講其義曰：

衞公不應顚倒至此，此必有所甚不得已也，當郭誼殺劉稹以降，而幷及王羽賈庠等，〔按王羽涯孫，賈庠耽子。〕羽庠非有兵權，爲誼所忌，史亦不言其與誼素有嫌怨。誼蓋以王賈、宦官所仇嫉，爲此以快宦官之忿，而以求節鉞，度宦官必有與之通者，故誼望節鉞不至，而曰必移他鎭，絕不料己之及於誅也。衞公旣定計誅之，又恐宦官之沮其事，故特下此詔，見羽等之死，乃上所命，而非誼之功。誼與同黨皆就誅夷，而又以及於其餘，是不欲微露其意，而亦鑒於朱克融、王庭湊之禍。其後昭義帖服，皆歸其功於盧鈞，而未必非衞公誅鋤強梗之力也。

夫衞公名相，亦權相也，當時鋤強梗，安反側，可能用計爾爾，然史實爲之溷殽，輿議爲之不清，以致天下後世、讀史者見不著眞是非，責將誰負？薇從何救？不寧唯是，

甘露史蹟之有兩面如彼，永貞之變，何獨不然？宋趙彦衛會著其説於雲麓漫鈔曰：

唐八司馬皆天下奇材，豈不知趨權利之可恥哉？蓋叔文雖小人，而欲誅宦官，強公室，特計出下下，反爲所勝被禍耳。故善良皆不免當日有所拘忌，不得不深誅而力詆之，後人修書，尚循其説，似終不與人爲善，非春秋之意也，惟范文正嘗略及之，八司馬庶幾稍申氣矣。

凡國家有大事變，當時爲不得已之故，所深誅而力詆者，往往影響到後來秉筆之士，蹈常襲故，使賢者沈冤而不獲解。范希文爲八司馬，而致歎於唐書之蕪穢者以此，牛李黨爭之眞實内容，至今不明亦以此。

衛公與子厚無關，而於劉夢得卻有聯絡，北夢瑣言云：

白少傅居易、文章冠世，不躋大位。先是劉禹錫太和中爲賓客時，李太尉德裕同分司東都，禹錫謁於德裕曰：「近曾得白居易文集否？」德裕曰：「累有相示，別令收貯，然未一披，今日爲吾子覽之。」及取看，盈其箱笥，沒於塵坌，既啓之，而復卷之，謂禹錫曰：「吾於此人不足久矣，其文章精絶，何必覽焉？但恐迴吾之心」，其見抑也如此。衣冠之士，並皆忌之，咸曰：有學士才，非宰相器，識者於其答制中，見經綸之用，爲時所排，比賈誼在漢文之朝，不爲卿相知，人皆惜之。

此無他，夢得較子厚長年，至太和間，猶得從容冠蓋，與時流唱和，一時號爲劉白，此

外卻並無政績可紀。其與李文饒談文墨事，特鴻爪之偶然者耳，南部新書且謂請閱白詩，乃出於劉三復，而非夢得。雖然，夢得享期頤之壽，卻得於永貞三十餘年後，仍有筆力草成子劉子傳，盛述王叔文之才，稱其有遠祖景略風，以延續此一英雄氣脈，因謂天爲如是安排也亦宜。

謝李吉甫相公示手札啓

偶閱茅鹿門與蔡白石書，〔按白石名汝楠，明嘉靖進士。〕有一節略可取，摘錄如次：

技不能兩有所精，而學不能兩有所逮，倕工於爲弓，而言天下之善射者，必曰羿也，奚仲工於爲車，而言天下之善御者，必曰造父也。蓋萬物之情，各有其至，而人以聰明智慧，操且習於其間，亦各有所近，必專一以致其至，而後得以偏有所擅而成其名。屈宋之於賦，李陵蘇武之於五言，馬遷劉向之於文章傳記，皆各擅其長，以絕藝示後代，然竟不能相兼者，非不欲也，力不足也。故李杜詩聖，而韓歐文匠，其間不自量力，揚躒㊀蹀躞而進者，獨魏晉曹劉、及唐元白柳宗元之徒，稍稍傪心焉，然亦疲矣。使宗元獨以其文，與韓昌黎爭雄，當未辨孰劉孰項？故

㊀ 揚躒出晉書五行志：寧康三年，暴風迅起，飛沙揚礫。惟字作礫，不作躒。

曰人各有能有不能。

文中韓歐文匠一語，或疑有所不足於韓歐，吾意不然。匠之云者，宗匠之義，與上言詩聖，並無多少出入。惟謂技不能兩精，學不能兩逮，兩技兩學，所指者何？曰：殆不外文與詩兩種。詩者必叶聲韻，文則否，換而言之，卽無韻與有韻兩種。以形式言，無韻者往往單詞成句，有韻者必須相對爲文，由是駢與散之兩名，連鑣而立。要之人之於言也，其言之短長，與聲之高下，一切統轄於詩與文之二目，大抵不中不遠。李杜詩聖，無異言李杜只解詩、不解文，韓歐文匠，無異言韓歐只解文、不解詩。夫韓不解詩，明人多主張是，鹿門於此更嶄嶄確言之。魏晉曹劉、以至包括柳宗元在內，則指似詩文，如鳥雙翼，同時並進。疲之云者，顯然謂工夫不足，以致韓柳在文場，工力不免參差，鹿門造意，大致爾爾。

吾嘗比勘韓柳二集，而覺其有一不同形象，殊形突兀，卽柳集編目有啓之一類，而韓集無之是也。夫啓者、與書大同小異，其所見爲異者，則措詞有取夫四六之形式居多，退之似對此全不習。卽以謝李吉甫相公示手札啓爲例：如

宗元性質庸塞，行能無取，著書每成於廢疾，進德且乏其馨香。常願操篲醫門，掬溜蘭室，艮辰不與，夙志多違。昨者踴躍殘魂，奮揚蓄念，激以死灰之氣，陳其弊箒之辭，致之烟霄，分絕流眄。今則垂露在手，清風入懷，華衮濫褒於赭衣，

龍門俯收於埳井。藻鏡洞開，而秋毫在照，文津傍暢，而寒谷生輝。化幽鬱之志，若覿清明，換兢危之心，如承撫薦，非常之幸，豈獨此生？伏以淮海劇九天之遙，瀟湘參百越之俗，傾心積念，長懸星漢之上，流形委骨，永淪魑魅之羣，何以報恩？唯當結草。

觀其通體儷詞，連犿直下，倘非夙備此項功力，決難駕説自如，鹿門遽謚曰疲，此「厲憐王」一流人之所言，足資笑粲。蓋子厚初學爲文，卽由騷賦入手，故能機括純熟，無往不宜，退之夙不解此，與其竭蹶以赴，毋寧捨而不爲。以此説明韓集中不存啓之一目，絶不含何種譏諷意義，亦並不以此試定兩家優劣，知言君子其謂奚如？此外韓柳兩集都有「表」，而表之内容，乃相背若天淵，其理由亦准此，無取覼縷。惟詩亦然，韓不善詩，説者因謂韓以文爲詩，夫文與詩，固雙峯對峙，相望而不可卽者也，倘文可以爲詩，人亦何不憚煩而故爲此別也哉？理不足以欺三尺愚童子，而老宿翻津津樂道，天下固多不可解之事，而此爲最甚。

二

子厚與老贊皇酬酢之迹，僅見於集中二啓，然終不可謂與牛李絶緣，從而就其連誼，略加推闡，以冀窺見二憾之本來面目，未始無益。

曩閲李蓴客日記，屢言唐之牛李，李指宗閔，而非指德裕。近閲岑仲勉所爲隋

唐史册子，謂宋子京卽有是言，其詳如下：

元和以後，標舉牛李一詞，牛指僧孺，自無待論，李則相沿以爲指目德裕，或且推及其父吉甫。查舊書德裕傳：「宗閔尋引牛僧孺同知政事，二憾相結，凡德裕之善者，皆斥之於外。太和四年十月，以德裕檢校兵部尚書、充成都尹及劍南西川節度使，……至是恨裴度援德裕，罷度相位，出爲興元節度使，牛李權赫於天下」，牛李指前文二憾無疑。又新書一七四贊云：「僧孺宗閔以方正敢言進，旣當國，反奮私昵黨，排擊所憎，是時權震天下，人指曰牛李，非盜謂何？」是牛李一詞之初意，當時人原用以指斥僧孺宗閔之結黨營私，五代時史官及宋祁，尚能知其眞義。無如牛黨之文人，好爲讕言，施移花接木之計，將李字屬之德裕，形成牛李對立，藉以減少僧孺之罪惡，後世不察小人之用心，遂至今而仍被其朦蔽。

右說切當，但牛李之亂，在子厚没後四十年，此當然一切與子厚無關。德裕之父吉甫，以年輩論，可能與子厚有交涉，但集中僅見泛泛酬應二札，而皆在子厚左官後，餘無踪迹可察。若牛思黯爲元和初期之新進少年，似不可能前此卽被子厚賞接，且子厚早經貶竄，從未發見與太牢別有牽連。又非國語，乃子厚明心見性之作，何得妄引雜年他作以自瀆？以是城成周條插用牛銘，謂非後人竄入之筆，大大可疑。或曰：思黯由韋執誼而登第，〔見李珏牛僧孺碑，及杜牧僧孺誌。〕原與王叔文派有連，當元

和三年策試賢良，思黯與李宗閔攻擊宦寺，條對甚直，是思黯致身之始，固染有八司馬直諒風氣。然則當時子厚賞其文采，引爲同志，因而將其頌忠一首，與呂化光之文字牽連共載，亦未可知，是説也，吾疑之。子厚奬勵後進，自是本懷，然遽遺與傳信示後之作，繳繞不清，子厚決不如是爲之，試看與嚴厚輿、韋珩、杜温夫、廖有方諸書，何等嚴正激切？那得應付思黯，竟如此之不相同？何以知其然也？曰：試援用子厚術語，是之謂不類。餘語别載他條，不具於此。

捫蝨新話有辨牛李之黨一條如下：

唐人指牛李之黨，謂牛僧孺、李德裕也，新唐書乃嫁其名於李宗閔曰：「人指爲牛李，非盜謂何？」雖欲爲德裕諱，然非其實矣。德裕在海南，作窮愁志論、周秦行記，謂僧孺有不臣之志，且以「兩角犢子自顛狂」爲牛氏之讖，不知兩角犢子，朱全忠姓也。德裕信賢，爲與僧孺立敵，議論偏異，多如此類，悻悻之氣，至老不衰，謂非黨得乎？

陳善坐實牛李之李爲德裕，譴責德裕之仇視僧孺，至死不變，以周秦行記至明之僞書，而並歸獄德裕以成其説，是亦不可以已乎？何況朱全忠得勢，去德裕貶海南，將達五十年之久，德裕何從預知其姓氏之讖乎？獨舊書德裕傳載：「貶潮州，雖蒼黄顛沛之中，猶留心著述，雜序數十篇，號曰窮愁志。」所謂窮愁志論，信有之云。

上江陵趙相公寄所著文啓

相公者、趙宗儒也，宗儒字秉文，鄧州穰人，元和三年，自東都留守遷荆南節度使。

嘗侍坐於崔比部：　比部名鵬，字元翰，有文名，柳集中文武百寮請聽政表三首，或謂爲元翰作，元翰女卽崔鶯鶯。

莫有居趙司勳右者：　宗儒貞元中、自翰林學士再遷司勳員外郎。

類於向者若有可觀：　類、比也，子厚慣以類作比。如答吴秀才謝示新文：「向得秀才書與文章，類前時所辱遠甚」，卽謂比前時所辱遠甚。

上嚴東川寄劍門銘啓

事詳劍門銘注，可參看，不復贅。

礪與高崇文同征劉闢，拔劍川，斬刺史文德昭，因分守險阻，大有與崇文爭功之勢，子厚爲銘，意不無略有偏袒。

又焉知非因閣下之功烈，所以爲不朽之一端也：　實則因有子厚之劍門銘，人始知嚴礪有此所謂不朽之功烈，天下事適得其反，往往如此，獨不知「累受顧念，踴

躍盛德」，嚴柳淵源如何？

新書元稹傳載：「母喪服除，拜監察御史，按獄東川，因劾奏節度使嚴礪、違詔過賦數百萬，沒入塗山甫等㊀八十餘家田產奴婢，時礪已死，七刺史皆奪俸。」似此，子厚頌礪功烈，得毋視稹略有媿色？

上江陵嚴司空獻所著文啓

吾屢言子厚是硬漢，從來不受人憐，行文不輕下一個憐字，然此亦道着八九而已。蓋子厚終屬人類，凡人類總脫離不了人窮返本、最後呼天一種表現，吾觀子厚貶後上東南諸侯啓事，頗有此感。如上江陵嚴司空獻所著文有曰：「伏惟憫憐孤賤，特肆撫存」，撫存二字，卽說明子厚在貶所無以自存，而東諸侯輒有餽問，因而申謝云爾。子厚嘗自言無後而不敢死，夫人而至於求生不能、求死不得，而仍如子厚仰首伸眉，是非羞惡之心不泯，詞雖假借，大義凜然者，從來士林中仍自不少概見。明雲間陸深、在燕居錄中，有如下一段記載：

陳後山有一帖與山谷云：「邇來起居何如？不至乏絕否？何以自存？有相恤者否？令子能慰意否？風土不甚惡否？平居與誰相從？有可與語者否？仕者不

㊀　風俗通：塗爲夏禹后塗山氏之後。釗案：漢王莽時有塗惲，通古文尙書，貴顯，見儒林傳。

相陵否？何以遣日？亦著書否？近有人傳謁金門詞，讀之爽然，使如詞語，不知此生亦能復相從如前日否？朱時發能復相濟否？」備盡謫居意味，讀之慨然，但謂仕者相陵，意尤可聳。蓋仕本同類，凌越豈其初心？一爲人作鷹犬，亦何所不至？舒亶李定輩果何人耶？又柳子厚與蕭思謙書云：「飾知求仕者，更言僕以悅讎人之心，日爲新奇，務相喜可，自以速援引之路，而僕輩坐益困辱，萬罪横生」，其言益可驚矣。嗟呼！人之禍福，雖所自取，而世態所從來，迥非一日。

儼山此一紀述，意自深厚，惟其中迭下憐字，吾甘冒點竄舊文之咎，奮筆削去。蓋人生遇到坎壈絶境，便當硬着頭皮過去，容不得憐字於中作祟。子厚強項男子，生平大節，大抵從逆來順受中渡過，其集中猶留有如上嚴司空啓，使人翫味，則無非比例不推天而問天，不引神而致祭，人類思想矛盾中，不得不容許此一小小滲漏，吾人知人論世，亦惟從大處遠處展望而已。黄山谷與子厚，相去數百年，其在貶所求自存，有賴於陳後山之慰安，朱時發之周急，殆較之子厚尤爲迫切。儼山時代，善類爲權閹所蹂躪，岸獄狠籍，血肉横飛，正士一掃而空，人人重足而立，時風之惡，每況愈下，形勢更劣於唐宋遠甚，則作者之發動深情，痛惡世態，而流連反覆於子厚與蕭思謙一類書牘，擺脱不下，其誰曰不宜？

嚴司空者、嚴綬也，挺之從孫，擢進士第，以侍御史累進司空，節度荆南。綬才不

踰中人，惟薦辟不乏賢士，亦是一得。別記綏事，在下部二恨潛通史迹文內，不贅。

上嶺南鄭相公獻所著文啓

鄭絪在永貞年，史稱：「順宗病不得語，王叔文與牛美人用事，權震中外，憚廣陵王雄睿，欲危之；帝召絪草立太子詔，絪不請，輒書曰立嫡以長，跪白之，帝頷，乃定。〔新唐書絪傳。〕」此中曲折，吾於他條、節次別有闡述，不更覼縷。獨叔文欲危廣陵王，他著錄無此語，而此乃突出，夫廣陵王者，卽憲宗也，此可見韓退之詩所謂：「天位豈許庸夫干」云云，訛僞郵傳，了非毫無根據。據此，絪與子厚當時立於對敵地位，昭哉明白，殊難於想像子厚在謫宦期間，還與絪有何交往踪迹，集中上嶺南鄭相公啓，胡爲乎來？

白居易集有除鄭絪太子賓客制如下：

……絪早以令聞，入參禁署，永惟勤績，出授台司，期爾有終，匡予不逮；歲月滋久，謀猷寖微，罔清淨以愼身，每因循而保位；旣乖素履，且鬱皇猷，宜副羣情，罷茲樞務。朕以其久居內職，累事先朝，思厚君臣，貴令終始，可太子賓客，散官勛封如故。

此赫然左官制也，事當在元和四年。此四年間，絪爲同僚杜黃裳所制，默默無所表

見，以致左遷，自後又以檢校禮部尚書，出爲嶺南節度使，而子厚於時有啓上之，以時度之，應在元和六年。

子厚先友記中，鄭姓者二人，一餘慶，一利用，二人俱以長者見稱。記稱餘慶爲大官，名益少，亦並不爲諱。絪者、亦餘慶從父行也，其人老壽，至太和中、年七十八始化去，約長於子厚二十歲。雖子厚不視爲先友，而契誼所流，彼此故自相知有素。㊀啓稱：

一自得罪，八年於今，兢愧弔影，追咎既往，自以終身沈廢，無跡自明，不意相國垂愍，特記名姓。守突奥者，忽仰晞於白日，負泥塗者，遂自濯於清源，快心暢目，不知所喻。

此知子厚奏記，並非自發，而由絪先致撫問，子厚乃乘隙而致詞。意者、文明（絪字文明。）仕路不順，跡同流放，追念往事，不禁下問。子厚懍不往非禮之訓，動同聲相應之情，凡所云弔影咎往之辭，聲東之餘，未必無洛鐘之效，至謂子厚還以公叔文子期之，固未必有合於當時情緒。

右言叔文危廣陵王，他著錄無此語者，當然以新書爲例外。按杜佑傳載：「叔文

㊀ 剑案：張力臣爲顧炎武寫定音學五書，指絪爲俗字，古人取以爲名者絶罕，由此可見：鄭絪俗人，子厚在先友中固恥提其名。

欲搖東宫，冀佑爲助，佑不應」，此與鄭絪傳語，如一鼻孔出氣，皆宋祁杜撰之詞。

上李中丞獻所著文啓

此李中丞、即前二啓有關之湖南李中丞也，以啓中「得與〔去聲〕編人，齒於部内」二語推知。

尋順宗實錄載：八司馬任事時期，所司止於謀議唱和，採聽外事，而不及文字紀錄。夫子厚與劉夢得、以能文顯聞，而永貞執政有七八月之久，其間可容文墨宣示之件，應未易一二數。又子厚上李中丞此啓，明言己始以文章進，終以文章退，則啓中所云在京師官命所草，宜當包括永貞公文書在内，顧如實大大不然。士君子立身一敗，萬事瓦裂，身陷叛逆，舉凡出之於口、宣之於筆者，將無一而不爲逆迹，宇宙雖大，何地可容？以愚揣之：親子厚筆之官樣文字，除王叔文可度支鹽鐵副使制：就中「精識瓌材，寡徒少欲，質直無隱，沈深有謀，其忠也有致君之大方，其言也達爲政之要道」數語，核之集中留存劉夫人誌之所稱述，了無異致，不妨認作一人手筆外，餘乃幾於隻字不遺，概付無情政潮之所滌盪，此讀子厚本啓一加洄溯，可得斷定其爲皎然無疑者已。

上裴行立中丞撰訾家洲記啓

此可證訾家洲記確爲柳作。

元和十二年，以御史中丞裴行立爲桂管觀察使，子厚受囑託爲此記，當是在永州最後兩年。

訾家洲記條有考釋，不贅。

劍案：余校閱本文時，驚悉文爲亭記，而稿中誤脱亭字，此是大謬而非小疵，殊不得不自儆，因就記中特記亭之狀者，補錄如左：

元和十二年，御史中丞裴公來涖茲邦，盜遁姦革，德惠敷施。乃經工庀材，考極相方，南爲燕亭，延宇垂阿，步簷更衣，周若一舍。北有崇軒，以臨千里，左浮飛閣，右列閒館。比舟爲梁，與波昇降，苞灕山，含龍宮，昔之所大，蓄在亭內。日出扶桑，雲飛蒼梧，海霞島霧，來助游物。其隙則抗月檻於迴谿，出風榭於篁中，晝極其美，又益以夜。列星下布，顥氣迴合，邃然萬變，若與安期羨門，接於物外。則凡名觀游於天下者，有不屈伏退讓，以推高是亭者乎？

如右所紀，斬斬題爲亭記而非洲記，子厚所草同類文字，如馬退山茅亭記，永州萬石亭記，以及零陵三亭記種種，皆是記亭姊妹名作，倘於焉誤落亭字不談，是與聊齋載

雙拜堂案新人候彩輿不至，或如張之洞龍樹寺讌客而忘備筵席相等，不亦太可笑乎？爰爲是錄，以警粗率。

上河陽烏尚書重胤欲獻文啓

兩河定亂：　指討盧從史事。元和中，王承宗叛，王師加討，潞帥盧從史與賊通，重胤與吐突承璀謀，縛從史於帳下，潞軍無敢動者。

三城建功：　重胤爲河陽三城節度使，蓋河陽有三城也。

進臨汝上：　元和九年，以重胤爲汝州刺史、充河陽懷汝節度使，徙治汝州。史稱重胤出自行間，及爲長帥，赤心奉上，能與下同甘苦，所至立功，未嘗矜伐，而善待賓僚，禮分同至，當時名士，咸欲依之，然則子厚之願投此啓，良非偶然。

文稱：「兩河定亂，三城建功，進臨汝上，控制東方」，此重胤已由河陽節度使改爲汝州刺史、充河陽懷汝節度使，徙治汝州甚明，題仍標河陽烏尚書，稱其夙官，似失檢。尋唐之宿兵河陽，本以鈐制魏博，迨元和七年，田弘正以魏博歸附，於是河陽化爲內鎮，不宜屯重鎮以示猜阻，九年，重胤之由河陽徙治汝州，卽爲示好弘正之故。時朝廷加弘正檢校右僕射，賜其軍錢二十萬緡，而弘正曰：此未若移河陽軍之爲喜，事勢皎然。子厚控制東方云者，東方指東都，蓋汝州屯兵，本爲捍蔽東都之用

也。

嘗論中唐文人，以杜牧最好談兵，而牧之長策，以收取兩河爲第一義。彼於烏重胤撲滅盧從史事，曾在上李司徒書言之如下：「貞元中、節度使李長策卒，中使提詔，見本軍大將但軍士附者卽授之。其時大將來希皓固辭，押衙盧從史位居第四，潛與監軍相結，出伍捧詔，再拜舞蹈。從史爾後漸蓄奸謀，養義兒三千人，其餘大將烏重胤等、及長行兵士，並不同心。及至被擒，烏重胤坐於軍門，喻以禍福，義兒三千一取約束。」凡此在牧爲追述曩迹，而在子厚爲並時體會，蓋子厚與牧之祖父佑同朝，嚮以掃除藩鎭爲職志，並於中唐之軍事部署，以及如段秀實等之忠烈事蹟，平時採訪有素。則有若烏重胤綏靖兩河之號稱偉才勳烈，其欲從而加意著錄，以聳唐德而昭史實，自不失爲子厚平生願望之一。因而啓中所表意態，十分眞懇，惜夫重胤一介武夫，不解子厚懷挾之重要性，相與虛衷合作以崇其成云。

卷三十七　表

禮部爲百官上尊號表兩首

一

兩表皆首標禮部，認作子厚爲禮部執筆，此並不誤。當憲宗於永貞元年八月即位，子厚尚爲禮部員外郎，依職掌而擬定第一表，以備使用，因慮請而不准，又擬第二表，所謂「再陳丹懇，謹獻鴻名，天心未從，隕越無措」，此都合乎當時情勢。迨九月，子厚即黜爲邵州刺史，而憲宗直至元和三年，始上尊號。之二表者，曾否使用？及何年月使用？子厚應皆不知。

此二表、文苑英華同，皆題永貞元年。

第一表、四海將致於時雍：　書：黎民於變時雍。

光被四表，祖宗烈文：　詩：烈文辟公。宗與被對文，非祖宗連讀。

今龜筮習吉：　書：龜筮協從，卜不習吉。注：習、固也。

饗宗祧：　祧音挑，遠祖廟也。

祝史陳信：　左昭二十：其祝史祭祀，陳信不愧。

第二表、吾自甚武，自號曰武王：　出史記商紀。「吾自甚武」，英華無自字。

所以類上帝：　書：「肆類於上帝」，類、祭名。

春秋本於五始：　本王褒聖主得賢臣頌：「共惟春秋法五始之要，在乎審己正統而已」，注：「胡廣曰：五始、一曰元，二曰春，三曰王，四曰正月，五曰公卽位」，五始者，卽元年春王正月公卽位之謂。此與本表所謂：「元者一歲之首，春者四時之首，王者受命之首，正月者政教之首，郊天大禮者立極之首」，命意全同，是五始者、卽五首也。此五始字，用於本表，粲然明白，獨外集收有「爲文武百官請復尊號表六首」，英華謂貞元五年崔元翰作者，其第三表有云：「白虎通曰：伏羲正五始」，則語涉渾殽，致滋疑竇。彭叔夏文苑英華辨證辨之曰：「按白虎通：伏羲曰：夫婦正五行，始定人道，今諸本並作五始，柳集亦然，疑誤。」此辨雖於本表無關，仍附錄焉，以資參證。

〔誤收崔元翰六表，下詳。〕

揆日推禮：　詩：「揆之以日，作於楚室」，揆、擇也。

「尊號古所無有，自唐高宗始稱天皇，中宗稱應天，至明皇、遂有開元聖文神武之號，自是以爲法。　肅宗卽位，次年正月，遂加册號，代宗卽位，次年七月，羣臣遂上尊號，至德宗卽位，次年正月，卽上尊號。　至憲宗立於永貞元年八月，禮部百官，當

復遵此議，公是時尚爲禮部員外郎，故預作此表。然公是年九月，黜爲邵州刺史，繼貶永州司馬，至元和三年，憲宗方上尊號。」上一段簽於題下，廖蔣兩本均同。

二

彭叔夏文苑英華辨證云：

爲文武百官請復尊號六表，載柳宗元外集中，而唐類表作崔元翰，文苑總目作類表，而本卷乃作常衮。按唐德宗興元元年幸奉天，削去徽號，貞元五年六月，百官請復舊，即此六表是也。〔舊史載：貞元五年六月，百官請復徽號，正指此事。〕是時崔元翰爲禮部員外郎，歷知制誥，唐書稱其詔令温雅，則類表云元翰作，是矣，況又總目明言取之類表乎？本卷乃誤作常衮。衮於建中初卒，至是已十年矣。又柳文收此表，或入正集，或入外集，按宗元年譜：貞元五年，方十七歲，〔時其父以事忤宰相竇參被貶。〕八年始貢京師，其誤可知。

右六表本編未簽，因資互證，特錄彭說。王益知云：「崔元翰六表與柳集同樣，六表前後排列亦同，彭叔夏辨證，附於元翰第一表後，廑字句稍異。此本殆係根據彭說，加以校正後所刊，故原標常衮之名已不見，宋刊本或仍標常衮名，然罕見耳。」所說亦殊有識。

禮部賀册尊號表

此表誤標禮部，廖本疏剔甚明：

一本無禮部字，凡題云禮部賀册尊號表，皆非也。憲宗元和三年，初加尊號睿聖文武皇帝，至元和十四年七月，再上元和聖文神武法天應道皇帝，公是時已爲柳州刺史，表疏可見非在禮部時作也，當題云柳州賀册尊號表。

不𢉖此也，蔣一葵㊀堯山堂偶雋云：

舊大朝會、慶賀、及春秋謝賜衣、請上聽政之類，宰相率百官奉表，皆禮部郎官之職，唐謂之南宫舍人。柳河東〔宗元〕在儀曹，表文多出其手，賀册尊號有云：「潢汙比陋，河清幸遂于千年，壥壤均微，山呼願同于萬歲」，其自敘處插入祝意，妙句也，凡此樣表，必有此樣句，乃能動人。

堯山指潢汙比陋爲自敘，此爲身在柳州，抑何待言？表文先之以獲守蠻荒，遠承大典二語，意尤軒豁，顧其文前半述南宫舍人一段，彷佛表仍係職掌所爲，堯山涉筆，稍爲朦混。尋子厚爲禮部作表，例由宰相領銜，何得妄插執筆者之自敘，又表首「臣

㊀ 一葵字仲舒，常州人，所著除偶雋外，有堯山堂外紀及唐詩選。吾所見偶雋乃鈔本，不知曾否刊行？

某伏奉月日制，陛下膺受尊號」，指元和十四年七月己丑羣臣上尊號而言，尊號爲聖文神武法天應道八字，與元和三年之睿聖文武四字，截然未同，時子厚違尙書牋奏，已十四年，於禮部有何關涉，堯山繳繞爲一，可謂不求甚解也已。

爲京兆府請復尊號表三首

一

本事：建中元年正月丁卯朔，羣臣上尊號曰聖文神武皇帝，興元元年正月癸亥，詔中外書奏不得言聖神文武之號，至貞元十八年，中外羣臣公請復尊號。此表子厚爲藍田尉時作，府尹爲韋夏卿。

撫然感悅：　然、吳摯父校作狀。　釗案：此字文苑作伏，後改作狀，摯父所見是改本。

汙萊瘠鹵之地，混成大田，草木禽獸之微，化爲神貺：　此四句摯父坐圈。

天惟降衷：　書：「惟皇上帝，降衷於下民」，衷、善也。

昭然長春：　昭、英華作照，後校作煦，釗案：煦字是，昭與上文「昭然甚明」句犯複。

上奉天恩：　恩、英華作心。

君父之德，盡美而無稱： 稱、去聲讀，副也，第三表亦云：「久稱照臨之位。」

二〔闕〕

三

此因請復尊號，兩次抗表不准，而三次瀆陳者。

戰惶無措： 文苑戰作兢。 釗案：兢應作兢，詩：戰戰兢兢，兩字同義，皆小心戒愼貌。

雖江海善下，每應朝宗之心，而日月居高，久稱照臨之位： 此四句摯父坐圈，稱、去聲讀，解見上。

若然辭之，理有不可： 釗案：若字下增然字，助以成句，此子厚造句法，惟儷體始可如是用之。

爲耆老等請復尊號表二首

第一表

此配合京兆府所請，同時爲之。

伏以陛下尊號，未復一十九年： 興元元年只一年，配以貞元十八年，共十九年。

表首行「臣某等」，文苑英華作「臣石靈等」。

今郎千祥應期：　英華郎作則，千作萬。

第二表

墨詔批所請復尊號未准，第二次再請，一本以此表抵前京兆府所闕之第二表，非。

閭里勉臣以不進不止，妻孥誓臣以不遂不歸，唯竭血誠，退無面目，便當隕首闕下，終不徒還：　吳摯父此六句坐圈。

禮部爲文武百寮請聽政表三首

一

本事：貞元二十一年正月癸巳，德宗崩，丙申，順宗郎位，百寮請聽政，子厚時任禮部郎官，撰表乃職守所應爲。

大道必體於至公，大孝莫高於善繼：　二句吳摯父坐圈。

二〔甲〕

按第二表有兩首，因以甲乙分次之。甲篇據文苑英華，乃爲林逢所作。

俯而就之，聖人所重，知難繼也，君子不爲：　摯父謂此一聯傷巧，子厚必不爲。

釗案：楊子幼答孫會宗，所謂君父至尊親，送其終也，有時而既等語，亦同此旨，後以是與大獄，子厚豈不知儆？摯父論斷如上旨，自是知言者所當設想。再按禮記：「賢者可使俯而就之，不肖者可使企而及」，又「買道而葬，後難繼也」，以字面論，四語儘可別加解釋，以塞浮議，而眞實内容則不然，故摯父謂傷巧。

二〔乙〕

晏元獻本以此爲子厚第二表。

臣聞聖凡殊塗，邦家異禮，故王者舍己從物，用身許天，雖居達喪，猶以事奪：此六句摯父坐圈。

蓋事歸至當，則不可不遵，禮貴從宜，則不得不守，理固然也：坐圈同。

王志堅表異錄，特引表中下數語，以示珍異：「爰及宅憂，迨茲累日，而孝思罔極，尚輟乃雍之言，庶政未釐，頗缺如絲之命。」並圈出宅憂及乃雍四字，又引書：「王宅憂，諒陰三祀」，宅、居也，及書：「高宗諒闇，三年不言，言乃雍」，以釋明之。釗案：乃雍、廖本作乃讙，讙、喜悦也，與史記言「諸將盡讙」同，謂命令所布，人心和悦，雍亦和悦，與書：「黎民於變時雍」之雍同。又案「王宅憂」、出商書説命，「言乃雍」、出周書無逸，雍、禮記檀弓坊記及史記魯世家引之，皆作讙，本集或作雍，或亦作讙。要之雍與讙、皆和樂貌，就人民一方言之，與王者居喪之憂樂無關。今新出版顧頡剛

史林雜識「高宗諒陰」條，從另一角度，辨此綦詳，可參閱。

三

第三表辭情懇到，非子厚似不解著斯語。摯父於「王者之孝，異於匹夫，禮不相沿，道資適變，當承平之代，故殷帝宅憂而不言，遇有事之時，則周王未葬而誓衆」等語坐圈。釗意向下數語，如「兩河之寇盜難除，百姓之瘡痍未合，亂者思理，危者求安，天下嗷嗷，正在今日」，則尤爲哀迫，惻惻動人，思理猶言思治。顧彭叔夏文苑英華辨證云：

詳表文云：「兩河之寇盜難除」，又云：「成先帝之大功，繼中興之盛業」，乃穆宗敬宗時事，宗元當憲宗十四年已卒，此表柳集誤收何疑？

釗案：中唐兩河戰役，亟肆疲我，憲穆敬三朝，並無多少出入，叔夏遽謂表中數語，指穆宗敬宗時事，難於涉及憲宗聽政之初，殊嫌武斷。何況穆宗初卽位時，兩河略定，形勢甚好，蕭俛段文昌等，以爲漸宜銷兵，請密詔天下有兵處，每歲百人中，限八人逃死，上可其奏。又元稹草加裴度幽鎮兩道招討使制云：「肆朕小子，蒙受景靈，冀服於前，燕平於後，……斧鑕之刑坐迫，椒蘭之氣外薰，誰不自愛其生？焉能與亂同死？度宜開懷緩帶，以待其歸。」據此，穆宗初，有何寇盜難除、瘡疾未合云云之急迫現象，足資未葬誓衆者乎？

有僚友爲此三表作考證云：

林逢七表，在全唐文七四〇卷，林第三表、作柳第二表，林第四表、爲柳第三表，如彭叔夏所言，惟柳集又第二表，尚不知何人所作耳。林第七表有「況元和已前十一聖矣，皆以孝理化於萬國，……大行皇帝恭承昌緒，亦遵前訓」云云，由憲宗元和上溯至高祖，適爲十一帝，大行皇帝當指穆宗，則此七表爲請敬宗聽政無疑。惜林逢其人，唐書無傳，全唐文亦僅言：「逢敬宗時人」而已。

據右所述，將林逢七表限斷在敬宗朝內，當去史實不遠。蓋敬宗爲一童心熾盛之嗣皇，一入宮廷，卽荒淫無度，日從嬖幸，以遊畋爲日行公務，置國家正事於不問。時裴度、牛僧孺、柳公綽諸老宿皆在廷，而大抵踖踧莫可如何，卒之不到兩年，夜獵還宮，與宦寺輩擊球飲酒，爲小宦蘇佐明手刃於更衣室內，時年尚不足十八歲。所謂請聽政者，借闇陰之美名，阻淫昏之實迹，兩年之間，連犿七表，號稱日日宅憂，職是日日荒淫，此乃有唐之顯明醜政，人道之極端荒唐。而輒累及當時之鴻才碩學，爲之草表以全顏面，甚且闌入子厚集中，圖飾中外後代觀聽，一何可恨？

賀踐阼表

此表順宗卽位之日，子厚代某一節鎭所作。嚴公弼者、山南西道節度使震之

子，貞元五年中第。

遏密之中，施雨露以被物，遐邇之地，覩日月之繼明：　此四句吳摯父坐圈。

釗案：日月繼明，與上文重離出曜，相映成文。　李庾西都賦：「接以重離，緜乎少陽，是爲二宮，複道邃廊」，重者，二也，傅咸詩：「二離揚清暉」，二離即日月。　劉夢得同時爲遐藩作賀表，亦有「日月繼明，乾坤交泰」語。

此表與文苑英華所載全同，惟製題賀踐阼易作賀登極，文中「殷宗嗣默」，英華禩作恭，「謬膺藩守」，藩守、英華作守土。

禮部賀改永貞元年表

本事：貞元二十一年，順宗即位。　八月庚子順宗制：令太子即皇帝位，朕稱太上皇，制勑稱誥。　辛丑誥：改元永貞元年，子厚是時仍爲禮部郎掌牋奏。

禮部賀太上皇誥宜令皇帝即位表

本事：順宗立皇太子爲皇帝，自稱太上皇，制勑曰誥。　憲宗之立，以順宗之誥行之，時子厚仍爲禮部郎無恙。

禮部賀立皇太子表

本事：貞元二十一年三月二十四日，立子廣陵王淳爲太子，改名純，子厚以禮部郎草此表。

爰正承華之位： 按承華、太子宮名。

以長而立，自符於愼擇，必子之選，遂合于至公： 四句吳摯父坐圈。

禮部賀皇太子册禮畢德音表

本事：貞元二十一年四月戊申，詔曰：册禮云畢，感慶交懷，思與萬方同其惠澤，繫囚大辟降從流，流以下減一等。 子厚任禮部郎，表爲所草。

進勳而嗣續增榮： 文武常參，幷州府縣官，子爲父後者，賜勳兩轉。

崇教諭之方，忠良是舉： 給事中陸質、中書舍人崔樞、積學懿文，守經據古，夙夜講習，庶叶於中，並充皇太子侍讀。 按陸質原名淳，以避憲宗諱改。

用彰出震之餘，更表重離之曜： 此二句吳摯父坐圈。 出震本易：「帝出乎震」，重離亦本易：「明兩作離，大人以繼明照於四方。」隋五郊歌：重離得位，芒種在時。按賀踐阼表云：「重離出曜，體乾繼統」，重離字再用。

況行禮之日，則屏翳收蹟：司馬相如大人賦：「時苦夔夔，將混濁兮，召屏翳，誅風伯而刑雨師」，曹植洛神賦：「屏翳收風，川后靜波」，屏翳、神名，其說不一，以爲雷神風神者多，即上引兩文可見。

謬參著定：左：「叔向曰：朝有著定，會有表，衣有襘，帶有結」，注：「著定、朝内列位常處。」此表爲禮部而作，禮部皆朝官，故曰著定。詩：「俟我於著乎而」，此單言之也，若雙言之，則表著或著定，皆同一義。

表與文苑英華所載無異，惟伏奉今日制下，多一書字，觀他表大抵不省書字。

爲王京兆皇帝即位禮畢賀表

王京兆者、王權也，貞元二十一年，權自鴻臚卿爲京兆尹，已在順宗即位之後，此所謂皇帝，乃憲宗而非順宗。可知憲宗即位在八月，子厚九月方出禮部，故有可能爲權草表。

代韋中丞賀元和大赦表

本事：憲宗即位，改元永貞，明年又改元元和，因而大赦，所謂永貞二年，宜改元和元年也，子厚時已到永州貶所，代刺史作此表，刺史姓韋而逸其名。尋子厚羈永

十年，歷刺史六人，而韋其姓者二，一在首，一在尾，而名皆無可考。

肆眚見恤人之心：　書：「眚災肆赦」；左莊二十二正月：「肆大眚。」

市無彊價：　此暗影宫市事。價、英華作賈，惟於義字應作估，估、買也。

爰褒有客：　詩：周頌有客，謂二王之後爲客。

宗予之道斯在：　禮檀弓：「孔子曰：天下孰能宗予？」表中此一聯開闔抱負，大言炎炎：「爰褒有客，尊賢之典惟新，載奉素王，宗予之道斯在。」閒嘗思之：對眞王而稱素王，顯開讒閒之路，倘作永貞行者，堅持庸夫干天位之説不放，則子厚殆矣，然終唐世而車蓋亭之獄不起，唐人質厚，殆是遠逾於宋。　尋子厚聽政第二表：「俯而就之，聖人所重，知難繼也，君子不爲」，吳摯父認爲傷巧，非子厚所宜出，推其意、謂可能蹈楊子幼之禍也，鄙意素王一聯，所傷更多。

此表文苑英華所載相同，惟首行制下多一書字，以賀皇太子牋核之，滿言制書爲宜。「宜改元和元年」作「宜改爲元和元年者」，多爲者兩字。

「旣行慶於官僚」，官、英華作宫，是。

禮部賀册太上皇后表

本事：永貞元年八月，順宗立皇太子爲皇帝，自稱太上皇，立良娣王氏爲太上皇

后，表賀卽此時，子厚尙在禮部。

褕狄亦被於恩光：　內司服掌皇后之六服，褕狄爲其一。

周旋有四星之輔：　史記天官書：「後句四星，末大星正妃。」索隱：「句音鉤，句，曲也。」釗按：此指北斗魁之四星，至北斗杓之三星，爲太尉司徒司空三公之象。此表：文苑英華所載全同，惟「長秋既登其正位」，正作品，「褕狄亦被於恩光」，被作洽，「助日爲明」，助作事。又一本：「配乾稱大」，配作酌。

釗按：文苑英華標題，太上皇后下，有「及德妃」三字，表文亦后與妃並列。如「長秋既登其正位」，此指太上皇后，下句褕狄，卽指德妃而言，下文奉養一聯亦然。褕狄，褕音遙，翟羽飾衣也，周禮作揄狄，注：「鄭司農云：狄當爲翟，翟、雉名。」英華從周禮，惟揄又誤作檎。古王后六服之一，又三夫人及上公之妻之命服也，字與鷂翟通，爾雅：「江淮而南青質，五采皆備，成章曰鷂」，亦曰雉鷂，鷂或作搖，刻畫其形以爲服之飾也。

禮部太上皇后册畢賀表

此隨前賀册太皇太后表，賡續爲賀，子厚仍未離禮部。

其以播正始於周風：　詩周南召南，正始之道，久之義漸有變，魏邵陵厲公用爲

年號，時士大夫競尙清談，世稱正始之風，嵇阮詩號正始體。其一作足。

致時雍於帝典：爲百官上尊號表云：「四海將致於時雍」，時雍字再用。

本表：文苑英華所載全同，惟「婦順斯備」，順作道，「謬塵榮位」，塵作叨。

賀皇太子牋

皇太子、憲宗也，貞元二十一年四月癸卯，立廣陵王爲皇太子，時子厚仍在南宮，此箋不知代誰作？

温文光三善之名：三善出禮記：行一物而三善皆得，唯世子而已，一知父子之禮，二知君臣之義，三知長幼之節。

繼照協重離之慶：解見前賀皇太子册禮畢德音。

御史臺賀嘉禾表

本事：嘉禾圖、貞元中幽州節度使劉濟所進，子厚貞元十九年尙爲監察御史，此表應是爾時所作。

靈嶽不忩於贊祐，燕谷用遂於生成，豐稔既均，知朔南之被澤，休嘉克叶，見天地之同和，六穗慚稱於漢臣，異畝恥書於周典：以上八句，吳摰父坐圈，何義門則

只擇靈嶽一句，指爲切幽州，尤見典雅。

釗案：北嶽卽恆山，冀州地也，舜嫌禹畫冀州太大，離而爲幷州及幽州。夫力足幷吞曰幷，幽陰慘殺曰幽，〔語本杜牧罪言。〕惟然，子厚因訢之於不愆贊祐，而義門賞其語典切云。

禮部賀嘉禾及芝草表

表云：

臣某等言：伏見今月某日，內出劍南所進嘉禾圖，及陝州所進紫芝草，示百寮者。珍圖煥開，瑞彩交映，遐邇偕至，福應攸同，臣某等誠慶誠賀，頓首頓首。伏維皇帝陛下，緝熙至道，保合太和，天惟發祥，地不愛寶，嘉禾擢質，靈草抽英。獻於王庭，唐叔慚同穎之異，薦諸郊廟，班史謝連葉之奇。旣呈嶷嶷之祥，更覩煌煌之秀，豐年斯著，聖壽用彰，欽和之人，歡抃無極。臣某等優游至化，披翫殊姿，慶抃之誠，倍百恆品。

此表李賓之最稱賞之。評云：「唐宋表大都辭簡而意盡，格古而調高，子厚此作，尤傑然者。」吾嘗論子厚文品之高，在引墨伸紙，累累直書，意盡言止。此在行文一體如是，包括啓表在內，了無出入，此爲文人最難達到之一境，子厚以外，吾見絶罕。韓

退之一涉騷賦，便捉襟見肘，尤瞠乎後矣，賓之頗能見到子厚此一長處。

既呈薿薿之祥兩句：　薿薿之祥：注誤。詩：「黍稷薿薿」鄭箋：薿然而茂盛。煌煌之秀：按嵇康詩：「煌煌靈芝，一年三秀」，注未之及，陳少章云。

京兆府賀嘉瓜白兎連理棠樹等表

右諸物爲徐州刺史張愔、及陳許觀察使上官說所獻。愔者、張建封之子也，建封曾從營田巡官陳從政得瑞兎，韓退之有賀徐州張僕射白兎書在集中，建封未及獻而卒。愔自稱知軍事，朝廷從之，愔乃獻兎及嘉瓜。上官說爲陳許等州觀察使，在貞元十五年八月，及是獻連理棠樹圖，事在十八年，子厚正任藍田縣尉。

禮部賀甘露表

本事：貞元二十一年二月，子厚遷禮部員外郎，掌尙書牋表，此表在此時作，下四表同。

蔣一葵堯山堂偶雋云：

唐初沿六朝綺麗之風，賓王輩四六，聱帨實工，丰骨稍掩，至河東始麗以則。賀甘露表云：「朝光初燭，方湛湛而未晞，晨景轉炎，更瀼瀼而不已，綴葉而珠璣積

耀，盈器而冰玉呈姿，芳襲椒蘭，味兼飴醴。」金莖玉露，只在河東公脣吻。堯山正在麗則二字著眼，子厚序楊評事文，謂比興者流，其要在於麗則清越，旨趣適相吻合。

何義門亦賞此表，謂全體本色正佳，晨景轉炎二句，寫出見降未止意，至李賓之之稱許，倍見賅括。〔語見禮部賀嘉禾及芝草表條下。〕子厚諸儷體文，諸家大抵以此表爲眉目，賓之之言，更爲切至，吳摯父不過坐圈幾句而已。釗案：意盡言止，是行文兩種境界，凡患意盡而言不止，或言止而意未盡者，往往冥行一生，未達子厚庭戶。

禮部賀白龍幷青蓮花合歡蓮子黃瓜等表

本事：滄州白龍見圖，西內定禮池中青蓮花，神龍寺前合歡蓮子，鹽州合歡黃瓜圖，共四事示百寮，禮部因而表賀。

蔣一葵堯山堂偶雋，幾於全引此表，尤著重：「邦畿之內，雨霽必時，宿麥大穰，嘉穀滋茂」數語。結謂「青蓮合歡蓮子，瑞之小者，宿麥穰、嘉穀茂，瑞之大者，篇終及之，有旨」，子厚本懷，恐是如此。吳摯父坐圈，選定：「遠通邊徼，近出苑園，合慶同歡，周於億兆」四句，亦自大有領會。何義門云：作一總束。

疊瑞重祥，累集宮禁：　何云：以西內爲主。

敷彼青光：　何云：青作清。

禮部賀白鵲表

表末言白鵲進自何方？子厚草此表，應在順宗即位後，己猶未出禮部時期。鵲以知來，式彰寇服：　寇服字絶罕見用，想如周禮職方氏所辨九服中蠻服夷服之類。

神似六朝小品，無大意味。

禮部賀嘉瓜表

本事：貞元十八年正月，以常州刺史賈全爲浙東觀察使，至二十一年順宗即位，全進越州山陰縣移風鄉百姓王獻朝園內所產嘉瓜，二實同蔕。據表內「寶祚惟新」一語，知所謂今日，定與踐祚相去不遠，子厚可能猶在禮部掌牋奏，故題標禮部賀嘉瓜，宜不誤。

雖七月而食，豳風歌王業之難，五色稱珍，東陵詠嘉賓之會，未聞感通若斯昭著者也：　上數語吳摯父坐圈，蔣一葵堯山堂亦引之。

阮嗣宗詩：「昔聞東陵瓜，近在青門外，連畛距阡陌，子母相鉤帶，五色曜朝日，嘉賓四面會」，此子厚東陵詠佳賓之會所本。

爲王京兆賀嘉蓮表

柳州諸表，語叶時風，製本禮部，內符儒素，外應職司，誦柳文者，自亦未可摽諸門外。茲引代王京兆賀嘉蓮表爲範。表云：

臣某言：今日某時，中使某奉宣聖旨，出西內神龍寺前水渠內合歡蓮花圖一軸，示百寮者。祥圖煥開，異彩交映，贊天地之合德，表神人以同歡，臣某誠歡誠慶，頓首頓首。伏維皇帝陛下道協重華，慶傳種德，陶陰陽之粹美，孕造化之精英，吉慶每見於天心，發祥必自於禁掖。是使雙華擢秀，連蒂垂芳，香激大王之風，影耀天泉之水。煥開宮沼，旁映給園，靈貺應期，天龍護聖，寶曆敻超於小劫，神功允洽於大千。臣某獲覩昇平，濫居榮寵，聞瑞應而稱慶，仰續事而增歡，無任抃蹈喜躍之至。

清徐文靖管城碩記云：

義山詩：「天泉水暖龍吟細」，朱注云：「齊地記：齊有天齊泉，漢書注：臨淄城南有天齊水，五泉並出。」按宋書符瑞志，文帝元嘉二十一年，天淵池二蓮同榦。南

史劉苞傳：受詔詠天泉池荷，下筆卽成。　柳子厚爲王京兆賀嘉蓮表：香激大王之風，影耀天泉之水，義山天泉當謂此。

影耀天泉之水，全唐文紀事本：耀作濯。

王京兆者，王權也，時在永貞元年，子厚尚爲禮部員外郎，是年九月，出刺邵州，至十一月，權亦貶。

文苑英華所載全同，惟首行「中使某」下，多一至字，祥圖煥開，英華作神圖。

慶傳種德：　廖注：「書：臯陶邁種德，李氏臯陶之後，故云。」

影耀天泉之水：　廖注：「沈約宋書：文帝永嘉二十一年，天泉池池蓮同幹」，右徐文靖所引同，特較詳耳。

旁映給園：　給園，謂給孤獨園，指神龍寺言，旁、溥偏義。

同時張仲素亦有賀西內嘉蓮表，並載於文苑英華，惟柳表代王權，不知仲素代誰？

爲王京兆賀雨表

一

王京兆者，王權也，權之官歷，見賀皇帝卽位表、及賀嘉蓮表題下，不贅。

賀雨共五表，爲李賓之所賞，謂其「出入經傳，而詞更琱琢可喜」。蓋事在永貞元年，子厚猶任禮部郎官，所展望於政治改革者，前途遼闊，心界旣寬，詞條益達，故此五表最爲完美無疵。或謂子厚四六，至斯時、色澤已化爲神理，非復曩時脂粉，即指此五表而言云。

蔣一葵偶雋揄揚此表如下：

賀雨表凡五，有曰：「宸衷暫惕，已矯御天之龍，聖謨旣宣，遂洽漏泉之澤」；有曰：「布濩垂陰，隨聖澤而俱遠，滂沱積潤，與恩波而俱深」；有曰：「未成旱暵之虞，已積幽勤之慮，衆靈受職，薈蔚且躋於南山，百穀仰榮，霶霈遂霑於東作」；有曰：「聖謨廣運，驅百靈以從風，神化旁行，滋五稼而流澤。油雲四合，膏雨溥周，農壤遂一于肥磽，滲漉盡霑于遐邇。蒸黎詠德，知必自于聖心，草木欣榮，如有感于皇化」；有曰：「瑞鳥迎舟，掩商羊之舞，仙雲覆水，協從龍之徵。初泛洒于上宮，遂霶霈于率土，殷后徒勤于自剪，周公空愧于舞雩。」昔人謂子厚諸山遊記，將死物俱說活了，觀諸表說天人感應處，若有肸蠁，信筆端奪化工矣。

第三表：周王徒勤於方社：陳少章謂：「此用詩方社不莫語，周王乃宣王也，舊注引以社以方，與賀雨無涉矣。」釗案：舊注乃指廖蔣兩注：「詩以社以方，我田旣臧，堯山此解，自有神會，非盲目佞柳者比。

謂有事於山川也」，此當然與賀雨無涉；詩：祈年孔夙，方社不莫，箋：祈豐年甚早，祭四方與社又不晚。

第五表：賀親自祈雨有應，乃代外州刺史，而非爲王京兆，此須加以說明。蓋表首言：臣得上都院官金部員外郎韓述狀報云云，上都者、京師也，語稱上都，則已不在京師可知。院官、進奏院之官也，進奏院設於京師，隨時關報，依唐制，唯諸道大帥及同華二州享有此權。且表末稱：臣以庸虛，謬司垣翰，賀者之爲外吏更可知，詳參陳少章點勘。

殷后徒勤於自翦，周公空愧於舞雩：此與第三表周王徒勤於方社，殷帝虛美於桑林，同一調。舞雩本周禮春官女巫職，歲旱暵則舞雩。

王志堅四六法海書此表後云：

退之表啓，不盡作偶語，只是平日文略加整齊而已。至子厚則神理膚澤，色色精工，不惟唐人技倆，至此而極，卽蘇王一脈，亦隱隱透漏一斑矣。㊀

志堅涵泳柳表，工夫尤較蔣一葵深造，卽右數語，何止透漏一斑。

釗案：志堅字弱生，一字聞修，崑山人，萬曆庚戌進士，官至湖廣提學僉事。明史文苑傳載：其爲兵部郎中時，要同舍郎爲讀史杜撰、讀史商語。至所編四六法海，

㊀ 透漏一作逗漏，集韻：逗音透，義並同。

其原序有云：

唐文皇以神武定天下，在宥三十餘年，而文體一遵陳隋，蓋時未可變耳。永徽中，人主優禮詞臣，時則有燕許鴻軒，崔李豹別，而英公一檄，竟出自草澤手，當時人才何其盛歟？至於沿習既久，遂成蹊徑，文酒讌集，賓主談諧，輒用耦語，此亦天地間不得不變之勢矣。然昌黎文初出，卽裴晉公亦駭而弗許，蓋習尙之漸人也如此。河東之爲文，則異於是，壺子時見杜權，糠粃猶爲堯舜，吾師乎！吾師乎！是知志堅對子厚之崇仰甚至。顧此書至中清，經鉛山蔣心餘士銓改編，將柳文部分全與芟削，卽右引賀雨表後數語，亦於蔣本中看不到。吾所接觸，乃題署忠雅堂評選之蔣本，而非原本，故凡與柳有關之評論，皆祇得於他短書中轉錄，至可痛惜。

二

清末、興化李詳以博雅著稱，所刊媿生叢錄有一條云：「柳子厚柳州謝上表：潢汙易竭，抑有朝宗之願，案謝朓拜中軍記室辭隋王牋：潢汙之水，願朝宗而每竭，注未引。」此詳徒自炫其博覽耳，初未計柳州謝上表之爲贋作，㊀又潢汙與朝宗皆常語，文人隨意使用，並不自覺語之何自出也。王荆石云：「柳表悉衝口而成，不琢自工」，斯語得之。王京兆賀嘉蓮表云：「香激大王之風，影耀天泉之水」，天泉、廖注引

㊀　此在柳州謝上表下有說明。

沈約宋書：「文帝永嘉二十一年，天泉池池蓮同幹」，惟此天泉池者，原本是天淵池，淵以避唐諱而改作泉，於是唐以後人，翻印唐以前書，亦多乘便而改作泉。聞者習焉弗察，渾忘淵字之典祖，甚至以唐人李義山作詩，有句曰：「天泉水暖龍吟細」，讀者並遽斷然指作義山胎息子厚。吾前引徐位山管城碩記，卽使人一覽而知其誤會之由來，甚矣名著箋注之工煩，且往往所箋竟出作者意料之外也，吾意箋柳尤爲如此。試思柳州上綜三古，下籠百代，所須典實，隨手拈來，所涵類語，應念卽至，可能有微誤而決不至有大錯。此詣自非飣餖小儒所能理會，而亦斷非子厚本人及崇仰子厚者之所顧恤，豈區區潢汙之水之必求謝朓證其能朝宗於海也哉？

卷三十八　表

爲裴中丞賀克東平赦表

裴中丞者，桂管觀察使裴行立也，觀察使例兼御史中丞，故曰裴中丞。

本事：元和十四年二月，淄青都知兵馬使劉悟，斬其節度使李師道以降，詔天下繫囚死罪降從流，流以下放。

事平，以劉悟爲義成軍節度使。又魏博節度使田弘正、亦討師道者，因加弘正檢校司徒、同中書門下平章事。表中激其效順一聯，分别指此。

尋行立、前鎮海節度使李錡之甥，充錡牙將，得其倚任，錡叛變，行立審其必敗，與錡兵馬使張子良等，合謀建義，先由行立舉火鼓譟於內，而子良等引兵趨牙門，錡聞，大怒，洎知行立響應，撫膺曰：吾何望矣？遂敗。是行立以大義滅親起家，屢經征戰，馴致專閫，子厚爲草此表云：「阻兵怙亂者，必就梟擒，懷忠抱義者，無不甄錄，激其效順，特加旄節之榮，寵以元功，遂兼鼎鉉之任」，此等於爲行立吐露平生心曲，迥異其他策勳受賞之例行文字。末云：「抃蹈之誠，倍萬恒品」，故自實際如是，不假

強爲，李師道雖不由行立手戮，而論情不啻過之，子厚得其情而行文，因而字字力透紙背，使讀者「騰天鼓舞，如聞九奏之音」也以此。

柳州賀破東平表

此子厚以柳州刺史，被桂管觀察使牒知李師道就戮，畢銜上表申賀之作。

睿文聖武皇帝陛下： 元和三年，羣臣上睿聖文武尊號，文聖二字當乙轉。

五兵永戢，七德無虧： 何義門云：東上生下。

介丘霧息： 介丘卽指泰山，司馬相如封禪書：「以登介丘」，服虔曰：介、大也，丘、山也，言登泰山封禪也。藝文類聚引黃帝玄女戰法曰：黃帝與蚩尤戰，不勝，歸於泰山，三日三夜，天霧冥冥。

千歲之統，實在於斯： 廖注：司馬遷自序曰：今天子接千歲之統封泰山，而余不得從行。

此子厚自作賀表，莊雅整肅，與他表不同。

蔣一葵偶雋，於子厚此表，摘錄如下數聯：

鄆城自潰，寧同莒魯之爭？齊地悉平，無俟耿陳之戰。 五兵永戢，七德無虧，含生比堯舜之仁，率土陋成康之俗。 介丘霧息，已望翠華之來，沂水風生，更起舞

雩之詠。

蔣在鄆城一聯下，注明切淄青三字。本事：左昭元年，莒魯爭鄆，二十九年十月，鄆潰。此謂師道初治鄆州城塹，修守備，而其將劉悟卷旗束甲，還入鄆州，以求效順故也。漢光武時，張步起琅邪，耿弇率陳俊討之，戰於臨淄。步衆大敗，步乃斬蘇茂以降，弇復引兵至城陽，降五校餘黨，齊地悉平。琅邪、臨淄，卽青海二州之屬邑。

代裴中丞賀分淄青爲三道節度表

分淄青爲三道節度事，子厚代裴行立作此表，更代作一狀上裴度，見下一卷。本事：舊史楊於陵傳：會誅李師道，分其地爲三鎭，朝廷思有所制置，以於陵兼御史大夫，充淄青十二州宣慰使，還奏合旨，餘詳下一卷注。

山川備臨制之形，道途適征徭之便：何義門云：二句有骨。

爲韋侍郎賀布衣竇羣除右拾遺表

竇羣以處士隱於毗陵，蘇州刺史韋夏卿薦之朝，不報，貞元十六年十一月、夏卿爲京兆尹，復言之，十八年三月、羣始得召爲左拾遺。時子厚爲集賢正字，因爲夏卿草此表，表中「臣頃守藩服，特所委知，及歸朝廷，輒有聞薦」，四語頗足說明本事。

羣字丹列，牟弟，通春秋，性狠戾自用。初與李吉甫善，及用人，論不合，乃怨吉甫，反擠之，坐事將誅，賴吉甫救，得免。出爲黔中觀察使，以羣蠻亂，不能討平，貶開州刺史，稍遷容管經略使，召還，道卒。

表譽羣「肥遯居貞，包蒙養正，學術精果，操行堅明，讚詠道眞，以求其志」。又云：「言而不廢，微臣敢竊於薦雄，德必有鄰，聖代式光於尊隗。」綜羣生平，殊媿此表月旦。

羣殆如羊士諤一流人物，觀此表，夏卿失人，子厚亦不免失言。

爲樊左丞讓官表

本事無可考，樊一作韋，然表未必爲子厚作，如其是也，事當在貞元末年。

晉升孔坦：孔坦字方平，咸和初，爲尙書左丞。

漢拜楊喬：後漢楊喬，桓帝時爲尙書，後以黨錮坐獄，賈彪上疏曰：尙書郎楊喬，文質彬彬，建明國典，陛下宜貶黜饕餮，信任忠良。

威儀不檢於三署：蔡質漢儀：尙書郎初從三署試，初上臺稱守尙書郎，中歲滿稱尙書郎，三年稱侍郎。

倘蒙垂收紫渙：蔣注：紫渙謂詔書，渙者，取易：「渙汗其大號」意。何義門云：

「臣實謏才，謬登清貫，握蘭起草，昔忝朝經，剖竹頒條，近貽人瘼」，詞輕雋，似從江左麈尾下得來。

紫渙不成語，應作紫泥。

爲王戶部薦李諒表

表云：

臣某言：臣聞知賢必進，忠臣之大方，擇善而居，明主之要道，況臣特受恩遇，超絶古今，報國之誠，寤寐深切。是敢竭愚臣之微分，助陛下之至明，恢張羽儀，弘輔治化，臣某誠惶誠恐，頓首頓首。竊見新授某官李諒，清明直方，柔惠端信，強以有禮，幹而甚文，求之後來，略無其比。臣自任度支等副使，以諒爲巡官，未及薦聞，至某月日，荆南奏官敕下赴本道，諒實國器，合在朝行，臣之所知，尤惜其去。伏望天恩授以諫官，使備獻納，冀它日公卿之任，斯焉取斯，則聖朝無乏士之名，微臣緩蔽賢之罰，無任誠懇屏營之至。

此一爲人捉刀之尋常表文耳，而中涵遺聞祕事不少，據卞孝萱所考見者，有如下數義：

一、李諒爲附叔文之重要黨人，初任度支鹽鐵巡官，此直接爲叔文奔走疏附之

職，以叔文於貞元二十一年二月充度支鹽鐵副使也。諒依職當外調，叔文遂薦充諫官，查白居易集：有「華陽觀招李六拾遺飲」，及「城東以詩招李六拾遺」等詩，李六拾遺者卽諒也，可見諒作諫官是實。

二、諒與著續幽怪錄之李復言是一人；唐詩紀事卷四十三，載諒與元稹白居易杭越寄和詩，明言諒字復言可證。釗案：古人名字，義每相聯，諒、信也，論語：「信近於義，言可復也」，是諒與復言爲一人，於義適合。

三、續幽怪錄，載辛公平上仙，託詞兵解，揭發順宗被弑一大陰謀，陳寅恪有專文論之，指此爲一陰謀之幸存史蹟，十分重視。惟謂該錄乃江湖舉子投獻之文卷，卻不近情，容俟更端再論。

四、諒於貞元十六年，與白居易同登進士第，官終嶺南節度使，年五十九卒。元和中曾爲祠部員外郎、考功郎中，長慶初爲泗州刺史、改壽州，在仕歷上，似未甚受到叔文牽累。

五、以王叔文黨人而未受牽累者，李諒外以房啓爲最著，本編有專條論之，不贅。又呂温，事變時不在京師，與房啓之事先履任容管略同，故實際亦未受影響。

六、陳景雲點勘此表云：諒長慶初，除泗州刺史，未之任，改壽州，白樂天集有制詞。而吳文定姑蘇志云：「諒長慶四年，自泗州刺史奏最，以御史中丞徙蘇州，賜

紫」，未知採何書也？諒事不少概見，以少章之博，亦不知姑蘇志所採何書？釗案：吳文定、乃長洲吳寬。

七、白樂天李諒除泗州刺史、兼團練使、當道兵馬留後、兼侍御史、賜紫、金魚袋制詞：中有「諒自澄城長訖尙書郎，中間又再爲州牧，三宰劇縣，皆苦心恤隱，煦嫗及物，操刃決滯，砉騞有聲」等語。砉騞出莊子：「砉然嚮然，奏刀騞然」，皆謂皮骨相離聲也。樂天於諒，可謂推獎如量；或云：諒在叔文敗後，卽依附牛黨，樂天、牛黨也，因而與諒互爲依存。

樂天復有李諒授壽州刺史制稱：「吾前命諒爲泗守，未卽路，會壽守植卒，因改諒守壽」，此曩言諒由泗改壽之由，至壽守植何人，未詳。

爲王戶部陳情表

一

子厚集中，一字不及王伾，而於叔文、獨不諱言親善。旣爲叔文母劉氏作誌，而陳情表亦子厚執筆，此表在柳文中平平無奇，特爲表見王柳交誼，亦彌可誦。

或稱：「貞元二十一年，王叔文母死，匿喪不發，置酒翰林，自稱母疾病，今當請急，左右竊語曰：母死已腐，仍留此，將何爲？」此誣詞也。貞元二十一年、卽永貞元

年，時德宗已崩，叔文出任政事，故有此表，此表乃上順宗，非德宗也。查德宗大行，宫廷將秘不發喪三日，而淩準大不謂然，力向王伾陳述，始挽回此事，是八司馬見道明確，卽此可證。假定叔文有意匿喪，如淩準者，何難諫止？況子厚明見理道，豈肯爲叔文草僞陳情表乎？凡此皆嫉伾文者所造之誣蔑語，何足置信？

順宗實録載：杜佑充度支幷鹽鐵使，以叔文爲副，制書於叔文多所奬借，此制諒亦八司馬中一人所起草。制曰：

起居舍人王叔文、精識瓌材，寡徒少欲，質直無隱，沈深有謀；其忠也，盡致君之大方，其言也，達爲政之要道；凡所詢訪，皆合大猷，宜繼前勞，佇光新命。可度支鹽鐵副使、依前翰林學士本官、餘如故。

此官文書也，而實爲執友之所刻劃，所以可貴，是否出於子厚之手？無從考知。

二

自永貞之變，迄不聞何人爲王叔文訟寃？有之恐自范仲淹希文始。希文述夢詩序一文，稱述甚明：

述夢詩序　　范仲淹

景祐戊寅歲，某自鄱陽移領丹徒郡，暇日遊甘露寺，謁唐相李衞公眞堂，其制隘陋，乃遷於南樓，刻公本傳於其側。又得集賢錢綺翁書云：「我從父漢東公，嘗

求衛公之文於四方，得集外詩賦雜著，共成一編，目云一品拾遺。其間有浙西述夢詩四十韻，時元微之在浙東，劉夢得在歷陽，並屬和焉，愛其雄厚，藏之緒中，二十年矣，願刻石以期不泯。」某觀三君子之詩，嗟其才大名高，俱見咎於當世：李遇武宗，獨立不懼，經制四方，有輔相之功，雖姦黨營陷，而義不朽矣。元初以才進，拜拾遺，歷御史府，無所畏避，爲執政所困者久之，及天子召用，書詔雅遠，甚有補益之風；至於與晉公相失，而姦人乘之，謂元欲刺裴，檢則無狀，然一戾正人，其光墜地，惜哉！劉與柳宗元、呂温數人，坐王叔文黨貶廢不用，覽數君子之述，而禮意精密，涉道非淺，如叔文狂甚，義必不交；叔文以藝進東宮，人望素輕，然傳稱知書，好論理道，爲太子所信，順宗即位，遂見用，引禹錫等決事禁中；及議罷中人兵權，牾俱文珍輩，又絶韋皋私請，欲斬劉闢，其意非忠乎？皋銜之，會順宗病篤，皋揣太子意，請監國而誅叔文，憲宗納皋之謀，而行內禪，故當朝左右謂之黨人者，豈復見雪？唐書蕪駁，因其成敗而書之，無所裁正，孟子曰：「盡信書不如無書」，吾聞夫子褒貶，不以一疵而廢人之業也，因刻三君子詩而傷焉。至於柳呂文章，皆非常之士，亦不幸之甚也，韓退之欲作唐之一經，誅姦諛於既死，發潛德之幽光，豈有意於諸君子乎？故書之。

其謂劉柳呂希文嚮以天下爲己任，於李元劉評述數言，斷制爽朗，一字移動不得。

數君子，「如叔文狂甚，義必不交」，誠探驪得珠之語。夫「叔文以藝進東宮，人望素輕」，誠然，唐人重門第，尊婣連，以此輕視叔文，當然難免。王西莊曾揭出永貞行：「小人乘時偷國柄」一語，大爲不平，謂「傳得諸版築，呂起於漁釣，叔文之進用何嫌？且二月方得柄，八月卽遠斥，叔文亦可憐矣。〔蛾術編卷七十六。〕」西莊持論甚正，但屢以「可憐」刻劃叔文，稍帶稚氣；夫大丈夫爲國家出當大事，成敗利鈍，誰能逆睹？死得其所，卽是求仁得仁，何可憐之有？叔文沈吟杜公出師未捷二語，聞者失笑，此自笑者無識，於叔文何與？獨希文斷曰：叔文「知書，好論理道」，要言不煩，羣疑盡釋矣。希文出身低微，似猶甚於叔文，北宋仁宗以前，南人亦艱於進用，平居旰衡唐故，涉及黨爭，殆不勝蕭條異代之感，一提叔文，事等由暗窺明，情景不難洞悉。例如希文斷定與叔文爭兵權者爲俱文珍，覈實悟文珍及斬劉闢爲忠，又慨歎朝議表裏附和，無與雪寃，唐書蕪駁，無所裁正，末引孟子盡信書不如無書，一切摧陷而廓清之，希文以前，曾無人爲此言，希文以後，言者亦無能逾越幾許？崇論宏識，兩宋一人，晦菴之流，瞠何能及？惟宋代表章韓柳，推韓尤偏，希文以誅姦諛於既死，屬望退之，未免失人，蓋退之於永貞之變，縱不得指爲姦，而乃無法自脫於諛，此西莊辨之甚明，吾已節次引錄，不更覶縷。

按景祐戊寅，爲宋仁宗寶元元年，卽公曆一千零三十八年，唐順宗永貞元年，歲

次乙酉，卽公曆八百零五年，兩者相距，二百三十三年。由是歐陽永叔贈王荆公詩云：「吏部文章二百年」，從退之歿年，數至歐詩年分，舉成數言之，恰爲二百年，故荆公誤解吏部爲退之亦宜。〔此他條有説明。〕

此棼棼二百年間，殘唐傾頹，五代瞀亂，天下救死扶傷不暇，無人理會文墨，穆伯長與歐陽永叔，搜集韓柳文之艱且勤，殊駭聽聞。伯長在京師相國寺，陳列二集，求一士子能讀一篇，不失句讀者，且不可得，獨希文於景祐初年，精通唐實，深解正理，發爲王叔文訟寃之偉論，可謂朝陽鳴鳳。

袁子才隨筆云：「唐八司馬輔順宗，善政不可勝書，而史目爲姦邪，昌黎永貞行亦詆訶之，獨范文正作論，深爲護惜，必有所見。」此雖寥寥數語，而子才能繼王西莊之後，同聲邪許，亦自難得。

明胡孝轅唐音癸籤云：「柳子厚汙王叔文黨，坐貶荒遠，不得昭雪以死，惟范仲淹論之，以爲覩子厚述作，涉道非淺，……史書因其成敗書之，無所裁正耳，此論亦恕亦確。然則韓誌柳墓，何無一言爲此事辯乎？曰：當愈時叔文未可原，而其説尚未可盡也。」孝轅此論，在淺薄明人之行伍中，左袒子厚，信爲罕覯，獨謂愈不肯爲子厚辯，歸結於當愈時叔文未可原，此對愈恕矣，卻未必確。

三

王船山讀通鑑論，於唐順宗朝只論伾文一案，其說云：

王伾王叔文以邪名古今，二韓劉柳皆一時之選，韋執誼具有清望，一爲所引，不可復列於士類，惡聲一播，史氏極其貶詞，若將與趙高、宇文化及同其凶逆者，平心以考其所爲，亦何至此哉？自其執政以後，罷進奉、宫市、五坊小兒，貶李實，召陸贄、陽城，以范希朝、韓泰奪宦官之兵柄，革德宗末年之亂政，以快人心，清國紀，亦云善矣。順宗抱篤疾，以不定之國儲嗣立，諸人以意扶持而冀求安定，亦人臣之可爲者也，所未審者，不能自量其非社稷之器，而仕宦之情窮耳，初未有移易天位之姦也。於時宦官乘德宗之危病，方議易儲以危社稷，順宗瘖而不理，非有夾輔之者，則順宗危而憲宗抑且不免，代王言，頒大政，以止一時之邪謀，而行乎不得已，亦權也。憲宗儲位之定，雖出於鄭絪，而亦俱文珍、劉光琦、薛盈珍等諸內豎，修奪兵之怨，以爲誅逐諸人之地，則韋執誼之驚，王叔文之憂色，雖有自私之情，亦未嘗别有推奉，思摇國本，如謝晦傅亮之爲也。乃史氏指斥其惡，言若不勝，實覈其詞，則不過曰采聽謀議，汲汲如狂，互相推獎，僴然自得，屏人竊語，莫測所爲而已，觀其初終，亦何不可測之有哉？所可憎者，器小而易盈，氣浮而不守，事本可共圖，而故出之以密，謀本無他奇，而故居之以險，膠漆以固其類，亢傲以待異己，得志自矜，身危不悟，以要言之，不可大受而已矣。因是而激盈廷之

怨，寡不敵衆，謗毁騰於天下，遂若有包藏禍心，爲神人所共怒者，要亦何至此哉？伾叔文誠小人也，而執誼等不得二人，不足以自結於上，伾叔文不得於牛昭容、李忠言，不足以達於篤疾之順宗，嗚呼！漢唐以後，能無内援而致人主之信從者鮮矣。司馬温公之正，而所資以行志者太后，楊大洪之剛，而所用以衛主者王安，蓋以處積亂之朝廷，欲有所爲，而就其可與言者爲納約之牖也。叔文伾之就誅，八司馬之遠竄，事所自發，亦以宦官俱文珍等、怨范希朝韓泰之奪其兵柄，忿懟急洩，而大獄疾興，諸人既蒙不赦之罪，神策監軍復歸内豎，唐安得有斥姦遠佞之法哉？宦官之爭權而迭相勝負耳。杜黄裳、袁滋不任爲主也，故執誼等有可黜之罪，而遽謂爲千古之敗類，則亦誣矣。繇此以觀，士之欲有爲當世者，可不慎哉？天下之事，昭昭然揭日月而行者，與天下共之，其或幾介危疑，事須密斷者，則緘之於心，而制之以獨，若驟得可危之機，震驚相耀，以光大之舉動，爲詭秘之聲容，附耳躡足，晝呼夜集，排羣言，斂衆怨，自詡爲憂國如家，乃不知旁觀側目者，且加以不可居之大慝，事既祕，言不能詳，欲置辯而末從，身受天下之惡，自戕而已矣。易曰：「不出户庭，无咎」，慎之於心也，不出門庭則凶矣，門内之密謀，門外之所疑爲叵測者也，流俗之所謂深人，君子之所謂淺夫也，讀柳宗元謫後之書，匪舌是出，其愚亦可哀也已。

船山博極羣書，論鋒四溢，然大抵狃於明人叫囂拘墟之陋習，己既韜晦終身，不預事故，而往往喜推測可能之勝若敗，以苛責於己所欲加苛責之人，此吾讀船山之讀通鑑論所起之通感，繞室徘徨而無能自已者也。右論首標伾文以邪名古今，爲問此邪之云者，究誰名之？倘不邪如司馬君實，身處伾文之地，所設施當愈於伾文者幾何？是否可能不遭誅貶？凡此皆船山承訛襲謬之目論，不可不辨。

事本可共圖，而故出之以密，此船山果何所指？以順宗實錄所標善政，船山亦從而善之者而言，試問孰一項目，可得於大廷廣衆議之，而詢謀僉同？韓退之者、以偏善柳劉自標榜者也，倘柳劉與商貶李實，或奪俱文珍監軍之權，則退之方倚李實而以諛詞干進，又方推文珍爲國之元臣，功德可歌，船山將認爲事可共圖否乎？船山謂伾文激盈廷之怨，夫盈廷之人，才如退之，學如退之，及敦友誼如退之者，諒無幾輩？退之猶且若是，其他更何足論？船山將教伾文如何與若輩共圖事耶？船山書生，好爲高論，全抹卻當時眞實事態，往往如此。

凡伾文之所成就，船山固未予抹煞，所謂代王言，頒大政，以止一時之邪謀，而行乎不得已者，船山亦爲之大書而特書，顧船山似未覺言中之矛盾。蓋伾文、古今以邪名者也，而同時輒用以行權，而止一時之邪謀，然則所謂邪者究在何方耶？船山是否持以邪制邪論耶？船山一則曰伾文等非社稷之器，再則曰不可大受，三則曰

伾文誠小人，四則曰柳宗元其愚可哀，然則社稷之器，大受之才，非小人而又不愚，船山所想像人爲何等人耶？平心而論：叔文功成被誅，視死如歸，其節烈雅不減於楊大洪，而所褏襮於天下者，尤爲大洪所難企及，而船山持論，輒乖盭不中肯綮如是，嘻！船山亦適自證爲明代末流經生之雄已耳。唐人尊門第，重制科，流風漫衍，遞明猶在，伾文以末藝進，不論所表著者何等卓卓？而終無所逃於小人之名，書生徇俗之見，不過爾爾。船山論中，稍稍爲韋執誼掩護，此徒以執誼出自高門，雅有清望，因欲異執誼於伾文，全不似子厚排擊封建，着眼人民，而翻譏子厚爲愚，船山有膏肓不可醫處，此類是也。

四

容齋續筆、記伾文用事云：

唐順宗卽位，抱疾不能言，王伾王叔文以東宮舊人用事，政自己出，卽日禁宮市之擾民，五坊小兒之暴閭巷，罷鹽鐵使之月進，出教坊女伎六百還其家；以德宗十年不下赦令，左降官雖有名德才望，不復敍用，卽追陸贄、鄭餘慶、韓皐、陽城還京師，起姜公輔爲刺史，人情大悅，百姓相聚讙呼；又謀奪宦者兵，旣以范希朝、及其客韓泰，總統京西諸城鎮行營兵馬，中人尚未晤，會諸將以狀來辭，始大怒，令其使歸告其將，無以兵屬人，當是時此計若成，兵柄歸外朝，則國老定策等事，必

不至如後日之患矣。所交黨與如陸淳、呂温、李景儉、韓曄、劉禹錫、柳宗元，皆一時豪儁知名之士，惟其居心不正，好謀務速，欲盡據大權，如鄭珣瑜、高郢、武元衡稍異己者，皆亟斥徙，以故不旋踵而身陷罪戮。後世蓋有居伾文之地，而但務嘯引沾沾小人以爲鷹犬者，殆又不足以望其百一云。白樂天諷諫詩，元和四年作，其中賣炭翁一篇，蓋爲宫市，然則未嘗能絶也。

景盧評隲二王，不失其大者遠者，識見自在偏執小儒之上，惟列舉永貞善政之餘，卒以居心不正、好謀務速八字結尾，深致慨歎，甚矣景盧泥於成敗之迹，不脱書生之見有如此也。嘗試論之：居心不正者，一抽象之詞耳，非有政績以表於外，定無從討源以繩其內，爲問二王於區區七八越月間，凡其所行各政，能使人情大悦，而百姓讙呼者，就中有何不正之心理存焉否乎？設曰無也，則二王於順宗實録所載各項舉措以外，實未嘗别有所舉措，於是景盧之所謂誅其心者果胡指乎？噫嘻！從來目論之士，能諒積惡之小人，而不許有十全之君子，自中唐以來，二王訓注，併爲一談，毒詈醜詆，靡所不至。夫阿附閹寺之韓退之，久尸文壇宗主之位，凡不隨聲罵伾文爲驩兜，已覺崇韓不篤，如景盧能在范希文述夢之後，稱述二王不戾於軌物，已屬難能可貴，至結尾不得不尋垢索疵，以否定之詞亂之，則文人徇衆媚俗之陋習，卽博雅如景盧，固亦未得豁免也。所謂居伾文之地，而不足望其百一，乃借題罵王介甫，語意彌

顯。

景盧以好謀務速責二王，夫好謀而成，孔子稱焉，人不謀而妄動，勢必爲千夫所共罵，今好謀而翻被指斥，非惟不協人情，而亦嫌言語不順。獨至務速二字，或二王當時思致之所不免：柳子厚作伊尹五就桀贊，其要義曰：「大人之欲速其功如此」，張楊園爲揚搉焉，謂子厚非以論聖人，特借伊尹之事以自解而已。〔詳見别條。〕由此以知：務速一念，伾文以外幕僚如劉柳諸公，諒莫不皆然，惟問此一念者，善乎惡乎？說者謂永貞所矯，乃開元以來數十年無法移易之弊政，伾文汲汲焉於數月間，突起而廓清之，從而張國威於史宬，扶正氣於人倫，橫覽古今，雅無逾是，君子亦何忍踵成敗之鄙見，而過事指摘也乎？

五

景盧此一紀述，大體持論不差，惟有數點足資商討，疏列如下：

一、居心不正何所指？倘伾文居心正者，其所施爲當如何？凡誅心之論，不能不有表面形象以爲佐證，景盧試思伾文當時措施，孰是證明其爲居心不正者？

二、伾文於得權短短數月中，洗滌開天以來數十年不能移動、惟有加劇之弊政，而其時黨派紛歧，新舊雜沓，難保無見解不同、從中阻撓之象，倘伾文不能進退人才，則景盧引用順宗實錄所號爲人心大悅之舉，可能一事不能辦，一步不能動。於

是以斥徙鄭珣瑜輩，爲欲盡據大權之野心所致，此知其一不知其二之陋見，殊不足以論政。

三、景盧此論，大體純正，意在聲東擊西，其所謂後世居伾文之地者，蓋指王安石而言，彼謂安石所爲，不足望伾文之百一，凡左袒永貞者心爲一慰。至永貞元祐之比，如何衡量始得其平？應俟更端細論，非景盧任意抹煞，發爲無端厓之詞所能了事也。

四、凡革除弊政，而能絶其本根，使一去而不返者，史蹟中不少概見，何況伾文之徒，身陷刑僇，人不願以因革與其名聯爲一詞者哉？然宫市之後，僅有賣炭翁一事，使白樂天流於歌詠，仍不可謂非永貞德政所致。不寧唯是：順宗實録載：

嘗有農夫，以驢負柴至城賣，遇宦者稱宫市取之，纔與絹數尺，又就索門戶，仍邀以驢送至內。農夫涕泣，以所得絹付之，不肯受，曰：須汝驢送柴至內。農夫曰：我有父母妻子，待此然後食，今以柴與汝，不取直而歸，汝尚不肯，我有死而已，遂毆宦者，街吏擒以聞。

實録所載，與樂天所詠同，安知樂天非就永貞善政前之弊害，加意追寫者哉？景盧宫市未絶之說，又可能時期錯迕。〔釗案：實録所謂就索門戶，謂高貴門戶購物，賣家須納酬勞費，猶今歐美所謂 commission。〕

代裴中丞謝討黄少卿賊表

本事：貞元十五年，黄洞首領黄少卿攻邕管等州，經略使孫公器請發嶺南兵討之，德宗不許。以後黄承慶、黄少度、黄昌瓘等，皆迭起爲患，桂管觀察使裴行立、與容管經略使陽旻，爭欲攻討，元和十四年詔許之。

志慕孟公，庶追蹤於不伐：　何義門云：孟之側軍敗而殿，何以引用？

子厚代裴中丞表，詞不甚工，特善於張大聲勢，最得謝討賊之體，王元美云。

爲裴中丞舉人自代伐黄賊表

此或裴行立討黄賊無功，求舉人自代，果爾，此足證通鑑所載不誣，而子厚代作諸表之誇張失當，詳見同卷代行立謝移鎮表簽注。又表内：「前佐湖南，悉心匡佐，後歷郡掾，深負政聲」等語，陳少章指郡掾二字可疑。蓋「佐湖南猶爲大府從事，至郡掾乃州佐以下參軍之屬，若自府從事爲之，卽下遷矣；況中丞方膺專征重任，不應薦郡掾末僚代爲元帥也，掾疑當作篆、或守字之訛」，少章之説甚辨。

爲崔中丞請朝覲表

崔中丞者，崔詠也，或謂崔能，非是。蔣注：元和六年，能爲黔中觀察使，長慶四年，爲嶺南節度使，初不爲臨桂，而長慶初，則子厚已歿矣，當是崔詠無疑。

臣歷刺三州，連總二府：詠累遷鄧州刺史，元和五年，以鄧州刺史崔詠爲邕管經略使，八年十二月，復自邕管移桂管。

及移臨桂，星紀屢周：陳少章云：「上中書門下狀（狀在下卷。）云，自領桂管，又逾再周，據舊史：崔詠以元和八年十二月，自邕移桂，觀逾再周語，則表狀皆十年作也。子厚於十年春，奉詔赴都，除守柳州，乃桂管巡屬，其之官也，蓋先至桂而後至治所，有桂州望秦驛詩。表狀二篇，蓋進謁大府時奉命所作，未幾、中丞遷鎮廣南卒，竟未及赴闕也。」釗案：少章敍述明白，遠勝蔣注，裴行立代詠爲桂管觀察使，在十一年。

代柳公綽謝上任表

劉堅所編王漁洋說部，有四六話一條云：

宋王銍作四六話二卷，與詩話、賦話、文話，並傳於時。又有作四六談麈者，唐宋以來，重四六如此，故温公知制誥，以不能作四六辭。識小編載：洪武六年，諭禮部尚書牛諒，禁止四六文字，并表箋亦然，諒等乃錄柳子厚代柳公綽謝上任

表、韓退之賀雨表，以上命頒行天下以爲式，然其後制、誥、表、箋，皆用四六，未嘗變也。

子厚代公綽表如下：

肅恭休命，晨夜趨程，祇荷寵私，不遑寢食。……臣聞古之制爵祿者，爵以居有德，祿以養有功，臣本書生，官不期達，値睿聖文武皇帝、文明撫運，大闡玄猷，搜采衆材，幸忝甄錄。歷踐中外，星霜屢移，曾無涓塵，上答鴻造。忘其薄陋，委以雄藩，顧無綏馭之能，謬忝澄清之寄，將何以敷宣皇澤，普諭天慈？唯當察慝以爲防，視俗而爲教，蠲除細故，務安黎獻，庶幾清靜無擾，以慰遠人，臣不勝忝冒荷恩之至。

此文在柳集中，甚爲平常，以實質言之，赫然一四六也。牛諒旨在反對四六，而引斯文爲式，是不啻揚湯止沸，何取乎爾？吾意此表簡潔明白，適可而止，不藉典實，使人難喻，牛諒所取，卽存乎是。如柳州代裴中丞謝討賊表云：「才非充國，敢自贊於無踰，志慕孟公，庶追蹤於不伐」，無踰云者，漢神爵元年，西羌犯塞，時充國年七十餘，上老之，使御史大夫邴吉問：誰可將者？充國曰：無踰於老臣者矣，此非熟精漢史，難以記憶。又孟之反不伐一事，出於論語，知之者雖較多，然何義門評云：之反軍敗而殿，何堪引用？由此看來，此類援引古事、強資點綴之語句，在四六話中，實

爲冗贅濫調，應須刊削。牛諒當時意在此，而效亦祇在此，漁洋以自後制誥表箋，仍用四六爲怪，特拘泥字面，未加深考耳。

柳州此表措詞，接續處每嫌文氣不貫，如「曾無涓塵，上答鴻造，忘其薄陋，委以雄藩」，無忘兩動詞，並不屬同一主詞，疑忘其薄陋上，應增如「竊荷」者兩字，使詞意能轉疊下去，可見此類文字，是柳州應酬敷衍、漫不經心之作，鄙意除爲王戶部薦李諒、爲叔文陳情、及其他二三足證史迹之表外，多數應從删汰，吴摯甫即主是說。

代李愬襄州謝上任表

子厚與李愬了無淵源，惟獻唐雅曾與通書，又柳州去襄州遼遠，未易交接，子厚將何從爲李草此表乎？況表文平凡，稍通文墨者皆能下筆，吴摯甫主將此表删去，不爲無理。

代節使謝遷鎮表

節使無可考，表文平凡，子厚似不應有此文，不得以文中有「冀寡僁尤」句，張平子東京賦作愆尤，因謂柳文每每用僁代愆也，如愆期，柳亦作僁期。

爲劉同州謝上表

劉同州不知是誰？一說是劉公濟，公濟以貞元十八年由同州刺史遷鄜州刺史、鄜坊丹延節度使，果爾，題應標劉鄜州、或劉節使，而不當仍用同州舊銜。一說是劉禹錫，禹錫曾爲同州刺史，但在太和九年，去子厚之歿，年載窵遠，況禹錫能文，何至以此種官樣文字，遠煩摯友？文既無似，直宜刊落。

沈作喆寓簡有云：

按子厚以元和十四年十月，死於柳州，而劉夢得至文宗朝太和九年，始遷同州，距子厚之死十七年矣，安得尚爲夢得作表？其文卑弱，作僞顯然。賓客集中，自有同州刺史兼長春宮使謝表，甚善。

寓山數語，殊堅實不可撼，但諸本原未堅執同州卽夢得，吾見以爲劉公濟者有兩本，蓋據貞元十八年同州刺史劉公濟升遷宦迹，因疑同州是此人，要之文既不佳，卽無取考實同州屬誰。

寓簡「距子厚之死十七年矣」句：距字誤用，宜改用去字，此義他條有釋，不贅。

代裴行立謝移鎮表

行立移鎮，在穆宗即位後，子厚已歿，此顯非柳文。惟吳摯父根據此文，說明一義，則新書行立傳謂：黄家洞蠻叛，行立討平之，觀此表所陳，則固未平也，通鑑言行立竟無功，可謂信史。劍案：摯父之說，本之廖注，且廖更附一義如下：「韓退之嘗有論黄家賊事宜狀，其別白利害，正罪裴陽之輕用兵，誠得之矣」，語見代裴中丞謝討黄少卿賊表題下，人以輕視廖注，遂抹煞不提。

代韋永州謝上表

陳少章據文苑英華載：此表爲李邕之作，又因子厚上戶部狀稱：在永州日，見百姓莊宅，公驗有司戶李邕判給處，證明李邕曾貶永，同時說明本文非柳文，參看下一卷上戶部狀簽證。

劍案：王志堅四六法海於此表評云：「子厚深於吏治，每於文字中露一二語」，是志堅就文論文，未察及文非親子厚作。

謝除柳州刺史表

一

子厚諸表，情文相生，委曲深至，謝除柳州刺史最爲高品：

早以文律，參於士林。德宗選於衆流，擢列御史，陛下嗣登寶位，微臣官在禮司，百寮稱賀，皆臣草奏。臣以不慎交友，旋及禍訟，聖恩弘貸，謫在善地。累更大赦，獲奉詔追，違離十年，一見宫闕，親受朝命，牧人遠方。漸輕不宥之辜，特奉分憂之寄，銘心鏤骨，無報上天。謹當宣布詔條，竭盡駑蹇，皇風不異於遐邇，聖澤無間於華夷，庶答鴻私，以塞餘罪。

何義門評此表云：無一字不妙，深婉悽壯，可謂兼之。

自有韻文以來，而四六擅場，乃是歷朝重視奏記之故，此風至清末而猶未改。夫奏記者，固當時第一流實用文字，李賓之謂唐宋善於此類文者，「大都詞簡意盡」。爲問行文而達到詞簡意盡一境，豈不是恰到好處？是知人以無用訾四六，此自時會不同，文字因由有用而入無用，非文字本身之咎也。林紓曾謂：「賦學發源於屈宋，取範於柳州，斯得矣」，終不失爲知言。

義門謂：「早以文律兩句，言屈之久，不慎交友兩句，言過之輕，此於言外見意」，誠然誠然。至文律云者，指文字合格、能取科第而言，致楊憑書所云：「丈人以文律通流當世，叔仲鼎列」，亦謂文佳爲世取法，當家子弟，聯翩科第。與復杜温夫書：「但見生用助字，不當律令」，其於用字專注之所謂律者，事雖有别，而義仍一貫。查子厚在貞元五年，年剛十七，與楊誨之書云：「吾年十七求進士」，卽此歲也，表云：

「早以文律，參於士林」，言自不誣。元和十年，子厚已四十三矣，義門謂其意嗟久屈，言亦非妄。若謫在善地一語，衡以與李建書所云：「永州於楚爲最南，涉野則有蝮蛇大蜂，近水卽畏射工沙蝨」，及與蕭俛書：「居蠻夷中久，昏眊重膇，忽遇北風晨起，怵惕以爲異候，意緒殆非中國人」，地之善也，果在何所？又「皇風不異於遐邇，聖澤無間於華夷，」二語，亦求答鴻私、不得不然之說法，不然，子厚飛書親舊，汲汲求量移之謂何哉？此表潛意沈重，措詞輕緩，卽仇人見之，亦止心非而不敢顯怨，此義門所以稱妙也歟！

二

四六自是文之一體，於駢文固相近，於古文亦不相妨，凡四六之惡劣者，古文家惡之，駢文家亦惡之。由前之說，柳子厚不待論，而歐陽永叔亦善於四六，軒廬陵者，往往口誦其四六如流水。由後之說，可引胡天游稚威作證：稚威最不喜方望溪之爲人，而兼惡其文，但在駢體亦惡四六，嘗告其友程晉芳曰：「吾最惡四六二字，夫駢體者、散體之變耳，古人文單句行雙句中何限？烏有字必四、句必六者？」晉芳聞而歎息曰：「亦稚威言之能爲之耳，其才與學固非僅與其年園次諸家㊀相馳騁後先

㊀ 其年陳維崧，貞慧子，康熙鴻博，以儷體文雄一時。園次吳綺，江都人，順治拔貢，工詩及四六。

也。〔語見程著胡稚威文集後序。〕」夫四六能供胡稚威之捭闔，而融洽無迹，其在柳先生集中，更能掉尾自如，而相忘於無形，何怪其然？彼六一子者，平昔以排柳自高，至奏記艱窘時，亦無過乞靈於先生之溼沫而相與呴濡而已。

三

蕭倣貶蘄州刺史，謝上表云：「臣官爲牧守，不同藩鎮，謝上之後，他表無因，達天聽而知在何時？備繁辭而併陳今日。」此言刺史上表，限於到任謝上一次，不同藩鎮專閫，可得隨時上言，當然子厚亦非例外。因而此一表也，必將畢生工力，鋪陳不漏，而使一字一句，沁人心脾，方爲合格。子厚把握唯一機會，行文亦自達到要求頂點，至言者諄諄，聽者藐藐，此別有因素存乎其中，爲相如枚皐所無可如何者耳。倣字思道，郎子厚好友思謙弟，因年齡輕，太和中始第進士，爲子厚所不及見，後拜嶺南節度使，封蘭陵縣侯，官運遠優於子厚，蘄州上表，不過一時偶然頓挫。

四

孫梅四六叢話卷三十二云：

案自有四六以來，辭致縱横，風調高騫，至徐庾極矣；筆力古勁，氣韻沈雄，至燕公極矣；驅使卷軸，詞華絢爛，至四傑極矣；意思精密，情文婉轉，至義山極矣。及宋歐蘇諸公，筆勢一變，創爲新逸，又或一道也。惟子厚晚而肆力古文，與昌黎

角立起衰，垂法萬世，推其少時，實以詞章知名，詞科起家，其鎔鑄烹鍊，色色當行，蓋其筆力已具，非復雕蟲篆刻家數。然則有歐蘇之筆者，必無四傑之才，有義山之工者，必無燕公之健，沿及兩宋，又於徐庾風格去之遠矣。獨子厚以古文之筆，而鑪韛於對仗聲偶間，天生斯人，使駢體古文合爲一家，明源流之無二致，嗚呼！其可及也哉？

孫梅，字春圃，烏程人，編有四六叢話三十三卷，阮元其門下士也，於嘉慶二年，爲刊行焉。稱其書於古今源流，各家得失，梳櫛詳明，學者所必讀，光緒七年，許應鑅又爲重雕大字本。右文稱子厚能使古文駢體合爲一家，爲古今來所不可及，堪與晏同叔横行闊步子厚一人之論，後先媲美。

五

表與文苑英華所載同，惟表之首尾，英華俱全，茲補錄於下：

臣宗元言：臣伏奉三月十三日制，除臣使持節柳州諸軍事，守柳州刺史，以六月二十七日到州上訖，臣宗元誠惶誠恐，頓首頓首。……無任感恩隕越喜懼之至，謹遣軍事十將劉伯通，奉表以聞。

廖簽：「通鑑云：三月乙酉除命，而長曆乙酉爲十四日，此云十三日，字誤。」觀此表全文，知唐制視刺史一職彌重，上云使持節柳州諸軍事，下能遣高級軍官如軍事十將

者，奉表赴京，足爲子厚悉心治柳，終身以之張本。

柳州謝上表

此表非柳文，王伯厚紀聞曰：「柳州謝上表，乃李吉甫郴州謝上表也」，此一語早成定論，後來諸家，率不過就此覓證推衍耳。

孫注：貞元中代人作。　按此乃李吉甫文，周益公言：編集者誤入，是也。　舊史言：陸贄作相，出吉甫爲明州長史，久之遷忠州刺史，六年不徙官，以疾罷免，尋授柳州刺史，表云左官一紀，蓋通計貶明州後歲月也。　又云：久停官秩，去年蒙恩除替，便欲赴京，以舊疾未愈云云，停官、卽史所言以疾罷免；聞除替之命，自忠州東下，故表中有歸過襄陽語，則此表爲吉甫作無疑。　又吉甫乃刺郴州，非柳也，李集有和楊尙書追和李中書詩，卽吉甫在郴州時作，舊史訛郴爲柳，至新史本傳已正之，柳集文苑載此表，並作柳州，正與舊史誤同。　陳少章云：

廖本亦謂此表恐僞，且於表中：「去年蒙聖恩除替，便欲裂裳裹足，趨赴京師」，爲之辨曰：「公爲柳州，正月已召至京師，三月方出，表謂蒙恩除替，乃在去年，非公作明矣」，此辨得間。

幸躡康衢，意非往蹇：　文苑載：「而意悲往蹇」，少章謂文苑是。

柳州謝上表，沈作喆在寓簡亦明其僞云：

柳文多假妄，如柳州謝上表云：「去年蒙恩追召，今夏始就歸途，襄陽節度使于頔，與臣有舊，見臣暑月在道，相留就館，尋假職名，意欲厚臣，非臣所願。」予按于頔跋扈日久，元和三年，聞憲宗英武，懼而入朝，九月拜司空，至八年二月，頔以罪貶爲恩王傅。而子厚詔追赴都，乃是元和十年，頔之去襄陽久矣，豈得留子厚，假職名哉？且謝上表不應言及此，文理不倫，定知僞也。

作喆辨此表甚明，終不如伯厚一語道破，原是李吉甫郴州謝上表，郴誤作柳，以是傳訛。別本在題下注云：「貞元中代人作」，以于頔官歷證之，愈不相符。

彭叔夏文苑英華辨證亦云：

李吉甫郴州刺史謝上表，亦載柳集，以郴作柳。按新史吉甫傳：改郴移饒，舊史乃以郴作柳，遂致柳集誤收。況宗元自有柳州謝表，其題作謝除，云奉三月十三日制，六月二十七日上訖，今此表題作謝上，又云今月二十五日上訖，考其日月文理，皆非宗元事，其爲吉甫何疑？

矢來無方，同趨一的，叔夏辨誤，尤從本地風光出發，分析最明。

釗案：柳集表章一類，誤收他人所作不一，如李吉甫郴州謝上表尤顯，鄙意此類錯簡，宜一律洗伐，不必斤斤爲之別白。

代廣南節度使舉裴中立自代表

事在子厚歿後，吴摯父主删此文。

廖注稱：「此表當是長慶後，廣南節度使舉桂中丞仲武自代，非裴也，亦他人作誤録於此。一本注：節度使鄭絪，非是，以桂仲武事與表合，絪爲廣南，乃元和五年。」吴摯父主删，本此。

奏薦從事表

此表不知爲誰作？管記恆文，使柳集失色，料非子厚筆。

代廣南節度使謝出鎮表

廣南節度使者，舊注謂鄭絪，陳少章非之，謂絪除廣帥，非由政府出鎮。釗案：元和五年，絪以檢校禮部尚書、出爲廣南節度使，何嘗非由政府出鎮？不知少章何以云然？至謂時無專征獻俘事，不當有此作，恐亦未然。表謂征勦兇渠，獻俘未遠，並不必指廣南有征討事。而自杜黄裳當國以來，朝廷節制藩鎮，用兵頻繁，凡一隅有功，恩綸可能兼及他鎮，以諸鎮相連，未必能獨外於戰伐也。況絪在朝爲黄裳所

抑，凡有征討，往往不相關白，以致細謙默多時，幾似左官外放。於是激發意氣，鋭圖展效，冀以轉移劇區，藉專閫以答殊恩，洗刷從前伐檀負乘之恥，理之所有，而亦情所不禁，姑爲少章之説申駁如此，以待詳考。

少章云：「疑是僖宗時宰相王鐸，自請督軍誅剪羣盜，因除荆南節度使，兼諸道兵馬都統，故謝表云爾。表中所言凶渠，蓋謂黄寇，專征卽謂都統之命也。編者誤入，又訛荆爲廣，注家不辨，遂以鄭絪附會之。」釗又案：表稱：「臣幸以芻賤，累忝殊恩，天德薦臨，遂加台政」，此似由軍功起家，歷膺外任，遙領台政，以酬殊勳，其人蓋未必躬踐台席，在朝負端揆庶寮之責。此律以鄭絪王鐸，出身詞科，周迴内轉，荐升宰輔，久乃外簡者，皆不相符。少章以鐸代絪，全憑肊度，荆南誤廣，亦遷就而云然，别無官書可憑，名家筆記可引，殊失考據家翔實穩稱標準。

爲楊湖南謝設表

楊湖南者，子厚外舅楊憑也，敕爲設食，指賜宴而言。貞元十八年九月，憑以太常少卿出爲潭州刺史、湖南觀察使，是月癸亥，宴羣臣於馬璘山池，上賦九日賜宴詩六韻賜之，長樂驛敕設，或去此時非遠。表稱顧兹厚禮，猥集微躬，以知宴飫非止一次。

宴飲斯及：　飫誤飲，何義門校改。

爲武中丞謝櫻桃表

武中丞者，武元衡也，元衡貞元二十年，遷御史中丞，子厚有諸使兼御史中丞壁記，謂「武公以厚德在位，甚宜其官」，正斯時也。時中丞李汶卒，元衡代其位，子厚祭李中丞，稱在二十年五月，元衡之除，當在五月前，至明年正月，子厚遷禮部，三月，元衡改庶子。

恩溢圓方：　蔣注：圓方爲俎豆，陳少章駁之如下：毛萇詩傳：方曰筐，圓曰筥，皆竹器。張衡南城賦：「珍羞琅玕，充溢圓方」，此所本也。又集中酬巽上人贈新茶詩：有「圓方麗奇色」語，亦謂貯茶竹器。

蔣氏偶雋云：

唐制：四月一日，內園進櫻桃，寢廟薦訖，頒賜百官各有差。王維詩云：「芙蓉闕下會千官，紫禁朱櫻出上欄，纔是寢園春薦後，非關御苑鳥銜殘。歸鞍競帶青絲籠，中使頻傾赤玉盤，飽食不須愁內熱，大官還有蔗漿寒。」子厚爲武中丞謝賜表曰：「天睠特深，時珍洊降，寵驚里巷，恩溢圓方。……使發九霄，集繁星而積耀，味調六氣，承湛露而不晞，盈皆而外被恩光，適口而中含渥澤」，此數語與摩詰詩，

並膾炙人口。

可見此表曾名噪一時。

王闓修四六法海云：「摩詰退之，皆有賜櫻桃詩，蓋唐時有此制。」此正與蔣氏偶雋所簽，同昭鄭重。

此外子厚還有代元衡謝賜新茶表，見外集，劉夢得亦擬有一首，四六法海並列，表首中使竇某，劉表則揭言竇國晏。此乃德宗末，伯蒼擢御史中丞，劉柳同在臺，因各爲擬表，聽用其一，究之誰用誰不用，須在官文書中查之。然兩表互核，顯見柳表詳而劉表略，雖不能以此斷定伯蒼不滿於劉，而伯蒼俄爲山陵儀仗使，夢得求充判官而不可得，王叔文滋不悅。數日，改太子右庶子，憲宗立，復拜中丞。向後劉柳之謫，據稱伯蒼下石最力，劉有靖安佳人怨二章，柳有古東門行，皆爲伯蒼死事而作云。

謝賜時服表

此子厚貞元在京師，不知爲誰氏作？

賊遺君父： 乘輿且到，臣子當擊牛釃酒，以待百官，反欲以賊虜遺君父乎？乃後漢耿弇語。

不循彝典，俾同冕紱；重劇邱山：　重劇邱山上，脱一四字句。㊀裁縫而爲衣服：　殊不成句，恐子厚筆下無此文。

謝賜端午綾帛衣服表

廖蔣兩本皆稱：子厚在柳州代人作。

綸言曲臨，與代廣南節度使謝出鎮表：鴻霈曲臨，及代節使謝遷鎮表：鴻私曲臨，爲同類語，且都置在表首，一僞全僞，故此文不可能是子厚作。

㊀ 下一表云：「叨承大貺，榮重邱山」，此所脱四字句，或是叨承大貺一類語，然卽此可證兩表都是贋作。

卷三十九　奏狀

爲廣南鄭相公奏百姓産三男狀

鄭相公者，鄭絪也，絪元和五年爲廣南節度使，九年入爲工部尚書，此狀當是六七年作。

文殊平平，編集時實不應存。

事杳化源：此爲狀内唯一佳句。

嘗叨樞近：憲宗元年，絪拜中書侍郎同中書門下平章事，遷門下侍郎，四年，檢校禮部尚書。

李越縵乙亥五月初四日記：引應劭風俗通，不舉併生三子，俗説生子至於三，如六畜，言其妨父母，故不舉之；顧應氏卻引國語：越王句踐令民生二子者與之餼，生三子者與之乳母，並論之曰：三子力不能獨養，故與乳母，所以人民繁息，卒滅强吴云云。越縵詳記正負各證，獨無一字徵及子厚此狀，蓋士夫尋常治柳文，恆略奏狀不讀，越縵諒亦如此疏脱耳。

爲薛中丞浙東奏五色雲狀

薛中丞、薛苹也，子厚謫永之歲，苹自虢州遷湖南觀察使，元和三年正月，再遷浙東觀察，子厚以舊部爲作文。或謂元和十二年，薛戎拜越州刺史、兼御史中丞、浙東觀察使，此薛中丞疑指戎，非是。

化孚有截：　詩：「相土烈烈，海外有截」，截、整齊也。

紛紛郁郁：　史記：「若煙非煙，若雲非雲，郁郁紛紛，蕭索輪菌，是謂卿雲。」

文平平，未必是子厚作。

爲裴中丞奏邕管黄家賊事宜狀

裴中丞爲桂管觀察使裴行立，黄賊起於邕管，並不與桂管事，而行立慫慂爲鄰管迎探事宜，登時奏報如此。

差本道同十將某：　此一同字，乃如儀同三司之同，十將、必當時本道官階相等之高級將領，今所差官雖名非十將，而職務正同，故曰同十將。

神化旁行：　旁、横也，漢書：「旁行天下，方制萬里。」旁、重脣音，横、輕脣音，音義並同。西域傳：「畫革旁行爲書記」，此旁行、指横行文字。御史臺賀嘉禾及禮部

賀嘉瓜兩表，均同用神化旁行四字。

彭叔夏文苑英華辨證云：

奏邕管黄家賊事宜狀，載柳集，云代裴中丞作。按元和十一年，裴行立爲桂帥，請發兵誅黄少卿，時宗元在柳州，代裴論黄賊事，表狀牒凡六篇，内一首卽此狀也。文苑乃以爲令狐楚作，楚時爲中書舍人，恐非。

此桂管官奏邕管事，若以今時地理言之，一廣西巡撫已應統轄五管，遑論粤督？曩聞岑春煊以粤督鎮壓陸亞發，綜廣西四十九洞，都包括在内，黄家洞者，應是四十九洞之一。今昔異情，地勢仍一，念此憮然。文爲親子厚筆，不屬令狐慤士，叔夏辨證不誤。

讓監察御史狀

彭叔夏，廬陵人，宋嘉定間鄉貢進士，爲周益公（必大）門下士。校讎文苑英華，乃奉師命爲之，考覈矜愼，不輕落筆，卒以所得勒成十卷，名曰辨證。顧澗蘋獲宋本，爲精校刊行，謂叔夏自序稱：書不可以意輕改，乃校讎之模楷云。

一

狀云：

右臣伏準名例律，諸官與父祖諱同者，不合冒榮居之，臣祖名察躬，今臣蒙恩授前件官，以幼年逮事王父，禮律之制，所不敢踰，臣不勝進退惶恐之至，謹詣光順門奉狀以聞，伏聽勅旨。貞元十九年閏十月日，承議郎新除監察御史臣柳宗元奏。奉勅：新除監察御史柳宗元，祖名察躬，準禮：二名不偏諱，不合辭讓，年月日，檢校司空同中書門下平章事杜佑宣。

表文說明事實，即不用詮，文附平章杜佑宣旨，兼可考當時公文程式，故全錄如右。

子厚除御史，在貞元十九年閏十月，與劉夢得同除，時韓退之亦在臺，韓詩所謂「同官盡才俊，偏善劉與柳」，即指是時。及十二月，退之即由御史貶陽山令，同官之時期甚短，而退之卻貿然加善友以讒毀之嫌。

根據右文，可以確定二名不偏諱之界說。蓋禮於此語，以言徵不言在、言在不言徵爲例，由常識看來，不言在是偏諱在，不言徵是偏諱徵，何不偏諱之有？曰：否，二名同具曰全，一名廑見曰偏，不偏諱者，一名廑見不諱之謂，如廑見徵不諱，廑見在亦不諱，惟二名同具時始諱之。子厚之祖名察躬，此二名也，二名而唯察字見於監察御史，躬字並未同具，於禮律皆無背，故不諱。由此言之，李賀之父名晉肅，而不得舉進士，是以嫌名而偏諱，去禮律更遠，而唐人猶盛謗之，韓退之作辨諱亦無

效，辨中有句云：「父名晉肅，子不得舉進士，若父名仁，子不得爲人乎？」措詞敏銳，堪稱石破天驚，顧言者諄諄，聽者藐藐，曾不聞何人聆斯言而有動於中，可見禮律也者，唐世並不一定遵從，右文揭破中唐弊習，至關重要。

二

沈濤銅熨斗齋隨筆云：

岳珂九經三傳沿革例云：「記曲禮：二名不偏諱，偏合作徧。疏曰不偏諱，謂兩字作名，不一一諱之也。案舊杭本柳文載：子厚除監察御史，以祖名察躬辭，奉勑，二名不遍諱，不合辭。據此，作遍是，舊禮作偏字明矣。」毛居正六經正誤同。濤案二家之説非是。鄭注：言在不言徵，言徵不言在，正謂不單諱一字，所以謂之不偏諱，若作不偏諱，則是或諱徵，或諱在，與注意不合矣。且開成石經作偏不作徧，卽據毛岳二家之言，可見宋時禮記本皆不作偏字，廑據誤本柳文，而欲改不誤之聖經，惑矣。南史蕭琛傳：嘗犯武帝偏諱，帝斂容，琛從容曰：名不偏諱，陛下不應諱順，是六朝本禮記不作徧字，若云嘗犯武帝徧諱，此何語耶？

右文疏解明朗，各本柳文：「準禮，二名不偏諱」，字皆作偏，並非作徧。濤字西雍，號匏廬，嘉興人，嘉慶舉人，官江西興泉永道，未之官卒。生平學尚考訂，兼嗜金石，有聲於時。

爲南承嗣請從軍狀

上中書門下乞兩河效用狀

陳景雲爲兩狀點勘如下：

元和四年十月癸酉，下詔討王承宗，庚寅，立鄧王寧爲皇太子，癸巳，以册儲肆赦，南承嗣以永州司馬移澧州長史。此二狀，乃甫聞癸酉之詔，未奉癸巳赦文前作，然狀雖上而所請不允，故尋有送承嗣赴澧序。

少章考證明白，餘參看送澧序。

效用狀內，有「撫劍心往」一語，宋刻心往作心在，陳少章辨其非是，蓋子厚用陳思王求自試表：「撫劍東顧，心馳吳會」也。

王志堅四六法海云：

承嗣歷涪州刺史，劉闢叛，以無備謫永州。越語：句踐棲於會稽，乃令於三軍曰：孤子寡婦疾疹貧病者，納官其子，官、仕也，仕其子而教之，廩以食之也。尋越語一段，廖本在「越敗夫差，多會稽納官之子」兩句下，都全部引用，志堅特過錄焉。下聯「趙摧栗腹，卽長平死事之孤」，廖注：「趙世家、武成王十五年，燕王喜使丞相栗腹約歡於趙，還報燕王曰：趙壯者皆死長平，其孤未壯，可伐也，燕師至趙，廉頗

逆擊之破，殺粟腹」，吾因效尤補滿。

進農書狀

此狀非子厚作，且改二月一日爲中和節，進農書，事在貞元五年，時子厚尚不過十餘齡耳。

狀首云：奉某月日勑，宜以二月一日爲中和節，所司進農書，永以爲恒式。案唐史：此勑在貞元五年正月，先是以正月晦日爲中和節，至是始易之，故狀云自陛下惟新令節，是也。則狀乃貞元五年進，與爲百官請復尊號諸表同。表出崔元翰筆，編者誤入，周益公辨之甚詳，此狀亦非柳子作，但不得作者主名耳。以上爲陳少章點勘語，明辨有力。

狀中「耕鑿之利，敷帝力於嘉謨，稼穡之難，動天心於睿覽」，各類書如淵鑑類函等，都引此聯爲柳作，承訛襲謬，由來已久。

代人進瓷器狀

狀首「瓷器若干事，右件瓷器等」，連寫成一行，非是。蓋既云右件瓷器等，則瓷器若干事五字，應列在右件瓷器等之右，爲另一行無疑。此誤各狀間有，可類推。

且無瓦釜之鳴：　注引賈誼賦：「黄鐘毁棄，瓦釜雷鳴。」案黄鐘二句，乃楚辭卜居篇文，注誤，陳少章云。　釗案：蔣本即引楚辭，少章殆未之見。

是稱土鉶之德：　土鉶、瓦器也。　韓非子：「堯舜飯土塯，啜土鉶」，土塯、司馬遷傳作土簋。

貢異砮丹：　禹貢：「厥貢爲金三品，杶幹栝柏，礪砥砮丹」，砮、音奴，石可爲矢鏃者，丹者丹砂。

既尙質而爲先：　禮記：郊祭器用陶匏，尙質也。

亦當無而有用：　老子：埏埴以爲器，當其無、有器之用。

蔣一葵偶雋：「進瓷器狀云：藝精埏埴，制合規模，禀至德之陶蒸，自無苦窳，含太和以融結，克保堅貞，所進陶器耳，而文雅乃如是。」此狀所長，何止文雅？堯山亦自爲局限爾。　釗案：苦窳、字應從宀，不從穴，而説文宀部無窳字，蓋自唐季已如此脱略，窳皆誤從穴矣。　至司馬君實撰類篇，始收窳字，下部雜錄有臧庸説文窳字考證詳此，兹不贅。

釗又案：瓷器以江西景德鎭最爲有名，貴品當出此，地在浮梁縣西南二十里，宋景德中始置鎭，因名，在唐則祇知有浮梁。　白樂天琵琶行：「商人重利輕别離，前月浮梁買茶去」，瓷茶相連而業盛，瓷則仍爲專業，有柴窰九十九座，陶工數萬人。　而

浮梁屬饒州，時元奭爲饒州，與子厚交深，此狀必代奭作。

王闓修四六法海云：

負暄雜錄云：「陶冶自舜時便有，三代迄於秦漢所謂甓器是也。末俗尚靡，不貴金玉而貴銅磁，遂有祕色窰器。世言錢氏有國日，越州燒進，不得臣庶用，故云祕色。陸龜蒙詩：九秋風露月窰開，奪得千峯翠色來，如向中宵盛沆瀣，共嵇中散鬥遺杯，乃知唐世已有，非始於錢氏。」按子厚此狀，可以補負暄之遺，故錄之。

按負暄雜錄，宋顧文薦撰，亦記雜事之短書也。文薦字伯舉，號蘭谷倦翁，崑山人。查雜錄原文，除法海引用者外，尚有一大段，說到汝州青窰，處州龍泉縣窰，及徽宗內窰所造青器等，因與柳狀無涉，不補錄。

柳州舉監察御史柳漢自代狀

題標柳州，是編者疏忽致誤，蓋文引常參官前敕文，而外州刺史非常參官，皎然可知。查此狀乃子厚貞元十九年初除監察御史裏行時所上，與劉禹錫入臺薦崔羣同例，毫無疑義，柳州二字應削去。

廖注：「子厚元和十年三月，出爲柳州，六月二十七日到任後作」，大謬。蔣注襲之，其謬仍同。釗案：唐制，內外官到任三日，必須舉代，此於國家用人，大有便利：

一、朝廷可能多識海內人才，二、可得了解舉主之社交關係，二者均不待考查，而循例獲知大概。

此一制度，本屬任官惟賢之最好預備方法，所謂知孟舒於田叔，得魏尙於馮唐，可能在成千成百之本官任內獲之。獨惜終唐之世，此制未能切實收效，後經五代宋元，亦迄無一代行之。至明正統朝，編修劉定之應詔陳十事，有一事曰：「薦舉之法，不當拘五品以上，可仿唐制，朝臣遷秩，舉一人自代，吏部籍其名而簡用之。」此所陳委爲切要，然卒亦疏入留中，僅得於明史窺見疏稿而已，噫！

上戶部狀

此狀在柳州作，說明唐之官制紊亂，財務廢弛，至關重要。

宗元在永州日，見百姓莊宅，公驗有司戶李邕判給處，足明皆是正官：案唐史邕傳：嘗貶富州司戶，非永州也，疑貶後嘗量移於永，而史略之。文苑英華有邕代永州韋刺史謝表，亦其曾謫永州之證，陳少章云。

柳州上本府狀

本府者，桂管觀察府也，時桂管觀察使爲裴行立。

本事：莫誠救兄莫蕩，以竹刺誤裹右臂，經十一日身死，莫誠禁在龍城縣。准律：以他物毆傷，十二日辜，辜內死者，依殺人論。

斷手方迫於深哀：廖注：「漢王脩諫袁譚曰：兄弟、左右手也，將鬥而斷其右手，可乎？」蔣注：「田紫曰：蝮螫手則斬手，螫足則斬足，斷手卽謂此斷手也。」兩注足資互證。

守吏切惟輕之願：書：罪疑惟輕。

則伏望此狀，便令廢格：又申此語，明己非用邀名，動之以必從，何屺瞻云。釗案：格讀如閣，廢閣猶言停閣，長編：熙寧中詔青苗本錢，權行停閣，廢閣停閣，一類語也。又史記梁孝王世家：竇太后義格。張晏云：格、止也；服虔曰：格、謂格閣不行：格閣故自同義語。

輕賜塵黷：賜爲肆或恣之音誤，廖本作肆，是。

爲裴中丞伐黃賊轉牒

一

裴中丞者，裴行立也，黃賊爲邕管草賊黃少卿。

當管奉詔，與諸管齊進：當管卽桂管，行立爲桂管觀察使，故曰當管，猶子厚

在永州，稱永州爲當州。　諸管則謂容管、邕管、廣南等路。

還師已期於席上：　廖引趙充國上屯田十二事，其十一事曰：「治湟陿中道橋，令可至鮮水，以制西域，信威千里，〔師古曰：信讀如伸。〕從枕席上過師。〔鄭氏曰：橋成，軍行安逸，若於枕席上過也。〕」過師改作還師，枕席上截成席上，隸事轉晦。　何屺瞻云：「王言解：明王之道，其征也，必還師衽席之上。」　釗案：何解爲得。

效黎獻於天吏：　書：「萬邦黎獻。」黎獻、黎民之賢者。　又「天吏逸德，烈於猛火。」

不索何獲：　左：「上國有言曰：不索何獲？」語本吳光。

拱稽致命：　吳語：夫差陳士百人爲徹行，行頭皆擁鐸拱稽，注：拱、持也，稽、棨戟也。　或云：稽、計兵名籍。

拔距之材：　漢甘延壽傳：「投石拔距，絶於等倫。」　顏師古曰：拔距者、有人連坐，相把據地，距以爲堅，而能拔取之。

孔大夫貞直冠時：　御史大夫嶺南節度使孔戣。

楊中丞以義烈爲己任，勳襲太常：　御史中丞容管經略使楊旻，陽誤作楊。　旻爲神策行營節度使惠元少子，惠元立功建中貞元間，死李懷光之難。

安南李中丞以英武爲家風：　御史中丞安南都護李象古，象古、嗣曹王皋之子。

文過於典重，幾類俳體，子厚晚年爲此文，迹似以文爲戲，此等文字，宜入外集。

二

王志堅四六法海書轉牒後云：

讀姚州露布二篇，如入五都之市，令人目不給賞，然一再讀，意味亦只如此。子厚此牒未嘗不麗，未嘗不豔，然卻不必如此矜炫，此其塵垢粃糠，猶將陶鑄王駱也。裴行立爲桂管觀察使，黄家洞叛，討平之。

姚州露布，駱賓王爲尚書兵部作，皆四六大篇，法海卷五載此二文。查姚州在昆明之弄棟川，武德中，以此州人多姓姚，故置姚州。黄家洞，當卽黄少卿所踞之洞，按史貞元十五年，經略使孫公器請發嶺南兵討黄少卿，德宗不許。

釗案：轉牒卽露布之異名，故志堅以駱賓王所草姚州露布爲喻，而微致意於鋪張過量之無謂。志堅於駱文後批記云：「雲谷雜記：隋禮儀志，後魏每攻戰克捷，欲天下知聞，乃書帛揭於竿上，名爲露布，其後相因施行。按袁虎倚馬爲桓温作北伐露布，賈洪爲馬超作伐曹操露布，前此已有之，豈書帛揭竿，實自魏始耶？」其意若曰：此類文字，倚馬可待，宜於簡括扼要，無多文鬥靡之餘地。駱文洋洋大篇，柳牒亦微嫌宂長，皆於文體不稱，其說誠不爲無理。

賀誅淄青逆賊李師道狀

此狀據陳少章云：題應爲「代裴中丞上中書門下賀誅淄青逆賊李師道狀」，是。右今月三日，乃元和十四年三月初三日，賊以前月九日克就梟戮，乃指二月九日斬李師道。

威命旁行：　旁行解，見爲裴中丞奏邕管黄家賊事宜狀。

賀平淄青後肆赦狀

此狀亦代裴中丞作。

節著有十連之寵：　禮記：「十國以爲連，連有帥。」元和十四年二月庚午，以淄青都知兵馬使劉悟爲義成軍節度使，故云。

仁風溥暢：　此與賀誅淄青逆賊李師道狀：「威命旁行」爲一類語，旁溥一音之轉，旁重昏，溥輕昏。

當伊尹無恥之辰：　書：「伊尹曰：予弗克俾厥后爲堯舜，其心愧恥，若撻於市。」何屺瞻云：無字未穩。　釗案：狀意謂：國有賢輔，能致其君於堯舜，不存伊尹愧恥之心，此與前狀：「天啓聖期，神資良弼」，語意印合，似含有兼美裴度之義，無恥字正用

得典切，有何未穩？

賀分淄青諸州爲三道節度使狀

此狀代裴中丞上裴相，標題宜與賀破東平狀相同。

本事：元和十四年二月，命戶部楊於陵爲淄青宣撫使，並分師道地。於陵按圖籍，視土地遠近，計士馬衆寡，校倉庫虛實，分爲三道，使之適均。以鄆曹濮爲一道，淄青齊登萊爲一道，兖海沂密爲一道。

於陵傳載：「李師道平，詔宣慰淄青，朝廷始議分其地，而劉悟節度滑州，未出鄆，於陵趣使上道，還奏，帝悅其能。」此類政績，皆子厚先友記記述所不及賅括者。

鼠無夜動，鴞變好音：鼠動本左襄二十三；鴞變本詩：「翩彼飛鴞，集於泮林，食我桑葚，懷我好音。」何屺瞻云：恰分貼齊魯，所以獨工。

代裴中丞上裴相賀破東平狀

已具中書門下狀賀訖：此指賀誅淄青逆賊李師道狀。

某忝居末屬：末屬猶言族屬，行立與度同族故。

廟略初定，異議紛然，詆訕盈朝，萋斐成市，閣下秉心不惑，定命彌堅：此指憲

宗定策討藩閥，異議蠭起，而裴度獨力主持甚堅，以致成功。子厚於此點再三稱述，而退之自爲行軍司馬，反若盾意不足，招致訕謗，此關韓柳政治見解不同，殊非泛泛。

服恆陽之虜，則馳使而革心：　此指王承宗獻德棣二州，及以二子爲質事。

崇勳實歸於宗衮：　此用謝朓誄：「阽危賴宗衮」，宗衮、謝安也，此則指度。

爲裴中丞上裴相乞討黄賊狀

上裴相，或作上中書門下。

合莝脆以爲强：　舊注：莝、斬芻也，一曰莝當作蓬，七戈切。選：「稟質蓬脆」，廣雅曰：蓬、亦脆也。

爲桂州崔中丞上中書門下乞朝覲狀

崔中丞者，崔詠也。

謬尸進律之寵：　進律字，柳文屢用，禮記：「有功德於民者，加地進律。」

未遂執珪之願：　左：「朝聘有圭」，詩：「以其介圭，入覲於王。」何屺瞻云：執珪用曹王語。

六歲來見，要服有期：書：「六年五服一朝」，國語：「要服者貢」，注云：要服六歲一見。陳少章云：詠元和五年，由虢守除邕管，至是在嶺外整六年矣，用古精切如此。

子牟之戀空積：莊子：魏公子牟曰：身居江湖之上，心馳乎魏闕之下。

入天子之國，願附禮於小侯，拜丞相之車，敢希榮於上客？四語風流瀟灑之至，足見子厚本色。拜車：袁盎爲吳相，告歸，道逢丞相申屠嘉，下車拜謁。敢希榮於上客，敢猶言豈敢？

爲長安等縣耆壽詣相府乞奏復尊號狀

此貞元十八年，子厚以藍田尉留府廷、主文章時作。尋建中元年正月丁卯朔，羣臣上尊號，興元元年正月癸亥朔，有詔禁止，於是從興元元年至貞元十八年，唐室無尊號垂十九年中，〔按興元只一年。〕朝野上下，爭請復尊號。

長安等縣耆壽，旣詣光順門進表訖，旋赴宰相府呈狀，請代達下情，開陳政要。

爲京畿父老上府尹乞奏復尊號狀

此狀與長安等縣耆壽詣相府爲姊妹狀，府尹時爲韋夏卿。

嘗論一國崇尚虛僞爲造亂之源，而所謂禮者，乃人類表現虛僞之總現象，人而如欲已亂，自先以鏟除虛僞爲第一義。此當然包括一切禮而言，獨帝王尊號，爲一切虛僞之頂峰，何幸有一機會，能將此虛僞頂峰打倒，從而宇內大小虛僞造設，層層滌盪，國家庶有清平向上之一日。夫此一理論，以嚮主禮樂爲虛器之柳子厚，豈不知之甚明？又以子厚昌言唐室受命不於天，於其民，倘其一旦當國，豈不能執持人民不許稱尊之理由，從根本豎立基礎，作爲萬世典範？而孰知如實大謬不然。蓋以唐室從興元以來、近二十年罷斥尊號之絶好時機，舉朝竟無人焉主持正義，繼續罷斥，而翻以長安者壽請復尊號之表狀，卽假子厚之手草擬提出，而子厚且不得不承諾，天下事之謬妄倒顛，其孰有過於斯？

卷四十　祭文

祭楊憑詹事文

古昔祭享，史有册祝，凡以表顯所以祭之之意，故祭文以道達情意爲尙，虛辭蔓說，皆所弗取。不論所祭者於己之連誼，何等切近？其品望及文藝之成就，何等名貴？而文只宜於意盡言止，恰到好處，子厚善於遣辭，亦最能守此榘範，毫無矜才使氣之嫌，如祭楊詹事文，其適例也。

子厚憑壻乎？抑凝壻也？久爲聚訟難解之點，此文翁壻之誼犂然，應能斬斷葛藤，歸於一是，而竟不然，自來文人無識而好事，生無謂之紛擾，莫此爲甚。

京兆之難，下多怨怒，或由以黜，瓦石盈路，公捍其強，仁及童孺：　此指叔文初政之去李實也，實貶通州長史，市里歡呼，皆袖瓦礫，遮道伺之，實由間道幸免。實既去，憑由江西還朝，嗣爲京兆尹，此一免一任，相距非遠，故子厚之文云然。顧廖注云：「元和十四年，憑自江西入爲京兆尹」，蔣注亦承其誤。夫憑以禮部尙書致仕，卒於洛陽，子厚由柳州作文馳祭之，事皆在元和十二年，人已物化兩年之久，豈有死

者起於九原，徐徐尹京之理？且子厚十四年已亦化去，曾預爲一文，留祭未死之京尹乎？舊注妄詮如此，綿延至今，無人刊削，殊大怪事。㊀

煩言既詆，倚法斯繩：　史稱憑與御史中丞李夷簡素有隙，是歲七月，夷簡劾憑江西姦贓及他不法，詔刑部尚書李鄘、大理卿趙昌，卽臺參訊，時憑治第永寧里，功役叢煩，又幽妓妾於永寧別舍，謗議頗讙，故夷簡藉之痛擿發，欲抵以死。既置對，未得狀，卽逮捕故官屬推躡，籍憑家資，翰林學士李絳、奏憑所坐贓，不當同逆人法，乃止，憲宗以憑治京兆有績，丁卯，但貶賀州臨賀尉。煩言、本左：「嘖有煩言」，倚法、本尚書：「無倚法以削。」

迨今挈然，十有八祀，家缺主婦，身遷萬里，謗言未明，黜伏逾紀：　子厚妻喪，在貞元十五年己卯，數至元和十二年丁酉，爲十八年，至子厚之貶，從貞元起算，亦恰爲一紀，一紀者，十二年也。挈然、疑與子然通用。

釗案：挈然出莊子庚桑楚：「其臣之畫然知者去之，其妾之挈然仁者遠之。」推其意，挈然仁者，卽謂決絕與人不同之仁者，意由決絕一轉而爲殘闕。漢書司馬相如傳：「挈三辰之讙」，集注引應劭：挈、絕也；史記司馬相如傳集解引韋昭：挈、缺也，

㊀　後查潘注，乃是元和四年，憑自江西入爲京兆尹，與舊唐書所載合。然四年乃李夷簡劾憑之歲，仍非憑初尹京之歲，倘憑初尹京卽被劾，憲宗將何自稱其治京兆有績耶？

迨今孳然，猶言迨今闕然。

文首云：「子壻謹以清酌庶羞之奠，昭祭於丈人之靈。」朱新仲雜記云：

爾雅：妻之父爲外舅，母爲外姑，今無此稱，皆曰丈人丈母。柳子厚有祭楊詹事文稱丈人，於獨孤氏稱丈母，則知唐已如此。

釗案：集四十一卷，别有祭獨孤丈母文。顧此獨孤氏爲獨孤申叔之母，並非楊憑之室，蓋丈母已成爲婦人受尊敬者之通稱，不必卽指外姑而言也，朱記殊失考。

祭穆質給事文

文祭穆質，而蔣本標爲祭穆贊，文中涉及貞元元年應直言極諫科，言事者是質，而蔣本均誤作贊，此應訂正。

邪臣既黜，乃進其級，端於庶僚，直聲允集：邪臣，謂竇參也，陳少章云：

舊注：貞元八年，竇參貶，乃召質爲刑部郎中。案質當作贊，質之兄也，且此注亦非。進級乃對上官言之，謂先侍御自竇參既貶，從夔州召還，由殿中遷侍御也。端於庶僚四句，皆申言侍御立朝風節，自公在郎位、至銜媿罔極，乃謂給事官郎署時，坐累遠貶，己爲御史，不能如先人之抗章平反，爲有忝遺則耳。諦觀下文，舊注之昧於文義自見。

舊注者，世綵堂本廖注也，後蔣本並承其誤，少章所詮，亦須細看，方不至誤解。「且此注亦非」，句絶，不可連下進級讀。蓋此注本圖詮釋邪臣既斥、乃進其級兩句，實則贊或質之爲刑部郎中，是另一事，與本文了無關涉，以進級爲子厚父鎮之由殿中遷侍御，無與於贊或質之爲刑部郎中也，廖注實繳繞不清。

公在左掖，議登秋官：　陳少章云：

案左掖，謂官給事也，唐時稱門下省爲東省，亦曰左掖，給事屬門下，故云爾。議登秋官以下，言己身竄惡地，名在刑書，給事特有意建議爲之湔洗，適亦坐累左遷，未酬其志，然仰荷高義，與己脱謫籍同，故曰感於褚中，有涕氿瀾也。褚中事如下：左成三：荀罃之在楚也，鄭賈人有將置諸褚中以出，既謀之未行，而楚人歸之，賈人如晉，荀罃善視之，如實出己。　少章又云：

此文無年月可考，案馬總以元和八年除廣南帥，有薦質自代狀，其歿必在子厚刺柳後，故有狠荒萬里、及願溯海風語。　穆氏祖墓、在洛之屬邑偃師首陽山，給事蓋返葬於此，故曰洛涘。

右雖無甚重要，然亦足資參證，餘參看本編先友記穆質條。

祭呂衡州温文

—

唐人雅重哀祭，故祭文一類，在文家爲不可忽，有不能文者，至不恤展轉倩人捉刀。如貪殘狠籍之京兆尹李實，退之公然以書干之，而子厚則爲削稾祭楊凝，皆醜迹也。子厚祭文並不多，而代人作草者，除李實外，尚有代韋夏卿者兩首，代安南楊侍御者一首，文之眞僞不可知，卽眞亦當刊落。

子厚祭文中之最眞摯者，推祭呂衡州一首。文如下：

維元和六年，歲次辛卯，九月癸巳朔某日，友人守永州司馬員外置同正員柳宗元，謹遣書吏同曹、家人襄兒，奉清酌庶羞之奠，敬祭於呂八兄化光之靈。嗚呼天乎！君子何厲？天實仇之，生人何罪？天實讎之。聰明正直，行〔去聲〕爲君子，天則必速其死；道德仁義，志存生人，天則必夭其身。吾固知蒼蒼之無信，漠漠之無神，今於化光之歿，怨逾深而毒逾甚，故復呼天以云云。天乎痛哉！堯舜之道，至大以簡，仲尼之文，至幽以默。千載紛爭，或失或得，倬乎吾兄，獨取其直，貫於化始，與道咸極。推而下之，法度不忒，旁而肆之，中和允塞，道大藝備，斯爲全德。而官止刺一州，年不逾四十，佐王之志，沒而不立，豈非修正直以召災，好仁義以速咎者耶？宗元幼雖好學，晚未聞道，洎乎獲友君子，乃知適於中庸，削去邪雜，顯陳直正，而爲道不謬，兄實使然。嗚呼！積乎中不必施於外，裕乎古不必諧

於今，二事相期，從古至少，至於化光，最爲太甚。理行第一，尚非所長，㈠文章過人，略而不有，素志所蓄，巍然可知。貪愚皆貴，險狠皆老，則化光之夭厄，反不榮歟？所慟者志不得行，功不得施，㈡蚩蚩之民，不被化光之德，庸庸之俗，不知化光之心。斯言一出，內若焚裂，海內甚廣，知音幾人？自友朋凋喪，志業殆絕，唯望化光，伸其宏略，震耀昌大，與行於時，使斯人徒，知我所立。今復往矣，吾道息矣，雖共存者，志亦死矣，臨江大哭，萬事已矣。窮天之英，貫古之識，一朝去此，終復何適？嗚呼化光！今復何爲乎？止乎行乎？昧乎明乎？豈蕩而爲太空，與化無窮乎？將結而爲光耀，以助臨照乎？豈爲雨爲露，以澤下土乎？將爲雷爲霆，以泄怨怒乎？豈爲鳳爲麟，爲景星爲慶雲，以寓其神乎？將爲金爲錫，爲圭爲璧，以栖其魄乎？豈復爲賢人，以續其志乎？將奮爲神明，以遂其義乎？不然，是昭昭者其得已乎？其不得已乎？抑有知乎？其無知乎？彼且有知，其可使吾知之乎？幽明茫然，一慟腸絕，嗚呼化光！庶或聽之。

此文析之可得數義：一、子厚明言不信蒼蒼之天，漠漠之神，而疾痛慘怛，仍不得不呼天以寄其怨毒，此由人類傳統之習慣性驅之使然。二、貫於化始，與道咸極，以下

㈠　理行者，治行也，此言政治才能，不涉道德，因治字避諱不可用，以理代之。

㈡　志不得行、功不得施兩句，他本祇志不得施一句，此從文粹本。

共八語，以稱化光，同時亦以自負。三、子厚言道，嚮不離中，或曰大中，亦或曰中庸，此理乃與化光同師陸淳所得，文中暗敍此一淵源。四、治行第一，尙非所長，文章過人，略而不有，子厚之傾服化光，登峰造極，而化光志業之高，宛然如生。五、蚩蚩之民，不被化光之德，及使斯人徒，知我所立，此子厚與化光共同志願，友死道息，故一慟幾絶，而其用心，無往不在使人民爲堯舜人。六、窮天貫古四字，文中關目。七、李紳初以古風求知於化光，化光見齊煦誦其憫農詩：「春種一粒粟，秋收萬顆子，四海無閒田，農夫猶餓死」，謂此人必爲卿相，果如其言。似此，化光於賞鑑人時，卽不忘使人民爲堯舜人之懷抱，此一懷抱，惟子厚兩心相印，知之最稔。八、史稱温爲人嗜利，與竇羣、羊士諤相昵，羣薦温，宰相李吉甫持之，温乃奏吉甫陰事，詰辨皆妄，憲宗怒，貶筠州刺史，徙衡州。此就子厚所涉化光諸文觀之，尤其蓋棺論定之祭文，史稱各節，難於取信，蓋端人之友必端，吾人不得不以信柳者信呂也。

二

林琴南評柳文，至祭呂衡州，提筆卽曰：「文至沈痛，以子厚與之同貶，物傷其類故耳」， 實則衡州並非與子厚同貶。又曰：「試問八司馬不附王叔文，天又將如之何？」實則呂温並不在八司馬之列。史實不明，矇然下斷，成見在先，望文生義，帖括家之盱衡古作者，大抵如是。且子厚本文明明揭櫫曰：「自友朋凋喪，志業殆絶，

唯望化光，伸其宏略。」友朋兩句，概括八司馬同時被貶而言；友朋凋喪，而化光無恙，使吾人寄與希望，以宏略興行於時，卽指化光獨脫黨籍，荐履政地之可能性甚大。此凡略涉新舊唐書，於永貞政變之內容，不十分隔膜者，類能通解無阻，以之肆應於柳文旨趣，將亦不至矇混史蹟，而形成鑿枘。無奈桐城末流，雅不足以語此，或以望文生義訾之，殊不知若輩並不望文，或望文而木然無睹，所生之義，遂乃僢馳千里。

理行第一，尚非所長：理、文粹作履，查世綵堂本注云：温在衡州，治有善狀，則理者治也，不得如文粹作履。

所慟者志不得施：文粹作志不得行，功不得施，查子厚好以駢語入文，此等處，與謂子厚似司馬子長，寧謂似班孟堅，應從文粹改作對文。

化光之歿，子厚爲之誄，復爲文以祭，又以詩哭之，不止一二首，如此長言哀感，而不覺詞之將竭何也？焦里堂說文，謂左氏傳春秋，或一二言而止，未嘗不足，或聯篇累牘千百言而不止，未嘗有餘，㊀此物此志，惟子厚得之。無他，柳呂之交，神交也，凡子厚弔化光，卽不啻自弔。何屺瞻書此文後曰：「豈爲鳳爲麟二句，柳子亦自道云爾，寓其神，栖其魄，則在今所傳之文章也。」從來文人惺惺惜惺惺，屺瞻可謂讀

㊀ 語詳下部第五卷評林、焦里堂之於柳文三。

書得竅。

祭李中丞文

廖蔣潘三注，都不詳中丞何名，陳少章始考證如下：

中丞名汶，出宗室大鄭王房之裔，故曰發自天枝。唐制：三院御史有缺，大夫及中丞舉之，貞元之季，御史臺久不除大夫，臺事實中丞專掌。王播以汶薦，由盩厔除監察御史，則自播以下諸人入臺，皆出其薦可知，故曰猥備官屬，況當薦延也。

祭者列銜，有將仕郎守殿中侍御史穆贄，廖蔣潘三注都稱贄當作質，意必先友記中穆質之誤，亦少章辨正如下：

案穆贄、貞元八年登進士第，見唐科名記，穆質乃子厚先友，當柳子官御史，質方爲省郎，非同僚也，有祭穆給事文可以參證。

發跡內史，亦廖注倡爲「古內史，今鳳翔府」，潘蔣注均從而和之，復由少章駁正：

案鳳翔乃漢右扶風地，秦之內史，則漢唐京兆也。發跡二句，言中丞始爲京兆從事，下云復從京邑，辟署司錄，蓋自府從事出爲畿令，又自畿令入爲府掾首耳。

柳集注之疏漏，一文而三見如此，迄今無人董理，是古籍中一大缺憾。

糾逖之志，直清是舉：　左：「王謂叔父，敬服王命，以綏四國，糾逖王慝」，此專指本其直與清以事君上而言。　子厚文中好用糾逖字，　如晉問及東平呂君誄辭等屢見。　按糾逖，仍糾也，猶離逖，〔詩離逖爾土。〕仍離也，逖字副焉，微張其動作之勢耳，此吾國動詞之習慣法。

拖紳遽聞，卷衣已復：　論語：「疾，君視之，東首，加朝服，拖紳。」復，招魂也，禮喪大記：「復者朝服，君以卷，夫人以屈狄，大夫以玄赬，世婦以襢衣，士以爵弁，士妻以稅衣，皆升自東榮，中屋履危，北面三號，捲衣投於前。」　卷衣即捲衣。

參其軍事，自下廁上：　漢書贊賈山：「自下廁上」，孟康曰：廁，謂劘切之也，廁音磨。

列祭八人皆盛流，讀唐家文最感痛快者，往往從一閒散之作，得窺當時名勝所在，而於柳集尤甚。　何義門曰：「王播等八人者，惟馮邈無聞焉，可謂極一時之妙選矣。文所云愼擇寮吏，必薪之楚者，眞無媿詞，惜乎失其名也」，此可見人有同感。

爲韋京兆祭杜河中文

韋京兆、韋夏卿也，杜河中、爲河中尹晉絳觀察使杜確，確以貞元十五年，由同

州刺史遷此。元稹鶯鶯傳載：渾瑊薨於蒲，軍人因喪而擾，廉使杜確將天子命，以統戎節令於軍，軍由是戢，事在十六年。文云：「天子有命，總其戎車，何以邦之？維絳及蒲」，當暗指是事。確歿於十八年春，子厚爲韋作祭文，其代賀除賓羣拾遺表，略後於此時作，以羣之除命在五月也。

確、大曆間與夏卿同舉賢良及第，所謂「大曆之歲，詔徵茂才，時忝同道，俱起草萊」也。「及余稍遷，吏部爲郎，公屬中兵，此焉分行」，此指夏卿爲吏部員外郎時，確爲兵部員外郎。「後余出刺，九載南服」，謂夏卿自給事中出爲常蘇二州刺史，前後九年。「公自左輔，遂膺推轂」，左輔謂同州，確自同州帥河中，故云膺推轂，推轂本史記：「馮唐曰：王者遣將，跪而推轂。」「我勤魏闕，爰總九流」，謂貞元十六年，夏卿爲吏部侍郎。「余弟宗卿，獲庇仁宇」，謂夏卿之弟宗卿、爲河中從事，文直至「承慶惟深，報恩無所」，皆說宗卿事。

文因子厚自與杜確無甚交誼，因止於鋪敍官歷，於作誄爲近，殊乏哀祭之意，可證祭人之文，不可使人代，亦不宜代人作祭文，何義門謂此文宜删去，不爲無見。

爲韋京兆祭太常崔少卿文

文爲貞元十八年，子厚代韋夏卿作。

崔少卿，據蔣注：「摭諸表系，有崔隱甫之孫溉者，爲太常少卿，疑卽此。」陳少章謂是，詳稱如下：

文中言：「惟鄭泊齊，各登鼎司」，謂齊映、鄭餘慶二相國也。「或喪或存，山川是違」，韋夏卿以貞元十七年除京兆尹，時齊已下世，鄭方遠謫，故云爾。又穆員作溉母盧夫人誌云：「今之宰政與賢卿大夫，多溉之遊」，宰政卽謂齊相，時方秉政，以此證之，則少卿爲溉無疑矣。韋嘗爲留守從事，家居東都，員與其兄贊，皆崔韋深交，蓋洛中十友之二人也。

康莊未窮，濛汜已極：汜音似，濛汜、日入之處。濛汜已極，言人之將死。

我尹京兆，公亞奉常：貞元十七年十月，夏卿爲京兆尹，時溉爲太常少卿。

藏之斧屋：禮記：「孔子曰：吾見封之若堂者矣，見若覆夏屋者矣，見若斧者矣，吾從若斧者焉」，馬鬣封之謂也。

此文如祭杜河中然，多鋪敍而缺哀痛，何義門亦謂此文應删。

爲李京兆作祭楊凝郎中文

李京兆、李實也，貞元十五年三月，以司農卿李實爲京兆尹，十九年正月，楊凝卒，凝爲子厚婦叔，實浼子厚爲文，子厚不能拒，究之子厚爲此文，亦祇高韓退之上

李尙書書一籌。

唯是伯仲，並爲士則： 蔣注：凝兄憑弟凌，皆有名，陳少章非之，謂伯仲專指憑凝言之，觀下「元兄競爽」諸語可見，注弁及弟爲贅。

大梁有艱，天子是使： 蔣注：「貞元十二年八月，凝自右司郎中檢校吏部郎中，爲宣武軍節度判官，是時宣武帥李萬榮卒，其子迺擅領軍務，故云大梁有艱。」陳少章謂：此注未明，貞元十二年，李萬榮病篤，子迺謀擅領軍事，監軍執送京師，詔除東都留守，董晉鎭宣武，以凝爲判官。

凝佐董晉汴州，與韓愈同事，交誼甚厚，故凝卒，愈有詩哭之云：

人皆期七十，纔半豈蹉跎？併出知己淚，自然白髮多。 晨興爲（去）誰慟？還坐久滂沱，論（平）文與晤語，已矣可如何？

退之生於大曆戊申，至貞元十九年凝卒，年三十有六，故爲七十之半。 詩並不佳，而心傷知己，涕淚滂沱，論文晤語，都成陳迹，語意至爲沈痛，亦顯見懋功文行之高，故錄之。 詩題稱併哭陸歙州傪，傪先一年卒，詩固主凝而媵陸也。

爲安南楊侍御作祭張都護文

張都護、張舟也，子厚曾爲舟誌墓，見第十卷，事見於誌，不贅敍，楊侍御未可

考。

此卷代人作之祭文，並此共四首。夫爲人作祭文，不合於理，亦不洽於情，此種浮淺筆墨，原應嚴加删汰。釗案：子厚一生崖岸甚高，而替人執筆，猶如此其濫，可見交友恰到好處之難。

祭萬年裴令文

裴令者，裴封叔也，子厚姊壻，集中爲封叔所草文迭見，性行已詳，因不復瀆注。「人以義來，我以身許，褰裳赴急，不避寒暑，交半域中，多容鮮拒，賢於博弈，媚茲讌語」，子厚可謂善於形容，吾交遊中誠有如裴封叔一類人形象，憑虚追攝，爲之拍案驚絶。文共八句，非以末二句博弈讌語結尾，不能顯明前六句所寫是真，此等人倫鑒識之邏輯，非恆人所能解。

祭呂敬叔文

敬叔名恭，爲化光之弟，子厚別爲誌墓，卒以元和八年六月，年三十七，壽命尚短子厚十年，張後餘原少子厚七年，而卒反在其前，諒年不過二十三耳。夫朋遊之早夭如此，子厚得年四十七，一生重要文字，大抵成於最後十年，然則天之待子厚

也，尙在佑善人而不殺之列，此理當爲暖暖姝姝如黄東發輩所不得知。 辭有曰：「知之無補，世又罕知」，此語淒斷，子厚殆爲當時若東發一輩人言之。 釗嘗謂李長吉短命，定與韓退之辨諱一事有關，凡極聰明人，每禁不起中途磨折，此類是也。

敬叔兄弟，皆與子厚交深，行事多見別條，此不重贅。

祭崔君敏文

君敏卽子厚爲作誌之朝散大夫永州刺史崔公，崔公當名敏而字君敏，誌與文互參，義解全得。 敏元和五年九月歿於永州，文卽作於是時。

入補黑衣： 謂敏以千牛備身佐環衞也，黑衣出戰國趙策，謂宮衞。

出參甸服： 敏更盩厔、三原、藍田尉，三邑皆屬京兆。

紀綱淮海： 紀綱謂錄事參軍。

宰制岳濱： 敏爲許州臨潁、汝州龍興令。

儲闈典議： 敏自揚州入爲太子司議郎。

直淸攸屬： 書：直哉惟淸。

二州繼牧： 最後自歸州刺史遷永州。

高歌屢舞，終以無荒，紛慮斯屛，憂懷暫忘： 明明荒淫，而以無荒美之，又輔之

以屏紛慮，忘憂懷，子厚可謂善於辭令。

祭段弘古文

弘古子厚在外集別有誌，段以元和九年歿於桂州，其喪過永，子厚因爲文祭之。始如可進，終會于厄：　事見誌中。孰云履信？惟天所祐：　易：履信思乎順，又以尚賢也，是以自天祐之，吉無不利。

哭張後餘辭

一

後餘常山張氏，名無可考，得進士之明年即歿，而子厚哭之，此應是貞元末年事。

天之殺恆在善人：　黄震曰：「子厚怨天，隨寓而發」，其説甚謬。

莊周之説，以爲人之君子，天之小人：　莊子大宗師：「子貢曰：敢問畸人？曰：畸人者，畸於人而侔於天，故曰天之小人，人之君子，人之君子，天之小人也。」王先謙曰：「疑複語無義，當作天之君子，人之小人」，釗案：王説近理。

是二者又非論之適也：　二者、指上激者與莊周二説；論之適、謂論之合乎道。

道之出者多，其合焉者固少：　出與合爲正負詞，凡不合者爲出，不出者爲合，皆以範圍言，柳文之用出字多此解。

東西行者助之哭焉：　一本行字脱，不脱者是。

向更使既聞道而且貴且壽：　一本向字脱，不脱者是。

嗟嗟張君，善不必壽八句：　壽、老、幼、耇、爲韻。

惟道之聞：　平淮夷雅：「惟義之宅」，道州文宣王碑：「惟德之造」，又「惟吉之逢」，送僧浩初序：「惟山水之樂」，以及韓退之送李愿歸盤谷序：「惟適之安」，句之構造，舉爲一類，義詳平淮夷雅簽釋。

嗟嗟張君，寵不必貴八句：　貴、位、棄、事、爲韻。

銀艾淪棄，一無愧三事：　銀、銀印，艾、艾綬，謂雖服銀艾，猶與淪棄無異。　三事、三卿也，書：六府三事。

皤皤而童，赫赫而辱，進襦袴於几杖，負泥塗於冕服，己雖有餘，人視不足：　几杖影老者，進襦袴、爲顧復兒童之事，進襦袴於几杖，即所謂皤皤而童。　冕服影貴者，負泥塗於冕服，即所謂赫赫而辱。　皤皤赫赫，几杖冕服，皆所謂有餘；童與辱，襦袴與泥塗，皆所謂不足。

二

錢牧齋徐巨源哀辭云：

柳子厚哭張後餘謂：「激者曰：天之殺恆在善人，而佑不肖」，其論不及孟子。孟子謂順天者存，逆天者亡，夫順存而逆亡，豈但殺善耶？孟子之論通矣，以吾友巨源徵之，則有未盡焉。巨源姓徐氏，以斯文見推，約扁舟東下，請事函丈，未及行而死於盜。天之全巨源也，掠地免，圍城免，急獄免，固非有意殺巨源也，然卒不免於盜手者何也？豈天之殺善人固其本意，而假手於羣盜歟？

牧齋此文，初以子厚之說不合於孟子，卒以孟子之論不合於本事，而仍以天之殺善爲歸，周旋膠漆，說等於無何有，人謂牧齋善文，而顧思路之繳繞不明如此。

又牧齋論永貞之變，而集矢於二王，論王伾最刻，謂車馬塡湊，伾門尤盛，珍玩賄遺，歲時不絕。夫順宗御極，未八越月而退，卽伾之收賄，從登極以至禪位，晷刻不停，亦無法達到一歲。歲時不絕，是何言者？牧齋此文，列入所謂嚮言中。嚮言云者，指吳孫休時人，有得困病，及差，能言於此而聞於彼，遠者所過十數里。於是自信己之語言，都可延長時日，日可抵月，月可抵歲，抑何可笑之至？

牧齋又謂：伾室中爲無門大櫃，唯開一竅，受藏金寶，妻或寢臥其上，不知此較絳雲樓之門戶何如？寢臥其上者，比之河東君奚似？小人之誣人也，無一不表顯己

之心影，此類是也。

祭李中明文

中明名行敏，趙郡贊皇人，與兄行諶字元固，姓名具見於獨孤申叔墓碣，蓋子厚朋遊中相知深者也。觀文中「求中慊末」一語，中者大中，子厚平生所志之惟一的鵠，末者僅得一端，爲中之反，求乎中而不足乎末，可爲子厚與中明志同義比之一證。

月踰歲長： 長讀上聲。

大賚是承兮： 論語：「周有大賚，善人是富」，猶哭張後餘辭：宜爲大官耆老也。

卒以禍承兮： 以、與也。

怛其隕心，交背膂兮： 楚辭惜誦：「欲横奔而失路兮，蓋堅志而不忍，背膂胖以交痛兮，心鬱結而紆軫。」注：「膂、胸也，胖、半分也，言欲妄行違道，則吾志已堅而不忍爲，背胸一體，而中分之，其交爲痛楚，有不可言者」，子厚取義本乎此。 隕心與交背膂，皆愴怛痛楚狀。 俗言肚皮貼到背心，以形容人之瘦損，義雖稍歧，語卽由楚辭來，吾楚人，在鄉蓋習聞之。

又淫以雨雪，紆委硱磳兮： 硱磳、石貌，招隱士：「嶔岑碕礒兮，硱磳磈硊」，陶弘景水仙賦：「窮漢硱磳，横帶玉繩。」

鵋鶀夜啼，羣暝凝兮：　羣暝凝者，謂夜深之際，鵋鶀啼號外，其餘萬籟無聲也。暝音冥，夜也，暝凝猶言宵凝。　林滋陽冰賦：別浦宵凝，狐聽之聲乍絶。　釗案：林滋、晚唐閩人，會昌間進士，以賦物擅名。

魂鬼以行，中道㱥殑兮：　㱥殑、鬼出貌，或作㱥磴，字又顛倒作殑㱥，元稹詩：「荒居鄰鬼魅，羸馬步殑㱥」，又殑殑、欲死貌。

魑魅撝呵：　韓愈石鼓歌：「鬼神守護煩撝呵」，撝一作揮。

聊致吾愼，斯言孰稱兮：　廖注：愼當作憤，是。　斯言孰稱，謂誰能稱道斯言也。

本文一韻到底，信爲健筆。

楊氏子承之哀辭

承之、憑姪也，憑之下一輩，皆以之字命名，如誨之、渾之、後之、敬之等是，就中誨之敬之，俱見本集。　辭謂「世父孔艱兮，湘水滔滔」，世父當然指憑。　廖本：「據水經，憑水出臨賀下，注：湘水，此必元和四五年憑謫臨賀時作」，說近是。

子厚自稱解人，惟此文及與劉夢得談天見之，至獨孤申叔墓碣之河東解人，則僅以標地望耳，詞涉雙關，當依文而見義。　諒此子年少而造詣深，爲可與言道者之一人，辭中「是子也，氣淳以愿，志專以勤，確然而直方，吾未知其止也」等語，可以

證知。

吴訥文章辯體序題云：「誄辭或哀辭，其名不同，大抵誄則多敍世業，故今率仿魏晉，以四言爲句，哀辭則寓傷悼之情，而有長短句及楚體不同焉。」集中東平呂君誄，及楊承之哀辭，兩體不同，可得證實吴訥所題。

釗案：柳集中、文涉冠禮凡二，一言孫昌胤，一言楊承之。昌胤事無可考，惟陳眉公古今詩話存詩一首，稱昌胤天寶中進士，亦不知何所本？獨子厚答韋中立書，明載昌胤成禮之明日，造朝宣稱冠畢。竊思剛達冠年之士，未必卽有趨朝薦笏言事資歷，觀子厚文曰：「某子冠畢，此冠畢之上，覆以某子二字，當是言事者昌胤，而成禮者爲其子，姑不具論。嘗謂恆言冠婚喪祭，是冠禮甚古，且居四禮之首，宜其爲社會所絕重視。顧在唐代已無人行之，人偶行焉，且爲盈廷訕笑爾爾。其在他一面，以考試制度、綿歷千百年不廢，又受試者已冠未冠之別綦嚴，凡未冠者，每得題較易。於是男子之成人階段，在羣衆中保存餼羊名號，一直與制科運命相終始，國人之好作僞也如此，抑何可歎？楊承之乃三楊之下一代，與子厚爲外姻，恩誼至篤。鑒於此子詞賦書論，言皆英偉，小時之所造就，已如是卓卓，因而低徊其成人之年，並爲旣成而毁，相與悲愁怨號無已。夫子厚固嚮主禮樂爲虛器者，至於冠也，殆尤不能不歎爲虛僞之虛僞者已。

卷四十一　祭文

祭井文

祭文原有二用，一禱於神祇，一享於親舊，前者以憑依於神，而悔過改善爲主，後者以不忘於舊，而援情道意爲高。本卷禱神之文六篇，除本篇外，餘爲舜廟祈晴文，雷塘禱雨文，祭纛文，禡牙文，禜門文，以其風習爲今世所無，且亦違反子厚不推天不引神之唯物根本大義，毅然削去，不加解釋，輒爲聲明於此。

唯昔遞石：　舊注遞一作匝，恐皆非也，似當作遻，與祭楊詹事文「亦莫有遻」之遻同，遻，逆也，乃對下文順道爲切，陳少章云。

克長厥靈：　郭璞江賦：「資五才之並用，實水德之靈長」，亦少章云。

朱晦菴云：「柳子厚文，有所仿者極精，如自解諸書，並是仿子長報任少卿，今觀此文，亦絶似兩漢人語」，不知晦菴胡指？

趙明誠金石錄卷九第一千七百六十四唐柳州井銘注云：「柳宗元撰，沈傳師正書，長慶三年」，殆卽指此文而言。㊀曰祭文，曰銘，隨所適用，區以別焉云爾。長慶

㊀　右所謂柳州井銘，卽本卷祭井文之異名，文已說得明白，此與卷二十之井銘，兩不相涉。

三年，子厚歿已四載，當然不及見傳師書迹也。

祭六伯母文

此文乃代叔繧爲之，繧稱六伯母，子厚則當稱六伯祖母。蓋清河令從裕子二人，察躬爲清德令，某爲臨邛令，六伯母、臨邛之夫人李氏也。

懿彼賢女，孝誠自中：李氏三女，長壻隴西李伯和，揚子丞；次壻太原王紓，右補闕；三壻潁川陳萇，校書郎、渭南尉。貞元十六年，王氏女扶其母，自揚州至於京師，道遇疾，遂館於陳氏平康里第而卒，所謂託於外姻，陳此靈儀也。

幼女號戀：幼女、卽陳萇之室。

集中子姓字，原嚴守漢文典範，從不滑筆作姪，獨本文首稱姪男繧，後又言子姪凋落，似姪字顯然不避。吾意此種家庭通用之文，子厚似不過於矜愼，惟迻從兄偁罷選歸江淮詩序亦然，參看該序簽。

祭獨孤氏丈母文

丈母者，獨孤申叔之母，子厚輩與申叔結契，誼應公同奉養，因而丈母之也。申叔貞元十八年卒，年二十七，子厚爲作誌，列其友韓泰等十三人於碑陰，與其爲父作

誌，而臚列先友，同一特殊矜重義例。子厚一生倚友爲命，最爲顯白，讀此文，使人懍然於友道之重。釗案：子厚別有祭楊憑詹事文稱丈人，此憑爲子厚外舅，固無誤，獨朱新仲雜記，以本文稱獨孤氏爲丈母者配之，則殊失考，參看祭詹事文簽。

祭從兄文

從兄者，柳寬也，曩在大理評事柳君墓誌，已於世系序述明晰，不事覼縷。此文四字句一韻到底，極魏晉間名手下筆，追感愴悽之能事。

將辭又醉，既往而旋，今者之來，徒御淒然：　生離死別之際，恍惚迷離，終於望而不見，寫來何等淒斷？

祭弟宗直文

宗直，子厚從弟也，兩人恭友交切，依倚極深，此子不祿，於子厚摧傷沈重，文之悲痛眞摯，抑何待言？尋宗直歿於元和十年七月，祭文應是卽時爲之，時當子厚被召入京，而授職赴柳，意志宜屬極其頽廢之際，吾恐宗直之夭，與子厚之不壽，有彼此互相影響之處，「由吾被謗年深，使汝負才自棄」兩語，直道破一切。

愷愷早夭，汝又繼終兩房：　愷愷不知何房子弟，惜無可考。

如汝德業，尙早合出身：　釗案：尙字衍。

汝墨法絶代，識者尙稀：　子厚自詡能書，今又以墨法絶代許宗直，二柳眞蹟，今乃曠世無聞。

惟此書自始卽不傳，賴有序在，猶使人獲知梗概爾。

文類之功，更亦廣布使傳於世：　宗直撰西漢文類四十卷，墓誌及序言之綦明，私有孕婦，吾專優恤，以俟其期：　孕婦生子，子厚自當負責收養，惟及期產否？及是男抑女？皆無可考。縱一切如所期，而子厚不數年卽化去，所謂吾身未死，如汝存焉，蒼天將亦靳此不予耳，奈之何哉？

或以退之祭十二郎文，與此文相比，而且退之之抑揚跌宕，有逾於是，吾意不然。蓋退之之低昂頓挫，正如鄭城門婦之夜哭，遲其聲以別兆其事，世無子產，殊未易識別其音。又況主人今日痛哭郎子，嗚號無以爲地，㊀而明日賓遊到門，門弟子咸集，後堂之琵琶箏，可能助悅豫，資謔浪，依然如故，而子厚則異是。彼所爲文，字字蒯近，聲聲入破，無一聲無持續性，亦無一字不含生命力，無論入誰之耳？都不可能發生相差秒忽之異感。何以故？以情眞故，情眞到死生同歸，其間有靈相與骯

㊀　嗚號字出禮記：「大鳥獸失喪其羣，嗚號焉，蹢躅焉，踟躕焉，然後乃能去之。」或作嗚號非。

髒，因無往而不息息相關故，由是兩文質地殊異，難以成比。

祭姊夫崔使君簡文

簡字子敬，博陵安平人，中書侍郎仁師五世孫。〔按蔣之翹本：稱簡爲中書令仁師五世孫，實則仁師未嘗爲中書令，緣史載：「仁師爲給事中時，中書令仁師議刑不孥」，此乃仁師受中書之命議刑，非自爲中書令也，蔣讀史不審，妄爲下注，吾於他條有解釋，不贅於此。〕娶柳氏，子厚伯姊，集有永州刺史流驩州崔君權厝誌，即簡也，元和七年作。自柳崔聯姻，甥曹衆多，天禍薦仍，喪亡繼作，子厚文字之耗於崔氏者，幾占集中一重要部分，卒之子厚之後繼子周六，仍出自崔。

密勿書奏，元侯是俞：　密勿、書：「密勿從事」，簡貞元五年中進士第，旋入山南西道節度使爲掌書記，元侯即指節度使，俞、允也。

蜀寇內侮，禍聯羌髳：　髳音矛，叶讀如謨，書：「及庸蜀羌髳微盧彭濮人」，羌在西蜀，髳在巴蜀。

君出顯畫，披攘其徒：　披攘、離散也，柳文披攘字最習用。

始雖進律，終以論辜：　禮王制：「有功德於民者，加地進律」，注：律、法也。

痛毒薦仍，振古所無：　薦一作洊，重也，薦仍、猶言重仍，懲咎賦：「宜夫重仍乎

禍福」，義與薦仍同。易：「洊雷震」，疏：「洊者、重也，因仍也，雷相因仍，乃爲威震也」，子厚義蓋本此。

惟昔與君，年殊志匹，晝咨夕討，期正文律：參看祭外甥女文：「汝之先君，以文誨我，周流辯論，有疑必果，恒革其非，以成其可。」此可見子厚之學，得之於簡者，其事不小，正文律三字，尤意味深長，惜其詳不可得而聞耳。

手斞以酹：斞音拘，說文：挹也，玉篇：酌也，詩小雅：「不可以挹酒漿」，傳：挹、斞也，挹斞二字互訓。

又祭崔簡旅櫬歸上都文

簡以元和七年藁葬於永，子厚謂三年將復，由七至十，恰爲三年，惟子厚元和十年正月，卽赴召至京，此文應是行前所作。

子厚貶永已十年矣，安於其土，習於其人，應可能就其所感，作一概括。今所概括曰：「其地坋确渝薄，不可以居，其人險欺囂嚚，不可以友，」不審子厚何以致恨於南楚有如此者？若看過永州八記，說到山水之如何可愛，或東平呂君誄，覺得湖南之易於感恩而善哭，（甚至有人斥爲詩近於佞，有過其實。）又不審子厚何以前後所言，適相背反，更復如彼？言非一端，時非一事，相其所需，詞意輒更，誠未料子厚運用此一

不妨出入之文章技術，幅度爾大。

吳摯父點勘柳文，在此篇「嘻乎崔公」兩段，全部濃圈密點，並引茅順甫評語：「讀之輒涕洟不已」，此乃皖人有恨於湘人而無形流露處。

或謂：此仿楚辭招魂而作，末云死還生留，樂生而哀死，宛如巴東三峽巫峽長，猿啼三聲淚沾裳。

祭崔氏外甥文

此卽崔氏姊所生子處道與守訥也，父簡死於驩州，二子奉柩過海，遇暴風溺死，舅氏子厚爲文祭之。八舅、子厚自稱，十舅指從弟宗直，祭宗直文亦呼十郎，可證。

二子：一處道，字韋六，一守訥，字小卿。其所以長子名處道、字韋六者，此中包涵一項中唐風習，蓋其家有戚串或故舊、足親密與足紀念者，往往取其姓氏加於其子之行第，而以爲小名，再以官名相與配合。如韋六者，此子行六，而父有應紀念之韋姓親故在念，因取其姓冠於行六之上，而該親故者，其名爲處道，並不恤並其名而襲之。尋貞元元和間，韋氏以處字排名而顯揚者綦衆，如處厚最爲冠冕，〔處厚字德載，起家咸陽尉，累官至中書侍郎、同中書門下平章事，一時推爲賢相。〕處道雖不見於史，要自爲崔氏所心折之一人。此一命名慣習，迭見於柳集紀錄中，因詳道之，餘參看薛君

妻崔氏誌。

胡典而喪，離厥咎兮：典、主也，離、去聲，如詩：「魚網之設，鴻則離之」之離。

反復攪予，哀何救兮？攪一本作攬，誤。攪、亂也，詩：祇攪我心。

祭崔氏外甥女文

此崔氏姊所產子女最長者，名嫒，亦即所後周六之母。

歸之令族，有蔚其容：此指簡沒後子女無所歸，由子厚一人擔負其教養之責。

令族指薛氏，嫒之遣嫁，皆由舅氏主持之。

邙阜有位，青烏載卜：墓在北邙山南，洛水東。相冢書曰：青烏子稱山三重相連，名蓮華山，葬出二千石。

文款款寫去，恰如其量，詞雅情眞，極形自然。嫒誌載：元和十三年五月二十八日卒，此殆子厚臨命前所見崔氏諸甥最後凋喪之一人。

祭外甥崔駢文

祭於卿郎之魂：呼外甥曰卿郎，其名特奇，蓋卿爲王安豐婦「我不卿卿、誰當卿卿」之卿，戚屬間最暱最親之號，子厚乃施之於最愛之駢，與守訥字小卿者不同。

天慳靈奇，取不可貪： 慳音吝，謂天所慳恤之靈奇，不可取之過貪也，以下一連若干句，至果殄爾躬、以寧其位止，皆儘量宣洩其貪取處，而曲盡爲文技巧，使情景逼眞。其位、卽守吏之位，其間抽深抉密、擔重揭貴二語，尤見鍛鍊之工。

無鬼誅之行： 語出莊子：「爲不善於幽闇之中者，鬼得而誅之」，爲裴中丞伐黃賊轉牒亦用斯語。

而三見廢委： 按駢之夭、適在處道守訥海禍之後，合之父簡之喪，爲崔氏之三大難。

兄弟逾十，我出惟八，旣孤數祀，中分存歿： 姊弟八人中，處道守訥及姊嫒與己俱死，死與存各得其半。 薛君妻崔氏誌云：數存如沒，命意亦同，數上聲讀。

爲藝繼成： 由此語推之，子厚殆欲以學傳之於駢，作爲替人，古來甥舅抗行，如劉牢之何無忌故事，本來甚少，何況事關天人絶學乎？二十年前，吾違難重慶，無意中邂逅一同邑弱冠書生曰饒默全，文學優異，不謂驚賞未已，其人化去。 近日發見曹孟其筆記一則：「饒霞徵有子曰默全，以文才爲章行嚴所賞，且作詩獎之，默全今已死矣。 霞徵痛傷往事，裝褾章詩，干余題識，余亦繫之以詩：三人有子各殊才，〔行嚴之子用、通英德法希臘拉丁文，長於數學，作浙江大學教授時，以瘵死，吾兒仕修，亦聖童子。〕親見懸棺付草萊，此册正須封一匣，我曹未死不宜開。」 孟其曠代逸才，本編屢

稱道之，吾信其言不妄，申柳及此，同深歎息。

桓公之臺： 陳少章云：「桓公未詳，一作柏。」釗案：桓公臺、可能是柏寢臺之別稱。果爾，其地應在臨淄，子厚與駢爲別在其地，則子厚壯年，應曾遊齊。案子厚草博陵崔君誌謂：「由進士入山南西道節度府，始掌書記，至府留後，凡五徙職，六增官。」由是秦越萬里之間，博陵將何地不可留者？桓臺一别，計當在貞元末年。

戲抽佛筴，前次沲隈： 筴卽策字，今所謂簽。沲與沱同，說文：沱、江別流。隈、水曲，沱隈、猶言江邊或江灣。

刑曹繼之，以病告余： 繼之、楊嗣復字，嗣復父於陵、於子厚爲先友，而形迹與子厚極相接近，以致嗣復行輩，相將而排抑在下。新舊書皆稱嗣復早登科第，而失載年分，然大抵在貞元中，去子厚通籍之歲不遠。此曰刑曹繼之，則嗣復釋褐後，累遷至刑部員外郎，時當已逹元和中葉。雖嗣復爲牛黨中堅，與李宗閔、令狐楚輩，把持朝政，炙手可熱，爲長慶以後政局，乃子厚所不及見，而元和間固已頭角森然，以深於禮學知名於朝。顧子厚似絕不甚厝意，駢之死也，僅使執報告病態之役，餘無所事。此果子厚已窺見其將爲牛黨而先薄之歟？輒暗誦李義山「不怕牽牛妒」之句，一爲憮然。

尋子厚崔氏諸甥，以女嫚爲最長，而駢最小。 祭嫚文云：

汝自艱酷，二弟繼終，海門之哀，今古罕同。〔此指處道守訥二弟。〕駢也英文，敷暢洽通，賞期振耀，〔釗案：期疑當作奇。〕弘我儒風，又茲夭閼，神理何蒙？

據陳少章考知：「嫒卒於元和十三年五月二十八日，駢之亡亦在是歲」，究不知何所本？計元和十四年子厚易簀，崔氏諸甥喪亡已盡，唯女嫒所生之子周六、移後於子厚獨存。

章士釗著

柳文指要

四

中華書局

柳文指要通要之部序

一

吾研討永貞政變始末，而得毅然斷定者，有如下數義：

一、順宗爲唐室第一英主，當時宮廷眞實狀態，都爲史册掩覆殆盡，范希文謂唐史蕪穢，初不料蕪穢之界如此其闊。

二、順宗初政，卽從翦除宦寺入手，如登極未逹一月，卽停止內侍一十九人俸資，可以概見。此種處置，當陸續有之，而或爲順宗實錄所不敢載，或已載而被大奄要求削去，總之順宗實錄，是一最爲不實不盡之紀錄。

三、順宗有疾，至於瘖不能言，都是史臣過甚其詞，實則一切大政，皆是順宗乾綱獨斷，王叔文輩忠實輔弼以成之。不然，以一新進小臣，驟登相位，奉一不言之孱主，掌黜陟大權至數月之久，而始膺反擊，是爲不可想像之政局，於實絶非如是。

四、叔文喪母前夕，在翰林院宴集同僚，宣言主上後苑狩獵，馳馬如飛，敢妄言主病者斬，此短書暴露眞實之一綫光明，可得據以推概其餘。古來絶大祕事，只須朝臣掃清當時顯露文字，卽可封閉到底，其例非一，然亦終有防不勝防之處，從而

漏洩。

五、以勢推之，順宗自始卽與宦寺形成不兩立之勢，而內侍除李忠言外，更無舍身衞主之人。順宗在積重難返之下，無能倚賴南司之力，以外制內，遂釀成絶對孤立，坐受羣奴凶害而無法自救。

六、順宗絶對出於幽崩，憲宗當時受制於羣奄，己欲不爲商臣，亦不可得。此事公文書內，絶無遺迹可查，李復言之續幽怪錄，成爲絶可信賴之孤證。

七、叔文停止內職，及外藩表請太子監國，皆順宗與內豎肉搏之中間迹象，其趨勢已成爲：非順宗剗絶凶宦，否則凶宦燬滅順宗，二者必居其一，無調和質劑之可能。

八、順宗得着二王劉柳之輔導，政迹皆高着眼，狠下手，朝臣心懼，莫知所措，促成其依傍凶頑、惡直醜正之反常政象，韓柳之分廷對立，職是之故。

九、王西莊言：有唐之亡，亡於不用王叔文，此無寧言：有唐之亡，亡於順宗之被弑。

唐史於此一點，紀載不明，而且加意諱匿，可謂蕪穢之至。

十、或曰：順宗以帝王之尊，何以不能衝破內侍之包圍？曰：此歷代帝王遭厄之形勢都如是，加以德宗縱容中使，表顯尤爲突出。迨此種太阿倒持之局既成，凡主上拂於內侍，宮中卽一步行不得，大聲疾呼，亦無人承應，宮門一扇，如山萬重，全將

內外血脈遮斷。以隋楊堅、唐李淵之強悍英鷙，一旦臨命，卽等於孤雛縶虎，聽人剸刃，遑問每況愈下之李誦乎？

十一、永貞政變之全幀形象，不論表裏明暗，皆在子厚慧心炯目之中，特於全集之文字間，僅從夾縫中窺測一二，無緣獲得正面左證，吾之號爲指要，所指無過爾爾。

十二、八司馬之一貶不還，全由憲宗於內禪有慚德，憚於面對正人，除程异下才可得隨意畜之外，餘均屏之唯恐不遠，崔敦詩議屏孝字於尊號外，幾遭反噬，亦緣於此。

十三、永貞逆案之一名詞，不見於有唐各項公私著錄，千餘年來，舉世幾無人了解到此一無名之商臣，應與元和聖德融成一詞。於是子厚不得不以春秋之筆，在晉文問守原一史跡上，提出許世子止、趙盾二例，以討伐羞當時陷後代之亂臣賊子。謝枋得評此文云：「字字經思，句句有法，無一字一句懈」，疊山庶幾識得文中重大意義，劉夢得編集，將此文排在議辯類卷首，當亦含有微意。

以上十三項，皆於攻治柳文有甚深理解，姑作爲下部前言，以弁於首，讀者諒焉。

子厚之政治抱負，可從左列各義，分疏以出：

一、子厚之政治觀點，先作理政與弊政之別，凡彼所躬預之政局，適當弊政之後，其方法不得不從消極方面入手。

二、消極方面者何？則弊政爲大癭二：一閹寺、一方鎮。之二者不先剗削淨盡，任何政治方案，都無從設施。

三、永貞政變，爲子厚劃除二癭之慘敗史，蓋二恨結連與清流抗，中有商臣，祖二恨以削清流，而唐室之亡徵以定。

四、倘政變不生，子厚之施政方針將何若？曰：子厚將从安定民生着手，子厚取惟民主義以爲政本，一切輕君而重民。

五、集中之眎民詩，是其政略之全部圖形。士實蕩蕩，農實蓳蓳，工實蒙蒙，賈實融融，四民先使安居而樂業，國家於焉相應扶助，使之各盡其力，以廣食用而利遷作。

六、國家雖上理政之途，而惟恐貪便安而趨頽廢，治亂之局，於以循環，則須厲行防微杜漸之策，顯標勤儉二字，作爲準繩，全國通力合作，期於永久安定。

七、國家不斷考績，不斷日新，行政必須做到賄賂不行，賦稅不亂；文化達到禮讓風行，姦盜絶迹，對外看到既柔一德，四夷是則。

八、尤要在整齊風俗，杜絶誣枉，一切推天引神、淫巫瞽史之習，必須根斷，後進養成樸質勤勞，顯明功用，以符聖人立極之本。

九、中國政理，在上行而下效，第一在誘導君主，使知受命不于天，于其人，休符不于祥，于其仁。絶滅封禪，登崇俊艮，大大宣傳天聽自我民聽、天視自我民視原理。

十、要之政治雛形，在生聚教育，政治根本，在祖武孫繩。所謂小屬而支，大生而孥，愷悌祗敬，用底於治，凡其所欲，不謁而獲，凡其所惡，不祈而息，四夷稽服，不作兵革，不竭貨力，丕揚于後嗣。

如右十則，綜正負成敗，而形成子厚之政治理想，中間字句，大抵從子厚文中掇拾而來，並非東剽西掠，以冒於作者，人從而覆治柳文，將能理解親切，不至有畔官離次之慮。

三

然則柳子學養如何？此亦條分件繫，可得而言：

一、子厚三十三歲以前，騷賦工夫已做到十分充足，貶謫以後，求得經史諸子數百卷，勤勤伏讀，又開始著書，此於子厚學養，發生根本變化。

二、唐人談藝，分文與筆而言，有韻爲文，無韻爲筆。子厚工夫，是由文入筆，卒

成文筆兩擅勝場，韓退之有筆無文，致形成韓柳對比之最要關目。

三、子厚主張文以明道，與退之無異致，但強調文以行爲本，在先誠其中，因而生平不打妄語，文皆本色，此足以自信，而兼取信於後世。此一詣也，退之根本達不到。

四、與韋中立書中所開書目，非以充鞶帨之繡，而直下過一番苦工，所謂旁推交通以爲之文，是自道得力語。此與退之厭惡禮經，三傳束之高閣者，未可同日而語。

五、子厚不好爲人師，而勤於教人，雖至今不知誰是柳門弟子，而京師之登門者日數十人，湖湘子弟受其薰陶而進德者，不可勝數。此亦與退之好爲人師，而張籍李翺，中途叛教，不認師門者不同。

六、子厚行文，以潔名於時，而潔之由來，言人人殊。要之子厚於文，自定律令，守之不畔，謂其專取則於公穀史公者，所見未免太狹。

七、子厚與浮屠遊，佛說取其與儒書近而好之，往往送僧徒歸覲父母，與世之曚然拜佛者大異其趣，與退之聲言闢佛而喜接浮屠，亦大不相同。

八、或謂子厚貶謫十四年得着靜，退之以仕途比較順利得着躁，以此爲兩家晚年學養進退之原，然此是子厚無從參加意見之事，何足據此軒韓而輊柳？

九、子厚尊師重道，從陸文通學春秋，願掃於陸先生之門，爲時極短，而又值陸

病篤，與子厚從政受挫、倉皇奔竄之時，以此卜知：子厚爲學，不放鬆一刻，也不至因處境順逆，而導致工夫勤惰。凡門内桃李紛飛，火靈庫盛旺等迹，子厚暮年不可能有。

十、子厚一生勤政勤學，無謔浪戲豫樗蒲等惡習，以家缺主婦，身遷萬里，子嗣渺然，祭掃乏人，而後房無妾侍，服用恆不足，有半刻時間，與一分餘力，都閣置在學問上，至死無悔。

十一、民爲邦本，古今一致，子厚主旨一定，推概於古，卽使古爲今用。以三國而論，曹魏與民接近，而漢久與民絶，故不當卑視曹魏。集中舜禹之事一文，應視作推重民主之大文字，爲正統論立定基礎，他人不敢如此下筆，何僞之有？

綜右十一則，卽文以求其志，君子固得其肺肝焉，更事覼縷，殊嫌辭費。

四

文有有韻與無韻之别，故詩亦號爲文，劉夢得爲子厚纂文，不分詩文，統於一集，吾獨異於是。

尋柳文之帶政治性者，十之六七，其純乎文藝性者，反居少數，衹不過十之三四。若夫詩也，人以列於陶韋一派，謂是陶寫性情、幽閒雅淡之作，幾視爲完全擺落政治意味。吾自始亦以此見爲然，認柳文與詩，不趨一律，吾爲文作指要，殊不必併

詩爲一談。他日更端，或異軍蒼頭特起，另成柳詩指要一部，應於分別部居之邏輯，反而有合，本編之所以不包括柳詩在內，職是之故。

繼思此見亦未必是，蓋柳詩非徹不脫離政治，時且發舒異常強烈。如遊南亭夜還敘志七十韻，明明有敘志二字，以爲標幟者，是不待論，他如感遇、詠史、及詠三良諸作，且涉及永貞政變，怵心刻骨，此何能廑視作饒有淵明風味，輕輕放過？獨惜千年來注家如林，一例熟視無睹，從不見有人將此類詩之眞實背景，如量顯白，因而柳詩中之誤解、及詮釋不到之處，亦迄無人爲之提出講明。吾雖約略有見於此，而在指要數十萬言寫成鋟版之際，踵劉遺志爲之，殊苦厝手不及。吾不獲已，於是揀擇有關敘志感遇諸篇，略附鄙見，分隸下部柳志及永貞一瞥各門之後，以裨補吾之遺憾外，併將吾較量柳州詩文之不够準確，以致如元冀之指要功能，未臻完整，特明著其始末如右，宏識諒焉。

吾聞鄙宗實齋之言曰：「唐宋以前，文集之中無著述，文之不爲義解傳記論撰諸品者，古人始稱之爲文，其有義解傳記論撰諸體者，古人稱書，不稱文也。」此其見與阮芸臺之論文選絕相似，蓋實齋所謂義解者何？經也，傳記者何？史也，論撰者何？子也。此三者皆文選之所不收，而文選之所謂文，卽沈思翰藻之文，其中以詩爲大宗，由是涉思，詩文每不可分。自唐家有古文者出，章阮兩家所祖述之界說以

破，蓋凡沈思翰藻之文所不收者，古文皆收之。以柳文言：如祀朝日説之類，義解也，此即經派；段太尉逸事狀之類，傳記也，此即史派；封建論之類，論撰也，此即子派。古文既收文選所不收之三體經史子，古文應亦可以排屏文選號爲大宗之一體詩，吾之所以不遵劉志，而暫摽柳詩於文之指要之外，猶有章阮殘存之説，蕩漾於目下，兹一併揭櫫於此，用供識者參證，以語其詳，請待他日。

章士釗

公曆一千九百六十五年四月二十三日時年八十有五

通要之部續序

右序成於一九六五年四月，而此頃爲一九七一年八月，連年帶月，統計恰是整整七年。由是以知：本集從開始付梓以迄於今，除其他廢棄年月不算外，即以明明可指之最後七年論，亦不得謂非遥遥歲月，就中作者何所事事，可得而言：

一、右經七年，大抵國家從事文化大革命，作者雖日迫西山，而亦在同聲同氣之列，固不能與青少年程功比烈，終究不無多少進步可期。

二、柳文進程，初發於穆伯長啓蒙工作，繼厄於歐陽永叔之韓李僞論，三厄於桐城派之齊壓班柳，駸駸年月，所涉不下千載。柳文重發光豔，殆起於一九四九之六

革命初期，倘無毛主席著作發揚，決不會有崇柳風尚。

三、一九四九年後之柳文崛起，乃出於內外形勢之自然而然，並不由何人強迫招致。仔細思之，倘中唐絶無子厚其人，而此時欲得一士，作爲承先啓後、並裨輔毛主席著作之天然准則，勢且通涉歷史，旁皇無所措手足，世事崢嶸，讀者亮同斯意。

四、從來考古工作，不無奸僞羼雜其間，然往往眞者僞之，僞者眞之，中間工作，純駁不一，如晏元獻否定舜禹之事，乃是特大著例。

五、子厚舜禹之事一文，乃與吕化光之諸葛武侯廟記爲姊妹作。記曰：「向使武侯奉先主之命告天下曰：我之舉也，匪私劉宗，唯活元元。曹氏利汝乎？吾事之，曹氏害汝乎，吾除之，俾虐魏偪從之民，聳誠感動，然後經武觀釁，長驅義聲，咸洛不足定矣。」此記與子厚之舜禹論桴鼓相應，而元獻木然不知，致眞文而驟僞之，天下烏乎信？

六、本編上部依篇順釋，下部別標各義，專題發揮，如禮樂虛器論其一例也。倘自始無下部存在，將見此類議論，無法安置，故柳文指要必須以上下部卒成之，讀者定能洞見本恉。

士　釗

千九百七十一年八月十四日時年九十有一

柳文指要下　通要之部

卷一　柳志

柳子厚生於今日將如何

昔孔子作春秋，終於獲麟，漢經生以謂孔子爲漢開赤制，史遷踵其意，述陶唐以來至於麟止，爲一大限，下述六國以及漢初百年，用相配置，號曰史記。惟吾之視今日亦然，蓋公曆一千九百四十九年者，不啻中國麟止開制之歲也。吾嘗論史，以是歲爲斷，是歲以前，不問經過數千百年，不分朝代，統爲一目，自是年起，不問日月幾何？爲另一目。洪荒以來，人世所經，兩目而已，亦比於唐一行畫天下山河爲南北兩戒，時與地交相輝映。又嘗論古之名人，倘至今日而仍存在，綜其平生論著，將必贊歎今日之所施爲，作爲歌頌，可期沆瀣一氣者，止於柳子厚一人，他無有也。試尋其緒，可得引申而臚列之：

二目之分，首在封建，前一目不論何代，都可號爲廣狹不同之封建社會，後一目則絶滅封建基礎，一切統轄於民。柳子厚著封建論，其意在反封建也，自不待言，貞

符曰：「受命不于天，于其民，〔文因避太宗諱，民易言人。〕」夫受命既不於天，則牴民詩所謂天子，不過假設之名，而非眞實之號。〔釗案：安徽蒯先輩禮卿，嘗爲余言，天下事一切名義，無不出於假定，其人說理，頗有獨見。〕眞實之號者何？曰：「受命不于天，于其民，則一國誠不可以無主也，從而謚之曰民主，應爲子厚意中之所有。且子厚之反封建曰：「繼世而理，上果賢乎？」夫君臨一國，不得繼世，非民主之萌芽而何？此其一。

士農工商，民之四族，二千年來，相沿無變。獨四族者名耳，語其實，則士與農不相接，工與商不相洽，各行其是，甚或水火，蓋國內之階層隔絕，人各一心也久矣。子厚憂之，因堅豎其義曰：「士實蕩蕩，農實董董，工實蒙蒙，賈實融融，左右惟一，出入惟同。」蕩蕩董董，蒙蒙融融，此特表著彼此守分成事、心氣和平之狀，無甚要誼，而其最爲吃緊，意義絲毫移動不得者，在下二語：左右惟一者何？謂四族中隨時隨地，任取兩族而左右配置之，號曰聯盟，號曰互助，或號曰合作，均無不可，而必須本質如出一笵，思想共趨一的，比如幾何中之等邊三角，任置甲乙二點，必須走集於頂點而成形。出入惟同者何？謂任何一族，時或致力於國家，有形成吃重之處，其餘三族，必相與質劑而共赴焉，不許有畸輕畸重、秦越肥瘠之弊。由前之說，是四族之靜象，由後之說，是四族之動象。動靜一遵主義而行，利害既泯，舉國一致。全民雖衆，幅員雖廣，務使發一令而如響斯應，牽一髮而全身皆動，一洗自昔勞心勞力、兩

兩離立之謬見，政出多門，民皆癱瘓之弊習，此其二。

自生民以來，中國一治一亂，循環無已，不論何代？開國以後，遲或百年，少則數載，政治必趨腐朽，積漸以至於亡。其所以然，乃在不解防微杜漸之術，此固不廑中國然也。卽如蘇聯，十月革命不到五十年，國勢竟向修正主義奔去，而無法阻止，子厚之防杜要義，固無往而不宜也，此其三。

子厚平生所志，不引天以爲高，不立異以爲神，淫巫瞽史之言，無自敪於其胸。於莊子取「自然」一語，以爲準繩，一切從客觀量物，而不主天與人有何交接，適與近代初步質素之唯物主義相合，此其四。

文人宗經，子厚亦宗經，但子厚宗經，而不主故常；文人宗聖，子厚亦宗聖，但子厚宗聖，必以合乎世用爲彀。子厚熟精班書，從漢儒掇拾「大中」一義，守而不渝，於是子厚雖榮古，而從不虐今，必使古爲今用，凡無當於今者，古亦在所必棄。與韓退之之流，宗經而徇於經，宗聖而徇於聖，榮古而並徇於古，一成不變，削今之足而適於古之屨者，大異其趣，此其五。

子厚之尤異者，在主張民爲至上，凡事之病於民，或與民無涉者，皆當毀棄。如季漢之自絕於民也久，寧以正統與曹而不與漢，禮樂非爲民設，人卽詆其以禮樂爲虛器而不之恤。此視韓退之原道：「民不出粟米麻絲、作器皿、通貨財以事其上則

誅」，直與民賊無異，此其六。

又子厚服於理道，不拘夷夏之分，如人而夷也，有才亦必用，姜公輔、廖有方其例；理而夷也，可從亦必採，浩初上人説佛與易論語合其例。此視韓退之攻佛骨，而曰夷也夷也，己又陰與僧徒往來者，直一錢不値，此其七。

從來文人撰述，七體一類文字，大都先之以鋪張，而結穴於儆戒，所儆戒者維何？亦約略可以一儉字括之，惟子厚之晉問亦然。意謂國家不能保存儉樸、或勤儉氣象，將風紀必亂，悖逆萌生，國勢且由盛而弱，由弱而亡，故爲防杜起見，不禁景仰唐魏之小國遺風，以爲保泰持盈、遵分進善之計，此其八。

具此八長，子厚卽以當日養之有素之思想尺度，假如親見一九四九年之政權，必當無鑿枘不相容之慮，何況自唐至今，亙一千年，此中政俗之錯綜變化，猶得奉爲殷鑑，由調劑而得依皈者，決不在少乎？嘗謂歷代政府之所用力，大抵不外斬截荆棘，排除障礙，而從無爲民打算、從容創制之一日，如順宗實錄所紀犖犖善政，人心大悅，然皆負面而無一正面，可以概見。又所謂荆棘障礙，無慮政府自身之所釀造，非先天之所固有，甚至一旦斬截不了，排除不動，從此禍害加劇，非至亡國滅種不止，此有唐之卒亡於閹宦與藩鎭，尤爲明效大驗。蠢蠢二千年來，兵戎不斷，澄清無日，職是之由。一九四九年到來，人民政權，以其堅強無對之力，能將歷史遺留各

種或暗或明之蔽害，斬釘截鐵，剷除淨盡。凡若而女謁，若而閹宦，固已本來無有，至若而方鎮，若而黨爭，若而幫會，若而邊患，若而盜賊，若而貪污淫賭、游手惰壞，久在全國範圍，繼長而增高者，舉一概掃除乾淨，不使得有一隙存留，然後天下始定於一。

夫「天下烏乎定？定於一」，論創於孟子，顧自孟子經二千年以來，除唐初略得其髣髴，如曾子固所言外，而迄無一代，能比今日之達到標準，而愜心貴當者，固有目之所共見。吾敢斷言：今日之中國形勢，以至清至明之政府，行不屈不撓之紀綱，外侮不敢來，變亂無由生，賄賂不得行，風紀不致亂，自上達下，如身使臂，如臂使指，以至下令如流水，無遠勿居，於是舉國矢勤守儉，孳孳仡仡，以從事於建設，績效之生，遂乃日新月異而歲不同，此眞陸賈所謂自天地剖判，未始有也。夫社會基礎如此堅定，從而政權期於不壞，而亦不可能壞，節節設防，層層杜漸，一日如百年，復百年如一日，因知吾邸一九四九年劃斷史期，以二千年對十五年，挈短量長，了無不稱。於斯時也，士大夫如柳子厚其人，插足其間，吾知曩與蕭俛書謂：「道之行，物得其利，身被之，目覩之足矣，何必攘臂用力，矜自我出？」以今比昔，愈益有然，而執政者得此開通士流，亦自樂於聆取緒論，相與印合。獨國家遇大改革，如今日之廣闊邊幅，不能有百正而無一負，此子厚知之，執政者亦知之，蓋矯枉過正云者，以枉多、

往往非過正即無從得矯也。斯時子厚挾其八長，參與政治討論，容或語言乖悟，遭致詿誤，於是子厚謫永十年，猶且日盼唐德之興，己作太平耕甿，與其榮樂，此則將更歡愉順受，自懺追迎，皎焉可知。由此看來，子厚生於今日，定在士者行列，以己力協助隆平，進退惟遇，毫無缺望，社會亦決不覺多此一人，致生齟齬，理有固然，無可疑者。

攝儀以引以遵以肆解

子厚之睎民詩，有曰：「攝儀以引，以遵以肆，其風旣流，品物載休。」就中攝儀二字，應先解釋明白，始能瞭然於全部意義。尋詩大雅：「朋友攸攝，攝以威儀」，此攝儀字所自始，初義詁攝爲收斂，疏謂「相攝斂而佐助以威儀」是也。引而申之，凡對物有取，皆可曰攝，一切圖形，皆可曰儀。於是攝儀云者，如照相號曰攝影之例，凡於品物圖案，有所仿效，自亦可曰攝儀。

此之攝儀，若賦予今日之新義，得分精神物質兩面言之。如個人之形象，有曰劉胡蘭，有曰王杰，有曰焦裕祿等等，接搆之形像，有曰大慶，有曰大寨種種，凡此統屬精神一面。人民於此得所啓發，因取此形像以爲的彀，是則是效，蔚成風俗，社會於焉進化，其力殆不可限量。

以物質言，有蔡祖泉之例在。蔡祖泉者，一平平常常玻璃徒工也，憑極薄弱之眞空技術，以爲基礎，一方從書本上覓取張本，一方從實踐上尋求進步。於是以外國臥式玻璃眞空油擴散泵爲藍圖，一躍而製成中型直式同一油擴散泵，結構簡單，使用方便，抽速大大提高。其他如長弧氙燈、及各種電光源之試製成功，大率類是。

又有唐應試之例在。唐應試者，江南造船廠工人工程師也，手握三十一年電焊龍頭，竟以羣策羣力，用電渣焊製成我國第一台一萬二千噸水壓機，而聲震世界。一九六五年七月，巴黎舉行國際焊接學會第十八屆年會，應試代表國家出席。全會共提論文三篇，英倫日本及中國各一，英倫解答質問五六起，勉強通過，日本以質問多，竟通不過。馴至我國，主席宣稱此一論文，論述清楚，內容完整，數據圖片，都極豐富，卒致問難寢聲，安然放過，全場鼓掌如雷。

右二例者皆攝儀業績上之正面表現，以言負面，亦自可得而言。

乾隆二三十年間，英倫進自鳴鐘二座，大者寬廣均二丈，次亦一丈五。弘曆安置圓明園，大者洋人竭一月之力，次者二十日乃就，然爲此一事，弘曆特命沿海督撫籌辦海防，諭旨前後凡二十餘道，此一事也。咸豐十一年，老湘營困於安慶，有人自廣東購寄千里鏡一架，在樓上試驗，果爲精絕。其主帥在日記上爲之言曰：「凡銅鐵樹木等，一經洋人琢磨成器，遂爾精耀奪目，因思天下之物，加倍磨治，皆能變換本

質，别生精彩。何況人之於學？但能日新又新，百倍其功，何患不變化氣質？余志學有年，而因循悠忽，依然故我，爲之悚惕無已。」此皎皎第二事，並第一事綜合以觀，雖以滿洲君臣、如弘曆，如老湘營，皆號稱發憤圖強，其一時有所感觸，於國家開物成務之道，亦未始懵然無所夢見，悚惕云云，並未必心勞作僞。顧其後吾國海軍，以李鴻章專責建造二十年，廑得供大東溝一炬之用。而自戊戌維新，以至公曆一九四八年蔣介石喪亡，數十載之張皇新學，絶未聞琢磨出任何有益世用之竹頭木屑。由此可見：在一九四九年以前，中國非無蔡祖泉、唐應試其人，足以大制作而前民用。無奈爾時政寖腐朽，人趨頽廢，駸駸醖釀到不成五個人團體，不足五分鐘熱度，以至全民指金飯碗而乞食，不恤指時日而願偕亡。嗚呼噫嘻！革命時義之大，與柳子厚攝儀遵肆旨趣之豐且正，而待革命相輔而行，始得按部就班以底於成，凡此皆不待講明，而自然如量章顯也已。

以遵以肆者何？以吾所知，國家有領導中心，全國環之而走，如衆星之拱北斗曰遵。肆讀若肄，肄者、肄習之謂，民生在勤，如鳥之數飛曰肆。全民恪守此兩條規律，一切從實踐中得出結論，由是「士實蕩蕩，農實董董，工實蒙蒙，賈實融融，左右惟一，出入惟同」，若而太平盛治以成，子厚睎民一詩之功德圓滿，毫無遺憾。

子厚爲梓人傳，稱其「畫宫於堵，盈尺而曲盡其制，計其毫釐而構大厦，無進退

焉。」以此推之，卽知子厚平生計事，動有精密圖案，先事形成。其規模廑存腹中，抑指畫肚上，又或畫作藍圖，張諸牆仞，此視事之繁簡緩急爲衡，殊未一定。此外子厚帥柳州，作江國圖，提封井井，都歸擘畫，時値中唐，尤爲體國經野之鴻大創舉。職是之故，子厚爲子孫萬代計，杜漸防微，條舉件繫，劃出一綱舉目張、永垂不朽之治平策略。中間攝儀以引、以遵以肆二語，吾因解釋爲策遣全國聰明才力，納諸軌物之休明圖象，並認爲不刊之至論，以至人民政權成立，所爲翘材應事，無不一一體合如左，宏識君子，庶幾覽諸。

眎民

一

近嘗校閲杜牧文集，至盧摶除盧州刺史制，得如下數語：

上有命則違之，上有好則效之，此乃成王命君陳之言也，故行令不如行化，律人不如律身，念茲二者，可長人矣。

上命可違，吾意大詫，頗疑違字乃達字形近而訛，竟欲用筆點竄。繼思尙書爲吾童年背誦之籍，辭意突兀，胡篤老而健忘如是，則尋周書驗之，其辭曰：「違上所命，從厥所好」，吾因駭詫愈甚。又讀孔安國傳曰：

人之於上，不從其令，從其所好，故人主不可不愼所好。

吾再四尋繹，而知孔傳之誤，在斷章取義，謬將文中所用厥字，犯錯認主名之病。蓋厥、其也，乃代名詞，所代可能是上文貼近之上字，亦可能是距離稍遠之民字。此種代名詞，雖以牒近而不牒遠爲通則，惟依義考之，時亦或以跨步遙代爲得宜。查前文曰：「惟民生厚，因物有遷」，吾意孔傳釋此亦有誤。傳曰：

言人自然之性敦厚，因所見所習之物有遷變之道，故必愼所以示之。

此將民生解作人類自然之性，吾意未然。此言民生厚者，正與正德利用厚生之義同，惟以此故，其下因物有遷之遷，亦正與貿遷有無化居之義同。約而言之，此祇有涉於民間飲食服御之常，而與人之自然性無關，惟其然也，此前後四句，宜一氣通讀，而不可截斷，因而第四句之厥字，應不代第三句之上，而代第一句之民。謂民間厚生之事，與物之貿遷有無，密密相聯，上若於庸調賦稅等政，隨所好而變更，將不至誤國誤民不止，故親民之官，不可不有正誼剛氣以抵禦之。後唐莊宗朝、吏部尙書李琪上疏曰：

古者量入以爲出，計農而發兵，故雖有水旱之災，而無匱乏之憂。近代稅農以養兵，未有農富給而兵不足，農損瘠而兵豐飽者也，今縱未能蠲省租稅，苟除折納紐配之法，農亦可以少休矣。

語見資治通鑑，胡注：「折納、謂抑民使折估而納其所無，紐配、謂紐數而科配之也。」取證今義，折納紐配之法，皆上所强制而倒施，同時爲下民深惡而痛絶，李琪所謂蠲法以休農，卽不啻上違君命，而下從民好，書義之正確解釋應如此，杜制緣孔傳而誤，應須矯正。

質而言之，書義乃軒民而輕君，謂民命所需，不可因君之好惡，而時有變置。成王以此旨提示君陳，方是爲君正直之道，子厚所爲眎民之誼，亦正指此，若貿貿焉祇曰違上所命，從上所好，自非暴君不爲此言。

孟子曰：「民爲貴，社稷次之，君爲輕」，魯論曰：「爲君難，爲臣不易」，孟子又引書曰：「天視自我民視，天聽自我民聽」，又禮記曰：「民之所好好之，民之所惡惡之」，又曰：「堯舜帥天下以仁，而民從之，桀紂帥天下以暴，而民從之，其所令反其所好，而民不從。」子厚綜此數義，制成眎民詩一章，其道大通，直貫今之社會主義建設而無違牾，安得以孔傳之誤解，杜牧之誤筆，而使渾殺其大中公器之所存哉？又況令與好相與印合之義，書與禮適相背謬，中國將安所用其聖經賢傳也哉？

宋王安石之變法，直把定「法先王之意而不法其政」一語，大刀闊斧而爲之，蘇軾抗議，亦認定「人往往從君之意而不從其令。」兩賢相扼，所用之器惟鈞，亦以見朝廷好惡之關連於政治，有嚮答景從之捷，並生毫釐千里之差。顧孔傳之率爾是言爾

爾，此律於國，可曰亂國，繩之君，不啻暴君。夫成康之治，號稱三代盛時，書曰：「予臨兆民，若朽索之馭六馬」，誠如右言，周其將何以馭此馬以臻絶頂，直百思不得其解已。

軾又曰：「漢之文景，紀無可書之事，唐之房杜，傳無可載之功，而天下之言治者與文景，言賢者與房杜，蓋事已立而迹不見，功已成而人不知，故曰：善用兵者，無赫赫之功，豈惟用兵？事莫不然。」軾言賢與房杜，與子厚等，惟功成事立，廑足以保現在，必杜漸防微，始足以保將來，此子厚獨規其大，與自來言治者不甚相同，何以故？以子厚之所睎惟民，而不見其他故，因附紀之以終吾篇。

二

董仲舒春秋繁露曰：「民之號，取之瞑也」，尋說文：「瞑，翕目也」，又汲冢周書：「師曠曰：請使瞑臣往與之言」，注：「無目故稱瞑。」姑無論曰翕目抑或無目，而要以不善視詁民，此種聲音通假之法，施之訓詁，在文字學上，或不可能謚爲無用。獨聖帝明王所爲體國經野，而遽以文章游戲之道，使之俯就繩尺，縱謂爲巨謬極盭，亦不爲過。爲問董生非亦一民乎？民旣無目，或有目翕而不用，則所謂深察名號，果如之何而察得者？如此自語相違，粲然明白，董生大儒，將如何從而爲之辭？

若夫子厚則不然。子厚惟民至上，睎民詩第一句曰：「帝睎民情」，旋又曰：「帝

懷民瞑」，此帝有瞑，民亦有瞑。夫瞑必以目，則帝有目，民亦有目，號曰瞑民，即不啻曰有目之民，子厚與董仲舒所見之深相剌謬乃爾。

瞑民詩曰：「迺播與食，迺器與用，迺貨與通，有作有遷，無遷無作」，是民無目則已，有則張目所見，非播食卽器用，非器用卽貨通，非貨通卽遷作。民之小而日用飲食所關，大而家國安危所繫，大抵不越以上數者。倘此數者而與民意有違，則國家之征賦必亂，將立卽發生君民衝突問題，而韓退之誅民不出粟米麻絲之論以起。顧子厚持論，於此適爾相背。蓋惟民所好，爲子厚堅執不移之大義，民可以反君，君決不許反民，何以故？君之所自受命，不於天而於民故。於是在子厚所用之詞彙中，天目民目，所視惟一，凡反民者，罪且浮於反天。涉想所及，理每趨重於同一焦點，於是主民可使由不可使知之孔丘，以逮主民之號取之瞑之董仲舒，及夫主誅民不出粟米麻絲之韓愈等等，同緣相接，同嗜相憐，而皆子厚單人匹馬之所痛擊。特爲形勢束縛，無能暢其所欲言，吾乃爲明順逆之分，通辭貌之障，逕情以直達焉，雖不中，決不遠。何以故？革命所之，軌迹不異，凡經過一九四九年之大革命而信者，將徵之於古，至少古之陰暗面，而無不驗故。從又一面驗之於今，以及去今或近或遠之未來，無論今與未來之陰暗面也，甚至折而極之陽顯面，而表裏下上，均將無往而不合故。更一言以蔽之，「其或繼周者，雖百世可知」故。

大中一

子厚篤信大中之道，其源出於春秋，爲陸淳先生所講授，吾已屢有記述。至隋末王通鼓吹中說，謚曰文中子，此是否與子厚見地有關？殊苦無從證明。獨劉夢得集中、有宣歙池觀察使贈左散騎常侍王公神道碑云：

常侍諱質、字華卿，始得姓。……十有一代名傑，仕元魏爲幷州刺史。……幷州六代孫名通、字仲淹，……能明王道，隱居白牛谿，游其門皆天下俊傑，著書行世，既歿，謚曰文中子。……始文中先生有重名於隋末，其弟勣、亦以有道顯於國初，自號東皋子，文章高逸，傳乎人間，議者謂兄以大中立言，弟游方外遂性，二百年間，君子稱之，雖四夷亦聞其名字。……銘曰：隋有文中，紹斆微言，當時偉人，咸出其門。粹氣紆餘，鍾於後昆，常侍恂恂，文中來孫。……

夢得此文，當然本之王氏行狀，辭涉諂諛，未足據爲典要。王讜唐語林德行門亦載：

文中子隋末隱於白牛谿，著王氏六經，北面受學者皆當時偉人，國初多居佐命之列，自貞觀後三百年間，號稱至治，而王氏六經卒不傳。至元和初，劉禹錫撰宣州觀察使王贇〔按劉集作質。〕碑，盛稱文中子能昭明王道，以大中立言，游其門者

皆天下俊傑，自餘士大夫擬議及史册，未有言文中子者。王讜爲北宋末人物，是王通六七百年間，聲名闃然，吾因無從發見子厚與王通中説之連誼。

語林此條，顯採自夢得墓碑，其他無言文中子者。

二

柳文立大中爲準繩，萬變不離其宗，約略計之，觸目如次：

一、立大中，去大惑，舍是而曰聖人之道，吾未信也。〔時令論下。〕

二、旁羅列以交貫兮，求大中之所宜。〔懲咎賦。按旁者徧也，兩字皆重脣，音義相通。〕

三、配大中以爲偶兮，諒天命之謂何？〔同上。按子厚自怨家無主婦，因戲言配大中爲偶，一噱噱也，而悲慘之極。〕

四、近世之言理道者衆矣，率由大中而出者咸無焉。〔與吕温論非國語書。〕

五、要歸之大中而已。〔桐葉封弟辯。〕

六、舉疵禮，修墜典，合於大中者衆焉。〔陳京行狀。〕

七、明章大中，發露公器。〔陸文通墓表。按此八字，最爲子厚鄭重説出大中之語，蓋大中之説，本之春秋，其義受自陸淳，與經權之理有關。〕

八、立大中者不尚異。〔與吕恭書。〕

九、而矯於墓者，大中之罪人也。〔同上。〕

十、兄通春秋，取聖人大中之法以爲理。〔答元饒州論政理書。〕

十一、苟守先聖之道，由大中以出。〔答周君巢書。〕

或單言中，如下例：

一、謹守而中兮，與時偕行。〔懲咎賦。按而、汝也，作命令自己聲口。〕

二、執中而俟命兮，固仁聖之善謀。〔佩韋賦。〕

三、本正生和，探厥中兮。〔同上。〕

四、故乃挽引強爲小書，以志乎中之所得焉。〔與呂温論非國語書。〕

五、非以撫孟子，蓋求諸中而表乎世焉爾。〔同上。〕

六、隳聖圖壽，離中就異。〔東明張先生墓誌。〕

七、得其中者漢氏。〔柳宗直西漢文類序。〕

八、行且求中以益己。〔答嚴厚輿論師道書。〕

九、辯而歸乎中。〔哭張後餘辭。〕

十、若慎守其常，確執厥中，固其所矣。〔上權德輿温卷啓。——此十八歲少作。〕

十一、寬猛之適，克合於中。〔鄧君墓誌銘。〕

十二、聖人能求諸中，以厲乎己，久則安樂之矣。〔與楊誨之疏解車義第二書。〕

或言中道，如下例：

一、凡化人立中道而教之權。〔南嶽彌陀和尚碑。按稍變通言之曰中道，其所以中道能立者，必通權達變然後可，故曰教之權，儒佛有合，此爲樞紐。〕

二、班固不檢下，崔浩沽其直以鬥暴虜，皆非中道。〔與韓愈論史官書。〕

三、退之之恐，惟在不直，不守中道。〔同上。〕

四、以告遊乎中道者焉。〔答吴武陵論非國語書。〕

五、己不信於世，而後知慕中道。〔與楊誨之疏解車義第二書。〕

六、課生徒之進退，必酌於中道。〔四門助教廳壁記。〕

七、中道之行，大都舍是又奚師歟？〔答嚴厚輿論師道書。〕

或用駢儷語，如中庸：

一、吾自得友君子，而後知中庸之門戶階室。〔與吕温論非國語書。〕

二、是不得由中庸以入堯舜之道。〔非國語序。〕

三、洎乎獲友君子，乃知適於中庸。〔祭吕温文。按此説明同事陸文通，討論有得之證。〕

又如中正：

一、故思欲盡其瑕纇，以别白中正。〔與吕温論非國語書。〕

二、不得中正而復，其言亂也。〔非國語：荀息。〕

三、夫忠之爲言中也，貞之爲言正也。〔同上。按此將中正兩字分而釋之。〕

抑或別加狀物詞如時中：

一、夫剛柔者無常位，皆宜存乎中。有召焉者在外，則出應之，應之咸宜，謂之時中。〔與楊誨之書。〕

二、聖人所貴乎中者，能時其時也。〔同上。〕

三、時中之奧，希聖爲徒。〔呂君誄。按此本「君子而時中」，亦中之奧義也。〕

尋子厚行文，標舉中義以爲的彀，蓋自十八歲鄉外温卷時起，中更禍亂，連遭貶斥，益見中義之無可與易。凡生平謗議之叢積而來，大抵己之執持不得中道所致，於是晚遘陸淳，求於春秋以通其誼，並與朋遊訾議國語，期發見「宜當」以爲執守，而子厚精力亦止乎是，與世辭矣。由是子厚執守一義，畢生不懈，事變之來，義有擴展而無動搖，蔚成學者無上美德，所謂願掃於陸先生之門者，亦會逢其適之偶然事態耳，非師承也。彼其一生堅守之大義曰中，至年代相近、名號適同之文中子，是否與子厚學行有關？集中竟無片語及之，以致河汾問曾否有此聖蹟？成爲疑問，嘻！偉已。

吾嘗疑子厚揭櫫大中，是否與班書有連？蓋如谷永待詔公車對曰：「明王在位，正五事，建大中，以承天心。」師古曰：「五事、貌言視聽思也，大中卽皇極，解在五行

志。」谷永又曰：「五事失於躬，大中之道不立，則咎徵降而六極至。」六極者、一曰凶短折，二曰疾，三曰憂，四曰貧，五曰惡，六曰弱。哀帝紀、孔光對曰：「大中之道不立，則咎徵薦臻，六極屢降，皇之不極，是爲大中不立。」由是谷孔等言大中，義關休咎，效涉凶短折，雖不引神，難免推天。子厚則洗伐淨盡，一意以明章大中、發露公器爲期，所謂公器、當然與皇極不同一物。

三

子厚與韓退之論史官，屢以中道爲言：

班固不檢下，崔浩沽其直以鬥暴虜，皆非中道。

是退之宜守中道，不忘其直。

退之之恐，唯在不直，不守中道。

或問子厚以守中道責退之，彼攖永貞之變，身謫萬里，廢爲孤囚，此是否合乎中道？曰：守中道並不必能免刑禍，且亦無意以倖免刑禍爲期，故子厚書中申之曰：「退之以爲紀錄者有刑禍，避不肯就，尤非也」，繼之曰：「刑禍非所恐。」至班固、崔浩，以非中道而得刑禍，所得同而所以得者非一，固不可一概而論，由此而子厚之自處可知矣。寄許孟容書云：「宗元早歲與負罪者親善，……懃懃勉勵，唯以中正信義爲志，以興堯舜孔子之道利安元元爲務，不知愚陋不可力彊，其素意如此也。」夫中正者、

卽中道也，此在與呂温論非國語書中，已確切詁之，子厚自命守中正而行乎患難，毫無疑義。

子厚以「當」與大中爲同義語，斷刑論中已明之。他如：

見聖人褒貶予奪，唯當之所在。〔答元饒州論春秋。〕

出焉則內外若一，而時動以取其宜當。〔與周君巢書。〕

宜當字，柳韓同用之，退之別竇司直詩云：「吁嗟苦駑緩，但懼失宜當」，此殆當時文壇通用，出口便明。漢書賈誼傳：「誼以爲漢與二十餘年，天下和洽，宜當改正朔，易服色制度，定官名，興禮樂」，韓柳用語，殆同出於此。

子厚答元饒州論政理書：「宣英達識多聞，而習於事，宜當賢者類舉。」此事字句絕，宜屬下，俗學句讀多誤，蓋不解宜當字之用。

宜當、駢語，宜亦當也，與周君巢書中又言：

苟守先聖之道，由大中以出。

先聖之道、卽堯舜孔子之道，由大中以出，所得者當，抑或宜當，術語互用，義通爲一。

與楊誨之書云：

夫剛柔無常位，皆宜存乎中，有召焉者在外，則出應之，應之咸宜，謂之時中。

右數語、子厚自作中之解釋，尤爲通徹。宜者、存乎中而應乎外，因獲時中之名，蓋

中而中爾，固無時而不然也。

其他：

以告遊夫中道者焉。〔答吳武陵論非國語書。〕

立大中者不尚異。〔與呂恭書。〕

己不信於世，而後知慕中道。〔與楊誨之書。〕

行且求中以益己。〔答嚴厚輿論師道書。〕

凡此皆言中與大中之汎例。

劉夢得因改文卷，與太牢成隙，後戒其子咸久、承雍曰：「吾成人之志，豈料爲非，汝輩進修，守中爲上」，此守中字，當由子厚渲染而來。

四

吳南屏書文中子中說後云：

世多疑文中子王通之書，以爲隋書無通傳，而其門人皆唐初將相大臣，不應其師之聖賢如是，而沒之使不彰顯於時，則疑其書之僞作，而其人亦若未可知者，然後之言道學者獨多其書，乃謂孟子而後，莫之能及。余取而讀之，是二說者則皆有焉，然則其人與其書，如之何而定之？余試爲之說曰：王通、隋季之賢士也，其天資學力，固迥然出於魏晉六代之人，而有志乎聖人之道，其智足以及之，遽而

不能忍，故未老而著書。其所爲續詩書，作玄經，雖未究極乎道，要不可謂妄作者。其中説則通擬象論語之書，通死，其家人與門徒，蓋高通之所爲，欲有以重其書者，乃取當世賢士大夫所嘗聞慕相及，皆附著之門人，以侈通之學之傳之顯，而通之道得以益尊，此其所以更見疑於後世也與！余獨謂通之致疑，通誠有責焉耳。通之著書也，皆彷佛孔子之所爲，豈不曰我孔子之後一人哉？然通之死，年纔三十餘耳，其著書固已早矣，以孔子之聖，而曰三十而立，計其時未敢有所爲也，至老而不遇，乃退而有删定之事，孔子且然，況通也哉？通豈逆知年之不永，身之不顯，而欲以其言也存其道耶？聖人之道，非言之存也，道固存焉，通果有道耶？如通之所爲，蓋孔子之所愼重，不敢以易言者，則通且賢於孔子耶？通既已如此矣，又何怪傳其書者，爭附會之以尊其名，使後之論者疑其事之多虛，而甚且意通之或無是人也，其有以取之矣。嗚呼！古之聖人，先行後言，有以也哉！揚雄、文章才智之士耳，一旦默思深悟，僅乃及之，遂敢竊擬聖經，比於吳楚僭王之罪，通之書亦雄之類與！若二子者，不妄擬於聖人，而各盡其才，以修明孔子之道者，其爲賢豈少也哉？

南屏此文，氣甚平而意則狡。何以言之？夫南屏斷定通爲隋季賢士，有志聖人之道，智足以及，果何所據乎？一言蔽之：亦據早年不應著而著之書耳。設令通及壯

而老，能盡其才，以修明孔子之道，諒其績效，將亦不出南屏所作評語之上，而南屏曰：通三十而著書，孔子所不爲也，取當世賢士大夫，皆附著之門籍以自侈，跡尤謬也。如南屏言，則通亦無所遺留以自見於後世已耳，南屏將何所憑以別通於魏晉六代之人乎？南屏此試爲之說，適對其人與其書疑問重重，無法論定，吾讀南屏文後所見如此。而吾於通尤致疑者，柳子厚生年，去通不遠，所標榜之理道曰大中，與通適同，而集中竟無一字涉及於通，則通之有無其人？與其書是否當時現身說法？無須他證，證此已足。

慘或在腹已如色聲解

子厚眎民詩開筆卽云：「帝眎民情，匪幽匪明，慘或在腹，已如色聲」，此言防微杜漸，宜在禍亂醞釀之先，否則時機一失，措手不及，百分百之焦頭爛額，固不如及時之曲突徙薪一二也。

偶閱李小湖〔聯琇〕集，載有清嘉慶時之童謠云：「賊來兵不在，兵到賊没踪，可憐兵與賊，何日得相逢？」此赫然慘在腹中之色與聲，細味其語，慘痛曷極？固不論慘痛者之爲忠於滿清，抑或志在革命排滿也。依此謠看來，滿清政治，初壞於乾隆末期之腐敗，而加劇於嘉慶一朝之顢頇，其時林清之變，已經暴發，禍起蕭牆，而清廷

罔覺，因而民間發爲兵民何日得相逢之色聲。

又見惲子居爲張皋文誌墓稱：皋文鄉試中式，大興朱珪主考，顧皋文政見，與珪不合，「斷斷以善相諍不敢隱。」珪言「當以寬大得民，皋文言國家承平百餘年，至仁涵育，遠出漢唐宋之上，吏民習於寬大，故奸孽萌芽其間，宜大伸罰以肅海内之政。」此皋文在嘉慶朝，已經見到國家防閑無方，大亂萌芽其間，與李小湖所引童謠，適相吻合。倘洪楊之徒見機，金田之役，可能早起三十年；反之，倘道光朝廣西大吏，不如梁章鉅鄭祖琛之吟詩拜佛，形同聾瞶，則金田諸帥所爲篝火狐鳴之術，又可能遲三十年而始發露。凡此皆足證瞯民之極詣，「慘或在腹，已如色聲」此種無色之色，將何從而見之？無聲之聲，將何從而聽之？此誠吾人今日所當取則於古訓，探源於今敵，而戒愼恐懼，悉心討究者已。

嘗謂人生有目，如事不經目治而得見，而目不可勝用矣；人生有耳，如事不經耳治而得聞，而耳不可勝用矣。於是仲尼閒居，與弟子言五至，謂志氣塞乎天地，明目而視之，不可得而見，傾耳而聽之，亦不可得而聞。㊀以此坊民，在子厚言之，曰房曰杜，而民之慘或在腹，已如色聲，色通自明之目而先得見，聲通自傾之耳而先得聞，則林清之亂，將不起於集靈囿，洪楊之師，將不興於金田。反之、又或林清早變爲金

㊀ 語出禮記孔子閒居。

田，金田早變爲辛亥，因而國家願治，大可先百年而得治，國家已亂，容或後百年而始亂，善人爲邦，勝殘去殺，夫是之謂眎民。「帝眎民情，匪幽匪明」，此非幽而不聞不見，亦非明而共聞共見，夫是之謂眎民。

咸豐間，清軍統帥胡林翼觀兵於皖公山側，忽見江流中兩小輪連艫上駛，疾如飛霆，不覺大驚失色，暗謂內憂不足平，而中國將來之隱患，卻在此不在彼。又咸豐十一年十月初三日，英國兵船頭目、署水師提督葛肋西，來見別一湘帥，稱該國商船，自漢口赴上海，至安慶被扣，請卽發還。僞帥拒絕，派李鴻章查明交還，並批數語於後曰：「縱横中原，無以禦之，爲之憂悸。」此與胡林翼同一心理，時林翼剛歿不久，〔林翼以是年八月卒於軍。〕可能生時兩人曾核計過此一隱憂。顧向後十餘年，而至同治癸酉六月，年未及冠之清帝載淳，親臨紫光閣受「外夷」覲禮，時以國書至者，號稱有五國之「陪臣」，禮成，俱悚惕不敢仰視，恭王奕訢在場，至以北諺「草雞毛」，訕笑法使，狀至抗傲。此愛新覺羅君臣，對同一外來事件，而有一憂一慢、絶對不同之看法，不意人之度量相越，至於如此。易詞言之：胡等之慘在腹，而淳訢見色如不見，聞聲如不聞，中國近百餘年來，外患之繼內亂而起，險象環生，形形色色，見仁見智，各各不同。洎至公曆一九四九年，國有眞先知、眞先覺出，而人民政權成長，始將內外變亂之兩種根芽，芟夷淨盡。聿懷慘毒，遺恨終存，讀子厚眎民一章，猶不禁

慄慄危懼，期吾國人崇仰眞先知、眞先覺，而勿驕勿矜，奮力前邁，並殷鑒夏后以警往，智效乾鵲以知來云。

子厚之春秋學

子厚於三傳獨不信左氏，蓋以其推天引神而惡之，質之子厚爲學本質，理固然也。顧子厚爲故襄陽丞趙君誌，非徵文仿左氏，而其神卜者秦誗之説，來葩者曹信之助，命意幾與左氏全無差異，吾幾不信子厚能有此一作法，姑不具論。除左氏外，子厚於公穀二傳皆特嗜，然特嗜者嗜其文，而不涉及義，以言義也，則子厚願掃於陸先生之門，而唯文通之説是從，凡子厚之治春秋，大較如此而已。

陸淳者，與趙匡相從而受學於啖助，質言之：子厚之學卽啖助之學。新書儒學傳贊曰：

春秋詩易書，由孔子時師弟子相傳，歷暴秦不斷如系。至漢興，剗挾書令，則儒者肆然講授，經典寖興。左氏與孔子同時，以魯史附春秋作傳，而公羊高、穀梁赤，皆出子夏門人，三家言經，各有回舛，然猶悉本之聖人，其得與失蓋十五，義或繆誤，先儒畏聖人，不敢輒改也。啖助在唐名治春秋，摭訕三家，不本所承，自用名學，憑私臆決，尊之曰孔子意也，趙陸從而唱之，遂顯於時。嗚呼！孔子没乃數

千年，助所推著，果其意乎？其未可必也。以未可必而必之，則固，持一己之固而倡茲世，則誣，誣與固君子所不取，助果謂可乎？徒令後生穿鑿詭辨，詬前人，捨成就，而自爲紛紛，助所階已。

由右看來，啖助之治春秋，在摭訕三家，不本所承，自用名學，憑私臆決，其卒也，不免穿鑿詭辨，自爲紛紛，於是助之所爲，陸淳不能不分任其責，進而淳所負責，子厚亦相與共承焉。

嘗論漢人治春秋，大抵各專一經，自名絶學，以至左氏不立學官，劉歆詒書太常，齗齗以爭。至唐則如啖趙陸柳諸家，乃通三傳而合治之，風尚所趨，逶迤至於清末，而皮鹿門，而鄭東父，黨同門，妒道眞之弊以終。

鄭東父者，名杲，山東卽墨人，光緒五年，鄉舉第一，明年成進士，晚主講濼源書院，湖南何紹基舊撰杖都講所也。講學宗旨，馬其昶通伯嘗爲立傳以明之：

君之學，自經訓史傳，朝章國故，以逮百家衆說，無所不涉，而獨耽於經，於經無所不致其力，而尤莫篤於春秋。君之言曰：古者入學，祭先聖先師，先聖作經，先師述之爲傳，今欲明聖人之經，必自篤信先師之傳始。如易有十翼，春秋有三傳，禮有記，有喪服傳，有周官禮，詩有序傳，書亦有序大傳，又有孝經論語孟子爾雅，爲五經之總傳，苟據此以求聖人之意，十可七八得。自唐後儒者多不信古傳，

而自立新説，經之難明，固無惑焉。其説春秋也，三傳錯出，必求其通，以謂左氏明魯史舊章，二傳則孔子推廣新意，口授傳指。公羊明魯道者也，穀梁明王道者也，左氏則備載當時行用之道，當時行用之道，霸道也。所以必明魯道者，爲人子孫，道在法其祖也，穀梁則損益四代之趣咸在焉，惟聖人崛起在帝位者乃能用之也。其爲説兼綜三傳，若瓜蔓然，牽引連亙，不相違害，而尤兢兢於事天事君與親之辨。謂春秋首致謹於元年正月，正月者、正卽位也，人知卽位之爲君道，而不知其爲子道也。雖無事必舉正月，謹始也，必能爲父之子，而後能爲天之子矣。春秋之有三正，由其有天君父之三命也，春者天也，王者君也，正月者父也。將以備責三正，而單舉正月何也？事天事君，皆以事親爲始也。

三傳合治以求其通，乃知公羊明魯道，穀梁明王道，左氏明霸道，東父於此用力最勤，手稿盈尺，書成未及刊行，年四十九積勞以沒。稿近爲吾所得，願假數年之力，將由子厚及有唐諸賢，以逮清末皮鄭諸家，合攻三傳之所得伊何？窮源竟委以表襮於世，冀達古爲今用之最大績效，以無負乎千年相望之兩代大儒如柳如鄭之畢生工力，誠所馨香以祝之爾，何敢必也？

朱竹垞陸氏春秋三書序

序云：

唐丹陽主簿趙州啖助，考春秋三傳短長，撰集傳，復攝綱條爲統例。助卒，其子異裒錄遺稿，於是門人洋州刺史河東趙匡損益之，而給事中陸淳師事匡，纂會其文，爲春秋集傳纂例十卷，又撰集注春秋二十卷，微旨三卷，辨疑七卷。集注自元已亡，而纂例及辨疑微旨三書，延祐中、從集賢學士曲出之請，鋟板江西行省。自魏晉以前，說春秋者，創通大義而已，有所未通，則沒而不說，又或自亂其義。自杜元凱以例釋左氏，其說有正例變例非例之分，別爲五體，以尋經傳之微旨，言春秋者宗之，然猶略而未該，至三子書出，例乃大備，庶乎絲麻冠屨之不紊，其有功於春秋甚大。淳爲韋執誼所援，得侍講東宮，柳子厚因執弟子禮，歸安朱臨序是書，謂子厚文章宗匠，以韓退之之賢，猶不肯事以爲師，獨肯執弟子禮於陸氏，以此推陸氏之學。要之子厚之師陸氏，特出於黨人一時附和，正未足以是爲輕重也。然唐人所尚者詩賦，往往未暇究明經義，陸氏獨能傳習其師說，通聖人之書於後世，其賢有過人者。當其時蔡廣成以易，施士匄以詩，仲子陵袁彝韋彤韋茝以禮，強蒙以論語，皆自名其學以顯於時。今其書俱不傳，惟三子書僅存，錢唐龔主事蘅圃刻而傳之，功不在曲出下矣。竹垞此文，於春秋三書著錄原委，敍論綦詳，自魏晉中經杜元凱逮夫三子，凡春秋正

變各例，漸出漸備，底於大成，以陸淳纂會其文之功爲最大。淳附二王劉柳，得爲東宮侍講，書入柳子厚之手，子厚因約僚寀相從而師之，學乃驟爾盛大，以至相沿弗替。宋歸安朱臨、字正夫，從胡瑗受春秋，而獨好陸淳之學，將陸著序而行之，此一中途推廣之力，堅韌非常。獨臨鑑識不精，謂柳應師韓而不之師，詎知韓年事略高於柳，柳學力遠優於韓，生前時名卓犖，柳尤出韓之右，此而相師，將誰師誰？正夫見不到此，遽謂柳不師韓而師陸，指爲陸學突出之證，鄙哉正夫，而竹垞更爲顢頇，彼甚至謂柳之師陸，乃緣黨人一時附和。夫紹述漢廷澆風弊俗，將學術引入利祿之途，使學與黨渾爲一談，試問子厚豈其人乎？竹垞又謂：陸氏傳習師說，乃爲唐人崇尚詩賦、不究經義之惡風，補偏而救蔽，其說尤陋，果爾，則陸氏者，無過一捧高頭講章之村夫子爾，何足貴哉？曲出者、一作曲樞，西土人，元延祐中集賢學士、兼太保，甚得仁宗倚任，言右列三書有益後學，請令江西行省鋟梓，以廣其傳，從之。清龔衡圃，名翔麟，錢唐人，康熙間副貢，官御史，竹垞言刻書之功不在曲出下，此說明陸淳之學，在清廷如李光地卽篤信之，不能與此無關。

一　禮樂爲虛器論

蘇子瞻報江季恭〔端禮〕書，大非子厚，謂「柳子之學，大率以禮樂爲虚器，以天人爲不相知。〔語見邵博聞見錄卷十五。〕」夫以天人爲不相知，子厚於天説明著之，此固顯白易曉，至以禮樂爲虚器，則子厚全集中，並無一文一札公然唱導，不識子瞻何以知之？吾敢謂子瞻以此短子厚，乃卽子厚之最長處，吾不識吾之所見，是否與子瞻相同？姑試論之，以諗來哲。

子厚平生論政，以民生爲指歸，凡政無涉於民，卽不得謂之爲政，國而不先爲民計算利害，卽萬萬不足以立國。子厚文中標榜世用，夫世用者何？乃民用也，凡於民用無益者，縱號曰聖人之道，亦一文不值，所當從而吐棄，請試持此觀點，體察禮樂。

中國之聖經賢傳，首言「禮不下庶人」，㊀禮不下庶人者，謂庶人粗品，用不著禮，禮原本不爲粗人打算，因而粗人無需講禮，故禮不及之也。子厚著文，從不言禮，獨四維論有一語曰：「履之斯爲禮。」夫履者屨也，以屨加足，及以足著地，斯曰「履之」，今禮既不下庶人，於是國中百分九十以上之人，足跡踏不到禮之所在。跟上二義，凡國之有禮，全爲一小撮人之體面及享樂而設，與國家大部分人無關，而此大部分人，又正是國家之支柱，缺少一人不得。顧國家必創設此一套虚僞儀式，供

㊀ 語出禮記。

一小撮人之娛樂，而排斥絶大部分人在外，此謚之曰無益於世用，界說全然無誤，惟樂亦然。子瞻謂柳子之學，以禮樂爲虚器，此並未使子厚受着委屈，而恰一矢中的，道着子厚論政之中心理想。

子厚文論樂者有兩首：一故祕書郎姜君誌，姜君者，「開元皇帝外孫也，好游嗜音，以生貴富畜妓，能傳宮中聲，士有載酒來，則出妓摶髀笑戲，觀者尙識承平王孫故態」，此一事也。又一事，則外集所載箏郭師誌，「父爽，雲中大將，生善音，能鼓十三絃，其爲事天姿獨得，推七律三十五調，切密邃靡，布爪指，運掌擥，㊀使木聲絲聲，均其所自出，屈折愉繹，學者無能知。」若而開元皇帝外孫，若而雲中大將之子，與平民何關？若而人者，卽天生音樂長才，能召風雨而泣鬼神，於民間有何用處？由是以益於世用而言，將樂與禮摽而出之於無何有之鄉，並號之曰「虚器」，以示與人民絶緣，其誰曰不宜？

然則國家眞可無需禮樂矣乎？曰：否，人爲萬物之靈，故不能不節制其行動，以示別於禽獸，於是而全民一致之禮，原不可一日缺。劉夢得序子厚文，首言「八音與政通」，全民之政，安得無音以調之？由是禮樂也者，必首先與民用調協一致，而吾之論點，勢需以公曆一千九百四十九年爲限斷，凡前乎此，一切有違於世用之舊禮

㊀　此字當作擥，音宛，或卽作腕。

樂皆廢，凡後乎此，一切有合乎世用之新禮樂以興。柳子厚之禮樂虛器論，其眞價亦必至此而始旁推交通，暢然明白，蘇子瞻提供反面論點，以表顯相輔相成之能，尤爲深切而著明。

論畢，還有一義，應須附帶説明者，則禮經又言：「刑不上大夫」是也。刑不上大夫者何？或妄稱：「人而官至上大夫，刑不涉焉，中下大夫，刑仍不免」，非也。夫上者下之對，刑不上大夫，在吾之經傳，與「禮不下庶人」爲對文。禮不下庶人，既爲禮不下及於庶人，則刑不上大夫，卽爲刑不上侵於大夫，固不問大夫之爲上中下也。謂凡爲大夫者，一切肉體之刑皆侵犯不到，此雖唐明兩代之廷杖，形爲例外，而唐明以前之經典，其所設藩籬確不越是。賈誼爲漢策治安曰：「故古者禮不及庶人，刑不至大夫，所以厲寵臣之節也」，曰及曰至，語意更顯。蓋在昔聖人立法，認爲禮者制人於未然，刑者罰人於事後，禮與刑者，遙相控摶，互爲出入。後漢陳寵曾爲奏議曰：「臣聞禮經三百，威儀三千，故甫刑大辟三百，五刑之屬三千，禮之所去，刑之所取，失禮則入刑，相爲表裏者也。」此其理致誠不爲不高，一及設施，乃反成爲鑿枘，何以故？以禮者專爲媚上，刑者專爲懾下，馴致上雖刑責不到，而骫骳於禮，下竟禮義不齒，而困斃於刑，古聖禮刑制約之意全失，輓近官民荼毒之局難迴。尙書大傳曰：「古者有禮然後有刑，是以刑省，今也反是，無禮而齊之，刑是以繁」，無禮而齊之

一語，最中肯綮，蓋禮既不下於庶人，而又以不及之禮，於刑科之，刑安得不繁？誠不料封建社會禮與刑之背反本旨，所爲脱輻及悖謬之程度，造成階級弊害，一至於此。然則中國之禮教也者，錯雜糜爛，以至公曆一九四九年，而欲免除一次澈底革命，又焉可得？

陽湖惲子居論三代因革，有數語最精刻。曰：

禮樂之微，非百姓所能窺也，且行之於天子諸侯者十之五六，行之於大夫士者十而三四，其在野者略焉而已。

嘗試思之：天子諸侯與大夫士也者，以數量計，在全人口中當占幾何？如曩所言，亦不足百分五之一小撮人而已。今爲國家創業垂統，誼需平章庶績，藻繪羣情，以示天下之大公而無外，顧乃於制禮作樂之初，妄以十之五六歸之天子諸侯，以十之三四歸之大夫士，而國中百分之九十、乃至九十五以上之絶大多數，竟不得斜目而視，側足而踐，則通國中將何賴有此禮樂者爲？更進一步言之：國人將何賴有此國家爲？彼惲子居者流，侈言因革，而不悟國民絶大多數所不能參預之事，應即人情甚不便之所在。徒然苟且乎因，不解芟夷焉革，以致本國周旋膠漆於治亂循環之局，互二千年而一步不得移動，斯誠柳子厚之罪人，而爲公曆一九四九年解放大革命之的彀，號曰虚器，而又何詬焉？

二

朱晦菴草「讀唐志」一文，開筆卽提數語曰：

歐陽子曰：三代而上，治出於一，而禮樂達於天下，三代而下，治出於二，而禮樂爲虛名，此古今不易之至論也。

此禮樂爲虛名，與蘇子瞻譴責子厚禮樂爲虛器，廑一字之差別，而用意是否相同？曰：意同，雖然，同中有異。同中有異奈何？曰：其異在時。

何謂時？歐陽子之指斥禮樂爲虛名，乃在三代而下，意若曰：三代而上則否，子厚曰：不然，禮樂爲虛器，自始卽爲虛器，固無分乎三代之下若上也。蓋禮樂之爲虛爲實，其要在質，在度與數。曰質、曰度、曰數，從禮樂之始生，卽儼然具存，此其故經二千餘年，直至清之中葉，陽湖惲敬始明白道出，語具上篇，卽不重贅。

嘗謂中國儒生之論治，首病矇混，矇混而積之久也，遂若以爲眞有其事，竟居之而不疑，此其理老子嘗論之矣。其辭曰：「三十輻共一轂，當其無，有車之用；埏埴以爲器，當其無，有器之用；鑿戶牖以爲室，當其無，有室之用。」曰車、曰器、曰室，皆從無而得有，及其既得，則有之事，而非無之事也，識者因從而綜言之曰：「當其無，有有之用」，由車器室推及其他，莫不皆然，此老氏之精詣也，而儒家亦假用之。夫三代而上，禮樂皆達於天下，此本來無有也，而賢者日日誦之，其徒紛紛信之，久之無

人敢詢其所以然，不期而「當其無，有有之用」，禮樂之自來不達者，亦或緣此而達其二三焉，於是信仰益堅，而理論愈粹。當歐陽子之爲上說也，彼果深信其有而爲是言歟？抑不信而姑假是以獎借人歟？皆不可知，而如實驗之，天下事有則有，無則無，若無也而妄稱爲有，卽以老氏之玄奧，其說亦終於幻誕而渺無一物。能近取譬，理將易明：如近二百年來之京戲，以帝王將相、才子佳人爲之間架，而帝王將相，民間之所不習也，才子佳人，農村之所不解也，封建社會亡，京戲之本質亦隨之而俱亡。亡矣，新生子姓之無從與知，遂與卵之無毛之生來無有者，於人之意識形態上，了無二致。又何況更進一步，而與言禮如山龍藻火粉米黼黻絺繡之有生不接，樂如黃鐘大呂、咸池玉蕺、以及韶盡善或武盡美之從不入耳者哉？

由斯看來，歐陽永叔之說禮樂爲虛名，其眞知爲虛與否不可知，而其言止於塗飾愚人之耳目，柳子厚之謂禮樂爲虛器，則欲矯正古來冒無作有之弊陋，而以自然衡量事物，二者迥然異趨，吾於是乎辨。

三

從來儒生持論，大抵以積非勝是之理，壓迮天下人，初明知其非而不敢抗，繼稍覺爲是而相從無迕，終乃國人皆曰可而趨於一定，禮樂論其最著也。此論大師，仲尼而外，殆將首舉荀卿，而卿之立論基礎，在人性僞。其所謂僞，並不全作虛僞解，

而在聖人立法，可得反乎天性，而以人爲之方式，從事鞭笞使叶於一也。

此在中國振古如是，中或間執以強烈之論證，而亦無所於用。如管子云：「必衣食足然後禮義興」，蓋制禮於餓鄉，而知其必無人從，爲垂死人作樂，亦審其無力傾聽。而手掌制作權之聖帝明王不顧也，謂此雜霸者之言辭，無與於聖人明罰勑法之盛。卒之荀卿之道大行，經二千年以至遜清末造，夏曾佑、梁啓超之徒，斥爲蘭陵鬼而大罵焉，聞者似亦終於麻痹而無所動。

柳子厚生於千餘年前，彼持禮樂虛器論，止於易世而爲蘇子瞻所訕笑，並時竟絲毫無所影響，亦固其所。

至今時則不然，今時有世界革命之大潮流，有科技發展之大自然趨勢，倘子厚而仍在也，得彼登高一呼，必且響徹全球，而無足與抵攔之人。於何證之？曰：於其反面證之。

吾國舊有三人成虎之諺，而近蘇聯領導人名尼基塔者，效法德國法西司頭目戈培爾，亦步亦趨，用所謂謊言連說三遍卽成眞理之故技，朦蔽世界。不謂若而謊言，吾人還未及聽滿三遍，其人已傖囊遁逸，無聞於世。由此可見：眞理在今日發生力量，謊言必須退聽，吾人可得代表柳子厚，大膽向世界發言。

或問所謂謊言者何？曰：昔戰國末期，秦齊爭爲東西帝，謂天下由兩帝控制，足

保無事，無何、東帝潰，西帝在二十六年後，亦經人取而代之。今之謊言，卽髣髴乎是，而且東帝不戰而潰矣，天下至以天下之力與西帝戰，戰局如何？請拭目俟之。孔子言：禮之損益，雖百世可知也，由子厚以至於今，距百世猶未及半，亦何所懼而不廣爲推概也哉？

貞符與劉定之

柳子厚作貞符，頌唐之德，有如下數語：

丕揚於後嗣，用垂於帝，〔釗案：帝謂憲宗。〕式十聖濟厥治，孝仁平寬，惟祖之德，澤久而逾深，仁增而益高，人之戴唐，永永無窮。是故受命不于天，于其民，〔民因避唐諱，原作人。〕休符不于祥，于其仁，惟人之仁，匪祥于天，茲惟貞符哉！

由子厚之歿，歷六百二十餘年而至明之正統，劉定之作宋論，論康王構卽帝位於應天府，復有如下數語：

抑宋統之幸不絕，而天留康王以續之，何也？曰：汴宋二百年矣，仁如慶曆元祐之日多，不仁如熙豐崇寧之日少。其不仁也，民怨之，而其仁也，民憐之，其怨之也足以亡，而其憐之也足以不絕。民之心卽天之意也，善得天者，得於民而已矣，善得民者，以其仁而已矣。

此一則曰天，再則曰民，三則曰仁，三者交相斡運，以成盛治。唐憲宗之丕揚於後嗣也如是，宋高宗之不絶於舊統也亦如是，辭雖出於兩家，意乃源於一德。貞符若宋論，其中相與之誼，究爲何若？易詞言之：書果子厚與劉守靜，〔定之字守靜，永新人，正統翰林，官至禮部左侍郎。〕言之不期而偶合也歟？抑後者服膺於前者之説，至冒胎息之嫌而不恤也歟？吾於本編，别録守靜雜著論李杜韓柳，彼曾大膽以陰慝二字刻劃子厚，爲問天下陰慝之人，解道仁爲天人相合之理歟？將言出陰慝者之口，守靜毅然不以人廢言也歟？抑作者柳文失讀，竟不知子厚曾發此崇論宏議歟？又或守靜明知而故昧，圖抹煞柳文以自詡通識，並妄冀人不之覺也歟？凡此皆吾所爲忐忑於懷而無能自決，因著於此以俟宏識。

魏和公之守樸論

一

魏和公者，寧都三魏之季弟禮也，幼從其兄學，嘗遭笞罵，少習勞苦，能跣足步行數十里至百里，日或止一食，以膽略自詡，晚築室翠微山頂，榜曰吾廬，設圖史筆研外，惟長榻茶具而已，布衣優游，以老壽終。綜其生平，所守不外一樸字，以樸學大師謚之，當之無媿，有答張一衡書一通，錢林東生文獻徵存録録之，彌有見地。因

轉錄之如左：

天下去樸久矣，樸者人之本，萬物之根，世道治亂之源也，夫惟樸去至於盡，而小人盜賊弑逆烝報殺戮之禍害相尋矣。故世之治也，必先反樸，而其亂必先之以浮靡巧詐，言行乖戾，以醖釀殺機，天地莫可如何，遂聽人之所爲。日月星辰易其度，山崩川竭、震坼貿亂之變成，兵戈疾疫水旱之災，其勢有所不得已。蓋不如是，則不足以芟除廓清其氣運，使天下之人，困慮無聊，巧詐莫能發，財竭力盡，浮靡無由作。於是噩噩渾渾，太古復出，猶秋冬凋殺，木葉盡脱，元氣悉反於根荄，而春始萌矣。而君子之修身亦然，善用其智巧者亦然，智巧而不本於樸，則終必顛躓覆溺而智巧窮。夫土石至樸也，峻宇雕牆、黄金白玉之瑠資傅麗焉，草木之根至樸也，華實資生焉，故曰大智若愚，大巧若拙，蓋愚者大智之基也，拙者大巧之基也。竊觀足下書指，何其樸也？人莫不自侈其家世，而足下樸言之，夙遊處於公卿大夫，而樸未嘗濟，其謂僕語，亦甚樸無溢辭。因思古來當去樸之時，必有一二君子，留其樸以還天地，使絲續於後，故一代有一代之盤古中古叔季，叔季復爲盤古，理固然也。足下蓋守樸君子，僕甚恨覿面失之，友人見足下者，謂足下太樸，不宜任有司，其殆見足下之樸，而未見以樸爲基之用者耶？僕因感足下樸而究言之。

此書與柳子厚時令論之精神相合，而於人民中國，剷除數千年之封建汚穢，芟夷蘊崇，絶其本根，而以勤儉二字領導全民，使其保持開國氣象，不令逐漸廢墜，淪於叔季，大有針芥相投、兩兩契合之妙，故錄存此文，冀裕後昆，非徒孜孜摸𢿘文字爲也。文云：「一代有一代之盤古中古叔季，叔季復爲盤古」，數語何等警切？吾人方從叔季逃出自竇，焉能使世界復流轉到叔季乎？然則如之何而可免？曰：守樸。

二

吾見叔子〔叔子卽和公叔兄禧。〕與某撫軍書，有如下一段：

撫軍莫先於清吏，吏清而後民安，民安而後可以行法，法行而後政舉，政舉而後禮教興，禮教興而後風俗成，故撫軍者必久於其道，五年而政舉，十年而俗成者，大較然也。夫爲政至於俗成，則雖百數十年之後，天地之氣運有時而移，國家之政教有時衰息，而其民皆循禮守分，藹然有士君子之風，唐魏之勤儉，鄒魯之文學，此其徵也，古人所謂浹肌膚、淪骨髓者，道不越此。

此書與和公共張一衡所討論者，大相吻合。和公主樸，叔子主勤儉，和公主留樸以還天地，而使國家長治久安，無盤古中古叔季之别，叔子主久於其道而化成，以至浹肌膚，淪骨髓，天地之氣運，與國家之政教是一是二，不相違迕。綜而言之：二魏之精神，皆取則於柳子厚晉問卒章所謂：遵堯遺風，以堯爲準，馴致太平之美善理論。

有唐魏之勤儉，〔叔〕人用足而不淫，〔柳〕有鄒魯之文學，〔叔〕則遵分而進善，〔柳〕蓋天下去樸久矣，樸者人之本，萬物之根，世道治亂之源也，夫惟樸去至盡，小人盜賊弑逆烝報殺戮之禍害相尋，而天下亂，元氣反於根荄，使巧詐莫能發，浮靡無由作，而春始萌，太古復出。〔和〕以三家之論錯綜而紬繹之，恍若奉子厚爲宗師，二魏左右疏附，專取尚儉返樸作主旨，在理想上、成立一經歷三古、綿續不衰之國家，爲天地保留正氣，亶其然歟！

三

樸與朴通，樸、說文作樸，木素也，而朴則說文釋作木皮，古籍用二字，義每相通。如史記文帝紀：「示敦朴爲天下先」，此作敦樸，自無不可。戰國策：「范睢曰：鄭人謂玉未理者樸，周人謂鼠未腊者朴」，兩字互用，取其聲同。子厚於與楊憑書，樸皆作朴，故先詮釋其義如此。

子厚論薦舉之道，推及知人之難，謂人有無甚才能，而不言似有之者，此土木類也，如漢之周仁，三國之許靖，皆此類。此所謂無用之朴，如捧土揭木而致之廟廊之上，卒乃斷爲：「聖人之道，不益於世用」，易而言之，此謂聖人尊朴，而朴乃用之於世，了無所益。由斯而談，此與曩引魏和公之守樸論，適相刺謬，是不可以不辨。

和公之論，與子厚晉問卒章遵堯遺風相通，乃謂一國之國是，應養成此種勤儉

之習，以資遵分而進善，及通力而合作，使國家永垂於不弊，而與個人朴愚之癖性無關，以言個人朴愚，由無用而釀成有害者，又豈止周仁許靖而已？如清初湯斌、儼然名儒也，而行部過屠夫之門，見有新婦盛妝立於門首，則命拘捕回署，押候數日，始令與老醜如鳩盤荼之一品夫人相見，並責其奢濫與家道不稱而放歸，比歸，其夫已因行賄貨產而無家矣，夫婦乃雉經而死，此一例也。又嘉慶初、閩浙總督汪志伊謬詡清節，壓搾屬吏，藩司李賡芸有大才，廑緣新置肩輿一款，牽連媒孽，逼令自裁，天下冤之。此種朴愚賊人事例，凡通儒如子厚以逮和公，皆應深惡痛恨之不暇，安得與守樸定國之崇議閎論，併爲一談？

洪汝登與朱竹君書

歙縣洪榜、字汝登，少與休寧戴震東原友善，乾隆三十五年，獻賦天津，召試授中書。東原所作孟子字義疏證，汝登以爲功不在禹下，撰東原行狀，上書學士朱筠竹君曰：

前者具狀戴先生行實，俾其遺孤中立、稽首閣下之門，求志其墓石。頃承面諭，以狀中所載答彭進士書，可不必載，性與天道，不可得聞，何圖更於程朱之外，復有論說乎？戴氏所可傳者不在此。榜聞命唯唯，惕於尊重，不敢有辭，退念閣

下今爲學者宗，非漫云爾者，其指大略有三：其一謂：程朱大賢，立身制行卓絶，其所立説，不得復有異同，疑於緣隙奮筆，加以詠嘲，奪彼與此。其一謂：經生貴有家法，漢學自漢，宋學自宋，今既詳度數，精訓故，乃不可復涉及性命之旨，反述所短，以掩所長。其一或謂：儒生可勉而爲，聖賢不可學而至，以彼矻矻稽古守殘，謂是淵淵聞道知德，曾無溢美，必有過辭。蓋閣下之旨，出於是三者，仰見閣下論學之嚴，制辭之愼。然恐閣下尚未盡察戴氏所以論述之心，與榜所以表章戴氏之意，使榜且得罪，不可以終無辭。夫戴氏與彭進士書，非難程朱也，正陸王之失耳；非正陸王也，闢老釋之邪説耳；非闢老釋也，闢夫後之學者，實爲老釋而陽爲儒書，援周孔之言，入老釋之教，以老釋之似，亂周孔之眞，而皆附於程朱之學。閣下謂程朱大賢，立身制行卓絶，豈獨程朱大賢，立身制行卓絶，陸王亦大賢，立身制行卓絶，卽老釋亦大賢，立身制行卓絶也。惟其如是，使後儒小生，閉口不敢道，寧疑周孔，不敢疑程朱，而其才智少過人者，則又附援程朱以入老釋。彼老釋者，幸漢唐之儒抵而排之矣，今論者乃謂先儒所抵排者，特老釋之粗，而其精者，雖周孔之微旨，不是過也。誠使老釋之精者，雖周孔不是過，則何以生於其心，發於其事，繆戾如彼哉？況周孔之書具在，苟得其解，皆不可以强通，使程朱而聞後學者之言如此，知必急急然正之也。然則戴氏之書，非故爲異同，非緣隙詠嘲，非

欲奪彼與此，昭昭甚明矣。　至謂治經之士，宜有家法，非爲宋學，卽爲漢學；心性之説，賈馬服鄭所不詳，今爲賈馬服鄭之學者，亦不得詳。　夫言性言心，亦不自宋以後興也，周末諸子、及秦漢間著書立説者多及之，其辭雖殊，其意究無大異，凡以勸學立教而已。　惟老聃莊周之書，乃有沖虚之説，眞宰之名，不寄於事，不由於學，謂之返其性情而復其初。　魏晉之間，此學盛興，而諸佛書流入中土，亦適於此時爲盛。　其書本淺妄無足道，而譯者雜以老莊之旨，緣飾其説，大暢玄風，唐傅奕曾言其事矣，然而未敢以入儒書也。　至乎昌黎韓氏，力闢佛老，作爲原道等書，使學者昭然知二氏之非。　而其時佛氏之説，入人旣深，則又有柳子厚之徒，謂韓氏所罪者其迹也，忿其外而遺其中，譬之知石而不知韞玉，彼其不可斥者，往往與易論語合，不與孔子異道也。　此説一出，後之學者，往往執是説以求之易論語，而所謂易論語者，則又專用魏王氏之注，與何氏之集解，其人本深於老釋，其説亦雜於二家，此則宜其有合也。　歷唐之末，逮宋之初，此論紛紜固結而不可解，於是讀易論語書者，或往往先從事於二氏，因卽以其有得於二氏之精者，以説易論語之書，是以眉山蘇氏作六一居士集序曰：新學以佛老之似，亂周孔之眞，識者憂之也。宋熙寧以後，此病日深，至於姚江王氏之學行，則直以佛書釋論孟矣，彼賈馬服鄭當時，蓋無是弊。　而今學者束髮受書，言理言道、言心言性之云，則皆六經孔孟之

辭，而其所以爲理道心性之説者，往往雜乎老釋之旨。使其説之果是，則將從而發明之矣，如其説之果非，則治經者固不可以默而已也，如使賈馬服鄭生於是時，則亦不可以默而已也。前之二説，閣下苟詳察之，亦知戴氏之非私於其學，而榜之非私於戴氏矣。至於聞道之名，不輕以許人，猶聖賢之不可學而至，如閣下以此爲慮，此猶存後儒之見也。孟子謂聖人人倫之至，夫聖之不可至蓋在是矣，雖然，安可以自棄乎哉？若夫高談深遠者，謂之不知道，不言而躬行者，謂之未聞道，及夫治經訓者謂之儒林，明性道者謂之學道，此固戴氏所不道，而榜所望於閣下表揚之者亦不在是也。夫戴氏論性道，莫備於其論孟子之書，而所以名其書者，曰孟子字義疏證焉耳，然則非言性命之旨也，訓故而已矣，度數而已矣。要之戴氏之學，其有功於六經孔孟之言甚大，使後之學者無馳心於高妙，而明察於人倫庶物之間，必自戴氏始也，惟閣下裁察焉。

此一書關係絶大，乾隆朝尊韓抑柳之風，與此關鎖甚密。嘗論子厚尊經，同時於佛説之合於經者，相與尊之，此究有何罪過，而致遭人排詆如彼其烈哉？吾澄心思之，人之通過佛書而得經説，其效可使人不愛官，不爭能，樂山水而嗜閒安，至親炙經説者反不能，何也？曰：人輕經而尊佛也。人輕經而尊佛奈何？曰：佛説無所爲而爲之，其説如何？人信其爲如何？立竿見影，其效立至，經則不然。蓋經者、有利祿之

途開其先，人童而習，長而用，幸則拾級可至宰相，不幸往往窮餓以死，人視作敲門磚，或涉世工具，有利陽爲寶愛，否則吐棄一文不值。於是人於經說，可能全部雒誦不遺一字，至叩其立身行己何若，無慮如風馬牛之渺不相及，佛與經招致人之信與不信，其差距有如此者。夫子厚當然異是，顧子厚雖異是，而敵黨每於人不尊經，不歸咎人與經之直接關連，而認作子厚尊佛之間接誘致，從而韓柳異同之壁壘，愈久而裂痕愈大，乃至不可收拾。〔釗案：汝登書所謂魏王氏之注，乃王肅也，肅爲朗子，字子雍，善賈馬之學，撰定朗所作易傳。何氏集解，謂何晏，晏字平叔，與夏侯玄競爲清談，著有論語集解。〕

汝登此書，正是說明此一現象，惜其人病瘵，止於爲顔淵增益三年之壽而夭，自後此類打穿後壁、明白曉暢之文字，不少概見。逶迤復逶迤，馴至公曆一千九百四十九年，中國大革命成，國家有嶄新豎立公信之機會，而局面一變。

吾思之，吾重思之，天下之理，一而已矣，如得其一也，不論一爲儒爲佛，爲中爲西，而利祿之途截斷，工具之用掃清。內而身心性命，外而世用物宜，其間醞釀日日加深而不可割裂之連環，從而省識一國共守之約束而不可畔越。無形中人人覺有高於周孔程朱之鉅人長德，朗朗然昭示的彀，初因薰習而得其安利，久乃膠結而成爲儀型，如是則眞理出，公信立矣，區區韓柳之爭，何足算哉？

光緒丁酉，吾年十六，得戴東原之孟子字義疏證，而酷嗜之，尤醉心於其言井

田。不廑日諷誦之而已，而且手鈔一通，置於隨身枕函，漫遊歐美，甚久甚久而未之遺。今忽忽七十年矣，不料毫錄洪汝登書，不啻爲東原疏證，作一死刑宣告，誠未料奇文欣賞、疑義與析之變換不測，一至如此。

二　耕

中國社會第一弊害，乃將士與農打成兩橛，從而勞心勞力，造成兩種階級，無自相通。子厚直至貶謫永州，纔銳感到此一不合理現象，發爲吟咏，低佪不絕。如首春逢耕者云：

南楚春候早，餘寒已滋榮，土膏釋原野，百蟄競所營。綴景未及郊，穡人先耦耕，園林幽鳥囀，渚澤新泉清。農事誠素務，羈囚阻平生，故池想蕪沒，遺畝當榛荆，慕隱既有繫，圖功遂無成。聊從田父言，款曲陳此情，眷然撫耒耜，迴首烟雲横。

此逢耕者而悟到切身素務，謂本應從事於農，無奈羈囚於此，分身不得，撫摩耒耜，款曲情深。追想遺畝故池，都付蕪沒，言下瞻依不盡，悔念如燒。此甚爲集中沈痛深刻之作，而猶不如遊南亭夜還敍志七十韻後幅一大段。〔詞見本卷敍志詩題下，此不錄。〕

此說到柳氏本有田有宅，可得躬耕自樂，處賤無所謂溷濁，固窮說不上淫慆，負版伐鼛，登年力役，都算靖獻於國，何事妄圖富貴以至於此？此其悔恨交并，詞尤顯露。凡此皆指手把鋤犁，躬參耕作，並非祇以歸田二字，姑事烘託而已。因有螟蛑願親燎，荼堇甘自薅等句，清初李安溪、能暗誦此七十韻詩，而一字不遺。士夫身登臺閣，而心於農田村落，深有嚮往，不難一索而知，詩之感人，一至如此。其他子厚描寫田家逸趣，如郊居歲暮：

屏居負山郭，歲暮驚離索，野迥樵唱來，庭空燒燼落。世紛因事遠，心賞隨年薄，默默諒何爲？徒成今與昨。

此又是一番心境。晁子止曾和之云：

殘暑夜不炊，曉風吹蕭索，開門望林深，〔林原作木，疑字剝落所誤。〕引蔓修籬落。所欣塵累遠，不恨生涯薄，心事少干雲，白頭成憶昨。

唐宋士大夫之引田家逸趣自慰，大致如此，然亦止於躬居田里，藉耕耨爲嘯咏而已。清錢塘金冬心，自名曰農，可信於農有宿契。自訂詩集第一首，卽標題曰：「予處田野，與物無爭，賦雜體一章，頌農事也，編爲告誡，以當農謠。」其詩如：

跼蹐復跼蹐，龍坂筋力顫，鞭箠爾雖長，寧識牛性善？

西埭比戶忙，窄衣空掩骼，罱泥三尺渾，朝來喧築壩。

云云，亦止於躑躅道周，徘徊瞻眺，固未嘗與身心性命有關。歷代詩家，可見其眞「身畚鍤荍刺無休」、如陸龜蒙之企慕「堯舜徽瘠禹胼胝」者，居絶少數。吾嘗讀汪大紳〔縉〕之二耕草堂記，二耕者何？大紳未加説明，吾竊以爲以手足耕者耕也，以目耕者亦耕，二耕相合，始通勞心勞力之郵。

二耕草堂者，明許中書故址，所謂梅華墅者也，今爲我家別業，地在甫里，慕甫里陸先生之風，以二耕名其堂焉。季晉曾居其地，數月歸告我曰：地與海藏寺相連，得我兩人讀書其中，咿唔聲與鐘磬聲相應，乃大佳也。予愛其言有味，每欲踐其約，而季晉亡矣。季晉在日，予足跡偶及而已，未能賞其趣也，至是留數日樂之，爲作詩狀其景物焉。予家住楓橋，山水之勝，舉足卽是，偶向李四禹定誇之，禹定亦向予誇圓妙觀中看歸鴉之勝，予笑而薄之。禹定於薄暮時，固要予至觀中，見枯樹撐天，橫雲遠帶點點歸鴉，度反照而下，須臾滿樹顚矣，予乃識禹定會心處。於時季晉尚在也，偶舉示之，季晉曰：吾在二耕堂已飽觀此景矣，今至其地艮然。予又嘗與季晉言耕讀之樂，茫茫浮世，惟此二事佳，又言我輩所以不如古人，能讀不能耕耳。季晉曰：耕似差劣，似不足學也，予曰：伊尹耕於有莘之野，而樂堯舜之道，耕卽是學耳，且舜亦耕於歷山矣，所謂先聖後聖其揆一者，安知其不在耕耶？季晉曰：我輩文士耳，安能遽及於此？已而與季晉出遊田間，當菜華盛

開時，予指向季晉曰：似此大文章，我輩閣筆矣。及觀插秧，見野人隨手插去，不失尺寸，復指向季晉曰：文入妙來，安能爾耶？季晉因而歎曰：旨哉阿兄之言耕也，卽耕卽學，吾固未敢爲兄保任，然與天隨輩相頡頏，殆可無愧色，其名二耕堂也宜哉，爲作記以道之。

文中以菜花盛開爲大文章，及秧隨手插去，不失尺寸，爲文入妙，都是身體力行，確有心得之筆。然亦不過現身説法，爲一己安頓身心之計，至爲國計民生著想，打破自來士農階級隔閡，使知識分子躬下農村，「卽耕卽學」，並長養子孫，使保持此一高等文化風格，則須自公曆一千九百四十九年人民政權確立之歲爲始，始有記錄，兹姑就子厚之田家詩長謠引申，相與明志云爾。

子厚論辨大膽

嘗論自賈誼馬遷以下，逮至中唐，論辨第一膽大者，應推子厚，以子厚敢於非聖，敢於反經而無所顧恤也。

或謂韓退之石鼓歌：「陋儒編詩不收入」一語爲侮聖，然此或退之不自覺，抑竟不知而爲之，子厚則不然。如貞符反對封禪，舉古來大電大虹玄鳥巨跡白狼白魚流火之烏妖淫嚚昏、詭譎猖誕之例，一掃而空之，何義門卽謂玄鳥巨跡，出於雅頌，子

厚指詘，未免荒謬，而子厚決不顧。

獨子厚直詆周孔認爲過甚時，亦運用折旋之法，以資緩頰，如桐葉封弟辯：以「或曰：史佚成之」結尾，又守道論：「是固非聖人言，乃傳之者誤也」，俱別覓帶罪羊，爲緩衝地，而用意仍自堅硬不拔。

天爵論曰：「使仲尼之志之明，可得而奪，則庸夫矣，授之於庸夫，則仲尼矣」，此與「自生民以來，未有盛於孔子者也」，或「民無得而踰焉」等語，適相背反。夫曰庸夫轉瞬卽爲仲尼，此乃從正面侮辱孔子，他人決不敢說。

庸夫爲仲尼，與「人皆可以爲堯舜」不同，蓋堯之後有舜，舜之前有堯，卽是人皆可爲之明證，至仲尼則否。自生民以來，仲尼祇一，不可能有二，如明明所擬爲不可能，而曰授之卽是，此是欺人，如謂授之卽是，而準能做到，此是侮聖，二者必居其一。今子厚不畏侮聖，故言之斬截如是，至子厚一生不作欺人之談，則人人皆知，不待言也，是之謂大膽。

蘇子瞻奏劾王介甫變法，提出天命不足畏、人言不足惜、祖宗不足法三大罪案，然此子瞻空言恫喝而已，介甫並不敢自承。顧罪案雖祇空言，子瞻卻避去聖人不足法，或聖人之言不足畏一款而不提，介甫之吏不敢自承，從可推知，若夫子厚、則毅然宣於衆曰：「聖人之道，不益於世用。」

湯武革命，號應乎天而順乎人，由子厚看來，此並不足以號革命。封建論曰：「殷周聖王也，而不革其制」，是何也？「夫殷周之不革者，是不得已也」，由是推之，吾人在革命二字上，可得一嶄新界說。蓋凡天下不能排除不得已，即够不上說革命，設吾人欲在一國而實行革命，必須儘所有不得已之障礙，或明或暗，或大或小，或近或遠，一切摧陷而廓清之，始足以言革命化。夫革命化者，柳志也，在子厚所用之字典上，定翻不着不得已之一術語，何以故？以此術語適與革命化兩不相容故。惟其然也，此推之四海而皆準，俟諸百世而不惑，由唐以來，一千餘年，至今日而益信。

邵博太息蘇子瞻志林百篇，未克竣事，而稱許其一生持論，以論定武王非聖人爲最偉，以見自嵇康以來，薄湯武蓋爲人所不敢嘗試之訕議也，此在子厚，不問而知其了無所謂。顧品藻人物，毁人之共賢者是一面，譽人之不賢者又是一面，子厚所爲「舜禹之事」一文，以曹魏繫之人民，使與漢之自絕於民，成一對比，此議亦發前人之所不敢發。晏殊謂文非子厚作，亦震而爲之辭耳，固非有韋籌博士之論證存焉也。

道與世用

或問余曰，人之恒言，文以載道，究竟所載是何道也？爲道字下一確詁，應作何

說法？余遲疑久之而不能答。試思韓退之以道統自任，道字如何說法，自應先向此公求得解釋。夫原道號稱千古之至文，提筆卽強爲道下一界說曰：「由是而之焉之謂道」，然吾人未嘗請韓公補充說文解字，或新纂倉頡遺書，此種說明語原之直訓，於後人所爲經國大計，能作何種指示乎？甚矣！吾人第一步問道於韓公，不能不認爲大大失望也。輓近包愼伯世臣，似曾窺得此中竅要，而與楊季子論之曰：

竊謂自唐氏有爲古文之學，上者好言道，其次則言法。說者曰：言道者，言之有物者也，言法者，言之有序者也，然道附於事而統於禮。子思歎聖道之大曰：「禮儀三百，威儀三千」，孟子明王道，而所言要于不緩民事，以養以教，至養民之制，教民之法，則亦無不本於禮。其離事與禮而虛言道以張其事者，自退之始，而子厚和之，至明允永叔，乃用力於推究其事，而子瞻尤爲達者。然門面言道之語，滌除未盡，以致近世治古文者，一若非言道則無以自尊其文，是非世臣所敢知也。

其離事與禮而虛言道以張其事一句，是關目語，退之曾講述明白曰：「道與德爲虛位」，愼伯於此綽有領會。獨愼伯謂「子厚和之。」夫子厚是否與退之相同，亦復「虛言道以張其事」者，此吾以爲大大不然。

退之雖虛言道，而由是而之之所謂「是」卻不虛，蓋君者、由君之地位而之，則出

令，臣者、由臣之地位而之，則行君之令而致之民，民者由民之地位而之，則不出粟米絲麻、作器皿、通貨財以事其上則誅。以言子厚，顧大謬不然，子厚以爲唐之受命出於民，民既以天命手授於唐，是惟有民誅不聽令之唐，唐何能加誅於民乎？惟如此也，韓柳兩公同言道，同是虛言，而實質顯有兩兩背反之異致。

或曰：柳之道異於韓矣，子盍試爲詁之？曰：子厚曰：「聖人之道，不益於世用」，蓋子厚崇民至上，卽聖人之道，有不便於民者，亦應在吐棄之列，反之、凡有益於民之用，不問其語言出自何人，舉所推崇。於是吾人可得就此爲道作達詁曰：凡有益於民之用者曰道，斯詁也，本編曾續續依事加以說明，而此祇最後爲點睛而已。吾嘗謂子厚之學，可名之曰用學，此可見用之時義綦大，不具長篇廣幅，無能敍述井井，惟此非本篇主旨，卽不備論。

愼伯與楊季子所論，有曰法，有曰禮，有曰教養，時代由唐及宋，人物由韓柳到歐蘇，範圍爾廣，無取覼縷。又禮儀三百，威儀三千，此正面論也，負面則爲大刑三百，五刑之屬三千。蓋古聖人設制，禮與刑交相映合，凡出於禮卽入於刑，施行一卽影響到二。愼伯韓集寢饋之功不深，祇知向功令之所要求發言，不知韓論之精髓，固在刑而不在禮，以致下斷輒浮而不切，於韓柳異致之祕要，無所開發，願更端待之他日，暫不煩言。

敍志詩

一

遊南亭夜還敍志七十韻，乃集中寫實明志之名篇，從發願歸耕至茲焉畢命，共寫成十六韻之多如下：

安得奉皇靈，在宥解天弢？歸誠慰松梓，陳力開蓬蒿。卜室有鄠杜，名田占灃澇，磻谿近餘基，阿城連故濠。螟蛑願親燎，荼堇甘自薅，飢食期農耕，寒衣俟蠶繅，及骭足爲温，滿腹寧復饕？安將蒯及菅？誰慕粱與膏？弋林歐雀鷃，漁澤從鮪魛，觀象嘉素履，陳詩謝干旄。方託麋鹿羣，敢同騏驥槽？處賤無溷濁，固窮匪淫慆。跟蹌辭束縛，悦懌換煎熬，登年徒負版，興役趨伐鼛。目眩絶渾渾，耳喧息嘈嘈，茲焉畢餘命，富貴非吾曹。

此從獲赦許其歸田寫起。歸誠慰松梓者，謂家世本農，可得繼祖志而慰先靈。鄠杜灃澇兩語，謂原有莊田，位此等地，其致許孟容書：「城西有數頃田，樹果數百株，多先人手自封植」云云，所指殆同一事。灃水出鄠南，澇水出鄠北，磻溪阿城，皆確指地望，磻溪在鳳翔府，阿城當卽許書中之城西。親燎自薅、連下若干語，皆表示躬親農事，不賴傭工。集中如首春逢耕者：「農事誠素務，羈囚阻平生，故池想蕪沒，遺畝

當榛荆」，以示明農有素，田園將蕪，慕隱圖功，此物此志。又如夏初雨後尋愚溪：「引杖試荒泉，解帶圍新竹」，溪居：「曉耕翻露草，夜榜響溪石」，皆示一切躬自爲之，並不假手村僮。其曰處賤無溷濁，尤示與同工者同食同住，不分貴賤，固窮匪淫慆，謂同是窮苦工人，不敢欺侮恣虐於人。悦懌换煎熬，以及下之負版伐鼛，則由農而之工，大顯眎民詩中：「左右惟一，出入惟同」之流風，永懷不忒。此詩直吐露子厚融和四民、窮亦兼善之貞固素履，千古一人。

右詩李安溪（光地）、曾於客讌中當筵記録一通，不遺一字，此等暗誦强記之功，媿服無地，以本編别有陳述，不贅於此。

二

由三代而下逮中唐柳子厚時期，再由柳子厚下逮公曆一九四九年，此一漫長兩千餘年之歲月，士與農遠遠隔絶，無能收四民左右惟同之效也，殆成國家痼疾，幾於無法醫治。吾嘗欲於兩千餘年中，搜索富有農田情愫之文人，作一長編記載，而殊苦適例難得，徒呼負負。偶在清史稿内，瞥見康熙間一毫不知名之宗室書諴，爲鄭親王濟爾哈朗裔孫，年四十即託疾去官，邸有餘隙地，盡種蔬菜，手執畚鏄，從事習勞以爲樂云云，因不勝喜悦而録存之。特緣此而欲求得較爲知名之文儒碩學，與此一例交相印合，竟爾埴擿冥行，而終於無何有？揚州八怪之鄭燮，所著道情，貌似發

揮農事珍聞，然亦止於擺弄七品官架子，並暴露沒落文人之虛憍惡習，未見與農民沆瀣一氣。吾每讀名僧靈澈之詩而善之，所謂「諸公盡說歸田好，林下何曾見一人？」吾誠長吟詠歎，認爲去事實非遠。凡此皆吾錄子厚敍志詩次之雜亂思潮，不時湧現，以謂不得今時院校師生、文員部伍，爭先上山下鄉之大躍進，將見子厚所挾打通四民藩障、大開民路之崇高標格，永遠無從達到，輒不禁慷慨而重言之如右。

三

子厚言溝通四民，有士有農有工有賈而不及兵，此子厚當時論事之局限性使然，了無足怪。竊思吾文人之仇視於兵，職爲千古不易之蔽習，曩司馬子長、見李陵能與士卒同甘苦，以爲有國士風，卽足證實子長思致高遠，非餘子可及。吾鄉屠伯某罪惡之不可恕，吾以爲不廑在招致農民子弟，助桀爲虐，而尤在自售高名，以兵權讓之淮軍，毫無復員部署，卽行解散部隊，坐視若輩流爲寇盜，重復濫殺，南京三牌樓案始末，閱之誰不寒心？此一歷史公案，亦須歸納於一九四九年之大改革，而始得到結束，兵始獲列於上流，而進爲國家之主人翁。吾於論子厚敍志詩竟，輒復循次及之，此子厚雖不言，而心懷之也必久，吾敢斷子厚聞之，定如與蕭思謙書：謂「所喜者耳與心叶，果於不謬」云。

田家三首

詩曰：

蓐食徇所務，驅牛向東阡，雞鳴村巷白，夜色歸暮田。札札耒耜聲，飛飛來烏鳶，竭兹筋力事，持用窮歲年。盡輸助徭役，聊就空舍眠，子孫日以長，世世還復然。

籬落隔烟火，農談四鄰夕，庭際秋蟲鳴，疏麻方寂歷。蠶絲盡輸稅，機杼空依壁，里胥夜經過，雞黍事筵席。各言官長峻，文字多督責，東鄉後租期，車轂陷泥澤。公門少推恕，鞭扑恣狼籍，努力慎經營，肌膚眞可惜，迎新在此歲，惟恐踵前跡。

古道饒蒺藜，縈迴古城曲，蓼花被隄岸，陂水寒更淥。是時收穫竟，落日多樵牧，風高楡柳疏，霜重梨棗熟，行人迷去住，野鳥競棲宿。田翁笑相念，昏黑慎原陸，今年幸少豐，無厭饘與粥。

田家三首，乃子厚代表農民之控訴書，諸注家謂是點染田園本色之清眞語，饒有淵明風味，何啻癡人說夢？

蓐食：左、晨炊蓐食，注：未起而牀蓐中食也。

飛飛來烏鳶：　謂烏鳶聞耒耜聲而飛來攫食，此暗示無田可耕之二流子不少。

持用窮歲年：　植靈壽木「持用資徒行」，同一使持用字。用猶言以，彼謂持靈壽木以資徒行，此則謂持筋力事以窮歲年也。至酬賈鵬山人「幽貞夙有慕，持以延清風」，謂持幽貞以延清風也，則直使以，不使用矣。窮歲年者，謂年年如是，以至於死，此直貫下四句，語意十分寃苦。鍾惺謂：「結得味永，似儲王諸詩」，斯眞隔靴搔痒，吾揣竟陵未必了解子厚作何言語？

聊就空舍眠：　舍、諸本作自，釗案，作舍者是。

第一首訴說農民等於永不翻身之農奴，此謎直至公曆一九四九年大革命成功，而始衝破，換而言之：子厚歿後，此一農民孽障，還沿襲了一千年。諸公道是淵明風味，則「子孫日以長，世世還復然」，豈今日之農村訴苦會上，猶盼望有人頌揚祖先曾享受清福耶？

庭際秋蟲鳴四句：　是農談時村中景象，機杼空倚壁爲闞目語。

各言下八句：　皆轉述里胥之語，蔣注：「援吏胥來說，便鬆暢，是亦捕蛇者說光景」，說諦。

努力慎經營：　慎字如此用，下每含否定意。此謂里胥告農民，不要做冒犯公家之事，第三首「昏黑慎原陸」，其慎字用法亦同，謂日一入暮，卽不可在道路上行走

也。

蒺藜，是置諸道路，禁人通行之障礙物，此用生蒺藜，或用鐵蒺藜，都不一定。隄岸是風景區，亦禁農民擔柴火、或他種笨重物通行。

第三首謂農民終日勞動，惟日暮始有餘隙樵牧，但此時野鳥都須棲宿，農民反找不著通行道路，迷失方向。於是田翁笑語相念：諸公傍晚、以不出門脚踏塗路爲是。

農民行路且無自由，其他所受桎梏可想，厭同饜飫之饜。末謂今年幸而比往年稍稍豐收一些，但仍連稍厚一點之饘粥，也吃不飽。釗案：首章結聯：「子孫日以長，世世還復然」，從文字面貌看，與禮記謂：「良工之子，必學爲箕，良冶之子，必學爲裘」，意義無甚差別。惟將上一聯：「盡輸助徭役，聊就空舍眠」，仔細玩味，則農夫世受窮困，永無終期，其內心之疾痛慘怛，距踊紙上。

嘗論中國人口，農民占百分九十五以上，此並非於今爲烈，反之，古農民比分祇有高於今，而決不會低。惟其然也，子厚作睬民詩，實不啻睬農詩。倘對此占人口絶大部分之農，不能打破其階層，而使其他階層曰士、曰工、曰商、曰兵，在國家統「攝引」〔今日謂之領導。〕之下，與之時而匯合，時而分工，形象做到「左右惟一，出入惟同」，績效達到「其風既流，品物載休」，夫不如是，國家將無大開民路而大和會之一

曰。君子讀子厚田家三首，證以昕民詩建設社會之最高主旨，而相與劑焉質焉，以崇其成，將不能不有如右想像，吾於是乎書。

章實齋原道書後

章實齋著原道上中下三篇，迥異乎韓退之之所爲，以吾所見，實齋頗有取於柳子厚之封建論。試爲核之：

柳	章
夫殷周之不革者，是不得已也。	仁義忠孝之名，刑政禮樂之制，皆其不得已而後起者也。
天地果無初乎？吾不得而知之也。	天地之前，則吾不得而知也。
彼封建者，……蓋非不欲去之也，勢不可也。	三人居室，既非一身，則必有分任者，……所謂不得不然之勢也。
彼其初與萬物皆生，……必將假物以爲用者也。	人之初生，至於什伍千百，蓋必有所需而後從而給之，有所弊而後從而救之。
然則孰爲近？曰：有初爲近。	孰爲近道？曰：不知其然而然卽道

德又大者，方伯連帥之類，又就而聽命以安其人，然後天下會於一。徇之以爲安，仍之以爲俗，湯武之所不得已也。

也。周公以經綸制作，集千古之大成，則亦時會使然。官司守一時之掌故，經師傳授受之章句，亦事之出於不得不然者也。

實齋立論，其間架一本諸子厚，既如右述，然子厚從名家入，實齋嘗宣稱矣，須知名家詁名，其德有涵有蓄。何謂涵？凡名聞而義見者曰涵；何謂蓄？凡名熟視而義可推定者曰蓄。實齋原道，既列舉其涵義爾爾，復從而推定焉曰：「學於聖人，斯爲賢人，學於賢人，斯爲君子，學於衆人，斯爲聖人。」嘻！此道之所蓄應如是也，子厚論中未之顯言，而旁推交通，可得於焉結穴。蓋其作貞符曾蘄蘄宣示曰：「唐之受命，不于天，于其民」，熟視此語而推定其義，勢不能外於實齋之所論斷：凡不學於衆人，卽不得爲聖人。何以言之？夫民者授命於朝，不論其朝爲唐爲某，而要視民爲國家威令之所從出，凡國家威令之所從出，卽不得不尊爲人民智慧之所從生。智慧何在？斯學習何在？聖人雖聖，智慧要下於人民一等，如之何不學？古之言曰：王者往也，斯如今之言曰：從羣衆中來；古之言曰：君者羣也，斯如今之言曰：還到羣衆中去，夫還到羣衆中去者何？曰：學。

實齋之論出，議者謂蹈宋人語錄習氣，不免陳舊取憎，獨邵氏晉涵宣於衆曰：「此乃明其通義所著，一切創言別論，皆出自然，無矯強耳，語雖渾成，意多精湛，未可議也。」夫通義者、實齋所爲櫽括文史之名，實齋猶子廷楓又爲言曰：「是篇題目雖似迂闊，而意義實多創闢，如云道始三人居室，而君師政教，皆出乎天，賢智學於聖人，聖人學於百姓，通義以前，從未經人道過，豈得謂陳腐耶？」夫實齋持論，一切推本於民，形勢依違於柳，安得謂從未經人道過？特實齋熟精文史，筆滑輒忘其所自耳。於是從其素而言之，是之謂通義，以文論文，無妨謂之柳志。他日子厚著天爵論又言：「使仲尼之志之明，可得而奪，則庸夫矣，授之於庸夫，則仲尼矣。」凡此皆善學與不善學之別，人不善學，聖可一日而庸，人而善學，庸夫立見入聖，學之時義之大如此。然則學何自始？曰：始於向百姓學，易詞言之：始於到羣衆中去學。

吾曩言實齋原道，迴異於退之，異何在？曰：在退之不知有民，而實齋謂聖人學於百姓，實齋所謂百姓，卽退之所謂民。又異於何通？曰：賴子厚之說而通，何以故？以聖人受命於民，傳曰：「禮時爲大」，夫時有變，卽民意有變，不續續向民學，卽聖人將失其所受命故，夫是之謂柳志。

柳文反封禪與王可莊

柳子厚爲從來反封禪之唯一文家，而其所爲反之之論點，以天與民對舉，亦正針對李世民而發，此誼迄不見有人論到，職爲吾論壇一大缺憾。

自唐有天下，佞者爭以封禪諂李世民，旨在唐自張其有天下之功績，向天陳述而止，世民僞爲謙讓，輒移功績歸之於天，此無過二五一十之欺人詭辭而已。子厚則於貞符篇中大聲疾呼，謂唐之有天下，與天無關，以禎祥之詞令出之，則是受命不于天。夫受命不于天，將何于也？曰：于其人，人者人民之謂，子厚爲世民諱，乃略民而僅言人。

由子厚之言，天工人其代之，於是世民所爲歸功與報功之别，將無任何意義可得，封禪問題，於焉芟夷蘊崇，絶其本根，關一切讒賊佞臣、及無恥文人之口而奪之氣。噫嘻！子厚一言，而究休祥之奥，息千古之訟，大哉炎炎，以極於邦治，惟貞符有焉。

自子厚進貞符，越千有餘年而至清末，則見閩縣王仁堪、撰魏公諫錄按語，重提子厚以封禪爲非一事。仁堪字可莊，光緒三年一甲一名進士，正蜚聲翰苑，疊長文衡，因天災言事忤旨，而出爲鎮江知府，尋遷蘇州，以勞瘵卒於官，年四十六，少子厚一歲，未竟其用，時論惜之。仁堪無文名，遺文亦不多，兹錄本篇按語於下：

對封禪　王仁堪

太宗謂房玄齡等曰：封禪是帝王盛事，比表請者不絶，公等以爲何如？公對曰：帝王在德，不在封禪，自喪亂以來，近泰山州縣，凋殘最甚，若車駕既行，不能全無使役，此便因封禪而勞役百姓。太宗曰：封禪之事，不自取功績，歸之於天，譬如玄齡等功臣，雖有益於國，能自謙讓，歸之於朕，豈似不言而欲自取？今向泰山功歸於天，有似於此，然朕意常以嵩高既是中岳，何謝泰山？公等評議。

謹按：封禪之典，其制不見於經，惟周頌存時邁之詩，禮器有升中之説。夫燧人以前，結繩而治，必無鐫文告成之事，三代以後，祭天尚質，藉用白茅，器用陶匏，亦安得金泥玉檢？秦一主，漢二君，始修封禪，諸儒議禮，大抵皆鋪陳功德之意，文中子以爲秦漢侈心，誠篤論也。册府元龜載：兗州刺史薛杲，以天下太平，上封禪圖，高祖謙讓不許，貞觀六年，太宗欲行封禪，惟魏徵以爲不可，此後羣臣之請，疊章不輟，至十一年，始敕顔師古、朱子奢等議舊儀，十五年、二十一年，皆詔以來歲二月有事泰山，旋以星孛河溢而止，迄太宗之世，卒未登封。夫太宗之心，何常一日忘封禪哉？太宗知鋪陳功德之説，將無以示天下，故變告天之文，以爲歸美於天，以明謙讓，且思近禪嵩高，以破勞役百姓、殫竭府財之説，太宗之意旨可知矣。然終唐之世，以封禪爲非者，惟柳宗元耳，賢如韓愈，猶勸憲宗，則禮

意之失也，可勝救哉？文見王蘇州遺書，語意平實，無甚可取，獨最後終唐之世，非封禪者惟柳宗元一人，賢如韓愈，適得其反數語，不啻千鈞之重，壓倒千年間學舌文人，俾同虀粉，應得大書深刻，永資警惕，用特鄭重著録如右。嘗論仁堪宗門困學紀聞、所爲比勘韓柳述作，大抵揚柳而抑韓。顧於子厚非毀封禪一文，最足闡明兩家政見之不同者，反而不著一字。此可知前賢之博學，往往不敵後賢之明辨，爲能獨見其大，輒不禁憮然爲間云。〔參看紀聞卷五本條〕

二

行文至此，還有一義應補充説明，卽王可莊雖鄭重提出柳子厚反封禪，卻未涉及子厚天人關係之分析。昔者嘗怪林琴南探討柳文，深知「貞符一篇，實能超出馬〔司馬相如〕劉〔向〕揚〔雄〕班〔彪固〕之樊，舍天事而言人事。」顧其下又曰：「自漢魏兩晉，尤龎亂鉤裂，厥符不貞，將一切駁翻，不復置議。至此作一大頓，留下隋之大亂，沸湧灼爛，引起唐受天命之有據。〔語見柳文研究法三十四頁〕」吾震驚其説，將貞符細檢一遍，始終未發見唐受天命字樣。蓋子厚於貞符序中，早已申明：「臣爲尚書郎時，嘗著貞符，言唐家正德受命於生人之意，累積厚久，宜享無窮之義。」將何至出爾反爾，旋謂唐受天命，竟至天人關係渾殽不清乃爾乎？吾意此琴南耄年温故，臣精

銷亡，兼沈迷於封禪文、洪範五行傳、劇秦美新、王命論、〔班〕典引、此五家之文過久，因而命筆輒誤，殆無足深論。

封禪事不見於詩書，獨雜霸之書管子，首先記載：謂古者封泰山、禪梁父者七十二家，而夷吾所記，十有二焉。所謂十有二者，指無懷、伏羲、神農、炎帝、黄帝、顓頊、帝嚳、堯、舜、禹、湯、及周成王而言，皆受命然後得封禪。齊桓公欲踵爲之，謂己之九合諸侯，一匡天下，與昔三代受命無以異。管仲折之以事，以爲古之封禪，物有不召而自至者，今鳳凰麒麟不來，而欲封禪，毋乃不可？於是桓公乃止。此一典實，史遷於封禪書及齊世家重複申引，以昭鄭重。嘗論封禪之儀，古無可考，所記山川，往往不一其地，管仲所謂不召自至之物，除鳳凰麒麟以外，亦不見多有指明。洎至漢武帝時，李少君以祠竈穀道卻老方見上，稱祠竈則致物，而丹砂可化黄金，黄金成以爲飲器，則益壽，益壽而海中蓬萊仙者乃可見，見之以封禪則不死，黄帝是也。武帝聞其説而篤信之，遣方士入海，求蓬萊安期生之屬，而事化丹砂諸藥，劑爲黄金。居久之，李少君病死，天子以爲化去不死，而海上燕齊怪迂之方士，多相效更言神事，卒之不死藥莫能得。〔釗案：茅坤讀封禪書至此段，慨然發歎，謂至是、始以封禪爲不死之術。〕太史公草封禪書成，武帝仍見在，衹得曰：天子益怠厭方士之怪迂語，此後言神祠者彌衆，然其效可睹。於是由漢之武帝，迤邐以逮夫唐，而達於憲宗，封禪之舊説如

故，而帝王可得求藥不死，其迷惑益深植而不可爬梳。夫山人柳泌，亦不啻少君、欒大、公孫卿、越人勇之流亞爾，泌言天台山神仙所聚，多靈草，臣雖知之，力不能致，上因以泌爲台州刺史。人有以爲言者，憲宗曰：煩一州之力，而能爲人主致長生，臣子亦何愛焉？〔語見資治通鑑唐紀五十六。〕此元和十三年十一月事也，而十五年正月，宦者陳弘志等反，憲宗以四十三幽崩。時相隔不過一年許，而韓愈之諫佛骨，並卽章顯於是頃。昔者嘗怪子厚貞符所爲剖析天人不同之究極大義，既將封禪納入淫巫瞽史之列，同時復以蚩蚩者氓，置之元和聖文神武法天應道皇帝之上，而指爲有唐之所從受命，此直一打破歷史關鍵之革命學說，非韓退之區區措詞稍激之言事𠜊子，所得並日而談。顧憲宗見韓表而震怒，幾於立置愈死，非裴度委婉善諫，則愈早爲周子諒之續而無生理。至子厚進革命之章，勢將本朝國運，上天下地，浸爲倒顛，而此中興天子，竟若熟視無睹，恍使唐家正德，一躍而獲與一千年後如今日之大革命媲美，斯豈憲宗驟爾領悟有得耶？抑死期逼近，昏昏然靡所謂耶？史情芒昧，吾何敢知？

十七世紀中葉，法蘭西初起革命時，有天賦人權之說，盛行一時。查拉丁民族，嚮奉天主教，一切以天爲主，於焉以天賦詁權，極形自然。浸假他國倡革命者，卽人不屬於天主教，而亦一唱百和，勢成絶倒。前清末造，吾國醖釀革命，輒以此說爲目

標，人無異詞。殊不知千年前，柳子厚爲天説，早言功者自功，禍者自禍，欲知其賞罰者大謬，以柳説繩之法國天主教義，實鑿枘不可入。無如人之蹈常襲故，習與性成，吾之革命，如潮東下，天賦説亦乘流而往，無人董理。洎至最近，革命形勢迅激變化，人民始警覺到多少舊觀念之不合理，而特與檢驗，包括自漢以來受命自天之封禪典引，因並涉及三百年前法蘭西民主陳言在内，概行洗伐。吾「聞所傳於相傳，〔借袁彦伯語。〕」當今有一説不脛而走，謹敷陳完吾柳志：

天賦人權，是一種錯誤思想。甚麼天賦人權，還不是人賦人權？一言蔽之：我們的權，是老百姓賦予，首先是工人階級和貧下中農賦予。

張燧論王叔文之冤

明末有張燧，字和仲，署其籍爲瀟湘，亦未明著瀟湘何地？撰有千百年眼一書，經史百家，無所不論，中有王叔文之冤一則如下：

王叔文以不良死，而史極意苛謫，以當權奸之首，至與李訓輩齊稱，抑何冤也？觀順宗即位之初，所注措如罷宫市，卻貢獻，召用陸贄陽城，貶李實，相杜佑賈耽諸耆碩，革德宗大敝之政，收已渙之人心，皆叔文啓之也。其所最要者，用范希朝爲神策行營節度使，韓泰爲司馬，奪宦官之兵，而授之文武大吏，卒爲宦官所持，遂亟貶至砤死，而禍亦最烈，實由於此。當劉闢爲韋臯求三川，至許以死相助，金錢溢於進奏之邸，使叔文小有欲，不難爲所餌，顧叱而欲斬之，抑何壯也？臯以逆知叔文之失宦者心，故敢抗疏直言其失，而亡所顧忌，豈得爲定論耶？嗟乎！叔文誠非賢人君子，然其禍自宦官始，不五月而身被惡名以死，此其情有可原者，故爲表之。

文雖寥寥數百語，綜其意旨，有可得條列者數義如下：

一、作者有意爲唐史翻案，而膽甚怯，蓋爲世論所壓，而未得暢所欲言。

二、作者之意，殆以永貞甘露爲唐兩重案，而爲浮議所訾，甘露尤甚於永貞，故首著「至與李訓輩齊稱抑何寃也」等語。

三、文列叔文忠唐事迹，首推用范希朝長神策行營，奪宦官之兵而授之文武大吏一事爲最大項目，可謂具眼。

四、以欲斬劉闢爲壯，作者之氣亦壯。

五、以叔文爲非賢人君子，此將欲揚之而故抑之，以將順浮議，而使己之胸懷，得以如量宣吐，斯爲作者之苦心，而亦持論之伎術，與王介甫欲定八司馬爲天下奇材，而先屈叔文爲小人，同一機杼。

六、作者明之逋臣，流離江戶，以儒宿忠貞，爲日人重視，幾與朱舜水、陳昇菴等媲美。書中提示唐之王李，可能心儀熊廷弼、袁崇煥一流人物。

咸豐間，羅汝懷研生輯湖南文徵，錄明人一百八十七輩，而無作者姓氏，吾竊怪之。繼知此書中華原無版本，國人知之者絶少，當時作者與酒井藩主交好，書曾一度付刊，旋燬於火，而迄無問津者，逮清末有四明王惕齋得善本，用銅板縮刊二册，孫點君異序而行之，而書始見重於世。孫點者，來安人，爲清駐日使臣黎庶昌蓴齋

幕客，以文學有聲於時。

賀子翼王叔文論

從來無撰專論論王叔文者，有之自永新賀貽孫子翼始。文云：

作史者衡千古公論之是非，而不徇一時私情之喜怒，則善矣，吾於王叔文，而竊慨唐順宗時史官之失實也。順宗、賢主也，史既稱其在東宮常侍德宗，言裴延齡韋渠牟之奸，每當敷奏，不假宦官顏色，其待羣小若是嚴也。而又言其即位，遽昵婦寺，使叔文得與內侍李忠言、昭容牛氏朋比爲奸，是何前後易轍若是速乎？德宗猜忌不君，史既言之矣，順宗爲太子語及時政，叔文曰：太子侍膳問安而已，勿與外事，有如陛下以收人心見疑，何以自解？而又云：叔文蒙幸太子宮，以撓國政，夫東宮既不與外事矣，東宮之人何由撓國政乎？叔文侍太子時，陰以百姓疾苦入告，史既稱其初即位時，即罷宮市，禁五坊小兒戲，免進奉及各色逋賦，天下欣然，而又云：當時道路以目，豈有貞元遺虐剪除已盡，而尚結怨聚慝於道路乎？德宗以貞元乙酉正月崩，順宗即位，至秋七月，憲宗監國，旋嗣大位，計順宗在位不過六月，而叔文爲學士未幾，遽罹母憂去職，煬竈藉神，曾幾何時？史何不於六月內，直數其與八司馬所爲不法何事？但云蹤跡詭祕，汲汲如狂而已，將何以服

人心乎？陸伯沖通經學古，有功春秋，所稱文通先生是也，恬淡寡欲，官止侍讀，史乃以躁進列八司馬之首，柳子厚、劉夢得，天下奇才也，史譏其伊周管葛，互相推許，遂謂叔文外倚奸回，以攘大權，夫人臣以伊周管葛相許而稱奸回，豈以林甫國忠相期乃爲忠直乎？德宗朝，匱乏者財賦也，叔文以財爲國本，知杜佑賢，薦領度支鹽鐵，而史謂叔文欲以己副而耑其權，使叔文果欲耑權，則當時聚斂小人如李實輩，因而用之，可以自恣，今既逐實而用佑矣，猶欲從賢者之後，耑權媒利，不已謬乎？唐自明皇以來，握兵者宦官也，叔文薦范希朝掌神策軍，以解其柄，使此法不變，則唐之社稷未易亡也，史乃謂其奪宦官兵以自固，使果欲自固，則陰連北司，互爲黨援可矣，奈何結怨樹敵以讎宦官乎？殺叔文以快宦官，并以兵柄歸宦官，以釀甘露之禍，而史爲叔文咎何也？唐之中葉，所逆命者藩鎮也，韋皋在西川，命副使劉闢求兼全蜀，且曰：公如不與，必有以相酬，叔文欲執而斬之，使劉闢既斬，豈煩高崇文之討乎？宰相不可，縱闢使歸，而韋皋掃除君側之奏至矣，是年皋死，劉闢阻兵稱留後，次年求兼全蜀，舉兵遂反，殺叔文以驕叛人，使強藩得執人主進退之權，以成昭宣之變，而史猶爲叔文過，抑又何也？凡此數者，豈非史臣徇一時之喜怒，而不衡千古之是非者哉？雖然，叔文則固有以自取矣，古之人臣，將欲有爲於天下，必先度其身，次度其君，次度其時與勢。叔文雖嘗讀書明治道

乎？然進由弃術，官無勳勞，資微望輕，輿情難協，則非有爲之身矣。順宗固賢主乎？然風疾失音，深宮決事，猜嫌易生，則非有爲之君矣。又況天步艱難，奸庸滿朝，德廟顧命，無復大臣，陸贄陽城，就徵而卒，老成凋謝，新進未洽，則非有爲之時與勢矣。叔文既昧於自度，而柳劉諸賢，又以年少才高，勇於圖治，當時斗筲齷齪之倫，謀望不遂，聿興大謗。嗟乎！使叔文而小人也，尙當於柳劉諸賢棄瑕錄瑜，叔文既非小人矣，乃以比匪之罪横加柳劉，弁及伯沖，尙得爲公論乎？吾獨惜元和歌詩，首重劉白，大唐文章，並尊韓柳，夢得之詩姑置勿論，至於子厚，竄逐之暇，能以山水發其天懷，怨尤憤怒不形於詞，柳民遺愛深入心腑，可謂賢且達矣，乃後之讀史者，一則曰貞元邪臣，再則曰叔文死友，論詩則左劉而右白，談文則抑柳而揚韓，然不能明指四人之優劣何在？而但曰叔文之黨，華而不實者也，棄其人、弁與其人之詩與文而弁廢之，蓋史官徇一時之喜怒，而後人又徇史官之是非者也，嗚呼傷哉！

子翼、江西永新人，清初隱於文，所著水田居文錄，康熙十六年丁巳刊行，文止二卷，史論數十篇而已，版絶後，至嘉慶間，上高李祖陶始重布之。祖陶字邁堂，以博覽有名於時，序稱作者文兼三唐之長，奄有六朝之勝，吉郡近來文集，蔑有過之，獨怪子翼與魏叔子同時，吉贛又相距密邇，而叔子集中無一語及子翼，反之、子翼亦曾不齒

及魏氏兄弟云云。其人爲眞隱無疑，而集亦流傳極少，清末潘伯寅得一本，甚珍祕，後爲葉焕彬所有，並親筆題記，余所見即此本。

文稱順宗爲英主，是第一具眼，惟英主在宫闈束縛之中，相迫而幽崩，恐作者尚未及知。至層層駁謗議之無理，皆叶乎人情，中乎史實，爲人人心中之所欲言，而卻非昧於國故者所能道得一字。最後爲子厚迴護，指斥抑柳揚韓者之絶無是非，尤稱愜當，此千年來爲永貞翻案之廑有鴻文，獨李越縵讀柳集，醉心於山薑西莊輩之所稱道，而特未見子翼之煌煌大篇，爲深可惜爾。

文謂史列陸伯沖爲八司馬之首，此似失考，八司馬中固無陸名，史亦未見如此稱道。又昭宣之變，或指漢昭宣兩帝爲例，時昭有上官桀之變，宣有霍禹及燕王旦之變，兩俱强臣情急謀逆，以影劉闢。釗案：非也，昭宣指唐末哀帝而言。昭宗天祐元年八月，朱全忠弑帝於椒殿，立輝王祚爲皇太子，更名柷，於柩前即位，時年十三，在位三年，而身死國亡，謚曰昭宣哀帝，或祇稱哀帝，略昭宣字。

有見余此文，問作者稱順宗爲賢君，君易言英，賢與英固無别乎？余詫曰：涉筆時曾未覺此，承君齒及，願重思之。因憶王元美綱鑑會纂稱：「順宗嬰疾嗣位，政在叔文，人情嚀嗜，而八司馬之黨，交構縱横，韋皋表請太子監國，而帝能傳位以安社稷，可謂賢矣。」倘作者之所謂賢，一如鳳洲，吾意竊不謂然。蓋順宗正位伊始，即毅

然起用叔文，大舉革政，不能不號爲英，雖其後以病軀爲羣閹煬蔽，卒致商臣之變，此可云英而不雄，而要不失爲英。吾下意識孕此見解，因不自覺而易賢爲英，客唯唯。

伊周管葛與周孔

好諛者人之常情，甚者尤好自諛。當王叔文用事時，舊唐書稱：

事下翰林，叔文定可否，宣於中書，俾執誼承奏於外，與韓泰、柳宗元、劉禹錫、陳諫、凌準、韓曄唱和，曰管曰葛，曰伊曰周，凡其黨憪然自得，謂天下無人。

新書承之，稱：

叔文主裁可，乃授之中書，執誼作詔文施行焉。時景儉居親喪，温使吐蕃，惟質、泰、諫、準、曄、宗元、禹錫等倡譽之，以爲伊周管葛復出，憪然謂天下無人。

此叔文一黨之自譽爲伊周管葛也明甚，獨韓退之所撰順宗實錄，不載此等語，於是此等語是否實在？乃成疑問。蓋退之本痛惡叔文一流人，實錄中不少曲筆，果當時若輩眞自謂伊周管葛，憪然謂天下無人，退之亦何憚而不書爲？今宋子京無論已，劉昫在後晉草舊書，究之何所據而云然？殊苦難知。

今且假定有此等言，此或由人譽抑或自娛，自叔文以至景儉、温、質、諫、準、曄、

禹錫等，吾不敢保證其必無此事外，至有關子厚，吾人決不應以此類讕言加之，欲求其故，可得而言。

洪景盧容齋四筆，有如下稱述：

稱譽人過實，最爲作文章者之疵病，班孟堅尙不能免，如薦謝夷吾一書，予蓋論之於三筆矣。柳子厚復杜温夫書曰：「三辱生書，書皆逾千言，抵吾必曰周孔，周孔安可當也？語人必於其倫，生來柳州，見一刺史，卽周孔之，今而去我道連而謁於潮，又得二周孔，去之京師，京師顯人爲文詞、立聲名、以千數，又宜得周孔千百，何吾生胸中擾擾焉多周孔哉？」是時劉夢得在連，韓退之在潮，故子厚云然。此文人人能誦，然今之好爲諛者固自若也，予表出之，以爲子孫戒。張說賀魏元忠衣紫曰：「公居伊周之任」，卽爲二張所讒，幾於隕命，此但形於語言之間耳。夫子厚信人也，平居屢言文以行爲本，不誠無物。今有人焉，縱以周孔周孔不適當之諛辭來，而己卽岸然以厲色凌之，甚至以不屑教誨等惡劣字樣，結於書末。顧當己隆盛時，翻頑然忘其所以自控，而漫與朋儔羣相邪許，遽以伊周管葛等號，彼此塗飾耳目。吾敢謂子厚非張說之比，不能驟爾墮落而爲如此言行不相顧之小人。

或曰：子厚嘗爲天爵論曰：「使仲尼之志之明，可得而奪，則庸夫矣，授之於庸夫，則仲尼矣。」是庸夫可得一變而爲仲尼，適與孟子言「人皆可以爲堯舜」相埒，然

則周孔一何不可當之有？而遽以此辱詈人哉？曰：否，孟子雖謂人皆可爲堯舜，畢竟自來無人爲之，惟周孔亦然。夫孟子曾爲是言，而子厚效之，此亦極言之所能往而以勉人耳，非謂人堪河漢其言以自矜也。夫言非一端之謂何？至對杜温夫言：「周孔安可當也？」則自克理應爾爾，未可與勉人爲聖賢同日而談。

釗案：諸葛孔明曾自比於管仲樂毅。夫管仲器小，孔門所不道，樂毅、一燕之逃將耳，葛亮方人謹慎如此，更何論乎子厚？

志於生民

萍鄉文廷式所著純常子枝語，儼然擁有四十卷之大著作，如實核之，除下引一小段不滿百字之記錄，饒有斤兩外，餘皆郢書燕説之流，無足齒數。

元王冕元章曰：「子房志在報韓，孔明志在興漢，志雖正而心則狹，志於生民者，其唯伊周乎！」唐柳子厚曰：「伊尹之大，莫大於五就桀」，二説皆不刊之論。

右二説皆與子厚有關，前者孔明不繫於民，而專意興漢，此在舜禹之事題文下，詳哉言之，提與並論，意趣一覽而得。伊尹五就桀事，子厚自有文論之，無取重贅。斯二者純常皆認爲不刊，確見卓識，己雖無意重與細論，要無損於不著一字、儘得風流之趣云。

王元章大畫家也，而在儒林外史中，描寫綦詳，因而世人熟知吳敬梓所刻畫之酸寒王冕，而不了解有大經濟大抱負之通儒王冕。吾近瞥見一小册子，耑敍王冕一生事跡，冕雖廑以詩畫名家，然嘗謂如遇明主，伊呂事業不難致。明祖龍興，冕從九里山下，出任諮議參軍，多有遠猷辰告之事而人不知。而詩章流傳，亦復多所諷刺，讀者大不謂然，謂詩主自適，不宜隨意論刺，劉基爲其竹齋詩集作序，會銳意駁之。茲依小册子形式，圈點括弧依舊，而舉其辭曰：

詩何爲而作耶？虞書曰：「詩言志。」卜子夏曰：「詩者、志之所之也，上以風化下，下以風刺上。」王文（指王元章詩）而譎諫，言之者無罪，聞之者足以戒。詩果何爲而作耶？

此作者未曾讀過詩序，而將子夏一段話言，打成兩橛。蓋詩序爲：「上以風化下，下以風刺上，主文而譎諫，言之者無罪，聞之者足以戒。」箋曰：「主文、言與樂之宮商相應也，譎諫、詠歌依違不直諫。」此序與箋，作者似皆未之入目，妄將主文之主字，剝去一點，竟武斷爲王文，而注明爲王元章詩。夫王元章、元明間人也，爲問元章之詩，何能使卜子夏早千餘年預先讀著耶？雖然，作者將詩序截斷爲二，此誤亦不足怪，獨著書而顢頇如此，吾恐將迷惑後學非淺，爰利用談王元章之一敍次，而爲糾正如右。書爲中國畫家叢書，上海人民出版社所印，作者爲誰，姑隱其名。

二恨潛通史迹

一

從來文人之稍有譽望者，決不肯以其文字爲宦寺所嬲，如韓退之贈序於俱文珍，乃其蠅營狗苟而偶一爲之，初不料暮夜之行，後來暴著乃爾。崔元略者，博州人，第進士，元爲大璫崔潭峻之養子，寶曆初爲京兆尹，旋授戶部侍郎，全賴潭峻提拔衛護之力。西門元佐性行雖不詳，然總不離乎宦寺卵育者近是。夫若輩爲恩主生而舐痔，歿乃銘幽，毫無足怪，而吾輩坐是，借以查察其祕迹一二，亦未始不爲一得。

洪景盧續筆稱：「裴均之子、將萬縑詣韋貫之求銘，貫之曰：吾寧餓死，豈忍爲此哉？」夫貫之在當時，並非文章高手，而裴均固是方鎭大員，聲光卓越，區區諛墓之作，未嘗不可勉從其請，而不然。蓋均爲巨璫竇文場所豢養，又於永貞逆案中，爲主謀發蹤之人，此其與逆璫通同一氣，戕賊君父，情尤可惡。於是貫之不肯爲裴均作銘，與崔元略甘爲李輔光執筆，適成一鮮明對比，薰蕕迥不相同。獨吾人鉤稽史蹟，冀幸保留少許可尋綫路，終於不得不軒元略而輕貫之，此史家之所爲，與政論或倫理非同一範。

吾讀子厚寄許孟容書：「外連彊暴失職者以致其事」一語，明與上文「狠忤貴近」相接，就中權璫強鎮，此二恨如何交通構扇之迹，恨無顯文露書可資左驗，曾偶與卞孝萱談及而嗟歎之，越日，孝萱果提供所謂「永貞史料鉤沈」二則，持讀輒爲一快。亟錄如下：

甲

崔元略撰唐故興元元從正議大夫、㊀行內侍省內侍、知省事、上柱國、賜紫金魚袋、贈特進、左武衛大將軍李公墓誌銘〔幷序〕云：「公諱輔光，字君肅，其先京兆涇陽人也。……又屬太原軍師李自艮薨於鎮，監軍使王定遠、爲亂兵所害，……公馳命安撫，下車乃定，便充監軍使，前後三易節制，軍府晏如。……元和初，皇帝踐祚，旌寵殊勳，復遷內常侍、兼供奉官。」〔全唐文卷七一七，金石萃編卷一〇六。〕

此誌中「旌寵殊勳」云云，非尋常諛墓之詞，實永貞內禪之重要史料。韓愈順宗實錄卷四：「六月癸丑，韋皋上表請皇太子監國，又上皇太子牋，尋而裴均、嚴綬表繼至，悉與皋同。」時韋皋爲劍南西川節度使，裴均爲荆南節度使，嚴綬爲河東節度使，三人相距遙遠，緣何不約而同？幕後蓋有操縱者焉。

㊀　興元，乃德宗建中四年後改元年號，僅一年，又改元貞元。興元元年正月大赦，賜文武官階勳爵，七月又大赦，賜百官將士階勳爵。從正議大夫、從去聲讀。

據舊唐書卷一四八裴垍傳：「嚴綬在太原，其政事一出監軍李輔光，綬但拱手而已。」（資治通鑑卷二三七同。）永貞之際，嚴綬上表請皇太子監國一事，疑亦拱手聽命於李輔光，特治史者苦無確據。今以李輔光墓誌所云：「元和初，皇帝踐祚，旌寵殊勳」等語爲證，可釋然矣。

又據新唐書卷一〇八裴均傳：均爲大璫竇文場之養子，其上表請皇太子監國，當亦受宦官指使，可從嚴綬類推得之。

乙

西門元佐撰大唐故朝議郎、行宮闈令、充威遠軍監軍、上柱國、賜紫金魚袋西門大夫墓誌銘（并序）云：「公諱珍，京兆雲陽人也。……暨德宗昇遐，順宗嗣位，爰選耆德，以輔儲皇，轉爲少陽院五品。永貞元年，屬今上龍飛，公以密近翼戴之績，賜紫金魚袋，充會仙院使，元和元年、改充十王宅使。」（金石續編卷十。）

據順宗實錄卷四：擁立憲宗之宦官，爲劉光琦、俱文珍、薛盈珍等人，今據此誌，得知西門珍亦爲「翼戴」憲宗之宦官，可見宦官中反對「二王劉柳」政治革新者之衆，贊成派之李忠言，勢甚孤立也。

李輔光監軍太原，嚴綬懾於威重，拱手受制，以一概百，請皇太子監國一事，已不至包括不到。再從崔元略誌中殊勳二字著想，爲問國家大事，除監國外，將更何所謂

殊？如此覓證，在邏輯謂之鋼叉論法，㊀百不失一。孝萱既從聯鎖中獲得良證，而吾於子厚所云外連強暴之一大疑團，立爲銷蝕無餘，誠不得謂非一大快事。至第二條、在永貞逆案中增加西門珍一瑠，事關次要，亦自可喜。

二

嚴綬、華州華陰人，挺之從孫，大曆中、第進士，累佐使府。貞元中、由侍御史充宣歙團練副使，深受正使劉贊委遇，十二年、贊卒，綬傾府藏進獻，由是有恩。尋檢校司封郎中，任河東行軍司馬，帥爲鄭儋，未幾遷銀青光祿大夫，檢校工部尚書，兼太原尹，充河東節度營田觀察等使，上書請太子監國，卽在是時。

綬與子厚有舊，其上江陵嚴司空獻所著文啓云：

宗元啓：伏念往歲、司空由尚書郎出貳太原，宗元獲於天長專用候謁，伏蒙敍以世舊，許造門闌。自後司空累膺寵榮，位極公輔，宗元得罪朝列，竄身湘南，霄漢益高，泥塵永棄，瞻仰遼絶，陳露無由。司空統臨舊荆，控制南服，道路非遠，德化所覃，是敢奮起幽淪，仰希光耀。伏惟憫憐孤賤，特賜撫存，則縲紲之辱，有望蠲除，嗚吠之能，猶希效用。謹獻雜文七首，伏維以一字定其褒貶，終身之幸，無以加焉，上瀆威嚴，伏增戰越。

㊀ 邏輯術語，在英文號曰晏璞生鋼叉。(Empson's Fork.)

所謂出貳太原，似綬爲鄭儋行軍司馬時，啓續云：在天長候謁，又似充宣歙副使頃，此中時地，略有差池，要之兩家世舊，因而情誼持續不斷，了無疑義。

元和元年，楊惠琳叛於夏州，劉闢叛於成都，綬表請出師討伐，蜀夏平，加綬檢校尚書、左僕射，尋拜司空，六年三月，出爲荆南節度觀察度支等使、兼江陵尹，子厚奏記，當在此頃或稍後，至遲亦在九年前。

史稱綬以名家子、爲吏有方略，然銳於勢利，不存名節，嘗預百寮廊下食，上令中使馬江朝賜櫻桃，綬居兩班之首，在方鎮時識江朝，敍語次，不覺屈膝而拜，未幾、出鎮荆南。九年、吴元濟叛，授山南東道節度使，師無功，以裴度言召歸，長慶二年五月卒，年七十七。卒後於子厚三年，應長子厚二十七歲。

綬父事李輔光事，本傳不載，然以屈膝馬江朝推之，不足驚奇。永貞政變，雖由綬請監國而起，然事出大閹操縱，綬亦無法不予屈從，想子厚與許孟容書：說到外連强暴一節，不能不憶及當時實際情況。於是以綬媚事中貴，跡連桀犬，而在天下滔滔之中，已成數見不鮮之象，無從爬梳，因亦姑與春容，冀得藉手云。

綬比子厚長二十七歲，而有世舊，此應是先友可知，而石背記中削去其名，亦可見子厚之筆伐。釗案：子厚持筆謹嚴，隨處可見，記中如權德輿之高階盛譽，其名猶且被削，何況姦佞如綬輩一流乎？

册府元龜之永貞史料

卞孝萱勤探史蹟，時具隻眼，頃從册府元龜中檢得永貞史料二事見示，頗足珍異。爰迻錄如下：

册府元龜卷五〇七邦計部俸祿：唐順宗以貞元二十一年正月卽位，……詔停內侍郭忠政等十九人正員官俸錢。

此條未書郭忠政等罪名。據順宗實錄、兩唐書等，貞元二十一年二月，罷宮市、五坊小兒。宮市五坊，必有主其事者，此被停俸之十九個宦官，或卽其人，如或不然，此十九人亦必宦官中之尤奸惡者。

一舉而停十九個宦官之俸錢，爲中晚唐絕無僅有之大事，二王劉柳與宦官鬥爭之堅決，於此得一強證。

韓愈順宗實錄雖不得不書罷宮市、五坊小兒等善政，但不敢書停郭忠政等俸錢事，蓋恐得罪於宦官，故删去之。以二王劉柳所敢行之事，而韓愈不敢書，其品格之高下不待煩言。

兩唐書修於易代之後，無韓愈當日之顧忌，亦竟不載此事，太無史識。幸册府元龜中保存此條，千載後得發其覆，此其一。

冊府元龜卷六六九内臣部朋黨：薛盈珍憲宗時爲中貴人，有權力於元和初，薛謇……以族人附進，盈珍頗延譽以助之，故自泗州刺史遷福建觀察使。

唐代士人依附宦官，本爲習見之事，但此條不同於尋常。薛盈珍者，反對二王劉柳之大璫，薛謇者，劉禹錫之岳父也。

劉夢得文集卷二九、唐故福建等州都團練觀察處置使、福州刺史、兼御史中丞、贈左散騎常侍薛公神道碑：初、公治粟於朔陲，愚方冠惠文冠，察行馬外事，聆風相厚，謂可妻也，以元女歸之。明年，愚入尚書爲郎，職隸計司，因白計相召公來會府，行有日矣，遇内禪惟新，愚以緣坐左貶，間關外役，竟不克面。

薛謇以女壻劉禹錫之累，本不爲憲宗及宦官之所喜，然曲事薛盈珍，竟得其力，擢至福建觀察使。倘禹錫因薛謇以附於盈珍，則亦未嘗不能復用，然而終憲宗之世，禹錫未離謫籍朗州連州，其不附宦官可知。

柳宗元之岳父楊憑，元和四年貶臨賀尉，元和七年復官，宗元有弘農公以碩德偉材、屈於誣枉、左官三歲、復爲大僚、天監昭明、人心感悦、宗元竄伏湘浦、拜賀末由、謹獻詩五十韻以畢微志之作。楊憑復官，而宗元卒於貶所，其始終不屈於宦官又可知也，此其二。

順宗實錄，逮元和後若干年歲，始終爲權閹所不滿，請求削減，要不識所已削減者究

爲何事？今得册府元龜之郭忠政條，卽可得其大凡。

唐自元和以後，天子成爲巨璫之門生，於是朝政勢必以便於閹者爲善，不便於閹者爲惡。韓退之草順宗實錄，不得不在此戒條下執筆，實錄成書後，仍不得不本此戒條修改，不謂孝萱忽爲吾證實此斷之確。

子厚一生恨寺宦刺骨，故其所作大小文字中，除守原議嚴加討伐外，從無一處使閹穢犯其筆端，至劉夢得則反是。晚歲作子劉子自傳，涉及永貞內禪，卽曾鄭重而書之曰：「宮闈事祕，功歸貴臣。」又其爲妻父薛謇神道碑具草，雖不便道及彼與薛盈珍之連誼，而敍到授監察御史裏行、充京兆水運使時，仍不得不顏厚有忸怩而書之曰：「詔以中貴人護之，聲震塞上。」噫嘻！柳與劉此一差别，自由於性分使然，而學力仍自有甚大作用於其間，孝萱於夢得卒無附閹左證，妄圖起復，隱示獎藉，不失爲忠厚之論。

孝萱謂郭忠政條，韓退之不敢書，此未必然。現時實錄初稿，無從看到，不知退之原始紀錄者究若干事？據後來權閹不滿，屢請修改看來，退之原本所提項目，卽祇有削減，而決不會有增加，郭忠政條可能卽在削減之列。孝萱咎退之自始卽不敢書，恐非事實，何以故？以退之雖畏宦官，仍不能不畏輿論故。

尋實錄詳列陸贄陽城事蹟，幾等於兩人列傳，全部移入，以體裁言，直是不倫不

類。以吾蠡測，退之原稿，恐未必採此附贅懸瘤之形式，惟以屢次剗削太多，字不盈卷，當時職掌諸臣，因不得不以陸陽二傳蘏頊塞入，以資塡補，實錄遂成爲今日臃腫不中繩墨之四不像册子。郭忠政條，是在屢屢修改中削去，大有可能。

叔文罷翰林陰陽星卜醫相覆棋諸待詔三十二人，説者謂：叔文惟恐同僚溷跡之故，由今觀之，此猶得半近似之言。蓋詔停郭忠政等十九人俸錢在正月，而罷翰林諸待詔在二月，此或因前一舉措，已惹起羣閹之怨懟，叔文因以罷免翰林三十二人間執之，以期質劑而消讒慝，㫃未可知，且人數後多於前，尤足關宵小之口。

白樂天陵園妾

白樂天新樂府，大抵遇事鋪陳，不加諱飾，其别有寄託者甚少見，獨陵園妾一首，陳寅恪指爲寄慨永貞元年竄逐之八司馬而言。詩云：

陵園妾

陵園妾，顔色如花命如葉，命如葉薄將奈何？一奉寢宫年月多。年月多，時光换，春愁秋思知何限？青絲髮落叢鬢疏，紅玉膚銷繫裙縵。憶昔宫中被妒猜，因讒得罪配陵來，老母啼呼趁車别，中官監送鎖門迴。山宫一閉無開日，此身未死不令出，松門到曉月徘徊，柏城盡日風蕭瑟。松門柏城幽閉深，聞蟬聽燕感光

陰，眼看菊蕊重陽淚，手把梨花寒食心。把花掩淚無人見，綠蕪牆遶青苔院，四季徒支妝粉錢，三朝不識君王面。遥想六宫奉至尊，宣徽雪夜浴堂東，雨露之恩不及者，猶聞不啻三千人。三千人，我爾君恩何厚薄？願令輪轉直陵園，三歲一來均苦樂。

樂天另有上陽白髮人一篇，是直敍，若此篇亦作直敍看，乃是疊牀架屋，了無意味。寅恪據此篇小序云：「託幽閉，喻被讒遭黜也」，則知實以幽閉之宫女，喻竄逐之朝臣，說頗近理。

宣徽雪夜浴堂東云者，據寅恪考證，宣徽殿卽在浴堂殿之東，〔原注：詳徐松唐兩京城坊考大明宫條。〕而浴堂常爲召見翰林學士之所，如學士李絳、屢於浴堂北廊奏對是也。六宫三千人者，則指任職京邑之近要、與閒散官吏而言。〔釗案：宣徽句東字失韻，疑是晨字形譌。〕

寅恪稱：憲宗朝元和元年以後外貶之朝臣，如韋貫之貶巴州，王涯虢州，楊於陵嶺南，諸臣雖被讒遭黜，但以陵園妾爲比，則似不切。且詩中山宫一閉無開日，未死此身不令出之言，亦嫌過當，樂天此篇所寄託者，其永貞元年竄逐之八司馬乎！舊唐書憲宗紀云：

永貞元年十一月壬申，貶正議大夫中書侍郎韋執誼爲崖州司馬，己卯，再貶

撫州刺史韓泰爲虔州司馬，河中少尹陳諫台州司馬，邵州刺史柳宗元永州司馬，連州刺史劉禹錫朗州司馬，池州刺史韓曄饒州司馬，和州刺史凌準連州司馬，岳州刺史程异柳州司馬，皆坐交王叔文也。元和元年八月壬午，左降官韋執誼、韓泰、陳諫、柳宗元、劉禹錫、韓曄、凌準、程异等八人，縱逢恩赦，不在量移之限。則以隨豐陵葬禮，幽閉山宫，長不令出之嬪妾，喻隨永貞內禪竄逐遠州，永不量移之朝臣，實一一切合也。惟八司馬最爲憲宗所惡，樂天不敢明以豐陵爲言，復借被讒遭黜之意，以變易其辭，遂不易爲後人覺察耳，寅恪之説如此。

寅恪又言：詩中一奉寢宫年月多，可以通鑑胡注所引宋白之言爲證。白曰：凡諸帝升遐，宫人無子者，悉遣詣山陵供奉朝夕，具盥櫛，治衾枕，事死如事生。〔原注：見唐宣宗紀大中十二月二日甲子條。〕昌黎豐陵行亦云：「設官置衛鎖嬪妓，供養朝夕象平居」，然則遣詣山陵之嬪妾，本爲經事前朝之宫人，而樂天乃言願令輪直，三歲一均，頗嫌失體，卽此可見：此篇實與園陵妾並無干涉云。

釗案：宋白之言，與詩中所謂因讒得罪不合，可見樂天此詩，意有所向，故意錯綜其辭，使讀者迷而莫察耳。寅恪謂八司馬最爲憲宗所惡，蓋以憲宗於受禪有慚德，媿對當時隱爲政敵之正人，故抵死不許若輩歸京，獨程异才下品卑，可得收爲弄臣，如漢武之役周仁，無所用其悔吝，故异在八司馬中爲例外。

又八司馬、寅恪引舊書確定爲韋執誼至程异等八人，可糾正後來論士至以呂温羼入之誤。

唐代封建社會下之奴隸制

新書子厚本傳稱：

柳人以男女質錢，過期不贖，子本均則沒爲奴婢。宗元設方計悉贖之，尤貧者令書庸，視直足相當，還其質，已沒者具己錢助贖。

右數語實本韓退之所爲子厚墓誌，而辭微有異同，因並錄如次，以資比勘：

子厚得柳州，既至，歎曰：是豈不足爲政耶？因其土俗，爲設教禁，州人順賴。其俗以男女質錢，約不時贖，子本相侔，則沒爲奴婢。子厚與設方計，悉令贖歸，其尤貧力不能者，令書其傭，足相當，則使歸其質。觀察使下其法於他州，比一歲，免而歸者且千人。〔爲設教禁句，或云：設教字當顛倒，作爲教設禁，爲教、謂積極爲之於前，設禁、謂消極設之於後，釗案：說亦可通，以教禁字連綴特生故。〕

夫子厚治柳如是，而退之治袁，情況亦復相類。韓集中應所在典貼良人男女等狀云：

右準律不許典貼良人男女作奴婢驅使，臣往任袁州刺史日，檢責州界內，得七百三十一人，並是良人男女，準律計傭折直，一時放免。原其本末，或因水旱不

熟，或因公私債負，遂相典貼，漸以成風。名目雖殊，奴婢不別，鞭笞役使，至死乃休，既乖律文，實虧政理。袁州至小，尚有七百餘人，天下諸州，其數固當不少。今因大慶，伏乞令有司重舉舊章，一皆放免，仍勒長吏嚴加檢責，如有隱漏，必重科徵，則四海蒼生，孰不感荷聖德？以前件如前謹具奏聞，伏聽敕旨。

柳袁兩州奴隸制如此之盛，推之他州，計當時人口之爲奴隸者，應不在半數以下。此不獨平民之家爾爾，吾揣世家大族，情狀尤爲惡劣。即如退之南行，自稱「百口相隨」，此百口中，奴隸泰半。子厚與蕭俛書謂：「家生小童，皆自然嘵嘵，晝夜滿耳」，夫子厚無子，小童何來？嘵嘵滿耳，人數決不在少。凡此皆奴隸也，韓柳兩家如是，其他抑又何論？惟韓柳各治方州，號稱解放奴婢，而本家所有，仍復依然。以情度之，以韓柳爲主人，其待奴隸之寬容體諒，不過彼善於此。夫典貼之惡例去，而家生之舊制永存，唐代之奴隸制度，其界域有如此者。

文道希枝語紀載此事云：

此則唐律之善，而昌黎能奉行之，且由袁州一處，而推及天下請悉放免，眞儒者之宏識也。

道希陋儒，焉知律意？夫律文明認奴婢，而唯戒典貼，何足爲善？何況明戒典貼，而有司陽奉陰違，有律等於無律，當宁視若無睹，其吏治又何足道？韓柳以大儒偶宰

偏州，從而將典貼良人男女，慘無人道之惡習，稍稍矯正一二，至奴隸制之根本惡毒，毫毛未動，此不過孟子月攘一雞之譏湏已耳，何足與爲儒者宏識？由此看來，唐代之奴隸制，直與有唐國命相終始，唐文中曾未見何人動議，爲之澈底改革？此子厚亦不能辭其責，並非區區殿後，及取贖愛賓男女所得遮掩了事。陋哉文道希之流！推其識量，復何足與議及此？噫！

中國之奴隸制，遷延復遷延，自公歷八百十九年子厚謝世，以至一千九百四十九年解放戰爭勝利，而始剷除淨盡，子厚有靈，應在地下爲浮一大白。

尙宛甫書唐書李訓鄭注傳後

書後云：

有唐中葉，宦官之禍烈矣，劉蕡對策極言之，裴度不敢取，越七年而有甘露之變，李訓鄭注敗死，仇士良之勢益張，文宗遂以幽崩。訓注雖譎進，然亂賊人人得而誅，舉世畏宦官，訓注獨舍生誅之，使其謀成，則武宣懿三宗，必無復廢立之事。不成而以身殉，亦烈于相里造之折魚朝恩，柳伉之論程元振，可爲陳蕃竇武之續也，人多咎之何也？先是順宗時，王叔文欲奪宦官兵權，以韓泰爲司馬，旋爲俱文珍所覺，叔文敗死，然憲宗卒見弒於宦官，人以叔文之譎進，亦深尤之。夫唐人之

譎進者多矣，未有謀誅宦官者也，以元稹之才，藉宦官而進，以韓愈之賢，送宦官以序，以裴度之正，不敢取言宦官之人，準以明史閹黨之例，訓注等反爲清流矣，而人皆非之，又何怪僖昭之播遷幽辱，唐卒亡於宦官哉？

有唐永貞甘露，二變相續，而世之論者，軒輕不一。一言蔽之，其相率而罵倒焉者儘有，至原情論事，澈底翻案，聳二變於竇武陳蕃之烈，自尙宛甫外，吾固未見。此一區區不足三百字之小文，史値不小。

宛甫此文，固以訓注爲重，永貞祇附帶言之，其所以如此，則訓注明以謀誅宦官爲的，而永貞尙是委婉行之，作者行文，固不得不如此配置。至通篇命意，以唐人譎進者多，未聞謀誅宦官二語，爲之骨幹，卽以裴度韓愈之正且賢，亦揮斥有所不恤，此其志在褒忠，統括二變而言，皎然以明。

子厚哀永貞三詩

一

感遇二首

詩云：

西陸動涼氣，驚烏號北林，棲息豈殊性？集枯安可任？鴻鵠去不返，句吳阻

且深，徒嗟日沈湎，丸鼓騖奇音。東海久搖蕩，南風已駸駸，坐使青天暮，小星愁太陰。衆情嗜姦利，居貨捐千金，危根一以振，齊斧來相尋。攬衣中夜起，感物涕盈襟，微霜衆所踐，誰念歲寒心？

旭日照寒野，鷽斯起蒿萊，啁啾有餘樂，飛舞西陵隈，迴風旦夕至，零葉委陳荄，所棲不足恃，鷹隼縱横來。

西陸、明指文通之姓，首二句謂：文通一出，而朝廷爲之震動。集枯出晉語：優施設飲於里克之家，爲之歌曰：「暇豫之吾吾，不如鳥烏，人皆集於菀，己獨集於枯。」菀、茂木貌，指奚齊，己、里克也，里克獨與申生爲黨，是之謂枯。歌意謂里克欲爲閒樂事君之道，吾吾然其智曾不如鳥烏，吾吾、不敢自親之貌。二語指同一與人共事，而黨性脆弱，殊不足恃。

鴻鵠二語、指文通死去，安葬吳郡。

沈湎、指同人陶醉於一時政治形勢。書：「沈湎冒色」，謂溺於酒，而此處借用。丸鼓騖奇音，則謂文通去後，京師猶自以排擊姦慝而驚奇，如欲殺羊士諤及劉闢之類。丸鼓、謂以銅丸擿鼓，聲中嚴鼓之節，事出漢書師丹傳。

東海指二王，以二王皆越人也，二王動搖，南方人心不勁。小星、指閹宦出擾政局。

新書王叔文傳稱：「強藩劇帥，或陰相賂遺以自結」，此事子厚亦不隱諱。獨劉闢以賄來則峻拒，以此聳動朝右，羣起來攻，此衆情四句之義。齊斧當作齋斧，謂齋戒入廟以受斧也，易：「得其齊斧。」

攬衣、當指叔文吟杜詩自況，歔欷泣下事。

歲寒、是子厚獨自感念叔文之語。

第二首詞旨明白，無取深釋。

嘗論子厚在貶謫後十四年間，曾未或敍述永貞政變形象，讀者每引以爲恨，顧文中無有，詩中卻未嘗無，以制題言，感遇二字，卽包涵到顯然觸目之政治性。注家輒從表面著眼，謂其詞旨幽邃，音節豪宕，近似陳拾遺，非中唐人口吻云云，至詩之背景如何？全不顧及，千年以來，竟無一人偶發其祕，感喟曷任？綜此詩意義，有以下數則，可得說明：

一、本黨根據薄弱，敗徵早露，此在棲息豈殊性？集枯安可任？及第二首末聯：所棲不足恃，鷹隼縱橫來等句內，顯示皦如。

二、本黨人物，子厚惟推尊陸伯沖及王叔文二人，故詩中指明其人，極意藻飾，觀微霜衆所踐，誰念歲寒心二語，對叔文尤深憫歎。

三、黨內一盤散沙，暗中不少爭吵，從鷽斯起蒿萊，及啁啾有餘樂等語看來，子

厚心中早有所不足。

四、就中如王伾之好貨，子厚尤爲不滿，如衆情嗜姦利，此等語分量多重。

五、南風已駸駸，當指韋皋及裴均嚴綬等人發動進攻，再加天暮小星之羣閹裏應外合，可見敵勢之強，非本黨所能抵禦。

六、徒嗟日沈湎二語，包孕頗廣，大抵表示在廷之步伐已亂，往往表顯力量於不足表顯之地，此子厚深爲太息。

二

詠史

詩云：

燕有黄金臺，遠致望諸君，嗛嗛事強怨，三歲有奇勳。悠哉闢疆理，東海漫浮雲，寧知世情異，嘉穀坐熇焚？致令委金石，誰顧蠢蠕羣？風波欻潛構，遺恨意紛紜。豈不善圖後？交私非所聞，爲忠不内顧，晏子亦垂文。

詩全爲弔王叔文而作，望諸君、樂毅也，詩即以毅影叔文。

嗛嗛猶言小小，此作「小心事友生」之小心解。語本晉語，子厚好國語，因而詞條隨意引用。

強怨表面指齊，而暗影在東宮之順宗，言外之意，足見子厚於順宗大大不滿。

浮雲、用如蔽日之浮雲，指謠詠及訕謗而言。

寧知世情異二語指内訌，嘉穀指叔文，如韋執誼之立異，乃叔文之致命傷。

委金石者、謂委金石之義於草莽也，蠢蠕卽指執誼。其所以謂之蠢蠕者，蓋執誼以爲己屬杜黄裳之子壻，出身清華，原與叔文之微賤有别，雖倚叔文之勢以起，而行政上節次立異，應得到舊派同情。如此種種，幻想彌多，認爲叔文敗後，己仍得居中執政。由子厚看來，此眞與蠕動之蠢蟲無異，語諷而刻，足見作者之傷心極已。語尾著一羣字，大約執誼外，還有餘人計算在内，如房啓之類是，又羊士諤爲韋執誼遮護，亦可能暗中合作，共傾害叔文。

風波、指韋皋上表及太子監國種種。

善圖後、指王伾當時收受賂遺不少，而叔文絶不私以肥己。

三

詠三良

詩云：

束帶値明后，顧盼流輝光，一心在陳力，鼎列夸四方。款款效忠信，恩義皎如霜，生時亮同體，死沒寧分張？壯軀閉幽隧，猛志塡黄腸，殉死禮所非，況乃用其良？霸基弊不振，晉楚更張皇，疾病命固亂，魏氏言有章，從邪陷厥父，吾欲討彼

狂。

詩語意明白，無用詳釋，惟黄腸指棺而言，出漢書霍光傳：賜光黄腸題湊各一具。蘇林曰：以柏木黄心致累棺外，故曰黄腸。木頭皆向内，故曰題湊。

魏氏、本左宣十五年：魏武子有嬖妾無子，武子疾，命其子顆必嫁是，疾病則必以爲殉，及卒，顆嫁之，曰：疾病則亂，吾從其治也。

詩以三良影二王，二王之死，依通鑑所載如下：

七月乙未制：以積疹未復，其軍國政事權，令皇太子純勾當。時内外共疾王叔文黨與專恣，上亦惡之，俱文珍屢啓上，請令太子監國，許之。

八月庚子制：令太子卽皇帝位。壬寅、貶王伾開州司馬，王叔文渝州司戶，伾尋病死貶所，明年賜叔文死。

由右觀之，二王之死，乃出自順宗之意，「上亦惡之」四字，可稱爲極辛辣之爰書。憲宗八月庚子卽皇帝位，越二日壬寅，卽稱父命殺二王，由子厚視之，此不啻魏武子之亂命。末云：「從邪陷厥父，吾欲討彼狂」，曰從邪，曰陷父，又曰彼狂，曰討，語意何等嚴重？子厚在憲宗治下爲臣，而對君申討，斥之曰彼狂，此在子厚惟民至上，以民討君，誠若行其所無事然。而獨中唐之世，人心尚趨敦厚，無人妄興文字獄，以取媚於上，憲宗復不如滿洲雍乾二暴，專以戮辱士類爲事，於是子厚恣行怨懟，居然得以

容頭過身而去。不然，卽百柳子厚，亦駢斬於城西獨柳樹下，與劉闢同其命運，倏逾千祀，直使人憑弔而無從矣。

嘗論唐史蕪穢，莫甚於永貞，雖史家如是言之，而從未見具體爲之説明。以愚揣之：一自廣陵乘權奄之勢，逼取監國，順宗自審大勢已去，己身且指日而知死所，遑論其他？向後凡權奄一切請求，卽萬分逆己之意，而亦不得不爲首肯，二王之死，其著例也。默察當時形勢，廣陵旣上賊船，求不爲商臣而不可能，順宗實逼處此，復坐待爲楚靈王而無從解免。今順宗實錄，固曾一改再改，都看不出此一眞實形象，於是豐陵喑不能言、及馳馬若飛之兩種矛盾紀載，僅從筆者隨意裝點，以欺朦世人耳目，而舉無當於爾時眞出來事。三復子厚哀永貞三詩，循聲發歎，倍百恆情。

卷三　輯餘

戈小蓮書柳宗元平淮夷雅表後

乾嘉間、江南元和有戈宙襄小蓮其人者，無科名，亦無世業，以孝子名噪一時，厚交名流，以浮濫筆墨妄自表露於世，大抵廣有貲財，厚自封殖，竭平生氣力，自薦爲蔡邕琴酒客一流欺世盜名人也。所刊半樹齋文，有書柳宗元平淮夷雅表後一文如下：

昔諸葛武侯兵出祁山，而南安三郡歸降，且拔千餘家還漢中，蜀人皆賀，武侯蹙然曰：普天之下，莫非漢民，以此爲賀，能不爲愧？魏太祖時，國淵破田銀蘇伯於河間，及上首級，如其實數，太祖問其故，淵曰：河間封內，銀等叛逆，雖克敵有功，臣實恥之。嗟乎！后漢時天下三分，先主困守於蜀，蜀以外久爲賊漢土民，武侯得尺寸地，皆奪賊還漢，其功不小，而乃不爲賀而爲愧，度量固非三代以下人所及。若魏國淵、一雄將耳，尚以收封內之地爲恥。然則自武侯而降論之，苟非闒敵之疆，殲敵之衆，固不可據以爲功，以邀上之賞，以震動時人之耳目可知矣。然

則唐平淮夷，不過斬一叛臣，收吾不叛之民與地，與國淵略同，非若武侯之敗曹賊，有勢不兩立、業不偏安之大關係，雖其功可赫赫照千古，而武侯猶自遜若此。不然則唐君臣之慶地行賞，已爲逾分，而後昌黎作碑，子厚作雅，以頌美之不已，不亦遠愧武侯，且疑於國淵不若乎？ 雖然，元濟擁三州之地，承父兄四十餘年之凶孽，得裴度李愬諸人征討之連數年乃息兵，是勢力完固，已隱然與唐爲敵。故當時所建之功烈，必非文飾欺上、以希榮寵者可比，視後世敵非爲敵，戰非爲戰，擾我士民，崇彼官爵，而究不聞有成功之日者，其成敗大小虛實，相懸何似哉？然則唐平淮西，有碑與雅以稱功頌德，亦宜矣夫！

文毫無可取，且全襲宋人黃唐舊論，〔文在上部平淮夷雅後。〕錢曉徵、袁簡齋，俱爲其文大事鼓吹，曉徵且每篇之後，皆與作評。 右文之評語曰：「此文意有所指，讀之慨然生歎，識深筆厚，眞非唐以後人所能作」，其推尊無上至此。尋曉徵篤志箋經，經以外一切說部短書，皆不入目，黃唐之論，可能未之得見。獨作者盜襲他人之文，一經揭露，不可能諉爲偶合。且黃文附見於各種柳本，並非深藏不露之作，作者如此生吞活剝，可謂小人無忌憚之極。而曉徵竟謂非唐以後人所能作，嗜痂乃爾，亦復匪夷所思。惟所謂意有所指，則似暗諷滿洲諸帝以索虜入主中華，仍復用兵於準回金川各部，號稱統一寰宇，自矜聖武，勢不能謂此文全無意義。然吾恐作者固不足以

語此。

或曰：「敵非爲敵，戰非爲戰，擾人土民，而究不聞有成功之日」，何其與美帝國主義之侵略越南相似？曰：此別一問題，可得存而不論，以如此劣文，爲示戒於後計，不得不重復登載，禍延棗木，已深自歎恨不能已已也。

䀚民詩與晉問

一

曾子固作唐論云：

代隋者唐，更十八君，垂三百年，而其法莫盡於太宗之爲君也。詘己從諫，仁心愛人，可謂有天下之志。以租庸任民，以府衛任兵，以職事任官，以材能任職，以興義任俗，以尊本任衆。賦役有定制，兵農有定業，官無虛名，職無廢事。人習於善行，離於末作，使之操於上者要而不煩，取於下者寡而易供。民有農之實，而兵之備存，有兵之名，而農之利在。事之分有歸，而禄之出不浮，材之品不遺，而治之體相承。其廉恥日以篤，其田野日以闢，以其法修則安且治，廢則危且亂，可謂有天下之材。行之數歲，粟米之賤，斗至數錢，居者有餘蓄，行者有餘資，人人自厚，幾至刑措，可謂有治天下之效。夫有天下之志，有天下之材，又有治天下之

效，然而不得與先王並者，法度之行，擬之先王未備也；禮樂之具，田疇之制，庠序之教，擬之先王未備也；躬親行陳之間，戰必勝，攻必克，天下莫不以爲武，而非先王之所尙也；四夷萬里，古所未及以政者，莫不服從，天下莫不以爲盛，而非先王之所務也；太宗之爲政於天下者得失如此。

此極論太宗治天下之效，而惜其法度之行等等，擬之先王而未備，卻無一語涉及防未然。甚至同時如蘇子瞻作志林謂：「聖人爲天下，不恃智以防亂，恃吾無致亂之道」，甚矣宋人論治之疏闊也！設令初唐法度禮樂、田疇庠序之各種制度，一一如先王時之完整詳備，孰能保府兵之不化爲彍騎，租庸之不變爲兩稅，兩百年後，唐室不漸次爲藩鎮與宦寺所銷蝕乎？

然則如之何？曰：惟防微杜漸其可。

防微杜漸如之何？曰：柳子厚議晉文公問守原謂：

守原，政之大者也，……不宜謀及媟近，以忝王命。而晉君擇大任，不公議於朝，而私議於宮，不博謀於卿相，而獨謀於寺人。……其後景監得以相衞鞅，弘石得以殺望之，誤之者晉文公也。……余故著晉君之罪，以附春秋許世子止、趙盾之義。

夫景監相衞鞅，與弘石殺望之，宜若與晉文之問守原，迥矣渺不相涉，而律以春秋大

義，委不得不認後者爲前者之微而宜防，漸而宜杜，而孔子明著許世子止及趙盾之罪，卽所以防之杜之之具體方法。子厚持論，大抵根據此一具體方法，或多或少，或明或晦，而著之於篇，獨睬民詩一首，乃爲檃括大義，痛快發揮之，鴻文鉅製，不可不熟思審處，視爲典範。

雖然，天下事而號曰微，固防之不勝其防，號曰漸，亦杜之不勝其杜。惟其然也，人於事後而論成敗，仍往往失其智，反之，當事前而測變遷，或往往適迎其機。於是子固在唐亡後而論唐事，竟不如子厚際盛唐之下移，躬親事變，發語動中肯綮，雖非事所必至，亦自理有可能。又惟其然也，子厚所立義，既能矯正唐亡後論據之失如子固，則其堅確朗爽之度，能照耀千年後之局勢如今日而算無遺策，又不待言已。例如蘇維埃大國，何以革命四十餘年後，卽變而爲修正主義，圖向資本主義復辟？卽屬不解防微杜漸之明效大驗，以事在今日，無取覼縷。

語曰：「備豫不虞，古之善道」，諺亦云防備防備，然則防與備固不相妨，曾子固之求備，原不失爲防微之一道，何至必歧防與備而二之，過齮齕乎子固爲？曰：否，國家紀綱，有其達道，品物萬彙，有其常經，倘必目涉後來，慮有遺策，因而妄布機構，疊牀架屋，徹特國家物力之所不勝，而其所疊架者仍有弊在，又將如何防之？由是防微杜漸云者，理在負面，而不定在正面，事宜直湊單微，而不宜粉飾門面，否則

政事失序，日趨叢脞，國縱不土崩，亦且卽於魚爛而亡。卽如有唐，亡於宦寺藩鎭二事，試問爲防此也，卽子固所咎爲太宗未備禮樂之具、田疇之制、庠序之教三者，後來一一經畫而臚列之，其能挽救上舉二事於萬一焉否乎？王西莊曰：「唐之亡也，亡於不用王叔文」，而凡叔文之所施設，子厚殆無不與聞其事。觀於順宗實錄所陳各項善政，無一不從負面着手，以言綜理萬機，仍自倉猝未遑，斯時縱由媚瑠仇友之韓退之執筆，亦不得不大書而特書曰：「人心大快。」子厚眎民二字之精義，不過爾爾，知此始足以談房杜。

二

晉問，七體也，其第六段假吳子之口：「安其常而得所欲」云云，蓋此文必與集中眎民詩參看，始獲子厚政治面貌之全。姑試明之：

春秋五霸，齊晉爲強，而齊晉之強，要在桓文之不世出。夫桓文之不世出，偶也，非常也，凡國強、在人存政舉人亡政息之條件下而始見，實不足與言利民。蓋民利基於安其常而得所欲，事旣不常，欲安從得？民不能常得其所欲，何利之有？

然則如何能安其常而得所欲乎？曰：民有民路，民必自闢其路，而後善政之基礎始固。民路奈何？曰：「惟房與杜，實爲民路。」夫房者防也，杜者杜也，善防善杜，而民路迺成。

霸者之爲國也，「推德義，立信讓，示必行，明所嚮，達禁止，一好尙」，就中一好尙一款，尤爲一道德同風俗之極致，卽所謂教也。雖未必「不知而化，不令而一」，而要與純乎民路相接近。旣曰民路，以知此之收效，非以扶掖人之定霸，而乃推廣己之便民。於是有桓文而政舉，無桓文而政亦舉，是之謂「服其教而便於己」，何以故？以斯爲民路故。

「士實蕩蕩，農實董董，工實蒙蒙，賈實融融」，四民各盡其力，而不知其力之胡自促？盡其力而效其用也，亦不必知其效用之伊於胡底？蕩蕩董董蒙蒙融融云者，以形容四民齊心一致、彼此不分之渾合氣象、與其雍容大度，因而「左右惟一，出入惟同」，夫是之謂「百貨通行而不知所自來。」

昔賈誼爲漢廷策治安，而爲之長太息曰：「借父耰鉏，慮有德色，母取箕箒，立而誶語」，後更爲申明焉曰：「夫立君臣，等上下，使父子有禮，六親有紀，此非天之所爲，人之所設也，夫人之所設，不爲不立，不植則僵，不修則壞。」此說明六親和融，倚賴民路，民路不防不杜，且致毀壞，由是「老幼親戚相保而無德之者」，其爲太平極境，無待煩言。

兵刑者、以備民路之破壞，賦力者、以固民路之維修，理有固然，功德完滿，所謂民利民自利者，如水入器，歙而不溢，何取申釋？子厚嘗與元饒州論弊政，在「賄賂

行而賦稅亂」。尋賦稅之亂，由民之抗稅而起，民之所以抗稅，又由了然於稅之使用，非以便民，此與晉問引韓獻子之言：「近寶則公室乃貧」，同一理致。惟其然也，民何以不疾賦力，乃緣賦力之用於裨補民路，粲然明白。夫子厚裨補民路，曰防曰杜，與管子張四維曰維，胥是道也，賈誼以四維未備爲漢廷憂，子厚之憂唐室，殆亦猶是。

梅聖俞之乞巧賦

吾國文壇，往往一人首唱，無論後來居上之不易遇，自後竟無人焉，可得勉附驥尾，距離不遠，如子厚之乞巧文，其一例也。此似看去是一小小游戲題目，而措詞實難恰如其分，讀來使人愜心，而又布局命意，全是疊牀架屋，不能越出子厚範圍一步。吾設不提及此，人滿擬不曾想到，姑試請讀梅聖俞之乞巧賦如下：

孟秋七日，夕戶未扃，余歸自外，見家人之在庭，列時花與美果，祈織女而丁寧，乞天巧之付與，惡心手之鈍冥，余既寢而弗顧，又烏辨乎列星？兒女前曰：故事所傳，餘千百齡，何獨守拙，迷猶未醒？遂起坐而歎曰：吾試語汝，汝其各聽，夫芒忽之間，變而有氣，氣而有形，形而有生，生而有靈，愚愚慧慧，自然之經。賦已定矣，今反妄營，則何異高山之木兮，不能守枝葉之亭亭，欲戕而爲犧象兮，利

塗飾乎丹青。且復天巧與人巧將不同也，天孫又安得此而輒私？天之巧者總陰陽，運四時，懸日月星辰而不忒其璇璣，鼓雷風雨雪而不失其施，生萬物死萬物而物得其宜，此天之所以任大巧而不虧人之巧者，非宅直心口手足也。心巧於慮，口巧於詞，手巧於技，足巧於馳，亦各有極，不可强爲。故慮之巧不過多智謀，使爾多謀多智，則精鶩而魄離；詞之巧不過多辯言，使爾多言多辯，則鮮仁而行遺；技之巧不過多能藝，使爾多能多藝，則藝成而跡卑；馳之巧不過多履歷，使爾多履多歷，則速老而筋疲，如是則吾焉用而乞之？吾學聖人之仁義，尚恐沒而無知，肯乞世間之輕巧，以汩吾道而奪吾之所持？吾決守此而已矣，爾勿吾疑。

聖俞固宋代文家之雄也，而詩尤工，以深遠古淡爲的，間出奇巧。嘗宣言於人：「詩以得前人所未道者爲善，必能狀難寫之景，含不盡之意爲至。」夫論誠高矣，究之施於實際者幾何？微論前人所未道者未必道著，卽降而求與前人已道者異曲同工，亦至難能。如乞巧賦末云：「吾決守此，爾勿吾疑」，此不過子厚「抱拙終身，以死誰惕」之翻版而已，其他子厚已寫之景，已含之意，聖俞曾經奮力追踪不上，胡難與未盡之足言？要之子厚之文，赫然騷也，而聖俞直以散文筆法，黽勉湊韵以成之，此在外表，求爲虎賁中郎之似且不可得，其他又何足論？甚矣文事之未易驟言也已。

聖俞與永叔東坡，俱稱交好，固是一代勝流，不識以何因由，而叢謗集於一身？

如襄陽魏泰作碧雲騢，詆毁時賢，雖范仲淹狄青輩亦不免，顧嫁其名於聖俞，使聖俞無從申辨，卒賴潘永固宋稗類鈔爲講明之。泰又作書竄詩，醜詆文彦博，亦冒稱聖俞爲之，此詩雖永叔編集時，毅然削出，而宋詩紀事仍録存之，且據東軒筆録，詳著其事之本末於後，使人一望而知，凡此皆聖俞最爲痛心疾首之處。夫人事既無能爲力，因欲向天乞巧以避謗，與子厚當年之撰乞巧文，動因蓋同，兩賢所得結論，亦同以拙勝巧，其意若曰：吾末如之何也已。

淩次仲七戒

淩次仲在乾隆朝以駢文鳴，人許其力避僻澀，淵雅可誦，在胡稚威孔巽軒之上。校禮堂集中有七戒一首，蔑視自漢以來諸七體，而獨偉視子厚晉問，意欲依傍以較其得失。兹録其序如左：

昔屈子作九章，王逸曰：「九者陽之數也」，案春秋正義：「九爲老陽，七爲少陽，故東方朔仿之而爲七諫焉」，王逸以爲取天子有爭臣七人之義者非也。然考其意度，猶是騷人之遺，相其體製，未改湘累之貌，獨枚乘七發，因舊名而創新格，變激響而成鉅觀，洋洋乎盡態極妍矣。東京作者，若傅毅之七激，崔駰之七依，崔琦之七蠲，李尤之七款，桓麟之七說，張衡之七辯，馬融之七廣；魏晉作者，若曹植

之七啓，王粲之七釋，張協之七命，成公綏之七唱，陸機之七徵，左思之七諷，鄴中之才，不殊於洛下，典午之士，可配乎當塗矣，是以休奕集之而爲林，昭明采之而入選。至於元嘉以後，謝康樂顔特進尚嗣厥響，太清而還，梁簡文何仲言更衍其緒。而自漢迄今，尋其存者，皆不外乎飲饌車馬宫室游觀之盛，田獵音樂服飾嬪御之美，襲景摹聲，層見疊出，雖組織類錦綺，雕琢等圭璋，安能離枚叟之規矩，脱吳客之杼軸哉？若夫柳宗元之晉問，咸謂其振在陰之響，騁歷塊之技，不與燕雀競噪，不與駑駘齊走，究之輿馬戈甲，名異而實同，材木魚鹽，語奇而意近。求其鳴鳳翔千仞，而自協乎簫磬，飛兔馳萬里，而不罣乎軌轍，則力有所未遑，才有所難給矣。總之有若不能服魯人，優孟不能治楚國，似與不似未足深論也。廷堪賦質椎魯，專嗜禮經，羣籍紛綸，無暇旁及，客有以書畫辭章性理經濟史學等相勸勉者，於是擬七發之體，爲七戒一篇以答之，兼用自厲焉，非敢與古人較得失也。㊀次仲治禮有聲，七戒以書畫辭章性理經濟史學等作襯，而歸結於以禮節民性而制事宜，然後往聖之精神可接，先王之制作可推，此較之一般襲景尋聲者，自高出一籌，特比於柳子遵堯遺風、以儉立國之宏旨大願，猶不免優孟治楚之誚云。〔釗案：休奕、晉傳玄字，博學善屬文，晉書有傳。〕

㊀ 廷堪駢文典雅可誦，釗幼時，卽喜朗誦其謝啓昆西魏書後序。

沈確士守道論

沈確士（德潛）有守道論一文如下：

今夫道也者所以居官，而官也者所以行道，道爲全體，官爲一端，有不能離而二之者也。乃因官之不負其職，而於道轉有所低昂於其間，雖古者託爲至人之言，而立論之偏，終不可據以爲訓。昔齊景公田，招虞人以旌，而虞人寧死不往，左氏述仲尼之辭曰：守道不如守官，蓋以歎美虞人也。宗元柳氏，以爲是非聖人之言，是論也，終無以易之。何言之？道固無往而不在者也，自天人性命之微，君臣父子之大，以及日用飲食言語動作之細，何者可或違乎道？則官固道中之一，守官亦守道中之一耳，而顧云不如乎哉？且夫不如一言，欲重視乎官也，不知欲重視乎官，正以輕視乎道。假使執其言而誤用之，將天下之居官者，斤斤焉守其工虞水火、錢穀兵刑之一職曰：吾可告無罪於居官矣。而天人性命之不必探其原，君臣父子之不必盡其倫，日用飲食、言語動作、無妨放焉自恣，軼乎規矩繩墨之外，則所云守官者，一刀筆筐篋之徒優爲之矣。而原其失，由輕視守道以至此也，則惟離道與官而二之也。昔孔子嘗有取虞人矣，曰：志士不忘在溝壑，勇士不忘喪其元，取其寧死不違乎節，雖從禽逐獸之小臣，亦庶幾可與乎道耳。此孔子

之言，未嘗不重守官，而未嘗以守官爲在守道之外，斯誠盡善無弊，而爲聖人之言也，然則左氏所云，其非聖人之言可知已。且當日立言之旨，原爲虚談道而不知有道者言，若以與其騖乎道之名，不如盡乎官之實之爲得也。而窮其流弊，必將土苴乎道，而視道爲一無所用之物，則大而經邦論道，次而六卿分職，下而百司庶府，惟守道外之官以爲盡職，其何以治天下國家，而收官人之明效也哉？蓋從其本體而言，當云守道斯能守官，從其居官而言，當云守官卽以守道，而左氏傳述之言，不免視官重而視道輕也，洵非仲尼之言，而出於左氏之假託者也，故因柳氏說而詳爲之辨。

歸愚此文，是一篇未分股之八股文，在制科中確爲高手。厲太鴻〔鶚〕爲之評曰：「道其大綱，官特道中之一也，一意推勘，曲而能達，暢柳子未暢之旨」，亦是好考官評語。

子厚慣云：「聖人之道，不益於世用」，守道不如守官，固亦不益世用之聖言而已。此類言語，子厚輒否定焉，推而及於六藝全部，凡子厚認爲於己意不合者，一例以傳之者誤掃而空之，則所餘者，無寧曰柳子之言，而無須託名於尼山老人可已，然則柳子安得免於非聖無法之譏也耶？曰：否，柳子非聖，必有說焉以處之，說爲天下所公是，則說屬孔，天下公非，則說不屬。果如是者，孔子之號爲聖，亦如安徽蒯先

輩光典言：不過假定之詞而已。 如天下一切名義，看來都是假定，則吾說可止於是，無取進論。 雖然，此一說取徑太險，心爲忐忑不安，吾觀歸愚別引虞人一例曰：志士不忘在溝壑，勇士不忘喪其元，所得比於齊景公田，而皆結穴於小臣可與乎道，所異惟在後者措詞未叶於正已耳。 以吾揣之，左氏所傳一語，其中容有誤字，設若將不字易爲一字，而曰：「守道一如守官」，則虞人兩例，歸於一致，豈不是非泯絶，毫無缺憾，何必如柳子鰓鰓焉謂左氏誤傳耶？

右一破玉連環法，可能在柳集中解決此一重大糾紛，識者以爲何如？

謹案：招虞人以旌不往，此守官也，而同時卽是守道，孔子以此奬藉虞人，詞旨甚順。 而校勘中所遇「一」誤「不」例，觸處都有，蓋此種字之誤植，固絶尋常，吾意解此難題，是或一道。

子厚論云：「在上不爲抗，在下不爲損」，夫見旌不往，不得云抗，然因不往，招致景公之怒，卒被免官，此何嘗非損？縱虞人自恃理直，卽免官亦泰然自若，不認爲損，然此非可責之於泛常小吏，損義終難豁除。 若遵吾說，論中詞費之處，一例無庸，豈不大快？

宋黃震有言曰：

守道、我之事也，守官、非我之所可必也，若董狐爲史官以死，是官與道俱守

也，舍是而必曰守官，吾恐官之守，道之離也。 盍亦反其言而言曰：守官不如守道，庶幾官可守則守，不可則去之，而道未嘗不守也。東發亦見到守道不如守官一語之有語病，而必須更易。

魏冰叔封建論

清初寧都三魏，以古文名，而叔子禧尤著，有所爲封建論上中下三篇，煊赫一時，人多稱引，以考論叔子之學術根柢，茲據文獻徵存錄本，甄錄上篇，此較本集所載，略有删節。

或問於魏子曰：周之封建，不可行於後世，柳宗元蘇軾論之備矣，詩曰：宗子惟城，無俾城壞，無獨斯畏，王者受命，使子孫無尺土，獨不已甚乎？秦漢晉隋之事可見已，唐宋聚族姓於京師，幸其易制，其後朱温入洛，金人陷汴京，一朝而殲滅殆盡，明興，封諸王子，仿漢中葉之制，世其爵不治其土，故自護衛削而天下無强藩，高煦宸濠之亂，皆不旋踵夷滅，及其變也，子孫散處，而亦無朱温金人之禍，子以爲何如？魏子曰：是賢於漢唐宋矣，然自秦以來，其制蓋未有能盡善者也，周封建仍夏商之舊，諸姬在天下，不及三十分之一，使周卽不封同姓，而後世强侯侵伐，天子衰弱之害，不可少減，又無晉鄭之屬，爲之依輔，故周之封建，皆不可以公

私論。　自是而降，封國莫大於漢初，兵柄莫重於西晉，刻薄莫甚於魏，尊寵安富莫甚於明，請言明制。　藩王禮絶公卿，其支庶子孫，皆爲王爲將軍，雖百世無或爲庶人者，然生長於深宫，老死於婦寺，不親政，不習兵，熙熙然食粟而高寢者方數百年，安不能以有爲，危不足自保，故獻賊暴起西南，所至屠戮，諸王宗室無能自免者，絀於勢而不習於事也，國家一敗塗地，宗子拱手而不知所救，其失蓋在於不封建。　曰：周漢之禍，明之變，不足慮與？　魏子曰：吾非封建之如周漢之君也，吾之封建，欲反周之制而師其意，可使國家無漢唐宋之害，而兼收其利，此其説莫善於顔師古。　唐貞觀中，太宗令羣臣議封建，魏徵李百藥皆執爲不可，師古獨曰：宜分王諸子，勿令過大，間以州縣，雜錯而居，互相維持，爲置官僚，皆省司選用，法令之外，不得擅作威刑，一定此制，萬世無虞，至哉古今不易之論也，惜其制終格不行，師古亦未能曲暢其説，而所謂置官僚者，則又有未善。　立政之篇曰：夷微盧烝三亳阪尹，傳曰：尹，王官也，阪，險阻之地，不以封，而天子之命吏治之。　夫周之興也，封國蓋千八百國，此封建爲經，而緯以郡縣者也，反其道而用之，故莫若以郡縣爲經，而緯以封建。　明幅員之廣，軼於漢唐，區天下而分之，凡爲京者二，爲省十有三，爲府一百五十有九，大小之州二百四十有四，爲縣一千一百七十有七，諸衛司之屬不與，誠以天子之子弟，差次以王公之封，王之略百有五十里，公之略

百，使世有其土而制其政令，以參錯於郡縣之間。　且夫天下至大，天子之子弟至少也，度其人之封地，不足以當王朝十一，而又仿周阪尹之制，都會之處，險阻負隅之地，鹽鐵金錫山海之利，不以封，諸凡封建之邑，則皆夾之以大郡縣，當是時、雖有吳楚淮南不肖之子弟，而亂無所於作。至於天下多事，京師有大故，則子孫之賢者，可以投袂而起，而郡縣將吏，草澤之忠臣義士，得相與扶持，藉其名實，以奮發於下。諸侯王習吏事久，明練於世故，知其所以成敗，不至如飽食安寢者之驕蹇顓蒙，而一無所識，其椎魯無用之人，則又散處於四方，而不虞乎聚族而殲之變，吾故曰可使國家無漢唐宋之害，而兼收其利者此也。　然使官僚皆選用於朝廷，則藩王終不得有爲於國，而積漸之久，必至如蕭齊典籤之禍，吾則以爲封國既小，力不足以作亂，天子但爲置師傅一人，以公卿之老成有德量者充之，其長史以下，則廢置生殺，王得專之而報於天子。　或曰：天子之子弟，是則然矣，聖人以天下爲公，其不得已而家天下者，非徒欲富貴其子孫，亦以子孫蒙業而安，則天下之禍亂不作，而民生休息也。　然乃使致死戮力，與我共定天下之人，終身無尺土之奉，吾子孫之蒙先業者，富有四海，世世爲帝王不絕，此不獨無以服功臣之心，其何以謝天下？曰：封建之不當復，雖聖人不易也，而國家必不能不封宗子，封宗子則不得不善其法，若夫異姓諸侯之亂，其絕於天下久矣，而興之可乎？明興，報功臣以公

侯伯三等之封，有爵而無土，非大逆無道，罕至誅削者，可謂善矣，然生不封王，裔子食祿閒居，而任職者少，非制之盡善也。吾則以爲開國功臣，當差次以五等之封，厚其田祿賜予，使其子孫世世王侯，與國家之支庶等，而其賢才者，晉以將相卿貳之任，不限以文武之途，則不至於豢養無爲，而繼世之後，文臣要吏，亦不敢侮蔑陵踐之，如昭代承平之弊，如是而功臣之心可以無憾矣。夫唐之藩鎮，封建之未成者也，當其未造，國家未至於覆亡，禍已不可勝言，而況封建也哉？

嘗論文士謀以著述名世，封建每認爲不可不探討之大題目，顧一涉筆而輒形鑿枘，幾於言人人殊，良以封建關乎時地人三者非淺，而三者之入乎文人目際，恆表顯爲不同範疇，故無從得到詢謀僉同之結論。獨柳子厚生平中唐，識博而筆銳，所斷皆愜心而貴當，蘇子瞻因謂此論行世，而諸論皆廢，迤邐至於明末，茅鹿門亦謂子厚爲千古絕作，無人與之抗手。獨魏冰叔提挈柳蘇兩家，謂其論備而仍未備，己乃單標明制以劑之，意謂子厚以唐人而核唐制，故其言切，吾以明人而核明制，應且後來居上。乃弟和公〔禮〕揚言於人：

本思古之論，發爲雄文，大小本末，無不兼該，折衷千古之紛紜，立百世帝王之大法，此文出而子厚東坡之論，皆爝火矣，然猶惜茅鹿門不見此。

弟兄相唱和，而世人依違可否，亦迄無定論，馴至清末，張亨嘉猶主於邊疆立國，以

資拱衛，蓋封建者，根乎君主而孳生者也，必也萬惡不赦之君主制一經剗除，此封建之一陰影，卽相與灰飛而烟滅，理固然已。

程魚門〔晉芳〕有書魏叔子文鈔後一文：

國初古文大家，推朝宗鈍翁叔子，宋商邱選三家文鈔行世，余獨心折叔子，商邱所選，猶未愜鄙意也。今得全集，選其尤者得五十篇，叔子自稱長於論策，觀其伊尹正統諸篇，信能於眉山父子外，別立壇幟，而策則未爲盡善也。夫所謂策者，或行之千百年無弊，或切中當時事，坐而言，起而行之，而可以救時，叔子封建宦官諸策，言之必不能行，且行之必僘，惡得與唐宋人比隆哉？若其論文諸書，謂文由積理而成，洵可補韓柳蘇所未及，嘗讀其與周青士書，述李潛夫苦節自勵，及臨別垂泣語，予不知其涕之何從也？叔子之文傳之必可久者，意在此乎！

此文頗能爬著叔子痛癢，其謂封建之必不能行，且行之必僘，其力亦與鎚斷玉連環相似。

陸柳封建論

右一論題，見於王文治之後村雜著，惟此王文治，並非乾隆時丹徒王夢樓，而爲康熙時歙縣之一無名俊士，所署別號，又與南宋劉克莊相同，文筆峻潔，足可觀覽。

兹錄右論全文如下：

柳宗元封建論，狃於藩鎮之弊，主張郡縣太過，且謂封建私天下，郡縣公天下。後世謂其文原於陸機五等諸侯論，又謂柳文一出，而陸文遂不足存，是皆耳食之鑒也。陸主封建，柳主郡縣，其大指原不同途，而陸之識議迥卓，亦絕非柳文所及。其言曰：「王者知帝業至重，天下至廣，廣不可以偏制，重不可以獨任，於是立其封疆之典，裁其親疏之宜，使萬國相維，以成磐石之固，宗庶雜居，而定維城之業」，數語甚得封建本意。又曰：「南面之君，各務其政，九服之內，知有定主，上之子愛於是乎生，下之體信於是乎結，世平足以敦風，道衰足以禦暴，故強國不能擅一時之勢，草澤無所寄霸王之思」，數語甚得封建氣象。又謂「盛衰隆弊，理所固有，故侵弱之釁，遘自三季，陵彝之禍，終乎七雄。乃湯滅夏，周伐商，親鑒其亡，各有損益，而封建卒不改者，誠以百世非可懸御，善制不能無弊，而侵弱之辱，愈於殄祀，土崩之困，痛於陵彝也。是以經始獲其多福，慮終取其少禍，非謂侯伯無可亂之符，郡縣非致治之具」，此段回斡痛快，尤可折倒柳州之喙。又謂「秦人速亂趨亡，實由孤立，蓋思五等之小怨，忘萬國之大德，知陵彝之可患，闇土崩之爲痛也。」其言兩漢之亡也，曰：「五侯作威，不忌萬國，新都移漢，易於反掌。權臣專朝，則天下風靡，一夫從衡，而城池自夷，豈不危哉？在周之衰，難興王室，然禍

止畿甸，天下晏然，以治待亂，是以宣王興於共和，襄惠振於晉鄭，豈若二漢階闥暫擾，而四海以沸，嬖臣朝入，九服夕亂哉？雖時有鳩合同志，以謀王室，然師旅無先定之班，君臣無相保之志，是以義兵雲合，無救亂亡」，於郡縣土崩之害，言之切矣。又曰：「或以諸侯世位，昏主暴君，有時比迹，五等所以多亂，今之牧守，皆官方庸能，雖或失之，其得固多，故郡縣易以爲政。夫德之休明，黜陟日用，長率連屬，咸述其職，而昏暴無所容，安在其不治哉？苟或衰陵，百度自悖，鬻官之吏，以貨準財，則貪殘之萌，皆如羣后也，安在其不亂哉？」尤爲周詳平允，視子厚不揣其本而齊其末，爲郡縣樹赤幟者，相去何如耶？大率柳文純以強詞悍氣，縱横取勝，陸則堂堂正正，根據理勢以立言，固未可同類而共譏之也。惜也、封建所以公天下，郡縣所以私天下，與後世所以不能行封建處，陸機亦無所發明，余故摘其議論警策者，表而出之，而又以俟後之君子焉。

文第爲平原五等諸侯論張目而已，駢立陸柳，於柳甚少疏列。此於二十世紀末期，憑藉人民力能，遵循無產階級教義，所爲錯綜庶績，藻繪人情，卒致蒼頭特起，以達到新人文化成之道，〔此指呂温原有人文化成論。〕了無連繫。獨謂子厚「爲郡縣樹赤幟」一語甚怪，似與漢緯學家謂孔子修春秋，爲漢立赤制者，有笙磬同音之雅。緣此迻錄右篇，以諗同人，庶通古今立國創制之郵。

姜曾伊尹五就桀辨

自子厚贊伊尹五就桀後，用同一題目發揮己見者，幾於更僕難數，兹選録最不知名之江西作家姜曾所作一辨。如下：

張惕菴云：「五就湯，五就桀，亦前世傳聞之説，湯自云：『聿求元聖，與之戮力』，己方敬信之不暇，曷嘗進伊尹於桀，五往不疲如此屑屑哉？」曾按此説亦似有見，但古制，諸侯貢士於天子，湯以伊尹進於桀，正循行貢士之制，以人臣事君之義，不可謂無此事。況孟子兩言「亂亦進，伊尹也」，苟未進尹於桀，何以謂之亂亦進耶？雖然，人臣事君，三諫而不聽則去，未有言五諫然後去者，五往不疲，如此屑屑，則誠可怪。考書序云：「伊尹去亳適夏，既醜有夏，復歸於亳」；國策蘇代云：「伊尹再逃桀而之湯，果與鳴條之戰，而以湯爲天子。」夫曰適夏，曰逃桀，是明有就桀之事；曰復歸，曰再逃，又確有再往之實。二書所言，皆近情而可信，視五就桀之説，較爲平允。又考之通鑑：「夏后癸三十有七年，商進尹於夏，四十年，復歸於亳」，亦與書序國策合。孫子用間篇：「昔殷之興也，伊摯在夏」；晉語史蘇曰：「妹喜有寵，於是乎與伊尹比而亡夏」，斯二者措辭雖未善，然亦見伊尹有就桀之事。鬼谷子午合篇云：「伊尹五就湯，五就桀，然後合於湯」；柳河東伊尹五就桀

贊：「不仁至於桀矣，五就之，大人之欲速其功如此」，皆與孟子合。郝敬談跋外篇：「凡經傳言三五，非必定一二爲三、二三爲五也，三者再三之辭，五者交互之名，伊尹五就桀，言往來交錯，所謂治亦進，亂亦進，非定二三爲五也」，此言最爲活潑，既無穿鑿之病，又鮮背經之失。蓋古人以三以五以七以九紀數，不過大凡之名，猶雅頌稱什，有四篇十一篇者，楚辭九歌，實十有一篇，推之七發七啓之類，皆非限定實數，得此意也，無不解之書矣。至抱朴子時難卷云：「夫以賢說聖，猶未必卽受，故伊尹干湯，至於七十也」，不知何所本？顯背孟子，不可訓，故辨之。姜曾、字懷哲，號濬泉，南昌人，以漢學兵農言鳴於道光中葉，二十年庚子、始舉於鄉，會試不中，未幾歿於京師，適在洪軍起義之際也。包愼伯至稱爲「原甫澹菴容齋一流人物，五代史記注，而簡末未列其名，識者重之。曾以四年之力，爲劉金門完成近可與申耆小宛相埒，乃江西第一有用之才」，少時與尚鎔喬客齊名，號姜經尚史，所著曰樟圃文蛻，共八卷。

作者證明伊尹就桀，是一無可辨駁之史實，惟將五就之五字活看，並引郝仲輿之說作證，是一讀書得間之最佳例子。文屬解經，羅羅清疏，辯才無礙。

㊀ 明郝敬、字仲輿，號楚望，京山人，萬曆進士，遷戶科給事中。嘗劾開礦稅閹，㊀時主開礦徵稅之宦官名陳增，號稅閹。

以浮躁左遷，遂掛冠歸，著述甚富。張惕菴名甄陶，閩縣人，乾隆十年進士，官廣東知縣，有用世志，後移雲南，坐事免，爲學淹洽似王伯厚。

讀先君石表陰先友記

一

柳宗元借記述「先友」之名，評論當世聞人，用意深遠，褒貶之間，不帶成見，尤爲難得。試舉九例，以證明宗元評論之公允：

一、杜黄裳：　舊唐書卷一四七杜黄裳傳云：「貞元末爲太常卿，王叔文之竊權，黄裳終不造其門，嘗語其子壻韋執誼：令率百官請皇太子監國。」杜黄裳是「二王劉柳」之政敵，而宗元稱其「弘大人也，善言體要，爲相有牆仞，不佞」，不掩其美。

二、楊憑：　楊憑是宗元之岳父，宗元僅稱其「孝友有文章」，别無贊揚之詞。

三、穆質：

四、李鄘：

五、許孟容：　舊唐書卷一四六楊憑傳云：「與穆質許孟容李鄘……爲友」，可見此三人者，亦皆宗元之所親也，宗元稱穆質「强毅仁孝，最善文」，稱李鄘「果檢自負，嶷然善爲官」，稱許孟容「讀書爲文，口辯」，各舉其所長，但甚有分寸，不因所親而加

藻飾。

六、韓愈：　韓愈於永貞内禪之後，大肆攻擊「二王劉柳」，而宗元尊愈爲「先友」，稱其「文益奇」，韓柳人品之高下，於此判然可見。

七、鄭餘慶：　舊唐書卷一五八鄭餘慶傳云：「餘慶貶郴州司馬，凡六載，順宗登極，徵拜尚書左丞，憲宗嗣位之月，又擢守本官、平章事。」鄭餘慶是「二王」柄政時所召用之人，宗元稱其「始天下皆以爲長者，及爲大官，名益少」，不因所用之人而隱諱其過失。

八、高郢：　宗元稱高郢「有文章，規矩自立者，不干貴幸」，足見柳對高甚爲推崇。舊唐書卷一四七高郢傳云：「貞元十九年冬，進位銀青光祿大夫，守中書侍郎、同中書門下平章事。順宗即位，轉刑部尚書，爲韋執誼等所憚，尋罷知政事，以本官判吏部尚書事。」此徵於事實不合，蓋高郢於貞元二十一年七月乙未罷相，時憲宗已以太子句當軍國政事，「二王」已失敗也。

九、房啓：　韓愈清河郡公房公墓碣銘云：「貞元末、王叔文用事，材公之爲，舉以爲容州經略使，拜御史中丞，服佩視三品，管有嶺外十三州之地。」房啓是宗元之政友，但廬稱其「善清言」，不溢美。

古之注柳文者，皆未留意於此，故特爲闡明之。

二

右一段乃卞孝萱所書，吾一字未易錄存，衹略加補充如下：

子厚此記，草於元和二年，先太夫人喪亡之後，所謂先友，類皆生存無恙，顯居朝列。記中措詞，或揚或抑，自當料及揚者人猶嫌其不足，抑者人定惡其太過，而子厚不顧也，所下褒貶，一律以春秋之筆行之，不雜絲毫恩怨於其間。如杜黄裳明爲政敵，而逕置永貞政變於度外，楊憑至親無文，而獻詩時所歌頌之碩德偉材，一字不提，孝萱首翹此例以概其餘，信是公允。

韓退之衹以文益奇三字了之，蓋以名爲先友，而實與己位望相埒之故。至崔敦詩顯爲摯交，曾在贈序中揄揚備至，而記中使成爲沒字碑，嚴酷曷任？又虞當之子九皋，名且不提，尤見忘私。或曰：敦詩得書，全爲子官補闕，父贈太常卿之故，敦詩本身學行，當然在不論不議之列，是說也，余然之。

韓退之在此記爲父執，在獨孤申叔碣後十三人題名爲摯友，平時行文，或尊之爲十八丈，或直呼韓愈，抑稱韓生，以退之與子厚年事衹長五歲，而又辯論侃侃，兩不相讓也。此十三人中，永貞甘露兩次黨人、或準黨人、居其多數，獨退之一人爲政敵，而在先友中，政敵不止一人，除退之外，杜黄裳高郢輩不能不劃入政敵中，深堪注念。

鄭餘慶與從父兄利用，均號長者，而於利用之長者上增一眞字，以見餘慶之長者爲僞，此乃聲東擊西之法。

高郢、子厚於其知貢舉時，號抑浮華，矯枉過正，原不滿於其所爲。郢故是色厲而内荏，曾預百寮廊下食，中使馬江朝奉旨賜櫻桃，郢隨司空嚴綬之後，向江朝屈膝而拜。此當在元和四五年頃，子厚書石背後之事，倘預知焉，不干貴幸四字，應且紀載不上。蓋貴幸云者，一般顯要且不可，何況權閹乎？

房啓爲人殊平平，而以子厚於房杜最器重，又親書房公德銘之陰，因啓是房氏裔孫，特與優容，非欣賞於其人也。

李鄘入相，出吐突承璀之薦，鄘深恥之，卒入京不視事，客到門皆不見，子厚殆以此重之，果檢自負四字，得來不易，事關宦寺，蓋子厚所一毫不放鬆者。

許孟容、子厚尊爲五丈，傾肝瀝膽，無所不談，當恐有人譏其徇私，因而所記極爲泛泛。吾意記中各家，於孟容矜持過甚，稱述顯有不足。

李覬楊瑀、與子厚父鎭爲理盧岳妻案之故三司，記稱瑀無可言，此記中負面形像之最惡劣字，因而形成李覬亦碌碌無甚短長，是乃子厚顯揚亡父之特筆。該案與穆氏兄弟有關，穆在先友中，篤摯與楊氏相埒。

餘與孝萱所見，大抵無甚差異，無煩瑣瑣。

何義門於先友記，亦自下按語，略記數義如次：一、記先友例創於柳子，水經注云：郢城中有趙臺卿冢，岐生平所自營也，冢圖賓主之容，用存情好，敍其宿尚，柳本諸此。二、鄭餘慶鄭利用，二鄭以互文見意。三、魯直爲尚書郎，黃庭堅字出此。四、路泌只三四語，何其淒婉？五、蘇弁武功人，好聚書，好聚書亦得書，本史遷賈嘉與余通書之例也。按東明張先生墓誌：聚經籍圖史二句，亦以聚書得書。以上五款，與吾及孝萱所涉想者，互有出入，因牽連置之末幅，用博吾趣云。

蘇秦自撰鬼谷子

錢唐吳承志橫陽札記、記鬼谷子云：

鬼谷子三卷，隋書經籍志始著錄，柳宗元集、晁公武讀書志、高似孫子略、陳振孫書錄解題，並以劉向班固不錄其書爲疑。蒙謂十四篇，蓋錄在蘇子三十一篇中也。史記蘇秦列傳索隱、引樂壹注鬼谷書云：「蘇秦欲神祕其道，故假名鬼谷。」唐書藝文志云：「鬼谷子、蘇秦撰。」是鬼谷子本蘇秦之書，漢志凡一人所著書，目多不別出，儒家錄董仲舒百二十三篇，不更標春秋繁露之目，雜家錄淮南外三十三篇，不更標萬畢術之目，此例當本錄略。醫家黃帝內經十六篇，皇甫謐甲乙經序謂素問在其中，道家太公二百三十七篇，沈氏濤銅熨斗齋隨筆謂六韜在其中，

然則鬼谷書之入蘇子，較可知矣。屠氏繼序困學紀聞集證，據説苑引鬼谷子，謂劉向時有是書，蒙按漢人書籍，多引鬼谷。史記太史公自序：「故曰：聖人不朽，時變是守」，索隱曰：「此出鬼谷子，遷引之以成其章，故稱故曰也」，證一。蘇秦列傳：東事師於齊，而習之於鬼谷先生，張儀列傳：始嘗與蘇秦俱事鬼谷先生。論衡答佞篇引：「傳曰：蘇秦張儀習從横之術於鬼谷先生，鬼谷先生掘地爲坑，曰：下説令我泣出，則耐分人君之地，蘇秦下説，鬼谷先生泣下沾襟，張儀不若。」鬼谷先生、戰國策無其人，所引諸文，當卽是書，證二。蘇秦列傳集解引風俗通義曰：「鬼谷先生、六國時從横家」，鬼谷先生僅有其書，縱横家之目，必本之錄部，證三。準此數證，其宜爲錄志所收無疑。竊意樂壹所稱蘇秦託名，正劉班舊説爲然，劉向有校上蘇子序篇，班固别有目錄一書，鬼谷之説，殆詳於彼。隋時蘇子書亡，向序固目錄亦亡，惟鬼谷書及别錄漢志僅存，唐宋諸儒，遂知其一不知其二。柳州據劉錄班志，而不一檢樂注，昭德承柳説，而不再考唐志，此則其疏於鉤討，直齋引唐志，而以爲不可考，則猶疏之又疏。樂氏之説，明具於索隱，且秦策説蘇秦事，云得太公陰符之謀，伏而誦之，簡練以爲揣摩，期年揣摩成，鬼谷書有揣篇、摩篇、陰符篇，明是蘇秦自道其所得，何云茫無可考？

右文證明鬼谷子爲蘇秦自撰，書卽在蘇子三十一篇中，明明早爲劉向班固所錄，樂

壹注又說明蘇秦欲神祕其道，故假名鬼谷，作者因斷定樂壹所稱，正是劉班舊說。柳州昭德〔卽晁公武。〕諸公，不加考證，又忽略樂壹所說，堅云劉班不錄鬼谷子，未免疏之又疏。證旣確鑿，文復條暢，可謂考據家上乘文字。

承志字祁甫，爲學本於治經，尤精研許書。本編任平陽校官時所記，平陽古名橫陽，因用盧文弨陸繼輅札記之例，以地名標之。民國初年，吳興劉承幹爲之刊行。吳文：「索隱引樂壹注」，樂壹史記原作樂臺，承志當以衆書皆作壹，故從衆云。

楊叔嶠論鶡冠子

叔嶠名銳，四川綿竹人，戊戌殉國六君子之一，博物強記，爲一時冠，文亦駢散兼工，爲張香濤最親厚弟子。成都刊有楊叔嶠文集一小册，所收辭賦論解，止於寥寥三十篇，知其文之散佚者至夥也。中有讀鶡冠子一文，長達五千餘言，具徵學力雄厚，惟取其與本編有關三段如下：

陳振孫書錄解題曰：韓公頗道其書，而柳以爲盡淺陋言，自今考之，柳說爲長。今按退之讀此書，所稱但四稽五至、及中流失船、一壺千金等語，皆閱歷世故之說，韓公偶取其詞，有感而然，本非篤論，柳州以下，盡疑其僞。夫古書年久闕佚，事勢之常，從未聞閱世愈久，篇袠愈增者，況漢以前，著之竹帛，卷軸不能過

重，後世刊版，日趨簡便，宜古書多篇，今合爲一，不應古人一篇，而今反析爲十餘篇也。且是書志列道家，而今本惟夜行泰鴻泰錄世兵天權能天等篇，尙合老莊宗旨，餘若博選王鈇近迭環流備知度萬諸篇，往往出入於儒墨縱橫兵法陰陽之間，兼九流有之，而又不類呂覽淮南之以雜家名者，其爲後人掇拾而成，已無可疑。

鵩賦云：水激則旱兮，矢激則遠，萬物迴薄兮，振蕩相轉，此用呂氏春秋淮南子語也，茲曰：水激則旱，矢激則遠，精神迴薄，振蕩相轉。鵩賦云：禍兮福所倚，福兮禍所伏，此用老子文子韓非子呂氏春秋語也，茲曰：禍乎福之相倚，福乎禍之所伏。鵩賦云：貪夫徇財兮，烈士徇名，又云：泛乎若不繫之舟，此用莊子語也，茲曰：烈士徇名，貪夫徇財，又曰：至得無私，泛泛乎若不繫之舟。此類猶可云：道家語彼此互同，至於鵩賦云：禍之與福兮，何異糾纆，茲作禍與福如糾纆。賦云：沕穆無窮兮，何可勝言？茲作變化無窮，何可勝言？賦云：大鈞播物兮，坱圠無垠，茲作坱圠無垠，孰爍得之？賦云：天不可預慮兮，道不可預謀，茲作天不可與謀，道不可與慮。賦云：小知自私兮，賤彼貴我，茲作小知立趨，好惡自懼。賦云：達人大觀兮，物無不可，茲作達人大觀，乃見其可。賦云：夸者死權，衆庶每生，茲作夸者死權，自貴矜容。賦云：至人遺物兮，獨與道俱，茲作至人不遺，動與道俱。賦云：衆人惑惑兮，好惡積億，茲作衆人域域，迫於嗜欲。賦云：縱軀委命兮，不私與

己，兹作縱軀委命，與時往來。賦云：細故蔕芥兮，何足以疑？兹作細故䔎蒯，[一]奚足以疑？賦云：忽然爲人兮，何足控摶？兹作彼時之至，安可復還？安可控摶？賦云：寥廓忽荒兮，與道翱翔，乘流則逝兮，得坻則止，兹作乘流以逝，與道翱翔。賦云：遲速有命兮，焉識其時？兹作遲速有命，必中三五，合散消息，孰識其時？賦云：命不可説兮，孰知其極？兹作終則有始，孰知其極？賦云：萬物變化兮，固無休息，斡流而遷兮，或推而還，兹作斡流遷徙，固無休息。賦云：彼吳強大兮，夫差以敗，越棲會稽兮，句踐霸世，兹作吳大兵強，夫差以困，越棲會稽，句踐霸世。賦云：憂喜聚門兮，吉凶同域，兹全用其句，但去兮字。是皆賈生自造之語，而此書在在與之合，柳子厚謂太史公伯夷列傳稱賈子曰：貪夫徇財，烈士徇名，夸者死權，不稱鶡冠子，遷號爲博極羣書，假令當時有其書，遷豈不見？子厚此語，蓋已深燭其僞，何待按其文義，而始知所言之不類哉？

又班志自注稱：鶡冠子楚人，居深山，袁淑眞隱傳曰：鶡冠子隱居幽山，衣弊履穿，以鶡爲冠，莫測其名，因服成號，著書言道家事，龐煖嘗師之，後顯於趙，鶡冠懼其薦己也，乃與煖絶。今書乃多與龐煖問答之語，又有悼襄王問龐煖語，夫煖之仕趙，鶡冠子既與絶矣，不惟顯晦殊途，抑且南北異地，趙君臣問對，楚之隱

[一] 原注：文選注作䔎蒯，與蔕芥古字通。

士何由得知而著之書？漢志縱橫家有龐煖二篇，兵權謀有龐煖三篇，豈後人以煖書誤入之歟？不然，卽作僞者亦何故留此以自示瑕疵？故據昌黎，則盡以爲眞，據子厚，則盡以爲僞，平心論之，眞不純眞，僞不全僞，蓋在參半之間，究其作僞之人，與隋志卷數合，宜在唐前，與班志篇數殊，必在漢後。意者晉魏之交，迭經寇亂，偏方割據，典籍道喪，撰修文殿御覽者猶及見之，則中原此書固在，而江左失傳。時承清談風尙之餘，好事者因贋爲一書，以投時好，略綴舊聞，雜採他書，附以己意。故其精語亦間與諸子爭衡，而其悖謬不經之談，如謂堯不慈，舜不孝，倉頡不道，湯武放弑利其子，歷詆古聖，殆同狂吠，亦惟六朝人始敢爲之，人心險盭固如斯哉！

廬觀讀鶡冠子一文，卽知叔嶠學識雄渾無邊，固不止當今蜀才第一，且疑非相如子雲諸問世鄉前輩所能幾及，以叔嶠之生，後於二子幾兩千年，凡讀二子未讀之書，見二子未得見之事，曾不知多至何許也？而筆力又足以舉之，雅贍一時無兩，此才驟燬，遺憾何窮？至其辨鶡冠之眞僞限度，所引證各書之是否絕無錯迕？余愧未遑深考，難贊一辭云。

又戊戌之變，持與永貞之變相較，固不無幾分相似之處，而叔嶠之學與才，復堪與子厚匹敵而無愧，以言遇合，楊之遙勝於柳，更無待言。特其驟集衆賢，同興晉陽

之甲，其中賢不肖渾殽，是非雜錯，因而貽誤大事，應不在少。例如事急時，叔嶠曾搥几太息，「主上今又誤聽於康有爲」，復次，王彦威㊀與叔嶠書云：「與此輩少年共事，公他日進退俱難」，叔嶠卽招林旭至寓而切責之，（語見黄尚毅所爲楊叔嶠先生事略。）凡此種種，應不無與王叔文韋執誼間之齟齬不合，有虎賁中郎之似。但事敗後叔嶠長往，而子厚苟生，且蹭蹬十餘年中，矢口不談往事，倘要揣測子厚内心作何想法？正似水中撈月，空空如也，終亦無從比並論列，得其指歸，吾不禁於錄叔嶠文訖，爲之擲筆三歎云。

銳原字退之，廣雅督蜀，嘗賞其文曰：「李嶠才子也」，因令改字叔嶠。光緒中葉，廣雅督粤，招掌書記，後遷楚，亦相從，前後十三年，凡所代擬文字，墨出火入，無一字存，高楷云。

欽吉堂黔驢説

説如下：

柳州誚黔驢，後世或傳其義以爲戒，失君子蒙難義，作説正之。驢固非以猛鷙不可制稱能，以負重行遠稱能也，投放閒散，無重遠可致，山非所習，不幸遇虎，

㊀ 王彦威，字弢夫，黄巖人，同治舉人，官軍機章京。光緒三十年卒。

以身殉虎，命也。虎誠技強，於世無用，驢誠技弱，於世有用，虎殺驢，無用殺有用，子厚乃不怒虎而誚驢。物之厖無象若矣，使遇虎必鬥，果鬥，終不兩存，必虎殺象；象重千觔，力過虎，而虎殺象，象之力亦以負重行遠稱能，搏擊吞噬，非其性也。物遇虎，不陷者寡矣，假而俯首帖耳，跧伏戰栗，虎不聞憐懼而釋之。驢遇虎，若弗知其虎也，務盡其一蹄之力以距之，而後斃其身。古來忠臣義士，大有爲而及於難者，象之類也，小有爲而及於難者，驢之類也。驢入於黔，處非其地，受命則正矣，子厚亦嘗遇虎者也，不敢怒虎，故誚黔驢。子厚不怒虎，初未嘗不爲虎裂也，使柳子當日不畏虎，奮黔驢之技，以身祭虎，世徇吾文，吾徇吾節，萬世不有餘快哉？

文以虎殺驢、爲無用殺有用，說誠未誤，然此乃自然所安排，人固無如之何也，惟虎殺象亦然。至謂驢象之於虎，等於忠臣義士之及於難，則強辭奪理，曲意加譏評於子厚，非文之正。欽吉堂名善，婁縣人，爲王惕甫弟子，在嘉慶間略有文名，一生蹭蹬，以諸生終。尋惕甫爲人與文，皆以剛愎爲世詬病，然吾謂惕甫陽爲剛愎，陰入邪諂，前者以肆應多爲人知之勝流，後者以逢迎世所罕接之貴要。吉堂以諸生扳援無路，或者祇承其師之剛愎，而尙未得其邪諂，黔驢說其一例也。吾所見吉堂集乃殘本，卷首有作者五十一歲像，爲改七薌筆。

竹下寤言與舜禹之事

明王文祿竹下寤言立一說云：

張世傑露香祝天，天不佑宋何也？蓋天意以安民爲重，以君爲輕，況眞主已生於元，天意何嘗有華夷之分？安民則是矣，若世傑生存，必復立一主以爭天下，塗毒人命甚矣。蓋世傑所知者宋之天下，天意以天下爲天下之天下，此正所以爲天，非不佑宋，佑下民也。惟太王得之，故曰不以養人者害人，是以去邠而周祚興，亦天意也。

此文繩之柳筆，頗呈轇轕下上之觀。蓋子厚天說前部，引韓退之之言，謂人賊元氣陰陽，而天惡之，有能殘斯人者，必合乎天意，而天視爲有功，此同一天意，而適得王文祿所言之反。依子厚之天說後部，又功者自功，禍者自禍，天與人渺不相涉，將直無所謂天意存焉。由天之角度看來，張世傑之應否存宋，柳張兩家，殆毫無共同之處，無已，試就民而言之何如？

天意賊民，或至少不以安民爲重，既知之矣，至於民也，則求彼此相安，或禮之用，和爲貴，或少殺一人，卽多保留一分元氣，如此種種，都無待言。於是律之子厚論舜禹之事，以推及於漢魏，子厚意謂：漢之失德久，不繫而忘於民也甚，則漢之於

民，直等於天説後部之天，彼此兩不相涉。其攘禍以立強，積三十餘年以繫於民，而使民不忘以至於思，實惟曹氏。由是由民之角度看來，張世傑之無需存宋，柳張兩家，卻儘有共同之處。凡元之繼宋，比於魏之繼漢，本質上既有所不同，而華夷不分之謬論，不可不辯。

鄭芸圃舜葬蒼梧考

鼻亭神在道州，此與舜之南巡及崩及葬俱有關，湘人就是考證者，吾見有數家，長沙鄭敦曜有舜葬蒼梧考頗詳備，輒錄於此：

檀弓：舜葬於蒼梧之野，蓋三妃未之從也。義疏：孟子言舜卒於鳴條，今安邑有鳴條陌，陳留平邱有鳴條亭，與此記蒼梧之説不合，欲以孟子一語爲確，究不能定其爲何處？愚按書云：陟方乃死，祭法云：舜勤民事而野死，檀弓又以爲蒼梧之野，以經證經，舜死於外明甚。路史竹書，皆言舜葬蒼梧，太史公曰：舜南巡，崩於蒼梧之野，歸葬於零陵之九疑，山海經云：舜之所葬，在今道州零陵縣界，（零陵今屬永州。）綱鑑注云：蒼梧山亦名九疑，今道州寧遠縣，習鑿齒云：虞舜葬零陵，元和郡縣誌云：九疑、舜之葬也，是舜葬於楚之道州九疑明甚。獨呂覽以爲舜葬於紀城九疑山下，今淮安海州有蒼梧山，義疏謂紀城九疑，距安邑陳留皆數千里，海州

距陳留亦千餘里，與鳴條仍不合，是其說誤甚。夫古今地名同異，多不可考，蒼梧之野，未言其野何名？今安邑陳留平邱之稱鳴條者，已不一其處，或蒼梧之野，亦名鳴條，特書無徵，不敢牽合耳，要不得謂孟子獨是，羣書皆非也。三妃之說，路史發揮，虞帝三妃，娥皇無子，女英生商均，癸比氏生二女，一曰宵明，一曰燭光，見諸汲簡皇甫氏之世紀。山海經言洞庭之山，帝之二女居之者也，若九歌之湘君湘夫人，則又湘水之神爾，而羅含度尙之徒，以爲堯女舜妃，而以黃陵爲二妃之墓。鄭玄張華酈道元，且謂大舜南巡，二妃從征，溺死湘江，神遊洞庭之山，而出入乎瀟湘之浦。爲是說者，徒見堯典有二女之文，卽以爲堯女舜妃，不復致考，厥妄甚矣。且虞帝晚年，已禪禹矣，南狩權歸伯禹，而二妃俱過期頤，孰有從征之事哉？王應麟云：司馬公詩曰：「虞帝在倦勤，薦禹爲天子，豈有復南巡？迢迢度湘水。」張文潛詩曰：「重瞳陟方時，二妃蓋老人，安肯泣路旁？洒淚留叢筠。」二詩可祛千載之惑，愚按九疑之陵，前人有疑弟象之國所崇封者，特無援據，且不知舜實躬臨弟象之國耳。嘗考後漢東平王蒼傳：象封有庳，在今永州營道縣北，庳音鼻，楚地。又宋類苑：道州永州之間，有地名鼻亭，去兩州各二百餘里，舜封象於有庳，卽此。黃庭堅鷓鴣詩云：「眞人夢出大槐宮，萬里蒼梧一洗空，終日憂兄行不得，鷓鴣應是鼻亭公」，觀此、知永道兩州間之蒼梧九疑，皆弟象之國所轄屬，南巡

非南狩也，南狩至南嶽而返，永道上游，於路不順。天子之行曰巡，舜親愛弟，禪禹之後，自攜二女以訪弟象於有庳也，此即源源而來、常常而見之意也。卒於南巡，而弟象爲之崇封於九疑矣，宵明燭光，從征不返，留於象叔之國矣，斑竹之淚、黄陵之墓所由來也，復何疑哉？此説出余臆見，情理似合，録之以補注疏之闕。作者鄭敦曜，字芸圃，長沙諸生，積學不售，刑部尚書敦謹之弟也，所著曰亦若是齋隨筆。

王泉之書王守仁象祠記後

象祠在上編已詳有紀録，兹檢得湘人王星海一文，於柳義之反面頗有闡發，而無礙於並行不悖，因並録於此。

書王守仁象祠記後　　王泉之

書曰：象傲，孟子曰：象日以殺舜爲事，是人性之至不善者莫象若也，而有庳之人祠之何哉？宜乎柳子厚毁其廟也。毁於唐而仍祠於明，靈博山復有祠焉，王文成公記之。子厚之毁其廟，據象之始，文成之記其祠，承象之終。舜之愛象也，喜則同喜，憂則同憂，其感也深，其化也神，克諧以孝，故能烝烝乂，不格姦，瞽瞍亦允若。父既感而爲慈父，象焉得不化而爲悌弟乎？有庳之封，舜之所以待象者

周，象亦能使賢任能，身安於位，澤及於民，常常而見，源源而來，其愛兄爲何如哉？宜其既死而人懷之，祠之所由來矣。舜之南巡在卽位之初，五月南巡狩，至於南嶽，如岱禮，其明徵也。舜葬於蒼梧之野，蓋二妃未之從也。古無合葬之禮，二妃未從合葬，非不從舜至蒼梧也。舜至蒼梧，斷未有舍二妃而不顧，其從而去也，有必然者。山海經曰：洞庭之山，帝之二女居焉，山海經作於伯益，其言帝也，蓋謂舜也，郭璞以爲天帝之女，妄矣。劉向列女傳：舜陟方，死於蒼梧，二妃死於江湘之間，俗謂之湘君。禮記言二妃注云：離騷所歌湘夫人，舜妃也。退之黄陵廟碑云：湘旁有廟曰黄陵，自前古立以祠堯之二女舜二妃者。秦博士對始皇帝云：湘君者，堯之二女舜二妃也，劉向鄭玄，皆以二妃爲湘君，而離騷九歌，既有湘君，又有湘夫人，王逸以爲湘君自其水神，而謂湘夫人乃二妃也。洪興祖謂郭璞王逸之言均失，堯之長女娥皇爲舜正妃，故曰君，女英以下，自宜降於夫人，其言得之。二妃之死於江湘間者，以舜崩蒼梧，痛之深而思之切，感於物而血淚形於竹，故居於洞庭之山焉。世有未識二妃未從合葬之義，而以舜之依象爲南狩者，故因象祠而並紀之，以釋南巡征苗之疑。迄今過九嶷而憑弔焉，想見仁人之於弟，親之欲其貴，愛之欲其富，及其卒也，舜陵在焉，象祠亦在焉，兄及弟兮，仍式好而無尤，益

知人性非眞不善，而天下無不可化之人矣。蒼梧之野，即今湖南道州，古有庳地也。柳毁祠據其始，王復祠承其終，文自言之成理。而舜遜位後，依象以養餘年，及舜崩蒼梧，蒼梧即湖南道州，古有庳地，此兩義人罕道及，故重複録之。作者王泉之、字星海，一字漢槎，清泉人，嘉慶十年進士，官江西知縣，有政餘書屋文鈔。

黄元同舜禹益禪受説

自柳子厚爲舜禹之事一文，以後儒者皆駭詫其説，甚且以文非子厚手筆，實則子厚此文，論點在以民意爲依歸，不獨取義甚正，而立意亦至平庸，婦孺可得與知。不謂在公曆一千九百四十九年以前，竟無作者涉筆論此事，而意義足與子厚遥相印合，獨黄元同本論無媿於此。吾因鄭重而録存焉如次：

或曰：舜陟帝位，二十有八載而堯崩，禹陟帝位，十有七年而舜崩，益陟帝位，七年而禹崩，於傳有諸？曰：否，孟子言：二十有八載相堯也，十有七年薦禹也，七年薦益也，曰相曰薦，是時蓋攝政矣，豈陟帝位有天下之云乎？孟子言堯老舜攝，非爲天子，是舜雖終陟帝位，方堯之未崩也，實一攝政之相耳。益之於禹，亦祇有七年之攝，未聞其陟帝位也。且禹益年相若，禹治洪水，益烈山澤以助之，及禹之

崩也，益亦老耄倦勤矣。益若受禪，不數年卽當擇賢自代，而當時之賢，未聞有出于啓之右者也，是則益不受禪，位傳啓，益而受禪，位亦傳啓，益其受之禹而傳之啓乎？何若不受禪而立其子也。或曰：然則傳言三年喪畢，各避帝位，何也？曰：避地云爾，豈曰避位云乎？舊君之都邑，有宗祀在焉，其子若孫之所世守也，有宫室在焉，其妻若子之所安居也，是不容不避之故。孟子曰：居堯之宫，逼堯之子，是簒也，此舜禹之所以避也。益賢，禹薦之，公也，啓賢，益立之，亦公也。益不受禪，告天下以立啓，三年喪畢，退就侯國，使朝覲訟獄者，可以專心之啓，此益之所以避也。若謂舜禹益喪畢避位，此必不然，何則？舜禹既受帝禪，不可避，益未受禹禪，不必避，此非理之至明者與？或曰：然則孟子言：舜旣避，後之中國，踐天子位，此又何説也？曰：舜始居衛濮負夏間，地在南河之南，南河者、禹貢所謂至於南河是也。南河之南，僻在東夷，故舜爲東夷之人，今既爲天子矣，而東夷僻地，非朝覲之所，勢不可久居，故之中國，作都於蒲阪，坐明堂而涖諸侯焉。此謂既避南河之南，後又都蒲阪，非謂前避位，今又陟位也。禹受封於陽翟，舜卒居陽城，亦卽所避之處，以爲都後，乃從堯舜所居之冀方，作都於晉陽，以聽天下之訟獄朝覲，其先後舉措，與舜略同。先儒之説，紛紛籍籍，謂舜之於堯，禹之於舜，生則陟位，崩則避位，天下既從，又陟位，大寶曰位，可若是之游移乎？卽位之禮，亦可再

舉乎？且謂益已陟位，因避箕山而民不從，然後意沮，此鄉黨自好者不爲，而謂益爲之乎？孟子言朝覲訟獄之歸者，見舜禹陟位而民受之，非取決于天下之從違也。孟子又言之啓不之益者，益不受禪，避居箕山，不願民之之，而民亦不之，見啓之陟位，亦民受之也。孟子之意蓋曰：傳賢傳子，皆天與之，及陟位而朝覲訟獄歸之，皆民受之云爾，讀者勿以文辭害其意可也。

子厚曰：「使以堯之聖，一日得舜而與之天下，能乎？吾知小爭於朝，大爭於野，其爲亂堯無以已之，何也？堯未忘於人，舜未繫於人也。」惟其然也，堯必有二十八載之工夫，俟舜繫於民，一至舜與民打成一片，而後堯舜之授受可得而成，惟舜之於禹，以及禹之於益亦然。獨益與禹之年相若，「及禹之崩也，益亦老耄倦勤，……卽當擇賢自代，而當時之賢，未聞有出於啓之右者。」其所謂未聞有出於啓之右者，卽指己繫於民塵七年，而人以父子相繼而繫於民之密，無有出於啓之右者也。於是「孟子又言之啓不之益者，益不受禪，避居箕山，不願民之之，而民亦不之，見啓之陟位，亦民受之也。孟子之意蓋曰：傳賢傳子，皆天與之，及陟位而朝覲訟獄歸之，皆民受之」，一切以民意爲依歸，惟魏之於曹亦然。「積三十餘年，天下之主，曹氏而已，無漢之思也。……然則漢非能自忘也，其事自忘也，曹氏非能自繫也，其事自繫也。」事理明白如此，不論作者爲柳子厚，抑爲黄元同，祇須見到當時事勢，瞭如指掌，所得

結論，自然趨於一致。至受禪主體之爲公與私，或仁與強，作此文者之爲貫通古今之通儒如柳子厚，抑篤學泥古之迂儒如黄元同，而皆爲題外之事，所當别議。此之謂求同存異，凡邏輯所得之號爲公論以此。

元同曰：「孟子言朝覲訟獄之歸者，見舜禹陟位而民受之，非取決於天下之從違也」，此以今日語言核之，意似背反，蓋民既受之矣，卽顯示天下之從之也，何得謂非取決於天下之從違乎？曰：元同之意，特謂舜禹陟位，非若後代元首更迭，必假藉於選舉，通過於議會，然後爲合法已耳，此廑説明古今取決民意之方式不同，就中隱顯通泥之度有異，於天與人歸之本旨無害也。

元同名以周，式三子，〔式三本編别見。〕同治舉人，官訓導，主講南菁書院十五年。爲學不拘漢宋門戶，尤精三禮，撰禮書通故百卷，俞樾稱其精核。

彭石原題柳子厚吏商篇

彭石原，名維新，湖南茶陵人，康熙丙辰進士，由編修累官戶部尚書，協辦大學士。所著墨香閣集，題子厚吏商篇一文在焉。迻錄如下：

柳子厚作吏商篇，蓋欲挽吏之汙者轉而爲廉也，而或訾其與正誼不謀利之説戾，則猶未察其意矣。其言汙吏以貨商，謂汙吏以其貨資人爲商，得利不能什一，

及身敗，欲終不遂。其言廉吏以行商，謂廉吏能潔其行而不改，則名尊而秩遞崇，爲利溥。且言哀没於利者，以亂人而自敗，不得已，姑設爲是言，是與子思所云仁義所以利之，孟子與梁惠言仁義之意，大旨略同。惟於廉吏概目以商，復云利溥，雖本於史遷廉吏久更富之言，而儗喻不倫，語疵有所不免爾，或其時有激而爲是言耶？世風之日降也，廉恥盡喪，惟財賄是亟，士林且莫肯自固其防，有儒而儈者矣，且有宦而駔者矣。業則非商也，名則非商也，厲士君子之容，襲道義之語，陰售其壟斷攫取之術。掩蓋欺世，以詩書居奇，利欲薰心，托借聲氣，以關説便利，誘衆驚愚，其情其狀，眞有窮於儗似而莫可名言者。是儒儈者、士類之蟊賊，宦駔者、仕途之鬼蜮也，視汙吏之以貨商者，辱賤之差，隱顯之殊，相去又不啻什百矣。故夫昔之汙吏，子厚尚冀其聞是言而或轉爲廉也，至儒而儈，宦而駔，陷溺已深，羞惡之心蕩然，方且自以爲得計，縱言者諄諄，亦復如之何哉？噫！

子厚吏商一篇，所言固非正理，篇末急民二字，足以解釋一切，石原審其有激而爲之，誠探驪而得珠。蓋石原己亦是正人，深知宦海情弊，故讀柳文而會心不遠。彼督學山左時，有致方靈臯一書，於長鎗之弊惡，言之刻至。事之本質，固自如是，吾揣其對僞道學如靈臯其人，意存諷刺，特甚言之。文云：

……弟考規雖嚴，而等第最寬，取錄不一格，亦不求備，接遇諸生以禮，有文

行者，更體恤周至，惟於訟魁長鎗，則痛懲不少寬假。此二種皆獲罪名教，敗壞風俗，而長鎗尤甚，學使者汲汲欲擢眞才，而鬼蜮輩處處售以贗鼎。其人或廩生，或增附生，或曾中鄉會試，每十數人隨棚流轉，賃大屋，聚書羣居。城市無賴遊手，爲之奔走，偵伺考規疏密，引鄉曲菜傭子弟，議封多金，重賄廩保，倩代冒名入試，或夤緣遞稿與人。最工於規撫風氣，弋獲則朋分封金，案發時、生童各已散歸，學使又按臨他郡，故發露者少。夫以掄才之地，視爲鬻貨之場，爲天壤間至不平之事，此類若不盡除根株，是植稂莠以害良苗也，學臣不得辭其咎矣。故於察出數案，嚴示懲處，必待三年試竣，然後酌爲開釋，非苛也。彼既甘自外於士，斯不復仍以士待之，庶狎而扞罔者，不至接跡而起，所全實多，於理於法於事勢，均不宜於姑息者也。尊教云：「斥責已足戒後」，似未爲局中者審計耳。……

靈皋又勸石原刻熊劉等稿以示範，熊者熊伯龍，劉者劉子壯，皆明末時文高手，石原亦不以爲然，謂「熊劉二先生文各有偏勝，徇末而遺本，未若窮源以及流之爲得。」觀於石原反方靈皋，以及默契於柳文，殆不失爲讀書有得、而明於世道之士。尋石原於明少師李東陽賓之爲同鄉，且兼姻婭，相隔二百年，而心儀其人不已。視學山左時，知其遺族當明鼎革時，依舊姻衍聖公於曲阜，因訪得裔孫興貴，爲之安置產業，而從其家敗壁塵網中，取得少師遺像以歸。己詳題其後，文存集中，唐鏡海〔鑑〕序

石原集時，亦盛道其本末，此一鄉閭韻事，頗饒風趣，吾誠竊有觀感，而樂於牽連記錄如右。

墨香閣集十三卷，吾循誦一過，淵雅寬博，遠在周星叔孫芝房之上，詩亦雅才俊上，五言尤勝。邊地得此手筆，迥不尋常，不知王葵園纂古文辭，何以揚周孫而抹煞前輩如此公者，人譏王偏祖鄉人，彼舍正路而不由，何怪人言如是？獨偶閱清史稿，乾隆初，御史王峻劾左都御史彭維新矯詐苛鄙，直聲震都下。吾揣雍乾間號稱有清盛時，上以僞勵精圖治著聞，而石原熟精吏事，亦好以察察爲明，宜其得此惡聲。惟事本末無可考，復未及檢查東華錄，彭是否以此左官？姑記錄於此，以待他日參證。㊀　王峻字艮齋，常熟人，由編修改御史，拜官甫三日，白簡即發，一擊不中，適以母憂去官，遂不復出。峻爲陳祖范高第弟子，學長於史，尤精地理，以考訂終其身，所撰漢書正誤，大爲錢竹汀所推許云。

文道希與毛穎傳

純常子枝語卷七載：

㊀　釗案：王峻參彭維新事，亦見於錢林文獻徵存錄卷五陳祖范名下，此謂彭彊很而忮，無學術，峻具疏劾罷之，既云劾罷，則彭因此而落職可知。

裴晉公不滿昌黎文，宋于庭過庭錄已記之。又按唐摭言卷五云：韓文公著毛穎傳，張水部以書勸之曰：比見執事多尚駁雜無實之説，使人陳之于前以爲歡，此有累於令德，文公答曰：吾以爲戲耳，比之酒色不有間乎？余以爲范蔚宗香方，卞彬禽獸決録，並有託喻，已傷令德，若毛穎傳則但可入之俳諧集耳，而後世古文家紛紛選讀，得無有海濱嗜鮑之風乎？

王伯厚困學紀聞卷十七云：驢九錫封廬山公，雞九錫封浚稽山子，毛穎傳本於此，是伯厚亦以爲俳諧體也。〔藝文類聚引袁淑俳諧集，有封驢廬山公、及封雞浚稽山子九錫文。〕

自退之毛穎傳出，子厚兩語斷定之曰：「且世人笑之也，不以其俳乎？而俳又非聖人之所棄者」，此第一、斷定其文爲俳，第二、斷定俳非聖人所棄。此外同時之人，不論爲裴晉公或張水部，後世之人，不論爲王伯厚或宋于庭，所言皆跡比疊牀，味同嚼蠟。夫何物文道希？所作枝語之淩雜無序，不知下容齋隨筆與夷堅志幾等？而又假途方術，強不知以爲知，張皇塗抹，妄矜宏博，於斯又欲排俳體於古文之外，與柳子厚爭一日之短長，夫亦徒自張其弇陋而已，於退之庸何傷？尋道希略成片段之大篇，吾未曾見過，以小品論，吾知其求自列於子厚所欣賞之俳，大嫌不足，今而病俳，病退之所爲之俳，吾誠不信天下妄誕不自量之人，有逾於此。

訾家洲亭記書後

子厚好使用游觀字，或單或複，或整或破，或順或倒，其用不一，文中隨處可見。本文開筆即曰：「大凡以觀游名於代者」，後幅又重複用之，皆倒用也，又嶺南節度使饗軍堂記：「膳食之宇，列觀以游目」，則破而用之，舉一反三，餘不備舉，而觀字應從去聲讀，則毫無疑問。查夏重得樹樓雜鈔云：

陸放翁名游，字務觀，其義出於列子仲尼篇：「務外游不如內觀」，外游者取足於物，內觀者取足於身，觀字從去聲，後人作平聲，蓋未詳出處耳。

吾曩讀龔定菴己亥雜詩，其第一首云：

著書何似觀心賢，不奈卮言夜湧泉，幾卷詩成南渡後，先生續集又編年。

觀字勉強作平聲讀，亦可敷衍過去，吾視作拗韻句讀去，已數十年，而由查夏重之說看來，定菴終是富有內心之作者，觀心必是用作去聲，參證兩賢，爲之一快。獨夏重於此，未嘗涉及子厚，吾想子厚不應並列子不讀。夫天下英雄，大抵所見略同，安得集子厚務觀夏重定菴四公於一堂，不才亦參與末席，衎衎從容，從而看到集人力之大成，極天演之能事，駈西來之盜賊，戢懸寓之干戈，在賢豪長者指揮之下，弟兄僚寀歡呼之前，爲通古今中外而無以名之如目前之大游觀，共浮一大白也乎？

黄元同對學學問

柳文言師道者，不止一二首，其答嚴厚輿書，舉二義：一、內不足爲，二、外不足當衆口；報袁君陳書，亦舉二義：一、內視以爲不足爲，二、世久無師弟子，決爲之，且見罪。此所謂「其卒果不異」，不論如何道說，固不出乎此也。至於內不足以有爲者如何？以及如何方足有爲？子厚未嘗明白言之，從來著文涉師誼者，亦迄未見道著實際。無已，吾見定海黄以周元同文鈔，有對問若干篇，就中「對學學問」，似能中厥肯綮，試録其文詳之：

或問：禮學記引兑命：「學學半」，東晉尙書作「斆學半」，説文：斆學同字，云覺悟也，从教从冂，冂、尙矇也，其義何居？曰：學於師謂之學，教人學亦謂之學，義有動靜，音無去入。記言：叔仲皮學子柳，又言：凡學世子及學士，皆謂教人學。學記及文王世子，兩引兑命：「念終始典於學」，一以明衆知衆喻，一以明教學爲先，則典學亦謂常教，古義然也。然則「學學半」，謂卽教卽學與？抑半教人、半爲己與？曰：否，學成而後教，謏聞動衆，不足爲訓也；教而知困，又強於學，施悖求佛，有所不安也。合學記前後文讀之，而知教者之責爲甚重，教者之學亦宜深。古者八歲入小學，十五入大學，大學之法，中年考校，中年者、間一年也。一年視

離經辨志，一考校也；三年視敬業樂羣，二考校也；五年視博習親師，三考校也；七年視論學取友，謂之小成，四考校也；九年知類通達，強立而不反，謂之大成，五考校也。五考校而大成，年已二十有四，似可以爲人師矣，而內則言：二十而後，博學不教，猶兢兢焉以爲師相戒，恐其學有未精，自誤以誤人也，古人教學之重如此。今之學者，質不逮於古，學不勤於古，其受教之法，又疏於古，年踰二十，可以稱博學者，百不得一，而儼然爲師，靦不知媿，甚矣其不知量也。「人之患，在好爲人師」，孟子戒之，韓退之作師說，羣議沸起，柳子厚亦引以爲戒。故人之從師也，德不必優於己，有一藝之長，皆可爲我師，而我之爲師也，必自審其能知類通達否？能強立不反否？果其能之，亦必須暇數年，俟博學無方而後教，教而後困，困而又學。不可強不知以爲知，自欺欺人，自謾謾人，己必求其誠，人必盡其材，而後學與教並進於安。

右文結尾，「學與教並進於安」，似卽內視之唯一鵠的，子厚諄諄告語之要義，亦卽不外乎是。子厚曰：「幸而亟來，以其餘易其不足，如此、無世俗累，而有益乎己」；元同曰：「博學無方而後教，教而後困，困而又學，不可強不知以爲知，己必求其誠，人必盡其材」，二子之言，若合符節。苟非如此，而侈然擁皋比以自大，則僅章句師耳，不足以當師之名也。韓退之之學，未必優於馬融鄭玄，融玄皆不過章句師，極退之之所

爲，可能有近於是。「人之所見有同異，吾子無以韓責我」，語雖謔，易言之，義無逾此矣。韓柳高下，兹足揣稱。陸祁孫札記云：「困學紀聞：韓柳並稱而道不同，固也，然云韓作師而柳不肯爲則非是，子厚不肯爲師，正深歎師道之廢。」此終是得半近似之言，惜其生前乎元同，不得讀「對學學問」一文。蓋惟斆學半，必先自課所學，所謂「五考校而大成」，不論年居何等？凡考校五次，一次亦不容缺。子厚曰：「文以行爲本，在先誠其中」，首以自律，勖人其次，此卽是子厚所謂「內不足爲」之爲。

史望之書迻薛存義序後

書後云：

官待民，民奉官，分也；食民食，勤民事，理也。司牧者據勢而忘理，而愚民安之，設有強者，執理以難官，且將得罪，卽不罪，猶終身不得爲醇民，嗚呼！此古今貪酷吏所以得志也。……讀柳州文，喜其論確，因書其後。孔子曰：「民可使由之，不可使知之」，謂愚民難曉耳，至秦焚詩書以愚黔首，直不欲其曉之矣。貪酷之吏，常幸民之不曉，因以虐使其民而無所畏，設有明法律、辨曲直者，吏慮其能與我爲難也，輒指爲姦民，必百計除之而後安。余嘗謂循良之治，不妨有姦民，雖有，無所逞其志；貪酷之治，不可無姦民，有之，或足以鉗貪酷毒害之心，而不至於

大肆，奸民者，又愚民之所恃以爲衛者也。然又聞今之貪酷者，結奸民以爲羽翼，而愚民重受其苦，此又非余之所能知矣。

此論爲朱家郭解開辟出路，論出史望之，甚奇。望之名致儼，江都人，嘉慶進士，官至刑部尚書，蓋標榜實事求是之老官僚也。晚清有史念祖，字繩之，官廣西巡撫，以幹吏起蹶無常，卽望之之裔，依其祖說，應自列於曠世寡儔之大姦民中。

論將民劃爲三類，一姦民，一愚民，一流盪於姦與愚間之平民。遵斯論也，平民大抵被吞噬於貪官汚吏與姦民之合流，愚民之無置身之地，更可想矣。解放前，五十年間之上海，卽淪爲此一現象，此與子厚尊民爲主宰之宗旨，絕對不相容。吾意此文出於史望之幕僚之手，冀因緣以爲奸，望之和光同塵，或猶無意執持斯義。獨謂無論治與亂，國家均賴有姦民以資平衡，申韓且不易爲此言，倘論眞出自史望之，可謂怪事。望之文號樗壽山房輯藁。

送從弟謀歸江陵序書後

此文加厚耕讀相與之誼，打破士農對立之階級弊害，開闢勞力勞心、訢合無間之共同塗徑，使得一人肩此二務，以長養守望扶持、睦婣任恤、諸忠實鄉風，而子厚以至誠無二之筆出之，一字一句，都使人讀之而大有感動，遂成集中贈序類絶有關

係之重大文字。

清帝弘曆評此文謂：「子厚擯斥遐陬十四年，能不鄙夷其民，保惠教誨，澤甚厚，而其中欿然於是，是難能也」，此似不爲無見。獨子厚此一保惠齊民作法，唯在柳州四年爲然，至永州司馬，一閒曹耳，並不負撫民之責，子厚卽有廣澤濟民之志，而措施不得，故祇能自了其身，穿池種樹，「甘終爲永州民」。然卽此已於溝通士農隔閡之郵，樹立棨範，使子厚生於今日，定能開拓最高智識安宅農村之風。此在歷史上，較之安撫柳州所舉績效，價値更大，弘曆何足以知此？

釗案：余家世業農，至祖輩而大起，家有田三千餘畝，雄長一方，下一代讀書，有中乙科而仕宦於外者。諸孫卽吾曹也，八九舍農而嬉遊，耕讀兩無所成，不三四十年間，家業蕩盡，人皆枯瘠以死。二十餘輩中，唯吾流浪於外而獨存，讀子厚此文，泫然不知涕淚之何從也？

讀祕書郎姜君誌

吾讀此誌，而有極銳利之感想二：一曰皇室與士族通婚影響之不善，一方鎭掌握用州縣官權。

此類通婚之形式二：一曰選妃，一曰尙主。前者如太平廣記氏族類一條云：

文宗爲莊恪太子選妃，士庶不安，上謂宰臣者曰：朕本求鄭門衣冠子女爲新婚，聞在外朝臣皆不願共朕作情親何也？朕是數百年衣冠，無何，神堯打家何羅去，因罷其選。

文宗語末一句，陳寅恪認爲難解，釗案：何羅是俗諺，湘中猶保留此一相類語音，謂之「做何羅」，音義都與「打䍉𥗬」相髣髴，指出人不意，以擣亂手法而占人便宜也，字一作「何樓」，宋人詞云：浮生擾擾笑何樓，試看雙鬢上，衰颯不禁秋。況蕙風引劉貢父語：謂世語虛僞爲何樓，因宋初京師有何家樓，賣物多虛僞，故名。此何樓又一說，見況詞話。或謂王子淵洞簫賦：「行鍖飪以龢囉」，龢囉卽此音之所本。鍖飪、龢囉，皆疊韻字，前者聲不進貌，後者聲迭蕩相雜貌，一言以蔽之曰亂者近是。吾湘老輩，當猶默喻此語用法，陳氏一家久於湘中，當詳知之，恨未得面解此謎也。唐家起於胡族，家人男女，不諳禮教，難免不亂，此之亂交，卽文宗語中之「何羅」，意謂汝輩士族不與朕通婚，我回老家，我行我法可也，無何、猶今言「沒有甚麼」，神堯李淵年號，宰臣指鄭覃，當時自覃外並無鄭姓作相公。

納妃之不幸如右，更言尙主，如本文所示卽爲一例。姜氏上邽人，自姜謨由隋入唐，世膺顯宦，至晈封楚國公，與玄宗潛邸交契，子慶初未周晬，卽被許尙主。後淪謫二十餘年，天寶初、晈甥李林甫爲帝言之，始命襲爵，尙新平公主，拜太常寺卿，

命修植建陵，誤毁連岡，代宗怒，賜死。㝵卽慶初子也，事如本文所敍，他無所見。
夫一六品官，至七十餘年不徙，自古亦那有如此篤老之馮唐乎？以帝戚而流落爾
爾，唐家外姻之無好遇，卽此可概其餘。銘云：「不矍矍於進取，不施施於驕伉」，夫
亦幸而如此已耳，倘孳孳焉冒進，虎虎焉抗髒，或且求一客死之地而不可得。

文又曰：「以大諸侯命守州邑，輒以勞稱，時缺則復命」，是命守州邑之權，不在
朝廷而在諸侯，而在大諸侯，守之不已，時又缺出，朝廷終不得遙制，仍惟諸侯、大諸
侯之命是聽。曩子厚論封建，美唐制，比於漢「知孟舒於田叔，得魏尚於馮唐，聞黄
霸之明審，覩汲黯之簡靖，拜之可也，復其位可也，臥而委之、以輯一方可也，有罪得
以黜，有能得以賞，朝拜而不道，夕斥之矣，夕受而不法，朝斥之矣。」將姜君誌與之
略一辜較，人且不信尊崇本朝之封建論，出於認識承平王孫之子厚之手。不寧惟
是：鄭覃爲相，輕視進士科，主張用人不重文詞，文宗曰：「進士及第人，已曾爲州縣
官者，方鎮奏署卽可之，餘卽否。〔語見覃傳。〕」是謂一榜及第人，除方鎮奏署者外，餘
皆不用，朝廷將用州縣官之權，全委方鎮，而己端拱無爲於其上而已也，中唐吏治之
頽廢，一至如此。若姜㝵之以大諸侯命守州邑，並非外藩扶持帝戚，偶一爲之，而乃
諸侯辟署，大勢已成，士有志進取，不論得進士與否，大抵先謀從事，預名薦舉，挾大
鎮以脅中央。夫如是，將百無一失，而扶搖直上，莫之夭閼。子厚躬際其時，目睹此

末大必折之勢，己欲剗削之而不得，反爲所媒孽，以致屏棄蠻荒，無事可爲，徒爲窮老自放之道殣王孫，銘幽解嘲。回顧平生，施政既無一而可，而在尋常筆墨淺事，往往同載一事，前後杈枒不合，豈不傷哉？豈不傷哉？

故襄陽丞趙君墓誌銘書後

右一誌銘，乃子厚集中精詣之作，甚且有因愛此文，而嚮往子厚之爲人。獨惜子厚向不引神爲高，而此文神祕之象重，又子厚向不喜左氏春秋，而此文摹仿左氏，惟妙惟肖，爲此二因，吾讀此文而殊爲忐忑不安。就中惟一可資解說者，則子厚重孝，而孝理與神化，往往不可脫離，事苟不神，人且致疑於孝之不篤。於是子厚爲著重寫孝之故，且不惜曲筆以赴之，背信以成之，他如壽州安豐縣孝門銘，此物此志，其揆一也。〔按孝理神化字，卽出孝門銘中。〕吾閱能改齋漫錄載：王觀國辨子厚不取童謠，而有感焉：

王觀國學林辨柳子厚非國語曰：獻公問於卜偃攻虢何月也？對曰：童謠有之，子厚非曰：童謠無足取者，君子不道也。觀國按：詩書有曰古人，有曰夏諺，有曰周諺，此皆與童謠一體，蓋君子之言也，特假曰古人、曰夏諺、曰周諺、曰童謠耳，故詩三百篇，率多婦人女子小夫賤隸之所爲，苟其言有理，而不悖於道，雖童

謠何傷焉？以上皆觀國説。予按列子載：堯治天下五十年，不知天下之治與不治，億兆之願戴己與不願戴己，顧問左右外朝及在朝，皆不知也。堯乃微服游於康衢，聞兒童謠曰：「粒我蒸民，莫非爾極，不識不知，順帝之則。」堯喜曰：誰教爾爲此言？童兒曰：聞之大夫，大夫曰：古詩也。堯還宫召舜，因禪以天下，舜不辭而受之。夫子厚以謠爲不足取，固已非矣，觀國排之，不能引此，而姑以夏周之諺爲比，又何陋耶？

尋童謠與兆詞，同一陰類醜文也，雜出於左氏，未可以一二數，子厚曰：「童謠無足取者，君子不道也」，此表顯子厚之正常理致，無可詆讕。雖然，子厚重孝，而亦重民，童謠有時表達民意而逼眞者，固未易一概而論。吾嘗讀子厚所撰「舜禹之事」謂：堯之忘己而繫舜於民，積十餘年，民曰：明我者舜，齊我者舜，資我者舜，往之所謂堯者，或曰：耄矣匿矣，又十餘年，其思而問者加少，至於堯死。夫列子所載堯微服游於康衢，與童兒對語，當是死前十餘年間，其思而問者加少之時。堯聞童謠而還宫召舜，禪以天下，舜竟不辭而受之，此足證明子厚考訂舜禹之事之差無乖誤，而童謠可信。子厚曩曰：童謠云云，此不妨反面觀之：「童謠足取，君子亦道。」夫言非一端，夫各有當，家語之不欺人如此，吴曾爲王觀國進一解，而吴曾勝如此。

王觀國、長沙人，紹興中知寧化縣，所著學林，以精核稱。吴曾字虎臣，崇化人，

高宗時、獻所著書得官，累遷工部郎中，出知嚴州，所著能改齋漫錄，亦與學林同一精核。

桐城胡虔柿葉軒筆記：「宋史藝文志最荒率，吳曾能改齋漫錄，一作吳曾漫錄，入雜家類，一作吳曾能改齋漫錄，入小説類，此亟宜芟正者。」今檢查藝文志，果然如是，曾誤作會尤謬，特附記於此。虔字雒君，姚姬傳弟子，吾藏有姚致雒君親筆書。

愚溪

永州愚溪，子厚並無專篇記之，愚溪對、與愚溪詩序，皆從愚字著筆，未嘗刻劃溪流。至黄溪距州治七十里，甚遠，子厚不常遊，非卽愚溪也。後人流連勝蹟，或遥空弔念，率指名愚溪，自劉夢得以還，何止百家？宋王楙、字勉夫，王蘋從孫，所著野客叢書，有一條記此：

王建逍遥溪亭詩曰：「逍遥公在此徘徊，帝改溪名起石臺，車馬到春常借問，子孫因選暫歸來。稀疏野樹人移折，零落蕉花雨打開，無主青山何所值？賣供官稅不如灰。」劉禹錫傷愚溪詩序：「柳子厚歿三年，有僧來告曰：愚溪無復曩時矣，悲不自勝，遂爲七言以寄恨。」詩曰：「草聖數行留壞壁，木奴千樹屬鄰家，惟見里門通德牓，殘陽寂寞出樵車。」余觀二詩，深有感焉。當逍遥公隆盛之日，太官載

酒，奉常抱樂，鑾輿翟禕，增賁泉谷，見誇於諸公者不一。韋公去此，十數世耳，向者逍遥之地，至於賣供官税不如灰。當子厚無恙之日，所遊愚溪，皆一時名士，而子厚物故未久，乃至殘陽寂寞出樵車，是何隳廢一至於此？李衛公平泉山居戒子孫曰：「鬻平泉者，非吾子孫也，以平泉一樹一石與人者，非佳士也。」諄戒非不切至，然平泉怪石名品，幾爲洛陽大族有力者取去，嗚乎！茲豈告戒所及者？

子厚詩中，顯稱愚溪者祗兩首，如下：

夏初雨後尋愚溪

悠悠雨初霽，獨繞清溪曲，引杖試荒泉，解帶圍新竹。沈吟亦何事？寂寞固所欲，幸此息營營，嘯歌靜炎燠。

雨後曉行獨至愚溪北池

宿雲散洲渚，曉日明村塢，高樹臨清池，風驚夜來雨，予心適無事，偶此成賓主。

又有愚池詩一首，愚溪詩序云：溪有愚池，卽此。

旦攜謝山人至愚池

新沐換輕幘，曉池風霧清，自諧塵外意，況與幽人行？霞散衆山迥，天高數雁鳴，機心付當路，聊適羲皇情。

由此等詩觀之，只見子厚無往而不自得之概，惜八愚詩皆不傳。右王勉夫記愚溪，殊無謂，獨清康熙末造，仁和湯右曾懷清堂詩，以愚溪一首冠其集，頗饒史識。詩云：

過愚溪

我讀蝡蝂傳，居常念高危，柳侯亦知道，未用譏訶爲。慷慨功與名，失墜差毫釐，〔原注：柳詩：豈知千仞墜，秖爲一毫差。〕文墨本小道，況乃工弈棋，羣小旣喧豗，國事幾紛披。風波一蹉跌，遠逝湘水湄，扣舷動哀吟，離騷詠江蘺，西山萬古色，冉溪清漣漪，種漆思南國，成器豈可期？三亭衰草沒，故蹟誰復知？兹溪非云愚，使君失意時。潀潀漱寒石，清潭有餘悲，我來愚溪上，更詠溪居詩。

本篇前十句，正寫王叔文，而用子厚作陪襯，故曰柳侯亦知道，未用譏訶爲也。蝡蝂卽影叔文，謂其不解力小任重，一往無前，弈棋明點叔文事，羣小指閹宦及諸頑舊，語意十分明白。至風波一蹉跌下，始轉入子厚本身，以兹溪非云愚、使君失意時十字，點清題旨。全篇後幅微不稱，結尤無力。西厓故善詩，工力未知比漁洋何如？而宗旨正大，詩外有事，較時流專以浮詞裝點門面者，何啻上下牀之別？本篇爲王柳頌寃，最爲著例。

愚溪詩序：「姓是溪曰冉溪」，末一溪字，非子厚筆誤，卽是後人妄增，以此句可

作：「號是溪曰冉溪」，或「姓是溪曰冉」，以溪綴於姓是溪下，直不詞也。王伯厚紀聞云：

荆公潭州新學詩：仲庶氏吳，本詩：摯仲氏任。呂太史釣魚臺記：姓是州曰嚴，本柳子厚愚溪詩序：姓是溪曰冉溪，子厚之語，又出於水經注：豫章以木氏郡。

此誤伯厚亦未箋出，以遵「姓是州曰嚴」例，愚溪祇能作「姓是溪曰冉」，而不得妄綴溪字於下也。永州鐵爐步志云：「有步曰鐵爐步」，亦贅詞，步字應刪，此等都是後之不學者妄爲塡補。

黄山谷游愚溪詩

詩如下：

游愚溪〔並序〕

三月辛丑，同徐靖國到愚溪，過羅氏修竹園，入朝陽洞，蔣彥回陶介石僧崇廣及余子相步，及余於朝陽巖，裴回水濱久之，有白雲出洞中，散漫洞口，咫尺欲不相見，介石請作五字記之：

意行到愚溪，竹輿鳴擔肩，〔韓孟城南聯句曰刈熟擔肩頳。〕冉溪昔居人，埋沒不知年，偶託文字工，遂以愚溪傳，柳侯不可見，古木蔭濺濺。〔劉禹錫詩：會書團扇上，知君文字工。柳子厚石澗記曰：交絡之流，觸激之音，皆在牀下，翠羽之木，龍鱗之石，均蔭其上。

楚辭曰：石瀨兮淺淺，淺與濺同，濺濺、水疾流貌，音箋。〕羅氏家瀟東，瀟西讀書園，笋茁不避道，檀欒搖春煙。〔梁王兔園賦曰：修竹團欒夾池水。〕下入朝陽巖，次山有銘鐫，蘚石破篆文，不辨瞿李袁。〔次山朝陽巖銘曰：江華縣大夫瞿令問，藝兼篆籀，俾依石經刻之。法書苑云：李陽冰趙郡人，善小篆。袁氏未詳。〕嵌竇響笙磬，洞中出寒泉，同遊三五客，拂石弄潺湲。〔老杜詩：遠川曲通流，嵌竇潛洩瀨。詩曰：笙磬同音。又曰：爰有寒泉，在浚之下。謝靈運詩：乘月弄潺湲。〕俄頃生白雲，似欲駕我仙，吾將從此逝，挽牽遂回船。〔挽牽、言爲其子所挽留也。太白詩：出門妻子強牽衣。又曰：稽山無賀老，空棹酒船回。退之詩：波惡強牽挽。〕

黄山谷此詩，足見愚溪朝陽巖諸名蹟，至宋時猶在，注仍任淵。獨竹輿鳴擔肩一語，乃惡詩，下一鳴字，讀之尤不快。程頌雲語我：在蜀中行長途，輿夫皆借鴉片助力，沿途山居，窗開豁口，輿夫並不卸肩，稍稍彎腰，就豁口亟吸焉，仍行駛如故。兩竿窸窣有聲，與步伐印合，且逍遙中作順口溜，前後相應和。如前云：「左手一個彎」，後答云：「前面來了小姑娘」，前又云：「手中一枝花」，後又答：「伸手抱了他。」此種士夫濫役小工之惡趣，至公曆一千九百四十九年始告剷除。

卷四　評林上

馬班

頃閲吕月滄與毛生甫兩書，其於次第馬班，略有異同。第一書云：

仲倫先生之論文，大旨由唐宋以上窺秦漢，於漢人常先馬而後班。故字法曰質而不俚，句法曰雕琢復朴，行文無定法，要之以跌宕自在，尤以事外遠致爲難。所忌者熟也，俗也，率易也，雖貴精深，然務精深而流於艱澀，亦弗尙也。

第二書云：

言之無文，行之不遠，此童而習聞者，然雅密固文，疏澹亦未必不文。師承在近，由之而光益爛焉，則務加其膏爾。舍是而直追漢人，不數唐宋以下，彼獻吉、于鱗、仲默、元美之倫已先之，竟何如矣？執事頃所論，深有得於班氏書，以近小說家爲僞學史記之弊，誠然誠然。若陳承祚之志三國，則固以簡質勝，名物瑣碎，惟裴世期所注時時有之，其近於小説及煩蕪爲累之處，或正不免。

由前之說，宜先馬而後班，由後之說，當申班以救馬，專就文言，究應胡取？更煩言

之：前者文以跌宕爲宗，避熟避俗避率易而外，不論故軽之曰繁重，或故軒之曰雅密，皆非率先爭取之的彀。後者文須篤實光輝，不能縱而無範，徒取疏宕有奇氣，而任筆所之，將近小說家言，而與貪常嗜瑣一流無異。

之二說者，爲桐城家三百年來起伏不定之問題，迄無人焉能爲之宗主，而使趨於一範。吳仲倫固爲桐城正宗，而以與陽湖淵源不淺，勢不得追隨望溪，摽孟堅而出之大門之外，亦姑於馬班間先焉後焉而已。至毛生甫源遠而流益分，爲文剗削生峭，不隨人俯仰，非桐城繩尺所能困阨，其敢於高舉孟堅職志，以不善學馬之小說形像，歸獄於桐城之支流餘裔，似爲晚清文壇不可多得之江南狂生。㊀

獨如右一問題，一入河東解人之手，將視齊王后之於玉連環，一鐵椎了之而有餘。蓋韓柳者、文海之鰜鰈也，眞知柳者宜莫如韓，退之早爲子厚銘幽，將馬柳范爲一壑，而一千年後，將妄由寒儉不學之方苞等，塑成班柳廢材，擲諸桐城圈檻之外，豈不可笑？質而言之：子厚恰如宋晏殊之所揄揚，横行闊步，千載一人，律之孟堅雅密而有餘，繩之子長駘宕而無不足，之二蟲，又何知？

月滄呂璜，廣西永福人，嘉慶進士，官浙海防同知。其與毛生甫又一書云：

璜蹇劣無似，以舉子業自晝者二十年，以簿書自絓者又十餘年，今齒髮衰矣，

㊀ 生甫名嶽生，嘉定人，道光間諸生。

所得於六經至疏淺，固未由約其旨以成文，道德之精，乃尤不能闚尋於萬分一，無所能人，自計之審，灰泯而燼滅於世，已安之，無爲用其恥矣。

此雖自遜之詞，而亦彌近於實。月滄傾心桐城，願承其緒，所接惟吳仲倫與姚春木，自認「春木間爲誦數一二，尤爲希闊，〔語見答仲倫書。〕」是月滄暮年聞道，自傷遲暮，氣概遠不如毛生甫之宏濶，故於生甫甚爲傾服云。

子厚之視班孟堅奚若

一

清末貴州黎庶昌蓴齋，治古學有聲，曾分類箧輯古文辭，以示別於他同時人所號爲類纂者，並立爲說曰：

唐以前史漢並尊，自韓氏太史子雲相如之論出，不及孟堅，而馬班始有軒輊。其後柳子厚、李習之之倫，祖述其言，遂若斯文之傳，孟堅擯不得與，此與以耳食何異？獨蘇明允稱之曰：遷固雖以辭勝，然亦兼道與法而有之，時得仲尼遺意焉，而惜乎其少信從也。余謂子長網羅百代，孟堅紀述一朝，義法固自有當，未可執彼議此。且班書典雅宏贍，微特元明人莫能爲，卽唐宋諸賢，亦未有能幾之者。

蓴齋謂子厚繼承韓說，擯孟堅於斯文傳統之外，以吾觀之，殊大不然。通觀柳集，不

僅無一語加遺於孟堅，而且在柳宗直西漢文類序中，於其能傳西漢之文，凡「右史紀言、尙書、戰國策成敗興壞之說大備，無不苞也」，得能者取而類之，「森然若開羣玉之府，指揮聯系，（釗案：聯系廖本作聯累，恐誤。）圭璋琮璜之狀，各有列位，不失其敍」，就中推崇之意，溢於言表。夫史遷者，亦通敍史蹟，極於漢武而止耳，倘若班書不存，則自武帝以訖哀平王莽之誅，將西漢泰半四方爛然之文章，後人且無從略得其髣髴。然則舍班而獨尊史公，冒言西漢，是不啻窺趾節而謂高等巨無霸，豈不大謬？

非惟此也，宋人婁機編班馬字類，其友樓鑰序其端曰：

> 蓋孟堅生於東都，源流叔皮，以成信史。子長親事武帝，紬金匱石室之藏，網羅天下放失舊聞，孟堅實祖之，多用其文，不敢改定，婁君尤爲知所本矣。

由是觀之，不解班書，而欲沈浸子長趣意，殆不可得。何況婁君成書，標名班馬，而不曰馬班，意故爲顚倒以取重班書者然。是知首通班書，以仰窺西漢史事之全貌，深入史公用筆用字之內蘊，信爲不可闕少之第一步驟。否則矜言崇尙史公，嚮往西京，亦猶不累土而望成九層之臺，天下寧有是事？

夫韓氏者，亦束三傳不觀，擯儀禮不讀，用字不求切解，行文不中律令，名利紛紜，下帷時少之假斯文爾，子厚則不然。微論其入仕前，涵濡騷賦，寖饋功深，入仕後，一貶十四年，無書不讀，波瀾老成，其功力爲退之所萬萬不及。卽以班書而言，

蕘齋謂此書典雅宏贍，夫典雅宏贍者，正子厚之所企，而退之之所避，試取兩家之集勤勤比勘，卽無往而不然。又不廑班書已也，非三代兩漢之書不觀，旣退之所自異，文起八代之衰，又後人之所追崇，至子厚雅不慕乎是。如王氏伯仲唱和集序：「若璩瑒在魏，機雲入洛」；「遐登王粲之樓，高視劉表之榻。」夫璩瑒機雲，與夫王粲劉表，子厚尙且不與輕視，此正與杜甫之品第王楊盧駱，不惜假以江河萬古之號者無異，又何論乎班固？間嘗論之，退之之非三代兩漢之書不觀者，此除去三傳與儀禮，又除去騷賦及班書，則退之所讀者極爲少量，何博覽詳說之與有？所謂文起八代之衰云者，班書作爲八代之首，其他璩瑒機雲王粲劉表之作，更無從得入退之之目，於是以不見爲示屛，以不習爲不屑，卽退之之才，下於璩瑒輩萬里，而遽謂其高出雲表，亦自無礙。若夫子厚則不然，凡其功與量齊，而學非外鑠，爲千載以下之人所洞見，其間並無絲毫可得假借，此與退之截然兩途，未可同日而談，蕘齋遽謂子厚追趨韓氏，剗削班書，夫亦可謂離題太遠也已。

或謂子厚答韋中立書，自詩書禮以下逮乎太史，臚列古著作殆遍，而獨不及班固，此子厚唾棄孟堅之證。曰：否，文非簿册，有時不便一一開列者，概從包孕，此爲文之廣泛規律，學者不應朦如。答韋書所列古籍，過多則傷氣，於是提到太史，卽包孕班，提到穀梁，卽包孕公羊。從來學者皆知子厚殫精公穀，資其沾丐，如說者言，

子厚廬云參之穀梁氏以厲其氣，然則將認爲子厚屏絶公羊矣乎？持此類捍格不通之論，何足以衡文？

二

吾嘗卽黎蓴齋「韓氏太史子雲相如之論，及柳子厚李習之之倫祖述其言，又班書典雅宏贍」等語，推衍數義如下：

一、韓氏太史子雲相如之論者何也？曰：進學解也。其辭曰：「下逮莊騷，太史所錄，子雲相如，同工異曲」，中無一字涉到孟堅，人因武斷退之意在斥班。然則其書滿家，首重六經，顧其文自始無一言及禮，此亦可謂退之排斥三禮乎？桐城之陋，一至於此。

二、柳子厚李習之祖述班氏，人因不喜柳李，遂追溯所祖而並惡之，此解似亦不易成立。蓋子厚尊班有據，習之則絶不明確，又人於柳李，看法大不相同，如歐陽永叔將韓柳易言韓李，卽於柳李之間，劃一鴻溝，凡排柳者，固未必相沿而排李也。

三、桐城斥班毁柳，自方望溪後，早成定向，相沿百餘年而至咸同之交，以桐城之惰力，漢書之聲價無形騰上，柳文則不廬依然故我，且緣尊韓而摧抑加甚。如黎蓴齋誦言班書典雅宏贍，唐宋諸賢未有能幾，卻無一語推挹及柳，卽爲明證。

三

望溪毁班，隨處可見。班書蕭何列傳，全襲史公蕭何世家語，而獨增載一事如下：

立沛公爲漢王，而三分關中地，王秦降將，以距漢王。漢王怒，欲謀攻項羽，周勃、灌嬰、樊噲皆勸之。何諫之曰：雖王漢中之惡，不猶愈於死乎？漢王曰：何爲乃死也？何曰：今衆弗如，百戰百敗，不死何爲？漢王曰：善。

於是望溪爲之辭曰：

班史承用是篇，獨增漢王謀攻項羽，何諫爭勸入漢中一事，在固亦自謂識其大者，然其事有無未可知？信有之，亦謀臣策士所能及也，且語甚鄙淺，與何傳氣象規模不類。柳子厚稱太史公書曰潔，非謂辭無蕪累也，蓋於體要而所載之事不雜，其氣體爲最潔耳。以固之才識，猶未足與於此，故韓柳列數文章家，皆不及班氏，噫！嚴矣哉。

夫望溪固班柳雙擊者也，今得便借柳攻班，亦無妨姑施假途滅虢之計。此外有數義可指數：

一、何勸入漢中事，望溪謂事有無不可知？夫讀古書而如此輕於置疑，不似眞讀書人家數。

二、子厚之所謂潔，界義原未確定，今望溪以爲屬於氣體，姑備一說。

三，子厚爲文，宗仰孟堅，文家類如是言，顧望溪謂韓柳均不齒班固於文章家數。夫自韓言之，不妨視班書爲起衰首代之作，至子厚何時曾薄視班固者？望溪下筆，如此謬妄。

元次山與子厚

王鏊長語紀聞云：

吾讀柳子厚集，尤愛山水諸記，而在永州爲多，子厚之文，至永益工，其得山水之助耶？及讀元次山集，記道州諸山水，亦曲盡其妙。子厚豐縟精絶，次山簡淡高古，二子之文，吾未知所先後也。唐文至韓柳始變，然次山在韓柳前，文已高古，絶無六朝一點習氣，其人品不可及歟！

元次山天寶進士，晚拜道州刺史，免徭役，收流亡，進授容管經略使，身諭蠻豪，綏定諸州，民樂其教。文章戛戛自異，一洗排偶綺靡之習。其人政治途徑，及愛民如子，無間華夷，頗與子厚相近。夫言爲心聲，兩人品旣相埒，文字自亦相去不遠。柳仲塗編次唐文，推重元韓柳陸四家，而以次山居首，其獨具隻眼處，應是合政治文章爲一事，惟於陸敬輿亦然。杜工部酬次山舂陵行序云：「當天子分憂之地，效漢官良吏之目，今盜賊未息，知民疾苦，得結輩十數公，落落然參錯天下，爲邦伯萬物吐

氣，天下少安可待矣。」人爲詩伯推重如此，文詞之純樸淵懿可想。吾讀次山集中諸記：如菊圃，如廣宴亭，如珠亭，如右溪，如刺史廳，如茅閣等，俱寥寥短篇，意盡言止，雖峻峭不及子厚，而朴拙過之。夫天下文之以質勝，由唐以來，堪與次山比肩並論者，殆無幾人，濟之之評，吾無間然。

子厚與元微之

子厚有詩，題爲「同劉二十八哭呂衡州兼寄江陵李元二侍御」，李元二侍御爲誰？言人人殊，至陳少章之簽出，而乃論定。陳簽云：

舊注但云：是時監察御史元稹，貶江陵士曹參軍，而不悉李侍御爲何人？兼引或説：元李二侍御，是李深源、元克己，尤爲疏誤。深源克己，皆零陵遷客，與江陵無涉，又深源嘗歷太府卿，非侍御也，此所寄者，乃李景儉耳。景儉由御史謫江陵掾，與元稹同幕，稹有哭呂衡州詩，亦見集中，蓋亦呂之宿好，而景儉則尤其死友，故子厚兼寄元李二人。

少章簽出李侍御爲景儉，關係最爲重大。一、微之年輩，後於子厚，微之登科之年，卽子厚左官之歲，幾於不可能有何接觸？有死友如化光，生友如致用，從而牽涉，柳元之間，遂生連誼。二、子厚因化光之死，而寄元詩江陵，事在元和六年，迨元和十

年，子厚還京，微之於中途留詩與之，可見二者氣誼非淺。三、江陵有致用，中途留詩，亦與致用偕，處處致用爲之中介，柳元交誼，自異尋常。四、子厚哭化光一七言律，微之哭化光五律六章，單以詩論，似微之情又過之。五、順宗實錄載：叔文所最賢重者李景儉，而最所謂奇才者呂温，叔文用事時，景儉持母喪在東都，而呂温使吐蕃半歲，至叔文敗方歸。又載：叔文定爲死交之十數人中，有景儉名，而當時主往來傳授，及謀議唱和，採聽外事者，景儉不在其內。據此，李呂行迹，與其他黨人稍稍異致，因而兩人與微之獨有交誼，亦不同於他黨人。六、退之集中，有答元侍御書，即微之也。書言甄濟父子事，元和九年，退之在史館作，正子厚與退之往復論史官頃。

柳子厚與程伯子

吾嘗論子厚度量之大，與心氣之平，莫如與蕭思謙一書。此書吾讀之熟，又引述不止一二次，今猶願重錄後幅一段，與吾黨之士更百回誦之：

獨喜思謙之徒，遭時言道，道之行，物得其利，僕誠有罪，然豈不在一物之數耶？身被之，目覩之，足矣，何必攘袂用力而矜自我出耶？果矜之，又非道也。事誠如此，然居理平之世，終身爲頑人之類，猶有少耻未能盡忘。儻因賊平慶賞之

際，得以見白，使受天澤餘潤，雖朽枿腐敗，不能生植，猶足蒸出芝菌，以爲瑞物。一釋廢痼，移數縣之地，則世必曰：罪稍解矣。然後收召魂魄，買土一廛爲耕甿，朝夕歌謠，使成文章，庶木鐸者採取，獻之法宮，增聖唐大雅之什，雖不得位，亦不虛爲太平之人矣。

就中道之行，物得其利，何必攘臂用力而矜自我出？雖不得位，亦不虛爲太平之人；之數語者，眞與天地同其大，與日月同其明，與陶淵明同其澹定，與諸葛武侯同其寧靜。凡我行道以利物也可，人行道以利我也可，二者俱無異致，俱不害爲太平之人。古來有以心太平名其室者，吾知蘇州張仲仁〔一〕亦如是名之，苟名之而眞意之，應得宇宙間無上樂趣。

吾不喜宋五子書，偶從王白田雜著，見其與方靈皋一札稱：「程伯子有言：天下事非甲爲則乙爲，有人能致太平，我願爲太平之民。」噫！此由字面看來，何其與子厚致蕭思謙書之吻合一致也！夫宋五子眞有此氣度與否，吾不敢知，果其有之，天下將何須憂不太平者？果其有之，王雱何至求斬程顥之頭？依史實證之，所謂甲乙，當指王安石及司馬光兩派。倘其時消滅黨派爭執，將正人君子之力量，集中在一方，屏除奸慝，協力同心，從事整頓宋室江山，太平並不難致。伯子當時，應是慨乎其言之，姑不具論。吾揣白田引此，縣想有宋之政象意義小，針對靈皋之弊習意

義大。蓋靈皋谿刻成性，無往而不甚嫉，凡己不能爲，決不許人爲之。卽以詩言：彼初入京師，首以詩稿贄謁汪苕文，苕文斥之，再謁王貽上，貽上婉言以謝，最後謁劉公戡，公戡謂性不近詩，不如專力爲文。於是靈皋大恨，凡同時以詩名者，一律視爲讎敵，嬉笑怒罵，無所不至，此略通清初故實者莫不知之。如查初白，當時詩名之重，有踰球圖，而靈皋爲其銘幽，卽首敍初白不滿於錢田間，竟將己之怨毒，轉嫁於人。白田貽書其人，志存規勸，似無待言。

吾畢生朋遊中，能領略子厚遺訓，自視欿然者，殆莫如黃克強。辛亥之役，克強絲毫無居功意，「事茍有濟，成之者何必在我？」此克強頻頻於宴坐或廣衆中言之，吾於民元克強辭留守時，在民立報爲克強贈言，及最近爲回憶辛亥寫稿，述吾與克強訂交始末，均未忘述及此一刻骨語，今爲柳文指陳義理，又牽聯及之。

思謙貞元七年第進士，比子厚先兩年，年亦當略長，書作於元和四年，思謙拜右拾遺，旋遷右補闕，未見所謂當官行道。穆宗初，拜中書侍郎、平章事，行道始有可言，而舉爲子厚所不及見。夫思謙、牛黨也，與思黯都有意致天下於太平，文宗曾以天下何由太平？嚴詰思黯，思黯慷慨奏曰：「臣等待罪輔弼，無能康濟，然臣思太平亦無象。今四夷不至交侵，百姓不至流散，上無淫虐，下無怨讟，私室無強家，公議無壅滯，雖未及至理，亦謂小康。陛下若別求太平，非臣等所及。」吐言平實，亦自無

失相度，惟思謙亦然。史稱穆宗乘章武恢復之餘，兩河廓定，四鄙無虞，而思謙與段文昌，屢獻太平之策，以爲兵以靖亂，時已治矣，不宜黷武，於是國家有消兵之失，而河朔復亂。凡此皆牛蕭志大識淺，卻非胸懷奸惡所致，元微之連昌宮詞末云：「努力廟謨休用兵」，正牛黨得志時想望太平之反映。尋子厚没後二三十年間，牛李之爭正烈，思謙曾與張仲方共駁李吉甫謚議，招致左遷，此猶憲宗末期事，爲子厚所及聞，倘子厚幸而起復登朝，壽與牛蕭相埒，位於二恨對峙之中，依違質劑，正不知身被目覩之景象何似？書此憮然。

思黯之頌忠賦，爲子厚録存於非國語中，吾雖不信有此事，然思黯年少才俊，曾爲子厚稱賞，則實際可能性甚大。又子厚與趙郡李氏之交舊，由子厚向吉甫獻文奏記看來，氣誼不爲不深。牛李之間，夾一子厚從中旋轉，應多少有所裨補，凡此皆懷舊思古中之無聊想像，總核唐宋朋黨之膠結難解，焉禁擲筆三歎？

歐陽永叔輕柳

一

宋初文章形式，始專重韓退之，穆伯長起，韓柳並重，歐陽永叔大有抑柳之意，唐文不標韓柳而易稱韓李。玆舉其次第如左：

尹師魯河南集序

范仲淹

予觀堯典，舜歌而下，文章之作，醇醨迭變，世無窮乎！惟抑末揚本，去鄭復雅，左右聖人之道者難之。近則唐貞元元和之間，韓退之主盟於文，而古道最盛，懿僖以降，寖及五代，其體薄弱，皇朝柳仲塗起而麾之，髦俊率從焉。仲塗門人能師經探道，有文於天下者多矣，洎楊大年以應用之才，獨步當世，學者刻辭鏤意，依希髣髴，未暇及古也。其間甚者專事藻飾，破碎大雅，反謂古道不適於用，廢而弗學者久之。洛陽尹師魯，少有高識，不逐時輩，從穆伯長遊，力爲古文。而師魯深於春秋，故其文謹嚴，辭約而理精，章奏疏議，大見風采，士林方聳慕焉。遽得歐陽永叔從而大振之，由是天下之文一變，而其深有功於道歟！師魯天聖二年登進士第，後中拔萃科，從事於西都。時洛陽守王文正沂公、暨王文康公，並加禮遇，遂引薦於朝，寘之文館。尋以論事切直，貶監郢州市征，後起爲陝西經略判官，屢更邊任。遷起居舍人，直龍圖閣，知潞州，以前守平涼日，貸公食錢於將佐，議者不以情，復貶漢東節度副使，歲餘，監均州市征。予方守南陽郡，一旦，師魯舁疾而來，相見累日，無一言及後事，家人問之，不答。予卽告之曰：「師魯之行，將與韓公稚圭、歐陽永叔述之，以貽後代，君家雖貧，共當捐俸以資之，君其端心靖神，無或後憂。」師魯舉手曰：「公言盡矣，我不復云。」翌日，往視之，不獲見，傳

言曰：「已別矣」，遂隱机而卒。故人諸生聚而泣之，且歎其精明如是，剛決如是，死生不能亂其心，可不謂正乎？死而不失其正，君子何少哉！師魯之才之行與其履歷，則有永叔爲之墓銘，稚圭爲之墓表，此不備載。噫！師魯有心於時，而多難不壽，所爲文章，亦未嘗編次，惟先傳於人者索而類之，成十卷，亦足見其志也，故序之。

稚圭者，韓琦字也，吾所以錄此序全文者，乃見希文致魏公札，（范對韓甚尊重，序中於韓稱公，而於歐陽直曰永叔。）有如下數語：「諭及師魯序，且得無大過，惟中有風雅字，唐賢多用。梁肅作李翰集序云：陳子昂以風雅革浮侈，張燕公以宏茂廣波瀾，又李貽孫序歐陽詹集：公宜其掌代文柄，以變風雅爲古道，亦更明白。」惟徧查全序，並不含風雅二字，想爲稚圭所指摘而抹去矣，古人行文之肅慎而服善如此。獨希文所用風雅字，究不知以誰爲的？由梁肅之語氣推之，風雅似屬尊崇古道一輩人，由李貽孫之語氣推之，又似指藻飾破碎之楊大年等，而希文終之曰「亦更明白」，意在後者而不在前者，灼灼以明。此或者楊大年正以西崑體獨步當世，韓范都不欲顯加揮斥，以示立異，亦未可料。由是可見宋初文風渾殽，驟難董理，而尹師魯於舉世不爲之日，大見風采，希文因加意貴重之歟！

希文於柳固有默契，而行文仍自推韓主盟，獨穆伯長好事訪善本，始公然韓柳

並墮，其言曰：「唐之文章，初未去周隋五代之氣，……至韓柳氏起，然後能大吐古人之文。」文見柳文後序，坊本具有，因不備録。

歐陽永叔顯有輕柳之意，其跡見於蘇子美文集序，此序於唐宋文章源流，敍述楚楚，亦頗有可觀。

予友蘇子美之亡後四年，始得其平生文章遺稿於太子太傅杜公之家，而集録之以爲十五卷。子美、杜氏壻也，遂以其集歸之而告於公曰：「斯文金玉也，棄擲埋没糞土，不能銷蝕，其見遺於一時，必有收而寶之於後世者。雖其埋没而未出，其精氣光怪，已能常自發見，而物亦不能掩也，故方其擯抑摧挫流離窮厄之時，文章已自行於天下，雖其怨家仇人，及嘗能出力而擠之死者，至其文章，則不能少毁而掩蔽之也。凡人之情，忽近而貴遠，子美屈於今世猶若此，其伸於後世宜何如也？公其可無恨。」予嘗考前世文章政理之盛衰，而怪唐太宗致治，幾乎三王之盛，而文章不能革五代之餘習，後百有餘年，韓李之徒出，然後元和之文始復於古。唐衰兵亂，又百餘年而聖宋興，天下一定，晏然無事，又幾百年，㊀而古文始盛於今。自古治時少而亂時多，幸時治矣，文章或不能純粹，或遲久而不相及，何其難之若是歟？豈非難得其人歟？苟一有其人，又幸而及出於治世，世其可不貴重

㊀ 幾，近也。

而愛惜之歟？嗟吾子美，以一酒食之過，至廢爲民，而流落以死，此其可以歎息流涕，而爲當世仁人君子之職位宜與國家樂育賢才者惜也。子美之齒少於予，而予學古文反在其後，天聖之間，予舉進士於有司，見時學者務以言語聲偶擿裂，號爲時文以相誇尚，而子美獨與其兄才翁，及穆參軍伯長，作爲古歌詩雜文，時人頗共非笑之，而子美不顧也。其後天子患時文之弊，下詔書，諷勉學者以近古，由是其風漸息，而學者稍趨於古焉，獨子美爲於舉世不爲之時，其始終自守，不牽世俗趨舍，可謂特立之士也。子美官至大理評事、集賢校理而廢，後爲湖州長史以卒，享年四十有一。其狀貌奇偉，望之昂然，而卽之温温，久而愈可愛慕，其才雖高，而人亦不甚嫉忌。其擊而去之者，意不在子美也，賴天子聰明仁聖，凡當時所指名，而排斥二三大臣，而不欲以子美爲根而累之者，皆蒙保全，今並列於榮寵，雖與子美同時飲酒得罪之人，多一時之豪俊，亦被收采進顯於朝廷，而子美獨不幸死矣，豈非其命也？悲夫！

右文闡發子美文章之功，表微明遠，吾無間然，獨於子美飲食之過，再三興歎，乃於前朝子厚，圖挽朝廷頹勢，利安元元，忠國徇友，一往不顧之苦心孤詣，不能如希文有觸而悲，流連不捨，誠可謂儗人不於其倫，又見眉睫而不見輿薪之類也已。尤可怪者，彼震於退之闢佛空論，認韓柳有夷夏之分，因欲排斥子厚於唐文行列，反對二

百年來韓柳同稱之既定公論，謬將韓柳易言韓李，冀以一手掩盡天下人耳目，抑何外也？所謂李者，非李觀元賓、即李翺習之，二李既不及韓，復豈能望柳？永叔以偏心驅使成見，發此不足以欺愚童子之謬論，惜哉惜哉！二李吾別有紀述，不具於此。

二

宋人之衡論唐文者，大抵崇韓薄柳，而惟歐陽永叔之馬首是瞻。永叔之說曰：

子厚與退之，皆以文章知名一時，而後世稱爲韓柳者，蓋流俗之相傳也，其爲道不同，猶夷夏也。然退之於文章，每極稱子厚者，豈以其名並顯於世，不欲有貶毁以避爭口之嫌，而其爲道不同，雖不言，顧後世當自知歟？不然，退之以力排釋氏爲己任，於子厚不得無言也。

永叔此說，乃是爲退之論佛骨表所牢籠，一步移動不得。表首言：佛者夷狄之一法耳，通體立意，名爲闢佛，實等攘夷。至佛爲何法，法含何理，都一律不問，惟以來自夷狄，卽當迎頭痛斥。永叔持態顢頇如此，幾無從重與細論，移而品第一切文字，亦復作如是觀。蓋兩家爲道不同，其分野卽在夷夏，文詞之內容如何？當然付之不論不議。夫如是，一面將全部柳集，編入夷字號內，不加檢閱，他一面，韓集得夏字號領先，下駟卽足當人上駟，亦無須自定媸妍。卒之永叔並不知柳，亦不知韓，一味目論，何足服人？

黄震附和歐説，有如下數語：

愚於韓文無擇，於柳不能無擇焉，而非徒曰並稱。然此猶以文論也，若論人品，則歐陽子謂如夷夏之不同矣。歐陽子論文，亦不屑稱韓柳而稱韓李，李指李翺云。

依震説，似永叔所謂夷夏，乃指人品而言，由是比暱小人、或大節有虧等語，不難隨意流露於宋人口中。約略言之，有宋一代，除有無心稱述柳詩者外，於柳文可謂全無了解。

黄山谷推尊柳詩甚至。説云：

余友王觀復作詩，有古人態度，雖氣格已超俗，但未能從容中玉佩之音，右準繩，左規矩爾。意者、讀書未破萬卷，觀古人文章，未能盡得其規模時，所總纜籠絡，但知玩其火龍黼黻成章後耶？余故手書柳子厚詩數篇遺之，欲知柳子厚如此學陶淵明，乃爲能近之爾，如白樂天自云效淵明，數十篇終不近也。

山谷之論，猶不如東坡之灑脱。彼赴海南，除陶淵明柳子厚二集外，一物不攜，此可謂於二集有特嗜。其論曰：「李杜之後，詩人繼出，雖有遠韻，而才不逮意；獨韋應物、柳子厚，發纖穠於簡古，寄至味於澹泊，非餘子所及。」末二語至可循誦。

劉安曩言：「謂狐爲狸，則不知狐，並不知狸」，惟世論之於韓柳亦然。蓋兩公同

信佛理，顧世人輒以信佛之罪，歸獄於柳，而恍若於韓無與，庸詎知柳之悅佛，非逕焉惟佛是依也，特不過認佛理有契於儒，如送僧浩初序：浮屠往往與易論語合，因紓焉悅服其說已耳。韓則不爾，夫韓之於佛也，自始直截厭儒而易其趨，此觀廣宣上人頻見過詩：「久慚朝士無裨補，空愧高僧數往來，學道窮年何所事？吟詩竟日莫能迴」，治儒自懺，侃侃而談，可以概見。於是此新興息壤，非從入中國六百年之佛法而末由得也，〔送靈師云：佛法入中國，爾來六百年。〕退之直不恤「舉夷狄之法，而加之先王之教之上」已矣，〔此原道語。〕爲問歐陽永叔韓柳之不同猶夷夏云者，將夷柳乎？抑夷韓乎？夫世論之不衷於理，而永叔自陷於淮南之兩不知，有如此者。

三

永叔於爲文薄子厚，至寧以李習之代子厚，在唐文顯標韓李，而不如世俗之稱韓柳。此其故何也？吾嘗反復思之，姑記其概略如下：

永叔草蘇子美文集序：自「子美之齒少於予，而予學古文反在其後，……獨子美爲於舉世不爲之時」一大段，予讀之有深喟焉。此其自恨習古文過遲，而先時耗費精力於言語聲偶擿裂，不得如子美特立獨行，始終自守，不牽世俗趨舍，意甚顯白。至子厚者，在永叔意中，其受病亦髣髴近是。王元美書柳文後：「吾嘗謂柳之蚤歲，多棄其日於六季之學」，此六季之學云者，即永叔所謂言語聲偶擿裂也，元美之所以

窺柳，其衡量殆全與永叔同。夫永叔既自慊爾爾，則移其尺度以冒乎子厚，於是李習之文品雖不高，而至少與韓一脈，得貌襲「下筆便超六季而上。」〔此亦元美尊韓語。〕此仍超乎己，亦即超乎子厚之上，似無待論。吾以謂永叔之所以貶柳，意本乎是，不應有其他惡意存於其間。

惲子居似能窺見此竅，其論文即將柳歐歸入一類，謂「柳子厚歐陽永叔自儒家雜家辭賦家入」，以惲規歐，恰同一的。

雖然，永叔此說，究是一偏之見，未足語於藝文之達道也。蓋六季之學，有其本學基礎，只須通過此學，而不受其拘繫，將見行文詞條豐蔚，游刃自如。比之高談六藝，枯燥直率，一下筆即捉襟而肘見，往往言止而意不盡者，其工拙銳鈍，差距直不可以道里計。倘永叔至今仍在，促令思索己之行文，何以與穆伯長柳仲塗輩，較高一籌，彼且啞然失笑，頓悟當年立說之未能恰到好處。近日文家立論，以謂陽湖較之桐城，殊有一日之長，其竅要亦即在此。

李朴送徐行中序云：「唐人文章，下韓退之爲柳子厚，下柳爲劉夢得，下劉爲杜牧，下杜爲李翶皇甫湜。」是習之之文，直下退之四等耳，朴說雖未見十分精當，而他人核論，亦大抵相去不遠。今永叔則將下四等之習之，提與子厚易地而處，此直一己肊見，何足服人？

四

惲子居曰：「柳子厚、歐陽永叔，同自儒家、雜家、辭賦家入。」將柳歐並爲一談，此乃文壇較爲突出之見地，諦而視之，所見亦殊尋常，不難理解。蓋文人以儒家而不排雜家，幾於舉目皆然，並不足以表見柳歐之殊衆，以唐宋八家而論，此兩家之略形獨特，翻在工於辭賦一事而已。

陳後山嘗病歐陽不能賦，視與曾子固短於韻語同科，〔語見後山詩話。〕實則子固並非不能詩，永叔亦當然不在不能賦之列。王勉夫反脣相稽，謂「鳴蟬賦豈不佳？」〔語見野客叢書。〕即此可概其餘。至於子厚夙由騷賦起家，從來不聞有何異議？

四六雖與辭賦不全一致，而柳歐所同者，竊恐四六最爲中堅，何況有人將四六與古文，看作同一關鍵？則兩公當古文鼎盛之年，而以相需之殷，偶遣四六應教，亦自水流花放，行所無事。如荆溪吳氏林下偶談云：

本朝四六，以歐公爲第一，蘇王次之。然歐公本工時文，早年所爲四六見別集，皆排比而綺靡，自爲古文後，方一概洗去，遂與初作迥然不同。他日見二蘇四六，亦謂其不減古文，蓋四六與古文同一關鍵也。然二蘇四六，尚議論，有氣燄，而荆公則以辭趣典雅爲主，能兼之者歐公耳。水心於歐公四六，暗誦如流，而所作亦甚似之，顧其簡淡樸素，無一毫嫵媚之態，行於自然，無用事用句之癖，尤世

俗所難識也。水心與篔窗論四六，篔窗云：歐做得五六分，蘇四五分，王三分，水心笑曰：歐更與饒一兩分可也。〔按水心、葉適，篔窗、陳耆卿。〕此如李東陽永叔四六之深功如此，子厚四六之保全於集中者，更顯爲萬目所共覩。所云：「子厚四六，調高格古，傑然於唐宋之表」，又無待論。

顧以永叔自身言之，彼固以輕柳知名於時，自唐以來，韓柳著稱，而永叔不印可，遽自以李抵柳，易號韓李。彼之與柳，水火不相容，或夷夏不相兼也若是。然政治乖離，藝文牽綴，人生萬變，足蹈多門，越七百年而有惲子居其人，竟爲四六之故，而將此慭慭不相入之兩色人材，合於一爐而冶之，兩公有知，當不禁有人生何處不相逢之感。

陳善捫蝨新話：「以文體爲詩，自韓退之始，以文體爲四六，自歐陽公始」，所謂以文體爲四六者，謂其於四六熟極而流也，此於子厚何如？尋子厚出入百家，包羅萬象，任筆所之，無所容心，此境決非歐陽永叔所能到。或謂韓退之以文爲詩，此不知文，並不知詩，推之永叔之於四六亦然，遽以子厚相提並論，何啻方木岑樓之比？

大蘇詆柳

蘇子瞻雜著中，有柳子厚誕妄一條云：

柳宗元敢爲誕妄，居之不疑。呂温爲道州衡州，及死，二州之人哭之逾月，客舟之道於永者，必呱呱然，雖子產不至此，温何以得之？其稱温之弟恭，亦賢豪絶人者，又云：恭之妻、裴延齡之女也，孰有士君子肯爲裴延齡壻者乎？宗元與俓叔文爲交，蓋亦不羞於延齡姻也。恭爲延齡壻，不見於史，宜表而出之，事見宗元文集恭墓誌云。

吾觀子瞻此文，不能不歎息其居心之褊而多甚爲可恥也。蓋以人之善感，凡平昔於己有德者，聞其死也，尤爲感泣不勝，此乃人情之至常，何至一經子厚點染，輒以誕妄見目耶？近代有帥蜀者，歿於成都任所，市人巷哭，家家以白布懸於門楣，將軍崇實至著爲禁令，此事見之於史，又徧載於各類說部，如由子瞻觀之，此亦雖子產不至此，當毒詈爲同一誕妄耶？如曰哭誠有之，未必逾月，哀聲或聞於下上之舟船，不得言必呱呱然，然此可以誇張謚之，究不得曰誕妄。夫誇張者，在吾國爲行文慣習，自古已然，讀王充論衡之藝增篇，可得知之，子瞻將謂尚書所記血流漂杵爲誕妄耶？至謂子厚誌呂恭壻裴延齡爲誕妄，尤爲無理取鬧，子瞻當知唐世婚姻，多因依於門第，掌握於父母，父爲奸相，女不害爲賢女，壻被選時，或在婦翁作相之前，凡此何足病恭？更何足病恭之友？子瞻將謂士君子娶妻，應於七出之外，别以婦翁忠奸懸作例乎？不謂子瞻行文，自陷於誕妄而不知儆，翻以罵人竟至於此。嘗論倫常之中，

妻黨與友黨孰重？曰：妻黨之誼，可能起於指婚，緣於夙姻，而友黨則成年後自擇爲之，故持二誼以衡量人，與其重妻，毋寧重友。夫韓退之、固當時求締交裴延齡不得，而廑獲友其子者也，彼集中有祭裴二十一兄太常文稱：「驅馳朋執，僶俛宗親，早接遊從，實欽道義。」此退之與二十一兄從道義上論交，與呂恭依父母之命而成室者，其間紆逕輕重之别，殆不可以道里計。又況退之連署同祭者共五人，其一爲勤與退之講道之孟簡，而簡適赫然延齡之壻也。由是左攜朋執，右挈宗親，致薄奠以訣終天，〔按此亦祭文中語。〕顯示何等親切？子瞻既以延齡爲不可嚮邇之臭穢物，何以不責匹夫爲百世師之韓愈，顧申申以詈世不甚知名之呂恭耶？

明何孟春餘冬敍錄同論一事，所見較子瞻有進。說如下：

柳宗元爲呂温誄云：唐元和六年八月日，衡州刺史東平呂君卒，君由道州以陟爲衡州，君之卒，二州之哭者逾月。湖南人重社飲酒，是月上戊，不酒去樂，會哭於神所而歸。余居永州，在二州中，聞其哀聲交於北南，舟船之下上，必呱呱然，蓋嘗聞於古而觀於今也。蘇子瞻謂宗元敢爲妄誕，居之不疑，如呂温之卒，云二州人哭逾月，客舟之道於永者，必呱呱然，雖子產不至此，温何以得之？蓋以温特八司馬之一耳，柳又其黨，其言不足取信於世也。予觀温知衡州時，送毛令絶句曰：「布帛精粗任土宜，疲人識信每先期，今朝別後無他囑，雖是蒲鞭也莫

施」，其愛民之心，發於言語乃如此。温之爲政，視他人蓋必有可觀，而足感乎人者，後之人徒以其平生而不信之，其所言又出黨人之口，人益不信，人之修身養誠，意平生不可不謹，蓋爲是。宗元之誄乃曰：君之志與能，不施於生人，知之者又不過十人，世徒讀君之文章，歌君之理行，不知二者之於君，其末也。君之文章，宜端於百世，其存也者，非君之極言也，獨其詞耳。君之理行，宜及於天下，今之聞者，非君之盡力也，獨其迹耳。萬不試而一出焉，猶爲當世重，若幸得出其什二三，巍然爲偉人，與世無窮，其可涯也？其祭文又云：君理行第一，尚非所長，文章過人，略而不有，夙志所蓄，巍然可知，所慟者志不得施，蚩蚩之民，不被化光之德，庸庸之俗，不知化光之心云云，柳之言且不見信於當世之人矣，況後人乎？

孟春若曰：呂温遺愛，未必不足以感人，特宣之於黨人之口，人乃不信，當世之人如此，後世之人愈益有然，噫！此得半近似之言，辨之不可不明者也。夫人之所惡於黨人者，殆以謂凡黨人之爲，將無往而不有害於民生已耳，究其實，永貞政變之際，伾文及八司馬標舉革宮市、召陽城等七八事，揭載無遺於順宗實錄者，其爲有害於民生焉，抑否耶？不宣之黨人之口，而卻宣之於非黨人之口，其仍不見信於人又何故耶？要之此時政情錯綜，賢不肖渾殽，輿頌翻覆，目無的標。呂温並未闌入政地，亦非八司馬之一，其觀政湘南，明明「以陟」而不緣以黜，㊀顯與劉柳輩之一貶再貶

異趣。而實録者、韓愈之手定爰書也，其大書特書爲「人心大悦」之善政，一眨眼間，成爲遇赦不貸之怨毒。數百年後，猶使遠離黨錮、流連文史之何孟春，見之不瑩，因自厠於後人無信心之列，矛盾森森，分析未周，此誠今日申柳所當有事之第一要務已。

王梅溪之抑柳

宋王十朋，號梅溪，資性穎悟，文清勁能動人，獨平生昡於韓而深惡柳，亦不審受病所自。其和韓詩，幾於全部盲目爲之，比於蘇子瞻之和陶，跡同學舌，醜類效顰，殊可怪笑。

和永貞行（有序）

余自少喜讀柳文，而不忍觀其傳，惜其名齊韓愈，而黨陷叔文也。退之與柳善，及作順宗實録，未嘗假借，公議之不可屈也如此。戊辰㊁仲冬二十有二夜，讀韓詩永貞行，至予嘗同僚情可勝之句，則知退之雖惡伾文，亦未能忘情於劉柳輩也。予既追和其韻，遂於八司馬中獨詳及柳，蓋惜其人而深責之耳。

㊀ 以陟字，見子厚衡州刺史吕公誄。
㊁ 戊辰爲高宗紹興十八年。

君不見天爲元和開號令，先遣憸人竊朝柄。奉天難平閑虎貔，弈客待詔來京師，口中班班談治道，貞觀開元何足爲？黨與紛紛自標置，遠借伊周供佞媚。㊀望塵附火皆美官，怨脩睚眦曾不難，梯媒爵位由貨賂，斥逐朝士因杯盤，珣瑜臥第郢佑默，誰爲唐室回狂瀾？朝攘利權未爲怪，莫奪兵柄尤可歎，仙李蟠根未當刈，十葉神器那容干？禁中大義知誰主？東宮受禪同三祖，越兒涕泣吳兒悲，從此豺狼不生羽。剛明天子位初登，翦除元惡流凶朋，八州司馬才可稱，節已掃地誰復矜？子厚年少躁飛騰，身陷醜黨罹熏蒸，著文擬騷愁思凝，欲自辨白終莫曾，王孫尸蟲託罵憎，色豈不媿明窗燈？所記先友時艮肱，忍使柳氏家聲崩？吁嗟匪人何足憑？士勿妄進當戰兢，退之鯁直憤不勝，詩篇史筆兩可徵，永貞覆轍宜痛懲。

兩詩相校，梅溪措詞猶較雅馴，不如退之劍拔弩張，出言無擇。如仙李蟠根云云，殊蘊藉不甚著迹，獨首言君不見天爲元和開號令，先遣憸人竊朝柄，雖如江湖游俠傳中語，鄙野可哂，然其時呼保義宋江三十六人，横行河朔，龔聖與一一贊之，梅溪或亦不能無動於衷。所謂越兒涕泣吳兒悲，伾文皆越人也，八司馬中並無吳人，獨子厚父鎮曾徙吳，有爲子厚爭吳籍者，如清之全謝山其一也，或宋時梅溪亦同此解，吳人卽蓄意在柳。

㊀ 媚叶平。

問嘗論之：梅溪以廷試第一人登朝，對策一味浮誇，不衷於實，如云「天資忠義，材兼文武，堪爲大帥而圖恢復」，以此盛推張俊，卒之宋事之壞，卽壞於俊。推之於古，明明知「唐之禍，起於北軍藩鎭之相爲表裏」，而二王執政，其標的卽首抑權閹，次排惡鎭，此宜其相與傾服之不暇也，顧梅溪在詩篇，辱罵爲憸人，爲豺狼，爲醜黨，乃至元惡凶朋，行文之自語相違，乃至於此。由是以知：梅溪終是學無深識，行不顧言，小知有餘，大受不足之儇薄書生，去漢廷賈誼輩何啻千里也？其區區不足於柳文，焉取深論？

梅溪曾不解文之興起，時爲之乎？抑有賴乎人爲之也。於是引劉夢得之序柳文，謂文章與時高下，三代之文，至戰國而病，涉秦漢復起，漢之文至列國而病，唐興復起，信如斯也，則文之高下，實係乎時。及「先翰林」蘇子瞻記韓氏之廟，稱自漢以來，道喪文憊，歷貞觀開元之盛，佐以房杜姚宋而不能救，韓起布衣，談笑而麾之，天下靡然歸於正，如蘇氏言，則文之興衰，又在乎人。將劉子之言是信耶？吐辭爲經，宜莫若孟荀，夫二子、實戰國人也，戰國之分裂，能病天下之文，曷爲不能病二子？抑蘇子之言是信耶？戰國二儒，賢宜過乎韓愈，愈能起八代之衰，而二儒乃不能起戰國之病何也？〔以上皆梅溪論旨。〕嘻！梅溪此論，其弊也第一在不知戰國，乃天下文盛空前絶後時期，初無所謂病，第二在不知八代有八代之文，亦無所謂衰，衰旣不

存，起於何有？起衰云云，直蘇氏之讆言，設言讆而幾微可信，號稱起衰之人，未必屬韓。凡此皆足證明梅溪持論之無識，〔論見梅溪集卷十四策問。〕無識之範圍爾大，譬之放飯流歠，其無端而抑柳也，直齒決之不足問也已。

嚴有翼序柳集

宋嚴有翼者，建安人，曾充荆泉二郡教官。相傳有藝苑雌黄一書，爲有翼所撰，或曰：此非有翼原本，蓋後人僞託者也。雖事難深考，而有翼於當時享有文名，能傾動人，殆無可疑。今觀於紹興三十二年校刊柳文，自作一序，是極有見地之作。迻錄如下：

唐之文章，無慮三變。武德以來，沿江左餘風，則以絺章繪句爲尚；開元好經術，則以崇雅黜浮爲工；至於法度森嚴，牴轢晉魏，上軋周漢，渾然爲一王法者，獨推大曆貞元間。是時雖曰美才輩出，其能以六經之文爲諸儒倡者，不過韓退之而止耳，柳子厚而止耳。退之之文，史謂其與孟軻揚雄相表裏，故後之學者，不復敢置議論；子厚不幸其進於朝，適當王叔文用事之時。叔文工言治道，㊀順宗在東宮，頗信重之，迨其踐祚，方欲有所施爲，然與俱文珍、韋皋等相忤，内外讒譖，交

㊀ 治道、唐時以避諱皆言理道，此在宋始開放。

口詆誣，一時在朝，例遭竄逐，而八司馬之號紛然出矣。作史者不復審訂其是非，第以一時成敗論人，故黨人之名，不可湔洗。嗚呼！子厚亦可謂重不幸矣，尚賴本朝文正范公之推明之也。㊀嗚呼！如范公之論人，可謂明且恕矣，死者有知，子厚豈不伸眉於地下？余嘗嗜子厚之文，苦其難讀，既稽之史傳以校其譌謬，又考之字書以證其音釋，編成一帙，名曰柳文切正。雖懸金於市，曾無呂氏之精，然置筆於藩，姑效左思之篤，後之君子，無或誚焉。

右嚴氏此文，有三義可取：一、本身所見極正，即追溯永貞之變，謂作史者不審是非，謬以成敗論人，以致黨人之名，不可湔洗。二、全錄范希文之論，范論雖載本集，而勤勤轉錄，足徵表裏唱和之功，使柳文價值增重，就中「如叔文狂甚，義必不交」兩語，尤令劉柳諸公地下心服。三、作者已於柳文有特嗜，雖所謂切正本未見流通，而在紹興時代，定著推廣柳文之效。此外所當說明，作者平視韓柳，不加軒輊，此在兩宋一致崇韓，使承學之士無敢置議之時，得嚴氏推柳使與平列，已算邁進一大步驟，遑敢奢望？

政和四年，與紹興三十二年，相去四十九載，是年胥山沈晦，刻有柳文四明本。據稱所見本子凡四：一、大字四十五卷，所傳最遠，初出穆脩家，云是劉夢得本。二、

㊀ 此下引載范之原文一大段，因范文已別載，不贅錄。

小字三十三卷，元符間京師開行，顛倒章什，補易句讀，訛正相半。三、曹丞相家本，篇數不多於二本，而有邢郎中、楊常侍二行狀，冬日可愛、平權衡二賦，共四首而亡其文。四、晏元獻家本，次序多與諸家不同，無非國語。右四本中，晏本最爲精密。柳文出自穆家，又是劉連州舊物，今以四十五卷本爲正，而以諸本所餘作外集，參考互證，用私意補其闕云云。今商務印書館四部叢刊中之柳先生集，大概即遵沈晦所採，更增廣而成之，至嚴有翼所刊切正，轉不知所往。又嚴刊後於沈刊者約五十年，嚴氏未必於沈刊無所見，此中轇轕，暫難勘定。㊀

袁子才〔校〕隨園隨筆卷二十三，曾節錄嚴序三分之一，標題爲：「范公論唐八司馬之事與唐史不符」，此足見子才論唐史有識處，以文已轉載，不更贅。

子才曾記有翼痛詆蘇東坡，摘其誤處，如以葱爲韭，以長桑君爲倉公，以摸金校尉爲摸金中郎，然千載以來，人知有東坡，不知有嚴有翼云云。嘗論古來文人，暮年讀書精進，殆莫過於子厚，遷謫有益，於斯可徵。至東坡雖同一流徙，然其素性豪放，日以隨緣遊衍，飲酒賦詩爲事，讀書則慕陶淵明之風，不求甚解，可推而知。如有翼之所譏彈，倘當時面語此老，定將意有所不屑，而大笑以應之，子才解人，不可能於此了無開悟。

㊀ 嚴序失脫，平景孫曾有論列，文已別見。

范公謂呂温坐王叔文黨貶廢，此不確。查新唐書稱：元和元年，温從吐蕃還朝，柳宗元等皆坐叔文貶，温獨免，進户部員外郎。後貶道州，以忤李吉甫，不涉叔文黨事。

廖本河東集敍説

柳集世綵堂本，卷端有河東集敍説六則，皆宋人評隲柳文之作，大抵廖瑩中開雕時所手輯。其第三則如次：

浮休先生云：扶導聖教，剗除異端，以經常爲己任，死而無悔，韓愈一人而已，非獨以屬辭比事爲工也。如其祖述典墳，憲章騷雅，上轢三古，下籠百氏，極萬變而不華，會衆流而有歸，逌然沛然，横行闊視於著述之場，子厚其人也。彼韓子者，特以醇正高雅，凜然無雜，乃得與之齊名爾，必也兼誦博記，馳騖奔放，則非柳之敵。

右評曾見於宋陳善之捫蝨新話，及明楊愼之丹鉛總錄，而辭較右文刊落一半，話錄均同，並稱語本晏殊同叔，鄙意有不釋然者如下三點：

一、晏語原本何在？無考。同叔平生所著二百餘卷，皆入禁中，外無傳者。

二、吾未見同叔曾别號浮休，浮休義本莊子，賈誼鵩賦亦云：其生也若浮，其死

也若休。歷代名人以之爲號者不止一二人，如唐張鷟、宋張舜民、元尤若、明薛章憲等皆是。

三、晏評無必須忌避之處，藥洲何以不揭示本作者名姓？有一義甚明者，卽引用晏語之人，可看出對韓柳不免偏重。蓋揅丹鉛都偏重柳，而藥洲則韓柳並重，不欲過揚柳以抑韓，如「子厚其人也」句，陳楊俱作「唯子厚一人而已」，上半「韓愈一人而已」句，陳楊又無之，筆鋒掉換，意嚮立呈。

宋景文之於柳文

宋子京所爲筆記，有雜論劉韓柳三家文者，條舉於下：

李淑之文，自高一代，然最愛劉禹錫文章，以爲唐稱柳劉，劉宜在柳之上。淑所論著多似之，末年尤奥澀，人讀之至有不能曉者。

釗案：李淑字獻臣，眞宗時進士，年輩稍前於子京。其人博覽羣書，詳練朝章國故，惟性傾側險陂，文乃奥澀難讀，此學劉柳之不至者。

柳州爲文，或取前人陳語用之，不及韓吏部卓然不丐於古，而一出諸己。劉夢得巧於用事，故韓柳不加品目焉。

釗案：人謂韓文無一字無來歷，又謂不丐於古而一出諸己，此顯然矛盾，難於調和，

此誼別有論列，不更覼縷，子京亦從俗雷同，妄下雌黄而已。

柳子厚云：「駭機一發，浮謗如川。」信人之險語。韓退之云：「持被入直三省，丁寧顧婢子語，刺刺不得休。」劉夢得云：「嘻笑之怒，甚於裂眦，長歌之音，過於慟哭。」又云：「耕於寬閑之野，釣於寂寞之濱」，又云：「婦順夫旨，子嚴父詔」，此等皆新語也。

釗案：柳劉語誠險矣，然韓語焉得謂新？此子京欲特意崇韓，惜韓爲羊公不舞之鶴耳。由此類推，子京修書夜寒，同時得八半臂，不敢著，忍寒而返，此得毋應謚爲新事乎？一何可笑？

柳子厚貞符晉問，雖模寫前人體裁，然自出新意，可謂文矣。劉夢得著天論三篇，理雖未極，其詞至矣。韓退之送窮文、進學解、毛穎傳、原道等篇，皆古人意思未到，可以名家矣。

釗案：明清以來，八家派之古文家，談到柳文，大抵首重論辨，次及書札，如貞符晉問等典重之作，輒未敢輕於問津，子京偏其反而，足見識力非同泛泛。訾劉論其理未極，此一千年前之局限性致然，了無足怪。至論韓文，乃以毛穎傳與原道同列，並昂然次於其上，子京顧不畏有人責其佛頭著糞乎？

子京專論柳州者，則有如下數語：

古人自有文語卓然可愛者。穀梁子曰：「輕千乘之國則可矣，蹈道則未也」，故柳州以爲潔。「三軍之士，粲然皆笑」，粲、明也，知萬衆皆啓齒，齒既白矣，粲義包之。

釗案：穀梁隱公元年、記隱讓桓事云：「若隱者，可謂輕千乘之國，蹈道則未也」，上一句稍不同。又昭公四年、楚子殺齊慶封，慶封最後發言，「軍人粲然皆笑」，原無三軍之士字。想子京行文，本文不在手邊，如王仲任之著論衡，全憑記憶敷衍，故致字句參差爾。問嘗論之：柳州從穀梁學得爲文之潔，此其自承之語，的然不誤，至其如何學得？及柳與穀梁子如何相似之處？至今無能名之。而子京所理解者，止於如右數句，此不過見仁見智之一得而已，律之名從主人之義，殊難期於萬人同認已。粲然字，亦見李習之答朱載言書。

又案：子厚於穀梁舉其潔，於馬遷舉其峻。歸熙甫與人書云：「班孟堅云：太史公質而不俚，人亦易曉，柳子厚稱馬遷之峻，峻字不易知。」今子京能以穀梁之例明潔，恐不能以馬遷之例明峻。

子京又言：

文章必自名一家，然後可傳不朽，若體規畫圓，準方作矩，終爲人之臣僕。陸機曰：「謝朝華於已披，啓夕秀於未振」，此乃爲文之要。五經皆不同體，孔子沒

後，百家奮興，類不相沿，是前人皆得此旨，嗚乎！吾亦悟之晚矣。據此、子京嚮往柳州，雖未得承處其堂奥，而期於「日月至焉」，亦足徵其功力非淺。

宋子京撰新書有氣類之感

趙甌北陔餘叢考卷十一云：

劉禹錫自作子劉子傳，敍其與王叔文相善被貶始末，亦以掩其失身之誤，柳宗元遺蕭俛、許孟容二書，亦以辨其被罪之由，舊書皆不載，新書一一補之，全載其文，正所以代爲昭雪。舊書韓愈傳謂：愈文之不當者，如柳宗元羅池神碑，李賀不應進士諱辨，及毛穎傳近於譏戲。又當時以史筆推愈，及撰順宗實錄，敍事拙於取舍，爲當代所非，文宗嘗詔史臣添改，愈壻李漢蔣係方在顯位，諸公難之，韋處厚獨別撰以進。新書於此段議論盡删之，但云愈文奥衍宏深，沛然有餘，其徒李翺李漢皇甫湜從而效之，不及遠甚，而略無一語稍貶。蓋子京本文人，故有氣類之感，觀者可以知其用意之所在也。

「子京本文人，故有氣類之感」，兩語斷定一切，游夏無能贊一詞。獨順宗實錄，據舊書，韋處厚曾別撰以進，然則今附於韓集之實錄，果爲退之手筆耶？抑否耶？從來無人提此疑問，特標記於此，以俟再考。

劉辰翁視柳文

偶閲李如箎東園叢說：「退之之文，其間亦有小疵，子厚則惟所投之，無不如意。」吾十餘齡時，卽接觸兩家文，而於子厚有特嗜，其所以然，則適如如箎言，凡子厚所投，幾無不循吾意之所之，而曲折以赴，此其爲境，殆數十年如一日，從不改轍。獨怪劉辰翁於柳騷有深契，曾將柳文之近騷者，附於其所輯楚辭之末，彼之嗜騷如此，則又謂「子厚說文最上，行文最澀。」〔語見答劉英伯書。〕由是子厚之文，不澀於騷，而澀於尋常論辨傳記諸體，吾幾不信狂人飲狂泉，翻相率笑謂不飲者卽不狂者而以爲眞狂之爲詭辯。

右舉答劉英伯書，是辰翁集中斤量最重之作，茲將中幅重要部分採錄如左：

凡文必成章，自孟子、莊子，皆成章之文也，故其辨駁反覆，必自極其意，不極亦不容釋。然每章字累百而止，而力常有餘，若大篇江河，雜以風波起伏，竭人情之所欲言，窮事勢之所必至，則秦漢與諸名家，合辨賦而爲一人，又非區區之辭令應對敍述間比也，如此而又不達，則不達矣。今人高韓文，亦其自稱道特甚，在唐人衆多中最甚達，若循其意之所欲言，言適盡，意亦不過如時而止耳。間有數字數句，費人講說，及得其用意，概不得不爾，又非如子雲輩數數可厭，爲遁辭，爲蔽

意，終亦不得爲奇耳。 然亦未得如歐蘇，歐蘇坦然如肺肝相示，其極無不可誦，回思宋初時，用意爲古文者，與同時負學問自爲家者，欲一篇，想像不可得，近年如葉水心、洪容齋，愈榛塞矣。 文若樂也，若累句換字，讀之如斷絃失譜，或急不暇春容，或緩不得收斂，胸中嘗有咽咽不自宣者，何爲聽之哉？柳子厚、黄魯直，説文最上，行文最澀，三百篇情性，皆得之容易，如駕言出游，以寫我憂，知我如此，不如無生，道之云遠，曷云能來？雖婦人自道亦能此，而不朽亦以此。 若皆如㵢兮燎兮，固所未喻，況首尾聯複不自厭，如左傳所謂艱難其心，而有名章徹，豈不可悲？ 願英伯從是一掃刮去。

辰翁文主意盡言止，貴達戒澀，誠亦言之成理，用力惟恐不至，然吾人讀其文，所感並不爾爾。 夫辰翁爲文，言與行之不相接如此，竊疑己之辨別力不足，而有負於作者，泊閱四庫全書總目須溪集下評語：謂「其所作詩文，專以奇怪磊落爲宗，務在艱澀其詞，甚或至於不可句讀，尤不免軼於繩墨之外」，此可見吾所批判，並距離眞實不遠。 顧何以須溪視人之不澀爲澀，而翻以己之澀爲不澀者？此殆與須溪性分有關，不可能於語言文字間求之。 蓋須溪以江右名流，身處宋元玄黄之交，痛宗邦之淪覆，懷麥秀之深憂，神志反覆，言每失倫，此顯出於情意之無可如何，而未易以文章體格繩之者也。 至柳子厚之於文，曾自言：「不能自雕斲，引筆行墨，快意累累，意

盡便止」，〔語見復杜温夫書。〕此從其淺者言之，實自確定己文之不澀，即以吾之魯鈍，亦能辨認彼自討之非妄。顧須溪澀之，且引黄魯直與之相配，使唐宋數百年間，兩澀相望，以焜耀於黄茅白葦之外。夫魯直爲詩，人有謂「江西魔派不堪吟」者，〔此張之洞詩語。〕至文爲詩掩，文之魔與不魔，卻無人言之，而如須溪持與子厚相提並論，則應自天外懸衡以裁之，非文壇後生所得置辭，因不具論。二十年前，吾違難重慶，偶作小詞自遣，以示蘇州汪東旭初，旭初曰：此劉辰翁筆也，吾當時不自喻，今旭初物故，亦無自追討其故云。辰翁字會孟，盧陵人，須溪其所居地也，宋末太學生，景定壬戌廷試，入丙第，對策掊擊賈似道，幾爲所中，宋亡，不復出。

王元美書柳文後

王元美書柳文後云：

柳子才秀於韓，而氣不及，金石之文，亦峭麗與韓相爭長，而大篇則瞠乎後矣。封建論之勝原道，非文勝也，論事易長，論理易短故耳，其他駁辨之類，尤更破的。永州諸記，峭拔緊潔，其小語之冠乎！獨所行諸書牘，敍述太過艱苦。至於他篇，非掊擊則夸毗，雖復斐然，終乖大雅。似此氣質，羅池之死，終墮神趣，有以也。吾嘗謂柳之早歲，多棄其日於六季之學，而晚得幽僻遠地，足以深造；韓下

筆便超六季而上之，而晚爲富貴功名所分，且多酬應，蓋於益損各中半耳。明代文人，浮蕩成習，元美於韓柳之分野處，所論猶得半而近似。獨其時宗韓成風，元美多少以先入之見持論，如謂柳之大篇瞠乎韓後是。於是遇到封建論與原道爲同一大篇時，不得不爲柳之勝處，覓一論事藉口，而元美之詞遯矣。至以羅池神趣，歸獄於柳子氣質，此一見解，猶高出時流少許，不能以數百年之尺度繩之。

元美之衡韓文，比衡柳文尤刻。其説云：

韓公於碑誌之類，最爲雄奇有氣力，亦甚古，而間有未脱蹊徑者，在欲求勝古而不能勝之，舍而就己而未盡合耳。奏疏爽切動人，然論事不及鼂賈，談理不及衡向。與人書最佳，多得子長遺意，而急於有所干請於人，則詞漫而氣亦屈。記序或濃或淡，在意合與不合之際，終亦不落節也。第所謂原者，僅一原道，而所謂辨者，僅一諱辨而已，不作可也。蓋公於六經之學甚淺，而於佛氏之學更鹵莽，以故有所著釋，不能皆迎刃也，而他彈射亦不能多中的，謂之文士，則西京而下，故當以牛耳歸之。

元美駢列韓柳，恣意譏切，既未嘗以崇韓者抑柳，亦未嘗以崇柳者抑韓。此一自處位置，遠超於入主出奴者之上，此人倘入孔門，當在狂簡之列。

元美謂退之原道可不作，與顧亭林謂退之原道以外之文可不作，成一反照比

對，就此一義而論，與取亭林，寧取元美。

元美書柳文後，有「似此氣質，羅池之死，終墮神趣」數語，意欠明瞭。元美別有「書佛祖統載後」一文，中涉及子厚者一段，足資參證。其說云：

柳子厚年少急功名，不自檢，猶無害。晚途遠宦，邑鬱侘傺，至死而爲神，以恐喝求祀，望阿修羅趣且不可得，豈可以其作綺語贊僧媚佛，而諄諄錄之也？

元美勤修儒書，而侈談佛法，至視子厚與蔣子文一例，信恐喝求祀之小說讕言，思致陋劣，深可鄙恥。

韓亨年長於柳，特「晚爲富貴功名所分，且多酬應」，致濫費此有用之日月。柳雖「晚得幽僻遠地，足以深造」，但年僅四十七而亡，不得其壽。焦里堂〔循〕易餘籥錄云：

司空表聖題柳州集後云：「今於華下方得柳詩，味其探搜之致，亦深遠矣。俾其窮而克壽，抗思極精，則固非瑣瑣者可輕擬議其優劣。」窮而克壽四字造於微，非窮則心不壹，非壽則思不練。

里堂此義，可爲元美進一解。凡人之用智，往往明於察人，暗於繩己，而莫年尤甚。蓋元美弱冠登朝，仕無不遂，移疾後獨霸壇坫，逾二十年，號稱與李于鱗狎主文盟，而于鱗直居附庸。元美地望不同，金帛隨意，廣運聲華，氣蓋海內，發言變造黑白，

進退生於俄頃，其强譽汪伯玉，而己亦悔之，可云適例。一時士大夫與山人詞客，衲子羽流，莫不駭汗奔湊，幾於應接不遑，此視退之晚以火靈庫助長元精，與世合汙，其疲憊殆又過之。享年雖長退之十祀，所得切身之益幾何？殊無可言。觀於所書佛祖統載後等文，己雖虔誠佞佛，而終於生天不能，成佛無效，卽降而自甘爲恐喝求祀之蔣子文，而人亦未必肯信，則亦何事妄持韓柳之短長，妄計其蓋棺論定之得失何許爲哉？夫無諸己而後非諸人之謂何？元美此論，逕與移石擊己奚異？

王文祿崇柳

明王文祿者，楊升菴之徒也，平昔徵文考獻，見解往往出人頭地，所著竹下寤言，其分別韓柳處，立說如下：

韓退之學不如柳深，柳子厚氣不如韓達，韓詩優於文，柳文優於詩，韓不能賦，柳辭賦之才也。若論其世，柳非黨伾文，伾文援柳爲重，韓之求薦，可恥尤甚於柳，世以成敗論人，是以知柳者鮮也。

明人稱道柳文優於韓者，尚有一黄禹金，禹金撰讜神一書，其言如是，焦循易餘籥錄引之。然禹金止於較量兩家之文詞而已，而文祿則擴大其範圍，以至於政治與人品，所謂柳非黨伾文，而伾文引重柳，確未聞有人如此說過。韓三上宰相書之可恥，

雖祖韓者亦不得諉爲不知，而明白指斥之者亦希，由是而言，自范希文申柳以來，於柳能見其大而貌其全者，文祿此論，罕有倫比。雖然，文祿於韓，獨不免留有餘地，蓋升菴詆韓不解詩，凡稱之爲大家者，都是市利他語，〔語見本編別條。〕而文祿卻謂韓詩優於文。由兩家之說推之，升菴所詆韓爲不解者，文祿翻謂勝文一籌，於是韓直不解文爲何物，乃是無可避免之邏輯論斷，噫！此在文祿界說中爲一小小寓德，無待深辯。〔釗案：本段與一四一三頁重複，應芟削。〕

柳有辭賦之才，此明眼者皆知之，在柳並不以此自豪，特佞韓者蒙然張大古文運動之功，而不自以爲可醜，論域雖小，而文祿鄭重提出，亦是一得。

文祿字世廉，浙江海鹽人，所著曰竹下寤言者，指所居樓前，植竹萬竿，日盤桓其下，或對客談，或游於藝，或靜而思，怳然有覺，卽錄數言聊以舒適云云也。言雖甚誇，而論政不期與子厚隱隱契合，亦所在多有。如張世傑一段云：

張世傑露香祝天，天不佑宋何也？蓋天意以安民爲重，以君爲輕，況眞主已生於元，天意何嘗有華夷之分？安民則是矣。若世傑生存，必復立一主以爭天下，塗毒人民甚矣。蓋世傑所知者宋之天下，天意以天下爲天下之天下，此正所以爲天，非不佑宋，佑下民也。惟太王得之，故曰不以養人者害人，是以去邠而周祚興，亦天意也。

此其以民爲重，而斬斷陋儒種種尊王無二、死節事大諸謬説，宜與子厚舜禹之事、及呂化光諸葛武侯廟銘諸文，參合讀之，而覺吾國除韓愈標榜僞道統以外，别有一番天意在安民之正論在。文祿所爲應迹諸説，吾謂是炎炎大言，其義在此。

應迹者，文祿所立篇名。其略曰：

天下者天下之天下，於身無所關涉，舜禹有之，亦暫主一時，凡其所爲，皆應迹耳。果不可與，亦不必與，何須以巍巍贊之？當言舜禹之有天下而不與焉，加巍巍者，疑因下章有此而誤耳。㈠

夫曰果不可與亦不必與者，相對言之，即果非與不可，亦即必與。此義文祿得其一面，子厚得其他一面，故吾曰彼此之文，合讀爲宜，特質量之重，子厚之超出文祿者，不可以道里計。

孫沙溪與柳文

明孫緒，故城人，字誠甫，號沙溪，弘治進士，爲吏部郎中，忤中官張雄褫職，所

㈠ 按此段乃文祿解釋論語泰伯篇中：「子曰巍巍乎舜禹之有天下也而不與焉」一章而言，與讀去聲。其曰加巍巍因下章有此云者，指下章有巍巍乎唯天爲大，及巍巍乎其有成功也等句。

著有沙溪集。其論柳子厚天說如下：

柳子厚天說，謂天地如果蓏，人生其間，鑿剖元化，如果蓏中蟲蠹。人能剔除蟲蠹，是有恩於果蓏者，人能戕害人，是有恩於天地者，故惡人常爲天之所庇，而善人常爲天之所災。劉禹錫謂其有激而言，言雖過激，然亦有所本，卽莊子人之小人，天之君子，人之君子，天之小人之說。又謂天地於人，猶父母於子，父母有命，子不從則爲悍，天欲禍人，而仁人逆天以福之，是亦悍之類也。故金踴躍自以爲莫邪，則大冶必以爲不祥之金，人成形自以爲人，則造化必以爲不祥之人。造物之視人，猶大冶之視金，此則柳子之宗也，但文詞奇崛，柳子不能爲耳。

子厚自述其爲文之趣，曾謂參之莊老以肆其端，則沙溪謂天說淵源於南華，自非故爲杜撰之言。惟文章有體，與時會相爲變化，莊柳絕不可能並爲一談，覈論優劣，此則沙溪殊有蓬心未之化耳。

沙溪於子厚罵尸蟲文，亦有一段議論云：

柳子厚作罵尸蟲文，謂其匿人腹畝間，伺人隱慝，上訴天帝，故人多殃咎。文字甚精麗，然亦寓言，譬當時惡己者以快私忿。余謂使無尸蟲則已，若人人有之，且人人知其能上訴，則孰敢爲惡以殃民戕世哉？故放利小人，惟恐有尸蟲，憂世君子，惟恐無尸蟲也，而肯罵哉？

沙溪之以忤中官而罷黜，猶子厚之永貞政敵，亦不出宦要，因此子厚之罵尸蟲文，入沙溪之眼，更易形成突出。然沙溪之敵也獨，而子厚之敵也衆，世綵堂本此文下注云：

公此文蓋有所寓耳。貞元之季，公以黨累貶永州司馬，宰相惜其才，欲澡濯用之，詔補袁州刺史，其後諫官頗言不可用，遂罷。當時之讒公者衆矣，假此以嫉其惡也，當是謫永州後作。

由此以知沙溪黜後，嘉靖初猶得以太僕卿起用，而子厚十年不召，追還仍貶，兩種情形，甚不相同。於是沙溪比於憂世君子，惟恐身無尸蟲，自安詼詭，而子厚則亟惡其利昏伺睡，旁睨竊出，甚望上帝之叱付九關，貽虎豹食以爲快也。沙溪稱本文精麗，實則文辭何止精麗而已，三復而起，心神頓舒，置之座隅，備禦魑魅。

酉陽雜俎、道家之書也，段柯古年輩略先於子厚，其書盛行，子厚當已見之，三尸之說，卽起於是。

人有三尸：上尸清姑，伐人眼；中尸白姑，伐人五臟；下尸血姑，伐人胃命。凡庚申日，言人過於帝，古語云：三守庚申三尸伏，七守庚申三尸滅。按道書：上尸彭琚，中尸彭質，下尸彭矯。

子厚引莊生君子小人之說，見於哭張後餘辭。

黄氏日抄有讀柳文一則曰：「哭張後餘辭，引莊周之説，以爲人之君子，天之小人，子厚怨天，隨寓而發也。」此凡讀此文者之所同感，惟不可與子厚平日所謂不推天以爲高，併作一談。

子厚作此文之年月未詳，以哭後餘辭：「既得進士明年疽發髀卒」之文推之，應是貶官以前所撰，一本附次貞元十八年文，不中不遠。果爾，子厚之人生觀，始終一致，並不因貶竄不追，而故爲激論，以驚世而駭俗也。

湯顯祖右柳

從來論永貞之變，多咎子厚妄交王叔文，又咎叔文失之躁進，籌策不善，此兩點明湯顯祖借題發揮，有所解答，殊爲不可多見之清議。如下：

明故朝列大夫國子監祭酒劉公墓表　湯顯祖

嗚呼！此吾友人司成公劉士和之墓也！予欲與共爲天下事，而君已矣。君起家壬午歲舉江西第一人，〔按壬午爲神宗萬曆十年。〕廷試進士第三人，授編修，改坊，補經筵日講官，以侍讀掌坊事，終大司成。歲戊戌夏四月，〔按戊戌萬曆廿六年。〕吾師相國張公，〔按張位字明成，新建人，官吏部尚書、武英殿大學士。〕以決贊東征事，〔此指援朝鮮征倭。〕與首相蘭溪趙公〔按趙志皐字汝邁，蘭溪人，官禮部尚書，參機務。〕異同，

幾中不測以去。所常往來論議者，皆受重劾，而君與焉。賴上明聖，指其名曰：此清士也，安得在此？下部院議，皆曰：劉司成耿耿爲人，不宜横加誣詆，爲分别言之，君得請以去。歸二年，爲庚子秋，病滯，服下藥大過，竟不已，至冬十月七日，起衣冠，端坐而逝。嗚呼哀哉！人亦有言：「膏火自煎，而磽器先缺」，……翰林者藏器之處也，日磽磽然取其所藏者持以示人，而能無缺乎？其最無端倪者曰：君張公之所親，舉動不能令人無疑。嗟夫！士亦視其所親何耳，張公豈不可親者耶？言道德而負經濟，故天下所屬心望爲名相者，一出而陰爲國本重，顯重定邊計，意念皆在國家。獨其發决太蚤，未能收拾天下賢士，厚集其勢，而輕有所爲，臣不密則失身，勢固然耳，豈張公爲人眞有不可親者耶？君平生藴積憤發，欲有所施用於時，誠不欲厚自遠引，然亦何以遠引爲也？且吾與君私語張公行事，君亦常爲感然，非苟爲同而已。唐柳子厚、天下之才俊賢人也，王叔文、世之所謂狂劣無底者也，非吕非葛，庸衆人知之，柳子讀天下之書，懷堯舜之業，豈其識不及此？夫士惟不欲急世患而成功名也，欲之，必起而環視於世，儌幸於其有所同心者，幾附焉而相與以濟。唐之患，未有大於宦官典禁軍者也，前後執事，多依倚其中，以容以進，慮無及除滅之者，叔文瞷然發端，雖未竟其謀，不可謂無吕葛之心矣。權賂之劾，蓋其事後中官所爲，史因而惡之，當其未敗時，但意其名正而事

成，唐室可興，安見夫叔文之不可啹就也？況夫張公者，負經濟而言道德，二十年以來，天下所仰爲名相者耶？易之觀曰：「觀我生進退」，又曰：「觀其生」，我者我也，其者世也，我可而世不可，則無傷我，世可而我不可，則無傷世，如此以觀，則我與世機，可以相用相生而不死。若君之進退，非不詳於所觀，蓋子厚所謂大人欲速其功耳，天下士亦安可以成敗論也？嗟夫！子厚已矣，友莫若韓退之，退之序子厚死，但記其易播一事，至其委曲用世之志，不爲發揮一言，意退之亦猶人之見乎！予故哭士和君之墓，而表其所存所虧，以告後之君子欲有爲於世者。

表中不錄死者一事，惟著出處大節，並引柳子厚作配，大發議論一通，使讀者疑所表爲古人而非今人，斯誠墓表中獨特風格。文以子厚牒死者，以叔文牒張公，比方是否貼切？是惟作者知之。惟有一點甚明：彼以子厚爲才俊賢人，讀天下之書，懷堯舜之業，固不待論，而稱叔文除滅宦官，發端瞷然，不可謂無呂葛之心，此無形中將狂劣無底之庸繆目論，掃蕩以盡。嘻！偉哉論也，唐史蕪穢，南董復生，明賢譾陋，而隱爲顧黄辟路，誠未料若士風雅別才，而志在與才傑共爲天下事如此。

表言臣不密則失身，此統論張公及王叔文擧如是，而王而農論伾文，則謂「事本可共圖，而故出之以密」，〔見別條引通鑑論。〕爲問唐王叔文及明張位之敗，固敗於不密乎？抑敗於密乎？將唐永貞與明萬曆所需計事疏密之度，有以異乎？抑無以異

乎？同一論點，而賢者所作主張，如黑白之易位乃爾，可見論事之難。

清咸豐時，有山陰人汪瑔、以名幕遊諸侯間，所刊隨山館尺牘，載與其友號松人者一書謂：「承假玉茗堂集，今付去，集中有一篇爲柳州致辨者，僕竊喜其說，足下試觀之，謂爲何如？」吾揣之，所指一篇，卽劉士和墓表，此外渺無有也。吾初亦未省若士有此文，三年前、長沙瞿兌之遊京師，見吾勤勤申柳，偶爲道及以博吾趣，吾始得手斯文而讀之，由識若士之面，進而知若士之心。噫嘻！凡子厚之赤忱正氣，其差得緜緜延延，流衍於荒江草澤者，惟一二失意文人，酒酣耳熱間之齒牙餘慧是賴，舍此別無可恃，夫不其可哀之甚也哉？

孫月峯論文如干事

一、月峯批柳文：　月峯與其甥呂天成書曰：「柳文正欲購河東舊刻，茲付來新刻，亦可觀，愚今所批正此，但恨注少耳。」　批本吾已閱過，著錄在他條，不贅。

二、明人追史漢，月峯追周秦：　其後折而鑽研韓柳，乃功力迴環之趨勢然也，說見與李于田論文書。　如下：

古人無紙，汗青刻簡，爲力不易，然千錘百鍊，度必可不朽，豈輕以災竹木？宋人云：「三代無文人，六經無文法」，吾意不然。　周尚文，周末文勝，萬古文章，總

之無過周者。論語、左氏、公穀、禮記最有法，公羊子夏弟子，禮運出於子游，其餘似多係二賢高弟所撰，此皆是孔門文字。國策而後乃大變，莊列荀屈韓呂諸家，變態極矣，子長承之，祖論語，沿戰國餘風，更以奇肆出之，遂爲後代文豪。其實法窮而縱，以嗣周秦之後，浸淫至於六朝及唐，惟務綺靡，法益亡。近人不知，乃顧以縱肆者爲古，規矩者爲今，此迷於初始矣。吾曩謂寧爲眞韓柳，不欲爲假史漢，韓柳文雖佳，然非讀韓柳文而作者。韓所讀書，具在進學解，柳所讀書，具在與韋中立書，須讀其所讀，乃能作其文耳。

三、月峯韓柳並重：　其與甥呂玉繩書曰：

商以前止尙書上卷二十餘篇，此先秦也，渾而雅。周易、周書、周儀禮，其周之舊乎！奧而則。戴記、老子、春秋經、管子、三傳、國語，美哉周之盛也，其若此乎！文而巧，新而無窮，皆西京也。莊列策騷，其周之東乎！奇而肆。韓公子、〔案卽韓非子。〕文信侯，〔按卽呂氏春秋。〕其周之衰乎！峭而辯，皆東京也。若以近代方之，經爲韓，莊騷爲柳，馬班則永叔子瞻耳。

四、月峯班柳比較：　右以馬班屬之歐蘇，乃論之大秩序如此，其韓柳並重之外，而覺其微偏於柳，則在取孟堅衡量子厚一誼。此誼開展，見於與余君房論文書牘中，君房名寅，鄞人，晚號僧杲，萬曆進士。君房書曰：

司馬子長之文，眞博大寬閒，天機自發。渠承左國之後，杼軸迥然不羣，當是運氣所使，是斯文升降之大機括也。孟堅渾金璞玉，無琱無琢，韓柳兩公，不免力追，詩云：「金玉其相，追琢其章」，兩公之謂也。若柳州痕跡更露，所謂力追，固是法也。

月峯復之曰：

孟堅漢書，果整密有體，顧茲書乃劉中壘及馮商輩草創，其稿原佳，稍删潤之不難。且其意在步趨左氏，細玩儘有琱琢，亦未是渾金璞玉，惟子長則眞是渾璞，然三傳、戴記，實極力琱琢，又未可概謂渾璞者勝琱琢也。兩都賦、典引、賓戲、燕然銘、東平王奏記，此乃孟堅自作，其追琢更有痕跡，其筆力亦纖穠而不放，正與柳州相當，或弟畜柳州耳。

月峯牽連班柳，以資論辯，迹象遠不止此，姑不多述。

五、月峯置重子厚與國語連誼：此亦與余君房通書爲之。君房曰：

夫柳州而國語也，所以爲柳州也，六一而韓文也，所以爲六一也，老泉而孟子也，所以爲老泉也。國家有氣運，文亦隨之，唐不能不宋，卽柳州不能不歐蘇，三君子者，胡不遡厥祖宗，而僅僅似續之繩？於是日月不旦，禮樂不縵，喜起不載賡，彼哉文夫也！古道之不復也，誰則司其咎哉？

月峯復之云：

宋人云：褚少孫學太史公，句句相似，只是成段不相似，柳子厚學國語，段段相似，只是成篇不相似，今歷下新都二公亦然。歷下句句佳，成段則不佳，新都段段佳，成篇不佳。新都自謂精深，然秖在字句間，至體格頗覺小碎，殆唐時一傳奇手耳。

兩君都以子厚造詣止於國語爲未足。他日月峯與呂美箭書謂：「唐時柳文名重於韓，然不知因何退之學左傳，子厚則學國語，每事讓退之而居其次？」此其所尊微偏於柳，不難想見。歷下者指李攀龍于鱗，新都楊愼升菴。

月峯與美箭同一書中復云：

韓柳二公，其命題作文，不知有意無意？韓有張中丞傳後序，柳有段太尉逸事狀，韓有進學解，柳有晉問，韓有平淮碑，柳有平淮雅，韓有送窮文，柳有乞巧文，若相配者。子厚毛穎傳後題云：「急與之角而力不敢暇」，然則前數篇，當是有意力角者耶？

此適如近人觀競技賽，力擁一方取勝，萬頭攢動，擊掌轟雷然云。

六、月峯祖子厚用排偶：與美箭同一書猶有下一段：

唐文沿六朝，大約俱排偶，韓退之力變，概用散文，柳柳州初年猶用排格，若

南霽雲廟碑等是也，後柳州晚年每亦多爲散文，豈自變耶？抑因韓易軌耶？自唐元和至今，散文不改，益重，又自六朝來，更有四字句一法，范蔚宗東漢書尤多此調，不知蔚宗剪割就此耶？抑自東京卽尙此耶？然排句、四字句，自虞夏書亦旣有之，左傳中更多四字句，昌黎雖力黜排語，然四字句法不廢，諸文中或間用之。若今時則舉兩法俱廢，亦不論何文，讀者但遇散文錯綜句，卽覺佳，排語四字句，卽覺不佳，豈文道本合如此？或亦只一時氣習所尙耳。

退之不解用偶，因而非偶甚力，集中僅有之偶文爲進學解，此其不足以入文家之律，凡文家莫不知之。至子厚散偶並嘉，筆固無之不可，月峯兼衡兩家至此，無取爲子厚加碼，而本力自足。

七、月峯不喜韓詩：與余君房論文長篇中有云：「元美云：昌黎於詩無所解，卽鄙見亦謂然」，此與楊升菴之見，若合符節，升菴說見他條，不具於此。

八、月峯眼高手低：月峯讀書不少，眼界非淺，而行文輒不如心之所期，滯澀臃腫，讀者艱於立喻，此殆由意存琱琢，遠企周秦，殊未料放而流於斷港絶潢，無力自反也。觀於所爲送膳部蔣君擢湖廣少參序，冒頭卽曰：

余少時讀柳子厚永州山水記，見其所述西山、黃溪、及諸邱潭渠渴之美，幽奇互出，搜而不盡，何其勝也？然爾時子厚方以謫去，展轉末寮中，卽少有寓目，政

自足暫舒憤耳，若使抱村而選，出爲岳牧，政事之暇，時一登高攬勝，灑杯酒而鳴其壯懷，則豁心怡神，豈不什伯於柳子也哉？然而不得必遂也。

此乃有意模仿柳州山水諸記，顧作者與其地不習，於其客不親，代人捉刀，敷衍場面。〔據云：係代某宗伯作。〕一提筆間，全失游衍之神，虚擬籌酢之迹，攀附永州，謬託名勝，文成適與遠而兔園册子，近而舉場空策無異。夫號爲文家，而此類浮濫文字，留而不削，貽笑後賢，尚何商榷秦漢、軒輊韓柳之足云哉？然而統舉有明文人計之，月峯要是最具識力。

孫月峯批本柳集

一

曩於雜記中記一條如下文：

愚幼時好讀柳子厚文，有紹興李君應韶，去歲〔約是一九三五年。〕造滬寓求見稱：讀愚文久，審其嫻於柳集，特有一事相煩，愚以所請遠於恆迹，大訝不止。李君爲述：其家曾祖玉堂公，晚年讀書於鄉之大林村老屋，屋有所謂敦敍堂，堂東偏書室三楹，扃閉已三十餘年，蓬蒿滿庭，獾鼠之穴彌望。光緒癸卯春，李君以展墓寓於屋者兩越月，忽從廊下書簏中，檢得柳文一部，丹黄爛然，圈點工緻，首尾十

册，俱甚完好，審視圖印，則赫然孫月峰先生手批之本也。孫氏爲姚江望族，先生在晚明蜚聲文壇，杭大宗稱其於書無所不窺，遺著滿家，讀之窮年累月而不能究。（見孫月峰書畫跋序。）而批評尤有重名，所批文選，早經刊布，此集係萬曆年刻本，爲先生暮年致政歸里所讀之書。有關紹興文獻，不敢自私，擬影印以公諸世，幸先生爲序張之，傳先哲之苦心，重藝林之聲價，寒家世澤，亦與俱存，所感幸者匪獨一人云云。言時以原書見示，愚捧而視之，點次細密，果如所言。中愚癖習，大喜過望，因許其文而留其書，約兩月成藁。此兩月中，有暇輒取讀數首，見其批語刻至，不少假借，審先輩論文持律之嚴，爲之懍然。大宗觀先生所評諸書，且自承性闇，不能盡窺其根歷，愚之無能爲役，又焉足怪？頃之江浙事起，約滿而文未就，李君匆匆持書去，後乃不識主人何往？所負諾責，亦無從償，憶及輒爲不懌久之，偶從紙堆見李君徵文原啓，乃記其事如此。

後聞集由上海會文堂影印，余所記一段，亦附集末，但余未獲一見，今已二十餘年矣。月峰置評，專於小處著墨，多一挑半剔語，見解與明末茅坤、及清初儲欣帖括諸子，不相上下。余曩藉杭大宗語佞之，亦因物付物而已，明人似無一能解柳文者，何止月峰？余偶於他處見月峰評柳數條：如子厚不知因何，每事皆讓退之而居其次？退之學左傳，子厚則學國語，以及古人作文，多欲相角，並引子厚韓公毛穎傳後題等

等，此眞囿於明人陋習，而如量吐出之聲響也。夫子厚曾著非國語，當然國語最熟習，又子厚與人通書，亦屢屢提到國語，並曰：「參之國語以博其趣。」然則子厚自言：「自貶官來，無事，讀百家書，上下馳騁，乃少得知文章利病。〔與楊憑書。〕」同時擬世人之高者應得標準：所謂「博如莊周，哀如屈原，奥如孟軻，壯如李斯，峻如馬遷，富如相如，明如賈誼，專如揚雄，〔同上。〕」而獨不及國語。由是以知：略言國語非漏，單舉國語亦非專，以子厚之俊敏，當然無書不讀，亦無古作者不學。月峰遽謂子厚精國語，置左傳以讓退之，此誠退之所呰爲坐井觀天者也，他論點類推。蓋子厚之文，非程墨比，安得作月峰看法？

子厚與楊誨之書：「足下所持韓生毛穎傳來，僕甚奇其書，恐世人非之，今作數百言，知前聖不必罪俳也。」由是以知：子厚題毛穎傳後，乃慮退之以俳體爲世訕詈，設詞護之，豈角力耶？月峰知唐時柳名重於韓，韓得柳一言顧藉，聲價益昂，艮信。

明清皆重科第，士子求好程墨，而置重選手，於是選家爲當時寒儒重要職業，至選古文，以不關利祿之途，反成爲程墨選家附庸。明末之孫月峰，與清初之何義門，皆屬雙料選家，特何偏重時文，孫偏重古文而知名，此一區別，近百年來，殆無人注意及之云。

二

吾校閲此文頃，忽有人從南美與吾通函，並附七絶兩首，殷殷致意。吾視通函者，其名赫然李應韶也，詩且於律無迕，饒有意趣，乃大詫不已。尋經港友何竹孫，訪知此一李應韶甚年少，與當日持柳集見訪者，相去有半百之遠，又一生江南，一產粤北，家世各別，渺不相屬，吾於是慨歎久之，爲題二絶以報少應韶焉。詩云：

萬慮何嘗定一尊，文章舊價偶留痕，誰尋故實趨鸞掖？爲訪遺書到兎園。

魚雁東西一陣風，人生何處不相通，五洲緘札從頭檢，多少顔標作魯公。

卷五　評林下

焦里堂之於柳文

一

里堂所著雕菰集，一有資考證之短書也，書非國語後云：

一國語也，或是之，或非之，而國語則至今存；一非國語也，或是之，或非之，而非國語則至今與國語並存，然則是非果何定乎？古人之書，往往是非各半，苟不論其世，則一言且可非可是也，是非旣各半，則並存也固宜。孟子不信武成之血流漂杵，學者奉之；東都好讖緯，王仲任爲論衡，以斥棄一切陰陽五行之説；宋歐陽公修唐書及五代史，亦盡削天文徵驗，皆與柳氏義合。夫性與天道，子貢未聞，好語怪異，以惑民志，詎足訓也？褒姒之事，予嘗辨其謬，惜柳氏未及此，尙有遺耳。

是非兩存，不加抉擇，而言外卻有無形之權衡在。歐陽永叔號稱吐棄柳文，而於屏斥天文徵驗，此一點竟與子厚適相吻合，經里堂提明，亦自有趣。至褒神化爲龍而

能言，及龍亡而漦在，漦入後宫，童妾遭而受孕，其事太怪。卽庸童小夫，亦知其無理而不置信，是直不値一辨耳，故子厚不爲着筆，非遺也，里堂之褎姒辨，亦似可不作。

里堂又書韓退之毛穎傳後如下：

昌黎韓氏作此文，當時多笑之者，柳州辨之，以明夫張弛拘縱之理，誠通儒之論哉！然而人不能學昌黎，而類能學其毛穎傳，人不能服膺柳州他論文之言，而類能服膺其題毛穎傳之言，豈眞以齧吻裂鼻、縮舌澀齒之物，而可以常服哉？縱易而拘難，張苦而弛便也。

此文作者意在揚韓，而實乃重柳。何以言之？如柳子云：「不學操縵，不能安絃，有所拘者有所縱也」，依字面觀之，似拘在操縵，而縱在安絃。尋柳子所用二語，出禮學記，注：「操縵、雜弄也」，蓋樂人近器，不知絃如何獲安，必先爲雜弄以審度之，此劇場之所恆見，了不足異。然在初學，每操縵甚艱苦，久久而節奏不得合，反之，高手執器，稍稍調撥，卽能絃歌合拍，洋洋入耳。而此入耳之絃，往往綿亙一二小時，手不停揮，使樂人疲憊不堪，以視安絃前之隨意撥弄，其拘縱難易之度，正適得其反。由是里堂縱易拘難、張苦弛便之言，不過爲貪常嗜瑣者說法，而無與於柳子後題之微旨。柳子曰：「是其言也，固與異世者語」，殆謂當世之子，無法使之領悟。須

知人而欲爲大言，固立鼓其炎炎之喙，偶而折爲小言，又無妨易作詹詹之容，隨遇而安，莫之夭閼，彼張弛之果拘與縱否也，君子究何所容心於其間哉？雖然，此境子厚易達，退之不免強爲，子厚文中：「若捕龍蛇，搏虎豹，急與之角而力不敢暇」云云，未始非有意諷示退之，何以故？以善文者而爲不張而弛、或不拘而縱之文，初無須如此用力故。

二

阮芸臺曾爲通儒焦君傳曰：

君又善屬文，最愛柳柳州文，習之不倦，謂唐宋以來，一人而已。後人多斥柳州爲王叔文黨，君爲雪之，且曰：田山薑古歡集，馮山公、王西莊兩先生，於叔文事皆立論平允，足洗不讀書者隨聲附和之陋習。

嘗論欲愛其人之文也，必先敬其人，人於柳州之文未嘗不愛，特以薄其人之與王叔文有連，遂置其文不觀，或觀其文而以另一眼光覷之。里堂知其然也，遂從文之根源出手，而先雪柳州之冤，以知里堂之愛柳文爲眞愛柳文，與一般戕賊文史、舍本逐末者不同。

阮芸臺之於里堂，以姻親而兼契好，據稱里堂八歲，遊於阮氏，見壁上文有馮夷字，客讀如縫尼，里堂曰：此出楚辭，當讀皮氷切，阮氏奇之，遂字以女。嘉慶六年辛

酉，舉於鄉，一赴禮部，以後遂不應試。旣遭母喪，復病足，移居村舍，築小樓數間，几榻之外，書硯茶具而已。嘗歎曰：家雖貧，幸蔬米不乏，天之疾我，福我也，吾老於此矣，如是不入城市者十餘年，庚辰〔嘉慶二十五年。〕七月卒，年五十八。里堂博聞強記，識力精卓，於學無所不通，於經無所不治，而於周易孟子，專勒成書，而易尤閎深，不拘守漢魏師法，惟以卦爻經文比例爲主。於文雖好柳集，惟以學精於易與算，行文遂入簡括枯燥一路，難企雄深雅健，上與崔蔡比蹤，天下以學人尊之，不以闌入文家之列云。

三

今於里堂之言文者，採錄三則如下：

近來經學盛著，古文講者極稀，得足下爲之，兩浙之間，一倡百應，則此道且由是而振。惟是不守於己，不誘於人，氣以理充，神隨事出，務令本末兼融，細大咸備。〔與趙寬夫論文書〕

吾子論文，於古取韓昌黎，於今取朱梅菴，不樂字句瑣細、及文氣佶聱者。……願足下窮文之所以然，主於明意明事，且主於意與事所宜明，不必昌黎梅菴，不必不昌黎梅菴，不必瑣細佶聱，不必不瑣細佶聱也。〔與王欽萊論文書〕

謂文無深與博，亦卽無所爲簡，行千里者以千里爲至，行一里者以一里爲至。

左氏春秋，一人之筆也，或一二言而止，或聯篇累牘千百言而不止，一二言而未嘗不足，千百言未嘗有餘。災變戰伐，下至瑣褻猥鄙之事，無不備載，未聞徒舉其大端，而屏其細故以爲簡也，而文自簡明。康海作武功志，不啻殘磚敝瓦，而處人於荒村僻巷間也，而說者稱羨之，艮可怪矣。〔文說〕

右三則並未涉及子厚，然其神理、要於柳州最爲切近。寬夫名坦，文亦以學柳名於時，本編曾有紀錄。

吾治柳文數十年，有一念微撼於懷，則凡愛好柳文者，其人大抵習於名數，性與科學相近，例未易一二數，而最突出者莫如焦里堂。至阮芸臺亦解名數，而又以爭駢偶始得爲文故，殊不期而與柳相近，去韓彌遠。

張楊園評柳文

張楊園集中，有評子厚文語數節，請撮錄於下：

一、柳子厚封建論：其論封建始於生民之初，是也，其論三代聖王不廢封建，出於勢之不得已，固非，至云公天下之端自秦始，而三代聖王皆私其力於己，則非之非矣。

二、子厚論語辨二篇：一是一非，不可無別。特其文字雄霸，足以發揮，讀者毋爲所欺可也。

三、子厚天說：誣誕不經之文。

四、愚常疑三代以上紀帝王者，以德以政，三代以下紀帝王者，以象以相，竊以爲作史之過。　讀柳子貞符之文，推立極之本，抑受命之符，可謂識高千古。

五、子厚伊尹五就桀贊：愚竊度伊尹就桀，湯進之也。　古者諸侯歲得貢士於天子，桀爲無道，湯進伊尹，將有以革之也。　桀不可事而尹去之，尹去桀而湯又進之，以至於五，湯之欲曲成其君也如此。　必不得已而伐夏，伐夏非湯志也。　葛、鄰國也，葛之君放而不祀，湯使遺之牛羊，又不以祀，湯使亳衆往爲之耕，湯之欲曲成其鄰也如此。　必不得已而伐葛，伐葛豈湯之志哉？　吾是以知伊尹五就桀，湯五進之也，柳子顧以大人之欲速成其功，豈足以論聖人哉？　借伊尹之事以自解而已。

楊園篤守程朱義法，而特有兩點，與一般道學家有異，一、楊園躬習農事，不尚口辨，二、力主平等，尊崇友誼，不受來學者之拜。　惟其如此，彼能注重民生，於柳文有深契。　讀貞符一篇，謂柳子推立極之本，抑受命之符，可謂識高千古，楊園數語，因亦相與識高千古矣。

子厚雄霸之氣，與其絶倫史識，爲楊園所無，因之封建論無能盡解。

或曰：柳文大篇爲封建論，韓文大篇爲原道，兩文相校，柳確高韓一籌。　蓋子厚論事，而退之說理，凡論事之文易於取勝，說理之文頗難見長，此固應分別觀之。　論

爲王元美所發，不知楊園視此何如？

方望溪薄柳文，而獨稱論語辨數篇縱心獨往，肩隨退之，究其實望溪亦囫圇讀過而已，不如楊園能將上下篇加以區別。雖所是非不必盡合，而區分條理，終不失爲己見，以勢推之，楊園所是者上篇，所非者下篇。

楊園拘墟於道，天說宜非所解。

楊園五就桀解，與後來龍翰臣同見，惟楊園以欲速成功爲非，而翰臣是之，究之翰臣下筆之先，果曾讀楊園之論與否？吾不敢斷。〔詳見別條。〕

釗案：伊尹爲湯見貢於桀，其說起於趙岐之孟子注，至明郎瑛作七修類藁，又創爲伊尹六就湯之說。其辭云：

孟子曰：「五就湯，五就桀者，伊尹也。」五就之事，固不可考，苟以軻書爲實錄，則於湯不止五就，其實六也。蓋伊尹之就桀者，湯進之也，則是先就湯，後就桀，反復者五，然後相湯而伐之，此則其六就也。若言五就湯，則四就桀矣，孟子皆云五者，蓋不言其終竟伐桀之一就耳。

右論亦頗平正無疵，顧俞曲園雜纂駁之，詆爲癡人說夢。蓋俞謂天地之數，始於一而終於九，至五適居其中；胡應麟少室山房筆叢云：此明聖人去就不常，非定以爲五也；趙氏注孟子，謂伊尹往復湯桀間，如此者五，於辭已泥，不意更有癡人如郎仁

寶云云。竊謂俞說癡又過之，於義無取。

陳午亭書河東集後

澤州陳午亭（廷敬）文編中，有書河東先生集後一文，略謂：

王介甫論八司馬，以子厚與七人者概稱之，而曰君子攻之。夫君子好攻人，吾不知其何如？而或者輒曰：此叔文之黨，攻其人不復察其言，介甫謂其卒爲小人之歸也，吾滋懼焉。竊嘗謂柳子之文，自子長已來，罕見其匹，劉夢得雄於文，亦不得與子厚比，然則概之於七人之中，不惟不知言，亦並不知人矣。嚴氏有翼序柳文，引文正范公之言謂：「劉禹錫、柳宗元、呂温，坐叔文黨貶廢不用，唐書蕪駁，因其成敗而書之，無所裁正，孟子曰：盡信書不如無書，夫子褒貶，不以一毫而廢人之業也，文正之論人，既明且恕如此。」觀嚴氏之言，可謂知柳子者矣，其知柳子，則假藉於文正以取信於天下。蓋以文正之賢，天下萬世之所謂君子者也，反是者專務成人之惡，茫然昧於知識，無怪乎並其文之可以經緯天地，驅馳日月，役使萬類，亙古今而不可磨滅者，一言以蔽之曰：此黨人也，嗚呼！君子哉文正之仁恕忠厚也，原叔文之心而寬其誅。夫文正豈不知叔文愚賤妄作，器小易盈，天下之惡皆歸焉，此所謂不可解免者哉？其意若曰：吾欲白數君子之枉，不得不薄叔

文之誅，君子哉文正也。方叔文用事時，自知其不爲士大夫所容，亟欲進天下之所謂君子者，以正其名而善其用，不可謂非一得之見也。惟其猶知招致天下英流，庶幾有濟國家之政理，是以柳子不辭而赴之。當是時趨炎熱、競苟得者，今皆爲天下後世之所指名，其人皆叔文之所擯斥而弗錄者也，而柳子獨蒙不白之譏。昔者佛肸召，子欲往，子見南子，聖人之德行具在，曾謂柳子之賢，而昧於聖人之道耶？

午亭此文，持意甚平允，與西莊相去不遠，竊怪越縵於有清申柳諸家，銳意推許，而輒不及午亭。意者、午亭以高官謬竊文譽，而文筆拖沓，不脱帖括氣習，越縵鄙之，故爾不加許與歟？篤而論之，自希文介甫以來，論柳文者，按之史實，不免微有出入，就午亭此文而言，有數義應須董理，始得表裏相符。

一、子厚與叔文相交有素，平日以道義相激盪，至綿延十年以上，介甫謂八人舉爲叔文所誘，偶爾一時拍合，殊違事實。或者七人爲叔文新交，而子厚獨爲舊友，亦未可知。

二、呂温不在八司馬之列，其出爲刺史，在永貞政變之前，至政變起，温亦並未因而左官。此點自希文誤列，諸家咸踵此誤，午亭自未暇細爲考核。

三、謂叔文愚賤妄作，其説絶謬。希文謂叔文知書，好論理道，夫知書論理道

者，豈愚者所爲？叔文用事不過半載，所舉大政若干條，順宗實錄稱之爲人心大悅，試問何項爲妄作者？若夫唐人重門第，矜族望，叔文起於白丁，爲時人所輕，此自當時社會乖風之爲祟，於叔文本質何與？午亭未脱科第桎梏，宜其不解此義。

四，子厚貶後無悔詞，並無一字怨及叔文，午亭所謂子厚獨蒙不白之寃，殊不詞。又晚近林琴南評子厚寄許孟容書，謂宗元早歲與負罪者親善，是自承不應親近二王，此誠癡人前説不得夢，琴南帖括陋儒，何足以知子厚？

子厚與田山薑

子厚謫永十年，謫柳四年，雖同一謫也，而子厚之志趣與舉止，前後互異。蓋司馬爲宂從閒曹，於履職字民，都無甚責任可言，如陪韋使君祈雨口號云：「俟罪非真吏，翻慚奉簡書」，此以閒曠形爲悒鬱，躍躍紙上，至拜柳州刺史，則吐言頓異，以明職責迥乎不同。其謝表有云：「親受朝命，牧人遠方，漸輕不宥之辜，特奉分憂之寄，皇風不異於遐邇，聖澤無間於華夷」，則語氣與前大別，負荷陡覺非輕，彼將於柳一展平生抱負，而竭力爲國家泯絶華夷遠邇之迹，不難想見。於何證之？彼在柳州有七律二首，其一云：

瘴江南去入雲煙，望盡黄茆是海邊，山腹雨晴添象跡，潭心日暖長蛟涎。射

工巧伺遊人影，颶母偏驚旅客船，從此憂來非一事，豈容華髮待流年？

其二云：

郡城南下接通津，異服殊音不可親，青箬裹鹽歸峒客，綠荷包飯趁虛人，鵝毛禦臘縫山罽，雞骨占年拜水神，愁向公庭問重譯，欲投章甫作文身。

此兩詩之前六句，皆寫瘴江與峒氓之實際情況，而在末一聯，表達一己志願。蓋從此憂來非一事云者，謂整理瘴江，而提高其文化準程，需要種種行政工作，而身被痞疾，誠恐年華之不我與，因以「豈容華髮待流年」一語卒成之。第二首末聯更爲深刻，此直欲以己身同化於峒氓，以今語譯之，此殆等於長期蹲點，而與峒氓同食同住同勞動。裹鹽大家用青箬，吾亦相與爲青箬，大家包飯用綠荷，吾亦相與爲綠荷，惟禦臘占年亦然，所謂投章甫而作文身，其意義確是如此。黃徹曰：「柳遷南荒，有愁向公庭二語，太白亦云：我如鷓鴣鳥，南遷懶北飛，皆褊忮躁辭，非畎畝惓惓之義」，此常明㊀全然誤會作者本意。夫作者豈止惓惓畎畝而已，蓋逕欲和同華夷，而將瘴江化爲腹地，峒氓變爲齊民，通覈全部詩意，不容簽釋不直到此。須知子厚至此，早已心平氣和，與民同體，安有褊忮躁辭之足云？韓退之羅池神廟碑：「侯爲州，不鄙夷其民」，所謂民，即苗獞犵狫之民也，以子厚視民如子，其切近程度，何廑不鄙夷而

㊀ 宋黃徹，莆田人，字常明，宣和進士，官至平江令，以忤權貴放歸。

止，特退之所能了解者，祇於如此，因以類似文言藻飾之而已。

宋周密浩然齋雅談云：

子厚有答人書云：「長來覺日月益促，大都不過數十寒暑」，又書云：「悠悠人世，亦不過爲三十年客。」此二書皆在元和四年時，子厚卒年，止四十有七，所謂數十寒暑，三十年客，竟不酬初志。

公謹所謂初志，大抵與子厚晚年所理會者，相距殆不可以道里計。蓋和同華夷之晚景，自非子厚早年所及料，公謹據初志以測後來，亦自與子厚傷華髮之不待者兩不相容，此一錯誤判斷，一千年來，猶無一人堪與解答。

德州田山薑（雯），爲自來實心申柳之巨擘，從文詞以至政治，二者都有相當了解。而山薑晚歲撫黔，黔與柳近，華夷雜遝之現象，亦大致相去不遠，浙西徐嘉炎爲其所著黔書作序曰：

黔地居五溪之外，於四海之内爲荒服，其稱藩翰者未三百年。其地尺寸皆山嶺，求所謂平原曠野者，積數十里而不得衺丈，其人自軍屯衛所、官戶戍卒、來自他方者，雖曰黔人，而皆能道其故鄉，無不自稱爲寓客。其眞黔產者，則皆苗獞犵狫之種，劫掠仇殺，獷猂難馴，易於負固，其土田物產，較他方之瘠薄者，尚不能及十之二。夫以黔之地之人之不可倚以守也如彼，其土田物產之無可利賴也如此，

夫國家亦何事於黔哉？吾聞先生之言曰：無黔則粤蜀之臂可把，而滇楚之吭可扼，國家數十年來，亦知荒落之壤，無可供天府之藏，猶且日仰濟於他省，歲糜金錢而不惜者，敉寧之道固如是也，然則黔治則有與之俱治者，黔亂則有與之俱亂者。先生以英偉之才，深沈之識，身處其地，知之審，慮之周矣，故其爲書，於所以致治而防亂者三致意焉。

黔書於苗獞犵狫之性習，敍述綦詳，並非出以嘻笑怒駡之態，亦未嘗奴隸盜賊相防，就中有意化除寓客與土著苗獞之迹，亦相當吃重，此其有得於子厚治柳之深刻用意，爲千年來絶無僅有之鉅人長德，毫無待問。然徐勝力序中，以致治與防亂雙管齊下，如實論之，終是防亂之意多，而致治之意少，以視子厚之待峒氓如子弟，齊瘴江於首善，此種民胞物與之眞精神，當然非勝力㊀鐃歌鼓吹〔康熙滇黔初平時，嘉炎曾著此曲。〕所得望其肩背，然有此聊勝於無，故余亦距躍三百而著於書云。

田山薑父子與蒙齋黔書

德州田綸霞〔雯〕，爲清初申柳鉅子，幾視柳州文字，無一處不妙，亦無一筆後人追摹可及，而己所著蒙齋黔書，紀錄夜郎山水勝蹟，當然一步一趨，不失柳州榘範。

㊀ 清徐嘉炎、秀水人，字勝力，康熙中舉鴻博，有抱經齋集。

己既以此自信，而人亦從而佞之，如丁煒者，卽其中一人也。煒，晉江人，字瞻汝，一字雁水，順治間累官湖廣按察使，刻意爲詩，王士禛極稱之。蒙齋黔書，煒幾每篇都有評語，就中涵碧潭一則，志在摹仿永州八記，煒爲評曰：

唐荆川評柳子厚諸記，以馬退山茅亭爲第一，謂其發穠纖於簡約，存至味於平淡，玆篇實爾神似。

實則荆川評語，乃蹈襲東坡所爲評詩而來，並於柳文無甚深刻印象，而雁水所謂玆篇神似，吾亦理解無從。特綸霞詞章工候深，凡方靈皐所禁制不能入文如六朝語之類，而綸霞屢犯不已。如描寫涵碧潭：「煙雲演漾，風日遲回，縠軟鷗眠，沙明蚌兩」等語，人或咎其未能湔洗明季餘習，惟在綸霞視之，彼正欲保存此種，以髣髴河東韻味。天下事需由各箇角度看去，未可死守一株，而期冤之必至也。釗案：子厚披沙揀金賦有一聯云：「皎如珠吐，類剖蚌而乍分，粲兮星繁，似流雲之初卷」，爲崇尚四六者所推重，「山薑沙明蚌兩四字，當由此二聯矜鍊而出。

越縵日記於山薑申柳，屢有稱述，而其子同之號小山薑，工於倚聲，氣習與乃父相若。所纂文說載：

晏元獻曾謂：從來綴述之場，惟子厚一人，堪於橫行闊步，斯言最當。我先公柳州題詞云：韓柳並稱，韓不逮柳也，可謂英雄之見，今古相同。至李耆卿韓海柳

泉之評，未免矮人觀場矣。

耆卿評、楊升菴謂柳如泉未允，當易泉爲江，小山薑亦在文説引及。釗案：耆卿之評不公，在揚韓而抑柳，夫泉與江、亦訶之五十步百步之差耳，易泉爲江，仍於申柳之旨無當，升菴一言以爲不智，誠未覺自儕於矮人場中之畸零人而已。

李安溪之於柳文

安溪嗜柳文，吾得之於何屺瞻，尤嗜柳詩，吾得之於徐壇長（用錫）。壇長之言曰：「歲丁丑冬，（康熙三十六年。）余侍安溪先生於常山學院，偶談及柳子厚南亭夜還敍志詩之精贍，先生曰：余猶能背誦。因取校士落牘尾幅，敗毫急書，覆檢之，七百言無一字遺者。」斯言眞也，則嗜柳誠非讆言，吾自承十餘齡卽好柳作，而欲余背誦一二短章，而不爽一字，卽達不到此一工候，以此深媿安溪。因覓安溪所著榕村全集，粗閱一過，而將有關子厚一文錄之：

書柳子厚與楊誨之疏解車義第二書後　　李光地

柳子廢錮益自奮，故其文日進，識亦日廣，其矯然于既躓而思所見豎，永柳諸書牘皆可觀也。此書往復數千言，古來辭命之費，未有方之者，然無餘言亢字，一意反覆以終竟其説。孔子曰：「辭達而已」，此其庶與！道之不傳，學者以意爲説，

各如其就之淺深，雖幾似之矣，而毫釐之際，正學者所爲盡心也。柳子曰：「方內而圓外」，尋其意、蓋以恭讓小心祇懼敬戒，皆爲圓外之事，而引堯舜禹湯高宗文武、至於周孔以實之，大指則歸于欲行其道，而爲此以售世，嗚呼！是何識聖人之末也。且以是爲圓外，則所謂方于內者又何物？豈詩書經傳、但讚列聖之外者，而不及其內者與？吾謂凡柳子所稱列聖之事，皆其內者也。不恭讓，不小心，不祇懼，不敬戒，則幾所謂罔念作狂者，而聖無由以聖。聖無由以聖，則彼方兢兢翼翼，自理其心之不暇，而曰吾將以售行其道，不亦遠乎？柳子之爲是言，凡以藥楊生之愁檢局而慕縱肆，故進之恭謹之道，不踰矩之說，如是則是方也，非圓也。謬方圓之實，而號不美，宜乎無以下楊生之心而息其喙也。易曰：「敬以直內」，列聖之事皆敬也，皆所以直內者也，若夫外、則義以方之而已，未聞以圓也。由柳子之說，則是義以方內，敬以圓外也，何其與易之意異乎？無乃有撟敖不屑于其中，而爲是不得已之恭讓，而所謂敬義者皆失乎？然則圓之說果無施乎？曰：于易有之：「圓而神，方以智」，精義入神，則神圓而智方，圓所以爲方，非方圓兩轍也。或曰：論語稱：「義以爲質，禮以行之，孫以出之」，柳子之言或出于此。曰：三者皆由內以方外之事，非義內而禮孫外爾。夫圓外之說行，其敝也脂而不慚，吾故曰以意爲說，而不考于相傳之道之過也。

子厚此文，長達二千九百十二言，在本集中爲最長，核之他集，亦絶罕見。如此長文，顧安溪讀之，其味津津，斷定中無「餘言宂字，一意反覆以終竟其說」，亦可謂好讀柳文者已。特文中有數語，安溪似注意不足，其語曰：「夫剛柔無常位，皆宜存乎中，有召焉者在外，則出應之，應之咸宜，謂之時中，然後得名爲君子。」蓋此書乃與楊誨之，而誨之年剛弱冠，又爲密親，相關至切，其習性之宜矯者如何？平日已爛熟於胸，故函中所言如此。倘受函人非誨之，子厚所言之未必爾爾，不難推知，此正如論語中問孝者多人，而孔子所答迥非一致，設執一以非議孔子言孝之未得其道，孰不振振有詞？而卒無人如此懷疑，一則深信聖人之言，不可能有誤，一則設想到孟懿子不同於孟武伯，孟武伯又不同於子游子夏，家庭情況有殊，因而事親之道無自合一也，惟子厚之對楊誨之亦然。安溪駁斥子厚方内圓外之說，亦自成理，假若人非誨之，情異内戚，料子厚所與言，雖未必與安溪循涂合轍，而將有異於疏解車義之所云云，則可推定其不中不遠。夫安溪之人詭，而其學雜，吾雖未敢以僞道學謚之，而亦未敢信其敬以直内之所得於易，有何深造逢源之美？然安溪之崇柳堅，吾衹得以崇柳者崇安溪，又安溪之弟子李巨來，鴻文無笵，不失爲清初鉅子，則律以諺稱：「強將之下無弱兵」，安溪於傳道授業之役，功亦甚偉。

邵子湘之於柳文

武進邵長蘅，字子湘，自號青門山人，清初以古文辭有聲於時，與侯朝宗、魏叔子、號海内三布衣。平生不得意於場屋，卒謝舉子業，而沈酣於經史及唐宋大家，涣然有得而文大昌。汪堯峯爲之言曰：「青門文章似柳子厚，人亦高曠似陸魯望。」綜其一生用力行逕，除隱而非貶，又年事較高外，其節次亦大致與柳相近。

人言子湘文之長處在敍次，此當然得力於柳者爲多。如菱溪草堂記云：

今年閏夏，予舟行，自吴閶歸，信宿草堂，會暑甚，侵曉猶坐池上。市聲未囂，露氣晨流，游魚百餘頭，皆噞喁水面如霞駁。遠聞行舟欸乃聲，與漁歌相互答，窅然移情者久之。

此神似永州小石潭記，可一覽而得。至謂彼刻意摹柳，則亦未必，與魏叔子論文書云：

文之法有不變者，有至變者。吾得其所爲不變者，不左史，不班范，不韓柳歐蘇，而不可駭其創也。吾得其所爲至變者，卽左史，卽班范，卽韓柳歐蘇，而不可訾其襲也，二者所以究文之法也。

此明言博采衆長，不名一家，實則欲自掩其規摹柳州之迹，亦未可定。子湘嘗自謂：

「蓄諸躬必有根柢，見諸文足資世用。」世用二字，非熟精柳文，殊未易鄭重道出，凡於此二字有甚深領悟，胸中邱壑萬千，定非一般文士所能了解。至所爲青門老圃傳云：

家有秔百畝，秫半之，有圃一區，雜植蓏韭瓜壺薯蕷蹲鴟之屬千本。臧獲執耕爨者十餘人，老圃力不任耕，猶時時抱甕灌畦圃中，欣然自適。又數稱慕其先世種瓜青門者，卽自號青門老圃云。

此完全蹈襲柳州蒔花植柳氣習，而亦仰望鹿門漢陰，並於柳州卽士卽農、從而溝通階級之進化觀點，亦不無聲息相通，遙與映合。汪堯峯美其高曠近陸魯望，著眼當亦不離阿堵云。

有曰：

子湘言濬文之源，在讀書，在養氣，斷斷提出氣字，此純是柳州家法。與叔子書是故涵泳道德之塗，菑畬六藝之圃，以充吾氣也，泊乎寡營，浩乎自得，以舒吾氣也。植聲氣，急標榜，矜吾氣者也，投贄干謁，蠅附蛩營，恧吾氣者也，應酬轇轕，諛墓攫金，撓吾氣者也。

此固不必問作者，下筆時、曾有子厚與韋中立論師道書之影子，隱隱從旁爲之指點焉否也？

沈歸愚之於柳文

子厚與楊誨之，有疏解車義二書，李安溪讀此文而直書其後，本編已全錄，歸愚則別作說車一首而摹擬之。錢塘厲鶚、其門下士也，評曰：「用意與柳州各別，而陗刻幽仄，仍復近之。」吾因仿安溪例，錄其全文如次：

余南人也，來京師，始乘車，輪軹杌陧，騾馬狡憤，上下窪突，心覆體搖，藏腑顛倒。加以人稠路窄，他車傾軋，時防覆壓，若境裔險惡，蔑踰於是者。不數月，漸忘其危，久之登降如夷，輪馳神安，可以成夢，且若南人使船，乘風張帆，而惟意所之也。人淪於惡亦然，始駭而慚，既習而恕，久溺而安，至於安焉，覺桀跖孔甘，堯孔無味，其於利欲一途，亦猶乘風張帆而惟意所之矣。嗟夫！人之性始，孰是耽險惡而暱就者？方溺足時，能以始乘車爲鑒，而收轡於杌陧狡憤之餘，庶其味堯孔而不甘桀跖也夫！

歸愚以選詩名於時，吾鄉以詩匠輕之，須知歸愚通籍晚，在乾隆間成進士，年已七十，平昔以寒素、不得不賴坊選謀生計，亦自難怪。此老卒年九十七，蓋學人之最老壽者。吾觀其歸愚文鈔，皆名手精寫開雕，如摹佳帖，讀去使人心爽，而文亦殊豐縟有骨，確非恆品。彼自題其集曰：「古人著述，便能單行，如陸賈所云：豫章名木，生

則爲太山衆木之宗，仆則爲萬世之用，不苟產，不速壞也。」雖未必然，要亦近之。

方望溪之視柳集

一

從來古文家之不滿於子厚者，除宋之歐陽永叔外，以清之方望溪爲最。蓋歐方之所以不滿，有其同一受病之處，而爲錢竹汀一語道破，是何也？曰：不讀書之過也。如竹汀與友人書云：

予常日課誦經史，於近時作者之文，無暇涉獵，因吾兄言，取方氏文讀之，……惜乎其未喻古文之義法爾。……蓋方所謂古文義法者，特世俗選本之古文，未嘗博觀而求其法也，法且不知，而義於何有？昔劉原父譏歐陽公不讀書，原父博聞，誠勝於歐陽，然其言未免太過，若方氏乃眞不讀書之甚者。吾兄特以其文之波瀾意度，近乎古而喜之，予以爲方所得者古文之糟粕，非古文之神理也。

夫永叔與望溪，同一讀書不多，而竹汀以爲望溪特甚，誠不失爲知言。吾嘗論柳集宏博淵懿，惟晏同叔能喻其全，自餘則無過賞其一二小品文字，而置其他大篇於不問，此其故竹汀又道之。其同一與友人書云：

六經三史之文，世人不能盡好，間有讀者，僅以供場屋飣餖之用，求通其大義

者罕矣。至於傳奇之演繹，優伶之賓白，情詞動人心目，雖里巷小夫婦人，無不爲之歌泣者，所謂曲彌高則和彌寡，以此論文，其與孫鑛、林雲銘、金人瑞之徒何異？

吾非謂子厚山水記諸篇，直與傳奇演繹、優伶賓白相等，特望溪胸中所能了解之物，不過爾爾，以之置於曲高和寡之柳文之前，則其所得溶解而氷釋者，殆極於小辨論及山水記而止，其他騷賦大篇，則瞠目結舌而不敢近。凡不讀書人之妄談古文，卒不過與孫鑛、林雲銘、金人瑞之徒爲伍，理有固然，毫不足怪。

他日竹汀又親跋望溪文，氣尤辛辣。其語如下：

望溪以古文自命，意不可一世，惟臨川李巨來輕之。望溪嘗攜所作曾祖墓銘示李，纔閲一行卽還之，望溪恚曰：某文竟不足一寓目乎？曰：然。請其説，李曰：今縣以桐名者有五，桐鄉、桐廬、桐柏、桐梓，不獨桐城也。省桐城而曰桐，後世誰知爲桐城者？此之不講，何以言文？望溪默然者久之，卒不肯改，其護前如此。吾知望溪曾以柳集逐文批本，求教巨來，爲巨來所駁倒者，殆十之八九，未審在此跋前抑後？要之巨來之輕望溪，不能與望溪之誹謗柳文無關。方李對柳文之論戰，散見本編，卽不贅述。

魏叔子〔禧〕曰：「或問何以爲古文？曰：欲知君子，遠於小人而已矣，欲知古文，

遠於時文而已矣。」至望溪則不然。曩引竹汀與友人書，其末云：

金壇王若霖言：靈皋以古文爲時文，卻以時文爲古文，方終身病之，若霖可謂洞中垣一方癥結者矣。

竹汀於跋望溪文，後亦云然。然則望溪亦時文之雄爾，與其兄舟號二方，虎視雍乾二代之場屋間。同時而妄談古文，此於古文時文之界，渾淆不清，且不足闌入魏叔子之門，何有於高出叔子萬萬以至於子厚哉？

二

望溪書柳文後云：

子厚自述爲文，皆取原於六經，甚哉其自知之不能審也。彼言涉於道，多膚末支離而無所歸宿，且承用諸經字義，尚有未當者，蓋其根源雜出周秦漢魏六朝諸文家，而於諸經特用爲采色聲音之助爾。故凡所作效古而自汨其體者，引喻凡猥者，辭繁而蕪、句佻且稚者，記序書說雜文皆有之，不獨碑誌仍六朝初唐餘習也。其雄厲悽清醲郁之文，世多好者，然辭雖工尚有町畦，非其至也。惟讀魯論、辨諸子、記柳州近治山水諸篇，縱心獨往，一無所依藉，乃信可肩隨退之，而嶢然於北宋諸家之上，惜乎其不多見耳。退之稱子厚文必傳無疑，乃以其久斥之後爲斷，然則諸篇蓋其晚作，與子厚之斥也年長矣，乃能變舊體以進於古。假而其始學

時，卽知取道之原，而終也天假之年，其所至可量也哉？

望溪此文，不得不認爲平生最爲矜意之作。吾觀其首責子厚「承用諸經字義，尚有未當」，繼謂「辭繁而蕪，句佻且稗者，記序書説雜文皆有之」，義正詞嚴，讀者爲之舌撟。夫文家得子厚，三代而還，亦可以歎觀止矣，而望溪苛責乃爾，此誠不知望溪熟精經典，用字一掃繁蕪佻稗之迹，功力之超軼於子厚者，究有幾許？至此方得自歆於堂上，而將子厚雜置於堂下，手持教刑，目送經文，一一條分件繫而攻之，顧如實乃大謬而不然。尋望溪文爲戴鈞衡重編校刊者，本集十八卷，外集十卷，吾雖未得通披而悉考也，而幸獲於穆堂類稿中，發現望溪所評柳文，而穆堂反駁者若干事。中有涉及諸經字義，望溪自不了解，而妄指子厚沿用爲誤、爲佻、爲稗，如孟子盡心篇所載：「周於利」及「周於德」之周字一例，例經別舉，不更覼縷。〔參看本編李穆堂斥方靈皋之不學。〕望溪書韓退之平淮西碑後，曾詆東鄉艾氏強不知以爲知，望溪於此，毋乃夫子自道也歟？

文中「假而其始學時，卽知取道之原」，卽暗示子厚早期所讀之書，望溪皆未讀過，因陋生忌，因忌生恨，而釀成爲不滿柳文之全盤形勢，以上一篇已委細陳述，不再追加。

三

或問桐城排斥柳文，始於何時？余謂此可於望溪集中求之。望溪書柳文後一篇，如前引，此文出自望溪之手，可視爲關斷後來桐城陽湖及類似文家之門，而使之逃出自竇，時至今日，始得澈底批判之。約略計之，除右已紀錄者外，更得如下數義：

一、爲文胡乃必須取六經爲祖本？夫六經何物也？以詩經言，當時民間歌謡、婦女詠歎，都拉雜包括在内，後人果何須縈古虐今至此，而使一嚬一笑，必符合漢江遊女以爲矩範？斯誠可笑之至。子厚自言：「自貶官來，無事，讀百家書，上下馳騁，乃少得知文章利病。〔與楊京兆憑書。〕」子厚馳騁百家，得從六經羈羈中解放出來，正是文家一得，望溪那能理會到此？

二、子厚自言：「始吾幼且少，爲文章以辭爲工，及長，乃知文者以明道，是固不苟爲炳炳烺烺、務采色、夸聲音、而以爲能也。〔答韋中立論師道書。〕」望溪文中所用采色聲音等字，卽從子厚此書掇取，是子厚所斤斤自戒者，望溪反原封不動，以蔽罪於子厚，然則望溪曾否熟讀柳文？吾竊疑之。

三、望溪一面以「縱心獨往，一無所依藉」美子厚，一面又議其原本六經爲未足，出語矛盾，不知所云。

四、嘗論望溪與其兄百川，同爲時藝專家，二方文稿之沈錮於學子腦中，殆二百

年，望溪之略異於乃兄，兼通古文者，乃其被註誤於戴南山一案後，轉移用力方向所致。文中涉及子厚之斥，能變腐體以進於古，直夫子自道之語云爾。如實論之：望溪駢列諸古文家，進退韓柳，質與學咸嫌不足，所下評騭，無非運用八股繩尺，與茅坤儲欣之流相差不遠。所謂「言陟於道」，正是八股家代聖賢立言脣吻，何從跨入柳文蹊徑也乎？偶憶望溪必也臨事而懼二句題文，有「當其時無奇功，亦竟其事無後患」，最爲綽有包孕之名句，實則戴案後之悔吝語云。

五、桐城衡量韓柳，謂柳文之至者，方可肩隨退之，自爾以來，此論堅不可撼。儲欣曰：「余嘗論柳州，議論文業與昌黎公相軋，敍事微不及，然論段太尉狀，亦何減韓也？惜所作者少，而天又不假之以年，否則司馬與班並時生矣。千古足當韓豪者，惟柳州一人，柳不永年，所以南海等碑，讓韓獨步。」同人所見，在一般從八股圈內躍出之文家中，較爲安靜，望溪此文結語：「而終也天假之年，其所至可量也哉？」亦同此解。〔儲語乃評答韋中立論師道書。〕唐司空圖喜柳詩之精詣，而惜其不壽，已爲此類議論之先河，外此尚多，難於枚舉。

六、自唐以來，天下眞知柳文價値者，爲韓本人，此在韓柳兩家集中，證據坌集，不待探索。此由兩人自幼相知，退之自審質力咸不如子厚，而又子厚得從斥後專力於學，退之因更覺荒廢不如。柳集中謂退之數以文墨事相推，天下之欲師退之者，

退之一律使轉而師子厚，其情皆眞，兩無藻飾。望溪謂：「退之稱子厚文必傳無疑，乃以其久斥之後爲斷」，誠淺之乎視兩公矣。

七、望溪與申謙居論古文書有云：「柳子厚自謂取原於經，而掇拾於文字間者，尚或不詳」，此猶是曩書柳文後之舊調。惟其下又曰：「韓歐蘇曾之文，氣象各肖其爲人，子厚則大節有虧，而餘行可述」，此將子厚依王叔文一事，看成大節有虧，則望溪讀柳文時，認爲其文之氣象所肖何許？吾不敢說。此可見望溪不獨於古來名節是非，見之不瑩，而有時朗誦雄厲悽清醲郁之名篇，所爲擊節稱歎者，都出於自欺欺人可知。

四

方李之爭，馬平王拯曾有意於平議。道光二十二年壬寅，曾以書與人云：

……比出門，稍見當時賢豪者之所爲文，或博辯而多詭雜，或澹泊而實空疏，或俗俚之見，未去於胸，則其言恆弇鄙而背道，求其趨向之正，莫與方氏比者。獨惜其規軸微隘，而文采弗彰，未能兼采古人，如老莊韓列孫吳鼂賈之衆長，以彈壓一世高才博學之士，使之慴伏，不敢妄訾。此其未竟之緒，有賢哲者衍而充之，去其隘以即於宏，使天下長短巨細奇邪魁特之衆材，咸樂就吾之逕途，而壹出於正，此爲功於聖賢立言之道甚鉅，所日企之而未見也。所示臨川李氏駁方氏說，良有

所見，乃僕以爲此方氏文微疵耳，豈得以寸朽而棄連抱之木乎哉？夫信耳而疑目，榮古而虐今，此俗儒懵識者所爲，足下聞李氏之片説，未及究方氏之全書，不宜輕聽而偏向也。方氏之文，省桐城爲桐，與僕前日所論劉氏文稱喪父爲失怙者猶有間，蓋稱桐城以桐，猶尚書稱吕梁曰梁，狐岐曰岐耳。李氏言縣以桐名者五，桐城不得稱桐，則九州既有梁州，吕梁何以稱梁？徒省文，而於文之本體無所大壞，此蓋弊之小者，若劉氏之文，稱喪父爲失怙，此魏晉以下辭賦之士妃青配白者之所爲，例是爲之，取妻不且云媒得，生子不且云康祀耶？夫文章不究其論説之是非，而徒斤斤於單詞隻義之間，以區爲純駁，已遺其本而操其末矣，而況所指摘又未必然耶？……是故羣經、本末具者也，管荀韓商莊列孫吴，異本而同末者也，左丘明司馬遷之徒，輕本而重末者也，賈誼劉向董仲舒韓愈歐陽修曾鞏周敦頤之倫，持本以齊末者也，馬融鄭玄賈逵孔穎達，循末以求本者也，司馬相如枚皋班固張衡，逐末而遺本者也。異本而同末者，雄豪以自逞，其弊偏僻而即於詭邪，輕本而重末者，敍述以爲工，其弊恣肆而放於夸誕。持本以齊末者，其庶乎道矣，乃其末流，則又不免於雷同勦説之患。循末以求本者覈，久且繁稱而忘實，逐末以遺本者華，又將放浪以飾虚。翺翔乎文藝之圃，游戲乎淹雅之林，若魏晉以下至於唐宋之人，其間豈盡無本？而末之太甚，本則掩焉，君子弗尚。有明文事益衰，

當時一二巨手，倡爲詭僻汙墁之作，號稱復古，自命一世，本既亡而末微矣。當時如歸熙甫氏所爲，於道本末皆有所得，歸氏之亡，三百餘年而方氏興，雖其文弗如歸氏之大成，而志則大焉。思推其本以治其末，爲之而有所未竟，有力者當張之以繼其志，正未知其能焉否耳？詎可以他人之片言，行文之一字，而遂慢之耶？……夫名高者忌衆，方氏晚達有重名，好招集人士，故齮齕者多，而爲人薄行有儁才，爲文好蕩軼者，尤首訾之，足下萬萬無是，因辯説及之也，輒肆妄言，惟察不宣。

王定甫起於偏隅，有幸洊入壇場，獲與近代中原文士，或上下其議論，或遙接其謦欬，宜多見所長，而少見所短。獨對方望溪、惜彼「規軸隘而文采弗彰」，此仍與一味盲從、失於擇別一流異趣。書中所提劉氏，當指海峯，夫師之所就，業已不滿繩尺，何況膚闊之弟子如劉氏者耶？惟如李巨來、規模廣大，氣概雄渾，雖駁斥省桐城爲桐，微嫌狹隘，然持與望溪相較，距離何止上下牀之别？尋巨來不滿於望溪，旨在大者遠者，單言片辭，特一時藉口而已，定甫亦審爲此遺本操末之誤，顧何以漫無分析，遽將薄行及好蕩軼等語，妄詆訾人，得毋定甫竟自厠於名高忌衆之忌者行列也耶？定甫晚年，以事與江蘇巡撫薛煥互訐，卒使定甫自承嗜好深以致左官，然則薄行好蕩軼云云，人詆爲夫子自道，定甫其將何辭以對耶？

鮑倚雲訾方望溪

鮑倚雲退餘叢話有論文一大段，並訾毁方望溪，如下：

春生夏長，秋斂冬藏，天地有四時，卽天地之文章也。昔人論文，謂其具春夏之氣，此特爲少年應舉言，不可以律成學治古文者。畫家筆墨以荒率爲高，以冷爲妙，書家尚朴尚舊，惟文亦然。東坡云：「漸老漸熟，乃造平澹」，說者謂：平澹者絢爛之極也，此間塗徑，未易殫述。要之文須四氣皆備，譬諸人生性質，各各不同，二程俱有道君子，然如東西門並路入，而弟子隨明道先生後者特衆，伊川歎頣之不及家兄處以此，何也？包孝肅一笑河清，自是鐵面御史，而武侯爲先主求援吳會，孫權覩其奇雅，甚敬重之，何也？太原公子裼裘而來，神氣揚揚，一座愧屈，何也？自古有德者必有言，而文采風流，溢於賓座，俾見之者意傾，習之者愛不能捨，必非無學問人可以粉飾及之也。本朝方望溪先生，道德氣節，聳身三代而上，制作如經，筆力比肩左史，平睨昌黎，北宋諸公而下，幾欲鞭笞而教責之。癸酉〔乾隆三十年。〕首冬，病餘得其全集讀之，歎其經術閎深，義蘊充實，斤墨一本儒先，至敍忠孝節烈精氣坌涌處，信足廉頑立懦，不朽之業在是，蹵然爲千百年來古文大家，第余小子不揆狂妄，漸窺之而竊有所疑也。就中持論往往近刻，文品過削，

多可畏而不見其可愛，至骨肉天屬之文，讀之都無淚，時於獻酬羣己是非毁譽間，隱隱有入主出奴黨同伐異之病。文章關乎性術，竊聞之外人曰：此公頗僞，又曰：此公頗薄，僞與薄吾不敢知，吾竊本昌黎仁義之人其言藹如之旨以論文，蓋百不失一矣。今第頌其文之佳處，其牆壁倚程朱，而根柢則管荀也，史法宗龍門，而筆力則荊國也，渠但知龍門之潔耳，龍門之奇、之逸、之磅礴浩蕩、夭矯變化無有也，荊國之冷峭瘦硬削質皆有之，而堅僻自是，患在好使人同己，如東坡所譏者，亦可稱神似。顧往往哆口昌黎，昌黎之大，何所不有？若是其隘耶？歐蘇經術較淺，固其所夷然不屑者，而歐蘇之磊磊明明，有體有用，日星河嶽之氣，果曾夢見之耶？竟集圈點極嚴，而當評語溢美護短，什九自撰，而嫁名他氏，此則先生之不能欺余也。又庸行舉不足傳，而能納交於望溪者爲奇行，他技藝舉不足名，而能篤行望溪、誦法望溪之文者爲不可朽之名，集中此例，不可枚舉。如宋山言、汪武曹、吳宥函諸墓表，似厚實薄，似謙實傲，此則余小子所不知也。先生不能詩，而嫉詩人如仇，不知書，而以書名者不挂齒頰，如查夏重墓志，㊀何足以傳夏重？汪退谷㊁自以爲文與字名於時，取會試第一，與其兄武曹頗不相能，而大書於武曹

㊀　夏重、查慎行字。

㊁　退谷、汪士鋐號。其兄武曹名份。

墓表曰：弟某某皆以君故知名，是果足以服退谷耶？一藝之可名，一節之足紀，自不礙其可傳，先生自命固高，亦何至一字褒人，等於華衮耶？震川先生恨不得當世奇功偉烈書之，此語表裏自見，可質鬼神，望溪之斷斷然斤斤然者，自顧集中酬應之文，果皆奇功偉烈，毫不假借者耶？且史筆貴紀實，繁宜簡，簡宜當，長於文者言文，長於詩者言詩，長於吏治者言吏治，長於德行者言德行，世乏全德，亦乏全才，瑕瑜正不相掩。今於才人略其才，而必欲強爲之耀其德，文人略其文，而必欲謬爲之揚其才，以史法號於天下曰：言中有蘊蓄，言外乃有地步也，嗚呼！是史而不紀實也，是誣之而已矣，空心之木，敗鼓之皮，吾見其速朽而已矣。夫春之温也，生氣也，秋之肅也，殺氣也，文之傳於世曰壽世，子孫之爲其先世求名人文以傳也，之死而致生之之義也，吾見胸中生意滿者，其文必有生氣，讀望溪先生集，而膚寒生粟，心冷於冰，懍懍乎懼其有殺機焉，而曰吾將以生死而肉骨也，果乎否也？然則是集將不傳乎？曰：必傳，其經術義蘊史識偉論忠孝大節精氣涌出之文皆傳，而竊以韓子一言蔽之曰：學焉而得其性之所近，至其文之偏蔽，孤行獨斷，不足以厭天下之人之心，而誦言攻之者，將環伺而起也。

自吾始知文律，卽於桐城家之反正面勤勤窺察，而以望溪昌言反柳，輒疑己之所見亦畸，因而不敢毛舉方集，恣意譏彈。然觀人之毁望溪者衆矣，至於矢集如注，使桐

城老祖體無完膚，若倚雲之甚者，吾見亦罕。倚雲引退之學焉而得其性之所近一語，以資概括，是不啻曰：望溪性劣，在勢不能產生佳文，倘學加深，文且加惡。吾細味斯言，不寒而慄，從此愈不敢輕言文事。

柳子論文：「以行爲本，在先誠其中」，〔見報袁君陳秀才書。〕而答吳秀才謝示新文則曰：「夫觀文章宜若懸衡然，增之銖兩則俯，反是則仰，無可私者。」是何也？凡文誠至而物重，則銖兩增，否則退，夫天下果安有文成而誠不至，至「骨肉天屬之文，讀之都無淚」，此文而猶有銖兩之重可言者耶？卽如子厚所爲永州八記，望溪以醲郁悽清雄厲許之，吾人卽不甚解其語。尋子厚在貶所，每遇佳山水而喜，吾人因彼作記而亦喜，喜之極也，往往因花放而放，見鳥吟而吟，隨魚動而動，一任天機而聽其自然，並無所謂悽清雄厲者。凡子厚所設詞，無不恰到好處，吾人讀之，卽如躬親目歷，文增一詞卽加多，減一詞卽加少，夫亦何醲郁之與有？或謂此諸記摹爾雅，又或謂倣說文，又或謂實出自屈左徒，又或等而下之，謂體近六朝，吾均未暇辨其孰爲近似，而獨望溪所見爲爾爾者，一言蔽之，乃彼之少讀書及性冷使然，無他故異物也。吾觀鮑倚雲所爲刻畫其同鄉前輩望溪先生者，並無一語過分，於是乎書。

袁子才嘗評望溪云：「望溪才力薄，竹汀少詹深鄙之，與僕少時見解同，中年以後，不敢復爲此論；蓋望溪讀書誠少，不知古文之道，不在書多。」此則子才猶有蓬心

之論也，不知古文之道，亦不在書少。子才年少，正讀書工力銳進，且值雍乾盛時，政治比較清明，表裏相形，因而對望溪之頹廢現象，有所不滿。洎夫暮年，已以高齡而貪樂逸，酬應紛乘，不得不取媚時流，藉資應和。益以弘曆昏耄，宵小盈朝，賄賂公行，時局將變，自身頹廢甚於望溪，無暇更加訾謷。此誼吾别有專論，不贅於此。

方望溪與蔣子瀟

一

道光二十七年桐城蘇厚子惇元所作方望溪年譜，號詳贍，最後幅有言古文者一段如下：〔此段即記在八十二歲下，是歲望溪卒。〕

先生少與兄百川，以時文名天下，世稱二方，其古文嚴義法，言必有物，必有序，論文不喜班孟堅柳子厚。〔見韓文懿序，及本集全碑。〕嘗語人曰：文所以載道也，古人有道之言，無不傳之不朽。文所以佳者，以無膚語支字，故六經尙矣，古文猶近之。至於四六、時文、詩賦，則俱有牆壁窠臼，按其格式塡詞而已，以言乎文，固甚遠也。〔見留撰言行錄。〕又訓門人沈廷芳曰：南宋元明以來，古文義法不講久矣，吳越間遺老尤放恣，或雜小說，或沿翰苑舊體，無一雅潔者。古文中不可入語錄中語，魏晉六朝人藻麗俳語，漢賦中板重字法，詩歌中雋語，南北史佻巧語。〔見沈

傳書後。〕

康熙三十一年壬申，年二十五歲。

先生與姜西溟、王崑繩論行身祈嚮，先生曰：學行繼程朱之後，文章在韓柳之間。〔見王兆符所撰文集序。〕

乾隆十四年己巳，年八十二歲。

長洲何屺瞻，言古文推錢牧齋，與先生論不合。屺瞻好詆人短，朋游多苦之，先生獨喜聞其言，用以檢身，時置所著文於朱字綠所，使背面發其瑕疵。先生嘗歎曰：如斯人，未可多得也。〔見讀管子文自記。〕

望溪學行繼程朱之後，文章在韓柳之間二語，殊難調和，朱晦菴讀唐志一文，望溪未之見耶？望溪遇朱攻韓時，不知當作何語？

望溪以漢書八家文教沈廷芳，不知曾從漢書中抽出班著，八家中抽出柳文否？戴鈞衡作望溪年譜序：有「習舉業者，第傳誦先生時文，治古文者，則奉以紹八家之統」等語。時文且不論，所謂八家，不能排除柳子厚，統將如何奉而紹之也耶？何屺瞻古文推錢牧齋，此卽望溪所謂吳越間遺老尤放恣者也，夫如是，望溪猶貌爲好屺瞻瑕疵己文，此眞作僞之拙處。

姜西溟著錄中，好引牧齋之說，而輒將牧齋名字刊削，又使人一望知爲牧齋，鄙

意由西溟可得推定牧齋望溪交涉一二。

道光中、蔣湘南子瀟起於河南，以古文名噪一時，持論適得望溪之反。夏寅官曾爲蔣作傳，有一段曰：

文王周公孔子之易，皆用韻語，孔子直以文言爲名，是必叶聲韻者始謂之文。人之生也，和言中宮，危言中商，疾言中角，微言中徵羽，發喉引聲，自有高下抑揚之致，小序所謂聲成文謂之音也。宋以後之文，多有聲而無音，子瀟病之，嘗曰：「寧爲箏琶，無爲土鼓。」又嘗取漢書中志傳爲史記所無者，籖而出之，以示古文門徑，曰：「學純論正，神華味腴，直起直往，不用語助虛字，足爲僞八家對病之藥。宋以來論史漢異同者，多右馬而左班，乃穴坏之見也」，此先生論文之大旨也。

望溪全不解韻語，彼再傳弟子姚惜抱、曾言古文須從聲音證入，此一祖師不明聲音，自屬門外漢。朱梅崖又謂：「望溪文全無音節，此與敗木溼鼓無異」，由是律以子瀟箏琶之譬，殆如冰與炭之不相容。復次：望溪所謂古文中不得用魏晉六朝人藻儷俳語，漢賦中板重字法，及南北史佻巧語者，在子瀟應盡視作穴坏之見，毫無疑問。湘潭王壬甫、爲文盛推子瀟，而己平生所最熟習成誦，止於南北史一部，湖湘間於桐城末流，受毒未甚深至，未始非壬甫截斷衆流之力。往時在湘，常聞右引學純論正數語，時出王壬甫之口，是果壬甫稱道子瀟之言？抑子瀟所自道其得意處？殊未易

曉，要之僞八家云云，其爲掊擊望溪，則一索而得，了無翳障。

子厚答韋珩書：「且足下志氣高，好讀南北史書，通國朝事，穿穴古今，後來無能和，而僕稚騃卒無所爲，但趦趄文墨筆硯淺事」，是人能讀南北史書，而子厚美其志氣高，能穿穴古今，反自承稚騃無所爲，此明明爲望溪之所不喜，而以爲子厚大犯其清規戒律。是柳方二子之生性不相能，自始至終，卽注定爲如是，毫無疑焉。

文雜小說，或作俳語，皆望溪所戒，而柳子於此，曾無所芥蒂。如與韋中立書中，有俳優語近於小說，賀王參元失火書亦近俳，宋清傳語涉詼諧，諷刺太甚，柳子直行所無事。上數語採自陽湖吳鋌耶谿文翼，鋌、宜興吳德旋弟子。

二

子瀟與田叔子第一書云：

夫古文之弊，自八家始也，非八家之弊古文，乃學八家者之弊八家也。八家之名，起自元靜海朱氏，其錄本不傳，傳者明毛氏本，其所標伸縮剪裁諸法，大概皆爲功令文之法。歸震川、唐荊川、李大泌㊀諸君子，孰非工於功令文者？諸君子以八家之法爲功令文，故其功令文最古，諸君子遂以功令文之法爲古文，故其

㊀ 李維楨，字本寧，京山人，隆慶進士，萬曆間，遷提學副使，浮沈外吏幾三十年。性樂易闊達，文章弘肆，有大泌山房集。

古文最不古。若今代之古文家，則又揚不古之餘波而扇之者也，故曰：古文之失傳，業五百年也。夫名之爲古文，則不得不別於今文，欲別於今文，則不得不讀古書，書之古者，句法字法，與功令文鑿枘不入。於是舍其難者，就其易者，專以八家爲主，且以明人所録之八家爲主，夫明人所録之八家，未嘗非古文也，而數百年來所爲八家之文，則非古文也。八家之名舊矣，而謚之曰僞，當自湘南始。其第二書云：

古文用功，最嚴文筆之分，叶聲韻者謂之文，頌贊箴銘序論奏對誄謚書檄，以及金石諸篇皆是也，不叶聲韻者謂之筆，即史家敍事之作，因人褒貶以立意，法無可用其模擬者。其模擬必自文始，音節取其鏗鏘，辭句貴乎華麗，事出沈思，義歸翰藻，雄才博學，神明於聲音成文之故，始能創新題而闢奇格。豪傑之士，從而和之，似範其貌，實取其神，用心既久，由鈍入鋭，然後浩乎沛然，成其文而有餘，成其筆而亦無不足，則模擬非古人用功之法乎？東漢之世，文盛於筆，兼茂者班蔡兩人，魏晉以後，文弊而成駢體，徐庾雖工，豈足當班蔡之輿儓？況乎有文無筆，筆失而文猶能得乎哉？唐興，沿六朝餘習，惟元次山、梁敬之、獨孤至之、蕭穎士、李遐叔諸人，欲變筆以矯文，而心知其意，未能大暢厥旨。至韓文公約旨六經，古道然後盡復，而當時但稱爲韓筆，以其力矯者在文，則其偏重者不能不在筆也。

雖偏重於筆，而其造端必從事於文，故往往有六朝字句，流露行間，淺儒但震其起八代之衰，而不知其吸六朝之髓也。自是厥後，筆長文短，宋代諸公，變峭厲而爲平暢，永叔情致紆徐，故虛字多，子瞻才氣廉悍，故間架闊。後世功令文之法，大半出於兩家，卽作古文者，亦以兩家爲初桄。由宋逮元，有筆無文，弊與六朝反而適相等，蓋其去古益遠，不知古人文筆之分，且不知古人用功，先文而後筆也。夫由文入筆，其勢順，由筆反文，其勢逆，自古有工於文而不工於筆者，豈有不工文而能工於筆者哉？

子瀟文筆之辨，與阮芸臺所持無異，蓋子瀟溺苦於學而嗇於遇，十試始舉於鄉，應春官又不第，特從芸臺及江鄭堂問字，沾丐甚廣，故所論往往與阮如出一轍也。文中頗重韓筆，而指其力矯在文，並謂其文不足起八代之衰，而徒兢兢焉吸六朝之髓是務，此則與世論大不相同，而尤與桐城異趣。至謂由文入筆勢順，由筆反文勢逆，其論亦俊，退之由筆入文，故文無一工，子厚由文入筆，故筆無不妙，子瀟卻未道着此一大別，殆其目光總滉瀁於當時功令文下，放射不遠。又子瀟攻僞八家，而不涉及望溪，或自嫌反功令文過激，結怨太廣，將未免遭受彈射。

道光八年戊子，編修張集馨典試河南，阮芸臺謂之曰：「中州學者，無如蔣子瀟，摸索不得，負此行也。」後果得一卷，文甚瑰偉，而不中式程，衆皆怪笑，集馨強置之

榜末，啓封則蔣湘南，郎子瀟也。子瀟雖負文學盛名，而剛介不肯隨俗，遊四方無所遇，客死鳳翔。集馨、儀徵人，咸豐間官河南布政使，同治間署陝西巡撫，尋奪職。

陶篁村於柳文

余年十四，負笈於長沙會垣，有同學爲言陶篁村事，蓋袁簡齋於一逆旅，見篁村題壁詩，驚歎不已，因不知其名姓，遂賦詩憶之，有「好疊花箋寫詩去，天涯沿路訪篁村」之句。余因心儀其人，漸長，漸從短書中得其踪迹一二，意其於文不過爾爾。最後得泊鷗山房集讀之，果不出所料，極其量祇不過蔡邕琴酒客而止。茲錄其評騭柳文一段如下：

河東與許京兆蕭翰林二書，滿腔憤懣之氣，從滲淡經營而出，幾於伯仲龍門。宋清傳、童區寄傳、段太尉逸事狀、陽城遺愛碣，無衍詞，無泛筆，一字不容增減。饗軍堂記如商彝夏鼎，古色斑爛，王參元失火次之，捕蛇種樹又次之。桐葉優於諱辯，論史勝於諍臣。至於八記，雖前人亦稱之，然永叔子瞻俱能造其詣，何必河東？反不若序棋、鞭賈、敵戒、咸宜諸短章於精密中饒姿致，得檀弓公穀之遺。如以韓柳兩家相較，昌黎曰：「笑之則以爲喜，譽之則以爲憂」，又曰：「其皆醇也，然後肆焉」，於行文甘苦，可謂專且久矣。然觀河東與韋

中立論師道書，自序其生平造詣，攻堅抉奧，洗伐再三，亦非淺嘗薄植者可比。且昌黎自命甚高，睥睨一世，獨至河東，甘心推讓，視若畏友，其爲勁敵可知。假令河東生於昌黎未生之前，則起衰八代，正未知誰任其能？蓋昌黎以善縱見長，河東以能鍊取勝，昌黎之博大，固非河東所及，河東之謹嚴，亦豈昌黎所得爲？充昌黎之量，猶難髣髴於西京，而盡河東之才，直可追踪乎東漢，鄙人偏好之見如此。……

永州八記，人競稱之，幾於人云亦云，並不見誰持有新理解？而篁村獨置之序棋鞭賈敵戒咸宜諸短章之下，所見固不恰當，顧特異於流俗，獨抒己見，亦自難得。當乾隆朝方望溪派甚爲鴟張之時，而篁村略偏於柳，應須另眼觀之。篁村名元藻，字龍溪，會稽籍，乾隆時諸生，嘗客兩淮運使盧見曾許。歸里後，於西湖築室著書，號泊鷗山房，所著不外詩話筆記而已。

孫淵如於柳文

孫淵如曾於文子，下過一番功夫，謂文子十二卷，實七錄舊本，書稱平王，並無周字，班固實爲誤讀此書，遂疑是出於後世。此人老壽，至六國時猶在，其遊楚與平王有交涉，毫不足怪，杜道堅甚謂平王不聽文子之言，遂召鞭尸之禍。范蠡之學，出

於道家，所教越者，大抵以亡取存、以卑取尊、以退取先之術，又自齊遺大夫種書：蜚鳥盡，良弓藏云云，語亦出文子，是文子卽計然，爲范蠡師，毫無疑問。淮南王受詔著書，多引文子，謬誤疊出，是明明劉安依文子以成書，決不能疑作後人引淮南語，並衆爲聚斂以成文子，幸道藏本文子具在，足可援證。柳宗元疑此駁書，殆所謂以不狂爲狂云云，語皆列問字堂集文子序中。

淵如文集，是隨時分期鋟版，不加編次，絕不分類，繼問字堂而出者，曰平津館文稿，中有洪筠軒文鈔序。筠軒名頤煊，臨海人，詁經精舍講學之士，精研經訓，阮芸臺稱其有過齊次風。今節其序中一段如下：

……世人見予問字堂集，有訾以爲不合唐宋八家體格者。蓋明季以來，以八比課士，其選唐宋人文集，多取近於時文習見者，疑爲古文定格。不知古人當日，亦自行胸懷，隨其學之所得，司馬遷報任少卿書，嵇康與山巨源絕交書，率意成之，不肯修飾邊幅，亦如眞英雄之視井底蛙耳。八家中韓退之學識最高，無背聖哲之論，柳子厚則多出入，所見僻隘，略如其人，歐陽永叔不惑二氏之學，持論甚正，然濮議不合於經，蘇子瞻經學典禮甚疏，其文實天下之才也。……

淵如先攻詞章，中途改治經學，志在無背聖哲，字字求合於經，故其論往往迂謬。雖其訾點選家，以近於時文習見者，疑是古文定格，所見不誤，然謂古文隨意發抒，卽

臻高格，無需有何文字工力爲基礎，其説亦妄。彼曾謬言平生未讀過唐宋八家古文，然則淵如於柳文無所開解，似不待問。全部集中，似提到柳文，止於右舉兩次，亦自無甚怪異。僻險二字，出自僻險如淵如之口，不算是惡評，衹似元微之所云：「鳥不駕，馬不飛，不相能，不相譏」而已。

元微之語，吾見袁子才用之於答淵如書中。蓋子才年輩長於淵如，夙以奇才許之，繼見其迷於考據，貽書規之，以有負於驚采絶豔爲可惜，淵如大不謂然，不承認鈔撫故實爲考據，抒寫性靈爲著作，因而拒斥形上形下之分，道與器之别，與子才大起交涉。子才笑答：「何必費足下援儒入墨之心，必欲拉八十老翁，披膩顔帢，抱左傳逐康成車後哉？」事固一笑而罷，於實言之，淵如論考據遠不如錢顧，論詞章更不如黄洪，要其所歸，不過成爲四足不算禽、雙翅不算獸之蝙蝠而已。膩顔、本楚辭招魂：「靡顔膩理。」王逸注云：靡、緻也，膩、滑也。

淵如成就，終當以詩爲較高，所有考據文，幾無一篇可讀之琅琅上口。取其最短者亥有二首六身解，持較子厚祀朝日説，卽知考據文與文辭之不相通，並非挾山超海之不可能。

汪大紳柳王二家文敍

大紳柳王二家文敘如左：

予少習唐宋大家文，最初與柳子厚王介甫相入，方其入之深而溺焉也，溺其文因護其人。痛子厚之黨於王叔文也，介甫之與元祐諸君子相水火也，以新法壞天下也，輒爲之焦焦然慮曰：「吾欲宗其文，奈何其人如是？」於是見有辨子厚之誣，原介甫之過者，則躍躍然大喜曰：「吾當主是說。」已而讀書漸多，意漸開解，乃爲之豁然曰：出處不失其正者，士君子立身之大節也，子厚昧焉，進賢退不肖以尊主庇民者，宰相立朝之大業也，介甫反是，是尙可爲之辯其誣、原其過也耶？辯子厚之誣者，幷昌黎詩而斥之，昌黎則誣子厚矣，子厚嘗自恨立身一敗，萬事瓦裂，亦自誣耶？原介甫之過者，引明道分過之言則當矣，然當時司馬温公與介甫書，忠告而善道者也，温公又介甫所深相服者，而介甫答書拒温公甚峻，温公能爲之分過耶？於是不復護焉，然惜其人尤甚。以予觀於唐宋大家文，韓歐其至矣，能配韓歐以行者，獨有子厚介甫耳，以彼其文克配韓歐，而其人如是，惜哉惜哉！予敘二家文，以著予之愛其文，而不能護其人，俾後之慕爲二家之文者，其愼所守焉，勿更爲人所惜也。

大紳名縉，休寧人，而遷於蘇，年三十一補吳學生，教授里中，落落不偶，不復應科舉，食廩歲滿，貢太學，未得教官而卒，年六十八。其爲學之大要，有執友彭紹升允

初所作汪大紳述在：

儒佛之相爭久矣，自趙宋以來，道儒學者尤喜闢佛，獨慈湖楊氏、西山眞氏、潛溪宋氏、白沙陳氏，其書不諱言佛，且樂引以爲助。至陽明王氏倡良知之學，一再傳後，折而入佛者殆不可悉數，其最著者大洲趙氏、復所楊氏、海門周氏、石簣陶氏、澹園焦氏、東溟管氏、正希金氏，乃遂徹兩家之藩，以究竟一乘之指，其人類皆卓然有本末，非苟爲論議者，拘牽之士欲概舉而进之不得也。近百餘年中，王學旣衰，而道程朱者間出，往往樹門戶，塹城府，於是乎儒佛之界重生棘刺矣。吾友汪子大紳、讀古人書，統同辨異，喜道程朱陸王之學，通其隔閡，其於西來大意，信解甚利。慕大洲二通之作，著二錄三錄以明經世之道，著讀四十偈私記，以通出世之脈，著讀易老私記，以貫穿天人之際，窮原洞委，縱橫自在，匠心而出，獨蹈大方，可不謂知言之選與？

右文統同辨異四字，最爲扼要，必了解此，然後足通儒佛之藩，得所辨證。誠如是也，如柳王二家文敍之褊狹態度，似不可能存在。吾意大紳治學數十年，所爲書有二錄三錄，筆之而未已，就中出入翻覆之度，或幾微而不自覺，亦或感悟而未及補正，舊說仍在流行，而苦於不自明。須知大紳自位於儒佛決盪之大相斫場，而欲求通，甚且自詡已通，同時從來無形埋伏之天然矛盾，敢說有千千萬萬，早任其容頭過

身以去。蓋既愛柳子厚王介甫之文，而不能護其人，此何足言有得於佛？又不欲護其人，則所謂愛其文，定鄰於僞。當自承相入之深也，則口言不能護，而實乃相護有逾常度，艮未可知。吾固不信佛，而信理之所之，連環自解，無須以鐵鎚鎚之。王益知語余：謬説能蠱惑人，請痛斥之，吾爲此對，其謂何如？

王惕甫之於柳文

偶閲番禺凌揚藻蠡勺編卷三十八有一條云：

長洲王惕甫曰：古文之術，必極其才，而後可以裁於法，必無所不有，而後可以爲大家。自非馳騖於東京六朝、沈博絶麗之塗，則無以極其才，而所謂法者，徒法而已，以徒法而語於文，犬羊之鞹而已。自宋以後，歐曾虞范數公之文，非不古也，以視韓柳，則其氣質之厚薄，材境之廣狹，區以別矣。蓋韓柳皆嘗從事於東京六朝，韓有六朝之學，一掃而空之，融其液而遺其滓，遂以夐絶千餘年，柳有其學而不能空，然亦與韓爲輔。望溪方氏宗法昌黎，心獨不慊於柳，亦由方氏所涉於東京六朝者淺，故不足以知之。今雖謂歐曾數公之文，勝於柳可也，使誠坐歐曾數公於此，而俾之執筆爲柳氏之文，吾知諸公謝不能也。

右段文字，在惕甫集中查之無着，不知凌君從何處得來？綜觀此文，有兩義甚爲踔

絶：一、文必無所不有，而後可以爲大家；二、方望溪不慊於柳，由方所涉者淺，故不足以知之。尋惕甫生性傲岸，而又生事艱窘，爲人傭力，官至咸安宫教習而止，其未定稿自序有曰：

夫將承學治古文，必且融會於羣經，旁貫以小學，導源於身心性命之間，究觀於上下天人之際，本其所不容已者發爲言，而又裁之以國家之掌故，朝廷之令典。如是，然後行之以馬班之法，運之乎韓歐之體，無難易平險高下，而一歸乎心之所安，與夫義之所止，非是者不能爲。

夫其所得於心者如右，則以抵掌時流，衡其述作，而獲如曩所列二義，不滿於空疏頑獷之方望溪，而以文須無所不有，而後不愧爲大家，此正如半千之爲五百，毫髮無爽。自序又稱：年十四五，從大父讀書松江守廨，得識宛平鍾勵暇，勵暇時年七十，早歲親炙望溪，篋中多望溪遺書，自以爲習聞緒論，先入以爲之主。是望溪者，行輩且先於大父，而又童而習熟遺書，顧卒薄其人與文，以謂無當於意，號爲犬羊之鞹，信是語非泛設。

獨惕甫軒輊韓柳，謂「韓有六朝之學，一掃而空之」，其語不確。蓋進學解云：「沈浸醲郁，含英咀華，作爲文章，其書滿家」，此十六字，非求東京六朝之學唯恐失之者耶？平心論之，柳有六朝之學而不能空，容或如是，韓則未得其學，而自詡爲

空，以欺天下後世，一旦館下諸生，爲之吐露眞實，據其平生勤業，不過爾爾，抑何可笑？

文必無所不有而後能極其才云者，卽博而後約之謂也。博而趨約，乃自然之文序，不博而侈言約，直犬羊之鞹耳，實不足以言文。嘗論子厚東京六朝之學，三十三歲以前，已集大成，博學審問愼思明辨四層工夫，皆已完滿達到，貶謫以後，只餘篤行一步而已。以是永柳十四年間，不論何項文字，水到渠成，幾無投而不利，退之則不然。退之自始未於博字用功，三傳旣束而不觀，禮經又嫌其碎細，居然放言不屑，故示精進，迨捉襟見肘，非有東京六朝以質劑焉不可時，則不恤支支節節而爲之，遂至「焚膏油以繼晷，恒兀兀以窮年。」卒之酬接益繁，嗜欲益闊，工雖勤而效仍不大，進學一解，竟不得不透漏眞實，貽笑方聞，此誠所謂作僞心勞日拙者。方靈皋博更不足道，而漫以效法昌黎自豪，如市儈之買空賣空然，吾聞輿臣僕，僕臣臺，靈皋又不啻退之之重臺，濫厠文苑，何足齒數？〔查靈皋以韓歐自詡，顧韓歐均善詩，靈皋絕不能詩，是靈皋自豎之高臺半傾矣，卽降爲重臺，宜亦半圮，何文苑之足言？〕釗案：桐城標榜宗韓，二者前仆後繼之空虛無力，久而形像顯然，隨後陽湖並不聲言申柳，顧子厚之雅言樸學，轉在張陸一流之間，求體現而靡不足，此種文壇暗潮，迄無人注意闡發，卻是非常可怪。

包愼伯之於柳文

涇人包愼伯，自好韓非呂覽二書，曾摘鈔而題詞如下：

文之奇宕至韓非，平實至呂覽，斯極天下能事矣，其源皆出於荀子。蓋韓子親受業，而呂子集論諸儒，多荀子之徒也。荀子外平實而內奇宕，其平實過孟子，而奇宕不減孫武，然甚難學，不如二子之門徑分而塗轍可循也。

愼伯己自好之，而輒以推之諸家，謂某家出韓，某家出呂，於是對子厚爲之説曰：「子厚封建論，推演呂覽數語，遂以雄視千秋。」夫謂封建論之源於呂覽，固不自愼伯始，焦理堂（循）易餘籥錄云：

呂氏春秋明禮篇云：「未有蚩尤之時，民固剝林木以戰矣，勝者爲長，則猶不足治之，故立君，君又不足以治之，故立天子。天子之立也，出於君，君之立也，出於長，長之立也，出於爭。」此柳州封建論所本，而精簡勝於柳。

夫焦包二氏，一則曰精簡不及，一則曰雄視千秋，優劣所關，姑不具論。而竊思天之生才，賦之以耳目之役，心思之用，其對於民物品彙之組織形勢，或離或合，或隨或激，固有其一定範圍，不能踰越。當其發言持論，機牙相合，可能出入之處不大，此乃人類之通性使然，初非地之遠邇、人之種別所得制限。於是子厚封建論冒頭一

段，律之希臘蘇格拉底、與柏拉圖之論共和，後來英倫郝伯思之論權原，法蘭西盧梭之論民約，皆頗有幾分類似。說者從而指摘子厚，謂其封建論旨，定從蘇格拉底與柏拉圖之著述稗販而來，抑或顚倒言之，謂郝伯思及盧梭之開明思想，乃自大唐作家柳子厚取經而去，可乎不可？如此而知其不可矣，退而至於本國，竟不解呂覽之於子厚，亦不過思路之偶爾暗合，而非由字摩句擬而來，是乃識二五而不識一十之類，其愚一何可及？夫呂不韋爲強秦一大奸慝，本人可能一物不知，而其所收集論諸子，塗抹紛紜，莫衷一是。所謂呂覽也者，止於比似太平御覽、或册府元龜，規模略小，標目較窄之類書已耳。平實云者，凡官文書之本分應爾，而不得云特長。倘今有人揚言某大家學太平御覽，某大家學册府元龜，豈不惹人大笑？愼伯之恣爲目論，未嘗不可作如是觀。

愼伯與楊季子書，復論唐宋八家，謂「八家工力至厚，莫不沈酣於周秦兩漢、子史百家，而得體勢於韓公子呂覽者爲尤深。」此由子厚推至八家，謂其淵源同一，而不知除封建論數語外，愼伯所據何在？尋愼伯生長孤露，奔走風塵，出其口耳四寸之技，攫取口食，本說不上有何學問？而書法尤惡劣，輒自以爲不可一世。曩李蒓客罵吾鄉王壬甫「江湖佹客」，今移以諡愼伯，似尤近是。吾爲今論，並無意與愼伯較論短長，特以焦理堂讀書較多，於子厚亦有相似誤解，故輒牽連覼縷及之。

吴仲倫書柳集

一

桐城貶柳，自方靈皋倡之，而吴興吴仲倫號爲桐城正宗，〔見鄞郭傳璞初月樓文鈔序。〕卽不以靈皋之說爲然，固不待後來陽湖諸家始起爭辯也，仲倫集中有書柳子厚文集一首，義甚顯白。辭如下：

靈皋方氏論退之永叔諸家之文當矣，而深致貶於子厚爲失中。子厚遭貶謫後，文格較前進數倍，其所與諸故人書，惻愴嗚咽，雖不足與司馬子長爭雄，固是楊子幼之亞，而靈皋以嵇叔夜方之，非知言之選也。辯列子以下諸篇，雖使子長爲之，殆無以過，班彪固父子所不能及。記柳永諸山水及他雜文，時出入屈原莊周，崔蔡固不足多，酈道元之徒又寧足道耶？子厚文士之傑，其所論著，雖不概於儒者道，然亦往往有合者，而詞特妍妙，足以使人愛玩，樂之忘疲。蘇子瞻之於文事，可謂能盡其才矣，而晚歲於子厚集有偏嗜，後之人可以思其故也，詎得謂子厚非韓敵也，而遽少之哉？

尋方靈皋之以嵇叔夜比子厚者，蓋胸中橫梗一韓退之文起八代之衰之成見，因而從字句形式間，妄爲進退，故將子厚厠入蕭選六朝之列，以爲軒韓輊柳張本，陋哉靈皋

之衡文也！仲倫爲許叔翹文集序曰：

善夫柳宗元之論文也，其言以爲苟或得其高朗，探其深賾，雖有蕪敗，則爲日月之蝕，大圭之瑕，曷足以傷其明、黜其寶哉？宗元文學春秋外傳，爲之可謂惟妙惟肖矣，而其言若是，此可以知論文而銖銖寸寸，較量於一言一句之間者之非。仲倫之所指疵，可能即爲靈皐。許叔翹、名所望。

仲倫引柳子數語，乃出柳子與友人論文書中，此文眼高於頂，遠出退之論文諸書上，〔義本林畏廬，見後。〕學者所當熟讀深思。文如下：

古今號文章爲難，足下知其所以難乎？非謂比興之不足，恢拓之不遠，鑽礪之不工，頗纇之不除也，得之爲難，知之愈難耳。苟或得其高朗，探其深賾，雖有蕪敗，則爲日月之蝕也，大圭之瑕也，曷足傷其明，黜其寶哉？且自孔氏以來，兹道大闡，家修人勵，刓精竭慮者，幾千年矣，〔幾、平聲，將及之義。〕其間耗費簡札，役用心神者，其可數乎？登文章之籙，波及後代，越不過數十人耳，其餘誰不欲爭裂綺繡，互攀日月，高視於萬物之中，雄峙於百代之下乎？率皆縱臾而不克，躑躅而不進，力蹙勢窮，吞志而歿，故曰得之爲難。嗟乎！道之顯晦，幸不幸繫焉，談之辨訥，升降繫焉，鑒之頗正，好惡繫焉，交之廣狹，屈伸繫焉，則彼卓然自得以奮其間者，合乎否乎？是未可知也，而又榮古虐今者，比肩疊跡，大抵生則不遇，死而

垂聲者衆焉，揚雄歿而法言大興，馬遷生而史記未振，彼之二才且猶若是，況乎其未甚聞著者哉？固有文不傳於後祀，聲遂絶於天下者矣，故曰知之愈難。而爲文之士，亦多漁獵前作，戕賊文史，抉其意，抽其華，置齒牙間，遇事蠭起，金聲玉耀，誑聾瞽之人，徼一時之聲，雖終淪棄，而其奪朱亂雅，爲害已甚，是其所以難也。間聞足下欲觀僕文章，退發囊笥，編其蕪穢，心悸氣動，交於胸中，未知孰勝？故久滯而不往也。今往僕所著賦頌碑碣文記議論書序之文，凡四十八篇，合爲一通，想令治書蒼頭吟諷之也，擊轅拊缶，必有所擇，顧鑒視何如耳？還以一字示褒貶焉。

林紓曰：「柳州與友人論爲文書，與昌黎異，昌黎諸書，是論作文之艱苦，及回甘之滋味，柳州則但敍文人之遇，及爲文之流弊而已。意蓋輕藐後輩之不知文，雖有獨得之祕，世亦莫知，故破題説一難字，通篇大意，均未言作文之法，但切指弊病，實則能去弊病，則文體自趨於正。」琴南評語，自是彼一種看法，大抵以爲衡文，必先從較量字句入手，而恰與子厚此書用意相反。如許叔翹之文，乃一種不可櫛比字句以爲高下者也，故申者引子厚文中第一段以淬勵之，同時管異之〔同〕亦爲叔翹集作序，語更爽朗。其略曰：

吾友許君叔翹、以布衣諸生與平宿州之亂，大吏欲奏而官之，君不可，獨時時

鍵戶讀書，研究當時利弊，著文數十篇以待世用。叔翘、鳳陽懷遠人也，其武略有其鄉先賢風，其儒雅清高，非其鄉先賢所能及矣。據此，叔翘本非尋常文人，焉得以嚴格文律繩之？意者子厚當時所與論文，人或亦叔翘一流，故旨趣與申耆異之相合如此。

子厚行文，往往嵌用方言，如本篇「越不過數十人耳」，越不過猶言「至多不過」，其與李翰林建書：「越不過爲三十年客耳」，命意相同。

縈古虐今，較言厚古薄今猶進一層，縈虐字都矜鍊。嘗考王充論衡中齊世須頌等篇，屢用高古下今，尊古卑今，褒古毀今，〔以上齊世篇。〕稱古毀今，長古短今〔以上須頌篇。〕等字，子厚或因而發興，別拈兩字，期與遙遙相稱云。

二

吳仲倫一意宗韓，而有時亦自詡近柳。其復王守靜書略曰：

僕讀經最鹵莽，惟古今人文章高下，則所以求之者不淺，而知之爲深。至於自爲之文，殆不敵所能知之十六七，然於康熙雍正以來五六君子之作，亦似有不相襲處，而無不可以往參其間。使僕於古六藝，能沈漬究切，洽浹於心，方將角退之、凌子厚，豈第如今之所爲哉？

於退之曰角，於子厚曰凌，此仲倫於韓柳妄分等級，抑何可笑？續與守靜書曰：

昨作得讀魯仲連鄒陽傳文一首，自謂能推闡子長贊中意，而文境略近柳子厚，今並以往，幸檢存之也。唐韓退之文起八代之衰，輔之者柳子厚而已耳，李習之而已耳，終唐之世，未見更有子厚習之其人也。子厚與退之同時，文名遠在退之之上，終唐更五代以逮宋初，世人或不知有韓之名，其所謂柳輔韓云者，亦宋以後褊心謬見如仲倫其人，妄加訾議已爾，以云習之，或庶幾近是。

仲倫讀魯仲連鄒陽傳，吾曾反覆閱過，了無所得，作者自詡似柳，不禁張茂先我所不解之感。

劉融齋評柳

興化劉熙載，字融齋，道光進士，官至左中允。講學不持漢宋門戶，博學多通，其仿明馮夢龍譚概之例，所著藝概一種，於韓柳文多所評隲。雖每條寥寥無幾語，然要非漫無心得，一卓然輓近讀書種子也。兹錄取若干條如下：

柳柳州嘗作非國語，然自序其書，稱國語文深閎傑異；其與韋中立書，謂參之國語以博其趣，則國語之懿亦可見矣。

莊子齊物論：大塊噫氣，其名爲風一段，體物入微。與之神似者考工記，後柳

州文中，亦間有之。

柳子厚辯列子云：「其文辭類莊子，而尤質厚，少爲作，好文者可廢耶？」案列子實爲莊子所宗本，其辭之詼詭，時或甚於莊子，惟其氣不似莊子放縱耳。〔詼詭字出莊子。〕

釗案：柳言「爲作」，猶俗言「做作」，少爲作者：俗稱少做作之謂，柳他文或倒言「作爲」。

柳子厚與楊京兆憑書云：「明如賈誼」，一明字體用俱見。若文心雕龍謂：「賈生俊發，故文潔而體清」，語雖較詳，然似將賈生作文士看矣。

酈道元敍山水，峻潔層深，奄有楚辭山鬼、招隱士勝境，柳柳州遊記，此其先導耶？

昌黎謂柳州文雄深雅健，似司馬子長，觀此評，非獨可知柳州，並可知昌黎所得於子長處。

李義山韓碑詩云：「點竄堯典舜典字，塗改清廟生民詩」，其論昌黎也外矣，古人所謂俳優之文，何嘗不正如義山所謂？

張籍謂昌黎與人爲無實駁雜之說，柳子厚盛稱毛穎傳，兩家所見，若相逕庭。顧韓之論文，曰醇曰肆，張就醇上推求，柳就肆上欣賞，皆韓志也。

呂東萊古文關鍵謂：柳州文出於國語，王伯厚謂：子厚非國語，其文多以國語爲法。余謂：柳文從國語入，不從國語出，蓋國語每多言舉典，柳州之所長，尤在廉之欲其節也。

柳文之所得力，具於與韋中立論師道書，東萊謂柳州文出於國語，蓋專指其一體而言。

東萊謂學柳文當戒他雄辯，余謂柳文兼備各體，非專尚雄辯者，且雄辯亦正有不可少處，如程明道謂孟子儘雄辯是也。

柳州自言：爲文章未嘗敢以昏氣出之，未嘗敢以矜氣作之。余嘗以一語斷之曰：柳文無耗氣，凡矜氣昏氣，皆耗氣也，惟昏之爲耗也易知，矜之爲耗也難知耳。

柳文如奇峰異嶂，層見疊出，所以致之者有四種筆法，突起、紆行、峭收、縵迴也。

柳州記山水，狀人物，論文章，無不形容盡致，其自命爲牢籠百態固宜。

柳子厚永州龍興寺東邱記云：遊之適大率有二，曠如也，奥如也，如是而已。袁家渴記云：舟行若窮，忽又無際，愚溪詩序云：漱滌萬物，牢籠百態，此等語皆若自喻文境。

文以鍊神鍊氣爲上半截事，以鍊字鍊句爲下半截事，此如易道有先天後天

也。柳州天資絶高，故雖自下半截得力，而上半截未嘗偏絀焉。

柳州係心民瘼，故所治能有惠政，讀捕蛇者説、送薛存義序、頗可得其精神鬱結處。

文莫貴於精能變化，昌黎送董邵南遊河北序：可謂變化之至，柳州送薛存義序：可謂精能之至。

昌黎論文之旨，於答尉遲生書見之，曰：君子慎其實；柳州論文之旨，於報袁君陳秀才書見之，曰：大都文以行爲本，在先誠其中。

昌黎屢稱子雲，柳子厚於法言嘗爲之注，今觀兩家文修辭鍊字，皆有得於揚子，至意理之多所取資，固矣。

昌黎之文如水，柳州之文如山，浩乎沛然，曠如奥如，二公殆各有會心。

朱子曰：韓退之議論正，規模闊大，然不如柳子厚較精密，此原專指柳州論鶡冠子等篇，後人或因此謂一切之文，精密概出韓上，誤矣。

學者未能深讀韓柳之文，輒有意尊韓抑柳，最爲陋習。晏元獻云：韓退之扶導聖教，剗除異端，是其所長，若其祖述墳典，憲章騷雅，横行闊視於綴述之場，子厚一人而已，此論甚爲偉特。

宋史柳開傳稱：開始慕韓愈柳宗元爲文，穆修傳亦言：自五代文敝，國初柳開

始爲古文。今觀伯長所爲唐柳先生文集後序云：天厚余嗜多矣，始而饜我以韓，既而飫我以柳，謂天不吾厚，豈不誣也哉？可知其所學與仲塗一矣。

出辭氣，斯遠鄙倍矣，此以氣論辭之始。至昌黎與李翊書，柳州與韋中立書，皆論及於氣，而韓以氣歸之於養，立言較有本原。

自典論論文以及韓柳，俱重一氣字，余謂文氣當如樂記二語曰：剛氣不怒，柔氣不懾。

書法二字見左傳，爲文家言法之始。莊子寓言篇曰：言而當法，晁公武稱：陳壽三國志高簡有法，韓昌黎謂：經承子厚口講指畫爲文辭者，悉有法度可觀，歐陽永叔稱：尹師魯爲文章簡而有法，具見法之宜講。

昌黎詩陳言務去，故有倚天拔地之意，山石一作，辭奇意幽，可爲楚辭招隱士對，如柳州天對例也。〔融齋高視退之山石之作乃爾，宜乎非李日華所能了解，李説見後幅。〕

昌黎七古出於招隱士，當於意思刻畫、音節遒勁處求之，第謂出於柏梁，猶未之盡。

右摘取者計二十餘條，融齋於韓柳文，不止泛泛流覽，所見亦相當公正，茲宰較爲數義如下：

一、桐城派之流風盛時，重韓輕柳，幾於萬喙一詞，融齋在咸同之間，適當其衝，彼能毅然指爲陋習，可云卓識。

二、融齋重柳，並不能因而輕韓，彼尊崇程朱，認爲韓是扶導聖教，此有其天然之局限性，吾人所當了解。

三、融齋拘牽文法，評隲柳文，當然看不到子厚之政治見解。如送薛存義序、是柳文中極有關係之大文章，與封建論相輔而行，融齋僅以精能許之，不脱茅坤儲欣輩之帖括口氣。

四、從論述淮西看來，可見韓柳優劣，李義山韓碑一詩之無理佞詞，尤爲可鄙，融齋指明是俳優之文，可浮一大白。王漁洋居易錄載：康熙二十六年丁卯，姜西溟應順天鄉試，首場已擬第二人，及二場表用點竄堯典舜典語，監試御史指摘，令易之，姜對以出李義山韓碑詩，不肯易，御史貼出之，卷遂不得入。不料義山諂韓餘毒，越千年猶不散。

五、張文昌指昌黎與人爲無實駮雜之説，又嘗鍼砭韓樗蒲狎邪諸怪狀，融齋謂文昌對韓，當於醇字上下工夫，可云婉而多諷。

六、融齋看到柳之係心民瘼，彼在藝概中論列元次山、韋左司、大旨相同，見解顯與尋常文家不同。

七、融齋特提柳文以行爲本，尤在先誠其中，亦是卓識。

八、朱熹見到韓柳論鶡冠子等篇優劣懸殊，也不得不説子厚較韓精密，融齋恐人推之於退之一切文字，此之謂局限性。

九、晏同叔謂韓退之扶導聖教，剗除異端，是其所長，此須分别言之。蓋聖教爲當時功令，無數萬帖括考生，俱不得不如是言，扶導云者，何奇之有？剗除異端，則普遍好同惡異性之消極發展所至，然亦有時厭常喜新，卽昌黎亦好與僧徒往來。昌黎所長而僅在此，則甘蔗倒嚼，將終得不著佳處。若夫子厚祖述墳典，憲章騷雅，則顯示眞實本領所在，與退之所戴之紙糊帽子，迥乎不同。同叔謂横行闊視，子厚一人而已，吾謂歷抵百家，標置柳州於昌黎之右，同叔亦屬有宋一人。同叔之論偉特，融齋知所取證，同一偉特。

十、融齋取退之山石一作，與柳州天對相提並論，誠未免小巫見大巫之嫌，然其識解，已使弇陋謬妄如明之李日華輩視之，如在天上。日華號竹嬾先生，人以神馬尻輿、周遊無外尊之，〔江元祚語。〕乃其所著六硯齋三筆，有如下數語：「子昂行書詩一幅，不知子昂作、或書古人作？其語氣似白樂天、陸放翁，余極愛之，因錄於此云。」此卽赫然融齋所稱山石一作也，亦可見韓詩無眞色相，使人莫辨。孫鑛嘗罵日華不學，然似不如楊愼謂：韓愈原不解詩。〔按王漁洋居易錄亦云：日華鑒别法書名畫最精，

然引古人詩文，往往紕繆。除山石一例外，尚認獨憐幽草澗邊生爲杜樊川詩，以無關，不備錄。〕

吳南屛文似子厚

一

吳南屛甲寅三月，有上某侍郎書一通，自記云：「此文似柳子厚，蓋無知之者」，此云蓋無知之者，卽譏受書人不解文字也。南屛與某侍郎論文嚮不合，某言必稱昌黎，故南屛以子厚折之。甲寅者，咸豐四年也，書無可採，不錄。

南屛作梅伯言誄辭序云：

爲古文詞之學於今日，或曰：當有所授受。蓋近代數明崑山歸太僕，我朝方侍郎，於諸家爲得文體之正。侍郎之後有劉教諭、姚郎中，名傳侍郎之學，皆桐城人，故世言古文有桐城宗派之目，而上元梅郎中伯言，又稱得法於姚氏。余曩在京師，見時學治古文者，必趨梅先生，以求歸方之所傳，而余頗亦好事。顧心竊隘薄時賢，以爲文必古於詞，則自我求之古人而已，奚近時宗派之云？果如是，是文之大阨也。……

柈湖之不趨附桐城，若此顯白，則有時偶舉柳子厚以傲示桐城鉅子，亦隘薄時賢，勢之所必至者已。

二

吳南屏求自異於桐城，此説聞之舊矣，王益吾作柈湖文集序，道之綦詳，因特錄之於下：

……始居京師，以文見推於梅郎中曾亮。時梅先生方以桐城文派之説，啓導後進，其言由姚劉方三君，上溯歸震川，以嗣音唐宋，爲古文正宗，先生顧謂文必得力於古書，不當建一先生之言以自隘。其後某公爲文敍述文派，稱引及先生，遂與友人書極論之，所以自別異甚力。蓋先生之文，詞高體潔，實能自進於古，而世俗尋聲逐影之説，無所係於其心。故觀其爲文與其人之生平，足以壯獨行之胸，而激懦夫之氣，可不爲卓然雄俊君子與？

此以王君迷於桐城之甚，而一牽涉南屏，卽不得不以空疏不讀書歸獄桐城，又爲桐城者徒然尋聲逐影，而無士君子獨行之胸襟，亦可於此文言外看出。至所謂詞高體潔，詞高指史公，體潔可能指子厚，以柈湖每自詡得意之筆爲似柳也。

杜貴墀作吳先生傳稱：

論文甚不取宗派之説，謂當博取諸古書，烏有建一先生言以自域者？厭薄時人以搖曳取媚爲歸體，著史記別鈔以正之。

此與王益吾之説表裏唱和，甚至詞句往往相同。貴墀字仲丹，湖南校經堂山長，益

吾同時長城南書院，二人講學相知契。

譚復堂輕柳

仁和譚復堂（獻）、字仲修，同治舉人，官含山知縣。爲學深於詞章，而亦晚近讀書種子，隨所發揮，皆有定見，言古今治亂，尤著條理，惟於柳文並無深刻印象。吾通覽日記及類稿一過，隨意摘錄數條，見其大凡云。

宋于庭過庭錄，載裴晉公與皇甫持正書，㊀論唐中葉以前史，足爲定論。於昌黎獨致貶詞，則退之在當日早有違言，宋先生錄此篇，具有微意。

復堂之學，從宋于庭（翔鳳）入，故對宋甚尊重。于庭錄裴度書，顯見薄韓，復堂轉錄宋語，微意正復相同，但兩公薄韓，同時未必申柳。

韓柳當時文名，柳固遠在韓上，此吾在本編屢言之，今得譚過宋錄，又添一證。

閱唐書，文體閎遠，亦云史才。好用新字，更改舊文，多可笑哂。如師老爲師耄，不可忍爲叵可忍，不敢動爲不敢搖，直兒童語。宋祁亦雅才，何以有此蔽？究其師法，殆退之作俑耳。宋與歐陽，皆崇信退之，乃學焉而各得其性之所近，此中消息，承學者參之。

㊀ 裴書見本編上部。

此斥宋郎所以惡韓，退之作俑四字，儼然史筆，歐陽以崇信退之，亦在其陽秋中。

楊佩瑗讀墨子經上下篇，信東塾讀書記之言，固旁行之詮釋也，畢校分句，筆路耳，亦不可盡信。今之西學，實祖於此，安知非墨家鉅子，避秦浮海，以所學口耳授受，二千餘年，而復流播中土？而吾中土固有好學深思如鄒伯奇、陳蘭甫者，讀書得間，漸有開悟，足以關異域之口而奪之氣矣。

當西學開始東漸時期，一般頑舊，深閉而固拒，復堂則認爲古學歸宗，雖語涉矜張，事亦未合，而卻於開展新機無礙，要是難得。

十七史商榷，於唐獨表王叔文之忠，非過論也。予素不喜退之永貞行，可謂辯言亂政。

此條記於同治二年癸亥，與李愛伯奉揚西莊之記載，相去不遠，浙水兩賢，論同一的，可算一時盛事。從表彰王叔文之忠上，厭惡永貞行，此已着重於政治觀點，超過一般論史準則。

閱漁洋文，游記之工，不減酈柳。

置酈道元於子厚之上，可見復堂所了解於柳文者甚少，料復堂平日於柳文未嘗細讀，與李愛伯迥不同。

梨洲亭林，故是祥麐威鳳，惟襲宋人餘唾，亦多無用之言，有門戶之習。亭林論治，皆漢唐之粗迹，如郡縣論，不可謂非巨謬。

此復堂自詡能談古今治亂，目空一切，卽黄顧亦須受到指摘。亭林所論，是漢唐粗迹，復堂理想，必在漢唐之上三代盛時。復堂解道一個用字，微近柳州，但其如何區別有用與無用，則難免差以千里矣。

李祖陶邁堂國朝文錄廿一册，厭薄桐城，於易堂亦有微詞。亦知立言歸於有用，而門戶間架之見未除，不免時文變相。

桐城久王而變衰，至咸同間，厭薄桐城，已成一股暗流。惟桐城已遭厭薄，起而代之者倘是變相時文，則未免每況愈下矣。復堂右批數語，獨到時代轉捩點，有用二字又談到。

晏子春秋，固宜從漢志入儒家，柳子厚之言，不足依據。

此直截攻擊柳矣，子厚將晏歸入墨，乃根據科學分析方法，此一誼當然非復堂所能解。

藍洲得張婉紃夫人楹聯以贈我，夫人正書爲近代第一手，老輩如吴讓之，朋友如趙撝叔，皆當卻步。此聯非其傑作，然柔厚無唐以後妾媚之習，對之意遠。

此一條毫無與於治道與學術，然以事爲絶少人知，兼饒逸趣，特綴錄於後。婉紃爲

陽湖張翰風之女，藍洲名豪，湖北縣令，以書翰知名，卽最近在北京逝世陳叔通之父。吾國女流能書，吾見以傳幼瓊夫人之漢分爲第一，夫人使筆，剛勁如景君碑，不媿子厚所許從弟宗直「奇峭博麗」四字。夫人爲瞿蛻園之母，所見漢分册，現存朱桂辛舊宅中。

李愛伯論柳文

一

李愛伯推崇柳文甚至，同治七年戊辰三月二十一日記云：

閱柳文：子厚謫永州時，年僅三十三，其所表見已卓然。及在永五年，與蕭翰林俛書有云：「人生少得六七十者，今已三十七矣，長〔上聲〕來覺日月益促，歲歲更甚，大都不過數十寒暑，則無此身矣。」又與李翰林建書有云：「假令病盡，己身復壯，悠悠人世，不過爲三十年客耳，前過三十七年，與瞬息無異，後所得者，其不足把翫亦已審矣。」其言悽愴，讀之酸鼻，然子厚後僅十年而歿，壽止四十七，而文章行業，照耀千古，迄今如未死者。以視僕之年已四十，文筆歌詩，自亦不在人後，而皓首場屋，入貲爲郎，聲稱泯然，無一可恃，百病迭攻，奄奄視息，身雖拘於編氓，魂已遊於岱嶽，不又重可悲耶？

從來文士讀古文辭之切至者，往往引與作者合而爲一，視作者之舉止動靜，一若己身之舉止動静，觀越縵之於子厚，所感確乎如是，唯吾亦然。吾年十三四，勤於記誦，則偏嗜子厚文，一切取子厚所歷，衡量自己。子厚被貶後，常患痞疾，與友人書，恆以不壽爲憂，而吾七歲入塾，以塾師嚴酷，不期得自洩症，體以是積虚成癆，艱於發育矣。子厚年四十七歲而歿，吾早年每以謂：將不可能達到四十七歲，越縵寫此文時，年正四十，深以文章行業不及子厚爲恨。子厚預計自身，可能於三十七歲後，再作三四十年客，卒之廑展十年而歿，越縵壽較子厚稍長，寫就此文，更歷二十餘年，天年方終。吾則以積弱無對之躬，儌無可預期之福，四十七初度已過，更越三十餘年，猶忝存於人間世，可恥可歎！

二

越縵於戊辰三月二十二日復記云：

閱柳文：二王八司馬之事，千載負寃，成敗論人，可爲痛哭。子厚終身摧抑，見於文辭者，若不勝其哀怨，而絕不歸咎叔文，若牛賦、弔萇弘文、弔樂毅文諸作，皆爲叔文發，蓋深痛其懷忠而死，雅志不遂。雖與中朝當事者言，亦但稱之曰罪人，曰負罪者，終未嘗顯相詆斥，至與許孟容書，則幾訟言其寃矣。古人此等處，自不可及，而世無特識，多爲昌黎順宗實錄所厭，〔俗作壓。〕雖歐陽文忠、宋景文、

司馬文正尙皆不免，可歎也夫！

子厚諸文，淨洗唐人徒然爲文而作文之帖括氣習，歷觀同時或前後名輩，此乃絕無廑見。越縵讀到牛賦等三文，而知其爲叔文發，此自由於讀者獨具隻眼，同時也可推見恆人於此等文字，不肯注意。請分別讀其全文如次：

牛賦

若知牛乎？牛之爲物，魁形巨首，垂耳抱角，毛革疏厚，牟然而鳴，黃鐘滿脰。抵觸隆曦，日耕百畝，往來修直，植乃禾黍，自種自斂，服箱以走。輸入官倉，己不適口，富窮飽飢，功用不有，陷泥蹷塊，常在草野。人不慚愧，利滿天下，皮角見用，肩尻莫保，或穿緘縢，或實俎豆。由是觀之，物無踰者，不如羸驢，服逐駑馬。曲意隨勢，不擇處所，不耕不稼，藿菽自與，騰踏康莊，出入輕舉。喜則齊鼻，怒則奮躑，當道長鳴，聞者驚辟，善識門戶，終身不惕。牛雖有功，於己何益？命有好醜，非若能力，愼勿怨尤，以受多福。

此區區小文，牛以影勞動，驢以影剝削。文中如富窮飽飢，功用不有，及命有好醜，非若能力等語，所使功用或能力各字，皆是柳文關目。惟若注重到人不慚愧，與肩尻莫保云云，其爲弔歎叔文，又灼然無疑。吳摯父云：「此篇正擬揚子雲酒箴，瑰瑋似之，恢奇蓋未逮也。」廑從爲文功力，嘗試衡量，眞辜負作者苦用心矣，何況作者向

薄子雲，己乃肯效羸驢服逐駑馬哉？吾嘗發願：柳文不令學究讀，摯父似未脱學究一流。

弔樂毅文：㈠「嗟夫子之專直兮，不慮後而爲防」，此借指叔文甚明，專直二字，刻劃尤顯。吾見王西莊以躁進責叔文，細思頗亦有理，諒當時同人及表同情者之中，必有以緩進説勸告叔文者，呂化光卽一人也。〔説别見。〕子厚爲叔文辯護，故其詞曰：「惜功美之不就兮，俾愚昧之周章，豈夫子之不能兮？無亦惡是之遑遑」，後又補足二語曰：「諒遭時之不然兮，匪謀慮之不長」，觀子厚對叔文如此委曲迴護，越縵歎爲不可及，誠然誠然。

吴摯父評云：「東海句無着。」按昭不可留，昭逕指燕昭王；畏死疾走，謂田單反間計行，毅畏誅降趙；燕復爲齊，謂毅降趙後，田單與燕軍戰，盡復齊七十餘城，洋洋乎表海雄風，此明切齊事，焉云無著？

弔萇弘文，過長不録，其中「挺寡校衆，死得其所」八字，堪爲眉目。

東坡有書柳子厚牛賦後一文，以遺瓊山僧道贇，使以曉喻其鄉人之有知者，庚辰三月十五日記。㈡夫凡一文仁者見仁，智者見智，東坡讀牛賦所感，殆異越縵，因

㈠ 文見本編上部。
㈡ 此文本編上部已録，不贅。

之作用兩不相同，君子亦何敢徇越縵而輕端明？夫庚辰之翌年辛巳，爲建中靖國元年，徽宗新卽位，東坡遇赦，返江南，擬買田陽羨以老，卒未就而歿，此文應作坡翁將死之善言觀。

賀濤讀柳集

南宮賀松坡〔濤〕爲吳門高第弟子，論文意見多本之師，其讀柳子厚集一文中明白表出。文云：

子厚得名早，應世文少時獨多於退之，貶後自云文異前，偏獻文諸貴人，而行亦益修，乃終無所遇以復其故。退之數以文謁公卿，而氣傲，而言峻，與者少，後名益白，位稍顯矣，猶時觸忌以顚蹶，其不遇與子厚同。而其憧憧皇皇，思致己所有於人，而希亟就功，遏而思伸，久且愈篤，二人之志亦未嘗不同也。子厚爲伊尹就桀贊，論者謂飾詞解垢，吾以爲其素志乃爾，雖退之亦然。古之賢人志士，心乎斯世，不忍矜飾以廉謹，而自豢其無用之軀者，蓋無不然也，後世儒者以是爲韓柳罪，不已過乎？孔子弟子仕私門，仕亂邦，未必悉與義準，而孔子莫之禁焉。衰漢多隱士，辟不就者乃至數十百人，豈衰漢人才盛於孔門，而郭李所漸被賢於仲尼耶？是不得以迹論也。歐陽公云：「人當議事時，若知義者，及到貶所，則怨嗟不

堪，雖韓公不免」，吾意不然。潮州謝表，情迫而辭切，眞所謂惓惓不忘君者，故天子見之，以爲愛我，與夫圖寵冒進，旣黜，則戚戚以憤憾蹈隙而希復用者，則有辨矣。子厚與故人書，詞旨亦略同，惟賦騷及諸雜說，詞多激，望益深，尤取世譏，吾嘗反復其文而深思之，怨矣，有悔心焉，讀其書者，固當哀其志而嘉與之。況國風小雅屈子之作，其怨嫉皆不減子厚所爲，惜才之不見用，而不能恝吾君民，憂思憤懟，形諸文章，才志忠懇之士之所同也，又烏取夫中無所有，退託淡泊，而以矯爲高者哉？吴先生論韓柳多恕詞，因推其意書於集後，以質世之讀韓柳集者。

松坡此文，於韓柳無所軒輊，而於兩公汲汲用世、廣事干請之用心，都一致優予恕詞，此較桐城諸子，尤其是方望溪之褊心狹態，殆已前邁大大一步。其所謂中無所有，退託淡泊，以矯爲高，可能卽指桐城而言。後生治古文者，於此等平視韓柳之作多加意焉，委是一得。

文中「國風小雅屈子之作，其怨嫉皆不減子厚所爲，惜才之不見用，而不能恝吾君民，憂思憤懟，形諸文章，才志忠懇之士之所同」云云，數語確是松坡由心坎中道出，非僞桐城派所及。

松坡有子名孔才，能讀父書，文才亦高，家中藏書悉貢之國家，惜己不得其年而歿。孔才與潘伯鷹爲同門友，後者數數爲予稱道前者學行。

翁叔平之於柳文

王益知校書之餘，撰一文見示如左：

常熟翁叔平（同龢）雅愛柳文，持論平正。曾有詩云：桐城不喜柳州文，庭訓持平夙所聞，深博無涯韓子語，李翺張籍豈同論？又題柳州集：此何義門手批本，朱憲卿表兄爲余自稽瑞樓陳氏購得，時余十五歲，喜而賦詩，光緒庚辰七月十日。據此，可知右詩爲叔平十五歲（道光二十四年）所作。持平之論，乃指其家尊二銘（心存）翁主張韓柳相匹，用駁歐九不稱韓柳而稱韓李之謬説，叔平趨庭，固已早受教誨也。光緒六年庚辰，叔平五十歲，去賦前詩已三十餘年矣。壬午四月間，叔平復用另一刊本，與義門批本並几對校一過，朱文小字，較義門所批更爲工整，特繫短跋於卷尾：余年十五，得批本柳先生集於稽瑞樓陳氏，朱文爛然，何屺瞻手迹也。意欲移寫一本，卒卒不果。今年春，於入直毓慶宫進講之暇，就殿西廂小窗下粗校一過，目眵朊澀，非復少年强健矣，爲之三歎。叔平之跋柳集，猶不止此。當光緒甲午、東海揚塵、戰雲瀰漫之際，叔平回溯童年，念念不忘，又於義門批本上跋如下數語：憶得此書時，自外攜歸，俞荔峰適在坐，問何人所批？余曰：義門先生也。荔峰瞠目曰：汝得寶矣。繙前後無義門印記，則又曰：於何徵之？余曰：

以印文海岱惟青州知之，則相與歡笑。回首五十年，忽忽如昨日，而荔峰歿已久，幸兩子皆循謹能世其學，有孫魁然繼起矣。荔峰余姊丈，薦舉孝廉方正，有名於時。光緒甲午四月、偶抽架上書記此。叔平校本與義門批本，俱藏於北京圖書館，墨蹟如新，余曾先後瀏覽。顧叔平自認爲義門手批者，其批語雖與義門讀書記柳文部分相同，而是否好事者所過錄？尚成疑問，此書卡片標明臨本，不中不遠。叔平特以深嗜柳文，對此贋鼎仍復愛好，被罷黜後，猶不時閱讀，見於日記。推原其故，蓋因戊戌一案，致受嚴譴淪爲編管，較子厚貞元遭遇，不相上下。歲甲辰、叔平歿前數月，題乙瑛碑有云：臣龢曾與經師席，慚憾空疏一藝無，注：碑字有賤名者極少，每對孔龢，內省增怍。斯乃睠懷身世，哀而不怨也已。

益知熟精翁記，撰右文甚翔實，爰列入本編，用佐參核，亦「故人情義晚相似」之一端也。因憶余初知柳文，年始十三，所得爲一湖南永州刻本，紙質極劣，而錯字反較少。辛丑冬、〔光緒二十七年。〕余館紫江朱氏，以此本教其長女湘筠，解館未攜走，旋浸忘懷矣。越二十八年戊辰、〔民國十七年。〕余與朱氏俱寓天津，一日往訪桂辛，談話未畢，其女捧書交還，毫未損壞，桂辛見眉批滿紙，尚以未及過錄爲憾。余大喜過望，持歸後一直相隨至今，其眉朱墨填委，批抹至不堪辨認。今余作記，此本猶横臥在側，余誠不知其將來流落何所云？乙巳莫春。〔時一九六五年。〕

翁叔平、庸人也，自讀書處世乃至作相，殆無一而不庸。彼於柳文號有特嗜，以得何義門批本爲足誇耀，復見文於功令無迕，兼庭訓所示爾爾而已。夫凡眞嗜柳者，無不惡韓，叔平既於韓無一矢加遺，卽可見於柳毫無所獲。獨叔平之父心存，爲相不肯言利，又有膽忤肅順，可能對子厚政治理論，略有會心，又當道咸間，桐城正膺低潮，望溪毀柳之褊心，受到儒流指摘，翁家遂爾爲韓柳作平亭。此可謂風會使然，叔平以小舟乘流下駛，遂擅一日千里之勢，彼何嘗料到晚年與柳先生同其命運哉？

江叔海之於柳文

近世長汀江瀚叔海者，一懇懇好學、至老不倦之篤實君子也，頃見其所刊愼所立齋存稿中，有讀柳河東集一文，遂錄如下：

子厚送薛存義之任序謂：吏者民之役，非以役民，蓋民之食於土者，出其十一傭乎吏，其言與近世英吉利國語以官爲公僕相同，而子厚獨早見及之，可謂卓識矣。同時韓退之作原道，乃稱：民不出粟米麻絲、作器皿、通貨財以事其上則誅，其與子厚之言，相去不亦遠哉？夫管夷吾、法家也，劉子政記其對桓公語有云：君人者以百姓爲天。子厚視民猶主，管氏視民猶天，嗚呼！古人之貴民何如哉？今

之布政使，蓋古方伯連率之職，余攝官數月，雖受其直，不敢怠其事，僅罷差徭，禁浮斂，以幾稍紓民力。然如鄢陵汞城，連年患水，議濬工鉅，竟乏消弭之良策，蓋職之未能舉者正不少矣，孰怒而黜罰之乎？夜讀柳集至此，掩卷愧歎者久之。

叔海不通西語，所謂英吉利以官爲公僕云者，特由耳食而來，並無甚深理解。尋西歐自希臘諸賢倡言共和，經中世紀之政變，以及法蘭西大革命之人權宣言，流至英倫三島，而有民之公僕一語，作爲口頭禪，從事競選。由今觀之，此徒飾政客之襟裾耳，而人民之阨於壟斷資產階級，不得引首伸眉也如故，此與子厚之所謂傭乎吏者，用意直貌似而神非。姑不具論，獨叔海以老師宿儒，見及乎此，猶自超人一等。又提出與韓退之作一比較，以見原道誅民之說，視子厚不啻直墜九幽之下，此律之嚴幾道之闢韓，尤爲質直而明切，殆爲近代文壇不可多見之文。

近涇人包愼伯，崇獎韓非呂覽二書，謂唐宋八家之體勢悉胎於是，其説固謬，然以繩之韓退之，則不無幾微類似之處。蓋二書皆與暴秦有關，主旨在尊君抑民，此與退之所深藴於懷者，機牙相合，初無二致。如退之言，民不出粟米等以事其上則誅，非必眞誅也，而特以法造就一不得不誅之勢，以威脅於民，而民不得不遵，於是尊君之道以成。如愼伯引呂覽云：「民農則樸，樸則易用，易用則邊境安，主位尊；民農則重，重則少私義，少私義則公法立，力專一；民農則其產複，產複則重徙，重徙則

死其處而無二慮」，此誅民之前部曲，而爲退之之所馨香嚮往，吾意叔海之意向決不如是。

叔海晚官布政，於鄢陵永城之水患，未得消弭，輒至夜讀柳文，而掩卷愧歎，是子厚膏馥之沾丐後人也遠已。叔海先生子庸，字翼雲，亦有文學，爲吾友。

平步青評柳文

一

柳文有永州板，吾十餘齡初讀柳文，卽得是板。然吾料永州板非一，或卽只一種，而歷刺永州者往往移易序文，重新裝治以流於外，以致見者無從辨識。平景孫所跋柳集，乃同治戊辰永州太守廷桂補刊，不審與吾本是一是二？姑不具論。平跋云：

柳文毀譽不一，方望溪氏尤薄之，而朱梅崖云：子厚文樹骨左馬，探神騷穀，涵淹韓非賈誼子雲相如諸家，取源甚富，卽西京亦少其敵，不論異代也。特其厓岸太峻，稍乖平直康正之體，以之載道，頗似未宜，要其文自卓絕也，以望溪爲堊鬃泥埴，而訾虎豹之炳蔚，其言揚抑太過。予謂論柳文者，李耆卿文章精義之說，最爲持平云：退之文學孟子，不及左傳，子厚文學國語西漢，永叔學韓；又云：韓如海，柳如泉，歐如瀾，蘇如潮，以泉擬柳，失之小矣，升菴謂易以江可也。宋嚴有翼

有柳文切正，其序引范文正語，深雪八司馬爲黨人之誣，足正唐書蕪駁，成敗論人，最爲有功於柳，不知此本何以遺之？宜采入附録李褫柳州舊本柳文後序之後，使讀文惠文者，論其世以知其人，不隨俗爲詆諆云。

清之盛時，桐城崛興，朱梅崖起於閩嶠，與之立異，論者殆無不右桐城而左梅崖，景孫卻未必然。試卽其小處論之：夫梅崖以望溪爲堊鏝泥墐，此鄙之之詞，而景孫引之以壯其文。吾嘗見梅崖作道南講授序，而「吾道南矣」也者，程伯子送楊龜山歸閩語也，其後楊以學授羅文質，羅授李文清，李始授朱晦庵。梅崖序中之言曰：「金碧髹堊之設，因事致美，於其本制無損益焉」，意謂講學如作室然，晦庵名在上棟以收其功，而羅李輩無過髹堊執用之列。梅崖習於巧譬雋語，隨意點綴，不期而視古文道中之望溪，比於閩學羅李，不啻就列執役之羣材衆工，此其輕藐望溪，可謂無所不用其極。然其故何也？曰：桐城尊韓，而梅崖尊柳，尊柳既久，遂乃移柳壓韓，景孫承梅崖之風，同契於柳，因直借梅崖以終其説，行所無事云。

文以載道者，指文中一體云爾也，就此體言，子厚殆不愧孔子辭達二字，梅崖所謂平直康正，適符斯旨。顧梅崖以謂子厚未底此境，誤通衆體，期於一致，此梅崖思路繳繞，子厚之文不任其咎也。蓋騷賦者，騷賦也，不可能同時爲左馬，梅崖知左馬不能賦佩韋與解祟，而遽疑子厚將以騷賦辯諸子與論語，夫渾殽諸體，通於一環也

如此，輒以崖岸太峻，歸獄作者，是何説乎？吾聞善讀書者，讀一書如無他書，善爲文者，爲一體如無他體，子厚確乎如是，此其故晏元獻能言之，而詞令高於梅崖，吾已別引，不再贅。

景孫學柳胡底，吾何敢斷言？吾知子厚用虚字不背於古，最爲矜愼，如僅字從不作多少之少解，但字不作轉捩用，惟景孫亦然。景孫文中，凡僅字作廑，但字改用第，雖不盡然，而大半如是，即小見大，景孫之尸祝於柳可知。

二

景孫書掌録後云：

劉禹錫序呂温文集云：「古之爲學者，先立言而後體物，賈生之書首過秦，荀卿亦後其賦」，故予先後視二書，録中引之，謂今刻集先詩賦，未知此義。按別篇編次，當視其人生平學問宗旨所在，何者最勝？先後部居，使讀者有以知其本末，始爲一家之學。夢得之言，深得古人四部集居子後之意，昌黎雜著如五原，正其立言也，小倉山房文集凡例云：古文編集，都無一定，韓先雜著，柳先論，歐分四集是也。倉山文稿，編者誤以碑版居先，後見顏魯公集亦然，遂仍而不改。隨園隨筆曰：「集先詩賦，始於文選，劉禹錫曰：文章家先立言而後體物，今之以賦裝頭者非也」，然今小倉山房文集，仍以賦居首何耶？河東集首平淮夷雅、鐃歌、貞符等

作，論在第二卷，凡例殊誤。結埼亭集首鐃歌，蓋本子厚，汪蘇潭編集外文，賦迺先碑板，何不用魯公集例耶？今通行柳集，雅詩歌曲第一，賦第二，論第三，議辯第四，此非賓客編集之舊序也，得景孫此文益明。

掌錄者何書也？景孫又有書匏園掌錄後一文，錄如下：

伯夔此錄，第從周櫟園尺牘新鈔初集、藏弆二集、結鄰三集節錄之，爲中郎枕祕談助，亦竹垞所謂讀書記其最勝處之意，故署名曰掌錄，取拾遺記張蘇故事，本非著述，故未付槧人，昧者妄爲周鈔諸家尺牘，謂非讀破萬卷深造有得者，不能道得隻字，誤矣。長夏苦暑，取三書一一斠之，注其題與卷數於眉端，無考者䖍一十三條，以余所有藏弆集，乃通州雷蘚鄰大令翻刻不完本，此十三條或卽在闕卷內，異日得賴古堂原刻，當爲補注於後云，伯夔初名承憲。

按右文：第從周櫟園初二三集節錄之，及無考者䖍一十三條二語，可見第字䖍字用法，如上一文所舉。

嘗論讀古人書，面對矛盾事迹，無法解釋者，往往隨遇而有。如劉夢得序呂和叔文，謂先立言而後體物，荀卿亦後其賦，平景孫錄其語，冣之呂集，了無差迕。顧該集第一卷賦詩，鹿賦褎然居首，使集與序兩兩對照，而顯然偝反，抑又何耶？吾

沈心思之，序集與編集，本判然二事，夢得序呂，或編不由己，與夢得受編柳集而又序之者未同，因而發露集序兩歧之矛盾現象，艮未可知。要之此小事，不足辨，吾人所視爲要義，在將其人平生學問事業，分别部居，釐定次序，而以最要者居先，固不問此最要爲賦、爲論，抑其他也。化光一生文本不多，而其中賦緜鹿，從政治或詞章任一面看來，皆表示關目要旨，編集時開門見山，邀居首列，信乎未誤。此視子厚迎長日、記里鼓、及披沙揀金等賦之渺小瑣細，誠未可同年而語，卽比荀卿之請成相，亦有急緩近遠之未同。夢得熟精和叔故實，而執筆爲其集紀，遽宣稱立言體物之官樣語言，釀成辭貌相反之錯迕事相，可謂大謬。

卷六 第韓

韓柳李

自歐陽永叔輕柳軒李，將數百年來連鑣習稱之韓柳字，易爲韓李，嗣後是非然否之論不一，然亦有折衷兼收，而稱韓柳李者，如程蕺園〔晉芳〕「望溪集後」一文中之下段：

文有學人之文，有才人之文，而必以學人之文爲第一。蓋文以明道，指事敍情，必根諸道，而言始無棄，唐韓柳李三家而外，非無奇峭奧衍之文，然皆使氣矜才，修飾字句，于道概未之聞也。〔按全文本編別見，玆以便利讀者，犯複引此一小段。〕

又姚石甫〔瑩〕復陸次山論文書云：

唐以前論文之言，如曹子桓典論、陸士衡文賦、虞摯文章流別、劉彥和文心雕龍，非不精美，然取韓昌黎柳子厚李習之諸人論文之言觀之，則彼猶俗諦，此未易爲淺人道也。大抵才學識三者，先立其本，然後講求於格律、聲色、神理、氣味八者，以爲其用，而尤以絕嗜欲，澹榮利，滌其心志，無一毫世俗之見干乎其中，多讀

書而久久爲之，自有獨得，非歲月旦夕所可幾也。

右兩家皆桐城骨幹，其所以如是爲之，復柳乃本旨，而綴李直等贅瘤。蓋李爲韓門弟子，可得附庸於韓，而不能提以相配，且集中無大文字，幅面窄小，不足以供人翫味。兩家必須三人並列者，意存彌縫望溪貶柳之迹，石甫且宣言：「惜抱文品峻似柳子厚，〔語見石甫所著識小錄。〕」使人潛移默感而不之覺。即此可見：桐城思致之暗中流轉，方劉姚三代相傳，表裏息息不斷變化，特語其本質，桐城始於排柳，終於排柳，敷衍牽綴，都無裨於實際。蓋子厚以騷賦起家，詞條豐蔚，感情洋溢，筆無投而不可，桐城儉腹酸澀，望而生畏，於柳殆不得不敬鬼神而遠之。加以若輩一面服膺宋五子，一面崇奉起八代衰之昌黎，使把持文壇大纛，一流無間，儼若有餘。袁子才一乾嘉間文丑耳，科諢亦時有可聽，彼之言曰：「柳之琢句，時有六朝餘習，此宋人之所不屑爲也，惟其不屑爲，亦復不能爲，而古文之道終焉，〔語見與程魚門論文第二書，惟本文說柳處，每帶着韓，不切實際，因特將韓李削去。〕」子才將望溪受病之源，推及於宋，所見委屬遠大。「亦復不能爲」五字，爬着痛處，以此屏斥望溪一流於古文之道之外，確是當時少有見解，程姚東拉西扯，區區補苴之術，夫何益之有？

劉柳之李代桃僵

胡震亨之唐音癸籤云：

夢得靖安佳人怨，及白氏太和九年某月日感事詩，爲武相伯蒼王相廣津作者，實並銜宿怨，故劉先於叔文時斥武，宜武有補郡見格之報。白嘗因覆策事救王，王固不應下石訐白母大不幸事，令白有江州謫也。事各有曲直，而怨之淺深亦分，在風人忠厚之教，總不宜有詩，然欲爲兩人曲諱如坡公之説，則政自不必耳。

説者謂子厚有嫌於武元衡，而武修怨，吾别條已涉及。此或柳無其事而劉有之，以致誤傳，遯叟此條，足供㝗證。

唐詩紀事卷三十九稱：「禹錫附叔文，人不敢斥其名，號二王劉柳。武元衡初不爲宗元所喜，自中丞下除右庶子，及是執政，禹錫久落魄。」此段本爲敍禹錫事而作，依文氣看來，所謂武元衡初不爲宗元所喜，句中宗元字，疑是禹錫誤植。

劉柳之儷代，本編已紀載紛繁，因遯叟此條適揭其弊，可資以折衷一是，故特存之。

學韓先學柳之謬説

嘉興錢衎石（儀吉），一嘉道間硜硜治學之老儒也，與從弟警石（泰吉）相互琢磨

而學益進。曾見衎石草世父戶部府君神道表，㊀而謷石爲評如下：

兄嘗言柳文之雅，有牆壁依傍，較韓爲易學。以柳之句法，步步爲營，而有韓之理氣行乎其間，則可以爲文矣。兄自言此文學柳，而在柳上。

此冬烘學究一流之膚淺語也，而且語有所本，非錢氏兄弟獨得之見。蓋宋呂本中〔居仁〕曾言：

韓退之文渾大廣遠，難窺測，柳子厚文分明見規模次第，學者當先學柳文，後熟讀韓文，則工夫自見。

自韓退之以道統自任，而宋人標榜僞道學，將道與韓混而爲一，天下學無根柢蠢蠢之士，無敢異同，卽以朱晦菴鄙退之爲謔浪戲傲，而勢不可回。實則天下之宗韓者，麈宗其名而已，以語其文，職乃泥沙俱下，漫無系統，幾令學者無從下手，卽勉下手矣，而亦空空而回，了無所得。蓋子厚嘗見退之所爲毛穎傳，輒題其後曰：「楊子誨之來，始持其書，索而讀之，若捕龍蛇，搏虎豹，急與之角而力不敢暇」，此貌若譽之，而直故作戲謔之虐。篇末又云：「而貪常嗜瑣者猶呫呫然動其喙」，其言若曰：退之

㊀　所謂世父，名豫章，字培生，乾隆丁酉（卽乾隆四十二年。）舉人，後十年，登史致光榜進士，並無文名。錢氏子弟，在咸同間蜚聲海內，爲應溥字子密，然亦乘時履進之大僚，並非文家。

之文，常耳瑣耳，茲二質外，羌無他物。曩歐陽永叔嘗誚韓柳猶夷夏，吾姑不問歐誚含意胡似？至移以衡度兩家文格相去之遠，吾竟無間於其言。夫世人亦未便明白吐棄韓文已耳，呂本中謂退之文渾大廣遠難窺測，猶言兒童騎上屋脊，濫窺天象，渺無所獲。同時子厚分明見規模次第，赫然發見於側，成一強烈對比，其卒也，天下唯有舍韓而專學柳，不問可知，以二錢之困學，情景尤其如是。至衎石謂己文學柳，且在柳上，則愚而自用之類，無足深責。

韓退之第一惡札

一

贈序一門，子厚多於退之，人以是爲子厚病，而究之無須乎病也，蓋子厚交道廣，以言酬答，微嫌漫與，而退之則有陰謀存乎其中。何以言之？夫李愿者、晟之子，而愬之兄，家世顯赫，而己亦橫長雄藩，貪黷無厭，與隱逸相去不知幾千萬里？而以罣吏議，犯輿論，非亟亟規避不可，因謀之於退之，而退之眼銳，遽以入盤谷之策進。實則盤谷之爲何地？事前愿固未嘗涉足，事後恐亦無一日留，序中所刻畫主人如何不遇於時？將坐茂樹以終日，濯清泉以自潔種種，律之本人，正如水火之不相入。而退之爲畜意諂諛之故，一味無中生有，妄事渲染，以欺天下後世人，後世人

如蘇子瞻，以崇韓而徇韓，明知中含詭譎，則佯揚言曰：此有唐唯一之文，韓公獨特之作，吾一生欲摸寫其一句而不可得，每執筆輒罷。嘻！此劉邦侯雍齒之故智也，將退之第一惡札，而翹舉爲無上高文，則凡韓集中惡劣字句，皆將在「吾屬何患」之護符下，順流而過，將不至遭到訾議，計亦狡矣。

清初，江西易堂諸子中有曾燦者，爲侍郎二濂子，少負氣雄壯，自甘貧約，浮沈江湖間，有止山集行世，魏冰叔序其集曰：

止山爲貴公子，裘馬自喜，好慷慨緩急人，歷世久，其詩益雜出而相爲工。余嘗論昌黎送李愿文，未嘗一語及其家世，若與送貧賤之士之文無以異，此以知古人之所期者大，而其文爲甚高。今予敍止山詩，不能不及其貴介，豈止山必以貴介而賢？抑其詩工拙之故，蓋亦有在乎此也。

甚矣！冰叔之受韓蘇二公之欺也！吾觀子厚所序之友，以平平無奇之朋輩居其八九，中或紓焉涉及戎帥楊大夫、相國馮翊王等等，亦必點敍明白，毫不假借。比之退之集中，如送俱文珍，乃對椽人曲意取媚，送李愿，又與軍閥夥同作僞，子厚則不僅己之夜氣不足以存，所遺文字，亦不使人察得絲毫類似痕迹。於是世有欲定韓柳優劣者，固無須別尋證據，而卽此已綽綽然有餘裕矣。夫修辭立其誠之謂何？子厚爲文，自始以誠爲本，〔見與韋中立論師道書。〕而退之恣爲詐僞如此其極，兩相比覈，將從

何處求其同哉？

子厚之言曰：「無乎内而飾乎外，則是設覆爲穽也，禍孰大焉，（語見送豆盧膺南遊詩序。）」據此、退之盤谷一序，直是禍天下。又子厚題退之毛穎傳後曰：「索而讀之，若捕龍蛇、搏虎豹，急與之角而力不敢暇」，吾於此得歧義焉。蓋力與之角云者，謂美其文而求勝之焉可，謂惡其文而求去之焉亦無不可，試以此語施之盤谷序，義將胡取？請冰叔有以語我來。

嘗論退之送李愿歸盤谷，與其他詩人送宫人入道，爲同一有唐社會之惡作劇。蓋唐室起於胡族，内政不修，其高貴宫人、或潑辣公主之不安於宫闈者，往往别尋塗徑，以遂其平生之慾望，而得到一無束縛之荒淫方式，於是以入道爲之尾閭，多少無賴詩人，且從其後而歌誦之。退之之送人歸隱，相與配合，遂成爲無獨有偶，唐家上層階級暴露淫僞之兩大諷刺云。

二

或有見吾右文者，謂惡札字用未當，蓋惡札通常以評書法，移之於文，恐有未安。曰：固已，益公題跋：「以上惡札，皆予筆也」，米元章題顔平原帖：「大抵顔柳挑剔，爲後世醜怪惡札之祖」，二者誠皆指法書而言。然周益公所謂予筆，自亦兼指文義，須知札從木，古木牘謂之札，其時無紙，載文於簡，名曰簡札。漢書司馬相如傳：

「上令尚書給筆札」，札與筆並，札卽以代紙，後漢書劉祐傳：「祐閑練故事，文札強辨，每有奏議，應對無滯」，此之文札，全指奏議中所含指趣，殆與書法無關，何得謂札專涉字跡，而不包文義？君不見桂未谷札樸十卷之大著作乎？作者自言：「竊比匠門之杭，題曰札樸」，雖其自擅漢分，與之了無牽連，此則札乃排除書法，而獨詮古今事物名義，皎然明白，字非一用，安得泥彼而疑此？退之無書名，而長於筆，倘美其文而曰名筆，宜無所不可，夫筆札同爲著文之工具，今訾其文而曰惡札，庸何傷？客曰：唯唯，於是乎書。

三

魏叔子文集，是易堂刊本，中多空白，由少自數字，多至數行不等，大抵書已出版，而發見中有違礙字句，在清初恐怖時期，不得不如是爲之。夫本集旣已勤加芟削，而由本集過錄於外，又往往重複删節一次，卽如右引曾止山詩序，在本集上，已有空白兩處，不知原文何似？而過錄入錢東生徵存錄，復從吾所引文剷去數句如下：

愿親爲西平子，勛望富貴，天下莫敢望，一旦脫屣於盤谷，爲人情所甚難。

原刊有眉評云：「此論前人所未發，卻無議論矜張之態，出語簡妙，而意法高超」，吾所閱本，又有近人用墨筆增加一語：「此卻可疑，俟考。」綜合種種，吾人對於魏集此

一發見，應作何種看法？

以吾觀之，氷叔初草此序，將李愿家世着重指出，定以昌黎代爲隱諱爲不然，此比於己之明揭止山爲貴介，又説明詩之工拙，與身爲貴介大有關係，成一鮮明對比。特不敢向昌黎顯加諷刺，而以所期者大、及其文甚高之模棱語，敷衍以終。眉評者謂：氷叔挑剔昌黎之疻痏，確是發前人所未發，然何以議論不矜張，而空手放過？殊不可解，墨評者因曰：此屬疑案，應俟詳考，吾意環繞魏集之思想經序，不過如此。

一言蔽之：韓退之爲千年來文統偶像，道路以目，無敢誰何？中間復出眉山大蘇，自進爲護身韋陀，而青青子衿，更不敢妄肆佌達。易堂諸子、俱豪俠能任事，氷叔有鼂家令趙營平之風，以直道自矢，而好短長議論，其戚友如邱邦士〔維屏〕等憂之，到處爲之遮護。夫氷叔非時人猶可，非時人崇奉之土木形骸，將罪在不赦，於是於昌黎送李愿文上，稍露疑團，人則爭趨而洗滌之，期於泯滅於無形，清初文網下之憧憧鬼影，大抵如是。

四

袁枚隨園隨筆卷二十五「考據最難」條下云：

誤盤谷李愿爲西平王之子，不知西平王之子愿非隱者，爲檢校司空、河中節度使，見裴晉公所撰神道碑。唐別有李愿，隱居盤谷。

夫欲證李愿爲西平王子，材料到處皆有，何待裴晉公碑？但取證唐別有一李愿隱居盤谷，隨園祇留空言一句，一無證跡。所考者何？所據者何？舉空空如也，了無交代，此種考據，何難之有哉？隨園自稱早年疲於考校，夫遇一題而如此輕鬆了事，何至於疲？隨園亦看天下事太易矣。昔漢初徙豪富茂陵，衞將軍爲郭解言，家貧不中徙，上曰：布衣權至使將軍爲言，此其家不貧，惟隱居盤谷亦然。蓋退之以文字廣通聲氣，文非重金不可得，隱居而至使退之頌言美之，其人必非眞隱，亦決不至除退之外，別無相與交往之人。此而找不到幾分踪跡，則其人定是子虛烏有，而退之所頌揚之盤谷子，其屬於西平王子也，無可疑者。

五

或曰：子標韓文送李愿序爲第一惡札，然則韓文中應猶有其他惡札，無妨次第臚列，請試言之何如？曰：如君所請，可得而言。順宗實錄，韓公所親執筆，謂李實「諂事李齊運，驟遷至京兆尹，恃寵強愎，不顧文法。是時大旱，畿甸乏食，一不以介意，方務聚斂徵求，以給進奉，每奏對輒曰：今年雖旱，而穀甚好，由是租稅皆不免。陵轢公卿，勇於殺害，民不聊生，及謫通州，市里讙呼，皆袖瓦礫遮道伺之。」此與前上李大尹書：「愈來京師于今十五年」以下云云，澈底背反，此出之於尋常文人，猶且不可如此因利取媚，食言而肥，而以「一言而爲百世師」之韓公，前後翻覆，顯不足信

乃爾，則集中上大尹李實書，應爲第二惡札，此誼羅大經之鶴林玉露記之，非余一人之私言。又孔氏雜說稱：「韓退之晚年，遂有聲樂而服金石藥。張籍祭文云：乃出二侍女，合彈琵琶箏，既而更曰：公疾日浸加，孺人侍湯藥。白樂天思舊詩云：退之服硫黃，一病訖不痊，微之煉秋石，未老身溘然。夫退之常譏人不解文字飲，惟解醉紅裙，而自敗於女妓，作李博士墓誌，切戒人服金石藥，而自餌硫黃乎？」孔氏詞設疑問，而意深悼惜，則集中太學博士李君墓誌銘，弔詭以自欺欺人一至於是，應列作第三惡札。嘗論柳州與人書牘，巧言令色，亦未敢言絕無，然其視文詞爲最高名器，從不輕以假人，於古於今，一應若是，至退之則適得其反。如上襄陽于相公書云：

閣下負超卓之奇材，蓄雄剛之俊德，渾然天成，無有畔岸。而又貴窮乎公相，威動乎區極，天子之毗，諸侯之師。故其文章言語，與事相侔，變化若雷霆，浩汗若河漢，正聲諧韶濩，勁氣沮金石，豐而不餘一言，約而不失一辭，其事信，其理切。孔子曰：「有德者必有言」，信乎其有德而且有言也；揚子雲言曰：「商書灝灝爾，周書噩噩爾」，信乎其能灝灝而且噩噩也。

讀者試思之，以若而語言，施之于頔，倫類如何？信如若言，天下得此無善不備、完美無缺之文，即六經全部廢去，有何妨礙？而退之竟以此獻媚於朘削無藝、豪侈無度之強藩，了無愧怍，此誠較之杜温夫之周孔人，而子厚以爲不屑教誨者，殆又過

之，不得不認爲此第四惡札。由此類推，指不勝屈。尤可惡者，凡退之所譽，其中不少淫穢無行、及貪污不堪之敗類，如李繁、退之美其「鄴侯家多書，插架三萬軸，爲人強記覽，過眼不再讀，偉哉羣聖人，磊落載其腹。」蓋繁爲李泌之子，時充隨州刺史，語見送諸葛覺往隨州讀書詩。顧新舊史本傳，稱繁無行，爲陽城書劾裴延齡疏，而漏言以誤之，師事梁肅，「及卒，烝其室，士議讙醜」，事爲史官所記，刺隨又遠在烝其室後，退之寧得諉爲不知？復次：淫師遺孽，較之腹載羣聖人，其人度量相越，殆不知幾千萬里？而退之悍然謬奬爾爾。又如工部尚書鄭權、出爲廣州節度使，退之爲作詩序，稱頌功德，謂其「貴而能貧，爲仁者不富之效」。顧其人貪邪無對，在鎮廣爲聚斂，並以公家珍寶，厚賂羣閹，以酬恩地，爲薛廷老疏請按罪，而在退之眼中，則爲家屬百人無半畝之宅之仁者。又即以李愿而論，讕言長語載其貪奸敗事以外，猶有觀翟玉妓詩最爲淫褻。曰淫曰貪，舉爲退之所喜，盛加讚譽，己既與邪人同流合污，而又以適相鑿枘、高不可攀之高尚風格，濫爲鋪敘，用欺騙迷惑後世人。於斯而以惡札諷之，此眞楊升菴所謂「市利他語」也，益以元和聖德詩、及永貞行之窮兇極惡，顛倒黑白，毫無政治道義，品斯下矣，而又何責焉？〔釗案：楊升菴市利他語一詞，本編引用不止一次。市利一作勢利，他家徵用此語，亦往往錯出無定，揣其意殆等於俗諺「便宜了他」已耳。讀者幸無以詞害意。〕

方回掊擊韓退之盤谷序

方回者、一宋元間下流文人也，學不足以尚友，誠不足以知人，而其所著桐江集中，則亦偶發正論，爲歐陽永叔、蘇子瞻輩所望塵莫及，天下事之可醜而又可怪，莫逾於此。此維何也？曰：如掊擊韓退之盤谷序是。回之辭如下：

唐三百年無文章，惟韓文公送李愿歸盤谷序一篇，此東坡之言也。然愿乃李晟之子，愬之兄，起家爲太子賓客上柱國，元和初爲銀夏節度使，徙節武寧鳳翔，邇聲色，徙宣武，以侈費激李臣則之變，家死於兵，後起於河中，又以荒侈敗，未嘗能踐文公之言也。寶慶府有李洪芸庵類藁，言愿博徒之雄。考歐陽公集古錄，序以貞元中刊石，昌黎時三十五歲，自四門博士得御史，爲李實讒貶山陽令，有激而云，愿於隱士不足以當此序也。

語惟期說明事迹眞相而止，固亦平平無奇。獨以歐蘇兩公遊揚至於無上之人與文，一經儇薄小人如方回者，輕輕指摘，立覺重點倒置，秤稱易其低昂，小人之論，猝長千鈞之量，君子反墜入浮揚無足比儗之地，爲天下正士所僇笑。從古文章大事，竟逃不出一個理字，凡以文詞欺人之伎倆，有時而窮，至於如此。方回字萬里，號虛谷，徽人也，著錄曰桐江者，殆以降敵得知嚴州之故。至其無恥及賣國求榮諸劣蹟，

具見於周公謹癸辛雜識，多爲通識所知，即不覼縷。〔釗案：回引李芸庵之類藁作證。查芸庵爲趙宋湖南撫諭使李正民之子，正民字方叔，政和進士，著籍爲揚州人，而回署作寶慶，或因乃父官湘水而致誤。〕

陳少章爲韓退之遮掩醜迹

一

東吴陳景雲少章韓集點勘：送李愿歸盤谷序下，有如下勘定：

同時有兩李愿，一隱盤谷，一爲西平王晟子，南宋慶元中、建安魏本此序後，附刊高從一記，以證所送之非西平子，按高跋、即汪季路與朱子書中所謂家藏盤谷碑本有後語是也。然但以韓序及和盧郎中送盤谷子歲月考之，則兩李愿事跡自明，無俟引高記也。序作於貞元十七年，西平子時爲宿衛將，至和盧詩則元和七年也，西平子方官節度使，皆見唐史，無棲隱事。

此與吾曩撰韓退之第一惡札一文，適相剌謬，因再駁斥如下：

韓退之所作序，愿爲西平王晟子，千年以來，人無閒言，獨至清初陳少章爲之翻案，謂當時有兩李愿，韓序所送，並非西平子，其取證在韓集中別有和盧郎中送盤谷子詩。夫序與詩所表著，爲同一人，語調一致，惟散文與韻文之形式有異，此何足爲

有兩李愿之左證乎？尋唐室不乏仕隱兩全之人，如孔巢父其最著也，蓋巢父以棲隱於徂徠山，而同時出爲潭州刺史、湖南觀察使，並內遷給事中、御史大夫，如此而謂有兩孔巢父存在焉可乎？唯少室山人李渤亦然。夫渤亦以索價太高而未起耳，倘起焉而獲委諫官，能遽謂諫官李渤、與山人李渤爲異物乎？推之裴度之綠野堂、及李德裕之平泉草木，莫不皆然，斯固不可謂居綠野爲一裴度，在政事堂爲另一裴度，謂平泉草木爲一德裕，平章政事爲另一德裕也。今少章固能說貞元十七年退之作序，西平子爲宿衛將，元和七年和盧詩，西平子時爲節度使，然如上舉孔巢父李渤裴度李德裕各例，都不足證實此兩方爲各一李愿。夫欲證實一時有同名人出現，所須朗朗然舉出，一、出生地與字號之各具，二、材能與職業之相殊，如韓柳同時有兩李景儉，一爲李瑀之孫，字寬中，善言王霸大略，惟矜誕，卒貶建州刺史，一爲永貞政變王叔文之友，字致用，行能顯耀，決不致與人相混，斯乃庶乎其可也。顧少章所軒舉之另一李愿，適在無何有之鄉，不啻一烏有先生，從而濫署敵體，冀分韓序之主名，不亦妄而陋乎？

至少章所引建安魏本此序後之高從一記，未列記之本文，無從分析，魏本吾從未見過，高記因未曾入目，然諒所列證迹，未必超越少章勘定幾許？祇得置之不議。退之和盧詩所謂盧郎中者，名汀、字雲夫，廑得姓名而止，他無可考，無法緣此

推出另一李愿。蘇子瞻云：「退之尋常詩，自謂不逮老杜，此詩獨不減子美」，今試以老杜送孔巢父謝病歸遊江東匹之，何如？倘老杜以送巢父詩演作散文，號曰送孔巢父入東海序，吾敢斷言：亦未見有遜於韓送愿序。四作對照，祇不過彼此一翻作二而已，內容詩散全同，實無從獲得別一主體，孔巢父之外，無他孔巢父在，李愿之外，亦無其他李愿在。

二

恆言窺人視其所友，此語於論定韓柳取友於臨潭李氏邪正如何？最爲準確。子厚平淮夷雅曰：「昔我文祖，惟西平是庸，內誨於家，外刑於邦」，此其尊重西平，何等深至？史稱晟治家嚴，子姪非晨昏不輒見，所與言未嘗及公事。此等嚴正風格，惟愬也繼承惟謹，愿之放縱以至見法，殆可謂不肖之子。顧退之於李氏，惟邇愿佞愿，而深惡於愬，並在平淮西碑中抑愬之功，以至於仆碑，遭到唐安公主之申訴，而子厚則止於對愬敬恭有禮，視愿則避之若浼，兩公求友之態度不同如此。

王介甫輕韓

王介甫於退之屢加譏訕，曾有詩云：

紛紛易盡百年身，舉世無人識道眞，力去陳言誇末俗，可憐無補費精神。

退之詩：「可憐無益費精神，有似黄金擲虚牝」，介甫援用其語，反脣相稽，詩爲刻意調侃之作益顯。陳無己評此詩云：「荆公平生，文體數變，莫年詩益工，用意益苦，言固不可不謹也」，可見有人於介甫詩，意不甚謂然。李壁註引南豐語云：「介甫非前人盡，獨黄帝孔子未見非耳」，介甫非人如此之多，實則不滿於退之者，究在何處？殊未易曉。詩中識道眞三字，可能是關目，正如朱晦菴詆退之所原之道，未見探討服行之效也。夫號稱原道，而言不顧行，行不顧言，非無補費精神而何？顧宋史介甫本傳：其論引朱熹一段議論，指安石汲汲以財利兵革爲先，躁迫強戾，流毒四海，則晦菴與南豐同攻一人，而所以爲攻之隱，殆難一致。近代某大軍閥左袒晦菴，答劉孟容書云：「朱子譏韓歐裂道與文爲二物，而歐公送徐無黨序，亦以修之於身，施之於事，見之於言，分爲三等，其意深慕立德之徒，而以功與言爲不足貴，朱子豈忘此說？奚病之若是哉？」嘻！軍閥誤矣，爲問如歐九言，晦菴豈能以退之爲有德之人哉？晦菴而在，吾恐其一聞此說，將毁退之益甚。蓋眼中所見爲諂諛戲豫放浪之人，德功言三等類型内，將可能無插足之餘地也。然則晦菴雖擯斥介甫，但於介甫誚讓退之之小詩，未必不相視而笑，莫逆於心。曩引曾南豐言：介甫除黄帝孔子外，幾無人不見非，吾意卻不盡然。即如與韓退之同時之柳子厚，介甫集中不論文若詩，都未見有肆意譏病之作也。以鄙見揣之，子厚不如退之儼然以道統自任，有舍

我其誰之概，卽有時興言及道，而必以人民爲本，世用爲鵠，對二帝三王之尊仰，並無一定而不可移之權衡。而且永貞善政，於短短數月間，亦隱隱以財利兵革爲重，得時則行，奮不顧身，此其公爾忘私之精神，未始不足令介甫傾服。又王叔文輩擁戴病君，日暮途遠，改革能行一步，卽算一步，因而呈露躁迫強戾之迹，在所難免，此左焉爲晦菴所誚，卽右焉應爲介甫所欽。復次：宋室公然爲八司馬辯寃者，以范希文爲嚆矢，希文政治意嚮，無形中爲新法開闢道路，其先後影響之間，固不能全無默契。由此言之，介甫顯處抑韓，暗中卽導向揚柳之效，使介甫攬鏡窺形，陰躊躇而滿志，雅未可料，子固謂介甫無人不非，殆不其然。

介甫讀柳傳一文，首稱：「余觀八司馬者，皆天下之奇才也」，此已爲子厚設定地步。其指八人「爲叔文所誘，遂陷於不義」，此種與世俯仰之詞，卽以介甫爲人之廉與悍，議論猶不能不勉強隨俗。雖然如此，介甫此文要旨，非惟毫無毀及子厚之處，而於八人旣困之後，能自強以求列於後世，而名卒不廢，持以衡量當世君子，有初鮮終，無法自別於小人者，言下不勝太息之至。此其重視子厚，不許時人妄肆譏議，恰與己身他日隨意訕笑退之之態相反，南豐焉得謂介甫無人不非哉？

王逢原譏退之

困學紀聞卷十八有一條云：

王逢原詩：「退之昔裁詩，頗以豪橫恃，暮年意氣得，金玉多自慰。買居紀廂榮，顧影樂冠佩，喜將閭巷好，持與妻子議。彼哉何足道？進退茲焉係，安知九列榮，顧是德所累。」謂南内朝賀歸、及示兒詩也。朱子曰：「此篇所誇，乃感二鳥，符讀書之成效極致，而上宰相書所謂行道憂世者，已不復言矣。」鄧志宏亦謂：「愛子之情則至矣，導子之志則陋也。」

何義門箋此條云：

亦隨其子之高下而語之耳，王朱之論，吾所不取。

此案曲直，殊未易了，逢原年少氣盛，語易溢分，晦菴於韓執感二鳥之消極看法，未脱褊心。雖然，此類攻韓之語，無一字可移以責柳，韓柳二公，在道義上東西相望，鴻溝宛然，此吾人開卷自得，初不待王朱文致。

逢原與荆公意氣相感，論文亦大體相近。逢原詩：「買居紀廂榮」，榮韻本退之示兒：「前榮饌賓親」而來，榮者屋翼之謂。王元長曲水詩序：「誇靈沼而浮榮」，依五臣注：榮爲屋檐，檐一名樀，卽屋之四垂也，前後東西南北皆有之。逢原廂榮並舉，廂指東西廂，榮或卽前後榮。荆公定林一絶云：屋繞灣溪竹遶山，溪山卻在白雲間，臨溪放杖依山坐，溪鳥山花共我閒。此何等雅人深致？豈效退之求田問舍耶？

劉定之之於韓柳

一

劉定之，字主靜，永新人，明正統初會試第一，授編修，憲宗朝官至禮部左侍郎。爲人號稱謙恭質直，擅文學，有敏博之譽，其所作雜志十條，最後一條曰李杜韓柳。辭如下：

以詩言，杜比跡於李，以文言，柳差肩於韓。而以人言，則杜韓陽淑，而李柳陰慝，如冰炭異冷熱，薰蕕殊芳臭矣。子美當安史作難時，徒步從肅宗，其詩拳拳於君臣之義，太白於其時從永王璘，欲乘危割據江表，叛棄宗社，作猛虎行云：「旍旗繽紛兩河道，戰鼓驚山欲傾倒，一輸一失關下兵，朝降夕叛幽薊城，頗似楚漢時，翻覆無定止，張良未遇韓信貧，劉項存亡在兩臣。」其辭意視祿山思明反噬其主，比於劉項敵國相爭，尚安知君臣之大倫歟？元稹謂：「太白不能窺子美藩籬，況其堂奧？」得之矣。退之懷忠事主，闢邪宗聖，固有本原，其稱子厚謂：「斥不久其文必不能傳於後如今無疑」，蓋惟稱其文而已。其阿附伾文，胡致堂謂忌憲宗在儲位，有更易祕謀，未及爲而敗，後又託河間淫婦無卒者，以詆憲宗，得免於大戮爲幸，由是言之，文雖美，而若斯過惡，固非可湔滌者也。朱文公楚辭，載子厚

謫居時懲咎賦，取其有自悔之言，噫！既悔已，又詆主，則亦非眞悔也，奚足錄哉？

凡論必有據依，而宋明兩朝之士，假藉道學，拘牽名義，每架空說以進退人士，而刻責賢者尤苛。如本文所加於子厚兩事，止於摭拾一時浮說，故甚一己周内，毫無根據，信口亂道，將質直之謂何？即敏博亦何足貴乎？所謂忌憲宗在儲位，有更易祕謀，致堂矢口妄陳，全屬空中樓閣，羌無故實，定之遽依倚以爲說，蔽罪子厚，委非誠篤君子之所忍爲，抑亦元和逆黨之不敢出口，及實錄曲筆之不肯妄造。至河間淫婦，逞臆矯誣，尤似無忌憚小人之謬騰口輔，匪夷所思。姑無論河間傳文列外篇，識者多不信爲子厚所親執筆，即屬作者無誤，亦何所見被詆者非他人，適爲憲宗？

或謂此文胎息史公之論原涉，倘子厚所詆爲憲宗也，史公所詆又何帝乎？如此蹈空造謗，將安見天下仍有不易色之黑白，及不易位之東西者？史稱定之起家翰苑，洊登三事，雖相業未優，而建白咸有可稱，大抵是一坐而言、不見能起而行之一流人。嘗有中旨命製元宵詩，内使卻立以俟，定之據案伸紙，立成七言絶句百首，此其文才敏捷，至足驚人。就中意到筆隨，不假思索，思致未純，因而承訛襲謬之事，勢所難免。吾人在善善從長上看問題，其所爲齮齕子厚之由來，至少亦憑直覺論事，殊乏三思愼密之長厚風態。至由誤解子厚推之，其論李太白之不恰當，至與村

學究無異，無取置辨。

二

有唐閹宦之權重，中唐以後，歷朝定儲，完全爲若輩所操縱，用甲也則甲，用乙也卽乙。祖宗之成法，旣等弁髦，朝臣亦祇依違其間，無敢執持本朝定策正義，春秋左氏傳所載石碏六逆教材，也毫無參考價值。如順宗之子，多至二十餘輩，任指其一，皆得作爲儲位候選人。如邵王約、初名溆者，曾爲國子祭酒，才名流聞，而暴薨於元和元年。其所以暴薨之故，吾揣殆由閹宦提名備儲而未成，因不得不殺之以滅口，其他以此類推。通鑑載：永貞元年三月，宦官俱文珍等，在金鑾殿議立太子，吾敢謂所擬未必卽是憲宗，而且所擬未必專屬一人。其時宮闈隔閡，波詭雲委，北司擅權，無惡不爲。自王叔文用范希朝收神策兵之計不成，而乃由俱文珍、劉光琦輩，口含天憲，指定誰爲替罪羊，誰卽無絲毫反抗餘地。胡致堂「伾文忌憲宗在儲位，有更易祕謀，未及爲而敗」云云，此無非摭拾惡閹唾餘，搖旗吶喊之藉口。試思憲宗當日之掌握皇室，若而定儲，若而監國，若而卽位，乃諸宦作一錘鑼打去，而開成頃刻之花，中間那有祕謀更易之春容餘暇，能使王叔文輩僥倖得所借手也哉？凡此諸義，皆浮露於順宗實錄半呑半吐之史蹟間，幾於一目了然，而特爲躁妄褊淺之朱明論士所不解，因於劉定之雜志略一批尾云。

此外定之又以陰闇二字罵倒子厚。夫何謂陰？吾知人或從陰陽劃分文家，而子厚固屬於陽而不屬陰。〔本編有文曾論及此。〕夫何謂闇？中庸云：「君子之道，闇然而日章」，人爲君子，固不能舍闇而濫肆章。雖然，此終非定之所謂陰闇也，吾有他篇，在定之意義上駁定之，不具於此。

顧亭林評韓

亭林紀退之事，名必稱文公，意在崇韓可知。顧於退之失檢之處，亦不肯稍爲諱飾，如諛墓，借劉夢得語指爲眞贓，已別載。茲就日知錄文非其人一條，甄取如下：

少年未達，投知求見之文，亦不可輕作。韓昌黎集有上京兆尹李實書曰：「愈來京師，於今十五年，所見公卿大臣，不可勝數，皆能守官奉職，無過失而已，未見有赤心事上，憂國如家如閣下者。今年以來，不雨者百有餘日，種不入土，野無青草，而盜賊不敢起，穀價不敢貴，百坊百二十司，六軍二十四縣之人，皆若閣下親臨其家，老姦宿贓，銷縮摧沮，魂亡魄喪，影滅跡絕，非閣下條理鎭服，宣布天子威德，其何能及此？」至其爲順宗實錄，書貶京兆尹李實爲通州長史，則曰：「實諂事李齊運，驟遷至京兆尹，恃寵強愎，不顧文法。是時春夏旱，京畿乏食，實一不以

介意，方務聚斂徵求，以給進奉。每奏對，輒曰：今年雖旱，而穀甚好，由是租稅皆不免，人窮，至壞屋賣瓦木、貸麥苗以應官。陵轢公卿已下，隨喜怒誣奏遷黜，朝廷畏忌之。嘗有詔免畿內逋租，實不行，用詔書徵之如初，勇於殺害人，民不聊生，至譴，市里讙呼，皆袖瓦礫，遮道伺之，實由間道獲免。」與前所上之書，迥若天淵矣，豈非少年未達，投知求見之文，而不自覺其失言者耶？後之君子，可以爲戒。

退之上李實書，在貞元十九年癸未，時退之三十六歲，號將仕郎守國子監四門博士，已不能與一般少年未達者比。是年自正月至七月不雨，書既指實不雨者百有餘日，上書之期日，大概卽在七月，而退之得御史，又適當是時，天地間竟有如此巧合之事。以勢推之，或者李實得書甚喜，因力薦退之，使之得官，此當時大有可能。查退之得御史在秋季，而陽山之貶，卽急迫在冬季，似退之受監察御史之命，爲時甚暫，略計不過月餘而已。蓋是時有詔以旱飢蠲租之半，有司徵愈急，所謂有司，卽李實也。退之以御史與張署、李方叔上疏請寬民徭，所言與上李實書恰相反，以此逢實之怒，疑其言諷己，因譖於上而致貶，史稱爲幸臣所讒，幸臣又卽實。由此說來，退之因求官而諂事李實，既得官矣，又無法拒斥同僚張署、李方叔之請，不嚴劾之，於是上書用盡諂諛口吻，卻等於自栽荊棘，身撲其上，造成矛盾重重，無自解脫，亦大

與尋常投知失言不同。亭林譴責退之，不肯推入深處，仍不得謂非意存左袒云。退之此一階段之仕路得失，如此明白，而退之在寄人詩篇中，猶以劉柳洩言致落寃讎爲疑，十分可笑，事以另載不贅。

屠隆搏擊韓退之

明屠隆字緯眞，號長卿，鄞人，舉萬曆進士，以能文名，下筆不能自休，於古今文士，靡不譏彈，對退之搏擊尤甚。其由拳集卷之二十三有文論，兹擇錄一段於下：

……文體靡於六朝，而唐昌黎氏反之，然而文至昌黎氏大壞焉。昌黎氏蓋所謂文起八代之衰者，今讀其文，僅能摧駢儷爲散文耳。姸華雖去，而漆乎無采也，醲腴雖除，而索乎無味也，繁音雖削，而瘖乎無聲也。其氣弱，其格卑，其情緩，其法疏，求之六經諸子，是遵何以哉？世人厭六朝之駢儷，而樂昌黎之疏散，翕然相與宗師之，是以韓氏之文，遂爲後世之楷模，建標藝壇之上，而羣趨旌干之下，一夫奮臂，六合同聲，斯不亦任耳而不任目之過乎？六經而下，古文咸在，正變離合，總總夥矣，然未有若昌黎氏者，昌黎氏之文，果何法也？藉令昌黎氏之文，出於周漢，則不得傳，何者？周漢之文無此者，周漢誠無用此文爲也。昌黎氏之所以爲當時宗師而名後世者，徒散文耳，今姑無論其他，卽如西漢制誥，誰非散文？

沖夷平淡，都無波峭之氣，而朴茂深嚴，遠而望之，則穆然光沈，迫而視之，則神采隱隱，風骨格力，往往而在，昌黎氏之文若是耶？論者謂善繪者傳其神，善書者模其意，昌黎氏之文，蓋傳先哲之神而脱其軀殼，横古文之意而遷其形畫者也，奚必六經，必諸子哉？且風骨格力，韓子焉不有也？嗟乎！今韓子不屑屑於擬古，而古意嬌然具存，郎奚必如六經，如諸子？而自爲韓子一家之言可也。今第觀其文，卑者單弱而不振，高者詰屈而聱牙，多者裝綴而繁蕪，寡者率略而簡易，雖有他美，吾不得而知之矣，尚焉取風骨格力於其間哉？厥後歐蘇曾王之文，大都出於韓子，讀之可一氣盡也，而翫之則使人意消，余每讀諸子之文，蓋幾不能終篇也，標而趨之者非韓子歟？……

屠隆之反韓，不能作爲單純反韓看，蓋韓所代表者散文，屠爲反散文而反韓，於是舉韓同時、以及後來宋明諸散文家而一切反之，不應有何例外也。然則屠反韓，抑反柳焉否耶？曰：屠可能不反柳。何以言之？夫從古文場而有駢散二派，陳列以待沽也，文士並非不付代價，而任便取得。代價者何？功夫是也，駢有駢之功夫，散有散之功夫，具駢之功夫者得駢，具散之功夫者得散，具駢兼散之功夫得駢兼散，理有固然，不可強爲也。天下文士，固有散之功夫不備而專駢，亦有駢之功夫不備而專散，駢散之功力俱備，而兼工兩體者，誠亦有之，然不少概見，凡單弱不振，率略簡易如

昌黎氏之流，非其選也。嘗論主唱起八代之衰者諸文家，揚言以反駢爲職志，獨彼之所謂反駢者，將曾有素養於駢而故吐棄乎？抑於駢向未問津，或淺嘗而中道廢置，從而故示不屑以爲名高乎？吾揣屠氏之意，凡工駢而反駢，其人入文場而取得散，可視爲已付取散之價，若空疏虛憍、無力爲駢如昌黎氏，於斯憑浮誇而主散，易詞言之，己之力不及八代，而空言反八代，則應視作白手入場，陰竊貨物之無賴子，了不足道。以此之故，屠之反韓，應是不包括柳。

杭大宗古文百篇序駁屠隆之説，兹引一段如下：

……唐興，修六代之史，有史裁而無史筆，魏徵以史論，燕許以手筆，陸贄以奏議牓子，楊綰常衮權德輿以制誥，意雖盛，氣雖雄，猶沿六代之偶儷。昌黎韓愈氏出，約六經之旨，起八代之衰，輔之以李翺，角之以柳宗元，衍之以皇甫湜孫樵，姦窮怪變，大放厥詞，有唐一代之文章，崒然聳於千載之表。近代何大復病狂喪心，乃以爲古文亡於韓，屠長卿謂歐陽蘇曾王之文，讀之不欲終篇，此桀犬之吠，叔孫武叔之毁，不足校也。……

屠長卿所爲抨韓，説見本文，無取申敍，獨何大復之説何如者？吾嘗取大復與李空同論詩一札，諷繹數過，終覺所持理論，未甚瑩澈，姑試節其書中一部如下：

僕嘗謂詩文有不可易之法者，辭斷而意屬，聯類而比物也，上考古聖立言，中

徵秦漢緒論，下采魏晉聲詩，莫之有易也。夫文靡於隋，韓力振之，然古文之法亡於韓，詩弱於陶，謝力振之，然古詩之法亦亡於謝。比空同嘗稱陸謝，僕參詳其作，陸詩語俳，體不俳也，謝則體語俱俳矣，未可以其語似，遂得並例也。故法同則語不必同矣，僕觀堯舜周孔子思孟氏之書，皆不相沿襲而相發明，是故德日新而道廣，此實聖聖傳授之心也。後世俗儒，專守訓詁，執其一說，終身弗解，相傳之意背矣。今爲詩不推類極變，開其未發，泯其擬議之迹，以成神聖之功，徒敍其已陳，修飾成文，稍離舊本，便自杌隉，如小兒倚物能行，獨趨顛仆，雖由此卽曹劉，卽阮陸，卽李杜，且何以益於道化也？

意若謂：古文之法，不可徒襲陳迹，而必須推類極變，而開其所未發。彼文靡於隋，誠非振之不可，然徒言振之，將眼前障翳掃除以盡，而還顧己所操持，了無一物。試圖取得周孔思孟不沿襲而相發明之道，終於不知何所措手？勢且不得不如小兒離物獨趨，立見顛仆而已。所謂古文之法亡於韓，乃彼視韓之爲文，有同兒戲，又謂古詩之法亡於謝，其由於謝之詩語與詩體，無一不俳，理論正復相等。嘻！大復之論，高矣美矣，韓與謝誠不足以紹古詩文之統，則試以謀之「自創一堂室，開一戶牖，成一家之言以傳不朽」之空同子，恐亦非何李兩公之所敢自信。雖然，大復標爲詩文不可易之法者，不外「辭斷而意屬，聯類而比物」，由前之說，是謂辭達，由後之說，是

謂辭工，辭達而工，旣詩文之本能，亦卽詩文之止境。韓於古文，固非其倫，舍韓而別求卑不單弱，高非詰屈，多不繁蕪，寡非簡易之標準文才，亦未必定無人在，大雅宏識，其共圖之！

大復集有施愚山〔閏章〕一序，略如下：

明正德間，李空同虎視鷹揚，望之森森武庫，學者風靡，固其雄也。大復起而分路抗旌，如唐之李杜，各成一家，雖嘗貽書辯論，不相下而卒以相成，至今稱何李。……昔人目謝詩初日芙蓉，自然可愛，余謂惟大復不愧此語，及其深蔚警健，未嘗不泉湧而山立。嘗考其世，當劉瑾用事時，大復官中書舍人，名藉甚，亟謝病歸，瑾誅，薦起復，以中書入直內閣掌制，慷慨上封事，指斥宦官貴倖，聞者咋舌。……年未四十，卓然成一書垂後，有得乎風人之旨。……至其所謂詩弱於陶，文亡於韓，錢東澗嘗力辨其非，蓋文人矯枉過當，有爲而言也。……

尋大復詩亡於謝、文亡於韓之說，卽在與北地貽書辨論之中，並不見於他項著錄。愚山謂大復詩近謝，而其說有爲而發，吾意謝乃大復自箴，而韓則以箴北地。蓋韓俢言非三代兩漢之書不敢觀，而力不足以赴，與北地高言復古，而才與學兩不相副者適相似，凡此卽愚山所謂有爲而言也。杭大宗遽從而訾之曰：喪心病狂，論之不切實際，遠遜愚山。又柳子厚與韋中立論師道書，曾引用桀犬之喻，謂「度今天下不吠

者幾人？」吳摯父點勘此文，竟直詆爲淺露，大宗何人？遽復犯此，吾誠不知將下柳州幾等矣。

有明文人妄誕者多，而出自四明者尤甚，屠長卿其一也。長卿微特說不上學識，卽行文亦到處文不從而字不順，如實言之：長卿在文壇中，絕無適當地位，可容配置，惟大復反韓，長卿隨聲附和，似仍不得不記以微末分數。夫文亡於韓，是一個絕大好題目，長卿卻做不出好文章，也只得徒呼負負。總之文之風格如何爲高抑卑，裝點如何爲多抑寡，長卿己且全無主宰，而漫以單弱或簡易隨意毒詈人，此與醜婦罵街何異？何大復、杭大宗之流，亦較長卿略高一籌耳，嚴以繩之，應都在卑卑不足道之列，而大宗之品尤劣。

全謝山之於韓柳

一

全謝山有說文一首云：

揚子雲之美新，貽笑千古，固文人之最甚者。餘如退之上宰相書、潮州謝上表、祭裴中丞文、京兆尹李實墓銘，放翁閱古泉、南園記，西山建醮青詞，皆爲白圭之玷。就中言之，放翁二記，尚有微詞，然不如不作之爲愈也。水心應酬文字，半

屬可删。吾故曰：儒者之爲文也，其養之當如嬰兒，其衛之當如處女。謝山此文，所評放翁西山水心諸人者，姑且不論，獨於退之，謝山平日推許甚至，而忽然指摘幾首，使與揚子雲美新，同爲貽笑千古之口實，殊爲可怪。姑試疏之：退之上宰相書所謂宰相者，趙憬賈耽盧邁之流也，以相業論，在唐室亦差可觀。乃有鄉貢進士如退之其人，親伏光範門下，上一書不報，越十有九日再上第二書，仍不報，越二十九日又上第三書。第一書曰：「干瀆尊嚴，伏地待罪」，第二書曰：「情溢辭蹙，不知所裁，亦惟少垂憐焉」，第三書曰：「惴惴焉惟不得出大賢之門甚懼。」文旣斐亹，情尤迫促，朝野流譽，名非不彰，而所引領之大賢，竟恝然不一回首，使稍得迴旋餘地。從而此一鄉貢進士，倉黄出京，號稱東歸，途遇藩使貢獻方物，浩然發遭時不偶、人不如鳥之歎。因爲賦曰：「時返顧以流涕，念西路之羌永，感二鳥之無知，方蒙恩而入幸。」退之在此一二月間，意氣隳盡，聲光黯然，茫茫大地，不知奔赴何所？書生途窮，一至如此，究爲何故？尋退之「感二鳥賦」之意志卑下，以歐陽永叔之推韓，猶認爲此賦無謂，謝山則上溯三上宰相書之徒貽笑柄，大可不作，韓門職志，太息同聲，亦愛而知其惡之無可奈何者已。

潮州謝上表之爲人譴責，在歌頌憲宗所謂：「巍巍治功，宜定樂章，以告神明，東巡泰山，奏功皇天，具著顯聞，明示得意。」之數語者，持與子厚貞符：非天明人浩然

之氣相比，何啻霄淵之别？謝山箴之，理有固然。

祭裴中丞文，集中無之，而卻有祭裴太常文一首，與祭者乃給事中李逢吉、給事中孟簡、吏部侍郎張惟素、吏部侍郎張賈、比部郎中史館修撰韓愈等五人。尋孟簡爲裴延齡之壻，而祭文稱二十一兄太常，當是延齡之子。又李逢吉當朝，以忌刻險譎著稱，顯然不在正人之列，退之與此輩人向延齡之子致祭，故謝山短之。

京兆尹李實墓銘云者，集中廑有上李尚書書〔李下或有實字。〕一首，並無墓銘，此恐謝山記憶不確。書中措詞之不愜當，吾别有紀錄，不贅於此。尋李實爲京朝顯宦，凡仕於朝者，殆無能不與晉接。子厚集中有代李實祭楊凝郎中文，凝爲子厚密親，實欲祭之，託子厚捉刀爲文，子厚勢難辭謝，此較退之滿紙佞詞，並獻文以干實，究有涇渭之别。

要之謝山此文，持論甚正，繩墨亦較其他文人爲峻，鮚埼亭集中不可多見之作。

二

全謝山搜羅史實甚勤，而於永貞之變，袒韓過甚，時吐謬論。鮚埼亭集外編有書柳集後一文如下：

退之先生陽山之貶，實爲韋王之黨所排，諸家皆無識者，洪慶善、方崧卿始備得其顛末，足以補唐書之漏。按寄三學士詩云：「或自疑上疏，上疏豈其由？」又

云：「同官盡才俊，偏善柳與劉，或慮語言洩，傳之落冤讎。」別竇司直詩云：「前年出官由，此禍最無妄，姦猜興彈射，不逐恣欺誑」，又云：「愛才不擇行，觸事得讒謗。」是當時小人忌先生，必欲乘間去之，特駕其罪於建言，卽素以文章相契者，亦不能容，故神道碑謂論旱饑，本傳謂論宫市，皆非致禍之本。又寄三學士詩云：「前日遇恩赦，私心喜還憂，果然又羈縶，不得歸耝耰」，別竇司直詩云：「行當掛其冠，生死君一訪。」蓋韋王之黨敗後，餘孽猶存，先生雖量移，仍多危懼，城狐社鼠，可想見其概矣。

謝山譏諸家無識，不知彼此論乃眞無識之尤。蓋凡斷一史案，必須詳查當時各項材料，證據完全，方能下斷。而謝山所憑者，止於退之幾首詩，詩又斷章取義，不錄其全，如傳之落冤讎下兩句，最爲重要，謝山遽爾割斷，自墮歪曲。試問韋王之黨，何事必與退之爲仇？伾文旣死，八司馬皆竄，餘孽又是何人？此類謬論，不似出自讀書明理者之口，怪事怪事！

曩疑韓詩：「或慮語言洩」，不知是何種語言？查趙紹祖新舊唐書互證云：「疑劉柳漏洩，當是與宗元禹錫言王叔文之奸，而二子漏其語于叔文，遂爲其所中也。」釗案：陽山之貶，乃叔文出山一年以前事，叔文當時潛伏東宫，卽其諫止太子言宫市事觀之，可見是一異常謹愼之人，卽令不喜退之，亦何至出頭干預朝官之黜陟乎？此

類猜測，終嫌不切實際，何況退之之黜由迕李實而起，別見證據確鑿乎？

謝山作方望溪神道碑〔見結埼亭集卷十七。〕有云：「公論文最不喜班史柳集，嘗條舉其所短而力詆之，世之人或以爲過，而公守其說彌篤。」夫望溪之排柳，亦蚍蜉撼大樹耳，於柳州何損？夫望溪何以必須排柳？曰：以崇韓故；何以崇韓？曰：以韓在永貞之變受排擊故。殊不知陽山之貶，出自李實，與韋王無關，與劉柳更無關。而韓柳相推，韓於柳尤殷至，方全目論之士何足知之？

或曰：退之作寄三學士詩，用意何在？詩不寄他人，而特選三學士以爲的標，意又何居？曰：此目的有二：一曰復仇，一曰扳援。由前之說，共兜已殛，八司馬已貶，劉柳又斷其不爲讒人，〔指詩言：二子不宜爾，將疑斷還不。〕以勢推之，京朝中委實無仇可復。篇末數語：「殷湯閔禽獸，解網祝蛛蝥，雷煥掘寶劍，寃氣銷斗牛，茲道誠可尚，誰能借前籌？殷勤謝吾友，明月非暗投。」湯牒憲宗，謂己在詔追起用之列，劍影自身，謂時際沈寃昭雪之期，借前籌、以三賢擬留侯，非暗投、則友朋之力可恃，蓋由後之說，昭昭然矣。然則三學士者，其對退之也，果曾披髮纓冠焉否乎？曰：否，王廣津者，一八面玲瓏人也，〔王二十補闕涯。〕其時官階較顯，似力能進退人，查子厚集中，其名廑見於獨孤申叔之碣末，他闃無所聞，於柳無情可言，未見於韓獨顯深至。其次李杓直，〔李十一拾遺建。〕子厚曾有書與之：「僕曩時所犯，足下適在禁中，備觀本

末」，又「僕在蠻夷中，比得足下二書，及致藥餌，喜復何言？」是柳李之情篤也，於柳篤，未必相應噢咻於韓。又其次李表臣，（李二十六員外程。）則夢得祭子厚文鄭重言之曰：「鄂渚差近，表臣分深，想其聞訃，必勇於義，已命所使，持書徑行，友道尚終，當必加厚」，斯子厚在日，表臣分深何許？不難推見。之三人者，退之從而冀其優加援手，於理於勢，兩俱難能。病亟求醫，不遑擇別，明月之投，謂非無因至前，情亦廑矣。退之躬膺患難，一切不求諸己，一面寄恨於踪影毫無之餘孽，一面引領於萍蓬偶合之同僚，「足乎己無待於外」之謂何？退之其將不識道之大原，位於何所矣？

據新書：李建原任左拾遺、翰林學士，順宗立，李師古以兵侵曹州，建作詔諭還之，詞不假借，王叔文欲更之，建不可，左除太子詹事。舊書：貞元二十年，李程爲監察御史，其年充翰林學士，順宗卽位，爲王叔文所排，罷學士。由是觀之，退之作詩時，二李官職已變更，詩題所署皆舊銜云。

林雲銘評退之陽山之貶

林雲銘字西仲，清初頗有時名，特爲制藝鑽研古文，一帖括陋儒也。但有時詮次史實，反較全祖望之流清晰，如退之陽山之貶，祖望糾纏於退之自爲各詩，蔽罪韋

王，兼疑劉柳，而雲銘一語斷定曰非。其年譜中先簡舉曰：

貞元十九年癸未，三十六歲，由四門博士遷監察御史，十二月，因天旱人饑請緩徵，忤京兆尹李實，貶陽山令。

又爲之注曰：

本傳上疏極論宮市坐貶，考全集無論宮市疏，卽公赴江陵途中詩，只言請緩徵，並不及宮市，故從綱目。

退之御史臺上論天旱人饑狀云：

右臣伏以今年已來，京畿諸縣，夏逢亢旱，秋又早霜，田種所收，十不存一。陛下恩踰慈母，仁過春陽，租賦之間，例皆蠲免，所徵至少，所放至多。上恩雖宏，下困猶甚，至聞有逐子棄妻，以求口食，折屋伐樹，以納稅錢，寒餒道塗，斃踣溝壑，有者皆已輸納，無者徒被追徵，臣愚以爲此皆羣臣之所未言，陛下之所未知者也。臣竊見陛下憐念黎元，同於赤子，至或犯法當戮，猶且寬而宥之，況此無辜之人，豈有知而不救？又京師者四方之腹心，國家之根本，其百姓宜倍加憂恤，今瑞雪頻降，來年必豐，急之則得少而人傷，緩之則事存而利遠。伏乞特勅京兆府，應今年稅錢及草粟等，在百姓腹內徵未得者，〔按腹內猶言額內。〕並且停徵，容至來年蠶麥，庶得少有存立。臣至陋至愚，無所知識，受恩思効，有見輒言，無任懇款慚懼

之至。

西仲作總評曰：

德宗專意聚斂，時藩鎮如李兼、韋皋、李錡，皆以進奉求媚，而刺史裴肅、判官嚴綬，亦效之而得遷擢，故京兆尹李實務徵求以給進奉，賦稅之外，不知增了多少科派。因旱蠲免，循例而行，上下之間，乃具文非實政也。按順宗實錄貶李實詔云：「比年旱歉，先聖憂人，特詔逋科，悉皆蠲免，而實敢肆誣罔，復令徵剝」等語，是不但腹内之税錢草粟，現在追繳，卽額外所徵，亦未必不加故也。公纔遷御史，卽以緩徵爲請，其意以天旱人饑之時，正供尚不能輸，何況額外？其中回護斡旋，語意亦甚和婉，但當天子患貧、小人固寵之時，安能以不入耳之談爲民請命乎？陽山之貶，必有以公市恩於民、使民歸怨於上之語而行讒者，猜忌如德宗，未有不信而加罪也。厥後紫陽作綱目，特書曰：貶韓愈爲陽山令，所以深譏德宗用人聽言之失，公雖貶有餘榮矣。

西仲序次極明，所以引順宗實録貶李實詔，適韋王執政時所頒，詔中數語，可能卽由劉柳執筆。可見陽山之貶，韋王劉柳直與退之同氣相求，謝山識在西仲下，遽認退之自爲詩句是眞贓發見，可笑之至。釗案：清初以自工功令文而兼評選一流人，包括方靈皋何義門在内，竊見林西仲史識獨高，足與全謝山上下議論，因特揚之。

程綿莊抨韓

綿莊與程魚門論古文云：

簡齋南還，蒙惠手教。文章一道，自古難言，誠有如足下所論者，抑愚竊有見夫天地雕刻衆形，而咸出于無心，文之至者，體道而出，根心而生，不煩繩削而自合。六經孔孟之書尚矣，自聖經不復作，而左丘明以華整之才，易古人之高渾簡質，文人之文，於是焉始，歧趨別出，其變無窮，亦有世運之升降焉，非盡人之所爲也。漢代人品淆雜，文反近古，如賈生董子鼂錯司馬遷相如匡衡劉向之徒，意不在文，而文隨之，東京稍若不逮，而著作不謬于經術。下及魏晉，漸尚詞華，雄偉不足，然其傑出如王曹潘陸者，猶不失厚重之意，亦非後世所易及也，末流至乎南朝之季，有不足道者矣。韓退之崛起數千載之後，屬文章靡敝，憑陵轥轢，首唱古文，而能範圍後來之作者，誠可謂文人之雄也已，然其自負太過，後之尊崇亦太過，此不可以不論。開皇之世，李諤上書論文體，深斥齊梁之弊，謂宜屏黜輕浮，遏止華僞。唐之中葉，柳冕與杜黃裳書，言文雅不振，當尊經術，卑文士，以正人心而美風俗。以時考之，乃狂瀾之欲頽，百川將入于滄溟矣，退之安得自矜一人之力？其所乘之時然也。且退之以道自命，則當直接古聖賢之傳，三代可四，而

六經可七矣，乃志在于沈浸醲郁，含英咀華，作爲文章，戛戛乎去陳言而造新語，以自標置，其所操抑末矣。以此與八代爭短長，縱使己所言皆在于仁義道德，彼所言皆在于月露風雲，而究無以相服，莊生云：其於亡羊均也，又安得而起其衰？易曰：君子黄中通理，正位居體，美在其中，而暢於四支，發于事業，言道充而文見也，非強道以生文也。以丘明之才，而使經降爲傳，以退之之才，而使天下唯知有記誦詞章，豈不重可歎息哉？豈其故果在世運哉？宋之師法退之，而能名其家者，不過數人，未有及退之者也，繼之元明以來，又未有及數家者也。由退之而前，吾見退之之任之，由退之而後，退之將不任乎？何文之愈降而愈衰也！葉水心之言曰：本朝歐王曾蘇，雖文詞爲盛，然往往不過記序銘論，浮説閒語，而著實處反不逮唐人遠甚，學者不可但隨聲唱和，虚文無實，終于斲喪而已。斯言也，其得曰無所見乎？孔子曰：修辭立其誠，又曰：辭達而已矣，以誠爲本，以達爲用，蓋聖人之論文，盡于是矣。因文以見道，非誠也，有意而爲之，非達也，不反其本，而惟文之求，於是體製繁興，篇章盈溢，徒敝覽者之精神，而無補于實用，亦奚以爲？此由後學見退之之輕蔑往古，自爲尊大，咸欲效尤致使然耳。承孜孜以後人不及退之爲問，足下蓋大有疑于文之升降，而欲求其故、救其衰也。愚何人斯？文之雄如退之，輒敢萌蚍蜉撼大樹之見，而加以雌黄，愚固有説以處此。夫文之衰

至今極矣，有志者起而振之，若曰舍唐宋人則無所問津，愚雖陋劣，未敢以爲然也。古之有至德卓行者，多不以文自見，不得已而欲自見于文，其取精用宏，固自有術。而要之以進德修業爲本原，以崇實黜浮爲標準，以有關係發明爲體要，理充者華采不爲累，氣盛者偶儷不爲病，陳言不足去，新語不足撰，非格式所能拘，非世運所能限，在山滿山，在谷滿谷，則庶幾乎由秦而前聖賢人之文矣。若退之之張皇號叫，永叔之纏綿悲慨，皆内不足而求工好于文，豈古人所有哉？此言非足下無與發，如曰不然，伏願有以教我。

中清崇韓最盛之頃，程綿莊出而訾之，如其與同族魚門〔即程晉芳。〕一書之所云云，談言微中，深得窾綮，由今觀之，不能不謂爲出乎其類，拔乎其萃，撮其要旨，可得而言。

綿莊首言退之自負太過，後之尊崇亦太過，此正諺所謂蜀中無大將，廖化作先鋒，一語破的，讀之一快。繼言唐之中葉，柳冕與杜黄裳書，言文雅不振，當尊經術，卑文士，以正人心而美風俗，以時考之，乃狂瀾之欲頽，百川將入於滄溟，退之安得自矜一人之力？夫柳冕者，柳氏之族子也，子厚在先友記中，曾稱其文學健而爲人躁，措詞並未甚許與。顧其先識遠見，度越退之不知幾許？而奏記當宁，盛言尊經卑文，不涉私事，與退之三上宰相書之揚己獻媚，再三瀆而不自恥者，所爲公私邪正

之別，又明如霄壤之懸殊。乃談文運者，卻不齒柳冕，而謬軒退之，退之復毫無顧藉，妄以挽狂瀾障百川之績效，專之於己。而耳學者流，芒洋和之，以致事經千載，而迄無人爲之發矇，此誠不能不令綿莊萌生黄鐘毁棄、瓦缶雷鳴之感，而輒於羣從之間，貽書太息而未如之何也。

文起八代之衰一語，出於宋人之濫恣鼓吹，吾揣退之當日，還不敢以此自任。非惟不敢以此自任，而竟有時求爲八代之文，反期期未之能信。何以言之？夫沈浸醲郁，含英咀華，凡八代文章之所以自別於庸俗，而江河不廢者，其竅要不外乎此。顧退之望而不見，搔首躊躇，必焚膏繼晷，兀兀窮年，以待乎學之進也，而後期於日月至焉，以求得其髣髴，而自炫同工異曲之美。夫如是，欲起八代之衰，將何從而起之？藉曰起焉，亦如壽陵餘子之學步，執己之所廑有，妄訾己所不能，自詡爲高，聊且快意云耳。不謂綿莊之意，卻猶有逾於是，彼謂戛戛乎去陳言而造新語，其所操抑末矣，以此與八代爭短長，而究無以相服，又取喻莊生於亡羊均也，將安得而起其衰？嗚乎噫嘻！千載而下，吾於何處覓取退之，以綿莊之語剴切而面命之？

綿莊又言：古之人而欲自見於文，理充者華采不爲累，氣盛者偶儷不爲病，陳言不足去，新語不足撰，在山滿山，在谷滿谷，凡退之平昔所自矜異以號召於天下者，至此皆化爲虀粉，泯滅無餘。緣退之所爲，不過張皇號叫，與自爲尊大而止，從來人

之排擊退之，求如綿莊之明白痛快者，吾見實罕，吾敢向讀者推薦此文，餘欲無言。

綿莊名廷祚，江寧人，乾隆初，以鴻博薦，試不入等，從此拋棄科舉，篤志窮經，於漢宋兩家，皆事抨擊，專己自尊。與程魚門袁簡齋輩爲友，多所辨駁，不肯苟爲遷就，所著曰青溪文集。

韓退之潮州事迹

王介甫於柳歎爲奇才，而惜其所交匪人，但於韓屢吐微辭，不稍顧藉，似介甫之視韓柳，與歐九卻有未同。觀介甫送潮州呂使君一詩云：

韓君揭陽居，戚嗟與死鄰，呂使揭陽去，笑談面生春。曾復進趙子，詩書相討論，不必移鱷魚，詭怪以疑民。有若大顛者，材高能動人，亦勿與爲禮，聽之汩彝倫。同朝敍朋友，異姓接婚姻，恩義乃獨厚，懷哉余所陳。

此詩之攻擊退之者有三點：一、貶居時不堪其苦，與平時飛揚氣概迥異，所謂戚嗟與死鄰者，即引用退之潮州謝表「戚戚嗟嗟，與死日迫」二語。此節卽以歐陽永叔擁韓，亦不能爲退之恕，永叔坐責諫官貶夷陵令時，有與尹師魯書云：「每見前世有名人，當論事時，感激不避誅死，眞若知義者，及到貶所，則戚戚怨嗟，有不堪之窮愁形於文字，其心懽戚，無異庸人，雖韓文公不免此累。」由永叔言，則退之一庸人耳，不

足與於眞知義者，惟不知介甫此詩，永叔當時曾見之否？蓋介甫責退之戚嗟誠當，唯與呂使相提並論，恍若呂使尙高退之一籌，則定爲永叔所不喜，蓋呂使非他，公弼從孫嘉問也。嘉問字望之，介甫屢有詩與之，彼甘爲家賊，阿附介甫，大爲當時輿論所斥，然自介甫視之，嘉問始終依違於己，自較呂惠卿一流爲優耳。

子厚貶永十年，從山水八記觀之，幾與樂天知命一流，同其曠達。卽左官初期，與世好書，詞意不無抑鬱，然猶曰：「幸獲寬貸，得善地，無公事，坐食俸祿」，（與許孟容。）了無何種怨懟之意，存乎其間。以視退之謝表中卽曰：「戚戚嗟嗟，與死日迫」，竟公然致懟於君父之前者，兩公學養純駁，情意美醜之度，誠不知相去何許也？

二、斥退之驅鱷魚爲詭怪疑民。趙子者，趙德也，退之有別趙子詩：「我遷於揭陽，子先揭陽居，揭陽去京華，其里萬有餘，不謂小郭中，有子可以娛，心平而行高，兩通詩與書。」揭陽者，與大庾始安臨賀桂陽稱五嶺，卽潮州之州治也。介甫意謂：與趙子討論詩書則可，若移鱷，則巫道也，殊詭怪，非儒者所有事，詞雖極簡，義卻嚴正。

或問：倘柳州有鱷魚，子厚持態當如何？曰：子厚寄周韶州詩：「梅嶺寒煙藏翡翠，桂江秋水露鰅鱅」，此言民情不常，政經非一，正醜雜糅，弱暴接構。翡翠者正而弱，鰅鱅者醜且暴。吾憶有人見馮鈍吟詁鰅鱅爲鬼蜮，則大詫，謂不知出何書？實

則楚辭大招：「鰅鱅短狐，王虺騫只」，鈍吟卽本此。夫鰅鱅、鱷一類也，據此，卽知子厚所以處鱷魚之道，將自始大異於退之，寄韶州詩「忘機事」三字，足以説明一切。劍案：鄺露赤雅卷下潛州留條云：「東粤曰潛牛，西曰潛州留，楚曰鰅鱅，出澗與虎鬥，角軟，用水一湛，堅則復鬥，予在湘中見之，柳子厚詩：桂江秋水露鰅鱅。」據此，鰅鱅乃一種水陸兩棲之魚類，頭有角，形如牛，留、卽方言牛之變音。吾見粤西有所謂狗魚，四足，水陸兩棲，能發聲而大，或卽近是，惟其力足與虎鬥，則聞所未聞。

三、指斥退之與大顛往還，與平日闢佛宗旨不合。洪興祖作韓子年譜，敍述此事較明，其文云：

與孟簡書云：「行官自南回，㊀過吉州，得手書」，簡、元和十五年春貶吉州司馬也。又云：「潮州時有一老僧，號大顛，頗聰明識道理，遠道無可與語者，故自山召至州郭，留數十日，祭神海上，遂造其廬，及來袁州，留衣服爲別，乃人之情，非崇信其法，求福田利益也。」東坡云：「退之喜大顛，如喜文暢澄觀之意，而世妄撰退之與顛書，其詞凡鄙，有一士人又於其末題云：歐陽永叔謂此文非退之莫能及，此又誣永叔也。近世所傳退之別傳，載公與大顛往復之語，深詆退之，其言多近世經義之説。又於其末作永叔跋云：使退之復生，不能自解免。吾友吴源明云：

㊀ 行官乃退之自謙之稱，其時正由潮州移袁州，故曰南回。

徐君平見介甫不喜退之，故作此文耳。」

文安禮輯年譜，於後綴語云：

公與大顛手簡三，刻石在潮州靈山院，慶曆中、袁世弼得其墨本，疑之，以質歐公，歐公云：「實退之語，佗意不及也。」以云手簡，上二簡皆招邀常語耳，第三簡云：「易大傳曰：書不盡言，言不盡意，……愈聞道無疑滯，行止繫縛，苟非所戀著，則山林閒寂，與城隍無異。大顛師論甚宏博，而必守山林，不至州郭，自激修行，立空曠無累之地者，非通道也，勞於一來，安於所識，道故如是。」故歐公謂其以繫辭爲大傳，謂著山林與著城郭無異，謂宜爲退之言者此也。近世妄撰公別傳，以爲孟簡所纂輯，載公與大顛答問佛法語，故世儒與前簡併廢之，然公止三手簡，固無宅語也，以孟簡書質之，公固嘗邀之至州郭也。歐公跋語，見於集古錄，洪亦未之考耶？王介甫嘗有送呂潮州詩云：「有若大顛者，高材能動人，亦勿與爲禮，聽之汩彝倫」，故一時黨同者爲此傳，源明之言不妄也。

右洪興祖護韓，謂世傳退之別傳、及退之與顛書，一切皆僞，而文安禮則謂：別傳誠僞，而退之與大顛手簡，曾經永叔認爲退之宜作是言，跋語見之集古錄，何得一概抹煞？何得謂世誣永叔？雖然，永叔謂此「宜爲退之言」，至眞爲退之言與否，永叔亦未斷定，姑勿具論。退之自謂道無疑滯，而實見之未瑩，行迹槎枒，以致謗議百出，

至數百年不息，以永叔推韓切至，而行迹模糊所在，亦衹得疑是疑非，虚與委蛇，難與截斷衆流，堅作捍蔽，此韓柳兩宗師大致不同處。蓋柳一貶十四年，以至於死，除己身鎔鑄經史，發爲偉詞，以自列於後世外，所有人事來往，及内外行誼，絕無一絲供人訾議之隙也。

袁世弼，名陟，南昌人，爲鴻臚少卿抗子，抗以藏書知名，陟刻厲好學，能詩，官終殿中丞。歐公謂以繫辭爲大傳云者，指退之第三簡：書不盡言、言不盡意二語，原是繫詞，而退之稱作大傳，永叔既明其誤，復謂此誤惟大師之疏忽可致，後進或不敢也。夫永叔不據此誤，否定手簡，反而以堅其自信，此亦鑒識獨出乎衆處。徐君平字安道，一云字安國，自言年二十三四時，戲爲退之別傳，今悔之無及。

至子厚了解佛理，平接僧徒，平生態度，後先一致，無使人懷疑翻覆之可能。彼送僧浩初序云：「凡爲浮屠之道者，不愛官，不爭能，樂山水而嗜閒安者爲多，吾病世之逐逐然唯印組爲務以相軋也，則舍是其焉從？」此數語了之矣，爲進學解之國子先生，自認跋前躓後，兀兀窮年，頭童齒豁，竟死何裨者，宜不解此。大丈夫立身行己，磊磊落落，與天下人以共見，是非利害，決之於己，如是者柳州有焉；凡事不近人情，必需委曲說明，以求諒於人，大抵其蔽卽宿於是，且蔽之所至，紛綸轇轕，囂囂嗷嗷，往往經千百年而無能解，如是者屬之昌黎。

韓愈與孫覿

南宋初，孫覿，晉陵人，字仲益，别號鴻慶居士，以曾提舉鴻慶宮而自名也。大觀進士，後舉詞學兼茂科，歷官翰林學士、吏戶二部尚書。立朝有正直名，詞筆尤稱工麗，歷朝視爲宋之名臣，專祠奉祀，内且設承襲奉祀生。前清浙江學政陳用光、及禮部尚書史致儼等，先後奏撤孫覿官祠，其攻覿重點，在媚敵媚璫。前者、靖康之難，金人欲得降表，他人不肯草，而覿一揮立就，金人大悦，至以太宗城所獲女餉之，而覿不辭。後者、岳珂桯史摘其爲李公碑，稱璫爲高風絶識，趙與時賓退録、摘其爲韓琦志，深詆岳飛，作万俟卨志，又極褒美。綜孫覿一生官歷及文辭言之，大致與韓退之同，所享高名亦相埒，以朱熹陳振孫岳珂趙與時等宋世名人，連續訐發，而專祠奉祀如故。其媚璫爲「高風絶識」，與退之媚俱文珍「材雄德茂，榮耀寵光」，亦正如魯衛之政，足相匹敵，故吾爲詳細縷述如此。

宋孝宗朝，洪邁修史，以覿爲靖康舊人，奏請覿依所聞見，詳書當時事蹟，以充史料，覿一秉筆，即對其所不樂意之人，肆意誣蔑。景盧疏於裁檢，多採其説，識者因憶王允當年稱不可使佞臣執筆，乃是不易之論。此事於今日之新中國，大有可得資爲殷鑑之處，故不憚覼縷而連犿及之，並無暇將退之順宗實録中之曲筆，一一提

出，與孫覿校論云。

朱晦菴之攻孫覿，著重在受女樂爲欽宗草降表，與攻退之「諂諛戲豫放浪」，用意大致相近，集中記孫覿事、與讀唐志兩文，可參閱。

此文繕就，旋檢岳珂桯史閱之，知李公卽璫，不檢閱幾釀大大誤會，蓋愚初意覿撰李綱碑，而牽涉及璫也。其辭云：

孫仲益鴻慶集，太半銘誌，蓋諛墓之常，不足咤。獨有武功李公碑列其間，乃儼然一璫耳，亟稱其高風絶識，自以不獲見之爲大恨，言必稱公，殊不怍於宋用臣之論謚也。其銘曰：靖共一德，歷踐四朝，如砥柱立，不震不搖，亦太侈云。珂字肅之，號倦翁，岳飛孫。桯音汀，牀前几也，自作桯史序曰：「亦齋有桯焉，介几間，髹表可書，余或從搢紳聞聞見見，歸倦理鉛槧，輒記其上，編已，則命小史録藏去，月率三五以爲常」，桯史命名之源如是。宋用臣亦閹，死後擬謚僖敏，謚議謂用臣爲廣平宋公，有「天子念公之勞，久徙於外」之語，豐稷論奏：以爲凡稱公者，皆須耆舊大臣，與鄉黨有德之士，其曰念公之勞，久徙於外，則乃古周公之事，於用臣非所宜言，遂止令賜謚。所謂武功李公，不知誰指？宋史宦者傳中之李神福、李憲、李祥、李繼和等，皆開封人，而非武功，此俟考，或竟是一小璫不入史，而覿濫譽之云。

〔釗案：孫覿晚年立朝，貌爲正直，以忤執政，隱太湖濱西徐里，從事著述，以晚節蓋前愆，輒易於蒙

蔽人。〕

闢韓餘論

自前清末造，侯官嚴復著論闢韓，退之在思想上千年不倒之壟斷地位，開始動蕩，隨而韓柳對峙之局，韓方每況愈下，以至公曆一九四九年人民政權成立，韓之原道誅民學説，形成冰與炭之不能兩存，於是柳進韓退之自然形勢，乃如蓬萊驟淺之無可動摇。

不謂右一理解，乃屬鄙夫管窺之見，一覽外間噂沓背憎之象，有以看到傳統思想之惰力，猶未消散以盡，從來軒韓輊柳尊君抑民之復辟意嚮，恍若蠢蠢思動，遏制新機，吾爲此懼，用申警惕。

解放十六年來，絡續發行之雜誌論文，及專題著述，㊀吾略略加以瀏覽，即發見爲韓迴護之文不少。竊思吾人於韓，並無先天讎恨，且有關文學上之成就，亦無意加以抹煞，惟吾民國也，澈底革命後人民協商共同創立之民國也。夫民出粟米麻絲，作器皿，通貨財，旨在自衛衛國，而不在單獨事上。蓋事上者相對之詞，並無絶對之義，根據孟子土芥寇讎之説，民之拒絶供應，有何不可？倘不如上意則受誅，如

㊀ 前者去年從王芸生借讀一二篇。後者今年從朱文相借讀三四種。

退之言，民亦爲上之俎上肉耳，退之直讎民耳，將古來歷代相傳或成或敗之農民革命，以及近代中外源源不絕之工人罷工，吾人應予以何種歷史價值也乎？由此看來，退之所謂道，不能不加以嚴格批判，退之之文與學，亦斷不能無差別而濫予接受，此固非爲柳子厚與韓退之爭一日之短長也已。

近有公言韓柳優劣，不在學不在文而在道，退之之道，較子厚遙爲遠大，所以至宋而羣儒響應，道乃大行云云者，嘻！不圖今日，得闢此言。嘗論封建社會之於民，既總持民之生產資料，同時復掌握其精神資料，此之精神資料，非得御用學者爲之主張施設，輒不能自圓其說，而招致人之景從。如退之者，正此類御用學者之前茅也，以是退之之道，號爲遠大，彼並不能自爲遠大，特不過投合後來民賊之需要，供求相應，而爲人利用，姑予推崇而已。韓學如何至宋大行，得此數語，如畫龍而點睛，正綽綽然有餘。惟如此也，子厚之道，崇民至上，斷唐之受命不于天，于其民，已爲中唐所接受不了，於宋又何望？彼濂洛諸儒，拘牽六藝，曲解君親無將、天王明聖諸說，以寇讎土芥乎人民。於斯時也，視民如傷之子厚，將避之若浼之不暇，惟望數百年後，以一九四九年之有朝一日，或有人焉，大書深刻此一民字，而顯現其眞實意義，旦暮遇之而欣慕焉，如斯而已矣。今幸而其時已屆，顧叫囂乎東西，隳突乎南北，他之聲不聞，而微聞軒韓之音不絕，烏乎噫嘻！此得毋使持天演論闢韓之嚴幾

道笑人？

子厚好佛，吾無取曲爲之諱，惟以假反佛之退之淩之，則嫌文不對題。退之與孟簡書曰：「有一老僧號大顛，識道理，實能外形骸以理自勝，不爲事物侵擾，要自胸中無滯礙，以爲難得。」子厚送僧浩初序則云：「凡爲其道者，不愛官，不爭能，樂山水而嗜閒安者爲多，吾病世之逐逐然唯印組爲務以相軋也，舍是其焉從？」兩兩相較，亦半斤八兩耳，將何所見高下爲？曩論退之好佛，直好佛耳，同時置儒之道於不顧，而子厚好佛，輒不忘儒，且往往援佛以入儒。其所爲無姓和尚碑曰：「佛道逾遠，異端競起，唯天台大師爲得其說，和尚紹承本統，以順中道。」雲峯寺和尚碑曰：「師之教尊嚴有耀，惟大中以告後學是效。」此曰中道，曰大中，皆子厚所領會於儒學之深遠大義，平生文字往復申述，不下百十次，對於佛也，而亦督責使歸於一。由是言之，退之好佛，單純而偏嗜，有甚於子厚，人或以佞佛罪子厚，吾謂佞佛者退之，非子厚也。其他如子厚主無神，退之依違無詞，子厚反封禪，退之則上表請封禪，此皆觥觥柳優於韓處，而反封禪尤爲突出，自來卓犖文人中從無一人爲之。顧論者一字不提，反而以退之之僞反佛，緦緦然淩駕子厚之上，此眞方寸之木，強使高於岑樓，抑何可笑？

或指子厚爲天台宗信徒，信佛書上禍福報應彌天大謊。按高僧傳：昔佛滅度後

十有三世，至龍樹始用文字廣第一義諦，嗣其學者號法性宗。元魏高齊間，有釋慧文默而識之，授南嶽思大師，由是有三觀之學，洎智者大師蔚然興於天台，而其教益大。所謂天台宗者止於如是，其中並無牛鬼蛇神、㊀禍福報應謊話，且子厚研求天台，有由儒宗改造該宗意，如右引無姓和尚碑語，尤粲然明白。

或又謂送僧浩初序所謂與易論語合，大概是指易經多載神鬼怪語，此一「大概」也者，其然！豈其然乎？吾因此言，重復循誦柳序，得見作者用心在閑性安情，養居無求，發明浮屠與易論語之相合而已，別無何種神鬼怪語，擾其筆端，此亦可明白指出者。

右論佛細碎小節，比之道與文章，殊微眇不足道。以吾所見論著有涉是者，亦姑與牽連及之，以知韓柳所爲轇轕之大凡焉爾。竊思解放已二十年矣，執三尺童子而問之，所答惟民至上，定爽然出口而無違，本編固曾聲言繼往而不開來，然欲坐是對下一代逃避責任，卻誰也不敢堅持而絶不動搖？要之韓柳之優劣何在？必須申述清楚者，不外一個道字，區區短篇，粗具崖略，本編百餘萬言，觸類而長，覶縷不辭，指疵出新，惟賴明哲。

㊀ 杜牧李長吉集序：鯨呿鼇擲，牛鬼蛇神，不足爲其虚荒幻誕也。釗案：牛鬼蛇神一語，來源甚遠，固不始於杜牧。

書韓退之柳子厚墓誌銘後

吾嘗謂子厚銘幽之文，同時代文人皆可作，獨退之不可作，以退之下筆，吾將不知其何以措詞也？

吾料定退之草此誌，提筆便錯。請試看如下數語：

子厚前時少年，〔句〕勇於爲人，〔句〕不自貴重顧藉，〔句〕爲功業可立就，〔句〕故坐廢退。

爲人、爲讀平聲或去聲，其義分別甚大，而退之此處，命意在去聲讀甚顯。不自貴重顧藉，別本多於重字絕句，李安溪云：「顧藉猶顧惜，韓子上鄭餘慶書：無一分顧藉心，最爲確證」，㊀今從其說，改於藉字讀斷。爲功業可立就，爲去聲，爲謂互訓。

退之所謂爲人，指子厚裨輔叔文無疑。夫子厚裨輔叔文，是爲國或爲民，而非爲人，尤非爲叔文之個人。退之一生，不解民與人之達詁，而輒將政家文人之出處進退，看作人與人之連誼，私相授受，而全忘卻提挈國家或人民之因素，使與相聯。兩家之看法既不同，子厚爲國家、爲人民、而與人共事，亦惟盡力之所能及，踴躍奮

㊀ 語本蔡世遠古文雅正評語。

起以赴之而已矣，何不貴重顧藉之有？洎其廢退，國家與人民失敗之關係大，叔文子厚個人失敗之關係輕，於是退之在幽版上，提示辭情相貿之同情心，以慰安子厚之靈，應爲子厚所不任受，斯爲退之提筆便錯之第一義。

其次在如下一段：

今夫平居里巷相慕悅，酒食游戲相徵逐，詡詡強笑語以趣相下，〔趣原作取，在相下。〕握手出肺肝相示，指天日涕泣，誓生死不相背負，眞若可信。一旦臨小利害，僅如毛髮，比反眼若不相識，落陷穽不一引手救，反擠之而又下石焉者皆是也。此宜禽獸夷狄所不忍爲，而其人自視以爲得計，聞子厚之風，亦可以少媿矣。

凡是計劃大革命事業時，多少私人恩怨，往往置之腦後而不顧，廉藺之交，是一最好例子。呂温曾有詩云：「忠駈義感卽風雷，誰說南方乏武才？天下舉兵誅董卓，長沙子弟最先來。」㊀化光胸中，那說得上私人恩怨？吾嘗論八司馬一小小集團，由忠駈義感而組成，獨惜此一基礎，未能豁大，以致力量不足而至於失敗。夫退之於子厚爲先友，年又差長，平日往來寖密，文才不相上下，乃全不了解子厚平生抱負，凡個人與人民之界說，當作何區別？士之所謂節義，應作何解釋？茫茫然一望而不知畔岸所在。當其人已下世，己銳意爲之銘幽，作最後之蓋棺論定，顧於子厚學行之大

㊀　呂温題陽人聚詩，時長沙太守孫堅、率長沙子弟，起兵討董卓，陽人聚卽其屯兵處。

者遠者，不敢有所論列，獨軒舉里巷酒食徵逐之毛髮小利害，從而形容比較，以資敷衍。嘻！吾曩謂退之不堪爲子厚誌墓，竅要卽在於此。且吾知退之此文，草於袁州任所，其時陳宏志之元和逆案，已經爆發，而事適爲子厚所不及見。㊀就此回顧永貞政變，應不難得到是非曲直眞相，稍稍點染一下，以坦示平生肝膽。而乃一字不敢沾上，一味避重就輕，由大義返細節，貌爲理直氣壯，而職是伈伈俔俔，只圖容頭過身以去。此非退之自顧身世，有不敢從實吐露於子厚靈前者在，還有何說？

章實齋論韓不援柳

一

章實齋韓柳年譜書後有一段云：

嘗讀茅鹿門與查近川太常書，痛柳子厚一斥不復，而怪韓退之由考功晋列卿，光顯於朝矣，竟不能爲子厚稍出氣力。李穆堂謂茅氏不考韓柳時世，退之光顯，乃在子厚既卒之後。今按茅氏之書，乃是詩之比興，欲望查太常之援手，而借古事以爲抑揚，義取斷章，固不必泥韓柳之實事也。若就其事考之，則退之陽山之貶，在貞元十九年，子厚正由藍田尉授監察御史，韋王用事，退之爲其黨人所

㊀ 逆案發於子厚歿後，時間之相差，止一間耳。

排，子厚固未嘗有顧惜也。後子厚坐黨人貶永州司馬，自永貞元年乙酉、至元和十年乙未凡十年，乙未例召至京，又出爲柳州刺史，至十四年己亥又五年，而子厚死矣。退之於元和九年甲午、拜考功郎中知制誥，十一年丙申、拜中書舍人轉右庶子，明年丁酉、兼御史中丞，充彰義軍行軍司馬，旋拜刑部侍郎，從裴度討淮蔡。是時子厚猶在柳州，吳武陵爲嘗說於裴度，謂西原蠻未平，柳州與賊犬牙，宜用武人，又謂子厚無子。考吳武陵北還在元和十年，其嘗解於裴度，正當退之自右庶子辟爲行軍司馬之時，何爲不可稍出氣力？蓋韓柳雖以文章互相推重，其出處固自不同，臭味亦非投契，觀二公文集，俱可考見，李氏不暇細考，而遽責茅氏之疏，殆非其質矣。

實齋平生所學，治史最長，嘗對家人自稱：「吾於史學蓋有天授，自信發凡起例，多爲後世開山。」茲誠未免言過誇誕，而要之衡量史蹟，八九極爲準確。即如論韓柳連誼，謂兩公「雖以文章互相推重，其出處固自不同，臭味亦非投契」，正似老吏斷獄，動中肯綮，與他人之遊移其詞，顧此失彼者迥不相侔。

實齋統覈韓柳終始，大致不差，固已，至貞元十九年退之陽山之貶，韋王用事，子厚不加顧惜云云，則仍蹈他家顧此失彼之蔽，而與當時政象不合。嘗試論之：貞元十九年，距德宗之崩尚餘兩載，以德宗向不信任中書，凡黜陟皆自專，退之事誰敢

言？且退之以奏免徵税忤李實，史稱實爲上愛信，恃恩驕縱，薦引不次拜官，及誣譖斥逐，皆如期而效，士夫畏之側目，以此更無人敢爲退之進言。王叔文在東宫，以謙謹事太子，其勸太子勿言宫市，適當其時。韋執誼雖逶迤南司，而年少居末座，上以便嬖狎之，何敢恣言黜陟大事？所謂韋王用事，韋既未嘗用事，何況於王？至子厚剛由藍田尉授監察御史裏行，夫裏行者行走耳，末秩新進，卽抗顔而遮護同列，誰不笑之？實齋放言督責，顯不中於情實，此將以與退之後來光顯相較，不啻爝火之明。於此遽謂韓之後不援柳，職爲前之柳不援韓之報，擬人不於其倫，殊堪噴飯。實齋固史學名家，言如鼎重，而一言以爲不智乃爾，吾又何從爲之左袒也哉？

嘗論二王劉柳計劃政治，當時預謀不爲不久，觀於叔文在東宫，密陳將來某可任何職等等，才如退之，應不能不計算到。無如集團以祕密成之，勢不能公開招攬，稍有間隔，卽形見外。時朝臣如李程、王涯等，與韓柳劉皆屬交好，卒之永貞初期，在金鑾殿議立太子，程涯皆在列，退之寄三學士詩，程涯亦赫然居其二，可見退之直與程涯狼狽，同抗進爲二王劉柳之敵，實齋謂韓柳出處固自不同，事證確鑿，毫無可疑。又觀韓柳後來論史官，論爲師，論從僧遊種種，隨處皆同鑿枘，實齋謂臭味亦非投契，此又正如水到渠成之無可逃避。然此皆無損於二公之文章互相推重，實齋論事之中邊俱澈，正負相成，有如此者。退之後爲子厚銘幽，稱子厚少年爲人，不自貴

重顧藉，言外之意，若謂己之學則爲己，且自貴重顧藉，以致己與子厚相與，竟在若友若敵之間，凡此皆足與實齋之論相發明云。

綜而言之：實齋此論，證成退之據有可援子厚之官資，亦有從容進言、或自奏封事之時會，顧退之不爲，而處之泰然。子厚至貶所，曾時露求援之意於密友或諸貴顯，獨對退之凜然若不屑，遇事侃侃持異議，如行其所無事然。此兩公相知之深，若而出處，若而臭味，皆注定其結穴應爾，各無所容心於其間，嘻！實齋知言，兩公有靈，其同頷焉而無迕也歟！

二

吾見實齋所爲雜說，有如下數語：

韓昌黎作柳子厚墓志，敍其與劉禹錫交誼，至欲以柳易播，因痛詆當日交情反覆，坑穽不救，反擠之又下石等語，亦有所爲而發，文亦激昂盡致。後人不解其故，而但賞其文，亦開肆酒罵座、無病而呻之漸。

實齋謂退之有所爲而發，究竟何所爲耶？實齋又謂後人不解其故，究竟其故安在耶？以文論文，此均必須說明之處，顧實齋均不與之說明，此一雜說，等於不作，實齋亦何苦徵引柳志，遺此贅疣爲哉？以吾思之，退之殆有難言之隱，從而追索，可得而言。

實齋曩言：吳武陵爲子厚營解於裴度，正當退之自右庶子辟爲行軍司馬之時，何爲不可稍出氣力？吾揣此時退之所取態度，可能有三種：一、附和武陵，參加營解，二、坐視不救，不加可否，三、反而擠之，又下石焉。夫以道誼言，子厚於退之、友也，爲友故，應取第一義。又以政治言，子厚於退之、敵也，爲敵故，應取第三義。退之於時再四思維，斟酌於友與敵之間，而中立焉，因採第二義，解除此一心理上之困惑。斯律之於友雖不足，繩之於敵則有餘，認爲天下事於此差得其平，當可對子厚而無愧。雖然，此一計也，可以暗算，而不可公言，設公言焉，則必如柳志之所張皇，將反擠下石者痛駡一通，庶幾欺朦天下耳目，而自告無罪。實齋所謂不解之故，此物此志，吾以謂相去不遠。

夫退之誠智矣，然斯智可欺天下後世，不足以欺子厚。蓋子厚腐心於退之也久，任退之如何動其脣舌？子厚舉無所動於其心。實齋曰：「柳子激贊宋清，悲窮途之無與援也，〔語見同一雜說中。〕」斯未必然。蓋子厚之贊宋清，直贊清居善藥而望報之遠，不在斥棄沈廢之得清之善遇，倘謂退之挾此意而草志也，實齋殆爲退之造小人之腹，用度君子之心。

實齋名學誠，會稽人，積學以諸生終，與邵晉涵講學相契，秀水鄭文虎稱其有良史才，實齋亡後，識者謂南江之文獻亡，文見劉翰怡近刻章氏遺書中。

嘗謂韓柳互相知深，又柳駁韓，最愜心而無恨。蓋子厚久謫求援，何等迫切？顧對退之自始一字不提，倘爾時貿貿焉爲之，將不廑證成竭忠盡歡，且或爲友力之所不及。至死而銘幽，矢口專注退之，遺集則逕付夢得，旣非輕己忘遠，而復皆大歡喜，子厚臨命不亂，善於處友如此。

卷七　同時人物

呂　温

一

呂温與八司馬之連誼，談者每繳繞不清，偶閱辛文房唐才子傳，敍温頗明白，因錄存如左：

温字和叔，河中人，初從陸淳治春秋，梁肅爲文章。貞元十四年，李隨榜及第，中宏辭，與王叔文厚善，驟遷左拾遺，除侍御史。使吐蕃，留不得遣，彌年温在絶域，常自悲惋。元和元年還，進戶部員外郎，與竇羣羊士諤相愛。羣爲中丞，薦温爲御史，宰相李吉甫持久不報，會吉甫病，夜召術士，羣等因奏之，事見羣傳。上怒，貶筠州，再貶道州刺史，詔徙衡州，卒官所。温藻翰精贍，一時流輩咸推尚，性險躁譎怪而好利，今有集十卷，行於世。

就此，有數義可舉：

一、温初得王叔文之力敍官，但叔文敗，温未累及，當然名不在八司馬之列。

二、温官累進至戶部員外郎，因忤李吉甫而被貶，全與王叔文案無涉。

三、温與羊士諤友善，才子傳敍諤事，可參證如下：

士諤，貞元元年禮部侍郎鮑防下進士，順宗時累至宣歙巡官，王叔文所惡，貶汀州寧化尉。元和初，宰相李吉甫知獎，擢爲監察御史，掌制誥。後以與竇羣呂温等，誣論宰執，出爲資州刺史。士諤工詩，造妙梁選，作皆典重，早歲嘗遊女几山，有卜築之志，勳名相迫，不遂初心，有詩集行於世。

四、羊士諤爲叔文所惡，温以叔文黨翻與交好，且比周訐參宰執，此舉在温殊可議，可見温平生行事，黨性不重。士諤事見於順宗實錄者如下：

六月乙亥，貶宣州巡官羊士諤爲汀州寧化縣尉。士諤性傾躁，時以公事至京，遇叔文用事，朋黨相煽，頗不能平，公言其非。叔文聞之怒，欲下詔斬之，執誼不可，則令杖殺之，執誼又以爲不可，遂貶焉，由是叔文始大惡執誼。

五、温元和六年卒於官，一生行事，皆子厚所親見，而子厚於温友誼，久而愈摯，可見世論温「性險躁譎怪而好利」云云，皆不足信，其訐奏李吉甫事，必别有理由，足資解釋。

六、舊書呂渭傳：「三年，〔元和三年。〕吉甫爲中官所惡，將出鎮揚州，温欲乘其有間傾之」，温是一富於策略之豪士，不知此一著之用意何若？此子厚諒必知之，且知

之而並不以爲非。

七、才子傳載：呂巖字洞賓，京兆人，禮部侍郎呂渭之孫也，渭、温父，事甚有趣。巖有詩云：白酒釀來因好客，黄金散盡爲收書，又云：三入岳陽人不識，朗吟飛過洞庭湖。

二

呂温化光者，叔文黨內之清流領袖，年事遠下於陸淳，而物望似在其上。叔文於諸黨人中，最偉視温，子厚之傾服化光，尤無微不至。觀集中既有衡州刺史東平呂公誄，復有祭呂衡州温文，詩有同劉二十八哭呂衡州，又段秀才處見亡友呂衡州書迹，長言詠歎，惟恐不足，子厚之篤於友誼，可見一斑。特叔文勢盛時，温並不在京師，因之韋王受懲，全黨斥逐，似温所被影響甚輕。子厚之誄曰：「疑生所怪，怒起特殊，齒舌嗷嗷，雷動風驅，良辰不偶，卒與禍俱，直道莫試，嘉言罔敷，佐王之器，窮以郡符。」雖隱約描寫政變，而固未十分呈露，所謂良辰不偶者，卽指温之繫留吐蕃，未得於叔文全盛之際歸朝。由此以觀，子厚代表韋王一派，推服化光至於無上，顧在他一面，化光之於子厚以及韋王一派，其感想又何若耶？

化光於貞元十九年，奉制命授左拾遺，其謝表有曰：「臣以奉上自致爲榮，附下苟進爲恥，臣所以既孤之後，義不依人，不邀利於權門，不求名於衆口，惟願投軀盛

時，自結明主」，如此等語，當非無因而發。查貞元之末，韋王之勢已成，凡公朝受爵之事，類無不由兩人左右擘畫而來。況化光此次之得拾遺，乃由中使毛進朝，至宅奉宣進止，並賜本官告身，形勢殊常，顯見有人發蹤指示。以德宗早期猜忌，暮年昏耄，說不上禮賢下士，不足爲招致投軀結納之明主，何待化光燭照數計？於是謝表云云，權門何指？附下何義？明眼人大抵一目了然。此其豫先戒備，不欲使人看作是韋王一黨，又彼滯留吐蕃不歸，可能別嫌明微，故作姿態，俱不難由想像得知。韋王黨人之同牀異夢如此，其黨焉得不敗？

化光所撰綠鹿賦，詞吉明亮，允推傑作。蓋綠鹿者，所養爲誘致羣鹿之媒也，此文非作者忽發雅興，爲人賦鹿鳴之一章，可以斷言。故其下卽喟然曰：「虞之卽鹿也，必以其類致之，人之卽人也，亦必以其友致之。」非唯此也，文之末端，深致歎於淮陰之構禍，及呂祿之遭難，認爲交道全滅，義風盡墜。其警語曰：「堂堂蕭公，實曰知己，紿致鐘室，寧胡忍此？」又曰：「彼美酈生，旣爲交親，誘襲軍印，豈無他人？」噫！此之蕭公與酈生，究影何人？或無所影而書空咄咄，俱難確說。而且因王叔文一案而被貶之諸公，包括化光在內，其受禍距鐘室與北軍之烈甚遠，案內縱有綠鹿其物，賢者固不欲深論矣。子厚放鷓鴣詞有云：「破籠展翅當遠去，同類相呼莫相顧」，此或是讀化光綠鹿賦有感之語。

劉夢得蘇州謝上表云：「臣本書生，素無黨援，〔去聲讀。〕謬以薄伎，三登文科。德宗皇帝，擢爲御史，在臺三載，例轉省官。永貞之初，權臣領務，遂奏錄用，蓋聞虛名。唯守職業，實無朋附，竟坐飛語，貶在遐藩。」此與右列化光謝表，大同小異，旨在別白己身，不涉黨援。惟化光豫言於叔文未顯之先，夢得申訴於叔文既貶之後，因此後者詞尤顯白，至不恤以權臣指斥舉主，凡此皆子厚所不忍爲。

三

校夢得故衡州刺史呂君集紀一文，錄存於此：

五行秀氣，得之居多者爲雋人，其色瀲灩於顏間，其聲發而爲文章，天之所與，有物來相。彼由學而致者，如工人染夏，以視羽畎，有生死之殊矣。初、貞元中，天子之文章，煥乎垂光，慶霄在上，萬物五色。天下文人，爲氣所召，其生乃蕃，靈芝蓮蒲，與百果齊坼。然煌煌翹翹，出乎其類，終爲偉人者幾希矣。東平呂和叔，實生是時，而絕人遠甚。始以文學震三川，三川守以爲貢士之冠，名聲四馳，速如羽檄。長安中諸生咸避其鋒，兩科連中，銳刃愈出。德宗聞其名，自集賢殿校書郎，權爲左拾遺。明年，犬戎請和，上問能使絕域者，君以奇表有專對才，膺選，轉殿內史，錫之銀章。還拜尚書戶部員外郎，轉司封，遷刑部郎中，兼侍御史，副治書之職。會中〔去〕執法左遷，緣坐謫道州刺史，以政聞，改衡州，年四十

而歿。後十年，其子安衡，泣捧遺草來謁，咨余伸之成一家言，凡二百篇。和叔名温，别字化光，祖考皆以文學至大官。蚤聞詩禮於先侍郎，又師吴郡陸淳通春秋，從安定梁肅學文章，勇於藝能，咸有所祖。年益壯，志益大，遂撥去文字，與俊賢交，重氣概，覈名實，忻然以致君及物爲大欲。每與其徒講疑考要，皇王霸強之際，臣子忠孝之道，出入上下百千年間，詆訶角逐，疊發連拄。〔拄、原作袛，依和叔集校改。漢書朱雲傳：連拄五鹿君，師古注：拄，刺也。〕得一善，輒盱衡擊節，揚袂頓足，信〔伸〕容得色，舞於眉端。以爲按是言，循是理，合乎心而氣將之，昭昭然若揭日月而行，孰能閼其勢而爭夭〔夭原作天，解見下。〕光者乎？嗚呼！言可信〔伸〕而時異，道甚長而命窄，精氣爲物，其有所歸乎！古之爲書者，先立言而後體物，賈生之書首過秦，而荀卿亦後其賦，和叔年少遇君，而卒以貶似賈生，能明王道似荀卿。故余所先後視二書，斷自人文化成論，至諸葛武侯廟記爲上篇，其他咸有爲而爲之，始學春秋書，故其文微爲富豔。夫羿之關弓，唯巴蛇九日乃能盡其彀，而回注鷃爵，亦要中於尋常之間，非羿之於弓有能有不能，所遇然也。後之達解者推而廣之，知余之素交，不相索於文字之内而已。

此文首言和叔之才，由於天生，非學所致。染夏出周禮天官染人，染夏者染五色，謂之夏者，其色以夏秋爲飾。羽畎出書經：「羽畎夏翟」，羽畎者，羽山之溪谷也，夏翟

謂五色雉，言羽山之谷，雉具五色也。此指和叔才藝如五色雉之天生，與染人所成者異趣。

孰能閼其勢而爭天光者乎句，天疑夭字之誤。莊子逍遥遊：背負青天而莫之夭閼，夭、折也，閼猶言遏，夢得將兩字分用。

和叔東平人，東平今山東泰安府。三川、如李由爲三川守，地域在伊洛河一帶，與今四川無關。

治書指治書侍御史，在唐稱御史中丞，副治書之職云者，即御史中丞之副也。

其子安衡，當是化光在衡州所生，故名。安衡稚齒，故須俟和叔殁後十年，始得捧遺稿，求夢得伸之成一家言。伸、英華作敍，義可通，惟夢得集中，避用敍或序字，凡爲他人文集作序，皆曰集紀，故此處仍以伸字爲得。本集作紬，文粹作深，皆非。文粹之作深者，乃由伸字音誤。

和叔之文，皆有所爲而爲之，夢得與之同時，故見之甚瑩。諸葛武侯廟記，見地特殊，在和叔文中最爲突出，夢得因以荀卿體物爲比，將此文殿後。廟記吾别録，有論列。

皇王霸強之際句，霸、唐文粹作富，非。國策齊策：「天下強國，無過齊者」，此若曰：齊在春秋稱霸，入戰國止於強，霸強二字駢舉，其分野在此。強猶言雄，霸謂五

霸，強指七雄。

遂撥去文字句，撥去本漢書：「秦撥去古文，焚滅詩書」，廣雅釋詁：「撥、除也」，此謂除去不用也。劉熙載藝概：「介甫文，於下愚及中人之所見者，皆剝去不用，此其長也；至於上智之所見，亦剝去不用，則病痛非小。」此兩剝用字，與夢得所使，意同、音同。

四

李越縵讀呂衡州集，於同治十一年壬申五月十二日記云：

和叔之文，當時儗之左丘、班固，誠非其倫，然根柢深厚，自不在同時劉夢得、張文昌之下。其文如三受降城碑銘，古東周城銘，成皋銘，酹王景略文，凌煙閣勳臣頌，狄梁公傳贊，張荆州畫像贊等，置之韓柳集中，亦爲高作。其宅書表，多有可觀，議論亦甚平正，此以見八司馬中，固多君子，其氣象格律，皆出於學問，自非李元賓輩所可及也。

越縵就文論文，所爲位置和叔之處，自形公允，惟和叔並不在八司馬中，越縵囫圇吞棗，可見於和叔政治地位，未甚留意。㊀夫和叔之文章評價，劉夢得以賈生、荀卿相

㊀ 吳摯父點勘柳文，於呂君誄云：「子厚此文，頗負世譏，某謂八司馬皆卓然自立者，未可以當時之議定之」，可見摯父亦誤認呂在八司馬中。

許，早有定論，惟夢得歷抵和叔所爲篇名，而其下續一語曰：「佗咸有爲爲之。」有爲〔去〕者何？夢得難於言明，由此可知和叔集中，有若干首難依表面價値，匆匆看過，如第一卷開宗明義之繇鹿賦，卽其例也。吾於此賦之詮釋，屢見他條，不更覼縷，惟錄其文於左，以諗天下之知言者。

繇鹿賦〔并序〕

貞元己卯歲，〔卽貞元十五年。〕㊀予南出穰樊之間，遇野人縶鹿而至者。問之，答曰：此爲由鹿，由此鹿以誘致羣鹿也。備言其狀，且曰：此鹿每有所致，輒鳴嗥不飲食者累日。余喟然曰：虞之卽鹿也，必以其類致之，人之卽人也，亦必以其友致之，實繁有徒，從古然矣。嗟夫！鹿無情而猶知痛傷，人與謀而宴安殘酷，彼何人斯？彼何人斯？物微感深，遂作賦曰：

鹿之生兮，亦稟亭毒，備齒角而無競，循性情而自牧，姑有味於行止，㊁尚焉知乎倚伏。捨爾崇林，輕遊近麓，偶巧網之生致，蒙主人之全育。飲以潔井，飼於芳庭，寢訛荃柔，騰倚蘭馨。露往霜來，日安月寧，雖矯性而非樂，終感恩而不驚。曾不知養非玩物，用有深意，命之曰繇，俾陷其類。涼秋八月，爽景清氣，羈致山

㊀ 文粹作丁卯，丁卯是貞元三年，年分過早，英華作丁巳，丁巳是大曆十二年，更過早矣。

㊁ 釗案：姑疑始字形訛，謂鹿自始昧於行止也。

阿，縻於蹊隧。設伏以待，翳叢而伺，同氣相求，誘之孔易。將必慕侶，豈云貪餌？呦呦和〔去〕鳴，麌麌狎至，彼泯慮於猜信，此無情於誠僞。孰是倉卒？禍生所忽，毒鏑欻以星貫，潛機劃其電發。或洞胸而達腋，或折足而碎骨，望林巒兮非遠，顧町疃兮未滅。風嗥澤而北至兮，日掩山而西沒，走駭侶於巖煙，叫飢麛於澗月，苟行路之聞者，孰不心摧而思絶？相爾由矣，野心而仁，望純束而驚顧，隨獲車而逡巡。視鼎中之消爛，覩杌上之割分，忽哀鳴以感類，若沈痛之在身。雖復處之密邇，享以豐珍，比檻猿之駭躍，同海鳥之愁辛。敢擇蔭而後死，思走險其何因？痛無知以相陷，含惋毒而莫申。客有感而言曰：物誠有諸，人亦宜乎！撫事成比，原心卽殊。借如淮陰構禍，寃在神理，通說且拒，豨謀寧起？堂堂蕭公，實曰知己，紿致鐘室，寧胡忍此？呂祿之難，誰非漢臣？交則不義，賣亦不仁。彼美酈生，旣爲交親，誘襲軍印，豈無他人？於戲！微獸傷類，如不自容，伊人賣友，以享其功，滅交道兮墜義風。曾麋鹿之不若，何仁信之可宗？已焉哉！諒此世之茫茫，吾未見其始終。〔釗案：滅交道兮墜義風上，顯脫一句，今無可考。〕

舊唐書武宗紀云：

右庶子呂讓進狀：亡兄温女，太和七年，嫁左衞兵曹蕭敏，生二男。開成三年，敏心疾乖忤，因而離婚。今敏日愈，卻乞與臣姪女配合。

論者指此類紀載猥瑣，殊嫌支蔓，〔邵晉涵南江書錄立此說。〕然吾人得以考見和叔後人之生活狀況，亦是一得。查和叔歿於元和六年，距太和七年爲二十三年，此女不知在父歿時幾歲？然唐時婚姻制度，二十五六歲出嫁，大是遲婚。太和七年，至開成三年爲五年，是離婚時殆過三十歲矣，離後復合，又不知經歷幾載？呂讓是和叔幼弟，子厚集中有書與之。

南昌尙宛甫〔鎔〕聚星札記，有一條記和叔文詞，所見與越縵相近：

李元賓〔觀〕自謂以意到爲詞，詞訖成章，陸希聲稱其尙於詞，故詞勝其質。鎔案：其文六卷，大率矜詞氣而短意味，不耐含咀。其時呂温頌狄仁傑曰：「取日虞淵，洗光咸池，潛授五龍，夾之以飛」，此則修詞之最善者，元賓郊天頌，斬白蛇劍贊，無此警拔也。

五

曲園雜纂二十六，讀文中子，有一條於呂和叔由鹿賦之由字，頗有箋述：

「聞謗而怒者，讒之由也；見譽而喜者，佞之媒也。」樾案：由乃𡇈之假字，說文口部：囮，譯也，率鳥者繫生鳥以來之，名曰囮，或作𡇈。玉篇：囮、鳥媒也，𡇈、同上。廣韻：囮、鳥媒，𡇈、上同，並以囮𡇈爲一字。廣雅釋言：囮、𡇈也，則以爲二字。據其字，一從化聲，一從繇聲，義同而音異。廣雅得之古書，𡇈字或以游爲

之。文選潘岳射雉賦：恐吾游之晏起，慮原禽之罕至。徐爰注：游、雉媒名，江淮間謂之游，此以游爲圝也，或以由爲之，唐呂温有由鹿賦是也。文中子之意，亦是假由爲圝，故以讒之由佞之媒相對爲文。阮注不釋由字，殆止以爲由來之義，而古義亡矣。

阮逸宋人，小學久晦，或不解由字本原，而在唐時呂和叔作賦，明用由字，人無不解。此唐人多通字書，優於趙宋外，抑或和叔與八司馬之流爲友，中經陸淳以上通王淹，章明大中，兼通文中其他要義，因而由媒等字精熟，隨意流露，良未可料。〔吾别有文題曰遊，見下十四卷雜錄，可參閱。〕

六

元微之行輩較後，元和元年，彼始舉制科，對策第一。其時憲宗登極開科，永貞之變，顯已煙銷雲滅，微之有太子宜選正人輔導一奏，即明以伾文蒙幸太子宮，出撓國政爲言，此可見微之於伾文並不表同情。但微之與呂化光〔温〕交極篤，集中有哭呂衡州六首，氣象肅穆，詞旨堅韌，爲平生少見之作，詩如下：

　氣敵三人傑，交深一紙書，我投冰瑩眼；君報水憐魚。髀股惟夸瘦，膏肓豈暇除？傷心死諸葛，憂道不憂餘。

　望有經綸釣，虔收宰相刀，江文駕風遠，雲貌接天高。國待球琳器，家藏虎豹

韜，盡將千載寶，埋入五原蒿。

白馬雙旌隊，青山八陣圖，請纓期繫虜，枕草誓捐軀。勢激三千壯，年應四十無，遙聞不瞑目，非是不憐吳。

雕鶚生難敵，沈檀死更香，兒童喧巷市，羸老哭碑堂。雁起沙汀闇，雲連海氣黃，祝融峯上月，幾照北人喪？

迴雁峯前雁，春迴盡卻迴，聯行四人去，同葬一人來。鐃吹臨江返，城池隔霧開，滿船深夜哭，風棹楚猿哀。

杜預春秋癖，揚雄著作精，在時兼不語，終古定歸名。耒水波文細，湘江竹葉輕，平生思風月，潛寐若爲情？

詩崇拜衡州經綸之大，學術之精，幾如得未曾有。在「請纓期繫虜，枕草誓捐軀」兩句上，可見衡州有班超遠大之謀，不主張與晉陽蒼黃之甲。彼雖與叔文謀國一致，而京師部署未就，遽召敵人環攻，卻似不以爲然。詠到「髀股惟夸瘦，膏肓豈暇除？傷心死諸葛，憂道不憂餘」等句，而知衡州別有絶大計劃，未及施展，而叔文已束手就斃，同人全部鎩羽也。

「遙聞不瞑目，非是不憐吳」，此表面用左傳襄十九年：「晉荀偃卒，視不可含，因定荀吳爲後，目始瞑事。如實言之，吳乃指伾文之作吳語，昔賀知章浙人，而杜老詩

云：「賀公雅吳語」，可見以吳統越，成爲詩家慣例。詩意謂：衡州非不諒解叔文之赤忠謀國，而佈置未妥，遽爾發難，必遭慘敗，衡州死不瞑目，言之痛心。

詩中提及南北問題。詩云：「祝融峯上月，幾照北人喪？」此影射伾文失敗，乃以南人遽操政柄，激起北人反動之故。

「湘江竹葉輕」，竹葉指酒而言，謂以湘水煮酒，得其清洌，末章稍露微之本來面目。

元呂本事不明。首云：「氣敵三人傑」，此三人者，或指呂與竇羣羊士諤相結友善而言，惟後云：「聯行四人去」，四人待考。

七

王叔文之黨，以雄才大略稱者，殆無過呂化光，子厚行文，於化光至傾服無地，非徒然也。試觀化光所作諸葛武侯廟記，卽可斷定斯案。

天厭漢德，俾絶其紐，羣生墜塗，四海飛水。武侯命世，實念皇極，魏姦吳輕，〔去聲。〕未獲心膂。南陽堅臥，待時而起，三顧雖晚，羣雄粗定，必也彗掃，是資鼎立。變化消息，謀成掌中，龍戰玄黃，再得雲雨。於是右揭如天之府，左提用武之國，因山分力，與水合勢，蟠亙萬里，張爲龍形。亦欲首呑咸鎬，尾束河洛，翼乎中夏，飛于天衢，然後魚駈句吳，東入晏海。大勳未集，天奪其魄，至誠無忘，炳在日

月。烈氣不散，長爲風雷，英雄痛心，六百年矣。於戲！以武侯之才，知己託國，土雖狹，國以勤儉富，民雖寡，兵以節制強。魏武既沒，晉宣非敵，而戎車荐駕，不復中原。或奇謀非長，則斬將覆軍，無虚舉矣；或餽糧不繼，則築室反耕，有成算矣。嘗試念之，頗賾其原。夫民無歸，德以爲歸，撫則思，虐則忘，其思也不可使忘，其忘也不可使思。當漢道方休，哀平無罪，王莽乃欲憑戚寵，造符命，脅之以威，動之以神，使人忘漢，終不可得也。及高光舊德，與世衰遠，桓靈流毒，在人骨髓，武侯乃欲開季世，振絶緒，諭之不以本，臨之不以忠，使人思漢，亦不可得也。向使武侯奉先主之命，告天下曰：我之舉也，匪私劉宗，惟活元元。曹氏利女乎？吾事之，曹氏害女乎？吾除之。俾虐魏逼從之民，聳誠感動，然後經武觀釁，長驅義聲，咸洛不足定矣。奈何當至公之運，而強人以私，此猶力爭，彼未心服，勤而靡獲，不亦宜哉？乃知務開濟之業者，未能審時定勢，大順人心，而克覯厥成，吾不信也。惜其才有餘而見未至，述於遺廟，以俟通識。唐貞元十四年七月二十五日東平吕温記。

化光此文，作於貞元十四年，其時已與子厚交好與否？殊未可料。但兩人政治思想，結穴在生民身上，此所謂「活元元」，與子厚所謂「利安元元」，渾無二致，故彼在從游陸先生後，更爲訢合無間。從來論武侯者，除薛能之粗獷無識外，殆莫不以扶

漢爲大義，大勳未集爲天命，相與詠歎無已。至以私劉宗、不解利民責武侯，謂彼當至公之運，而強人以私，及未能審時定勢，大順人心，因之見未至而功不成，此似千餘年間，絶無一人道得。夫如是，從來沁人心脾，毫無間言之前後出師表，以漢賊不兩立相揭櫫者，由化光觀之，竟至一錢不值。偉哉偉哉！至云曹氏利民，吾亦事之，此種絶對之民本論，非洪識奇士如化光，誰説得來？

右文當與化光所作古東周城銘合看，求得一致結論。銘如左：

古東周城銘〔并序〕

魯昭公三十二年，周萇叔合諸侯之大夫城成周，衞彪傒曰：「天之所壞，不可支也，萇弘違天，必受其咎，翌歲，周人殺萇弘。左氏明微，以爲世規，俾持顛之臣，沮其勝氣，非所以厲尊王，垂大訓也，余經其地，而作是銘。

文武受命，肇興西土，周公作洛，始會風雨。居中正本，拓統開祚，盛則駿奔，衰則夾輔。平王東遷，九鼎日輕，二伯之後，時無義聲。大夫萇弘，言抗其傾，坐召諸侯，廓崇王城。雖微遠猷，實被令名，宜福而禍，何傷於明？立臣之本，委質定分，爲仁不卜，臨義不問，無天無神，唯道是信。國危必扶，國威必振，求而不獲，乃以死殉。興亡治亂，在德非運，罪之違天，不可以訓。升墟覽古，慨焉遐憤，勒銘頹隅，以勸大順。

化光前責武侯，民忘漢德，不可使思，大體與衞彪傒所謂天之所壞，不可支也，意趣相近，而論域相遠。得毋化光思致中有矛盾歟？曰：非也，化光武侯廟記重點在民，而彪傒所言重點在天。天與民完全是不同範疇，故城銘文曰：「爲仁不卜，臨義不問，無天無神，惟道是信。」無天無神，是化光與子厚通春秋後所得大義，因而范成共同信念，故其言處處與左氏不合。此銘亦反左氏之標職也，與子厚之非國語同一意境。

洪景盧隨筆八稱：「諸葛孔明始見劉玄德，論曹操不可與爭鋒。……魏盡據中州，乘操丕積威之後，猛士如林，不敢西向發一矢。……魏延每隨公出，輒欲請兵萬人，與公異道會於潼關，公制而不許。又欲請兵五千，循秦嶺而東，直取長安，以爲一舉而咸陽以西可定，史臣謂公以爲危計，不用。……司馬懿長於公四歲，懿存，而公死纔五十四耳，天不祚漢，非人力也。霸氣西南歇，雄圖曆數屯，杜詩盡之矣。」此後人論武侯最富於代表性之意見，如天不祚漢，及曆數不許，之二語者，在迷惑於三國演義、及慣聽劉皇叔戲詞之士夫婦孺，截至文化大革命爲止，猶認爲不可改變之金科玉律。豈料千年以前之中唐時代，有絶對主張民本論之吕温、柳宗元輩，揭明民不思漢，徒勞無功，逕以未能審時定勢，大順人心，責備武侯者哉？

景盧論漢末形勢，軒蜀而輊魏，指曹操爲鬼蜮，君子所不道，然固無法抹煞孟德

之所成就。隨筆十二有云：

操知人善任使，實後世之所難及。荀彧、荀攸、郭嘉，皆腹心謀臣，共濟大事，無待贊說，其餘智效一官，權分一郡，無小無大，卓然皆稱其職。恐關中諸將爲害，則屬司隸校尉鍾繇以西事，而馬騰、韓遂，遣子入侍。〔一〕當天下亂離，諸軍乏食，則以棗祗任峻建立屯田，而軍國饒裕，遂芟羣雄。〔二〕欲復鹽官之利，則使衞覬鎮撫關中，而諸將服。〔三〕河東未定，以杜畿爲太守，而衞固、范先，束手擒戮。〔四〕幷州初平，以梁習爲刺史，而邊境肅清。〔五〕揚州陷於孫權，獨有九江一郡，付之劉馥，而恩化大行。〔六〕馮翊困於鄜盜，付之鄭渾，而民安寇滅。〔七〕代郡三單于恃力驕恣，裴潛單車之郡，而單于讋服。〔八〕方得漢中，命杜襲督留事，而百姓自樂出徙於洛鄴者，至八萬口。〔九〕方得馬超之兵，聞當發徙，驚駭欲變，命趙儼爲護軍，而相率還降致於東方者，亦二萬口。〔十〕凡此十者，其爲利豈不大哉？張遼走孫權於合肥，郭淮拒蜀軍於陽平，徐晃卻關羽於樊城，皆以少制衆，分方面憂，操無敵於建安之時，非幸也。

右十事中，尤以徙洛鄴、致東方二者，爲人心歸附之徵，武侯以新造未集之蜀，與爭中原，其出師未捷而身先死也，亦固其所，何況所樹劉氏職志，爲百姓絲毫無所動於其中者哉？設如化光之策，匪私劉宗，惟活元元，成敗利鈍，猶難逆睹，又況所棄祇

不過青衣行酒、樂不思蜀之孱主哉？

右揭化光理致，猶有與子厚相視莫逆者，則諸葛武侯廟記言民不思漢，與子厚舜禹之事言曹氏自繫於民，主旨兩相呼應，羌無二致。此在舜禹條下另有箋敍，不贅。

程异

一

舊唐書卷一三五程异傳，〔以下省稱舊程傳。〕稱道程异之善凡五：一、嘗侍父疾鄉里，以孝悌稱；二、授華州鄭縣尉，精於吏職，剖判無滯；三、元和初、……復爲揚子留後，……淮南等五道兩稅使，……江淮錢穀之弊，多所鏟革；四、充鹽鐵轉運副使，……不剝下，不浚財，經費以羸，人頗便之；五、异性廉約，歿官第，家無餘財，人士多之，〔新唐書卷一六八程异傳略同。〕但指責程异參加王叔文集團、曰「由徑放利」爲曲筆耳。

偶檢册府元龜等書，發見有關程异之記載數條，取以校對舊程傳，頗有所獲，述之如下：

一、舊程傳云：「杜確刺同州，帥河中，皆從爲賓佐」，從、册府元龜卷七二九幕府

部：作辟，辟字佳。

二、舊程傳云：「充鹽鐵轉運副使，時淮西用兵，國用不足，异使江表，以調征賦，且諷有土者以饒羨入貢，至則不剝下，不浚財，經費以羸，人頗便之」，册府元龜卷四八三邦計部：作「命异使江淮，……人頗稱之」，舊程傳脱命字，命者，憲宗之命也。可見諷有土者以饒羨入貢，乃憲宗之命令，非异之主張，异絶不能違抗憲宗調征賦之命，但能做到不剝下，不浚財，實爲難得，故人頗稱之。

三、册府元龜卷四八四邦計部云：「元和十二年正月甲申，鹽鐵轉運使王播奏：……望遣臣副使程异，特以詔命，出巡江淮，其諸州府上供錢米，如妄託水旱，輒有破除，伏請委程异一切勘責聞奏；其度支戶部幷臣當司合送上都行營錢物，幷令急切催促；其遠年逋欠，亦委具可徵之數聞奏，從之。 因令异與淮南、浙東、宣歙、江西、河南、嶺南、桂管、福建等道觀察使計會，各減常用，去浮費，取其羨助軍。」（唐會要卷八七轉運鹽鐵總敍云：閏五月、异至江淮，得錢一百八十五萬貫以進。」當司者，即謂鹽鐵轉運使本署也。

舊唐書卷一五憲宗紀下云：「元和十二年六月己未朔，以衛尉卿程异爲鹽鐵使，代王播，時异爲鹽鐵使副，自江南收拾到供軍錢一百八十五萬以進，故得代播。」

四、册府元龜卷四九三邦計部山澤云：「元和十三年三月，鹽鐵使程异奏：應諸

道州府，先請置茶鹽店收稅，伏准今年正月一日赦文，其諸道州府，因用兵以來，或慮有權置職名，及擅加科配，事非常制，一切禁斷者。伏以榷稅茶鹽，本資財賦贍濟軍鎮，蓋是從權，兵罷自合便停，事久實爲重斂。其諸道先所置店，及收諸色錢物等，雖非擅加，且異常制，伏請准赦文勅停，從之。」（唐會要卷八八鹽鐵同。）

以上二事，舊程傳均不載。元和十二年，裴度平吳元濟之亂，如無程异之供軍錢，何能發兵？亂平之後，异卽奏罷茶鹽店，以減輕人民負担，値得表彰。

又舊程傳云：「元和三年九月、轉工部侍郎、同中書門下平章事」，應作十三年，舊唐書卷一五憲宗紀下可證。

當元和十三年、憲宗以皇甫鎛程异爲相時，裴度崔羣極表反對，但亦不能不承認程异心事和平，處之煩劇，或亦得力，（引自舊唐書卷一三五皇甫鎛傳，資治通鑑卷二四○作心事和平，可處煩劇。）有別於皇甫鎛。心事和平，指人品而言，可處煩劇，指才幹而言，此評出於反對派之口，彌足爲程异增價。

釗案：右文卞孝萱所撰，題曰舊唐書程异傳校補，以與永貞之變有關係，因刊列於此。尋异在八司馬中爲下乘，而在宂從羣僚中，自是高流，且八人同貶，一人起復，使之潛抱氣類之感，恥獨爲小人，不久卽悒鬱以歿，孝萱謂其人品有別於皇甫鎛，誠然。

二

程异爲八司馬之一，其起復爲李巽所薦。巽字令叔，趙州人，以明經起家，累擢兵部尚書，再遷吏部，天資長於吏事，吏有過，秋毫無所縱。程异坐王叔文廢，巽特薦引之，异之計較精於巽，故巽能善職，得异之助甚大。巽元和十四年卒，年六十三，异亦是年四月卒，恰在子厚歿前。

舊書裴度傳稱：

有程异皇甫鎛者，姦纖用事，二人領度支鹽鐵，數貢羨餘錢，助帝營造。帝又以异鎛平蔡時供饋不乏，二人並命拜同平章事，度延英面論曰：程异皇甫鎛、錢穀吏耳，非代天理物之器也。陛下徇耳目之欲，拔置相位，天下人騰口掉舌，以爲不可，於陛下無益，願徐思其宜。帝不省納，度三上疏論之，請罷己相位，上都不省，事見鎛傳。

由右觀之，憲宗有心用异，意甚堅決，一洗政變時、八司馬從嚴貶逐、遇赦不赦之峻令。其餘七司馬之一貶不還，徒借口實以欺天下而已，實則政令得以帝之私意任便揮斥，一文不值。

然則憲宗以甘犯衆怒之堅強意志，庇護一激發政變之被譴司馬，而阻絕其餘同罪之人，究竟癥結何在？吾曩言之：憲宗於受禪有慚德，最了解其內實者爲八司馬，

除程异以下才足任驅使，可容其重履闕廷，助長私慾外，餘皆正人君子，對之無以施眉目，故以一屏不見爲得。此並非薄其人而恨之，而直高其人而愧之，以致釀成決絶行爲而無可挽回也，正如因果律之如響斯應，理有固然。斯一論斷，吾自信百無一誤，而特於度傳獲一左證，足以相互發明。左證伊何？有五坊使楊朝汶者，爲錢債事暴横特甚，而憲宗袒之，裴度極言于延英。憲宗曰：且欲與卿商量東軍，此小事，我自處理，度奏曰：用兵小事，五坊追捕平人乃大事，兵事不理，祇憂山東，五坊使暴横，恐亂輦轂。帝久方省悟，召楊朝汶數之曰：向者爲爾，使我羞見宰相，遽命誅之。由此看來，帝爲處理一事不當，而羞見宰相，比於干犯天倫大逆，而羞見七司馬，就中大小重輕奚若？卽五尺愚童子不難洞見。吾從比勘事例上，推定七司馬之逐蠻夷而不返，敢斷言無悖於邏輯者，以憲宗猶有羞惡之心在。嘗論憲宗乃一辨理力弱、而知恥性強之半英明主，裴度知其然也，從而應付前者，在一項山東兵變與輦轂暴横之權衡輕重中，可得劫制其主，使之屈於驟發之強諫。同時應付後者，則復在維護其羞惡觀念下，坐視七司馬詔追還朝，南司不妥爲處理，而令國家俊才在一綫曙光之下，仍然飄散以沒。於是裴中立之攻心相略，雖獲一時成功，此終是譎而不正。說者謂：裴中立對七司馬木然不救，乃本身有非劉卽柳之私人讎恨，於與憲宗鬬智無涉，斯說亦有理。

崔敦詩

一

子厚既没，如韓退之、劉夢得、皇甫持正等，皆有祭文，而且廣布於世，人咸知之，獨崔敦詩所撰，祇載於全唐文内，讀者絶少，特表而出之如下：

惟靈天姿秀異，才稱儁傑，蚤著嘉名，遠播芳烈，總六藝之要妙，踐九流之清切。鏌鋣鋒利，浮雲可決，騏驥逸步，飛塵可絶。閉匣不用，伏櫪何施？才命罕並，今古同悲。五嶺三湘，寒暑潛推，樂道忘憂，襟靈甚夷，掞藻揮毫，騫翔是期，奈何終否，神也我欺。嗚呼！雕飛半空，羊角中戾，彼蒼難詰，善人斯逝。羣宿受交分，行敦情契，遺文在篋，贈言猶佩，撫孤追往，泫然流涕。子子丹旐，翩翩素帷，鵩弔是月，龜從有時，路出長阡，將赴京師，旨酒一觴，哭君江湄，往矣子厚，魂期來斯，尚饗。

此文辭無溢美，情甚懇篤，不失爲唐文哀祭類典型之作，其中宿受交分四句，人多引載，以其關涉於子厚送敦詩序也。鏌鋣鋒利，浮雲可決：指劍之鋒利，能及於遠，下以閉匣不用，爲之歎惜，伏櫪之於騏驥類推。雕飛半空，羊角中戾：羊角、風也，用莊子逍遥遊：摶扶搖羊角而上者九萬里句，中戾、則風乖而雕飛不遠矣。鵩弔是月：用

賈誼賦；龜從有時：「汝則從，龜從、筮從」，本書洪範，謂卜葬有時也。

子厚平生摯友，凡享年長於己者，大抵多所建樹，有裨於國。敦詩、史稱：「沖識清裁，爲時賢相」，殆無負子厚早年期許之篤，夢得兩次致祭，辭多鋪設，讀之反不若敦詩語簡而情眞。

二

吾嘗怪元和四五年間，子厚揮致諸友函札甚衆，而獨不及敦詩，今見陳少章勘定柳集，說明其故如下：

與李翰林建書末云：「敦詩在近地，簡人事，今不能致書，足下默以此書見之。」案崔羣時爲翰林學士，唐時官翰林者，自以職親地禁，例不與人相聞，故書云爾。而集中有與李蕭二翰林書者，李入翰林在貞元末，未久卽解內職，此蓋追呼其前官，俛則至元和六年始除翰林學士，前此方官拾遺，居言路，故曰喜思謙之徒遭時言道是也。題稱翰林者，亦編文時偶舉後歷之官，若兩人與崔並在近地，豈得獨於崔云不能致書耶？

吾少時初讀與李翰林書，至敦詩在近地一語，卽聯想到劉夢得祭子厚：「鄂渚差近，表臣分深」，以爲此與李表臣之在近地相若，而不知此近地乃指禁近，可笑之至。然須知子厚執友之中，敦詩之分深，遠過表臣，而知子厚致禍之源，亦較他友遙爲眞

切。例如子厚與裴應叔書謂：「既受禁錮，以爲久當自明，今亦久矣，而嗔罵者尚不肯已。」當此之時，子厚僅知其表而已，夫天下有嗔罵者，亦復有庇覆者，八司馬之運命，豈外間嚚嚚然顚倒黑白者所能決定？獨敦詩曾探索其隱微，於上憲宗尊號時，因爭孝德二字之不宜重贅，㊀ 而致大干宸怒，幾遭不測。於是以知：在邊州呻吟者五六公之一謫不返，其故不在悠悠之口，譸張排根，而在深宮之隱懷慚德，不敢面對效忠於父之二三楨幹，使翻動其逆謀。此敦詩知之，子厚亦默喻之，以是子厚由永移柳，不作歸計，認定在柳亦足爲政，寧願終身以之，明明投章甫而作文身，天君轉爲澹定。此一歷史秘記，千年來無人道破，今特於敦詩子厚之心靈中，如量剔出，一傾瀉之云爾。

崔廣略

子厚於貞元十八年爲藍田尉時，草獨孤申叔墓碣，署信道之友若干人於碣末，中有崔廣略一名，人不知其誰何？廖注：「餘人皆有名字，此獨言廣略，當是脫誤」，他本亦相沿無考。夫文署曰崔廣略，廣略應非名卽字，顧廖竟置廣略於名字之外，殊可怪。又有進一步知廣略爲字，而其人名鷗，新舊史皆無傳者。如實言之，其名

㊀ 事已別見，不重述。

鷗，原從邑而不從鳥，索崔鷗於唐書，固無有，而至崔鄾，則兩書都赫然著錄，注家於此，顧茫洋無覩，更可怪。又有人於杜牧集中，見所爲禮部尚書崔公行狀，省崔公郎廣略，因喜樊川能存其人，足以補唐史之闕，殊不知兩書鄾傳大抵取材杜文，如：

穆宗荒於游畋，內酣蕩析，曙不能朝，鄾進曰：十一聖之功德，四海之大，萬國之衆，其治其亂，懸於陛下。自山已東，百城千里，昨日得之，今日失之，西望戎壘，距宗廟十舍，百姓憔悴，畜積無有，願陛下親政事，天下幸甚。

此一大段文，皆出自杜集，新書轉錄，且一字不遺，而諸家知有杜集，不知有唐傳，見其一不見其二，尤爲可怪之甚。夫柳集中一區區姓字脫略小節，事涉唐史顯文，大家遺著，而諸公千餘年來，迄未易發見眞實，誠不料吾史學之荒，竟至如此。

廣略薨於開成元年，年六十九，上推至貞元十八年，應是三十六歲，而子厚是年，年三十，是廣略長於子厚六歲，而中第於貞元十二年，反遲子厚四載。又廣略敭歷中外，政績煊赫，大抵在穆敬文三朝、子厚已沒之後，子厚草獨孤申叔墓碣時，廣略或剛授集賢殿校書郎不久，正攝陝虢觀察使巡官之頃耳。顧樊川稱廣略早年「威儀秀偉，神氣深厚，卽之如鑑，望之如春，識者知不容於風塵」云云，然則其側身於韓柳劉〔夢得〕崔〔敦詩〕諸流輩中，鋒稜嶽嶽，衆望所歸，何難想見？

廣略親兄弟六人，皆至達官，己與伯兄邠，季弟鄲，五司禮闈，再入吏部，自初唐

以來所未易見，鄯亦有文學，舉進士，太和中拜右金吾衛大將軍，餘二人曰酆曰郇，兄弟命名皆從邑，是廣略名不爲鷗，抑何待論？廖注謂柳碣脱誤，脱則有之，誤乃非也，設爲補足，應作「崔鄘廣略，清河人」，史稱清河武城人，地望益明。

李程

短書傳劉夢得有俳體詩一首云：「高髻雲鬟宫樣妝，春風一曲杜韋娘，司空見慣渾閒事，惱亂蘇州刺史腸。」夢得本集無此詩，詩果爲夢得所作與否，已成疑問，而司空是誰？復言人人殊，詩竟列爲一無法理解之謎亦久矣。顧司空見慣四字，千餘年來流行文字中，採作常用語，以牒數見不鮮之事跡，學者終不能付之不問。聚訟之餘，展轉推度，最近以司空屬李程聞。

本事詩謂：夢得在長安，與李司空相識，因而有席上贈妓之事，而未説出司空姓名。一説司空是李逢吉，逢吉作東都留守時，奪去夢得侍妓。據此，吾疑與杜牧之分司東都時紫雲故事相混，以致雜亂誤傳，當然毫無可採。

太平廣記謂：司空爲李紳，惟夢得作蘇州刺史時，無從與紳會，且紳亦非司空。

雲溪友議謂：司空爲揚州大司馬杜鴻漸，此去之更遠。鴻漸歿時，夢得猶未生，何能有此交涉？且杜既非司空，也未出鎮揚州，又揚州何至有所謂司馬之官？凡此

皆成錯謬。夫范攄以唐人記唐事，而釀成此誤，且託之夢得自語云云，殊不可解。

獨李程與夢得及柳子厚同爲密友，子厚歿時，夢得祭文中提及程謂：「鄂渚差近，表臣分深，想其聞訃，必勇於義，已命所使，持書逕行，友道尚終，當必加厚。」表臣者即程字，鄂渚則程正爲鄂岳觀察使也，且夢得別有爲鄂州李大夫祭子厚文，足見夢得與程交誼之深。又夢得晚年流連詩酒，脱略形骸，而史稱程性放蕩，不修儀檢，滑稽好戲，而居師長之地。〔時程徵爲僕射。〕兩人性行相同，可能發生蕩檢踰閑之事，倘子厚此時而在，可能各各有所規正。而畏友長逝，顧忌全無，縱慾之餘，遂乃敗度，事之所至，固不期然而然。尋夢得被任蘇州，在太和五年冬，而程於六年就加檢校司空，領宣武山南東道節度使，亦正會逢其適，可得歡然聚晤。或謂兩人會合，應在河中節鎮治所蒲州，此則程爲河中晉絳節度使，在移宣武之前，時祇檢校尚書左僕射，未嘗爲司空也，時間微誤，終於本事無礙。至劉集中、有冬夜宴河中李相公中堂命箏歌送酒一詩，應是良友相逢，不止一次。程在河中爲僕射，移宣武始作司空，樂事依然，而頭銜有異，如實考之，未易誣也。詩云：「朗朗鵾雞絃，華堂夜多思，簾外雪已深，坐中人半醉，翠娥發清響，曲盡有餘意，酌我莫憂狂，老來無逸氣。」持與雲鬟二十八字相較，一則曰老來無逸氣，一則曰惱亂蘇州刺史腸，誼若相反，而趣仍相得，酒入歡腸，發情時有，雪夜深堂曲宴，固無所於泥也。由此看來，司空之爲

李表臣，情實犂然，鑿鑿可據，表臣之得謚爲繆，或不無與此戲謔無範有關。夫指妾換馬，豪俠不妨爲之，當筵送妓，正人卻有未便，雖爲謔浪笑傲，終於品質有傷。有唐以胡族起家，內行不修，宦箴遂闕，流弊所極，搢紳貽羞，緣子厚而游目劉李，焉禁擲筆三歎？或謂詩不入本集，應不是夢得手筆，而屬素交參與讌集從旁訕笑之作，又不必當時卽席所爲，說亦近理。

王涯

王涯初期，確與子厚爲友，自獨孤申叔歿後，二人踪迹漸疏。元和十年，白居易因喪母被議，已貶江州刺史矣，涯從而下石，加貶司馬，時子厚已移刺柳州，未聞對此表示任何意見？實則居易所犯是何等罪？至今疑莫能明，祇知居易之父季庚，歿於貞元十年，年六十六，配潁川縣君陳夫人，歿於元和六年，年五十七，依此推算，陳夫人與季庚結婚時，當不過十五歲未成年女子，而季庚年已四十一，如此老夫得其女妻，其中是何轇轕，有否尊卑犯姦、違反唐戶婚律情事？無從考究，據陳振孫白文公年譜元和十年下云：

六月，盜殺宰相武元衡，公首上疏請急捕賊，以雪國恥，宰相以非諫職言事，〔樂天時爲太子左贊善大夫。〕惡之，會有惡公者，言其母看花墜井死，而作賞花及新

井詩，貶江州刺史，中書舍人王涯，言其所犯不可復理郡，〔舊唐書居易傳：甚傷名教，不宜寘彼周行。〕又改司馬。宰相、韋貫之張弘靖也，舊譜併及裴度，非是，度方爲御史中丞，亦遇盜不死，既愈迺相耳。新井之事，世莫知其實，史氏亦不辨其有無，獨高彦休闕史言之甚詳。公母有心疾，因悍妒得之，及嫠，家苦貧，公與弟不獲安居，常索米丐衣於鄰郡邑，母晝夜念之，病益甚。公隨計宣州，母因憂憤發狂，以葦刀自剄，人救之得免，後遍訪醫藥，或發或瘳，常恃二壯婢，厚給衣食，俾扶衛之，一旦稍怠，斃於坎井。時裴晉公爲三省，本廳對客，京兆府申堂狀至，四座驚愕，薛給事存誠曰：某所居與白鄰，聞其母久苦心疾，叫呼往往達於鄰里，坐客意稍釋。他日、晉公獨見夕拜，〔案夕拜謂給事中也，王維酬郭給事詩云：夕捧天書拜瑣闈，此指薛存誠言。〕謂曰：前時衆中之言，可謂存朝廷大體矣，夕拜正色曰：言其實也，非大體也，由是晉公信其事，後除河南尹、刑部侍郎，皆晉公所擬。凡曰墜井，必恚恨也，隕穫也，凡曰看花，必怡暢也，閒適也，安有怡暢閒適之際，遽致顛沛廢墜之事？樂天長於情，無一春無詠花之什，因欲黻藻其罪，又驗新井篇，是尉盩厔時作，隔官三政，不同時矣，彦休所記大略如此。聞之東都聖善寺老僧，僧故佛光和尚弟子也，今考集中，亦無所謂新井詩者，意其删去。然則公母死以疾，固人倫之大不幸，而傳致詩篇以成讒謗，則僉壬嫉媢者爲之也，故删述彦休之語以告來者。

右文據振孫稱：是删述高彦休語成之，今查知不足齋參寥子闕史，〔案闕史、彦休不具本名，參寥子卽彦休别號。〕並無此條，或是爲後人删削。據陳寅恪云：「高氏所述裴晉公一節，繫以年月，不無可疑，蓋居易母以元和六年四月歿，而是時晉公尙未爲宰相也。」釗按：晉公時未爲宰相，振孫文中「度爲御史中丞，遇盜不死，旣愈洒相」云云，卽已敍明，將何至於同文中，復載元和六年晉公已爲三省乎？釗意白母墜井一案，當時並未因居易左官，卽告終結，所謂京兆府申堂狀者，大抵案經數年，反覆推究，終於坐罪居易，直至晉公爲三省時，始以申堂，非指白母歿時晉公已爲相也，事理大致如此，寅恪偶爾未及明悟爾。

寅恪復稱：

樂天貶江州刺史，王涯以其所犯得罪名教，不可治郡，復改司馬，乃明見史乘之事實。夫此事實，必有內在之遠因，此遠因、卽其父母之婚配不合當時社會之禮法人情，致其母以悍妒著聞，卒發狂自殺是也。

釗案：悍妒云者，必有所妒之人，今父歿已十六年，卽令亡父曾别有所戀，十六年之後，早已不知其天南地北，妒將何施？吾意悍妒律之望六久寡之婦，實嫌不詞，以言心疾，當與事實相近。事果如此，其子也何辜？王涯落井下石，居心實未易測，爾後甘露之變，涯致慘戮，居易聞而詠之曰：「當君白首同歸日，是我青山獨往時」，傷感

之音，甚於怒罵，君子曰：夫亦可以不必已。

王涯一生待人接物，始終使用一個狠字，待友如右所述，至聚貨財，淫書畫，尤無人不知之事，吾料子厚哀溺蝜蝂諸文，皆暗中於涯有所指摘，大抵去事實不遠。此固不止當時觀察而已，卽至異代，劉後村題蔡端明茶錄猶云：

甘露宰相損厚賄，或官爵，鉤取名書畫，鑿垣納之，禍作，爲人剔取匳軸金玉，而棄書畫於路。此以天下之力而不能守，而世之篤好必取者，尙有以爲可傳萬代子孫而不失，幾於惑矣。

後幅卽顯揭其名而言之曰：

王廣津以榷茶致宰輔，以權力奪玩好，身與家且不能庇，烏能庇書畫耶？

由是觀之，雖狠亦奚以爲？餘旨未盡，參閱上部蝜蝂傳後簽。

李 遜

子厚與李杓直〔建〕號密交，而對其兄友道〔遜〕則殊落寞，觀於與杓直書有云：「足下言已白常州煦僕，僕豈敢衆人待常州耶？若衆人，卽不復煦僕矣，然常州未嘗有書遺僕，僕安敢先焉？」所謂常州，卽友道也。子厚言未敢先以書遺友道，然集中逕以書干勢要，如李夷簡、如趙宗儒、如武元衡、甚至純武人如烏重胤種種，指不勝

屈，何獨於友道，重以介弟之先容，而獨靳之？此無他，直薄友道其人，卽友道不以衆人待子厚，而子厚翻以衆人待之耳。

然則子厚之薄友道者何在？尋杜牧之爲友道長子方玄銘幽，序中涉及友道，有如下紀載：

貞公〔友道官終刑部尙書，得謚曰貞。〕事憲宗皇帝，兄弟受寄四鎭。在漢南時，戰淮西未利，監軍使崔潭峻讒言中，入爲太子賓客。後淮西平，李光顏移鄭滑，陳許無帥，帝閒讌獨言曰：「勁兵三萬，誰可付者？」潭峻侍側，曰：「有大臣，家不下三十口，俸錢委庫不取，小僮跣足市薪，此可乎？」帝曰：「誰爲者？」潭峻進，卽以貞公言，帝卽起貞公爲陳許帥，其儉德服人如此。

由右觀之，友道一生之進退榮辱，皆決定於權閹之上下其口，則其平日之不惜下與閹寺爲伍，而且仰承色笑唯謹，一任推移頓置，無敢抗命，不難一覽而知。試問如此輩人，子厚焉得不恥與爲友也乎？

嘗論子厚所爲論辨諸作，決非抒懷舊之蓄念，發思古之幽情，泛泛焉無所爲而爲之。如晉文公問守原議曰：

守原、政之大者也，所以承天子，樹霸功，致命諸侯，不宜謀及媟近，以忝王命。而晉君擇大任，不公議於朝，而私議於宮，不博謀於卿相，而獨謀於寺人。雖

或衰之賢足以守，國之政不爲敗，而賊賢失政之端由是滋矣。斯議也，決非由晉文守原而發，而直時君別有舉措，激盪襟懷，無能遏抑，於焉舉古而例今，聲東而擊西，用散發其胸中悒鬱不平之氣，可得以子厚平昔藴畜之抱負、之策略、之大中公器，極之於其所往，一一爲之論證而訢合無遺。如李遜之緣崔潭峻而帥陳許，正守原議之眞實內藴，弸中彪外，此物此志。嘻！子厚自少規橅子長，論文言志，歸於一的，所謂「商鞅因景監見，趙良寒心，同子參乘，袁絲變色」，先後相承，如響斯應，子厚將焉得不極論之於晉趙盾、許世子止，以昭著其春秋大義也哉？試想元和逆案，適爆發於子厚謝世之明日，是大者遠者已不幸而言中，則子厚與二李間晉接札遺之細，誠義之至微極末，了無足道者已。

魏弘簡

一

子厚既草戶部郎中魏府君墓誌，稍後於此，別有魏弘簡者，是閹人，姓名全不差，惟弘一作宏微異，與元微之相親善，舊書稹傳稱：

居無何，召入翰林，爲中書舍人、承旨學士，中人以潭峻之故，爭與稹交，而知樞密魏弘簡尤與稹相善，穆宗愈深知重。河東節度使裴度三上疏言：稹與弘簡爲

刎頸交，謀亂朝政，言甚激訐，穆宗顧中外人情，乃罷稹內職，授工部侍郎。上恩顧未衰，長慶二年，拜平章事，詔下之日，朝野無不輕笑之。

又穆宗紀：

左右軍中尉馬進潭、梁守謙、魏弘簡等，請立門戟，從之。

此可見弘簡在諸閹中，位望彌重。魏府君卒於貞元二十年，距長慶約隔一紀強，閹簡距躍於長慶間，一切爲子厚所不及見，當執筆爲府君草誌，或未注意到閹寺中有同名其人。惟吾輩讀者，不能不深加警惕，致使「爲周賢能、爲漢賢良」之踔躒郎官，與鉤結中外謀亂朝政之惡閹，混殽爲一。

潭峻者，崔潭峻也，曾爲荆南監軍，元微之貶江陵府士曹參軍時，甚爲潭峻禮接，不以掾吏相遇，又常徵其詩什諷誦之。長慶初，潭峻歸朝，出微之連昌宫詞奏御，穆宗大悦，卽日轉祠部郎中、知制誥。此可見裴元互鬥之勝敗，相爲倚伏，近代張之洞有詩詠稹云：

賈誼多言絳灌傷，舊勳新進敢衡量？最憐輕薄元才子，操縱英雄綠野堂。

香濤元才子影何人，作者不自白，外間揣測，羌無一定，或謂指文廷式而言。果爾，則芸閣與珍瑾二妃通款時，定有閹人奔湊疏附其間，特其人未必如弘簡之顯赫耳。（查翁同龢日記光緒二十二年二月十七日記云：楊崇伊參文廷式摺，謂廷式與內監文姓結爲兄弟，

彼此同姓，鉤結更易措詞。」

二

張詩據王益知箋釋：舊勳指孫毓汶與李鴻章。當文已劾孫後，準備再劾李，在某次長江輪船上，文行李被竊，經查緝追回，他物宛在，獨一批文件不見，劾李稿即在內。稿爲鴻章所得，因先發制人，嗾使楊崇伊彈文，亦即葉鞠裳所謂鉤黨之禍已起。戊戌政變，或謂首先發難者爲崇伊，其説近是。崇伊之子楊圻，字雲史，爲鴻章孫壻，有此姻親淵源，故崇伊甘受嗾使。

葉昌熾鞠裳緣督廬日記光緒二十二年二月十七日記云：

道希爲楊莘伯所糾，牽涉松筠菴公摺、及内監文姓事，革逐回籍，鉤黨之禍起矣。

文姓内監名德興。翁記有云：中官文德興、攬權納賄久矣，又私看封奏，干預政事，打四十，發打牲烏拉。

前此一年有餘，卽光緒二十年九月八日葉記：「道希木齋約赴謝公祠，議聯銜奏阻款議，又道希主稿，請聯英德以拒日」，所謂松筠菴摺卽指此事。

翁二十年十一月一日記：

文學士彈濟寧，詆詈過當，上亦不甚怒也，次日、太后見樞臣，論及立言者雜

沓，如昨論孫某，語涉狂誕，事定，當將此輩整頓。

又翁廿一年六月五日記：

　　孫毓汶請開缺，即允准，未請懿旨。

孫卒被翁黨排擠以去，而西后之處置文，則早下決心。

　孫李皆舊勳，以絳灌喋之，文光緒十六年榜眼，當然是新進，第三句輕薄、暗指文盜梁妻事。

　從張集編排次第看來，此詩應是晚年補作，綠野指翁甚明顯，甲午主戰，文在翁門甚爲活躍。

　以上皆王益知稽覈所得，道希被譴南行，北山先生有詩送之：「不愁沙射影，終慮海生塵」，此或指交通內監爲沙射影，然俊流而被此謗，固是士林可恥事，誠不料論魏弘簡而推廣到此。

韋籌

　集中舜禹之事、謗譽、咸宜三首，晏元獻認是韋籌博士所作，元獻果何所考而見爲如是？無從推定。　又韋籌之才行學術，著錄於他籍者絶罕，校覈無由。　獨温飛卿集有題韋籌博士草堂一律，題下注云：「鼓吹作薛逢詩，題稱韋壽博書齋」，則籌字壽

博，至堪確認。詩云：

玄晏先生已白頭，不隨鴛鷺狎羣鷗，元卿謝免開三徑，平仲朝歸臥一裘。醉後獨知殷甲子，病來猶作晉春秋，滄浪未濯塵纓在，野水無情處處流。

准詩意旨，韋籌之爲倦仕歸隱，窮老著書，有習鑿齒尊漢正統之風，不難想見。由是舜禹之事文中，偉視曹丕，及苛責諸葛亮忽視曹氏與人民緊密聯結各義，與之兩不相容，晏氏謂文爲韋籌所作，顯無是處。

玄晏先生者，乃晉皇甫謐士安所自號，謐躬自稼穡，帶經而鋤，博綜羣籍，沈靜寡欲，晚得風痹之疾，猶手不釋卷，作者以韋籌譬之斯人，則韋之風概可想。謐自著史，號玄晏春秋，則詩中第六句，猶自與首句一脈相通，曩習鑿齒云云，特別爲想當然耳。

元卿謝免者，此謂蔣詡當王莽居攝時，謝病免歸，提與玄晏重疊用之，並不能爲韋博士別標勝概，晏嬰狐裘尤濫湊，詩境平凡，去陳琳墓下遠矣，未必是飛卿所爲。

符載

集中賀趙宗儒辟符載啓，於載推許甚至，「以符君之藝術志氣，爲時聞人，才位未會，盤桓固久，……凡諸侯之欲得符君者，城聯壤接，而惑於騰沸，環視相讓，莫敢

先舉」云云，此於符載之光價，幾於推尊無上。頃從全唐文中，發見李巽請符載三書，首稱「數月不面，延企爲勞」，此巽與載本來熟識之證，末稱「謹差押衙任進、朝奉侍官人馬、馳狀進迎」，其欲得符載之情，躍然紙上。茲將第三書錄存：

再，馳狀皆損還答，承抗跡未降，虛懷猶鬱。足下有器業，可以資時，松筠之質，有異蒲柳。然白駒驟過，艮時易晚，昔夫子從政，亦不待韋編三絶。況僕虛薄，忝承朝寄，懼於覆壓，寤寐艮賢，實冀推明道德，俾助薄劣，故延仰之誠，有加常旨。敢更誠情，所望虛副，幸甚，諸已再具，故不煩云。謹差散將葉公著敬候，幷官告衣服僕馬等，延首北睇，以得爲榮，惟垂昭省不宣，李巽重簡。

所云「延首北睇，以得爲榮」，可見欲得符君之城聯壤接中，巽乃敢於先舉，並再三瀆請，誠情望副。顧載終不赴巽，而往就趙宗儒之辟，究其避就之異，在於何處，一時難於察知。顧巽爲手掌財賦之顯要，載爲避免汙蔑，自是題中應有之義。尋巽卽爲推挽程异者，諒其請异之篤，或亦等於請載，此亦可得解免异之意存扳援，而彰巽之延攬之誠云。巽字令叔，趙州贊皇人，以明經調補華州參軍，登拔萃科。順宗朝、官兵部侍郎，領鹽鐵轉運使，遷兵部尙書，徙吏部，元和四年卒，年六十三，可見巽是與子厚同朝之人。載，字厚之，蜀人，官至監察御史，工詩。

凡事物以政府之好尙而滋長，而轉移，惟文學亦然。有唐開國，太宗於藝文有

特嗜，從而四傑與燕許，狎主齊盟，天下從風而靡，以至發展到韓柳高峰，儼然聳唐德於盛漢之表。於斯時也，物極必反，附庸者漸成大國，俊士稍薄京曹，願爲從事，方州爭取儒宿，競發安車，於是文風由京朝下遞四國。如幸南容眷戀邯鄲，登朝重往，子厚送其歸使聯句詩序云：

昔漢室方盛，文章之徒合於京師，亦既充金馬石渠，則又溢於諸侯，求達其道。故枚乘遊於吳，相如遊於梁，其或致書匡主，用極其志，節之大者也，適時觀變，以成其性，道之茂者也。

文之歧趨如此，在中唐絶非罕見，未幾而趙宗儒與李巽奪聘符載之事，顯聞於時。夫一士之貴，成於游揚，幣聘靡常，光價在口，士尊無比，醜亦流聞，特符厚之未必卽其人耳。迨李商隱之樊南甲乙集出，清新纖豔，沾溉如飛，西崑蜀雅，幾二百年獨霸壇坫。吾嘗謂唐文之中，卽翹然提出幕府文學之目，於焉競爽，不得謂非知言，惟語其詳，願以異日。

樵蛻

一

孫可之與劉復愚，或稱孫劉，〔見右張嘯山論唐文。〕或稱樵蛻，〔如香祖筆記載唐末古

文，並稱樵蛻。〕蓋可之雖大中九年登第，而文在廣明元年僖宗行在所，始與李濤司空圖並稱三絶，復愚文通行於中和間，中和爲廣明改元，年號相續，以知孫劉同時，去元和末子厚之歿，且六十歲，兩者均跨入晚唐，與子厚文風絶非一致。

明天啓間，吳馡鐫孫樵經緯集，爲作記曰：

竣劉復愚賸簡之梓，流布識者，愈慨千年文塚，幾以夷於陵谷，劉生自誌丘墓，洵迺埋憂地下者矣。馡嘗謂吾黨中處人代，實爲前古後今關係，見有佳篇幽墨，若不爲之表章，聽其湮沒，是大殘忍人，不爲無罪於天地。故友生結聚，最喜偵訪所知文家幾輩，所貯文藁幾種，務爲發隱闡幽，借鈔廣播，力及卽爲鐫行，使當世有不掩之文，後先燈續，曾與同心發弘誓，願行此功德於藝林，永不退諉。然每遇人，不免捧出相示，迺有攘爲帳秘者，遭其活埋，不勝痛恨，比之殺諸慧命罪業，馡亦自箴，犯不善護持之戒。甲子長夏，偕羣季侍家大人於南磵樓居，深柳覆窗，塔光照席，茶香清供，家樂甚洽。大人懲馡愛惜人才，不得其道，反招罪咎，命幡家笥，重以牙籤題識，載行譏察。忽及大人手訂諸編，有經緯集爲孫可之自定著作，在唐與劉復愚名埒，欲以並行。又得王文恪吳下舊本，林茂之閩本，參考文苑等籍，釐正相沿之謬。鄢中鄭見義先生聞之，請同校閱，遂爲中和以來，復存可之面目，隨助剞劂之金，從臾速成。迺直以唐孫樵題集者，存古遺意，使姓名彰彰

不磨，而晚近易於通曉。願見是集者，發廣大心，立拔猜忌私吝孽根，毋使古魂銜恨九京，縑緗夜泣耳，因作緣起於前，以爲勸請。

王漁洋香祖筆記，於劉復愚文塚，有説如下：

唐劉蛻文塚銘，自評其文粲如星光，如貝氣，如蛟宮之水，此喻最妙。文塚在今潼川州，予康熙壬子曾過之，爲賦一詩。唐末古文，並稱樵蛻，蛻「文泉子」，予所手錄，然不逮樵遠甚。樵之文在大中時，惟杜牧可稱勍敵。

平景孫經緯集後序，有可資參考處，並錄之：

咸豐己未，過夏京師，於琉璃廠書肆，購得唐孫郎中經緯集鈔本。楮裂墨黦，不知何人手筆？以附考覈之，當出近人。卷數與崇文總目、新唐書藝文志、郡齋讀書志、通志、文獻通考合，而與自序不符，古人別集流傳，卷帙弇媨多有，不足異也。郎中在晚唐，與文泉子名埒，而新城王文簡公，謂劉不逮遠甚，且軒之李、皇甫右，稱勁敵者惟牧之。案自序所著碑碣書檄傳記銘誌，今但有碑書記銘誌，而碣檄傳無之，三十五篇，刪擇自定，屠繼序謂大半明人摹仿之文，説本韓門志疑，四庫全書提要已辨之。往讀倪文貞公詩，一房同門稿敘引，有「以鏄予農，饋農千鍾，以杍予女，賚女百鍺」，不見今本。文貞時毛刻初出，雖正德本、閩本、金陵本尙存，皆不當有集外零璣賸璧，已爲可疑。若清異錄所載送茶與崔刑部書云：「晚

甘侯十五人，遣侍齋閣，此徒皆乘雷而摘，拜水而和，蓋建陽丹山赤水之鄉，月澗雲龕之品，愼勿賤用之」，則秀實書多構虛辭，㊀未可據謂此非足本。毛刻間有敚誤，此爲差善，王惺齋孫可之集正謡，未見傳本，惜不得取斠異同，夏嗛父見之，㊁謂卽傳錄小讀書堆宋槧，予未敢定。念汲古閣本近亦稀覯，爰刊行廣播，俾成學治古文者，復見中和以來面目焉。同治丁卯嘉平旣望。

韓退之自詡爲文文從字順，而崇獎盧仝之務怪，可見退之之所自詡者，並非眞實。退之薦士詩又云：「橫空盤硬語，妥帖力排奡」，夫妥帖誠未失其宜當，〔別竇司直云：吁嗟苦駑緩，但懼失宜當。〕而有叶於從順矣，硬語排奡，則大大不然。尋可之之文，宗韓者也，所謂宗韓，往往不宗其妥帖，而宗其排奡，且排奡而失其宜當，又往往字不可理解，文不可句讀，夫如是，文焉得而從？字焉得而順？篤而論之，唐文中之從事於潔，而眞能達到文從字順之一域者，非韓也，柳也。人不解學柳，而謬學韓，將息息於「羸灰異劫、龍藏蛟宮〔八字見熊文舉劉蛻集序。〕」中求秘寶，而不肯於尋常日用、布帛菽粟內索出路，其卒也，不惟險怪之是鶩，而不自限於小家異端，無以登大雅之堂不止，此孫可之已如是，劉復愚更進一層，其嶮巇偪側，又何論焉？

㊀ 清異錄乃陶穀撰，穀字秀實。

㊁ 夏嗛父名燮，當塗人，官永新知縣，光緒乙亥卒。

吾嘗就劉蛻集循覽一過，除與京西幕府書，吾差於言下得其意義外，餘幾難於句讀，祇得勉強囫圇而下。夫文者，羣恃以行遠而解惑者也，今至士類通品而讀不上口，索解維艱，雖曰靈文秘笈，亦何賴鬼神呵憐爲哉？（語出劉蛻集序。）誠未料自唐中和以來，貿貿然崇韓之蔽，一至於此。張嘯山檃括唐文，揮斥茂挺、退叔、和叔，而將復愚濫厠於十八家之列，蓬心爾爾，亦大可怪。

二

晚近有趙國華，字菁衫，豐潤人，同治二年進士，由作宰山東起家，官至光緒十七年，署按察使，有能名，逾三年甲午卒，年五十七。徐世昌曾爲立傳，有一段文字如下：

> 君精識絶人，熟於古今治亂、典章因革、文獻盛衰、詞章得失之故。其少，卽究心古作者，深洞奧窔，而恥與爲貌肖。顧不喜有宋諸家，謂平易易開沿襲之漸。其爲文獨造幽秀，不使一言失累黍，不知者或誤謂孫樵劉蛻之流，則向所不屑也。

孫樵劉蛻之名，止於唐花一現，國華之文，果否揣摩樵蛻？無人能言，亦無人肯爲嘗試校覈。所謂青草堂集，吾未嘗閲過，諒讀者亦絶少。吾知菁衫與同邑張佩綸繩菴友善，往來函札不絶，吾藏有兩造札不少，文固平平無奇，遺詞亦無甚屈曲聱牙痕

迹。吾今著錄其名於此，亦廑爲名與樵蜕有牽連，而本編之涉及樵蜕，則謂有唐三百年，文以燕許爲前茅，韓柳爲中權，至象徵性後勁，不得不提名樵蜕，使文運獲得圓滿之大結束云。

唐代文章流别之争

宋人文起八代之衰云云，衰者指偶體文字而言也。變偶爲奇，號曰古文，就中標舉韓柳或韓李，以爲榘範，其勢相沿至今，未聞異議，獨淩廷堪氏不以爲然。彼謂韓氏之文，特矯枉於一時，不足爲文章正宗。宋初古學猶存，熙寧後始趨末學，因而韓氏論文與朱氏論學，同爲蹈空疏而蔑古。以李慈銘之好怪，猶謂淩氏之論，殊駭俗聽，斯誠文章流别中偏至之言，未容忽視。淩李兩家之文如下：

書唐文粹後

淩廷堪

唐文粹一百卷，宋姚寶之輯。曰古賦，曰詩，曰頌，曰贊，曰表奏書疏，曰文，曰論，曰議，曰古文，曰碑，曰銘，曰記，曰箴誡銘，曰書，曰序，曰傳錄紀事，凡十六門，所以續文選也。體例不甚精確，如明皇紀泰山銘，則附於頌；柳子厚塗山銘、獨孤至之仙掌銘等，乃與墓誌銘爲一門，通謂之銘；權文公幾銘、盧玉川門銘等，又與箴誡别爲一門。夫銘一而已，宜自爲一類，墓誌銘或又爲一類，不當淩雜如

此也。皮襲美九諷、反招魂，楚騷類也，不當入詩；韓退之進學解，答客難類也，不當入古文，皆其短也。唯平淮西碑，取段文昌而不取昌黎，此眞深知文體者。蓋昌黎之文，化偶爲奇，戛戛獨造，以矯枉於一時耳，故好奇者皆尚之，然謂爲文章之別派則可，謂爲文章之正宗則不可也。宋初古學猶存，文章榘矱，人皆知之，故姚氏明於決擇如此。熙寧而後，厭故喜新，末學習爲固然，元明以來，久不復識源流之別矣。竊謂昌黎之論文，與考亭之論學，皆欲以一人之見，上掩千古，雖足以矯風尚之同，而實便於空疏之習，故韓歐作而摯虞劉勰之焰熸，洛閩興而沖遠叔明之勢絀，廢墜之所由來者漸矣。今一二有識者，知蹈虛言理，不如名物訓詁之實有可憑也，於是蒐遺訂佚，倡之於前，士從事於學者，皆以復古爲志。而論文則貿貿焉但曰八家，是知二五而昧於一十也，因讀文粹感而書此。又案：宋史姚鉉本傳曰廬州合肥人，而文粹序題曰吳興，蓋舉其郡望也。

書淩氏廷堪校禮堂集中書唐文粹後文後　李慈銘

淩氏此論，殊駭俗聽，昌黎之文，尚存秦漢榘矱，淩氏目爲別派，言亦未醇。至謂便於空疏之學，此自是學韓文者之過，昌黎所爲豈空疏者哉？又以姚氏取段文昌平淮西碑，而不取昌黎，爲深知文體，尤矯枉過正之論。姚氏蓋因歐宋新唐書，盡删唐代駢文，激而出此，若段韓兩碑，其文具在，優劣不可泯也。然淩氏言文體

必本韻偶，卓識雄論，自超前哲，與並時儀徵阮氏，並發斯旨，示來學以津梁，傳古人之秘奥，欲究其略，請得而言。紀載之作，尙書最古，今文所傳，已多偶句，左氏國語，遂沿其原。嗣而先秦碑銘，兩漢詔誥，皆於渾噩之中，寓裁琢之巧。流及六朝，愈尙華藻，波靡遞下，乃有風雲月露之譏。西魏及隋，已矯議變之，狃于風氣，卒不能革。唐代韓柳崛起，竟成大家，河東集中，尙多偶體，限於工力，遠遜散文。五季宋初，人不知學，所爲駢儷，蕪累惢陋，規範莫存，厭棄者衆。子京永叔，倡言復古，大放厥辭，天下翕然矣。由是蘇曾繼起，道學踵興，人習空言，以便枵腹，伸紙縱筆，遂成文章，不必排比爲功，徵引爲博，雌黃枚馬，毛疵庾徐，以齊梁人爲小兒，呼南北史爲穢籍，謬種沿襲，大言不慚。雖亦盧陵諸公所未料，而持論太高，因噎廢食，追其弊始，厥咎奚辭？要之中唐以降，駢偶骫骳，謂爲文章之衰則可，謂非文章之體則不可也。范曄、沈約、魏收、姚察諸史，彣彣彧彧，蔚乎可觀，晉書南北史諸篇，亦斐然美備，而謂壞紀載之法，被風流之罪，周內詆訶，不已傎乎？景文至於改撰唐文，以奇代偶，通人之弊，意過其通，迄今八九百年，文章流別，卒莫能正，可喟也已。

觀兩家之言，復古二字，遂成爲此中最大之矛盾語，蓋一方排奇還偶，一方去偶崇奇，兩極端之意，用同一名詞表之故也。且也、宋初古文運動，歌誦至今，而次仲以

空疏蔑古罪之，至列韓氏爲旁門左道，此誠不能不認爲從古文海中一大翻案。獨柳子厚爲文，不拘一格，駢散兼收，儒雅雍容，萬流仰鏡，置古今先後之飛短流長於不聞不問。晏同叔謂：「祖述墳典，憲章騷雅，上傳三古，下籠百世，横行闊視於綴述之場，子厚一人而已。」即以次仲詳練史事，俯視羣流，文詞璀璨典雅，視胡稚威、孔巽軒如無物，諒亦不能不對同叔推柳數言，閔默無異辭云。

平淮西碑，文粹取段文昌不取韓氏，淩君謂爲眞知文體。此其重點，似不在奇偶之別，惜次仲未加闡發，越縵指爲矯枉過正，惜亦不附具體説明。

越縵謂河東偶體，工力遠遜，此乃以多少正從之别，移作工力之不同，如斯以貌取人，大乖文家正論。竊思子厚論事，向以用字爲準繩，時當古文運動中權，奇文得用，偶文退聽，子厚在政變後十四年中，幾於偶文一字不作，越縵遽爾詆其工力未足，可謂目論之尤。

張文虎所謂唐文

一

南匯張文虎嘯山所著舒藝室雜著中，有唐十八家文錄序一首，意以歷來論古文者，大抵拘墟於八家之説，無自解脱，而欲以己見矯正之。序作於咸豐六年丙辰，有

錄無書，故當世未見傳本。序云：

世人論古文，輒曰唐宋八家，又曰：昌黎起八代之衰，不知唐之與宋，原委既殊，門戶自別，非可概論。至起衰之功，斷推元道州爲首，第其文散漫，未立間構，若獨孤、梁、權，規模粗具，而猶苦肥重。惟昌黎氏原本六經，下參史漢，錯綜變化，冠絶百世，要其學出安定，而實淵源於毘陵，則未嘗無所因也。柳州初工駢體，後乃篤志古文，其才氣陵厲，足以抗韓，至於學識根柢，遜韓多矣。同時若劉賓客才辨縱横，間以古藻，亦柳之亞。元相滔滔清絶，開宋人一派。李、皇甫皆學昌黎，而一得其理，一得其辭，亦各自成門徑。牛相文筆刻露，議論透闢。沈下賢喜爲小篇，戛然自異。杜牧之雄奇超邁，實爲韓氏先導。孫可之源出韓氏，而專務苛削，要其獨至不可及，世以孫劉並稱，然復愚則近於險怪矣。皮襲美根據深厚，若在韓門，當肩隨習之。陸魯望不衫不履，野趣自得，頗有似元道州者。羅昭諫懷才不試，好爲寓言，出以過激，每不中理，然固有唐一代人文之後勁也。予錄唐文凡十八家，源流遷變，概見於斯，此外如蕭茂挺、李遐叔、吕和叔，非無傑構，往往雜以駢語。符厚之佳處，不出獨孤、梁、權範圍。李元賓奇偉，而純以辭勝，未脱綺麗之習。白傅平衍，而不免於冗。歐陽行周氣息近古，而所詣未成，不能與李、皇甫角立。李衛公史論篇幅短隘，蓋無意爲文，故今所錄並不及云。

此眞嘯山一家之私言，不足以扶持文雅，開拓世運。夫嘯山者，一奔湊豪門之飣餖小儒，其識何足與於論文大事？彼謂柳州學識，遠遜於韓，此恰是柳州高處。又謂柳州才氣足以抗韓，實則柳州正論，無往不使昌黎匍伏在下，何求與相抗之有？進一步言之，嘯山不僅不知柳，亦並不知韓，其謂韓學本梁肅，而文淵源獨孤至之，已墜落韓之聲價，掃地無餘，忽又云元次山起衰功首，語尤滑稽。嘻！如嘯山輩瑣瑣小言，顚倒混亂，亦略見文風與國運切切相關，而當時以兵養望之文壇傀儡，釋兵揮麈，收召一時賓僚，毫不足挽回末流墮氣，而文體因之不得不大變而特變已。至韓柳之相應光價，其待從新覈計一番，又何待論？

又杜牧者，爲佑之孫，君卿雖年輩先於退之，而末期乃同朝。牧之發迹，大抵在長慶以後，其草擬罪言，乃在劉從諫守澤潞，何進滔據魏博，朝廷措置無術，復失山東時，則退之謝世已久，何爲韓氏先導之與有？嘯山揚觶藝林，有意知人論世，而時序之顚倒錯亂如此，其他更何足說？以愚揣之，嘯山意中或謂：小杜雄於文，實韓氏爲之先導，果爾，此足見嘯山行文不中律令，亦殊可笑。

復愚、劉蛻號。蛻、荆南人，一云長沙人，及第後，官至左拾遺，論令狐滈弄權納賄之罪，謫華陰令。

他日，就嘯山序涵泳一通，從而分析，得若干義，駢列如左：

一、以世議韓起八代之衰爲不然，起衰之功，歸諸元結，與宋初柳開之見合。

二、推韓尊經，而其下卽曰：「要其學出安定，而實淵源於毘陵。」以梁獨孤爲韓學所自出，中涵矛盾性甚大，看來貌似崇韓，而於實貶之。

三、柳不肯爲人師，而己亦直無所師，與韓之依傍安定毘陵小家門戶爲自足者異趣。於是謂柳「篤志古文，其才氣陵厲，足以抗韓」，抗者，乃高出其上之抗，非亦步而亦趨也。

四、嘯山能爲駢文，自了知文事之功力，其謂柳州始工此體，正說明篤志古文之初步塗徑，此種才氣，爲昌黎所不具。至於根柢遜韓，乃就桐城義法而言，嘯山爲桐城腐蝕之處，不免無形流露。

五、劉賓客才辨縱橫，間以古藻，此僅亞於柳，至韓直非其倫。劉曾語韓：「子長在筆」，意乃排韓於文以外，嘯山此評，能使賓客心服。

六、嘯山將李元賓之地位，壓至底層，與韓之送孟東野序，揚李觀於有唐善鳴者之一，使柳劉輩視爲高不可攀者，何其背反一至於此？由是謂嘯山此文，意在抑韓，殆非過言。

七、嘯山高視龔美，欣賞昭諫寓言，復以魯望野趣，闌入文脈正宗，此殆全然脫

離昌黎論文旨趣。

八、嘯山於諸家所下評語，雖寥寥一兩句，詞簡意賅，具見功力，非儲茅諸頭巾家所敢望。

尋嘯山於樸學深造，文亦淵雅有致，韓既非所篤摹，人因謂其傾嚮於柳。錢衎石治學塗徑，與嘯山相近，而文依柳，人又取錢張併作一談，嘯山他日有書答劉恭甫，涉及此誼：

去臘得手教，欣審侍奉安吉，鄙人入春以來，居處如恒，祇諸宂叢雜，不得竟日靜坐爲苦。平生於古文實未致力，何敢浪言？竊以爲所謂桐城派者，非桐城獨闢一法，蓋韓柳以來大家名家相傳如此，實自古以來皆如此，特韓柳諸家，則有轍迹可尋。然韓柳功深，蘇氏才高氣盛，介甫瘦硬奥衍，皆不易學，惟歐曾平正，易於入手，故中材以下喜效之。桐城由震川以上溯歐曾，固古文正軌，然專以風神唱歎爲宗，此則望溪猶不如是，而惜抱啓之。蓋永叔之效子長者，未嘗無神似處，特後人功力不及，近於空疏。後世學惜抱者，奉爲祕笈，自鳴一派，此又非惜抱意計所及也。衎石文頗學柳，而質實處近李習之，鄙人不特未學桐城，兼亦未敢窺衎石樊籬，人來強求者，妄一應之，何足言古文？兄淵源深厚，出其緒餘，陳之述作，固當直舒所見，不患不中繩墨，若彼專門之藝，分道揚鑣可也。端甫別傳，宿

諾久乖，聊以塞補農之請，桐城乎？衎石乎？皆當屏之門牆之外矣，閲畢幸轉示之。

嘯山此書，於桐城頗有峻斷。前十八家文錄序，衆建文家，以分八家之勢，此則就八家，而推斷於韓柳蘇王與歐曾之間，使桐城中材，攀四家不及，而唯乞靈歐曾。於斯時也，復以風神歌唱，歸獄於惜抱之空疏，而故寬望溪一步，此其齮齕桐城，至爲刻覈。至己之學柳與否？及衎石規橅桐城爲何如？則以不着邊際之諧語出之，嘯山善於辭令，控送自如，於此益見一斑。

昔黄長睿長於論書，曾謂書家不鑒，鑒家不書，吾謂善校勘者，其不能文亦然。特嘯山之於校勘，猶不如黄蕘圃、顧千里之專且精，因而譚文舒藝，往往軼軌與奇中，相間而有。如嘯山與劉恭甫書：「鄙人不特未學桐城，兼亦未敢窺衎石樊籬」，斯二語者，吾謂非軼軌卽奇中爾，不然，夫亦誰肯將錢衎石與桐城校量高下哉？恭甫、劉壽曾字，卽申叔從父；唐端甫、名仁壽，海寧人，從錢警石遊，積學不遇死。

宋初古文

一

容齋續筆九有國初古文一條云：

歐陽公書韓文後云：「予少家漢東，有大姓李氏者，其子堯輔頗好學，予游其家，見其敝篋貯故書在壁間，發而視之，得唐昌黎先生文集六卷，脫落顛倒無次序，因乞以歸讀之。是時天下未有道韓文者，予亦方舉進士，以禮部詩賦爲事，後官於洛陽，而尹師魯之徒皆在，遂相與作爲古文，因出所藏昌黎集而補綴之，其後天下學者亦漸趨於古，韓文遂行於世。」又作蘇子美集序云：「子美之齒少於予，而予學古文反在其後。天聖〔仁宗年號。〕之間，獨子美爲古文於舉世不爲之時，可謂特立之士也。」㊀柳子厚集，有穆修所作後敍云：「予少嗜觀韓柳二家之文，柳不全見於世，韓則雖目其全，至所缺墜亡字失句，獨於集家爲甚，凡用力二紀，文始幾定，時天聖九年也。」予讀張景集中柳開行狀云：「公少誦經籍，天水趙生、老儒也，持韓愈文僅百篇，授公曰：質而不麗，意若難曉，子詳之何如？公一覽不能捨，歎曰：唐有斯文哉！因爲文章，直以韓爲宗尚，時韓之道獨行於公，遂名肩愈，字紹先，韓之道大行於今，自公始也。」又云：「公生於晉末，長於宋初，扶百世之大教，續韓孟而助周孔，兵部侍郎王祐得公書曰：子之文出於今世，眞古之文章也，兵部尚書楊昭儉曰：子之文章，世無如者已二百年矣。」開以開寶〔高祖由乾德改元年號。〕六年登進士第，景作行狀時，咸平〔眞宗年號。〕三年。開序韓文云：「予讀先生之

㊀ 引文有刪節，因原文在本編已別見故。

文，自年十七至於今，凡七年。」然則在國初，開已得昌黎集而作古文，去穆伯長時數十年矣，蘇歐陽更出其後，而歐陽略不及之，乃以爲天下未有道韓文者何也？范文正公作尹師魯集序亦云：「五代文體薄弱，皇朝柳仲塗起而麾之，洎楊大年專事藻飾，謂古道不適於用，廢而弗學者久之，師魯與穆伯長力爲古文，歐陽永叔從而振之，由是天下之文一變而古」，其論最爲允當。

右文於宋初古文形勢，疏列至明。張景字晦之，公安人，少從開遊，悉出家中書畀之，而學益進，眞宗朝爲文學參軍，著有洪範王霸論數十篇。顧開實拙於文辭，以韓爲宗尚而兼及柳，肩愈者肩韓也，紹先乃紹柳，以子厚同姓，認爲先祖，因曰紹，景盧謂名與字都韓之道，實誤。歐陽敍古文源流，不提開名，殆有薄之之意，吾於他條別有紀錄，不更贅。

二

宋初，先於穆伯長而以開古文塗徑自豪者，柳姓名開，字仲塗，其文之不從，字不順，臃腫滯澀，幾使人讀之上口不得。彼自道其得名及改名之由，有答梁周翰一書作於開寶五年壬申，其文云：

四月十五日，鄉貢進士柳開再拜。始其愚之名肩愈也，甚幼耳，其所以志之於文也，有由而來矣。年十六七時，得趙先生言，指以韓文，遂酷而學之。（其事實

具在野史趙先生傳中。〕故慕其古而乃名肩矣，復以紹先字之，〔以其韓柳偕名於唐時，欲紹其祖子厚也。〕謂將紹其祖而肩其賢也。愚之所自著東郊野夫傳者，於論言之備矣，其傳論曰：東郊野夫，謂其肩斯，樂古道也，謂其紹斯，尙祖德也，亦所以見小人之所爲盡於是矣。邇自庚午歲，〔卽開寶三年。〕野史既絶筆，〔凡九十三篇，總三十卷。〕於東郊取諸經亡篇補之，後自賡其號曰補亡先生也。去秋八月以來，遂有仕進之心，以干於世，故得今以所著文投知於門下，實爲之舉進士矣。竊冀於公者，公以言譽之，公以力振之，同於常輩而是念矣。不謂公厚待曰：賢過於韓吏部，賜書責其不至曰：若肩於韓而爲名，非所然也，以至指摘韓氏之疵，恐累於小人之尙信。公於古無與儔者耳，小人謹聞命矣，然若韓氏之録順宗，紀淮西，諫佛骨，碑羅池，其文在於今，其事顯於古，是非豈能曲於蔽與誣者乎？凡聖賢之度量大同也，唐之時亦謂韓爲軻雄之徒也，於今亦咸云若是也，又其言文之最者曰元、韓、柳、陸也，是韓亦有道耳。李讓夷撰録，於韓氏近，又以傳之者皆指斥此數事，若方之於公，卽俱不足道也。昔先師夫子，聖人也，爲獨立於古今矣，馬遷氏紀老聃傳，卽有他辭，以劣於先師也，是亦其復有大於聖人者也，矧其餘爲賢者哉？公之以韓氏未足爲可賢也，蓋公之大於韓氏矣，亦若老聃之與先師夫子也，不其公見之者異於人哉？得不貴之乎？若教小人之更其所慕也，卽小人本在漸而不在於

久矣。幼之時所以名者，在於好尚韓之文，故欲肩矣，今長而成，所以志者，在乎執用先師之道也，故亦將有所易矣，是以補亡先生傳曰：補亡先生，舊號東郊野夫者也。既著野史，後復探六經之旨，已而有包括揚孟之志，樂與文中子王仲淹齊其述作，遂易名曰開，字仲塗，其意謂將開古賢聖之道於時也，將開今人之耳目使聰且明也。必欲開之爲其塗矣，使古今由於吾也，故以仲塗字之，表其德也，斯亦小人之志，不執其名於肩韓氏矣。傳又云：或曰：子前之名甚休美者也，何復易之？不若無所改矣。先生曰：名以識其身，義以志其事，從於義而吾惡夫畫者也。吾既肩且紹矣，斯可已已也，所以吾進其力於道，而遷其名於己耳，庶幾吾欲達於孔子者也，斯亦小人之志又周於此矣。小人雜著文中，又有易名解，以解其名肩愈，而將易曰開也，公以是觀之，小人果何如也？夙昔之心，正符公今之言也，公謂小人之文窺六經之奧，正百家之失，廓堯舜之王塗，張周孔之至治，管晏之儔，霸者之位，未稱其小人之所包括也。卽倘小人苟實有是，豈果在未名於天朝乎？復白疑之眞有耶？無耶？望公細而閱之，亦前所貢於公之文中有傳，〔句〕名斯在矣，敢承誨命，遽定曰開。旅館囂然，文思不生，言無所常道者，急於報謝，勿怪之可也，開再拜。

覽右件，可知開絶不善於文，意既卑下，筆又沓拖滯澀，用助字全不中律令，不識當

時何以能享古文之名，所謂河東先生集，且流傳於後？穆伯長文亦不高，然言簡意賅，氣骨遠出開上。開以肩愈與紹先爲名若字，開與子厚同姓柳，故認子厚爲先，殊不知韓柳不同道，開肩愈卽不能紹先，紹先亦無從肩愈，實則開於兩家全無所得，渾稱故無妨爾。

梁周翰者，貳臣也，以周室翰林，知宋室制誥，形旣鑿枘，詞無旨美。韓退之誠不無可訾之處，然詆諆出於周翰之口，卽啓文人不平之心。開書中自稱小人，尊孔爲先師夫子，似說部滑稽口吻，此置之小說，亦絶非高品。又開卽圖仕進，何至滿朝無可干之人，而獨干周翰？周翰覆書斥韓，並謂開文高於韓，周翰僉壬，亦故作利市語以排調之耳。開則自忘其爲肩愈，反譽周翰之道大於韓，如此聞譽如狂，選懦無節，翻昂然以繼往開來自任，正如癡人之前說夢，抑何可笑？顧開述唐文名家爲元、韓、柳、陸，元者元次山也，次山固能文，然不聞有人張元於韓之上。陸殆指陸敬輿〔贄〕，敬輿亦固不以文名。近世姚鼐類纂古文辭，次山厠焉，他有雜鈔經史百家者，元陸咸在，此於駢列若干家數，始能排置元陸地位。若如開者，專宗韓柳，求其匹敵，而乃元爲龍頭，陸作驥尾，形勢突兀乃爾，殊難索解。開或曰：文外別有事在，吾之遴選，自不猶人，吾料開之識解不及此，無取深辯。

韓洎與兄溥、薄有文名，然洎自詡爲修五鳳樓手，爲時流所嗤，開有書與洎云：

唐有天下三百年間，稱能文者，唯足下與我兩家。開之學爲文章，不類於今者，餘三十年，始者誠爲立身行道，必大出於人上，而遍及於世間，豈慮動得憎嫌，擠而斥之，斯亦未足耿吾懷也。其所喜者，聞足下好爲古文，及近得足下序書讀之，頗有吏部之梗概。所以自念，韓柳氏子孫，與足下幸同出於今世矣，足下其勤而行之，無忘乃祖，勿使不迨於彼之徒也。

觀此，正如世家衰落，其子孫謬以祖宗袍服，裝點模樣，究於己身何所裨益？姚鼐弟子有同邑劉開，字孟塗，文名與方植之、管異之、梅伯言相埒，號方劉梅管，惟名若字適與柳開同符，不知劉氏之子，何所慕而有取於是？

羅池廟碑，乃韓文中最爲庸闒之作，智與馬醫夏畦之子無異。倘退之先死，而發見此類怪異，子厚決一笑置之，不爲蔣子文第二，鋪敍成文。仲塗謂碑羅池之是非爲曲於蔽與誣，正未知作何申述？

仲塗文中，卻有一義特殊，卽聲言欲與文中子王仲淹齊其著作是也。夫仲淹號爲文中子，時義在中，而仲淹又自著中說，吾見阮逸爲中說序有云：

……唐末司空圖、嗟功廢道衰，乃明文中子聖矣。五季經亂，逮乎削平，則柳仲塗宗之於前，孫漢公廣之於後，皆云聖人也，然未及盛行其教。噫！知天之高，必辯其所以高也，子之道其天乎！……大哉中之爲義，在易爲二五，在春秋爲權

衡，在書爲皇極，在禮爲中庸。謂乎無形，非中也，謂乎有象，非中也，上不蕩於虛無，下不局於器用，惟變所適，惟義所在，此中之大概也。

夫中之義，子厚之所揭櫫者也，惟變所適、惟義所在二語，堪爲子厚下一注脚。仲塗因紹先而通解子厚之所謂中，不期而契合於王仲淹，理或然歟！阮逸字天隱，建陽人，天聖進士，曾撰樂論十二篇，與胡瑗同被召，遂典樂事，遷屯田員外郎。漢公、孫何字，淳化進士，累官右司諫，與弟僅齊名，僅字鄰幾。

三

海昌吳壽暘，字虞臣，著有拜經樓藏書題跋記，見式訓堂叢書，中有跋河東集一條如下：

> 河東先生集十五卷，舊鈔本，有附錄，四庫書目作十卷，附錄一卷，按景序明言十五卷。近慈谿柳氏有重刻本，抱經先生、竹汀先生並爲之序，均未詳卷數，未審視此本何如？當更訪之。先君子書鐵圍山叢談江南徐鉉歸朝後一則於前云：據此，則仲塗文章雖擅一時，而人品不無可議，張景行狀謂不拘小謹，蓋其微詞。而陳直齋亦云：開爲人，史稱其傲很剛愎。合觀數語，則開先時自名曰肩愈者，不亦妄乎？戊戌春日，偶從武林得舊鈔本，漫題首簡。

河東先生指柳開，非宗元也，先君子、撰者之父吳騫，即錢泰吉序中所謂兔牀先生者

也。序云：「兔牀先生平得一異本，必傳示知交，共相鈔校，非私爲己有者。」拜經樓卽兔牀藏書之所，所藏據稱有五萬卷，量與質皆足與黃蕘圃相抗。黄顏其室曰百宋一廛，兔牀則自題其居曰千元十架，千元者，謂千部元板也。壽暘能讀父書，並親作題跋以示於後，其篤古亦自可取，戊戌應是道光十八年，兔牀於嘉慶間卽去世，年八十一。

兔牀不足於柳開之文，而牽涉徐鉉歸朝一事，吾未見原文，未敢論斷。惟以開於開寶五年，貽書貳臣梁周翰求舉觀之，凡兔牀嗤其自名肩愈爲妄，及張景所云不拘小謹，疑與此類事迹不無關繫，姑記此以待詳證。

檢四庫全書提要河東集下：「蔡條鐵圍山叢談，記其在陝右爲刺史，喜生膾人肝，爲鄭文寶所按，賴徐鉉救之得免，則其人實酷暴之流」云云，兔牀所指，當卽此事。夫鐵圍山短書，蔡條亦難於取信，然不得反證，固不敢斷其事之必不有。果爾，開之所奉，不啻孔丘盜跖同一龕矣，將何從與論文哉？

四

蘇舜欽有哀穆先生文如下：

嗚呼！穆伯長以明道元年〔宋仁宗由天聖改元。〕夏，客死於淮西道中，友人蘇叔才、子美作詩悼之，遣人馳弔之，痛夫道不光，余又次其一二行以鑑於世，爲文

哀之。先生字伯長，名修，幼嗜書，不事章句，必求道之本原，皆記生徒無意處熟習評論之。性剛介，善於背俗，不肯下與庸人小合，願交者多固拒之。議事堅明，上下合古，皆可錄，然好詆卿弼，斥言時病，謹細後生畏聞之。又獨爲古文，其語深峭宏大，羞爲禮部格詩賦。咸平〔眞宗年號。〕中舉進士，得出身，調泰州司法參軍，牧守稱其才，貳郡者惡之。又嘗以言忤貳郡，會守病昏，貳者私黠吏，使誣告先生賂。具獄，聚左證後，召先生使衆參考之，由是貶池州。中詣闕下，叩登聞鼓，稱寃，會貳郡者死，復受譴於朝，後累恩，得爲蔡州參軍。先生自廢來，讀書益勤，爲文章益根柢於道，然恥以文干有位，以故困甚。張文節守亳，亳之士豪者作佛廟，文節使以騎召先生作記，記成，竟不竄士名，士以白金五斤遺之，曰：「枉先生之文，願以此爲壽」，又使周旋者曰：「士所以遺者，乞載名於石，圖不朽耳」，旣而亟召士讓之，投金庭下，遂促裝去郡，士謝之，終不受。嘗與人曰：「寧區區餬口爲旅人，終不爲匪人辱吾文也。」天聖末，丞相有欲置爲學官者，恥詣謁之，遂不得。嘗客京師南河邸中，往往醉，暮歸，過之如不省。夜半，邸人猶聞其吟誦喟歎聲，因隙窺之，則張燈危坐，苦矉執卷，往往達曙，用是耗其貲。母喪，徒跣自負櫬成葬，日誦孝經喪記，未嘗觀佛書，飯浮屠氏也。識者哀之，或厚遺，則必爲盜取去，不然，且病，或妻子卒。後得柳子厚文，刻貨之，售者甚少，踰年，積得百緡，一子

輒死。將還淮西，道遇病，氣結塞胸中不下，遂卒。吁噫！天之厭文久矣，先生竟以黜廢窮苦終其身。顧其道宜不容於今世，然由賦數踦隻，嘗罹兵賊惡少輩所辱困，其節行至死不變。有孤，懦且幼，遺文散墜不收，伯長之道竟已矣乎！初、先生死，梁堅自解以書走上黨遺子，欲訪其文，俾予集序之。去年，赴舉京師，歷問人，終不復得一篇。惟有任中正尚書家廟碑，靜勝亭記，徐生墓誌，蔡州塔記，皆平昔所爲，又不足成卷。今舅氏守蔡，近以書使往其家，且求其所著文字，未至間，作文哀之。道不勝於命，命不會於時，吁嗟先生竟胡爲？

宋初古文氣勢，不能闕穆伯長名，伯長之友，亦不能無蘇子美。其生平文歷，以刻貨柳子厚集爲最終結穴，粗覽遺文，料量身世，斯亦文苑之嘉聲，知己之隱契也已。顧伯長之文，無一筆似子厚，遭際雖似，而才質相去彌遠，有心者應不於此中求之。

子美之兄舜元，字才翁，此文標曰叔才。歐陽永叔作子美文集敍云：

天聖間，予舉進士於有司，子美與其兄才翁，及穆參軍伯長，作爲古歌詩雜文，時人頗共非笑之，而不顧也。

似此，子美兄弟，一時才名非小。兄弟有悲二子聯句一大篇，頗可觀，二子者、穆伯長與淩孟陽伯華也。其關於伯長者有如下若干句：

……穆子疾病初，家事鉅細缺，鄰人苦其求，（才翁）醫師久已決。案杯大小空，

布被旁午裂，餘喘尚能鼓，〔子美〕老憒知已結。目淒望羊泓，髭斷反蝟茁，憂酸擊餘生，〔才翁〕嗥呼留永訣。語妻後日計，書册未可徹，教子立世資，〔子美〕圓曲勿自悅。吾屬何流離！衆人方草竊，淩子久道路，〔才翁〕……

至蘇子美文所謂調泰州司法參軍，貳郡者惡之，究爲何事？則伯長詩秋浦會遇一首中，有「君牽成狠翟，我患構姦秦」二句。自注：「明之君者，指清河張木」；注云：「張君之冤，由翟淳者鍛鍊其獄而成之。」姦秦者、秦應也，注云：「應本以嶺南小吏，承攝州縣，久而得其眞官，年七十餘，通判是州，爲人狡，多刻多疑，納羣細之譖。以余嘗輒慢之，會守郡者疾病，諸從事皆他適，得久專郡事，遂與其下構予之禍。」子美文中所稱貳郡一段指此，詩序首云：大中祥符〔眞宗由咸平改元景德，由景德改元大中祥符。〕五年，爲海陵郡司理參軍，海陵郡卽泰州也，池州古秋浦地，故命爲秋浦會遇詩云。

子美文又有丞相欲置爲學官一事，則集中附錄穆參軍遺事，紀述朗朗。詞云：

穆修字伯長，汶陽人，後居蔡州，師事陳圖南而傳其學。修少豪放，性褊少合，多遊京洛間。人嘗書其詩句於禁中壁間，眞廟見之，深加歎賞，問侍臣曰：此爲誰詩？或以穆修對，上曰：有文如是，公卿何以不荐？丁晉公在側曰：此人行不逮文，由是上不復問。蓋伯長與晉公有布衣舊，晉公頃起夔漕，伯長猶未仕，相遇漢上，意欲伯長先致禮，伯長竟不一揖而去，晉公銜之，由是短於上前。後晉公貶

朱崖，徙道州，伯長有詩云：「卻訐有虞刑政失，四凶何事亦量移？」可見其不相善也。

此文其下續云：

伯長祥符二年，梁固榜登進士第，〔按此與蘇文咸平中舉進士，微差數年。〕調海州理掾，以忤通判，遂爲掊拾，由是削籍隸池州，其集中有秋浦會遇詩，自敍甚詳。

此適證實囊舉海州貳郡者惡之之本事。文又續云：

後遇赦，敍潁州文學參軍，故當時呼之曰穆參軍。老益家貧，家有唐本韓柳集，乃丐於所親厚者得金，募力鏤板，印數百集，攜入京師相國寺，設肆鬻之，伯長坐其旁。有儒生數輩至其肆，輒取閱，伯長奪取怒視，謂曰：「先輩能讀一篇，不失一句，當以一部爲贈」，自是經年不售。時學者方從事聲律，未知爲古文，伯長首爲之倡，其後尹源子漸、洙師魯兄弟，始從之學古文，又傳其春秋學云。

伯長一生精力，半耗費於韓柳二集，而得柳集較後，用功尤勤。至今遺藁中，韓先生集序不見，而柳先生集後序獨存。文云：

唐之文章，初未去周隋五代之氣，中間稱得李杜，其才始用爲勝，而號雄歌詩。道未極渾備，至韓柳氏起，然後能大吐古人之文，其言與仁義相華實而不雜。如韓元和聖德、平淮西、柳雅章之類，皆辭嚴義密，製述如經，能崒然聳唐德於盛

漢之表，蔑愧讓者，非先生之文則誰與？予少嗜觀二家之文，常病柳不全見於世，出人間者、殘落纔百餘篇，韓則雖目其全，至所缺墜亡字失句，獨於集家爲甚。志欲補其正而傳之，多從好事訪善本，前後累數十，得所長輒加注竄。遇行四方遠道，或他書不暇持，獨齎韓以自隨，幸會人所寶有，就假取正。凡用力於斯，已蹈二紀外，文始幾定，而惟柳之道，疑其未克光明於時，何故伏眞文而不大耀也？求索之莫獲，則既已矣於懷，不圖晚節遂見其書，聯爲八九大編，夔州前序其首，以卷別者凡四十有五，眞配韓之鉅文歟！　書字甚朴，不類今跡，蓋往昔之藏書也。從考覽之，或卒卷莫迎其誤，脫有一二廢字，由其陳故劘滅，讀無甚害，更資研證就眞耳。　因按其舊錄爲別本，與隴西李之才參讀累月，詳而後止。嗚呼！天厚予者多矣，始而饜我以韓，既而飫我以柳，謂天不吾厚，豈不誣也哉？世之學者，如不志於古則已，苟志於古，則踐立言之域，舍二先生而不由，雖曰能之，非余所敢知也。

李之才，字挺之，青州人，倜儻不羣，師事伯長。伯長性嚴急，稍不如意，或至呵叱，挺之左右承順，如事父兄，略無倦怠。

曩言陳圖南者、陳摶也，摶好讀易，以數學授穆修，修授李之才，之才授邵雍。或云：漢上朱震子發言：陳摶以太極圖傳种放，放傳穆修，修傳周敦頤。

宋初古文，柳開仲塗、穆修伯長首爲之倡，尹源字子漸、洙字師魯、兄弟皆以文學知名，適繼其後。歐陽永叔早工偶儷之文，故試於國學南省，皆第一，既擢甲科，官河南，始得師魯，乃出韓退之文學之。

夔州前序其首云者，夔州指劉夢得也，夢得爲子厚編集時，適爲夔州刺史，故標題如是。

五

宋黄伯思，字長睿，閩邵武人，少時體弱如不勝衣，風韻灑落，飄飄有凌雲意，性警敏，不好弄，日誦書千餘言。元符三年進士，由河南府戶曹參軍，薦升朝列，擢祕書省祕書郎。伯思好古文奇字，洛下公卿家商周秦漢彝器款識，字畫體製，悉能辨正是非，道其本末，遂以古文名家，凡字書討論備盡。初、淳化中博求古法書，命待詔王著續正法帖，伯思病其乖僞龐雜，考引載籍，咸有據依，作刊誤二卷，由是篆隸正行草章飛白，皆至妙絕。及莅祕書省，縱觀册府藏書，至忘寢食，自六經及歷代史書，諸子百家，天官地理，律曆卜筮之説，無不精詣。伯思宿抱羸瘵，因父艱尤甚，以政和八年卒，年四十。平生學問慕揚雄，詩慕李白，文慕柳宗元，有文集五十卷，翼騷一卷，其東觀餘論三卷，乃其次子㝖伯思所爲議論題跋而刊行者也。

吾因伯思文慕柳宗元，而錄法帖刊誤序如下，以資比勘：

法帖刊誤序　黄伯思

淳化中，内府既博訪古遺蹟，時翰林侍書王著受詔敍正諸帖，著雖號工草隸，然不深書學，又昧古今，故秘閣法帖，十卷中璠璵雜糅，論次乖譌，世多耳觀，遂久莫辨。故禮部郎米芾元章，筆翰妙薦紳間，至淮南幕府日，嘗跋卷尾作數百語，頗有條流，但概舉其目，疏略甚多。故諸部中或僞蹟甚著而不覺者，若李懷琳所作衛夫人書，逸少闊別稍久帖之類，有雖審其僞而譏評未當者，若知伯英大令諸草帖爲唐人書，而不知乃書晉人帖語之類，有譏評雖當，主名昭然而不能辨者，若以田疇字爲非李斯書，而不知乃李陽冰明州碑中字之類，有誤著其主名者，若以晉人章草諸葛亮傳中語，遂以爲亮書之類是也。其餘舛午尚多，書家責能書者備，故僕於元章慨然。古語有之：「善書不鑒，善鑒不書」，僕自幼觀古帖至多，雖豪墨積習未至，而心悟神解，時有所得，故作法帖刊誤，凡論眞僞，皆有據依，使鍾王復生，不易此評矣。元章今已物故，恨不示之，後有高識，賞予知言。大觀戊子歲六月七日西都府院東齋序

王虛舟有綴語如下：

閣帖十卷，刻於淳化三年，米老法帖題跋一卷，作於元祐三年，由淳化三年至元祐三年，中歷九十六年，無有異論。自米元章創爲區別，又二十年，黄長睿遂有

刊誤之作，則刊誤之作，實自米老開之，而王晉玉題刊誤後，有自余發之之語。按長睿官河南戶曹參軍時，在洛中久，公務餘閒，與其賢士大夫從容翰墨，因得從王晉玉閱其所藏內府祕帖，而米老法帖題跋眞跡，正在晉玉家，因出與祕帖參互證取，商訂觸發，遂有刊誤之作，則米老爲其前導，而發其覆者晉玉也。靖康之亂，元章眞跡散失，自刊誤盛行後，其次子訪、始得長睿手錄本刊刻附後，於是米黃二公之書始完。〔釗案：晉玉、王玠字，時官開封尹，法帖刊誤，晉玉亦有序。又按：長睿次子訪、得其父手錄本刊刻附後，殆指東觀餘論而言。〕

長睿此文，得到子厚之潔字訣，通篇文從字順，適可而止，心手相應，使人讀之爽然，不許有冗字累句，羼雜其間，一反昌黎雖去陳言而泥沙俱下之蔽。

吾閱長睿諸文，絕少於子厚有何稱述，惟跋穀梁傳後云：「柳子厚云：穀梁子甚峻潔，又云：參之穀梁氏以厲其氣，信哉！　政和二年十一月七日黃長睿書。」行家著一二語便足。

長睿所著書，有翼騷一卷，知長睿固深於騷，以非深於騷者不足以知柳也。果也，長睿所爲楚辭序，有如下若干語：

天問之章，辭嚴義密，最爲難誦，柳柳州於千祀後，獨能作天對以應之，深弘傑異，析理精博，而近世文家，亦難遽曉，故分章辨事，以其所對別附於問，庶幾覽

者瑩然知子厚之文，不苟爲艱深也。自屈原傳而下，至陳説之序，又附以今序，別爲一卷，附十通之末，而目以翼騷云。

據此，以知長睿所謂翼騷，其輪廓如右，而長睿所得於柳，較當時文家獨爲深至，尤不待辨。

長睿於左文中辨析楚辭，語甚精到。其説云：

陳説之以爲惟屈原所著，則謂之離騷，後人效而繼之，則曰楚辭，非也。自漢以還，文師辭宗，慕其軌躅，摛華競秀，而識其體要者亦寡。蓋屈宋諸騷，皆書楚語，作楚聲，紀楚地，名楚物，故可謂之楚辭。若些只羌誶蹇紛侘傺者，楚語也，頓挫悲壯或韻或否者，楚聲也，沅湘江澧修門夏首者，楚地也，蘭茝荃藥蕙茗蘋蘅者，楚物也，他皆率若此，故以楚名之。自漢以還，去古未遠，猶有先賢風概，而近世文士，但賦其體，韻其語，言雜燕粤，事兼夷夏，而亦謂之楚辭，失其指矣。

長睿之説，諦已，然不能以此阻人攻騷途徑。蓋天下文師辭宗多矣，生不必爲楚人，居不能皆楚地，或於姓名間標明慕尚，如宋湘字芷汀、陳澧字蘭浦、其他荷屋、藥房、澧浦、辛楣、竹盧之類，〔按吳榮光字荷屋、張錦芳字藥房、謝蘭生字澧浦、錢大昕字辛楣、大昭字竹盧。〕顧名思義，求其切近者，所在多有，然貌雖偶合，而神未必與俱。獨柳子厚年少學成，劘騷不遠，而忽由秦京貶居湘岸，十年不移，從山水八記中，看到人地翕

合，形神無間，此其夢接三閭，是一是二，初不待作天對以應天問，始足證成爲騷壇第一手嗣音也，直瑩然而不疑。語稱文人相知，視千載猶旦暮，吾恨不得以此文示長睿，殆過於長睿恨不以所造法帖刊誤示米元章云。

中清古文

一

袁子才好論文，所言固非全無所見，彼屢稱爲古文者不必多讀書，神似劉原父之譏歐九，意乃不滿桐城家言也，顧姚姬傳爲子才銘幽，盛稱道之，冀掩其相鬩之迹云。吾見子才答友人論文第二書，所謂友人，殆指歙縣程蕺園（晉芳），蕺園以鹽筴起家，官編修後，廣蓄書策，勤於搜討，尤好禮接文士，聲華藉甚，與此書所標形態適合。書中涉及綿莊，綿莊、江寧程廷祚號，其人博學多通，於漢宋學各有所非。二程與子才關係甚深，後有論列，諷此書，足見乾隆一朝文章派別痕迹。

客冬蒙寄古文七篇，讀畢，思有所獻替，怱怱少暇，入春來，歸妹於揚州，筮日賓壻，勞不可支，比來稍閒，敢白所懷以諍足下。竊謂足下之爲古文是也，足下之論古文非也，足下之言曰：「古文之途甚廣，不得不貪多務博以求之」，此未爲知古文也。夫古文者、途之至狹者也，唐以前無古文之名，自韓柳諸公出，懼文之不

古，而古文始名，是古文者，別今文而言之也。劃今之界不嚴，則學古之詞不類，韓則曰：「非三代兩漢之書不觀」，柳則曰：「懼其昧沒而雜也，廉之欲其節」，二公者，當漢晉之後，其百家諸子，未甚放紛，猶且懼染於時。今百家回穴，又復作時藝，弋科名，如康崑崙彈琵琶，久染淫俗，非數十年不近樂器，不能得正聲也。深思而愼取之，猶慮勿暇，而乃狃於龐雜以自淆，過矣。蓋嘗論之：古書愈少，文愈古，後書愈多，文愈不古；商書渾渾爾，夏書噩噩爾；作詩者不知有易，作易者不知有詩。下此，左穀以序事勝，屈宋以辭賦勝，莊列以論辨勝，賈董以對策勝，就一古文之中，猶不肯合數家爲一家，以累其樸茂之氣，專精之神，此豈才力有所不足，而歲月有所偏短哉？荀子曰：「不獨則不誠，不誠則不形」，天下事不徒文章然也，鄭康成以禮解詩，故其說拘，元次山好子書，故其文碎，蘇長公通禪理，故其文蕩。之數公者，皆抱萬夫之稟者也，偶有所雜，其弊立見，而況其下焉者乎？今將登騷壇，樹旂幟，召海內方聞綴學之徒，而談論角逐，以震耀乎口耳，此非煩稱博引不可也，邯鄲淳之見東阿王，李鍇之遇梁武帝是也。若夫傳一篇之工，成一集之美，閉戶覃思，不蹈襲前人一字，而卓然爲行遠計，此其道誠不在是矣。足下擅鹽筴名，居淮南之四衝，四方之士，于于焉來請謁者，或經或史，或詩或文，或性理，或經濟，或蟲魚箋注，或陰陽星曆醫卜，日呈其技於左右，足下不涉獵而遍覽

焉，幾懵乎爲酬應。而又以好賢之心，好勝之氣，日習於諸往來者之咻染，不覺耳目心胸，常欲觀五都而遊武庫，然藉此多聞多見，使人一談論，一晉接，驚而詫於四方曰名士名士則可也，竟從此以求古文之眞，而拒專門者之諫則不可也。足下之答綿莊曰：「散文多適用，駢體多無用，文選不足學」，此又誤也。夫高文典册用相如，飛書羽檄用枚皋，文章各適其用，若以經世而論，則紙上陳言，均爲無用。古之文不知所謂散與駢也，尚書曰：「欽明文思安安」，此散也，而「賓於四門，納於大麓」，非其駢焉者乎？易曰：「潛龍勿用」，此散也，而「體仁足以長人，嘉會足以合禮」，非其駢焉者乎？安得以其散者爲有用，而駢者爲無用也？足下云云，蓋震於昌黎起八代之衰一語，而不知八代固未嘗衰也。何也？文章之道，如夏殷周之立法，窮則變，變則通，西京渾古，至東京而漸漓，一二文人，不得不以奇數之窮，通偶數之變。及其靡曼已甚，豪傑代雄，則又不屑雷同，而必挽氣運以中興之，徐庾韓柳，亦如禹稷顏子，易地則皆然者也。然韓柳亦自知其難，故鏤肝鉥腎，爲奥博無涯涘，或一兩字爲句，或數十字爲句，拗之、鍊之、錯落之，以求合乎古人。但知其戛戛獨造，而不知其功苦，其勢危也，誤於不善學者，而一瀉無餘。蓋其辭駢，則徵典隸事，勢難不讀書，其辭散，則言之無物，亦足支持句讀，吾嘗謂韓柳爲文中五霸者此也。然韓柳琢句時，亦有六朝餘習，皆宋人之所不屑爲也，惟其不

屑爲，亦復不能爲，而古文之道終焉。且賢者之大患，在乎有意立功名，而文人之大患，在乎有心爲關係。古之聖人，兵農禮樂，工虞水火，以至贊周易，修春秋，豈皆沾沾自喜哉？時至者爲之耳。若欲冒天下難成之功，必將爲深源之北征，安石之新法，欲著古今不朽之書，必將召崔浩刊史之災，熙寧僞學之禁。今天下文明，久已聖道昌而異端息矣，而於此有人焉，褒衣大袑，猶以孟軻韓愈自居，世之人有不怪而嗤之者乎？夫物相雜謂之文，布帛菽粟、文也，珠玉錦繡、亦文也，其他濃雲震雷、奇木怪石、皆文也，足下必以適用爲貴，將使天地之大，化工之巧，其專生布帛菽粟乎？抑能使有用之布帛菽粟，貴於無用之珠玉錦繡乎？人之一身，耳目有用，鬚眉無用，足下其能存耳目而去鬚眉乎？是亦不達於理矣。韓退之晚列朝參，朝廷有大著作，多出其手，如淮西碑、順宗實錄等書，以爲有絶大關係，故傳之不衰，而何以柳州一老，窮兀困悴，僅形容一石之奇，一壑之幽，偶作天說諸篇，又多譎詭悖傲，而不與經合，然其名卒與韓峙，而韓且推之畏之者何哉？文之佳惡，實不係乎有用與無用也。卽足下論文，如射之有志，可謂識所取舍者矣，而何以每見足下於莊屈之荒唐，則愛之而誦之，於程朱之語錄，則尊之而遠之，豈足下之言與行違哉？蓋以理論，則語錄爲精，以文論，則莊屈爲妙，足下所愛，在文而不在理，則持論雖正，有時而嗒然自忘。若夫比事之科條，薪米之雜記，其有用更百

倍於古文矣，而足下不一肄業及之者何也？三代後聖人不生，文之與道離也久矣，然文人學士，必有所挾持以占地步，故一則曰明道，再則曰明道，直是文章家習氣如此，而推究作者之心，都是道其所道，未必果文王周公孔子之道也。夫道若大路然，亦非待文章而後明者也，仁義之人，其言藹如，則又不求合而合者，若矜矜然認門面爲眞諦，而時時作學究塾師之狀，則持論必庸，而下筆多滯，將終其身德人之德，而不自德其德矣，竊爲足下憂之。綿莊文多説經，絶不類選體，而以之勖足下者，彼見足下筆氣近弱，不宜散文，故以六朝綿麗之體進，非得已也。足下不善用其短，而拒之過堅，僕愛足下過於綿莊，安得不再爲忠告？

余録此文畢，爲箋數義於下：一、程綿莊者，以乾隆三十二年丁亥歿於白門，子才爲志墓，稱卒時年七十七，核之，應生於康熙三十年辛未。乾隆元年鴻詞科，與子才同徵，時子才年廿四，綿莊年四十六，子才視之，幾年長以倍之老輩已。二、志中説及族孫魚門，魚門者，卽晉芳字也，其文云：「淮安有先生族孫魚門，恢奇多聞，每假館余所，三人連日夜語，蟬嫣不忍别。或漏盡送先生出，〔志言居宅相鄰。〕則兩人者重剪燈，對數海内人物，必首舉先生，又未嘗不欷歔歎息，憂先生之衰。今先生果卒，而魚門亦遠宦京師，憑其棺而哀者獨余耳，」觀此，可見三人交誼。三、吾人當先知綿莊學術大概：志云：「綿莊深於經者也，卓然獨往者也，且能至者也，其初博存諸家，

宣究其意，已而貫穿合并，精思詣微，著易詩書三禮魯論，的的然言其所言，非先儒所言。其言曰：墨守宋學已非，有墨守漢學者爲尤非，孟子不云：君子深造之以道欲其自得之乎？又曰：宋人毁孫復疏經多背先儒，夫不救先儒之非，何以爲孫復？其言如此，其著述可知，」此可謂推崇甚至。四、次當知魚門造詣：書中「足下擅鹽筴名」一大段，與魚門平生適合，魚門有富名，而卒以窮困死，子才至舉五千金債券焚之。平生問經義於從祖父程綿莊，而學古文於劉海峯，與子才及商寶意（盤）交厚，唱和相得，畢秋帆撫關中，魚門往謀歸計，到一月而卒，年六十七，蓋在乾隆四十年上下也。五、子才擅駢文，兼能古文，縱筆所之，左右逢源，彼另有致魚門一書，自道學文艱苦經過云：

接手書，云有索僕古文者，命爲馳寄。僕於此事因孤生懶，覺古人不作，知音甚希，其弊一誤於理學，再誤於時文，再誤於考據，三者之中，吾以考據爲長，然以之溷古文則大不可。何也？古文之道形而上，純以神行，雖多讀書，不得妄有摭拾，韓柳所言功苦盡之矣；考據之學形而下，專引載籍，非博不詳，非雜不備，辭達而已，無所謂文，更無所謂古也。嘗謂古文家似水，非翻空不能見長，果其有本矣，則源泉混混，放爲波瀾，自與江海爭奇；考據家似火，非附麗於物，不能有所表見，極其所至，燎於原矣，焚大槐矣，卒其所自得者皆灰燼也。以考據爲古文，猶

之以火爲水，兩物之不相中也久矣，記曰：「作者之謂聖，述者之謂明」，六經三傳，古文之祖也，皆作者也，鄭箋孔疏，考據之祖也，皆述者也，苟無經傳，則鄭孔亦何所考據耶？論語曰：「古之學者爲己，今之學者爲人」，著作家自書所得，近乎爲己，考據家代人辨析，近乎爲人，此其先後優劣，不待辯而明也。近見海內所推大儒，作爲文章，非序事噂沓，卽用筆平衍，於剪裁提挈烹鍊頓挫諸法，大都懵然，是何故哉？蓋其平素神氣，沾滯於叢雜瑣碎中，翻擷多而思功少，譬如人足不良，終日循牆扶杖以行，一旦失所依傍，便倀倀然臥地而蛇趨，亦勢之不得不然者也。且胸多卷軸者，往往腹實而心不虛，藐視詞章，以爲不過爾爾，無能深探而細味之，劉貢父㊀笑歐九不讀書，其文具在，遠遜盧陵，亦古今之通病也。前年讀足下汪宜人傳，紆徐層折，在望溪集中爲最佳文字，此種境界，似易實難，僕深喜足下晚年有進如此，僕之文非足下之獻而誰獻焉？倘有近作數篇，意欲增入，須明春乃來。衰年心事，類替人持錢之客，臘殘歲暮，汲汲顧景，終日辜榷簿册，爲交代後人計甚殷，豈不知假我數年，未必不再有進境？然難必主人之留客與否也，一笑。

綜觀右列兩文，知子才於古文專宗韓柳，而韓柳不脫六朝辭令，爲彼隻眼獨到處。

㊀ 或謂笑歐九乃原父，原父名敞，有公是集，貢父名攽，有公非集。

從來濫傳韓退之文起八代之衰，子才意不謂然，彼謂八代固未嘗衰，語尤大膽，能道人所不敢道，其謂文之佳惡，不係乎有用與無用，亦徵膽識。子才左袒艱深文淺陋之桐城派，右拍叢雜瑣碎之考據家，獨從六朝餘習中，發見韓柳琢句方法，是其用力突出所得。至謂徐庾韓柳，易地皆然，此說明文章不能脱離環境，應各有其特殊之時代性，見解亦自有理。又意薄歐九之不讀書，而不昧貢父文遜盧陵，語頗持平，凡此以見子才能以才勝人，並非謂其有獨到之意境。嚴禮堂曰：「子才病在貪多務得，細大不捐，好引僻書，喜用奇字，易曰：文明以止，詩曰：其風肆好，書曰：辭尚體要，與夫韓子所謂文從字順，醇然後肆，柳子所謂參之太史以著其潔者，均似有閒。」似頗道著子才癢處。

韓柳騷賦功能，顯有短長，子才說成兩人工力悉敵，此在全國崇韓若狂之時，子才則以柳之有餘，配韓之不足，隱隱扶韓以就柳，或是所施暗中折服人之手法，眞眼明人一覽得知。

子才好作大言欺人，然有時肯説眞話，爲作僞者道出心曲，亦自可喜。如文與道離久矣，文人學士一則曰明道，再則曰明道，直不過是圖占地步，保持其一貫習氣是。

文中所譏海内大儒，大抵不外方望溪，望溪行文，於剪裁提挈烹鍊頓挫諸法，誠

有失之懵然之處，然子才亦何能盡免？即如右文：「而何以柳州一老，……而韓且推之畏之者何哉？」一大段，開首何以，與結尾何哉，顯然犯複，此乃泥沙俱下、未加剪裁之誤，依法、上何以字應節去。

二

昌黎文起八代之衰，爲千百年來文家聚訟之點，或曰：八代之文未衰，或曰：昌黎輩所爲古文，且不得謂之爲文，持後説者、清阮芸臺其尤也。彼集中書梁昭明太子文選序後，最能説明此一派所持宗旨：

昭明所選，名之曰文，蓋必文而後選也，非文則不選也。經也、子也、史也，皆不可專名之爲文也，故昭明文選序後三段，特明其不選之故，必沈思翰藻，始名之爲文，始以入選也。或曰：昭明必以沈思翰藻爲文，於古有徵乎？曰：事當求其始，凡以言語著之簡策，不必以文爲本者，皆經也、子也、史也，言必有文，專名之曰文者，自孔子易文言始，實爲萬世文章之祖。此篇奇偶相生，音韻相和，如青白之成文，如咸韶之合節，非清言質説者比也，非振筆縱書者比也，非佶屈澀語者比也，是故昭明以爲經也、子也、史也，非可專名之爲文也，專名爲文，必沈思翰藻而後可也。自齊梁以後，溺於聲律，彥和雕龍，漸開四六之體，至唐而四六更卑，然文體不可謂之不卑，而文統不得謂之不正。自唐宋韓蘇諸大家，以奇偶相生之

文，爲八代之衰而矯之，於是昭明所不選者，反皆爲諸家所取，故其所著者，非經即子，非子即史，求其合於昭明序所謂文者鮮矣，合於班孟堅兩都賦序所謂文章者更鮮矣。其不合之處，蓋分於奇偶之間，經子史多奇而少偶，故唐宋八家不尚偶，文選多偶而少奇，故昭明不尚奇。如必以比偶非文之古者而卑之，則孔子自名其言曰文者，一篇之中，偶句凡四十有八，韻語凡三十有五，豈可以爲非文之正體而卑之乎？況班孟堅兩都賦序及諸漢文，其體皆奇偶相生者乎？兩都賦序白麟神雀二比，言語公卿二比，即開明人八比之先路，明人號唐宋八家爲古文者，爲其別於四書文也，爲其別於駢偶文也。然四書文之體，皆以比偶成文，（明史選舉志曰：「四子書命題，代古人語氣，體用排偶，謂之八股。」）不比不行，是明人終日在偶中而不自覺也。且洪武、永樂時，四書文甚短，兩比四句，即宋四六之流派，宏治、正德以後，氣機始暢，篇幅始長，筆近八家，便於摹取，是以茅坤等知其後而昧於前也，是四書排偶之文，眞乃上接唐宋四六，爲一派爲文之正統也。然則今人所作之古文，當名之爲何？曰：凡說經講學，皆經派也，傳志記事，皆史派也，立意爲宗，皆子派也，惟沈思翰藻，乃可名之爲文也，非文者尚不可名爲文，況名之曰古文乎？或問曰：子之所言，偏執己見，謬託古籍，此篇書後，自居何等？曰：言之無文，子派雜家而已。

繼此之後，芸臺又有與友人論古文一書，旨趣相同。所謂友人，不知爲誰？以勢揣之，大概是杭州詁經精舍高材生之一，因芸臺辭闢古文，兼及時藝，恐妨該生進取，故特不著其名，然芸臺之論實精到，因並錄之：

讀足下之文，精微峻潔，具有淵源，甚善甚善，顧蒙來問，謹陳陋識焉。元謂古人於籀史奇字，始稱古文，至於屬辭成篇，則曰文章，故班孟堅曰：武宣之世，崇禮官，考文章，又曰：雍容揄揚，著於後嗣，大漢之文章，炳焉與三代同風。是故兩漢文章，著於班范，體制和正，氣息淵雅，不爲激音，不爲客氣，若云後代之文，有能盛於兩漢者，雖愚者亦知其不能矣。近代古文名家，徒爲科名時藝之累，於古人之文有益時藝者，始競趨之，元嘗取以置之兩漢書中，誦之擬之，淄澠不能同其味，宮徵不能壹其聲，體氣各殊，弗可強已。若謂前人拙樸，不及後人，反覆思之，亦未敢以爲然也。夫勢窮者必變，情弊者務新，文家矯厲，每求相勝，其間轉變，實在昌黎，昌黎之文，矯文選之流弊而已。昭明選序，體例甚明，後人讀之，苦不加意。選序之法，於經史子三家不加甄錄，爲其以立意紀事爲本，非沈思翰藻之比也。今之爲古文者，以彼所棄，爲我所取，立意之外，惟有紀事，是乃子史正流，終與文章有別，千年墜緒，無人敢言，偶一論之，聞者掩耳，非聰穎特達、深思好問如足下者，元未嘗少爲指畫也。嗚呼！修塗具在，源委遠分，古人可作，誰與歸

歟？惟足下審之。

吾嘗怪今人爲文，胡乃必標古文之名？誠以文章與時代相關聯，古人不能爲今人之文，猶之今人不能爲古人之文，文倘古也，今人勢不能解，爲之胡益？然世儒必將今人能解之文，號曰古文，或曰古文辭，悖謬殊甚。夫韓退之亦能爲唐文而已，故所爲文，都選入唐文粹中，此猶謂八代人能爲八代之文，各擅勝場，兩不相涉，蘇子瞻必謂韓文起八代之衰，此其褊心狹義，至可訕笑。阮芸臺謂近代古文名家，徒爲科名時藝之累，此當然指桐城方苞一派而言，然時藝實肇於北宋，子瞻諒亦不能脫離環境，不爲所累。要之芸臺論文，確有見地，惟謂退之矯文選之流弊一語，去子瞻起八代之衰，仍不過五十步百步之差。蓋退之鶩爲唐人能解之文而已，而進學解則又超過此域，進入八代，必以古文辭名之，乃明代選家如茅坤等之陋言，誠不足爲典要。方望溪不喜班孟堅與柳子厚，可證子厚能爲班文，衡破以時藝家盜襲古文者之壁壘，文章大事，千古難知，爲之擲筆一歎。

時藝者，八比也，比之云者，乃大段儷語相配成文，以體質言，應與選學近，而所謂古文家者惡之，輒立清規戒律，舍偶取奇。如方望溪之徒，原合時藝古文爲一手，而公然在此一奇偶之矛盾中，循牆而走，無從衡破而使之統一，此誠吾國文壇之一絶怪現象。或曰：望溪拙於韻文，初入京時，曾袖詩稿謁汪鈍翁，鈍翁笑曰：足下最

好勿再作詩，望溪大恨，而竟終其身不敢以詩出手，致損文譽，是望溪於文，有其天然缺陷，無法彌補，乃不恤妄樹古文壁壘，貽誤後學，同時己與乃兄百川，以八比執科第牛耳，持矛陷盾，洋洋得意而不以爲恥。吾生也晚，恨不及與芸臺一核論之，芸臺曾言：「學者身處近代，遙隔前徽，享其所素習，屏其所未知，執以一端，蔽夫衆體，何其陋也！（見阮集舊言堂集後序。）」斯誠通人之言，可作桐城家棒喝。

清道光朝文風

樸學與古文二者，至清道光朝趨於最低潮，其時杜受田、曹振鏞兩庸相當國，以檢責苛細，察察爲明，輔導道光帝，在摺片中挑剔筆誤，進退臣工。由是天下之士，從風而靡，以吏爲師，以程墨爲經典，一片空心儉腹，而不知有他，一望黃茅白葦，而渺茫無際。有能誦蘇子瞻陸宣公式之劄子者，即視爲無上儁品，韓柳高不可攀矣，遑論漢魏？無何而洪楊起義，天下棼亂者垂十五年，義軍蹶後，豪奪兵權者，由將壇移入文壇，妄恣指揮，迷誤學子，而桐城之餤復起。有安陸李道平衡仲者，與人論文云：

自明以來，操觚家各持一說，齗齗者且數百年於茲矣。明之論文者有二，曰秦漢，曰八家，因吾家夢陽學秦漢而僞，而茅氏唐宋八家之名，遂獨尊於一世。近

日之論文者，又謂宋文爲文章之極盛，遂欲駕唐人而上，獨奉歐曾蘇氏諸家，以爲不祧之祖。竊嘗論之：秦漢、太華也，韓柳、少室也，宋人、平原廣澤也。華室奇而險，懸崖峭壁，非資力過人，而又具探幽之癖者不能躋，若平原廣澤，易於馳驟，足力苟健，皆可鼓勇而前。彼夢陽者，陟華而顛者也，因一人之陟而顛，遂謂華不可登，不可也，因惡華而並累及於少室，尤不可也，因平原廣澤之易於馳驟，而詔天下之人，斷不可以遊太華少室，愈不可也。且人之爲學，貴得其性之所近而已，是故騏驥之能，在一日千里，特不利於險而利於平，虎豹之能，在緣崖技峻，未嘗不利於平而尤利於險。利於平者任其居野，利於險者任其居山，則兩得之矣，若必欲使凡物皆如騏驥之易於控送，以馳騁於康莊，又何怪牙爪稜利、嘯風隱霧、奇變不測如虎豹者，卒爲世棄也哉？夫宋文非不盛也，宋文之盛，特盛於多，而不盛於奇。孔子論周才曰：「唐虞之際，於斯爲盛」，予於唐宋亦然。柳州久無嗣響，宋人能學韓者，唯荆公一人，其他則大有餘而奇不足。今人不能爲宋人之大，又安望其能爲唐人之奇？反欲祧唐而禰宋，不亦傎乎？

道平一號遠山，湖北安陸人，嘉慶舉人，講理學，尤致力於易，成周易集解纂疏三十六卷。此函稱述道光朝之沈沒文風，淋漓盡致，「柳州久無嗣響」一語，可得說明一切。夫遠山、崇韓者也，集名有獲齋，中有柳王文合鈔題詞一首如下：

周秦西漢之文尚矣，至東漢而衰，至八代而益甚，昌黎文公起而振之，奇崛嚴謹，陵跨唐宋，如太華獨峙，羣峯莫敢爭雄，故予於諸家中嗜之尤篤。以家有韓選刊本，故不鈔，且不勝鈔也。前人云：學韓必先學柳，故鈔柳州文一卷，宋人惟介甫能學韓，餘皆不逮也，故鈔臨川文一卷。他如皇甫持正、李習之、孫可之，皆傳授韓門衣鉢，已各錄另編，兹不具。要之韓柳匹也，王則具體而微，皇甫與李孫、皆各具韓之一體云。

其人能言「韓柳匹也」，在道光朝何啻麟角鳳觜？

陽湖

一

張皋文有送錢魯斯序一首，於彼緣何由學古辭賦，一轉而學古文，申述井井，恍若前後所學，中劃鴻溝一道，可得供後人踐履者然。序如下：

魯斯長余二十四歲，以嘗從先君子受經，故余幼而兄事之。魯斯以工作書爲詩名天下，交友偏海內，余年十六七歲時，方治科舉業，間以其暇學魯斯爲書，書不工，又學魯斯爲詩，詩又不工，然魯斯嘗誨之。越十餘年，余學爲古辭賦，乾隆戊申，〔按即乾隆五十三年。〕自歙州歸，過魯斯而示之，魯斯大喜，顧而謂余：「吾嘗受

古文法於桐城劉海峰先生，顧未暇以爲，子儻爲之乎？」余媿謝未能。已而余游京師，思魯斯言，乃盡屏置曩時所習詩賦若書不爲，而爲古文三年，乃稍稍得之。而余留京師六年，歸更太孺人之憂，復游浙中，轉入歙，而魯斯客湖南北，久乃歸，參差不得見者十三年。今年夏，余自歙來杭州，留數月，一日方與客語，有覢然而來者則魯斯也。其言曰：「吾見子古文，與劉先生言合，今天下爲文莫子若者，子方役役於世，未能還鄉里，吾幸多暇，念久不相見，故來與子論古文。」魯斯遂言曰：「吾曩於古人之書，見其法而已，今吾見拓於石者，則如見其未刻時，見其書也，則如見其未書時。夫意在筆先者，非作意而臨筆也，筆之所以入，墨之所以出，魏晉唐宋諸家之所以得失，熟之於中，而會之於心。當其執筆也，繇乎其若存，攸攸乎其若行，冥冥乎、成成乎、忽然遇之而不知所以然，故曰意，意者非法也，而未始離乎法。其養之也有源，其出之也有物，故法有盡而意無窮。吾於爲詩亦見其若是焉，豈惟詩與書？夫古文亦若是則已耳。」嗚呼！魯斯之於古文，豈曰法而已哉？抑余之爲文，何足以與此？雖然，其惓惓於余，不遠千里而來，告之以道，若惟恐其終廢焉者，嗚呼！又可感也。於是留數日，將去，送之於西湖，書其言而誌之，且以爲別。

魯斯名伯坰，亦陽湖人，書宗北海，爲時所重，游京師，從劉海峰學古文義法，歸挾其

術，誦說於鄉人惲敬與張惠言，於是始有陽湖派古文之名。觀皋文此序，可以窺測崖略，但細察之，祇見魯斯之所授皋文者，不外養意二字。夫養必有資，養後有出，而均依賴於物，凡魏晋唐宋諸家之所以得失，皆物也。由皋文言之，彼所謂盡屏置曩時所習詩賦若書不爲，而爲古文，亦佞魯斯之詞已耳，畸輕畸重之間，可能有時超越辭賦，而多攻屈宋以前之古文。然就大體而言，如皋文者，殆不可能抹煞嚮來辭賦工夫，而於古文中孤踞一席，何況對年長二十餘歲、躬授古文義法之魯斯，設辭迻別，不能不有所掩飾迴護於其間者乎？嘗論桐城如方望溪，乃拙於辭賦，而偏古文以爲名高者，此阮芸臺所謂：「習見者尊之，不知者屏之」，作爲自律準繩，原無不可，但以此束縛天下高才之士，使之才華斂盡，趨於一範，誠陋儒自飾之醜態，不足以別宏毅於斗筲者也。桐城末流，而陽湖崛起，自是中國文壇光明一綫，照澈幽隱，使文才茁壯，不至枯槁而死。

二

桐城陽湖相與之誼，由陸祁孫七家文鈔序所爲闡發者，皎然可覩。序云：

嘗論賢人君子，其才分各有所優絀，而或挾一端以自引重，則荒江老屋之間，有薄卿相而不爲者矣。夫文之爲道，非所云一端者耶？然而盧陵眉山南豐新安而後，歷金元明之久，廑得震川荊川遵巖三家，欲求一人而四之，雖劉王兩文成，

或且退然未敢自信，況其他哉？我朝自望溪方氏別裁諸僞體，一傳而爲劉海峰，再傳而爲姚惜抱，桐城一大縣耳，而有三君子接踵輝映其間，可謂盛矣。然世之沈溺於僞體者，固未嘗一日而息，朱梅崖所處僻遠，彭秋士年少，心孤口衆，徒能自守而已，有志之士所爲嘅息也。吾常自荆川之歿，此道中絶，後有作者，復趨於其歧途，以要一時之譽，乾隆間、錢伯坰魯斯親受業於海峰之門，時時誦其師説於其友惲子居張皋文，二子者始盡棄其考據駢儷之學，專志以治古文。蓋皋文研精經傳，其學從源而及流，子居泛濫百家之言，其學由博而反約，二子之致力不同，而其文之澄然而清，秩然而有序，則由望溪而上求之震川荆川遵巖，又上而求之廬陵眉山南豐新安，如一轍也。夫君子之於學也，期與一世共明之，而非以爲名也，非以爲名，則自爲之與他人爲之，無以異也，以二君之才與識而治古文，實自魯斯發之，君子以爲魯斯之於文也，賢於其自爲也。嗟乎！魯斯惜抱以老壽終，而子居皋文齒猶未也，乃皆不幸溘逝，遺書雖盛行於世，學者猶未能傾心宗仰，每與薛玉堂畫水言之，相顧浩歎。畫水因出其向所點定二子之文，又吳德旋仲倫所選梅崖秋士文各十餘篇，益以桐城三集，以命繼輅，俾擇其尤雅者都爲一編，曰七家文鈔，聊以便兩家子弟誦習云爾，非謂文之止於七家，與七家之文之盡於是編也。異時有志之士，效法而興起者日益衆，皇朝之文，將如班固所稱炳然與三代同風，

則雖以此書爲乘韋之先，吾知七君子者，必欣然樂之不以爲忤也。文中顯稱惲張二子，夙爲考據駢儷之學，因錢魯斯而移其志以治古文，由是以知：二子之治古文，亦學成以後而偶有欣動，不惜轉移方嚮，遷就新趨而已，此其先入爲主之深度幾何？不難懸揣而明，又其新趨之所成就，亦必羼有舊染慣習，亂流而出，無法自禁。據此、陽湖之與桐城，實質既違，色彩迥異，從而標舉兩派之殊尤者，攢集一隅，方軌并出，指天下學者而叮嚀焉曰：此別裁僞體，而古文之如出一轍者也，試問學者其誰信之？祁孫經同人之慫慂而草是序，亦姑視爲乘韋之先，並謂文不止於七家，七家之文亦非盡於是編云爾，遽期學者傾心宗仰得乎？祁孫他日痛悔爲人作序之濫，不禁嘅然見於言曰：「昔顧亭林深譏好爲人序，余心善其言而不能從，違心徇人之作，不勝其多」，（語見盛子履詩序。）此七家文鈔序云者，其亦在違心徇人之列也乎！

七家者、以桐城方劉姚三家、陽湖張惲兩家爲主，梅崖與秋士直附庸焉，他時討論，或逕單指五家，略朱彭不言。姑無論七家也可，五家也可，而其褎然居首者，要是望溪而不屬之他人，由是陽湖諸子究竟對望溪看法如何？應是清釐兩派連誼之最要關鍵。吾見祁孫删定望溪先生文序、有如下一段：

五家之文，方氏爲之首，其言庶幾如孔子所云：有序而有物矣，然溺宋學而詆

漢儒，至言訾謷程朱，類多絶世不祀，甚哉方氏之陋也！夫以程朱之賢，虚懷求道於生前，而伐異黨同，私爲禍福於身後，吾恐方氏之誣罔，較之訾謷者而獲罪爲尤甚也。且世之詆漢儒者，豈其情哉？漢儒實事求是，其學不能一蹴而至，惟空言性命，則旦夕可以自命爲聖人之徒，故畏難者羣然趨之。以方氏之嗜學，固非其倫，然觀其頌古文尚書，解先天卦位，行文支離卑屈，異於他作，彼其心豈不知梅賾之僞爲，邵子之妄作，顯然而無可置辨哉？徒以此二者、程朱之所與，己不容有異同，不得已而爲之辭，故一望而知其所窮也，則皆蔽之曰陋而已矣。

祁孫指斥方氏之陋如此，然則曩所謂：「望溪之文澄然而清，秩然而有序，上而求之震川荆川遵巖，更上而求之廬陵眉山南豐新安，如出一轍」者，純屬違心徇人之論也乎？吾何敢知？

祁孫好以陋譏人，有時且進一步詆人狂悖，卽昌黎亦不免。合肥學舍札記有一條云：

昌黎自言辨古書之誠僞，昭昭然如黑白分，而於宇文泰蘇綽等所造之石鼓文，獨心折不疑，至有「陋儒編詩不收入」之語，陋儒者何人耶？文人之言狂悖，無有過於此者矣。

以狂悖文人指目昌黎，可謂大膽已極，陽湖對桐城、以及對桐城祖述之昌黎，肆口謾

罵如是，談者仍以兩派相襲，併作一談，抑何可笑？

祁孫又有洍水蘭言錄序，涉及昌黎者云：

蓋嘗論之：唐之文莫賢於韓愈氏，此後世之言也，若並世之人，則皆駭怪而非笑之。以公之天縱於文，豈復爲流俗而搖動？然已不勝獨行無徒之感，下此心孤氣沮，爲之不竟，以至於泯沒而無傳者，殆不知凡幾也？

後世文人之敢訕笑昌黎，漫無界域爾爾，殊屬罕見。祁孫又有論玉谿生詩一絶云：「眼看河朔感淮西，我識韓碑是借題，苦憶聖皇兼聖相，不關文字重昌黎。」如此爲韓碑翻案，蔑視昌黎，亦殊有趣。

王白田雜著一則云：「韓文公科斗書後記云：凡爲文辭，宜略識字，其於科斗孝經，衛宏官書，皆令進士賀拔恕寫之，而得其十四五，余不能文辭，而於篆書亦多未之識，嘗誦韓公語而深媿焉。」（書李樹蓭篆書後。）此白田在雍正末年所作論斷，至道光初年，相距不足百載，而陸祁孫發見昌黎不能辨晰宇文泰之僞書，大言非聖，被指目爲狂悖。夫白田祁孫，問學亦略相等耳，乃一則仰韓氏博古精能，如天與人之不相接，一則斥其忘己之陋，而以陋妄加古人，爲無行文人之極惡範例。然則韓氏仍自不失爲韓氏，而早晚時價不同如此，可見時間變易，價値相緣而有差池，王陸兩公，徒自薦而爲時會之象徵，渾難自主，有斷然而無疑者。

然則桐城陽湖兩派、分野究在何處？曰：此可於祁孫與趙懷玉書中求之：

辱詢駢散二體，大抵分作兩集，惟柳州以駢體次散體中，今仿其例，究以何者爲是？夫文者、說經明道、抒寫性情之具也，特文不工，則三者皆無所附麗，故札記出而說經之文亡，語錄出而明道之文亡，何者？言之無文，則趨之者易也。既已言之而文矣，江鮑徐庾、韓柳歐王蘇曾，何必偏有所廢乎？治古文者，往往薄四六爲不屑爲，甚者斥爲俳優侏儒之技，其入主出奴之見，亦猶考據詞章兩家隱然如敵國，甚可笑也，大集出而吳越一家矣，雖創爲之可也。

此完全表現陽湖之異於桐城處。嘗論桐城之誹薄四六，殆由桐城無人深解四六，而陽湖能之之故。觀祁孫毅然將江鮑徐庾、韓柳蘇歐置之同一範疇，自來文壇無人敢倡此言，自來唐宋文家，亦惟柳州堪稱〔去聲〕斯目。

李申耆有屈侃甫享帚集鈔序中一段曰：

古無古文之名，昌黎始發之，六代衰颯，昌黎振之也，其振之者，變其容貌顏色耳，辭氣未嘗有所易。後之爲昌黎者日益衰，并辭氣而易之，作意奮迅者，非暴則慢，率情舒寫者，非鄙則倍，遑問信否？亦何怪吾侃甫之力矯之以復古乎？侃甫之文，宗法東漢西晉，非不欲上溯西漢也，自以才力非所及，而東漢西晉，尚有軌轍可循，斤斤焉守之，下此則綺靡卑陋，非所屑矣。

舉世以宗韓爲名，申耆亦自牽率而爲是言，實則所謂文起八代之衰者，亦於容貌顏色，稍加變換，而辭氣究未敢易，此雖名爲尊韓，其實早將韓納入綺靡卑陋之範疇中，認爲東漢西晉之有軌轍可尋，了無斤斤學步價值。至下乎韓而變易辭氣，以致流入暴慢鄙倍，包括近日桐城在內，一往而不返者皆是，學者力圖矯枉，反指標所當戒愼恐懼而防其蹈襲，更何足論？申耆文中之本意如此。

三

董仲舒云：「正其誼不謀其利，明其道不計其功」，所謂不計其功，從發展上來看，顯有兩個步驟：一、只問耕耘，不問收穫，二、設有收穫，不攘爲己有。此種功成不居之精神，包孕彌廣，由韓柳兩家言之，柳坦示而韓郤模糊，由桐城陽湖言之，陽湖公言而桐城暗昧。以例明之，可得而言：

子厚在永州貶所，貽書其友蕭思謙曰：

> 獨喜思謙之徒，遭時言道，道之行物得其利，僕誠有罪，然豈不在一物之數耶？身被之、目覩之足矣，何必攘袂用力而矜自我出耶？果矜之，又非道也。

此時子厚身遭貶屈，不得與於行道利物之列，似說不上成功與否？而不然。蓋道之及於物也，必有其所由來，倘來自人，我獲身被目覩而已足，不必鰓鰓然矜自己出，倘來自我，我決能做到功成不居，與人相忘於無形，此是江都指示正負兩面之全部

形象。由前之説，可懲人之忮心，由後之説，可免人之求慾，詩云：「不忮不求，何用不臧？」夫如是，子厚居謫籍中，自樂其樂以求自致於道，猶冀思謙之徒，在朝爲之委曲遮護故。

再就陽湖言之：右引陸祁孫所爲七家文鈔序中有數語，最有關係。

夫君子之於學也，期與一世共明之，而非以爲名也，非以爲名，則自爲之與他人爲之，無以異也。以二君之才與識，而治古文實自魯斯發之，君子以爲魯斯之於文也，賢於其自爲也。

君子之學不爲名，他人爲之，與己無異，之數語看似平淡，而得之於文人爲難，得之於名高不可一世之文人爲尤難。鮑倚雲著書訾方望溪：「先生不能詩，而嫉詩人如仇，不知書，而以書名者不掛齒頰」，〔文本編全錄。〕尋常筆墨淺事已如此，涉及經國大計，當又何説？夫如是，望溪果得參與祁孫所崇尚人己無二之篤學君子之列耶？在口耳四寸間，錢魯斯誠無自與望溪抗，而魯斯一旦發見小二十餘歲之世好有佳文，即奔走千里，就其人留數月，爲斤斤焉講古文程法，視其人之有文，不啻若自其口出。就此一點而論，試遣一「僞與薄交乘」〔語本鮑倚雲。〕之村老，爲之播掃掬溜，捧硯典謁，作都厮養，而謂魯斯將笑許耶？抑否耶？凡吾所爲刻劃桐城陽湖之所爲異致如此。

張臯文

一

有清乾嘉時，古文分兩派，一桐城專宗韓，所長在筆，一陽湖追宗屈原，兼長在文。阮芸臺適生其際，於文與筆之分，敍述最明，而張臯文者，則兩派中之關捩也。臯文之文章塗徑，微似柳子厚，乃由辭賦入手，卒能通經致用，掩覆八家，年事不永，亦與子厚相埒。彼所選七十家賦，皆其平生簡練揣摩之作，序文中多自道甘苦之言，桐城末孫姚永樸曾講其意曰：

辭賦類以屈原爲祖，蓋周衰詩熄，屈氏因崛起於楚，自淮南子稱之曰：「國風好色而不淫，小雅怨誹而不亂，若離騷者，可謂兼之」，太史公取此語入屈氏傳，由是藻麗之士咸師之，厥製益繁。近世張臯文作七十家賦鈔序，於六朝前爲茲體者之得失，言之詳備，但其體之變既窮，勢不能不歸於清眞古樸，是以劉彦和文心雕龍辨騷篇，以屈宋爲驚采絶豔，而歎九懷以下，莫之能追。洪景盧容齋隨筆云：「枚乘作七發，創意造端，麗旨腴詞，上薄騷些。蓋文章領袖，故爲可喜，其後繼之者，如傅毅七激，張衡七辨，崔駰七依，馬融七廣，曹植七啓，王粲七釋，張協七命之類，規仿太切，了無新意，傅玄又集之以爲七林，使人讀未終篇，往往棄諸几格，

柳子厚晉問乃用其體，而超然別立新機杼，漢晉文士之蔽，於是一洗矣。東方朔答客難，自是文中傑出，揚雄擬之爲解嘲，尙有馳騁自得之妙，至於崔駰達旨，班固賓戲，張衡應問，皆屋下架屋，與七林同，及韓退之進學解出，於是一洗矣。」由是說推之，韓柳外如歐陽子秋聲賦，雖曰小品，而情致未嘗不纏綿，至東坡赤壁兩賦，清曠夷猶，方望溪評之云：「所見無絶殊者，而文境邈不可攀，良由身閒地曠，胸無雜物，觸處流露，斟酌飽滿，不知其所以然而然，豈惟他人不能摹仿，即使子瞻更爲之，亦不能如此調適而鬯遂也。」學者參觀，庶於茲體正變，可以綜括靡遺乎！

右論見永樸所爲文學研究法，從來陋儒歧辭賦與古文而二之，可視永樸所論爲一鍼砭。至退之進學解，一未成家之駢文體格也，有識者均無異詞，永樸雷同景盧，提與子厚晉問視同一例，此殆桐城諸子，怵於退之名高，認作退之於文無所不可，一孔目論，不足深辨。

又子厚晉問，不僅詞條工麗，度越魏晉諸賢，而其以民利民自利爲主旨，歸結於勤儉建國，步入太平，此其政治卓識，直至人民中國之今日，始得辨認明白。吾恐宋劉辰翁激賞此篇，亦局於時代性，而於騷體面貌外，了解有限，桐城耳孫更何足云？

二

吳仲倫作張皋文先生述，自稱嚴事先生，蓋赫然皋文弟子也。其述曰：

先生始攻駢體文，同郡惲敬見而歎曰：「自相如枚乘歿後，二千年無此作矣。」先生以爲古作者旣遠，士聞見日卑陋，乃益治先秦太史公書，漱滌磨礱，而融之以道德仁義，故其文瑟若圭瓚，使觀者望而生敬，可謂獨出冠時，勇紹絕軌者矣。又自元明以來，學者勦襲宋儒之書，空談性命，而近世宗漢之士，專取漢人穿鑿附會之說，矜博炫異，以與程朱爲難。先生起，悉會漢宋諸儒傳注，而兼采其長，故一時言六藝者折衷焉，惜乎年未及中壽而遂卒，嗚呼！

皋文一生用功年分，不過二十載，始終周旋膠漆於駢體文中，晚年聞錢魯斯之說，治學方向，於桐城微有所偏，大體仍無法擺落相如枚乘一路規律。仲倫稱其文瑟若圭瓚，可謂善於形容，吾敢謂不將皋文躋於大家則已，假其爲之，則皋文畢生功力，當規其全以觀其效，不得劃分界域，從而訾議某一期爲枉費日力，其理甚明。由是可見：王元美評論柳文，歎息「柳之蚤歲，多棄其日於六季之學」，可謂謬論。

朱梅崖

一

朱梅崖（仕琇）起於閩嶠，專己力學，以治古文有聲於時，而筆法卻微近柳，說者

謂其力摹柳州，而筆性滯鈍，能沈著而不能軒翥，或亦近是。彼自有答王西莊一書，自道其得力之處，並揭發近世爲學與爲文二者之通弊，而要歸力體於無人之境，以自取足，筆力堅悍，自信甚深。文後幅列舉著文之道，調劑心氣一大段，顯然以柳州答韋中立論師道書等篇爲藍本，而恣意揮灑，梅崖殆不愧爲近代文壇蒼頭特起之悍將也。至其短篇雜說，摹擬三戒，彼既驚爲神似柳州，而人亦仰其雋永，如蟰蛸一首云：

蟰蛸：蟲之靈者也，輸其腹以理其居，一絲棼焉，則理之不已，用是以食蟲之異己者，以無侮焉而已不勞。蟰蛸之勞，蓋勞於理己之棼也，比其老則其理者益大，不以壽而疏其綢繆之營。其獲蟲也，老者饜於稚者，其謀食以遠侮之道益周也。今人之言，漫曰蟲何知？夫蟲之慮有精於人者矣，若蟰蛸之善理，其可師已。

此不言戒而言師，蓋有意立乎柳子之反面以體物者，且或藉蟰蛸老不疏其綢繆之營以自況云。

梅崖之說蟰蛸，近世圖立國者宜有取於是，子厚之蝜蝂傳以示戒，梅崖則示法。

二

閩人學爲古文，自梅崖倡之，由乾隆以還，迤邐至於清末，高手往往而有，如高雨農〔澍然〕其一也。下逮光緒八年壬午，清室翰林寶竹坡〔廷〕主閩試，得士稱最，解

首俊異有聲，侯官林紓亦同榜。吾曾從解首雜詩中獲一篇：

幼時學爲文，獨喜柳子厚，斷刑與時令，熟讀常在口。近人尙桐城，其論深抑柳，陽湖實支派，相襲亦已久，柳文彼所輕，學柳更何有？奇人吾煒士，愛我忘其醜，咨嗟愧室辭，沈至信高手。子亦毘陵宗，胡不憚衆詬？損名勿輕言，意子適被酒。

詩成於宣統元年己酉冬，本事曲折，殊難盡曉。愧室者、長樂高嘯桐（鳳岐）也，以是年歿，而陸煒士者名爾奎，常州人，所謂毘陵宗也，亦以嗜柳不得志於時。

三

魯絜非上梅崖書，直以韓子況梅崖，而願自儕於湜籍之列，顧梅崖覆書開筆卽曰：「足下書詞，深得古人所以爲文之意，以馳於是道，柳子所謂方爲蒲梢駃騠者，何可當也？」終篇竟無一語涉韓，兩書皆錄存王續古文辭類纂中。㊀絜非名仕驥，江西新城人，乾隆三十六年進士，官山西夏縣知縣，有山木集行世。

四

梅崖小文自跋云：「神似柳柳州」，衹此五字。至於福州祭鄭魚門文，原不過二百言，而跋語之冗長，幾與所跋文相埒如下：

㊀ 絜非仕歷見上部卷十二弘農令府君石表辭，可參閱。

柳子厚文，樹骨左馬，採神騷穀，涵淹韓非賈誼子雲相如諸家，取源甚富，卽西京亦少其敵，不論異代也。特其崖岸大峻，稍乖平康正直之體，以之載道，頗似未宜，要其文自卓絕也。近世有人以宋末詁訓之遺，爲腐木濕鼓之音，不解柳文，妄肆詆諆，其言尤怪誕癡僭可笑。蓋堊髹泥墳，而訾虎豹之炳蔚，不知者嗤其妄，知者乃深哀其愚也，悲夫！積一生之力，精治古文，不知好學深思，以增益其所未足者，而長僞飾驕，將以愚人，其究自愚而已，余所見名士患此者，不可一二數，嗚呼！其可懼也哉。

右就適與相值之文摘出，其他猶未易一二數，約略言之，不論某一篇文字，或紆或逕，皆欲讀者看成與柳州是一無二，作者始爽然心快焉耳矣，非有他也。

鄭魚門名仕錀，福建侯官人，康熙四十五年丙戌進士，雍正初、曾充江蘇學政，累官湖北巡撫。吾曾見萬承蒼㊀送魚門視學江南七律二首，第一首警句：此去位高三獨坐，向來人識四先生，第二首句：遠邇共歸高密學，浮沈不問石城書，魚門當時之聲望甚高。

五

本編於朱梅崖文偶加引述，此並非盛讚朱文，謂有特殊獨到之長，亦不過曰：作

㊀　萬承蒼、字宇光，號孺廬，江西南昌人，康熙五十二年癸巳進士。

者勤攻柳集，通解爲文律令，心得或在同時諸家之上，吾因出而示範，俾後輩知所取法云耳。不謂越縵日記，深鄙朱作，至於一文不值，吾認爲此未免有過分處，請列日記評語於下：

閲梅崖集，其文卑宂，不識古文義法，而高自標置，究其所得，特村學究之稍習古文者耳。余在家時，粗閲一過，意便輕之，迨入都，則士大夫多有稱之者。嗣見其外集，文雖宂曼，而頗得淳實之氣，又疑而時閲之，兩日來悉心披誦，則筆弱語陋，疵累百出。惲子居嘗謂梅崖於望溪有不足之辭，而梅崖所得，視望溪益庳隘，余雅不喜菲薄前人，而勢有不得不言者，今日舉其集中尤荒繆之文，用筆批勒之，以詒來學，毋使村野驅烏人孟浪言文字。

惜余未得見越縵批勒本，以資比勘，吾竊疑越縵所謂古文義法，大抵駢散不分，其所見外集得淳實氣之文，或八九指駢文，以梅崖於駢散皆擅長也，余嘗病越縵評文多偏見，於梅崖亦是一例。

六

吾閲丹徒趙彦偁三願堂日記有一條云：

録朱梅崖賦二首，余幼喜詩賦業，十歲外卽弄筆戲爲之，近又有志古賦之學，甄録諸家古賦，分内外二篇，古入騷選者内之，非是者外之，此朱氏二賦，則内篇

中名作也，雅近昌黎閔己、感二鳥，羼之幾可亂眞。

此作者道光二十九年正月所記，其日記自道光至光緒辛巳爲止，斷斷續續而爲之，有數十册之多，吾所見祇此一册，以蠅頭小楷書之，甚精。 柳詒徵稱其關於朝章國故，較翁瓶廬爲遜，而譚藝稽古，覼縷佚聞，旁及民生物力之消息，可備史料，不在李越縵、王湘綺下。 吾所見止一本，殊不敢下斷，亦不許其文藝見解之高，姑引此以備一格已耳。

劉開孟塗

劉開孟塗者，桐城派中一不羈之馬也。 其文事之成就，古文辭與駢文與詩，三部曲平均發展，稿存集中，詩之數量最大，而亦最佳，其次爲駢文，又其次爲散文。三者相衡，凡孟塗所得於本師，以義法成業，號爲古文辭者，蓋不幸而落於下乘也。 夫桐城本無詩人，獨惜抱以餘力治詩，而且詩律穩稱，遂擅孤峰獨秀之勢，至孟塗出而本師遜色矣，且亦不聞孟塗善詩，曾由其師有何開悟也？ 孟塗之詩，多以懷古大篇擅長，違己徇人、牽率酬答之作，不能言無，而決不濫。 其詩能自由選詞，橫出鋭入，〔此四字吳松岑評語。〕雖不敢說於唐宋某家爲近，要不害爲近百年高手。 駢文因與李申耆、陸祁孫輩爲切近文友，孟塗於儷語有所成就，可謂陽湖產物，而毫不涉於桐

城。獨與桐城密密相關之所謂古文辭，姬傳雖放意弘獎，許其「盡力做去，吾鄉古文一脈，不至斷絶」，〔集中所載評語。〕而此一不肖弟子，蹇劣成性，不受羈馽，後來彼所表見於世，遂乃與本師僢馳，竟使桐城一家壟斷之肆門首，不見羊頭也。夫文號稱明道，孟塗集中講理道之作絶少，綜其所爲，以與大僚長篇函札爲多，而此種函札，往往爲炫文而張口，讀至終篇，恆不知所言何事？獨與陳碩士一書論文者較有意義，請得迻錄。其略如下：

夫八家未出之前，法未備而文日益奇，八家既行之後，法愈密而文日益下，非法之足妨文也，衆美既具，奇無可加，夫如是，故取境也難。且古賢獨擅之長，既不可與爭，而兼取各家之長，以歸一人之鎔鑄，則力又有所不逮。於是偏於才者，或縱横求異，不知古人之去取裁制，而決裂乎法外；偏於學者，或平易近理，不知古人之波瀾變化，而拘守於法中。夫文猶兵也，兵無常形，文無定法，苟不能潛心德藝以養其氣，而徒規規於文字之末，是猶掘地求水，而不溯源於大河江漢也。閣下稟絶人之資，深稽古之學，親受法於姬傳先生，所以明道修辭，紹正傳而振絶緒者，固將有在。開以淺陋過蒙姬傳先生賞識，期許靡涯，名不稱實，每欲殫精極思，自致其業之稍就，不幸制舉之學，敗之於其中，時俗之累，擾之於其外，而又身遭困阨，凡人世所稱險阻艱難者，無不備歷其境。同鄉望溪先生謂：文章者窮人

之具，夫文之所以足貴者，以其能明聖人之道，究造化之微，極人情物態之變，今第以之爲窮人之具，固已用失其宜，乃至求爲窮人之具而且不可得，此尤可悲而歎也。

嘻！此明明桐城叛徒所自畫之供狀也，所謂縱横求異，不知古人之去取裁制，而決裂乎法外，正是夫子自道，左證明確。加以自承制舉之文敗其中，時俗之累擾其外，無由馴致其業之稍就，而孟塗卓然成家之自信力，盪焉無存。善夫左仲甫〔輔〕之肯爲直言也！其規之曰：「論孟塗之文，規模昌黎難」，〔集後所刊評語。〕才難之歎，誠哉其然。

桐城之法，孟塗既信爲無可守，甚至望溪謂文章爲窮人之具，以資謔浪，孟塗亦謂求爲窮人之具而不可得，桐城四面張羅，無鳥不避，一何慘也！

孟塗曩言八家行而文日下，他日又以長函與阮芸臺申其故，總爲三失。辭曰：

夫專爲八家者，必不如八家，其道有三：韓退之約六經之旨，兼衆家之長，尚矣，柳子厚則深於國語，王介甫則原於經術，永叔則傳神於史遷，蘇氏則取裁於國策，子固則衍派於匡劉，皆得力於漢以上者也。今不求其用力之所自，而但規仿其辭，遂可以爲八家乎？此其失一也。漢人莫不能文，雖素不習者，亦皆工妙，彼非有意爲文也，忠愛之誼，悱惻之思，宏偉之識，奇肆之辨，恢諧之辭，出之於自

然，任其所至而無不咸宜，故氣體高渾，難以迹窺，八家則未免有意矣。夫寸寸而度之，至丈必差，效之過甚，拘於繩尺，而不得其天然，此其失二也。自屈原宋玉工於言辭，莊辛之説楚王，李斯之諫逐客，皆祖其瑰麗，及相如子雲爲之，則玉色而金聲，枚乘鄒陽爲之，則情深而文明，由漢以來，莫之能廢。韓退之取相如之奇麗，法子雲之閎肆，故能推陳出新，徵引波瀾，鏗鏘鍠石，以窮極聲色，柳子厚亦知此意，善於造練，增益辭采，而但不能割愛，宋賢則洗滌盡矣。夫退之起八代之衰，非盡掃八代而去之也，但取其精而汰其粗，化其腐而出其奇，其實八代之美，退之未嘗不備有也。宋諸家疊出，乃舉而空之，子瞻又掃之太過，於是文體薄弱，無復沈浸醲郁之致，瑰奇壯偉之觀，所以不能追古者，未始不由乎此。夫體不備不可以爲成人，辭不足不可以爲成文，宋賢於此不察，而祖述之者，並西漢瑰麗之文而皆不敢學，此其失三也。

此三失者，大抵桐城皆犯之，孟塗此文，不啻提望溪姫傳之耳而面命之，誠不妨視爲孟塗將逃桐城歸陽湖，姑假藉芸臺爲驛卒，而傳播一篇詛楚文字也。文不必甚佳，而所指之弊咸切，陽湖嚮咎桐城教人學唐宋，而不敢提兩漢，今以桐城嫡派如孟塗，而爲陽湖傳檄作證，吾以叛徒目孟塗，殆不爲枉，然亦足覘嘉道間文壇之彩色，與文運之劇變而有餘矣，意趣濃厚之至。

孟塗之名若字胡自至者？曾賓谷於本集復下評語曰：「孟塗之名字，殆有慕於柳仲塗也，今觀所爲古文，縱横排宕中有實際，直欲突過仲塗。」尋仲塗思致貿亂，文筆滯塞，以孟塗視之，誠不知高出幾許？然則孟塗果何所慕，而有取於名字之相屬乎？以吾思仲塗倡古文於舉世不爲之日，孟塗薄古文於斯文喪盡之時，一捧加官之假面具而開場，一演圓場之雙拜臺而結局，或者於一前一後有連誼乎！

吴仲倫書柳仲塗文集云：

宋柳開仲塗慕唐韓柳氏爲文，尤高自許，其所敬，於書二典皋陶謨益稷禹貢洪範，於詩大雅商周頌，餘若無難爲者。今觀其文，殊未爲盡善，而歐陽永叔亦嘗推之，永叔文於仲塗，絶出奚啻倍蓰？推之宜非實，豈以當五季文敝後，如仲塗固已嶢然出其類耶？宋文至慶曆元祐間極盛矣，然進而儕之秦漢，猶有間焉，況商周乎？詩書聖人所錄，學者非敢望也，精求其義而已，而曰我能爲之，可乎？此文以狀仲塗之狂，豈孟塗有慕於其狂而欲踵爲之耶？非吾敢知也。

二

近代有令聞廣譽之名人、如林少穆〔則徐〕，其畢生功力，耗於實際政治者少，耗於閉門造車、以書牘與人者最多。吾鄉有一老，勛望與林伯仲，曾道林虚僞，他人錄存筆記中，吾初閱不甚信，繼檢林札，見其紙墨精良，楷法工整，往往長篇大論，自爲

揄揚，因憶鄉老所言，似非無據。今覿劉孟塗集中，獨富長札，吾恐作者設想，或不無與林少穆轇轕上下，輒爲一歎。

吾在孟塗諸札中，抽取兩通，一致陳碩士，一致阮芸臺。碩士爲桐城親受法人，而桐城復爲孟塗所自出，此之貽書，猶可作一家言看，獨芸臺異派特起，當時爲韻文之宗匠，而孟塗亦工爲之，孟塗固窮，而芸臺居政地，足以片言進退天下士，於斯而孟塗以文嘗試於其人，此較之退之三上宰相書、及子厚奏記崔大卿，狀直相埒。爲問孟塗能不作違心之論，以取媚於顯者，並不以己所一知半解之古文辭途徑，厚誣古人，以求曲附所謂顯者之一時偏嗜，而弋取在勢未必卽得之若而微利乎？夫韓退之在芸臺之尺度下，藉曰高之，衹得許其獨長於筆耳，而以孟塗之工力言之，亦豈不知韓柳兩公、齊下文場而角力，量其表著，將各屬何等？顧仍追逐時好，搜索佞詞，顯於子厚獨擅勝場之處，輕輕以不能割愛四字少之，又爲問子厚肯割愛矣，孟塗將以爲子厚應自燬其典麗矞皇之騷賦整體，而拜倒於婢學夫人之進學解裙下也乎？

鄭獻甫小谷

清道光朝，廣西象州有進士曰鄭獻甫小谷者，爲學主博，平生著述頗富，有補學軒集行世。當桐城派之潛勢震動西南，小谷卽起而相抗，集中有答友人論文書云：

續得書，謂僕論詩取材甚寬，而動循古法，於文辨體甚嚴，而又不學古法，率其筆力橫行直突，古意何在？似疑僕有所刺謬，而實不刺謬也。子亦知詩不可不學古，而文則斷不可摸古乎？詩有體格可辨，有音節可諧，非如文之教人自爲。韓子文起六朝之衰，而詩則不廢六朝之體，歐公文剗五季之弊，而詩則尚沿五季之風，彼豈不欲盡變？理固不能盡變也，文則安可如此乎？且詩不必有用，而文則不可無用，詩不可無格，而文則不容有格。唐人不盡爲有用之文，亦不爲有格之文，故其善者如韓柳元白，各自成家，其餘或駢枝麗詞，小説雋語，其弊也雜。宋人務爲有用之文，又好言有格之文，其盛時如歐蘇曾王，如出一手，其餘亦自取義理，不失法度，其弊也拘。總之文不可以無用，而又不可以有格也，自不學者舍奏議而言書狀，舍論著而言記序，舍傳志而言辭章，而文於是乎無用。又舍才情而言義法，舍氣韻而言音調，舍體段而言章句，而文於是乎有格。有明三百年來，自青田、文憲、正學、數公外，皆未能免乎此也，王李之徒，乃欲矯之以史漢，歸唐之徒，又欲矯之以八家，及得其所作而觀之，不過塗飾字句，搖曳筆格，裝點風神耳，其本則全未有言及者，而又自相攻擊，各立門户，如舟人爭港，紛譁喧呶，終不離故處，而皆自謂便，不知乃大不便也，其弊也僞。夫僞非不學古之過，正太似古之過也，子不讀今古文尚書乎？禹貢顧命，同一紀事，盤庚洛誥，同一戒民，皋謨

無逸，同一告君，其文字判然，氣體亦別，惟僞書則自大禹謨至伯冏命，事隔千年，文如一手，此其眞僞容待辨哉？文所以異於詩也，故詩人通用古地名，通稱古官名，如京師亦曰幽燕，江南亦曰秣陵，作文如此，則笑柄矣；督撫可曰節度，州府可曰太守，作文而如此，則罪言矣。又如稱朝正曰朝會萬國，稱徵會曰吳責百牢，㊀詩人自不妨爾，而作史如此，則劉子玄譏之矣。今之論者反此，作詩則凡讕詞俚語，靡不攔入，而文則必曰某非史漢，某非八家，抑何矛盾之甚也？國朝自魏叔子以下，袁簡齋以上，說者彙爲二十四家，古文雖不盡古，要不害爲佳。近有妄者，以歸震川直接歐陽，以方望溪直接震川，以姚姬傳直接望溪，其餘概不得與，余得其選本，甚相怪笑。噫！北宋人有正統之說，南宋人有道統之說，近人又有文統之說矣，妄語不足辨，聊爲吾子言之耳。然其積也有故，其弊也有由，近世臺閣諸公，困於應制文字，科場才士，又困於應舉文字，惟鄉居老儒，智窮力竭，遁入此道。故多爲無用之文，則凡起一屋，建一亭，皆可執以爲題，創爲有格之文，則凡

㊀ 左哀七年，吳敗齊師於艾陵，至繒，召魯哀公而徵百牢。季康子使子貢以周禮說太宰嚭，乃得止。注：賈逵曰：周禮、王令諸侯享祀，十有二牢，上公九牢，侯伯七牢，子男五牢。釗案：吳本伯爵，合諸侯廑得用七牢，今魯以百牢見徵，可見吳之封豕長蛇以薦食上國爲何如也。

增一字，减一句，皆可指以爲法，本小題，則張大之以爲論，本常語，則錯綜之以爲古，本弱筆，則刊削之以爲高。大人先生心知其非，口不欲辨，此輩遂公然大鬨，自賢自聖，付之棗梨，予方欲遠之，而子乃欲吾近之乎？況余持論雖嚴，不過謂勿作四六駢語，勿作詩賦綺語，勿作注疏瑣語，勿作宋儒俗語，勿作案牘習語，勿作尺牘套語，如是而已耳，初未嘗謂某筆是兩漢，某筆是八家，如李卓吾、林西仲、過商侯輩，標字法，譜筆法，爲鄉里童蒙學究也。惟少時頗祖秦漢，尊唐宋，而薄六朝，後來讀書漸多，見文漸富，此意遂不敢存。蓋范蔚宗、宋人也，其所作後漢書，筆力在韓子上，魏伯起、齊人也，其所作北魏書，筆力亦不在歐公下，惟其時文士、如江鮑沈任徐庾，乃稱駢體爲有别耳，要不得以爲衰也。近人動謂文選爲六朝文，不知文選固多六朝文，其實不徒上溯秦漢，並乃遠存周楚，開卷未及終，已欲呫呫置喙，宜其了然不慚也。今吾子教吾學古，吾卽學古，將兩漢耶？六朝耶？八家耶？請更有以示我，幸附切磋，無嫌諒直。

中有數義，或未經人道抑少經人道，請得分别錄存：

一、詩有格而文無格，詩不可不學古，而文斷不可摸古。人云：文無新舊惟其是，或云：文無今古，又或云：文無難易，夫既曰文無今古，則非古亦自有是處，雖新舊難易亦然，此等語言中之無形矛盾，藏在古文大家之順口溜中，而舉世不之覺，誠

乃一大諷刺。

二、文不爲全有用，唐人不盡爲有用之文，亦不爲有格之文。此陳義甚高，張彦遠所謂人不爲無益之事，何以悦有涯之生是也？㊀卽如柳子厚標揭「用學」，亦言：「聖人之道，不益於世用。」

三、言義法卽是有格，其弊也僞。在道光朝、如此公言反抗方姚，在初盛時迎頭一擊，殊不易得。

四、北宋人主正統，南宋人主道統，近人又主文統。掊擊三統，將千年來由司馬光、朱熹、以及歸方劉姚之徒，一舉而肅清之，爲文壇別開一境，信是高手，子厚舜禹之事一文，卽豁清正統論之先鋒。

五、六朝之文不得言衰，此阮芸臺一派持論已如是。

湖南文風

道咸間、湖南文風鼎盛，約之有三派，互爲雄長，主持風會。所謂三派者，一吴南屏主古文，一周荇農主駢文，一王壬秋主漢魏文，而古文派認爲承擔道統，卑視羣流，有張皇四顧不可一世之概。鄉人屠伯某氏，時猶未掌兵權，僅與郭嵩燾之流徘

㊀ 唐張彦遠，字愛賓，河東人，引語出所著歷代名畫記。

徊京師，隱收時望，則於道光末年迭荇農南歸，倡爲調和之説，自樹一幟。今節錄其詞如下：

自漢以來，爲文者莫善於司馬遷，遷之文其積句也皆奇，而義必相輔，氣不孤伸，彼有偶者存焉。其他善者，班固則毗於用偶，韓愈則毗於用奇，蔡邕范蔚宗以下，如潘陸沈任等比者，皆師班氏者也，茅坤所稱八家，皆師韓氏者也，轉相祖述，源遠而流益分，判然若黑白之不類。於是刺議互興，尊丹者非素，而六朝隋唐以來，駢偶之文，亦已久王而將厭。宋代諸子，乃承其敝而倡爲韓氏之文，而蘇軾遂稱曰：文起八代之衰，非直其才之足以相勝，物窮則變，理固然也。豪傑之士，所見類不甚遠，韓氏有言：孔子必用墨子，墨子必用孔子，不相用不足爲孔墨，由是言之，彼其於班氏，相師而不相非明矣。耳食者不察，遂附此而抹煞一切，又其言多根六經，頗爲知道者所取，故古文之名獨尊，而駢偶之文，乃屈而不得與其列，數百年來，無敢易其説者，所從來遠矣。……夫適王都者，或道晉，或道齊，要於達而已。司馬遷，文家之王都也，如周君之所道，進而不已，則且達於班氏，而不爲韓氏所非，又不已則王都矣。

此其中並無一語及柳子厚，而於韓氏，並不視爲獨尊而不可易，蓋其所主，似爲文運循環之説。六朝之後，駢文久王而生厭，勢必以散文代之，非韓才之足取勝也，蘇氏

文起八代之說，於此直無立足餘地，以時無韓氏，文亦自然乘勢而起，韓之於班，亦相師而不相非也。 斯文在當時頗有力，略折古文派乖戾披猖之燄。

某於聖哲畫像記中，韓柳並尊，而對張廉卿言：古文陽剛四家，莊子揚雄韓柳是也，司馬反在陰柔之列，其餘三家，爲劉向歐陽修與曾鞏是。 又嘗言古文之道，與駢體相通，古文須有漢賦氣，此意唯姚姬傳知之，惜力有未逮。 又謂韓文實從揚馬得來，馬指司馬相如，非子長也。 又云：凡文宜求工切，卽古文亦然，班揚韓柳，其組織之工，匠心之密，大抵相同，惟未易以鹵莽求之，諸如此類，不一而足。 彼作歐陽生文集序，將湖南文士納入桐城派中，吳南屏卽大不謂然，舒燾伯魯，年少工爲駢文而已，亦強綴於桐城之末，不免爲通人所笑。

古文須有漢賦氣，語非泛泛。 自方望溪講古文，戒用六朝人藻儷俳語，及漢賦中板重字法，爲一般耽空疏者所藉口，而文風日下，某爲此語，直針對此輩而發，暗中掊擊望溪，仍自皎哉無疑。 湘士中桐城遺毒不深，得此語之力不淺，而己所沾被提倡桐城文之譴責，亦略略減輕。

柳文在曩舉湖南三派中，皆有所沾丐，吳南屏聞人謂其文近柳，頗爲色喜，杜仲丹尤昌言學柳不諱。 尋柳文在湘，比之別家傳誦較廣，而且有湘西自行雕刻之本子流布。 吾初讀柳文，卽是永州本，相依至老未脫手，此緣子厚曾官永州十年，猶柳州

亦有宋刊紹興版本，除文章光豔外，且本於部民愛戴，勢出自然，毫不足怪云。

道光末造，平湖張金鏞海門督湖南學政，其人宿學高懷，提振風雅，大有文翁入蜀氣象。所有王闓運、嚴咸、向師棣、蔡毓春、鄧輔綸之徒，皆出門下，一時雲蒸霞蔚，勃焉興起，所刊行之試牘，名曰湘雋小錄，中無一首八股文字，凡氣度之美，詞翰之高，在各省學政之比較下，幾絕無而僅有，吾少時摩挲不置，惜不見此書已越六十餘年矣。吾憶光緒中葉，侯官張亨嘉燮鈞，繼長湘學政，彼其重視古學，一如海門前任規模，而王景莪、曾熙、鄭沅、熊希齡之徒出，湘風於焉再振。茲二老者，後先輝映，與湖南文風之提高，影響最大，因特珍重著錄如右。

嘗論湖南文風，所由長養而唱導者，有二源焉，一源出於功令，一源出於鄉老。〔此包括山長及私塾老師。〕實則鄉老也者，卽自始卵育於功令，而退居大小師資，又無在不受學政指揮，質而言之，一源而已。以云學政，除右舉二張，功養深淳號爲絶特者外，吾所親歷而嚮往，有元和江標。標固辭賦之雄，而蒞湘適值甲午庚子二變之交，㊀於時張皇號召之職志，左爲詞章，而右乃洋務。爾時所謂洋務，由考生看來，不啻以吾國古代名墨萌芽，與泰西近今科技成就，兩相交織而成，如湘人魏源所撰

㊀ 江標，吾於乙未之秋，及丁酉之冬，兩次逢場，其人俊俏風流，容觀甚美。標娶汪鳴鑾之妹鳴鳳，有文名，聞有建霞鳴鳳共賞之作印章，鈐於考卷，吾卻未見過。

海國圖志，允爲恰合時好之經典著作。丁戊之間，江標發刊湘學新報，以舊式雕板線裝成之，不古不今，不中不西，唐才常楊守仁等之論文居多，而本土白芙堂之天元代數，亦雜厠其間，斯乃新舊交替之活生生標識，不失爲劃時代之特殊景相。由此一轉，卽化爲革命浪潮，「東方之怪鳥，鳴於東瀛，（此爲梁鼎芬罵湖南學生語，亦包含楊度在內。）」楊篤生詬罵野雞政府、忘八官場之游學譯篇，亂流而出，壓倒輿論，於是吳南屏曩日標榜之古文，曹孟其已訾爲酸氣太重，上不得臺盤，概與滿洲翎頂，忘八野雞，同時灰飛煙滅以去，不見形影。時郭嵩燾之洋務條議，旣漸爲人忘卻，前代古文家韓柳之名，則絶非青年人所能與知，屈韓申柳，更從何談起？李愛伯讀柳文，覺子厚虎虎如生，此在江左士大夫或然，吾湘了不聞有此。

卷九　論文一

文與筆

一

趙璘因話録稱：韓退之文與孟東野詩，號孟詩韓筆，元好問亦有杜詩韓筆愁來讀之句，㊀此皆以詩與筆對舉，然則言筆與言文無以異乎？曰：否，不然也。劉夢得祭退之文云：「子長在筆，予長在論，持矛舉楯，卒不能困」，蓋退之本不善辯論，偶與劉柳對陣，無不敗北，故夢得以筆歸之。茲所謂筆，殆指紀傳而言，由是夢得意中，彼與退之，都不敢以能文自居。陸機文賦，舉號爲文者凡十體，卽詩、賦、碑、誄、銘、箴、頌、論、奏、説，〔去聲〕獨不及傳志，可見類於傳志之作，不得稱文，梁元帝金樓子立言篇，於此分析最明。其詞云：㊁

古人之學者有二，今人之學者有四。夫子門徒，轉相師受，通聖人之經者謂

㊀ 按杜詩韓筆愁來讀，似倩麻姑癢處抓，是杜牧之詩，而元裕之引用耳。

㊁ 揅經室三集卷五學海堂文集策問。

之儒，屈原、宋玉、枚乘、長卿之徒，止於辭賦，則謂之文。今之儒博窮子史，但能識其事不能通其理者謂之學；至如不便爲詩如閻纂，善爲章奏如伯松，若此之流，汎謂之筆；吟詠風謠，流連哀思者謂之文。而學者率多不便屬辭，守其章句，遲於通變，質於心用；學者不能定禮樂之是非，辯經教之宗旨，徒能揚榷前言，抵掌多識，然而挹源知流，亦足可貴。筆退則非謂成篇，進則不云取義，神其巧惠筆端而已。至如文者，惟須綺縠紛披，宫徵靡曼，脣吻遒會，情靈搖蕩。而古之文筆，今之文筆，其源又異。至如象繫風雅，名墨農刑，虎炳豹鬱，彬彬君子，卜談四始，李言七略，源流已詳，今亦置而弗辨。潘安仁清綺若是，而評者止稱情切，故知爲文之難也。曹子建、陸士衡，皆文士也，觀其辭致側密，事語堅明，意匠有序，遺言無失，雖不以儒者命家，此亦悉通其義也，偏觀文士，略盡知之。至於謝玄暉始見貧小，然而天才命世，過足以補尤；任彥升甲部闕如，才長筆翰，善緝流略，遂有龍門之名，斯亦一時之盛。夫今之俗搢紳稚齒，閭巷小生，學以浮動爲貴。用百家則多尚輕側，涉經記則不通大旨，苟取成章，貴在悦目。龍首豕足，隨時之義，牛頭馬髀，彊相附會。等張君之弧，徒觀外澤，亦如南陽之里，難就窮檢矣。

阮芸臺揅經室三集，曾錄此文，謂與昭明文選序相證無異，足明六朝文筆之所由分。芸臺且曰：「余平日著筆，不敢名曰文」，情與此合。

由此以知韓柳之於中唐，韓祇能筆而不能文，柳則文筆兼擅。韓稱柳文似子長，雖崔蔡不足多，夫崔者崔伯玉（瑗），蔡者蔡伯喈（邕），皆文士也。㊀此韓許柳文過崔蔡，至少亦與崔蔡相埒，而揣其自料，應距此準衡彌遠，而世人亦從無人如是美之。元裕之曰：「杜詩韓筆」，黃山谷則曰：「杜詩韓文」，將筆易文，意趣大異，恐在退之，未必禁當得起。明孫月峯鄙視韓詩，釋之者曰：韓乃以文爲詩也，此亦謬見。夫詩者文之一部也，人不能文，未有越而能詩之理，韓長於筆，因從而美之曰：以筆爲詩，或且近之。

宋子京筆錄云：「柳子厚貞符、䄍說，雖摸寫前人體式，然自有新意，可謂文矣。」由斯以談，子厚集中諸篇，除貞符䄍說外，可以不文誚之。姑不論其說確否，子京要自能解文之意義，亦自可取。

二

錢竹汀十駕齋養新錄云：

劉彥和曰：「今之常言，有文有筆」，以爲無韻者筆也，有韻者文也。按南史顏延之傳：宋文帝問延之諸子才能，延之曰：「竣得臣筆，測得臣文。」任昉傳：尤長載筆，王公表奏，無不請焉，既以文才見知，時人云沈詩任筆。殷璠云：歷代詞人，詩

㊀崔亦或謂指崔寔，見別條。

筆雙美者鮮矣。

詩筆雙美之行列中，子厚應在前茅。

雖然，在子厚集中，於文與筆、或筆與論之所爲區別，看不出一點形迹。其柳宗直西漢文類序、及楊評事文集後序兩篇，所爲分劃左右史紀言紀事，及辭令褒貶、導揚諷諭之異，幾於囊括四海，幷吞八荒，文也筆也論也，無一而不備。凡子厚以己之才，應用於是，亦幾於得心應手，無往而不逢源。此微特子厚自覺如是，卽在外人觀之，亦罔不表裏通澈，從無間言，此證之宋晏同叔謂：「子厚上綜千古，下籠百氏，爲綴述場中第一人，卽爲顯著例證。此無須舉矛以刺韓退之之筆，或出盾以防劉夢得之論，而矜爲獨得，一言以蔽之，子厚律於古來文事，殆獲得「一攬子」成績，而無須分別孰長孰短，孰優孰劣，毫無疑問。

文與道

一

文與道之連誼，言人人殊，卽屬一人，亦往往前後言不一致。此殆由受言者之志趣慣習，有不同程度之表示，言者求所以鍼砭之，因不得不變易其詞也歟？柳州報崔秀才書，最爲適例，文長不錄，請就本集先涵泳其文。

書首言：「學者務求諸道而遺其辭」，遺者留也，道不可見，所留者唯辭，猶齊桓公讀書於堂上例，所讀者衹古人之糟粕耳。辭既糟粕，而學者又泥於糟粕之形式，日以工書爲事，此其去道何止千里？宜子厚之以外之又外而訾之也。此論全就崔生之癖好而懲之，故其爲説如此，倘與他人論文，詞又不盡然矣。崔生名黯，新史有傳，寧之子也，後擢進士第一。潘本作崔蒻，蒻無可考。

有主道重於文者，有主文重於道者，夫曰文以載道，則道重於文矣，曰因文見道，又文重於道矣。歐陽永叔曰：「文與道俱」，此似道與文並重，而實乃流於文重於道，何也？言之無文，行而不遠，倘無文矣，道則茫洋無可見也。右與崔生書，明明道重於文，請徵方樸山道與文俱一文以輔子厚，如左：

道與文俱　　方棃如

歐陽子曰：「吾所爲文，必與道俱」，某則一言以變之曰：「吾所爲道，必與文俱。」今稱載道之文者五經，然文必如五經，始能以載道。自五經後，言道者世多有其書，至宋而益浩浩若煙海。其間號爲得不傳之學者，仰視天，俯畫地，中更人事，旁涉物怪，上追本始之茫，下極諸元會運世之窮無所入，以復歸於溟涬。皆言其理而筆之於書，精無倫而大不可圍，往往出於五經之文之所不到，意且超而越焉。然而五經之文，回薄萬古，光景若日月。凡此儒書，則使人讀未竟一紙，欠申

思睡者過半，是何也？道有餘而文不足起之也。文不足起之，而至使人欠伸而思睡，則道翳翳而愈伏，不惟不並驅五經，而幷不能與揚子之法言，王氏之中説，韓子之原道原性諸篇，爭黃池之長。夫此，皆諸儒所不滿，以爲道不足而強言者也，而因文見道，文極於工，遂聳其書于得不傳之學者之上。且夫左氏之巫也，公羊之短也，穀梁之俗也，史遷之是非謬于聖人也，班氏之排正直、否死節也，皆非知道者也。老莊列則道其所道，荀之于道，亦同門而異戶。外此法家、名家、雜家，如韓非子、呂覽、淮南之屬，戰國短長家言，傾危權變，其于道疑無一毫可論。而學士家玩其華，食其實，直與五經流通相餉饌，任諸儒老先生排擯毀斥之，口燥脣乾，卒不能使之回面易向，舉所業而投諸水火。抑非獨此而已，經故以道法勝，然唯易與春秋無間然，詩書雖經聖人手，而如呂刑、文侯之命，儒先旣有違言矣。又謂鄭風卽鄭聲之淫，夫淫復何道？禮記成於漢人，由諸儒言之，其背理傷道者，難徧以疏舉。將以周禮當之，而或詆爲瀆亂不經之書，或又以爲六國陰謀之書，儀禮則形而下者耳，雖號爲經，未多乎道。而其光景之回薄萬古者，諸經若一，不以損其毫毛，顧反苦繩諸文人，見有一言之不幾乎道，卽貶剝之令一錢不直。以己之不好，而幷禁人之好之，嗚呼！此何理也？相馬者期於驥，驥之德力不可必得，而必待

驥而乘之。不得驥，雖馬之奔踶，力可致千里者，皆斥棄異阜，不以服箱，爲其將折軛而摧轅也，而反任駑下以睎驥之乘。駑蹇驢而無策，馳跛鱉而上山，將沒世而不行尋常，而又何路之能極？是故有道而文者上也，道不足而文者次之，文不足而道者又次之，雖詭于道，而其文深妙奇博，使人不覺入其玄中者又次之，言之無文，而託諸道以逃其樸鈍枯朽則無次。某之爲此言也，重文也，乃所以重道也。昔者莊周言道蓋無所不在，稊稗瓦甓，每下愈況。其序天下篇，凡一曲百家，皆標爲古之道術有在是者。是故荀卿之非十二子也，必曰其持之有故，其言之成理，夫其有故而成理也，卽道也。朱子譏蘇氏，亦曰出入有無，曲成義理，夫其出入而曲成也，卽道也。詭乎道以爲文，要之文仍不離所爲道，而或者謂辨道不可耀文，欲以樸鈍枯朽之學，嚅嚌道眞。夫人之棄其文也，若棄泥塗矣，又安所得道而辨之？然則無文者道之賊也，重文乃所以重道，雖謂某之說，卽歐陽子之說可也。

右方子之說，自謂卽歐陽子之說，吾謂卽提以輔柳先生，柳先生將亦無甚異議，蓋凡道之不可離於文也如此。特方子之文，似有其自具之風格，顯與所謂樸鈍枯朽一流異趣，曩錢林東生嘗稱之。曰：

婺如經史淹洽，以古文雄於東南，方苞甚譽之。散體文頗奧勁有筆力，然喜雕琢新句，襞積古辭，遂流爲別派。

文以駸積而流爲别派，卽右文可得崖略，右文登集虛齋學古文卷首，此屬見志顯學之作無疑。集中與靈皋二兄之書，不止一通，固未露言其爲樸鈍枯朽，然彼與靈皋治學撰文，皆截然異途，人惟依己所近習而下雌黄，如李蒓客稱其古文頗自矜重，喜鑱刻爲工，旋又呰其語佻近小説，其一例也。〔同治七年十月廿九日記。〕

二

汪堯峰有答陳藹公論文一書云：

儒者謂文爲載道之器，未有不深於道而能文者，此言亦少夸矣。古載道之文，六經論孟，下惟周張程朱之言或近之，至於文之有寄託者，此出於立言者之意也，非道也，如離騷託香草美人，史記託游俠貨殖刺客以寄感激是也，足下以文非明道不可，而顧以寄託云云者當之乎？嘗讀諸子百氏大家之文，或簡鍊精麗，或疏暢明白，或汪洋恣肆，蓋莫不有才與氣者在。惟才雄氣厚，故力之所注，讀者驚心動魄，改觀易聽，斯已奇矣。然求之於道，則支離破碎而不合，或披猖磔裂，決去聖人之畔岸，乃知讀者之驚駭改易，皆震慴於其才與氣，非於道有得也。足下愛其文，將遂信其道乎？抑以不合於道，遂黜其文不錄乎？

堯峯此論，藹公不服，吾從其燕山堂集查得復堯峯書曰：

先生之言曰：「爲文之有寄託也，蓋出於立言者之意，非所謂道也」，是矣，愚

不謂寄託非立言者之意，特以其立言之意關世道，係人心，光明俊偉，此即所謂道氣也。至於寄託者，蓋人之胸中，實有一段憂時憫俗，忠孝節義，蓬勃於中，欲言而不能，欲不言而不得，纏綿焉，鬱結焉，不得已而發爲文章，使人遇之虛無之表，得之詞令之外者也。故寄託者，不止託物比興也，即感物造端亦是也；不止離離於篇章也，即隱隱於象外皆是也。以爲深於道，恐未必然，以爲非道，則其鬱勃而昌明者何物乎？謂寄託非所謂道則可，若謂寄託全不預乎道，無乃甚歟？先生之言曰：「爲文之力，在才與氣，惟才雄而氣厚，故其力之所注，能令讀之者動心駭魄，改觀易聽，非道爲之也。」愚不謂爲文之力，非才與氣也，足以壯其雄才，而沛其厚氣，則道爲之也。何者？夫人之胸中，未有忸怩愧怍，而發之於言，磊落光明，有神采者。昔人有言曰：惜拘於流俗之見，不能盡其才，若是乎！才之必本於道矣。又曰：理直氣壯，若是乎！氣之必出於道矣。故天下之眞才，未有不本於道者，不本於道，斯僞才耳；天下之直氣，未有不出於道者，不出於道，斯客氣耳。僞才客氣，數武而蹶，安能摧鋒陷敵以制勝哉？大約文之所貴者氣也，能御夫氣者才也，而氣之達於理，而無鄙倍之病，才之盡乎變，而無回惑之迹者道也，前言惟道爲有力，是或一說歟？

藹公之言，村學究氣彌重，時吳江計東賞其文，於與堯峯論文二書後評之曰：

柳柳州答韋中立論師道書曰：「始吾幼且少，爲文章以辭爲工，及長，乃知文者以明道，是固不苟爲炳炳烺烺，務采色，夸聲音，而以爲能也，凡吾所陳，皆自謂近道。」可見文章以道爲本，眞不易之論。

藹公褊狹之論，甫草引柳州以障之，可謂儗人不於其倫，說見後。

吾嘗與馬君宗霍論此事，宗霍有書與吾如下：

清初有陳僖者，字藹公，清苑人，著有燕山堂集。王漁洋居易錄，稱僖爲門人，以古文名河北，有上谷殉節紀事，敍述甲申農民之變，甚得太史公筆云云。堯峰與阮亭爲契友，而藹公又出阮亭之門，故得相與討論也，至澤州年輩較高，堯峰雖狂，馳函似不得隨意詰問。文以載道一語，不見於經，先秦諸子，似亦無之。論文必推本於道，蓋始於文心雕龍，唐之韓柳，益揚其波。然彥和以原道命篇，不名載道，昌黎喜言好道志道，柳州嘗言文以明道，亦不曰載道也。惟宋周子通書文辭篇有云：「文所以載道也，輪轅飾而人弗庸徒飾也，況虛車乎？」則此語似出於濂溪，濂溪以文辭譬之車，故謂之載道耳。紀曉嵐評雕龍云：「文以載道，明其當然，文原於道，明其本然」，蓋亦本周子以爲說也。

宗霍、衡陽人，爲太炎高第弟子，博涉非淺，所言吾無間然。尋文以載道，其說本陋，非宋五子不能有此語。多少褊淺小儒，憑藉此四字，內掩空疏，外吐大言欺世，以堯

峰之博，尚認周張程朱差能近道，此所謂習俗移人，賢者亦不免也。夫道者何？不過儒生想像中虛懸無薄、不可捉摸之的彀耳，此各家同講道，而並無達詁存在。柳州明道，以通經權、合今古，而適於世用爲期，此於行文，不名曰道而號爲中，時或連綴與道成言，亦嶄嶄稱爲大中之道。此其爲説，柳州殆得之春秋，聞於陸淳，與昌黎所原之道判然二事。

堯峰、儼然文苑傳中人也，領域殆不涉及儒林，故其反對文以載道之説如此。惟若深通柳文，了解道之範圍甚寬，可能大與宋五子所拘泥者異趣，則立説抑或未同。藹公自稱上谷之鄙人，並云學爲詩古文辭，不過興會所至，游戲出之，以博世俗之稱譽耳。顧同時侈言絶學，志存道統，完全將人與文打成兩橛，此其言無可採，何足深論？又集中上趙侍御賈孝廉求歸舊園一書，事至猥瑣，詞亦鄙俚難登大雅之堂，而乃闌入集中，與天下人以共見，其文之風格爾爾，人更可想。

吾查堯峯集答藹公第二書曰：

來書論文以明道立説，僕一讀再讀，歎爲知言。竊意足下於此，必當上述孔孟，次陳濂洛關閩之書，最下亦當旁採前明薛文清、王文成、陳公甫、羅達夫諸賢之説，爲之折中其異同，研晰其醇駁，而相與致辨於微芒疑似之間，庶乎於道無負矣，而不虞書末乃泛及於晚近諸君子也。然則足下之意，固不在於道，亦止以其

文而已。

此書嘲藹公離道與文爲二，不知道並不知文，極嬉笑怒罵之致，夫堯峯輕視藹公至何度也？即此可想。顧藹公不之悟也，猶瑣瑣三致書於堯峯，妄言文式，以昔年好聲伎、遊廣陵、廣延曲工度曲作序幕，此誠藹公自承其爲妄人，堯峯置之不理，亦固其所。

古文貴潔

一

吾嘗論子厚之文，其得力處第一在潔，此境爲韓蘇所不能到，明末有鄞人徐丹崖〔文駒〕者，曾與朱竹垞書，揭櫫此誼：

讀所示古文，意眞語朴，格老氣蒼，而其足與荆川震川相伯仲者，尤在一潔字。自昔操觚之士，人欲名家，其議論才情，或不無作者之意，然而拖泥帶水，瓦礫雜投，往往瑜不掩瑕，醇不勝駁。於是有堆垛之弊，有裝飾之弊，有畫蛇添足之弊，有疊牀架屋之弊，有買菜求益之弊，有外強中乾之弊，有零星補湊、前後不相貫注之弊，此非不欲潔也，不能潔也。潔之根柢在心，心地不清，穢氣滿紙，於何而能潔耶？潔之本領在骨，骨之力不峭，濁氣薰蒸，又於何而能潔耶？柳子厚曰：

「本之太史以著其潔」，太史公所以能潔者，以其縱覽天下名山大川，胸中無一點塵氛，故落筆疏宕，擅絶千古，然老泉尚嫌其因襲尚書左傳國語國策，以未盡潔議之，甚矣潔之難言也，蓋文至於潔，而文之妙不可勝用矣。唐荆川博極羣書，其所著左編右編文編稗編武編，何所不有？而見之文字者，清眞峭拔，不染一塵。歸震川之文，推爲有明第一，然荒江老屋，獨往獨來，能與王李薰天之燄抗衡角勝者，唯在淘洗乾淨，得司馬子長之潔而已。先生生當斯文絶續之餘，古調自彈，抗懷獨立，不阿世好，不昵時腥，竊以爲先生之心與先生之骨，可謂潔矣。潔故揮豪洒墨，抒寫性情，詩既獨詣古人，文更不可一世，大都自根立幹，緣質生文，率性而行，信心而出，如風行水上，自然成文，不顧人世之我非，亦不求人世之我是，要期於自快胸臆而止，嗚呼！此天地之至文也。蘇子瞻曰：「絢爛之極，歸於平淡」，夫平淡則潔之至矣，此唯先生足以當之。披覽尊集，各有一段不可磨滅之見，自當落落孤行。丁敬禮曰：「後世誰相知定吾文者？」寧可生當並世，不一吐肝膈耶？狂瞽之言，不罪不罪。

此文能揭櫫一潔字爲文章要道，獨見其大，餘語無甚可取，諂朱竹垞尤無謂，惟云歸震川於荒江老屋中，獨往獨來，得力在司馬子長之潔，語正搔着癢處。吾鄉吳南屏〔敏樹〕雅好震川，道光末造，以手鈔震川集攜往京師，學文者見之而驚，天下始知有

震川之文。凡徐丹崖在二百年前，與朱竹垞討論爲文貴潔，從而尸祝震川之事，恍若無人通曉，而南屏亦遂拂衣而歸。南屏聞有人標榜桐城，勉綴己名，而大不樂，終於吾湘能爲冰清玉潔之文，經震川通柳州、以上企子長者，祇此一人而已。

竹垞之文能潔，似清初已有公論，顧亭林嘗對李天生言：「朱十一古文辭，出侯朝宗、王于一上。」亭林固未明言竹垞得力於潔，然侯王之文，都嫌洗伐之功不足，相形之下，彼此長短立明。竹垞聞亭林相推，貽之書曰：

僕之於文，辟猶秋蟬候蟲，僅能遠去穢滓，以自鳴其風露焉耳。夫人所尚不同，則文亦異焉，足下謂僕之文異乎二子可也，而豈遂過之與？亟欲就見足下，自訟其短。

自訟其短云者，質言之，卽欲自襮所長。所長惟何？以竹垞癖習卜之，亦自訴愛吟杜句：「自在嬌鶯恰恰啼」而已。〔按竹垞有南鄉子詞，集此句。〕果眞穢滓能去，祇得謚之曰潔。

與竹垞同時，有太倉黃與堅其人者，由鴻博授編修，蟄居委巷，寂寞著書，窮愁專一，自適其適。所遺忍菴集有文說一首，於文必潔之理致，頗有發揮。玆摘錄兩段如下：

唐宋諸家文，自茅鹿門選八家，人以爲然，究之秦漢不足以掩八家，而八家必

取資於史漢，以史漢、文之淵藪也。然余尤以史記爲特絶，若貨殖等篇，其聯娟隱秀，史家未有。子長以潔許離騷，柳子厚又於太史致其潔，潔之一字，爲千古文士金鍼。

文之病不潔也，不獨以字句，若義理叢煩而沓複，不潔之尤也，故行文以矜貴爲至要。明初宋濂溪文，以淵博稱，而鋪敍繁蕪，較以方正學，卽欠其風骨。錢牧齋文，欲以八家包舉六朝，爲古今第一流，而品格適已落第二。以八家包舉六朝，此檃括班柳合一問題，未知牧齋規畫何似？獨牧齋在清初，聲望不薄。牧齋甚不喜何屺瞻，而屺瞻輒右之，每歎曰：「虞山以後無人矣。」閻百川亦奉牧齋所語爲經典，吾觀潛邱劄記，凡人名而避時忌空白者，大率皆牧齋也。忍庵謂其品格落第二，此已稍稍貶之。

方東樹植之，乃際桐城末流，差能自見者也，彼亦於論文中標舉潔字。吾閱儀衞軒文集，見有與友人書一通，（文集第七。）得如下數語：

> 夫子厚所稱太史之潔，乃指其行文筆力斬絶處，此最文家精深之詣，非尋常之所領解。

植之爲文，沓拖臃腫，說不出一箇潔字，且潔之方面甚廣，何止筆力斬絶一種？植之所見，殆遠出曩引明末徐丹崖之下。

二

吳南屏爲史記別鈔，乃有意抵制桐城，而圖以示範，故此册在當時，亦曾略略顯示作用，究其批點，仍不免帶着幾分學究氣，與孫鑛茅坤等較量，仍不過上下牀之別。卽如以子厚所提潔字，歸美史公，不效他人從字句間著想，而特重視布局之有識，使讀者能從有會無，卽詳知略，南屏於此，殆以高著眼自豪，而吾人亦姑且是之云爾。項羽本紀後，南屏批語共不下三千言，茲將第一段迻錄如左：

此紀世之喜文字者，無不讀而贊之，究其所以喜者，起事一段，救趙一段，鴻門一段，垓下一段，其他所知者蓋僅矣。此由以粗心讀古人書，正如逢場觀劇，取其搬演熱眼者而已，其實一部大曲，經營巧拙，非深於其事者不知也。史家原只依事實錄，非可任意措置，然至事大緒繁，得失是非之變，紛起其間，非洞觀要最，掃除一切旁枝餘蔓，未得恣意詳寫，使其人其事終始本末，眞實發露，讀者驚動悲慨，千載下如昨日事也。如此紀，項氏起吳中，部署徇縣諸事，絕無指數，直入渡江擊秦，建立楚後。項梁敗死不久，其人事跡並略，專向項羽鋪陳，至入關擅事以後，懷王彭城舉動，不涉一語，獨沛公鴻門摹繪累紙，惟恐不盡。其後所置諸侯王，與項氏豈免交涉？竟無所及，獨及田齊英布，益以彭越，皆關楚漢成敗緊處，卽又不肯瑣屑多道。吾意史公作此紀時，打量項王一生事業，立楚是起手大著，

救趙破秦，是擅天下原由，其後則專與漢祖虎爭龍戰而已。故下筆萬言，滔滔滾滾，如長江大河，激石灘高，迴山潭曲，魚龍出歿，舟楫橫飛，要是順流東下，瞬息千里，終無有滯礙處耳。從來良史記事，第一論識，而柳子之評史公曰潔，眞是高眼看透，學者但能從有會無，卽詳知略，則於序事之文占勝步矣。㈠

三

輓近長沙有傑士，曰曹孟其，爲文俊異出其儕輩，惜不得中壽，而困瘁以歿，海內知之者甚少。往歲嘗以雜記本寄余，中有談文字一則，偶爾憶及，爲尋繹數過，錄在下方，願天下以通人自命者，共體斯文：

閱續古文辭類纂書牘類姚瑩書云：「讀書當求於我有益處，不當求書中疵處而辨勝之」，此語甚有見地。獨吳南屏說鈞等篇，人多喜之，余以爲此等貌爲高雅語頭，極可厭。大抵此老爲文，皆故意做作，外舅曾見其人，黃冠廣服，顧盼流意，亦極力做作之一如其文已。周星叔、孫子餘用力不多，卽王先生亦以爲看同鄉面子。〔曩王先生告余：所選古文辭，江浙人頗有違言，以爲偏袒湖南。〕余嘗與人論文，以爲不說假話，不說腐話，不說野話，不說老話，卽自然成文，如何爲體？如何爲古？皆自畫耳。書牘之例，開口說恭維話，轉葉說謙遜話，如應制科，如遵令甲，其實抗

㈠ 參閱本部卷十五標題潔字一文。

固可厭，卑亦有可厭處，罵固使人不歡，譽亦有使人不歡處，此不說假話之說也。如遭父母之喪，必曰罪孽深重，不自隕滅，此誠何說？豈先委壟垢，乃所以事親耶？此古人之腐話不必學也。野話卽不對題，老話卽勦襲，南屏必曰此文似柳子厚，此文似蘇子瞻，亦何不自振作？前歲王先生論虛受堂文，偶及許雪門墓志，余謂韻文似歐陽公，王先生爲出元稿，則有郭侍郎眉批：此文似歐公云云。王先生曰：「但求成文，我亦不知其然」，王先生高於梓湖多矣。黎蓴齋論作碑志，以爲必席兩漢而還之三代，此亦抓不著癢處。且兩漢三代無所謂古文，唐以後所謂古文，皆時文也，第非小講八股耳。古人無古文，而今人有之，今人有之，又以爲此兩漢三代之文，豈不過於矛盾？余意文無所謂古今，今人好處，必有過於三代兩漢者，兩漢三代之書，於今尙存，何嘗如今之所謂古文？又何嘗確有好處？然必曲爲摹擬，則尙書大易春秋論語之類，固有爲之者，奈何不以還之兩漢三代而重之也？古人不必能文，文亦不必以古爲是，立古文之名，則名不雅馴，務求合於古人之文，則其文皆妾婦耳。古人人人作文，今已歸書生專作，書生者、無用之別名也，巧立名目，壟斷市利，故今之所謂古文，皆鎖眉蹙額，韓昌黎卽其人矣。

續古文辭類纂有兩種：一長沙王先謙益吾所編，一遵義黎庶昌蓴齋所編，孟其指王續而非黎續，所編雖異，而主旨咸在取媚當時手掌兵權、指揮壇坫之人。旣指其人

爲文章正宗，因於與之習近諸家，多所顧藉，周星叔〔樹槐〕孫子餘〔鼎臣〕之類是也。而吳南屏〔敏樹〕之聲價，亦倚此人而起，孟其惡其矯揉造作，語無過分。尋孟其蔑視桐城，意並不在打倒當時偶像，而實在壓抑號爲文家不祧之祖之韓，蓋以鎖眉蹙額罵倒昌黎，卽切斷桐城派潛入湖湘之支流餘瀋。文雖不爲柳子厚張目，然韓抑則柳自揚，識者當能辨之。至尊葵園曰王先生，則語涉師門，誼不可少，與論文見地無關，外舅何人？其名余漫忘之。

王續類纂，收有屠伯復南屏一書云：

某嘗好讀陶公及韋白蘇陸閒適之詩，觀其摶之物態，逸趣橫生，栩栩焉神愉而體輕，令人欲棄百事而從之遊。而惜古文家少此恬適之一種，獨柳子厚山水記破空而遊，并物我而納諸大適之域，非他家所可及。今乃於尊集數數遘之，故編中雖兼衆長，而僕視此等尤高也。與歐陽筱岑書中，論及桐城文派，不右劉姚，至比姚氏於呂居仁，譏評得無少過？劉氏誠非有過絶輩流之詣，姚氏則深造自得，詞旨淵雅。其不厭人意者，惜少雄直之氣，驅邁之勢，姚氏固有偏於陰柔之說，又嘗自謝爲才弱矣。其論文亦多詣極之語，國史稱其：「有古人所未嘗言，鼐獨抉其微而發其蘊，惟亟稱海峯，不免阿於私好。」要之方氏以後，惜抱固當爲百年正宗，未可與海峯同類而並薄之也，淺謬之見，惟希裁正。

不審右文孟其曾入目否？其中不敢毀柳，又藉柳以媚吳，猶見此公論文，還存有片面公道。至在排抑海峯之下，同時迴護姬傳，則彼殆居於不得不然之勢，而仍承其陰柔，少雄直氣，語有分寸，只圖抵銷南屏呂居仁之惡比爲止。此公未達耄年，而氣衰如此，亦足憫歎，斯誼恨不得如孟其者而論之。

孟其論文，並不標揭一字，曰潔曰某，以爲的彀，而凡潔字之實際用處，彼皆能了解，而一一予以發揮，吾見近代通人才如孟其者實尠，故特愛重之。然吾愛曹孟其，亦愛吳南屏，蓋天下人之長處，固不必得到天下一致之好評，孟其鄙南屏顧盼流意、極力做作，吾則視南屏如魏徵，正見其自饒嫵媚，而孟其所言，亦不失爲同一嫵媚。

明說

子厚名史遷之文曰潔曰峻，至何以爲潔？緣何得峻？人亦各因其所領會而姑爲之說，殊難準確。嘉興王惺齋〔元啓〕曾有感曰：

狀物之妙，昔人譬之繫風捕影，欲使著之於文，朗然無纖毫障翳，必先精審於心目之間，使其物鑿然有可指之形。列子所載不瞬之法，能視虱如車輪，而後能一發而貫其心，故曰言其所明，毋言其所不明。以文而言，莫高於太史公之作，柳

子稱之，不過曰潔曰峻而已。何以能然？唯其明耳，文之不潔不峻，皆不明之害也。〔全文見衹平居士集、與白源慧書。〕子厚爲天爵論曰：「純粹之氣，注於人也爲明，得之以明釋潔與峻，可謂深通柳志。

爽達而先覺，鑒照而無隱」，又曰：「故聖人曰敏以求之，明之謂也。」嘗論史遷爲文之先，曾「南遊江淮，上會稽，探禹穴，闚九疑，浮於沅湘，北涉汶泗，請業齊魯之都，觀孔子之遺風，鄉射鄒嶧，厄困鄱薛彭城，過梁楚以歸。」於是人言史公之文，駘宕有奇氣，深得山川之助，而子厚草段太尉逸事狀，亦區區一千言弱之小文耳，而「嘗出入岐周邠斄間，過眞定，北上馬嶺，歷亭鄣堡戍，竊好問，老校退卒能言其事」，此誠與史公同其功用，由聖人所謂敏以求之以達於明，明之時義大矣哉！晚清臨桂龍啓瑞翰臣：「服膺桐城，雖不能宏深肆衍，而循循繩尺，不失先民之恉。〔此李蒓客評語，卽批在經德堂文集卷首。〕」曾爲明論有曰：

鏡之瑩然也，虛其中而物畢納，水之澄然也，立乎其前而毫髮畢見。夫以鏡水與日月比，不可同日語矣，然人不畏日月而畏水鏡者，徧乎物而物得有所遁，不如納乎物而物有所不得遁也。

納乎物而物有所不得遁，卽子厚所云鑒照而無隱，夫是之謂明。釗案：爽達先覺，與鑒照無隱，在明之於人，有內感或外襲之不同。

文律

唐人詞學一科，其見於册府元龜及唐書者，名義不一，上元二年、號辭殫文律科，以崔融爲舉首，與垂拱四年之辭標文苑科，旨趣不類，文律二字之名於詞科者，以此爲始。夫文苑者、指文藝之範圍，文律者、明文章之集範，大同小異，情見夫辭，凡子厚之言文律，大意不過如此。

子厚集中屢言文律，如柳州謝上表云：「早以文律參於士林」，此所謂文律，蓋統言詞章，然亦略示文中律令，以行文不犯律令，始得擅長各體文字也。子厚答杜温夫書云：「但見生用助字不當律令，唯以此奉答，所謂乎歟耶哉夫者，疑辭也，矣耳焉也者，決辭也，今生則一之，宜考前聞人所使用，與吾言類且異，慎思之，則一益也」，此子厚明言行文律令之處。夫律令包括各種辭，而助字祇其一，助字亦不止一種，乎歟也哉夫等祇其一，子厚對温夫言律，特舉一以概其餘耳。温夫之文有十卷之多，十卷中不當律令處，殆不可勝舉，子厚因擇疑決辭之最顯明者示之。吾考柳文好潔，而潔之最先表現處，在用助字適當，而昌黎文恰得其反。吾曾閱一記載，稱退之送孟東野序，連用四十九個其字，吾細數兩遍，卻只四十五，然即以四十五其字，雜植一篇中，終嫌太多，此恐須列入助字不當律令之列，韓柳文之異趣，此亦一要

點。

子厚好獎勵後進，而指摘微嫌過嚴，往往使人難堪，如復杜温夫書，其一例也，除斥其濫言周孔，「疑生悖亂浮誕，無所取幅尺」外，末竟引孟子：「余不屑之教誨也者，是亦教誨而已矣」，以示決絶。夫温夫雖不詳其人，而能自荆來柳，又自柳將道連〔連州劉禹錫。〕而謁於潮，〔潮州韓愈。〕可謂求師殷切，退之於文中亦有稱述，子厚又何必拒之太甚？吾疑子厚指温夫疑決辭不明，特極端言之，以便摽之門外云爾，實際未必如是。查此文作於元和十四年，去子厚易簀綦近，或者此時子厚心緒瞀亂，口無擇言也歟！

文人好作反語

一

吾觀吳仲倫書王惕甫文集一文，語有可採，今檢録如下：

唐穆宗時，以工部尚書鄭權爲嶺南節度使，卿大夫相率爲詩送之，韓退之作序，言權功德可稱道，家屬百人，無數畝之宅，僦屋以居，可謂貴而能貧，爲仁者不富之效。舊唐書權傳云：權在京師，以家人數多，奉入不足，求爲鎮，有中人之助，南海多珍貨，權頗積聚以遺之，大爲朝士所嗤。宋洪景盧謂權乃貪邪之人，而退

之以爲仁者何耶？予以爲退之與權同朝，必能窺其隱，而故爲此言以諷之耳。退之稱樊紹述文爲文從字順，今紹述之文傳於世者，極艱澀不可讀，或疑紹述文從字順之作，皆已亡逸，是大不然。當時文士，固有學奇於韓愈，學澀於樊宗師之說，則知退之之故爲反言以譏之者決也。近姚刑部惜抱軒文集中、有與王惕甫書云：文章之境，莫佳於平淡，措語遣意，有若自然生成者，此熙甫所以爲文家之正傳，而先生眞爲得其傳矣。或者疑其言之過當，予謂惕甫文未嘗無佳者，而與熙甫無一毫似，刑部之言，用意與退之稱樊紹述者略相類，後人觀惕甫文，則自知之矣。

退之書鄭權事，吾於本編六卷退之第一惡札條下，有所申述，究之此惡札歟？抑反語歟？誠有可資辨論之處，今請從後者立說。

文資反語，蓋正面難於下筆時，因從反面恣言之，生其警悟云爾，此固不失爲行文技術之一種，顧正大士夫，輒不肯出此。蓋修辭之道，首在立誠，今矢口而正反不明，等於東西易位，去誠何止千里？

子厚論文，樹誠爲第一義，此在集中昭哉可觀。如賀王參元失火書，此易弔爲賀，其言若反，然參元爲茂元弟，以豪富爲輿論所畏避，久久學無以自見，而素志莫申。今火也而蕩亡其所有，子厚從而賀之，此於明素交而通曩滯，正見天之所以曲

成其志，字字由衷而發，侃侃而談，絶無巧立言語、窮譏毒佞之象。韓柳之所以爲韓柳，斯爲最高極峻之分水嶺。

二

再疏剔以明之：尋正言若反，語出老子，其七十八章云：「是以聖人云：受國之垢，是爲社稷主，受國之祥，是爲天下王，正言若反。」此中祥字，讀者多不解，一本作受國不祥，又一本作受國之不祥，蓋以祥、善也，於語意不合，因將之字改作不，又嫌與上語受國之垢，不相配合，又在不祥上加之字。庸詎知祥者、災祥也，太史公自序：「嘗竊觀陰陽之術，大祥而衆忌諱，使人拘而多所畏」，正義引顧野王語，謂是吉凶之先見，語固綜吉凶而統言之。

「受國之垢，是謂社稷主，受國之祥，是爲天下王」，固正言也，而其貌若反，蓋常人設思，受國之垢，或受國之祥，即不足爲社稷主，爲天下王，是之謂正言若反。

如子厚賀王參元失火，賀之是正言，而俗人以爲宜弔，又如一九六零年，蘇聯向中國撤退專家，撤退是好事，而俗人以爲壞事，資本主義國家，認爲此一擊中國受不了，以故正言若反，與好事若壞，爲思考上同一類型。

正言若反，顛倒之爲反言若正，此在思考中爲兩類型，應須分别清楚。曩引吴仲倫書王惕甫文集，謂惕甫文如何如何，以及文中所引二例：韓退之譽鄭權之美德、

及樊宗師之文從字順等，皆爲所譽對方之所不具，皆反言也，是之謂反言若正。

今蘇聯主張共産國際，在越南問題及對付美帝侵略上，應採取聯合行動，此堂哉皇哉之正論也，而其中藏有蘇修詭計，正如子厚所言「雜糞壤蟯蚘而實之，臭不可當」，此直與退之揄揚鄭權爲一類，亦屬於反言若正。

「無敵國外患者國恆亡」，語出孟子，亦正言也。子厚著敵戒，嘗發揮其義曰：「皆知敵之仇，而不知爲益之尤，皆知敵之害，而不知爲利之大」，此適與老子所謂「受國之垢，是爲社稷主，受國之祥，是爲天下王」，就中所涵反義，隱隱相合，故此亦正言若反。吾弱冠頃，以求入學，受試於江南陸師學堂，總辦俞明震，以孟子是語發題，吾據正言若反鐵律，廣引科學例證，文爲俞君所激賞，以此斯律對吾印象極深。倘原稿存也，當如子厚披沙揀金賦，綴本編之末云。

陳言務去

韓退之唯陳言之務去一語，從來文人不求甚解，而附和之，以爲退之之文起八代之衰，其眞諦在是，其實何謂陳言？退之眞能去之與否？未遑問也。吾考退之之徒李翺，當時卽對此言，大有疑問，觀於答皇甫湜書：大旨就笑哂之狀立喻，謂論語曰莞爾，易曰啞啞，穀梁曰粲然，班固言攸爾，左思言冁然，吾復言之，決不能有異於前

言。須知吾學爲古文者，愛古人之道也，愛古人之道，卽不得不學其言，倘去其言，道將胡傳？（原文別條引之，卽不贅。）翺之言如此，不啻對其師而予以反駁也。朱晦菴讀唐志有云：韓氏論當世之弊，但以詞不己出，遂有神徂聖伏之歎，此似晦菴以詞必己出，與陳言務去併爲一談，宜乎其他文人不甚謂然。吾見桐城派末流姚仲實（永樸）駁義曰：「辭必己出，本曲禮毋勦說，毋雷同而來，是足爲文家鍼砭，而何譏焉？」（見所著文學研究法。）夫退之之謂詞不己出者，不足以爲聖神，不能不認爲與陳言務去，隱有連誼，實則二者之間，距離甚遠。人聞曲禮之所警惕，勢將視辭必己出，與毋勦說或毋雷同，了無二致，獨陳言務去云云，且立想像到陳言之如何去法？無所適從。宋子京撰新唐書，將舊書之陳語，妄加竄改，以致不成言語，大致是承受退之之教，而變本加厲。如「如石投水」，此陳言也，（李綱謂高祖語。）子京改爲：「如持水內石」；如「不顛不狂，其名不彰」，此陳言也，（李邕語。）而子京改爲：「不如是名亦不傳」；如「疾雷不及掩耳」，此陳言也，（李靖傳。）子京乃易疾雷爲「震霆」，易掩爲「塞」；如「當斷不斷，反受其亂」，此陳言也，（陳叔達諫高祖。）子京則改作：「失而不斷，反蒙其亂」；如「蓬生麻中，不扶自直」，此陳言也，（高宗告劉禕之。）子京必易作：「蓬在麻，不扶自挺」。不廑此也，子京於通常習慣之連緜字，必截去其一，使之不詞，如騷動、陳言也，子京必去一動字，而曰「百姓愈騷」，（安祿山傳。）「大衆一騷」，（裴冕傳。）或「天

下方騷」。〔馬燧傳。〕又如許孟容「帝嘉其守」，蕭瑀「帝讓其稽」，韋顗「天下推其尙」，曹憲「學者推其該」，韋表微「師詆其違」，曰守者、有守也，曰稽者、稽延也，曰尙者、高尙也，曰該者、該博也，曰違者、違失也，凡陳言以兩字成文，子京必去其一，以示矜異，卒乃文不可通。尤可笑者，「文身」、陳言之最習見者也，而子京必改作：「黛墨鑱膚」，夫鑱膚者針也，黛墨所以爲色，黛墨如何能鑱膚？理不可解。凡此皆陳言務去之顯著流弊，於是退之之經言古訓，化爲左道旁門而不自知，文字之厄，不料一流至此。〔所引宋氏各例，見王若虛滹南遺老集。〕

金趙秉文答李天英書：「自書契以來，未有擯古人而獨立者。若揚子雲不師古人，然亦有擬相如四賦；韓退之惟陳言之務去，若進學解，則答客難之變也，南山詩，則子厚之餘也。豈遽汗漫自師胸臆，至不成語然後爲快哉？」此於退之自夸之不滿，灼灼可見。南山詩爲子厚之餘一說，軒柳輊韓如此，尤前人所未嘗言，惟細核之，南山詩謂是子厚之餘，理實難通，所謂子厚者，恐屬子美之誤。蓋杜子美有北征詩，自來藝林公論，都謂退之南山詩爲不必作，秉文承其流而爲是辭，亦雷同之見云爾。

王荆公誚退之之詩：「務去陳言誇末俗，可憐無補費精神」，退之之以去陳言自豪，殆不免己所蔽罪左氏之浮誇二字，似無疑義，姚永樸氏於此亦有說：

世更八代，異端肆行，昌黎始出而正之，以六經之文爲諸儒倡，論者謂功不在

孟子下，今譏其無補，不足服昌黎也。且王氏亦不過費精神以從事文墨，正欲學昌黎而未至者，奈何身自爲之，而反以譏人耶？晦菴校昌黎文，乃取此詩附於後，殊所未曉。

桐城家之言，固自如是，不足深辯。

廣川書跋，於退之所撰徐偃王碑，頗肆譏評。其説曰：「昔人謂退之於文，渾然一出於己，不蹈襲前人，今考其言曰：徐不忍鬥其民，北走彭城武原山下，百姓隨而從之，萬有餘家，因號其山爲徐山，此卽范氏漢書，全用其語。偃與西王母事，盡錄穆天子傳，朱弓赤矢，採祥瑞志，然則退之於文，蓋亦未嘗不用前人語。其曰故制樸角，〔字亦或作桷。〕淮南子曰：堯樸角不斲，素題不枅，退之於書，固無不用也。」董逌之言，頗與李翺同意。

趙周臣論詩，猶有折衷韓柳語，周臣卽秉文號，語並見答李天英書中：

子厚近古，退之變古，此屏山守株之論，非僕所敢知也。夫詩至於李杜，猶以爲未足，是畫至於無形，聽至於無聲，其爲怪且迂也甚矣。足下言措意不蹈襲前人一語，此最詩人妙處，然亦從古人中入，譬如彈琴不師譜，稱物不師衡，上匠不師繩墨，獨自師心，雖終身無成可也。

此言爲文不能師心擯古，當然亦包括退之去陳言之爲過當。屏山、宋劉子翚號，屏

山於詩非當家，子厚近古二語出劉何書？未詳，屏山集愧未及查。

困學紀聞載：朱晦菴評詩，有如下數語：

李杜韓柳，初亦學選詩，然杜韓變多，而柳李變少，變不可學，而不變可學。

此與屏山所云子厚近古，退之變古，語意適相印合。查屏山與晦菴之父韋齋友善，韋齋臨歿，以晦菴託於屏山，故晦菴從屏山受學，師弟皆以講學名於時。獨晦菴詩之素養，高於屏山，其論詩之互爲影響處，或師不必賢於弟子云。韋齋名松，字喬年。

陳編盜竊

元李仁卿有如下紀載：

韓退之自謂窺陳編以盜竊，柳子厚自謂好剽取古人文句以自娛樂，歐陽永叔亦自謂好取古人文字，考尋前世以來聖君子之所爲，時亦穿蠹盜取，飾爲文辭以自欣喜，三先生自謂之盜者，所謂齊之國氏也，不過點注前言往行以爲我用耳。而世之不善爲文者，莫不手目所及，輒自探討，其身爲穿窬之子，而寧死莫肯承服，強自揜蓋，強自粉澤，將以欺天下，而卒不能以欺一人，是所謂宋之向氏也歟！

〔釗案：穿蠹猶言穿螫，蠹螫二字古通用。〕

此證實文人不以盜竊古文字爲嫌，惟吾不解窺陳編以盜竊，與惟陳言之務去，皆韓退之吐露眞實語，二者之間，顯有矛盾，將如何溝通以各行其所安？恨無人能爲退之語我來。

「公子敬愛客，終日不知疲」，此曹子建公讌詩也，而應德璉〔瑒〕建章臺燕集云：「公子敬愛客，樂飲不知疲」，字面幾於全襲子建。夫德璉當時隸五官中郎將爲文學，依倚當塗，始終無間，誼分不爲不深，顧將曹氏昆弟宴樂詩詞，展轉盜襲，毫不爲諱，聞之者亦習而安之，殊不可解。又「吾希魯仲連，談笑卻秦軍，臨組不肯渫，對珪寧肯分？」此左太沖詠史詩也，而謝靈運述祖德云：「弦高犒晉師，仲連卻秦軍，臨組乍不渫，對珪寧肯分？」依樣葫蘆，亦全襲焉。夫靈運以文章獨步江左，爲沈約所稱美，將何至公然剿掠，毫無顧藉？之二事者，仁卿之古今黈並錄存之，斷爲盜襲者對前文「愛賞之極，時時諷詠，不覺誤爲己有」，是說也，言之成理，吾曩時頗復作如是觀，然卻無解於韓柳諸公誦言盜竊，不加隱諱。

桐城方以智密之，輯著通雅一書，駁雜泛濫，不名一家，吾擇其言文之略與本編相近者，迻錄少許如左：

宋人好平易一往，其時尚然也，故韓魏公不與永叔言易，子厚非月令國語，執道之變動相詰難。放翁曰：東坡嶺外喜子厚文，及北歸，與錢濟明書，不以時令、

斷刑、四維、貞符諸篇爲然，可見學問轉變，好尙頓易，好學不已，歷年必變。

人不學則前人之智非我有，學而徇迹引墨，不失尺寸，非鹽鐵論所謂呻吟枯簡，誦死人之句乎？柳子謂淮西碑有帽子習，楊大年謂杜陵爲村夫子，子美謂太白少縝密，太白謂子美困琱鐫，秦少游謂醉翁亭用賦體，尹師魯以岳陽樓爲傳體，大約才人獨伸其所獨至，少陵欲仿漢魏不難，子瞻欲摹周秦亦易，惟不肯蹈襲耳。然末世之空腹高心，不能茹吐古今者，率其鄙倍，亦曰我不蹈襲也，未可藉口。

密之右論，自是通人之見，惟所謂茹吐古今，與蹈襲相提並論，其中界綫如何畫法？苦未得知。

元李仁卿言盜竊，明方密之言蹈襲，兩賢相望於三百年間，所言是否卽爲一事？

右謂柳子指淮西碑有帽子習，兹引陳祖范掌錄一則互證：

六朝曁唐，文體多用裝頭，顏黃門所謂博士賣驢，書券三紙，未有驢字，令人氣塞者也。張伯玉屬曾子固作六經閣記，前多鋪敍，張不愜意，自爲之云：「六經閣，諸子百家皆在焉，不書，尊經也。」歐陽公醉翁亭記，先述勝境，至于累幅，後一掃去，曰：「環滁皆山也，其西南諸峯，林壑尤美」，皆剪截浮辭，不用裝頭之法。柳子厚議韓昌黎平淮西碑，以爲若我爲之，便用興師伐叛說起，此又失之過當。文

章自有原委，蒙頭蓋面固不可，輕率徑突亦非宜，韓文固無可議也。

摹仿

裴晉公非文家也，而其與表弟李翺書，有一段反對摹仿之絶精理論如下：

意隨文而可見，事隨意而可行，此所謂文可文，非常文也。其可文而文之，何常之有？俾後之作者有所裁准，而請問於弟，謂之何哉？謂之不可，非僕敢言，謂之可也，則大學之道，在明明德，在止至善矣，能止乎？若遂過之，猶不及也。〔全文見本編別引。〕

此一節文字，可得百誦而不厭，泛應於萬事而無不當。今試向善算者求畫一三角形，曰：吾所須三角，非三等邊，亦非三不等邊，非兩等邊，亦非兩不等邊，非鋭角，亦非鈍角，請畫此三角來，惟文亦然。今試向善文者而求一文，曰：吾所須文，非典謨訓誥之文，非文言繫辭之文，非國風雅頌之文，亦非其他其他之文，請示我此文來。吾料此善文者，與善算者一般無二，將率爾而對曰：宇宙間固無此無形之三角，宇宙間亦固無此無形之文，此三角吾無以名之，名之曰常三角，此文吾亦無以名之，名之曰常文。

晉公語其表弟曰：常文者、非可文之文也，凡可文之文皆非常文，號曰常文，必

須後來之作文者，皆可奉爲鵠的，以裁准一切。置之於典謨訓誥，卽典謨訓誥見，置之於文言繫辭，卽文言繫辭見，置之於國風雅頌，卽國風雅頌見，置之於其他其他，卽其他其他見，請問老弟：宇宙間曾有此理想之常文乎？

晉公又曰：老弟如謂文不可以爲文，予欲無言，如可文者，則須典謨訓誥時，吾與之爲典謨訓誥，須其他其他時，吾與之爲其他其他，果何賴非彼非此、非驢非馬之奇言怪語，號曰裁准或常文者，溷乃公事爲？或曰：否，公誤會吾意，吾所謂常文，非常一切文，乃常某一類文。姑以典謨訓誥爲例，夫典謨訓誥者，政事文也，今吾爲政事文，非典非謨，非訓非誥，因欲得非此四者之常政事文，以爲准則，公何得言無？晉公曰：天下事由小可以見大，卽大可以窺小，常一切文固無有矣，常某一類文又烏從來？於是吾不爲政事文則已，誠欲爲之，欲典而典自至，欲謨而謨自至，訓誥類推，其他亦類推，於是爲政事文，亦求善道政事而止。唐有文家曰：文唯其當，又曰：文唯其是，當也是也，固亦止也。凡善於止，苟爲文，將無過不及之差，所謂增之銖兩則俯，反是則仰，雖未必至，善者或庶幾焉。爲文之道，如斯而已，意隨文而可見，事隨意而可行，人得乎此，於文萬事皆足，摹仿云乎哉？

宋于庭〔翔鳳〕嘗讀晉公此文而好之，彼在所著過庭錄過錄一通，而評焉曰：裴之論文，可云備矣，其於昌黎之文，獨致貶辭，則以摹古太甚，矯時過當，如

樊紹述之險怪無理，昌黎稱爲文從字順，各適其職，亦有心違俗之言。〔原注：永叔亦有此論。〕

譚仲修〔獻〕服膺宋先生，彼在日記中稱述宋先生錄晉公此篇，具有微意，又詳記己所見曰：

閱唐書，文體閎遠，亦云史才，好用新字，更改舊文，多可笑哂，如師老爲師耄，不可忍爲叵可忍，不敢動爲不敢搖，直兒童語。宋祁亦雅才，何以有此蔽？究其師法，殆退之作俑耳。宋與歐陽，皆崇信退之，乃學焉而各得其性之所近，又軋茁閎休，唐中葉自有此體，蓋莫著於高彥休闕史矣。〔釗案：軋茁閎休，乃函札中合府大吉之隱語，此並不載於闕史。闕史如吐突承璀地毛條稱：左軍爲東廣，地毛爲坤毳，則適黃伯思所謂銑谿虬戶體。〕

復堂將宋子京冬烘先生之蔽習，移以課之昌黎，使負其責，微失不恕。然退之摹古過當，則固有目共覩，羣致譴責，不知當日晉公致其表弟一書，表弟曾轉示退之十兄否？〔退之行第十八，不知李翺何以稱爲十兄？翺不承退之爲師，亦並不承爲叔外舅。〕

嘗論老子道可道，非常道，名可名，非常名四語，自來無人得到正解，獨晉公倣其語曰：文可文，非常文，始與西歐邏輯實宗本旨相合，吾於邏輯指要第四章概念內反覆明之，讀者幸參閱。

傳記體參議論

章實齋丙辰劄記云：

李耆卿云：「傳體先敍事，後議論，獨圬者王承福傳，敍事議論相間，頗有太史伯夷傳之風」，此言不然。文集中傳體，不與史傳同科，王承福傳本是寓言，並非眞正傳體，故李漢編入雜著，明其爲立言，非爲傳人也。且通篇全爲議論，何有敍事？其引端數語，不過爲論勞逸作緣起耳，安有夾敍議哉？又此類古文甚多，柳氏梓人傳、郭橐駝傳，皆爲一例，安可與史傳比？至太史伯夷傳，蓋爲七十列傳作敍例，惜由光讓國無徵，而幸吳太伯伯夷之經夫子論定，以明己之去取是非，奉夫子爲折衷。篇末隱然以七十列傳，竊比夫子之表幽顯微，傳雖以伯夷名篇，而文實兼七十篇之發凡起例，亦非好爲是議敍之夾行也。

傳體文參議論如右說，至墓道文體則絕少爲之，如明湯顯祖所爲劉士和墓表，全篇只標一事，而就此大發議論，頗似柳州故御史周君碣，特柳碣短而湯表長耳。

周君者，周子諒也，子諒彈宰相牛仙客，觸上怒，杖朝堂死，此誠開有明諫臣廷杖之惡風，值得大書特書。顧事跡碣中全不載，而一味發議論，宜乎湯若士承其流而恣爲之，又所發議論中，適以子厚爲之證左，此似不得謂之偶中。或云：若士於柳

文有癖嗜，其所著還魂記之主角柳夢梅，亦意在指定爲子厚裔孫。

王鏊長語紀聞有曰：「史記貨殖傳、議論未了，忽出敍事，敍事未了，又出議論，不倫不類，後世決不如此作文，奇亦甚矣。」王濟之、成弘間以制義魁天下，祇解代聖賢立言，自出心裁、夾敍夾議之文，更不經見，宜乎讀貨殖傳而大詫驚奇。

傳與記體相類也，惲子居謂：作記但記其事而已，不可雜以議論，吳鋌非之。「案記之名，原於戴記、學記、樂記等篇，則議論乃記之正體，子居之言不足據」，語本鋌所撰文翼，鋌、吳仲倫弟子。

范希文作岳陽樓記，尹師魯非之曰：「此傳奇體也」，實則作記與傳奇界綫如何？以及作記應以傳奇爲厲禁，從來無人討論過，此亦祇可作爲懸案。剑案：傳奇意在非奇不傳，作記則偏重一切核實，師魯或見及此。

子厚身非史官，不可能正式爲行政大員立傳，故於段太尉祇曰逸事狀，而不名爲傳，以謂聊以備史官之甄錄而已。時韓退之正在史館，故逸事狀以寄退之，惟其後兩唐書段秀實傳，其行事除全採逸事狀外，別無可紀，倘當時子厚不爲段公仁信所動，發與狀其逸事，可能此公在史傳中闃焉無聞。由是文人見有高行可傳，應卽隨意抒寫，爲後來藏之名山，或傳之其人，作一準備，至體裁如何？亦任村學究閒磕牙可已，何用事先拘拘剪剪爲哉？

駢體與義法

駢體文鈔序，乃李申耆平生自道所得之文也。茲全錄於下：

天地之道，陰陽而已，奇偶也，方圓也，皆是也。陰陽相並俱生，故奇偶不能相離，方圓必相爲用。道奇而物偶，氣奇而形偶，神奇而識偶。孔子曰：「道有變動故曰文，文有等故曰物，物相雜故曰文」；又曰：「分陰分陽，迭用柔剛，故易六位而成章，相雜而迭用。」文章之用，其盡於此乎！六經之文，班班具存，自秦迄隋，其體遞變，而文無異名。自唐以來，始有古文之目，而目六朝之文爲駢儷，而爲其學者，亦以是爲與古文異路。旣歧奇與偶爲二，而於偶之中，又歧六朝與唐與宋爲三，夫苟第較其字句，獵其影響而已，則豈徒二焉三焉而已？以爲萬有不同可也。夫氣有厚薄，天爲之也，學有純駁，人爲之也，體格有遷變，人與天參焉者也，義理無殊途，天與人合焉者也。得其厚薄純雜之故，則于其體格之變，可以知世焉，于其義理之無殊，可以知文焉。文之體至六代，而其變盡矣，沿其流極，而泝之以至乎其源，則其所出者一也。吾甚惜夫歧奇偶而二之者之毗於陰陽也，毗陽則躁剽，毗陰則沈膇，理所必至也，于相雜迭用之旨均無當也。〔總序〕夫拜颺殿著錄若干首，皆廟堂之製，奏進之篇，垂諸典章，播諸金石者也。

陛，敷頌功德，同體對越，表裏詩書，義必嚴以閎，氣必厚以愉，然後緯以精微之思，奮以瑰爍之辭，故高而不槬，華而不縟，雄而不矜，逶迤而不靡。馬班以降，知者蓋希，或猥瑣鋪敍，以爲平通，或詰屈彫瑑，以爲奇麗，樸卽不文，華卽不實，未有能振之也。至於詔令章奏，固亦無取儷詞，而古人爲之，未嘗不沈詳整靜，茂美淵懿，訓詞深厚，實見於斯，豈得以唐宋末流，澆𠡠浮尪，兼病其本哉？故亦略存大凡，使源流可知耳。〔上編序〕

著錄若干篇，指事述意之作也。或縝密而端愨，或豪侈而詄盪，蓋指事欲其曲以盡，述事欲其深以婉，澤以比興，則詞不迫切，資以故籍，故言爲典章也。韓非淮南，已導前路，王符應劭，其流孔長，立言之士，時有取焉。然枝葉已繁，或拔其本，以仲宣之覃精，而子桓病其體弱，亦學者之通患也。碑誌之文，本與史殊體，中郎之作，質其有文，可爲後法，故錄之尤備焉。〔中編序〕

著錄若干篇，多緣情託興之作，戰國詼諧辨譎者流，實肇厥端。其言小，其旨淺，其趣博，往往託思於言表，潛神於旨裏，引情於趣外。是故小而能微，淺而能永，博而能檢，就其褊者，亦潤理內苞，秀采外溢，不徒以縷繪爲工，逋峭取致而已。後之作者，乃以爲遊戲，佻側洸盪，忘其所歸，遂成俳優，病尤甚焉。尺牘之美，非關造作，姸媸雅鄭，每肖其人。齊梁啓事短篇，藻麗間見，旣非具體，無關效

法，十而存一，概可知也。〔下編序〕

右序凡四首，於文從古無異名之主旨，可謂發揮盡致，而主旨中之主旨，爲對桐城義法之説，駁斥不遺餘力，可以概見。而具體事實，相輔以行者，則申耆利用粤撫康蘭皋、倩其督刊姚氏類纂之機會，同時以駢體文鈔付刊，使學者從而想見不言可喻之旨趣，最爲突出。此外集中小文，相因而見意者，仍爲錄存一二。如答莊卿珊〔綬甲〕云：

聞塹歸甚喜，仍不得見，而又甚恨也。吾弟謂駢體文鈔當改名，吾弟未閱兆洛前序耶？未閱所代作之序耶？自亦未之深思耶？若以爲報任安等書不當入，則豈惟此二篇，自晉以前，皆不宜入也。如此則四六法海等選本足矣，何事洛之爲此嘵嘵乎？洛之意頗不滿於今之古文家，但言宗唐宋，而不敢言宗兩漢。所謂宗唐宋者，又止宗其輕淺薄弱之作，一挑一剔，一含一詠，口牙小慧，譾陋庸詞，稍可上口，已足標異，于是家家有集，人人著書，其於古則未敢知，而於文則已難言之矣。竊以後人欲宗兩漢，非自駢體入不可，今日之所謂駢體者，以爲不美之名也，而不知秦漢子書，無不駢體也。竊不欲人避駢體之名，故因流以泝其源，豈第屈司馬諸葛以爲駢而已，將推而至老子、管子、韓非子等，皆駢之也。今試指老子管子爲駢，人必不能辭也，而乃欲爲司馬諸葛避駢之名哉？報任安書，謝朓江淹

諸書之藍本也，出師表、晉宋諸奏疏之藍本也，皆從流溯源之所不能不及焉者也，其餘所收秦漢諸文，大率皆如此，可篇篇以此意求之者也。此等言語，本不欲自吐之，冀閲之者會之，吾弟既有所疑，故不敢不以告。向曾與弟言：序中發言偏宕，恐治古文家見之不平，此時想治駢體者亦見之不平，則非其所料，姑俟異日何如？閲畢亟毁之，無留支節爲幸，藉承動定，不宣。

此書舉其平日所不欲明言者而悉言之，所謂不滿於今之古文家，夫今之古文家者，舍桐城又其誰也？書末以閲畢即毁相要，可見當時飛短流長，凡集矢於陽湖者無所不至，故申耆畏而避之。

書中言及代作駢體文鈔序，吾未閲過文鈔刊本，不知爲誰代作？意者爲康蘭皋捉刀之成分居多，然終能表見申耆宗旨，仍當甄録以資參證。

古之言文者，吾聞之矣，曰：雲漢之倬也，虎豹之文也，郁郁也，彬彬也，非是謂之野。今之言文者，吾聞之矣，曰：孤行一意也，空所依傍也，不求工也，不使事也，不隸詞也，非是謂之駢。唐以前，爲文者必宗秦漢，唐以後，皆曰宗韓退之。退之亦宗秦漢者也，而裴晉公之譏退之也曰：「恃其絶足，往往奔放，不以文律立制，而以文爲戲」；又曰：「文之異在氣骨之高下，思致之深淺，不在磔裂章句，隳廢聲韻。」昔之病退之者，病其才之強，今之宗退之者，則又病其才之弱矣，然則今之所

> 爲文，毋乃開蔑古而便枵腹矣乎？業此者旣畏駢之名而避之，或又甘乎駢之名，而遂以齊梁爲宗，夫文果有二宗乎？吾友李君申耆，欲人知駢之本出於古也，爲是選以式之，而名之曰駢體文鈔，亦欲使人知古者之未離乎駢也。夫文之道盛於周，橫於秦，尊於漢，澆於魏晉，縟於齊梁，昭明隱憂之，而有文選之作，其言曰：「變本加厲」，可謂微而顯矣，而後之論者輒以爲弱，卑靡之習，吾焉知讀是編者不以爲昭明之重儓也？

今之宗韓退之，病其才之弱者，此一般抨擊方靈臯之言，而出自申耆之口，從駢散之分野處出發，尤爲親切有味。前清末期，績溪某氏所爲新文化諸說，在嘉道間已見端倪，故申耆對蔑古枵腹諸病，言之痛切如此。

此外申耆有答高雨農書，頗涉及當時議題之中心論點，彌有趣。書如下：

> 古文義法之說，自望溪張之，私謂義充則法自具，不當歧而二之。文之有法，始自昌黎，蓋以酬應投贈之義無可立，假於法以立之，使文自營而已。習之者遂藉法爲文，幾於以文爲戲矣，宋之諸儒，矯之以義，而講章口語之文出焉，則又非也。荀子曰：「多言而類」，茲毋乃不類矣乎？八股義取口語，法卽古文之流弊，今又徒存其法，則不類之尤者也。抱此鄙陋，故每有所述，稱心而言，意盡輒止，不足與於古文之數也，然猶牽率時俗，爲不由衷之言，祇益赧然。

桐城標榜義法二字，取義何等嚴重？而申耆去其面具，剝其外衣，袒裼裸裎，薄而觀之，仍本裴晉公以文爲戲之旨，將昌黎儘量醜化，使學者了然於宗韓法寶，內容不過如是，陽湖諸子殆可謂惡作劇矣。由是更進一步，將宋儒神化義字之秘辛，全部揭露，使其講章口語之騙人手法，無法存在，今日應當爲申耆浮一大白。

高雨農名澍然，光澤人，爲朱梅崖再傳弟子，以篤嗜昌黎著稱，有抑快軒文集，申耆向之申申以義法爲言者，諒雨農有受病於義法處。雨農鄉後學謝章鋌，著賭棋山莊文集，光緒壬午，有文評雨農曰：

古文有桐城派，有常州派，申耆蓋常州派之錚錚者，其論義法，於望溪頗致微詞。予嘗謂起承轉合，提頓呼應，此陋儒以之談制藝者，自茅鹿門以逮林西仲，乃以此治古文，童稚抱書，先入爲主，異日行文之不振，未必不由於此。夫在心爲義，出手爲法，義以徵其見解之深淺，法以驗其筆墨之工拙，義爲主，法爲副，今則置精義於不講，而詡詡然曰：是有法，必如是起，必如是合，必如是提，必如是應，是若築室然，門庭之不辨，奧窔之不分，而惟間架是問，間架雖工，而得爲成室乎？是則不知義法而言義法者之過，望溪不任咎也。易曰：「言有物」，又曰：「言有序」，有物則不患無義，有序則不患無法，幾曾見成家之作，振筆而起，神明變化，若斷若連，而有牛頭馬脯，郢書燕說，首尾支離，不相照顧者哉？故予論文不

喜言法，尤不喜以時文法言古文法，雨農昔著韓文故，用功甚深，然其考訂史事，不失詳贍，若眉詮旁注之語，則多染時藝家習氣，精識之士，幸勿以棄臼爲金鍼哉！

此抨擊義法至爲刻骨，文成於光緒初年，是殆有清以時文亡古文，文運絕而國運亦將丕變之徵兆也。桐城常州，根株斬截，文字非別開途徑，將無轉旋餘地，義法云乎哉？依章鋌言：義法之蔽，由望溪發其端，而鹿門西仲之徒，從而和之，其父殺人，其子必且行劫，文事之濫，浸淫以至光緒末季，而掃地以亡，此其時代舛誤，使望溪負責過重，殊非持平之論，讀者亦心通其意，冷眼靜以察焉可已。

申者言古文義法，好牽連涉及類，此習自荀子得來。尋勸學篇云：「禮者法之大分，類之綱紀也」，法與類對文。凡大分曰法，〔按分讀去聲。〕綱紀曰類，類者，謂法之所無，觸類而長，猶律條之比附；此在英語，法曰 **law**，類則 **case-made law**，如吾漢律之決事比，亦正是類。王制大略二篇曰：「有法者以法行，無法者以類舉」，此恰說明 **law** 無明文規定，乃訴之於 **cases** 以求解決也。非十二子篇云：「多言而類，聖人也，少言而法，君子也，〔按大略篇亦載此二語。〕」斯謂法條簡明，君子之所熟練，雖少言而必不背法，獨法所不備，而不言則已，言必有中者，始號聖人，於是聖人雖多言，言無往而不叶乎法，而獨此之法不曰法，換言類者，以物號曰萬，勢不得豫立萬法以應

之，惟賴聖人造作言説，隨時付物，因謚之曰類云爾。申者答高雨農書：所謂「多言而類」，適用非十二子篇語，其意若曰：古文、法也，宋儒之語録講章，並不得相應爲類。又曰：「抱此鄙陋，每有所述，稱心而言，意盡輒止，不足與於古文之數」，此申者不敢以聖人自居，因遜言己卽稱心而談，仍亦與於不倫不類之列。言下鄙薄桐城家數，以卑己者自高，風趣盎然。倫類亦荀家用語，命意相仿。

長儷

吾見某一短書，以長儷二字概括柳文，一時未得其説，偶閲近人汪瑔松煙小録，有如下一段記載：

顧亭林菰中隨筆云：「今人作四六，多用長調，甚至數十字爲一對，不知何以云四六也？此調昉於陸宣公奏議，蓋論事之文，不拘一體固然耳，用之表啓，實自萬曆中年。夫四六乃文之近體，其變而每下又如此，何論古文哉？」亭林此論，作駢體者所當知也。自漢至六朝，駢儷之文，每聯二句或四句，至六句止矣，唐初尙然，中唐以後稍變，然亦無過長者。惟柳子厚作國子祭酒兼安南都護御史中丞張公墓誌銘有云：「文單環王，怙力背義，公於是陸聯長轂，海合艨艟，再舉而克殄其徒，廓地數圻，以歸於我理；烏蠻酋帥，負險蔑德，公於是外申皇威，旁達明信，一

動而悉朝其長，取州二十，以被於華風。」又云：「公患浮海之役，可濟可覆而無可恃，乃刳連烏〔烏字疑島字之譌。〕以闢坦途，鬼工來幷，人力罕用，沃日之大，束成通溝，摩霄之阻，哲爲高岸，而終古蒙利；公患疆埸之制，一彼一此而不可常，乃復銅柱以爲正制，鼓鑄旣施，精堅是立，固圉之下，明若白黑，易野之守，險逾邱陵，而萬世無虞。」一聯竟逾百字，此則唐文中所罕見者。王鳳洲評柳州此文，謂「遙對尤長而整，六朝之變極矣，然終不近自然。」蓋明嘉靖以前，人尚知長聯非法，亭林謂始於萬曆中，信矣。

四六之稱，始於李義山，其樊南四六自序云：「四六之名，六博、格五、四數、六甲之取也。」是其取義固自有在，初非以四字六字爲句，乃稱四六也，亭林所云何以爲四六者？似是誤會。

子厚駢散俱工，本編迭有說明，不更贅述。惟長儷云者，亦興之所至，偶爾涉筆範爲是態云耳，於作者工力如何，了無關涉。妄人遽執以概其全貌，以局賅通，適成邏輯之誖。

王蘭泉論作墓志

王蘭泉是中清文盛時期博雅君子，所著春融堂集，不少篤實光輝可誦文字。與

沈果堂論文云：

使來，得所示論文書，明白深切，皆可法，而於墓志尤詳。邇者楊文叔、蔣迪夫相繼逝，於時能以古文鳴，蓋非先生莫屬也，某爲此亦有年，竊謂墓志不宜妄作。志之作，與實錄國史相表裏，惟其事業焯焯可稱述，及匹夫匹婦爲善於鄉，而當事不及聞，無由上史館者，乃志以詔來茲，以示其子孫，舍是則皆諛辭耳。蘇文忠公不喜爲墓志碑銘，惟富鄭公、范蜀公、司馬温國公、張文定公數篇，其文感激豪宕，深厚宏博無涯涘，使頑者廉，懦者立，幾爲韓柳所不逮，無他，擇人而爲之，不妄作故也，得其人矣，而行文之法又不可以不審。竊謂韓歐柳蘇集爲俗本所亂，如韓之曹成王、劉統軍、權文公碑，皆神道也，而題不具書，柳惟志宗直殯，則直志爾，其祕書郎姜君、襄陽丞趙君、主簿韓君，皆有銘而不書銘，及韓之考功盧君、司法李君，皆無銘乃書墓志銘，其舛誤如是。至碣與碑同，宜有銘詞，而韓之法曹張君、柳之獨孤君兩文，皆不著銘，獨孤君碣末列友人名姓，與其先侍御神道表同例，蓋皆表也。表例無銘，而韓之房使君、鄭夫人殯表，則用韻如銘，其他若鄆州谿堂，以序綴詩，汴州東西水門，以記綴詞，體製如此錯出者甚衆。今之學者，弗參互考訂，而潘氏金石例、王氏墓銘舉例等書，世亦不復傳習，是以雖號爲能文詞者，每有作輒繆盭不合於古。足下本經術爲文，以迪後進，又所居松陵，王

寅旭、潘稼堂兩公遺澤未艾，必有好古能言之士出焉，誠其毋妄作，必程諸先民，則文字復古不難也。方冬風寒，相見何時？惟千萬自愛，某再拜。

論墓志不宜妄作，卓有見地，惟論今之作者不合於古，未免拘泥過甚。蓋所謂古者何據？潘昂霄金石例，乃一切以韓柳爲準則耳，爲問韓柳作志時，所準則者伊何？倘韓柳能自我作古，後有能文詞如二公，又何嘗不可别開蹊徑乎？要之作者在復古二字上，把持太緊，其他皆當行出色，時流不及。又與朱竹君論韓碑不如蘇云：

昨於魚門席上，論蘇文忠公撰行狀神道墓志雖不多，實大勝韓，足下深不謂然，發聲徵色，坐客至失箸，莫能措一語。僕旣歸酒醒，取蘇集中如范蜀公、富鄭公、司馬温國公數文讀之，讀已復歎，歎已復讀，旣而且讀且泣，恨不生與同世，厠其門牆以親炙其言論風采也。及閱董晉、鄭餘慶行狀，如嚼蠟，如搖鞞鐸，毫無足感者，以此益自信，信蘇之工。凡文以傳人也，傳人以厲世也，故孟子曰：聖人百世之師，聞者莫不興起也，頑夫廉，懦夫有立志，文必如之，然後可謂之文。今董鄭諸人之狀具在也，能使人廉而立乎？能使人聞而奮起乎？以此益自信蘇勝於韓。足下必又曰：此非文之故，人之故也，則又不然。夫文以傳人，必人以重文，人不足重，勿作可也，且是時若宣公之篤棐，晉國之德望，西平之忠烈，人足以重文者，豈尠也哉？釋此不爲，乃惟鄭與董諸人之爲，毋亦不量其人大小輕重？謂

曾受其辟，遽以文與之歟？抑謂次第其官爵勳伐，足以重吾文歟？抑利其諛墓之金，如劉叉所譏者歟？無一而可也。足下謂韓勝者，蓋錮於前人之説，試檢范蜀公數文復之，亦必將累欷歎泣，信僕之論不謬爾。夫韓之古質奇崛厚重，根柢六經，爲文忠所弗如，且如書張中丞傳後，悲壯激發，於司馬遷班固勿啻也，何文忠之能比？若夫行狀神道墓志，文忠乃實勝韓，足下幸毋膠前説，某謹白。

文於韓不及蘇處，持論侃侃，使人難於駁倒，其論韓爲諛墓金而作志，爲百世師之匹夫透漏底藴，恐蘇聞之，當亦不安。至指出鄭餘慶行狀之如同嚼蠟，如搖鞞鐸，尤堪發笑，夫餘慶、子厚之先友也，當草石背記時，餘慶尚健在，子厚敢於振筆直書曰：「鄭餘慶、滎陽人，再爲相，始天下皆以爲長者，及爲大官，名益少。」名益少三字，嚴如斧鉞。夫餘慶、亦起家於篳楚間一氾水薄耳，子厚能指摘於生前，退之反揄揚於身後，子厚曾責退之不應不爲史官，至此當自悔其失言，至董晉爲退之奉事之主帥，諂諛更何待論？

言盡而意不盡之謬論

一

呂居仁曰：「東坡云：意盡而言止者，天下之至言也，然言止而意不止，尤爲極

至，如禮記、左氏傳可見」，此謬論也。夫古文人，亦唯恐言不能盡意爾，如秦宓曰：「僕文不能盡言，言不能盡意，何文藻之有？〔語見茅元儀野航史話。〕」可見言意相盡，文家歎爲難達之境。夫禮記言簡意賅，盡人皆知，檀弓一篇，猶且奉爲無上典範，至左氏紀事詳備，人只見其可削，而不見其可增，之二書者，幾曾如子瞻言：有何意不盡處？清袁枚曾云：「子瞻以通禪理，而其文蕩」，所謂文蕩，大概從意不盡此類言語看出，人每言蘇文有沓拖風味，亦屬此種。子厚論文，一嚮以誠爲本，人而好作半吞半吐之言，何誠之有？

劉才甫者，一不學無術之妄人也，謬竊蘇子瞻之言，據爲己有，從事曲講，揮斥徒衆，認爲法乳所自，出自震川。南匯張嘯山文虎、曾講其義曰：「桐城由震川以上溯歐曾，專以風神唱歎爲宗」，而吾鄉杜仲丹貴墀鄙之，誚時人「以搖曳取媚爲歸體」，或從而鼓掌曰：如斯曳尾而行，眞不啻龜體也！夫言盡而意不盡之謬論，其流弊一至於是，當亦桐城祖師始料所不及。

據嘯山言：斯蔽也，望溪猶審愼持之，中經才甫唱導，至惜抱而續續推廣，於是於文功力遜而流入空疏者流，儼然奉爲秘笈，自鳴一派，馴至流衍以入晚清，益以其他政治迫促力，而僞桐城亡。

或曰：「子瞻曾云：『文如行雲流水，初無定質，但當行於所當行，止於不可不止，

〔語見慈谿葉元墠睿吾樓文語〕』果爾，呂本中所傳言止而意不止之説，毋乃矛盾？」曰：子瞻行文出語，往往早晚時價不同，如本中云：「東坡晚年敍事文多法柳子厚」，而毀柳之言亦時有。又張文潛與秦少遊同遊蘇門，子瞻以爲「秦得吾工，張得吾易」，子瞻平生出言太易，確是一病。

二

言盡意不盡之謬論，歷經展轉陳述，往往誤人思致，而流毒無窮，兹姑舉一例以明之。楊升菴云：「郭象莊子注工人無爲於刻木四語，柳子厚演之爲梓人傳一篇凡數百言，毛萇傳云：漣、風行水成文也，蘇老泉演之爲蘇文甫字説一篇亦數百言，得奪胎换骨之三昧矣。」夫人之立言，有同一意也，敷而布之，成繁簡廣狹之不同，於是梓人傳之與郭注，蘇説之與毛傳，雖前者明明有掠於後者，而意原一致，是之謂奪胎。胎既奪矣，簡者從而繁之，狹者從而廣之，意固同而幅度有異，是之謂换骨。升菴本旨，吾揣不過爾爾。晚近劉申叔、盜取升菴例子，而加以曲解曰：「古人作文，必留不盡之意於言外，如郭注演爲梓人傳，毛傳演爲蘇文甫字説，皆演繹之證。」嘻！謬已。今試取四種本子參互讀之，將發見柳之與郭，蘇之與毛，各彼此之不同，全在詞而不在意。語曰：「言簡而意賅」，凡善於文者類無不達到此一境地，意既曰賅，將何不盡之與有？

右謬論所遺之毒，顯在兩條文脈上流衍，一洪武十七年功令所規定之八股文，一從方苞以來士子所朦然服習之桐城派，前者驅使一般可供勞力之有用青年，擲於虛牝，後者導誘高級才智有餘之少年學子，誤入歧趨，請試分別言之：

八股文號稱代聖賢立言，假定當時意有所未盡，留待後人賡續其説，以完成聖賢之眞面目。於是一題發出，人人以己身所蘊蓄之私意，假借聖賢口吻，塗抹紙上，則立變爲千千萬萬、牛鬼蛇神、而不可捉摸。蓋古人未盡之意，世隔千年，事經萬變，今人安得而知之？既不知矣，必強不知以爲知，將見人類智勇辯力之全量，在錯綜複雜之塗徑中，銷鎔淨盡，並不自覺其舍正路而不由，不至謬種流傳，精力枯竭，人而槁項黄馘，國而弱昧亂亡，其勢不止，此其一。方苞劉大櫆姚鼐三人者，皆桐城人，其人粗通經訓，嚴守功令，手捧高頭講章，口稱「古文義法」，以號召於天下，若謂古文丰神，都在未盡之意上，能使後人從容涵泳，而形成高貴。由是世之不勤四體、兼懶讀書之青年，一見有此空疏途徑，得以呥舌搖尾，弋取功名，並獲厠入高華流派，以驕妻而駭俗，將何樂而不爲？或謂清政之頹，頽於漢學，毋寧謂由頽逮亡，亡於桐城，此其二。

語又有之：「其父殺人，其子必且行劫」，由右看來，殺人之父爲朱元璋，而桐城以行劫爲之子，天下事有其因必有其果，天喪斯文，毋乃類是？

三

嘗論文章此種頽勢，明末八股高手、及善爲古文之歸有光，不無影響於其間。吳南屏鈔本震川文記尾云：

近時爲古文，以仿歸氏故，喜作閒情眇狀，搖曳其聲以取姿媚，以爲歸氏學史之遺，而文章始衰矣，余是以有史記別鈔之選，欲正之也。

南屏自好歸文，洎知時人相尚以歸氏，而大力倡之者爲桐城派，郎自覺迷途知返，亟思所爲挽救之法。杜仲丹爲同邑後輩，欲乞其鈔本刊行，南屏堅決不許，益以平日圖避桐城之名，惟恐浼己，此老崛強，差可謂豪傑之士。

道光二十四年甲辰，南屏之京師，同年友楊彝珍性農，從其借震川文鈔本去，爲瑞安項傅霖所見，傅霖梅曾亮伯言弟子，南屏因識曾亮，以此展轉更識朱琦伯韓、邵懿辰位西、王拯定甫，皆京師名能古文者，且皆好歸文。當時舉子在京者，率相騖爲場屋之文，梅朱輩因性情嗜好特殊，不肯以俗學自儆，而相高以歸氏，南屏固未之知也。曾亮爲言：歸氏學自桐城方苞得之，傳於姚鼐，曾亮親從鼐學，又言：王拯自廣西來京師，過洞庭，坐船頭哦所鈔歸氏書，失手落水中，嘗記其處而痛惜之等等。㊀南屏則大駭，以爲歸文重含蓄，以言止而意不盡、搖曳生姿自豪，時士子正拘窘於名

㊀ 以上採自南屏自記。

物象數，凡一字之解詁，往往累至萬言，困擾有逾歐洲中世紀之「煩瑣哲學」而不得脱，一旦以空疏遼闊、「賣笑式」如震川文者濟之，似馬失羈，一縱而不可收拾，將不至學衰而文喪不止，以是憂之，並自後戒談「歸體」云。

四

子厚復杜温夫書：「吾雖少爲文，不能自雕斲，引筆行墨，快意累累，意盡便止。」宋末有劉辰翁亦言：「今人高韓文，亦其自稱道特甚，在唐人衆多中最甚達者，若循其意之所欲言，言適盡，意亦不過如時而止耳。〔語見答劉英伯書。〕」此兩家皆以意盡言止爲文章最高丰格，顧辰翁不以此美柳，而以美韓，殊不知韓文泥沙俱下，往往氣盛而言未必宜，與柳州於史公峻潔有深造者，直不可同日而語。非惟此也，辰翁於同一答劉英伯書中，忽謂：「柳子厚、黄魯直説文最上，行文最澀。」夫行文而澀云者，易而言之，則辭不達，辭不達，亦可謂意不盡。辰翁如此立説，以文事而論，直軒韓而輕柳，無端而提與黄魯直並論，更不恤輕之輕已。此種蚍蜉撼大樹之謬論，究於大樹何損？吾之所爲標出意不盡者，蓋别有其用意在。

桐城派之崇歸體者，主張言止而意不盡，惟此之意不盡，在言止後，劉辰翁所謂不達，猶言意未盡，在言止前，歸體務徐紆以爲妍，辰翁指囁嚅而難吐，一則太過，一則不及，過與不及，厥弊惟均。

本編別有劉辰翁視柳文一首，可參閱。

五

柳詩漁翁一首，諸家公認之絕唱也，劉大櫆選詩，妄將末兩句削去，以之列入七絕一類。注云：

原本此下有：「迴看天際下中流，巖上無心雲相逐」二語，蓋屬七言古也。阮亭云：「柳子厚漁翁一首，如作絕句，以欸乃一聲山水綠作結，便成高作，二句眞蛇足耳，而盲者顧稱之何耶？」按阮亭此論，可爲解人道也，故特存之。

此阮亭耕南妄相牽引，反以他人爲盲，眞所謂水母目蝦者也。此須先了解原詩：「煙消日出不見人」之人字誰屬？如看作漁翁自認，則明明罵題，理路難通。是必煙消日出時，忽聽到他處欸乃一聲，四顧不見人影，己乃移舟向中流徐徐開去，以「巖上無心雲相逐」作結，完成當時境地，如此焉得認末二語爲蛇足乎？此於漁翁之意識形態，與巖下眞實情況，毫無心得，妄事割裂，斤斤於七言古與七絕之區別，以帖括之俗輩，測高人之意境，可笑之至。

子厚所爲梓人傳，在王元美與儲同人之間，亦發生一種爭論。同人云：

分明一篇大臣論，借梓人以發其端，由賓入主，非觸類而長之之謂也。王弇州乃云：「形容梓人處已妙，只一語結束可也，喋喋不已，複而易厭。」如弇州言，是

認煞公爲梓人立傳，而觸類相長，失厥指矣。前者意謂：子厚漁翁元唱，得首四句而意已盡，多言則爲蛇足，是意盡而言不止之誤，此須付與東坡，令於纖濃簡古之尺度上，再爲衡之。後者於何者爲言？何者爲意？言與意如何配置？孰賓孰主？元美粗材，凡此皆矇然若無所知，智出看家本領在批八股之儲同人下。

六

吾見有侯官陳石遺〔衍〕贈桐城姚叔節序，今錄其全文如下：

桐城人以能文章名於時，殆二百年而未有絶，文章遂若爲桐城人所私者然，江西福建浙江江蘇廣西湖南北，能爲文章與桐城相彷彿者，時時間作，於是有桐城文派之説。人不必桐城，文章則不能外於桐城，爲是文者，紆回蓄縮，務使詞盡意不盡，以至詞意俱不盡，可不謂謹嚴有守者之所爲歟？余識馬君通伯，因識姚君叔節，叔節爲石甫先生孫，通伯妻弟，二君皆刊有文集一巨册，時賢評識爛然，若張廉卿吳摯甫陳伯嚴之倫，皆律以桐城義法，而罔有戾若溢。一時自許爲文人者，往往以能識摯父通伯諸君子，得一言許與，執爲能文之券。而通伯昔歲告歸，旣請余贈言，叔節亦以宿諾在彼，今年重至京師，斤斤責償，豈余言之足爲桐城人重歟？吾聞桐城有浮山，巖壑瑶瓏秀美，視海上羅浮二山且遠過，文字與山川相

發越，蜀峨眉、西江匡廬彭蠡，宋六家之文炳焉。吾中國多山水雄秀之鄉，而文化日就瘠薄鄙野，則其去凋喪也豈遠乎？此余送叔節所爲悄然以憂者也。

吾觀此文，立得數義如左：

一、「紆回蓄縮，務使詞盡意不盡，以至詞意俱不盡」，之數語者，不啻判定桐城罪案之爰書。

二、石遺固輓近能文之士，雖行文不脫桐城窠臼，然人遽以列入桐城行列，彼且色然以怒，一如湖南之吳南屏，大打截名官司。

三、本文於桐城抑揚其詞，一望而知爲詞盡意不盡之鬼氣所纏。

四、石遺目覩桐城王氣黯然消盡，此文直爲桐城大鳴喪鐘。

五、石遺所謂瘠薄鄙野，安知非文化從此轉入高華質實，爲别一進步境界？然此自非石遺所及知，一九四九年後百花齊放新局面，又惜爲石遺所不及見。

六、石遺與通伯叔節皆好友，彼卽萬分不滿於桐城，於所爲譏彈桐城處，亦祇能到此止步。

七、石遺嘗爲張亨嘉立狀，中有如下一段文字：「桂林陽朔山水，昔人稱奇，公以爲細碎不足喜。喜司馬氏通鑑，首以教人，謂明季國朝若黄氏宗羲、王氏夫之、顧氏炎武、胡氏渭、顧氏祖禹、顧氏楝高，所著書皆裨實用，爲文章開朗詳盡，不屑屑爲含

蓄吞吐，以取姿態。」此文爲石遺矜心刻意之作，可以與贈叔節序參看，故併錄於此，且使後之論文者，於石遺無錯覺，以致渾淆派別。又得知張燮鈞爲近今眞讀書種子，大有造於湖南文風。燮鈞、張亨嘉字，一作鐵君，爲湖南學政在光緒丙戌，時吾廑五歲。

八、「余言足爲桐城人重」一語，石遺一肩與桐城中分天下，言下十分自負，且於桐城崩頽，隱隱落井下石，諒亦爲桐城末流之支撐者所不樂聞。

古文與讀書多少之連誼

一

自劉原父譏誚歐九之不讀書，閱七百年而至中清，李巨來又蔑視方望溪，認爲讀書之少特甚，兩事遙相呼應，若有默契。尋歐方皆當時文壇宗匠，其何以使如此學殖荒落之人，坐擁皋比，成就大名，頗爲學者所難理解。袁子才者，行輩稍後於望溪，以天與高齡，駢散均擅勝場，當然不是不肯讀書一流人，彼曾有一書與友人論文，如下：

夫古文者，途之至狹者也，唐以前無古文之名，自韓柳諸公出，懼文之不古，而古文始名。是古文者，别今文而言之也，劃今之界不嚴，則學古之詞不類。韓

則曰：非三代兩漢之書不觀，柳則曰：懼其昧沒而雜也，廉之欲其節，二公者當漢晉之後，其百家諸子，未甚放紛，猶且懼染於時。㊀子才此書，侃侃善道，貌似當行，而實一取巧投時之作，以朦人耳目，欲求其故，可得而言。

乾隆末期，和珅當朝，太阿倒持，賄賂公行，讒慝紛作，弘曆昏耄倨傲，兩臻其極，認天下長治久安，不可一世。而士子生息迭次文字獄後，疲於場屋，日不暇給，在無情截搭之僞功令下，圖恃一日儻來之運，攫取一官半職，敷衍生活，從來焜熠一世之高文典册，渺焉無聞。而子才本人，耄年縱慾，酒肉紛紜，期於取樂一時，久無意名山著述，其與空疏務外之少年，荒淫徵逐，亦一味逢迎其短，而不得強人所難。望溪再傳弟子姚姬傳，與子才同時契好，見而憂之，因倡爲義理考據詞章三者不可缺一之論，妄冀補救一時，而亦無人領受，等於東風過耳。子才發書當時之環境形勢，大略如右。

子才書之內容，姑以韓柳二人爲限，稍事探討，而韓所謂非三代兩漢之書不觀，吾於本編屢有陳述，亦不具論，單就子厚一人言之。

書中所引懼其昧沒而雜也，廉之欲其節兩語，出自答韋中立論師道書，其原文

㊀ 原文全篇，別見本編，此特摘舉數語。

爲：

故吾每爲文章，未嘗敢以輕心掉之，懼其剽而不留也，未嘗敢以怠心易之，懼其弛而不嚴也，未嘗敢以昏氣出之，懼其昧沒而雜也，未嘗敢以矜氣作之，懼其偃蹇而驕也。抑之欲其奥，揚之欲其明，疏之欲其通，廉之欲其節，激而發之欲其清，固而存之欲其重，此吾所以羽翼夫道也。

此第一句屬一段落，第二句屬又一段落，其爲如何斷章取義，以圖取得所欲盜竊之意義，與昌黎之不觀書相映成趣，讀者不難一望而知。又子厚本書賡續下去，歷言本之書如何？本之禮如何？本之春秋及易又如何？參之穀梁如何？參之孟荀如何？參之老莊、國語、離騷、太史又如何？子才都削去不問，而欲襲取八股文鈎渡挽惡劣形式，東鈎西搭，移取廉之欲其節五字，櫽括一切。此誠偷天換日高手，欺人太甚，妄以一手掩盡天下人耳目，而當時士夫之故作癡聾，以默受子才之誑騙語言，亦自可想而知。

吾嘗論子厚晚年精進，日讀書以終其身，自來士人莫與倫比。試觀其與李翰林建書：

僕近求得經史諸子數百卷，嘗候戰悸稍定，時即伏讀，頗見聖人用心，賢士君子立志之分。著書亦數十篇，心病，言少次第，不足遠寄，但用自釋。貧者士之

常，今僕雖羸餒，亦甘如飴矣。據此，子厚如何心氣和平，日手一卷，務朝聞夕死以自滿其志，讀者先不自慚，求得如子厚之百一，以無忝乎爲人於世，而顧反脣相稽，盜取其自儆儆人之單言片語，抹煞壹是，幾等於思欲滅絶後世之讀書種子而後快，從古寡廉鮮恥之徒，寧復有過於此？

偶憶十一二歲時，曾讀子才所爲老者安之三句八股題文，其中一聯：「已落形氣之中，即不得高談玄妙，既生三代以後，又無人共任仔肩」，深信名人名句，作者具有安邦定國之闊大胸襟，使我七十年有奇，而迄未忘懷。由今觀之，此類功令文字，固不妨蛇蝎其中，而錦繡其外，於以太息朱元璋在洪武十七年所頒八股取士之僞詔册，直從精神上滅亡中國，控制歷代讀書根苗於所謂彀中，經過七百餘年之久，而至世界公曆一千九百四十九年而始得解放。

二

前引子才與友人論文書，所謂友人爲程魚門，袁程討論文藝，範圍廣大，後當詳述，暫不辜榷。尋子才與韓紹眞書，又提及柳文同一篇文字，而異其語調：

柳子與韋中立書，所引書目，班班可考，其得力處，全在鎔鑄變化，純以神行。若欲自炫所學，廣搜百氏，旁摭佛老及説部書，儳入古文，便傷嚴潔。

此與曩之東拉一句，西扯一句，使聯綴而以就吾意者未同，可見言非一端，夫各有當，子才才敏，因能作此狡獪。如實言之，與韓書、自較與程書理長而辭達。惟同一書下云：

蓋貴直者人也，貴曲者文也，天上有文曲星，無文直星。

文曲星之解釋，鄙陋過冬烘，殊乖雅素，此子才之所以爲子才歟！

三

程魚門與袁子才同時，家挾鹽筴，樓多藏書，而好周贍戚鄗，禮接文士，聲華鼎盛，一瀉無餘，晚赴陝督畢秋帆謀卒歲之資，而斃於途，士林痛惜。平生爲文，依倚歸方，有「望溪集後」一文，顯述所志甚晰：

余十年以來，于近人詩酷嗜錢塘厲樊榭，古文則服膺桐城方望溪，有余同志者，輒相與把玩，背誦擊節以爲快，其有異者弗與深辨，竊心議其學之淺也。夫詩有詩人之詩，有學人之詩，有才人之詩，而必以詩人之詩爲第一，文有學人之文，有才人之文，而必以學人之文爲第一。蓋文以明道，指事敍情，必根諸道，而言始無棄。唐韓柳李三家而外，非無奇峭奧衍之文，然皆使氣矜才，修飾字句，于道概未之聞也。南宋以降，迄乎元明，多能闡發理藴，而無淹博之學以振之，所謂言之無文，行且不遠。惟明歸震川之文，原本經術，而曲得事情，望溪則風骨峻峭，言

之有物，要之吾生平於文，所翕然心折者，二公而已。庚寅八月過金陵，得望溪文增刻本，以校舊作多百餘篇，九月上旬，興化舟中評閱，三日而畢覽，所得又有過于前者。大抵望溪讀書本不多，其于史學，涉獵尤淺，自三國志以下，皆若未見，何論稗官野乘？惟熟于周秦漢之書，用力堅深，遂造詣及是，讀其文者，不可以其時露村學氣而忽略視之，假令有人博極羣書，返而歸之于約，其研鍊烹洗，亦如方子之深，所成就又當何若也？

文中於望溪讀書不多之蔽，毫不隱諱，而隨園與爲友，一唱一和，伸引彌長，有與蕺園書一通，足資印可，蕺園卽魚門別號也。

古文之道形而上，純以神行，雖多讀書，不得妄有摭拾，韓柳所言，功苦盡之矣。考據之學形而下，專引載籍，非博不詳，非雜不備，辭達而已，無所爲文，更無所爲古也。㊀嘗謂古文家似水，非翻空不能見長，果其有本矣，則源泉混混，放爲波瀾，自與江海爭奇；考據家似火，非附麗於物，不能有所表見，極其所至，燎於原矣，焚大槐矣，卒其所自得者，皆灰燼也，以考據爲古文，猶之以火爲水，兩物之不相中也久矣。記曰：「作者之謂聖，述者之謂明」，六經三傳，古文之祖也，皆作者也，鄭箋孔疏，考據之祖也，皆述者也，苟無經傳，則鄭孔亦何所考據耶？論語曰：

㊀句中兩用爲字，皆謂也，解見王引之經傳釋詞。

「古之學者爲己，今之學者爲人」，著作家自抒所得，近乎爲己，考據家代人辨析，近乎爲人，此其先後優劣，不待辨而明也。近見海内所推博雅大儒，作爲文章，非序事噂沓，卽用筆平衍，於剪裁提挈烹鍊頓挫諸法，大都憒然，是何故哉？蓋其平素神氣，沾滯於叢雜瑣碎中，翻擷多而思功少，譬如人足不良，終日循牆扶杖以行，一旦失所依傍，便倀倀然臥地而蛇趨，亦勢之不得不然者也。且胸多卷軸者，往往腹實而心不虛，藐視辭章，以爲不過爾爾，無能深探而細味之，劉貢父笑歐九不讀書，其文具在，遠遜廬陵，亦古今之通病也。〔釗案：本文節錄卷八清道光朝文風題下引文，稍嫌複沓，讀者諒之。〕

袁程兩家覼論爲文之道，大抵歸結於博而返約，縱不能博，於文了無所害，然其卒也，望溪之村學氣，蕺園沾丐無遺，而隨園之市儈氣，並亦不因貌爲簡古，與登大雅之堂，江南唯一狂生汪中，致將苞枚列爲一組，以不學爲之標識，殆不失爲新世説之好材料。

四

文道希純常子枝語卷六云：

胡子知言附錄記朱子語曰：「胡子有言：學欲博不欲雜，欲約不欲陋」，信哉！余謂雜者漢學之流弊，然實患其博而不約也，陋者宋學之流弊，然實患其不博而

約也，博學反約，此所以通今時漢學宋學之郵也。

國初人譏宋學家不讀書，近時講漢學者，標榜公羊，推舉西漢，便可以爲天下大師矣，計其所讀，尚不如宋學家之夥也，此國初諸儒所不及慮者也。

枝語無何編輯系統，亦無日月次第，此第六卷不知何時所書？從說到標榜公羊爲天下大師看來，似爲指斥康有爲而發，旋於第十卷，又發見摘錄李蒓客荀學齋日記若干段中一段云：

自道光以來，經學之書充棟，諸儒考訂之密，無以復加，於是一二心思才智之士，苦其繁富，又自知必不能過，乃創爲西漢之說。謂微言大義，汩於東京以後，張皇幽眇，恣肊妄言，攻擊康成，土苴沖遠，力詆乾隆諸大儒，以爲章句餖飣，名物繁碎，傲精神於無用，甚至謂海夷之禍，金田之亂，釀成於漢學。實則自便空疏，景附一二古書，竊語醉醬，欺誑愚俗，其所尊者，逸周書、竹書紀年、春秋繁露、尚書大傳，或斷爛叢殘，或悠謬無徵，以爲此七十子之眞傳，三代先秦之古誼。復搜求乾嘉諸儒所輯之古易注、今文尚書說、三家詩考，攘而祕之，以爲此微言大義所在也。又本武進莊氏存與之說，力尊公羊，扶翼解詁，卑穀梁爲輿皁，比左氏於盜賊，蓋幾於非聖無法，病狂喪心。而所看之書，不過十餘部，所治之經，不過三四種，較之爲宋學者，尙須守五子之語錄，辨朱陸之異同，用力尤簡，得名尤易，此人

心學術之大憂，至今未已也。

右段是蒓客在光緒七年辛巳四月初二日所記，枝語在同卷紀載蒓客以甲午秋卒，則道希取材李記之日期，當後於蒓客易簀若干時也無疑。爾時有爲孔子改制之說已出，天下從風而靡，戊戌庚子之難，相隨而來，道希前後記錄之對同一癥結，而大加針砭，顯而易見。

枝語共三十八卷，短書祕記，無所不收，儒釋各家，漫載無紀，以言駁雜，可云至乎其極。以蒓客日記而論，自咸豐五年乙卯，以至光緒十年甲申，皆整段復整段，連翩過錄，以此而云著作，吾不知將何以取勝於趙妄、周蜮、江湖傖客一流人物？同時欲以如此淩亂失序、牛鬼無擇之博物君子，圖以制服才粗氣浮、心傲神很、自魏默深以來之諸公羊家，夫亦徒見其不自量也已。至李蒓客雖菲薄高談微言大義者之病狂喪心，而同時推服柳子厚之早歲學成，自慚不及，則斷斷非窮搜郢書燕說以自矜異，此外除獨學無友、僻陋自守之陳蘭甫師，無所依皈之文道希，所可同日而語。然則恃讀書多少，以窺測學問之成就何許？談何容易？

爲官作文字

何孟春餘冬敍錄有如下一段記載：

前輩文字，無爲宦官作者，觀名家諸集可知，韓退之送俱文珍序，編在外集，非李漢所錄，豈公所棄之篇耶？春以此疑諸家作者有之，亦棄而不留稿耳。勝國趙松雪，爲羅司徒致鈔百錠於胡石塘汲仲，請作乃父墓銘，汲仲怒曰：我豈爲宦官作墓銘者？是日汲仲正絶糧，其子以情白，坐上客咸勸之，卻愈堅，石塘爲可尚矣。墓銘書善，無貶法，與史異，昔人所謂諛墓之文，若爲宦官作，與獻諛權閹何異？而今人全不知擇，其人固不足名家，有所重輕，區區筆硯間，不過爲受賕之具而已。

孟春字子元，湖南郴州人，弘治進士，李賓之門下士，嘉靖初禮部侍郎，卒謚文簡，學問賅博。汲仲名長孺，永康人，祖巖起、嘉定進士，有聲於時，汲仲通九經，仕宋至福寧州倅，宋亡，退棲永康山中，師青田余學古，承朱學一脈，卒後門人私謚純節先生。

子元謂諸家爲宦官作文儘有之，特棄而不留稿。釗案：此亦視諸家爲何如人耳，如韓退之爲俱文珍贈序，豈不欲該文一揮而沒，特文珍之徒，必藉此以爲暴揚，以致後人編集，無法屏棄，卽勉強編入外集，亦決非李漢之志。由此看來，文人必如胡汲仲，寧餓死不納諛墓金，始能堅強自立，不然，其人如柳子厚，巖岸自峻，昭於行路，求諛墓者自始不至其門，此尋常人且不可，何況宦寺？噫嘻！韓柳優劣，衹此已足斷定，奚待別求證迹也哉？

崔元略、博州人，第進士，更辟諸府，累遷京兆尹，以父事大閹崔潭峻，授戶部侍郎，如此等人爲宦官李輔光銘墓，自不足責。然非厖大類書如全唐文，偶錄其文，在尋常集部或習見短書中，將無從發見幢幢鬼影。由此可見：若而汙穢文字，爲祖龍火種泯滅而無遺，殆不知凡幾，何足闌入子元之衡鑒耳目哉？事詳本編下部卷二二恨潛通史跡文內，不贅。

嘗論文字之用，其流無方，有扶植正誼，一言九鼎，亦或紀述醜惡，爲正人君子所痛恨，而皆比肩疊跡，流轉於宇內。顧子厚與友人論文，謂古今文章，得之難，知之愈難，文之不傳於後，聲遂絕於天下者，不計其數，不審當下筆時，曾料及文章中有多少關乎奄寺者否？且夫吾國奄寺，與君主相始終，兩千年來，若輩唯呂彊、張承業二人，心乎國家，差強人意，自餘大抵爲國兆亂，爲民造禍，而非廑廑以人類之殘肢斷脰聞。至於有關文字，則見河東柳芳所次唐曆四十篇，及太原郭湜所撰高力士傳，稍稍敷陳史實，爲奄宦略露曙光，其他卽如崔元略死諛大閹之作，在私家述作中，亦絕少見到。慨自公曆一九四九年之大革命，將此一歷史慘迹，隨同封建制度，徹底剗除，重新使生民還夫本原，跨入全國工農兵行列，從事國家根本建設。因而吾國一部分之生命力，與夫德慧術智，由負入正，自邪反貞，此誠革命中消極成就之絕大收穫，不論何人，都不禁遇事感觸而距躍三百云。

卷十　論文二

郝伯常文說

子厚辯列子云：「其文辭類莊子，而尤質厚，少爲作」，爲作、或顛倒用之曰作爲。郝伯常有文說一篇，於作爲二字大肆發揮，當有體會於子厚辯列子之說。　茲錄其文如左：

或者嘗曰：彼作文不工，彼工於作文，愚竊聽而惑之，蓋文可順而不可作也。天地有眞實正大之理，變而順，有通明純粹不已之文，是其所以爲之，非矯揉造鑿而然也，唯其變是以有文，唯其順是以不已，皆自然也。　故陰陽得以文乎天，剛柔得以文乎地，仁義得以文乎人，羽毛鱗介、苞葉根荄、得以文乎物，清濁高下、得以文乎聲，升降舒綴、得以文乎節，麗縟華采、得以文乎色，禮樂射御書數，得以文乎藝，德刑殿最法律、得以文乎政，城聚都鄙廬井、得以文乎居，華蟲藻火、山龍黼黻、得以文乎服。　易其無有，利其興革，化而新之，至至終終，爲神道之極致，亦得其本然之理而已，焉有作爲之贅哉？　大庭氏而上，文有理而無名，大庭氏而下，文

有名而無書，陶唐氏而下，文有書而無法，仲尼氏而下，文有法而無作。仲尼之門，游夏以文學稱，未聞其執筆命題而作文也，物感於我，我應之以理而辭之耳，豈贅其辭之工拙哉？是以六經之文，經天地，貫萬世，與博厚高明並而不朽也。仲尼氏沒，本散而末分，源遠而流別，文晦於理而文於辭，作之者工於辭而悖於理。故莊列以之文虛無，儀秦以之文狙詐，申韓以之文慘黷，屈宋以之文怨懟，卒致呂政焚書之厄，西漢古學文學之分，其弊則極於江左宂矯之談，浮屠之法，玉樹後庭之曲，而苻秦元魏高齊而下，血漂禹迹，寄斯文於霆擊之餘，風燼之外，邈乎葬於九原也。厥後有唐，杜氏文乎詩，而風雅復萌，韓氏文乎儒，而六經方燖，又屬以晚唐弊俗，五季繁運，而有宋氏興，歐蘇周邵程張之徒，始文乎理而復乎本，猶不能比隆三五，去殺勝殘，致頌聲、興禮樂者，百千祀之蔽，不可一日而擴也，幸其用力之勤，俾斯文不遂滅，而吾民不爲狐蠱非類爾。由是而言，天地萬物之文，未之或變，而人文如是之窮，作之者不工歟？工矣，然而如是者何？易曰：「物相雜，故曰文，文不當，故吉凶生焉」，文何嘗不當？作爲者之過也，不作不爲，萬理皆備，推而順之，文在其中矣。故文作於人而窮於人，人亦作於文而窮於文，嗚呼！文窮人邪？人窮文邪？

右文順理成章，見伯常高致，惟另有文弊解一首，謂「六經無虛文，三代無文人，孔氏

之門，游夏以文學稱，未聞其執筆命題而作文也」，㊀意在學者宜遵此塗徑而行，此離題太遠，大有生今反古，徒法不能以自行之病。又以「班馬不免於刑，范曄陸機謝靈運不免於誅，陳叔寶楊廣不免於覆宗社，而柳柳州不免於小人」，統歸咎於文辭之失，尤爲荒謬不衷於實。伯常名經，其先潞州人，徙澤州之陵川，元初以理學鳴於時，銜世祖命使宋，爲賈似道拘於眞州十六年，歸國未久而沒，年五十三。

張宗泰三跋陵川集云：「柳州依附二王，其心可原，所以終不見絕於正士，而陵川文弊解，竟詆爲小人，未免失之刻覈。」夫僅以刻覈施之陵川，辭意特緩，爲問以柳州與陳叔寶楊廣相提並論，從來儗人不於其倫，有如此其甚者否？謚之曰繆，誠不爲過。

宗泰號魯巖，河南偃師人，嘉慶丁卯舉人。偃師武虛谷億，早以訓詁考證，爲世推重，其子小谷，與魯巖爲同年，名亦相埒。小谷官江西知縣，魯巖以河南府學教授終，所著所學集，考訂精核，近天津嚴修、長洲章鈺爲重刊。

黃忍庵論文

忍庵集者，清初黃與堅所爲文也，與堅字廷表，太倉人，幼時卽徧讀周秦古書。

㊀ 後二語亦見於文說，可見是伯常論文主旨。

順治十六年進士，後舉鴻博，授編修，分修明史及一統志。寓居委巷，寂寞著書，與嘉道間揚州焦里堂風概相近。兹錄其論文三則如下：

一、唐宋諸家文，自茅鹿門選八家，人以爲然，究之秦漢不足以掩八家，而八家必取資於史漢，以史漢、文之淵藪也。然余尤以史記爲特絶，若貨殖等篇，其聯娟隱秀，史家未有。子長以潔許離騷，柳子厚又於太史致其潔，潔之一字，爲千古文士金鍼。

二、文之病，不潔也，不獨以字句，若義理叢煩而沓複，不潔之尤也，故行文以矜貴爲至要。明初宋濂溪文以淵博稱，而鋪敘繁蕪，較以方正學，即欠其風骨。錢牧齋文、欲以八家包舉六朝，爲古今第一流，而品格適已落第二。

三、毘陵諸子，以梅村文爲六朝一派，余力以秦漢解之。梅村中歲，輒以東漢書出入自隨，其文於散行中間入儷句，或所好漸爲范史移奪，而余謂之秦漢者，以其尙有渾穆體段也。

右三則寥寥百餘言，而足窺見清初文家風嚮。蓋其時異族入主中國，而功令沿明遺制，文人無所用其力，則埋首於徵文考獻中，以消磨歲月，而紛爭以起。獨此之紛爭，不能脱離科舉，八家文者、即以形式符合於功令文之要求，而旂幟飄揚者也。其肯綮在不干時忌，名義甚高，又用力少而成功速，易於得人賞接，從而招致利祿，

如是則復古便，復古而惟名之高，舍難就易，以崇馬而排班便。稍稍有心者不以爲然，而思有以矯之，爰得吳梅村挾班書自隨，錢牧齋主持風會，至以八家包舉六朝爲職志，忍庵承其流而倡導之，的彀漸漸自韓而移嚮於柳。久之、迻演遞進，以至嘉道間，獲如阮芸臺焦里堂一流人，揭櫫周易文言爲文章初祖，駁斥當時所謂古文家皆不知文，以相犄角，而文風確乎有所轉變。阮派理論雖未必全是，顧桐城竟以久王而衆厭之，用底於散亡。吾觀忍庵諸論，謂不失爲四百年來文史一綫契機，於是乎書。

曹濟寰論文

濟寰名一士，又字諤庭，上海人，雍正進士，爲諫官有聲。曾有與何義門論文書，爲節錄如次：

今夫陳言務去，與詞必己出，此昌黎氏所以起衰者也。然昌黎所謂陳言，乃承五代淫哇靡曼之後，刊而去之，一歸古質。今自宋儒輩出，窮理道於毫芒，晰是非於分刌，亦既末以加矣，後之作者，非流於偏駁而不醇，則苦於沿襲而無味，然則今所謂陳言者果何等也？震川謂惟不切者爲陳言，固已，豈無議論切而仍不離乎陳言，如先生所云：從齊桓伐楚，胡不責以僭王者？去之則無可說，存之則不必

言，然則今人之爲起衰難矣。且夫古文之所以稱古者，乃意義之古，非詞句之古也。如以詞句，則宋之名家，已多平易嘽緩，無復詰屈，至有明潛溪遵巖荆川震川，皆一代尊宿，而其文調之近時者抑又多矣，豈果筆力之不逮？抑不以此損其古意焉耳。于鱗元美之徒，字句之古，幾於無一不肖，而終與古遠，然則古之在於意義明矣。特求意義於理學大明之後，有難爲言者，正不知昌黎生於今日，其所謂起衰者又復何如耳？且昌黎之文，經經緯史，昔人謂無一字無來歷者，而曰必己出，其專在意義乎？抑亦兼及詞句也。先生文筆雄勁，追步古之作者，其於古文之旨趣，用工之本末，固知之熟矣，有可以開示愚蒙者，尤望不吝諄復，俾無迷於其途，幸甚幸甚。

濟寰所提問題，第一在何謂陳言？遽以五代淫哇靡曼之詞句當之，恐未必然。夫五代之淫哇靡曼，亦駢儷耳，易駢儷爲散體，止於反文爲筆，不得謂之去陳言。若曰此不在詞句而在意義，則人類圓臚方趾，古今相去不遠，腦海中所存意義，顛來倒去，不過爾爾，從意義上推陳出新，則昌黎將自走死路，所提新意義，將不知是何等牛鬼蛇神？此路亦萬無可通。平心思之，退之詞必己出，與無一字無來歷，原爲不可調和之矛盾，無法自圓其說，此誠不如依柳州法，以時中二字替代原道，所謂陳言，即有益於古而無益於今之言。孟子尊孔子爲聖之時，可見時者爲言道之最大義，爲問

吾人生於一定時間，道而與此時間不合，還有何用？柳子提出中字，必道之與今時無背者方爲中道，夫是之謂時中。夫退之言道，子厚亦言道，退之言道，而誇張陳言務去，卒至空空如也，手中一無所有。子厚言道，則一一按之於時而求其中，於是凡所頌言，經千餘年至今，而榘範依然。韓柳優劣，茲殆爲第一項，惜不得與義門濟寰輩共討論之。

吳仲倫品第古文

吳仲倫與其徒程子香書云：

文必愼其所從入之途，上者自司馬子長、韓退之入，其次自柳子厚、王介甫入，又其次自歸熙甫、方靈皋入。自子長退之入者，長於奇變，然慮其形具而神不屬也；自子厚介甫入者，長於幽邈，然慮其多爲作而晦且詭也；自熙甫靈皋入者，長於渾樸，然慮其狃於近而識不遠也；惟其美之襲而慮周焉，斯爲善學古人矣。

仲倫將退之與子長並列爲第一等，介甫與子厚第二等，靈皋與熙甫第三等，此一升官圖式之題名錄，乃桐城派推崇退之之左證，其仍以第二交椅讓子厚，由仲倫言之，此自是尊柳而非抑柳。

書中「多爲作」一語，實自子厚辯列子「少爲作」沿襲而來，謂仲倫非無形中受到

「柳家新樣元和脚」之影響，未之敢信。竊仲倫爲桐城末流之東方啓明，前後論文諸見，本編隨事多有陳述，未克綜爲長篇而論列焉，讀者諒諸。釗案：道光爲文風趨於最低潮之時代，仲倫左挈惲子居，右提吕月滄，一面質劑桐城陽湖之矛盾，一面推廣文學於珠江流域，不失爲當時文壇之居間能手。

欽吉堂與陳生論文書

書云：

僕謬學古，非知古者，委巷荒涼，屢承辱詢，感生意艮苦，妄有所陳，生果卽僕說循赴之，他日有自得，可弗執僕說也。鐫版插架，皆謂之書，稱稿名集，皆謂之文，少年寓目，力脆者一望而疲，力堅者久爲所亂。生讀書，先取歷劫多者讀之，漢唐宋元，作者繁矣，入藝文，嘗求其書不得，不入藝文者，又如飛灰之無迹，劫爲之也。歷劫至少莫如明，傳書至多莫如明，而錮後生子弟之神智亦莫如明。明初、文人學蘇曾而止，明中、放意贋古，明季、小智嘈雜，震川生於其中，如頹嶺孤松，石壓泥蟠，自留標格，然亦困瘁之至矣。讀明文、莫如讀元文，讀元文、莫如讀宋文，讀南宋文、莫如讀北宋文，讀北宋文、莫如讀唐文。八家十家，行路見山之境也，山最高者先見，見山之人，非皆遊山者也。眞欲遊山，則山自在天表，步始

於足下，及麓而上，有所謂高者，非向所見之高也，其境已異矣，再上再異，更上更有異，以窮日忘歲之力，上之不已，心目所得，皆實際也，何在翹足云云哉？讀唐人文，務求全本，選本拳石也，不執一家，一家孤峰也。如僕所言，沈心耐性，愼所履以肆其力，而待消息於天，天苟宿畀之，何可量其所至哉？自古非寓言之文，無繁辭泛濫者，辭愈簡，義愈賅，文愈貴，此又不當專於唐文求之。史記之清疏，前漢書之穠密，後漢書之蒼重，三國志之肅括，生讀之，探於心得其所近，閲他書，卽所近求之，博觀亦不可廢。書有一目數十行斜視者，有一目數行直視者，有一目三四行略讀者，有一目一行細讀者，有一句一字潛玩者。非讀者姿稟頓異，書之分量自殊，知此，則是書皆可讀矣，今恐未也，僕爲生説文者止此。若周秦諸文之問，僕不敢對，不敢對者，不必對也，談黄河者至華陰以上，曰伏流矣，伏流則無可談也，幷渠千百，星宿海、崑崙山，誠有之，心知其境可矣。然則舍六經乎？本六經以爲文，僕耳聞之爛熟，僕視其文，未見宣六經之旨也，經者本諸身，豈曰文已哉？爲生略言之：士人立身天地，苟得爲，未有不求勳業以堯舜其君者，書旨也；不得爲，未有不求規矩以範圍其身者，禮旨也；範圍其身矣，是非利害之加，直不可屈，春秋旨也；直不可屈矣，婉以宜人，匪剛匪柔，不隨不激，詩旨也；或達或窮，事不如意，吉凶隨幾，當可而處，無嘻無悶，易旨也。五者有實得於中，自有以足

文之理，旺文之神，助文之氣，若以文視六經，則陳義自高，於實無濟，生其身體而默味之。

文殊有見，然吾特珍視讀唐人文，務求全本一語，因欲保存此語，牽連錄取全文，其他並不欲論。獨以韓柳二集言之，柳讀其全，將愈讀而愈軒柳，韓讀其全，將愈讀而愈輊韓，不識律之他讀者何如？

吉堂簡歷，見輯餘黔驢說後，此不贅。

羅研生與人論文書

前以拙稿各種就正，廛譜例一編，得邀瀏覽。承書指示，謂蹈本朝各家箋疏習氣，又謂文莫難於治氣，而自傷其氣之爲僨，眞詞家要妙之言，堪爲服膺。然汝懷雖粗治小學，爲文亦不專尚箋疏，而竊意文事固有不得盡廢箋疏，箋疏又非始於本朝文家者，請得申其說而再求是正。譜而有例，則其創爲之，而不免流俗之疑惑，不得不爲證援，子姓不悉喻文辭，不得不爲疏解，非他文之悉出於是也。然箋疏之體，其傳最古，非肇於漢世之經師，易曰：爻也者、效此者也，象也者、像此者也，易者、象也，象也者、像也，彖者、材也，爻也者、效天下之動者也，隼者、禽也，弓矢者、器也，射之者、人也。記曰：經也者、實也，葬也者、藏也，射之爲言繹

也，或曰舍也，繹者、各繹己之志也，東方者春、春之爲言蠢也。左氏曰：所謂道，忠於民而信於神也，上思利民、忠也，祝史正辭、信也，萬、盈數也，魏、大名也。公羊氏曰：曷爲或言而，或言乃？乃難於而也。孟子曰：畜君者、好君也，老而無妻曰鰥，老而無夫曰寡，徹者徹也，助者藉也，庠者養也，校者教也，序者射也，泄泄猶沓沓也，惻隱之心、仁也，狂者進取，狷者有所不爲也。凡箋疏之在經傳者，幾難更僕數矣，而漢儒之通德釋名解字諸作，乃祖厥體而爲專書，匪惟專書，其崇論宏議，一篇之中時或錯焉。王子陽諫疏曰：詩云：匪風發兮，匪車揭兮，説曰：是非古之風也，發：發者、是非古之車也，揭：揭者、蓋傷之也。劉子政封事曰：周頌曰：降福穰穰，又曰：飴我釐麰，釐麰、麥也，始自天降，若此者又可僂指計？且以傷氣而論，孰過排比重疊？而漢文乃有雜引書傳至五六十句者，其詞意比疊，又不待言，以後來文家校之，將毋巧拙利鈍之殊致？然不得以後人之巧利，勝前人之拙鈍也。説者謂：古人之文爲渾樸，非惟渾樸也，原其徵引之繁，蓋守禮經身質言語之戒，㊀故必則古而稱先。其奏御也，必曰臣聞，或曰：聞之於師，其所諷諭，輒引經傳釋之，以明其義，而不必言之出於己。然而經傳具焉，師法具焉，恭敬退讓具焉，後之人反是，德不足則求勝於言，理不足則求工於律，而淳漓厚薄，復有氣運

㊀ 禮記：毋身質言語。注：質、成也，聞疑則傳疑，若成之，或有所誤也。

之樞，筦於其間，不盡涉文家之趨向，乃或謂判分於八家，則又非也。夫文之得以氣言者，莫過於唐之韓，與宋之蘇，而韓之狀復雜，兩引周官，一引公羊，而疏解之辭句不下十，其上宰相書則尤繁。蘇之合祭六議，雜引詩書周禮春秋左氏，并及鄭注賈疏水經注之屬，句不下數十，而詮釋之繁，且數倍焉。然則唐宋文家，未嘗不崇古法，而無掩於其氣之浩然，學者或專取矜奇弔詭之章，喜其虛靈幻眇，以爲勝古人之平拙，遂於此界劃鴻溝。不知虛靈幻眇之涂徑，莊列已權輿於秦漢之前，其辭意皆超軼絶倫，然非文之正軌矣。且夫物必先有體，而後氣坿之，則文家論氣，當兼論體。文有論議，有紀敍，有解説，而篇幅有大小修短詳簡之不同，體有殊，而氣亦有殊矣。且如春秋周官，細碎如紀帳目，而與詩書同列爲經，尚書禹貢顧命，體如周禮春秋，而與殷盤周誥之情辭敷鬯，同居尚書二十九篇之列。尤異者，孔子以一手繫易，篇各不同，惟説卦與繫辭差近，其中復多奇變，而後人統以十翼名之。然猶曰此古書，非可以後世文體律之，至左氏之傳春秋，已與今之文格伊邇，而長纍千言，簡惟一語。孔子曰：辭達而已矣，故體不同而同歸於達，然達則可簡，未達弗可簡也，而文家乃有尙簡惡繁之弊，夫蕪雜者文之病，脱略獨非病乎？自雅潔之宗標，而文格高，而文品尊，而文律綦嚴，然因是而適成蹇弱者多矣。今有事物之紛紜蕃變，生人之材行志義，繁不勝書，則將捐其繁重，就其簡

便，以成吾文之雅潔乎？是自爲文計，而文之不繫乎事與人也，其貽誤實自漢之太史以著潔之言。柳州取潔於馬遷，屢索不得其說，而文家於字稍粗俗，相戒蠲除，豈知腎腸見書，狐鬼見易，孟說糞而莊說屎溺乎？甚至郡縣歲月，率多不詳，揆厥由來，無非尚潔。夫古人之於辭也曰修，何嘗不言洒刷？然以潔故，而至使人不得其端委，則亦何事於文矣？今人每病考據之繁，竊謂今日之繁，實由昔人之簡，故滋論辨，使其言之詳且周焉，不少假之疑竇，聚訟何自而生？故夫文之事，吾寧稍貶其格而微失於繁，損己以繁，卽授人以簡，通校之、得失未嘗不相償也。且今人之讀古書，有不惜其簡而惜其詳者乎？抑文之類不一，爲文之人類亦不一，有碩人，有才人，有文人，有學人。豐功偉烈，耆儒長德，皆得謂之碩，彼其偶爾發攄，皆關民彝物則，不屑屑於文，而文莫與競者也。負異人之稟，志氣僨興，而或見抑於時，則宣諸文以伸其抑塞，爲嘻爲悲，爲幻爲怪，無所不至，皆才人之所爲也。而文人者、無分窮達，有志藝林，謹守繩趨，不失尺寸，以求合於人之矩度，而淺深厚薄之各視其力焉。若乃究終始於遺經，慨空疏之鮮用，實事求是，以期積纍通貫，而卽於眞知，則劉勰氏所云：辭徵實而難巧者，而亦不必以文論。若是者、人殊而文殊，文殊而氣亦殊，又非廑體之別矣。

咸同間、吾鄉湘潭羅汝懷研生，一踐履篤實之老儒，平生以訓詁掌故見長，而於文事

不甚厝意。此書申言行文箋疏之不可少，而氣與體必須相配，並以文尙雅潔爲不然，而集矢於柳州之取潔於馬遷。作者自道所得，不失爲文家本色，顧謂用粗俗字卽爲不潔，顯屬誤解，吾意殊不必與之申辯以歸一是，亦各是其是而非其非可也。此老在吾湘有高名，郭筠仙、劉霞仙、吳南屏諸公，交相推服，吾雖後起近一百年，平日見其單言片語，都不忍拋棄而什襲藏之，今得其綠漪草堂集，瀏覽一通，而錄存一文如右，亦無失詩人維桑與梓之義云爾。

嘗謂以箋疏入文，大有巧拙銳鈍之不同，凡拙而鈍者之用此也，迹每如泥中之鬥獸，或飛蝗之蔽天，讀者輒患其文之長，往往再三伸紙，視後幅尙餘幾許？若夫巧而銳者則不然。一二證之提示，非爽如畫龍之點睛，卽急若垓下之會戰，讀者盎然覺其文之有味，而唯恐紙盡，此子厚之祀朝日說所以爲眞考據，眞文章，從未聞有人以箋疏習氣呰之。研生自承索不得潔字何說？不知此卽潔之眞諦所在，惜作者學文之功不深，尙不足以語此，卽以本文爲例，前半段蝗獸之迹，當苦洗洒未淨。研生長子萱，字伯宜，投筆從戎，殉難於黔，其人文武兼資，有用世之才，識者以爲大過乃父。

李審言論文

子厚柳州謝上表，諸家都以爲非柳文，中涉襄陽節度使于頔，年代舛迕，一望而知，顧李審言猶爲勤勤考訂。媿生雜錄中有云：

> 柳州謝上表：潢汙易竭，抑有朝宗之願。案謝朓拜中軍記室辭隋王牋：潢汙之水，願朝宗而每竭，注未引。

審言精於選學，六朝文隨口成誦，引證雖精，卻無意味。光緒中葉，長沙王先謙督蘇學，審言以所著選學拾瀋見賞，葵園爲弁其首云：

> 閱生所撰各條，並皆佳妙，無可訾議，但恨少耳。漢魏六朝，爲文皆遞相祖述，唐人猶有之，宋以後則競出新意，此義蕩焉無存，亦文場一大變局也。生所注，兼能蒐討古人文字從出之源，與鄙意符合，不專從徵典用意，目光心力，尤爲遠大。

葵園稱賞如此，聊以媿枵腹謬妄之徒而已。其所謂文場一大變局，乃受穆伯長、歐陽永叔等鼓吹古文之影響，柳文在此時期，陷入最低潮。而晏同叔橫行闊步，子厚一人之論，亦即隨之而出，然卒無裨於宋人空疏，轉入語錄文學之習。

審言有一條論其師日記云：

> 日記問學門：論博學家其中爲人者多，爲己者少。顧亭林、江慎修、王懷祖、

方望溪、姚姬傳、朱可亭、秦味經爲己；閻潛邱、戴東原、段懋堂、劉海峯、紀曉嵐、阮芸臺爲人。詳案：此等平列，恰自不易，即同言爲人，亦無不可。且朱高安、劉海峯亦厠名其間，尤爲非倫。

審言此論甚當，如朱劉者，即枵腹謬妄之尤者也。頃閱潛邱劄記，覺所記細碎無理解，號爲爲人，猶對之高著眼已。

柳子厚送賈山人南遊序云：

傳所謂學以爲己者，是果有其人乎？吾長京師三十三年，遊鄉黨，入太學，取禮部吏部科，校集賢秘書，出入去來，凡所與言，無非學者，蓋不啻百數，然而莫知所謂學而爲己者。及見逐於尚書，居永州，刺柳州，所見學者益希少，常以爲今之世無是決也。

子厚歷抵平生，不見一人堪稱古所謂學以爲己者，則以此望之於同時人，信乎難已。審言之師乃博而索之於古人，然亦縱極精選，而提名總是鼿鼿而難安，決不能開出兩人完全同意之名單，甚矣爲己之學之難言也！即以戴方二人爲例，以東原治學之鋭，律己之嚴，在短短歲月間，躬探絶學，曠世寡儔，而謂不抵一濫竊高齡、孳乳假道學之方望溪，此理伊誰能解？

李審言媿生叢錄，有論桐城派古文者一條云：

姚惜抱與吳山尊書云：「鄙著詩文集，以一部奉寄，此事要當聽之後人公論，今之故人相愛者，雖以見許，安敢信乎？」又與王惕甫書：「鼐於文章，粗識門徑，而才力不足盡赴其識，譬諸李翺、皇甫湜，豈不欲爲退之之文耶？而才不能赴其所識，鼐是以更望之年少者。假令更有韓歐之才，而世第置吾於獨孤及、穆修之倫，則吾心所大快矣。」觀此兩書抱然自退，蓋雅不欲爲後人標識。相去未久，卽有據程魚門言，尊爲桐城派，比於豫章之一祖三宗，而莫敢有抉藩籬以出，甚非先生所樂聞也。

審言以選學鳴，宜痛心疾首於所謂桐城派者，而其言蘊藉如是！夫此派之有聲於世，吾湖南人應負大部分責任，其人高據壇壝，頤指氣使，彼硬拉吳南屏以羽翼桐城，一時備受清流責罵。審言謂相去未久，據程魚門言云云者，特委婉其詞，懼攖時訕，論鋒所指，固隱隱有在也。惟惜抱謂李翺皇甫湜不能爲退之之文，此自惜抱之短視，審言又爲所矇而已，以翺湜之自負，己何嘗有是見哉？

三

李審言選學拾瀋卷中，附詩四首，末有子注云：

汪蛟門選韓詩序云：「杜甫氏之學，鮮能傳者，傳之惟愈，不可誣也」，余竊歎

以爲名言。往嘗謂黄魯直學韓多，學杜少，僅可爲杜再傳弟子，同人咸詆其妄，得蛟門此論，差喜知傚師有人也。「傚師韓退之」，語出祁門。

此李詳之陋言也。唐人之高者並不以文許退之，後人謂退之以文爲詩，固是佞詞。蓋退之之筆，顯外於文，文且不到家，其何能移而學杜？祁門倚傍山谷，自侈師韓，「傚師韓退之」，所謂湘潭皮窠耳，其語尤鄙。〔皮窠、本編他條有解釋。〕

吾於復堂日記中得如下記載：

宋于庭過庭録末卷載：裴晉公與皇甫持正書，論唐中葉以前文，足爲定論。於昌黎獨致貶詞，則退之在當日早有違言。宋先生録此篇，具有微意。

譚獻與李詳爲同時人，又同受祁門影響，顧復堂敢於非薄韓文，在當日可算是違反時趨、立幟自異之英雄氣概，此不能與宋先生之公羊學説無關。審言環堵小儒，戢戢以選學拾瀋自了，當然不足語此。

余録右文訖，亟索于庭過庭録讀之，則見所謂與皇甫持正書，乃與李翺書之誤，此由復堂失慎所致。過庭録中裴書，從唐文粹八十四卷過録，誤字全未改正，則于庭成書倉猝，未及細校之過。又「退之在當日早有違言」句有奪字，違言應作違俗之言，此核本文卽知。茲將于庭所爲評語全文録下：

按裴之論文，可云備矣，其於昌黎之文獨致貶詞，則以摹古太甚，矯時過當。

如樊紹述之險怪無理，昌黎稱爲文從字順，各適其職，亦有心違俗之言。（原注：永叔亦有此論。）蓋自李唐卜年三百，宇縣統一，政令分明，時非短促之祚，人有寬綽之心，一代之制，文全而體備，氣協而聲和，雖有正變之極，皆具跨躒之美，彼其條流，可得而尋也。唐之初葉，王楊盧駱，四傑競興，然猶循徐庾之遺則，振陳隋之逸響，華美則有餘，典重則不足。張說、蘇頲，操筆朝廷，制作宏鉅，可以消蕩淫靡，黼黻隆平，唐之文章，斯爲極盛。如楊炎、獨孤及、權德輿、常衮之儔，皆足方軌齊足，同馳康莊，至於蕭穎士、李華，亦有奇思，而時多變聲。獨後有陸贄，以清切對偶之文，陳斟酌至當之理，其氣極清而不嫌於薄，其詞甚備而不見其繁，洞中人情，悉合經義，此翰苑一集爲不刊之書也。至於柳州之文，則蕭李之徒也，若李翺、孫樵，力追韓氏，規矩猶在，尺度逾窘。蓋以之陳廊廟，不足以鋪鴻藻，信景鑠也，以之告天下，不能使婦孺色動，悍夫垂涕也，徒有偃蹇之形，自示崖異耳，烏足重哉？

于庭綜論全唐文風，歷抵諸作者，除追隨晉公揮斥退之外，柳州亦限於有奇思而時多變聲。李翺、孫樵，雖力追韓氏，而徒偃蹇其形，自示崖異，無足輕重。三百年間，獨燕許制作宏鉅，黼黻隆平，號爲極盛。上而四傑有欠典重，下而楊炎、獨孤及、權德輿之徒，反得方軌康莊。就中陸贄洞中人情，悉合經義，翰苑集爲不刊之書，一時

獨步。如此論列，迥出文家尺度之外，自我作古，匪夷所思。蓋于庭，經生也，衡文匪是當家，其間輕重倒置，幾於黑白易位。柳州至與蕭李並論，何啻牛驥同皁，卽此一點言之，于庭竟若絶不知文章爲何物者。獨其自憑手指，翻倒棋局，一空文人倚傍，獨往獨來，識雖不足，膽固有餘，雅非餘子可及。

劉申叔論古文

一

劉申叔論文雜記中，有涉及文筆及韓柳關係者，摘錄如次：

一、七發始於枚乘，蓋楚辭九歌九辯之流亞也，厥後曹子建作七啓，張景陽作七命，浩瀚縱横，體仿七發。蓋勸百諷一，與賦無殊，而盛陳服飾遊觀，頗近招魂大招之作，柳子厚晉問篇，亦七類也。

二、漢魏六朝之世，悉以有韻偶行者爲文，昭明編輯文選，詁文之義曰沈思翰藻，反是者乃謂之筆。降及唐代，以筆爲文，始於韓柳，劉夢得祭退之，猶稱子長在筆，至李習之論韓文云：後進之士，有志於古文者，莫不視爲法則，儼然以韓文爲古文，不復名之爲筆矣。

三、古者文訓爲飾，乃英華發外、秩然有章之謂也。夫詩爲有韻之文，且多偶

語，以詩爲文，似未盡非，若以筆爲文，則與古代文字之訓相背矣，而流俗每習焉不察，豈不謬哉？

四、昌黎自述其作文也，謂沈浸穠郁，含英咀華，作爲文章，上規姚姒盤誥易詩春秋左氏，下逮莊騷太史子雲相如，以閎中肆外；而子厚亦有言：每爲文章，本書詩禮春秋易以窮其源，復參穀梁孟荀莊老國語離騷太史以極其變，此韓柳爲文之旨也。夫二子之文，氣盛言宜，希蹤子史，當時之士，以其異於韻語偶文之作也，遂羣然目之爲古文，以筆爲文，乃自此始。（唐代仍以韓文爲筆。）

五、宋代之初，有柳開者，酷嗜韓柳二家之文，厥後蘇子美穆伯長尹師魯與歐陽永叔相唱和，古文之體，至此大成，試推其故，約有三端：一、六朝以來，文體益卑，以聲色詞華相矜尚，欲矯其弊，不得不用古文。二、兩宋鴻儒，喜言道學，遂目爲文能載道，既宗其道，復法其文。（韓文如原道原性諸作，以及李習之復性書，皆宋儒所景仰，遂以閑聖道闢異端之功，歸之昌黎，實則昌黎言理之文，所見甚淺，何足謂之載道哉？）三、宋代以降，學者習於空疏，枵腹之徒，以韓歐之文便於蹈虛也，遂羣相效法。有此三因，而韓歐之文，乃爲後世古文之正宗。

六、韓李之文，正誼明道，排斥異端，歐曾繼之，以文載道，儒家之文也。子厚之文，善言事物之情，出以形容之詞，而知人論世，復能探原立論，核覈刻深，（如桐葉封

弟辨、晉趙盾許世子義、晉命趙衰守原論諸作，皆翻案之文也，宋儒論史多誅心之論，皆原於此。〕名家之文也。

七、古人之文，一曰蘊藉，一曰奥曲。蘊藉者、凡説一事，或舉其偏，不舉其全，以俟智者之舉一反三，如莊夔憐蚿一節，止解夔蚿風之句是也。奥曲者、凡説一事，以一字代數字之用，以俟後人之注釋，厥證甚多，觀江都汪氏釋三九中篇，可以知矣。且古人作文，必留不盡之意於言外，如郭象注莊子：「工人無爲於刻木」數語，柳子演爲梓人傳一篇，毛傳：「漣、風行水成文」一語，眉山演爲仲兄文甫説一篇，皆演繹之證也。

二

劉申叔論文雜記，引張景柳開行狀云：「爲文章以韓爲宗，當時韓之道獨行於公，遂名肩愈，字紹先，韓之道大行於今，自公始也。」尋開之字紹先，志在繼柳，非肩愈之同義語也。以開柳姓，惟柳姓始得曰先，紹先云者，顯以繩子厚之武立義，此二字不可能與退之有關，仲塗當時韓柳並宗，固不得云韓之道獨行也。張景字晦之，公安人，少從開遊，學問得力於開者不少，乃爲其師立行狀，致名與字之用意，殽混不清，無怪申叔號稱博極羣書，而乃以訛傳訛，至於如此也。〔開之申釋名與字，見答梁拾遺周翰改名一書。〕

申叔謂：唐代重詩賦，因以韻語偶文爲今文，反乎韻語偶文者，遂目之爲古文。其實此所謂文，皆筆也，以筆爲文，實自唐始，至宋、經歐陽曾王三蘇之鼓盪，體以大成。試推其故，約有三端：一、六朝以來，文體益卑，以聲色詞華相矜尚，欲矯其弊，不得不用所謂古文。二、兩宋鴻儒，多言道學，而昌黎所言，適與相符，遂目爲文能載道。既宗其道，復法其文，韓文如原道、原性諸作，以及李習之復性書，皆宋儒所景仰，遂以閑聖道闢異端之功，歸之昌黎。實則昌黎言理之文，所見甚淺，何足謂之載道？又況晦菴卽原道亦並不以爲然也。三、宋代以降，學者習於空疏，枵腹之徒，以韓歐之文便於蹈虛，遂爾羣相效法，以致形成桐城惡派。以此三因，古文正宗之名，乃堅定而不可拔，世有正名聖人，知言君子，其惟易古文之名爲雜著也可。

申叔右論，所見甚銳而確，與其他部門強不知以爲知者未同。

三

曩劉申叔論文七則，其第七則取郭注蘇文爲例，其實例非申叔所自發見，而乃竊之於楊升菴。其言眉山爲文甫說，不指明眉山是老泉，清晰且遜原文。又末云演繹之證，演繹、濫使邏輯用語，意背原文千里，申叔治學行文，生吞活剝，往往類此。至升菴原文，已在本編他條引用，不贅。〔參閱本編下部第九卷意盡而言不盡之謬論第二則。〕

申叔吾友也，平日學優於吾，吾甚敬之，獨少時違難東京，太炎與吾及申叔聚處時，偶談文事，意輒相左。時吾撰中國文典，太炎謂是別通故訓之一途徑，而申叔反對甚烈。至涉及彼所不解之邏輯，又好引用日譯名詞，自詡通家，如謂荀子所用之大別名卽演繹法，小別名卽歸納法，大書特書，不畏略解名墨者之訕笑，此吾在邏輯指要中已論列，卽不覼縷，今以演繹詁所謂言外不盡之意，其可笑亦類此。

申叔以公曆一八八四年生，少余三歲，相識在一九〇三年，同在滬昌言革命，所著攘書，仿梨洲黃書而主攘夷，余實首爲印行。顧申叔經生也，謂爲文家，功似未至，彼著羣經大義相通論，有如下數語：「漢初經學，祇有齊學魯學之別耳，齊學詳於典章，魯學詳於故訓，齊學多屬今文，魯學多屬古文，後學拘執一經之言，昧於旁推交通之義，其於古人治經之初法，去之遠矣。」旁推交通，語出子厚，申叔固未顯言軒柳，而無意中適與其論文主旨相孚，世以申叔家世三代專治左氏春秋，揚觶清季，因以墨守一先生之說薄之，非篤論也。至於文，申叔職是駢散兼重，語其實也，毋寧謂偏倚於駢，以受其鄉先輩汪容甫、阮芸臺之影響，無法擺落之故。太炎嘗論淩次仲，謂「次仲號爲工駢體，然止似文章家之駢體耳，無以自見所學也，彼豈謂一爲文章，便當抛卻經師本色耶？」此殆欲以晏文獻意中之柳子厚，策勵申叔，獨惜歲不我與，申叔竟年祇三十六而短命。今去申叔之死，已四十七年矣，吾以老耄無益於世而獨

存，回思往事，哀歎曷任？癸卯秋、〔卽一九〇三年秋。〕申叔在揚州，爲緹騎所困，衣裝不整，潛附小火輪奔滬，逕投梅福里吾所設招待所。時吾與陳獨秀、張溥泉、謝曉石、謝無量，正露坐論事，申叔蒼黄叩門，張皇四顧，疑猶有尾追者在後，餘悸未已，口幾不能舉詞，此吾與申叔初見面形象，思之慄然。

卷十一　佛

儒與佛

洪景盧在隨筆中，有儒人論佛書一條云：

韓退之送文暢序言：儒人不當舉浮屠之説以告僧。其語云：「文暢浮屠也，如欲問浮屠之説，自當就其師問之，何故謁吾徒而來請也？」元微之作永福寺石壁記云：「佛書之妙奥，僧當爲予言，予不當爲僧言。」二公之語，可謂至當。

此韓元兩人之遁辭也。此兩人原不解浮屠之説，不論對僧或對俗，張口便錯，故自高崖岸，以爲掩飾之地。尋柳子厚與退之同時作序送文暢，其言曰：「眞乘法印，與儒典並用」；又曰：「統合儒釋，宣滌疑滯」，見地不知較退之高出幾籌矣。吾嘗怪退之闢佛，而好與僧徒往來，韓柳集中所涉及之僧徒或山人，大抵都有共同連誼。如子厚有送元十八山人南遊序，退之見之，頗罪子厚不斥浮屠，〔語見子厚送浩初序。〕顧退之贈元十八協律詩：「吾友柳子厚，其人藝且賢，吾未識子時，已覽贈子篇」，是退之於罪子厚後，己又逢迎元十八也。夫子厚序中首云：「世之學孔氏者則黜老子，學

老子者則黜孔氏，道不同不相爲謀，余覩老子，亦孔氏之異流也，不得以相抗。」此其爲說，與退之原不相牾，蓋退之嘗主孔子必用墨子，墨子亦必用孔子，何獨於孔老或儒佛大謬不然哉？是知退之於佛說無所通曉，不能如子厚及元十八恢博而貫統，故先聲言以拒之。至執儒人不當舉佛書告僧之謬論，而己與僧徒往還談論仍自若，甚矣退之見解極陋，而舉措之乖方也。

景盧他條載：「大集經中六十四種惡口之業，自粗語、軟語、以及兩舌語、說他過語等，各有專名」，吾誠不知該經分析口業時，作何例證？又成唯識論所揭言語七十二過，不知與此六十四種，是一是二？吾著邏輯指要時，曾引「自語相違」過，與墨經「言必詩」相映發，歎爲吻合。夫以吾涉獵相宗之淺，大集經復從未入目，輒羨佛書析理之細，並惜今生無此功力，取證名墨。倘聞高僧說法，自語顯有相違，坐上有善知識，焉能不以成唯識論折之？元微之所謂佛書妙奧，不當爲僧言，眞瞽論也。尋唐人佛老界限甚微，往往口內稱道，意卽命佛，如微之閑情詩：「臥讀道書慵不起，水晶簾下看梳頭」，道書者卽佛書也，其他唐人所稱宮人入道，入道亦卽拜佛之謂。微之以如此不莊重之態度，處理佛書，安望有何心得？彼謬持瞽論，趨勢必然。

道佛不分，其勢並不起於唐，姜西溟有二氏論，條析綦詳。其前半幅云：

朱子謂佛氏之書，其徒采取老莊之旨爲之，其後道家既失其傳，反竊取佛氏

經教之最膚淺者爲道經，譬如巨室子弟，亡失其先世所遺珍寶，乃從其人竊得破釜甕之器，誇之以爲己有。由是言之，佛與老雖異，而其言初不異也。其說精矣，然自東漢至宋，未有分佛與老爲兩人者也。袁宏漢紀：「西域天竺國，有佛道焉，其教以修善慈心爲主，不殺生，專務清淨，其精者爲沙門。沙門者漢言息也，蓋息意去欲，而歸於無爲。」㊀此佛教初入中國之言也，而所謂清淨無爲者，則老氏之說矣。東漢楚王英傳：「晚節更喜黃老，學爲浮屠，齋戒祭祀。」桓帝立黃老浮屠祠於宮中，言黃老即曰浮屠者，明其爲教本一也。

子厚向不持僞言，彼自承與浮屠遊，乃喜其言與易論語合，是佛子不僅竊道家言，而並竊儒家言也。三教之渾殽如此，退之妄以闢佛鳴，眞自欺欺人之尤，至己從浮屠遊，而翻以此罪子厚，迹象之粗者轉不足責。湛園此論，恨不得使韓元二居士一讀。

釗案：道佛不分，源於儒佛不分。蓋吾國接奉佛教之初，從事翻譯者，大抵如房融之流儒家名手，動以儒言詮釋佛理，而儒佛混。夫道亦儒家所言之道，浸假而道佛混，亦固其所。

諫佛骨表與傅奕

㊀ 按袁宏漢紀書不傳，西溟所引數語，見楚王英傳章懷太子注。

宋陳善捫蝨新話云：

韓文公論佛骨表，其說始於傅奕。奕言五帝三皇，未有佛法，君明臣忠，年祚長久。至漢明帝始立胡祠，然惟西域桑門，自傳其教，西晉以上，不許中國髡髮事胡，至石苻亂華，乃弛厥禁。主庸臣佞，政虐祚短，事佛致然，愈特敷衍其詞耳。愈以人主無不欲壽者，以此劫之，冀從其諫耳，不意憲宗之惑深也。

善字子兼，有聲於紹興初年，曾著捫蝨新話。稍前於此，有邵博者，字公濟，著聞見後錄，而博爲伯温之子，雍之孫，邵氏一門，在北宋末期數十年間顯名於時，博亦謂：「愈諫佛骨表，蓋廣傅奕之言」，詞繁避複，不錄。

清徐文靖，字位山，當塗人，雍乾間老儒，享年九十餘，伏案著書不輟，所著管城碩記，考證極博，語必求當，爲全祖望所推服。中有談諫佛骨表一則，所見卓絶，節錄如次：

按唐書姚崇傳，崇遺令曰：「今之佛經，羅什所譯，姚興與之對翻，而興命不延，國亦隨滅。梁武帝身爲寺奴，胡太后以六宮入道，皆亡國殄家。孝和皇帝發使贖生，太平公主、武三思度人造寺，身嬰夷戮，爲天下笑。五帝之時，父不喪子，兄不哭弟，致仁壽、無凶折也。下逮三王，國祚延久，其臣則彭祖老聃，皆得長齡，此時無佛，豈鈔經鑄象力耶？緣死喪，造經像，以爲追福，夫死者生之常，古所不

免，彼經與像何所施爲？兒曹愼不得爲此。」此昌黎諫佛骨表之藍本也。

右舉二則，皆證實退之諫佛骨表，不外拾人牙慧，傅奕姚崇，名貫史册，以昌黎之博，不應諉爲不知。實則通人發語，以時爲帝，時當言乃言之，昔人曾否如此說過，不須計較。蓋言苟適宜，複亦何妨？言非必要，不複豈貴？退之文章之眞價，並不在有無勦說雷同上著眼，惟退之緦緦以陳言務去、及詞必己出向人炫耀，殊未免頭巾氣重耳。

陳善徐文靖言退之佛骨表有藍本，與焦循包世臣謂子厚封建論出呂覽，同一無識，此吾在本編别有論述，因不贅。須知人之語言，卽由人所熟知之若干字拼湊而成，人之思路，亦卽執持同一道具導引而出。如此顛來倒去，造成古今，那有不雷同勦說之理？創論二字，自始不存在。

韓退之與大顚

一

此一標題，見於陳善之捫蝨新話，雖韓顚連誼，屢有論列，而以捫蝨此一紀錄較爲透辟，因全錄之如左：

韓文公在潮州，與僧大顚往還，今集中有與大顚書三首，世以爲非是。予讀

宗門統要，初、憲宗迎佛舍利入大內供養，夜放光明，早朝宣示羣臣，皆賀陛下聖德所感，惟文公不賀。上問羣臣皆賀，惟卿不賀何也？文公奏：微臣嘗看佛書，見佛光非青黄赤白等相，此是神龍衛護之光。上問公如何是佛光？文公無對，因以罪謫。至潮州遇大顛，公問和尚春秋多少？顛乃提起數珠示之云：會麼？公云：不會。顛云：晝夜一百八，文公歸宅，怏怏而已。夫人問：侍郎情思不快，復有何事？公遂舉前話。夫人云：何不進問晝夜一百八意旨如何？公明日淩晨，遂去，纔到門首，乃遇首座，問侍郎入寺何早？公云：特去堂頭通話。座云：堂頭有何言句開示侍郎？公舉前話。座云：侍郎怎生會？公云：晝夜一百八意旨如何？座乃叩齒三聲。公至堂頭，復進前話，晝夜一百八意旨如何？顛亦叩齒三聲。公云：信知佛法一般，顛云：見甚道理乃云一般？公云：適來門首，接見首座，亦復如是，顛遂喚首座，適來祇對侍郎佛法，是否？座云：是，顛遂打首座，趕出院。文公一日復白大顛曰：弟子軍州事多，佛法省要處，乞師一句。顛良久，文公未會，時三平爲侍者，乃敲禪牀三下。顛云：作麼？平云：先以定動，然後智拔。公乃禮謝三平云：和尚門風高峻，弟子於侍者還得箇入處。觀公與大顛往還事跡如此，今史傳但載公論佛骨，而不知其始對佛光，已不合上意，其實未知佛法大義。既見顛師，遂有入處，而世復以公答孟簡書爲疑，以公與大顛遊，是與文暢義縱等無異，

非信其道也。予謂顛古尊宿，非二師比，況聞文公論佛骨來，使文公不見則已，見之必有以啓悟公者。今觀大顛與首座侍者三人，互相引發，皆迥絶言議之表，所謂爲上根者説大乘法，因果報應，文字語言，固不論也。今世所傳韓退之别傳者，乃一切掎摭昌黎集中文義長短，以爲問答，如市俚稽較然，〔市俚疑市儈之誤。稽較猶言計較，稽與計、音義皆近。計較本吳書孫權傳。〕彼欲以伸大顛之辯而抑文公，不知公於大顛所以相與開示悟入蓋如此。予欲盡見文公始末，故備録於此，雖然，答孟簡書，公應不妄作，必有能辨之者。

一、宗門統要所載：韓從三平得箇入處一段故實，元釋念常佛祖歷代通載卷十八亦有之，可見佛門弟子一般傳説如是。

二、三平者，謂漳州三平山義中禪師，即大顛高第弟子也。唐王諷有漳州三平大師碑銘，文列姚鉉唐文粹卷六十四，碑銘有如下數語：「觀其定容，見其正性，不閱外塵，朗然内淨。智圓則神，理通則聖，師能得之，隨順無競。」此與退之答孟簡書所謂：「外形骸以理自勝」之理路相合，退之非已從禪學入門，不可能爲是言。

三、三平碑文又云：「經云：隱而顯，不言而喻，不疾而速，不行而至，後之通儒又何疑也？」此禪與易相通之證，退之學佛，與子厚用力之道不相違悟。碑又云：「其於適道適權又如此」，此復説明禪理與春秋相通。

四、有唐釋門鼎盛，經典粹深，聰明傑出之士，逃儒歸佛，蓋釋家先弛其說以就儒，儒門遂無法自塞其徑也。此在韓柳均不免，韓氏所謂：「人其人，火其書，廬其居，明先王之道以道之」，此不廑根本做不到，卒之適得其反，所備爲縱火補屋者流，都以佛門之俘虜終。此由韓愈李翺、下逮宋明理學，蔚成一數百年蟬聯不斷之大集中營，而且心甘錮蔽，出而復入。

五、子厚所往來之浮屠，大抵逃儒不遠、流浪江湖之泛常釋子，而退之及李習之則不然。大顛與惟儼、皆年老尊宿，門風高峻，凡面對堂頭，口稱弟子，其莊嚴儀式，殆難以形容。此一向佛門屈膝之卑辱態度，當爲子厚所不屑爲。（李翺與惟儼之關係見他條。）

六、子厚理佛，凡所行無不達之於言，而退之則否。退之不廑於言語有保留，而且須裝飾兩副面孔：一面在儒家以道統自任，嚴氣正性而大言排佛，又一面在佛門低首堂頭，不敢多言妄語，以祗候久久，從首座得箇入處爲滿足，爲光榮。此一兩面形相，不難略聽撋𢈪新話而得。

七、三平碑文又載：「武宗皇帝簡併佛刹，冠帶僧徒，大師止於三平深巖」，此指武宗施行李德裕掃滅僧尼政策，多少體面僧衆，逃至福建避難，義中和尚慨然將若輩收容，藏之三平山巖洞也。此一短期唐僧遘難現象，乃退之原道所收惟一績效，

或謂退之排僧非排佛，易而言之：退之表面所手拂者僧迹，裏面所心折者佛理，亶其然歟！果也，武宗毀寺廟，而宣宗則護之，此三平碑中亦有記載：所謂「至宣宗皇帝稍復佛法，有巡禮僧常肇、惟建等二十人，刺史故太子少師鄭公薰俾蕆其事，旬歲內寺宇一新」是也，退之功德，於焉告成。

八、右言退之肆應儒釋兩家，各施不同面目，而有時單對釋子，手法亦有未同。夫靈師、惠師、文暢、澄觀等，退之可得隨意戲弄之，如送靈師詩云：「方將斂之道，且欲冠其顛」，澄觀詩亦有「我欲收斂加冠巾」之句，此卽所謂人其人者也。甚至對靈師云：「圍棋六博醉，花月羅嬋娟」，直將倡優僧俗，混作一團，何退之輕於自媟一至於此？至華山女詩，則所對者異性也，又不禁赧赧然曰：「仙梯難攀俗緣重，浪憑青鳥通丁寧」，退之還未全喪昌黎男子本色。此外對大顛之堂頭通話，別是一番師弟子局面，退之脅肩諂笑，不在此列。

二

姚薑塢爲退之辨解與大顛僧往來事，援鶼堂筆記中紀載如下：

與大顛師書，注引永叔東坡之說，而朱子詳爲考證。余按東坡以爲其詞凡鄙，退之家奴所不道者是也，永叔跋尾，謂此文非退之不能作，亦陋甚矣，恐妄傳也。朱子於此，實亦妄費心力，退之簡牘，不知幾何從灰燼矣？此等卽可投火，奚

足留意？

又按：朱子於本傳辨公到潮州之日云：據瀧吏詩「三月幾望至曲江」，是自廣至惠，自惠至潮，水陸相半，非旬日可到，公至郡決非三月也。然四月七日與大顛書又何足信？且莅郡百務未理，而遽作書云云，身方諫迎佛骨，卽使公易其所守，何以始至卽知之之深，而傾倒若是？且初作簡，不序相知之由，而卽云孟夏漸熱，道體安和，亦不合情事，切思見顔是底語？

「如此而論，讀來一百遍」：注：蘇氏所謂凡鄙，蓋此等處耳。按朱子但云：如此二句凡鄙，不知上文引繫辭傳亦非也。蓋公果欽仰之深，而不能喻其所言之旨，但引易「書不盡言，言不盡意」，而期其來臨以罄其說可也，不應引「然則聖人之意，其終不可得而見耶？」之語。且所云聖人，謂韓公稱佛說耶？稱大顛耶？貶官曾幾何時？欲火其書，欲焚其骨，至此遂旋其面目，一心敬信，不難更孔子之稱號而被之，有是事哉？

題云與大顛師書亦非。蓋公卽與顛書，此不過尋常簡牘耳，僧徒或存之以爲重，而公豈自題其首，錄之以傳後耶？退之與大顛書，前後共三起：一是四月七日，二是六月三日，三是七月十五日，具錄如次：

一、愈啓，孟夏漸熱，惟道體安和。愈弊劣無謂，坐事貶官到此，久聞道德，切思見顔，緣昨到來，未獲參謁，儻能暫垂見過，實爲多幸。已帖縣令具人船奉迎，日久竚瞻，不宣，愈白。

二、愈啓，海上窮處，無與話言，側承道高，思獲披接，專輒有此咨屈，儻惠能降喻，非所敢望也。至此一二日，卻歸高居，亦無不可，旦夕渴望，不宣，愈白。㊀

三、愈啓，惠匃至，辱答問，珍悚無已。所示廣大深迥，非造次可諭，易大傳曰：「書不盡言，言不盡意」，然則聖人之意，其終不可得而見邪？如此而論，讀來一百遍，不如親見顔色，隨問而對之易了。此旬來晴明，旦夕不甚熱，倘能乘間一訪，幸甚，旦夕馳望。愈聞道無疑滯，行止繫縛，苟非所戀著，則山林閒寂，與城郭無異。大顛師論甚宏博，而必守山林，義不至城郭，自激修行，獨立空曠無累之地者，非通道也。勞於一來，安於所適，道故如是，不宣，愈頓首。

右三簡在潮陽靈山禪院刻石，爲唐元和十四年，至宋慶曆丁亥，〔仁宗慶曆七年。〕江西袁陟世弼得此書，疑之，因之滁州謁歐陽永叔。永叔覽之曰：實退之語，它意不及也。永叔著集古錄，復錄此書，並跋尾云：「文公與大顛師書，世所罕傳，予以集錄古文，其求之博，蓋久而後獲。其以繫辭爲大傳，謂著山林與著城郭無異等語，宜爲退

㊀ 專輒：晉書劉弘傳：敢受專輒之罪。釗案：此本援鶉堂注釋。

之之言。……按公三簡，皆邀逮常語耳，初無崇信佛法之説，妄者旁沿，別撰答問以肆誣謗，要當存此簡以解後世之惑。」詳繹永叔語意，貌似推崇，而實隱含非薄。其曰以繫辭爲大傳，直刺退之讀易不熟；其曰著山林不異著城郭，並謂退之行徑不明；其曰初無崇信佛法之説，尤如俗諺所謂此處無銀三十兩，諷示退之佞佛，詞鋒巉刻，不料永叔此類滑稽口吻，後人竟窺測不及。

至東坡雜説云：「韓退之喜大顛，如喜澄觀文暢，意非信佛法也，而或者妄撰退之與大顛書，其詞凡鄙，雖退之家奴僕，亦無此語。今一士人又於其末妄題云：歐陽永叔謂此文非退之不能作，又誣永叔矣。」此則東坡亦爲永叔所蒙，不能洞察此一疑案。夫世人每謂某文非某不能作者，謂文佳可，謂文惡亦未始不可，永叔語意涉前者乎？抑涉後者？是在明眼人自行推定，永叔不任其咎。愚謂東坡徑詆書辭凡鄙，與永叔謂「實退之語，它意不及」，語氣有隨激之不同，似無根本之差異。世謂歐蘇二公皆一代文宗，不謂去取不同乃爾，永叔地下有靈，當爲掀髯一笑。

桐城家如姚南菁者，似難省識右一看法。南菁謂退之方諫迎佛骨，以火書焚骨爲快，不應出爾反爾，一到貶所，卽顛倒於癡僧錫下，爲問南菁不憶元十八故事耶？蓋退之函責子厚，不當爲元南遊濫草贈序，口沫未乾，被譴之山人踵至，而退之竟五體投地，傾服倍至，子厚篤於友情，宜未聞反唇而相稽，顧吾人讀書尙友於千載之

下，獨不能由此及彼，略加推概，反謂退之諫書乍遞，不至遽易所守，如是其速，斯所謂知二五而不知一十，將不爲天下之五尺童子所訕笑乎？南菁詆「切思見顏」不成語句，然南菁記雙鳥詩語：「周公不爲公，孔丘不爲丘，後人爲此，亦語類矣」，昌黎集中此種語類，何止一二？胡南菁少見而多怪乎？

從來尊韓必須打許多翻案，始得勉達其的，不料此種打翻案人，東坡也羼入其中。東坡不獨否定與顚師書，亦否定永叔之集古錄，夫永叔行輩略先東坡，然要是同時人，世風榮古虐今，每輕視同時人著作，不肯閱讀，於是跋語之爲永叔親筆，東坡亦瞠焉莫覩，而濫指注家以誣永叔者誣退之。殊不知集古錄非堂上簸錢之詞可比，爲永叔暗昧事洗寃可，對大書深刻之筆錄閉目不承，可乎？

三

退之習於結交浮屠，其與大顚往來，不過豹文之一斑耳，卽使證實三簡是僞，也無法闗斷退之與佛結緣之門。元欒城李治敬齋古今黈發其祕云：

退之論三子云：「孟氏醇乎醇者也，荀與揚大醇而小疵」，然卽韓之言而求韓之情，所謂荀揚之疵，亦自不免。退之平生挺特，力以周孔之學爲學，故著原道等篇，觝排異端，至以諫迎佛骨，雖獲戾一斥幾萬里而不悔，斯亦足以爲大醇矣。奈何惡其爲人，而日與之親，又作爲歌詩語言，以光大其徒，且示己所以相愛慕之

深？有是心則有是言，言既如是，則與平生所素蓄者，豈不大相反耶？若送惠師詩云：「惠師浮屠者，乃是不羈人」，送靈師云：「飲酒盡百醆，嘲諧思愈鮮」，送文暢云：「已窮佛根源，粗識事輗軏」，送無本云：「老嬾無鬥心，久不事鉛槧，欲以金帛酬，舉室常顑頷」，聽潁師彈琴云：「嗟予有兩耳，未省聽絲簧，自聞潁師彈，起坐在一牀」，送澄觀云：「皆言澄觀雖僧徒，公才吏用當今無」，別盈上人云：「山僧愛山出無期，俗士牽俗來何時？」廣宣上人頻見過云：「久爲朝士無裨補，空愧高僧數往來。」又有送文暢高閑等序，招大顛三書，皆情分綢繆，丁寧反覆，密於弟晜，又其與孟簡書，則若與人訟於有司，別白是非，過自緣飾，以是而摘其疵，何特苟揚已乎？文公而猶若是，自其下者蓋又不足道矣。

文中歷舉退之所與醻酢唱和之浮屠，有惠師、有靈師、有文暢、有無本、有潁師、有澄觀、有盈上人、有廣宣上人、有高閑、並大顛共十輩，凡此皆有詩可證者耳，其他未經退之自承，而別有迹相可推者，猶未易一二數。以退之如此滿身瘢垢，癢不及搔，而乃貽書指斥子厚，不應與浮屠遊，恍若見白面人頭上偶起小疥禿，輒爲忍俊不禁，非親手代治，使流血不止不爲快者，是不亦非常可怪也哉？何況此浮屠者非他人，乃河南元生，而退之集中所自贊爲元十八協律者也。退之贈協律詩云：「寤寐想風采，於今已三年」，以己思之三年不可得見之人，而他人乍一相接，己卽矢口漫罵，斯誠

北里之醜聞，不謂發露於士夫晉接間。余曩擬以「無諸己而後非諸人」責退之，嘻！此律太高，較子厚所持「不勉己而欲勉人」尤難，余遂閣筆。〔不勉己而欲勉人，見子厚與韓愈論史官書。〕

宋俞文豹吹劍錄載：

> 韓公佛骨表慷慨激烈，不以死生禍福動其心，及潮州之行，漲海冥濛，炎風搜擾，向來豪勇之氣，銷鑠殆盡。其謝表中誇述聖德，披訴艱辛，至於佛法，亦復屑意。答孟簡書：潮州僧號大顛，留十數日，實能外形骸以理自勝，……來袁州，留衣服爲別云云。文豹見宗門統要記公與顛問答，疑其誕謾，觀公此書，似不誣也。

文蔚語語平實，致大顛書可僞，答孟簡書不能僞。文蔚且掎摭孟書，取證宗門統要所記之非誕謾，可見外形骸以理自勝一語，退之吐實致成信讞之力，足以摧破一切右韓壁壘，使之無法存在。

從左道旁門看韓退之

退之力闢佛老，而其激賞道術，迷信鬼神，較之明反暗信於佛殆更甚。即以藍關示姪孫湘一詩而論，宋人劉斧青瑣高議載：「湘曾於筵間開頃刻花，上有小金字，即此詩腹聯二句，退之莫曉，湘曰：事久乃明，迨退之貶官赴潮，於藍關途中，見湘冒

雪而來，輒大驚，頓憶前事，遂成此詩」云云。似此詭怪不經之談，前人雖偶有辯正，惜語焉不詳。尋湘爲十二郎老成長子，貞元十九年，退之祭文中所謂「汝之子始十歲」者是。祭文又言：「遂取以來」，則湘自幼即養於退之家亦明甚。退之貶潮既行，有司以罪人家不可留京師，迫遣之，湘與其家人尾隨南下，至藍關始與退之相遇，此「知汝遠來」之句所由起。而退之恐懼拋骨瘴江，貪生之情緒亦同時暴露，全詩實充滿衰颯氣味，無甚「胸懷」之足言。㊀蓋詩之關目，在於遠來二字，以遺骸交付孫湘處理，而唐時道佛不分，此根本說不上闢佛二字也。退之由潮量移袁州，湘弟滂遽殤於袁，年十九，退之志其墓，有「退而語其兄湘」語，從而知湘隨退之同在潮袁間，並未言去。至湘中會昌三年進士，則去退之之歿將近二十年，自爲退之所不及見矣。

段成式酉陽雜俎有相類一段記載如下：

韓愈侍郎有疏從子姪，自江淮來，年甚少，韓令學院中伴子弟。……姪拜謝，徐曰：某有一藝，恨叔不知，因指階前牡丹曰：叔要此花青紫黃赤，唯命也，韓大奇之，遂給所須試之。乃豎箔曲盡遮牡丹叢，不令人窺，掘窠四面，深及其根，寬容人座，唯齎紫鑛輕粉朱紅，旦暮治其根。凡七日，乃塡坑白其叔曰：恨較遲一月，時冬初也，牡丹本紫，及花發，色白紅歷綠，每朵有一聯詩，字色紫，分明乃是韓出

㊀ 中國通史簡編第三編：「近體文與古文」一節中，曾引此詩，請參閱。

官時詩一韻曰：雲横秦嶺家何在、雪擁藍關馬不前十四字，韓大驚異，姪且辭歸江淮，竟不願仕。

上記試與青瑣高議較，其不同處約有二點：一、種花者係退之族姪，佚其名，並非韓湘；二、就原有牡丹治根七日，其花始開，並非種子於盆，頃刻發花。成式精研苦學，年代後於退之者約四十年，所記雖屬傳聞，然除花間詩句外，其餘不無幾分事實。至於劉斧，或爲韓湘乃八仙中一員之說所惑，就段記加以煊染，支離詭怪，因而愈甚。〔釗案：箔曲原作薄曲，葦薄也，字出史記周勃世家。一説箔與薄通。〕

退之徐州贈族姪詩有曰：

……今者復何事？卑棲寄徐戎，蕭條資用盡，濩落門巷空。……擊門者誰子？問言乃吾宗，自云有奇術，探妙知天工。……

貞元十五年，退之在徐州，依武寧節度使張建封，一官落拓，窮無所歸，與李翺書：「僕之家本窮空，重遇攻劫，衣服無所得，養生之具無所有，家累僅三十口㈠，攜此將安所歸託乎？捨之入京不可也，挈之而行不可也，足下將安以爲我謀哉」諸語，正可與詩中蕭條二字相印證。奇術當指治牡丹使花，此時十二郎尚在，「吾佐戎徐州，使取汝者始行，吾又罷去」，見於退之祭文，韓湘方五齡童子，更無能擅蒔花之術，亦一

㈠　僅在此從多義，卽謂不止三十口也，韓柳兩家，此字同一用法，參看與楊京兆書。

旁證。

成式所述韓姪治牡丹之法，與現代北京用温室烘培不時之花，有相類處，又名唐花，㊀疑唐時已有此法。退之瞢然無所見，目爲奇術，亦卽道家之幻術，對之大加欣賞，詠爲詩歌，蓋深中道家之毒而不自知，豈特寡聞已哉？

何以言其中道家之毒？曰：以其服硫磺也。退之晚年，極聲色之娱，勢不得不乞靈於丹藥，硫磺固亦丹藥之一，爲方士所提鍊，退之服之，以致傾生，可謂以身殉道，非中道家之毒而何？夫火靈庫之後，而繼之以硫磺，如此退之猶得遲子厚五年而死，此不得不謂子厚之不幸，而退之之大幸。

子厚治柳，諸多善政，及其歿也，柳人馨香俎豆，傳已爲神，固屬懷念賢侯之表示，而其事則涉及迷信也。退之作羅池廟碑，旣信其説，復變本加厲，謂「死能驚動福禍之以食其土」，不啻將子厚刻畫成爲以禍福要脅柳人之神怪，雖欲美之，其實誣之，非迷信神鬼之流，眞不忍出此言也。

右文乃王益知所草，吾未易一字，而認爲甚有斤兩。蓋唐家釋道不分，而退之信道，換言之，卽不啻信佛也；俗人神佛不辨，而退之信神，換言之，亦卽不啻信佛也。顧退之於此，鰓鰓然、觥觥然，而以闢佛自豪，諺云：「人不知自醜」，殆其是之

㊀ 唐花卽堂花，見宋周密齊東野語。

謂歟！

以吾揣之，退之在徐州，有姪來獻奇術，不問奇術爲何？此當是事實，後乃緣姪而移接到姪孫，又將奇術與藍關詩句，聯成一事，加重神道色彩，致將退之葬送在魔術團內。夫徐幕之去藍關，約二十年，兩事窅不相屬，而東扯西拿，隨意裝點，致成爲一無可想像之謔浪，中國之文人狡獪向來如此。

語云：「伐國不問仁人」，可得其似類而爲言曰：「邪魔不近明智。」夫韓柳兩公，同爲讀書明理君子，獨子厚一生，不聞有何魔障，與之糾纏難解，而退之則不免，此其中明智等差，顯有可言。尋捫蝨新話所載：退之對話堂頭、俯受叱責種種醜迹，雖未必眞有其事，而疑似之生，根乎鬼影，子厚身無鬼影，則驀地疑似，自亦無從孳生。又人生誰無親屬？若者兄弟，若者叔姪，矢口說定，類乏訛傳，顧退之姪湘，忽云親姪，忽云族姪，忽云姪孫，其說紛紜不一，與子厚弟兄行之宗直宗一，絕無迷離撲朔之象者異趣。尤其甚者，退之在徐州，姪獻奇術，牡丹花中，幻出藍關詩句。查詩以事前知曉之散句，後來卒成全章，如錢起湘靈鼓瑟者，固亦未爲珍異，而退之之藍關句，則恍有旁門左道之翳形術，相乘而來，此退之之邪，一如虎頭之癡，自爲召之，豈堪以近子厚哉？〔釗案：有人以花葉紿顧愷之，見老學菴筆記。〕

柳詩

一

韓柳文之高下，議論不一，獨於詩也，似一例右柳左韓。如楊升菴云：「韓退之於詩本無所解」，可算鄙夷之至。東坡一意稱述柳，於韓卻少置詞，較有涵蓄。其說云：

余嘗評書，以爲鍾王之跡，蕭散簡遠，妙在筆畫之外。至唐顔柳，始集古今筆法而發之，極書之變，天下翕然以爲宗師，而鍾王之法益微，至於詩亦然。蘇李之天成，曹劉之自得，陶謝之超然，固已至矣，而杜子美、李太白，以英偉絶世之姿，淩跨百代，古之詩人盡廢，然魏晉以來，高風絶塵，亦少衰矣。李杜之後，詩人繼出，雖有遠韻，而才不逮意，獨韋應物、柳子厚，發纖濃於簡古，寄至味於澹泊，非餘子所及。

東坡又曰：

柳子厚詩，在陶淵明下，韋蘇州上，退之豪放奇險則過之，而温麗清深不及也。所貴乎枯澹者，謂其外枯而中膏，似澹而實美，淵明子厚之流也，若中邊皆枯，澹亦何足道？

又曰：

詩須有爲而作，用事當以故爲新，以俗爲雅，好奇務新，乃詩之病。柳子厚晚年詩，極似陶淵明，知詩病者也。

黄山谷持論，亦與東坡相近：

余友王觀復作詩，有古人態度，雖氣格已超俗，但未能從容中玉佩之音，左準繩，右規矩也。意者讀書未破萬卷，觀古人文章未能盡得其規模，時所總攬籠絡，但知玩其火龍黼黻成章後耶？余故手書柳子厚詩數篇遺之，使知柳子厚如此學陶淵明，乃爲能近之耳，如白樂天自云效淵明數十篇，終不近也。

劉後村〔克莊〕曰：

柳子厚才高，他文惟韓可對壘，古律詩精妙，韓不及也。當舉世爲元和體，韓猶未免諧俗，而柳子厚獨能爲一家之言，豈非豪傑之士乎？

劉須溪〔辰翁〕曰：

子厚古詩，短調沈鬱，清美閒勝，長篇點綴清麗，樂府託興飛動，退之故當遠

出其下，並言韓柳，亦不偶然。

陸放翁老學菴筆記云：

南朝詞人謂文爲筆。沈約傳云：謝玄暉善爲詩，任彥昇工於筆，約兼而有之。又與湘東王手書論文章之弊曰：詩旣若此，筆亦如之。又曰：謝朓沈約之詩，任昉陸倕之筆。老杜寄賈至嚴武詩云：賈筆論孤憤，嚴詩賦幾篇。杜牧之亦云：杜詩韓筆愁來讀，似倩麻姑癢處抓，亦襲南朝語爾，往時諸晁謂詩爲詩筆，非也。

詩與筆之別，其嚴如右。從來論詩諸家，絶少以詩名退之，杜牧之杜詩韓筆之說，卽隱諷退之原不善詩。劉夢得祭退之文：「子長在筆，予長在論」，此不僅外退之於詩，而亦自外，蓋夢得有自知之明，不敢於詩中與子厚校高下也。

二

柳詩有半字不對者，如「繼酬天祿署，俱尉甸侯家」，甸侯指甸服侯服，爲駢語，而天祿則單一字，此半字未對著。又「朝宗延駕海，師役罷梁溠」，朝宗、朝爲動詞，師役則兩字皆實，亦未對妥。

筆墨閒錄稱：

子厚長韻，屬對最精，如以死地對生涯，中原菽對下澤車，右言對左轄，皆的對。至於香飯舂菰米，珍蔬折五茄，假菰爲孤獨之孤，以對五也。

釗案：「册府榮三命，中閨盛六珈」，三、各本都作八，注引周禮宗伯：以九儀正邦國，八命作牧，按八字明明梗韻，子厚未必肯如此下字。正考父鼎銘云：「一命而僂，再命而傴，三命而俯」，詩取此三命意正愜，注失所引。

「賈誼愁單閼，鄒書怯大梁」，此爲對仗工切，應改鄒書爲鄒陽，或易賈誼爲賈賦，此必傳寫有誤。及觀蔣之翹本，賈誼果作賈賦。單閼、鵩賦云：「單閼之歲，鵩集予舍。」

「炯心那自是，昭世懶佯狂」，以佯狂對自是恰合，蓋佯狂謂僞爲狂，非駢語。佯非用於徜徉或倡佯之佯。

「在亡均寂寞，零落間惸鰥」，在亡如易作死生、或存亡，便無味之極，卽此見柳州錘鍊功深。

「好音憐鍛羽，濡沫慰窮鱗」，詩：載好其音，又懷我好音，此詩所用乃前者，非後者也，若用後者，則爲差對。

「賜環留逸響，五馬助征騑」，五馬賜環，疑半字未對著，惟詩云：「素絲組之，良馬五之」，五在詩作動詞看，子厚詩功極細。

右所引句，俱出同劉二十八院長述舊言懷，及弘農公獻詩兩長篇排律，子厚此種詩功，退之卻一步開動不得。

凡詩人不能爲五言長排，卽不成家數。姚姬傳最服老杜五排，以其對仗工，使典切，而又氣勢縱横，惟意所之，無不恰到好處也，子厚工力，亦卽在此。

三

唐詩鼓吹十卷，相傳爲元遺山選次，或又斥爲假託，以遺山集中無一字道及此選故。姑不論此選眞僞如何，然觀所號爲鼓吹者，僅限於今體一種，目次從柳宗元起，至徐鉉訖，共詩五百九十七首，柳爲首列，得詩十首，多亦不過陸龜蒙、李商隱等三十餘首而止。由表面觀之，跡近尊柳，所選柳之七律十章，亦係集中顯爲精湛之作。雖然，吾竊疑之。號爲唐詩鼓吹，柳以前豈無唐詩？今將李白杜甫並韓愈擯棄不錄，而以宗元褎然居首，此殆若曰：宗元堪於唐之第二流詩才中占一席，以云李杜，固高不可攀，卽韓退之同時交好，且不能相提並論爾。此其軒韓輊柳，刻毒較桐城尤甚。

錢謙益序唐詩鼓吹云：「遺山之稱詩，主於高華鴻朗，激昂痛快，其指意與此集符合。」夫以遺山所譔八字，評隲柳詩，乃絶不稱。元錢同爲亡國流人，以詩自晦，乃於柳詩絶無體會，妄摭高華鴻朗等字眼，遮飾耳目，吾嘗謂人必有品，乃可言詩，觀錢受之之誕信然。

遺山論詩三十首絶句，有兩首提到柳，推許至高。其一云：「一語天然萬古新，

豪華落盡見眞淳，南窗白日羲皇上，未害淵明是晉人。」自注：「柳子厚，唐之謝靈運，陶淵明、晉之白樂天。」其二云：「謝客風容映古今，發源誰似柳州深？朱絃一拂遺音在，却是當年寂寞心。」此於柳州推崇恰當，惟人言陶詩高處在不排，大謝詩勝處在排，此一善排之訣，形爲風容，似祇有子厚堪與繼武，遺山猶未必領悟到此。世謂唐詩鼓吹，非由遺山手錄，或亦可信。又一說：鼓吹爲遺山弟子郝天挺所纂。

胡震亨唐音癸籤云：「金元好問選唐七言律九十五人、五百八十餘篇、十卷，以聲調宏壯震厲，同軍樂之有鼓吹，故名。內初盛唐僅張說、崔顥、王維、李頎、高適、岑參數篇，餘並元和以後詩人杜牧之、李義山、陸魯望、及五代譚用之獨多，而宋人胡宿詩亦誤入。意遺山偶錄以備檢閱，鄉人郝參政天挺尊事遺山，遂注釋行世耳，郝注尤蕪謬不堪讀。」鼓吹本子，諒不止一種，詩之篇數，與初盛唐詩亦列數篇等等，與前錄各說頗不合，容再詳考。

震亨又論姚鉉所選唐文粹云：「內詩十三卷，又皆古體也，選唐賦遺律賦，選唐詩遺律詩，強以古繩今，未爲通鑒。」文粹之偏，與鼓吹之偏，適得其反。

楊愼丹鉛總錄云：「唐詩鼓吹，以宋胡宿詩入唐選。宿在宋史有傳，文集今行於世，所選諸詩在焉，觀者不知其誤何耶？鼓吹之選，皆晚唐之最下者，或疑非遺山所爲，觀此益知其僞也。」升菴之說可信。

四

宋吳復齋云：劉夢得與柳子厚詩，有柳家新樣元和脚之句，脚字人多不曉，高子勉嘗舉以問山谷，山谷云：取其字製之新。有徐僊者，學山谷書，陳無已贈詩，亦有肯學黄家元祐脚之句。

柳子厚種白蘘荷詩：「庶氏有嘉草，攻襘事久泯。」本草：蘘荷葉似初生甘蕉，根似薑芽，中蠱者服其汁，卧其葉，卽呼蠱主姓名，庶氏以嘉草除蠱毒，宗懍謂嘉草卽此也。（陳晦伯）

元和而後，詩道浸晚，而人才故自横絶一時，若昌黎之鴻偉，柳州之精工，夢得之雄奇，樂天之浩博，皆大家才具也。今人概以中晚束之高閣，若根脚堅牢，眼目精利，泛取讀之，亦足充擴襟靈，贊助筆力。

筆談謂：今人守郡，用顔延年一麾乃出守，誤自杜牧始，此説亦未爲是。觀三國志：擁麾守郡，文選：建麾作牧，此語在牧之前久矣。漢制：太守車兩幡，所謂麾也，唐人如杜子美、柳子厚、劉夢得皆用之，謂之誤不可。

欸乃：欸，歎聲也，讀若哀，烏來切，又應聲也，讀若靄上聲，倚亥切，又去聲，於代切，無襖音，乃難辭，又繼事之辭，無靄音。今二字連讀之，爲掉船相應聲，柳子厚詩云：欸乃一聲山水緑是也。元次山有湖南欸乃歌，劉蜕有湖中靄迺歌，劉言史瀟

湘詩：有閑歌曖迺深峽裏，字異而音則同。後人因柳集中有注云：一本作襖靄，遂卽音欸爲襖，音乃爲靄，不知彼注自謂別本作襖靄，非謂欸乃當音襖靄也。黄山谷不加深考，從而實之，其甥洪駒父、又辯爲當作奡靄，杜撰尤甚。毛晃取入韻中，至誤後人，沿襲不察。靄迺襖靄，旣有兩本，不妨並行，豈必比而同之以爲一音乎？〔黄公紹韻會。〕

說文：欸從欠，矣聲，不然之辭。櫓聲欸乃，或作藹迺，皆單字還音，又有還音作奧靄者。柳宗元漁翁曲欸乃，校本云奧藹，謂一本作此，非謂欸音奧，乃音藹。劉言史詩：「閑歌曖迺深峽裏」，亦依曖迺，各還本音也。而郭茂倩樂府解題，程大昌演繁露，高似孫緯略，姚寬西溪叢話，俱誤爲音。至冷齋夜話引洪駒父言：奡音奧，可爲怪歎，反譏世人分奡爲兩字，此洪識難字誠多矣，然不似讀書人也。〔癸巳存稿〕

俞理初有生書橱之稱，論音可作最後定案，今譏洪駒父識難字，而不似讀書人，吾頓憶王漁洋「海內詩人洪玉父」之句，〔對句爲禁中樂府柳屯田。〕不禁爲乃兄色赧矣。㊀

吾嘗見太平天國北王韋昌輝、欸乃一聲山水綠試帖一首如下：㊁

㊀ 洪芻字駒父，爲兄，炎字玉父，爲弟。

㊁ 釗案：綠原作淥，以有此誤，疑韋詩爲僞作。

艣聲聽未了，山水送孤帆，對面青如畫，回頭緑滿巖。半空餘嫋嫋，一帶認巉巉，舵尾澄流迴，峯腰旭照銜。蒼疑留古岸，翠欲上征衫，流響驚鳧雁，濃陰鬱檜杉。

詩以對聯結尾，似是八韻詩脱落兩韻，尋昌輝曾考中秀才，秀才固是作五言八韻詩，童生乃僅作六韻也。詩之眞否雖無可考，惟以事關革命元功，不當疑其僞而濫加屏棄，故羼錄於此。

柳子厚汚王叔文黨，坐貶荒遠，不得昭雪以死，惟范仲淹斷言：史因其成敗書之，無所裁正，論亦恕亦確，然則韓誌柳墓，何無一言爲此事辯乎？曰：當愈時，叔文未可原，而其説尚未可盡也。

夢得靖安佳人怨、及白氏太和九年某月日感事詩，爲武相伯蒼、王相廣津作者，實並銜宿怨故。劉先於叔文時斥武，宜武有補郡見格之報，白嘗因覆策事救王，王固不應下石訐白母大不幸宿憾，令白有江州謫也。事各有曲直，而怨之淺深亦分，在風人忠厚之教，總不宜有詩，然欲爲兩人曲諱，如坡公之説，則政自不必耳。

釗案：説者謂：子厚有嫌於武元衡，而武修怨，吾别條已涉及。此或柳無其事，而劉有之，以致誤傳，遯叟此條足供叚證。

釗又案：唐詩紀事第三十九卷稱：「禹錫附叔文，人不敢斥其名，號二王劉柳，武

元衡初不爲宗元所喜，自中丞下除右庶子，及是執政，禹錫久落魄。」此段本爲敍禹錫事而作，依文氣看來，所謂「武元衡初不爲宗元所喜」，句中宗元兩字疑是禹錫誤植。

柳州之平淮西，最章句之合調，昌黎之元和聖德，亦長篇之偉觀，一代四言有此，未覺風雅墜緒。

韓公挺負詩力，所少韻致。出處既掉運不靈，更以儲才獨富，故犯惡韻鬥奇，不加揀擇，遂致叢雜難觀。得妙筆汰用，瓌寶自出，第以爲類押韻之文者過。〔遯叟〕

柳宗元詩，與王摩詰韋應物相上下，頗有陶家風氣。〔陳氏直齋〕

子厚詩雄深簡淡，迥拔流俗，至味自高，直揖陶謝，然似入武庫，但覺森嚴。〔西溪詩話〕

柳子厚詩，世與韋應物並稱，然子厚之工緻，乃不若蘇州之蕭散自然。〔劉履〕

古詩軌轍殊多，大要不過二格：其一以和平渾厚、悲愴婉麗爲宗；其一以高閒曠逸、清遠玄妙爲宗。高閒一宗，在古則陶，在唐則王孟常儲韋柳諸家，但其格本一偏，體靡兼備，宜短章不宜鉅什，宜古選不宜歌行，宜五言律不宜七言律，歷攷各集，靡不然者。中惟右丞才高，時能旁及，至於本調，反劣諸子，餘雖深造自得，然皆守耑長而闕全詣，將無才之所趨，力故難強耶？〔元瑞〕

題階前芍藥

子厚戲題階前芍藥云：

凡卉與時謝，妍華麗茲晨，欹紅醉濃露，窈窕留餘春，孤賞白日暮，暄風動搖頻。夜窗藹〔一作靄。〕芳氣，幽臥如相親，願致溱洧贈，悠悠南國人。

元裕之嘗選花卉詩九首，以子厚右詩爲第一，請趙閑閑秉文共作一軸寫，自題其後云：

柳州怨之愈深，其辭愈緩，得古詩之正，其清新婉麗，六朝辭人少有及者。東坡愛而學之，極形似之工，其怨則不能自掩也；黨承旨出於六家，辭不足而意有餘，王公翰無意追配古人，而偶與之合，遂爲集中第一。大都柳出於雅，坡以下皆有騷人之遺，所謂生不並世俱名家者也。

姚薑塢於援鶉堂筆記論之云：

遺山北學之雄，五七古並多傑作，於天水南渡諸家，可以追儷放翁，尤范諸公，殆所不倫。而其論詩如此，雖云揚榷騷雅，要不離乎膚似，且芍藥之作，亦平平耳，而言六朝少及。東坡諸作，本非其至，且詠趙昌之畫，殊無怨意，而曲而深之，亦豈吏論耶？

桐城諸家，除惜抱外，無能詩者，薑塢之學，雖爲惜抱所自出，而論詩似強作解人，無所發明。況桐城從來不喜柳文，工夫不及柳詩深詣，自可想見，「芍藥之作，亦平平耳」，詩因在薑塢所號爲平平處，自形其高。吴喬謂：「欸紅二句，近體中好句皆不及，可見體物之妙，古體勝唐體。」喬、太倉人，一名殳，字修齡，有西崑發微。

劉夢得與柳有關之詩

劉夢得工爲絶句，有傷愚溪三首，并引：

故人柳子厚之謫永州，得勝地，結茅樹蔬，爲沼沚，爲臺榭，目曰愚溪。柳子歿三年，有僧遊零陵，告余曰：愚溪無復曩時矣。一聞僧言，悲不能自勝，遂以所聞爲七言以寄恨：

溪水悠悠春自來，草堂無主燕飛回，隔簾惟見中庭草，一樹山榴依舊開。

草聖數行留壞壁，木奴千樹屬鄰家，惟見里門通德牓，殘陽寂寞出樵車。

柳門竹巷依依在，野草青苔日日多，縱有鄰人解吹笛，山陽舊侶更誰過？

子厚善書，兼能作草，所謂草聖數行留壞壁，及里門通德牓，皆是子厚自書，集中兩家家雞野鶩之爭，至饒逸趣。子厚謫永十年，量移柳州，此所云歿三年者，實則已離永七年矣。七年零替，已非舊觀，事閱千年，更託遐想。吾生平未見子厚墨跡，葉玉

甫云：在上海曾見湘南碑搨本一通，頗完整，惜未留置，爲他捷足者所得。

夢得又有哭呂衡州、時余方謫居一首，最爲沈摯，如下：

一夜霜風凋玉芝，蒼生望絶士林悲，空懷濟世安人略，不見男婚女嫁時。遺草一函歸太史，旅墳三尺近要離，朔方徙歲行當滿，欲爲君刊第二碑。

徙朔方用蔡邕故事，蓋邕爲宦官所譖，徙於朔方，年已衰晚，猶爲郭林宗作碑也，云第二碑者，以化光之葬，子厚有誄在先之故。

子厚亦有同劉二十八哭呂衡州、兼寄江陵李元二侍御詩，李爲李景儉，元是元稹，蓋稹於元和六年、自監察御史貶江陵士曹參軍也。

衡岳新摧天柱峯，士林顦顇泣相逢，祇令文字傳青簡，不使功名上景鐘。三畝空留懸磬室，九原猶寄若堂封，遥想荆州人物論，幾回中夜惜元龍。

時化光是藁葬於江陵之野，故曰猶寄若堂封，寄一作記，意亦通。封之有若堂者，指「築土爲壟，堂形，四方而高」，語出禮記檀弓。末聯關涉二侍御，故曰荆州人物論。陳登卒年三十九，化光年四十。〔釗案：引檀弓語，乃鄭注也，壟、力勇反。〕

化光在黨人中，清望最重，劉詩：蒼生望絶士林悲，及柳詩：士林顦顇泣相逢，語乃寫實，故不謀而合。懸磬字、他本磬或作罄，語出左傳：「室如懸罄」，字原作罄。王觀國學林謂「室如之如當訓似，罄非訓盡，說文：罄、器中空也，室如懸罄者，如懸一

器，其中空無一物」，説諦。據此，懸罄若堂，仍的對。〔本部卷十四懸罄一文，請參閲。〕

雞骨卜

一

子厚柳州峒氓詩：「雞骨占年拜水神」，所謂雞骨占者殊難解。宋人周去非、隆興進士，淳熙中爲桂林通判，著有嶺外代答十卷，敍邊嶠習俗綦詳，記雞卜者如下：

南人以雞卜，其法以小雄雞未孳尾者，執其兩足，焚香禱所占而撲殺之。取腿骨洗淨，以麻線束兩骨之中，以竹梃插所束之處，俾兩腿骨相背於竹梃之端，執梃再禱。左骨爲儂，儂者我也，右骨爲人，人者所占之事也。乃視兩骨之側所有細竅，以細竹梃長寸餘者偏插之，或斜或直，或正或偏，各隨其斜直正偏而定吉凶。其法有一十八變，大抵直而正、或附骨者多吉，曲而斜、或遠骨者多凶。昔漢武奉越祠雞卜，其法無傳，今姑記之。

段公路北戶錄載：「南方逐除夜及將發船，皆殺雞，擇骨爲卜，傳古法也。卜吉卽以肉祀船神，呼爲孟公孟姥。」大抵此卜傳法自古，而盛於唐，祀船神或水神，尤爲切近，故子厚詩及之，占年云者，殆所謂卜吉之類也。子厚已不信神，而民間本來迷信，彼自隨俗因應，不加唾棄，退之撰羅池神廟碑云：「侯爲州不鄙夷其民」，大率指此。

此子厚治柳，爲峒氓賦詩如是言之，曩在永州，所見尚隔一層。

蘇子瞻潮州韓文公廟碑，其詩辭有一句曰：「犦牲雞卜羞我觴」，此當然是追紀唐俗，謂此類祭禮中，亦用雞骨卜羞進酒觴也。雞骨卜一如右解，無取複述，惟犦牲者，爾雅注：「犦、犎牛也，領上肉犦胅起，高二尺許，狀如橐駝」，玉篇：「犎、野牛也」，因便輒附及之。

二

何孟春餘冬敍錄雜記各種瑣細卜法如下：

燕北雜記：契丹行軍不擇日，用艾和馬糞，於白羊琵琶骨上灸，灸破便出，不破即不出。一云：韃靼占卜，每用羊髀骨，以鐵椎火錐之，視其兆坼，以決大事。遼東志略：扶餘國有軍事，則祭天殺牛，觀蹄以占，解者爲凶，合者爲吉。北戶錄：邕之南有雞卵卜。又云：南方除夜，及將發船，皆殺雞擇骨爲卜，傳古法也。學齋佔畢：今之瓦卜，蓋有取於周之瓦兆，古法也。小說雜書傳虎卜、鳥卜、紫姑卜、牛蹄卜、雞骨卜，雖不法於著龜，亦有可稱者。今雲南地方夷羅，一切大小事，疑不能決，輒請巫師殺雞，籤其腿骨穴斜正多少，以卜吉凶，巫師曰大奚婆，一曰孕兮薄，其法特神驗云。

右所記，除雞骨外，有白羊琵琶骨、羊髀骨、牛蹄、瓦、虎、鳥、紫姑種種不同之卜法，

增益子厚所不信之神怪色彩，不知今雲南彝族，猶有可得踪迹之形影否？

敍錄又載「善禳惡、正勝邪」之法云：

唐初有孝子王漸，作孝義五十卷，鄉有病者，卽請漸來誦書，尋亦得愈。事見龍城錄，柳子厚謂：漸其誠足尙也，此獨非禳惡勝邪効與？夫書固移心治心之具，人有病，尙當不自省耶？然則療病舍藥物可也。

龍城錄本僞書，今主療病不用藥物，益蹈移心治心之妄。

又蘇子瞻雷州八首之一云：

粵嶺風俗殊，有疾時勿藥，束帶趨房祀，用史巫紛若。絃歌薦繭栗，奴至洽觴酌，呻吟殊未已，更把雞骨灼。

就雞骨二字，使與粵嶺風俗連爲一系，東坡右詩可稱切證。㊀

古東門行

古東門行沈雄頓挫，神似昌谷，爲中唐出色當行之體裁，子厚特偶爾乘興爲之，非其本質如是也。中如「赤丸夜語飛電光，徼巡司隸眠如羊」一韻，隱含鬼氣，咄咄

㊀ 雞骨卜可能引用之材料過多。如俞樾茶香室叢鈔卷十雞卜一條，共三段，卽逾一千字，無法備引，幸讀者自行參考。

逼人，尤爲酷肖長吉。

全篇語語用事，幾同爲事類作賦，看不出作者眞實用意，然大體不出表同情於受害人，如「子西掩袂眞無辜」，及「絶臏斷骨那下補」等句尤顯。論者謂子厚幸災樂禍，鄙意殊不敢謂然，陳景雲點勘此詩，立説如下：

柳子厚東門行，及劉夢得靖安佳人怨詩，皆爲盜殺武相元衡事而作，武相遇盜於所居靖安坊之東門，故劉柳題詩云爾。先是二人既坐伾文黨，謫佐遠州，元和中召還，方冀進用，又俱出刺嶺外，時武相當國，二人深憾之，此二詩所由作也。史言伾文之黨初召還，諫官交章力言其不可用，尋有遠郡之斥，蓋當時君相，亦採公議行遣，非緣政府之忮矣，憾時宰者，蓋褊心之未化，二詩俱不作可也。

少章褊心云云，劉夢得吾不敢説，至子厚則敢斷其無有，此别條迭有説明，不更覼縷。少章又謂詩可不作，夫詩起於怨，事所恆有，然與觀羣都蔚成好詩題，如意在避嫌，卽抛卻詩興，從旁縮手，子厚亦非此等矯揉造作之人。

東門行，鮑明遠樂府原有此題，而元衡宅在京師靖安坊，因將朝出里東門，遇賊被害，故子厚以古東門行名篇。詩云：

漢家三十六將軍，東方雷動橫陣雲。〔詩以漢七國之變起興，三十六將軍者，謂周亞夫將三十六將軍往擊吳楚也。〕雞鳴函谷客如霧，貌同心異不可數。〔此用孟嘗君事，影王

承宗李師道密遣刺客入關。〕赤丸夜語飛電光，徼巡司隸眠如羊。〔此謂羣賊受贓報讎，相與探丸，得赤丸者斫武吏，得黑者斫文吏，事見漢尹賞傳。〕當街一叱百吏走，馮敬胸中函匕首，〔馮敬事本漢賈誼傳。〕兇徒側耳潛愜心，悍臣破膽皆杜口。〔兇徒指王承宗輩，悍臣謂聞變勸帝罷兵者。〕魏王臥內藏兵符，子西掩袂眞無辜。〔上句用信陵君奪晉鄙軍事，下句用楚白公殺子西事，此謂賊用計，而朝廷漫無覺察。〕羌胡轂下一朝起，敵國舟中非所擬，〔胡越起於轂下而羌夷接軫，用司馬相如諫疏語。舟中之人盡敵國，用吳起諫武侯語。〕安陵誰辨削礪功，韓國詎明深井里，〔安陵郭門外，爲袁盎被刺處。削礪、指鍛工而言，當時鍛工供稱：劍由梁孝王子某來冶。深井里、韓刺客聶政故里。〕絕臏斷骨那下補，萬金寵贈不如土。〔那下者、如唐律言兩下相殺之下，猶言那處也。末句謂卽從優寵贈，也不如入土爲安。〕

全篇氣象萬千，祇表弔歎而不及其他，獨末一句略帶陽秋，微欠莊重，不免爲白璧之瑕爾。

韋柳

一

唐詩中韋柳對稱，已成爲口頭禪，惟言出東坡之口，應與恆流迥不一致。東坡

曰：「柳子厚詩，在陶淵明下，韋蘇州上，退之豪放奇險則過之，而温麗清深不及也。所貴乎枯澹者，謂其外枯而中膏，似澹而實美，淵明子厚之流也，若中邊皆枯，澹亦何足道？」此所謂外枯中膏，似澹實美，究何所指？

淵明者，晉之遺民也，始終心不忘晉，落筆盎然有見，自與一般山林枯槁之士不同，姑不深論。若韋柳兩公，無形中伏有一種武俠氣概，集中恰各有一詩，可容對比，卽韋之逢楊開府，與柳之韋道安是也。玆請將兩詩分列如下：

逢楊開府　　韋應物

少事武皇帝，無賴恃恩私，身作里中橫，家藏亡命兒，〔橫讀去聲。〕朝提樗蒲局，暮竊鄰家姬，司隸不敢捕，立在白玉墀。驪山風雪夜，長楊羽獵時，一字都不識，飲酒肆頑癡。武皇升仙去，憔悴被人欺，讀書事已晚，把筆學題詩。兩府始收迹，南宮謬見推，非才果不容，出守撫惸嫠。忽逢楊開府，論舊涕俱垂，坐客何由識？唯有故人知。

韋道安　　柳宗元

道安本儒士，頗擅弓劍名，二十遊太行，暮聞號哭聲。疾驅前致問，有叟垂華纓，言我故刺史，失職還西京，偶爲羣盜得，毫縷無餘贏。貨財足非惜，二女皆娉婷，蒼黃見驅逐，誰識死與生？便當此殞命，休復事晨征。一聞激高義，眥裂肝膽

横，挂弓問所往，趫捷超崢嶸。見盜寒磵陰，羅列方忿爭，一矢斃酋帥，餘黨號且驚，麾令遞束縛，纆索相拄撑。彼姝久褫魄，刃下俟誅刑，卻立不親授，諭以從父行，捃收自擔肩，轉道趨前程。夜發敲石火，山林如晝明，父子更抱持，涕雪紛交零，頓首願歸貨，納女稱舅甥。道安奮衣去，義重利固輕，師婚古所病，合姓非用兵。　竭來事儒術，十載所能逞，慷慨張徐州，朱邸揚前旌，投軀獲所願，前馬出王城，轅門立奇士，淮水秋風生。君侯旣即世，麾下相欹傾，立孤抗王命，鐘鼓四野鳴。　横潰非所壅，逆節非所嬰，舉頭自引刃，顧義誰顧形？烈士不忘死，所死在忠貞。　咄嗟徇權子，翕習猶趨榮，我歌非悼死，所悼時世情。

柳詩略詮釋如次：

貨財足非恡：　足非字似應乙轉爲順。

頓首願歸貨：　歸貨，謂獻納財物。

師婚古所病：　左成六：齊侯欲以文姜妻鄭太子忽，忽曰：今以君命奔齊之急，而受室以歸，是師婚也，民其謂我何？

竭來事儒術，十載所能逞：　逞字作平聲用，見文選張平子思玄賦：「遇九皋之介鳥兮，怨素意之不逞，遊塵外而瞥天兮，據冥翳而哀鳴」，注：「字林曰：逞、盡也。」在本文謂：讀儒書十載而能事盡，於意適合。十或作千，非。

慷慨張徐州： 徐泗濠節度使張建封。

前馬出王城： 指貞元十三年十月，建封來朝，道安從之。

君侯旣卽世： 十六年六月，建封卒。

橫潰非所壅，逆節非所嬰： 壅、塞也，謂軍士作亂，未能塞而止之。嬰、加也，謂正直成性，逆節之事不能加之。

舉頭自引刃： 指建封死而軍亂，子愔爲兵馬留後，而道安自殺。

右詩見於兩家集中，無識者或疑其不類，惟若從東坡眼中之枯澹窺去，則中含之膏爲何寶？外彰之美爲何狀？皆得從此類詩中軒豁呈露，然此可與知者道，難爲俗人言也。

吾嘗論爲人肯講眞話，文章方有出路，此兩家所言皆眞也。韋之事跡，不見正史，倘無此詩，彼出身三衞，放浪不羈等情，何能從枯澹篇中察出？柳詩雖非自寫身世，而胸中一種骯髒不平氣概，亦正賴此類語言瀉出。後段橫潰非所壅，逆節非所嬰，烈士不忘死，所死在忠貞等語，何啻短簫入破，血淚和流，從冷靜時發出激越情感，方見人生眞趣。

韋詩生前不見貴重，自白樂天蘇州答劉夢得云：「敢有文章替左司？」左司之名始起，此不如柳州高文典册，早年卽已名蓋一世。又韋老壽，年至九十餘，尚在人

世，人莫知所終。蓋韋生於開元，而至太和末猶存，柳州一生四十七年，廬抵左司中年一段經歷。雖韋由左司郎中出刺蘇州，在貞元初，年時堪與柳州相接，而自承「蹇劣乏高步，緝遺守微官，〔廣德中洛陽作。〕」若而詩人，自未必見賞於顯美一時之京朝官已。

應物老壽、及爲蘇州刺史兩事，傳說中頗多矛盾。唐音癸籤云：

韋應物正史無傳，賴國史補數語，足存其生平爲人、及官閥之概。當時仕只蘇州刺史而止，未嘗又別爲他官，沈明遠爲補傳，較國史尤詳備，而刺蘇而後，復有江淮鹽鐵轉運、太僕少卿、兼御史中丞一銜，則采自劉禹錫舉自代狀，其搜補亦云勤矣。今考白樂天集，有書與元稹論應物云：其詩身後人始知貴，此書作於元和中，而劉之狀稱太和六年，則應物歿已久矣，當另是同姓名一人耳，蘇州正不藉卿銜重，何庸誣之？

又漁洋詩話云：

小說載李習之翱、在潭州嫁柘枝妓事，以爲韋蘇州，舒元輿詩云：「誰是蔡邕琴酒客？魏公懷舊嫁文姬」，古今稱爲佳話，而不知其汚衊賢者也。按應物爲蘇州刺史，在貞元之初，其後又有韋夏卿，在貞元十年，韋覬，在元和時，與習之之世差近，而翱與應物固渺不相及也。且韋李二集俱在，亦無一字相涉，則蔡邕琴酒

之語，何竟武斷屬之左司耶？李觀元賓集中，有代人上韋蘇州二書，每疑其暴戾恣横，不類左司所爲。觀與翺同元和中人，皆與左司無關，此二事皆不可不辯也。乾元中又有韋黄裳、韋之晉、大中時又有韋某、誌失名，所稱韋蘇州，蓋不下六七人矣，人但知有左司耳。

合胡震亨王士禛兩家所載觀之，左司老壽，不可能到太和末，又蘇州刺史之姓韋者不止一人，夢得太和六年所舉，決非左司。漁洋謂習之元賓皆元和中人，應與左司兩不相涉，然則柳州亦與二李等耳，似亦難與韋有關。凡此皆考訂中有趣之點，獨吾今茲所論，在韋柳詩之相近，而不在人之相接，右列各證，止於乘便涉及，無取深考。

韋柳詩之比較，論者多有，茲以援鶉堂筆記爲例。記云：「韋自在處過於柳，然亦病弱，柳則體健，以能文故也。」薑塢本不善詩，評何能確？以柳州能文，而推定詩健於韋，自是頭巾家語。

癸籤又記：「應物答故人見諭詩：時風重書札，物情敦貨遺，（去聲。）機杼十縑單，慵疏百函媿，嘗負交親責，且爲一官累，唐時仕路，蚤重此事，令人以守正爲憂。」吾推孝轅之意，求之子厚集中，覺此類憂時念亂、太息弊風之作，不少概見。惟如石門精舍詩：「道異誠所希，名賓匪余仗，超攄藉外奬，俛默有内朗，鑑爾揖古風，終焉乃

吾黨。」又如詠史云：「風波欻潛構，遺恨意紛紜，豈不善圖後？交私非所聞。」此律之左司用意，適得其反。尋左司晚節爲詩，於道猛得，所爲較退之輩劍拔弩張，已不知落下火氣，爲量何許？顧盱衡世局，仍不免帶着客氣，如癸籤所引詩是也。若子厚安神自養，淨絕尤怨，於世態有善善而無惡惡，此較韋公之所成就，取境又進一大步。

二

評韋柳詩各家，見於唐音癸籤者，彙錄如次：

韋蘇州五言詩、高雅閑淡，自成一家體，今之秉筆者誰能及之？〔白樂天〕

蘇州詩無一字造作，直是自在，氣象近道，其高於王維孟浩然諸人者，以無聲色臭味也。〔朱晦菴〕

韋詩既無聲色臭味，不知晦菴何所憑藉，能知其直是自在，氣象近道？如詩之白華黍，雖無詞，仍是有聲，今有聲而強以無聲通之，談詩毋乃過於玄妙？惟無色無臭味亦然。晦菴嘗誚人多說杜子美夔州詩好，謂「今人只見魯直說好，便都說好，如矮人看場耳。」晦菴以腐老生論詩，聽不着蘇州聲息，因隨人附和，直以無聲美之，此是否聾人不解雷？

韋應物居官自愧，閔閔有恤人之心，其詩如深山採藥，飲泉坐石，日晏忘歸；

孟浩然如訪梅問柳，徧入幽寺；二人意趣相似，然入處不同。韋詩潤者如石，孟詩如雪，雖淡無彩色，不免有輕盈之意。〔劉須溪〕

淡無彩色者，淡終是色，惟較他彩色稍淡云爾，晦菴强作解人，隨人附和，直至不知所云。蘇子由爲歐陽永叔碑云：「公之於文，雍容俯仰，不大聲色，而義理自勝。」王伯厚困學記聞引其説云：「欒城評品文章至佳者，獨云不帶聲色。」夫由不大攺作不帶，此是否與晦菴評韋詩無聲色同一義解，可發一粲。

柳宗元詩、與王摩詰韋應物相上下，頗有陶家風氣。〔陳氏直齋〕

子厚詩雄深簡淡，迥拔流俗，至味自高，直揖陶謝，然似入武庫，但覺森嚴。〔西溪詩話〕

雄深字出退之，簡淡字本東坡，是評柳人云亦云語，惟以雄深簡淡并作一談，卻另呈一種彩色。

柳子厚詩、世與韋應物並稱，然子厚之工緻，乃不若蘇州之蕭散自然。〔劉履〕

劉坦之賦性孤高，入明不仕，標格以蕭散自然爲期，以己之操入人之詩，其評不難理解。

韋左司平淡和雅，爲元和之冠，然欲令之配陶凌謝，宋人豈知詩者？柳州則刻削雖工，去之遠矣，近體尤卑凡不稱。〔弇州〕

王元美務博，各門都不免淺嘗，宋人不知詩，元美亦未必知詩。元美以品質論，不足知柳州，以工力論，更不足知柳州。卽如近體，集中五言排律各篇，深閎挺拔，冠冕中唐，少陵以外，幾無人堪與抗手，試問何謂之卑？凡於何有？

偶閱袁爽秋光緒十三年丁亥日記，得如下一條云：

韋學儉，亦逸品耳。柳州文章健麗，不減揚馬，至爲詩、乃一變爲空明清遠，豈晚而深達了義致此耶？元遺山云：柳子厚、唐之謝靈運，此語爲不妄也。世士以韋柳並稱，故自聲同實異。〔原註：韋本武人，中年折節爲雅士。〕

漚簃自少溺苦於學，而又崇尚節義，力爭上遊，於詩雖所學甚雜，胸襟自近韋柳一派。偶爾評隲數語，字字都從體驗得來，不同泛泛，以深達了義稱子厚，不期而釀成間接詩讖，念之泫然。

湘綺樓說詩云：「看唐詩柳子厚敍韋道安，苦無章法，不知輕重故也，當以不從逆在先，後敍救女，則精采矣。」壬翁以狙公賦芧之法說詩，直是倚老賣老，信口亂道。

三

蘇子瞻謂柳詩在陶下韋上，似是以子厚晨詣超師院讀禪經一詩爲範例。〔說見許顗彥周詩話。〕詩曰：

汲井漱寒齒，清心拂塵服，閒持貝葉書，步出東齋讀。眞源了無取，妄迹世所逐，遺言冀可冥，繕性何由熟？道人庭宇靜，苔色連深竹，日出霧露餘，青松如膏沐，澹然離言説，悟悦心自足。

詩以讀禪經命題，大意謂禪經不熟，無由見性。凡無取眞源，（劉孝儀詩：「迴輿下重閣，降道訪眞源。」）而妄迹是逐者，乃世俗所爲，倘謂遺言（指禪經。）可不分明，試問繕性何由得熟？此與秋夜贈吴武陵：「希聲閟大樸，聾俗何由聰」，用意大致相近。日出霧露餘兩句，蔣之翹謂是常景常語，不能傳造化之妙，旋又謂一結極解脱，極玄澹，將貫串一氣之意境，打成兩橛，毀其一而神其二，眞不知詩者之言也。日出云云，正藉以形容經熟神爽之氣象，澹然悟悦，緣是而生，東坡之所理解而心賞處，允卽在此。

王士禛不以爲然，其讀史雜感，有意翻東坡之案。（語本翁覃溪，彼謂嘗著韋柳論一小卷，專辨此事，余未及查。）詩曰：

風懷澄澹推韋柳，佳處多從五字求，解識無聲弦指妙，柳州那得並蘇州？

其點睛處，在解識無聲弦指妙一語，意謂：子厚讀禪經極熟之後，始解禪悦，不足與於無聲弦指之妙，故柳不如韋。雖然，韋果足企於是乎？淵明詩曰：「但識琴中趣，何勞弦上聲？」漁洋若謂柳州那得並彭澤，庶乎近是，而蘇州豈其倫也？

漁洋古夫于亭雜錄，及分甘餘話兩種，都於揚韋抑柳，大肆鼓吹。汪鈍翁曾求

其廣陵句：「露檻警孤鶴，風檽散叢菊」，謂已逗漏柳州，用爲笑謔，漁洋還木然自鳴得意。蓋此君之於詩也，優孟衣冠，強標風韻，距東坡尚不知幾千里？〔漁洋倣遺山論詩三十二首，卻並無一語及東坡。〕何韋柳之足云？

跂烏詞

子厚之跂烏詞，堪與老杜之瘦馬行媲美。詞云：

城上日出羣烏飛，鵶鵶爭赴朝陽枝，刷毛伸翼和且樂，爾獨落魄今何爲？無乃慕高近白日，三足妬爾令爾疾？無乃飢啼走路旁，貪鮮攫肉人所傷？翹肖獨足下叢薄，口銜低枝始能躍，還顧泥塗備螻蟻，仰看棟梁防燕雀。左右六翮利如刀，踊身失勢不得高，支離無趾猶自免，努力低飛逃後患。

跂烏詞一作跛烏詞、跂、舉一足也。三足、五經通義春秋元命苞皆云：日中有三足烏。翹肖出莊子：「喘耎之蟲，肖翹之物，莫不失其性。」支離無趾，亦皆出莊子，支離者、支離疏也，無趾者、叔山無趾。支離著其姓，無趾顯其名，而皆肢體殘缺之人。以上諸説，略本廖注。釗案：肖翹本疊韻字，猶之黃昏爲雙聲字，黃昏可顛倒作昏黃，莊之肖翹，而柳引作翹肖，雖無不可，然吾揣柳州用意，未必爾爾。佩文韻府將肖翹列於蕭韻，又將翹肖列於嘯韻，此殊失考，未足爲訓。患平聲讀，字在刪韻，古

詩删至下平蕭豪，皆得通押。

烏鳥二字之差，止於一畫，以是二字在書本上，屢屢互誤。吾觀最近出版講中國文學之本子，幾於大半將跂烏易作跂鳥，此故意抑由失誤，頗未易曉，獨一九五九年、人民文學出版社印行，由北京大學中文系集體編著之中國文學史，於柳宗元下立爲説曰：

柳宗元對現實不滿，對自身遭遇深悲，同樣滲透在跂鳥詞等寓言詩中。跂鳥詞以跂鳥的命運，來比喻自己，刻畫了一個令人同情的被害者形象：「翹首獨足下叢薄」云云。柳宗元在現實生活中所遭的嚴酷打擊，促成了他惴惴不安的恐怖心理。

其説甚正。自來詩家，無不以老杜瘦馬詞爲喻房次律，以柳州跂烏詞爲自喻，惟其中跂烏字，連續迭見，字皆不作烏。尋馬之别名，有驥、有駁、有驊騮、有騏驎等，老杜不别舉，而統舉曰瘦馬，讀者無間言，何獨於跂烏而疑之？即在柳詩，倘籠鷹改爲籠鳥，放鷓鴣改作放鳥，聞黄鸝改作聞鳥，亦皆視爲不詞。凡吾人一觸跂烏，陡陌生生地，幾於張口不順，此雖吾徒迷於慣習以使之然，至律之遣詞邏輯，仍不期而突出此一挑剔。夫右舉文學史一再用跂鳥字，其屬有意爲之而非由失誤，已灼然可見，推之翹肖字，肖易作首，其爲反對承訛襲謬之誤而有所糾正，亦屬大大可能。吾曩

謂柳用字最矜慎，無故倒置蒙叟所用字，旣非其所願爲，則翹肖字原非胎息南華，而直是翹首字之由後人作意成誤，十之八九可資論定。釗案：翹首猶言矯首，皆詩中數見不鮮之字，今用與獨足相配成文，於跂烏詞最爲貼切。又案：肖翹者小巧之義，范石湖於嘲蚊時云：「肖翹極么麽，虬比累鬪翕」，肖一作蛸，是肖翹者，施於蚊類微物固合，而以形容刷毛伸翼啞啞大噪之中型巨烏，實不相宜。是柳本無意於引莊，而塵欲得一與獨足相爲映合之字以足其文，此證以人類思致之同然性，而得認爲不中不遠已。

重言以明之：詩人於詠馬與詠烏，有廣狹混異之別，未能一致。如杜言病乘黃可易言病馬，渴驥可易言渴馬，而豪鷹則不可易言豪烏，義鶻亦不可易言義烏，惟跂烏之於跂烏亦然。

吾今謹朗朗然爲之斷曰：中國文學史於跂烏詞竄改二字，一竄烏爲烏，一竄肖爲首，前者於詩之慣例不合而似誤，後者直理足而實正。

冉溪

劉後村稱：柳詩幽微者可玩而味，感慨者可悲而泣，其七言五十六字尤工。尋七言五十六字有兩種，一轉韻，一不轉韻，不轉韻卽七律耳，而轉韻之五十六字，集

中止冉溪一首云：

少時陳力希公侯，許國不復爲身謀，風波一跌逝萬里，壯心瓦解空縲囚。縲囚終老無餘事，願卜湘西冉溪地，卻學壽張樊敬侯，種漆南園待成器。

此種體裁，善爲之，形雖短小精悍，實乃寬大沈雄，近同光體中人，有喜爲此體而自詡絶唱者，而竟不畏柳侯見而微哂，可謂大膽。

後村所謂尤工，殆指七律，而非指轉韻，且冉溪一首，乃隨意即景之作，亦不得云絶工。雖然，結聯「卻學壽張樊敬侯」二語，含有深遠意義，足見子厚一生政治抱負。蓋子厚見到中唐局勢紊亂，根本政策之計劃，難於澈底施行，而己又阨於縲囚，體力衰退，恐生前不能有何具體成就？一腔熱血，遂由本身而逐漸移轉到下一代去，因而觸景吟詠，衝口獲得如壽張樊重、種漆南園之詩句，定非偶然。從秌民詩中，看到子厚刻畫將來士農工賈、董董融融之太平盛治，其如何教育策進下一代上，諒有多少著述，計劃準備及身殺青，留貽後人。獨惜天不我與，未及中壽而謝世，此一徽前毖後之遠大策略，終於無法實現，而遺跡亦復渺然，無可追尋。新唐書稱：子厚曾注法言十三卷，至今殘存於五臣注者，止於四條，夫法言者，揚子雲比擬論語之所爲也，目的固不重當時而在後世，倘子厚以南園漆視法言，則此一未雨綢繆之計，已付之烏有子虛而無從控揣，傷哉傷哉！

冉溪卽愚溪也，其先以冉姓地而得名，洎子厚以愚謚之，遂成爲子厚十年生息、性命相關之處。非微流連光景，招邀友朋，寫成詩篇最多，而且子厚躬參耕稼，與農民打成一片，平生溝通工農之階級觀點，亦得以一部分顯現。所爲溪居詩云：

久爲簪纓累，幸此南夷謫，閑依農圃鄰，偶似山林客。曉耕翻露草，夜榜響溪石，來往不逢人，長歌楚天碧。〔釗案：全唐詩及廖本纓作組。〕

曉耕翻露草一聯，卽切實爲自己寫照。

夏初雨後尋愚溪云：「沈吟亦何事？寂寞固所欲」，其甘寂寞，眞也，溪居「來往不逢人」句，自是實境，亦明本懷。雨晴至江渡云：

江雨初晴思遠步，日西獨向愚溪渡，渡頭水落村逕成，撩亂浮槎在高樹。

鄉村河流見底，介然成路，固數見不鮮事。一九四九年春，吾隨南方代表團，從石家莊赴平山，須橫渡滹陀河。時河吐蹊徑，輾牀而過，與子厚獨渡愚溪相似，特吾與數人偕行，互談漢劉秀蕪蔞亭食豆粥事，又未見浮槎在樹爲微異耳。

柳詩近陶，人無異詞，然兩家詩之見解，並不翕然一致。以田家詩言之，淵明逃避現實，酷好飲酒，所謂躬耕南山，帶月荷鋤，廑廑標榜象徵性之動作，以資寄託而助逸興。人品雖高，所作詩如：「戶庭無塵雜，虛室有餘閒」，以及「此中有眞意，欲辨已忘言」，雖以富於黃老氣味，而爲後輩詩人所引重，獨自子厚觀點看來，此種不益

世用，〔嘗論陶韋柳三家，宜從用字上區以別焉。蓋韋以跅弛之才晚用，柳大才不得其用，陶則不用世而用己。如一百畝田，以五十畝種秫，供己飲酒，卽可謂處世大謬。〕徒然長養頹廢氣氛，阻人進路，若而雅人深致，隱士高風，顯然爲其所鄙視而不予歌頌。敍志詩中有云：「卜室有鄠杜，名田佔灃澇，螟蛑願親燎，荼堇甘自薅」，與夫「登年徒負版，興役趨伐鼛」，此其努力耕作，獻身國家，而且農與工雙管齊下，以表示畢生志願所在，態度何等明朗？意志何等堅決？以視後來元初東南人士，約爲月泉吟社，以田園雜興命題，聘謝臯羽詳較揭賞，號稱一時盛事，流風傳播亙一二百年不衰，探其源也，殆不問而知由陶家胎息而來，子厚有知，定認爲與遺毒社會之狐蠱無異，務期揮斥以盡。柳詩中此一重大旨趣，吾名之曰亂農，又安得等閑待之。〔亂者終也，此曰亂農，正如論衡之亂龍。〕

⿱巩石溪記柳

一、子厚曉行云：機心久已忘，何事驚麋鹿。又放鷓鴣詞云：破籠展翅當遠去，同類相呼莫相顧，惜乎知之不蚤爾。

二、柳讀書篇云：瘴痾擾靈府，日與往昔殊，臨文乍了了，徹卷兀若無。蓋嘗答許京兆書云：往時讀書不至底滯，今每讀一傳，再三伸卷，復觀姓氏，在宗元則爲瘴

疴所擾，他人乃公患也。

三、柳子厚牡丹曰：欹紅醉濃露，窈窕留餘春。坡云：慇懃本芍藥，獨自殿餘春，留與殿重輕雖異，用各有宜也。楊中立梅詩云：欲驅殘臘變東風，只有寒梅作選鋒，頗恨不與殿軍商推正一的對。

四、臨川：道德文章吾事落，南華：夫子盍行邪？無落吾事，乃柳詩有惆悵樵漁事，今還又落然，恐亦用此。

卷後有康熙戊子朱竹垞跋云：

砦溪詩話十卷，宋黃徹常明撰，書錄解題謂是莆田人，而八閩通志則云邵武人，舉紹興十五年進士，殆家本莆田而占籍於邵武者也。編中持論多本少陵，自言官辰沅逾年，顧志州郡官師者，不載姓氏，集亦失傳，其送弟詩句云：就舍勿令人避席，過江莫與馬同船，語淺情眞，不失風雅之旨矣。

曾裘甫記柳

裘甫艇齋詩話、記柳各條如下：

一、前人論詩，初不知有韋蘇州、柳子厚，至東坡而後發此祕，遂以韋柳配淵明。

釗案：漁隱叢話稱，「子厚詩深遠難識，前賢亦未推重，自老坡發明其妙，學者方漸知

之。」胡仔所論，與裘甫如出一轍，惟不知孰先孰後？

二、東湖言：王維雪詩不可學，平生喜此詩，詩云：寒更催曉箭，清鏡減衰顏，隔牖風驚竹，開門雪滿山，灑空深巷靜，積素廣庭閒，借問袁安舍，翛然尚閉關。又言：柳子厚雪詩，四句說盡。釗案：東湖、指山谷女夫徐師川俯。又案漁隱叢話：「東坡言鄭谷詩：江上晚來堪畫處，漁人披得一簑歸，此村學中詩也。子厚千山鳥飛絕四句，信有格也哉！殆天所賦，不可及也。」釗認爲谷與東坡詩格，相去萬里，東坡未必肯持與並論。

三、柳子厚詩：壁空殘月曙，門掩候蟲秋，詩意極佳，東湖詩云：明月江山夜，候蟲天地秋，蓋出於子厚也。釗案：裘甫將東湖比子厚，大膽妄語，可謂儗人不於其倫。漁隱叢話載：「蔡天啓言，嘗與張文潛論韓柳五字警句，文潛舉退之暖風抽宿麥，清雨卷歸旗，子厚壁空兩句，皆集中第一。」釗案：子厚壁空二語，何人不加歎賞？豈須借重宵小口吻？漁隱提小蔡睥睨韓柳，謬妄當較艇齋更上一層。

四、山谷喜子厚道人庭宇靜，苔色連深竹，嘗書此詩於扇。釗案：唐人釋道不分，詩家亦隨聲附和，暨宋猶然，參看本編同卷讀書宜備兩種態度條。

五、子厚與劉夢得相別詩云：今朝不用臨河別，垂淚千行便濯纓，用蘇李贈別詩云：臨河濯長纓，念子悵悠悠。釗案：謝茂秦四溟詩話有一條云：

孺子歌：滄浪之水清兮，可以濯我纓，孟子屈原，兩用此語，各有所寓；李陵與蘇武詩：臨河濯長纓，念子悵悠悠，此偶然寫意爾；沈約渡新安江貽游好詩：願以潺湲水，沾君纓上塵，所謂襲故而彌新，意更婉切；柳宗元衡陽別劉禹錫詩：今朝不用臨河別，垂淚千行便濯纓，至怨至悲，太不雅矣。

不知茂秦曾見裘甫所記否？所謂至怨至悲而太不雅，不知古來既怨且悲之作，亦有同時不害爲雅者否？茂秦狂繆如此，足資笑粲。又茂秦「讀子厚掩役夫張進骸詩，至但願我心安，不爲爾有知，誠仁人之言也。夫子厚一代文宗，故其摛詞振藻，能占地步如此。」惟問子厚不占地步，其對役夫張進之看法，又當如何？晚明人之小眉小眼，不可能與盛唐名手，同日而語，吾輩自應就此看得明矣。〔釗案：茂秦眇一目，吾草此文時，卻未涉想至此，事後校閱，又不願移動初念，加以芟削，誌此自懺。〕

六、裘甫名季貍，南豐曾氏，子固之姪孫也，詩話盛爲徐師川鼓吹。查師川自詠瀑遭到東坡譏評，詩名一落千丈，似裘甫有意起之，惜力小而任重爾。須知裘甫妄摘東湖散句，〔卽前載明月江山夜雨句。〕與子厚壁空一聯相短長，吾敢言；東湖與王元美所謂素不解詩之昌黎較，且有咫尺千里之差，遑問高不可攀之柳州乎？獨裘甫右徐苦心，不論爲私爲公，卻不當抹殺，因特紀之於此。㊀

向不見裘甫自作詩，偶從韋居安梅磵詩話中，得裘甫所撰秦女行一首，秦女者

謂秦少游女，靖康間爲金人所掠，亦未著其名。詩七古長篇，殊平平，茲錄首四句云：妾家家世居淮海，郎罷聲名傳海内，自從貶死古藤州，門戶凋零三十載，以郎罷字入詩，前人所不敢爲，當算裘甫爲第一人。㈡

子厚在永柳兩地氣象之不同

子厚從崔中丞過盧少府郊居云：

寓居湘岸四無鄰，世網難嬰每自珍，蒔藥閒庭延國老，開罇虚室值賢人；泉迴淺石依高柳，逕轉垂藤間綠筠，聞道偏爲五禽戲，出門鷗鳥更相親。

此詩表現子厚謫居永州一種心影，蓋斯時脱離政地已久，而無意於進取，視與木石居、與鹿豕遊之隱祕生活，漸漸心安理得，而期與此終古也已。砮溪見到子厚時與夢得同處貶地，而孕育兩種心情，因對劉有湯燖右軍之譏。茲引砮溪詩話如下：

㈠ 釗案：季貍字裘甫，裘往往誤書作衮。查正字通：尾黑白錢文相間者爲九節貍，可以爲裘，古人名與字每相通如此，並附記焉，以資多識。

㈡ 閩俗呼子爲囝，父爲郎罷，陸游詩：阿囝略知郎罷老，穉孫能伴太翁眠，游戲小品中，隨意使用俗語，當然不加限制，至唐皇大篇，或莊嚴律體則否，此詩中自然體格，絶不能混爲一談。友人見吾此段記載，提出質問，吾以此奉答。

竹葉指一種酒言。」此體甚衆。惟柳子厚從崔中丞過盧少府郊居一聯最工云：蒔藥閒庭延國老，開罇虛室值賢人，只似稱坐客，而有兩意，蓋甘草爲國老，濁酒爲賢人故也。夢得又有藥鑪燒姹女，酒甕貯賢人，近於湯燖右軍矣。

賓客集：添鑪擣雞舌，灑水淨龍鬚；駱賓王：桃花嘶別路，竹葉瀉離尊，〔釗案：

碧溪旋又書一則云：

柳遷南荒有云：愁向公庭問重譯，欲投章甫作文身，太白云：我如鷓鴣鳥，南遷嬾北飛，皆褊忮躁辭，非畎畝惓惓之義。杜云：馮唐雖晚達，終覲在皇都，愁來有江水，安得北之朝？其賦張曲江云：歸老守故林，戀闕悄延頸，乃心王室可知。

此由碧溪粗覽柳詩，顯有誤會，詩如左：

郡城南下接通津，異服殊音不可親，青箬裹鹽歸峒客，㈠綠荷包飯趁墟人，鵝毛禦臘縫山罽，㈡雞骨占年拜水神，愁向公庭問重譯，欲投章甫作文身。

末二語謂欲拋棄章服，全體文身，與居民打成一片，免致語言不通，借助翻譯，此持與上第二語合參，所謂不可親之異服殊音，將竟由是而兩親之矣，中間青箬綠荷、鵝毛雞骨各異象，亦將一切化去，不著痕迹，翫味全篇意旨，詩應作此一解釋，何得視

㈠ 箬、而灼切，楚人謂竹皮曰箬。

㈡ 罽、居例切，織毛爲之，若今之毛氈毹也。

同太白之褊忮躁辭乎？岧溪首犯此誤，嚮下所引杜詩，當然適得柳州意旨之反。釗案：子厚政治觀念，從負面轉入正面，恰在改遷柳州時，又官由司馬上升刺史，乃是偏裨小吏，躍登正印地方官，可得整理當地一切廢弛政象，子厚因發憤爲之，此較在永州點染山水，悠游歲月，別是一番氣概，常明局促小詩家，自見不到此，可爲一歎。

對牀夜語

對牀夜語，范晞文〔景文〕所著也，兹擇其與子厚有關若干條於下：

一、劉後村云：唐文人皆能詩，柳尤高，韓尚非本色，迨本朝則文人多，詩人少，三百年間，雖人各有集，集各有詩，詩各自爲體，或尚理致，或負才力，或逞辨博，要文之有韻者耳，非古人之詩也。釗案：本朝指宋而言，三百年間，當然櫽括兩宋，景文論詩眼力甚高，爲詩與高菊磵、姜白石諸子遊，入元流寓無錫，隱居不仕，著籍錢塘太學生，一號藥莊。

二、子厚：西岑極遠目，毫末皆可了，老杜：齊魯青未了；劉禹錫：一方明月可中庭，杜：清池可方舟；退之：綠淨不可唾，杜：自爲青城客，不唾青城池；乃知老杜無所不有。釗案：子厚與崔策登西山詩曰：

鶴鳴楚山靜，〔此謂鶴夜半而戒露也。〕露白秋江曉，連袂度危橋，縈迴出林杪，西

岑極遠目，毫末皆可了，〔西岑卽題中所謂西山，毫末皆了，冒下九疑洞庭兩儀萬象而言。〕重疊九疑高，微茫洞庭小，迥窮兩儀際，高出萬象表，〔高字與上九疑句犯複。〕馳景泛頹波，遙風遞寒篠，謫居安所習，稍厭從紛擾，生同胥靡遺，〔此指司馬微末小吏，同賤役者被人遺忘。〕壽等彭鏗夭，〔謂雖壽等彭祖，仍不啻夭折。〕蹇連困顛踣，〔蹇連出易蹇卦：往蹇來連，謂行路之艱難也。〕愚蒙怯幽眇，非令親愛疎，誰使心神悄？〔親愛指崔策，子厚妹壻崔簡之弟，此二句言離家至此，故心煩憂。〕偶玆遁山水，得以觀魚鳥，吾子幸淹留，緩我愁腸繞。

詩共十二韻，僅三韻散句，餘皆整飭駢語，自是作者早年深造得來，萬非退之可及。說者謂：與南澗一首爲集中雙璧，惟蔣之翹否定之，自是妄論。

三、七言仄韻，尤難於五言。長孫佐輔有詩云：獨訪山家歇還涉，茆屋斜連隔松葉，主人聞語未開門，遶籬野菜飛黃蝶，好事者或繪爲圖。柳子厚云：南州溽暑醉如酒，隱几熟眠開北牖，日午獨覺無餘聲，山童隔竹敲茶臼，言思爽脫，信不在前詩下。釗案：黃徹引子厚日午兩句，與義山憶正一云：烟爐消盡寒燈晦，童子開門雪滿松，謂閒棄山間累年，頗得此等詩氣味，黃范兩家語可參看。又案長孫佐輔，德宗時人，其弟公輔爲吉州刺史，往依焉，其詩號古調集，全唐詩曾採錄十七首。

四、子厚誌祕書姜嶨墓，謂其生三日，卽授六品官，及嗜音畜妓；襄陽丞趙矜墓，

亦獨記其子求銘之事；温縣主簿韓愼墓，不過曰：生也以其弟之恭，知君之爲友，沒也以其弟之戚，知君之爲愛。古人誌墓，實不少假，今則不然，眞諛墓也。嘗論子厚爲人銘墓，往往其詞甚豐，蓋炫其長也，獨銘覃季子墓云：困其獨，豐其辱，兩句而已。又子厚與李睦州論服氣書：願椎肥牛，擊大豕，以爲兄餽云云，此作者戒之於其生，謂服丹與氣，誠不若飲食之常。古詩云：服藥求神仙，多爲藥所誤，不如飲美酒，被服紈與素，此柳文所本。釗案：子厚爲友誌墓或作誄，長度殊不一致，最短如右舉銘覃季子僅兩句，共六字；長如誄呂化光，四字句轉韻共十一段，每段長至十二三句，短則兩韻而止，子厚行文自爲規律，幅度不拘如此。

卷十三 柳書

柳州書法

一

宋吳郡朱長文伯原著墨池編，王虛舟（澍）爲之序曰：「樞密樂圃朱公，宋之名儒而善書者也，（按長文元祐中官秘書省，築室樂圃坊，著書不出。）蒐羅歷代著作，考覈折衷，纂次一書，上窮造字之義，下闡書法之奧，計二十卷，實書家之鴻寶。」其中柳子厚報崔黯秀才書，赫然在列，覺子厚之道，無乎不在，雖云書乃病癖，如潛塊積瘕，中於內臟，其勢不能及物，並認崔秀才勤勤追求爲大戚，而言外似岸然以書家自命。劉夢得論書一通，伯原收採在前，其說指魏晉齊梁間：「君臣爭名、父子不讓」爲不然，而以求得中道爲期，「所謂中道而言書何？處之文章之下，六博之上。」夫大中者、子厚求道之指標也，夢得竊取之以施於法書，子厚似未必以爲至當，此一望而知子厚善書，夢得不善書，致於書道所見，發露歧異。更知夢得詩：「近來漸有臨池興，爲報元常欲抗行」之爲謔浪，而欲追比衛瓘索靖、一臺二妙（子厚詩：勸君火急添功用，趁取當時

二妙聲。」之爲峻誚，凡劉家異同之詞，（子厚詩：聞道將雛向墨池，劉家還有異同詞。）舉無當柳家之「土炭酸鹹」也。尤可詫者，韓退之稱子厚爲文，崔蔡不足多，夫崔蔡文家，亦即書家，梁武帝書評：「崔子玉危峰阻日，孤松單枝，蔡邕骨氣洞達，爽爽如有神力」，劉柳異同，亶不其然！

正涉筆間，得高二適書，爲言：「柳州善小章書，曾爲賓客所稱，（見答柳書。）而劉柳論書諸絶句，往復奇恣，爲適所嚮往。（又劉詩：柳有草聖之目。）㊀ 適舊藏有柳州石刻，似符讖，爲明天啓間柳州井中掘出者，此小長方拓片一紙，指要付梓時，可影印於書耑，因不失爲一妙蹟也。」所謂小章書，大概指用章草作簡札而言，當日夢得答子厚云：「小章書僅千言，㊁ 申申疊疊，茂勉甚悉，相思之苦懷，膠結贅聚，至是泮然以銷，所不如晤言者無幾。」此數語皆藻飾文工，而不涉於書，其後夢得代李表臣作祭文云：「篋盈草隸，架滿文篇，鍾索繼美，班揚差肩」，此則鍾索牒書，班揚牒文，始爲書與文並舉。然予終未獲一日與柳書接，小章書抑草隸，是一是二，無從曉洽。柳州石刻何似？拭目俟之，獨二適似符讖一語，頗感怪異，予未敢遽信爲柳州筆。㊂

㊀ 夢得傷愚溪詩：草聖數行留壞壁云云，二適殆指此。

㊁ 僅千言者，謂不止千言也，劉柳用字意義，定趨一律。

㊂ 予尋於雜亂碑拓中發見此石刻，有説明見他條。

范致能驂鸞錄云：「南嶽般舟和尚第二碑，爲子厚自書，頗擅楷法。」葉玉甫云：「曾在湖南、獲見有意流通之柳碑，失之交臂」，不知是此種否？

李元度南岳志稱：子厚在南岳撰書各碑，除般舟外，尚有彌陀、大明兩和尚碑，又雲峰和尚與中院大律師塔銘。

二

子厚以工書自詡，其於與李睦州論服氣書，嘗追述幼時學書之苦，歎不得碩書，而書乃形縱而理逆，爲天下棄。夫碩、大也，注家謂語出莊子：「無碩師而能言」，其說近。子厚志從弟宗直殯，稱彼「善操觚牘，得師法甚備，融液屈折，奇峭博麗」，將所謂師法者究何法耶？子厚稱：「獨得國故書，伏而攻之」，〔並見論服氣書。〕又稱：「蚤好觀古書，家所蓄晉魏時尺牘甚具，二十年來，徧觀長安貴人好事者所蓄，殆無遺焉。」〔見與吕恭書。〕由是觀之，子厚於書，殆未嘗有本師，而特伏攻故書，及博覽魏晉名人手札，而能自得師以底於成也，毫無疑義。曩竊怪誠懸爲一代宗匠，於子厚幸而同族，復適同時，子厚集中，何以並無一字及之？亦未言己之書功，曾由誠懸得何薰習？尋悟誠懸年輩，略後於子厚，彼書名噪一時，起於長慶以往，爲子厚所不及見。劉夢得詩：「柳家新樣元和脚」云者，假定與誠懸筆法形相有連，而年代固赫然元和也，此可能適得其反，由子厚沾溉於誠懸，而非由誠懸影響於子厚。斯念也，吾

蓄之久，詳證願待異日。

誠懸名公權，爲公綽之弟，本集有代公綽謝上任表，可見子厚於柳寬一房，甚爲習近。〔按公綽字孝寬，此與茅亭記所涉仲兄，非同一人。〕惟公權年幼，元和中始舉進士，書名晚起，不可能與子厚多有交涉耳。

三

阮葵生茶餘客話卷十七載：

元和中，柳柳州書，後生多師效之，尤長於章草，爲時所寶，湖湘以南，童稚皆習其書。長慶以來，柳公權以博聞強識工書，不離近侍，公權與族孫璟同在翰林，稱大柳舍人、小柳舍人。

據此，柳氏之工書者，先有子厚，後有誠懸。誠懸起於長慶以後，元和時代之書名，乃由子厚專尸之，以知夢得酬家雞之贈，所謂「柳家新樣元和脚」，乃直諷子厚之詞，意不及誠懸也，凡謂指誠懸者皆瞽論。

沈曾植全拙庵温故錄載：

柳子厚志從父弟宗直殯云：「善操觚牘，得師法甚備，融液屈折，奇峭博麗，知之者以爲工。」八字盡筆法墨法之妙。

文中所謂師法，殆指自教之也。乙庵書法，不媿奇峭博麗四字，故能領會柳文之妙。

乙庵又著雜家言一種，言日本書法源流，謂橘逸勢傳筆法於柳宗元，唐人呼爲橘秀才，此亦可見乙庵搜討之勤。曩在上海，曾與此公同寓一條馬路，造其室，滿地皆書。〔釗案：傳筆法指傳受，非指傳授。〕

柳子厚筆精賦

筆精賦有其名而文佚，然文雖佚而八句仍傳。陶宗儀書史會要卷五稱：「宗元名蓋一時，善書，嘗作筆精賦，略曰：勒不貴臥，側嘗患平，努過直而力敗，趯當蹲而埶生，策仰收而暗揭，掠右出而鋒輕，啄倉皇而疾罨，磔趯以開撑，此永字八筆，足以盡書法之妙」，而馮武書法正傳纂言上則謂：「張旭傳永字八法，幷五畫軌則。」據此，永字八法，究與子厚連誼如何？應須首先探討。

以子厚親筆書札作證，集中與呂恭論墓中石一書，應是第一手資料。書曰：

今視石文，署其年曰永嘉，其書則田野人所作也，雖支離其字，猶不能近古，爲其永字等頗效王氏變法，皆永嘉所未有，詞尤鄙近。

永嘉者，懷帝年號，永和則屬穆帝，由永嘉之終，核至永和之始，相距不過三十一年，如此短距離之書法變化，子厚一目了然，則子厚之精於書法至於何等？不難想像而得。察其語氣，似於王氏之書，深加鄙恥，吾揣韓退之所謂：「羲之俗書逞姿媚」，其

見解亦從子厚研討有得而來，是子厚之視永字八法，亦與舊村塾上大人紅字範本等耳。吾揣子厚書法，直由漢分胎息而來，氣象渾穆，與虞永興一流相近，安事一挑半剔庸俗不堪之八法爲哉？筆精賦之出僞造，毫不待問。

柳子厚之於蘭亭

蘭亭爲吾國古書劇蹟，千餘年來，人無間言，獨至清末，有廣東書家李文田提出異議。謂晉人書法，應仍不脫漢魏隸書面貌，故世無右軍書則已，苟或有之，必其與爨寶子、爨龍顔相近而後可。此論一出，蘭亭竟可能成爲贗書，此在吾書法史上，不啻遭遇一次大爆炸。

今年初，吾南省考古者從墓葬中，發見王興之夫婦、及謝鯤兩墓石，字皆與二爨相類。或據此，認爲李文田所提疑案，至少得到一半解答，時代所關，此殆如鐵證之不可移。

吾近治柳文，冀於柳集得所折衷，蓋子厚固書家也，而又精於鑑賞，凡魏晉人之名迹，一見而斷定出於誰某，不爽毫髮。請共徵其直涉蘭亭、或可能概括蘭亭之兩說如下：

一、蘭亭也，不遭右軍，則清湍脩竹，蕪沒於空山矣。　此出邕州馬退山茅亭記。

二、又文章之形狀，古今特異，今視石文，署其年曰永嘉，其書則今田野人所作也。雖支離其字，猶不能近古，爲其永字等、頗效王氏變法，皆永嘉所未有。辭尤鄙近，若今所謂律詩者，晉時蓋未嘗爲此聲，大謬妄矣。此出與呂恭論墓中石書。

由前之說，子厚確認蘭亭序爲右軍作，雖未明涉及書，而書手不可能疑及右軍以外之人，似不待論。由後之說，子厚提出永字之王氏變法，夫永字者，卽蘭亭序之首一字也，所謂王氏，當然卽指右軍而言。

從後說推之，以知永嘉之距永和，雖不過三十年，（由懷帝永嘉之終，算至穆帝永和之始，正三十一年。）而書跡之變化甚大。蓋永字變法，卽蘭亭法也，而永嘉之支離其字，又恰是二爨法，以三十年而變動爾大，則欲以一種書迹，囊括一代，似戛戛乎其難。誠如是也，則謂晉代有兩種書體，卽王法與爨法同時並行，似不得謚爲武斷。

何以知其然也？尋王書得法於衛夫人，以上溯鍾繇，世因號此一書體曰鍾王。夫鍾繇，固魏人也，由是魏晉數百年間，一直有鍾王體之存在，於實無牾。不惟魏晉乃爾也，以私人書簡往復，示別於公家行使碑刻流傳之徒隸字，以圖其利便，則逆推至於兩漢，如陳孟公贍於文辭，雅善筆札，杜子美爲之吟諷尺牘倒陳遵（句出上韋左相二十韻。）者，若而尺牘，竟已爲後人開派，使鍾王於焉濫觴，亦未可知，又況章草迹近鍾王之明爲漢蹟者哉？至他一方，爨體字便於公文書，利於碑版，由兩漢以逮兩晉，

相沿未變，又顯有取之不盡之石文，節節爲之證明。二者如車兩輪，如鳥雙翼，迴翔於歷史運行之中，兩無抵攔，今遽欲從而尊崇其一，同時否定其二，非惟不必，夫亦終於不能也已。

復次：子厚所謂永字等頗效王氏變法，此尊王之辭，非鄙之也。尋書法號八法者，實依永字筆勢而得名，據韓方明言：張旭始弘八法，以之傳授於人，其所由來，則展轉上溯，而推原於逸少。李陽冰言：逸少攻書多載，十五年偏攻永字，以其能賅八法之勢，以通一切字也。由是伯英以後，世所傳顔魯公及子厚之八法頌等，都是依永字點畫，寫成書法流傳之系統，近人沈尹默所作書法釋義，申説十分明白。今子厚與執友書中，亦朗朗陳其爲如此，惟如此也，逸少當永和時創爲永字變法，以與永嘉時支離之字相對抗，正足證明蘭亭一派字之乘時突出，而絶不可抹煞其時代作用，遽謂爾時爨體流行，逸少執筆，亦衹得如法炮製，從風而靡，不可能異軍蒼頭特起也。如近日例，拘執新出二墓石爲職志，以一定萬，以偶冒常，似於論法爲大蔽。

李芍農專精北碑，習有偏嗜，因而持論詭譎，不中於實。設如其説，使蘭亭遭到否定，懷仁所集右軍各種字迹，將近百種，皆無法存在，鍾衛各同體字，包括章草在內，亦並無法存在。夫如是，吾誠不知中國書法史，經此一大破壞，史綱將如何寫法而可？吾藏有芍農臨晉唐雜帖一巨册，殆光緒初年，爲其順德同鄉鄧子俊其鏕所

書，甚爲精到，與外間所見芍農之爨體字，完全背道而馳。此兩體字，皆出芍農手，吾去其生平近，墨本之來手正，知其兩俱眞實，斷無差跌。獨數百年後，有人指所臨晉唐雜帖爲贋，吾揣當較芍農之贋蘭亭，大爲振振有詞，惜芍農往矣，吾無自以此語語之。

子厚與呂恭書，論墓中石書謬妄，卽謂其書贋也，旣子厚所見者贋，其他石書何嘗不可贋？今王興之謝鯤諸志，人一見而眞，與子厚當年一見而贋，是否同一宏識眞賞，吾愧無以董之，惟此眞贋都不影響結論，卽不覼縷。

結論者何？子厚一面譏永嘉字之支離猶不近古，一面又論定永字變法爲永嘉所未有。藝舟雙楫，並駕齊驅，自非斷港絶潢，概行無所於滯。易詞言之：晉人公用爨，私用王，碑用爨，帖用王，文書用爨，書札用王，刀筆用爨，毛筆用王。以一人論，可能先爨後王，抑先王後爨，亦可能一時王爨兼工。或謂興之墓石或竟出羲之手，其說頗有理致，斯在芍農本身，卽得一例如上。凡此種種，均足證吾言非謬，大凡孤證當前，新奇可喜，倘卽移局賅通，定貽悖謬，此邏輯之律令如此，未易犯也。

此外禊序名稱，世說新語劉孝標注作臨河，而不作蘭亭，此亦可以子厚茅亭記中數語正之。吾觀當日謝安與會，其詩末一聯曰：「萬殊混一象，安復覺彭殤？」此明明見逸少序有「齊彭殤爲妄作」一語，相與上下議論而成之。時王謝二人，位望相

埒，胸有所懷，可得相互申述，餘子則不敢。由此看來，繭紙所書，確爲原作，而刊落後一大段，改稱臨河序發表，則以文中意趣衰頹，與作者平昔氣概不合，又恐於仕路有妨，爰不得已而以假面具欺人。至原稿付之秘藏，相傳七代而逮智永，唐初始章顯於外，當然爲齊梁間人所不及見，以此說明孝標作注之所以然，皎哉明白，無待煩言。或謂夫人之相與以下，皆後人揣摩晉賢好老莊、崇玄化風尚，隨意杜撰，狗續於末，此又不解蘭亭本事、及王謝氣誼者之所言，不值一駁。又黃伯思謂蘭亭不知老之將至，不字旁一僧字，非原文所有，乃梁舍人徐僧權於其旁署名，謂之押縫，梁御府中法書率如此。果爾，此似可破齊梁間人見不到蘭亭之說。然須知帖入御府，其愼秘視藏之私家尤甚，吾以謂此無礙於一般人看不見蘭亭，孟子所謂不以詞害意，卽指此類。

夫天下事何常之有？今人將王羲二書說成截然兩體，各不相涉，從來書家並不作如是觀。蓋蘭亭使轉，每每含有隸意，汪容甫翁覃溪都有是言，近高二適專攻章草，善察筆勢，如丑作隸扁，世字隸草，並切證此種字法不謬。㊀反之，子厚發見晉代

㊀ 本文繕就，又發見一證，補綴於此：懷仁集聖教序：「標瓦礫於珠林」，瓦作凡，隸書瓦字固如是寫法，漢開通褒斜道石刻瓦作凡可證，說本孫仲容之札迻。何義門謂：凡是古丹字，孫駁其非是。由此可見右軍作行草，不離隸法。

爨體石中書，亦言其混雜王體，至其書之僞不僞，在此一論斷中了無關係。然則二體交織成象，無能嶄嶄獨成一體，可以放言。尋江左禁制立碑，〔蕭選任彥昇爲范始興作求立太宰碑表：昔晉氏初禁立碑，注：晉令曰：諸葬者不得作祠堂碑石獸。〕右軍自始無墓道石墨，倘其有之，右軍無體不工，其石墨將亦不離爨體氣味，不難想像而得，以碑版與筆札本來不可一概而論也。由斯而談，王爨二體，有相對之融和，無絕對之限斷。而且在碑言碑，在札言札，碑既宜爨，以王作碑，亦不反爨，札既宜王，以爨作札，亦不反王。於是謂王作碑將不脫爨可，謂王作札宜與爨無二，則斷乎不可。或主張蘭亭果有其書，定與二爨面目相同，似難謂爲知言。

王觀國談柳書

宋王觀國學林卷七，有柳子厚書一條，所載如下：

趙璘因話錄曰：「柳子厚善書，當時重其書，湖湘以南士人皆學其書，柳氏前有公權，後有子厚，有此二人。」歐公集古錄，有子厚書般舟和尚碑，并南嶽彌陀和尚碑。歐公跋曰：「書既非工，而字畫多不同，疑喜子厚者，竊借其名以爲重。」觀國嘗于南嶽山間，見此子厚二碑，詳觀之，乃子厚南貶時書也。子厚書體格雖疏，靜好藏鋒，類崛筆書，然在唐末可以名家，故唐史及唐人文集，未嘗言其善書。大

抵士人文章稱著，則弁其書亦爲世所貴重，子厚嘗以文稱于朝矣，及其南貶也，湖湘以南士人慕其文章，又學其書，此古今之常態也，因話錄謂柳氏有此二人，蓋獎飾子厚之過耳。

因話錄謂柳前有公權，後有子厚，此顯然顛倒錯誤，蓋公權年少於子厚，科名亦遠在後，公權書名顯於長慶以下六朝，元和還追踪不上，吾在他條有詳細說明，此正如杭堇浦文：「建安七子，應瑒繼應璩而興」，璩爲瑒弟，強使兄繼弟後，㈠姑不贅。子厚眞跡不傳，千載下艱於下斷，南嶽二碑，永叔疑非子厚筆，碑卽至今存在，觀國所評藏鋒崛筆，亦未必的是子厚筆法。獨觀國又謂在唐未可名家，卻是顢頇武斷，子厚在元和中，不僅本國人從遊學書者衆，而且聲勢遠及國外。近沈乙庵（曾植）言：「日本橘逸勢、傳筆法於柳子厚，唐人當時稱之曰橘秀才。」近中日兩國交流書法，吾題一絶紀其事云：「海國堂堂橘秀才，乙庵好古見丰裁，柳州墨法蕭寥甚，且覷蓬山一綫纔。」吾言柳州墨法者，以乙庵論書，謂子厚筆法墨法交織爲工也。子厚遺書，既在本國毫無綫索可尋，冀幸於鄰國有所發見，故吾爲之殷殷寄與希望云。復次：觀國謂璘獎飾子厚過當，此固有淵源可敍。查璘字澤章，開成進士，爲宗儒從孫，宗儒與子厚友善，璘生雖晚，終不得不於子厚展轉有所沾丐耳。

㈠ 詳見張宗泰所學集：三跋道古堂文集。

劉柳詩中誤解

夢得子厚兩公，爲書法戲以小詩來往，約二三返，注家多有誤解之處，茲分別析之如下：

第一首由子厚發起，題爲「殷賢戲批書後寄劉連州、並示孟崙二童」，注者謂殷賢爲劉家子弟，且云：「公與夢得聞問最數，殷賢戲批其書後」，其書當然是子厚寄劉之書。子厚以書寄劉，何以讓劉家子弟戲批其上？於理難通，且戲批作何語？了無交代，於事亦甚蹺蹊。如實論之，殷賢戲批書後云者，乃戲批殷賢書後之倒裝句法，集中如此倒裝之句甚夥，茲不贅載。蓋殷賢既爲劉家子弟，其人應在連州而不在永州，殷賢雖後輩，而年長可以通書，則由連有書上子厚，大爲情理應有之事。子厚答其書，並於書後批寄一詩與夢得，尤爲題中應有之義。注家不解倒裝句，遂成此誤，遺留千年而未釋。詩云：

書成欲寄庾安西，紙背應勞手自題，聞道近來諸子弟，臨池尋已厭家雞。

詩以安西影劉，安西曾題逸少紙背，子厚之書，劉亦應親手題記。惟劉家子弟，近來已不喜其家尊之書，而好子厚之書，故此詩恣意調之。

夢得酬家雞之贈詩曰：

日日臨池弄小雞，還思寫論付官奴，柳家新樣元和脚，且盡薑芽斂手徒。

小詩誤解甚多：

一、以小雞喻孟崙，而以官奴喻子厚之女，兩家背反，語氣如何可通？釗意官奴蓋夢得取喻孟崙，注家適得其反。

二、廖注：「褚遂良撰右軍書目，行書五十八卷，其第十九有與官奴小女書，官奴羲之女，是時柳未有子，故夢得以此戲之」，其實大誤。官奴爲子敬小名，並非羲之之女，且詩中官奴、劉意卽喻孟崙，不涉子厚之女。

三、柳家新樣，諸注統謂指柳公權，其時公權實未涉世有名，而子厚書名已滿天下。蓋公權小於子厚五歲，立名於穆敬文武宣懿六朝，咸通六年，年至八十有八而終，元和脚尙說不上公權。

四、且盡薑芽斂手徒，迄無能解此句而愉快者。或謂薑芽指字之形式，在勾努尤近似，吾意未然。近查吳縠人題秦瑯邪臺拓本云：「臨摹光怪逼眼底，失笑十指同薑芽」，以薑芽喻指，最爲切近，斂手、指斂手不敢下筆。徒、用作副詞，作徒然解可，用作名詞，作徒輩解亦可。大旨謂柳家字式不佳，人人束手而不敢動筆耳。

子厚得此詩後，重贈二首如下：

一、聞道將雛向墨池，劉家還有異同詞，如今試遣隈牆問，已道世人那得知？

此首意甚明白，蓋謂夢得領兒輩習字，兒輩並不甚尊重家翁書法。尋夢得原偕子厚及楊歸厚，同受法於皇甫閱，功力亦大致相差不遠也。下聯用謝安問王獻之，君書何如君家尊事，獻之答：「人那得知？」意不釋自明。

二、世上悠悠不識眞，薑芽盡是捧心人，若道柳家無子弟，往年何事乞西賓？夢得以薑芽諷子厚，子厚答謂：此正如東施之「醜人多作怪」，語甚風趣。乞西賓、借用班固之賦西都，而實亦夢得曾向子厚求寫此賦，觀後自明。

夢得如量奉答，答前篇云：

小兒弄筆不能嗔，涴壁書牕且賞懃，聞彼夢熊猶未兆，女中誰是衛夫人？

夢得謂小兒弄筆，不能嗔責，兒輩縱嫌家翁之字不好，而兒輩固在世間，世間卻有並兒輩而無之者。若向女中求衛夫人，爲問從何而來？語意適相針對。

答後篇云：

昔日慵工記姓名，遠勞辛苦寫西京，近來漸有臨池興，爲報元常欲抗行。

夢得謂：昔日懶於寫字，故遠道求汝代寫西都賦一通，今我振作精神，將與汝鍾元常比比腕力，汝意云何？意甚陡峭。

子厚答其前篇云：

小學新翻墨沼波，羨君瓊樹散枝柯，在家弄土唯嬌女，空覺庭前鳥跡多。

意謂足下芝蘭盈階，爭學筆法，誠甚可羨，我則止於一女而已。弄土猶言弄瓦，亦兼會意彫刻。烏跡通過蒼頡，即指字跡，亦謂家祇嬌女，塗鴉之字，飛滿於庭，此首語甚平實。

答後篇云：

事業無成耻藝成，南宮起草舊連名，勸君火急添功用，趁取當時二妙聲。

南宮起草，指子厚舊與夢得同爲禮部郎。二妙、用晉書衛瓘索靖、一臺二妙事，促其努力學書，此全由兒郎攬入自身，藉申友誼矣。

兩公爲書法往復詩簡，大略如右，兹更將誤解官奴一點，再申釋之。吾觀各家紀載，以姜湛園（宸英）題跋中、書官奴小女玉潤帖後一文，最爲明朗。其文云：

官奴、子敬小字，劉夢得酬柳子厚詩：還思寫論付官奴，謂子敬也，注柳書者謂是逸少女名，誤矣，彼不知玉潤是官奴女名也。逸少尚有官奴婦舊復委頓憂之深一帖。

兹請將逸少官奴小女玉潤帖迻錄於後：

官奴小女玉潤，病來十餘日，了不令民知。昨來忽發痼，至今轉篤，又苦頭癰。頭癰以潰，尙不足憂，痼病少有差者，憂之燋心，良不可言。頃者艱疾未之有，良由民爲家長，不能剋己勤修，訓化上下，多犯科誡以至於此，民唯歸誠待罪

而已。此非復常言常辭，想官奴辭以具，不復多白，上負道德，下愧先生，夫復何言？

通此文者，大概能知官奴爲子敬，但往往斷章取義，將官奴與小女玉潤平列，謂玉潤是逸少之女。必待深通文義，知文專爲玉潤痼疾而作，官奴小女四字，祇是玉潤之形容詞，而得定玉潤爲官奴之女，故全錄其文云。晉人已以字通用，頭癰以潰，謂癰癤已穿，不害事也。官奴辭以具，以亦同已，謂官奴代己在外宣布，其辭已具也。頃者艱疾未之有，謂頃者艱疾，得未曾有。竊逸少自與王述齟齬，深自斂迹，卽右狀觀之，處境彌足悲歎。獨侮述發自逸少，而逸少毫不自反，亦殊可怪。

交呂

子厚善書，於友人之善書者，亦特別留意，集中有段九秀才處見亡友呂衡州書迹一首云：

交呂平生意最親，衡陽往事似分身，袖中忽見三行字，拭淚相看是故人。

段九秀才者，段弘古也，呂集有贈段詩，柳集復有祭段文及墓誌，可見段九爲柳呂雙方好友，當亦善書。

交呂、各本皆作交侶，此不知交呂字、乃用顏延年五君詠，各注家殊失考。似分

身、指衡陽喪葬一切，子厚都未及親身經營。顔延年五君詠第五首向常侍云：「交呂旣鴻軒，攀嵇亦鳳舉」，呂指呂安，嵇指嵇康。吾曩與永康呂公望友善，於其歿也，曾有詩弔之，卽用子厚成語云：「交呂平生意最親，杭州餘事不堪論，惘然未下當時淚，惹得追思倍損神。」思古懷舊，感喟同深。公望字戴之，民國五年，曾任浙江都督。

讀古今人詩，都不免時起誤會。如沈乙盦論日本橘逸勢，有人將傳字讀作傳授，吾以詩解之云：「墨法流傳事可知，乙盦著錄本無疑，何當一字爭宗主？說與書家吳令湄」，以誤會者自署此名也。又近吾有詩懷馬一浮云：「當年躍馬事何如？天下文章會稡餘，出海西泠橋下水，春來猶見告存書。」有人以躍馬是公孫述事，語出蜀都賦，以述影今人，難免受者有意見。余曰：漢光武謂馬文淵：「君遨遊二帝之間」，以光武尊之爲帝之人，被之詩客，繄何不美？杜詩：「臥龍躍馬終黄土」，杜公持配萬古雲霄之諸葛亮，亦不算點辱人。之二事，皆出於詩之轇轕，因牽連書之於此。

王孫

王漁洋羅塞翁猿圖云：

栗葉初黄山水渾，引臂叫嘯來羣猿，緣條附蔓下絶壁，連尻結股爭攀援。老猿下視獨招手，羣猿跳擲騰且奔，可憐猿子亦大黠，襁負母背如乘軒。黑者玄衣

白玉雪，下飲百丈臨瀰淪，齦齗嚄咋生趣備，丹青漫濾神明存。品題云是塞翁筆，江東詩法傳清門，我疑或是易元吉，景靈畫壁昔所尊。余鏗韓性競短詠，天姥五字雙眉掀，吟詩翫畫輒移晷，坐屏寒具忘朝飧，忽憶元和柳司馬，投荒始解憎王孫。

嘗論杜工部詩，以詠鷹詠馬爲最神俊，而詠王孫無佳章，他家更談不上。柳子厚狀王孫，有文而無詩，從他家欲得一詩，以配柳州之文，自來達不到此一目的。無已，王漁洋羅塞翁猿圖七古一首，明明以柳州憎王孫結尾者，雖說不上銖兩悉稱，而姑以勉強佩置，神不足而貌近是，千里姻緣，終於一線牽成云。

就詩詮如下數款：一、羅塞翁者，隱之子，爲吳中從事，善畫，所謂江東詩法，因隱自號江東生故。二、圖畫見聞志：治平甲辰，景靈宮建孝嚴殿，召元吉畫迎釐齋殿，敕令就開先殿之西廡，張素畫百猿圖，畫猿纔十餘，感時疾而卒。三、池北偶談：羅塞翁畫猿一軸，余鏗題云，拋卻故山久，披圖眼忽明，老夫歸未得，說與曉猿驚。韓性題云：栗葉秋未黃，連臂撼山雨，白晝聞清啼，愁雲夢天姥。四、柳集有憎王孫文，見卷十八。

卷十四　雜録一

牛僧孺頌忠

子厚非國語城成周條云：「彪傒天所壞之説，吾友化光銘城周，其後牛思黯作訟忠，萇弘之忠悉矣。」吾意思黯年甚少，文不足見重於世，又唐人交際，最嚴輩行，時子厚文名，已高出劉夢得之上，思黯之於夢得，且以「文章謁後塵」而遭屏斥，何敢對子厚以文嘗試，而漫與憑弔古蹟，而一同上下其議論乎？此際思黯文行，雖高出杜温夫輩，而吾揣子厚，亦未必視同屑與教誨之小友。何況頌忠一文，載於全唐文卷六八二，寥寥短篇，於敷衍子厚「不推天以爲高」舊義外，别無新解。是明明探知子厚爲文趨嚮，故貢是議以逢迎之，一赫然佞柳之作也，與呂化光古東周銘，斤兩迥異，絶不得同日而語。柳文中「其後牛思黯作頌忠」一語，定爲後來牛黨賄求羼入，以自矜重，而原本無。姑爲參考之便，將思黯本文迻録於後：

春秋：周大夫萇弘之城成周也，晉女叔寬謂弘違天，不免也。國語：衛彪傒又云：萇叔支天、有咎也，支天壞、違天也，人道補天、反常也，誘人城周、誑人也，左

丘明皆然其言。某以爲一言喪邦，其例由斯矣：若是，則帝王不務爲政而務稱天命，下不務竭忠而務別興衰矣，雖欲不亡，其亡固翹足而俟矣。必謂天壞不支，自古無中興之君乎？衰運不補，自古無持危之臣乎？殷太戊、周宣王胡以承天壞而興乎？殷傅説、周吉甫胡以持衰運而壽乎？二君二臣，天豈私之乎？且彪傒謂臣謀其君爲違天，則危而不扶爲順天乎？人道補天爲反道，則舍人徵天爲合道乎？誘人勤王爲誑人，則勸人叛王爲信人乎？辭之悖亂，有至是者。夫人道，邇也，忠者、人倫紀綱也，天道，遠也，談者、人倫虛誕也，假天道以助人倫，猶慮論誣於失也，況舍人事，徵天道，棄邇求遠，無裨於教者也？又謂不得終果，由支天壞也，則趙高、秦之助壞者也，董賢、漢之助壞者也，曹爽、魏之助壞者也，賈謐、晉之助壞者也，咸家族身戮者，天不壽之。夫天之所與，豈有親者？以道承天，則天無壞者，以亂承天，則天無支者。故支壞非天也，興衰由人也，但有人不支而敗，無天不可支也。嗚呼！弘無殷宗周宣以任之，位卑大夫，不爲王卿士，卒令強晉迫脅，非道殘勦，士死難，於弘爲得矣。奈何丘明不譏周殺忠臣所以國危也，晉殺王臣所以國分也，但紀弘之戮死，是神彪傒叔寬反常之説也？謹按：魏子賞賈辛以定王室也，夫子曰：「其命也忠，當有後於晉國也。」賞忠有後，則身忠不謂反天戮也，是知丘明謬聞偏見，失聖之旨甚遠，恐史册久謬誣惑，爲臣者將求事之，得不以文

字中頌哉？

嘗論人之少作，其價值何若？必也以晚年言行反映之而無所出入，始足使之增重，至於牛僧孺也何有？於是以頌忠之本文論，已不過是妄投時好言行不掩之作，何況重以子厚大師在前，從而披沙而揀金乎？「夫人道、邇也，忠者、人倫紀綱也」，鄙哉僧孺！何足以知之？僧孺謂秦之助壞者趙高，漢之助壞者董賢，以及魏之曹爽，晉之賈謐云云，試問唐之助壞者何人？以僧孺配之高賢爽謐，不幾尺無所長，而寸無所短矣乎？竊子厚早識太牢，除韋執誼一系有所牽引外，楊嗣復爲牛黨死硬派，乃父於陵，子厚先友，未審其中連系何如？

吐谷渾詞

新近出版有「柳宗元卷」者，周必大條下，題蔡君謨書柳子厚吐谷渾詞，竟加編者按語謂：「考今存柳集，未見有吐谷渾詞」，此殊失考。查吐谷渾詞，雜在卷一唐鐃歌鼓吹曲十二篇內，固非單行，乃五言共二十六句。

周益公題曰：「蔡忠惠書洛陽橋記、與吐谷渾詞，皆大書之冠冕也，淳熙癸卯月日。」淳熙癸卯，爲南宋孝宗十年，時國勢衰極，志在復仇，故蔡君謨所書柳鐃歌大字，爲時所重。君謨雖遠在益公前，而外患同一急迫，蘇明允幾策篇，曾主張爲強

政以挽弱勢，想君謨亦同此感，因寫柳詞以自儆儆人。益公所見，不知是墨本抑石本？吾固無此眼福，不知猶留存於世否？

吐谷渾居甘松山之南，洮水之西，貞觀九年，詔李靖爲西海道行軍大總管，與侯君集等擊之，深入破之柏海上。辭云：

吐谷渾盛強，背西海以夸，歲侵擾我疆，退匿險且遐。帝謂神武師，往征靖皇家，烈烈旆其旗，熊虎雜龍蛇。王旅千萬人，銜枚默無譁，束力踰山徼，張翼縱漠沙。一舉刈羶腥，尸骸積如麻，除惡務本根，況敢遺萌芽？洋洋西海水，威命窮天涯，係虜來王都，犒樂窮休嘉。登高望還師，竟野如春華，行者靡不歸，親戚讙要遮，凱旋獻清廟，萬國思無邪。

辭意明朗，無甚難解。惟五言古以仄仄平收，讀去殊矯強，「張翼縱漠沙」句，漠字似可讀平聲，例如李陵詩：「經萬里兮渡沙漠，爲君將兮奪匈奴」，漠叶蒙晡切，音模。辭云：「行者靡不歸，親切讙要遮」，可見此戰死傷絶少，爲行役之所希有，時吐谷渾王慕容伏允、耄不能軍，其相天柱王用事，事權不一而致慘敗也。

釗案：蔡書有宋第一，曾書四賢一不肖詩，（四賢謂范仲淹、余靖、尹洙、歐陽修，一不肖高若訥。）鬻書者市之，契丹使買以歸，張於幽州。今書吐谷渾詞，亦自欲假藉書法，以伸國威，欣賞柳詞，居第二義，與蘇子瞻慣書柳詩柳文取自適者，意義不同。

平淮西與沿流館詩

韓柳皆於平淮西有述作，因而牽涉到異代沿流館詩，本編雖迭載，而不如李小湖所紀之詳。因別錄如下：

苕溪漁隱叢話、及梁溪漫志、甕牖閒評，皆以沿流館中二絶句，爲卽東坡自作，獨唐庚庚溪詩話，謂見韓无咎云：是江子我詩，琇按：唐說近是。子我名端友，亦以元祐黨被謫，遇與坡似，故隱慨坡以寄同病之憐。庚、眉山鄉人，詩文皆宗坡，其見聞必確，若胡仔等說，謂坡自作，而託於隔代以避禍，又託言得之沿流館中，何狡獪至此？昔白樂天詠史詩云：「彼爲葅醢几上肉，我作鸞皇天外飛」，又感事詩云：「當君白首同歸日，是我青山獨往時」，說者謂其幸王涯之貶，東坡曰：樂天豈幸人之禍者哉？蓋悲之也。審如沿流館詩，出坡自作，則怏忿而憾無援，不尤甚於白詩乎？胡仔叢話又云：李德裕爲浙西觀察使，白居易刺蘇州，德裕以使職自居，不少假借，居易不得已，以軍禮見。及其貶崖州也，爲詩三首，其一云：「樂天嘗任蘇州日，要勒須教用禮儀，從此結成千萬恨，這回果中白家詩」，潁濱力辨，以爲刻覈太甚，樂天不至此。陳振孫曰：德裕以四月，罷相爲江陵尹，其自潮貶崖，在明年之冬，白公薨已久矣，詩之僞不待辨也。雜說之難盡信類然，而紀文

達評沿流館詩曰：確是東坡所作，不知其何所見也？沿流館詩爲江子我作，樂天非幸人之禍者，以及贊皇貶崖在樂天薨後，數義均確。小湖名聯琇，春湖之子，隨意紀事，到處都見厚道。

子我名端友，爲江休復鄰幾孫，卽作「非非國語」之江端禮弟，或亦稱沿流館詩爲端禮作。

誰是久與遊者

吾讀子厚與蕭俛書，而至「況又有久與遊者，乃岌岌而操其間」二語，因不識所謂久與遊者，究指誰某？爲之遲回而不懌者，久乃愈甚。以情揣之，操其間可作兩解：一謂推挽共事，一謂造謠與謗。由前之說，其人應是王叔文，由後之說，其人應是韓退之，無第三人可得參預斯選。

文有「與罪人交十年」一語，罪人明牒叔文，依文脈看，久與遊與罪人，似不可能同隸一人。又久與遊下，連續說到「聚爲仇怨，造作粉飾，蔓延益肆」種種，此偏於造謠與謗，而與推挽共事不甚相涉，則子厚下筆時，意在退之，似較顯明。以如永貞行之肆口謾罵爲例，退之回朝後之推波助瀾，牽涉柳劉而不之恤，不得謂非情理之所不具，以此一段言語，乃總括政變後四年間之日月，並非拘泥於政變當時情節也。

吾爲此推測，絶不加劇韓柳間之矛盾。子厚下此語時，意在説明事實，了無惡意存乎其間，楊誨之攜退之毛穎傳到永州，幾與子厚草札致蕭思謙輩，爲時相去不遠，觀於子厚極力維護退之之俳，卽可見兩公之交舊如故。

清嘉道間，閩有妄人徐經，集中與柳有連之文多篇，其柳墓誌書後，竟謂子厚所稱久與游者岌岌而操其間，别有人在，退之明知之而不言，信口雌黄，安足信據？

虞翻本末

子厚兩世，於虞當及子九皋，氣誼深厚，故集中虞鳴鶴誄，最爲矜重。誄詞達五百言，中詳其家世，上溯延詡，（後漢虞延爲太尉，虞詡官尚書。）以逮仲翔，下及於晉，曰預曰喜，（虞喜及弟預，仲翔之族。）唐之伯施，（虞世南。）亦並涉及，尊其先德，亦云廣矣。近見江西姜曾所爲虞翻本末一文，所詳世系各名，統爲柳文所不載。爰摘録如左：

翻傳孟氏易，既作易注，奏之獻帝曰：「臣高祖父故零陵太守光，少治孟氏易，曾祖父故平輿令成，纘述其業，至臣祖父鳳，最目舊書，（最目者，書成總括其旨而爲目録之謂。）世傳其業，至臣五世。」獨諱其父名，張皋文虞氏易義序，未及考證。曾按文選吴都賦：「虞魏之昆」，注：「虞，虞文繡，魏，魏周」，何氏焯曰：虞魏吴志無傳，文繡則虞翻之父也。

晉書：虞潭字思奥，吴騎都尉翻之孫也，父忠，吴宜都太守，吴亡，堅壁不降死之，忠固吴之忠臣也。潭少有操行，舉秀才，除祁陽令，徙醴陵令。張昌作亂，潭獨起兵討之，陳敏反，潭將兵東下，討敏弟讚於江州。蘇峻反，母孫夫人發家僮，傾資産以饋戰士，潭卽以子楚爲督護，以前後功進爵武昌縣侯。子仡嗣，官至右將軍司馬，仡卒，子嘯父嗣，少歷顯位，累遷侍中，應王廞反，當誅，以祖潭勛贖爲庶人，卒於家。

張茂傳：王導嘗謂虞駿曰：「孔敬康有公才而無公望，丁世康有公望而無公才，兼之者其惟卿乎！」駿、虞潭之兄子也，官至吴興太守，未及大用而卒。

據此、翻有二孫，忠有二子，潭有長兄，果如王導所言，翻又有賢曾孫，與楚仡並爲三。

依右所載，合之柳文紀録，都未能發見虞鳴鶴之爲翻之直系裔孫，然虞氏世澤彌遠，可得互參而定。

張紘與孔融書曰：「虞仲翔前頗爲論者所侵，美寶爲質，彫摩益光，不足以損。」王志堅表異録，曾引録此數語，以重其書之光價。虞氏得此一人，洵足以裕後光前，卓立百代。又仲翔流亡交州，講學十餘年，門徒常數百人，交州卽越南也。此與姜公輔之仕於唐，爲中越文化交流之嚆史，至堪贊頌。

員外置同正員

李鄦齋（賡芸）炳燭編有員外一條云：

唐中宗神龍二年三月，大置員外官，自京諸司及諸州佐，凡二千餘人，超授閹官七品以上及員外者千餘人，如節愍太子授衛尉員外少卿，孝明時葉法善鴻臚卿員外，乙速孤行儼右武衛將軍員外置同正員是也，此皆由墨制濫賞也。若謫官則皆屬員外，偶舉一二，如左散騎常侍譙王重福貶濮州員外刺史，不知州事，顏魯公貶峽州員外別駕，柳子厚爲永州司馬員外置同正員，李德裕崖州司戶參軍員外置同正員，第五騎爲忠州長史員外置同正員，李吉甫出爲明州員外長史之類是也。唐大詔令廣德元年尊號赦文云：員外及攝試官，不得釐務，釐務者治事也，蓋唐制如此。

此一條甚重要。乙速孤行儼五字爲一人，蓋乙速孤三字爲賜姓，其人固有本姓在也。凡屬員外，皆不理本員事，如譙王重福貶濮州員外刺史，卽標明不知州事。人祇知子厚爲永州司馬，而未注意其爲司馬員外，員外旣不知州事，卽無衙署可居，故子厚在永十年，祇能棲息於龍興法華等寺也，母盧氏何以病歿於寺內，卽可洞明其

故。本條引唐大詔令，員外不得釐務，釐務者治事也，此尤明白爽朗，顯明唐制如此。

吾曩紀錄子厚謫永與謫柳兩處，其意趣舉措，迥不相同，在子厚與田山薑條內，記載甚爲明晰。鄜齋員外一條，尤增炳燭之用，故特錄存。

宋新安汪藻，撰永州柳先生祠堂記稱：

紹興十四年，予來零陵，去先生三百餘年，求先生遺跡，如愚谿、鈷鉧潭、南澗、朝陽巖之類皆在，獨龍興寺、並先生故居曰愚堂愚亭者，已湮蕪不可識。夫愚堂愚亭而曰先生故居，此正證實子厚謫永之無官署，或其他公私室宇，可容息足，偶爾憶及，擲筆一歎。

二

尋子厚與顧十郎書，結銜爲守永州司馬員外置同正員，夫員外者、員外也，增加置同正員，而其爲員外也仍自若，有唐百官志中之空闊詞令爾爾，無他故異物也。如實言之，此類員外官，無論墨敕斜封，一時恩放若干人，或驟膺政變，同時貶謫若干人，而皆無所損益於正途官册。例如子厚捧檄赴永，而永原有其司馬在，員外到達，初受龍興寺僧徒迎接也可，久之自以四百千購地一方，築造愚亭居之，亦無不可，而均無害於置同正員之名，永州司馬之上增署守字，依然無礙，唐制之可笑如

此。

全器

歐陽永叔云：「劉柳無稱於事業，姚宋不見於文章」，夫人才有所限，求備綦難，姚宋之無文章，無取論次，獨劉柳之無事業云者，則非片言所能斷定。劉爲李表臣祭柳云：「惟公特立秀出，幾於全器，才之何豐？運之何否？」夫劉柳之相知也，亦至篤矣，譽柳出於劉之口，宜最可信。如實言之：順宗實錄中所標十數項之永貞善政，謂是子厚通過二王之訏謨定命，遠猷辰告，艮不爲過，此外四年治柳之安和民彝，預作千餘年後創立僮族自治州之堅定基礎，不得謂誇。歐九旣讀書不多，當然不了解何者爲眞實治績？妄將劉柳儕之漢初隨陸無武之列，夫亦徒自襮其弇陋而已。天下士與接爲搆，惟惺憽能識惺憽，全器二字，非夢得無人能說，非子厚亦無人能禁。

四維

張佩綸幼樵，有讀管子十首，其第九首云：

牧民有常經，大哉國維四，子厚何偏宕？廉恥屬之義，強用後世語，謬解古文字，謂非管子言，四維止於二。得無有激云？禮樂爲虛器，時令與斷刑，大率皆此

類，端明雅嗜柳，不以夢得比，太息置斯文，正俗有深意。

詩頗爽朗可誦，然幼樵思想幼稚，未具邏輯基礎，成此謬誤。殊不知子厚將廉恥屬之義者，彼殆默喻界說及分類根本規律，通其大凡，而瞭然於決不能如管子所設思也。以村塾粗淺事證之，吾鄉學童、有爲言語之謔，以嘲歐姓兒者，甲曰：江淮河漢溝，乙曰：黿鼉蛟龍鰍，丙曰：老幼男女偷，丁曰：疲癃殘疾歐，羣兒哄堂，一笑而罷。此種由局賅通，以私屬類㊀之啓蒙思致，兒童具知，而幼樵茫然，殊堪怪詫。端明指蘇子瞻，時令斷刑兩文，爲子瞻所不解，故張詩云然。

禮樂爲虛器，亦子瞻諷柳語，此本編下部第一卷，有專篇論之，卽不贅陳，獨子瞻能詆柳以禮樂爲虛器，而不知詆韓以道德爲虛位，亦可謂倫類不通之詩。曩在上海，與章太炎辨字根與界說之不同，甚形深透，顧此別退之毫無所知。何以言之？夫由是而之焉之謂道，此字根也，如言：「天、顛也」之類，廑明天之得語由顛而來，必如「吏、治人者也」，始堪號爲界說，使人共喻而施於用。㊁ 今退之謬以語根混充界說，張彼原道之四維，卒致鄭重言之而等於不言，此從負面著眼，直可謂虛位之虛位矣。何況行而宜之之謂義，行亦表示義之得語，出於羊腸小道之一字根，與由是而

㊀ 墨經分名爲達類私三種，大小以次相屬。

㊁ 詳見拙著邏輯指要百二十頁界說門。

之焉之謂道並列，大犯重贅㊀之病。究其極也，吾人將其所謂界說，彼此互易，而遽曰：由是而之焉之謂義，以及行而宜之之謂道，持與退之所採其他語彙，相配成文，行見一無違悟。如此語無的標，鴛鴦亂點，誠不料退之執掌道統之煌煌大文，其滑稽一至如此。幼樵天賦高才，遇事明辨，當能虛受，惜吾年歲與之脫節，近三十載，而其人又不得中壽，吾無自以眞理語之。

賄賂

子厚與元饒州論政理，謂弊政之大，莫若賄賂行而賦稅亂，夫賦稅之亂，實緣於賄賂之行，故弊政之集中點，終在賄賂。偶閱番禺凌揚藻之蠡勺編：明季貪墨之風條云：

明自太祖痛懲貪墨，元末之習一戢，至洪宣時餘烈尙存，猶且黜劉觀，登顧佐，防微杜漸，兢兢乎愼之。迨萬安柄政，已賄賂公行，至嚴嵩而大熾。徐階承嚴嵩之後，稱爲能矯其弊，然致政歸時，連舟尙百餘里，篋載囊裹，不可勝計，他可知矣。隆萬以來，無缺不鑽，無官不賣，縉紳家高甍大廈，良田美池，並一切金寶珠玉，歌舞宴戲，皆積窮百姓賣兒貼婦錢爲之，盜安得不起？嗚呼！天下應有李自

㊀ 重贅、謂重複而如贅瘤也，重平聲讀。

成久矣，猶沾沾於裁驛站之問，眞目論也。

惟晚清洪楊起義亦然，有清貪墨之風，盛於乾隆末造，其時河工浪費，官帑之用於工程者，不過十之一二，其餘皆資賄賂。飲饌之奢，亦以河工爲第一。和珅家產籍沒，知珍寶之次等者，方入宮廷，查抄清單，至於無法核算。嘉道間，其風並不少減。太平軍熸，曾國荃之貪黷，爲王闓運揭發，幾於喪命。吾湘人也，久聞湖南翎頂，至以籮計，長沙直徑七里之城，湘軍將領公館所用之地，幾占一半，餘地尙須安置衙署，省垣幾無百姓置身之所。此一景象，當時不覺，由今思之，不寒而慄。清末，「盜」獨盛於湖南，革命黨亦以湘人占大數，至有粤人出錢、湘人出血之謠。由辛亥以至蔣宋四大家族之起，舊蹟踐履，毫末無訛。當時吾圭農村救國，徒以見到新興資本家，一味蹈襲歐美貪侈之風，惟恐不似，而實無能振興工業，無他故異物也。由是以知：賄賂與貪墨，自來爲革命之温牀，何必子厚鄭重言之始明，獨防微杜漸，可藉子厚一言，彌深警惕，故與元饒州論政理，允爲集中第一大文字。

劉觀，雄縣人，洪武進士，官至左副都御史。以贓汙戍遼東，客死。顧佐，太康人，字禮卿，建文進士，累遷右副都御史，爲人剛正不撓，人比之包孝肅。萬安，眉州人，字循吉，正統進士，成化中，以禮部左侍郎入內閣，參機務，安無學術，惟諂事萬貴妃，結諸閹以自固，孝宗嗣位，以進房中術爲言官交劾，惶遽乞休去。徐階、華亭

人，字子升，嘉靖進士，禮部尚書、東閣大學士，時嚴嵩爲首輔，深嫉之，階智足相馭，嵩不能圖，外事嵩甚謹，內深自結於帝，卒逐嵩，盡反其行事，屏絶苞苴，收召人望，粃政多所匡救。揚藻提此四人，可得囊括有明一朝政象。

年前吾在國外，與一華僑論到國內政局，此君曰：「由海外窺察國內形勢，當然難於確鑿，惟有兩事，得自遊華旅客，所言皆同，吾認爲大致不差。一、十餘年來，將一盤散沙之人民，加以組織，國內已形成統一，命令由北京直達西藏，可以通行無阻，與北洋時代政令不出國門一步者，適得其反。二、國內無接近資產階級之特殊集團，把持政局，全國上下，都靠勞動吃飯，工貲差距不大，又如妓館賭窟、豪華酒店，以及投機倒把等機構，皆掃地無餘，坐是人犯貪污，幾於不可能。以上兩點，吾相信實際如是，十餘年社會建設之成效，已達到如此階段，不能不使人佩服。」吾聞之，意中輒想到柳子厚「賄賂行而賦稅亂」一義，賦稅不亂，自然賄賂不行，想此一僑友，當然了通此理。

使功不如使過

子厚上武元衡謝撫問啓云：「是將收孟明於三敗，責曹沬於一舉，俾折脅臏脚之倫，得自拂飾，以期效命於鞭策之下。」折脅指范雎，臏脚指孫武，是望朝廷使過，而

以徹聞之任，期之於由西川入相之武伯蒼也。偶閱文獻徵存錄，在閻百詩名下，得一雜事如左：

昔在徐尚書邸夜飲，（此指徐乾學奉敕修一統志，歸崑山，以百詩自從。）公曰：今晨值起居注，上問古人言：使功不如使過，此語何所本？當時不能答。予舉宋陳艮時有使功不如使過論，篇中用秦伯用孟明事，不知語出何書耳？越十五年，讀唐書李靖傳，高祖以靖逗留，將斬之，許紹爲請而免，彼率兵破開州，俘禽五千，帝謂左右曰：使功不如使過，果然，謂卽出此。又越五年，讀後漢書獨行傳，盧索放諫更始使者，勿斬太守，曰：夫使功者不如使過，章懷注：若秦穆公赦孟明而用之，霸西戎，乃知出於此。甚矣學問之無窮，而人尤不可以無年也。

右舉兩例，皆在子厚前，倘子厚爲徐閻也者，或無須經過二十年而始能具答，特當時筆觸所至，隨意牽涉范孫二往蹟，而未暇旁及其他耳。

操縵

操縵二字，子厚屢用之，注家廑以雜聲釋之，莫得其詳。吾見定海黄元同（以周）答柴吉夫書，釋此最細：

操，謂急其絃而攫之也，縵，謂緩其絃以醳之也。騶忌之說琴曰：「攫之深，醳

之愉，鈞諧以鳴，大小相益。」蔡邕之說琴曰：「凡絃以緩急爲清濁，緊其絃則清，縵其絃則濁」，斯卽操縵安絃之遺法也。周官：「磬師教縵樂」，杜子春讀縵爲怠慢之慢，是其義證矣。鄭注：縵樂讀爲縵錦之縵，謂雜聲之和，樂故訓此操縵爲弄雜，說亦可通，非正意也。

兩字是駢語，人每作動詞轄名詞看，讀右釋文，可得洞明其義。總而言之：樂奏之先，遞爲雜聲，以調節其聲之緩急，使絃得安定，然後按拍直奏，洋洋不歇，謂之操縵，操與縵，爲兩種緩急相反之動作。

案姚南菁筆記云：「子厚讀毛穎傳後題云：「不學操縵，不能安弦，有所拘者，有所縱也」，按鄭注操縵雜弄疏言：人將學琴瑟，若不先學調弦雜弄，則手指不便，不能安正其弦，非謂釋其拘也。」姚文有兩異義：一、弦從弓，不作絃，樂器專指琴瑟，而不及絲絃。二、南菁謂子厚釋其拘爲誤解。 釗案：正式按拍引奏，此不能誤拍，故曰拘。如「曲有誤，周郎顧」，卽指拍不能誤，非拘而何？隨意雜弄，無所拘束，故曰縱。此子厚下字甚當，命意亦無違悟，南菁迂儒，讀名家文好生枝節，尤其對柳如是。至第一義易通從局，尤屬無謂。〔通指全部，局指一部，此邏輯用語。〕

沈道寬，字栗仲，浙江鄞縣人，嘉慶庚辰進士，官湖南知縣。善詩古文辭，書畫並工。深諳琴理，作操縵易知說，詳論轉絃換調之法，惜其書今不可得見，亦足證操

縵原爲不甚易知之琴理云。

萑蒲

佩韋賦：「吉優繇而布和兮，殘萑蒲以屏匿」，吉、鄭游吉也，左昭二十：「游吉爲政，不忍猛而寬，國多盜，取人於萑蒲之澤」，杜注：「於澤中劫人。」述聞云：「劫人而取其財，不得謂之取人，取當讀爲聚，引文選注、類聚、白帖、御覽，並作聚人，韓子内儲說作：鄭少年相率爲盜，處於萑蒲，可以爲證」，其說信矣。竊謂既云多盜，則不必言取人，疑取人二字，卽聚字誤分爲二，觀韓子但云處於萑蒲，可證，以上見張嘯山〔文虎〕舒藝室餘筆卷二，嘯山此證彌確。

優繇、漢書敘傳：「賓禮故老，優繇亮直」，注：「優繇、謂寬容也。」萑蒲、葭葦叢密之澤。左：「澤之萑蒲，舟鮫守之」，蒲一作苻。殘、釋名：「踐也，踐使殘壞也」，對地而言曰殘踐，如本文，對人而言曰殘害，如殘民以逞是。

游吉養盜，其後太叔興兵盡殺之，此種苟容之策，原無足取，子厚亦特斷章取義，爲佩韋增一證明而已。實則行政不宜取此策，以言革命，則萑苻正是殺敵致果之源，所謂叢林地帶，越南正利用以傾覆美賊是也，言非一端，貴近取譬，故吾樂爲詳釋如右。

妓

子厚一生清苦，凡北里之遊，曲江之宴，此種朋從遊讌之樂，都未曾經歷過，獨馬室女雷五葬誌云：「以其姨母爲妓於余」，此子厚集中唯一偶然觸目之妓字。蓋楊夫人歿於貞元十五年，子厚自二十七歲而鰥，未曾續娶，於是「家無主婦，身遷萬里」，從而服御飲食、篚几書册等事，左右不可無人，此與朱晦菴譴責退之放浪戲豫，顯然異趣。吾揣子厚之女佛婢，十歲而夭，墓塼記稱：「其母微也，故爲父子晚」，此女即是妓産，而子厚泥於禮，先未敢公認，子厚謫後之家庭蕭索，於此可得辜較一二。

偶閱番禺凌揚藻蠡勺編官妓一條云：

官妓卽漢世官婢之遺，唐宋皆有官妓，至明初猶有十四樓之設，後總憲顧佐奏除之。丹徒王禹卿曰：「秦始皇刻石會稽云：『飾省宣義，有子而嫁，倍死不貞。防隔内外，禁止淫佚，男女潔成。夫爲寄猳，殺之無罪，男秉義程。妻爲逃嫁，子不得母，咸化廉清。』其正民厲俗之意，不憚諄復如此，君子不以人廢言可也。」至唐宋時，乃有所謂營妓官妓者，雖明君在上，賢有司在地方，亦不以爲怪。夫人有貧富貴賤之不同，而含氣肖形，爲天地所生之人則一也，人而爲妓，此何等事？而

官使爲之。剗削其羞恥，滅絶其人道，而納之於禽獸之域，著爲令甲，以褻天汩民，於爲民父母之道何居焉？其有愧於暴秦也多矣。

尋蠢勺編、一記事短書也，而著錄精審，宗旨純正，每卽小可見其大，從微得察其著。作者名不聞於江介，更不顯於京師，以其原字藥洲，別字譽釗，夫藥與譽，洲與釗，固雙聲字，此或從經生曾勉士遊，抑私淑於其人，艮未可知。而一生跼蹐禺陽，勤勤績學，卻由字裏行間，可得窺見。卽以官妓一條而論，斯不同於孫綮之志北里，或余懷之記板橋，出脫才子佳人之風流韻味，而注集於天地生人之平等權利，謂人而爲妓，卽等於絶滅人道，而納之於禽獸之域，噫！卽此可卜作者之爲人已。

吾國數千年來公私娼寮，糜爛於天下，廉恥剗削，倫理滅絶，幾於不可收拾。而自公曆一千九百四十九年，社會主義雷轟電發，將自秦以來夫寄豭、妻逃嫁之人生附骨之疽，一刀刮盡，使中華人民成爲一個無妓之社會國家，此較之爭取無債之國，尤爲突出而偉大，以娼妓亦一種久負於人倫道德之狠毒債務也。

五十年前，吾留學於英倫，曾羡彼邦勉强號稱無妓，而兩次大戰以還，據聞風紀敗壞，亦與歐陸相去不遠，去歲夏間，吾曾有一詩弔之：

景教流行國，門風最可嘉，如何剛四紀，一往竟無涯？霧起籠飛豹，花深出艾豭，一壺成砥柱，矯首望支那。

末謂今日之無妓國，不能不使舉世矚目於支那，倘子厚而在，親見及此，當頌眎民詩之卒章：「四夷是則，永懷無忒」，而浮一大白。不謂吾國一老畫家楊令茀，旅居北美二十餘年，昨歲忽通函於吾，勸吾國少發共妻之論，避免世界輿論反擊。吾料令茀雖與祖國隔絶，究不至悖謬如此，此無他，亦美人利用本國市民之無知，妄造謠詠，而令茀貿然信之而已。據美國報紙所宣布之民意測驗，其不知越南有戰事者，至占百分之二十以上，美人民受其政府蒙蔽之情況，至足駭人，由來已久。

有法人安東尼、旺日爾，代表十字架報，來華採訪，有中國進入舞臺一文，譯載於一九六六年二月五日中國報上，中有一段如下：

導遊者自豪而語我曰：曩如上海聲名敗壞之娛樂場所，今一去不復返矣。誠然！今全中國、都處在一種嚴守道德之氣氛下，一切男女，咸習慣於節制欲望，既不再有縱慾放蕩的樂園，其他引人墮落之任何因素，亦復掃除淨盡。今大聲號召於天下，謂毛澤東共產主義中國爲世界上最廉潔之國家，將無人謂爲過言。

以此證實吾右文之所紀録，殆如桴鼓相應，聲響如一。嘗論社會風紀之貞淫清濁，與其上層建築道德信念，息息相關。如英倫風化比較淳正，不能不溯源於十七世紀克林威爾革命之由清教徒掌握政權，一切以克慾節用之精神行之，最爲適例。爾後新大陸之開發，亦由此清教徒簇擁鼓盪而成。卒之此一精神，仍不敵資本主義之逐

漸侵蝕，相應衰萎，以致一代又一代墮落，而成爲傷風敗俗無法善後之今形，吾人安得不警惕到此。

窳

說文宀部無窳字，而毛詩召旻：「皋皋訿訿」傳曰：「訿訿，窳不供事也」，釋文正義，皆引說文：「窳，嬾也」，據此，知說文本有窳字。又貨殖列傳、地理志下、及鹽鐵論，皆云：「呰窳偷生」，而說文此部云：「呰，窳也」，宀部原有窳字，尤爲明證。惟窳今俱誤從穴，司馬君實撰類篇，始收窳字，玉篇廣韻俱無，蓋說文自唐季已脫之故也，解見臧庸說文窳字考證。

柳文中用到窳字者，有苦窳及浮窳，前者如進瓷器狀云：「稟至德之陶蒸，自無苦窳」，此本史記五帝紀：「舜陶河濱，河濱器皆不苦窳」，後者如答元饒州云：「兄云：懼富人流爲工商浮窳，蓋甚急而不均，則有此耳」，字皆作窳，誤。

至呰窳，史記貨殖傳：「楚越之地，地勢饒食，無飢饉之患，以故呰窳偷生，無積聚而多貧」，呰或作呰，徐廣曰：音紫，苟且墮嬾之謂，索隱：窳音庾；鹽鐵論：「呰窳偷生，好衣甘食」，然字均誤作窳。

懸罄

子厚哭吕衡州詩，用懸罄字，字本左僖二十六：「齊侯謂展喜曰：室如懸罄」，罄從缶，不從石，俗本改從石，誤。

朱翌猗覺寮雜記曾講其義云：

左氏室如懸罄，言室中之物垂盡，以罄訓盡也，其下云：「野無青草」，則罄恐是器物，但非今之僧磬也。若以古之鐘磬言之，則磬皆曲折片石，無中虚之理，説文：「罄，虚器」，以是知爲器物，但不知於今爲何器？子厚云：「三畝空留懸罄室，九原猶寄若堂封」，李義山云：「不憂懸罄乏，乍喜覆盂安。」

釗案：左僖二十六傳釋文：「罄本作磬」，是亦物也，蓋罄以罄盡之義，移於具體，以致能懸，故知罄而能懸，非器物無能爲役。李義山詩：「不憂懸罄乏，乍喜覆盂安」，最爲佳句，覆盂字、子厚亦用之。爲裴中丞賀破東平表云：「愧無横草之功，坐見覆盂之泰」，本東方朔客難：「連四海之外以爲帶，安如覆盂。」此見盂而覆之，其形安泰，罄而懸也，其中空空，則倘以罄覆焉，形仍得安，以盂懸也，空空如故，是謂盂爲未懸之罄，罄爲未覆之盂，固無不可，朱新仲何用亟亟焉求罄爲何種器物乎？

詩天保：「罄無不宜」，此語頗有奥義，老子：「三十輻共一轂，當其無，有器之

用。」由是老氏因無而得有，詩人卽緣罄而獲宜，罄之爲物，義應本乎罄盡，而不可使與古之鐘磬相混。蓋天下人必至一無所有，而後無所不有，子厚賀王參元失火，頗得斯義，以云爲罄解詁，是或一說。

戶口與食貨

今日葉玉甫還來余藏文道希未刊琴風餘譚一册，㊀隨手一翻，瞥見一條如次：

李蒓客桃花聖解盦日記云：「李鄦齋炳燭篇、本四大帙，爲目甚繁，鄦齋之孫用光所手輯，亂後猶存。潘伯寅言：其書多錄宅書及未竟之說，蓋隨時纂錄以俟更定者，因屬陳培之胡甘伯兩戶部、㊁及吾鄉趙妄子〔按日記稱趙之謙爲妄子，今仍之。〕共删校之，釐爲四卷，梓以行世。然昔賢著述，具有苦心，刊定從韋，談何容易？陳胡二君、吾不知其優絀，至以妄子參之，則鄦齋之寃已甚矣。今此四卷中、篇葉無多，尙有直錄前人之說數條，〔九幽人閻妻、及老子國字諸條。〕又誤字不知凡幾？則校者之學可知耳。」余按趙撝叔實不讀書，吾江西通志經其手定，要未爲善。順德李侍郎〔芍農〕屢告余言：撝叔修志有功江西，江西通志原本、食貨一門，

㊀ 册舊藏龔夫人所，龔寓長沙南城外白沙井，易培基與之爲鄰，余從易處得此册。

㊁ 陳培之名綽，胡甘伯名澍。

以戶口列首，可謂笑談，戶口豈可入食貨耶？賴撝叔改正之耳。夫食貨先記戶口，乃杜君卿之卓識，通典之成規，修志用之，抑有何過？而以爲笑談，蓋兩君皆精於金石藝術諸書，於三通固未暇寓目，不足深論也。

閲此條竣，忽憶柳子厚與元饒州論政理書，首嚴弊政理政之别。何謂理政？卽戶口眞實，何謂弊政？卽戶口紊亂。以戶口之紊亂也，國不患寡而得不均，國不患貧而得不安，不均不安，再益之以賄賂公行，富者愈富，貧者愈貧，而征賦無從而理，甚者國且大亂。於是理財之策，初著手處，卽在定經界，覈名實，而清釐戶口，倘若不問丁田，而遽以民產爲征，將見一社一村之制，亦不可行，遑言治國？子厚之基本理論如此，可見戶口與食貨之連誼，密切而重大爾爾，何乃以博物通儒如李芍農，而茫然一無所知，殊不可解。尋子厚與杜君卿同時，而年輩微下，因之君卿理財通論，子厚可能以接近其人，而多所聞知。加之八司馬之一之程异，以精於錢穀著稱，而固是黨人中之下才，以財賦通識而論，應爲全黨其他領袖之所共曉。中如淩準陳諫，敏覈善計，能見其大者遠者，既爲僚寀所公認，而穎悟如子厚，尤自不能不中邊俱澈，而亹亹言之成理，吾讀與元龔論政之書，而所感如是。誠不料一千年後，以博雅著聞如趙撝叔李芍農之流，不問當時物議對彼奚似？而其治國理財之綱要，竟闇陋而自以爲閎達，背反至於此極。嗚呼噫嘻！滿清至一九一一年而亡，吾輩革命黨倘自

詡以爲功者，妄之妄已，書竟，不禁擲筆三歎。

李鄦齋名賡芸，嘉定人，少受學於同邑錢竹汀，通六書蒼雅三禮。乾隆五十五年進士，授浙江知縣，薦升福建布政使，以訟案爲總督汪志伊扼抑，鄦齋慮爲獄吏所辱，遂自經而亡，卽越縵所謂中奪於仕宧，未老橫霣者也。道希因詞涉趙妄子，牽引到江西通志，以致譏於李芍農〔文田〕之顢頊，不解戶口與食貨之密切關連，遂發生此一段文字因緣，而結穴於柳元之論政云。

政事堂

李鄦齋炳燭編記都堂云：

徐度卻掃編：「唐之政令，雖出於中書門下，然定於宰相治事之地，號曰政事堂，猶今之都堂，故號令四方，其所下書曰堂帖」，此言未甚諦也。考唐李華撰中書政事堂記云：「自武德已來，嘗於中書省議事，謂之政事堂。」故長孫無忌起復授司空，房玄齡授左僕射，魏徵授太子太保，皆知門下省事，至高宗光宅元年，裴炎自侍中〔門下省長官。〕除中書令，執宰相筆，乃移政事堂於中書。是光宅以前之政事堂在門下省，光宅以後之政事堂在中書省，非於二省之外別有一政事堂也。蓋唐三省治事之堂，皆曰都堂，如唐詩有：都堂試貢士日慶春雪題，此試士爲尚書

省之事，可見尚書門下中書三省之堂，同稱都堂也。子厚與退之論史官書：「設使退之爲宰相，生殺出入升黜天下士，其敵益衆，則又將揚揚入政事堂」云云，可見政事堂爲宰相治事之地，與炳燭編所紀合。惟並無特設地點，其議事或在中書省、抑門下省，隨時變置，羌無一定，其議事處皆號都堂，頒布文件，皆號堂帖。民國初年，袁世凱置國務卿，治事處亦號政事堂，此或有所取義於唐制。不過唐之政事堂，隨時宰爲轉移，而民國之國務卿止於一人，治事處亦限於前後時所號爲國務院者，不似唐有尚書門下中書三省同平章事爲多宰相制，而治事處可在三省任便設置耳。

北宋徐度，字敦立，南渡後官至吏部侍郎，所著卻掃編有聲於時。炳燭編猶有同中書門下三品一條云：

> 唐書：中書省長官爲中書令，門下省長官爲侍中，皆正三品，品位既崇，不輕授人，故常以他官兼宰相職，謂之同中書門下三品，謂同中書令侍中也。蓋始於貞觀十七年，大曆二年十一月九日，改中書令侍中爲從二品，而不聞有以同中書門下二品稱者，則以大曆以後，皆稱同中書門下平章事也。

此與右一條參看，於唐宰相制當益明，故並錄之。釗案：唐相業共跨三省，中書門下以外，別有尚書省。省長曰尚書令，左右僕射次之，下統六部。宋時猶如是，元併於

中書省，尚書一省遂廢。

江國圖

何謂江國圖？蓋唐室有意調查江南各省之蠻族習俗，成一條理井井之圖卷，以資擘畫，此實一體國經野之鴻大創舉，而子厚在柳策應其事，先成一詩，題曰：南省轉牒，欲具江國圖，令盡通風俗故事。詩云：

聖代提封盡海壖，狼荒猶得紀山川，華夷圖上應初錄，風土記中殊未傳。椎髻老人難借問，黃茆深峒敢留連？南宮有意求遺俗，試檢周書王會篇。

南宮者，卽題中所謂南省，黃茆深峒，可能卽柳州峒氓。詩篇規模廣闊，苞舉南海，與子厚治柳之理蠻治績，隱隱相合。毛奇齡曾爲蠻司合誌序云：

古無土司之名，虞征三苗，殷伐鬼方，漢武檄冉駹邛僰，統謂之蠻。其地踞湖貴川雲兩廣六省，自巴夔上下，迤及海嶠，數萬里溪峒箐篁之中，曰犵曰狢曰獠曰猺曰獞，凡數十種。歷代迄今，各有大姓爲領袖，如北魏冉氏田氏向氏，南宋舒氏蘇氏彭氏楊氏，皆雄長其地，呼嗾羣族，特未嘗建州司、隸銓選耳。有明踵元舊事，悉加建設，其法仿之蜀漢昭烈授羅伽李恢爲郡功曹主簿，晉帝用與古爨深作本郡太守，宋太祖舉傜人秦冉雄使之自治辰州，而推廣其意。

此一蠻司合誌，由子厚安民和彝之觀點看來，即謂爲江國圖誌，固無不可。吾嘗謂子厚治柳，即爲今之少數民族自治州之嚆矢，中經宋太祖使徭人秦冉雄自治辰州，而闊大其雛形，循誦柳詩，揣稱今制，焉禁距躍三百，曲踊三百？

又子厚之友呂化光，曾草地志圖序，謂「圖爲廣陵李該所作，該、博達士，學無不通，尤好地理，勒成一家之說。每虛室燕居，薄帷晴褰，普天之下，盡在屋壁。戶納四海，窗籠八極，名山大川，隨顧奔走。殊方絕域，舉意而到，高視華裔，坐橫古今。本之可以廣學流，申之足以贊鴻業，參之足以示後世。惟時無知音，道不虛行，舉地成圖，閩天無路，此志士儒林所以爲之歎息也」云云。王志堅四六法海錄斯文，並記明唐書藝文志無此書名，可見唐人於輿地之學，殊爲疏闊。凡子厚之江國圖，及李該之地志圖，徒爲千年來浮文浪墨所銜沒，至今不僅閩天無路，抑且匝地無聲，能舉其書名以稱道於世者，恐通國中不見一人也已。

息壤

一

番禺凌揚藻蠡勺編卷三十二有一條云：

史記秦本紀：甘茂伐韓宜陽，五月不拔，王欲罷兵，茂曰：息壤在彼，王曰：有

之，因悉起兵拔之。一曰：息壤，坌土也，路史：息生之土，長而不窮，柳子厚永州龍興寺息壤記言：寺東北陬之地，隆然負塼甓而起，廣四步，高尺五寸，夷之又高，凡持鍤者盡死。黄梅喻石農文鏊、有至荆州尋息壤瘞處詩云：「息壤傳自山海經，又復見之溟洪錄，羅泌路史語具詳，自岷至荆禹功篤，頗憂汛濫在萬世，埋之洪荒鎮以屋，倨旁剡上迫視難，非金非石非土木，後來發掘致雷雨，謂此可已早魃酷。」張南山松心日錄曰：據詩言，則息壤在荆州，〔續博物志：息壤在荆州南門外。〕而余前年在楚北聞人言：漢川修隄，於漢水中見一物，大如屋，其質非金石，亦非土木，識者云是息壤，然則息壤不止一處耶？抑今漢川縣本古荆州地耶？

息壤之秘，言人人殊，本編上部龍興寺息壤記下，已略簽釋，而仍不得要領。要之地氣所生，滋長並不限何地？宜陽可有，荆州可有，非宜陽非荆州之地亦可能有，吾意今再遇之，由地質學家詳加測驗，定可水落石出，姑藉蠡勺編所紀，立此說以俟之。子厚不信異書，信勞疫足以死人，此都是科學基礎，足資依據。

息壤在彼者，隱語也，先是秦武王謂甘茂曰：寡人欲容車通三川以窺周室，而寡人死不朽矣，甘茂曰：請之魏，約以伐韓。既而王迎甘茂於息壤，甘茂慮伐韓事不易成，中間難免不敗於讒口，王曰：寡人不聽也，請與子盟。迨甘茂將兵伐宜陽，五月而不拔，樗里子公孫奭二人果爭之，武王召甘茂欲罷兵。甘茂曰：息壤在彼。息壤

在彼者、猶謂「盟猶在耳」，蓋息壤爲秦武王通三川以窺周室之始基，猶今言戴維營爲近代修正主義之場圃，與其地之土長或死人與否，截然爲二物，不相關連，記古典應明本事。

戴維營者、地處華盛頓附近馬里荒山中，爲美總統休養園林，赫魯曉夫及美前總統艾森豪威爾，在此密商蘇美聯合，宰制世界。此與秦武王甘茂在息壤，誓言伐韓以窺周，大致相似，故余連類而並言之。吾憶一九五九年十一國慶，人大國宴已入席，而赫魯曉夫由戴維營直飛北京，精覈時刻，趕到現場，由懷中取出發言稿，臨場隨講隨譯，一若惟恐第一手新材料洩氣者然。自以爲掌握控制世界中心之中心，幾於口含天憲，氣蓋一世。爾時赫禿志得意滿、不知如何是好情景，吾猶歷歷在目，斯之謂今日之息壤，祇可惜已成明日之黃花已。

二

吳江鈕琇玉樵所輯觚賸卷五息壤條云：

淮南子：鯀堙洪水，盜帝之息壤，帝使祝融殺之羽淵。據續博物志：息壤在荆州南門外，狀若屋宇，陷土中而猶見其脊。旁有石記云：不可犯，犯之頗致雷雨。有妄意掘發，水坌上不可制，考東坡詩序亦然。康熙乙丑春、余晤太康王司訓鈿於汝上言：壬寅歲、從其先大人官荆南，時値大旱，土人請掘息壤。初不之信、閱

三月不雨，不得已從其請。出荆州南門外隄上，掘不數尺，有狀若屋而露其脊。復下尺許，啓屋而入，見一物正方，上鋭下廣，迫視非木非土，非石非金，其文如篆。土人云：此卽息壤也，急掩之，其夜暴雨不止。歷四十餘日，大江泛溢，遂決萬城隄，幾陷荆州，可爲前誌之證，石記今亦不存。

按乙丑爲康熙二十四年，壬寅爲六十一年，事出荆州，作者親聞於太康王鈿。觚賸雖記異短書，然與聊齋之憑空臆造者未同，斯亦可爲將來物理論證之據，故錄存之。

三

湘人有張瓚昭者，著息壤説，彼並不以此爲神奇，謂止於澤氣附地而土長，世間隨處可見，此於物理測驗，已走近一步，因復綴錄此文如下：

息壤説

張瓚昭

山海經鯀竊息壤云云，原與洪範國語祭法之言鯀者同，非不經也。自晉郭氏以土自長解息壤，取漢元帝時臨淮地長爲徵，而異説起，及唐時永州寺僧，夷古冢爲堂，夷而復起，柳子厚援郭氏息壤注以文飾之，永州遂以有息壤傳。於是爲戰國策息壤注者，又牽合柳説而引伸之，以爲息壤不獨秦有而異説彰。至宋王旭在荆州，誤認江陵舊埋石屋爲息壤作之記，而蘇子瞻又作息壤詩，高荷又作息石詩，各有序以相誇，而以譌傳譌，所謂字經三寫，焉烏成馬，其將伊於胡底？自我言

之，畎澮距川，川達海，泥沙石礫隨流而下者多，海天同體，豈能容此？此蓋仍隨澤氣上附於地耳，土之長以此。今江湖中深莫測，忽焉洲起，高出水上，豈盡水之所壅乎？歷考史書所載，如臨淮地長之類不一處，指爲息壤未爲不可，特不可以爲山海經帝之息壤耳。然則帝之息壤云何？曰：用修楊氏丹鉛摘錄云：説文壤、柔土也，帝之息壤，蓋指桑土稻田可以生息，皆君所授於民者。鯀治水不順水性，力與水爭，決耕桑之畎畝，坊淫潦之洪流，故曰竊帝之息壤以堙洪水，此解出而後山海經無不經，解人固如是夫！

文中海天同體四字，造語特妙，推彼之意，亦謂沈於下者爲海，浮於上者爲天，如是云云，止於與滄海桑田爲同類語。今之桂林，號曰桂海，當沈而下時曰海，忽浮而上則曰林。夫桂海而有虞衡可記，不啻曰：此不過息壤之特大而且堅定已耳，無他故異物也。張瓚昭，字斗峯，平江人，道光十五年舉人，官東安教諭，子岳齡尤有聲。

廬墓

子厚在與呂恭論墓中石書，明明以廬墓爲非，而安豐縣孝門銘，又於廬墓加以頌揚，並指所產芝草爲神異瑞物，此足證實後作之大可疑，而未必爲子厚手筆。偶見震澤張履𣶒父「書葉雲素先生廬墓記後」一文，於子厚兩文，皆依樣記錄，而終於

論定廬墓之爲孝行，故爲劃分論結於此。

書後云：

昔韓昌黎爲鄠人對，以非割股，柳柳州有與吕恭論墓中石書，以非廬墓，至皮日休又爲鄙孝議二篇，以盡其説。割股廬墓，誠若於禮爲過，然人當至性所發，實有不能盡拘以中制者。故慈谿黄氏、㵎溪宋氏，皆不然昌黎説，而李與割股廬墓，柳州爲作孝門銘，又極其揄揚。至歸熙甫論廬墓事，謂孝子不忍其親，裴回顧戀於松楸狐兔之間而不能歸，可以覩情之所至，而禮之所本，故喪禮取諸小過，嗚乎！盡之矣。雲素先生素通經術，居官克盡職，臨難不苟免，雖退食燕私之地，必依於禮，蓋卓然古儒者之行，不廑以割股廬墓稱也。顧即此二事觀之，平生學行之大本，於是乎在，會先生孫名澧、出卷屬題，謹識數語於武進臧氏庸所爲廬墓記後。

荀子禮論篇云：「量食而食之，量要而帶之，相高以毁瘠，是奸人之道也，非禮義之文也，非孝子之情也，將以有爲者也。」楊倞注云：將有作爲，以邀名求利，若演門也。〔釗案：演門、疑指身演孝行，以爲門户之計。〕

案如荀子意，亦必不以廬墓爲是，然荀以此爲奸人之道，將以有爲，則不盡然，蓋雖非禮義之文，固有出於孝子之眞者矣。惟聖人立爲中制，使不肖者企及，

而賢者亦當俯就，抑情從禮，斯爲善矣。至奸人爲之，以邀名求利，未有不終露其虛僞者也，不當因此，并出於眞情者而盡疑之。

從來韓柳兩家，互論國家治亂、以逮民彝物則諸大小辯論，莫不柳鋭進而韓鈍退，何至論廬墓，而子厚屈於鄂人對之下乎？葉雲素爲名澧之祖，名澧字潤臣，即漢陽葉相名琛之弟，中間志詵東卿，已以科名發家，人大抵以其祖孝行所致，此即楊倞所謂有作爲以邀名求利者也。馴至名琛以總憲之尊，臨難而不戰不和不守，不死不降不走，不能如雲素卓然爲古儒者之行，卒乃輿尸印度，以辱國忝祖終，慘哉！鼎父、道光舉人，所著曰積石文稿。

釗案：柳寬誌銘云：「呱呱小子，纔而不廬」，推其意，必以廬墓爲不合禮，始得公然以不廬銘幽而無愧也，是子厚嚮不左袒廬墓，不難認定。

敲茶臼

子厚夏晝偶作云：

南州溽暑醉如酒，隱机熟眠開北牖，日午獨覺無餘聲，山童隔竹敲茶臼。〔机與几通。〕

敲茶臼者，製新茶也，唐人飲茶，不尚購買製成品種，往往自採而自製之，製就即飲，

以新爲貴，此子厚所以聞敲茶臼也。朱翌猗覺寮雜記記其事：

唐造茶與今不同，今采茶者得芽，卽蒸熟焙乾，唐則旋摘旋炒。劉夢得試茶歌：「自傍芳叢摘鷹觜，斯須炒成滿室香」，又云：「陽崖陰嶺各不同，未若竹下莓苔地」，竹間茶最佳，今亦如此。唐未有碾磨，止用臼，多是煎茶。張志和婢樵青，使竹裏煎茶，柳子厚亦令山童敲茶臼。

夢得試茶歌本佳篇，全錄如次：

山僧後檐茶數叢，春來映竹抽新茸。莞然爲客振衣起，自傍芳叢摘鷹觜，斯須炒成滿室香，便酌砌下金沙水。驟雨松聲入鼎來，白雲滿盌花徘徊，悠揚噴鼻宿酲散，清峭徹骨繁襟開。陽崖陰嶺各殊氣，未若竹下莓苔地，炎帝雖嘗未解煎，桐君有籙那知味？新芽連拳半未舒，自摘至煎俄頃餘，木蘭墜露香微似，瑤草臨波色不如。僧言靈味宜幽寂，采采翹英爲嘉客，不辭緘封寄郡齋，甎井銅爐損標格。何況蒙山顧渚春，白泥赤印走風塵？欲知花乳清泠味，須是眠雲跂石人。

王志堅曾錄此歌，注意斯須炒成、及自摘至煎俄頃餘等句，謂唐人論茶如此，至宋則有藏茶至七年者，習俗之變，殆不可曉。㊀

釗案：聞修所錄炒字，如「斯須炒成滿室香」，在夢得集中原是碾字，一字之差，

㊀ 聞修錄此歌於劉夢得謝賜新茶後，略加評語。

謬乃千里。倘聞修沿碾字不改，則新仲所記：「唐末有碾磨、祗用臼」之說，頓成繆妄，此獄如何斷法？愧吾無此本領。又「白雲滿盌若徘徊」，若、聞修錄成花字，以音節及意義言，都是花字勝，下有現成句子：「欲知花乳清泠味」可證。又夢得製題，原是西山蘭若試茶歌，故詩收云：「須是眠雲臥石人」，臥、聞修作跂。

吾母嗜茶，每日三有蓋大盅，不可少，飲時並葉嚼之，清脆有聲，吾亦漸染斯癖，而葉總是以陳舊爲上品。吾壯歲從岑西林遊，西林家有飲料二品，非上客不得嘗，一山西醋，一普洱茶。山西醋、陳底達百年以上，據云乃撫晉時，太原招財童所貽；普洱茶、則岑氏先代宦滇久，所藏亦老團，今錄茶偶思舊事，口猶津津有餘味焉。至西洋乳茶，則止供牛飲耳，說不上有何清泠之味。

子厚巽上人以竹間自採新茶見贈酬之以詩云：

芳叢翳湘竹，零露凝清華，復此雪山客，晨朝掇靈芽。蒸煙俯石瀨，咫尺凌丹崖，圓方麗奇色，圭璧無纖瑕。呼兒爨金鼎，餘馥延幽遐，滌慮發眞照，還源蕩昏邪。猶同甘露飯，佛事薰毗耶，咄此蓬瀛侶，無乃貴流霞？

首四句開門見山，即道出芳叢翳竹、客掇靈芽事跡，全與夢得竹下莓苔、自摘鷹觜，同一趣味。惟末云：「咄此蓬瀛侶，無乃貴流霞？」此用項曼都飲流霞一杯，忽思家爲上帝所斥事，與夢得欲保持花乳清泠於眠雲跂石之人，蓬瀛侶終是蓬瀛侶者，面貌

微不同。圓方者、竹器，方曰筐，圓曰筥。謝賜櫻桃表：「寵驚里巷，恩溢圓方」，亦指竹器而言，或謂作俎豆解，誤。

鼎臑俎胾

歙縣淩次仲〔廷堪〕，有書平淮西雅後一文，於此四字斷斷執辨。文如下：

柳子厚平淮西雅云：鼎臑俎胾。鼎臑二字，本之楚辭大招，案牲、體肱骨三，肩也、臂也、臑也；股骨二，肫也，胳也；脅骨三，代脅也、長脅也、短脅也；脊骨三，正脊也、脡脊也、横脊也；謂之十一體，合左右肱骨、股骨、脅骨，謂之十九體，加兩髀，謂之二十一體，皆載於俎，若鼎，或升左右胖，或升豚解，或升體解，不獨一臑也。至於俎胾二字尤不典，牛羊豕之胾，則肉之無骨者，皆實於豆，若俎、但載牲之骨體而已，安所謂胾哉？禮經十七篇具在，可案而知也。一句之內，雜出不倫，稽之禮例，無一合者。蓋唐之詞人，類皆疏於經術，而經術中尤疏於禮，雖表表如子厚者亦所不免，良可歎也。

次仲一生考禮，號爲專業，所辨當然確有所據，獨子厚治學，一以世用爲指歸，此種禮不下庶人之細碎祭品，諒從來不甚厝意，倘彼生前得見次仲此文，亦唯笑謝不敏，決不與之斤斤計較。王益知不滿於次仲之意存挑剔，並謂鼎之容量，決難受納次仲

所舉牲體種種，吾謂此種辯論，至唐代已嫌過時無用，何況人民當國之今日乎？且也、戕賊獸體，過於凌遲，分別肩臂脊脅肫胳，置之籩豆簠簋鼎俎，顯陳列乎郊廟，以獻媚於鬼神，大悖天地生成之道，並違君子遠庖厨之理，不獨於義無取，而亦在法宜禁。

溪居

子厚溪居詩云：

久爲簪組累，幸此南夷謫，閒依農圃鄰，偶似山林客。曉耕翻露草，夜榜響溪石，來往不逢人，長歌楚天碧。

子厚自表謫居，不一其態，而此云：「久爲簪組累，幸此南夷謫」，頗近於隱居求志，自適其適，與平時伊鬱自懟者，迥乎不同。末云：「來往不逢人，長歌楚天碧」，又與「烟消日出不見人，欸乃一聲山水綠」，彷彿一致。顧讀者於漁翁一首，千人共噪，而溪居則渺無人知，可見人於柳詩，大抵以耳代目，能精心治之者罕已。

人擬柳詩，未見其似，晁無咎之和郊居歲暮，號稱叩人心弦，然薄而觀之，亦於形貌上有虎賁中郎之近而已。偶閱粵士凌藥洲擬柳儀曹溪居一首（集誤作溪游。）如下：

謫居多休暇，幽尋意無極，空山新雨後，漲此一溪碧。泳游雜魚鳥，貪緣引筇屐，人愚愜清虛，境異詫孤寂。忘機復奚悅？有遇隨所適，迢迢隔林鐘，煙霏澹將夕。

詩不步韻，因而篇幅亦長短不齊，此較無咎之自爲拘束，閑曠多矣。藥洲詩境已高，擬柳復形神迫切，較之袁蔣一流江湖傖客所作，不知高出幾許？

藥洲於海雅堂集自序稱：「早失怙，長而蹭蹬於村夫子業者，幾五十年」，又知藥洲九赴鄉試不售，至道光初，應粵督阮芸臺之聘，修志書以終。此其有助於藥洲之深造有得，比於柳州謫居十四年，功力尤大，倘鄉試自始一次不赴，尤高，低佪遺韻，神往久之。

凌氏從仌從水之辨

八司馬之一凌準，爲子厚至友，集中有涉於準之文與詩，皆異常矜重，獨於凌人受氏，據爲典要，未於凌字筆法有所懷疑。清歙縣凌廷堪次仲亦姓凌，既改其姓從水，又草寧國凌氏宗譜序一通，載於校禮堂文集。茲節錄文之上半幅如下：

凌氏之見史傳，始於吳志偏將軍父子，而兩漢無聞焉。其受氏之始，鄭樵通志氏族略以爲姬姓，衞康叔支子爲周凌人，子孫以官爲氏，則字當從仌。又考廣韻：

淩水名出臨淮，亦姓，吳將有淩統，則字當從水。廣韻雖重修於宋初，實本於陸法言孫愐諸人，遠在夾漈之前，較爲可信。唐唯柳子厚連州淩員外司馬詩云：「淩人古受氏，吳氏夸雄姿」，說同夾漈，然亦在陸孫後矣。據廣韻則當從水，而莫明其受氏之由，據通志則當從仌，而又與廣韻不合。或謂：淩、水名，漢書泗水國有淩縣，淩水所出，廣韻作淩，豈以地得氏歟？或又謂：博雅廣韻淩字，皆云歷也，從水，史記秦始皇本紀陵水經地，正義曰：陵作淩，猶歷也，從仌、則淩與淩音義原可通歟？之二說者，皆臆度之辭，未可以傳信也。竊謂吾族受氏之由，當據通志以官爲氏，而字則當據廣韻從水作淩，猶之邵氏出自召公奭後，加邑作邵，袁氏出自轅濤塗後，省車作袁也。何也？廣韻於水旁淩字下，注引吳志偏將軍爲證，而於仌旁淩字下，注但云冰淩，別無他語，則當時所見吳志原文，固是從水之淩字也。淩氏皆祖偏將軍，則從水作淩爲宜，今吳志刻本作淩字，從仌是後人因以官爲氏，而妄改廣韻，古書二字偏旁，判然不紊，非魯魚亥豕者比，當本之以爲定說也。倘子厚生前見此文，當笑不置答，將不以買菜求益之法，在亡友受姓之筆畫上有所爭執，故吾亦付之不論不議之列云。獨錢東生稱：「廷堪詳練史事，具識本末，人有詢訪，隨事條答，略無疑滯，元代氏族，能分別言之，（語見文獻徵存錄。）」然則己之受姓之能詳考無訛，不難推定，故譜序仍舊存之，並以見東生從來錄人之不苟云。

菁茆

李治敬齋古今黈云：

柳子厚游朝陽巖詩：「惜非吾鄉土，得以蔭菁茆」，又禪室云：「法池結菁茆，團團抱虚白。」構屋用茆，自是常事，必言菁茆者，當是彼土所出，別有名爲菁茆者也。按尚書禹貢荆州云：「包匭菁茆」，孔安國云：「匭，匣也，菁以爲菹，茅以縮酒」，疏云：「周禮醢人，有菁菹鹿臡」，故知菁以爲菹。鄭云：「菁，蕪菁也，蕪菁處處皆有，而令此州貢者，蓋以其末善也。」左傳僖四年：齊桓公責楚云：「爾貢包茅不入，王祭不供，無以縮酒」，是茅以縮酒也。禮郊特牲云：「縮酒用茅，明酌也」，周禮甸師云：「祭祀供蕭茅」，鄭興云：「蕭字或爲莤，讀爲縮，束茅立之祭前，沃酒其上，酒滲下，若神飲之，故謂之縮。」杜預解縮酒，全用鄭興之説，而安國言菁菹，亦本周禮也。史記：齊桓公欲封禪，仲知其不可窮以辭，因設以無然之事云：「古之封禪，江淮之間，三脊茅以爲藉」，此乃拒桓公耳，非荆州所有也。鄭玄又以菁茅爲一物，匭猶纏結也，菁茅，茅之有毛刺者，重之，故既包裹，而又纏結也。據前諸説，孔安國以菁茅爲二物，鄭康成以爲一物，然鄭説菁爲蕪菁，則不説茅，説菁茅爲一物，則不説蕪，其意亦以菁與菁茅爲二物也。是則子厚詩所用菁茅，豈鄭

玄所謂茅之有毛刺者歟？

敬齋考證精詳，右爲著例，亦足見子厚於文，下字不苟，非眞博而反約者無能爲也。

詩題：「遊朝陽巖遂登西亭二十韻」，廖注：「永泰元年，元結自道州以事至永州，愛其郭中有水石之異，泊舟尋之，得巖與洞，以其東向，遂以朝陽命名焉，西亭卽法華寺西亭。按始得西山宴遊記云：元和四年九月二十八日，登法華寺西亭，詩是時作。」得以蔭菁茆下又注云：「謂爲此西亭也。」下云：「羈貫去江介，世仕尙函崤」，此謂少時從父入吳，旋又去而之京入仕，「故墅卽灃川」，殆指善和里舊宅。全篇二十韻，直抒胸臆，典雅高華，尤爲集中雋作。集中別有法華寺西亭夜飲賦詩序云：「間歲，元克己由柱下史亦謫焉而來，……是夜會茲亭者凡八人」，詩中「所賴山水客，扁舟枉長梢」，山水客卽克己輩也。

敬齋著錄，爲本編引用者，不止一二處，而名率從誤本作李治，不作李治，王益知作文辨之，雖不能處處改正，而此一辨證要可存。因錄如次：

元初、王若虛元好問李治三人同時，其探討柳州文，復有同嗜，李治曾爲若虛滹南集、好問遺山集作序，而李父寄菴墓碑，出諸遺山手，文字連誼尤契。李治著作之流傳者，現祇敬齋古今黈一種，其他多散佚，如前二序偶現鱗爪，彌足珍貴。

李治之名，元史及諸多刊本率作李治。紀曉嵐跋武英殿聚珍版古今黈：「治

字仁卿，自號敬齋，眞定欒城人，金末進士，金亡後，家於元氏。（封龍山。）其書以黈名者，案漢書東方朔傳：黈纊充耳，所以塞聰，師古注：謂示不外聽。治蓋專精覃思，穿穴古今以成是書，故有取於不外聽之義。」海豐吳重憙重刊滹南集，吳尺鳧（焯）曾題數行於卷首李序之後，介治簡歷，與紀略同，卷末復綴以長跋，備言此書原爲山陰祁氏舊藏鈔本。（祁承㸁，字爾光，晚號曠翁，明萬曆進士，有澹生堂集及藏書約。）

類此諸誤，不勝枚舉，直至施北研始爲駁辨，謂後人不察，謬改其名，呼治爲治，乃與形雌意蕩之女道士李季蘭相溷。（施國祁禮耕堂叢說。）繆荃孫特舉三證，鞏固施說，三證之中，以元遺山集：「寄菴先生子男三人，長曰澈，次曰治，次曰滋」一證，最爲翔實，蓋兄澈弟滋，偏旁皆從水，則仁卿名治，更無可疑。然卽此遺山集篇首一序，標名猶作李治，殆與寄菴次子治，判若二人，極爲可笑。其後影印四部叢刊滹南集序，得見李治之名，而此祖本，卽爲山陰祁氏所藏，卷末亦有吳尺鳧長跋，與吳重憙本同，設尺鳧當時發見爲李治，焉有不特別提出之理？則此李治標名，尚不無可疑。蓋治治二字僅一點之別，當影印時，施說已出，爲圖誇耀珍本，吸引更多讀者，安知不故弄狡獪，頰上添豪，溶冰於水者乎？（釗案：況周頤詞話二九，亦於李仁卿名治不名治一誼，加意洗伐，並稱仁卿爲金人，非元人云。）

一九一〇年庚戌，繆荃孫輯藕香零拾三十餘種，敬齋古今黈亦列於內，李治

始得正名，而李冶其人，並非烏有，且稱詩豪，清修四庫全書有薛濤李冶詩二卷，提要云：

薛濤蜀中妓，李冶烏程女道士，濤與元稹相倡和，冶亦嘗與劉禹錫遊，皆中唐人也。

近人余嘉錫著四庫提要辨證，駁之如下：

唐才子傳卷二云：「李季蘭名冶，以字行，峽中女道士也。」冶以字行，故諸書皆稱李季蘭，無稱李冶者，提要竟不舉其字，亦太疏略矣。中興間氣集卷下曰：「李季蘭嘗與諸賢集烏程開元寺，知河間劉長卿有陰重之疾，乃誚之曰：山氣日夕佳，長卿對曰：衆鳥欣有託，舉座大笑。」唐詩紀事卷二十八曰：「劉長卿謂季蘭爲女中詩豪」，此皆季蘭與長卿游之證，不知提要何以誤爲劉禹錫？季蘭以德宗興元元年得罪死，禹錫生於代宗大曆七年，（見疑年錄。）至是年始十三歲，安得與季蘭游耶？

曉嵐之流，號稱精於版本考據之學，旣不知仁卿應名李冶，復誤長卿爲禹錫，致使柳劉並稱之夢得，與李冶牽連一起，斯誠不可不辨。

所謂長卿陰重之疾，當是疝氣，故季蘭以山氣日夕佳相嘲，此又形雌意蕩之謗所由來歟！

榮衛

子厚好用榮衛字，榮衛、血氣也，血爲榮，氣爲衛，內經：「榮衛不行，五臟不通。」釗案：漢書樊噲傳：「營衛止噲」，師古曰：「營衛、營壘之守衛者。」醫家之用此二字，固本之兵家言，血氣之行於人身，無異兵士之捍衛營壘。 如辯伏神文：「榮衛蹇極」，斬曲几文：「體仄筋倦，榮乖衛逆」，送趙大秀才往江陵序：「榮衛之和」，愈膏肓疾賦：「膚腠營胃，外強中乾」，統觀諸文，字作榮亦或作營，義無二致。 而獨愈膏肓疾賦，字作營胃，以胃代衛，此殆是偶爾筆誤，無關宏旨，或謂賦非子厚作，則更當別論。

尋子厚之喜用此類字，當與醫理有關，而子厚之注重醫理，難言與劉夢得交誼無涉。 蓋夢得善醫，其與道州薛侍郎論方書書云：「考素問，識榮衛經絡百骸九竅之相成，學切脈以探表候，而天機昏淺，布指於位，不能分累菽之重輕，第知息至而已。」薛侍郎者、薛景晦也，由中臺出守方州，平日大概亦以醫方自矜，書稱其曾著奇方十通，以一物足以了一病者居多，夢得酬答勤與商榷，有如右所引云云。 夫夢得此書，作於元和十三年，而自稱少時習醫，「爾來垂三十年」，則其寢饋功深可知，此律之子厚隨意塗抹，不涉醫效者，迥乎異趣。 從來文家兼習醫者，往往諠稱醫學第一，如近世章太炎，即其一例。 夢得既斤斤以醫自詡，則凡與不習醫之執友論事，亦

無慮牽涉到醫，劉柳交深，盡人皆知，柳之無形而染劉癖，不難想像而得，子厚文中屢見榮衛字，獲此解釋已足。

吾父故習醫，如榮衛三焦等字義，兒時耳熟能詳，後來一觸柳文，感染自與其他學兒不同。

桐城遺毒

重字何說乎？師古曰：重，難也，難者，否定之詞也，秦漢文字中凡用重字，與下一動作相聯，意卽否定其動作。如史記司馬相如傳：「重煩百姓」，索隱亦曰：「重猶難也」，難煩百姓云者，卽不煩百姓意也，意否定也。又管子權修篇：「必重盡其民力」，注：「重，爲矜惜之意也」，矜惜之云者，勿也，必勿盡其民力也，意否定也。至漢書景帝元年詔「罪人不帑，不私其利也，除宮刑，出美人，重絕人之世也」，此不私其利，與重絕人之世，不字與重字可互易，重含否定意尤顯。海峯於重字之上，又加不欲字，是關門閉戶，語意宂贅，文義卽不可通。（例見後幅）至如孫棨北里志云：「每令辭以他事，重難其來」，此將重難併爲一義，作複語用，如尚猶或使俾㊀之類，與海峯

㊀ 本集館驛使壁記：「始命御史爲之，使俾考其成以質於尚書。」尚猶如左傳：「十年尚猶有臭」，使俾與尚猶，皆同義之詞複用。

所犯者不同一例。

古文中重與愛、同一用法，凡直隸重與愛之動詞，皆含否定義。如左傳泓之戰云：「若愛重傷，則如勿傷，愛其二毛，則如服焉。」愛重傷者、卽不重〔平聲〕傷之謂，愛其二毛，卽勿傷其二毛之謂，愛與前管子注矜恤之意通。

行文或用愼字，疏附動詞，此分量較愛重稍輕，而其含否定意則一致也。如柳子厚送辛殆庶下第遊南鄭序云：「往愼所履，如志遄返」，愼所履者、謂行足勿遠也。鄧廷楨管異之文集序云：「姚先生古文爲一時宗匠，愼所許可」，愼許可者、謂少許可也，意皆偏於否定。

愛與愼都含否定意，如俗言愛重與愼重，其語系統由重字連綴而來。柳文中標舉重義之最顯明者，莫如答元饒州論政理書：「夫如是，不一定經界，覈名實，而姑重改作，其可理矣乎？」此所謂改作，卽上文定經界、覈名實等節目，所謂重、包涵愛重愼重二意；愛之愼之，因而難之，旣難之，卽否之，姑重改作、遂等於俗語原封不動，吾文致思之程序如是。

又報崔黯秀才書：「誠欲分吾土炭酸鹹，吾不敢愛」，不敢愛者、猶言不敢不與，其包孕否定意尤明。

又惜與愛同，亦含否定之意。呂覽長利篇曰：

戎夷與弟子一人客於郭外，寒愈甚。謂其弟子曰：子與我衣，我活也，我與子衣，子活也。我國士也，爲天下惜死，子不肖人也，不足愛也，子與我子之衣。此惜與愛相互用之。高誘注云：「惜，愛也，愛，亦惜也」，兩俱含否定之意。爲天下惜死者，謂爲天下而不欲死也，不足愛也者，謂不値得不死也，兩字含義皆甚明，皆與重作難解者相通。邵位西贈陳蓺叔序云：「蓺叔將歸，就秋試於其鄉，於是吾黨之士，重惜其行」，此重、惜也，惜、亦重也，一義疊用，鑄成駢詞，換言之：卽吾黨之士不欲其行也。

集中國子司業陽城遺愛碣云：「叫閽籲天，願乞復舊，朝廷重更其事。」重更其事，謂難於變更其事，卽太學生請求回復陽城國子司業，而朝廷不之許也，重字意含否定，極其顯明。願乞復舊，猶言願與復舊，乞、與也，比泛常作求解者進一層。

咸豐十一年十一月邸鈔：「四川布政使劉蓉，請俟服闋後接篆，情詞懇至，自難重違所請。」重卽難也，重違上加自難，與劉海峯重違上加不欲同一語病。

吾於公曆一九六三年三月十日，在香港大公報上發表一文，標曰「桐城遺毒」，似可相互參證而博其趣。因節附於左：

近閱湯國梨夫人搜集章太炎先生家書八十四通，影印行世，己作一序文於卷首，辭情映發，有裨史乘，固一代佳文也。顧其中有使人迷惑，難於理解之句，余

迴環諷誦，究厥由來，不可能認作夫人有違文律，而直是桐城遺毒有以中之。試言其故如下：

太炎先生長女到京省父，忽爾於寓齋自殺，夫人敍其事曰：

> 女孝思篤，危慮深，留五月，其姑馳書召歸，女既不忍遠離父側，又不欲重違姑意，行有日矣，竟自縊於臥室。

文之難解處，在不欲重違姑意上。夫重字在文律上爲副詞，以之副於動詞，卽表示打消動作之意。此一詞彙，廣布於史漢兩書，師古詁之曰：重、難也，以本文言：重違姑意者，謂難違姑意也，打消之意已顯然具在，不能別以打消顯文如「不欲」字，贅附於上。吾諒夫人博通六書，親侍儒宿，不能並此不知，其所以無意間著此敗筆，其爲平日洗滌未盡之桐城濫調，於焉作祟，皎然無疑。查劉海峯集中有江女傳，述其堅欲歸於壻家顧氏，其下卽曰：

> 父母憐其幼小，且遠隔千餘里，不忍其去，又不欲重違其意，姑允之，而貞女見母氏病臥經年，恐傷父母心，乃暫留侍。

此何以兩文情與詞之絕似也！且自桐城開派以來，方望溪首稱不喜班孟堅與柳子厚。夫子厚無論已，兩漢三代，爲方姚尋討文藝之最終職志，而以不許文章有漢賦氣，幾於屏班書不觀，因之班書中種種關目字句，竟爲桐城諸子所不通

曉。曩者嘗怪陽湖陸祁孫寫札記，曾將嚴助傳兩重字句：如「今聞舉兵誅越，臣安竊爲陛下重之」，及「邊氏早閉晏開，朝不及夕，臣安竊爲陛下重之」，相聯迻錄，除終之以師古之訓釋外，未嘗別著一字。夫祁孫著書示教，果何賴有此懸疣爲哉？吾今思之，而有感於心矣。蓋桐城侈言盛漢，而不解讀漢書，以致荒陋如海峯，而冒爲天下師，陽湖恥之，又未便明言，因仿魯論之卒章例，臚列常常諷道之辭，不加問對於其間，以資警惕，凡以羞桐城而著文範，祁孫之心苦，不期而辭簡爾爾也。㈠

龍翰臣者，桐城入粤之支流也，草陳平周勃論，〔文見王纂續古文辭卷三。〕有如下數語：

假令平勃附王陵之正，堅執高帝之約，呂氏雖橫，安能重違大臣，而恣行己意。

此一重違字誤用，踵劉海峯之後不遠，顯其遺毒在醞釀中，爰舉此例，以結吾論。至邵位西〔懿辰〕、亦桐城派人也，右列「重惜其行」一語，於重惜字取義不誤，當視作例外。

或問曰：聊齋細柳條有如下記載：「村中有貨美材者，女不惜重直致之，年餘，里

㈠ 本文最後刪去一大段，避與上編祀朝日簽第二款重贅。

有喪者，以倍貲贖諸其門，生利而謀諸女，女不可，問其故，不語，心異之，然不忍重拂焉。」此一段文字，似無人詆爲不通，重拂云者，與重違形式同，而上加不忍字，與言不欲重違形復相似，顧意義一可通一不可通，此其故何也？曰：此非可廑以形式論也，不忍重拂，重作多義益義或再義而可通，推之不欲重違，亦似可通。然重者、此處應從愼重而得難義，與他動詞相結，意成否定，自諸子以至兩漢，皆習用以爲常，凡平日讀書多者，決不肯故違斯律。蒲留仙用不忍重拂句，於實失之輕率，若去不忍字，下明增其意二字，義尤顯豁，曲解重義以求其通，似不甚讀書者之所爲，非通人所宜出也。留仙與望溪年適相先後，以云遺毒，恐亦將略分其責。又聊齋鴿異條云：「有父執某公，問畜鴿幾許？公子疑某意愛好之也，念長者之求，不可重拂，選二白鴿籠送之。」此不可重拂，與上「不忍重拂」所犯同，當改作「重拂其意。」

夫

子厚復杜温夫書云：

見生用助字，不當律令，唯以此奉答。所謂乎歟耶哉夫者，疑辭也，矣耳焉也者，決辭也，今生則一之，宜考前聞人所使用，與吾言類且異愼思之，則一益也。

此謂文用助字，應將疑辭與決辭，分別清楚，適當使用，意不難理解。惟其中夫字，

原是疑辭，必杜温夫雜之於決辭而成爲謬悠，子厚方得令考前聞而獲慎思之益。果爾，則杜温夫文中如何使用夫字不當之處，實不易推測而得其形象。

何以言之？尋夫字作疑辭用者，在三代古籍中並不多，由魏晉以逮隋唐，仍寥落如晨星。吾在有唐諸文家中，殊看不到夫字如此用法，卽子厚集內，亦不見此類痕跡。夫以當時文家至不習用之字，而獨責之於初學爲文之杜温夫，使之生今反古，致與三代列國之大聖鴻生，同其口吻，諒子厚應不顢頇至此。以是吾謂子厚本文之夫字，料爲後人所誤衍，而原文固以疑辭乎歟耶哉，決辭矣耳焉也，各四字對文，令考前聞而愼思爲益，反而呈露恰到好處之行文筆法。取徵吾說，可得而言：

王引之經傳釋詞於夫字開宗明義曰：

夫、猶乎也，歎辭也。〔趙岐注孟子告子篇曰：「夫、歎詞也。」〕在句末者，易繫辭傳曰：「古之聰明睿知神武而不殺者夫？」禮記檀弓曰：「爾責於人，終無已夫？三年之喪，亦已久矣夫？」是也。在句中者，檀弓曰：「仁夫！公子重耳」，論語子罕篇曰：「逝者如斯夫！不舍晝夜」是也。

此可見唯三代經文，始有以夫作疑辭或歎辭用，此外諸子與國策中，亦間有之。齊策曰：

靖郭君善齊貌辨，齊貌辨之爲人也多疵，門人弗悅。數年，威王薨，宣王立，靖郭君之交，大不善於宣王。齊貌辨行至齊，宣王聞之，藏怒以待之，齊貌辨見宣王，王曰：「子、靖郭君之所聽愛夫？」齊貌辨曰：「愛則有之，聽則無有。」

高誘於夫字下注曰：「夫、辭。」夫辭云者，謂夫爲疑辭也，其作用全與乎字同。他策如：「是以侯王稱孤寡不穀，是其賤之本與非夫？」注云：「非夫、猶云非耶」，用意亦全與上同，然廑寥寥不多見耳。迨史遷作史記，孔子世家有曰：

孔子由大司寇行攝相事，三月，塗不拾遺，齊人聞而懼，於是選國中女子好者八十人遺魯君，魯君往觀終日，怠於政事。子路曰：「夫子可以行矣」，孔子曰：「魯今且郊，如致膰乎大夫，則吾猶可以止。」季桓子卒受齊女樂，三日不聽政，郊又不致膰俎於大夫，孔子遂行，宿乎屯。而師己送曰：「夫子則非罪」，孔子曰：「吾歌可夫？」歌曰：「彼婦之口，可以出走，彼婦之謁，可以死敗，蓋優哉游哉，維以卒歲。」師己反，桓子曰：「孔子亦何言？」師己以實告，桓子喟然歎曰：「夫子罪我以羣婢故也夫！」

右史遷用兩夫字，一曰「我歌可夫？」一曰「以羣婢故也夫！」皆與乎字同體，前者疑辭，後者歎辭，此漢室文章最盛時之所表顯，然亦廑矣。自後歷抵諸家，此種語言之聲，難乎有聞，唐興，郁郁乎文，名家以千數，此聲竟不少概見。杜溫夫有意爲文，謀

受法於子厚及退之夢得，而先泿用諸公所不習用之字彙，以渾殽助字之正當律令，吾謂斷無是理，子厚於人未嘗有之病，而遽呰嗷，亦斷然無是事，文中夫字之爲後人竄入而誤衍，大大可能。

尤有進者，夫之以助字形象而見於文，在句末者爲疑辭，在句首者爲決辭，兩言決耳，在句中之爲疑爲決，又須分別解釋始明。然則夫之本身，原涵疑決兩性，用於末自薦爲疑，與用於首之自薦爲決，固是獨立而行，不相關涉，斷無同一助字而疑轉爲決，或決轉爲疑之理，夫亦何不當律令之有？吾曩謂杜温夫文中如何使用夫字不當之處，實不易推測而得其形象以此。

偶閱范書荀彧傳論：「及阻董昭之議，以致非命，豈數也夫？」夫字與上文：「豈云因亂假義以就違正之謀乎？」之乎字同用。自季漢至唐，除卓犖可數之文家偶一用之而外，在泛常文墨中、絕不易看到此類僻澀助字。温夫初習爲文，而遽偷嘗此一禁臠，實難理解，因而吾以羡文擬之。

更重言以聲明之：子厚以疑決一用責温夫，夫疑決一用者，爲問此決一於疑乎？抑疑一於決乎？以勢推之，大抵後者爲較易犯。洵如是也，夫字用於句尾，而使肩句首決辭之用，實爲此路不通之思想途徑，淺夫所格格不入，八面論師其語我來！

何謂敵戒

柳子厚立敵戒，首樹爲義曰：「皆知敵之仇，而不知爲益之尤，皆知敵之害，而不知爲利之大。」吾意欲知敵所爲仇益害利之別，當先知敵胡自至？欲知敵胡自至？當先知國之仇與害也、有外來內在之分。

何謂外來之敵？此請引史實以明之。左：僖公十有六年夏，晉侯將伐鄭，鄭人告急於楚，楚乃救鄭。六月、晉楚遇於鄢陵，范文子不欲戰。郤至曰：韓之戰，惠公不振旅，箕之役，先軫不反命，邲之師荀伯不復從，皆晉之恥也。子已見先君之事矣，今我避楚，又益恥也。文子曰：吾先君之亟戰也有故，秦狄齊楚皆強，不盡力，子孫將弱，今三強服矣，敵楚而已。惟聖人惟能外內無患，自非聖人，外寧必有內憂，盍釋楚以爲外懼乎？此范文子不願戰楚，欲留楚以爲外敵，俾知警懼，而諸將不聽，遂一戰而勝楚。既勝之後，厲公驕蹇而亂政，權要爭功而啓釁，晉國大亂。嚮後魏晉間、山濤論用兵，以爲不宜去州郡武備，並求釋吳以爲外懼，仍是踵范文子之故智。凡此、乃國無外憂馴至敗亡之明證。

何謂內在之敵？此亦請引史實以明之。宋仁宗朝，尹洙師魯直集賢院，上奏曰：漢文帝盛德之主，賈誼論當時事勢，猶云可爲痛哭；孝武帝外制四夷，以強主威，

徐樂嚴安、尙以陳勝亡秦六卿簒晉爲戒。二帝不以危亂滅亡爲諱，故子孫保有天下者十餘世。秦二世時，關東盜起，或以反者聞，二世怒，下吏，或曰：逐捕今盡，不足憂，乃悅；隋煬帝時，四方兵起，左右近臣皆隱賊數，不以實聞，或言賊多者輒被詰。二帝以危亂滅亡爲諱，故秦隋宗社，數年爲丘墟云云，疏數千言，仁宗嘉納之。此子民爲敵，潛伏四方，而人君諱言，不以自儆，而國卽隨以亡，所謂內在之敵，律之秦隋兩朝形勢，最爲顯白。

由右看來，國不明敵戒，國將亡，此天演史程之必然階段。而自范文子執戈逐其子范匄，謂國之存亡，天也，己雖洞明外寧內憂之理，而至竟委國命於天，遂開後來唯心家、及淫巫瞽史以國家爲兒戲之弊風。桐城方苞、撰左傳義法舉要，嚴申士燮悲天之旨，呼天夢夢，寖同囈語，余曾瀏覽其書而心焉傷之。或謂此之夢囈，殆兆其端於列禦寇之寓言，蓋列子曾言北山愚公，惡太行王屋二山阻塞門前出入之路，則發願率其子孫，並鄰人孀妻之遺男，公同荷擔，叩石墾壤，移此二山，其勤奮至寒暑易節而始一反。神明聞彼懇懇不已而大懼，告之上帝，帝感其誠也，毅然遣神代移，而二山易地。此一寓言，從來無人申釋明白，獨唐柳子厚作天說，謂天不與人事，著貞符，謂國家受命不於天而於人，茲所謂人，以今語詮之，卽是人民大衆。根上二義，於是子厚視古籍之言天者，宜莫不歸墟於人民。雖然，以子厚繩之禦寇，此

旁證而非直解，吾終心懸懸而未安。馴至公曆千九百三四十年代，中國毛澤東思想出世，因爲列子寓言重立界說，嶄嶄講明此一上帝，非他故異物，乃是全中國人民大衆。全國人民大衆一齊興起，同心戮力而挖山，有何挖不平來？而且爲人民大衆愷切指示：一座大山、號稱帝國主義，一座大山、號稱封建主義；吾人承受此一教導，可得重言以申明之：帝國主義、是外來之敵，封建主義、是內在之敵。

孟子曰：無敵國外患者國恆亡，此敵國與外患，通常作同一解釋。果爾，曰外患，又曰敵國，意豈不疊牀而架屋者？吾以謂此云敵國，應作舟中之人皆敵國看，旨在內而不在外。

千九百零一年，余年二十一，懷挾革命熱念，欲通過江南陸師學堂，掌握武器，因貿貿焉前往投考。總辦俞明震，以維新兼愛士，時名頗高。考日發題，恰是無敵國外患者國恆亡論，余文引用向心離心二力之物理，將考卷單行雙用，始能寫完此一篇論文，大爲俞公激賞。今吾耄矣，離開小小考場，曾經歷六十五年之窵遠歲月，夫一書生於此窵遠歲月之作輟不恆間，以由同一主題所啓發之思想，表襮於文字而先後掩映，正如蘇子瞻晚年，有人問到刑賞忠厚之至論如何寫法？堯曰三宥出何典籍？似爲從來文運中不可多見之出來事，惟氣象前發揚而後枯瘁，則或文程之不得不然耳，於是乎附書於此。

澈上人

子厚有一詩，題曰：「聞澈上人亡，寄侍郎楊丈」，詩曰：

東越高僧還姓湯，幾時瓊珮觸鳴璫？空花一散不知處，誰采金英與侍郎？

澈上人者，卽靈澈也，澈是會稽湯姓，故曰東越高僧。姓上著一還字，作者意中有惠休在，以休上人亦姓湯故。第二句問：澈亡前何時與侍郎見過面？瓊珮屬僧言，鳴璫屬侍郎言。侍郎指楊於陵，曾充吏兵各部侍郎，於子厚爲先友，故丈之。金英、菊也，澈愛菊，常以菊贈人，九日思上京親故詩云：

清晨有高會，賓從出東方，楚俗風煙古，汀洲草木涼。山情來遠思，菊意在重陽，心憶華池上，從容鴛鷺行。

楊侍郎、卽可能爲所思親故之一。

澈好交遊，與皎然相善，先從嚴維學爲詩，尋爲皎然薦與包佶李紓等，疏附唱和，名振輦下。子厚識之，當由楊侍郎介紹，全唐詩存澈詩十六首，中有西林寄楊公一首云：

日日愛山歸已遲，閒閒空度少年時，余身定寄林中老，心與長松片石期。

詩含諷勸之意彌顯，所謂楊公，不知卽於陵否？於陵少時爲韓滉壻，避滉權幸，不欲

仕進，曾卜築於建昌，以讀書玩山水爲樂，詩意彷彿近之。

澈有膾炙人口之林下不見人名句，乃東林寺酬韋丹刺史者。詩云：

年老心閒無外事，麻衣草座亦容身，相逢盡道休官好，林下何曾見一人？

時丹帥洪州，澈居廬山，丹與爲忘形之契。丹寄詩寓思歸之意，故澈從反面諷之，可見澈性亢爽，不妄以詩爲羔雁也。蘇子瞻餞表兄程正輔云：「歸耕不用一錢物，惟要兩脚飛孱顔，」孱顔爲湊韻字，指山之高而言。詩雖與澈同一說明歸田之易，祇要兩條腿爬山即足，中並不含陽秋惡意。

澈與劉夢得亦有往來，夢得所作敬酬澈公見寄二首云：

淒涼沃洲僧，憔悴柴桑宰，別來二十年，唯餘兩心在。

越江千里鏡，越嶺四時雪，中有逍遥人，夜深觀水月。

沃洲僧指劉宋時惠休而言，沃洲影澈，柴桑自影，第二首越江，始說到澈之本身。夢得交遊，以僧爲多，正集第七卷，全部皆僧詩，酬澈二首卻不在內，而另編入外集第五卷，此大概以時期爲限斷云。

廖本爲金英作注，徵之於休上人贈鮑昭侍郎詩。詩曰：「玳枝兮金英，綠葉兮紫莖，不入金玉杯，低采還自榮，想君不相豔，酒上視塵生，當今芳意重，無使盛年傾。」此跟上文還姓湯之詩脈而來，亦算本地好風光，因倂錄存。

子厚又有寄韓安平詩二絶，題標：「韓漳州書報澈上人亡，因寄。」詩曰：

早歲京華聽越吟，聞君江海分逾深，他時若寫蘭亭會，莫畫高僧支道林。

頻把瓊書出袖中，獨吟遺句立秋風，桂江日夜流千里，揮淚何時到甬東。

詩意謂早年於京師同識澈，而安平與之交誼特深。第一首第二句君字指安平，第二首瓊書指安平報澈亡之書，遺句指澈詩，餘皆明朗易曉。

八司馬除劉柳有唱和外，集載與安平此二絶，最足珍視，固不僅爲澈亡也。安平在八司馬中，以有偉略能了大事著聞，韓退之在袁州舉之自代，表稱詞學優長，當非虚飾，特述作罕見耳。劉夢得與之爲中外兄弟，有酬楊八庶子喜韓吳興與余同遷見贈五排一篇，楊八庶子，即楊歸厚，爲於陵族叔，子厚稱之爲八叔拾遺者，兩楊與劉柳均深交。獨夢得署安平吳興，而子厚與退之同署漳州，此殆元和十年詔追外放時，安平得吳興刺史，而後來又轉到漳州也。詩中四面牽綴，氣誼重疊，因一浮圖之亡，而飛集於此，閣筆意爽。

送文暢序年月考

余曩簽此序，謂是貞元十九年作，〔參看上部卷九送文暢序簽。〕此實大誤。其所以如是簽，並非余一人之私言，凡簽柳到此，大抵卽犯此誤。其故有二：一、韓退之同

樣有贈文暢序，而且韓識文暢，以子厚之介；二、文安禮柳集年譜，亦繫此序於十九年。請得依次釋之：

退之贈文暢序，乃因暢有東南之行，子厚則送暢登五臺、遊河朔，南轅北轍，背道而馳，此顯見韓柳所序，不同一事。事既不同，則亦不可能兩事起於同時，而讀者以韓證柳，遽信其誤，此其一。

宋槧柳集殘闕，按年譜完好，又或年譜逸去，其序之部分獨存，以此文安禮之年譜，爲藏家所珍視。而譜繫序於十九年，讀者入目卽信爲眞，全然不假思索，此其二。

序非十九年作，然則何時作耶？柳序中連舉達官數人，夏官韓公列第二，夫韓公者，韓皋也，夏官乃兵部。陳少章謂：「按唐史，皋以貞元十一年，自兵部侍郎改京兆尹，序稱夏官，必作於皋未改官時。」少章此一考證，堅不可撼，以知作序年分，必在貞元十一年以前。

吏部郎中楊公，應指楊凝。凝死前不久，雖起家爲兵部郎中，而凝沈滯吏部最久，人大率舉其舊銜以爲常。又凝爲子厚妻叔，曾爲凝作墓碣，載其於貞元十九年正月某日卒，而韓序稱：文暢東南之行，亦卽在十九年春。夫曰十九年春也，則是年正二三月，皆得檃括無礙，而凝以正月易簀之身，送其二三月啓行之友，於時序爲

大詩。

又柳序於臚列朝官之後，旋袒裼自露曰：「吾輩詩而序之，此不啻顯言於衆，己乃無官，倘其有也，將何憚而不舉哉？」陳少章曰：「作序時柳子尚未仕，褐衣自與朝士相別，其非十九年作尤易明」，此一嶄嶄宣告，力逾泰山之重。

又就文之姿致看來，跡尤章明。蓋子厚早工詞賦，逐漸由文而入筆，語其工候，節次不難一覽而得。觀此文依違六朝，情貌相宣，去「偉長德璉之述作」，或「靈運明遠之文雅」，跬步之間，仍自若近若遠，不可能是三十歲以後手筆。

召鬧取怒

召鬧取怒四字，見於子厚荅韋中立論師道書，偶閱吳渭月泉吟社集，見第一名羅公福回劄云：

讀淵明詩，久識田園之趣，從夫子學，願爲農圃之民。……竊知扶植之盛心，正欲主維乎公是。……豈好爲朱公之變姓易名，深恐蹈柳子之召鬧取怒。……

據稱羅公福非眞名，其人爲三山連文鳳、字伯正、號應山，宋末遺民之一。詩題爲田園雜興，因而聯想到陶柳詞句，一若唯恐召鬧取怒，抹煞國家之公是然。實則鬧字、古籍中極罕見，退之食蝦蟇詩：「鳴聲相呼和，無理秖取鬧，韓柳兩公，同爲顯露僻字

之嗤矣。至宋人則放膽用之，宋子京先以紅杏枝頭春意鬧著聞，至東坡鬧字句詩，幾於多至數不勝數云。

鬧、吾意與孟子鄒與魯鬨之鬨，形似而義亦相近，皆以聚衆合爲之而得名，無怪夫宋慶曆中、西師未解，晏元獻大雪置酒，歐陽永叔詩曰：須知鐵甲冷徹骨，四十餘萬屯邊兵，元獻遽爾訾之曰作鬧也。至於怒也，獨怒衆怒，其用無二，而子厚與蕭翰林書：「貶黜甚薄，不能塞衆人之怒」，則怒以羣衆而取重，章章明甚。

人民政權成立後，鬧字之用特廣，凡對公衆事業之不滿，舉以鬧首事，極而言之曰鬧革命，又孫行者大鬧天宮，亦取譬之美辭；怒字之深入人心，殆無過於最高領袖之「四海翻騰雲水怒」，其他無取縷述。嘗論封建社會所爲駕馭人事有二道：一防於事之未然曰禮，一施於事之已成曰刑，而在新社會，則初步卵育禮與刑之用而表著焉者，似不外此鬧與怒，蓋亦唯此鬧與怒，能布達羣衆譴責聲音，被之行事，而使漸有所轉變，以期獲得國人祈嚮之大中公器云。孟子曰：「左右皆曰可殺勿聽，諸大夫皆曰可殺勿聽，國人皆曰可殺，然後察之，見可殺焉，然後殺之，故曰國人殺之也。」爲問此所謂國人皆曰可殺，於何徵之？曰：有國會則國會，有處士則處士，有太學生則太學生，甚至有戰伐則戰伐，可革命卽革命，否則亦於隨事散見之鬧與怒也徵之。

月泉吟社之主唱者吳渭、字清翁，號潛齋，浦江人，宋末爲義烏令，元初退食於

吴溪。延致鄉遺老方韶甫鳳、閩謝臯羽翶、括吴子善思齊主於家，始作吟社，用范石湖故事，以春日田園雜興爲題，顔曰月泉。其子萊、字淵穎，治經有重名，其文本編别見。

又有張燧和仲者，明初曾重刊吟社集，有序在集中，自稱是邑人。吾别見有千百年眼一書，亦張燧所著，似考知爲湖南人，書此俟再考。

遊

吕和叔作由鹿賦，由鹿者，謂鹿媒也。吾讀潘安仁射雉賦，而知由鹿之由字原作遊，不作由，由既緣音譌而來，並知由鹿在由字上作解釋，亦嫌多事。考魏晉以前，畋獵之風盛，人每好養雉子，俟其長而馴也，卽用以招引野雉。此種雉子，其名曰遊，安仁賦云：「恐吾遊之晏起，慮原禽之罕至」，遊卽此雉子也。以人之習知，一聞遊音，已了解所指爲雉，無需以禽名續於遊下若「由鹿」然，至原禽指一般野雉言，乃因雉不處下溼之故。夫原禽、原當作原野解，雖詳釋而人難喻，遊不釋而人啓口卽明，此習慣性所致，毫不足怪。頗聞晉室過江，人養雉之藝廢，（語見徐爰射雉賦注。）人既不專養雉，所養或又由雉推及其他，馴至有唐，遊鹿之名漸立，遊字並以音訛而變爲由，都不難理解而得。潘賦又云：「良遊呃喔，引之規裏」，良遊者，謂良雉媒也，

呃喔、指媒之發聲言，辭晦而義顯如此，吾意必安仁同時人之樂於從禽者，讀之始能達到此境。㊀

柳

本編鋟板將竣，吾當題簽於上，因檢柳字作何寫法？按説文云：「丣古文酉，丣為春門，萬物已出，丣為秋門，萬物已入」，是丣字上一橫，有斷與不斷之分，而義不一，惟用者並不釐析及此。隸辨云：「酉亦作丣，隸從古文，日入於丣，闔戶之時也，從兩戶相連。從丣之字，桺變作柳，劉變作劉，譌丣為丣，又譌丣為卯也。」據此，柳當是從酉得聲，惟劉亦然，柳劉之別，止於平仄不同。獨丣為日入之時，一誤作卯，時當改為日出，義乃迥異，而從來不聞書家曾注意此別。顧余有一相連之軼事，不可不記：五十年前，吾與太炎同滯高要，一日、吾浼太炎為書白團扇，太炎停筆突謂余曰：「子名釗而母氏劉，別號宜曰無卯」，蓋指劉字去釗存卯，今母亡，宜署此憶母也，余立應曰：善，太炎因快然率意如語著錄，至今此扇猶存篋衍。吾尋自忖：母於光緒丁酉謝世，吾為念母，與曰無卯，寧言無酉，包孕更大。太炎熟精六書，豈不知卯酉有別，特以從俗而不欲為異，遂取卯不取酉耳。然吾自是字跡流轉在外，酉卯

㊀ 俞曲園曾注意此字，見前卷七呂溫條。

雜著，特後大大多於前。近見有刊行辛亥革命時期報刊筆名錄者，吾無卯字儼在，㊀而無酉沓然，吾之贅書於此，或於後人之蒐討泿跡不無裨輔云。

晉問結語

嘗閲蘇子瞻集中所擬策問，有一條云：

問：人主莫不欲安存而惡危亡，然而其國常至於不可救者何也？所憂者非其所以亂與亡，而其所以亂與亡者，常出於其所不憂也。由此觀之：治亂存亡之勢，其皆有以取之歟？抑將不可推如江河之徙移，其勢自有以相激而不自知歟？其亦可以理推力救而莫之爲也。今將使事至而應之，患至而爲之謀，則天下之患不可以勝防，而政化不可以勝變矣，則亦將朝文而暮質，忽寬而驟猛歟？意者亦有可以長守而不變，雖有小患而不足恤者歟？

原文標目：「漢之變故有六」，文甚長，特節錄如右。

吾嘗仔細研求此問，而認爲可取子厚之晉問結語，作一總答。其語如下：

夫儉則人用足而不淫，讓則遵分而進善，其道不鬥，謀則通於遠而周於事，和則仁之質，戒則義之實，恬以愉則安而久於其道也。至乎哉！舉晉國之風以一諸

㊀ 張靜廬等合撰，見第一輯文史雜志。

天下，如斯而已矣。

子瞻問可長守不變，雖有小患而不足恤者，得右數語，無妨大膽作答，卽律以形勢嚴重如中國今之大革命，而無所於恨，分而析之，義乃朗若列眉。

嘗論大革命成功之後，或遲或速，國中發現異己分子，其弊在於有人追逐過去之安逸享受，且欲保持、並擴大其所享受，因而違反國定政策，形成叛變。換而言之：其弊在於不儉，惟其不儉，人用頓感不足，惟人用不足，淫欲無從得饜，惟求饜飫淫欲，而叛變以萌，從原到委，如響斯應。

又嘗論子厚生存時代，到今已一千餘年，凡社會組織之由簡而繁，人類嗜好之由樸而奢，國際形勢之由鎖港而門戶開放，所有彼己間相與之道，在勤與儉相輔爲用，而不在讓而不鬥。如今二十世紀六十年代所表著之各類社會現象，都非子厚所能設想，故其措詞中有稍稍今古相爲出入之處。要之大體不誤，凡立國必需以儉爲綱，再輔以其他相應道德，以質劑於平，國乃可得健全持久而不敝。子厚所謂舉晉國之風以一諸天下，語仍有力而多諷，吾因不憚重言以聲明如右云。

善和舊賜

宋山陰陸游務觀之渭南集，其與柳子厚有關之記載，止於下一小段文字，標題

跋柳柳州集：

此一卷集外文，其中多後人妄取他人之文冒柳州之名者，聊且裒類于此，子京。

右三十一字，宋景文公手書，藏其從孫晸家，然所謂集外文者，今往往分入卷中矣，淳熙乙巳五月十七日，務觀校畢。

此集外文若干篇？篇爲何題？皆不可知，所得見者，不過務觀曾校畢此集而已。務觀平生於文之得力處，據其幼子子遹所作跋語，則取法於唐之昌黎，並無一字及柳。獨務觀自爲傅給事外制集序謂：「黨籍諸家爲時論所貶者，其文又自爲一體，精深雅健，追還唐元和之盛。」黨籍諸家，當然首指蘇氏兄弟，元和之盛，當然統指韓柳。於是後幅「某聞文以氣爲主，出處無媿，氣乃不撓，韓柳之不敵，世所知也」云云，乃至韓柳平列，兩無軒輊。傅給事者，名崧卿，字子駿，紹興中爲給事中。務觀又與邢廸功司戶書，指「唐韓氏柳氏，吾宋歐氏王氏蘇氏，以文章擅天下，莫非科舉之士」，亦復將韓柳等量爲言，其單獨標舉韓氏，以示用力所在，則吾循覽全集，概未之見。反之，詩集中有冬夜讀書一律如下：

莫笑燈檠二尺餘，老來舊學要耘鉏，寒生點滴三更雨，喜動縱横萬卷書。本著儒冠那免此？可因吏牘頓拋渠？善和舊賜今猶在，剩采芸香辟蠹魚。

夫善和者、子厚所居里名，其與許孟容書云：「家有賜書三千卷，尚在善和里舊宅，宅今已三易主，書存亡不可知，皆付受所重，常繫心腑。」子厚之珍重其書其宅其里，大可想見，而務觀皆一律攘爲己有，不於焉稍示區別，則其渾己與子厚而一之，視子厚爲己前身，己子厚後身，又不待蓍蔡而決。由此言之：務觀於子厚之人與文，有仰望而以謂高出於退之之上者，恐爲其稚子子適之所不知，而並爲揚陸諸公如長洲吴寬輩之不及料，吾因辜較於是，以諗方聞。

又務觀老學菴筆記云：

柳子厚詩云：海上尖山似劍鋩，秋來處處割愁腸，東坡用之云：割愁還有劍鋩山。或謂可言割愁腸，不可但言割愁，亡兄仲高云：晉張望詩曰：愁來不可割，此割愁二字出處也。

務觀對東坡，嚮甚恭敬，有時還稱東坡公，憶彼曾與范石湖、辨論東坡九重新掃舊巢痕之句，謂其用字之嚴且切，異乎尋常，非一般注家所能解，是何等傾服東坡？〔憶是施注蘇詩序中語，文見本集。〕而今說到愁不可割，仿佛訕笑東坡活剝原文，鄰於撏撦，又爲何故？如實論之：常言披堅執銳，從國策、漢書，以至包括子厚之各類文人，都率意用之而不疑。爲問堅者堅甲之謂，脱去甲字，則披堅爲不詞，銳者銳兵之謂，抹煞兵字，則執銳了無義，由此類推，吾國歇後字車載斗量，何務觀於割愁獨齟齬爲？

嘻！吾知之矣，務觀服東坡，尤服子厚。單論東坡，東坡無對，兩賢相扼，東坡乃下子厚一階。他日、務觀與人論子厚非國語，人謂子厚國語看得熟，故多見其疵病，務觀則云：東坡先讀柳文不離手，後乃誹薄其時令斷刑諸篇，此豈亦由朝夕紬繹耶？詞鋒犀利無比。〔詳見老學菴筆記。〕吾謂此並是在子厚比照之下，乃於東坡獨刻爾，非有他也，龜堂而在，想聞之默爾無語。

平淮夷雅與大原

一

子厚獻平淮夷雅表，首徵於詩大小雅，凡車攻吉日、崧高韓奕烝人，〔人原作民，因避諱改。〕六月采芑、江漢常武諸篇咸備，而篇中之詞，不一涉及。獨六月篇中，薄伐玁狁，至於大原〔大音泰〕兩句，大原何地？頗爲後儒聚訟之重點。子厚文中，固未明言，唐鐃歌鼓吹曲第一首晉陽武，晉陽卽大原也，詞句中亦未牽涉玁狁。夫詞面雖如此，至推子厚意旨如何？是否有折衷餘地，固不妨加以考察，爰本斯意，撰爲本篇。

顧氏日知錄云：

薄伐玁允，至於大原，毛鄭皆不詳其地，其以爲今太原陽曲縣者，始於朱子，

愚未敢信也。古之言大原者多矣，若此詩則必先求涇陽所在，而後大原可得而明也。漢書地理志：安定郡有涇陽縣，後漢書靈帝紀注：涇陽縣屬安定，在原州，郡縣志：原州平涼縣，本漢涇陽縣地，然則大原當卽今之平涼，而後魏立爲原州，亦取古大原之名爾。計周人之禦玁允，必在涇原之間，若晉陽之太原在大河之東，距周京千五百里，豈有寇從西來，兵乃東出者乎？

釗案：此云必先求涇陽所在，乃六月之第四章，有侵鎬及方、至於涇陽兩句。亭林意謂：涇陽與大原，必同處一域，而朱注則歧而二之，謂涇陽在豐鎬之西北，而大原在陽曲縣。後曲園俞氏作雜纂云：

按史記匈奴傳：韓王信降匈奴，因引兵南踰句注，攻太原，至晉陽下。按所謂太原，卽太原郡也，馬邑平城，皆屬雁門郡，則漢時匈奴，固由雁門而至太原矣。文帝幸太原，亦卽於此，安在周時獫允不能至晉陽乎？

釗按：句注，卽史記匈奴傳所謂趙襄子踰句注而破幷代以臨胡貉者也。裴駰集解稱：句注，「山名，在雁門。」李吉甫元和郡縣志云：「句注山，在朔州鄯陽縣東八十里，代州雁門縣西北二十里，一名西陘山。晉咸寧元年句注碑曰：蓋北方之險，有盧龍飛狐句注爲之首，此天下之阻，所以分別外內也。」由是以知句注所以界華戎，華踰句注可伐戎，戎亦越句注可侵華，曲園之引句注以證大原之爲晉陽，亦猶亭林之引

涇陽以證大原之非晉陽，其方法正相等。又按涇陽爲漢置縣，而其名早著，秦昭王母弟悝，封涇陽君，及漢隗囂自隴坻追敗赤眉於涇陽，皆卽此，故城在今甘肅平涼，亭林所稱不誤。顧涇爲關中八川之一，源出甘肅化平縣西南大關山麓，東流至涇川縣入陝西，東南流經長武邠縣醴泉涇陽高陵入於渭。其水之長如此，則凡涉涇之南面者，皆可曰陽，當周宣王時，事在數百年前，地段名稱未立，則詩所謂涇陽者，固未必卽屬安定。又六月之詩六章，章各指一事，以知匈奴之侵華，時時爲之，則今年侵鎬至涇，明年侵晉至大原，軍事乖離破碎，固自可能，必執兩章結爲一役，未免失之拘泥。於是顧俞兩家取證之法雖同，結論未必趨於一致，不謂越縵李氏、讀到俞氏日知錄小箋大原一條，又起駁義如下：

俞氏於日知錄，謂體大物博，未能涉其藩籬，故自謙曰小箋。然所訂七十餘條，亦多有依據，惟大原一條，引史記匈奴傳南踰句注攻太原下晉陽，以證詩之薄伐玁允至於大原，當從朱子說爲今太原陽曲縣，則非也。無論周漢時事不同，宣王時晉穆侯方盛，愼固疆圉，玁允無由出入，且詩人方夸武功之偉，而薄伐僅至晉陽，何足云乎？夫薄伐者、征之也，征必至其國，晉陽豈玁允之地乎？若謂玁允入侵，而驅之僅至晉，竟是以寇詒諸侯矣。顧氏以涇陽屬安定，以地望準之，而知大原卽原州平涼縣，其說不可易也。

釗案：越縵此條，乃耄年任筆爲之，臣精銷亡，未暇深考。試讀史公匈奴傳，斯時該敵強盛跋扈，野心所至，鳴鏑隨之，卽古公邑於岐山以觀，卽可得其大概，豈晉穆侯愼固疆圉所能阻玁允之入境乎？又越縵謂晉陽非玁允之地，薄伐必至境外，此其意宋劉辰翁已先明之。辰翁之言曰：

詩人有薄伐之辭，儒者遂以不極之塞外爲美，不知秦襄公救周，而不能不東徙，極其所至，亦不過岐山之下，是古公故鄉，又惡得爲境外哉？

越縵軒顧輕俞，顯有成見，允宜以劉氏冷靜之說藥之。又輓近戊戌政變，粵人張蔭桓貶竄新疆，其所遺鐵畫樓詩，有五言長古，中數語云：

……新疆但編管，減死嘶邊風，去國限三宿，修途無停蹤。昨渡慶都山，騎步猶憧憧，今茲太原道，村醪聆梵鐘。……

說者震於慶都山之不習見，輒將太原移置愈遠，竟闌入新疆所轄，此更大謬。夫慶都山固難詳，然慶都爲堯母之名，語出春秋合成圖，謂堯母慶都，生而神異，常有黃雲覆其上。合成圖雖緯書，書並遺佚不存，而類書鑿鑿引此，亦不得詆爲無據。況史記正義稱：帝嚳第三妃陳豐氏女，曰慶都，生放勛，固明明揭載不爽乎？假令山名由堯母而起，則其地當去堯都平陽不遠，此律之亭林曲園取證方法，正相符合，然則樵野所謂太原，卽爲晦菴詁詩之陽曲縣無疑。

嘗論柳州唐雅二著，一平淮夷雅，一唐鐃歌鼓吹曲，如驂之靳，相輔而行。蓋前者言安內，後者言攘外，言安內則地皆國有，言攘外則凡如吐谷渾、如高昌、如東蠻，兵鋒所至，無遠勿屆。雖攘外不妨兼靖本邦者而並言之，至安內，則宛宛周道，于山于川，斷不可濫及父母之邦以外，此種界域，稍解文墨者類能言之。於是欲知子厚對大原作何詮釋，一索而得，無待煩言已。且子厚、晉人也，平生熟於晉故，觀晉問一文可知。凡三晉選徒出擊、兵戈出入所爲西出秦隴，南過樊鄧，北極燕代，東逾周宋之屬，殆無不胸有成竹，歷歷可指。倘詩之大原不屬晉疆，而並不於篇中有所揭明，則其所謂鏗鎗炳耀、盪人耳目之盛，將不得號爲根據千古、無所與讓矣。

二

又案越縵於光緒癸未五月、跋北周張端姑墓志云：

> 端姑、原州長城縣人，案原州以魏正光時，〔釗案：魏孝明帝正光元年，即梁武帝普通元年。〕即高平縣置州，詩之所謂太原也，自是迄元，皆曰原州，今甘肅固原州也。魏書地形志言：原州領高平長城二郡，高平領高平里亭二縣，長城領黄石白池二縣，無長城縣。惟元和郡縣志〔釗案：元和郡縣志、唐李吉甫撰，爲言地理存於今最古之書。〕云：原州平涼縣，後魏爲長城郡長城縣之地。今此志明作長城縣，足見伯起〔釗案：撰魏書之魏收字伯起。〕書於地理據武定〔釗案：武定爲東魏孝靜帝年號。〕版籍，

所失多矣。

由右所言，原州在魏正光時，尚是沙漠一片，並未置州，州名從何而來？而正光紀元，與周宣王紀元相去，有一千三百四十七年之久。夫以千餘年間沙漠未闢之地，而謂其名已見於周宣王時代之流傳詩句，寧非夢囈？何況唐人如李吉甫所著書，明謂平涼在後魏爲長城郡，並非名爲原州乎？越縵遽咎伯起僅據武定版籍，而不知遠溯古詩章，此又與校勘家推求字根，在初印本之康熙字典查不着，而確言非明版康熙字典不可何以異？短書所載，有明勝流數輩，在一廟集，評騭黃山谷所書梅子流酸濺齒牙一絶之小直幅，不敢確定黃蹟之眞假。一丐者過而目之，輒曰：黃山谷寫楊誠齋詩，怪事怪事！一笑揚長而去，一時詩丐之名大著。今越縵魏新置州，卽所謂太原也云云，子矛子盾，墟尬顯然，從黃楊間與周魏間之距離遠不相同看來，此而詡爲聖解，將智下於明之詩丐，何止一二數？又奚暇罵人爲傖客或妄子也哉？

三

越縵於光緒九年九月朔又記云：

春秋昭元年，晉荀吳率師敗狄于大原。……穀梁傳云：中國曰大原，夷狄曰大鹵，號從中國，名從主人。……至春秋昭元年之文，左氏經作大鹵，傳作大原。大鹵者，今甘肅之固原直隸州，舊屬平涼府，漢志之安定郡鹵縣也，〔原注：此當從宋氏

翔鳳過庭錄之說，鍾氏文蒸穀梁補注駁之，非。〕本狄地，則邑名當從主人作大鹵矣。……

左氏春秋經、古文也，故作大鹵，後之經師以地形知之，讀曰大原，……固不如左氏之顯證也。……

越縵此記，蓋所以彌縫前記之失，糾纏破碎，愈辯離題愈遠。嘗試論之：狄侵晉地，奪得大原而久據之，並易其名爲大鹵，而不稱大原，此何以故？夫鹵之云者，一望而知爲取義於擄掠。越縵謂漢志之安定郡有鹵縣，此繩之今甘肅天水伏羌兩縣之間有鹵城，應同一義。以諸葛孔明曾斬魏將張郃於此城，而因號爲鹵城推之，鹵縣之所由起，當亦不外反映某一時期之斬獲史蹟。凡此、皆中國人對敵而名之名，至所謂敵者，何常之有？吾可視人爲敵，人亦得視我爲敵。於是敵久佔大原而大鹵之，乃狄以敵目我之名，而非中國人之所自名，不難一索而得。吾憶辛亥革命初期，吾在倫敦，爲上海民立報作訪員通電，忽得袁世凱過莫禮遜街遇刺未傷之一消息，而不解莫禮遜街何指？再三訪察，而知泰晤士報訪員莫禮遜，曾居王府井大街，而經易成新名，爲西方承認所致。今左氏春秋經之大鹵也者，卽莫禮遜街之比，而不必爲中國人所知。公穀兩傳、以春秋名從主人之義律之，而皆認掠奪者狄爲主人，遂謂大原應書作大鹵，詎原未誤。獨越縵從而確定大原卽今甘肅之固原，斯乃如風馬牛之不相及。又越縵錯覺大鹵爲狄地，而不爲狄所略地，取義適得其反，吾誠不知

何所取證？觀越縵之所自述，彼乃徘徊於宋翔鳳與鍾文烝兩氏之間，因軒宋輊鍾，顚頂而爲之斷。〔釗案：宋氏之說，出於所著小爾雅訓纂，而非過庭錄，越縵誤引。訓纂題爲高平謂之太原。〕吾嘗取鍾說而詳察之，見其指點確鑿，正如黑白之難於易色，東西之無法易位，而乃越縵一切不顧，肆其臆說以迷誤人。又況杜元凱注左，明白揭載：「大鹵卽大原晉陽縣」，越縵竟若熟視無睹，一字不敢觸及。此其玩古妄誕之習，差減於江湖傖客幾許？吾誠不知所云。書竟擲筆而起，曷任太息？

薄蓬萊

子厚草謫龍說，龍身爲女，有貴游年少就而狎之，龍女「怒曰：不可。吾故居鈞天帝宮，下上星辰，呼噓陰陽，薄蓬萊、羞崑崙而不卽者。帝以吾心侈大，怒而謫來，七日當復，今吾雖辱塵土中，非若儷也。」此其爲說，殆以自喻。宋韓駒，字子蒼，仙井監人，政和進士，從蘇子由學，詩近儲光羲。曾有句云：「塵緣吾未斷，不足薄蓬萊。」後數十年，曾南豐之從曾孫季貍，讀而美之，謂薄蓬萊三字，殆取材於子厚之謫龍說。季貍，字裘父，號艇齋，品學俱高，隱居不起。此自子厚以逮宋之韓子蒼、降而至於曾艇齋，〔按曾有艇齋雜著行世。〕俱是高人一輩，吐棄凡近。更可見有宋清流，所爲浸潤柳文，至爲通徹，卽寓言中一二小詞句，亦不肯忽略而加以推衍。夫此薄

蓬萊，雖與嵇叔夜之薄湯武，有幽明仙凡之不同，而所爲薄之之意志則一。以視漢武帝用事泰山，親巡海上，歲時警蹕，疲蔽生靈，冀遇蓬萊而卒不可得，行徑與嬴政無殊者，直妖異不值一言。嘗論史公文章，以疏宕領百世，將子厚方之，誠不啻小巫。然遷雖居朝列，自稱虧形爲掃除之吏，文史星曆，主上以輿臺畜之，從不敢以言詞進退人，以至書中所謂孝武本紀，直讓褚少孫全以封禪書隸事成之，不倫不類。反之，柳子厚以謫龍小篇，轉得氣蓋天宇，卑睇蓬瀛，勢推史公於九幽之下，聲光泯滅。嗚乎！子厚身處謫籍，眼溢天外，吐辭爲經，不可一世，非惟同時之韓退之無能頡頏，卽上涉史公，抑且迴戈轉旆而退避三舍，此不得謂非文章千古事中之畸零形相也已。

乘桴與堯舜禪讓

吳摯父者，桐城末流，而有心世道之文家也，所作周易象義辨正序，有以下數語：

昔柳子厚釋乘桴，說堯舜禪讓，其言皆絕異，然謂子厚不知經故不可也。

此乘桴爲一事，堯舜禪讓又爲一事，二者犂然異域，不可渾殽。蓋卽子厚乘桴說而細繹之，其中絕無一言涉及禪讓，而所謂堯舜禪讓，義別在舜禹之事一文。事

雖兩歧，而理有相通，又未妨連類而並論之，隱承斯旨，可得而言。乘桴說曰：

海與桴與材、皆喻也，海者、聖人至道之本，所以浩然而遊息者也。……孔子自以拯生人之道，不得行乎其時，將復於至道而遊息焉。

蓋孔子、素王也，雖身不得位，而心息息與生民相通，今一旦去而之他，勢將隔絕生民，事乃等於禪讓。夫禪讓有所授，必有所受，孔子授而受者伊誰乎？則孔門多才，天下之事，無不可任，如雍也可使南面，其著例也。凡此意旨，善讀書者，諷子厚乘桴說終篇，皆得鑿鑿控制而無失。至舜禹之事一文則曰：

使以堯之聖，一日得舜而與之天下，能乎？吾知小爭於朝，大爭於野，其爲亂堯無以已之，何也？堯未忘於人，舜未繫於人也。……堯知其道不可退而自忘，舜知堯之忘己而繫舜於人也，進而自繫。……積十餘年，……又十餘年，天下曰：久矣舜之君我也！夫然後能揖讓受終於文祖。

此其爲說，在指明受禪者必先與民習，深相浹洽，然後登壇而事成，否則有如燕噲行之，國亂而不可救。茲一義也，在吳摯父迂儒而以爲絕異者，由子厚視之，固自如千歲日至之無可叛越。吾惟此故，曾推廣之於子厚貞符所謂唐受命不於天於其民，乃絕不見有他違牾也。

凡子厚解經，皆依自己確定意旨爲之，不與時流經生隨聲附和。如摯父者，不

免爲自來經說所束縛，對他人當然以離經畔道論，而於子厚卻不敢，因囫圇其詞，謂子厚不知經則不可云。

補記袁滋

偶閱懷寧潘伯鷹遺詩，得五古一首如下：

唐開雲南置驛刻石墨本爲稚鶴題（有序）

此刻在雲南昭通豆沙關，乃摩崖碑也。其文曰：大唐貞元十年九月廿日，雲南宣慰使內給事俱文珍、判官劉幽巖、小使吐突承璀、持節册南詔使御史中丞袁滋、副使成都少尹龐頎、判官監察御史崔佐時，同奉恩命，赴雲南册蒙異牟尋爲南詔王。其時節度使尚書右僕射成都尹兼御史大夫韋皋、左巡官監察御史馬益，統行營兵馬，開路置驛，故刻石紀之，袁滋題云云。案自鮮于仲通兵敗南詔，閣羅鳳遂臣於吐蕃，天寶十一年事也，至是爲貞元十年，異牟尋復歸唐，已閱四十二年矣。異牟尋之復歸，實賴崔佐時忠勇機警之才，其事具見於舊唐書，余故以詩發之焉。

南天數寶刻，二爨名最彰，摩挲石如玉，點畫鸞鳳翔，厥美洵耀目，史蹟非所望。赫赫置驛文，傑然在窮鄉，貞元十年秋，使節出巨唐，皇華輝日月，同册雲南

王。重鎮韋節度，大路開要荒，工書袁中丞，題驛字右行，鬱鬱署玉篆，骨秀神恢張。噫嗟蒙氏祖，服事固有常，小人楊鮮于，失馭隳邊疆，卅年始復歸，崔君功莫當，奇略動不測，智勇眞昂藏。臯輩邀其成，唐帝逢其光，及茲持節册，椓奴競焯煌，勳名古如此，何用慨以慷？深沈翠墨痕，鐍之白籐箱，閒關兵火餘，未化仙蟬糧。主人誠篤愛，所惜鬢早蒼，猶然衣帶折，無錢縫縹囊，兜鍪試比堅，孰若讀書牀？滋也官徒爾，惟此筆不亡。君其寶片紙，乘除轂與臧，從來千里足，不假千金裝。

輓近校勘家，每好以碑證史。查舊書滋傳稱：貞元十九年，韋臯始通西南蠻夷，滋以本官祠部郎中兼御史中丞、持節充入南詔使，而此碑則明載事在貞元十年九月廿日，可見史筆作十九年，乃讀碑文涉下九月字而誤衍。

此行滋以來年使還，擢爲諫議大夫，可知使南詔雖無功，並亦無過。潘詩：「滋也官徒爾，惟此筆不亡」，亦著其使事平平，無甚可記。事竟爲子厚之筆略去，直至永貞爲相，始著其出使辱命，此自言劍南安撫大使事，與使南詔無關。

滋善篆書，子厚首揭此異，伯鷹亦盛稱之云：「工書袁中丞，題驛字右行，鬱鬱署玉篆，骨秀神恢張」，親見碑文而詠，語自不妄。

滋此行與俱文珍偕，文珍於子厚爲永貞政敵，有刻骨讎恨，以事涉文珍，而子厚

不願齒及，亦未可定。吐突承璀、大璫也，而此云小使，乃該璫羽毛未豐，僅以卑官參佐，足見碑稱貞元十年不誤。

新書南蠻列傳：貞元四年，韋皋撫諸蠻，與異牟尋通款，後五年，異牟尋決策，遣使者三人，異道趨成都，遺皋帛書，明年夏六月，册異牟尋爲南詔王。三事合而觀之，恰是貞元十年，此新書已足糾正舊書之誤，益以碑文，更見昭灼。

南詔爲六詔之一，原曰蒙舍詔，故異牟尋以蒙爲姓，曰蒙異牟尋。

潘詩：「小人楊鮮于」，楊指楊國忠，鮮于指鮮于仲通，皆先後爲劍南節度使，僨事。按杜甫贈鮮于京兆二十韻有云：「始見張京兆，宜居漢近臣」，末又云：「有儒愁餓死，早晚報平津。」此一則以張儆牒鮮于仲通，一則以公孫弘牒楊國忠，前者尙得其貌似，後者竟擬於不倫。查天寶初，國忠以戚畹當國，無惡不作，仲通尹京兆，與之深相契合，狼狽爲奸。而杜公於獻賦報罷後，不勝寒餓，竟想借徑仲通，以干國忠，謀取微祿，爲權宜之計。此律之伯鷹五字聲討，不僅可見古今評騭人倫之差距大，而且適彰千古詩人之恥，可歎之至！

吳兆璜，字稚鶴，與伯鷹同學於吳闓生之門，善分隸，最近在長春講左傳，未離講席，驟中風歿。

吾錄此文畢，得詩四截爲媵：

墨本留題憶故人，唐賢玉篆更丰神，文壇故事原如此，面輒相思背絶塵。

磨崖曾有幾人知？名帖佳書爛若泥，誰上孤桐高百尺，晚從柳外瞷華滋。

時文無處與推袁，古藝終唐近絶門，辜負東坡詩一句，檳榔生子竹生孫。

人生何處失膺懲？臧穀雙亡各有憑，洛誦銷沈詩味渺，書城誰見郅都鷹？

〔此指伯鷹善詩，復善誦詩，音調絶美，吾嘗有專篇美之。〕

吾録右文竟，稚鶴夫人臧華雲忽來書云：

摩崖拓本，一直在尋找，迄未找着，不知是稚鶴生前借出？抑夾在書籍碑帖中。獨稚鶴手稿尚在，有袁滋摩崖題跋一通，兹録呈，借資參證。此碑當時吾亦過目，碑文正書，惟袁滋題三字篆書，大於正書六倍，殊形突兀。

吾得書甚喜，亟將稚鶴跋列後：

右開路記正書摩崖，刻在雲南昭通豆沙關，袁滋題三字篆書。考新唐書南蠻傳：皋令其屬崔佐時至羊苴城，明年夏六月，册異牟尋爲南詔王，以祠部郎中袁滋持節領使，成都少尹龐頎副之，崔佐時爲判官，俱文珍爲宣慰使，劉幽巖爲判官。石刻與傳文悉合，獨少吐突承璀馬益二人，又韋皋馬益二人，開路置驛，傳文亦未言及，金石可證經史，讀此益信。袁滋篆書，除軒轅鑄鼎銘外，世不多見。此三字乃其自題，開路記正書非工書者所爲，殆僚屬信筆書之耳。

吾驟覩故人手跡，幽情蓄念，一時並起。釗案：此役號稱册封南詔王，而職務之配置上，乃兩使同行，隱有偏重。蓋一以滋爲册封使，崔佐時充判官，一以俱文珍爲宣慰使，劉幽巖充判官。詳考其實，册封特官樣文章爾，就中懷柔句當，惟俱文珍主之，崔造時曩所策劃之功，悉爲大璫所奪。滋雖以御史中丞之尊銜，翹然居上，然都是周旋下上之外表現象，了無實際內容。故伯鷹詩云：「及茲持節册，椓奴競煒煌，勳名古如此，何用慨以慊？」椓奴一語，重逾斧鉞。又云：「滋也官徒爾，惟此筆不亡，君其寶片紙，乘除穀與臧」，是不待功成返旆，珍也着着脚踏實地，而滋早亡其羊。以是摩崖記事，滋不願錄此具文，而衹以偃蹇不恭之署名形狀，敷衍塞責。子厚爲先友作記稱：「滋善篆書，文敏，不競爲相」，鄭重下不競二字，或亦陰示陽秋，委將上述傀儡形態，如量章顯。覩於二使還京以後，珍也其勢如日之升，如月之恒，馴至操縱永貞事變之全局，堪置二王劉柳於死地；而滋也逶迤復逶迤，立內朝爲時甚暫，而臲卼難安，履外鎮節次詿誤，而至以虛銜老死牖下。彼不至爲椓奴顛躓以斃，乃滋爲人陰深兔脫，其術至巧所致，凡此皆事關前定，無待龜從。

又華雲書中，提及西南古物目略中張希魯一段紀載如下：

豆沙關唐袁滋摩崖，唐德宗貞元十年刻，袁樹五師論之已詳，見滇繹卷二。又嶺南黃仲琴新著考釋，最精博，見中山月刊。余亦有論列，見西樓文編卷三昭

通一瞥中。

張希魯與黃仲琴，余皆不知其人，惟希魯署袁樹五爲師，當是樹五門人。樹五名嘉穀，雲南石屏人，光緒戊戌進士，歷浙江提學使。吾憶一九〇三年，清廷開經濟特科，以張之洞主之，揭曉，梁士詒第一，楊度第二。俄而風謠四起，謂士詒之名，梁頭康尾，度亦康梁之亞，冀搖惑東朝之聽，以致二人遠颺，不敢出面覆試，卒將嘉穀倉卒擢爲冠軍，張一麐第二人，掩此一場風暴。雖當時閧稱：嘉穀館閣具官，不足當金臺郭隗，然祇以導揚滇雅，供人參校，則固綽綽有餘，獨惜所著滇繹，吾終未獲見。舊書稱：「滋工篆籀書，雅有古法，因使行，著雲南記五卷，」此記芒昧無可考，曾否涉摩崖事，今亦惟付之想像耳。

蘇子瞻對策申柳義

子瞻於仁宗嘉祐六年，應賢良方正直言極諫科，時年二十五歲。制策有問：五行何脩而得其性？四時何行而順其令？非正陽之月伐鼓救變，其合於經乎？於盛夏之時論囚報重，其考於古乎云云。子瞻直捷駁之曰：此陛下畏天恐懼而流入於迂儒之說，皆愚臣所學於師之所不取。旋即申引其義曰：

呂氏之時令，則柳宗元之論備矣，以爲有可行者，有不可行者，其可行者皆天

事也，其不可行者人事也。若夫禜（原注音永）社伐鼓，本非有益於救災，特致其尊陽之意而已。書曰：乃季秋月朔，辰弗集於房，瞽奏鼓，嗇夫馳，庶人走。由此言之，則亦何必正陽之月而後伐鼓救變，如左氏之說乎？盛夏報囚，先儒固已論之，以爲仲尼誅齊優之月，（原注：孔子相魯定公，會齊侯於夾谷，既會，齊有司請奏宮中之樂，優倡侏儒戲而前。孔子進曰：匹夫熒惑諸侯，罪當誅，請有司加法焉，須臾俱身首異處。）固君子之所無疑也。

右乃子瞻申述柳義，至彰明較著矣。至末幅又曰：

> 夫天下者非君有也，天下使君主之耳。陛下念祖宗之重，思百姓之可畏，欲進一人，當用天下之所欲進，欲退一人，當用天下之所欲退。今者每進一人，則人相與誹曰：是出於某也，是某之所欲也；每退一人，則又相與誹曰：是出於某也，是某之所惡也。臣非敢以此爲舉信也，然而致此言者則必有由矣。

自孟子創爲君輕之說，數百年無繼聲者，至有唐，柳子厚作貞符，始大書特書：「唐受命不於天，於其民。」子厚至今二千餘年，亦不聞何人引申其義，而獨子瞻在制策中慷慨而言：天下非君有，天下使君主之，正與子厚桴鼓相應。雖子瞻答李端叔書曰：「少年時讀書作文，專爲應舉而已，妄論是非，攙說得失，此正制科人習氣，何足爲損益」云云，然非平日讀書有得，獨見其大，斷無從出是言。所謂妄論攙說，乃

子瞻飾詞以問執於友，似光輝而不得爲篤實之論。吾又嘗讀子瞻所爲南安軍學記稱：「古之爲學者四，其大則取士論政，其小則弦誦也，今亡矣，直誦而已。」其下即舉鄭人游鄉校以議執政謂：「古之取士論政必於學，有學而不論政，不取士，猶無學也。」其言洞見爲學本源，石破天驚，非惟與制策中進退人必得國人同意之旨趣相符，而且與今日吾國各校鬧革命，舉凡與聞國家大事，及干涉一切用人行政之主張，如出一轍，偉哉！子瞻持論之敢於冒天下之大不韙爾爾。軍學記既爲鍾伯敬楊升菴等小儒蘇文選集所不録，吾於是乎書。

吾嘗謂研討昔人文學，必讀全集，若根據選本，即選家爲名手，亦未必得其所欲得，如南安軍學記其一例也，以事關讀書門徑，附記於此。又軍學記寫於建中靖國元年，正子瞻去世之歲，此不僅人之將死，其言也善，而且不顧是非毁譽而恣言之，可得窺見作者用心深處，無在不與外間出來事相映發，讀者視此文，應示別於集中其他作，而一目了然。

仲尼誅齊優事，離奇不可信。蓋其時齊強而魯弱，景公旣非闇主，又爲主盟，魯相何得擅斬齊優，而齊順受無忤？此左氏之妄誕，欲尊孔子而故神其説無疑。子瞻已斥左氏之徇時令，同時以誅齊優取證，是知其一不知其二，不免爲文之小疵，以事不關本旨，即不備論。

河東解人

劉夢得著天論稱：余之友河東解人柳子厚，作天説以折韓退之。解人者何？或以謂：如論語之言達巷黨人，子貢之言漢陰丈人，吕覽之言甯越中牟鄙人。若而黨，若而丈，若而鄙，皆足以比例今之所謂解，凡以表其人之物色而止。蓋劉柳正辯論天人大事，首重理解明通，劉乃以解人尊柳，亦固其宜。又解人云者，掛在人口，聲入心通。謝安石年少，請阮思曠講白馬論，世説提出索解人三字，省言之卽曰解人，此與周禮掌司萬民之難曰調人，語頗相近。於是天下議士，往往誤入歧途，不恤以解人爲子厚表德，卽不才行文，雅不例外。

而其實大謬不然。韓退之爲子厚誌墓，不著祖籍，而僅標七世祖慶、爲拓跋魏侍中。但朱晦菴考異，則爲之注明慶字更興，河東解人，仕周爲宜州刺史。又吾觀北史裴叔業傳中，附有柳玄達事，稱玄達河東解人，頗涉經史，仕齊諸王參軍，與叔業姻婭周旋。此外子厚作獨孤申叔墓碣，亦自署河東解人，其他柳氏諸碣狀，反僅載河東或全不載。此三解人字，是著籍而非表德，彰彰明甚。尋左傳昭二十二年，王師軍於解，注：洛陽西南有大解小解，此地名雖同，而地域不在河東，顯不足爲典要。據一統志稱：

春秋爲晉之解梁城，戰國屬魏，漢爲解縣，屬河東郡，五代漢始置解州，治解縣，元屬平陽路，明因之。

更上溯焉，則依據廣韻，唐叔虞實食邑於解，後因流爲氏族，姓苑載：北魏有解枇氏，旋改爲解氏。由是以觀，解爲地域之名，所謂河東解人，卽屬此解，確無可疑。吾考河東之柳氏聚族於解，與河東之裴氏聚族於聞喜，事同一律，而又兩族姻聯甚密，此觀於前記柳玄達事，可資證明。雖子厚生長京師，幼一入吳，晚乃貶死楚越，終其身足未涉解一步，而祖籍淵源於解，則無可辯駁。惟裴度籍河東聞喜，論者未聞誤認度爲河東聞過則喜之夫，而獨柳子厚籍屬河東之解，輒遽視作索解之輩，則又何故？此無他，聞喜之爲地域，俗士所見多而耳熟能詳，解則寡見易忽，而復與人牽聯成義，滑入迷誤而已。吾揣夢得撰天論時，正利用此雙關旨趣，逞其技巧，殊未可料。如實言之，從天論之文脈看來，夢得備稱余友河東柳子厚，卽已神完氣足，初不必贅解人二字，其所以贅而仍綴焉者，此可能別有言外之意在。㊀

嘗謂如解人例，此亦何常之有？蓋有字因歧義而誤釋者，復有始終不悟，而囫圇用之千數百年者。如世說載：王夷甫談延陵子房，〔延陵謂吳季札，子房卽韓張良。〕超

㊀ 解作地域看，去聲，讀若戒；作索解看，上聲，讀若改；作姓氏看，亦去聲，讀若懈，如明之有解縉，蓋姓氏亦卽由地域蟬蛻而來也。

超玄箸，至何謂玄箸，卻無一人申釋明白。自有宋經義試士以還，帖括之子，無不接觸到此一批語，吾十四歲，在長沙私塾讀書，亦曾以此四字窘塾師及同學。近始見宋末劉辰翁批世說謂：「玄著猶言沈著」，字不從竹而從草。玄著云者，謂其說玄妙而且沈痛著題也，會孟〔辰翁字。〕可謂批郤導窾，今因牽率而附見於此。顧說文草部不收著，而惟竹部收箸。段氏注云：「箸、假借爲箸落，古無去入之別，字亦不從草。」據此、玄箸不改字，亦得依會孟說法，此可以翻舊案，因並及焉。

七發與晉問

七、騷之餘也，自枚乘繼屈原宋玉景差賈誼之徒爲之，而獨揚一幟，賡而和者百家，至千餘年不息。昭明太子輯文選，至揭與曹植張協並列，而未加可否。洎夫最近，有友人爲言：「七體唯枚生之作爲有政治意義，其餘大抵唱招隱之詞，適得屈宋景枚之反，而索然寡味」，其識絕偉。㊀

吾嘗讀呂氏春秋本生篇有言：「出則以車，入則以輦，務以自佚，命之曰招蹷之

㊀ 文心雕龍云：七竅所發，發乎嗜欲，始邪末正，所以戒高粱之子弟也。據此、七發本乎七竅所發而得名，然則曹子建七啓，張協七命，亦七竅所啓所命乎？彥和之論，姑備一說。或謂七者少陽之數，乘欲發明陽德於君云。

機；肥肉厚酒，務以相彊，命之曰爛腸之食；靡曼皓齒，鄭衛之音，務以自樂，命之曰伐性之斧。三患者、貴富之所致也，故古之人有不肯貴富者，由重生故也。」此之三患，枚生引之而增爲四，又錯綜其詞，至易招蹷爲蹷痿，〔釗案：招一作佁，高誘云：佁，至也。〕㈠ 李善因訾其謬爲好奇。〔釗案：蹷痿字亦出呂覽，李善在下句寒熱之媒下作注即引之，多陰則蹷，多陽則痿。李氏善忘，出爾反爾，訾枚爲謬，抑何可笑？〕雖然，呂覽本雜家言，其標本生一目，原不過依事類而賦，了無深意。獨至一入枚手，持與要言妙道相輔，致獲龍門聲價之譽，或且斷言此經一萬年仍是眞理，夫言之當否之爲差距，其大如此。

竊謂七發雖偉大，而意義偏於負面，短少正面；譬之於醫，祇備醫案，而未具療程；所謂要言妙道，亦止於空談，而並無實際。獨至吾國社會，始提出勞動二字爲最高準則，舉國一致而行之；至所謂要言妙道，復包括躍進、公社、兼政治掛帥在內，而

㈠ 胡紹煐文選箋證云：王氏念孫曰：佁蹷，謂痿蹷不能行也，人過佚則血脈凝滯，骨幹痿弱，有佁蹷不能行之病，故謂之佁蹷之機，高注失之。紹煐案：畢氏沅本生篇箋注略同，惟佁字仍從誤本作招。今按說文：佁，癡貌，張揖漢書司馬相如傳注：佁儗，不前也，佁儗即佁癡，並不動之狀，枚作蹷痿，或所見本如是。釗案：佁儗字子厚亦用過，夢歸賦云：紛若喜而佁儗兮，心回互以壅塞，佁儗釋爲寬容閑緩之貌，與胡箋頓異。文家用此類字，義隨文轉，不必從同，解詳本編上部，茲不贅。

揭櫫最後一款之極端重要性。此較枚生爲具體至於何度，可得一覽而知，吾於是不能不涉及柳子厚所爲晉問。

晉問、七體也，知言者每提與七發並論，其體實吾於本編上部詳哉言之，卽不覼縷。好評除劉辰翁、晁无咎、張表臣、〔釗案：表臣謂東坡黃樓賦，氣力同乎晉問。〕及王鏊外，尤不能不引明之謝遷。〔釗案：遷評上部未載。查遷與劉健李東陽同時輔政，秉節貞亮，號稱賢相，以請誅劉瑾不許，拂衣歸里。〕遷之言曰：

七發文字儘奇，唯柳子厚晉問間用其體，而別立新機，庶幾青出於藍者。然學士家只看七發一篇，往往有受用，不必過求。

推遷之意，謂晉問比之七發爲青出於藍，特學者不必深求，讀七發已够受用，此與吾國重視枚作，爭取同志鼓足幹勁擇要熟讀之意，適相吻合。惟謂晉問高過七發，阻人深求，則鄙意不以爲然。蓋兩作之深淺，暫不必論，而親切將兩作之意，互爲補充以期盡善，則委是學者實事求是之道。吾謂子厚標明尙儉與克讓，舉唐堯之遺風，卽足以一諸天下，則內容遠較七發爲充實，與吾曩舉提倡勞動，如鳥雙翼，可得相輔而飛。又況子厚揭載：

安其常而得所欲，服其教而便於己，百貨通行而不知所自來，老幼親戚相保而無德之者，不苦兵刑，不疾賦力，所謂民利民自利者是也。

此一說法，表現高度民主思想，與馬克思共產主義不相違牾，視枚生「論天下之精微，理萬物之是非」何如？讀者可得心領神會，得所依歸。

或問修正主義何謂也？曰：諦言之，修正二字，自有確定界說，專家能言之。若從廣義放眼以觀，則自來歷史凌雜，弛張各異，主義何常之有？蓋不論古今中外，每易代之際，敵寇剗除略盡，朝局或長或短，可得暫卽於理。一越此限，則樂安逸而病勞瘁，乃人類墮性之常，當宁往往由頹廢而趨於侈汰，不恤取前朝弊政惡習，一一蹈襲而行所無事。久之人窮財盡，民不聊生，而革命又起，於是一代復一代，相次展轉而下，政治乃成爲之字或循環之局，此卽有巧於修正者從中作祟，而不必居其名。如水濫觴不一，而同滙流入海，國家之必然釀成革命，無論遲早，亦不待蓍蔡而決，所謂復子明辟之本質，止於如是。必也國家經過不斷革命，得如七發及晉問之進步文字，古爲今用，帶動踐履百業之士，由思想化爲力量。全國自上達下，勞動如律，克勤克儉，用足不淫，一切舉措制置，悉於焉發軔，國有夏后之鑒，家存虞芮之象。「馬克思覽觀，列寧持籌而算之」，毛澤東思想統攝而歸納焉，庶幾國家保持顏色，「萬不失一」，識者其謂之何？

吾偶讀蘇子瞻驪山絶句云：

功成雖欲善持盈，可歎前王恃太平，辛苦驪山山下土，阿房纔廢又華清。

吾意此對蘇聯修正主義，乃一古爲今用絶妙諷刺，故附錄於此，以昭炯戒。

西漢文類與西漢文統

西漢文類，爲子厚弟宗直輯，子厚爲文序之，而未言其版行於世。吾藏書中有西漢文統一部，共五卷，爲明末山陰王思任定。夫西漢文出於班孟堅書，殆別無其他來源，思任號文統，殆知先有宗直之文類，故於名別異之。惟思任曾否得見宗直殘本？抑或自始自己編錄，殊未易曉。吾觀文統並無編者自序，亦無他人從而序之，凡例跋尾，俱付缺如，看來是噉名者苟簡之爲而已，不得與於子厚珍重序述之意也。

吾因查對枚乘七發，而取文統中是篇閱之，乃發見其不可掩飾之謬誤二。蓋原文曰：「所從來者至深遠淹滯永久而不發」，〔釗案：發原作廢，蓋傳寫之誤。〕文統本於深遠下謬着矣字，將一長句斷爲兩截，此殆由不解漢人行文喜用三疊法。三疊法者，乃用一種同類之單字或複字，重疊用之，以表顯文中波瀾。如原文深遠淹滯永久三駢語，意義都相仿，因連續用之以成文，下文：「今太子之病，可無藥石針刺灸療而已」，藥石也，針刺也，灸療也，亦三駢語相接，可得其例，惟下文：「淹沈之樂，浩蕩之心，遁佚之志，其奚由至哉？」亦然。韓柳集中，是類筆法頗多，編者於此竟瞢然無所

知，此其一。上引今太子之病可無藥石針刺灸療而已句，編者在而已下謬着哉字，此直不曉已字何解？全句意義亦復茫昧。夫已者，跟上病已字而來，已猶言愈，篇末霍然病已，亦謂霍然病愈。編者將已與而連讀，以爲而已是結尾助詞，因在其下謬攙哉字，若村夫之掉文袋然，抑何可笑？此其二。

嘗謂在古文字句中，妄爲增損，有清校勘家之所厲禁，明末文弊，章句師之難得也如此，何論鴻文碩士？王思任，字季重，小小述作，亦自具邱壑，未必譾陋至古文不能句讀。觀文統參訂者，有會稽王紹彝子璵，童養正聖功，或二人貪常嗜瑣而冒爲之，因嫁名於王季重，殊未可料。

蘇子瞻論諸葛亮爲柳諱

蘇子瞻論諸葛亮末幅云：

呂温以爲孔明承桓靈之後，不可強民以思漢，欲其播告天下之民，且曰：曹氏利汝，吾事之，害汝，吾誅之。不知蜀之與魏，果有以大過之乎？而又決不能事魏，則天下安肯以空言竦動哉？嗚呼！此書生之論可言而不可用也。

釗案：子瞻所採温說，見於温所爲諸葛武侯廟記，此乃根據民本思想而爲之，與柳子厚完全一致。子厚之見，在舜禹之事一文陳之，遠較化光爲有本末，子瞻不引柳而

引呂者，殆以空論不衷於實，不欲汙柳。雖曰此不失爲忠厚待人之意，而卻大背於知人論世之風。蓋柳呂兩公平生持論，唯貫徹其惟民主義是務，成敗利鈍，不甚注重。何況子厚原稱民不思漢，唯曹氏繫乎民，而曹御民以強不以仁，與舜禹之道不同，是故民之反映如何？本難預料。倘魏氏之民不畏強禦，眞與仁義之師裏應外合，則洪容齋曾論諸葛公云：「魏盡據中州，乘操丕積威之後，猛士如林，不敢西向發一矢以臨蜀，而公六出征之，使魏畏蜀如虎。（語見隨筆卷八。）」孔明藉此優勢，與魏民聯合以傾魏，何愁魏之不立潰於西蜀鐵蹄之下？顧史實不如是，此史實自負其責，論古者亦惟付之一歎而已，何必過分齮齕古賢也哉？吾意子瞻之論，原無與柳呂根本衝突之處，吾故略爲疏列如右，無取深論。或曰：子厚舜禹之事一文，說者多訾其贋，故子瞻不引，吾書本編迭有論述，茲不贅。

易于

子厚送幸南容歸使聯句詩序，中有合度於易于之間一語，方望溪不解，謂易于之間句，用古甚醜，李穆堂冷然誚之曰：易于二字，禮記原自相連，蓋譏望溪不知易于二字連用爲何說也。釗案：易于爲弔喪之禮，易屬臣，于屬君，禮記敘述明白，望溪苛責柳文，謂用經中字每不確切，而己讀書雖甚少，顧以熟精各經，功用差足相

抵，輿論亦每寬之。初不料喪服中易于二字，竟茫然不知何指？事絶可怪，晚唐循吏有何易于，此人不避兇問，取喪禮以自標置，亦殊駭人聽聞。

一九一七年，余以邏輯都講北京大學，班有河南何生思源，字仙槎，畢業後，爲吏以幹練著。近屢請爲書字一幀，余嘉其貞固，爲撰五言律一首，手寫貽之。其中道州名字大，江介易于來一聯，皆用何氏故實也，上一句彼自稱了解。蓋曾閱讀晚清湘人日記，其人服膺道州何紹基深通三禮，而尊稱其父爲仙槎老伯，因知吾詩乃標識彼與何凌漢同字。惟下一句矇然不省，求爲釋明，余因錄孫樵書何易于予之，其首段如下：

何易于嘗爲益昌令，縣距刺史治所四十里，城嘉陵江南，刺史崔朴乘春，自上游多從賓客，歌酒泛舟東下，直出益昌旁。至則索民挽舟，易于即腰笏引舟上下，刺史驚問狀，易于曰：方春，百姓不耕即蠶，隙不可奪，易于爲屬令，當其無事，可以充役。刺史與賓客跳出舟，偕騎還去。

吾意易于此一壯舉，思源能爲之，故舉孫可之文以貽。顧念北學一生，所貢獻於國家之力量，不知凡幾，考據細功，當然日不暇給，思源不曉易于二字，理有固然。獨三百年前，湛深經術，號爲山斗之方望溪，禮經在握，而熟視莫睹，且敢於呰嗷柳文，與李穆堂囂然抗辯，此遠非人類思想之所得邏輯，吾於是乎書。

愚溪不在柳州

趙與時賓退録云：「胡忠簡之貶，李似之侍郎〔彌遜〕書十事以贈，第五曰：子厚居柳築愚溪，東坡居惠築鶴觀，若將終身焉。」但愚溪不在柳州，此事實顯明，無取辨解。唯子厚在永州，雖以閒員不與民事，而實自安爲永州之民，李似之所見原不誤，文家記事略有違牾，殆不足辯。胡忠簡名銓，字邦衡，以乞斬秦檜之頭懸之藁街致貶。

錦州

張邦基墨莊漫録，盛稱柳子厚柳州寄京中親故一絶爲佳句，别無所説明，並將龍城誤作龍池。廖本於末句正北三千到錦州注：錦州屬江南西道，至長安三千五百里，亦並未指出錦州是何地？查舊唐書地理志江南西道地域載：垂拱二年，分辰州府麻陽縣地，並開山洞，置錦州，天寶元年，改錦州爲盧陽郡，乾元元年，復爲錦州。新唐書大略相同，唯多土貢光明丹砂犀角一語，甚爲重要，以吾湘辰砂有名，而錦州之丹砂，即辰砂也。曹松南海遊荔園詩：葉中新火欺寒食，樹上丹砂勝錦州，以唐人言唐事，錦州之稱，可見當時已著。若今遼寧之錦州，爲遼置，其地遠非唐有，子厚

無從設想。作者别舍弟宗一云：一身去國六千里，錦去京師三千五百里，合以由柳到錦三千里，舉成數言之，六千里殆相差不遠。至林邑山聯瘴海秋，牂牁水向郡前流，此實際指柳州形勢而言。林邑牂牁，皆在與盧衡州詩中提過，所謂林邑東迴山似戟，牂牁南下水如湯是。廖注：林邑、漢象林縣，馬援鑄銅柱處，大約子厚卽指定林邑是柳州，或離柳州相近之地。牂牁江流經柳州，據史記云：直至番禺城下，此與柳州相關，止於如此。按全謝山水經灕水篇跋：灕水一名灕水，乃牂牁江之下流，然則子厚所指南下之牂牁，乃灕水矣。灕今作灕，或謂湘灕同源，卽此可明其誤。劉夢得酬子厚贈别云：桂江東過連山下，相望長吟有所思，夢得言桂江東過，與子厚言牂牁南下，同屬漢時灕水。

雲仙散録記柳子厚諂奉韓詩之紕繆

雲仙散録有玉蕤香一條，所記如下：

好事集曰：柳宗元得韓愈所寄詩，先以薔薇露灌手，薰以玉蕤香，然後發讀，曰：大雅之文，正當如是。

剑案：韓柳兩家之詩，一奔放激厲，一幽閒靜穆，賦性絶不相能。以予推之，子厚殆不以退之爲典型詩人，無意與之唱和，故柳集中並無一詩與韓有關。獨韓集答柳柳

州食蝦蟆一首，而柳抹去其先發之作，至今了無痕跡，以此柳對韓詩之看法，可想而知，雲仙之所云云，殆極端紕謬。以子厚一生持躬謹飭，鰥居後不蓄妾媵，薔薇露、玉蕤香之爲何物，應是服飾中所不具備。好事集之爲何書？亦無人能言，或謂作者雜記古人逸事，各注其所出之書，而其書皆古來史志所不載，依託顯然，〔語出四庫全書目錄子部小説家類。〕由是所記之全無可採，似不待論。又退之作石鼓歌，誤認宇文周物爲雅，反斥編詩者爲陋儒，眞僞之不知，雅俗之不辨，謬妄無識，大爲通人所笑。歐陽永叔曾謂：韓柳猶夷夏之分，此究孰爲夷？孰爲夏？殆不待智者而明。即此以觀，退之之詩，於大雅二字何有？豈不彰明較著，雲仙遽欲浼子厚而諂事之，抑何外哉？書又載：柳宗元吟春水如藍詩，久之不成，乃取九脚牀於池邊沙上，玩味終日，僅能成篇。查柳集中並無春水如藍詩，事荒誕無可理解，不加詮釋。

雲仙散錄果何書也？撰者金城馮贄，文行無可攷，敍稱九世所蓄典籍，經史子集三萬八千一百二十卷，六千九百餘帙，私家藏書如此之多，九世一無散失，事殊難信。書中所引各項著錄，達百種以上，幾無一種爲人所知，更覺離奇。以情揣之，此爲好事者隨意杜撰，向壁虛造之作，所載皆不足爲典要。洪景盧隨筆載：「孔傳續六帖采摭唐事，殊有悉載雲仙錄語，自穢其書。」夫引其書而號曰穢，則書爲人輕視可想。或曰：宋王銍僞爲之，吾思銍誠好爲僞書，然天下之僞皆歸之，亦未必然。要之

不論假託者誰？而書之爲贋，則如五石六鴞之無可駁，顧千年以還，讀者明知爲贋，而以其工於造語，詞賦家轉相引用而不能廢。（此亦四庫全書目録語。）中有李固言柳汁染衣一條，吾七八歲時，卽爲塾師引授，篤信不移。又戴顒雙柑斗酒，往聽黄鸝聲云云，亦傳播最廣，至今北京西山有聽鸝館，爲人民大衆宴遊之地，亦正竊取其義，他類推。其所以然，則科舉之爲害，一般士子奉爲兔園册子之故。

散録序謂：天祐元年開始著録，成於四年之秋，末稱天成元年十二月敍。查天祐爲唐末哀帝年號，僅有三年，卽由朱梁簒位，改元開平，史無天祐四年之記載，其所以稱四年者，或作者退居鄉里，不明朝政，對朱温簒奪而有所未知。至天成年號，屬於後唐明宗，由天祐至天成，不過二十年之久，文家里居著書，經過二十年而始問世，此事所應有，了不足怪，惟序之果否出於作者爲無可考耳。又查通考載：雲仙散録一卷，唐金城馮贄撰，天復元年序。夫天復爲唐昭宗號，前於天祐祇三年，原無甚出入，但本敍稱天祐元年爲著書之始，何至前三年卽已作敍，此天復或是天成之誤。

繕右文竟，忽憶散録中猶有言蝦蟆者一條：「張洞桂林記曰：桂人好食蝦蟆，仍重乾菌爲糝，赴食者至以餘俎包歸遺兒女，雖汙衫不恥。」此乃見韓柳有蝦蟆唱和詩，而子厚復有詠柳州峒氓兩句：青箬裹鹽歸峒客，綠荷包飯趁虚人，因而牽合寫成一條，假張洞之名行之。所謂近水樓臺先得月，得月之後，別成一番境界，吾考人類

思想途徑，因物及物，其繳繞可能如是，爰補書此，爲本篇婪尾云。

再記續幽怪錄

上編晉文公問守原議下，徵引永貞逆案，全載李復言續幽怪錄辛公平上仙一條，因近見南陵徐乃昌所刊南宋臨安尹氏本，中有數字當訂正，特重記如下：

一、僕就此眠矣：　此眠二字，原係空白，依義校補，查徐校元刊本作此甜，應改作此甜。

二、人皆自天生，萬物惟我最靈：　據徐校元刊本，自作曰，徐稱曰字是，句讀應改作：人皆曰，天生萬物，惟我最靈。

三、儒書亦謂人爲最靈：　尹刊最作生，釗案生字是，且與上文避複。

四、隱遁之客也：　徐校謂元刊本遁作道，徐稱道字較切。

五、邐迤而去：　徐校元刊本作迤邐而去，釗案：葛立方韻語陽秋，連緜字不可挑轉，元刊是。

六、轉所問一旗，甲馬立於其前：　徐校轉所問元刊本作轉盼間，徐認元刊是，宋本誤。　據元刊，句讀應改作：轉盼間，一旗甲馬立於其前，旗甲馬者，當是插旗被甲之馬。

七、觀焉，前後戈甲塞路：　徐校元刊本焉作馬，馬字是。句讀應改作：觀馬前後，戈甲塞路。

八、延聲曰，時到矣：　徐校元刊本延聲作正聲，是。

九、妖色感心：　元刊本感作惑，徐謂惑字是。

黃蕘圃〔丕烈〕跋尹刊云：此錄續牛僧孺書，本名玄怪，見於陳晁兩家之書，其云幽怪者，殆避宋諱歟？釗案上編簽爲王戶部薦李諒表稱：李復言在永貞政變後，竄入牛黨，以圖干進，據此，其説不謬。　又按幽怪錄各條，都重見於太平廣記，惟獨辛公平上仙一條無有，推求其故，乃廣記一書，爲宋太平興國二年李昉等奉敕監修，雖其書泛談神怪，而至明諷弑逆之作，竟不便揭載。　於是上仙者，固是當時天子，並非辛公平本人，而亦以圖避其難於公言之事，致使此種文不對題之標題，妄著於錄。

再記李廣數奇

李廣數奇之數字，有讀去讀入之異，自來文人之於此語，隨筆觸所之，任用其一，並不芥蔕，甚至甲文用去，乙文用入，亦殊不以爲牴牾。　唯有偏執一説，而排斥其餘者，始與意識形態有關，如葉大慶考古質疑一條云：

李廣傳：大將軍陰受上指，以爲廣數奇，毋令當單于，恐不得所欲。　孟康注：

奇、不耦也，師古曰：言廣命隻不偶也，數音所角切，奇居宜切。前輩嘗辨之，以爲數乃命數之數，非疏數之數，而乃所角切傳印之誤爾。宋景文筆錄云：孫宣公奭、當世大儒，亦以爲音朔，余後得江南漢書本，乃所具切，以此知誤以具爲角也。大慶謂辨之誠是也，按馮敬通集曰：吾數奇命薄，端相遭逢，〔原註見藝文類聚三十五卷。〕徐敬業詩：數奇良可歎，〔原注：文選注内所具切。〕王維詩：衞青不敗由天幸，李廣無功緣數奇，以數字對天字，杜詩：數奇謫關塞，道廣存箕穎，以數字對道字，若作朔音，則爲虛字，不可以對天道字。坡詩：數奇逢惡歲，計拙集枯梧，羅隱酬高崇節詩：數奇常自愧，時薄欲何干？然則以爲命數之數，而音所具切明矣。〔釗案：周密齊東野語卷十四有數奇一條，所見與大慶相類，卽不贅錄。〕

大慶字榮甫，南宋末，以辭賦知名。文中堅持所具切，作去聲讀，雖引孫奭音朔之說，而不具體，至子厚所作南霽雲睢陽廟碑，並無一語及之。此可見大慶惑於王仲任所訾祿命之義，而拘守唯心家言，適與子厚顯標唯物之用字異趣，爰特覼縷補記於此，餘詳上編南霽雲廟碑簽。

桃笙葵扇

子厚行路難結聯云：盛時一去貴反賤，桃笙葵扇安可常？桃笙葵扇爲何物？注

家所詮未盡瑩澈。茲據葛立方韻語陽秋之言桃笙，屈大均廣東新語之言葵扇者，分而疏之。葛云：

竹固多種，所謂桃枝竹者，叢生而節疏，亦謂之慈竹，言生不離本也。王勃所謂宗生族茂，天長地久，萬柢爭盤，千株競糺者，梁簡文答獻簟書云：五離九折，出桃枝之翠筍，皆言桃枝竹也。若桃竹則異是矣，老杜桃竹杖引云：江心磻石生桃竹，斬根削皮如紫玉，則其色正紫，今桃枝竹不然。東坡援柳子厚詩，初不知桃笙爲何物？偶閲方言，宋魏之間，謂簟爲笙，方悟桃笙以桃竹爲簟也。坡又云：桃竹葉如椶，身如竹，節密而實中，犀理瘦骨，豈非以此竹爲簟耶？梅聖俞云：誰知廣文直？桃簟冷如冰，恐亦是用此竹。

據此，竹何以桃名？可以得其梗概，至今有所謂夾竹桃者，按之桃枝竹及桃竹皆非是。蓋夾竹桃乃灌木，固非竹也，祇以根葉略似竹形，因以名之，且其質不勁，自始不能織簟，因讀者往往於是致疑，特爲明之。

葵扇者，乃蒲葵扇也。屈云：

蒲葵樹身幹如檳榔，花亦如之，一穗有數百千朶下垂，子如橄欖。新會之西沙頭西涌諸鄉多種之，名曰葵田。蒲葵最宜爲扇，扇大者三四尺，可以蔽日，其他則隨其葉之圓長爲之，粗者以貨於近，精者以貨於遠。考此扇興於晉時，自謝太

傳執之，王丞相捉之，其價頓貴。其製雅而出風和好，不致傷人，故大江以南尤尙。蒲葵者駢語也，廣東截下一字爲名，故種蒲葵樹之田曰葵田，從而扇曰葵扇，可想而知，子厚製名，殆依粤俗，〔釗案廖注：行路難當是貶永州後作，准此，或是移柳後作，亦未可知。〕至晉書謝安傳固明言：安鄉人有蒲葵扇五萬也。吾鄉截上一字，號爲蒲扇，惟製作大不如粤扇之精。

放鷓鴣詞

子厚放鷓鴣，人或以爲自儆之詞，如韻語陽秋卷十六云：

柳子厚有放鷓鴣詞，人徒知其不肯以生命供口腹，其仁如是也。余謂此詞乃作於詔追之時，有自悔前失之意，故前言徇媒得食不復慮，後言同類相呼莫相顧，媒與類皆謂伾文也。

尋子厚於政變後，曾無一語涉及伾文，稍致怨懟，此顯文露章之所昭示，人無異詞，葛常之之所揣測，㊀未必卽中子厚心影。姑退一步言，認此詞有所寄託，媒與類皆指伾文，然以詩律言，亦在怨而不怒之列，謹厚君子，宜若可爲。何況此詩與呂化光之繇鹿賦，雖詞之長短不同，而命意適如出一轍。夫柳呂二公講道論政，神理相通，

㊀ 常之、葛立方字。

一時感物興懷，或亦同趨一嚮，吾因兼採葛說，以資參究。獨君子貞志行道，無所用悔，常之自悔前失一語，終未免失言云。

葛謂柳詩作於詔追之時，當不誤。獨呂賦首稱貞元十五年，時化光奮志上進，志得意滿，不可能如韓退之之賦二鳥，以明己無從仰望天子之光明，借詞自悼。夫然，吾意化光此賦，實執筆於永貞政變之後，而特假貞元己卯南出穰樊之過來事以啓興耳，與退之臨場賦物之情況大不相同也，吾以此義有關考實，特附綴於此。或疑化光鐘室北軍二喻，與八司馬所遭不類，賦似不爲永貞而作，然細考之，二喻與劉柳誠不類，而以伾文律之，夫此與淮陰呂祿，固同一横死於毒手爾，又何嘗言過其實乎？

卷十五　雜錄二

記里鼓賦

一

此賦列於子厚外集，多爲文人所忽，曾未寓目，吾觀明郎瑛七修類稿卷二十四載記里鼓一條，卽有此感。兹先將郎文重錄於下：

本朝嘗以記里鼓出題試士，多有不知爲何物者？知者又不知始於何時？何人創也？近墨談以楊鐵崖記里鼓賦數言通用之辭，卽以爲制度，又無時與人也。殊不知唐元和間金忠義作，宋天聖間，內侍盧道隆又造之，〔制見三朝志。〕……苟欲爲者可考焉。

柳文題下注明：出晉書輿服志，而郎文稱：不知始於何時？可見作者著筆頃，實未嘗讀過柳文。此文是子厚少年應試之作，當在德宗貞元年代，而瑛稱元和間有人作此鼓，時代錯迕，毫釐千里，可證瑛所見鼓史資料，僻而且少，卽明初楊鐵崖有關述作，彼亦止於他處竄取一二零句，聊資點綴而已。柳賦嶄嶄，請徵於後：

記里鼓賦〔以聖人立制智者研精爲韻〕

出晉書輿服志，記里鼓車，駕四，〔釗案：駕四猶言駕駟，謂四馬也，四卽駟之省文，參看下引白帖。〕形如指南車。

异哉〔潘云：异音異，舉也。又集韻：音怡，發歎，一曰已也。〕鼓之設也，恢制度於天邑。佐大禮於時行卽行，贊盛容而立之斯立。觀其象，可以守威儀之三千，〔廖云：禮記：禮儀三百，威儀三千。〕節其音，可以表吉行之五十。〔廖云：賈損之傳：鑾旗在前，屬車在後，吉行日五十里。〕配和鑾以入用，〔廖云：桓二年左傳：錫鈴和鑾，昭其聲也。注：鈴在馬額，鑾在鑣，和在衡。〕並司南而爲急。〔廖云：取車制如司南之義。〕若乃郊薦之儀旣陳，封禪之禮攸執。〔釗案：子厚平生反對封禪，此乃遷就試牘，勉强爲之。〕經千里之分寸可候，度四方而禮容是集。施五擊於華山之野，知霧氣已籠，用百發乎南山之陽，〔廖云：詩：殷其雷，在南山之陽。〕識雷聲所及。○先聖有作，後王式遵。啓玄機以求舊，運巧智而攸新。相彼良工，自殊昧道之士，眷茲木偶，應異迷途之人。〔潘云：崔豹古今注：大章車，所以識道里也，起於西京。亦曰：記里車，上有二層，皆有木人，行一里下層擊鼓，行十里上層振鐲。〕齊步武而無佚，差遠近而有倫。遵大路，罔愆乎禮典，聽希聲，克正乎時巡。○雖道有環回，地分險易。固善應而莫實，諒知幾而有爲。〔廖潘皆云：于僞切。〕載考載擊，所辨於長亭短亭，〔廖云：庾子山江南賦：十里五里，長亭

短亭。〕匪疾匪徐，足分乎有智無智。〔廖潘皆云：世説魏武帝過曹娥碑，碑背上題作黄絹幼婦、外孫齏臼，楊修便解，魏武行三十里，方悟，歎曰：我才不如卿，有智無智，較三十里。〕○觀其妙矣，孰測其微細？觀其徼矣，〔廖云：老子：常無欲以觀其妙，常有欲以觀其徼。〕詎知其啓閉？音不衰而得度，響其鏜而有制。〔廖云：鏜音湯，詩曰：擊鼓其鏜。〕○于以翊龍御，于以引天旋。異銅渾之儀，亦可敍紫微之星次，殊玉漏之制，而能步黄道之日躔。周物之智斯設，極深之幾是研。〔廖云：易曰：夫易，聖人所以極深而研幾也。〕鄙繁音之坎坎，〔廖云：坎坎：鼓聲，詩：坎其擊鼓，宛丘之下。〕陋促節之闐闐。○妙出人謀，思由神假。時然後擊，贊賞典於今兹，動惟其常，契同文於古者。○由是皇衢以正，帝道斯盛。恭出震以成威，膺御乾而啓聖。○我后得以昭文物，展聲明，不僁於素，〔童云：僁音愆，俗作僁，係左傳句。〕可舉而行。宜乎騁墨妙，呈筆精。固敢先三雅而獻賦，庶將開萬國之頌聲。

賦以聖人立制、智者研精爲韻，而用韻不依次序，首立、次人、次智、次制、次研、次者、次聖、次精。雖韻目如數不訛，而乃顛倒雜亂用之，每本韻之部位都不一律，且每段配句長短不齊，長者七韻如立，五韻如人，短至兩韻如者如聖，此由作者任意分布，爲唐以後律賦之所不許。然子厚揮灑自如爲之，可見有唐此類限制之不嚴。復次：吾沈心讀此賦，亦不見特殊勝處，仔細核之，祇不過是當時考棚尋聲覓事，隨遇

而安之順口溜而已。更就記里鼓之由來，一無聲敍，今所見整篇文字，尤不得謂非臨場不得題旨之東西拚湊。倘爾時所得題非記里鼓，而適爲指南、司南、大章、雲母、通幰諸車目，〔釗案：雲母通幰兩車，可在太平御覽車部查得。〕吾揣子厚本篇所用資料，可以無須更換，全部使用。試問從古文場之滑稽形像，寧復有逾於斯？又劉夢得手掌遺藁，斟酌去取，顧於此類留之無補、去絶無害之作，不卽決然割棄，爲死友保留一種其清如水之殘膏賸馥，豈不大大可惜？

廖本題下注稱：

題見晉輿服志，又見葛洪所集西京雜記，崔豹古今注。記里車車上有二層，皆有木人，行一里下層擊鼓，行十里上層擊鐲。尙方故事有作車法。

白居易六帖〔釗案：亦省稱白帖。〕載：

記里鼓車，東晉安帝制，如指南車，駕駟，中有木人執槌向鼓，行一里則打一槌。又輿服志云：司南記里諸車，過江亡失制度，謝安率意造焉，及獲京師舊輦，形制無差。

崔豹古今注載：

大章車因以識道，起於西京，亦曰司馬車。

右引各條，互相印證，可於記里鼓考見崖略，卽仁寶而在，亦未始不足爲七修類稿稍

稍補遺云。

二

吾國記里鼓之發明，乃工業上利用齒輪系傳動實例之一，劉仙洲著中國機械發明史，於一九六一年出版，曾於此節委細著錄，茲將所記史迹以及造形，述其概略如左：

前曾說過，記里鼓車當前進時，利用車輪轉動，自動將車行里數，表示明白，與目下汽車記里數表之作用相同。據已取得之資料看來，此點在前漢已經闡明。

西京雜記稱：

漢朝輿駕祠甘泉汾陰，備千乘萬騎。太僕執轡，大將軍陪乘，名爲大駕。司南車駕四，中道；辟惡車駕四，中道；記道車駕四，中道。

晉書卷二十五輿服志載：

記里鼓車駕四，形制如司南，其中有木人執槌向鼓，行一里則打一槌。

晉崔豹古今注載：

記里鼓車一名大章車，晉安帝時，劉裕滅秦得之。有木人執槌向鼓，行一里打一槌。

晉書志十八禮五載：

記里鼓未詳所由來，亦高祖定三秦所獲。制如指南，其上有鼓，車行一里，木人則擊一槌。

宋史卷一百四十九輿服志載：

記里鼓車一名大章車，赤質，四面畫花鳥，重臺句欄鏤拱。行一里則上層木人擊鼓，十里則次層木人擊鐲。一轅，鳳首，駕四馬。駕士舊十八人，太宗雍熙四年，增爲三十人。仁宗天聖五年，內侍盧道隆上記里鼓車之制，獨轅雙輪，箱上爲兩重，各刻木爲人執木槌。足輪各徑六尺，圍一丈八尺，〔作者案：那時用三作圓周率，不够精確。〕足輪一周而行地三步。〔作者案：那時是六尺爲一步。〕以古法六尺爲步，三百步爲里，用較今法，五尺爲步，三百六十步爲里。立輪一，附於左足，徑一尺三寸八分，圍四尺一寸四分。出齒十八，齒間相去二寸三分。下平輪一，其徑四尺一寸四分，圍一丈二尺四寸二分。出齒五十四，齒間相去與附足立輪同。立貫心軸一，其上設銅旋風輪一，出齒三，齒間相去一寸二分。中立平輪一，其徑四尺，圍一丈二尺。出齒百，齒間相去，與旋風輪等。〔釗案：輪字原缺，爲作者所加。〕次安小平輪一，其徑三寸，少半寸，圍一尺。出齒十，齒間相去一寸半。上平輪一，其徑三尺，少半尺，圍一丈。出齒百，齒間相去與小平輪同。其中平輪轉一周，車行一里，下一層木人擊鼓。上平輪轉一周，車行十里，

上一層木人擊鐲。凡用大小輪八，合二百八十五齒，遞相鉤鎖，犬牙相制，周而復始，詔以其法下有司製之。

作者原本右列記載，在書頁上製圖說明，且於宋史卷一百四十九輿服志所引各段，一一爲之指證，惜大篇爲短幀所限，無法全部轉錄，所期賢者依據原作，對本問題引繩批根，求得澈底了解，無任厚望。又記里鼓模形，在北京天安門前中國歷史博物館內陳列，用備有心人隨意覽觀，幸毋忽略。

右博物館所揭說明如下：

據宋史輿服志盧道隆所傳制法，幷參考漢孝堂山畫像石鼓車復原制作，記里鼓車是利用齒輪傳動的一種自報里數的機械，創始於晉代，每行一里，則木人打鼓一槌。由四種齒輪的傳動，變換爲凸輪槓杆的制約，與近代記里表原理相同，車前駕二馬並行。

右一原理，凡到博物館看過記里鼓者，皆能目至心隨，如量覺察。至讀到篇終二馬並行一語，都驚爲與從來四馬之說迥異，類無不想得著物理最後解釋，以資闡明。茲查劉文中有理論如下方：

指南車是采用一種能自動離合的齒輪系，它的發明年代，崔豹古今注說是始於黃帝，又舊說周公所作，太平御覽引鬼谷子，也說是周公作，這些都不甚可靠。

沈約宋書卷十八禮志五説：後漢張衡始復創造，宋史卷一百四十九輿服志説：漢張衡魏馬鈞繼作之。

我想創造指南車時期，最早可推到西漢，因西京雜記、有司南車駕四中道的記載。我國有關司南或指南的發明，原有磁石性及機械性兩種。由前之説，決沒有駕四箇馬拉他的必要。而且西京雜記同一段上有記道車的紀述，這一定已采用了齒輪系，所以推斷駕四匹馬的司南車，也是采用了齒輪系。又三國志魏書卷二十九杜夔傳裴注説：「……先生〔指馬鈞。〕爲給事中，與常侍高堂隆、驍騎將軍秦朗爭論於朝，言及指南車，二子謂古無指南車，記言之虛也。先生曰：古有之，未之思耳。……二子哂之。……先生曰：虛爭空言，不如試之易效也。於是二子遂以白明帝，詔先生作之，而指南車成。」所謂記言之虛也，句中記字，可能指西京雜記。馬鈞主張古有之，更可證實不是由他發明。即使再保守一些，也應該推到張衡，因爲衡已采用齒輪系在他的水力天文儀器上，他采用同一物創制指南車，極爲可能。

該書原文甚長，本篇難於備錄。本篇用意，僅在車由四馬拖帶轉化爲兩馬之處，略加引證，此需在博物館記錄上詳細考覽，方得明白。上引館中指示車由四種齒輪、變換爲凸輪槓桿一語，可能已自機械性進步到磁石性，讀者幸加注意。〔釗按：劉著於

凸輪槓桿有專篇紀錄，恕不備引。」

三

吾草右文畢，提示同意考古之揚州卞君孝萱，並徵詢其所見，越日，君以小文見齎如左：

唐記里鼓小考　　卞孝萱

七修類稿卷二十四記里鼓云：「近墨談以楊鐵崖記里鼓車賦數言通用之辭，即以爲制度，又無時與人也，殊不知唐元和間金忠義作，宋天聖間內侍盧道隆又造之。」郎瑛所言，殊爲簡陋，今爲考補如下：

舊唐書卷十五憲宗紀下：「元和十年十二月庚申，新造指南車、記里鼓。」唐會要卷三十二輅車：「元和十年十月，上閲新作指南車、記里鼓於麟德殿。」（萱案：十月應作十二月，誤脱二字。）

舊唐書卷十六穆宗紀：「元和十五年十月辛巳，金公亮修成指南車、記里鼓車。」

册府元龜卷九〇八總錄部工巧：「金公立爲典作官，元和十年十二月，帝閲新作指南車、記里鼓於麟德殿，賜公立緋服銀章及馬一匹。至穆宗元和十五年十月，故金忠義男公亮進修成指南車、記里鼓。　又文宗太和元年六月，賜修指南車記里

鼓人故金忠義男公亮緋衣、牙笏、錦三十匹。」

舊書本紀及册府元龜，俱來源於實錄，爲唐代第一手資料，所述金公立新作記里鼓、金公亮修成二事，自屬可信。金公立與公亮，當係兄弟，俱爲金忠義之子。父子兄弟，技藝相傳，精益求精，應予表彰。郎瑛僅云元和間，而不知事歷憲穆文三朝，僅云金忠義作，而不知金公立與公亮之名，粗疏太甚。

柳宗元卒於元和十四年，十五年十月金公亮修成記里鼓之事，當然不能預知，其所賦者，至多能照映到元和十年十二月金公立新造之記里鼓。

宋盧道隆又造記里鼓，張蔭麟別有考證。

至於元楊維楨記里鼓車賦，全篇久已失傳，惟存虛輪暈軫，至各扣擊以司時等八句，見歷代賦彙補遺卷十三巧藝。不料吾未久忽在精槧之本集內，發見賦之全部，天下事竟有如此不期而自至者，嘻亦奇已！

四

右第一段及第三段文中，曾對楊鐵崖之記里鼓車賦，有所引述，而認爲文久失傳者，不料卞君竟於鐵崖本集內，赫然發見，此果文章之顯晦靡常，抑或讀者搜討力之有偏至，都不必論，惟特揭載於下，以供同好而蕆吾事，倘亦洪識君子所慨許歟？

記里鼓車賦　楊維楨

車有制則尚矣，鼓記里以僅傳，感智者之創始，用攄發於危言，想至巧之心得，開妙斷於物先，啓神機於虛漠，抽秘思於幽玄，遵大路以順適，邁希聲而罔愆，迹雖假於人爲，製似出於天然，協銅虬之晷刻，合黃道之次躔，表古行之往歷，警遙程之淹延，陋籌箭之徒勤，演推步之空專，是乃垂不言之嚴告，肅聽衆之深權也。

其始則神匠設謀，羣工遜智，眞宰洩巧，祇靈失秘，運風斤之重輕，剸陽木之堅緻，動剞劂以屢施，藏樞機以密置，規比金根而得殊，範並皮軒而迥異，豈畋獵之是需，實禮文之宜備，脫渥彩於丹青，略麗飾於翟翠，俗殫力以莫爲，衆駭心而爭視。

觀其虛輪暈軫，横轅倚輗，平廂層構，低高間施，木鐫象以互立，手潛奮而有攜，列鼓鐲於上下，各扣擊以司時，始越里以一發，聲逢逢而運規，途倍立以至十，鏗金聲以應期，縱征行之徐疾，咸適節而合宜，雖亭堠之旁羅，已默測而先知，地險易以足度，道迂脩而必稽，使亥章乘之，可以計四維之贏縮，周穆得之，可以節八駿之馳驅。

若乃肇修封禪，爰以禋祀，一駕攸發，萬乘率履，紛坤迴而乾旋，藹星陳而雲委，翕如陰閉而晦冥，霍若陽開而迤邐，遣鹵簿之盛列，聯屬車之次序，接司南之魚魚，依羽蓋之纚纚，紛鼓吹之外擁，混旂常以間處，耀文物於華夏，聳觀瞻於遐邇，其聲之發也，守信而不移，其體之動也，通行而不倚，其制作也，豈昧道之人，其偶象也，類識微之士，玄雲變暵，罔偷善應之機，大明啓途，亦告攸經

之里，固宜以秘器而見尚，奚可因常輿而等擬也？原夫往聖攸式，後士克承，庸標令典，厥播嘉名，降炎漢以罕記，臻李唐而著稱，宋騁長以登進，燕匠智以聿成，是知工倕謬擅無前之巧，般輸謾襲傳後之能矣。客或有言：引重致遠，民生獲濟，任載周行，天下之利，此車輿之是用矣，奚取區區之小智？愚曰不然：材有長短，物有鉅細，奮跋所能，識見於世，苟寸善之可錄，在盛世之不棄，而況是車雖微，可崇可貴，巧侔陰陽，思通天地，量周八紘，而不昧其所從，轍環千里，而不滯於一軌，方今車書大同，文明廣被，物無微而不登，器無遠而不至，車必備太常之陳，而充儀衛之利，客將歆豔而詡稱，人何以不用而興訾議也？

舜禹之事

一

王元美之弟世懋藝圃擷餘載：

太白遠別離篇，意最參錯難解，小時誦之，都不能尋著意緒。范德機、高廷禮勉作解事語，了與詩意無關，細繹之，始得作者意，其太白晚年之作邪？先是肅宗卽位靈武，玄宗不得已稱上皇，迎歸大內，又爲李輔國劫而幽之。太白憂憤而作此詩，因今度古，將謂堯舜事亦有可疑。曰堯舜禪禹，罪肅宗也，曰龍魚鼠虎，誅

輔國也，故隱其詞，託興英皇，而以遠別離名篇，風人之體善刺，欲言之無罪耳。然幽囚野死，則已露本相矣，古來原有此種傳奇議論，曹丕下壇曰：舜禹之事，吾知之矣，太白故非創語，試以此意尋次讀之，自當手舞足蹈。

釗案：自有柳文以來，讀得通舜禹之事者，曠代並無幾人，不料元美之弟麟洲，能從太白遠別離詩篇，推出右一偉論。夫太白前於子厚時代，亦不過半世紀耳，不知子厚著手論著，曾受到此天末詩人之影響否？

二

又案：歐陽永叔答謝景山遺古瓦長句云：

火數四百炎靈銷，誰其代者當塗高？窮姦極酷不易取，始知文景基扃牢，坐揮長喙啄天下，豪傑競起如蝟毛，董呂傕汜相繼死，紹術權備爭咆咻。力強者勝怯者敗，豈較才德爲功勞？然猶到手不敢取，而使螟蝗生螟蝻，子丕當初不自恥，敢謂舜禹傳之堯，得之以此失亦此，誰知三馬食一槽？當其盛時爭意氣，叱咤雷雹生風飈，干戈戰罷數功閥，周蔑方召堯無臯，英雄致酒奉高會，巍然銅雀高岧岧，圓歌宛轉激清徵，妙舞左右回纖腰，一朝西陵看拱木，寂寞繐帳空蕭蕭，當時淒涼已可歎，而況後世悲前朝？

永叔又在麟洲前數百年，詩中稱述舜禹之事尤罕見，用特補錄於此，以資隔世遙相

唱和之盛。永叔此詩甚長，猶有下一半未全錄，吳闓生稱其「頗有瑰瑋奇致，聲調亦響，但稍平耳」，評甚確。謝景山、名伯景，晉江人，天聖二年進士，爲許州法曹，詩文雅健高逸，爲歐陽永叔所激賞。

三

困學紀聞卷十三載：

舜禹有天下而不與焉，魏文喜躍於爲嗣之初，大饗於憂服之中，不但以位爲樂而已，其篡漢也，哆然自以爲舜禹，可以欺天下乎？

伯厚迂儒眼光，千古一轍，恐仍非子厚之民本論所能折服，可勝浩歎？

伯厚於同卷又謂：

或附曹，羣忘漢，荃蕙化爲茅矣。

或者荀彧，羣者陳羣。何義門云：「或以爭九錫建國自殺，豈爲擠之附曹之列？」至羣之忘漢，又適足證成凡羣所爲，正與子厚所謂事自忘漢而繫曹之論點相合，此兩誼者，諒均不爲伯厚所願聞。

伯厚稱：「舜禹之事」、謗譽、咸宜三文，晏元獻云：恐是博士韋籌作，此元獻意在解除柳作負擔，託之韋博士以爲尾閭，事甚顯白。竊思呂化光與子厚志趣相合，舜禹一解，實爲當時兩家互鳴之聲，此觀化光諸葛武侯廟記，其於民不思漢、匪私劉宗

云云，彼此同聲相規，共赴一的，可以概見。於是以呂釋柳，足知柳文眞實無類，近代李越縵通覽柳呂兩集，結論揭諸日記者，可得取證，讀者幸勿忽。至元獻身爲宋相，政務殷繁，先代文家遺墨，未獲周諏不漏，足資認定。又化光文名，遠遜子厚，集又篇幅無多，易於逃脫審問愼思如伯厚者流之周察，不難想見。凡此皆探討本題之殘膏剩馥，吾並著明於此，候諸家訂正。

四

清道咸間，有舉人魯一同以通才取重於世，所著通甫類稿中，有論舜一篇如下：

孟子曰：舜相堯，二十有八載，堯崩，三年喪畢，舜避南河之南，朝覲訟獄謳歌皆之舜，然後踐位，以予所論，是蓋權宜之說，非事情也。天下、大器也，受天下、重事也，以聖人受大器，行重事，此其辭受取予，豈特苞苴饋問而已？以堯命當受則受之，不待旣避，天下之民從之然後受，是輕堯之命也。以堯命不當受，又不得以朝覲訟獄謳歌故強受，且受不受在我而已，以此知其不然也。解者曰：受天下非舜意也，民心所歸，不得已焉耳，則對曰：舜之攝政，幾年於今矣，覲獄巡守，柴望告天，誅罪命官，皆天子之事，而舜行之，其歸舜豈一日哉？堯崩而朱立，猶事堯也，率天下之民以服事唐，不亦可乎？朱不肖奈何？曰：旣知朱不肖，不足承大統，有堯之命，何嫌何疑而不受？必故避以觀天下之心，而皆從而後受，聖人固如

是乎？且古君薨而世子立，未有踰年無君者也，堯崩，三年喪畢，此三年中，天子者誰乎？舜乎？丹朱乎？以爲丹朱，朱既爲天子，舜爲宰輔，歷三年之久，忽憂天下歸己，棄職而去，天下之民紛然從之，遂歸廢朱而自立，是王莽劉裕之所爲也。以爲舜，舜爲天子三年，既免喪，乃復避朱南河，以待天下歸己，吾誰欺？欺天乎？非朱非舜，勢將無君，唐虞雖云太平，安有三年無君之理？又不知此時朝覲訟獄，誰主之也？解者又曰：古者君薨，百官聽於冢宰三年，周公成王是已，周公返政，舜避南河，一也。余又辨之曰：周公於成王，攝政而已，爲天子實成王，非周公也，舜總百官，則亦朱之冢宰而已，爲天子實丹朱，非舜也，豈有三年之中，冢宰與天子疑似而莫能定？且丹朱何人也哉？彼其傲虐嚚訟，晝夜頟頟，使免喪之後，舜避南河，正位居中，不須時而定。天下之人，社稷有主而外求君，則是亂政之民也，舜又安能從亂民之意，以強受其所不欲哉？然則舜有天下，孰與之？曰：堯與之。二十八年以來，舜之爲嗣天子久矣，朱之廢決矣，故帖然無有異辭，不然，雖堯有命，朱豈讓天下之人哉？借令易代之時，稍有纖豪梗介，上以損堯之明，下以虧舜之德，然則舜禹受人天下，何以無讓？曰：堯舜既崩，朱均既廢，無所可讓。禹之薦益也，猶舜禹也，何不爲天子？曰：禹未嘗薦益，有啓之賢，可以負託，豈必慕讓位之高名，翹翹然效之哉？然則孟子妄說乎？曰：有爲言之也。孟

子見當時燕噲之流，輕與人國，覆宗絶祀，故託之於天，以爲可以止天下之簒。不知天下後世簒其君者，無不託之天，朝覲訟獄謳歌，無不託之天下之民，無不讓之至再至三，簒益横，術益巧，又豈天與之説所能預救其弊者哉？

通甫論旨，與子厚集中舜禹之事，謂堯忘於人與舜繫於人之意趣同，雖文之面貌，似彼此兩不相涉，而歸結於人民之向背則一。

晉文公問守原

杜牧故處州刺史李方玄誌載：先人所謂貞公，家不上三十口，其儉德服人，因崔閹潭峻代陳家世，事已前錄，卽不覼縷。㊀蓋貞公者，李遜謚也，遜字友道，趙州人，卒後始謚曰貞。遜弟翰林建，字杓直，與子厚同官友善，遜守常州時，子厚通過建，求一面遜而不可得，事見子厚與杓直書。又遜兄弟皆禮佛甚虔，衆號李氏爲李善人家，以知唐人釋道不分，遜字友道，道卽佛也，白樂天詩序云：予與李侍郎早結道友，道友卽友道之倒置，謂共研佛理之友明甚。㊁夫兄弟旣皆佞佛，門庭於焉廣大，崔閹

㊀ 參閲本部第七卷李遜條。

㊁ 蘇子瞻遊孤山訪惠勤惠思二僧長句云：臘日不歸對妻孥，名尋道人實自娱，道人之居在何許？寶雲山前路盤紆，孤山孤絶誰肯廬？道人有道山不孤，對二僧連稱道人不斷如此，可見僧道不分之習，遞宋猶存。

標其家不上三十口，此欺憲宗昧於外事，其言至不足據。且也，韓退之貶潮州時，自傷其家百口流離，子厚下永州，亦聲言家口六十，試思韓柳比之李氏，特大小巫之類耳，而謂李氏庭宇雜遝，其家人之衆，且不及下吏之一半，誰則信之？查時在中唐，上下之奴隸制未改，所謂家口也者，大抵包括奴僕而言，崔闇所指小僮，量在家口中剷除出去，以是李氏之偌大家族，闇得從容以三十口蒙混過關。未幾憲宗被弑，元和逆案，漸次露列，崔闇於返京途次，被人砟死，凡此皆在子厚逝世之後，小杜遂於文內將潭峻誤作談峻，㊀以便遮掩世人耳目云。

依上所論，憲宗以軍國大事，謀之於宦寺，正與子厚所議之顯然警戒者，適爾相悖。夫牧之所謂儉德服人，其背反一至於此，誠幸而事不見於子厚生時，致使草守原議頃，隱隱有一守陳許議之影子，繞其筆端，重其思慮，嗚乎噫嘻。

惟房與杜

子厚眎民詩曰：「帝眎民情，匪幽匪明，帝懷民眎，乃降明德，乃生明翼。明翼者何？乃房乃杜，惟房與杜，實爲民路。」眎、古視字，所謂帝眎民眎，與古諺天視自我民視，殆同一詣。夫明德者何？對君而言，明翼者何？對臣而言，臣開民路，篤生房

㊀ 小杜集別本潭峻作談峻。

杜，餘冬從而宣示於衆曰：「若夫共掌朝政，位齊時並，而典章文物，彼謀此斷，跬聚可定，則從漢暨宋，未或有如房杜者也」，（語見敍錄跋房杜像後，下引語同。）嗚乎盛已！餘冬斯文，且首下斯義曰：「惟房與杜，爲眞宰輔，唐人有是言也」，所謂唐人，蓋舍子厚別無可指之象，餘冬於是續爲之説曰：「史臣謂房杜爲相，輔贊彌縫而藏諸用，使斯人由而不知，其相業蓋廓乎無可尋跡矣，所謂眞宰輔者，其在此也夫！」凡餘冬睎房杜像發言，無不一一與子厚所作眎民詩絲絲入扣，吾於是乎書。

吾見後乎子厚，及外於唐人而言房杜者，殆莫如宋之蘇子瞻，謂善用兵者無赫赫之功。此子瞻上神宗書中之言如是，吾在上編筌眎民詩時，辭已全錄，恕不贅。惟吾謂明之何燕泉，倘與子瞻易地而觀，其在敍錄申述房杜，不可能有異辭。

桐城派與柳子厚

自方望溪毀柳，其徒相與唱和，論低昂雖不一，大意則幾於一致，此稍與桐城相習者類能言之。如管異之爲方植之文集序曰：「自周之衰，士大夫舍本逐末，諸子百家，創説著書，其言虛僞龐雜，文辭工而多失立言之旨，秦漢以降，士益專力爲文，而猶託於立言者，荀揚韓李是也。」此不作韓柳而另言韓李者，則全重復其師之語言，及以李代柳之故智也。至植之書法言後，又變換一種口吻：「或曰：揚子成太玄，桓

譚以爲後世復有子雲者，必能好之，及宋司馬温公，果篤嗜其書，意者其奧而世鮮知耶？余曰：不然，夫孟荀揚韓雖並稱，然孟氏之道，班於聖人，今讀其書充然沛然，高下曲折，涵天地而無極，指事而無不盡焉，曷嘗待於入黄泉，出青天，若揚子之所爲耶？」此自排柳之説張，而世有異議，桐城諸子，感覺到李之學與識，俱不足以抵柳，不得不爲抽板换底之計，將李與柳於下面削去，而別奉一高不可攀之孟子，取岧嶢太華之尊，籠罩於上以資鎮攝。吾揣植之當時懷想爾爾，而大勢所趨，仍不如植之所期，梅伯言始出爲折衷之論，作淮南子書後如下：

淮南子剽竊曼衍，與安所爲文不類，然自呂氏春秋外，存古書者莫多是書，非東漢人爲之決也。惟天文訓所言三百六十五度四分度之一，則四分歷章帝始行之，其二十四氣，亦與東漢更定者同，豈亦有後人附益者與？孔子曰：信而好古，豈不以非信之難，能辨其爲古者難歟？昔柳子厚謂列子書質直，少爲作，莊子多本之。夫列子、剽莊子者耳，其書非莊子及諸子書所有者，文氣皆甚卑，不類周秦時文，而以爲莊子之所從出，疏矣。樸學之士，好是古而非今，不能通知文字升降之源，不根者攬其詞，味沒其終始。子厚固非二者之可倫比，其言鶡冠子剽賈誼賦入其書，信當矣，而顧失之於列子何哉？

此對子厚取不抗不卑之勢，有所駁同時有所與，可使左袒者不怨，深惡者亦暫無言。

馴至有楚人出，巧爲聖哲畫像記，將韓柳平列，以息浮議，而吾三百年來之文壇大浸，始得卽於平流而告安瀾。自一九四九後，嚴幾道之闢韓論大張，所謂民不出粟米麻絲、作器皿、通貨財、以事其上則誅之忘本妄議，人人得而申罪致討。此又是一種局面，今五尺童子所深喻勿疑，卽不多論。

韓柳箴詞

一

楊萬里誠齋詩話載：

韓退之行箴云：宜悔而休，汝惡曷瘳？宜休而悔，汝善安在？柳子厚憂箴云：宜言不言，不宜而煩，宜退而勇，不宜而恐。二箴相似，未知孰先爲之者？

釗案：韓柳兩集，於箴詞皆無注，因以鄙意略就楊引兩家語，加以疏釋如下：

宜悔而休、汝惡曷瘳云者，謂宜悔懼而反休止，試問汝之過惡將從何處得改正乎？宜休而悔、汝善安在云者，謂宜休止而反悔懼，試問將從何處看到汝之好處乎？二者皆謂舉措失當。

宜言不言、不宜而煩云者，謂宜言時而不言，不宜言時而反煩言也；宜退而勇、不宜而恐云者，謂宜退而反勇往直前，不宜退而又恐懼瑟縮也，二者皆指憂不適時。

二者皆由獨立思想，自動而發爲箴詞，看不出互相勦襲處，誠齋所測，未中肯綮。

二

誠齋詩話云：

柳子厚答韋中立書云：抑之欲其奥，揚之欲其明，陳之欲其通，廉之欲其節，激而發之欲其清，固而存之欲其重，此用周禮考工記丞人句法云：眡其鑽空，欲其怨也，眡其裏，欲其易也，眡其股，欲其直也，櫜之欲其約也，舉而眡之欲其豐也，衣之欲其無斷也。〔釗案：據考工記，丞人當作函人，怨當作惌，股當作朕，斷當作齘。〕

此指用古人句法也。誠齋又有如上一段所引箴詞，此則用同時人句法。釗案：誠齋此一論斷，亦己身讀書多，見他文與古今人相似處，因假定爲有意取法云爾，其實未必如是。蓋行文章法，非彼卽此，英雄所見，大抵接近者多，遽指爲摹仿所致，未免輕視乎古作者矣，況韓柳工力悉敵，尤難認爲誠齋之所品題者乎？爲文孰後孰先？似尤無謂之枝辭云。

三

韓柳兩家工力悉敵，然仍有偏重一方的看法，如宋張戒所作歲寒堂詩話稱：

柳柳州詩字字如珠玉，精則精矣，然不若退之之變態百出也。使退之之收斂而

爲子厚則易，使子厚開拓而爲退之則難，意味可學，而才氣則不可強也。吾曾向一詩友言：「歲寒堂此則詩評，當留與後來王元美之峻斷參看。」查元美藝苑卮言有云：「韓退之於詩本無所解，宋人呼爲大家，直是勢利他語。」勢利、他本一作市利，此即所謂峻斷是也。蓋余於五十歲前，原無意作詩，是歲罷官旅津，與一詩人遇，偶寫不入格之長篇詩與他看，他甚喜，作七古一首還答我，末兩韻云：衡寒過我示新作，抑鬱窮愁聊一嘔，不妨獨以文爲詩，莫與時賢較升斗，所謂以文爲詩，謂吾當時詩筆近韓也，吾甚惡之，向後力謀以柳折韓，吾詩漸有今貌，追憶往蹟，曷勝悚然。㊀

反封禪

困學紀聞卷十七載：

韓柳並稱而道不同，韓作師說，而柳不肯爲師，韓闢佛，而柳謂佛與聖人合，韓謂史有人禍天刑，而柳謂刑禍非所恐。〔原注：柳以封禪爲非，而韓以封泰山鏤玉牒勸憲宗。〕

右所謂柳稱佛與聖人合，語見上部卷二十五送僧浩初序。查伯厚本其識力之精博，

㊀ 參看同卷韓以文爲詩條。

廣引所得接近之史料，殊少裁定，就中柳與佛之眞實連誼何若？曾無一字涉及，其一例也，姑不具論。

伯厚又於紀聞十卷稱：

封禪秦漢之侈心，此河汾篤論也，房魏學於河汾，而議封禪之禮，不以爲非，安在其爲守師說乎？

翁元圻輯注曾引范祖禹之說如下：

封禪實自秦始，古未有也，太宗方明，㊀而佞者猶倡其議，獨魏徵以爲時未可，而亦不以爲非也，後議其禮，徵亦與焉。高宗明皇，遂踵而行之，終唐之世，惟柳宗元以封禪爲非，世俗之惑，可勝歎焉？

釗案：所謂河汾篤論，子厚集中未嘗一次齒及，又河汾號文中子，子厚主張大中，亦不以爲藍本，是魏徵不守師說，並不與子厚有何干涉？獨子厚反擊封禪，彼自有其獨立見解，洵足以傲昌黎而壓衆議，且掃除秦漢以來之侈心，勢不得不招同淳夫，相與重視此一杜絕淫祀之獨見云。

繼子厚而反封禪者，爲宋代之林逋和靖，和靖將終之歲，自作壽堂，因書一絕誌之：

㊀ 參看本卷方明條、及上部卷一貞符第五段。

湖上青山對結廬，墳頭秋色亦蕭疏，茂陵他日求遺稿，猶喜曾無封禪書。

梅堯臣序和靖詩，君在咸平景德間，已大有聞，會朝廷修封禪，未及詔聘，故終老而不得施用於時。東坡書和靖詩後亦曰：自言不作封禪書，更肯悲吟白頭曲？更肯悲吟者，乃甚言其不肯隨聲附和，因反語以表見遺趣也。吾人以知子厚和靖兩人，在地下表裏唱和，猶時時與地上之寒泉秋菊，各相映發云。

讖緯

柳子厚全集，無一字涉及讖緯，反之、草貞符一文，所爲「抑詭類，拔正道」，大書深刻，以揮斥封禪，此在消極方面，亦似不應磨滅，與封禪暗通消息之讖緯觀念而不予一提。吾十年前，從北京圖書館借閱王西莊蛾術編，見李越縵於書眉上，以眞正蠅頭細字，錄有關讖緯一大段文字，當時因難於辨認，淺嘗卽止。光陰如駛，十年後重復假閱，則字跡更加模糊，豫料再踰十年，定如羊毛一片氈，不堪入目矣。吾因決意別錄本文一通，雖於申柳無直接連系，而紆焉輔之，亦並非全無裨補。文如下：

緯與讖別，緯者所以補經，三代典制，聖人微言，往往而在，康成所注，及以解三禮者是也。讖者、哀平以後所盛行，而秦漢間亦間有之，乃推決休咎，假託符

命，多瀆亂妖妄之言，如亡秦者胡，及赤伏符、白水眞人、代漢者當塗高、八厶子系、十二爲期之類是也。讖有圖而緯無圖，讖圖如今世所行推背圖之類，故曰圖讖，光武最信之。後書儒林尹敏傳：世祖令校圖讖，敏對曰：讖者非聖人所作，其中多近鄙别字，頗類世俗之辭，恐貽誤後生，帝不納。鄭興傳：帝嘗問興郊祀事，曰：吾欲以讖斷之何如？興對曰：臣不爲讖。桓譚傳：有詔會議靈臺所處，帝謂譚曰：吾欲以讖決之何如？譚默然良久，曰：臣不讀讖，復極言讖之非經。又譚上疏稱：今諸巧慧小才伎數之人，增益圖書，矯稱讖記，是讖之與緯，分别甚明，譚不信讖，非不信緯也，讖以有圖，故稱圖書，亦曰圖緯，謂緯之有圖者也。張衡傳：初、光武善讖，及顯宗肅宗，因祖述焉，自中興之後，儒者爭學圖緯，兼復附以妖言。衡以圖緯虚妄，非聖人之法，乃上疏曰：讖書始出，蓋知之者寡，自漢取秦，可謂大事，當此之時，莫或稱讖。若夏侯勝、眭孟之徒，以道術立名，其所述著，無讖一言。劉向父子領校秘書，閲定九流，亦無讖錄，成哀之後，乃始聞之，其下歷引尚書讖、春秋讖、詩讖。又云：往者侍中賈逵，摘讖互異三十餘事，諸言讖者皆不能說。又云：宜收藏圖讖，一禁絶之，凡此皆絶不及緯，是衡特不信讖，非不信緯也。東漢諸儒，以緯爲内學，錢竹汀、趙甌北、王述菴皆考之甚詳，然習之者衆，不免有所附益，或以讖汨之，如春秋元命苞、本緯也，而張衡疏亦引元命苞乃近讖語。三

國志魏文帝紀注所引，皆緯讖雜出，自隋文禁讖並禁緯，悉焚其書，而今所傳者零殘之簡，皆讖緯互亂，不可復辨。如乾鑿度最稱純粹，而亦有孔子曰丘按錄讖論國定符等語，是類雜有蒙孫之名，生衆妖及赤世蒙孫之語，與三國志注許芝所稱春秋佐助期言漢以蒙孫亡相合，皆漢末人以讖附緯，而康成注又多爲魏晉以後至唐術士所附益，支離錯謬，傳寫竄亂，不可究詰矣。

越縵此一文獨大特色，是將讖與緯劈分兩部，認爲讖屬離經叛道而不可信，緯則與經相對，各守內外部位，終不失爲足可信據之學。是不僅爲桓君山、張平子輩開一旁門，使之自由出入，而且爲二千年後如錢竹汀、趙甌北、王述菴等並包括自己在內之學者，保留一討論學術綽有彈性之鬆弛境地。此較之柳子厚嚴格提出貞符二字，抵住圖讖及內學一切謬論，別以民意爲尾閭，大呼惟人之仁，匪祥於天，使從來妖淫嚚昏、詭譎闊誕諸邪說，見厥貞而自羞，聳然退聽，無以議爲者，其幅度之大小，範圍之廣狹，大致相類，是亦在學者之善於抉擇，衷於一是而已。嗚乎噫嘻！光武也者，實一撥亂反正之漢中興主也，顧越縵以其尊信圖讖，不得不降而與「巧慧小才伎數之人」，同類而並譏，推之千餘年前之子厚，既贊光武「克綏天下，復承舊物，」繼惜其「猶崇赤伏，以玷厥德」，㊀吾人酷似親聞太息痛恨之聲云。

㊀ 四引語本貞符文。

明兩

易離卦：「象曰：明兩作離，大人以繼明照於四方。」程頤傳云：「若云兩明，則是二明，不見繼明之義，故云明兩，明而重兩，謂相繼也，作離、明兩而爲離，繼明之義也。」本部卷五田山薑父子與蒙齋黔書條、引綸霞涵碧潭句云：「沙明蚌兩，」所用明兩二字本之易，其中參用蚌字，又引子厚賦語：「皎如珠吐，類剖蚌而乍分」以質劑之，當時未曾詳細説明，因補陳於此。

子幼

上部卷十七簽宋清傳時，曾引賀濤文一首，中有「子長之辭激，子幼之辭敖」二語，讀者不解子幼胡指，遽認爲子厚之誤寫，其實非誤也，請略論次如下：

賀文在二語後著辭曰：「子厚既自反之不縮，而又倖人之憐而收之也，故其志幽抑，其音哀促，其氣亦遂萎然不能舉其辭，抑猶在二子之後與！」二子者、即指前文子長及子幼而言，開筆即以子厚之名號統之，此證明不可能子幼與子厚爲同一人。然則子幼誰耶？據鄙陋所知，乃指華陰楊惲之子惲，以惲居兄弟之末班，故字曰子幼。考惲既失爵位，家居以財自娛，其友孫會宗與書諫戒，惲報章大發牢騷，有

「君父至尊親，送其終也，有時而旣」等句，卒緣此等句被判大逆無道，腰斬而死。本事見前漢書，文選亦採登其致孫札，凡此卽賀文所謂辭敖。

查子幼爲漢宣帝時人，與子長同代而並不同時，雖在政治氣味上，不妨說先後相通，然若持論正專注甲，忽將乙生呑活剝而出，亦嫌突如其來，而鋭覺鴻文無範，濤此文正坐斯蔽，姑不具論。濤字松坡，河北南宮人，與同邑李剛己、均屬桐城吳汝綸高第弟子，文並達到桐城高品。

懲貪予廉

何氏敍錄卷十一有云：

後漢書：孟嘗爲合浦太守，郡俗、舊採珠以易米，時二千石貪穢，使人採珠，積以自入，珠忽徙去，合浦無珠，餓死者盈路。孟嘗化行，一年之間，去珠復還，或問珠豈有知物哉？避貪就廉，吏化之所感如此。齊書：盧愿爲晉安太守，郡出蚺蛇，膽可爲藥，有餉。愿放之二十餘里，一夜蛇還歸牀下，復送四十里，經宿復還故處，愿令更送，遲明乃復歸，如此再三，時以爲仁義之心致然。唐柳子厚連山郡乳穴記：石鐘乳、連之人告盡者五載矣，以貢則買諸他郡。刺史崔公至逾月，穴人來，以乳復告，邦人悅是祥而謠之。穴人笑曰：嚮吾以刺史之貪戾嗜利，徒吾役而

不吾貨，吾以是病而紿焉，今刺史令明志潔，吾以是誠告焉，何祥之爲？噫！是可以觀吏道矣，貪則無知之物，能辟其境，義則有生之類，願効其命，而況人焉有不誠於明潔，而紿於貪戾者乎？

右說事共三段，一三兩段，情節相近，蓋部民之於長官，大抵避貪而趨廉，貪官去而珠乳復現，實則部民逕斟酌而行之，非珠乳之能自去自來也。惟中段所載，官未嘗換，蛇仍去而復反，此則部民貪餉所爲，蛇可能是原蛇，抑或部民別藏蛇隨時補缺也。

合浦徙珠，而死者盈路，如合浦人明知珠徙之故，而忍卻盈路之死者，閉口不漏，足徵粤俗民力之強，懲貪之酷。

連山郡乳穴記，連山柳集原作零陵，燕泉行文，自爲改正，足見作者讀書之用心處，參看本編上部二十八卷原文簽。

行文忌文氣過長

行文忌文氣過長，吾嘗於袁枚答友人論文第二書得一實例，如下：

而何以柳州一老，窮兀困悴，僅形容一石之奇，一壑之幽，偶作天說諸篇，又多譎詭悖傲，而不與經合，然其名卒與韓峙，而韓且推之畏之者何哉！

此小小一段文字，冒頭之何以，與結尾之何哉犯複，吾人從而修正，有二法：一將上面何以字削去，其餘一概不動，一在下面削去者何兩字，亦其餘一概不動，除此二法以外，還有第三法在。

所謂第三法者何也？請從子厚與顧十郎書求一例證如下：

大抵當隆赫柄用，而蜂附蟻合，煦煦趄趄，便僻匍匐，以非乎人而售乎己，若是者一旦勢異，則電滅飆逝，不爲門下用矣。

此若是者之是，代表上面隆赫柄用整整五句，與下面一旦勢異三句相連接，以文氣言，此若是者三字，根本不用，於本文理解，固完全不會觸動，特加上此三字，於文脈發生疏宕作用，讀去更怡然理順，謂余不信，請將若是者三字全部保留，抑或全部撤去，兩法都要從容諷誦原作，以驗其對理解所生影響何似？然後得知作文須調節氣候，乃是一步眞功夫。

須知右列兩種方式，都是捄濟文氣過長之適用良劑，初學者允當留意。

詩須分清賓主

詩家無論自作與閱讀，皆須分清賓主，始得於章法不誤。 如胡仔漁隱叢話卷十九載：

冷齋詩話云：漁翁夜傍西巖宿一首，東坡云：詩以奇趣爲宗，反常合道爲趣，熟味此詩有奇趣，然其尾兩句，雖不必亦可。

釗案：子厚此一首詩，應分作賓主兩部看，蓋前四句是主，後兩句是賓，賓主合參，始成全璧。東坡所謂「其尾兩句雖不必亦可」，乃樇句也，此謂賓部用雲相逐可，用其他物象亦無不可，此並非謂賓部可删汰也。試取柳詩他篇證之，如南澗中題，秋氣集南澗前六句爲主，後從羈禽響幽谷至最後共十句爲賓，末云誰爲後來者，當與此心期，乃點明題旨，後來者卽指羈禽寒藻而言。倘當時爲賓之物象，不是禽藻，而是巖雲，則子厚兩詩賓語，原不妨互易，所謂賓者，純由當時所接物象決之，原無一定品種也。顧王漁洋不解此，堅謂回看天際兩語爲贅，可得節去，其後桐城諸家和之，晚清所印柳詩，紛紛將末二句削去，改作絶句，編入七絶一類，殆全不解詩家賓主法度，不可謂非晚近詩壇之一絶大笑話也。

偶閲李賓之麓堂詩話，謂「子厚回看天際下中流兩句，坡翁欲削去，論詩者類不免矮人看場之病，予謂若止用前四句，則與晚唐何異。」吾雖不知賓之所謂與晚唐何異，是否與吾賓主合度之説，無形默契，畢竟長沙之於詩解，高人一等，吾因樂爲附記在此。又王元美藝苑卮言卷四，亦謂蘇氏欲去柳氏遙看天際，吾所未解，此雖於東坡或有誤會之處，理解還是與恆流不同。㈠

讀書宜備兩種態度

眞讀書人讀書，宜備兩種態度，所謂兩種態度，一認眞讀，與一隨意讀是也。吾觀許顗彥周詩話載兩則如下：

一，古人文章，不可輕易，反復熟讀，加意思索，庶幾其見之。東坡送安惇落第詩云：故書不厭百回讀，熟讀深思子自知，僕嘗以此語銘座右而書諸紳也。東坡在海外，方盛稱柳柳州詩，後嘗有人得罪過海，見黎子雲秀才說，海外絕無書，適渠家有柳文，東坡日夕玩味。嗟乎！雖東坡觀書，亦須著意窮研，方見用心處耶？

二，柳柳州詩，東坡云：在陶彭澤下，韋蘇州上，若晨詣超師院讀禪經詩，卽此語是公論也。

東坡是絕頂聰明人，書細細讀，及陶淵明不求甚解之讀法，兩俱可用，而且此老一生，兩法俱相互用之，吾讀右二條所感，卽是如此。

東坡至海外，隨身帶陶柳二部詩去，柳文則就地取材，如右云云。書旣如此難得，讀時惟整散相間應用，庶可解除此一困難。

㊀ 參看本部卷九言盡而意不盡之謬論第五段。

佛經、唐人往往將他當道書讀，所謂當道書讀者，卽指隨時隨地、任意瀏覽而言，如元微之詩：閒讀道書慵未起，水晶簾下看梳頭是也。若如柳州晨詣超師院讀禪經，則是其他一種認眞讀法，卽以法之名相而言，二者亦顯然異趣。曩者釋道不分，可算將釋看得極輕，幾乎其中不含多少佛旨，例如宮人爲尼，於此不曰宮人學佛，而曰宮人入道，恍若女流學不上佛然，事極可笑。雖柳詩「道人庭宇靜」云云，超師亦可混稱道人，但一涉及經文，則又曰禪曰佛，象既尊崇，語相與鄭重而出之，恍又去道不啻萬里。佛與道界限不清如此，不審東坡一流人能下轉語否？夫如是，吾欲無言。〔釗案：本編下部卷十二章柳下第三段，詳論子瞻陶下韋上句、及子厚晨詣超師院詩，可參看。〕

夢中見

一

何氏敍錄載：宋人詩話有極可笑者，引柳子厚別弟宗一詩：欲知此後相思夢，長在荆門郢樹烟，謂夢中安得見郢樹烟，此眞癡人說夢耳。同錄上一條又載：東坡小詞，萬事到頭都是夢，休休！明日黃花蝶也愁。達者處世，盍於是求之？其心休休，何愁之有？燕泉在分司看菊偶題。燕泉〔孟春號。〕夢中能見子厚之郢樹烟，亦自可

見東坡小詞中之菊花，諺稱癡人面前説不得夢，不知孟春是達者、抑或名副其實之癡人？

二

周紫芝竹坡詩話載：「子厚別弟宗一詩末兩句云：欲知此後相思夢，長在荆門郢樹烟，此詩可謂妙絶一世，但夢中安能見郢樹烟？烟字只當用邊字，蓋前有江邊故耳。不然，當改云：欲知此後相思處，望斷荆門郢樹烟，如此卻似穩當。」紫芝宋宣城人，少隱居陵陽山南，年六十一，始以廷對第三人出身，知興國軍，任滿奉祠歸，入廬山終焉。

吾猶昔人

子厚戲題石門長老東軒云：

石門長老身如夢，旃檀成林手所種，坐來念念非昔人，萬徧蓮花爲誰用？如今七十自忘機，貪愛都忘筋力微，莫向東軒春野望，花開日出雉朝飛。〔釗案：朝原作皆，依意改訂，請視下面本篸。〕

升菴詩話卷四、於坐來念念非昔人評曰：

法苑珠林：梵志出家，白首而歸，鄰人見之曰：昔人尚存乎？梵志曰：吾猶昔

人，非昔人也，子厚正用此事，而注者不知引。升菴補注甚佳，吾亦補注兩條如下：一、蓮花或謂指妙法蓮華經，艮是。二、崔豹古今注：「齊宣王時，處士犢牧子年五十，無妻，出採薪於野，見雉投雌，相隨而飛，意動心悲，乃作雉朝飛之操以自傷。」今朝誤皆，依意訂正。又案本詩是五十六字轉韻體，子厚詩全集，衹有此種體裁兩首，除本篇外，他一首曰冉溪。

房直温

宋尤袤全唐詩話，載鄭還古一條如下：

還古閒居東都，將入京赴選，柳當將軍者餞之，酒酣，以一詩贈柳氏之妓曰：冶豔出神仙，清聲勝管弦，詞輕白紵曲，歌遏碧雲天，未擬生裴秀，何如乞鄭玄，不堪金谷水，橫過墜樓前。柳喜甚曰：專俟榮命，以此爲賀。未幾，還古除國子博士，柳見除目，即遣入京，及嘉祥驛，而還古物故，洒放妓他適。逸史載：還古初娶柳氏女，嘉會之初，夢娶房氏，後柳卒，再娶東都李氏，屬房直温爲東洛少尹，李之舅也，婚禮皆房主之，始知舊夢之前定也，還古登元和進士第。

尤袤者，字延之，無錫人，南宋紹興進士，由祕書官至禮尙，卒謚文簡，著遂初小稿六十卷，赫赫知名有聲，以才識見賞孝宗。全唐詩話雖閒散筆墨，而亦文家必讀之作，

以右文與子厚集參看，序棋首敍「房生直温，與予二弟遊，皆好學，」合之尤作：「直温爲東洛少尹，」足見房生出身不低，於學與仕，皆有相當地位。鄭還古物故於及第之後，正如棋局中擇其不善者墨之而已，兩家記載，隱隱有草灰蛇綫之迹，相與繚繞而不可解，噫嘻奇已。柳集號稱有五百家注，延之讀詩餘瀋，亦雅正遠非僻書，顧無一人齒及直温所遺嘉話，耑待小生爲之綰合以襮於世，此儻是文字顯晦之有定程，非墨者徒所得隨意掇擇者歟？吾何敢知？

杜恕

聖人之道，不益世用，爲子厚一生以學試事，親歷有得之關目語，（語見與楊京兆憑書。）與三國杜恕「儒家迂闊不周世用」八字，詞貌相同，而理趣適反，不可以不辨。尋子厚功力所至，以求大中，希至當爲歸，諸君其毋侈談聖人之道也已。倘所謂聖人之道，律之當世實際之用，無所開益，則中失其彀，當於何有？吾人亦惟弁髦棄之而已。倘必以聖人爲名高，株守而不失，非愚卽腐，通才鄙之。杜恕則曰：「今之學者，師商韓而上法術，競以儒家爲迂闊，不周世用，此最風俗之流弊，創業者之所致愼也，」此以儒家與商韓相對立說。蓋儒比於商而上治法，不得謂迂，比於韓而任人情，不得謂闊，儒與兩家程功競能，將無往而不優裕，於是風俗無可滋之弊，創業有

自致之效，衡之世用，顯見周匝有餘。夫儒者何？即聖人之道也，此在語意，杜恕得其正，而子厚得其負；杜恕以儒效爲萬能之藥，將敷施而不窮，子厚以聖功爲強弩之末，且廢墜而不復。

恕，杜預之父，三國魏志有傳。恕字務伯，在朝不事交結，專心向公，所著體論八篇，興性論一篇。

記昌黎集後

吾查閱王氏鳴盛十七史商榷，而知陳氏祖范集中有記昌黎集後一文，因覓得李氏慈銘所藏陳集，李並用朱筆批記於後，詞雖簡略，足見八司馬事在吾國文壇影響之鉅，甚爲歡躍。茲請錄陳文於下：

予讀韓退之順宗實錄及永貞行，歎劉柳輩八司馬之寃，意退之之罪狀王韋，實有私心，而其罪固不至此也。夫順宗在位，纔五月耳，實錄所紀，如罷宮市、止月進、停鹽鐵使、禁五坊小兒、出後宮女教坊妓、黜李實、罷陰陽醫卜待詔翰林者、追還陸贄陽城鄭餘慶，皆平明之治也。至于謀奪宦官兵柄，尤爲救時第一要策，若其計成，則劉蕡不必叫天而對策，文宗不恨受制于家奴，內豎不擅廢立之權，而唐祚可更延也。不幸宦官覺悟，計不得行，未幾而太子監國，伾文旋竄逐死矣。斯

舉宜爲有識所痛惜，乃永貞行云：北軍百萬虎與貔，天子自將非他師，一朝奪印付私黨，懍懍朝士何能爲？以宦官典兵爲天子自將，領以朝臣爲付私黨，是得爲公論深識者與？退之于貞元十九年上疏貶陽山令時，伾文已用事，其徒掾江陵也，在順宗即位之二月。退之寄三學士詩云：適會除御史，誠當得言秋，拜疏移閤門，司空歎綢繆，謂言即施設，乃反遷炎州，同官盡才俊，偏善柳與劉，或慮語言洩，傳之落寃仇，二子不宜爾，將疑斷還不，所謂寃仇者，伾文執誼也。憶昨行云：伾文未揃崖州熾，雖得赦宥常嫌猜，近者三姦悉破碎，羽窟無底幽黄能，眼中了了見鄉國，知有歸日眉方開。退之于伾文執誼有宿憾，于同官劉柳有疑猜，進退禍福，彼此有不兩行之勢，而伾文輩又速敗，于是奮其筆舌，詆斥無忌，雖其事之美者反以爲惡，而劉柳諸人朋邪比周之名成矣。史家以成敗論人，又有韓公之言爲質的，而不詳其言之過當，蓋有所自，予故表而出焉，非以劉柳文章之士而回護之也。

越縵評於後云：

卓識不可易，經生家所難。八司馬事，范文正公略爲昭雪，至國朝而田氏雯、馮氏景、全氏祖望、王氏鳴盛，皆力申之，王氏之言尤痛切，足破自來迂儒之陋。語雖簡略，而意深切著明，越縵嚮於評隲前賢，詞嚴義正，絲毫不肯假藉，而論八司馬事，尤於昌黎峻責不少貸，其憑借中清諸賢以申罪致討，可謂假他人酒杯，澆自己

塊壘者已。越縵嚮於經生無好感，平昔詆諆無所不至，今於陳亦韓標曰經生家所難，可云特筆。

韓以文爲詩

韓以文爲詩，語本昌黎集敍說，固非予一人之私言也。尋韓集經門人兼女夫者李漢編就，而敍說則宋人七輩爲之，宋景文、蘇明允東坡父子、黄山谷、秦少游、陳后山、李方叔是。顧后山之言曰：

杜之詩法，韓之文法也，詩文各有體，韓以文爲詩，杜以詩爲文，故不工耳。

此明明鄙韓昧於詩文各有體裁，詩乃不工，後來崇韓者無法非薄斯語之正確性，而陳評與韓集並行不悖，以迄於今。至於柳詩穠纖簡古，出言有章，無人敢以此類蜚語中之，一經比勘，朗若燭照，韓柳兩家詩品之高下准此。㊀

潔

唐宋諸家文，自茅鹿門選八家，人以爲然，究之秦漢不足以掩八家，而八家必取資於史漢，以史漢、文之淵藪也。然余尤以史記爲特絶，若貨殖等篇，其聯娟隱

㊀ 參看同卷反封禪條第三段。

秀，史家未有。子長以潔許離騷，柳子厚又於太史致其潔，潔之一字，爲千古文士金鍼。

文之病，不潔也，不獨以字句，若義理叢煩而沓複，不潔之尤也，故行文以矜貴爲至要。明初宋潛溪文，以淵博稱，而鋪敍繁蕪，較以方正學，卽欠其風骨。錢牧齋文，欲以八家包舉六朝，爲古今第一流，而品格適已落第二。

右小小兩段文字，從黃廷表願學齋文集錄出，廷表名與堅，太倉人，順治十六年進士，後舉鴻博，授編修，寓居委巷，寂寞著書，如窮愁專一之士。廷表又曰：毘陵諸子，以梅村文爲六朝一派，余力以秦漢解之。梅村中歲輒以東漢書出入自隨，其文於散行中，間入儷句，或所好漸爲范史移奪，而余謂之秦漢者，以其尙有渾穆體段也。㊀

中

何氏敍錄卷七標人品一目，首舉鮑焦爲例，言焦衣敝膚見，挈畚採蔬，不堪子貢之譏訕，遂棄蔬而立槁於洛水之上。燕泉從而發議，且慨然興歎曰：「彼鮑焦所謂效夷齊者非耶？斯過乎中者也，聖人之道，中而已矣。」他日於卷十三又論之如下：

㊀ 參閱本部卷九古文貴潔一文，本篇聊以補綴前說而已。

阮籍喪母，裴楷弔之，或問裴：凡弔，主人哭，客乃爲禮，阮既不哭，君何爲哀？裴曰：阮方外之人，故不崇禮制，我俗輩中人，故以儀軌自居，時人以爲兩得其中。晉書所記如此，春讀而怪之，裴所謂方外之人，豈生於空桑者耶？阮則既有母喪矣，楷之言不可爲訓，而史氏又謂時人以爲兩得其中，吾不知中者是何中也？

此一則興哀於鮑焦不合聖道之所謂中，一則發憤於阮籍喪母不哭之不得其中，噫嘻！燕泉其殆深感於子厚所受陸文通「明章大中，發露公器」之春秋古義也歟？吾乃不禁鄭重駢列而爲之記。

逞

張衡思玄賦云：

懼筮氏之長短兮，鑽東龜以觀禎，遇九皋之介鳥兮，怨素意之不逞，遊塵外而瞥天兮，據冥翳而哀鳴。

章懷注云：左傳：晉卜人曰：筮短龜長，不如從長，言筮之未盡，復以龜卜之也。逞、快也，協韻：音丑貞反。冥翳、高遠也。柳州韋道安詩：朅來事儒術，十載所能逞，慷慨張徐州，朱邸揚前旌，逞字正作丑貞反協，又十載所能逞者，謂非十載所能逞，是

反語。

六逆

徐時棟讀書志十四載：

左傳隱四年，賤妨貴云云：管子五輔篇曰，下不倍上，臣不殺君，賤不踰貴，少不陵長，遠不間親，新不間舊，小不加大，淫不破義，凡此八者，亂之經也。上下君臣二事外，並次序亦復相同，左氏本管子乎？抑管子襲左傳耶？

釗案：以時代論，管子成書，遠在丘明作傳之先，徐氏發問，在行文之步伐應爾，實則兩人誰先執筆，入眼卽明，原無提出問題之價值，由是言之，五輔篇本條之眞僞，大大可疑。時棟字定宇，號同叔，鄞人，道光朝以舉人官內閣中書，家富藏書，治經有聲，著有柳泉文集。釗又案：吳汝綸云：子厚引高斯以證新舊，未當，此則各有所見，未易執一而論。

許孟容

齊總自大理評事兼監察御史爲衢州刺史，孟容還制執爭，已揭載於上部卷十二先侍御府君神道表許孟容條下。夫孟容在唐室臺諫中，正色立朝，目無輩流，視還

制如風飄落葉，輕而易舉。顧何以於兩世交親之子厚，八司馬案自始以至子厚之歿，前後十餘年間，不一爲援手，以期達到子厚寄書之所懃懃懇戀者乎？吾思子厚爲案內中心人物，不能如抽拔程异之簡而便，倘不能爲八司馬全案求一可通出路，卽對子厚個人，無特殊與哀垂德之餘地。吾意公範〔孟容字。〕於此，必籌之至熟，查收拾一憲宗所寵神策軍吏李昱易，振拔一憲宗深惡八司馬魁首，戛戛乎其難，夫公範與子厚間，其關繫至要而可先言者殆止於是。

乖龍左耳

南豐曾裘甫艇齋詩話載：

韓退之樹雞詩云：煩君自入華陽洞，割取乖龍左耳來，予按割龍耳事，出柳子厚龍城錄，又馮贄雲仙散錄載：崔奉國家一種李，肉厚而無核，識者曰：天罰乖龍，必割其耳，血墮地生此李，未知退之所用果何事？洪慶善注韓文甚詳，而於此獨缺文，不知其如何也？

釗案：龍城錄及雲仙散錄兩種皆僞書，所載絶不可信，顧裘甫一一不加批駁，殊可怪。又吾見篤學博識如王伯厚，亦稱引龍城錄若無其事，裘甫謂洪慶善注韓文甚詳，獨於樹雞缺文，吾意此慶善識超伯厚處。

吾七八齡時，長兄菊年在後園楓樹頂上，摘取鮮白大菌，全家烹食甚美，七十餘年來，吾口絕此味久矣。當時衆指此爲楓樹菌，依龍城雲仙二集所記，則松樹及李樹上，都可能有此長物。吾老來曾有句云：赫赫楓林大菌肥，長兄割取佐家醅，閒來苦憶兒時事，曾食乖龍左耳來，卽追記此事也。

十年前：吾本乖龍事草一絕，示冒鶴亭丈，丈詫爲天仙化人之筆，惟此類詩不宜多作，切切囑予加慎，余極爲感動，惟詩未留稿，當時如何措詞，已寖忘之爲可惜耳。吾憶潘伯鷹亦曾見此詩，彼拍案叫絕，特未曾規勸如鶴丈。

偶閱柳詩寄京中親故：勞君遠問龍城地，及種木槲花：衹應長作龍城守等句，而知龍城錄之誤會所由來，兼記於此，以昭信守。

益知閱吾此條，頗感興趣，述所見於後：

退之樹雞一詩，集中排列於「送鄭尚書赴南海」後，「左遷至藍關」前，論年代，約在元和十三四年間。龍城錄之出也，當在元和十四年己亥子厚逝世之後，而退之之歿，長慶四年甲辰，僅遲柳歿後五年，於龍城錄未必閱過。縱卽寓目，以其僞故，亦不肯引用，理至明顯。至馮贄雲仙散錄，出版於天祐間，後於退之數十年，更無從窺見。裘甫不在此處細加考核，卽指樹雞詩引用上二書之一，鑄成大錯。

自宋以來，昌黎集版本較多，注者紛紜，獨朱子所校，於此詩采用臨邛韓醇所

注：「茅君傳、玄中之洞六十三所，第八句曲山之洞，曰金壇華陽之天。」查句曲在江蘇句容縣東南，漢茅盈與二弟來此，因號茅山，而華陽洞之名，殆肇源於此，亦即樹雞詩第三句之所從出。第四句紫陽自注：「取譬也，」煌煌三字，尤中窾要。至如龍城錄所云：吳綽割取龍耳，意在得珠，與樹雞何涉？由此可見：不是退之引用龍城錄，而是龍城錄作者故弄狡獪，摭拾此詩，編成吳綽一段故事，用以欺人耳。

清初黃鉞左田，亦有「昌黎詩增注證訛」之作，不憚廣搜博覽，以增其未備，證其譌舛，固已費幾許心血？惟於此詩擅將韓朱兩注删去，代以龍城雲仙二錄，蓋襲裘甫謬說，以致再誤，是未能證人之訛，反自留訛，待人辨證，可爲一歎。

訾珍

自司馬遷作史記，創立刺客列傳，荆軻聶政之名，聞於後世，幾乎無人不知。然亦名限於軻政二人而已，自此而外，無能更舉一人，爲班行增色，有之惟唐元和年間，李師道所遣暗賊武元衡之刺客訾珍爲例外，何以故？以珍屬桂州訾家洲人，而子厚適爲是洲作亭記故。

抗戰期間，吾違難於桂林，一日登獨秀峰，望見江面一大片青綠草地，十分可愛，人告我曰：此柳子厚所謂訾家洲也，居民皆訾姓，千餘年如一日，吾聞此語，認爲

游觀勝地，驚歎久之，子厚記中，説到「盜遁姦革」，勝地誠宜有是境。至史家號曰刺客，往往爲社會掃除奸惡，究與他盜異致，伯蒼通人，當在地下與砦珍握手一笑如故，吾於是乎記。

鰅鱅

柳州寄丈人周韶州云：

越絶孤城千萬峯，空齋不語坐高舂，印文生緑經旬合，硯匣留塵盡日封，梅嶺寒煙藏翡翠，桂江秋水露鰅鱅，丈人本自忘機事，爲想年來憔悴容。

何義門唐詩鼓吹批語卷一云：

鰅鱅、魚名，鈍吟以爲鬼蜮，不知出何書？此聯自比空負文采，不得飛躍也。義門此批飛者鳥飛，明指翡翠，躍者魚躍，明指鰅鱅，批者既謂此聯爲子厚自比負有文采，則翡翠鰅鱅，應爲同類美觀之珍禽嘉魚，何物鈍吟，乃遽指後者爲鬼蜮乎？義門意蓋如此。

釗案：楚辭大招云：鰅鱅短狐，王虺騫只，㊀王逸注：鰅鱅、短狐類也，短狐、鬼蜮也，此即鈍吟所本。夫楚辭非僻書，典實爲庸童小生之所得知，顧以義門之博而不

㊀ 王虺、王逸注：大蛇也，騫、舉頭貌也，此與鰅鱅别爲一事。

解此，反指爲彩色繽紛，堪與翡翠媲美之淵魚，其可笑至堪噴飯。　鈍吟、馮景字，景、康熙間詩人，爲宋牧仲客，風義爲一時所重。　曩潘伯鷹善談詩，謂唐人七言長句，有後二句與前六句相反相成之對比作法。　此杜子美開其端，如秋興八首，李義山踵爲之，集中如淚，如茂陵，北宋楊億以漢武一首學義山茂陵皆是。　吾今以伯鷹之法，繩之子厚此詩，則立見以憔悴容爲主腦語，前六句皆歷寫憔悴實況。　如身處萬山之中，飯後無俚，坐而假寐以至於日夕，首二句所寫如是；訟庭無事，筆墨生塵，終日無人理會，三四句所寫如是；梅嶺花開，有翠禽小小，綠毛倒挂，若有意形容旁觀人之老醜，此第五句反寫如是，抗戰時，吾在重慶汪山避難，曾於嚴冬梅林，親見此禽倒挂景象；至惡魚如鬼如蜮，含沙射人，惡毒且隨環境而來，此第六句正寫，毫無疑義。總而言之，皆機事中各種意態，如量表現，第七句乃以丈人本自無機事，反映到己身之憔悴容作結。

釗又案：大招云：魂乎無南，蜮傷躬只。　洪興祖補注：穀梁子曰：蜮，射人者也。前漢五行志云：蜮生南越，蜮，猶惑也，在水旁能射人，射人有處，甚者至死，南方謂之短弧。　說文云：蜮似鼈，三足，以氣射害人。　一九一六年夏，余以反袁于役肇慶，見西林捕獲所謂狗魚者，全身烏黑，四足，水陸兩棲，出聲若小兒啼，此余所親見無誤，疑與三足鼈同爲鰅鱅類之南越醜魚。　義門諒未嘗見到此類魚，因以美觀嘉魚之

名錫之，劉向謂男女在水淫亂所生，朁説至不足信。

短弧、各本多作狐，段玉裁駁之曰：此因其以氣射害人，故謂之短弧，作狐非也，其氣爲矢，則其體爲弧，段説正。

釗又案：鰅與蜮聲近，鰫爲鰅之尾聲，鰅鰫爲一魚，猶翡翠爲一鳥，鰅鰫雙簽作兩類魚看，非。鰅鰫、司馬相如子虚賦作鰅鰫。

或曰：狗魚有足，能陸棲上樹，聲如小兒，此固魚而近乎人者，最初人精遺於水，變胎生爲卵生，代代相傳，於是汝在肇慶所見之狗魚，與劉子政在西京所見之蜮，不害爲同類魚。漢志所説蜮生南越云者，殆謂此乃發源地，不久而此類魚乃徧孕於全水域，汝能在肇慶見之，是應視爲發現種原，事甚可喜。是説也，愈誕而難信，惟恨西林往矣，不能相語而弁發一笑，又伯鷹繼逝，吾左右更乏如響斯應之解詩高手。

方明

一

吾從范祖禹唐鑑中，遇到所用方明字甚廣，曩簽子厚貞符篇第五段，引用唐鑑卷四有云：「太宗方明，朝多賢臣」，此方明字，應作常語形容詞方正與英明解，不可涉及其他方明字具體事例，如莊子：「黄帝將見大隗于具茨之山，方明爲御」，及南

史：謝裕從祖弟謝方明傳所載各節，都與唐鑑所用方明字無關，未可混作一談。

二

方明者，通常都指作上下四方之神而言，惠士奇釋方明本此立説，王鳴盛蛾術編駁之，其説如下：

虞之六宗，周之方明也。方明者，六宗之位，設六玉及六色，象上下四方之神，尊而宗之，故曰六宗。虞禋六宗，而覲四岳羣牧，周祀方明，而覲公侯伯子男，此惠氏士奇説也。考覲禮及注疏，凡諸侯時會，不問諸侯朝於王，或王巡守方嶽，皆祀方明。方明者，方四尺，設六色：上玄、下黄、東方青、南方赤、西方白、北方黑。設六玉：上圭、下璧、南方璋、西方琥、北方璜、東方珪。以其合上下四方，故名方；以其神明之象，故曰明。試問六色六玉，何爲而稱之曰宗耶？

三

馮景周正改時論十篇，〔此本錢林文獻徵存録卷一馮景篇。〕其第二篇有曰：

漢律曆志引書序及古伊訓篇云：惟太甲元年十有二月朔，〔釗案：商十二月，卽夏十一月。〕伊尹祀於先王，誕資有牧方明，班固解之曰：言雖有成湯太丁外丙之服，以冬至越茀，〔釗案：茀通作紼，所以引柩者也。〕祀先王於方明，以配上帝，蓋是年值月朔冬至，故云。伊訓之十二月，乃夏正十一月，〔釗案：説已見上。〕正冬至郊祀

之時，太甲中篇亦有惟三祀十有二月朔，此商之十二月，夏十一月也，〔釗案：商十二月建子，夏十一月建子。〕爲明年建丑之正月，〔釗案：商正建丑。〕羣臣皆朝正，故伊尹先期以冕服奉嗣王歸於亳，其文本明。

釗案儀禮覲禮：「諸侯覲於天子，爲宮方三百步，四門，壇十有二尋，深四尺，加方明於其上。方明者，木也，方四尺，設六色。天子乘龍載大旂，象日月升龍降龍，出拜日於東門之外，反祀方明。」此說明方明雖與惠氏士奇無異，但惠引以釋明六宗，而馮則否，此標示惠馮兩家之不同處甚大，因爲指示如上。

四

士奇之子棟，承乃父之說而張大之，謂方明卽明堂，說列下方：

王者覲諸侯或巡守四岳，則有方明，方明者，放乎明堂之制也，亦謂之明堂，荀子所謂築明堂於塞外以朝諸侯，戰國時齊有泰山明堂，卽方明也。周書朝諸侯則於明堂，儀禮覲諸侯則設方明，故虞禋六宗，而覲四岳羣牧，周禮方明，而覲公侯伯子男，六宗方明，卽明堂六天之神，鄭氏傳謂天之司盟非也。

定宇之說，當然踵父義而爲之辭，迮鶴壽反其父說，殆未能詳審名父子之主張而觀其通也歟？

五

右舉諸義，指方明字有兩解，一泛語，一深察名號，自惠氏父子以下諸説，皆當以江都之術語御之，餘則隨意陳述而已。或謂方明祇一解，無兩解，所見爲泛語者，仍是從書序及古伊訓演變而來，是説亦有理，可兩存。

梁潒

子厚贈劉院長張員外八十韻五言長古有一聯云：朝宗延架海，師役罷梁潒，潒、浸也，梁爲橋梁之梁，梁潒云者，謂架橋浸上，以便行道也，此處梁作動詞用，上一句架海之架字亦然。偶閱錢東生徵存錄，記朱石君〔筠〕精通説文，於訓詁之遺可以補條下，著數語於左：

春秋傳：修涂梁潒，潒、荆州浸也，職方氏：豫州其浸波潒，鄭注春秋傳曰：楚子除道梁潒，則潒宜屬荆州，在此非也。

此將潒固定在荆州甚明，謂荆州水溢曰潒，他處水溢絶不可共是名，然則子厚詩中之潒胡指耶？查張員外署官灃州刺史，荆灃同屬楚地，加以劉二十八之連州，及贈詩人之永州，均相去至近，三人同官一地，固是大致不差，惟吾揣子厚詩語雖帶著潒字，而本意絶不拘泥於是。朱石君首引春秋傳語，本之莊公四年，楚令尹鬬祁除道梁潒，營軍臨隨，夫隨固一蟬聯於楚之小國，然天下水浸何常之有？今日浸在荆州，

明日卽容許浸在豫州，必謂荆浸可曰溠，豫浸不能共是名，此種經生拘墟之見，柳州通儒，豈肯蹈是？余故爲約略辨之如右。

辭巧或反乞巧

清西泠十子之一虞黄昊，字景明，嘗薄柳州乞巧文，更作辭巧文，人賞其工，以是知其爲遠到器。後雍正初年，常熟陳祖范，字亦韓，另作反乞巧文，其亂有「寄語天孫，人皆乞巧，我獨乞拙」等語。查景明文無從考知，而亦韓文赫然在其遺集中，今請錄存如左：

夫何生初之渾沌兮，日鑿一竅而天眞失，昧五性之靈明兮，恣人欲之膠窒，人皆曰余知兮，世營營如蟣蝨，心不同其似面兮，吾惡測夫謬巧之百出？其巧伊何？詭譎紛拏，疑若無而又有，似欲近而又遐。忽海市而蜃樓兮，現變幻於頃刻，忽雷奔而霆擊兮，厲森森之劍戟，忽雲收而雨霽兮，欲覓之而靡迹，爲鬼爲蜮，含沙潛射，如脂如韋，柔甘滑澤。觀其巧於言兮，則貝錦騰文，奪織女之七襄，觀其巧於行兮，則鑿空架虛，鵲飛去而成梁，觀其巧於謀兮，則網羅密布，致蛛絲之暗張，豈其皆乞巧於天孫兮，成此紛紛而攘攘？世道以巧而日徂兮，人心以巧而日亡，孰知夫大巧之若拙兮，徹聰墮明與造化而渾忘？亂曰：寄語天孫，人皆乞巧，

我獨乞拙，拙於謀身，可以全吾眞，拙於處事，可以守吾義，拙於仕宦，可以無後患，善哉拙乎！腹中書，犢鼻褌，聊以晒之當典故。〔釗案：致蛛絲之暗張句，致字原缺，依意妄補。〕

元楊鐵崖有乞巧效柳儀曹一篇，見本集中，因辭繁不全錄，錄其最後歌辭曰：

彼木者樗，不才而自如兮？彼獸者狙，恃巧而卒自屠兮！巧者自巧，吾不知其巧，愚者自愚，吾不知其愚兮！游無爲兮爲途，休無用兮爲居！吾不知抱朴翁之徒，還眞子之徒兮！

所謂抱朴翁及還眞子何指？待考。

子厚官重人窮

韻語陽秋卷十一記子厚官重云：

郎官之選，唐朝尤重，順宗初政，柳子厚爲禮部郎，與蕭俛書云：「僕年三十三，甚少，自御史裏行得禮部員外，超取顯美，欲免世之求進者怪怒媢嫉，其可得乎？」杜子美一檢校工部爾，而詩中數及之，衒託不已，如贈蘇徯云：爲郎未爲賤，其奈疾病攻？寄薛據云：雖云尙書郎，不及村野人；復愁云：才覺省郎在，家須農事歸；而入六弟宅云：令弟雄軍佐，凡才汙省郎，如此類不可勝數。鄭谷自好稱老

郎，贈秀上人詩云：惟恐興來飛錫去，老郎無路更追攀；訪策禪者詩云：初塵芸閣辭禪閣，卻訪支郎是老郎；春陰詩云：舞燕歌鶯莫相認，老郎心是老僧心是也。至於轉正郎則云：止陪鴛鷺居清秩，濫應星辰浼上天；省中作則云：未如何遜無佳句，若比馮唐是壯年，是未免於衒詫者。

旋又記子厚人窮云：

柳子厚可謂一世窮人矣，永貞之初，得一禮部郎，席不暖，即斥去爲永州司馬，在貶所歷十一年。至憲宗元和十年，例召至京師，喜而成詠，所謂投荒垂一紀，新詔下荆扉；又云：十一年前南渡客，四千里外北歸人是也。既至都，乃復不得用，以柳州去。由永至京，已四千里，自京徂柳，又復六千，往返殆萬里矣，故贈劉夢得詩云：十年顦顇到秦京，誰料翻爲嶺外行？贈宗一詩云：一身去國六千里，萬里投荒十二年是也，嗚呼！子厚之窮極矣。觀贈李夷簡書云：「曩者齒少心鋭，徑行高步，不知道之艱，以陷於大阸，窮躓隕墜，廢爲孤囚，日號而望者十四年矣。」當時同貶之士，程异爲宰相，而夢得亦得召用，則子厚望歸之心爲如何？然竟不生還，畢命於蛇虺瘴癘之區，可勝歎哉？

釗案：古著述所謂詩話，大抵俗人無事，偶存未廢之閒散筆墨，說不上有何價值？計立方之爲人，何足以知子厚？凡彼云官重，殆作者自重之，惟人窮亦然，說不

上與子厚有何直捷關涉？蓋子厚在順宗朝，得禮部郎，與聞王叔文政績，爲時不足一歲；永州十年散職，未嘗有一事堪予記錄，至考其可存遺文，大率在永爲之，其彪炳千秋之山水八記，亦惟爾時執筆有可能，移而入柳，職責加重，餘兩記祇不過留備遺忘之簿記式雜稿而已。立方所云官重，此除四年間裹鹽問臘之殊音卉服，別無可紀，吾憶朱梅崖引方希直語：「安知天所以窮之者，非所以厚之，而烜赫於一時者，非甚棄之耶？」此正子厚自覈如是，外人何足知之？

陳景雲點勘柳集

近有署名蟫勘者，於香港大公報投一小文如下：

清初江蘇陳景雲，撰韓集點勘四卷，四部備要所印明徐時泰東雅堂本韓集已附刊之。陳於點勘韓集成書後二年卽雍正七年，又爲柳集點勘四卷，未刊，稿本爲武昌徐行可所得，至一九三六年，始由上海蟫隱廬刊印五百册。其考訂探索之勤，創獲之多，似尙過於勘韓之作，如童區寄傳，傳世柳集各本皆爲：童寄者郴州蕘牧兒也，而陳氏以爲應從古文苑本，作柳州蕘牧兒。以本文有刺史顏証奇之，留爲小吏之語，據舊唐書貞元廿年，証除桂州刺史，柳州正桂管所部，而郴州則係潭部〔湖南〕屬郡，與顏邈不相及。且傳言：桂部從事杜周士爲余言之，更明其與潭

部無涉。

細閲右文，語語切實，又蟫勘屬徐行可化名，而蟫隱廬爲羅振常所設，文殆行可執筆爲之無疑。愚刊本編，雖訂正柳字在先，然爲尊重徐君校書之正確性，不亞於售書之勇往，因樂爲聲明如右。

釗案：景雲字少章，吴江人，出何屺瞻之門，湯斌撫吴，試士拔置第一。以母老絶意仕進，每有延請，皆堅謝不赴。凡經史子集，地理制度，下及稗官，無不綜覽，而尤深於史學。各種校誤，柳文獨精，惟惜遲出，爲書估所玩弄爾。子黄中、字和叔，號東莊，乾隆初，應鴻博，不遇。

少章父子，李元度先正事略經學門何屺瞻下，均有名，惟制行紀載綦詳，而於考據無甚稱述，本編因無法録存。

李蒓客意中山水記

蒓客於咸豐辛酉十月二十三日所爲日記中，録一文如下：

閲柳柳州永州山水諸記，泓峥蕭瑟，讀之移情。僕性好山水，又得生越中，泉石膏肓，非恒人所喻。顧家居村郭間，面城背市，不見一山，惟困學樓之北窗，遥見臥龍一角而已。去家數十武，近市，有一酒家，其家有小閣，極陋而壞，開其牖，

盡見西南諸山。予時過飲，肆主人釀酒極薄，而多儲魚肉蝦蟹蔬果諸佐酒物。予素不能飲，惟求酒一杯勺，多具食物，其閣雜陳瓶盎敗牀破甕之屬，無一人登者。肆人見予至，輒掃地拭几席，進盤飧，累累滿前，予每據牖，指點諸峰遠近隱現，往往至晚歸，歸亦醺然有酒意以爲樂。嘗買屋湖塘，又借柯山沈氏空宅以居，皆不成，欲置小舟，載書恣其游，亦不就，以故家居三十年，笠屐游賞之跡可數也。平生所慕山水之名他州者，若杭之西溪，睦之桐江，台之天台，甌之雁蕩，歙之黃山，蘇之楞伽鄧尉，吳興之道場髦泿，以及太湖七十二峯，則近而不必亟。若洛陽之嵩少，西安之太華終南，池之九華，韶之羅浮，蜀之峨眉，閩之武夷，江之匡廬，以及粵西之桂林陽朔荔浦，則遠而不可兼。其寤寐飲食不忘，獨於楚南，每讀柳記輒神往，乃生長會稽巖壑之地，日相處而不得日相接，客游惟武林西湖爲稍數，而居京師塵壒中，乃忽忽三載。嗚呼！世人之能知山水者無幾，知之而深嗜之者更少矣，有能深嗜如予者，而牽掣蹉跎如此，是可歎也。歲月有限，筋力就衰，予於天下最不喜京師，而無事廢處者三載，京師惟西山稍可游，而閉戶坐困不得往。比日病甚，一念及都市人物塵土之狀，益胸腑作惡，坱悶欲絕，而思故鄉之勝，即欣然忘病，又時覺身之在深山野寺中，烟雲爲息，泉瀑爲聲，松蘿爲食，幽寂爲色，而猿鹿魚鳥爲羣也。次律續涅槃之經，永叔悟神清之洞，夙根不昧，或由於斯。今

日病少間，倚枕看西溪鈷鉧諸小記，如見故人，如話前事，茶餘粥頃，爐火通紅，暖日滿窗，藥烟未歇，簾外鳥聲落葉聲，靜若答和，空庭寂然，殊不知身世之苦矣。蓋蒓客產於名意中山水云者，乃吾強立一名，以便錄存蒓客日記中一文之所爲也。山水之鄉，而一生生涯，無法與眞山水接近，又性於天下最不喜京師，而終身被束縛於名韁利鎖中，一步不得轉動，所記山水，特不外流連於意中形像而已。從來文人殊未易擺落此一窘境，倘子厚名不罣貶籍，亦無自密邇於永州聖地，於是吾所謂意中山水者，終不過糜爛於依稀髣髴間而已，曷勝浩歎？

饒娥傳與胡稚威

胡稚威集中，有與朱孝廉一書，言爲高邑烈女作傳事，李越縵曾親加圈點，並題：「厚自矜重，文亦峭厲可喜」兩語，可見越縵爾時〔釗案：時在同治甲子二月。〕與會之高。請先將胡文過錄於下：

僕初至京師，聞有道高邑女事甚烈者，少時足下相見，囑旌以文辭，旣而又述其父兄、及其邑之欲不朽之者勤勤之意，則嘗許爲之傳。夫文章所存，凡以達道贊義、宣德揚烈也，苟其人事無與乎稱述，亦何爲爲之。人與事足稱述已，雖爲之若其未嘗爲之，非其人不能。卽其抑氣趨陋，求悅乎俗，且俗至不足道，將以吾之

辭從而悅之，其恥且鄙，視不能者奚啻倍甚。〔釗案：甚字疑蓰之聲誤。〕僕觀古人當時遇世可感欷事，率慷慨作之，楊光祿於唐貴梅，歸寺丞於張烈婦，並不待求請，咸爲激彰。光祿未暇論，寺丞於文章尤有名，其於張氏非徒傳之也，至反覆數四，與俗人相撑拄，以爲人倫節概託係之重，〔釗案：託係之係，當是付字形譌。〕要必自伸其辭，不肯計謗毁於齷齪者。近世於文章絶無解者，但得豎夫芻兒塗巷語言，乃謂之工，反是乃謂之不工，工不工傎悖若此，彼其作者肯徒謂之？〔釗案：越縵於本文謂字上作一記號，意謂此是誤字，但如何誤法，卻未説出，鄙意當是爲字去聲讀之音譌。〕柳河東碑饒娥，范曄傳皇甫嵩妻，李習之傳楊烈婦，雖古今傳之，其於辭猶未工。僕嘗觀三國志注、五代史，皇甫士安敍龐娥親，歐陽公敍李氏，與習之高愍女碑，激發盡意，可爲工矣。假出自今世，使衆讀之，必有背嫉交訾，深相不善者。嗟哉！凡人行事，自聖賢豪傑、忠臣孝子、悌弟信友，奇行異節，欲使聞於後，要不能不藉文以傳。今之俗人知託乎文矣，顧懵其能者，偏好其不能者，敝潰陋鄙，一至於此，可爲憫笑者也。夫樂蟲蚩之聲者，未可與調清角，故僕於一切以文辭來請者，率謝不願爲。惟女事白著聳切如此，又中以曩者之説，遂爲撰次貽足下，或有不蔽乎俗，能通其意思，審其語讀者，然後稍示之，毋輕傳。

釗案：文中提到柳州所爲饒娥傳，是此傳當然與本文有關，一言蔽之，文稱：「人與事

足稱述已，雖爲之若其未嘗爲之，非其人不能」，所謂其人，大抵指柳州一類人而言。竊考柳州爲饒娥立傳，說不上有人事請託，作者並亦絶不計較文問世後，所中於社會之影響何似？凡吾人所見到者，止於作者就事論事，羣衆之估價達何領域？一切聽之羣衆而已。若夫石笥山房則不然，吾揣石笥設肆售物，第一問社會之銷售量如何？如量不大，或認貨不清，吾人不當隨意放盤，吾意此石笥與柳州立脚點根本不同之處。石笥此一緊縮態度，自始做不著大生意，亦不足以控制社會眞經濟命脈，識者其謂之何？

嘗論文章以時爲帝，今日去柳州草饒娥傳，已千有餘年，吾覺文價無多大損毁，而石笥文反若遠遠瞠乎後矣。曩樊雲門見吾爲何遂母像草一文，鋭加贊賞，吾不甚理解。夫雲門、越縵之弟子行也，越縵謝世，吾猶未冠，當然與之無文字交涉。然若越縵師弟，一時並存，翻與吾接，吾感到性去越縵近，而距雲門反遠。倘或要吾說明其故，吾難於作答，似猶過於雲門賞鄙文時，推之石笥與吾介見，彼作何想像，吾雖無從理會，顧彼戒吾輕傳其文，將在勢不得不然。嗚呼！唐楊汝士句云：「文章舊價留鸞掖」，茲吾所謂鸞掖，奈時時變易其價何哉？

包愼伯序石笥山房集，謂少讀徵君文於坊選，曾求集五六十年不可得，惟吾亦然。獨吾所見石笥文，乃章胡合稿中之八股，〔章乃章金牧。〕非古文也，諒愼伯曩所見

亦八股。

釗又案：柳集饒娥碑：「鼉魚鼉蛟，浮死萬數，塞川下流」，吾疑下流之下字，乃係不字涉下文鄱旁下民而誤，特藉此會更正，以諗通識。

又案：右説乃吾九十一歲病後隨意寫成，不料持與前編饒娥碑原簽互核，致成正負兩歧之筆，不勝悵悵。然翻覆推衍，覺湖現兩屍，魚鼈隨死者衆，妖妄性不大，不必看作與子厚推天引神之舊知識，適成背反。且子厚之老友元奭，乃饒州之正士，文可能由奭與託爲之，曩謂無人事請託，殆由想不著奭之故，因此兩説駢立，如使兩面鏡讎覆雙照，像乃愈眞，讀者諒之，吾文一落筆，即不欲任性塗抹也。復次：文中塞川不流之不字，視前簽已改正，喜今昔意合，尤樂予録存云。

班　馬

此二字作兩種解釋看：一，兩文順列，視班爲馬之形容詞。左傳：「邢伯告中行伯曰：有班馬之聲，齊師其遁」，注：「馬不相見故鳴」，此馬有告别之聲，合乎班爲形容詞之第一種解釋。如蘇頲詩：黄鶯急囀春風盡，班馬長嘶落葉催，班馬者，謂毛有班駁，班馬對黄鶯，詞性顯然。二，兩文駢列，字皆指姓，古來此二姓之最顯著者，莫如班彪固父子、及司馬遷與相如，前者出東漢，後者兩俱西漢，以人之時代性言，字

應順稱馬班，不應逆稱班馬。然如晉唐最先突出之兩則：甲，晉書徐廣傳論：「丘明既沒，班馬迭興，奮鴻筆於西京，騁直詞於東觀」。乙，杜牧詩：高摘屈宋豔，濃薰班馬香，兩皆指固與遷、或固與相如，又出生皆東西漢倒轉。最後一例，就吾所見，乃宋嘉興婁東發（機）所撰班馬字類五卷，㊀此左海林石廬（亞傑）有說明如下：

本書有樓鑰序，東發跋，據四庫提要，以樓鑰序稱爲史漢字類，案司馬在前，班固在後，倒稱班馬，起於杜牧之詩，於義未合，宜從鑰序之名。此明仿宋精刊本，有寄巢手跋，自稱道光丙申冬呵凍書，下鈐菡卿朱文方印。

序所謂杜牧之詩，當卽右引濃薰句，此趁韻外別無深義，毋取論列。或曰：牧之弟曰顗，有異才，而病目不可治，牧假崔岐名題詩於顗門曰：賈馬死來生杜顗，中間寥落一千年，由班而上數賈，益逼近遷矣，此殆牧爲文大不滿於遷，步步爲營迫之，趁韻之說，了不足信。或又曰：爲趁韻也，詩可改爲：屈宋高摘豔，馬班濃薰香，何必將不可倒顚之字倒顚之爲？是說亦可信。迤邐至於清初，班馬字似猶通行一時，吾讀錢東生徵存錄稱：「讀書喜掇拾奇字，嘗云：奇字古人常用，於古詩爲宜，班馬等賦是也，方今文尚古，吾黨之士，獨不訪子雲之亭，熏班馬之香乎？」此班馬字疊用，語本田山薑，此可見爾時風氣一班。

㊀ 婁字彥發，乾道初進士，由鹽官尉累遷至吏部侍郎，屢進讜言，以資政殿學士致仕卒。

吏盜

吏盜者，新城魯繽別立名，求與柳子所謂吏商商兌，期於廉吏之爲利更溥也。繽字賓之，與絜非同輩行，嘉慶二十二年丁丑進士，旋丁母憂歸，遇症卒。遺文不足四十篇，附於山木集後，世間之知有魯賓之文者蓋寡。

子厚曰吏商，賓之曰吏盜，商之與盜，爲程相去幾何？此吾人應先校量之第一義。賓之之言曰：

柳子厚曰：「吏而商也，汙吏之爲商，不若廉吏之爲商，其爲利也溥。」余曰：吏以汙名，是烏得爲商？直盜而已矣。

此賓之之文開宗明義數語，語爽而義正，惜山木集校刻不精，譌字疊出，幾於使人讀不下去。吾原欲爲世人鮮知之文士，少留遺墨，不意文之錯亂，至難理解，因而吾追幽鑿險，無從更進一步，悲夫！

王叔文

王西莊十七史商榷卷十四，順宗紀所書善政條云：

順宗在東宮，叔文被知遇，及卽位，遂得柄用。然德宗以貞元二十一年正月

崩，二月順宗始御丹鳳樓大赦，叔文以前司功參軍、翰林待詔、爲起居舍人，充翰林學士，旋又爲度支鹽鐵轉運使副，五月爲戶部侍郎。至七月，即以物論喧雜，藩鎮上牋，皇太子指斥其撓政，詔皇太子勾當軍國政事矣。八月、皇太子即位，是爲憲宗，奉順宗爲太上皇，叔文即貶渝州司戶矣。然則叔文之柄用，僅五六月耳，所書善政，皆在此五六月中。如二月辛酉、貶京兆尹李實爲通州長史，甲子、諸道除正勅率稅外，諸色雜稅並宜禁斷，除上供外，不得別有進奉，三月庚午、出宮女三百人於安國寺，又出掖庭教坊女樂六百人於九仙門，召其親族歸之，五月己巳：以右金吾衛大將軍范希朝爲右神策統軍，充左右神策京西諸城鎮行營兵馬節度使，六月丙申、二十一年十月已前百姓所欠諸色課利租賦錢帛，共五十二萬六千八百四十一貫石匹束，並除免，七月丙子、贈故忠州別駕陸贄兵部尚書，謚曰宣，贈故道州陽城爲左散騎常侍。以上數事，黜聚斂之小人，褒忠賢於已往，改革積弊，加惠窮民，自天寶以至貞元，少有及此者。夫舊書非眞有取於叔文，欲表其忠，故於順紀如此之詳也，特其爲書之體，紀載善惡事蹟，必明且備，而叔文之美，遂於此見，使後世讀書有識者得以爲據。新紀減字縮句，專尚簡嚴，且其立意務欲與舊書違異，故順宗一朝美政，刊削殆盡。

唐順宗一朝之短簡紀載，新舊兩唐書顯有違異，西莊舍新取舊，不過惡子京故掉文

墨，以示別於前輩，並非所錄事迹，定有多少不可踰越的不同。觀於叔文任職，由二月至七月，所舉落落數大政，亦幾於屈指可盡耳，就中惟調用右金吾衞將軍一事，與宦寺隱有抵觸，餘均兩無關涉，談不上有何利害出入。嘗考五月調范希朝統神策軍，叔文七月卽落職，此短短兩三月間，正叔文與諸宦官實際衝突之時。渝州再貶，大局敉寧，説者謂希朝被任統軍，俱文珍等初猶無覺，吾以爲此史家之讆言，天下那有刀在頸圍木然無感之理。依情揣之，解除宦者兵柄非小事，叔文不先得到順宗承認，未可妄動，同時宦者敏感到此，相應而生斬草除根之毒計，尤事勢大大可能。加之順宗是多子之主，斯時諸兒競逐，形勢急迫，彼此攘奪，非殺不可。舊書稱舒王誼薨於永貞元年十月，斯由明眼人視之，固顯然幽薨也，十月定推遲公表所爲。迨憲宗與諸宦協謀，歸諸一是，在商臣躬行大事之下，主從統歸暴滅，不難想見。此除諸子謀篡者外，餘如隨侍李忠言牛貴人等，渺無踪影，斯可爲當時毒手所掃，不言可知。又同時小臣李復言寫續幽怪錄，暗指順宗終於幽崩，與吾曩記李誼之驟卽幽薨，後先掩映。顧正史一無可察之迹，惹人懷疑，故史家陳寅恪晚年，一再簽述，讀者幸注意及之。

王壬秋評柳

十年前，余讀湘綺樓說詩，曾摘記在柳文書眉上，茲轉錄於下：

重校湘軍志畢，信奇作也，實亦多所傷，有取禍之道，衆人諠譁宜矣。韓退之言：修史有人禍天刑，柳子厚駁之，固快，然徒大言耳，子厚當之，豈能直筆耶？若以入政事堂相比，則更非也。政事堂就事論事，史臣專以言進退古今人，無故而持大權，制人命，愈稱職愈遭忌也，若非史官而言長短，尤傷心矣，沅浦言未可厚非。㊀

是乃壬翁晚年自懺之言，殊可取。此老我平生未嘗見過，民初反袁告終，翁已在湘病歿，書此憮然。

余柳文書眉上，復錄有湘綺法源寺留春會宴集序，民國甲寅作。湘綺發布此文後，卽襆被返湘，未幾化去，此文是否最終遺墨未可知，詞如下：

法源寺者，故唐閔忠寺也，余以己未（咸豐九年。）賃廡過夏，居及兩年。其時夷患初興，朝議和戰，尹杏農主戰，郭筠仙主和，而俱爲清流，肅裕庭依違和戰之間，兼善尹郭，而號爲權臣，余爲裕庭知賞，亦兼善尹郭，而號爲肅黨。……其時湘軍方盛，曾胡犄角，天子憂勤，大臣補苴，猶喜金甌之無缺也。俄而大沽失機，蘇杭並陷，余同郭還湘，肅從西幸，京師被寇，龍髯莫攀，顧命八臣，俱從誅貶。自此

㊀ 壬翁還有評柳敍韋道安一條，見本部卷十二韋柳第二段，可參閱。

東南漸定，號爲中興，余則息影山阿，不聞治亂。……甲寅者，卽余在東京發刊雜志討袁之歲。

在亡

在亡猶言存亡。柳子厚酬韶州裴使君詩有云：在亡均寂寞，零落間惸鰥，又長沙驛前南樓感舊云：海鶴一爲別，存亡三十秋。此於前一首在亡易言存亡可，後一首存亡易言在亡，幾於不可，詩之所以號曰聲詩，竅要在此。蘇子瞻上元夜游絶句云：縱横滿地霜槐影，寂寞蓮燈半在亡，下一句有四字取於柳，儻當時子瞻無柳句在胸，則詩或改爲槐影縱横霜滿地，蓮燈寂寞半存亡矣，設想至此，可發一粲。

釗案：漢書爰盎傳稱：「且緩急人所有，夫一旦叩門，不以親爲解，不以在亡爲辭，天下所望者，獨季心劇孟。」師古釋在亡一語曰：「或實在家，而辭云不在，」此明明以不在家牒在亡，是以動詞加名詞上而成一複合語，〔在、動詞，亡、名詞。〕與上引柳蘇兩家詩之雙名駢立，顯然異致。〔如柳詩以在亡對零落，皆雙名駢立。〕吾國文法，詞以孳乳而不同性爾爾，讀者應予深深注意，因爲委曲疏釋如右。

又子瞻桄榔杖寄張文潛一首起韻云：睡起風清酒在亡，身隨殘夢兩茫茫。次公注：「言酒氣或在或亡也，」此是雙動駢立，一望而明。

楊白花

楊白花，風吹渡江水，坐令宮樹無顔色，搖蕩春光千萬里，茫茫曉日下長秋，（原注：長秋、皇后宮。）哀歌未斷城鴉起。（原注：南史：魏楊白花、武都仇池人，少有勇才，容貌瓌偉，胡太后逼幸之，白花懼禍，會父大眼卒，白花擁部曲南奔於梁，太后追思不已。子厚樂府小曲如楊白花，似得太白遺韻。許彦周曰：言婉而情深，古今絶唱。劉辰翁曰：語調適與事情俱美，餘音可以泣鬼神。唐汝詢曰：唐人用樂府舊題，咸别自造意，惟此爲擬古。）

釗案：楊大眼、後魏楊難當孫，驍捷冠一時，太和中除平東將軍，荆州刺史，白花、大眼之子也。太后既失白花，爲作楊白花歌，使宮人晝夜連臂蹋蹄歌之，聲甚悽斷，一説不令連臂者歌，未知孰是？楊白花歌，除子厚外，少見有他人作，遠不如明妃曲之氾濫，獨清咸豐間山陽魯一同詠楊白花（見通甫類稿）如下：

楊白花，春風能吹爾，吹爾作花還作雪，又能吹入深宮裏。深宮不可居，春風還相欺，愼勿隨風渡江水。渡江化作江上萍，一去煙波千萬里。

此歌幅度與字面，都接近子厚作，此果通甫擬古爲之，抑以唐汝詢語爲戒，别有所用意，殊未易曉。獨子厚詠白花，或於論六逆時，意在爲淫破義覔一例證，此於本編上部三卷六逆第三款中有闡發，茲不贅。

再記原廟

何孟春敍錄卷二載：

漢惠帝築複道於武庫南，叔孫生曰：奈何令後世子孫，乘宗廟道上行哉？惠帝大懼，曰：急壞之。叔孫生曰：人主無過舉，願爲原廟，益廣多宗廟，大孝之本也。生始諫帝是矣，而終教之以遂過何也？柳宗元桐葉封弟辯云：王者之德，在行之何若？設未得當，十易不爲病。天子無戲言之云，非周公所宜用，而叔孫生曰：人主無過舉，知複道之失，而又爲之辭，是得爲引君于當道者邪？且天子之廟，古也有制，原廟又何爲者？書曰：黷于祭祀，時謂弗欽，而生欲廣多宗廟爲孝之本，我未之前聞也。

根據右文，重檢子厚所草沛國漢原廟銘，不覺如下感想，紛起於內。蓋子厚一生不信神佛，且反封禪甚力，遽謂其贊同惠帝詔郡國遍立原廟之事，殊難索解。吾細勘柳作，見其以沛國爲職志，若謂此種漢原廟也者，不得移之其他地域。又文曰：「此所以成終而成始也」，知其追始高祖大風歌意，〔歌有威加海內歸故鄉句。〕無忘對沛父兄「吾魂魄猶思沛」之遺言。事以沛始，卽以沛終，不得濫推於郡國以逞淫祀，此於句裏行間，絕易通解子厚之行文本意。銘曰：「定宅咸陽，以都上游，留觀本邦，在鎬

如周；原念大業，肇經茲地，乃專元命，亦舉嚴祀，魂遊故都，永介丕址，㊀勒此休銘，以昭本始。」煌煌銘文，用志彌顯，此固非不肖子孫之妄興土木，愚昧羣衆之黷亂祀典，所得造作黑白，貽累往哲者也。雖然，此其意可與智者道，難爲蚩蚩者言，與其混滄浪而濯纓，何如堅崖岸以立幟，大凡此類關頭，子厚自始嚴立限斷，不著一字可也。夢得當年整理遺稿，未能將此文削去，以昭清白而免混淆，大是恨事。燕泉反擊疊牀架屋之原廟制，子厚有知，諒當歡迎此一身後益友已。

城成周

非國語中所載城成周一款，是子厚及呂化光非常注重之史實，本編曾經一再紀錄。至成周二字作何解釋，成周何以須城，萇弘畢竟是何等忠貞等等，楊升菴在丹鉛總錄中，頗有不少陳述。今特摘錄若干條如下：

西周、王城也，今河南；東周、成周也，故洛陽。

澗水東、瀍水西，王城也，朝會之地也；瀍水西，下都也，處殷頑民之地。王城在瀍澗之間，下都在瀍水之外，所謂下都，即成周也。

平王東遷，定都於王城，子朝之亂，餘黨多在王城，敬王畏之，徙都成周。

㊀ 釗案：址、似應作祉。

成周在王城之東，故公羊以爲東周，萇弘謂敬王爲東王；王城在成周之西，故公羊以爲西周，萇弘謂子朝爲西王。

天王入於成周，下都也，既入成周矣，曷不遂入王城？子朝之餘黨在焉故也。故萇弘之建議城成周也，謂之遷都，其任怨也大矣，非忠之至者其孰與於此？

右數條羅羅清疏，將當時地理及政象，和盤託出，使吾人追求周史，一目瞭然，楊升菴實是一個讀書有用之才。

書論石鐘乳書後

有揚州醫生耿鑑庭，名胤瑋，手捧論文一通，倉卒見訪。文如下：

外台秘要第三十七及三十八兩卷，專論服石與石發，並記載晉及南北朝以來治療石發之醫方。因爲此一種病，後世已經絶迹，該兩卷書，目前無人注意。須知當時石發病流行，乃發源於人服寒食散，人何以要服寒食散？則是受到方士煉丹以追求縱慾生活之故。

服寒食散之目的有四：一、要求生命有限延長，二、要求生命絶對延長，即長生不死，三、美容顏，四、有助於媚內。

寒食散所包涵之藥，不外石鐘乳、硃砂、赤石脂、紫石英、硫磺種種。因爲此

散入腹，宜於與冷物相配合，遂名之曰寒食散。號稱服散，或曰行散，或曰服石，都是異名同性。服此藥後，毒氣發揚，名之曰石發或散發。散發之症狀甚多，凡發燒發熱、生大痛疽、各處潰爛、神志顛狂等皆是。上舉各藥，原爲治病而設，用之適當，確能起死回生，然有一般求長生之人，任意亂喫，反而發生許多疾病。世說新語言語篇注：引秦承祖寒食散論曰：「寒食散之力，雖出自漢代，而用之者寡，靡有傳焉，魏尚書何晏首獲神效，由是大行於世，服者相尋。」宋明帝劉或因見到服是藥而受害者多，曾下詔曰：「豈意始時之益，不計後日之損，存前者之賞，抑當今之罰，」餘類推。

服散亦談何容易？因當時士夫多醉心於此，影響所及，對於人生性習及社會風尚，都有若干變更。泛而言之：服散之後，往往變成暴燥狂傲。蓋服藥後，須避風免致擦傷皮膚，因崇尚寬衣緩帶，衣制爲之一變，又因輕便涼透，不著履而著屐。復次：服藥後不能常換衣服，士夫身上因而生蝨，所謂捫蝨而談，世並不以爲怪。查服散之風，直到唐代青娥丸之發見，方緩緩冷落下來。蓋服石致死者，唐以前碑文中不勝其數，中唐末期，賈胡李摩訶獻青娥丸於鄭絪，鄭加以宣揚，始代五石散流行於世。總而言之：自服散以來，新增許多畸形病症，當時醫者，爲應付此，曾設想多種方法，尤其在外症治療上，得到不少進步。

右錄舊作中國醫學史稿之一節，將魏晉以迄隋唐服石源委，略述其梗概，以下討論柳文中有關問題。

柳州與崔連州論石鐘乳書，反覆説到此乳之品種規格。柳恐崔服石不輟，行爲連州土產燥悍所中，曾勤勤加以勸誡，崔卽徵引地理證驗作答，尚迷於道地藥材之説。柳作此書以解之，舉若干事例，説明道地是其一端，而品種規格尤爲重要。後崔氏竟以服石死，此可於故永州刺史流配驩州崔君權厝志中見之，謂後餌五石，病瘍且亂。又祭姊夫崔使君簡文，有道不可常，病惑中途，悍石是餌，元精以渝等語。柳對服石之爲害，固甚深悉，但仍認爲品種規格佳者，卽可益人，故於論石鐘乳書中，對比其損益。如由其精密而出者，則油然而清，炯然而輝，其竅滑以夷，其肌廉以微，食之使人榮華温柔，其氣宣流，生胃通腸。壽善寧康，〔釗案：原作康寧，愚謂此應倒轉，以康腸爲韻。〕心平意舒，其樂愉愉。由其粗疏而下者，則奔突結澀，乍大乍小，色如枯骨，或類死灰，淹顇不發，叢齒積纇，重濁頑璞，食之使人偃蹇壅鬱，泄火生風，戟喉癢肺，幽關不聰，心煩喜怒，肝舉氣剛，不能和平。又於零陵郡復乳穴記：謂石鐘乳、餌之最良者也，再三稱讚，是仍爲當時士夫之積習所囿。實則所謂精密而出者，若恣意服食，亦同樣能致病，所謂粗疏而下者，若不濫用，損人並不至如所論之甚。況五石散中，原非鐘乳一物，尤悍者尚有硫磺，其僨

事似不能全責粗疏而下之鐘乳也。

右文乃耿醫生親爲之，本集所關石鐘乳問題，得名醫生詳爲董理，應是申柳必不可少之工作，吾甚喜獲此文以昭鄭重。 按鄭絪爲子厚所甚接近之先輩，其廣南節使謝出鎮表，即子厚代作，見本集第三十七卷。 吾問醫生青娥丸之出處，彼答稱：見醫文雜志，並朗誦絪絶句一首：晚年持節向番隅，人事兼加藥力殊，收得風光歸掌內，青娥休笑白髭鬚。 並云：青娥丸以補骨脂與胡桃肉雜成之，今仍使用。 吾詢醫生家世，彼稱唐號十才子之耿湋，河東人，與寒家雖非嫡系，然同出一源，有譜系可考，吾家由陝西遷山東，復僑寓揚州云云，吾因樂爲紀載，以重史實。

唐邠王李守禮窖藏石鐘乳記〔附〕

王益知

在無產階級文化大革命中，我國各地發掘歷史文物甚夥，已在故宮展出，就中如西漢中山靖王劉勝夫婦墓中之金鏤玉衣，爲前所未見，其次則唐邠王李守禮窖藏諸品，尤屬突出珍聞。

查窖藏文物中，如硃砂、英石、琥珀等礦質藥物，與同地掘出煉丹之工具，並陳一起，足以說明李家王朝上層階級，爲方士所惑，喜服金石藥餌，成爲癖好，柳集中如崔簡、周君巢、李睦州，以及服硫磺之韓退之，均其流亞。 而今所發見李守

禮窖中之石鐘乳，盛以圓形銀盒，凡二具，其一盒蓋內標：「上上乳十八兩」，另一蓋標：「次上乳十四兩三錢堪服」。兩行墨蹟，猶是唐人手筆，並已切成薄片，寬僅分許，潔如凝脂，白光四射，爲出自貴家，崔簡輩夢想不到之妙品。吾人一觸眼簾，不禁聯想子厚論石鐘乳書所云：「由其精密而出者，油然而清，炯然而輝，其竅滑以夷，其肌廉以微」諸語，眞堪兩兩印證無訛。

尋邠王李守禮，爲章懷太子賢之子，玄宗乃其從弟，因嘗稱天子兄以自豪，新舊兩唐書均有傳，不再多贅。安史之變，其人已歿，所謂窖藏以避亂者，或其家屬所爲，論年代先於子厚者，不過數十載。當本編出版問世之頃，而此項古物，會逢其適，亦同時展出，不啻爲子厚文章作史實上之左證，平添一段佳話，誠不可不記也。

釗案：右文爲王益知所草，足爲本編發刊芟尾之助。尋唐書元載傳：「載聚斂無涯，及死，籍其家鐘乳五百兩，詔分賜中書門下臺省官」。今提與李守禮遺物兩兩對照，足見唐人畏死求生，反而促死之形象，卽高流如韓柳且不免，何論下才如元載，及才識猥下（語見舊唐書列傳第三十六章懷太子賢子邠王守禮部。）之李守禮輩哉？書此慨然！

馬君闢韓筆談

吾校本編適將蕆事，而衡陽馬君宗霍見訪，彼審吾以闢韓爲主旨也，乃出所著霻嶽樓筆談與韓有關者，提示於余，余讀而善之。惟張籍譏二侍女合彈琵琶箏，劉叉持去愈金數斤，裴度斥愈以文爲戲，以及困學紀聞並列韓柳所見各節，大抵爲一般熟唐故者之所通知，而經本編相機處理，或倚仗讀者之善知識，而故意略而未提，今特向馬君告罪，請將以上數則仍保留在筆談內，暫勿移動。而君最後涉及新舊唐書載段秀實事之不一致，確爲前人所未嘗言，而足見君治史有特見，請與天下好讀書者共珍此文，並引爲本編照乘光焰，而向君致謝，如下：

當韓退之在史館時，柳子厚嘗有書與論段太尉逸事，退之復書疑其不實，子厚因又撰太尉逸事狀致之，且曰：退之以史道在職，若太尉者，宜使勿墜。然余檢劉昫唐書段秀實傳，無子厚狀中一語，劉書因於唐史舊檔稿，使柳狀在舊檔段傳稿中，劉書必不容盡行刊剟。余頗疑退之雖得子厚之狀，因狀中所言主要之事，爲郭汾陽王子晞寓軍邠州，不能戢士，元和時，郭曖之女爲憲宗妃，其家正盛，退之蓋亦怵於人禍，有所避忌，或未以柳狀入之段傳舊稿耳。至宋祁新唐書段秀實傳，始全將柳狀採入，贊又曰：柳宗元不妄許人，諒其然邪？但初不言因於舊史，

然則唐史舊檔段傳未載柳狀審矣，舊檔段傳無柳狀，則退之當時未以柳狀參之又審矣。此事昔人似未有言之者，使余言而然，是退之不徒有負子厚鄭重之託，其於史德虧亦甚矣。㊀

㊀　本編下部第九卷載有馬君論陳傛一段文，可參閱。

柳文指要跋

本編分上下二部，上部繕就，以示一二友人，猥蒙檢閱一過，除指點要義，並改正其錯誤外，猶承說明序言引何義門譏朱竹垞輯明詩綜例之未得其正，負責述作，無須自貶到怕人笑破口云云。吾謹受教，而一時攟摭不獲愜當語句，作爲乘韋之代，以是稽延未之更易，而著手於下部之綴輯。

迨下部成，而吾草一文，題曰：「柳子厚生於今日將如何？」將吾國通史劃分兩半，而以公曆一九四九年之大解放，豎立人民政權爲限斷，於是文成，而吾之思想憬然有變。蓋自著手本編以迄於是，吾殆視作尋常文墨淺事，消遣老年日月，殊無所爲而爲之。迨全部告成，而字數幾達數十萬以至百萬以上，按吾序中所說，此作不先不後，而於今日行世，不能不認爲與嶄新時局，有不可分離之連誼，而須鄭重講明其故，向知言者作一交代。於焉吾對自身撰著，幾於有跋胡疐尾之感，而亟在跋尾中，闡述本來面目，用示無他。

夫一九四九年、一劃時代之大革命，一切棄舊圖新，而文字勢不得不首先異軍蒼頭特起，立於最前一行列者也。十五年來，全國文家，以所謂古文格式從事撰寫

者，幾於絶無而僅有，青青子矜，求其了解舊體文無所於滯，亦幾成爲斷港絶潢之無所出。於是吾之此一臃腫厖大之陳舊述作，分明一無價值，而視爲兩千年來傳統文學體裁之最終結穴，要不爲過，信如斯也，吾欲有言。

從晚清以至民初，二三十年間，以文字攄寫政治，跳盪於文壇，力挈天下而趨者，唯嚴幾道與梁任公二人，吾稍後起，論者頗謂可得驂靳而行。吾當時並不省識此一形勢，由今思之，幾道規模桐城，字櫛句比，略帶泰西文律，形成一種中西合參文格，面生可疑，使人望而生畏。任公有陶淵明之風，於政於學，皆不求甚解而止，行文信筆所之，以情感人，使讀者喜而易近，因之天下從風而靡。吾則人婉言之，曰桐城變種，毒言之，曰桐城餘孽，實則桐城於吾絶不近，吾之所長，特不知者不敢言，能言者差能自信，文不乖乎邏輯，出筆卽差明其所以然，不以言欺人而已。夫嚴梁二公往矣，而吾孑然獨存，筆爲吾役，篤老猶聽命如故，不得謂非天之所厚，由是卽以吾文結束前一代之文筆生涯，虎賁中郎，似去規模猶未甚遠。

若夫一九四九年開國以後則大不然。全國公私文字，一律以語體文行之，毛澤東選集成爲唯一典型，君師合一，言出爲經。依寧都魏禮言：今日之革命，幾使叔季一旦化爲盤古，〔參看本篇魏和公守樸論。〕由是文之績效，一與唐虞之典謨，或殷周之盤誥相埒，而敷用於衆，絶無聱牙佶屈之形。存其利而去其害，卽不啻表顯文化進

步之正當規律，從而人心翕習，童叟無違，事有固然，毫不足怪。此一新興文運，上同象魏之懸，下無宗派之爭，雍容揄揚，著於後嗣。微論大言小言，各適其域，推之工也，農也，商也，學也，兵也，國中將無人焉，不能參與文治光華之列。浸假經濟有變化，反映經濟之政教，亦相隨而有變化，浸假事業無町畦，關合事業之文字，亦相與爲無町畦。國掌蒸蒸日上之局，文因有泛應曲當之象，流轉不居，與時偕行。斯誠游夏神遊於文學之表所莫贊一辭，而是迥然別開一新紀元，以與古文相較而特顯其壯大。以事過煩複，卽不多論。

此外所當論者，曩治古文，無不以音義爲重，卽如今商務印書館所刊行潘緯本柳先生集，卽號爲柳文音義，而矻矻以反切難字爲成一家言，吾竊以爲今日而治古文，其關鍵了不在此。蓋凡字有古義，亦有今義，今必以古爲準，而努力以遷就焉，則將去「生今反古」幾何？尋六書有引申與假借，無一不根於習俗之便利而來，夫便利何常之有？倘古之引申假借，違悟可變爲典型，今之引申假借，卽適當亦詆爲荒謬，夫今之桎梏於古也如是，然則吾人當使古爲今用之爲得乎？抑寧助長盲從於文死句下之爲失乎？吾意以新時代而孶習舊文理，又當文字改革步步擴大時期，必須開放諸小學家拘墟頑執慣習，始能收到文從字順之利。吾嘗從太炎先生討論及此，而太炎以爲是或一道，本編止於疏通文義，而忽略音義者以此。

要之本編爲繼往而不開來之作，提出一古不背今之文雅正宗柳子厚，爲之的彀，應足爲刷新世界，光華復旦之一有力反照。至吾止於闡發到此，未得更進一步，且從來不敢妄自撏撦馬列主義以掎摭人，則限於資地與能力之無可如何，識者諒焉。

明詩綜者，爲一百卷之大著作，繁重較鄙著倍蓰，其中簡略失宜，紀載錯誤，或前後互見，失於刊削者，不論使誰執筆，諒均難免。獨其中有文人不容不知之事例或句子，而竹垞竟朦混過去，頑然不覺，吾揣何義門指爲笑破人口，或即此類。例如「發纖穠於簡古，寄至味於淡泊」，此蘇子瞻評韋柳詩語，文人不容不知，而陳嗣初評張適詩襲之，竹垞竟不曉洽。又「詩者，人心之感物而形於言也」，共七十九字，朱子詩集傳序語也，亦文人不容不知，顧權擘酬唱詩序襲之，竹垞反稱爲名言。此種顯不學、羞當世之殊尤巨繆，豫人張宗泰五書明詩綜後，都爲朗朗剔抉，以吾才力，不審下於竹垞幾許？安能保其必無？惟如是也，總序中所受友人督教，應須芟削之處，幾經反省，因終於原封未動，謹此自懺，伏惟宥恕。

公曆一九六六年三月八日時年八十有六

柳文指要再跋

吾校本集，一九六六年春季以來，時斷時續，今忽忽五載矣。而宇宙重潤，吾更從事繩墨，爲增益通要之部第十五一卷，卽最後一卷。馬齒雖長，而龜息未歇，並於讀放翁詩頃，妄題七言長句一首於後：

放翁生年八十五，而遊山詩自稱：九十衰翁心尚孩，益知翻出翁至安國院訪景滋和尚詩又云：九十一翁不識公。然吾閲劍南詩稿最後三卷，除前引遊山詩外，仍有春日登小臺西望云：九十衰翁身尚健；齒髮歎云：吾年垂九十，此事已晚矣；病起雜言云：我年九十理不長；題望海亭云：坐中有客垂九十；病後戲題云：行年九十未龍鍾等句，層出不已，都是向前張眼、望而未見之假象，不意此老平生拘墟於人生命運乃爾。吾今年適九十一，坐對前賢耄荒遺墨，不禁三歎！

人生修短本難必，伊誰八五誰九一？兩人相遇應同坐，少長僧儒堪指摘。九十一翁不識公，〔此放翁訪蘇公遺迹至安國院句。〕語胡自至吾豈懌？幅巾隨處一悠哉，〔放翁遊山句，上句卽九十衰翁心尚孩。〕聲聞自邇寧不憶？古寺荼毘一個僧，孤忠

血化千年碧，忽然講經忽坐化，存原可取去勿惜。詩雖不如壽過之，人意勝天齊損益，勝負也於馬力見，轅下一鳴人已識。（元好問句）吁嗟乎！長途焉用咫尺爲？久暫昨今持一息，二十年間試回想，新生萬木森森立，老夫踸此事何事？徒抱雄心沸衷臆，詩成笑比墜驢人，遮莫夔龍紛滿壁。

一九七一年三月十一日時年九十有一

柳文指要

五

章士釗著

中華書局